Pocket Dictionary
FOR LEARNERS

edited by
Penny Hands

Chambers | Martins Fontes

CHAMBERS – MARTINS FONTES
Published by arrangement with Chambers Harrap Publishers Ltd
Copyright © Chambers Harrap Publishers Ltd 1998

1ª edition
august, 1999

*All rights reserved. No part of this publication may be
reproduced, stored or transmitted by any means, electronic,
mechanical, photocopying or otherwise, without prior
permission of the publisher.*

A CIP catalogue record for this book is available from the British Library.

ISBN 85-336-1076-9

*We have made every effort to mark as such all words which we
believe to be trademarks. We should also like to make it clear that
the presence of a word in the dictionary, whether marked or
unmarked, in no way affects its legal status as a trademark.*

*The British National Corpus is a collaborative initiative
carried out by Oxford University Press, Longman,
Chambers Harrap, Oxford University Computing Services,
Lancaster University's Unit for Computer Research in the
English language, and the British Library.
The project received funding from the UK Department
of Trade and Industry and was supported by additional
research grants from the British Academy and the British Library.*

*Typeset in Great Britain by Chambers Harrap Publishers Ltd, Edinburgh
Printed in Brazil by Cromosete, São Paulo, S.P.*

Todos os direitos para o Brasil, desta edição, reservados à
Livraria Martins Fontes Editora Ltda.
*Rua Conselheiro Ramalho, 330/340
01325-000 São Paulo SP Brasil
Tel. (011) 239-3677 Fax (011) 3105-6867
e-mail: info@martinsfontes.com
http://www.martinsfontes.com*

Contents

Contributors	v
Preface	vii
Organization of entries	viii
Pronunciation guide	x
Dictionary	1

Contributors

Publishing Manager
Elaine Higgleton

Editor
Penny Hands

Assistant Editor
Sandra Anderson

Preface

Chambers Pocket Dictionary for Learners has been compiled with a view to providing intermediate and upper-intermediate learners of English with a comprehensive and user-friendly dictionary in a compact form.

Users of a pocket dictionary need to find quick answers to their questions. But they still need as much information as possible on how words are used. For this, the dictionary must be easy to use and legible, and definitions must be simple, while giving clear and concise information on grammar, usage, and synonyms and antonyms.

By recognizing these needs, *Chambers Pocket Dictionary for Learners* has been able to combine clarity and conciseness with many of the useful features that appear in other Chambers learner dictionaries. These are:

- a clear, simple, layout
- a clear, simple defining style
- examples fully supported by the British National Corpus®, showing common collocations and English as it is used today
- help with pronunciation and stress for all entries
- synonyms and antonyms, which help learners with vocabulary-building
- parts of speech and other labelling in full; no complicated codes are used
- special attention is given to phrasal verbs
- irregular plurals and verb forms are shown at the entry they refer to.

In addition, special sections on commonly-used verbs such as *have*, *be* and *get*, and modal verbs such as *can*, *must* and *should* give extra help where it is most needed, with more detailed definitions and examples.

We hope that learners will find this an indispensable reference that they can carry round with them, for looking up words that they come across in class, or in their everyday lives. We also hope that they will take advantage of the wealth of synonyms and antonyms that this book provides, enabling them to expand their vocabulary even further.

Organization of entries

gooseberry /'gʊzbərɪ/ *noun* a sour-tasting, pale green berry

goosepimples /'guːspɪmpəlz/ *noun* (*plural*) small lumps on the skin caused by cold or fear

> Definitions are clear and simple. When a word has more than one sense, these are numbered for easy reference.

gore /gɔː(r)/ *verb* to wound by attacking with the horns ♦ *noun* (*uncount*) a mass of blood from a wound

gorge /gɔːdʒ/ *noun* a deep narrow valley ♦ *verb* to eat greedily until full

> The **grammatical forms** in which the word can be used are shown before the definitions to which they apply.

gorgeous /'gɔːdʒəs/ *adjective* **1** beautiful, very attractive **2** excellent, very enjoyable

gorilla /gə'rɪlə/ *noun* the largest kind of ape

gorse /gɔːs/ *noun* (*uncount*) a prickly bush with yellow flowers

gory /'gɔːrɪ/ *adjective* full of blood and violence: *a gory film*

> **Examples** supported by the British National Corpus® show the range of ways in which the word can be used, and the grammatical constructions it can take.

gospel /'gɒspəl/ *noun* **1** the teachings of Christ **2** the absolute truth

gossip /'gɒsɪp/ *noun* **1** (*uncount*) malicious or untrue talk about other people's personal affairs **2** someone who listens to and passes on gossip ♦ *verb* **1** to take part in gossip **2** to chat about unimportant things

got /gɒt/ *verb* the past tense and past participle of **get**

gotten /'gɒtən/ *verb* (*AmE*) often used as the past participle of **get**

> Differences between **British** and **American forms** are shown by the labels *BrE* and *AmE* respectively.

gouge /gaʊdʒ/ *verb*

> **gouge out** to force out by digging or pushing

> **Phrasal verbs** are put in boxes, usually at the end of an entry. Boxes are also used for fuller explanations of certain commonly-used verbs.

gourmet /'gʊəmeɪ/ *noun* someone with a taste for good wines or food

gout /gaʊt/ *noun* (*uncount*) a painful swelling of the smaller joints, especially of the big toe

govern /'gʌvən/ *verb* **1** to rule, control **2** to influence or control

governess /'gʌvənɛs/ *noun* (*mainly old*) a woman who teaches young children at their home

goose /guːs/ *noun*: **geese** a web-footed bird larger than a duck

> **Irregular plural forms** are shown immediately following the noun marker.

viii

grab /grab/ *verb* **1** to seize suddenly: *He grabbed me by the arm.* **2** to take hurriedly and eagerly: *grab an opportunity* ♦ *noun*: *She made a grab for my arm.*

grace /greɪs/ *noun* (*uncount*) the quality of behaving in a very gentle and elegant way ♦ *verb* (*formal*) **1** to make elegant and attractive **2** to attend ♦ *phrases* **with bad grace** unwillingly **with good grace** willingly

> **Usage information** labels tell you the grammatical use of a word, or, for example, whether it is formal or informal.

graduate /ˈgradʒʊeɪt/ *verb* **1** to pass university examinations and receive a degree **2** to change to doing something more important, impressive or serious ♦ *noun* /ˈgradʒʊət/ someone who has passed university examinations and received a degree

> **Phrases and idioms** are grouped alphabetically. In most cases, these are grouped at the noun, if they have one; if not, they are grouped at first verb, adjective, adverb, *etc.*

graduation /gradʒʊˈeɪʃən/ *noun* (*uncount*) the fact of getting a degree from a university, or the ceremony to celebrate this

graffiti /grəˈfiːtɪ/ *noun* (*plural*) words or drawings scratched or painted on walls in public areas

grind /graɪnd/ *verb*: **grinds, grinding, ground 1** to crush to powder **2** to sharpen or polish by rubbing **3** to rub together: *grinding his teeth* ♦ *noun* (*informal*) hard or unpleasant work

> **Irregular verb forms** are shown immediately following the verb marker.

grip /grɪp/ *verb* to take or keep a firm hold of ♦ *noun* **1** a firm hold, a grasp: *These shoes have a good grip.* **2** control: *lose your grip of a situation* **3** a handle or part for holding

gripe /graɪp/ *verb* (*informal*) to complain ♦ *noun* (*informal*) a complaint

gripping /ˈgrɪpɪŋ/ *adjective* holding all your attention [*same as* **absorbing, exciting**; *opposite* **boring, dull**]

> **Pronunciation** is shown for every entry. An explanation of the phonetic symbols is given on page x.

> **Synonyms and antonyms** are supplied at the end of some definitions; the words '*same as*' introduce a synonym, and the word '*opposite*' introduces an antonym.

government /ˈgʌvəmənt/ *noun* **1** those who rule and administer the laws of a country **2** rule; control

governor /ˈgʌvənə(r)/ *noun* one of a group of people who manage an institution's affairs

gown /gaʊn/ *noun* **1** a woman's formal dress **2** a loose robe worn by *eg* members of the clergy, lawyers, teachers

> *eg* means 'for example'.

GP /dʒiːˈpiː/ *noun* a local doctor who treats all kinds of minor diseases and illnesses

Pronunciation Guide

Key to the phonetic symbols used in the dictionary

CONSONANTS

p	/piː/	pea
t	/tiː/	tea
k	/kiː/	key
b	/biː/	be
d	/daɪ/	dye
g	/gaɪ/	guy
m	/miː/	me
n	/njuː/	new
ŋ	/sɒŋ/	song
θ	/θɪn/	thin
ð	/ðɛn/	then
f	/fan/	fan
v	/van/	van
s	/siː/	see
z	/zuːm/	zoom
ʃ	/ʃiː/	she
ʒ	/beɪʒ/	beige
tʃ	/iːtʃ/	each
dʒ	/ɛdʒ/	edge
h	/hat/	hat
l	/leɪ/	lay
r	/reɪ/	ray
j	/jɛs/	yes
w	/weɪ/	way

VOWELS

Short vowels

ɪ	/bɪd/	bid
ɛ	/bɛd/	bed
a	/bad/	bad
ʌ	/bʌd/	bud
ɒ	/pɒt/	pot
ʊ	/pʊt/	put
ə	/əˈbaʊt/	about

Long vowels

iː	/biːd/	bead
ɑː	/hɑːm/	harm
ɔː	/ɔːl/	all
uː	/buːt/	boot
ɜː	/bɜːd/	bird

Diphthongs

eɪ	/beɪ/	bay
aɪ	/baɪ/	buy
ɔɪ	/bɔɪ/	boy
aʊ	/haʊ/	how
oʊ	/goʊ/	go
ɪə	/bɪə(r)/	beer
ɛə	/bɛə(r)/	bare
ʊə	/pʊə(r)/	poor

Notes

(1) The stress mark (ˈ) is placed before the stressed syllable (*eg* **invent** /ɪnˈvɛnt/).

(2) The symbol '(r)' is used to represent *r* when it comes at the end of a word, to indicate that it is pronounced when followed by a vowel (as it is in 'four' in the phrase *four or five* /fɔːr ɔː ˈfaɪv/).

Aa

A or **a** /eɪ/ *noun* the first letter of the English alphabet

a /eɪ/ or /ə/ or **an** /an/ or /ən/ *determiner* (*indefinite article*) **1** one: *a knock at the door* **2** any: *an ant has six legs* **3** in, to or for each: *four times a day*

aback /ə'bak/ *adverb* ▶ *phrase* **taken aback** surprised

abacus /'abəkəs/ *noun* a frame with columns of beads for counting

abandon /ə'bandən/ *verb* **1** to leave, without meaning to return to **2** to give up *eg* an idea — *adjective* **abandoned** — *noun* (*uncount*) **abandonment**

abase /ə'beɪs/ *verb* **abase yourself** to abandon your pride and behave in a humble manner

abashed /ə'baʃt/ *adjective* embarrassed, confused

abate /ə'beɪt/ *verb* to make or grow less: *wait for the storm to abate* [*same as* **let up**, **subside**]

abattoir /'abətwɑ:(r)/ *noun* a place where animals are killed to provide food [*same as* **slaughterhouse**]

abbess /'abes/ *noun* the female head of an abbey or a convent

abbey /'abɪ/ *noun* a church that has or once had a group of buildings attached to it for a religious community of monks or nuns to live in

abbot /'abət/ *noun* the male head of an abbey

abbreviate /ə'bri:vɪeɪt/ *verb* to shorten *eg* a word or phrase

abbreviation /əbri:vɪ'eɪʃən/ *noun* a short form of a word or phrase: *VDU is the abbreviation for 'visual-display unit'.*

abdicate /'abdɪkeɪt/ *verb* to give up *eg* a position, especially that of king or queen — *noun* (*uncount*) **abdication** /abdɪ'keɪʃən/

abdomen /'abdəmən/ *noun* the part of the human body between the chest and the hips — *adjective* **abdominal** /ab'dɒmɪnəl/: *abdominal pain*

abduct /ab'dʌkt/ *verb* to take away by force [*see also* **kidnap**] — *noun* (*uncount or count*) **abduction** /ab'dʌkʃən/

aberration /abə'reɪʃən/ *noun* a departure from what is normal, especially with regard to behaviour

abeyance /ə'beɪəns/ *noun* (*uncount*) ▶ *phrase* **in abeyance** undecided; not to be dealt with for the time being

abhor /əb'hɔ:(r)/ *verb* to hate or disapprove of strongly [*same as* **detest**, **loathe**]

abhorrent /əb'hɒrənt/ *adjective* disgusting or shocking — *noun* **abhorrence**

abide /ə'baɪd/ *verb* to put up with, tolerate [*same as* **bear**, **stand**] ▶ *phrase* **abide by** obey or act according to *eg* a law, rule or decision [*same as* **adhere to**]

abiding /ə'baɪdɪŋ/ *adjective* lasting

ability /ə'bɪlɪtɪ/ *noun* (*uncount or count*) **1** power or means to do something **2** talent

abject /'abdʒɛkt/ *adjective* in a desperate state of misery or poverty [*same as* **wretched**] — *adverb* **abjectly**

ablaze /ə'bleɪz/ *adjective* **1** burning fiercely **2** gleaming like fire

able /'eɪbəl/ *adjective* **1** having the knowledge, skill, strength, power, time, opportunity or money to do something: *I was able to answer the first three questions.* [*opposite* **unable**] **2** sensible, intelligent and efficient: *an able leader* [*same as* **capable**; *opposite* **incompetent**]

abnormal /ab'nɔ:məl/ *adjective* **1** not normal in behaviour **2** unusual [*opposite* **normal**] — *adverb* **abnormally**

abnormality /abnɔ:'malɪtɪ/ *noun* **1** something which is abnormal **2** (*uncount*) the condition of being abnormal

aboard /ə'bɔ:d/ *adverb* or *preposition* on(to) or in(to) *eg* a ship or aeroplane [*same as* **on board**]

abode /ə'boʊd/ *noun* ▶ *phrase* (*BrE*; *legal*) **of no fixed abode** having no regular home or address

abolish /ə'bɒlɪʃ/ *verb* to put an official end to *eg* a custom — *noun* (*uncount*) **abolition** /abə'lɪʃən/: *the abolition of capital punishment*

abominable /ə'bɒmɪnəbəl/ *adjective* very bad, wicked or unpleasant — *adverb* **abominably**: *behave abominably*

Aboriginal /ˌæbəˈrɪdʒɪnəl/ *noun* a member of the original or native people of Australia

abort /əˈbɔːt/ *verb* 1 to end before the expected time 2 to end a pregnancy deliberately by having an abortion

abortion /əˈbɔːʃən/ *noun* (*count or uncount*) an operation to end an unwanted or dangerous pregnancy

abortive /əˈbɔːtɪv/ *adjective* failed, useless: *an abortive attempt*

abound /əˈbaʊnd/ *verb* to be very plentiful

about /əˈbaʊt/ *preposition* 1 around: *look about you* 2 near *eg* in time or size: *about ten o'clock* 3 here and there in: *scattered about the room* [*same as* **around**] ♦ *adverb* 1 around: *stood about waiting* 2 in motion or in action: *running about* 3 in the opposite direction: *turned about and walked away* [*same as* **around**] ▸ *phrase* **about to** on the point of

about-turn /əbaʊtˈtɜːn/ *noun* a complete change, or reversing of policy [*same as* **U-turn**]

above /əˈbʌv/ *preposition* 1 higher than: *We flew above the clouds.* [*opposite* **below**] 2 greater than: *above average* [*opposite* **below**] 3 too good for: *above jealousy* ♦ *adverb* higher in position, amount, level or rank: [*opposite* **below**] ♦ *adjective*: *Read the above statement and make sure it is accurate before signing your name.* ♦ *noun*: *If you have read the above and agree with it, sign here.* ▸ *phrase* **above all** most important of all

above board /əbʌv ˈbɔːd/ *adjective* fair and honest [*opposite* **underhand, shady**]

abrasion /əˈbreɪʒən/ *noun* an injury to the skin caused by scraping or rubbing [*same as* **graze**]

abrasive /əˈbreɪsɪv/ *adjective* 1 rough and scratchy 2 having a rude manner [*same as* **caustic, brusque**]

abreast /əˈbrest/ *adverb* side by side ▸ *phrase* **abreast of** up to date with: *abreast of current affairs*

abridge /əˈbrɪdʒ/ *verb* to shorten *eg* a book, story — *noun* (*count or uncount*) **abridgement** or **abridgment**

abroad /əˈbrɔːd/ *adverb* to or in a foreign country: *go abroad*

abrupt /əˈbrʌpt/ *adjective* 1 sudden, without warning 2 of speech or behaviour: bad-tempered [*same as* **curt**] — *adverb* **abruptly**

abscess /ˈabses/ *noun* a painful, infected swelling

abscond /əbˈskɒnd/ *verb* to run away secretly: *abscond with the company's money*

absence /ˈabsəns/ *noun* the state of being away [*opposite* **presence**]

absent /ˈabsənt/ *adjective* away [*opposite* **present**]

absentee /absənˈtiː/ *noun* someone who is absent

absent-minded /absəntˈmaɪndɪd/ *adjective* forgetful — *adverb* **absent-mindedly**

absolute /ˈabsəluːt/ or /ˈabsəljuːt/ *adjective* 1 complete, total or entire: *absolute power* 2 (*informal*) complete: *an absolute idiot*

absolutely /absəˈluːtlɪ/ or /absəˈljuːtlɪ/ *adverb* 1 completely or totally 2 at all: *absolutely not* 3 used for emphasis: *absolutely awful* 4 used to mean 'I completely agree with you'

absolution /absəˈluːʃən/ *noun* (*uncount*) forgiveness, pardon

absolve /əbˈzɒlv/ *verb* to pardon [*same as* **clear, exonerate**]

absorb /əbˈsɔːb/ *verb* 1 to soak up *eg* liquid ▸ *phrase* **be absorbed in something** be concentrating completely on something [*same as* **engross, preoccupy**] — *adjective* **absorbing** *an absorbing play* [*same as* **interesting, fascinating**]

absorbent /əbˈzɔːbənt/ *adjective* able to soak up liquid — *noun* (*uncount*) **absorbency**

absorption /əbˈzɔːpʃən/ *noun* (*uncount*) the process of absorbing

abstain /əbˈsteɪn/ *verb* 1 to choose not to *eg* drink alcohol 2 to decide not to vote

abstemious /əbˈstiːmɪəs/ *adjective* (*formal*) being careful not to eat or drink too much

abstention /əbˈstɛnʃən/ *noun* 1 a decision not to vote, or a person who decides not to vote 2 (*uncount*) the refusal or avoiding of food or drink

abstinence /ˈabstɪnəns/ *noun* (*uncount*) abstaining from *eg* alcohol

abstract /ˈabstrakt/ *adjective* existing only as an idea, not as a real thing ♦ *noun* a summary ▸ *phrase* **in the abstract** in a purely theoretical way

abstraction /əbˈstrakʃən/ *noun* an idea or principle considered or discussed in a purely theoretical way

abstruse /əbˈstruːs/ *adjective* difficult to understand [*same as* **obscure, cryptic**]

absurd /əbˈsɜːd/ *adjective* clearly wrong; ridiculous — *noun* (*uncount or count*) **absurdity**: *the absurdities of English* spelling — *adverb* **absurdly**: *absurdly optimistic*

abundance /əˈbʌndəns/ *noun* a plentiful supply [*same as* **wealth**; *opposite* **shortage**, **dearth**] ▶ *phrase* **in abundance** in plentiful supply

abundant /əˈbʌndənt/ *adjective* plentiful: *abundant evidence* [*same as* **plentiful**, **ample**]

abundantly /əˈbʌndəntlɪ/ *adverb* to a great degree, extremely: *abundantly obvious*

abuse *verb* /əˈbjuːz/ **1** to use wrongly **2** to insult or speak unkindly to; treat badly **3** to treat someone cruelly or harm them sexually: *sexually abused* ♦ *noun* /əˈbjuːs/ **1** (*uncount or count*) wrongful use: *drug abuse* **2** (*uncount*) cruel or sexually harmful treatment: *child abuse* **3** (*uncount*) insulting language or behaviour

abusive /əˈbjuːsɪv/ *adjective* insulting or rude

abysmal /əˈbɪzməl/ *adjective* (*informal*) bad, shocking or disgraceful — *adverb* **abysmally**: *She treated him abysmally.*

abyss /əˈbɪs/ *noun* a large opening in the ground, so deep that you cannot see the bottom

academic /ækəˈdɛmɪk/ *adjective* **1** relating to places of education, or to teaching and studying: *the academic year* **2** non-technical or non-practical **3** good at study and research [*same as* **studious**] — *adverb* **academically**: *academically inclined*

academy /əˈkadəmɪ/ *noun* **1** a college for special study or training **2** a society for encouraging science or art

accede /əkˈsiːd/ *verb* (*formal*) ▶ *phrase* **accede to** to agree to *eg* a request

accelerate /əkˈsɛləreɪt/ *verb* to go faster

acceleration /əksɛləˈreɪʃən/ *noun* (*uncount*) **1** an increasing of speed; the rate of increase of speed **2** the power of a vehicle to increase speed quickly

accelerator /əkˈsɛləreɪtə(r)/ *noun* the foot pedal in a vehicle that you press to go faster

accent /ˈaksənt/ *noun* **1** your individual way of pronouncing the words of a language: *a strong Irish accent* **2** a mark placed over or under a letter or syllable to show how it is pronounced **3** force or emphasis [*same as* **stress**]

accentuate /əkˈsɛntjʊeɪt/ *verb* to give importance to [*same as* **emphasize**, **highlight**]

accept /əkˈsɛpt/ *verb* **1** to take something offered **2** to agree or submit to

acceptable /əkˈsɛptəbəl/ *adjective* satisfactory; pleasing [*same as* **admissible**; *opposite* **unacceptable**] — *adverb* **acceptably**: *acceptably tidy*

acceptance /əkˈsɛptəns/ *noun* **1** the act of accepting **2** (*count*) a letter or other communication announcing the acceptance *eg* of an invitation **3** willingness to tolerate a situation [*opposite* **intolerance**]

access /ˈaksɛs/ *noun* (*uncount*) right or means of approach or entry ♦ *verb* to find and use

accessible /əkˈsɛsəbəl/ *adjective* easily approached or reached

accession /əkˈsɛʃən/ *noun* (*uncount*) the official start of a king or queen's rule

accessory /əkˈsɛsərɪ/ *noun* **1** (*used in the plural*) items such as gloves, hats and belts **2** (*legal*) a helper, especially in crime

accident /ˈaksɪdənt/ *noun* an unexpected event causing injury ▶ *phrase* **by accident** unexpectedly, without planning [*same as* **by chance**, **accidentally**]

accidental /aksɪˈdɛntəl/ *adjective* happening by chance: *accidental death* — *adverb* **accidentally**

acclaim /əˈkleɪm/ *verb* to praise enthusiastically ♦ *noun* (*uncount*) enthusiastic praise: *meet with great acclaim*

acclimatize or **acclimatise** /əˈklaɪmətaɪz/ *verb* to accustom to another climate or situation [*same as* **adjust**]

accommodate /əˈkɒmədeɪt/ *verb* **1** to provide with a place to stay, live or work [*same as* **put up**] **2** to have enough room for [*same as* **take**, **hold**]

accommodating /əˈkɒmədeɪtɪŋ/ *adjective* willing to help *eg* by altering arrangements [*same as* **obliging**]

accommodation /əkɒməˈdeɪʃən/ *noun* (*usually uncount*) a place to live or to stay: *student accommodation*

accompaniment /əˈkʌmpənɪmənt/ *noun* **1** something that goes with something else **2** the music played while a musician performs

accompanist /əˈkʌmpənɪst/ *noun* a person who plays a musical accompaniment

accompany /əˈkʌmpənɪ/ *verb* **1** to go or be with **2** to play music that gives a musician backing and support

accomplice /əˈkʌmplɪs/ or /əˈkɒmplɪs/ *noun* a person who helps a criminal to commit a crime

accomplish /əˈkʌmplɪʃ/ or /əˈkɒmplɪʃ/ *verb* to manage to do [*same as* **achieve**]

accomplished /ə'kʌmplɪʃt/ or /ə'kɒmplɪʃt/ *adjective* skilful: *an accomplished pianist*

accomplishment /ə'kʌmplɪʃmənt/ or /ə'kɒmplɪʃmənt/ *noun* **1** completion [*same as* **feat**, **achievement**] **2** a personal talent or skill

accord /ə'kɔːd/ *verb* (*formal*) **1** to correspond to **2** to give: *accord recognition* [*same as* **grant**] ♦ *noun* (*uncount*; *formal*) an agreement ▶ *phrases* **of your own accord** without anyone asking you to • **in accord** in agreement

accordance /ə'kɔːdəns/ *noun* (*uncount*) agreement: *in accordance with Christian principles*

according /ə'kɔːdɪŋ/ ▶ *phrase* **according to 1** as told by: *According to this book, we should be educating our children at home.* **2** on the basis of: *The books are arranged according to subject.*

accordingly /ə'kɔːdɪŋlɪ/ *adverb* **1** in a way which is in agreement with something already mentioned **2** therefore

accordion /ə'kɔːdɪən/ *noun* a musical instrument with bellows, a keyboard and metal reeds

accost /ə'kɒst/ *verb* to approach and speak to in a forceful or threatening way

account /ə'kaʊnt/ *noun* **1** a bill **2** a record of finances **3** a description of events; an explanation ▶ *phrase* **on account of** because of

> **account for 1** to explain **2** to amount to or constitute: *Exports account for a third of our sales.* [*same as* **make up**]

accountable /ə'kaʊntəbəl/ *adjective* answerable, responsible

accountant /ə'kaʊntənt/ *noun* a person who prepares and keeps financial accounts

accredited /ə'krɛdɪtɪd/ *adjective* having official recognition: *an accredited agent*

accumulate /ə'kjuːmjʊleɪt/ *verb* to collect in an increasing quantity — *noun* (*uncount or count*) **accumulation** /əkjuːmjʊ'leɪʃən/: *an accumulation of mail*

accuracy /'akjʊrəsɪ/ *noun* (*uncount*) exactness

accurate /'akjʊrət/ *adjective* correct, exact [*opposite* **inaccurate**] — *adverb* **accurately**

accusation /akjʊ'zeɪʃən/ *noun* **1** a statement accusing someone of something

accuse /ə'kjuːz/ *verb* to charge with having done something wrong

accused /ə'kjuːzd/ *noun* (*singular or plural*) the person or people on trial for a crime

accustom /ə'kʌstəm/ *verb* **accustom yourself to** to manage to get used to or familiarize yourself with

accustomed /ə'kʌstəmd/ *adjective* **accustomed to** used to: *accustomed to the climate*

ace /eɪs/ *noun* **1** a playing-card with a single symbol: *the ace of hearts* **2** an expert **3** (*tennis*) an unreturned first serve ♦ *adjective* an informal way of saying 'excellent'

ache /eɪk/ *verb* to have a continuous dull pain ♦ *noun* a continuous dull pain: *aches and pains*

achieve /ə'tʃiːv/ *verb* **1** to get (something) done, accomplish **2** to win

achievement /ə'tʃiːvmənt/ *noun* **1** something you have succeeded in doing, especially with some effort **2** (*uncount*) the process or fact of achieving

acid /'asɪd/ *noun* (*count or uncount*) **1** (*chemistry*) a substance that is able to dissolve metals [*opposite* **alkali**] **2** (*uncount*; *informal*) the drug LSD ♦ *adjective* **1** of taste: sharp **2** sarcastic — *adverb* **acidly**

acidity /ə'sɪdɪtɪ/ *noun* (*uncount*) the state of being acid

acid rain /asɪd 'reɪn/ *noun* (*uncount*) rain that contains harmful acids

acknowledge /ək'nɒlɪdʒ/ *verb* **1** to admit the truth of something **2** to admit that you know or are aware of something **3** to inform that you have received *eg* a letter **4** to express gratitude or thanks

acknowledgement or **acknowledgment** /ək'nɒlɪdʒmənt/ *noun* **1** the act of acknowledging someone or something **2** something done, given or said to acknowledge something

acne /'aknɪ/ *noun* (*uncount*) red spots which appear on the face, neck and back

acorn /'eɪkɔːn/ *noun* the nut-like fruit of the oak tree

acoustic /ə'kuːstɪk/ *adjective* of hearing or sound

acoustics /ə'kuːstɪks/ *noun* **1** (*uncount*) the study of sound **2** (*plural*) the characteristics of a room which affect the hearing of sound in it

acquaint /ə'kweɪnt/ *verb* (*formal*) **acquaint someone with** to make someone familiar with

acquaintance /ə'kweɪntəns/ *noun* **1** knowledge **2** someone whom you know slightly ▶ *phrase* **make the acquaintance of** to meet and get to know

acquiesce /akwɪˈɛs/ *verb* (*formal*) **acquiesce to** or **in** to agree to [*same as* **consent**] — *noun* (*uncount*) **acquiescence**

acquire /əˈkwaɪə(r)/ *verb* to obtain or get

acquired /əˈkwaɪəd/ *adjective* gained; not something born with or inherited

acquisition /akwɪˈzɪʃən/ *noun* **1** something you have obtained **2** (*uncount*) the process of gaining

acquit /əˈkwɪt/ *verb* to declare innocent (of a crime) [*same as* **clear**; *opposite* **convict**]

acquittal /əˈkwɪtəl/ *noun* (*uncount or count*) a legal judgement of 'not guilty' [*opposite* **conviction**]

acre /ˈeɪkə(r)/ *noun* a measurement of land area, equal to 4840 square yards or 4047 square metres

acreage /ˈeɪkərɪdʒ/ *noun* the measurement of a piece of land in acres

acrid /ˈakrɪd/ *adjective* strong and unpleasantly bitter

acrimonious /akrɪˈmoʊniəs/ *adjective* bitter and angry

acrimony /ˈakrɪmənɪ/ *noun* (*uncount*) bitterness of feeling or speech

acrobat /ˈakrəbat/ *noun* an entertainer who performs athletic tricks

acrobatic /akrəˈbatɪk/ *adjective* able to perform gymnastic tricks; agile

acronym /ˈakrənɪm/ *noun* a word that is made from the first letters of words composing a title or phrase: *The acronym ROM stands for 'read-only memory'.*

across /əˈkrɒs/ *preposition* **1** from one side to the other **2** on the opposite side of [*same as* **over**] ♦ *adverb* from one side to the other, or on the other side [see also **over**]

acrylic /əˈkrɪlɪk/ *noun* a synthetic material produced by a chemical process, used similarly to wool

act /akt/ *verb* **1** to behave **2** to do for a purpose **3** to perform the same function as [*same as* **serve, function**] **4** to perform in a play or film **5** to produce an effect ♦ *noun* **1** a deed or the doing of something **2** the main sections of a play, usually divided into scenes **3** a law passed by Parliament

act on or **act upon 1** to obey or follow: *act upon advice* **2** to have an effect on
act up (*informal*) to behave badly or uncooperatively [*same as* **play up**]

action /ˈakʃən/ *noun* **1** something that someone does **2** (*count or uncount*) a movement or gesture **3** the series of events that form the plot in a story ▶ *phrase* **out of action** broken or not working

activate /ˈaktɪveɪt/ *verb* to start (something) working

active /ˈaktɪv/ *adjective* **1** busy; lively **2** able to perform physical tasks **3** (*grammar*) the form of a verb used when the subject performs the action [see also **passive**] — *adverb* **actively**: *actively involved in nature conservation*

activity /akˈtɪvɪtɪ/ *noun* **1** the state of being active [*opposite* **inactivity**] **2** something that you do, either for pleasure or as part of an organized programme

actor /ˈaktə(r)/ *noun* someone who acts a part in a play or film

actress /ˈaktrɪs/ *noun* a female actor

actual /ˈaktʃʊəl/ *adjective* real, existing in fact

actuality /aktʃʊˈalɪtɪ/ *noun* (*uncount*) fact; reality ▶ *phrase* **in actuality** 'in fact' or 'in reality'

actually /ˈaktʃʊəlɪ/ *adverb* really, in fact, as a matter of fact

acumen /ˈakjʊmən/ *noun* (*uncount*) quickness of understanding: *business acumen*

acupuncture /ˈakjʊpʌŋktʃə(r)/ *noun* (*uncount*) a method of treating pain and disease by inserting small needles into the skin

acute /əˈkjuːt/ *adjective* **1** severe or needing urgent attention: *acute appendicitis* [*opposite* **mild, chronic**] **2** of the senses: very sharp [*same as* **shrewd**] **3** of an angle: less than a right angle [*opposite* **obtuse**]

acute accent /əkjuːt ˈaksənt/ *noun* a mark (′) put over a vowel in certain languages, *eg* French, showing pronunciation, as in *début* and *élite*

acutely /əˈkjuːtlɪ/ *adverb* **1** strongly or intensely: *acutely aware* **2** very, intensely, gravely or painfully: *acutely ill*

ad /ad/ *noun* (*informal*) an advertisement: *television ads*

adamant /ˈadəmənt/ *adjective* absolutely determined — *adverb* **adamantly**

adam's apple /ˈadəmz ˈapəl/ *noun* the natural lump which sticks out from a man's throat

adapt /əˈdapt/ *verb* to make suitable

adaptable /əˈdaptəbəl/ *adjective* easily altered to suit new conditions [*same as* **flexible**]

adaptation /adəpˈteɪʃən/ *noun* a change in the form of something to make it suitable for another situation or purpose

adaptor /əˈdæptə(r)/ *noun* an electrical plug for connecting a plug of one type to a socket of another type, or for connecting several plugs to the same socket

add /æd/ *verb* 1 to include or attach something extra 2 to put numbers together to get their total 3 to say something extra

> **add to** to increase
> **add up 1** to work out a total 2 (*informal*) to make sense

adder /ˈædə(r)/ *noun* a small poisonous snake, also called a viper

addict /ˈædɪkt/ *noun* 1 someone who has a harmful habit, especially drug-taking, and is unable to stop it [*same as* **junkie**]

addicted /əˈdɪktɪd/ *adjective* **addicted to** unable to do without

addiction /əˈdɪkʃən/ *noun* a constant need for something, developed as an initial liking that leads to habitual use

addictive /əˈdɪktɪv/ *adjective* causing addiction

addition /əˈdɪʃən/ *noun* 1 the act of adding 2 something added

additional /əˈdɪʃənəl/ *adjective* extra; more than usual

additionally /əˈdɪʃənəlɪ/ *adverb* 'also' or 'as an extra consideration'

additive /ˈædɪtɪv/ *noun* a chemical added to another substance

address /əˈdrɛs/ *noun* 1 the name of the house, street, and town where someone lives or works 2 a speech ♦ *verb* 1 to speak to 2 to write the address on *eg* a letter

adept /ˈædɛpt/ or /əˈdɛpt/ *adjective* very skilful [*same as* **proficient**]

adequate /ˈædəkwət/ *adjective* sufficient, enough [*opposite* **inadequate**] — *noun* (*uncount*) **adequacy** [*opposite* **inadequacy**] — *adverb* **adequately**: *adequately paid*

adhere /ədˈhɪə(r)/ *verb* 1 to stick firmly 2 to continue to support 3 to follow or obey [*same as* **stick**, **abide by**] — *noun* **adherence**: *adherence to the official procedure*

adherent /ədˈhɪərənt/ *noun* (*usually in the plural*) a loyal supporter

adhesive /ədˈhiːzɪv/ *adjective* able to stick to other surfaces: *adhesive labels* [*same as* **sticky**] ♦ *noun* (*count or uncount*) glue

ad hoc /æd ˈhɒk/ *adjective* set up for a present need only; not permanent

adjacent /əˈdʒeɪsənt/ *adjective* next to, or side by side

adjective /ˈædʒəktɪv/ *noun* a word which tells something about a noun, *eg* 'a *red* dress' or 'the weather's *fine*' — *adjective* **adjectival**

adjoin /əˈdʒɔɪn/ *verb* to be joined to — *adjective* **adjoining**: *adjoining bedrooms*

adjourn /əˈdʒɜːn/ *verb* to stop temporarily, so as to continue later — *noun* (*uncount or count*) **adjournment**

adjudicate /əˈdʒuːdɪkeɪt/ *verb* 1 to give a judgement on *eg* a dispute 2 to act as a judge at a competition — *noun* **adjudicator**

adjunct /ˈædʒʌŋkt/ *noun* (*grammar*) something joined or added

adjust /əˈdʒʌst/ *verb* to rearrange or alter to suit the circumstances — *noun* (*count or uncount*) **adjustment**

ad-lib /æd ˈlɪb/ *adverb* without preparation ♦ *verb* to speak without preparation

administer /ədˈmɪnɪstə(r)/ *verb* 1 to manage or govern 2 to give *eg* help, medicine

administration /ədmɪnɪˈstreɪʃən/ *noun* 1 management 2 the government of *eg* a country

administrative /ədˈmɪnɪstrətɪv/ *adjective* having to do with management or government

administrator /ədˈmɪnɪstreɪtə(r)/ *noun* a person who manages the affairs of an institution or country

admirable /ˈædmərəbəl/ *adjective* deserving praise and admiration

admiral /ˈædmɪrəl/ *noun* the most senior naval officer

admiration /ædmɪˈreɪʃən/ *noun* (*uncount*) what you feel for someone or something you respect or admire

admire /ədˈmaɪə(r)/ *verb* 1 to think very highly of 2 to look at with pleasure — *noun* **admirer**

admissible /ədˈmɪsɪbəl/ *adjective* (*especially legal*) allowable

admission /ədˈmɪʃən/ *noun* 1 the price you pay for permission to enter a place 2 a statement that something is true

admit /ədˈmɪt/ *verb* 1 to agree that something is true: *He admitted lying.* 2 to allow to enter, or accept as a member — *adverb* **admittedly**: *Admittedly we don't yet know all the facts.*

admittance /ədˈmɪtəns/ *noun* (*uncount*) the right or permission to enter

admonish /ədˈmɒnɪʃ/ *verb* (*formal*) to criticize angrily [*same as* **reprimand**]

ado /əˈduː/ *noun* (*uncount*) ▶ *phrase* **without more ado** or **without further ado** 'immediately', 'without any more delay'

adolescent /adəˈlɛsənt/ *noun* a young person, especially between the ages of 13 and 16 ♦ *adjective* of this age — *noun* **adolescence**

adopt /əˈdɒpt/ *verb* **1** to take as your own, especially a child of other parents [see also **foster**] **2** to take *eg* precautions, choose formally — *noun* **adoption**

adoptive /əˈdɒptɪv/ *adjective* of *eg* parents: having an adopted child

adorable /əˈdɔːrəbəl/ *adjective* (*informal*) very sweet and pretty

adoration /adəˈreɪʃən/ *noun* (*uncount*) great love and admiration

adore /əˈdɔː(r)/ *verb* **1** to love or admire deeply **2** (*informal*) to like a lot — *adjective* **adoring** — *adverb* **adoringly**

adorn /əˈdɔːn/ *verb* to decorate *eg* with ornaments — *noun* (*uncount* or *count*) **adornment**

adrenalin or **adrenaline** /əˈdrɛnəlɪn/ *noun* (*uncount*) a hormone produced in response to *eg* fear or anger, preparing the body for quick action

adrift /əˈdrɪft/ *adjective* not tied up, floating

adroit /əˈdrɔɪt/ *adjective* skilful [*same as* **expert**] — *adverb* **adroitly**

adulation /adjʊˈleɪʃən/ *noun* (*uncount*) great flattery

adult /ˈadʌlt/ or /əˈdʌlt/ *noun* a grown-up person ♦ *adjective* grown up

adulterate /əˈdʌltəreɪt/ *verb* to add some inferior substance to

adultery /əˈdʌltəri/ *noun* (*uncount*) unfaithfulness to a husband or wife

advance /ədˈvɑːns/ *verb* **1** to go forward **2** to develop further or make progress **3** to schedule for a time earlier than the time originally planned [*same as* **bring forward**] **4** to pay before the usual or agreed time ♦ *noun* **1** movement forward **2** improvement **3** a loan of money ▶ *phrase* **in advance of** beforehand

advanced /ədˈvɑːnst/ *adjective* **1** far on in development **2** modern

advancement /ədˈvɑːnsmənt/ *noun* (*uncount*) progress

advantage /ədˈvɑːntɪdʒ/ *noun* (*count* or *uncount*) **1** a better position, superiority **2** gain or benefit ▶ *phrase* **take advantage of** to make use of *eg* a situation, person in such a way as to benefit yourself

advantageous /advənˈteɪdʒəs/ *adjective* profitable; helpful [*same as* **beneficial**]

advent /ˈadvɛnt/ *noun* **1** coming, arrival

adventure /ədˈvɛntʃə(r)/ *noun* an exciting or dangerous experience

adventurer /ədˈvɛntʃərə(r)/ *noun* someone who enjoys dangerous and daring experiences

adventurous /ədˈvɛntʃərəs/ *adjective* taking risks, liking adventure [*same as* **intrepid**]

adverb /ˈadvɜːb/ *noun* a part of speech that describes or modifies a verb, adjective or sentence *eg* 'eat *slowly*', '*extremely* hard', '*very* carefully'

adverbial /ədˈvɜːbɪəl/ *adjective* of or like an adverb

adversary /ˈadvəsəri/ *noun* an opponent or enemy

adverse /ˈadvɜːs/ *adjective* unfavourable: *adverse conditions*

adversity /ədˈvɜːsɪti/ *noun* (*uncount*) misfortune

advert /ˈadvɜːt/ *noun* (*informal*) an advertisement

advertise /ˈadvətaɪz/ *verb* **1** to make known to the public **2** to stress the good points of *eg* a product for sale

advertisement /ədˈvɜːtɪsmənt/ *noun* a public notice that tells people about something such as a product or a vacant job

advertising /ˈadvətaɪzɪŋ/ *noun* (*uncount*) the business of designing and showing advertisements

advice /ədˈvaɪs/ *noun* (*uncount*) suggestions as to what someone should do in a certain situation

advisable /ədˈvaɪzəbl/ *adjective* wise or sensible

advise /ədˈvaɪz/ *verb* **1** to give advice to **2** to recommend *eg* an action — *noun* **adviser**

advocate *noun* /ˈadvəkət/ **1** someone who pleads for another **2** in Scotland, a court lawyer ♦ *verb* /ˈadvəkeɪt/ **1** to plead or argue for **2** to recommend

aerial /ˈɛərɪəl/ *noun* a wire or rod that sends or receives radio or TV signals [*same as* **antenna**] ♦ *adjective* above the ground or in the air

aerobics /ɛəˈrəʊbɪks/ *noun* (*uncount*) a system of physical exercise consisting of rapidly repeated, energetic movements

aerodrome /ˈɛərədrəʊm/ *noun* (*BrE*) an airfield for private or military aircraft

aerodynamic /ɛərədaɪˈnæmɪk/ *adjective* relating to the movement of objects through the air

aeroplane /ˈɛərəpleɪn/ *noun* an engine-powered vehicle with fixed wings designed for flying

aerosol /ˈɛərəsɒl/ *noun* a container which releases a fine spray or foam at the press of a button

aesthetic (*AmE* **esthetic**) /ɪsˈθɛtɪk/ *adjective* relating to beauty and art — *adverb* **aesthetically**: *aesthetically pleasing*

affable /ˈafəbəl/ *adjective* having a pleasant, friendly manner [*same as* **genial**] — *adverb* **affably**

affair /əˈfɛə(r)/ *noun* **1** events connected with one person or thing **2** (*used in the plural*) personal concerns, transactions **3** business, concern **4** a sexual relationship

affect /əˈfɛkt/ *verb* **1** to act upon **2** to have an effect on; move the feelings of **3** to pretend *eg* feel: *affect modesty*

affectation /afɛkˈteɪʃən/ *noun* (*count or uncount*) pretence

affected /əˈfɛktɪd/ *adjective* (*derogatory*) unnatural — *adverb* **affectedly**

affection /əˈfɛkʃən/ *noun* (*uncount*) a strong liking

affectionate /əˈfɛkʃənət/ *adjective* showing love or liking — *adverb* **affectionately**

affiliated /əˈfɪlɪeɪtɪd/ *adjective* **affiliated with** or **affiliated to** connected with or attached to — *noun* **affiliation**

affinity /əˈfɪnɪtɪ/ *noun* a close likeness or agreement [*same as* **resemblance**]

affirm /əˈfɜːm/ *verb* **1** to state positively as the truth [*same as* **assert**] — *noun* **affirmation** /afəˈmeɪʃən/ (*uncount*)

affirmative /əˈfɜːmətɪv/ *adjective* saying 'yes' ♦ *noun* a positive reply

affix *verb* /əˈfɪks/ *verb* to attach to ♦ *noun* /ˈafɪks/ (*grammar*) a word-forming element that is added to a word to form another word with a related meaning

afflict /əˈflɪkt/ *verb* to give continued pain or distress to

affliction /əˈflɪkʃən/ *noun* (*count or uncount*) **1** something that is wrong with you **2** (*uncount*) pain, suffering or distress

affluent /ˈafluənt/ *adjective* wealthy: *an affluent lifestyle* — *noun* (*uncount*) **affluence** [*same as* **wealth**]

afford /əˈfɔːd/ *verb* **1** to be able to pay for **2** to be able to do something without risk

affront /əˈfrʌnt/ *noun* an insult ♦ *verb* to insult openly

afloat /əˈfloʊt/ *adjective* floating

afoot /əˈfʊt/ *adjective* being planned

aforementioned /əˈfɔːmɛnʃənd/ *adjective* (*legal*) mentioned already in the same document

aforesaid /əˈfɔːsɛd/ *adjective* the same as **aforementioned**

afraid /əˈfreɪd/ *adjective* **1** struck with fear [*same as* **frightened**] **2** sorry to have to admit that

afresh /əˈfrɛʃ/ *adverb* once again [*same as* **anew**]

after /ˈɑːftə(r)/ *preposition* **1** later in time than: *after dinner* **2** following: *day after day* **3** in memory or honour of: *named after his father* **4** in pursuit of: *run after the bus* **5** about: *asked after her health* **6** despite: *after all my efforts* ♦ *adverb* later: *we left soon after* ♦ *conjunction*: *After she arrived, things improved.* ► *phrase* **after all 1** all things considered **2** despite everything said or done before

after-effect /ˈɑːftərɪfɛkt/ *noun* (*usually in the plural*) unpleasant conditions that follow an action or event

aftermath /ˈɑːftəmɑθ/ *noun* (*used in the singular*) the bad results of something

afternoon /ɑːftəˈnuːn/ *noun* (*count or uncount*) the time between noon and evening

aftershave /ˈɑːftəʃeɪv/ *noun* (*uncount*) a scented liquid that men put on their faces after shaving

afterthought /ˈɑːftəθɔːt/ *noun* something said casually at a late stage

afterwards /ˈɑːftəwədz/ (*AmE also* **afterward**) *adverb* later

again /əˈgɛn/ or /əˈgeɪn/ *adverb* **1** once more: *say that again* **2** in or into the original state or place: *there and back again* **3** at another later time: *see you again* ► *phrase* **then again** or **there again** on the other hand

against /əˈgɛnst/ or /əˈgeɪnst/ *preposition* **1** in opposition to: *against the law; fight against injustice* **2** in the opposite direction to: *against the wind* **3** touching or pressing on **4** in contrast to, or in relation to **5** as protection from: *guard against infection*

age /eɪdʒ/ *noun* (*uncount or count*) **1** the time someone or something has lived or existed **2** a long period of time ♦ *verb*: **ages, ageing** or **aging, aged** to grow or make visibly older ► *phrases* **of age** legally an adult **under age** too young to be legally allowed to do something

aged

aged *adjective* **1** /'eɪdʒɪd/ old **2** /eɪdʒd/ of the age of: *aged five* ♦ *noun* /'eɪdʒɪd/ (*plural*) old people as a class: *the aged*

ageing or **aging** /'eɪdʒɪŋ/ *adjective* growing, and usually looking, older

agency /'eɪdʒənsɪ/ *noun* an office or business providing a particular service

agenda /ə'dʒɛndə/ *noun* the list of matters to be discussed at a meeting

agent /'eɪdʒənt/ *noun* **1** a person who represents an organization: *a travel agent* **2** a person who seeks and arranges suitable work for an actor or musician

aggravate /'agrəveɪt/ *verb* **1** to make worse [*same as* **exacerbate**; *opposite* **alleviate**] **2** to annoy [*same as* **irritate**; *opposite* **soothe**] — *adjective* **aggravating** — *noun* (*uncount or count*) **aggravation**

aggressive /ə'grɛsɪv/ *adjective* **1** ready to attack first **2** dealing with others in a determined and assertive way — *noun* **aggression** — *adverb* **aggressively**

aggressor /ə'grɛsə(r)/ *noun* someone who attacks someone else without reasonable cause [*same as* **attacker**, **assailant**]

aggrieved /ə'griːvd/ *adjective* hurt, upset

aggro /'agrəʊ/ *noun* (*uncount*; *BrE*; *informal*) aggression, hostility

aghast /ə'gɑːst/ *adjective* struck with horror

agile /'adʒaɪl/ (*AmE* /'adʒəl/) *adjective* active [*same as* **nimble**, **athletic**] — *noun* (*uncount*) **agility** /ə'dʒɪlɪtɪ/

agitate /'adʒɪteɪt/ *verb* to make nervous and anxious [*same as* **worry**, **trouble**, **unsettle**] — *adjective* **agitated** — *noun* (*uncount*) **agitation** /adʒɪ'teɪʃən/

agitator /'adʒɪteɪtə(r)/ *noun* (*often derogatory*) someone who stirs up others' feelings, causing discontent

agnostic /ag'nɒstɪk/ *noun* someone who believes it is impossible to know whether god exists or not ♦ *adjective*: *an agnostic view*

ago /ə'gəʊ/ *adverb* in the past: *a long time ago*

agog /ə'gɒg/ *adjective* eager, excited

agonize or **agonise** /'agənaɪz/ *verb* to keep worrying about something

agonized or **agonised** /'agənaɪzd/ *adjective* showing great pain

agonizing or **agonising** /'agənaɪzɪŋ/ *adjective* causing great pain

agony /'agənɪ/ *noun* (*uncount or count*) great pain

air hostess

agree /ə'griː/ *verb* **1** to be alike in *eg* opinions, decisions **2** to say that you will do something **3** to be the same or consistent, fit together [*same as* **tally**, **accord**, **match**]

agreeable /ə'griːəbəl/ *adjective* friendly, and pleasant to know

agreement /ə'griːmənt/ *noun* **1** likeness, especially of opinions **2** a contract or document stating what has been agreed ▶ *phrase* **in agreement** having the same opinion

agriculture /'agrɪkʌltʃə(r)/ *noun* (*uncount*) the cultivation of the land, farming — *adjective* **agricultural** /agri'kʌltʃərəl/

aground /ə'graʊnd/ *adjective or adverb* stuck on the bottom of the sea or a river: *run aground*

ahead /ə'hɛd/ *adverb* in front; in advance

aid /eɪd/ *noun* **1** (*uncount*) help **2** something that helps you do something ♦ *verb* to help ▶ *phrases* (*legal*) **aid and abet** to help or encourage someone to do something wrong or criminal **in aid of** for the benefit of

AIDS or **Aids** /eɪdz/ *noun* (*uncount*) acquired immune deficiency syndrome

ailing /'eɪlɪŋ/ *adjective* **1** ill or weak **2** losing money and failing: *an ailing business*

ailment /'eɪlmənt/ *noun* a trouble, disease

aim /eɪm/ *verb* **1** to point at, especially with a gun **2** to have as your purpose **3** to intend for: *a campaign aimed at parents* ♦ *noun* **1** an ambition **2** the purpose of something, or what is intended

aimless /'eɪmləs/ *adjective* having no particular purpose or aim — *adverb* **aimlessly**

air /ɛə(r)/ *noun* **1** the mixture of gases, mainly oxygen and nitrogen, which we breathe; the atmosphere **2** the space above the ground: *rise into the air* **3** related to travel by aircraft: *air travel* **4** an impression: *an air of determination* ♦ *verb* **1** to expose to the air **2** to make *eg* an opinion known ▶ *phrase* **on the air** broadcasting

airborne /'ɛəbɔːn/ *adjective* in the air, flying

air-conditioning /'ɛəkəndɪʃənɪŋ/ *noun* (*uncount*) the machinery for, or the process of, controlling the temperature inside a building — *adjective* **air-conditioned**

aircraft /'ɛəkrɑːft/ *noun* any vehicle that can fly

air hostess /'ɛə həʊstɛs/ *noun* a woman member of an airliner's crew, responsible for the comfort of passengers

airing /'eərɪŋ/ *noun* **1** the act of exposing to the air **2** the act of talking about something openly

airless /'eələs/ *adjective* lacking fresh air [*same as* **stuffy**; *opposite* **airy**]

airline /'eəlaɪn/ *noun* a company providing a regular transport service by aircraft

airmail /'eəmeɪl/ *noun* (*uncount*) the system of carrying mail by air

airplane /'eəpleɪn/ *noun* (*AmE*) an aeroplane

airport /'eəpɔːt/ *noun* a place where aircraft arrive and depart, with buildings for administration and facilities for passengers

air raid /'eə reɪd/ *noun* a bombing attack made on a place by military aircraft

airship /'eəʃɪp/ *noun* a large balloon which can be steered and driven

airtight /'eətaɪt/ *adjective* designed to prevent air from getting in or out

airy /'eərɪ/ *adjective* **1** well supplied with fresh air **2** light-hearted

aisle /aɪl/ *noun* a gap forming a passageway between rows of seats or shelves

ajar /ə'dʒɑː(r)/ *adjective* partly open: *leave the door ajar*

akin /ə'kɪn/ *adjective* similar

alacrity /ə'lakrɪtɪ/ *noun* (*uncount*) eagerness and enthusiasm

alarm /ə'lɑːm/ *noun* **1** sudden fear **2** something which rouses to action or gives warning of danger ♦ *verb* to frighten — *adjective* **alarmed** — *adjective* **alarming** — *adverb* **alarmingly**: *alarmingly thin*

alarm clock /ə'lɑːm klɒk/ *noun* a clock fitted with an alarm which you can set to go off at a particular time to wake you up

alas! /ə'las/ *adverb or interjection* (*literary*) a cry showing regret

albatross /'albətrɒs/ *noun* a type of large sea-bird

albeit /ɔːl'biːɪt/ *conjunction* (*formal*) even if

albino /al'biːnəʊ/ (*AmE* /al'baɪnəʊ/) *noun*: **albinos** someone or an animal with no natural colour in their skin, hair and eyes

album /'albəm/ *noun* **1** a book with blank pages for holding *eg* photographs or stamps **2** a long-playing record

alcohol /'alkəhɒl/ *noun* (*uncount*) **1** drink that is capable of making people drunk **2** the colourless liquid that is contained in drinks such as beer and wine, and is also used as a solvent

alcoholic /alkə'hɒlɪk/ *adjective* of or containing alcohol ♦ *noun* a person who is addicted to alcohol

alcoholism /'alkəhɒlɪzm/ *noun* (*uncount*) addiction to alcohol

alcove /'alkəʊv/ *noun* a recess in a room's wall

ale /eɪl/ *noun* (*uncount*) beer, as distinct from beer-like drinks such as lager and stout

alert /ə'lɜːt/ *adjective* **1** watchful **2** quick-thinking [*same as* **sharp**] ♦ *noun* a warning of danger ♦ *verb* to warn ▶ *phrase* **on the alert** watching for trouble or danger

algebra /'aldʒəbrə/ *noun* (*uncount*) a method of counting, using letters and signs

alias /'eɪlɪəs/ *noun* a false name ♦ *adverb* also known as: *Mr Death Bredon, alias Lord Peter Wimsey*

alibi /'alɪbaɪ/ *noun* proof you were somewhere else at the time a crime was committed

alien /'eɪlɪən/ *adjective* **1** foreign **2** unfamiliar and rather frightening [*same as* **strange**] ♦ *noun* a foreigner

alienate /'eɪlɪəneɪt/ *verb* to make someone feel unwanted or rejected [*same as* **cut off**] — *noun* (*uncount*) **alienation**

alight[1] /ə'laɪt/ *adjective* **1** burning [*same as* **on fire**] **2** bright, with happiness or excitement

alight[2] /ə'laɪt/ *verb* (*formal*) to get off *eg* a train: *alight from the train*

align /ə'laɪn/ *verb* **1** to set in line **2** to take sides in *eg* an argument: *align yourself with the Green Party* — *noun* (*uncount or count*) **alignment**: *political alignment*

alike /ə'laɪk/ *adjective* like one another, similar ♦ *adverb* in the same way, similarly

alimony /'alɪmənɪ/ *noun* (*uncount; legal*) money that someone who is divorced or separated has to pay regularly to their former wife or husband [see also **maintenance**]

alive /ə'laɪv/ *adjective* **1** living **2** full of activity [*same as* **animated, vivacious**]

alkali /'alkəlaɪ/ *noun* (*chemistry*) a substance that reacts with an acid to form a salt [see also **acid**] — *adjective* **alkaline**

all /ɔːl/ *determiner* **1** the full known group of people or things, or the full known amount of a thing: *all the senior staff* **2** every one, or any, in existence **3** 'for the whole of': *all night* ♦ *pronoun* **1** the full known group of people or things, or the full known amount of a thing: *all of the children* **2** the whole group, whole amount, or situation as a whole: *They were all delighted.* **3 a** everything concerning some situation: *All seems to be well again.* **b** the only thing or things: *All I want is a bit of peace.* ♦ *adverb* 'completely', or 'to a great extent': *You've got jam all over your face.* ▶ *phrase* **all right 1** satisfactory **2** safe or unhurt **3** 'okay'

allay /ə'leɪ/ *verb* **1** to make less, relieve **2** to calm

allege /ə'lɛdʒ/ *verb* to say without proof [*same as* **claim**] — *noun* **allegation**

alleged /ə'lɛdʒd/ *adjective* reported but not proven — *adverb* **allegedly** /ə'lɛdʒɪdlɪ/

allegiance /ə'li:dʒəns/ *noun* (*uncount*) loyalty

allegory /'aləgərɪ/ *noun* a story, play, poem or picture in which the characters represent moral, political or spiritual ideas or themes — *adjective* **allegorical**

allergy /'alədʒɪ/ *noun* (*count or uncount*) abnormal sensitiveness of the body to something — *adjective* **allergic**

alleviate /ə'li:vɪeɪt/ *verb* to make less serious [*same as* **ease, relieve**]

alley /'alɪ/ *noun* **1** a narrow passage or lane **2** an enclosure for bowls or skittles

alliance /ə'laɪəns/ *noun* (*count or uncount*) an agreement to work together for a joint purpose

allied /'alaɪd/ or /ə'laɪd/ *adjective* joined by an alliance

alligator /'alɪgeɪtə(r)/ *noun* a large reptile like a crocodile

alliteration /əlɪtə'reɪʃən/ *noun* (*uncount*) the effect produced by using a series of words that begin with the same letter or sound — *adjective* **alliterative** /ə'lɪtərətɪv/

allocate /'aləkeɪt/ *verb* to allot, share out, reserve for a particular purpose — *noun* (*uncount*) **allocation** /alə'keɪʃən/

allot /ə'lɒt/ *verb* to give each person a share of, distribute, reserve — *adjective* **allotted**

allotment /ə'lɒtmənt/ *noun* (*BrE*) a piece of ground rented to someone to grow vegetables on

allow /ə'laʊ/ *verb* **1** to let (someone do something) **2** to admit, confess **3** to give, especially at regular intervals **4** to make possible [*same as* **enable**] — *adjective* **allowable**

> **allow for** to take into consideration in your planning

allowance /ə'laʊəns/ *noun* a fixed sum or amount given regularly ▶ *phrase* **make allowances** to take someone's special circumstances into consideration

alloy /'alɔɪ/ *noun* a mixture of two or more metals

all-rounder /ɔ:l'raʊndə(r)/ *noun* someone possessing a wide range of skills and talents

allude /ə'lu:d/ or /ə'lju:d/ *verb* to refer to in an indirect way, or mention while talking of something else [*same as* **refer**]

allure /ə'lʊə(r)/ or /ə'ljʊə(r)/ *noun* (*uncount*) a person or thing's power to attract you — *adjective* **alluring**

allusion /ə'lu:ʒən/ or /ə'lju:ʒən/ *noun* (*count or uncount*) an indirect reference

ally /'alaɪ/ *noun* someone in alliance with another; a friend ♦ *verb* /ə'laɪ/ or /'alaɪ/ to join yourself to by *eg* treaty

almighty /ɔ:l'maɪtɪ/ *adjective* (*informal*) having great power

almond /'a:mənd/ *noun* an oval nut with pointed ends

almost /'ɔ:lməʊst/ *adverb* 'nearly' or 'not quite'

aloft /ə'lɒft/ *adverb* (*literary*) high above the ground or in the air

alone /ə'ləʊn/ *adjective or adverb* **1** without the company of other people **2** surrounded by people you don't know [*same as* **by yourself, on your own**] ▶ *phrase* **leave alone** leave undisturbed

along /ə'lɒŋ/ *preposition* the length of: *walk along the road* ♦ *adverb* continuously in the direction taken: *Come along!* ▶ *phrase* **all along** all the time, without people realizing it

alongside /əlɒŋ'saɪd/ *preposition* beside ♦ *adverb*: *a neat brick house with a garage built alongside*

aloof /ə'lu:f/ *adjective* not wanting to talk or make friends [*same as* **standoffish**]

aloud /ə'laʊd/ *adverb* loudly enough for people to hear [*same as* **out loud**]

alphabet /'alfəbɛt/ *noun* the letters of a language given in a fixed order

alphabetical /alfə'bɛtɪkəl/ *adjective* according to the order of the letters of the alphabet — *adverb* **alphabetically**

alpine /'alpaɪn/ *adjective* relating to mountainous regions

already /ɔ:l'rɛdɪ/ *adverb* **1** before this or that time: *I've already done that* **2** now, before the expected time: *You can't have finished already.*

alright /ɔ:l'raɪt/ another spelling of **all right**

also /'ɔ:lsəʊ/ *adverb* in addition, besides, too

altar /'ɔːltə(r)/ *noun* a sacred table used in religious ceremonies

alter /'ɔːltə(r)/ *verb* to change — *noun* (*count or uncount*) **alteration**

alternate *adjective* /ɔːl'tɜːnət/ happening by turns, first one, then the other: *on alternate days* — *adverb* **alternately** ♦ *verb* /'ɔːltəneɪt/ of two things: to do or happen in turn

alternative /ɔːl'tɜːnətɪv/ *adjective* offering a second possibility — *adverb* **alternatively** ♦ *noun* a second possibility, a different course of action

although /ɔːl'ðoʊ/ *conjunction* 'in spite of the fact that', or 'in spite of being'

altitude /'altɪtjuːd/ or /'ɔːltɪtjuːd/ *noun* (*count or uncount*) height above sea level

alto /'altoʊ/ *noun*: **altos 1** the male voice of the highest pitch **2** the female voice of lowest pitch

altogether /ɔːltə'gɛðə(r)/ *adverb* **1** considering everything, in all **2** completely

altruism /'altrʊɪzm/ *noun* (*uncount*) a generous concern for the welfare of other people — *adjective* **altruistic** — *adverb* **altruistically**

aluminium /aljə'mɪnɪəm/ (*AmE* **aluminum** /ə'luːmɪnəm/) *noun* (*uncount*) an element, a very light metal

always /'ɔːlweɪz/ *adverb* **1** for ever: *He'll always remember this day.* **2** every time: *She always gets it wrong.*

Alzheimer's Disease /'altshaɪməz dɪziːz/ *noun* (*uncount*) an illness affecting the brain and causing dementia, loss of memory and mental confusion

am /am/ *verb* the form of the present tense of **be** that is used with '*I*'

amalgamate /ə'malgəmeɪt/ *verb* to join together [*same as* **merge**] — *noun* (*uncount*) **amalgamation** /əmalgə'meɪʃən/

amass /ə'mas/ *verb* to collect in large quantities

amateur /'amətə(r)/ or /amə'tɜː(r)/ *noun* someone who takes part in an activity for pleasure, not for money [*opposite* **professional**]

amateurish /'amətərɪʃ/ *adjective* (*derogatory*) not done properly; not skilful

amaze /ə'meɪz/ *verb* to greatly surprise [*same as* **astonish**] — *adjective* **amazed** [*same as* **astonished**]

amazement /ə'meɪzmənt/ *noun* (*uncount*) a feeling of great surprise [*same as* **astonishment**]

amazing /ə'meɪzɪŋ/ *adjective* greatly surprising or impressive — *adverb* (*intensifying*) **amazingly**

ambassador /am'basədə(r)/ *noun* a government's most senior official representative in another country

amber /'ambə(r)/ *noun* (*uncount*) **1** a hard golden-brown transparent substance that is used in jewellery **2** the colour of this substance

ambidextrous /ambɪ'dɛkstrəs/ *adjective* able to use both hands with equal skill

ambience or **ambiance** /'ambɪəns/ *noun* (*used in the singular*) environment, atmosphere

ambiguity /ambɪ'gjuːɪtɪ/ *noun* uncertainty in meaning

ambiguous /am'bɪgjʊəs/ *adjective* **1** having two possible meanings **2** not clear — *adverb* **ambiguously**

ambition /am'bɪʃən/ *noun* the desire for success, power or fame [*same as* **aim**, **goal**] — *adjective* **ambitious** — *adverb* **ambitiously**

ambivalent /am'bɪvələnt/ *adjective* having opposing, conflicting or mixed feelings about something — *noun* (*uncount*) **ambivalence**

amble /'ambəl/ *verb* to walk at a slow, easy, pace [*same as* **stroll**, **saunter**]

ambulance /'ambjʊləns/ *noun* a vehicle for carrying the sick or injured

ambush /'ambʊʃ/ *verb* to make a surprise attack on someone ♦ *noun* a surprise attack

amenable /ə'miːnəbəl/ *adjective* willing to accept or follow

amend /ə'mɛnd/ *verb* to alter or improve — *noun* (*count or uncount*) **amendment** ▶ *phrase* **make amends** to make up for having done wrong

amenity /ə'miːnɪtɪ/ *noun* (*usually in the plural*) things that are provided for the use and enjoyment of the public [*same as* **facility**]

amethyst /'aməθɪst/ *noun* (*count or uncount*) a purple stone used in jewellery

amiable /'eɪmɪəbəl/ *adjective* friendly and good-tempered [*same as* **genial**] — *adverb* **amiably**

amicable /'amɪkəbəl/ *adjective* friendly [*opposite* **hostile**] — *adverb* **amicably**

amid /ə'mɪd/ or **amidst** /ə'mɪdst/ *preposition* (*literary*) in the middle of

amiss /ə'mɪs/ *adjective or adverb* wrong: *go amiss*

ammunition /amjʊ'nɪʃən/ *noun* (*uncount*) missiles for firing from guns

amnesia /am'ni:zɪə/ or /am'ni:ʒə/ *noun* (*uncount*) loss of memory

amnesty /'amnəstɪ/ *noun* a general pardon of wrongdoers

amok /ə'mɒk/ or /ə'mʌk/ or **amuck** /ə'mʌk/ *adverb* ▶ *phrase* **run amok** or **amuck** to run about in a wild or dangerous manner

among /ə'mʌŋ/ or **amongst** /ə'mʌŋst/ *preposition* **1** surrounded by **2** in the company of **3** to each of [compare **between**] **4** with each other **5** included in

amoral /eɪ'mɒrəl/ or /a'mɒrəl/ *adjective* having no moral principles

amorous /'amərəs/ *adjective* filled with sexual desire: *amorous behaviour* — *adverb* **amorously**

amount /ə'maʊnt/ *noun* **1** total, sum **2** a quantity

---
amount to 1 to make a certain total when added together [*same as* **come to, run to**] **2** to be equal to

---

amp /amp/ *noun* **1** a unit of measurement for electric current **2** (*informal*) an amplifier

amphibian /am'fɪbɪən/ *noun* an animal that can live both on land and in water — *adjective* **amphibious**

amphitheatre (*AmE* **amphitheater**) /'amfɪθɪətə(r)/ *noun* a theatre with seats surrounding a central arena

ample /'ampəl/ *adjective* (*old, or formal*) **1** plenty of **2** large [*same as* **generous**] — *adverb* **amply**

amplifier /'amplɪfaɪə(r)/ *noun* an electrical device for increasing loudness

amputate /'ampjʊteɪt/ *verb* to cut off (a limb) by surgery — *noun* (*uncount*) **amputation** /ampjʊ'teɪʃən/

amuck see **amok**

amuse /ə'mju:z/ *verb* **1** to cause to laugh **2** to give pleasure to [*same as* **occupy**] — *adjective* **amused** — *noun* **amusement**

amusing /ə'mju:zɪŋ/ *adjective* making you want to laugh or smile [*same as* **funny, entertaining**] — *adverb* **amusingly**

an /ən/ or /an/ *determiner* the form of the indefinite article used before a vowel [see **a**]

anachronism /ə'nakrənɪzm/ *noun* something that is old-fashioned or out of date — *adjective* **anachronistic**

anaemia (*AmE* **anemia**) /ə'ni:mɪə/ *noun* (*uncount*) a shortage of red cells in the blood — *adjective* **anaemic** (*AmE* **anemic**) /ə'ni:mɪk/

anaesthesia (*AmE* **anesthesia**) /anəs'θi:zɪə/ *noun* (*uncount*) the use of pain-killing drugs in surgery or medicine

anaesthetic (*AmE* **anesthetic**) /anəs'θɛtɪk/ *noun* a substance used for pain-killing or causing unconsciousness during surgical operations

anaesthetist (*AmE* **anesthetist**) /ə'ni:sθətɪst/ *noun* a doctor who gives anaesthetics to patients

anaesthetize or **anaesthetise** (*AmE* **anesthetize**) /ə'ni:sθətaɪz/ *verb* to make unconscious with an anaesthetic

anagram /'anəgram/ *noun* a word or phrase consisting of the re-arranged letters of another word

anal /'eɪnəl/ *adjective* relating to the anus

analogous /ə'naləgəs/ *adjective* similar

analogy /ə'nalədʒɪ/ *noun* **1** a likeness or resemblance **2** a comparison made to show similarity [*same as* **parallel**]

analyse (*AmE* **analyze**) /'anəlaɪz/ *verb* to examine in detail in order to understand

analysis /ə'nalɪsɪs/ *noun*: **analyses** /ə'nalǝsi:z/ **1** (*uncount* or *count*) the process of identifying and examining in detail **2** (*AmE*) psychoanalysis

analyst /'anəlɪst/ *noun* **1** someone who analyses **2** a psychiatrist or psychologist

anarchist /'anəkɪst/ *noun* a person who believes in anarchy

anarchy /'anəkɪ/ *noun* (*uncount*) **1** lack or absence of government **2** disorder or confusion — *adjective* **anarchic** /ə'nɑ:kɪk/

anathema /ə'naθəmə/ *noun* (*uncount*) something you hate

anatomy /ə'natəmɪ/ *noun* **1** the study of the parts of the body **2** the body — *adjective* **anatomical** /anə'tɒmɪkəl/

ancestor /'ansɛstə(r)/ *noun* a former member of your family [*same as* **antecedent**] — *adjective* **ancestral**

anchor /'aŋkə(r)/ *noun* a heavy piece of iron, with hooked ends, for holding a ship fast to the bed of *eg* the sea ♦ *verb* to fix by anchor

ancient /'eɪnʃənt/ *adjective* **1** very old **2** of times long past

ancillary /an'sɪlərɪ/ *adjective* serving or supporting those doing the main work of an institution [*same as* **auxiliary**]

and /ənd/ or /and/ *conjunction* **1** used to join two statements or *eg* pieces of information: *black and white film* □ *add milk and stir* **2** 'in addition to': *2 and 3 make 4*

anecdote /'anəkdəʊt/ *noun* an amusing account of an incident

anew /əˈnjuː/ *adverb* ▶ *phrase* **start anew** start again [*same as* **afresh**]

angel /ˈeɪndʒəl/ *noun* **1** a messenger or attendant of god **2** a very good or beautiful person [*same as* **gem, darling, dear**] — *adjective* **angelic** /anˈdʒɛlɪk/

anger /ˈaŋɡə(r)/ *noun* (uncount) a bitter feeling against someone, annoyance, rage ♦ *verb* to make angry

angle /ˈaŋɡəl/ *noun* **1** the V shape made by two lines meeting at a point **2** a corner **3** a point of view ♦ *verb* to try to get by making hints: *angling for an invitation to the wedding*

angler /ˈaŋɡlə(r)/ *noun* someone who fishes with rod and line

angling /ˈaŋɡlɪŋ/ *noun* (uncount) the sport of fishing with a rod and line

Anglo- /ˈaŋɡloʊ/ *prefix* belonging or relating both to England, or sometimes Britain, and somewhere else

angry /ˈaŋɡrɪ/ *adjective* feeling or showing anger — *adverb* **angrily**

anguish /ˈaŋɡwɪʃ/ *noun* (uncount) very great pain or distress

angular /ˈaŋɡjʊlə(r)/ *adjective* **1** having angles **2** thin, bony

animal /ˈanɪməl/ *noun* **1** a living being which can feel and move of its own accord **2** an animal other than a human ♦ *adjective* relating to animals

animate /ˈanɪmət/ *adjective* having life, being alive [*opposite* **inanimate**]

animated /ˈanɪmeɪtɪd/ *adjective* **1** lively **2** made to move as if alive

animation /anɪˈmeɪʃən/ *noun* (uncount) **1** liveliness **2** a film made from a series of drawings that give the illusion of movement when shown in sequence

animosity /anɪˈmɒsɪtɪ/ *noun* (uncount or count) strong hatred

aniseed /ˈanɪsiːd/ *noun* (uncount) a seed with a flavour like that of liquorice

ankle /ˈaŋkəl/ *noun* the joint connecting the foot and leg

annals /ˈanəlz/ *noun* (plural) yearly historical accounts of events

annex /əˈnɛks/ or /ˈanɛks/ *verb* to take possession of — *noun* (uncount) **annexation** /anɛkˈseɪʃən/

annexe or **annex** /ˈanɛks/ *noun* a building added to another

annihilate /əˈnaɪəleɪt/ *verb* to destroy completely — *noun* (uncount) **annihilation** /ənaɪəˈleɪʃən/

anniversary /anɪˈvɜːsərɪ/ *noun* the day of each year when a particular event is remembered

annotated /ˈanəteɪtɪd/ *adjective* of a text: including notes to help the reader

announce /əˈnaʊns/ *verb* to make publicly known — *noun* **announcement**

announcer /əˈnaʊnsə(r)/ *noun* someone who announces programmes on TV or radio

annoy /əˈnɔɪ/ *verb* to make rather angry; irritate [*same as* **irritate**] — *noun* **annoyance**

annoyed /əˈnɔɪd/ *adjective* rather angry or impatient

annoying /əˈnɔɪɪŋ/ *adjective* making you rather angry or impatient

annual /ˈanjʊəl/ *adjective* yearly ♦ *noun* a book published yearly — *adverb* **annually**

annul /əˈnʌl/ *verb* to declare no longer valid — *noun* (uncount or count) **annulment**

anoint /əˈnɔɪnt/ *verb* to smear with ointment or oil

anomaly /əˈnɒməlɪ/ *noun* something unusual, not according to rule — *adjective* **anomalous** [*same as* **unusual, unexpected, abnormal, irregular**]

anonymous /əˈnɒnɪməs/ *adjective* without the name of the author or giver being known or given — *adverb* **anonymously** — *noun* **anonymity**

anorak /ˈanəɹak/ *noun* a hooded waterproof jacket

another /əˈnʌðə(r)/ *determiner* **1** one more of the same kind: *have another biscuit* **2** a different (thing or person): *moving to another job* ♦ *pronoun* an additional thing of the same kind: *Do you want another?*

answer /ˈɑːnsə(r)/ *verb* **1** to speak or write in return or reply **2** to find the result or solution of *eg* a sum, problem ♦ *noun* something said or written in return or reply; a solution

> **answer back** to reply rudely
> **answer for 1** to be responsible for **2** to suffer for, be punished for

answerable /ˈɑːnsərəbəl/ *adjective* responsible: *answerable for her actions* [*same as* **accountable**]

ant /ant/ *noun* a very small insect which lives in organized colonies

antagonism /anˈtaɡənɪzm/ *noun* (uncount or count) a feeling of dislike or hostility

antagonist /anˈtaɡənɪst/ *noun* **1** an enemy **2** an opponent

antagonistic /antagə'nıstık/ *adjective* opposed to, unfriendly, hostile

antagonize or **antagonise** /an'tagənaız/ *verb* to make an enemy of, cause dislike

Antarctic /ant'ɑːktɪk/ *adjective* of the South Pole or regions round it

ante- /'antɪ/ *prefix* before

antecedent /antɪ'siːdənt/ *noun* someone who lived at an earlier time; an ancestor

antelope /'antɪloʊp/ *noun*: **antelopes** or **antelope** a graceful, swift-running animal like a deer

antenatal /antɪ'neɪtəl/ *adjective* 1 before birth 2 relating to pregnancy

antenna /an'tɛnə/ *noun*: **antennae** /an'tɛniː/ or **antennas** 1 an insect's feeler 2 an aerial

anthem /'anθəm/ *noun* a piece of music composed to celebrate something

anthology /an'θɒlədʒɪ/ *noun* a collection of specially chosen poems or stories

anthropology /anθrə'pɒlədʒɪ/ *noun* (*uncount*) the study of mankind — *adjective* **anthropological** /anθrəpə'lɒdʒɪkəl/

anti- /'antɪ/ (*AmE* /'antaɪ/) *prefix* against, opposite: *anti-terrorist*

antibiotic /antɪbaɪ'ɒtɪk/ *noun* (*usually in the plural*) a medicine taken to kill disease-causing bacteria

anticipate /an'tɪsɪpeɪt/ *verb* 1 to look forward to, expect 2 to see or know in advance [*same as* **foresee, reckon on**] 3 to act before

anticipation /antɪsɪ'peɪʃən/ *noun* (*uncount*) 1 expectation 2 excitement

anticlimax /antɪ'klaɪmaks/ *noun* (*count or uncount*) a dull or disappointing ending [*same as* **letdown**]

anticlockwise /antɪ'klɒkwaɪz/ *adjective or adverb* in the opposite direction to the hands of a clock

antics /'antɪks/ *noun* (*plural*) amusing or silly actions

anticyclone /antɪ'saɪkloʊn/ *noun* a system of winds usually producing good weather

antidote /'antɪdoʊt/ *noun* something given to act against the effect of poison

antifreeze /'antɪfriːz/ *noun* (*uncount*) a substance you put in water, especially the water in a car engine, to stop it freezing

antipathy /an'tɪpəθɪ/ *noun* (*uncount or count*) extreme dislike

antiquated /'antɪkweɪtɪd/ *adjective* (*derogatory*) grown old, or out of fashion

antique /an'tiːk/ *noun* an old, interesting or valuable object from earlier times ♦ *adjective* 1 old, from earlier times 2 old-fashioned

antiquity /an'tɪkwɪtɪ/ *noun* 1 ancient times, *eg* those of the Greeks and Romans 2 great age 3 (*plural*) objects from earlier times

antiseptic /antɪ'sɛptɪk/ *noun* (*count or uncount*) a substance which destroys germs ♦ *adjective*: germ-destroying

antisocial /antɪ'soʊʃəl/ *adjective* 1 not fitting in with, harmful to other people 2 disliking the company of other people [*same as* **unsociable**]

antithesis /an'tɪθəsɪs/ *noun* the exact opposite [*same as* **reverse, converse**]

antler /'antlə(r)/ *noun* the horn of a deer

antonym /'antɒnɪm/ *noun* a word opposite to another in meaning

anus /'eɪnəs/ *noun* the lower opening of the bowel through which faeces pass

anvil /'anvɪl/ *noun* a metal block on which blacksmiths hammer metal into shape

anxiety /aŋ'zaɪətɪ/ *noun* worry about what may happen, apprehensiveness

anxious /'aŋkʃəs/ *adjective* 1 worried, apprehensive [*same as* **tense, uneasy**] 2 eager, keen: *anxious to please* — *adverb* **anxiously**

any /'ɛnɪ/ *determiner* 1 the negative and interrogative form of **some**: *Is there any milk?* 2 every, no matter which: *Any day will suit me.* ♦ *pronoun*: the negative and interrogative form of **some**: *There aren't any left.* ♦ *adverb* at all: *I can't work any faster.*

anybody /'ɛnɪbɒdɪ/ or **anyone** *pronoun* any person

anyhow /'ɛnɪhaʊ/ *adverb* 1 in any case: *I think I'll go anyhow* 2 carelessly: *scattered anyhow over the floor*

anyone /'ɛnɪwʌn/ See **anybody**

anything /'ɛnɪθɪŋ/ *pronoun* something of any kind ♦ *adverb* at all

anyway /'ɛnɪweɪ/ *adverb* (*sentence adverb*) at any rate, in any case

anywhere /'ɛnɪwɛə(r)/ *adverb* in any place

apart /ə'pɑːt/ *adverb* 1 separately: *live apart* 2 in or into pieces: *came apart in my hands* ▶ *phrases* **apart from** separate, or separately, from; except for: *Who else knows apart from us?* **tell two things apart** distinguish between two things which look alike

apartheid — appraise

apartheid /ə'pɑ:theɪt/ or /ə'pɑ:thaɪt/ *noun* (*uncount*) the political policy of keeping people of different races apart

apartment /ə'pɑ:tmənt/ *noun* **1** a room in a house **2** (*especially AmE*) a flat

apathy /'apəθi/ *noun* (*uncount*) lack of feeling or interest — *adjective* **apathetic**

ape /eɪp/ *noun* a member of a group of animals related to monkeys, but larger, tailless and walking upright ♦ *verb* (*usually derogatory*) to imitate

aperitif /əpɛrə'ti:f/ *noun* a drink taken before a meal

aperture /'apətʃə(r)/ *noun* an opening, a hole

apex /'eɪpɛks/ *noun* the highest point of something

aphrodisiac /afrə'dɪzɪak/ *noun* a drink, food or drug that increases people's sexual desire

apiece /ə'pi:s/ *adverb* to or for each one: *three chocolates apiece*

aplomb /ə'plɒm/ *noun* (*uncount*) calm self-confidence

apocryphal /ə'pɒkrəfəl/ *adjective* unlikely to be true

apologetic /ə'pɒlə'dʒɛtɪk/ *adjective* expressing regret

apologize or **apologise** /ə'pɒlədʒaɪz/ *verb* to express regret, say you are sorry

apology /ə'pɒlədʒi/ *noun* (*count* or *uncount*) an expression of regret for having done wrong

apostrophe /ə'pɒstrəfi/ *noun* a mark (') indicating **1** possession **2** that a letter has been missed out, *eg 'isn't'* for *'is not'*

appal /ə'pɔ:l/ *verb* to horrify, shock

appalling /ə'pɔ:lɪŋ/ *adjective* shocking [*same as* **dreadful, terrible**]

apparatus /apə'reɪtəs/ or /apə'rɑ:təs/ *noun* (*uncount* or *count*) **1** an instrument or machine **2** instruments, tools or material required for a piece of work

apparent /ə'parənt/ *adjective* easily seen, evident

apparently /ə'parəntli/ *adverb* **1** (*sentence adverb*) it seems that: *Apparently they're divorced now.* **2** in appearance, at least: *apparently unaware of the chaos around her*

apparition /apə'rɪʃən/ *noun* **1** something remarkable which appears suddenly **2** a ghost

appeal /ə'pi:l/ *verb* **1** to ask earnestly *eg* for help **2** to take a legal case that has been lost to a higher court **3** to be pleasing: *The idea doesn't appeal to me.* ♦ *noun* **1** a request for help **2** the taking of a case to a higher court

appealing /ə'pi:lɪŋ/ *adjective* **1** arousing liking or sympathy **2** asking earnestly

appear /ə'pɪə(r)/ *verb* **1** to come into view [*opposite* **disappear**] **2** to arrive **3** to seem — *noun* **appearance**

appease /ə'pi:z/ *verb* to soothe or satisfy, especially by giving what was asked for

appendicitis /əpɛndɪ'saɪtɪs/ *noun* (*uncount*) inflammation of the appendix

appendix /ə'pɛndɪks/ *noun*: **appendixes** or **appendices** /ə'pɛndɪsi:z/ **1** a part added at the end of a book **2** a small piece of intestine shaped like a closed tube, attached to the lower end of the large bowel

appetite /'apətaɪt/ *noun* (*uncount* or *count*) **1** desire for food **2** taste or enthusiasm

appetizing or **appetising** /'apətaɪzɪŋ/ *adjective* tempting to the appetite [*opposite* **unappetizing**]

applaud /ə'plɔ:d/ *verb* **1** to show approval of by clapping the hands **2** to express strong approval of and admiration for

applause /ə'plɔ:z/ *noun* (*uncount*) a show of approval by clapping

apple /'apəl/ *noun* (*count* or *uncount*) a round firm fruit, usually red or green

appliance /ə'plaɪəns/ *noun* a tool, instrument or machine

applicable /ə'plɪkəbəl/ or /'aplɪkəbəl/ *adjective* suitable, relevant [*same as* **appropriate**; *opposite* **inapplicable, inappropriate**]

applicant /'aplɪkənt/ *noun* someone who applies or asks for something

application /aplɪ'keɪʃən/ *noun* **1** the use made of a particular skill **2** a formal request, usually on paper **3** (*uncount*) hard work, close attention [*same as* **dedication, diligence**]

apply /ə'plaɪ/ *verb* **1** to ask formally for **2** to use: *apply rules* **3** to put on *eg* an ointment **4** to be suitable or relevant ▶ *phrase* **apply yourself** to work hard

appoint /ə'pɔɪnt/ *verb* **1** to fix *eg* a date **2** to place in a job: *She was appointed manager.* — *adjective* **appointed**: *fail to arrive at the appointed time* □ *the newly appointed Secretary of State for Education*

appointment /ə'pɔɪntmənt/ *noun* **1** the act of appointing **2** a job, a post **3** an arrangement to meet someone

appraise /ə'preɪz/ *verb* to estimate the value or quality of — *noun* (*uncount* or *count*) **appraisal**

appreciable /əˈpriːʃəbəl/ or /əˈpriːsɪəbəl/ *adjective* noticeable, considerable [*same as* **significant**; *opposite* **insignificant, negligible**]

appreciate /əˈpriːʃieɪt/ or /əˈpriːsieɪt/ *verb* **1** to see or understand the good points of **2** to understand [*same as* **realize, recognize**] **3** to rise in value [*opposite* **insignificant, negligible**] — *noun* (*uncount or count*) **appreciation**

appreciative /əˈpriːʃɪətɪv/ or /əˈpriːsɪətɪv/ *adjective* grateful

apprehension /ˌæprɪˈhɛnʃən/ *noun* (*uncount, or used in the plural*) nervousness or fear

apprehensive /ˌæprɪˈhɛnsɪv/ *adjective* afraid [*same as* **uneasy**] — *adverb* **apprehensively**

apprentice /əˈprɛntɪs/ *noun* someone who is learning a trade

apprenticeship /əˈprɛntɪsʃɪp/ *noun* the time during which someone is an apprentice

approach /əˈproʊtʃ/ *verb* **1** to come near **2** to be nearly equal to **3** to speak to in order to ask for something ♦ *noun* **1** a coming near to **2** a way leading to a place

approachable /əˈproʊtʃəbəl/ *adjective* **1** able to be reached **2** easy to speak to, friendly

approbation /ˌæprəˈbeɪʃən/ *noun* (*uncount*) good opinion, approval

appropriate *adjective* /əˈproʊprɪət/ suitable, fitting — *adverb* **appropriately** ♦ *verb* /əˈproʊprɪeɪt/ to take possession of — *noun* (*uncount*) **appropriation** /əˌproʊprɪˈeɪʃən/

approval /əˈpruːvəl/ *noun* (*uncount*) **1** permission **2** favourable opinion

approve /əˈpruːv/ *verb* **1** to agree to, permit [*opposite* **reject**] **2** to think well of [*opposite* **disapprove**]

approved /əˈpruːvd/ *adjective* accepted by people as correct [*same as* **orthodox**; *opposite* **unorthodox**]

approving /əˈpruːvɪŋ/ *adjective* expressing satisfaction or admiration — *adverb* **approvingly**

approximate *adjective* /əˈprɒksɪmət/ more or less accurate [*same as* **rough**] ♦ *verb* /əˈprɒksɪmeɪt/ to be or come near

approximation /əˌprɒksɪˈmeɪʃən/ *noun* (*count or uncount*) a rough estimate

apricot /ˈeɪprɪkɒt/ *noun* an orange-coloured fruit like a small peach

April /ˈeɪprəl/ *noun* (*uncount*) the fourth month of the year

apron /ˈeɪprən/ *noun* a piece of clothing worn to protect the front of the clothes

apt /æpt/ *adjective* **1** likely: *apt to change his mind* [*same as* **inclined**] **2** suitable, fitting [*same as* **appropriate**] — *adverb* **aptly**

aptitude /ˈæptɪtjuːd/ *noun* talent, ability [*same as* **flair**]

aquarium /əˈkwɛərɪəm/ *noun*: **aquariums** or **aquaria** a tank or set of tanks for keeping fish or water animals

aquatic /əˈkwætɪk/ *adjective* living, growing or taking place in water

aqueduct /ˈækwɪdʌkt/ *noun* a bridge for taking *eg* a canal across a valley

arable /ˈærəbəl/ *adjective* of land: used for growing crops

arbiter /ˈɑːbɪtə(r)/ *noun* a judge, an umpire; someone chosen by opposing parties to decide between them

arbitrary /ˈɑːbɪtrərɪ/ or /ˈɑːbɪtrɪ/ *adjective* **1** fixed according to opinion, not objective rules **2** occurring haphazardly — *adverb* **arbitrarily** /ˈɑːbɪtrərɪlɪ/

arbitrate /ˈɑːbɪtreɪt/ *verb* to act as a judge between people or their claims — *noun* (*uncount*) **arbitration** /ˌɑːbɪˈtreɪʃən/ — *noun* **arbitrator**

arc /ɑːk/ *noun* part of the circumference of a circle, a curve

arcade /ɑːˈkeɪd/ *noun* a roofed street with shops or stalls along it

arch /ɑːtʃ/ *noun* the curved part above people's heads in a gateway or the curved support for *eg* a bridge or roof ♦ *verb* to raise or curve in the shape of an arch

archaeology (*especially AmE* **archeology**) /ˌɑːkɪˈɒlədʒɪ/ *noun* (*uncount*) the study of the people of earlier times from the remains of *eg* their buildings — *adjective* **archaeological** /ˌɑːkɪəˈlɒdʒɪkəl/ — *noun* **archaeologist**

archaic /ɑːˈkeɪɪk/ *adjective* no longer used, old-fashioned

archbishop /ˌɑːtʃˈbɪʃəp/ *noun* a chief bishop

archery /ˈɑːtʃərɪ/ *noun* (*uncount*) the sport of shooting with a bow and arrows

archetype /ˈɑːkɪtaɪp/ *noun* a perfect example of something — *adjective* **archetypal** /ˌɑːkɪˈtaɪpəl/

archipelago /ˌɑːkɪˈpɛləɡoʊ/ *noun*: **archipelagos** or **archipelagoes** a group of small islands

architect /ˈɑːkɪtɛkt/ *noun* someone who plans and designs buildings

architecture /'ɑːkɪtɛktʃə(r)/ *noun* (*uncount*) **1** the study of planning, designing and constructing buildings **2** the style of a building — *adjective* **architectural** /ɑːkɪ'tɛktʃərəl/ — *adverb* **architecturally**

archives /'ɑːkaɪvz/ *noun* (*usually in the plural*) historical papers, written records

archway /'ɑːtʃweɪ/ *noun* an entrance or passageway with an arch over it

Arctic or **arctic** /'ɑːktɪk/ *noun* (**The Arctic**) the area of the world around the North Pole ♦ *adjective* **1** (usually **Arctic**) of the district round the North Pole **2** (usually **arctic**) very cold [*same as* **freezing, frozen**]

ardent /'ɑːdənt/ *adjective* eager, passionate — *adverb* **ardently**

ardour /'ɑːdə(r)/ *noun* (*uncount*) passionate enthusiasm, eagerness or love

arduous /'ɑːdjʊəs/ *adjective* difficult and tiring

are /ɑː(r)/ *verb*, *auxiliary verb* the form of the present tense of **be** that is used with *you* (singular and plural), *we* and *they* [see also **be, aren't**]

area /'ɛərɪə/ *noun* **1** the extent of a surface measured in *eg* square metres **2** a region, a piece of land or ground **3** a particular subject or a related range of subjects

arena /ə'riːnə/ *noun* **1** any place for *eg* a public contest or show **2** an area of activity, especially public life, in which there is competition and conflict

arguable /'ɑːgjʊəbəl/ *adjective* that can be argued as being true [*same as* **debatable**] — *adverb* **arguably**

argue /'ɑːgjuː/ *verb* **1** to express strong disagreement angrily or impatiently **2** to try to prove by giving reasons ▶ *phrase* **argue for** or **against something** to give reasons for or against something as a way of persuading people

argument /'ɑːgjʊmənt/ *noun* (*count or uncount*) **1** a heated discussion, quarrel [*same as* **dispute**] **2** reasoning for or against something

argumentative /ɑːgjʊ'mɛntətɪv/ *adjective* fond of arguing [*same as* **quarrelsome**] — *adverb* **argumentatively**

aria /'ɑːrɪə/ *noun* a song for solo voice in an opera

arid /'arɪd/ *adjective* dry

arise /ə'raɪz/ *verb*: **arises, arising, arose, arisen** to come into being [*same as* **emerge, occur**]

aristocracy /arɪ'stɒkrəsɪ/ *noun* those of the nobility and upper class

aristocrat /'arɪstəkrat/ or /ə'rɪstəkrat/ *noun* a member of the aristocracy

aristocratic /arɪstə'kratɪk/ or /ərɪstə'kratɪk/ *adjective* of the aristocracy

arithmetic /ə'rɪθmətɪk/ *noun* a way of counting and calculating by using numbers — *adjective* **arithmetical** /arɪθ'mɛtɪkəl/

arm /ɑːm/ *noun* **1** the part of the body between the shoulder and the hand **2** anything jutting out like this **3** (*usually in the plural*) weapons *verb* to equip with weapons ▶ *phrases* **arm in arm** with one arm linked through someone else's **chance your arm** to take a risk **twist someone's arm** to try hard to persuade someone to do something

armament /'ɑːməmənt/ *noun* a country's military equipment and weapons

armchair /'ɑːmtʃɛə(r)/ *noun* a chair with arms at each side

armed /'ɑːmd/ *adjective* carrying a weapon, especially a gun

armistice /'ɑːmɪstɪs/ *noun* a halt in fighting during war [*same as* **ceasefire, truce**]

armour (*AmE* **armor**) /'ɑːmə(r)/ *noun* (*uncount*) a protective suit of metal worn by knights in earlier times

armoured /'ɑːməd/ *adjective* of a vehicle: protected by metal plates

army /'ɑːmɪ/ *noun* **1** a large number of soldiers armed for war **2** a great number of anything

aroma /ə'roʊmə/ *noun* a pleasant smell

arose /ə'roʊz/ *verb* the past tense of **arise**

around /ə'raʊnd/ *adverb* **1** nearby or easily available **2** in different directions **3** approximately [*same as* **about**] **4** in a circle: *move around* ♦ *preposition* **1** in a circle about **2** on all sides of, surrounding **3** all over, at several places in: *papers scattered around the room* [*same as* **round**]

arouse /ə'raʊz/ *verb* **1** to awaken **2** to make active or excite — *noun* (*uncount*) **arousal**

arrange /ə'reɪndʒ/ *verb* **1** to put in an order **2** to plan, settle

arrangement /ə'reɪndʒmənt/ *noun* **1** a pattern or particular order **2** an agreed plan

array /ə'reɪ/ *noun* (*usually in the singular*) a collection of things on show or on display

arrears /ə'rɪəz/ *noun* (*plural*) **in arrears** not up to date; behind with payments

arrest /ə'rɛst/ *verb* **1** to capture, especially by power of the law **2** to stop [*same as* **halt, check**] **3** to catch *eg* the attention — *adjective* **arresting** ♦ *noun* (*uncount or count*) **1** capture by the police **2** stopping

arrival /əˈraɪvəl/ *noun* (*uncount or count*) **1** the act of arriving **2** someone or something that arrives

arrive /əˈraɪv/ *verb* to reach a place [*opposite* **leave**, **depart**] ▶ *phrase* **arrive at a decision** to reach, come to *eg* a decision

arrogant /ˈarəgənt/ *adjective* proud, self-important — *noun* **arrogance** — *adverb* **arrogantly**

arrow /ˈaroʊ/ *noun* **1** a straight, pointed weapon shot from a bow **2** an arrow-shape, *eg* on a road-sign, showing direction

arsenic /ˈɑːsənɪk/ *noun* (*uncount*) a strong poison that can cause death

arson /ˈɑːsən/ *noun* (*uncount*) the act of deliberately setting fire to a building

art /ɑːt/ *noun* **1** drawing, painting, sculpture and architecture **2** an activity that involves the creative interpretation of ideas **3** (*used in the plural*) non-scientific school or university subjects

artefact or **artifact** /ˈɑːtɪfakt/ *noun* a human-made object

artery /ˈɑːtəri/ *noun* a tube which carries blood from the heart to pass through the body [*compare* **vein**] — *adjective* **arterial** /ɑːˈtɪːrɪəl/

artful /ˈɑːtfʊl/ *adjective* clever in a cunning or crafty way — *adverb* **artfully**

arthritis /ɑːˈθraɪtɪs/ *noun* (*uncount*) a disease causing swollen and painful joints, making movement difficult — *adjective* **arthritic** /ɑːˈθrɪtɪk/

artichoke /ˈɑːtɪtʃoʊk/ *noun* a thistle-like plant with an edible flower-head

article /ˈɑːtɪkəl/ *noun* **1** a thing, object **2** a composition in *eg* a newspaper, journal **3** a section of a document **4** (*grammar*) the grammatical term for the words *the, a, an*

articulate *adjective* /ɑːˈtɪkjʊlət/ expressing thoughts or words clearly [*same as* **eloquent**, **fluent**] ♦ *verb* /ɑːˈtɪkjʊleɪt/ to express clearly

articulated lorry /ɑːˈtɪkjʊleɪtɪd ˈlɒri/ *noun* a lorry with a cab which can turn at an angle to the main part of the lorry

artifact see **artefact**

artificial /ɑːtɪˈfɪʃəl/ *adjective* not natural; human-made [*same as* **synthetic**] — *noun* (*uncount*) **artificiality** /ɑːtɪfɪʃɪˈalɪti/ — *adverb* **artificially**

artificial insemination /ɑːtɪfɪʃəl ɪnsɛmɪˈneɪʃən/ *noun* (*uncount*) the insertion of sperm into the uterus by means other than sexual intercourse

artillery /ɑːˈtɪləri/ *noun* (*uncount*) large guns

artisan /ɑːtɪˈzan/ *noun* (*formal*) a skilled worker

artist /ˈɑːtɪst/ *noun* **1** someone who paints pictures **2** someone skilled in anything **3** a performer such as an actor, musician or dancer

artistic /ɑːˈtɪstɪk/ *adjective* **1** relating to artists or art: *the artistic community* **2** having a talent for art [*same as* **creative**] **3** tasteful and attractive — *adverb* **artistically**

artistry /ˈɑːtɪstri/ *noun* (*uncount*) skill as an artist

as /az/ or /əz/ *conjunction* **1** while, when: *as I was walking past* **2** because, since: *We stayed at home as it was raining.* **3** in the same way that: *He thinks as I do.* ♦ *preposition* used in describing roles, jobs or functions: *She worked as a taxi-driver for four months.* ▶ *phrases* **'as … as …'** used in phrases expressing comparison or similarity: *as good as his brother* **as for** concerning, regarding **as if** or **as though** as it would be if **as to** regarding

asbestos /azˈbɛstɒs/ *noun* (*uncount*) a soft grey mineral that is used to make fireproof materials

ascend /əˈsɛnd/ *verb* **1** to climb, go up **2** to rise or slope upwards ▶ *phrase* **ascend the throne** to be crowned king or queen

ascendancy /əˈsɛndənsi/ *noun* (*uncount*) control, power

ascendant /əˈsɛndənt/ *noun phrase* **in the ascendant** growing in importance

ascent /əˈsɛnt/ *noun* **1** an upward move or climb **2** a slope upwards; a rise

ascertain /asəˈteɪn/ *verb* **1** to find out **2** to make certain [*same as* **establish**]

ascetic /əˈsɛtɪk/ *noun* someone who keeps away from all kinds of pleasure

ascribe /əˈskraɪb/ *verb* **ascribe something to someone** or **something** to think of as belonging to or due to that person or thing: *ascribing the blame to the Prime Minister* [*same as* **attribute**, **put down to**]

ash /aʃ/ *noun* **1** (*count or uncount*) a type of hard-wood tree with silvery bark **2** (*uncount, or plural*) what is left after anything is burnt

ashamed /əˈʃeɪmd/ *adjective* feeling shame

ashore /əˈʃɔː(r)/ *adverb* on or onto the shore

ashtray /ˈaʃtreɪ/ *noun* a dish used as a receptacle for cigarette or cigar ash

aside /əˈsaɪd/ *adverb* on or to one side; apart ♦ *noun* words spoken which people nearby are not supposed to hear

ask /ɑːsk/ *verb* 1 to address a question to: *He asked for my phone number.* 2 to request: *I asked him to help me.* ▸ *phrase* **if you ask me** used when offering your own opinion

> **ask after** (**someone**) to ask how someone is

askew /əˈskjuː/ *adjective or adverb* not straight, to one side

asleep /əˈsliːp/ *adjective* sleeping

asparagus /əˈspærəgəs/ *noun* (uncount) a plant, the young shoots of which are eaten as a vegetable

aspect /ˈæspɛkt/ *noun* 1 look, appearance 2 view, point of view 3 the side of *eg* a building, or the direction it faces in

asphalt /ˈæsfælt/ *noun* (uncount) a thick black sticky substance used to make *eg* pavements and paths

asphyxiate /əsˈfɪksɪeɪt/ *verb* to suffocate [*same as* **choke**, **suffocate**] — *noun* (uncount) **asphyxiation** /əsfɪksɪˈeɪʃən/

aspiration /æspɪˈreɪʃən/ *noun* (count, or uncount) a goal which you hope to achieve

aspire /əˈspaɪə(r)/ *verb* **aspire to something** or **after something** to try to achieve or reach something difficult or ambitious

aspirin /ˈæsprɪn/ *noun* (count or uncount): **aspirins** or **aspirin** a pain-killing drug

ass /æs/ *noun* 1 a donkey 2 a stupid person

assail /əˈseɪl/ *verb* to attack

assailant /əˈseɪlənt/ *noun* an attacker

assassin /əˈsæsɪn/ *noun* someone who assassinates, a murderer

assassinate /əˈsæsɪneɪt/ *verb* to murder, especially a politically important person — *noun* (uncount) **assassination** /əsæsɪˈneɪʃən/

assault /əˈsɔːlt/ *verb* (formal) to attack ♦ *noun* an attack, especially a sudden one

assemble /əˈsɛmbəl/ *verb* 1 to bring (people) together 2 to put together *eg* a machine 3 to meet together

assembly /əˈsɛmblɪ/ *noun* 1 a gathering of people, especially for a special purpose 2 a putting together

assembly line /əˈsɛmblɪ laɪn/ *noun* a series of machines and workers necessary for the manufacture of an article

assent /əˈsɛnt/ *noun* (uncount) agreement ♦ *verb* to agree

assert /əˈsɜːt/ *verb* 1 to state firmly 2 to insist on *eg* a right ▸ *phrase* **assert yourself** to make yourself noticed or heard — *noun* (count or uncount) **assertion** /əˈsɜːʃən/

assertive /əˈsɜːtɪv/ *adjective* not shy, inclined to assert yourself

assess /əˈsɛs/ *verb* 1 to estimate the value, power of [*same as* **appraise**] 2 to fix an amount *eg* to be paid in tax — *noun* (count or uncount) **assessment**

asset /ˈæsɛt/ *noun* 1 an advantage, a help [*same as* **boon**] 2 (*usually in the plural*) the property of *eg* a person or organization

assiduous /əˈsɪdjʊəs/ *adjective* persevering; hard-working [*same as* **diligent**, **hardworking**] — *adverb* **assiduously**

assign /əˈsaɪn/ *verb* 1 to give to someone as a share or task 2 to fix *eg* a time or place

assignation /æsɪgˈneɪʃən/ *noun* (literary) a secret meeting with someone, especially a lover

assignment /əˈsaɪnmənt/ *noun* 1 an act of assigning 2 a task given

assimilate /əˈsɪmɪleɪt/ *verb* to take in — *noun* (uncount) **assimilation** /əsɪmɪˈleɪʃən/

assist /əˈsɪst/ *verb* to help — *noun* (uncount) **assistance**

assistant /əˈsɪstənt/ *noun* 1 a helper, *eg* to a senior worker 2 someone who serves in a shop

associate *verb* /əˈsoʊʃɪeɪt/ or /əˈsoʊsɪeɪt/ 1 **associate with** to keep company with [*same as* **mix**] 2 **associate yourself with** to openly support: *He associated himself with the Liberal Democrats.* 3 to link or connect with: *I don't associate him with hard work.* ♦ *noun* /əˈsoʊʃɪət/ or /əˈsoʊsɪət/ a colleague, or someone you have contact with ♦ *adjective* /əˈsoʊʃɪət/ or /əˈsoʊsɪət/ joined or connected with: *associate directors*

association /əsoʊʃɪˈeɪʃən/ or /əsoʊsɪˈeɪʃən/ *noun* 1 a club, society or union [*same as* **society**, **club**] 2 a partnership, friendship 3 a connection made in the mind

assorted /əˈsɔːtɪd/ *adjective* various, mixed

assortment /əˈsɔːtmənt/ *noun* a variety, a mixture

assume /əˈsjuːm/ or /əˈsuːm/ *verb* 1 to take as true without further proof, take for granted 2 to take upon yourself *eg* power or responsibility 3 to adopt *eg* a way of behaving

assumed /əˈsjuːmd/ or /əˈsuːmd/ *adjective* false or pretended: *an assumed name*

assumption /əˈsʌmpʃən/ or /əˈsʌmpʃən/ *noun* **1** (*uncount*) the act of assuming **2** something taken for granted

assurance /əˈʃʊərəns/ or /əˈʃɔːrəns/ *noun* **1** a feeling of certainty; confidence **2** a promise [*same as* **guarantee**] **3** (*BrE*) insurance

assure /əˈʃʊə(r)/ or /əˈʃɔː(r)/ *verb* **1** to say that there is no doubt about **2** to secure or guarantee: *Her survival until the next election could not be assured.*

assured /əˈʃʊəd/ or /əˈʃɔːd/ *adjective* certain; confident [*same as* **self-assured**]

asterisk /ˈastərɪsk/ *noun* a star (*) used in printing for various purposes, *eg* to point out a footnote or insertion

asthma /ˈasmə/ *noun* (*uncount*) an illness causing coughing and difficulty in breathing

asthmatic /asˈmatɪk/ *adjective* suffering from asthma ♦ *noun* someone with asthma

astonish /əˈstɒnɪʃ/ *verb* to surprise greatly — *adjective* **astonishing**: *an astonishing achievement* — *adjective* **astonished**: *They were astonished at her ability.*

astonishment /əˈstɒnɪʃmənt/ *noun* (*uncount*) amazement, wonder

astound /əˈstaʊnd/ *verb* to surprise greatly, amaze — *adjective* **astounded**: *They were astounded at our ignorance.* — *adjective* **astounding**: *done with astounding accuracy*

astray /əˈstreɪ/ *adverb* away from the right path or way

astride /əˈstraɪd/ *preposition* with one leg on each side of something

astrology /əˈstrɒlədʒi/ *noun* (*uncount*) the study of the movements of the stars and planets and the influence that these are believed to have on people's lives — *noun* **astrologer** — *adjective* **astrological** /ˌastrəˈlɒdʒɪkəl/

astronaut /ˈastrənɔːt/ *noun* someone who travels in space

astronomer /əˈstrɒnəmə(r)/ *noun* someone who studies astronomy

astronomy /əˈstrɒnəmi/ *noun* (*uncount*) the study of the stars and their movements

astute /əˈstjuːt/ *adjective* cunning, clever [*same as* **shrewd**] — *adverb* **astutely**

asylum /əˈsaɪləm/ *noun* **1** a place of refuge or safety **2** (*old*) a home for the mentally ill

at /ət/ or /at/ *preposition* **1** showing position or time: *at 7 o'clock* **2** costing: *cakes at 25 pence each* ▸ *phrase* **at all** in any way: *not worried at all*

ate /et/ or /eɪt/ *verb* the past tense of **eat**

atheism /ˈeɪθiːɪzm/ *noun* (*uncount*) belief that there is no god — *noun* **atheist**

athlete /ˈaθliːt/ *noun* someone good at sport, especially running and gymnastics

athletic /aθˈletɪk/ *adjective* **1** good at sports; strong, powerful **2** relating to athletics

athletics /aθˈletɪks/ *noun* (*uncount*) running, jumping or competitions in these

atlas /ˈatləs/ *noun* a book of maps

atmosphere /ˈatməsfɪə(r)/ *noun* **1** the air round the earth **2** any surrounding feeling: *a friendly atmosphere* [*same as* **ambience**] — *adjective* **atmospheric** /atməsˈfɛrɪk/

atom /ˈatəm/ *noun* **1** the smallest part of an element **2** anything very small [*same as* **jot, scrap, shred**]

atom bomb /ˈatəm bɒm/ or **atomic bomb** *noun* a bomb in which the explosion is caused by nuclear energy

atomic /əˈtɒmɪk/ *adjective* nuclear

atone /əˈtoʊn/ *verb* (*formal*) to make up for wrong-doing [*same as* **make amends**] — *noun* (*uncount*) **atonement**

atrocious /əˈtroʊʃəs/ *adjective* **1** cruel or wicked **2** (*often informal*) very bad — *adverb* (*uncount*) **atrociously** — *noun* **atrociousness**

atrocity /əˈtrɒsɪti/ *noun* (*count or uncount*) **1** a terrible crime **2** (*informal*) something very ugly

attach /əˈtatʃ/ *verb* **1** to fasten or join (to) **2** to think of (something) as having: *Don't atttach any importance to it.*

attaché /əˈtaʃeɪ/ *noun* a junior member of an embassy staff

attaché-case /əˈtaʃeɪ keɪs/ *noun* a small case for *eg* papers [*same as* **briefcase**]

attached /əˈtatʃt/ *adjective* **1** fastened **2 attached to** fond of

attachment /əˈtatʃmənt/ *noun* **1** something attached **2** a joining by love or friendship

attack /əˈtak/ *verb* **1** to fall on suddenly or violently **2** to speak or write against ♦ *noun* (*count or uncount*) **1** an act of attacking **2** a fit of *eg* an illness

attain /əˈteɪn/ *verb* to reach; gain

attainable /əˈteɪnəbəl/ *adjective* that can be attained [*same as* **achievable**; *opposite* **unattainable**]

attainment /əˈteɪnmənt/ *noun* **1** the act of attaining **2** an achievement or accomplishment

attempt /əˈtɛmpt/ *verb* to try ♦ *noun* **1** a try or effort: *first attempt* **2** an attack: *an attempt on the president's life*

attend /əˈtɛnd/ *verb* **1** to be present at **2 attend to something** (*formal*) to deal with something [*same as* **see to, handle**] **3** to wait on, look after **4** (*formal*) to accompany

attendance /əˈtɛndəns/ *noun* **1** (*uncount*) the fact of being present **2** (*count or uncount*) the number of people present

attendant /əˈtɛndənt/ *noun* someone employed to look after *eg* a public place or shop ♦ *adjective* (*formal*) accompanying, related

attention /əˈtɛnʃən/ *noun* **1** careful notice: *pay attention* **2** concentration **3** care **4** (*military*) a stiffly straight standing position: *stand to attention*

attentive /əˈtɛntɪv/ *adjective* **1** giving or showing attention **2** polite — *adverb* **attentively**

attest /əˈtɛst/ *verb* **attest to** to serve to prove the truth or validity of

attic /ˈatɪk/ *noun* a room just under the roof of a house

attired /əˈtaɪəd/ *adjective* (*literary, sometimes humorous*) dressed: *attired for the occasion*

attitude /ˈatɪtjuːd/ *noun* **1** a way of thinking or feeling: *positive attitude* **2** a position of the body [*same as* **posture**]

attorney /əˈtɜːnɪ/ *noun* (*AmE*) a lawyer

attract /əˈtrakt/ *verb* **1** to draw to or towards **2** to arouse liking or interest

attraction /əˈtraktɪd/ *adjective* **1** the power of attracting **2** something which attracts visitors: *a tourist attraction*

attractive /əˈtraktɪv/ *adjective* **1** good-looking, likeable **2** pleasing: *an attractive price*

attribute *verb* /əˈtrɪbjuːt/ **1** to state or consider as the source or cause of: *attribute the accident to human error* [*same as* **put down to**] **2** to state as the author or originator of: *attributed to Rembrandt* [*same as* **ascribe**] ♦ *noun* /ˈatrɪbjuːt/ a characteristic: *attributes of power*

attributive /əˈtrɪbjətɪv/ *adjective* (*grammar*) **1** expressing an attribute **2** of an adjective: placed immediately before or immediately after the noun it describes *eg* 'pretty' ('the pretty girl') [compare **predicative**]

aubergine /ˈoʊbəʒiːn/ *noun* an oval dark purple fruit, eaten as a vegetable [*same as* **egg plant**]

auburn /ˈɔːbən/ *adjective* of hair: reddish-brown in colour

auction /ˈɔːkʃən/ *noun* (*count or uncount*) a public sale in which articles are sold to the highest bidder ♦ *verb* to sell by auction

auctioneer /ˌɔːkʃəˈnɪə(r)/ *noun* someone who sells by auction

audacious /ɔːˈdeɪʃəs/ *adjective* daring, bold — *adverb* **audaciously** — *noun* **audacity**

audible /ˈɔːdɪbəl/ *adjective* able to be heard — *adverb* **audibly**

audience /ˈɔːdɪəns/ *noun* (*with a singular or plural verb*) **1** a number of people gathered to watch or hear a performance **2** the people who listen to or watch any particular TV or radio programme

audio /ˈɔːdɪoʊ/ *adjective* relating to the recording and reproduction of sound: *an audio tape*

audit /ˈɔːdɪt/ *noun* an official examination of a company's accounts ♦ *verb* to examine accounts officially

audition /ɔːˈdɪʃən/ *noun* a hearing to test a performer ♦ *verb* to do an audition

auditorium /ˌɔːdɪˈtɔːrɪəm/ *noun* the part of *eg* a theatre where the audience sits

augment /ɔːgˈmɛnt/ *verb* to increase in size, number or amount

augur /ˈɔːgə(r)/ *verb* ▶ *phrases* **augur well** to be a good sign for the future **augur badly** to be a bad sign for the future [*same as* **bode**]

August /ˈɔːgəst/ *noun* (*uncount*) the eighth month of the year

august /ɔːˈgʌst/ *adjective* full of dignity, stately

aunt /ɑːnt/ *noun* a father's or a mother's sister, or an uncle's wife

au pair /oʊ ˈpɛə(r)/ *noun* a young person from abroad, especially a woman, who does domestic duties in return for board, lodging and pocket money

aural /ˈɔːrəl/ *adjective* relating to the ears or the sense of hearing

auspices /ˈɔːspɪsɪz/ *noun* (*plural*) ▶ *phrase* **under the auspices of** under the control or supervision of

auspicious /ɔːˈspɪʃəs/ *adjective* favourable; promising luck — *adverb* **auspiciously**

austere /ɒˈstɪə(r)/ *adjective* **1** severe **2** without luxury; simple, sparse — *adverb* **austerely** — *noun* (*uncount*) **austerity** /ɒˈstɛrɪtɪ/

authentic /ɔːˈθɛntɪk/ *adjective* true, real, genuine — *adverb* **authentically** — *noun* (*uncount*) **authenticity** /ˌɔːθɛnˈtɪsɪtɪ/

accept: *The proposal was carried.* **6** to be infected by (a disease) *We wanted to know what diseases these animals might be carrying.* ▶ *phrase* **get carried away** be overcome by emotion

> **carry on** to continue doing
> **carry out** to accomplish; succeed in doing [*same as* **perform, undertake, fulfil**]

carry-on /ˈkarɪɒn/ *noun* (*informal*) an incident involving silly or annoying behaviour

cart /kɑːt/ *noun* **1** a horse-drawn vehicle used for carrying loads **2** a small wheeled vehicle pushed by hand ♦ *verb* (*informal*) to carry, especially with difficulty

carte blanche /kɑːt ˈblɑːnʃ/ *noun* (*uncount; formal*) freedom to do what you want

cartilage /ˈkɑːtɪlɪdʒ/ *noun* (*uncount*) the strong flexible substance that protects the joints in your body

carton /ˈkɑːtən/ *noun* a small container made of cardboard or plastic

cartoon /kɑːˈtuːn/ *noun* **1** a humorous drawing or group of drawings in a newspaper or magazine **2** an animated film

cartoonist /kɑːˈtuːnɪst/ *noun* someone who draws cartoons

cartridge /ˈkɑːtrɪdʒ/ *noun* **1** a case holding the powder and bullet fired by a gun **2** a plastic case holding film or tape **3** a tube of ink for loading a pen

carve /kɑːv/ *verb* **1** to cut slices from a piece of cooked meat **2** to make or shape by cutting, especially from wood or stone

cascade /kæˈskeɪd/ *noun* **1** a waterfall **2** anything that flows, or seems to flow: *a cascade of curls* ♦ *verb* (*literary*) to fall like a waterfall

case[1] /keɪs/ *noun* **1** a particular occasion or situation: *in this case* **2** a person having medical treatment **3** a matter that is tried or examined in a court of law: *a murder case* **4** a statement of facts, an argument: *argue the case for privatization* ▶ *phrases* **in any case** whatever happens **just in case** so as to be safe

case[2] /keɪs/ *noun* a box, container or cover for storing, protecting or carrying something

cash /kæʃ/ *noun* (*uncount*) money in the form of coins and notes ♦ *verb* to change *eg* traveller's cheques for money

> **cash in on** to take advantage of

cashier /kæˈʃɪə(r)/ *noun* someone who looks after the receiving and paying of money

cashmere /ˈkæʃmɪə(r)/ *noun* (*uncount*) fine soft goat's wool

casino /kəˈsiːnəʊ/ *noun*: **casinos** a building where people gamble

cask /kɑːsk/ *noun* a barrel for holding alcoholic drinks

casket /ˈkɑːskɪt/ *noun* **1** a small box for holding *eg* jewels **2** (*AmE*) a coffin

casserole /ˈkæsərəʊl/ *noun* **1** a large heavy cooking pot with a lid **2** food cooked in a casserole

cassette /kəˈsɛt/ *noun* a plastic case containing sound-recording tape, video tape or film

cast /kɑːst/ *verb*: **casts, casting, cast 1** (*old, literary*) to throw **2** to cause (light) to fall or be directed on to **3** to choose actors for a play or film **4** to shape in a mould: *cast in bronze* ♦ *noun* **1** the actors in a play **2** plaster encasing a broken limb

> **cast off** to get rid of

caste /kɑːst/ *noun* a class or rank of people into which people in some societies are strictly divided

caster see **castor**

castigate /ˈkæstɪɡeɪt/ *verb* (*formal*) to criticize severely

castle /ˈkɑːsəl/ *noun* a fortified house or fortress

castor or **caster** /ˈkɑːstə(r)/ *noun* a small wheel on the legs of furniture

castrate /kæˈstreɪt/ *verb* to remove the testicles of — *noun* (*uncount*) **castration** /kæˈstreɪʃən/

casual /ˈkæʒʊəl/ *adjective* **1** not careful, unconcerned **2** comfortable and informal: *casual clothes* **3** temporary, usually for short periods: *casual work* **4** not planned or intended: *a casual meeting*

casualty /ˈkæʒʊəltɪ/ *noun* **1** someone who is killed or injured **2** a casualty department in a hospital

cat /kæt/ *noun* **1** a sharp-clawed furry animal kept as a pet **2** an animal of a family which includes lions and tigers

cataclysm /ˈkætəklɪzm/ *noun* (*formal*) a sudden and violent change

catalogue (*AmE* **catalog**) /ˈkætəlɒɡ/ *noun* an ordered list of names, books, objects for sale ♦ *verb* to make an ordered list or record of

catalyst /ˈkætəlɪst/ *noun* something that brings about a change

catapult /ˈkætəpʌlt/ *noun* a small forked stick with a piece of elastic attached, used for firing small stones

cataract /'katərakt/ *noun* a disease of the outer eye

catastrophe /kə'tastrəfi/ *noun* a sudden disaster [*same as* **tragedy**] — *adjective* **catastrophic** /katə'strɒfik/

catch /katʃ/ *verb*: **catches**, **catching**, **caught** **1** to take hold of, capture **2** to discover someone doing something wrong: *caught him stealing* **3** to become ill from: *catch a cold* **4** to be in time for *eg* a bus: *catch the last train* ♦ *noun* **1** an act of catching a ball: *a great catch* **2** a fastening: *a window catch* **3** a hidden problem or disadvantage: *What's the catch?* **4** the number of fish you have caught

> **catch on** to become popular
> **catch out** to trick into making a mistake
> **catch up with 1** to draw level with, overtake **2** to get up-to-date with *eg* work

catching /'katʃɪŋ/ *adjective* (*informal*) infectious

catchment area /'katʃmənt ɛərɪə/ *noun* the area a school or institution serves

catchphrase /'katʃfreɪz/ *noun* a phrase which is popular for a while

catchword /'katʃwɜːd/ *noun* a word which is popular for a while

catchy /'katʃi/ *adjective* of music: immediately appealing

categorical /katə'gɒrɪkəl/ *adjective* allowing no doubt or argument: *categorical denial* — *adverb* **categorically**

categorize /'katəgəraɪz/ *verb* to divide into categories

category /'katəgəri/ *noun* a class or group of similar people or things

cater /'keɪtə(r)/ *verb* **1** to provide food **2** to supply what is required: *cater for all tastes*

caterer /'keɪtərə(r)/ *noun* someone whose job is to provide prepared food and drinks for people

caterpillar /'katəpɪlə(r)/ *noun* a small worm-like creature that later turns into a butterfly or a moth

cathedral /kə'θiːdrəl/ *noun* the main church in an area that a bishop has responsibility for

Catholic /'kaθəlɪk/ *noun* a member of the Roman Catholic Church ♦ *adjective* of this Church

cattle /'katəl/ *noun* (*plural*) cows and bulls

caught /kɔːt/ *verb* the past tense and past participle of **catch**

cauldron (*AmE* **caldron**) /'kɔːldrən/ *noun* a large metal pot

cauliflower /'kɒlɪflaʊə(r)/ *noun* (*count or uncount*) a kind of cabbage with an edible white flower-head

cause /kɔːz/ *noun* **1** that which makes something happen **2** a reason for action: *cause for complaint* **3** an aim for which a group or person works: *the cause of peace* ♦ *verb* to make happen

causeway /'kɔːzweɪ/ *noun* a raised road over wet ground or shallow water

caustic /'kɔːstɪk/ *adjective* **1** burning, corroding **2** cruel or severe: *caustic sarcasm* [*same as* **scathing**]

caution /'kɔːʃən/ *noun* **1** care taken because of potential danger: *approach with caution* **2** a warning ♦ *verb* to warn

cautionary /'kɔːʃənəri/ *adjective* giving a warning

cautious /'kɔːʃəs/ *adjective* taking care to avoid danger or problems — *adverb* **cautiously** [*same as* **careful**, **prudent**; *opposite* **careless**, **imprudent**]

cavalier /kavə'lɪə(r)/ *adjective* not taking things seriously, careless

cavalry /'kavəlri/ *noun* (*with a singular or plural verb*) soldiers mounted on horses

cave /keɪv/ *noun* a hollow place in the earth or in rock

> **cave in** to fall or collapse inwards

caveman /'keɪvman/ *noun* a male prehistoric cave-dweller

cavern /'kavən/ *noun* a large cave

cavernous /'kavənəs/ *adjective* (*literary*) having a large, hollow interior like a cave

cavewoman /'keɪvwʊmən/ *noun* a female prehistoric cave-dweller

caviare or **caviare** /'kavɪɑː(r)/ *noun* (*uncount*) the salted eggs of a fish called a sturgeon, used as food

cavity /'kavɪti/ *noun* **1** a hollow place, a hole **2** a decayed hole in a tooth

cavort /kə'vɔːt/ *verb* to jump or dance about in an excited way

CD /siː'diː/ *noun* **1** a compact disc **2** a compact disc player

cease /siːs/ *verb* (*formal*) to come or bring to an end

ceasefire /'siːsfaɪə(r)/ *noun* an agreement not to fight, agreed by the sides involved in a war

ceaseless /'siːsləs/ *adjective* (*formal*) without stopping [*same as* **incessant**] — *adverb* **ceaselessly**

cedar /'siːdə(r)/ *noun* a tall evergreen tree with needle-like leaves

ceiling /'si:lɪŋ/ *noun* **1** the inner roof of a room **2** an upper limit

celebrate /'sɛləbreɪt/ *verb* to have *eg* a party to mark a special occasion such as a birthday — *noun* **celebration**

celebrated /'sɛlɪbreɪtɪd/ *adjective* (*formal*) famous

celebrity /sə'lɛbrɪtɪ/ *noun* a famous person

celery /'sɛlərɪ/ *noun* (*uncount*) a type of vegetable with edible fibrous stalks

celestial /sɪ'lɛstɪəl/ *adjective* (*formal*) of the sky or of heaven

celibacy /'sɛlɪbəsɪ/ *noun* (*uncount*) the state of being celibate

celibate /'sɛlɪbət/ *adjective* not having sex

cell /sɛl/ *noun* **1** a very small unit of living matter **2** a small room that a prisoner lives in

cellar /'sɛlə(r)/ *noun* an underground room used for storing *eg* coal or wine

cellist /'tʃɛlɪst/ *noun* someone who plays the cello

cello /'tʃɛloʊ/ *noun*: **cellos** a large stringed musical instrument, similar in shape to a violin

cellophane /'sɛləfeɪn/ *noun* (*uncount*; *trademark*) a thin transparent wrapping material

cellular /'sɛljʊlə(r)/ *adjective* made of or having cells

celluloid /'sɛljʊlɔɪd/ *noun* (*uncount*; *trademark*) a kind of plastic that cinema film used to be made of

Celsius /'sɛlsɪəs/ *noun* (*uncount*) the scale used on a centigrade thermometer, in which the freezing-point of water is 0° and its boiling-point 100°

cement /sɪ'mɛnt/ *noun* (*uncount*) **1** the mixture of clay and lime used to secure bricks in a wall **2** something used to make two things stick together ♦ *verb* **1** to stick together **2** to make firm or strong: *cemented their friendship*

cemetery /'sɛmətrɪ/ *noun* a place where the dead are buried [*same as* **graveyard**]

censor /'sɛnsə(r)/ *noun* someone whose job is to examine books, films *etc* with power to cut out any of the contents ♦ *verb* to examine *eg* books in this way

censorship /'sɛnsəʃɪp/ *noun* (*uncount*) the censoring of things such as books and films

censure /'sɛnʃə(r)/ *noun* (*uncount*; *formal*) severe criticism or disapproval ♦ *verb* (*formal*) to criticize severely

census /'sɛnsəs/ *noun* a periodical official count of the people who live in a country

cent /sɛnt/ *noun* a coin which is the hundredth part of a larger coin, *eg* of a US dollar

centenary /sɛn'ti:nərɪ/ or /sɛn'tɛnərɪ/ *noun* the 100th anniversary of an event

center see **centre**

centigrade /'sɛntɪgreɪd/ *noun* (*uncount*) the temperature scale in which water boils at 100°

centimetre (*AmE* **centimeter**) /'sɛntɪmi:tə(r)/ *noun* a hundredth part of a metre

centipede /'sɛntɪpi:d/ *noun* a small crawling insect with many legs

central /'sɛntrəl/ *adjective* **1** in the centre **2** principal or most important: *the central point of the argument.*

central heating /sɛntrəl 'hi:tɪŋ/ *noun* (*uncount*) a system in which heat is carried to radiators throughout a building

centralize or **centralise** /'sɛntrəlaɪz/ *verb* to bring under one central control [*opposite* **decentralize**] — *noun* (*uncount*) **centralization** /sɛntrəlaɪ'zeɪʃən/

centre (*AmE* **center**) /'sɛntə(r)/ *noun* **1** the middle point or part **2** a building used for some special activity: *sports centre* □ *shopping centre* ♦ *verb* to put in the centre

centre on or **centre around** to focus on

century /'sɛntʃərɪ/ *noun* a 100-year period

ceramic /sɪ'ramɪk/ *adjective* made of clay that has been heated in a very hot oven, or kiln

cereal /'sɪərɪəl/ *noun* (*count or uncount*) **1** grain used as food **2** a breakfast food made from grain

cerebral /'sɛrəbrəl/ *adjective* (*medical*) relating to the brain

ceremonial /sɛrə'moʊnɪəl/ *adjective* relating to, involving or used for ceremonies — *adverb* **ceremonially**

ceremonious /sɛrə'moʊnɪəs/ *adjective* very formal and polite — *adverb* **ceremoniously**

ceremony /'sɛrəmənɪ/ *noun* a formal event carried out to mark a special occasion: *a marriage ceremony*

certain /'sɜ:tən/ *adjective* **1** sure, definite [*same as* **positive**; *opposite* **unsure**, **uncertain**] **2** fixed, settled ♦ *determiner* particular but unnamed: *stopping at certain places* □ *a certain look* ♦ *pronoun*: *Viewers may be distressed by certain of these pictures.*

certainly /'sɜ:tənlɪ/ *adverb* **1** definitely, without any doubt **2** of course

certainty /'sɜːtəntɪ/ *noun* **1** something that you are sure of **2** the state of being certain: *I can tell you this with absolute certainty.*

certificate /sə'tɪfɪkət/ *noun* a written or printed statement giving details of *eg* a birth or a passed examination

certify /'sɜːtɪfaɪ/ *verb* to put down in writing as an official promise or statement

cessation /sɛ'seɪʃən/ *noun* (*formal*) a ceasing or stopping; an ending

chafe /tʃeɪf/ *verb* to make hot or sore by rubbing

chaff /tʃɑːf/ *noun* (*uncount*) the outer covering of *eg* wheat that is separated from the grain

chagrin /'ʃagrɪn/ *noun* (*uncount*; *formal*) disappointment or irritation

chain /tʃeɪn/ *noun* **1** a series of rings, especially of metal, connected together in a line **2** a series of connected events **3** a group of shops owned by one company ♦ *verb* to fasten with a chain

chain store /'tʃeɪn stɔː(r)/ *noun* one of several shops owned by the same company

chair /tʃeə(r)/ *noun* **1** a seat for one person with a back to it **2** a university professorship: *the chair of French literature* **3** the person officially in charge of a meeting ♦ *verb* to be officially in charge of (a meeting)

chairman /'tʃeəmən/ *noun* the person who is formally in charge of a meeting

chairperson /'tʃeəpɜːsən/ *noun* someone who is formally in charge of a meeting

chairwoman /'tʃeəwʊmən/ *noun* a woman who is formally in charge of a meeting

chalet /'ʃaleɪ/ *noun* a small simple house, especially made of wood and with a tall sloping roof

chalk /tʃɔːk/ *noun* a soft white rock, widely used in the form of small sticks, for writing with

chalky /'tʃɔːkɪ/ *adjective* looking, feeling, or tasting like chalk

challenge /'tʃalɪndʒ/ *verb* **1** to invite (someone) to compete with you **2** to demand that someone justify their behaviour ♦ *noun* **1** something that represents a test of your ability **2** an invitation to compete against someone **3** an instance of questioning whether something is right or justified

challenger /'tʃalɪndʒə(r)/ *noun* in a contest, the person trying to win the title held by his or her opponent

challenging /'tʃalɪndʒɪŋ/ *adjective* interesting but difficult

chamber /'tʃeɪmbə(r)/ *noun* **1** a hall for formal meetings, *eg* of a parliament **2** a compartment with a particular function: *a glass-walled inspection chamber* **3** a lawyer's offices or consultation rooms

chamber music /'tʃeɪmbə mjuːzɪk/ *noun* (*uncount*) classical music for a small group of players to perform in a room, rather than in a concert hall

chameleon /kə'miːlɪən/ *noun* a small lizard able to change its colour to match its surroundings

chamois /'ʃamwɑː/ or /'ʃamɪ/ *noun* (*uncount or count*) **1** very soft leather made from the skin of sheep or goats **2** a piece of this used for polishing and cleaning *eg* metal or glass

champ /tʃamp/ *verb* to chew noisily ▶ *phrase* (*informal*) **champing at the bit** impatient to act

champagne /ʃam'peɪn/ *noun* (*uncount*) an expensive white sparkling wine

champion /'tʃampɪən/ **1** someone who beats all the others in a competition **2** a strong supporter of a cause: *a champion of free speech* ♦ *verb* to support the cause of

championship /'tʃampɪənʃɪp/ *noun* **1** a contest held to find the best player or team **2** the title or position of champion

chance /tʃɑːns/ *noun* **1** a risk or a possibility **2** something unexpected or unplanned **3** an opportunity ♦ *verb* **1** to risk **2** to happen by accident ▶ *phrase* **not stand a chance** to have no possibility of succeeding

chancellor /'tʃɑːnsələ(r)/ *noun* **1** the head of the government in certain European countries **2** in Britain, the government minister responsible for finance

chandelier /ʃandə'lɪə(r)/ *noun* a decorative frame hanging from the ceiling with branches for holding lights

change /tʃeɪndʒ/ *verb* **1** to make or become different **2** to replace with something new or different: *change jobs* **3** to put on different clothes **4** to exchange money for different notes or coins of the same total value ♦ *noun* **1** the act of making or becoming different **2** a fresh set of clothing **3** money in the form of coins **4** the money you get back when you pay for something with more than the amount that it costs

changeable /'tʃeɪndʒəbəl/ *adjective* likely to change; often changing

changeover /'tʃeɪndʒəʊvə(r)/ *noun* a complete change from one thing to another

channel /'tʃanəl/ *noun* **1** a passage along which water flows **2** a fixed frequency on which television or radio programmes are broadcast **3** the processes involved in getting something done: *through the usual channels.* **4 The Channel** the stretch of water separating Britain and France ♦ *verb*: **channels, channelling** (*AmE* **channeling**), **channelled** (*AmE* **channeled**) to direct into a particular course

chant /tʃɑːnt/ *verb* to keep repeating something, especially loudly and rhythmically ♦ *noun* **1** a word or phrase repeated loudly and rhythmically **2** a prayer or religious song sung on only a few notes

chaos /'keɪɒs/ *noun* (*uncount*) disorder and confusion

chaotic /keɪ'ɒtɪk/ *adjective* disordered and confused

chap /tʃap/ *noun* (*informal*) a man or boy

chapel /'tʃapəl/ *noun* **1** a small church **2** a small part of a larger church

chaperone or **chaperon** /'ʃapəroʊn/ *noun* a woman who accompanies young unmarried women on social occasions ♦ *verb* to act as a chaperone to

chaplain /'tʃaplɪn/ *noun* a priest attached to a school, hospital or other institution

chapped /'tʃapt/ *adjective* of skin: cracked by cold or wet weather

chapter /'tʃaptə(r)/ *noun* **1** a division of a book **2** a period of time, especially in someone's life

character /'karəktə(r)/ *noun* **1** the nature and qualities of someone **2** of a place: interesting qualities that make it unusual or individual **3** determination, courage and honesty **4** someone noted for eccentric behaviour **5** someone in a play, story or film

characteristic /karəktə'rɪstɪk/ *noun* one of someone's typical features or qualities ♦ *adjective* typical — *adverb* **characteristically**

characterize or **characterise** /'karəktəraɪz/ *verb* **1** to be typical of **2** to describe (as) [*same as* **portray, represent**]

charade /ʃə'rɑːd/ (*AmE* /ʃə'reɪd/) *noun* a ridiculous pretence

charcoal /'tʃɑːkoʊl/ *noun* (*uncount*) wood burnt black, used for fuel or sketching

charge /tʃɑːdʒ/ *verb* **1** to ask to pay a certain amount **2** to accuse: *charged with murder* **3** to rush forward to attack something **4** to load *eg* a gun or a battery ♦ *noun* **1** a price or fee **2** care, responsibility **3** an official accusation ▸ *phrase* **in charge** in command or control

charisma /kə'rɪzmə/ *noun* (*uncount*) a special ability to attract, influence and inspire people

charismatic /karɪz'matɪk/ *adjective* full of charisma or charm

charitable /'tʃarɪtəbəl/ *adjective* **1** kind and understanding in your attitude to others **2** helping and supporting people in need

charity /'tʃarɪtɪ/ *noun* **1** an organization that raises money to help people in need **2** kindness and understanding in your attitude towards other people **3** money given to people who need it: *too proud to accept charity*

charlatan /'ʃɑːlətən/ *noun* someone who claims greater powers or abilities than they really have

charm /tʃɑːm/ *noun* **1** (*uncount*) an attractive personality: *have charm* **2** an object believed to have magical powers ♦ *verb* to please greatly, delight — *adjective* **charming**: *a very charming woman.*

charred /tʃɑːd/ *adjective* black through being burnt

chart /tʃɑːt/ *noun* **1** a table or diagram giving particular information: *a temperature chart* **2** a geographical map of the sea ♦ *verb* to observe and record the progress of

charter /'tʃɑːtə(r)/ *noun* an official document showing particular rights and privileges ♦ *verb* to hire *eg* a boat or aeroplane ♦ *adjective* hired for a special purpose: *a charter flight.*

chartered /'tʃɑːtəd/ *adjective* qualified under the regulations of a professional body: *a chartered surveyor*

chase /tʃeɪs/ *verb* **1** to run after in order to catch **2** to try to obtain: *too many applicants chasing too few jobs* ♦ *noun* a pursuit: *The police gave up the chase.*

chasm /'kazm/ *noun* **1** a steep drop between high rocks **2** a great difference

chaste /tʃeɪst/ *adjective* (*old*) not having sex at all

chasten /'tʃeɪsən/ *verb* (*formal*) to cause to feel guilty

chastened /'tʃeɪsənd/ *adjective* feeling guilty; keen to behave better in future

chastise /tʃa'staɪz/ *verb* (*formal*) to punish

chastity /'tʃastɪtɪ/ *noun* (*uncount*) the state or quality of being chaste

chat /tʃat/ *verb* to talk in a friendly, informal way ♦ *noun* (*count or uncount*) an informal conversation

> **chat up** (*informal*) to try to attract someone sexually by talking to them in a friendly or amusing way

chatter /'tʃatə(r)/ *verb* **1** to talk, especially fast or noisily and usually about unim-

chatterbox /'tʃatəbɒks/ *noun* (*informal*) someone who talks a great deal

chatty /'tʃatɪ/ *adjective* (*informal*) willing to talk, talkative

chauffeur /'ʃoʊfə(r)/ *noun* someone employed to drive a car

chauvinist /'ʃoʊvənɪst/ *noun* a man who behaves in a way that shows he thinks men are superior to women — *noun* (*uncount*) **chauvinism**

chauvinistic /ʃoʊvə'nɪstɪk/ *adjective* behaving as if you regard your own country and its people as superior to all others

cheap /tʃiːp/ *adjective* 1 low in price, inexpensive 2 of little value, worthless

cheat /tʃiːt/ *verb* to behave dishonestly, especially by deceiving others ♦ *noun* a person who cheats

check /tʃɛk/ *verb* 1 to make sure that something is correct or accurate 2 to stop or prevent 3 to see if *eg* a machine is in good working order ♦ *noun* 1 an act of checking 2 a pattern of squares 3 (*AmE*) **a** a cheque **b** a restaurant bill

> **check in** to record your arrival at *eg* a hotel or airport
> **check out** to pay your hotel bill and leave
> **check up** to find out if something is true [see also **check-up**]

checked /tʃɛkt/ *adjective* patterned with squares

checkered see **chequered**

checkout /'tʃɛkaʊt/ *noun* the desk where you pay in a supermarket

cheek /tʃiːk/ *noun* 1 the side of your face below the eye 2 (*uncount*; *informal*) rude or disrespectful behaviour

cheeky /'tʃiːkɪ/ *adjective* rude or disrespectful [*same as* **impudent**] — *adverb* **cheekily**

cheer /tʃɪə(r)/ *verb* 1 to shout encouragement or approval 2 to comfort, encourage: *cheered by the news* ♦ *noun* 1 a shout of approval or encouragement 2 **cheers** said by people raising their glasses before they start to drink an alcoholic drink

> **cheer up** to make or become happier or more hopeful

cheerful /'tʃɪəfʊl/ *adjective* happy in a lively, energetic way [*same as* **jolly**] — *adverb* **cheerfully** — *noun* (*uncount*) **cheerfulness**

cheerio /tʃɪərɪ'oʊ/ *interjection* (*informal*) goodbye

cheerless /'tʃɪəlɪs/ *adjective* making you feel gloomy or depressed

cheers see **cheer**

cheery /'tʃɪərɪ/ *adjective* happy in a lively, energetic way

cheese /tʃiːz/ *noun* (*uncount or count*) a solid food made from milk

cheesecake /'tʃiːzkeɪk/ *noun* a cake consisting of biscuit, a creamy mixture and fruit

cheetah /'tʃiːtə/ *noun* a fast-running animal similar to a leopard

chef /ʃɛf/ *noun* a head cook in a restaurant

chemical /'kɛmɪkəl/ *adjective* relating to the reactions between elements ♦ *noun* a substance made by the processes of chemistry

chemist /'kɛmɪst/ *noun* 1 someone who prepares and sells medicines 2 a shop selling medicines, toiletries and cosmetics

chemistry /'kɛmɪstrɪ/ *noun* (*uncount*) the study of the elements and the ways they combine or react with each other

cheque (*AmE* **check**) /tʃɛk/ *noun* a written order to pay money from a bank account to another person

chequebook (*AmE* **checkbook**) /'tʃɛkbʊk/ *noun* a book containing cheques

chequered (*AmE* **checkered**) /'tʃɛkəd/ *adjective* 1 patterned with squares of alternating colour 2 partly good, partly bad: *a chequered career*

cherish /'tʃɛrɪʃ/ *verb* 1 to care for lovingly 2 to keep *eg* hopes and memories in your mind

cherry /'tʃɛrɪ/ *noun* 1 a small bright-red fruit with a stone 2 the tree that produces this fruit

chess /tʃɛs/ *noun* (*uncount*) a game for two players in which pieces are moved in turn on a board marked in alternate black and white squares

chest /tʃɛst/ *noun* 1 the part of the body between the neck and the stomach 2 a large strong box

chestnut /'tʃɛsnʌt/ *noun* a shiny reddish-brown nut

chest of drawers /tʃɛst əv 'drɔːəz/ *noun* a large piece of furniture fitted with drawers

chew /tʃuː/ *verb* to use your teeth to break up food before swallowing

> **chew over** (*informal*) to spend time considering or discussing (something)

chick /tʃɪk/ *noun* a baby bird

chicken /ˈtʃɪkɪn/ *noun* **1** a kind of bird kept for its eggs and meat **2** (*informal*) someone who is afraid or lacks courage

chicken out (*informal*) to decide not to do something because you are afraid

chickenpox /ˈtʃɪkɪnpɒks/ *noun* (*uncount*) an infectious disease which causes red, itchy spots

chide /tʃaɪd/ *verb* (*formal*) to scold

chief /tʃiːf/ *noun* **1** a leader of a tribe **2** the head of any group or organization ♦ *adjective* **1** the most senior in rank **2** main, principal or most important

chiefly /ˈtʃiːflɪ/ *adverb* mainly

chieftain /ˈtʃiːftən/ *noun* the leader of a clan or tribe

chiffon /ˈʃɪfɒn/ *noun* (*uncount*) a thin, almost transparent, fabric made of silk or nylon

chilblain /ˈtʃɪlbleɪn/ *noun* a painful swelling on hands and feet, caused by cold weather

child /tʃaɪld/ *noun*: **children 1** a young person who is not yet an adult **2** a son or daughter: *We've got six children – all grown-up now.*

childhood /ˈtʃaɪldhʊd/ *noun* (*uncount*) the time of being a child

childish /ˈtʃaɪldɪʃ/ *adjective* (*derogatory*) behaving in a silly way more typical of a child than an adult — *adverb* **childishly**

childlike /ˈtʃaɪldlaɪk/ *adjective* innocent

children /ˈtʃɪldrən/ *noun* the plural of **child**

chill /tʃɪl/ *noun* **1** coldness **2** an illness that causes fever and shivering **3** a sudden feeling of fear or anxiety ♦ *verb* to make cold or refrigerate

chilli or **chili** /ˈtʃɪlɪ/ *noun*: **chillies** or **chillis 1** the hot-tasting pod of a kind of pepper, sometimes dried for cooking **2** a dish or sauce made with this

chilly /ˈtʃɪlɪ/ *adjective* **1** cold **2** (*informal*) unfriendly

chime /tʃaɪm/ *verb* of bells: to ring ♦ *noun* **1** the sound of bells ringing **2 chimes** a set of bells, *eg* in a clock

chimney /ˈtʃɪmnɪ/ *noun* a narrow vertical shaft allowing smoke or heated air to escape from a fire

chimpanzee /tʃɪmpanˈziː/ *noun* a small, intelligent African ape

chin /tʃɪn/ *noun* the part of the face below the mouth

china /ˈtʃaɪnə/ *noun* (*uncount*) articles made from a fine kind of clay

chink /tʃɪŋk/ *noun* **1** a narrow opening **2** a narrow beam of light shining through a crack

chip /tʃɪp/ *noun* **1** a long thin piece of fried potato **2** a small piece broken off something, or the hole it has left **3** (*AmE*) a potato crisp **4** one of numerous tiny squares of metal that form electrical connections inside a computer ♦ *verb* to knock a small piece off

chiropodist /kɪˈrɒpədɪst/ *noun* someone who treats minor disorders of the feet

chirp /tʃɜːp/ *verb* of a bird: to make a short high-pitched sound

chisel /ˈtʃɪzəl/ *noun* a metal tool used to cut or hollow out *eg* wood or stone ♦ *verb* to cut with a chisel

chivalrous /ˈʃɪvəlrəs/ *adjective* of a man: behaving in a formally polite and respectful way especially towards women

chivalry /ˈʃɪvəlrɪ/ *noun* (*uncount*) polite, respectful and considerate behaviour

chlorine /ˈklɔːriːn/ *noun* (*uncount*) a poisonous strong-smelling gas with a sharp smell, used as a disinfectant

chock-a-bloc /tʃɒkəˈblɒk/ *adjective* (*informal*) completely full

chock-full /tʃɒkˈfʌl/ *adjective* (*informal*) completely full

chocolate /ˈtʃɒklɪt/ *noun* **1** (*uncount*) a sweet, hard, usually brown food made from seeds of the cacao tree **2** a sweet made of or coated with chocolate

choice /tʃɔɪs/ *noun* **1** a range of different things from which you can choose **2** the act of choosing **3** something chosen ♦ *adjective* (*formal or literary*) of good quality: *choice vegetables*

choir /kwaɪə(r)/ *noun* an organized group of singers

choke /tʃəʊk/ *verb* **1** to stop or partly stop breathing: *choke on a fish bone* **2** to grip the throat tightly to prevent breathing **3** to block: *choked with traffic* ♦ *noun* a device that helps a car engine to start in cold weather

cholera /ˈkɒlərə/ *noun* (*uncount*) an infectious intestinal disease, causing severe vomiting and diarrhoea

cholesterol /kəˈlɛstərɒl/ *noun* (*uncount*) a fatty substance found in some foods and in the blood

chomp /tʃɒmp/ *verb* to chew noisily

choose /tʃuːz/ *verb*: **chooses, choosing, chose, chosen 1** to select and take from two or several things: *Choose whichever book you like.* **2** to decide, prefer to: *She chose to go on living with her parents.* [*same as* **elect**]

chop /tʃɒp/ *verb* to cut into pieces: *Chop the onion finely.* □ *chopping up logs for firewood*

♦ *noun* a thick slice of pork or lamb containing a bone ► *phrase* **chop and change** to keep changing

chopper /'tʃɒpə(r)/ *noun* (*informal*) a helicopter

choppy /'tʃɒpɪ/ *adjective* of the sea: not calm, with small irregular waves

chopsticks /'tʃɒpstɪks/ *noun* a pair of small sticks of wood or plastic, used for eating *eg* Chinese food

choral /'kɔːrəl/ *adjective* sung by or written for a choir

chord /kɔːd/ *noun* a combination of musical notes played together

chore /tʃɔː(r)/ *noun* a piece of housework, or any task that you find boring or difficult

choreography /ˌkɒrɪ'ɒgrəfɪ/ *noun* (*uncount*) the arrangement of dancing and dance steps

chortle /'tʃɔːtəl/ *verb* to laugh with pleasure or satisfaction

chorus /'kɔːrəs/ *noun* **1** a part of a song repeated after each verse **2** a large choir **3** in an opera or musical show, the group of singers supporting the main performers

chose /tʃəʊz/ *verb* the past tense of **choose**

chosen /'tʃəʊzən/ *verb* the past participle of **choose**

Christ /kraɪst/ *noun* Jesus of Nazareth, whom Christians believe to be the Son of God

christen /'krɪsən/ *verb* **1** to give a name to as part of a Christian ceremony [*same as* **baptize**] **2** to use for the first time

christening /'krɪsənɪŋ/ *noun* a Christian ceremony in which a baby is accepted into the church and given its name or names

Christian /'krɪstʃən/ *noun* a person who believes in Christianity ♦ *adjective*: *the Christian religion*

Christianity /ˌkrɪstɪ'anɪtɪ/ *noun* (*uncount*) the religion which follows the teachings of Christ

Christian name /'krɪstʃən neɪm/ *noun* a first name, as opposed to a family name

Christmas /'krɪsməs/ *noun* an annual Christian festival, commemorating the birth of Christ, held on 25 December

Christmas Eve /ˌkrɪsməs 'iːv/ *noun* (*uncount*) 24 December

Christmas tree /'krɪsməs triː/ *noun* a fir tree hung with lights, decorations and gifts at Christmas

chromium /'krəʊmɪəm/ *noun* (*uncount*) a metal that does not rust

chronic /'krɒnɪk/ *adjective* **1** of an illness: long-term or always present **2** (*informal*) very severe — *adverb* **chronically**: *chronically ill*

chronicle /'krɒnɪkəl/ *noun* (*formal*) a record of events in order of time ♦ *verb* (*formal*) to write down events in order

chronological /ˌkrɒnə'lɒdʒɪkəl/ *adjective* arranged in the sequence in which events actually occurred — *adverb* **chronologically**

chrysalis /'krɪsəlɪs/ *noun* a developing insect still inside its protective case

chrysanthemum /krɪ'sanθɪməm/ *noun* a type of garden flower with a large bushy head

chubby /'tʃʌbɪ/ *adjective* rather fat: *the baby's chubby little cheeks.*

chuck /tʃʌk/ *verb* (*informal*) to throw in a rough or casual way

> **chuck in** (*informal*) to give up or abandon: *chuck your job in*
> **chuck out** (*informal*) to order to leave: *They got chucked out of the pub for fighting.*

chuckle /'tʃʌkəl/ *verb* to laugh quietly ♦ *noun* a quiet laugh: *chuckling to himself*

chuffed /tʃʌft/ *adjective* (*informal*) very pleased

chug /tʃʌg/ *verb* of an engine: to make a repeated dull beating noise

chum /tʃʌm/ *noun* (*old, informal*) a friend

chunk /tʃʌŋk/ *noun* **1** a thick piece **2** (*informal*) a large part

chunky /'tʃʌŋkɪ/ *adjective* heavy and thick

church /tʃɜːtʃ/ *noun* **1** a building where Christians worship **2** any branch of the Christian religion: *the Church of England.*

churchyard /'tʃɜːtʃjɑːd/ *noun* a burial ground next to a church

churlish /'tʃɜːlɪʃ/ *adjective* (*formal*) rude or unfriendly

churn /tʃɜːn/ *noun* **1** a machine for making butter from milk **2** a large barrel-like can in which milk is stored or transported ♦ *verb* **1** to make butter in a churn **2** to shake or stir about violently **3** of the stomach: making you feel sick

chute /ʃuːt/ *noun* **1** a sloping trough for sending *eg* water or parcels to a lower level **2** a slide in a playground or swimming pool

chutney /'tʃʌtnɪ/ *noun* (*uncount*) a sauce made with vegetables or fruit and vinegar

cider /'saɪdə(r)/ *noun* (*uncount*) an alcoholic drink made from apples

cigar /sɪ'gɑː(r)/ *noun* a roll of tobacco leaves for smoking

cigarette /sɪgɑˈrɛt/ *noun* a narrow tube of thin paper filled with small pieces of dried tobacco leaves, for smoking

cinder /ˈsɪndə(r)/ *noun* a burnt-out piece of wood or coal

cinema /ˈsɪnɪmə/ *noun* **1** a place where films are shown **2** the business of making films

cinnamon /ˈsɪnəmən/ *noun* (*uncount*) a yellowish-brown spice obtained from tree bark

cipher or **cypher** /ˈsaɪfə(r)/ *noun* a code used for writing secret messages

circa /ˈsɜːkə/ *preposition* used before a date: 'approximately' or 'about': *circa 1760*

circle /ˈsɜːkəl/ *noun* **1** a round figure formed from an endless curved line **2** something in the form of a circle; a ring **3** a society or group of people **4** the balcony in a theatre or cinema ♦ *verb* **1** to draw a circle round **2** to move round in a circle

circuit /ˈsɜːkɪt/ *noun* **1** the path of an electric current **2** a race track **3** a set of places regularly visited by a performer or sportsperson

circuitous /səˈkjuːɪtəs/ *adjective* (*formal*) not direct: *by a circuitous route*

circular /ˈsɜːkjʊlə(r)/ *adjective* round, like a circle ♦ *noun* a letter sent round to a number of people

circulate /ˈsɜːkjʊleɪt/ *verb* **1** to move round **2** to send round: *circulate a memo*

circulation /sɜːkjʊˈleɪʃən/ *noun* (*uncount*) **1** the healthy flow of blood around your body **2** the number of copies of each issue of a newspaper that are sold **3** the free movement of something, such as air

circumference /səˈkʌmfərəns/ *noun* **1** the outside line of a circle **2** the length of this line

circumscribe /ˈsɜːkəmskraɪb/ *verb* (*formal*) to put limits on, restrict

circumspect /ˈsɜːkəmspɛkt/ *adjective* (*formal*) wary, cautious

circumstance /ˈsɜːkəmstəns/ *noun* (*usually in the plural*) **1** the facts and events involving or surrounding an event **2** your present situation, especially with regard to how much money you have ▸ *phrases* **under no circumstances** not for any reason at all **in** or **under the circumstances** the situation being what it is

circumstantial /sɜːkəmˈstanʃəl/ *adjective* of evidence: pointing to a conclusion without giving absolute proof

circumvent /sɜːkəmˈvɛnt/ *verb* (*formal*) to find a way of avoiding *eg* a difficulty

circus /ˈsɜːkəs/ *noun* a travelling company of acrobats, clowns *etc*

cirrhosis /səˈrəʊsɪs/ *noun* (*uncount*) a disease of the liver

cissy see **sissy**

cistern /ˈsɪstən/ *noun* a tank containing water, especially for flushing the toilet

citation /saɪˈteɪʃən/ *noun* **1** something quoted **2** official recognition of an achievement or action

cite /saɪt/ *verb* to quote as an example or as proof

citizen /ˈsɪtɪzən/ *noun* someone who lives in a city or state

citizenship /ˈsɪtɪzənʃɪp/ *noun* (*uncount*) the rights or state of being a citizen

citrus fruit /ˈsɪtrəs fruːt/ *noun* thick-skinned, sharp-tasting fruit such as oranges and lemons

city /ˈsɪtɪ/ *noun* **1** a large town **2 the City** the part of London regarded as the centre of business

civic /ˈsɪvɪk/ *adjective* relating to the government of a town or city

civil /ˈsɪvɪl/ *adjective* **1** relating to ordinary citizens **2** polite — *noun* (*uncount*) **civility** /sɪˈvɪlɪtɪ/: *an atmosphere of civility* — *adverb* **civilly**: *She answered civilly.*

civil engineering /sɪvɪl ɛndʒɪˈnɪərɪŋ/ *noun* (*uncount*) the planning, design and building of *eg* bridges and roads

civilian /sɪˈvɪljən/ *adjective* not connected with the armed forces ♦ *noun*: *adjusting to life as a civilian*

civilization or **civilisation** /sɪvəlaɪˈzeɪʃən/ *noun* **1** a particular culture: *a prehistoric civilization* **2** the state of being advanced as a society, in terms of politics, culture and technology

civilized or **civilised** /ˈsɪvəlaɪzd/ *adjective* of a society: regarded as advanced in terms of politics and technology

civil rights /sɪvɪl ˈraɪts/ *noun* (*plural*) the rights of a citizen

civil servant /sɪvɪl ˈsɜːvənt/ *noun* a person employed in the Civil Service

Civil Service /sɪvɪl ˈsɜːvɪs/ *noun* (*with a singular or plural verb*) all the officials who work in all the government departments in a country

clad /klad/ *adjective* (*literary*) clothed

claim /kleɪm/ *verb* **1** to insist that something is true when it cannot be proved **2** to demand as a right ♦ *noun* **1** a statement insisting that something is true when it is difficult to prove **2** a request for something that you believe you have a right to

claimant /ˈkleɪmənt/ *noun* someone who makes a claim

clairvoyant /kleəˈvɔɪənt/ *adjective* claiming to be able to know what will happen in the future ♦ *noun*: *The clairvoyant told her that her son was still alive.*

clam /klam/ *noun* a large shellfish with two shells hinged together

> **clam up** to stop talking suddenly, especially refusing to answer any more questions

clamber /ˈklambə(r)/ *verb* to climb awkwardly or with difficulty

clammy /ˈklamɪ/ *adjective* unpleasantly damp or moist

clamour (*AmE* **clamor**) /ˈklamə(r)/ *verb* to demand noisily and angrily ♦ *noun* (*uncount*) loud noise caused by a lot of people talking at the same time

clamp /klamp/ *noun* any device used to hold something still or fasten things together ♦ *verb* to grip or fasten with a clamp

> **clamp down on** to bring under very strict control or stop altogether: *Police are clamping down on illegal parking.*

clampdown /ˈklampdaʊn/ *noun* a sudden action taken to stop or suppress something

clan /klan/ *noun* **1** a number of families with the same surname, traditionally under a single chieftain **2** (*humorous*) your family

clandestine /klanˈdɛstɪn/ *adjective* hidden, secret and often illegal

clang /klaŋ/ *verb* to make a loud, deep ringing sound ♦ *noun*: *The saucepans fell to the floor with a clang.*

clanger /ˈklaŋə(r)/ *noun* (*informal*) ▸ *phrase* **drop a clanger** to make an embarrassing mistake in public

clank /klaŋk/ *verb* to make a sound like that of metal objects hitting each other ♦ *noun*: *He missed the clank and the rattle of the trams.*

clap /klap/ *verb* **1** to strike the hands together to show approval **2** to put suddenly: *clap in jail* ♦ *noun* a burst of sound, especially thunder

clapped-out /klaptˈaʊt/ *adjective* (*informal*) old and not working properly: *a clapped-out old typewriter.*

claptrap /ˈklaptrap/ *noun* (*uncount*; *informal*) meaningless words, nonsense

claret /ˈklarət/ *noun* (*uncount*) a type of red wine

clarify /ˈklarɪfaɪ/ *verb* to explain again in a clear and understandable way — *noun* (*uncount*) **clarification** /klarɪfɪˈkeɪʃən/

clarinet /klarɪˈnɛt/ *noun* a woodwind instrument with keys

clarity /ˈklarɪtɪ/ *noun* (*uncount*) the quality of being clear, or of being easy to see, hear or understand

clash /klaʃ/ *verb* **1** to have an argument or fight **2** of events: to take place at the same time **3** of colours: to look unpleasant together **4** of metal objects: to strike each other noisily

clasp /klɑːsp/ *verb* to hold tightly ♦ *noun* a small device for fastening things

class /klɑːs/ *noun* **1** a lesson or lecture **2** a group of pupils taught together **3** a group that people in society are divided into, according to their job, wealth or social status: *the upper classes* **4** a group whose members are similar in some identifiable way ♦ *verb* to regard as being a certain thing: *classed as a 'high-achiever'*

classic /ˈklasɪk/ *adjective* **1** still regarded as the best of its kind: *a classic suspense film* **2** absolutely typical: *a classic example* ♦ *noun* something regarded as one of the best of its kind

classification /klasɪfɪˈkeɪʃən/ *noun* **1** the activity of arranging things into classes or categories **2** the label or name that you give something in order to indicate its class or category

classical /ˈklasɪkəl/ *adjective* **1** having a traditional form or style **2** of music: generally accepted as being serious and of lasting value

Classics /ˈklasɪks/ *noun* (*uncount*) the literature, languages and philosophy of ancient Greece and Rome

classified /ˈklasɪfaɪd/ *adjective* of information: officially kept secret

classify /ˈklasɪfaɪ/ *verb* to put into a class or category

classy /ˈklɑːsɪ/ *adjective* (*informal*) expensive and stylish

clatter /ˈklatə(r)/ *noun* a loud noise made by hard objects striking each other

clause /klɔːz/ *noun* **1** a part of a sentence containing a finite verb **2** a part of a legal document, such as a contract or will

claustrophobia /klɔːstrəˈfoʊbɪə/ *noun* (*uncount*) an abnormal fear of enclosed spaces — *adjective* **claustrophobic** /klɔːstrəˈfoʊbɪk/

claw /klɔː/ *noun* a sharply-pointed hooked nail on an animal's or bird's foot ♦ *verb* to scratch or tear

clay /kleɪ/ *noun* (*uncount*) soft sticky earth that is shaped and baked hard to form pottery and bricks

clean /kliːn/ *adjective* **1** free from dirt [*opposite* **dirty**] **2** new, fresh, or not marked or used in any way: *a clean sheet of paper* **3** straight and even: *a clean straight cut* ♦ *verb* to make clean — *noun* (*uncount*) **cleaning**: *My husband does the cooking and cleaning.* ♦ *adverb* (*informal*) smoothly and directly, without meeting any obstructions: *The brick went clean through the windscreen.*

> **clean out** to empty completely and clean thoroughly
> **clean up** to make clean

cleaner /ˈkliːnə(r)/ *noun* **1** someone employed to clean inside buildings **2** a substance used for cleaning

cleanliness /ˈklɛnlɪnəs/ *noun* (*uncount*) the habit of keeping yourself clean and tidy

cleanly /ˈkliːnlɪ/ *adverb* smoothly, well and completely: *She broke the top cleanly off.*

cleanse /klɛnz/ *verb* to make eg the skin clean with a special cream

clear /klɪə(r)/ *adjective* **1** easy to see, hear or understand **2** obvious; not allowing for any doubt **3** free from difficulty or obstructions **4** transparent [*opposite* **opaque**, **cloudy**] **5** of the weather: free from mist or cloud ♦ *adjective or adverb* not touching or obstructing: *stand clear of the railway line* ♦ *verb* **1** to remove obstacles **2** to empty: *The police cleared the building.* **3** to jump over without touching **4** to declare innocent **5** of the sky: to become clear

> **clear away** to remove or put away the things you have been using, *eg* for a meal
> **clear off** (*informal*) to go away
> **clear out** to make tidy
> **clear up** to make tidy, put things away in their proper place

clearance /ˈklɪərəns/ *noun* (*uncount*) **1** the activity of getting rid of unwanted things: *a house clearance sale* **2** the distance between one object and another passing beside or under it **3** permission to do something: *receive official clearance for the project*

clear-cut /ˈklɪəkʌt/ *adjective* obvious

clearing /ˈklɪərɪŋ/ *noun* an area in a wood that is free of trees

clearly /ˈklɪəlɪ/ *adverb* **1** in a clear way **2** (*sentence adverb*) obviously

cleavage /ˈkliːvɪdʒ/ *noun* the narrow line or space between a woman's breasts

clef /klɛf/ *noun* (*music*) a musical sign placed at the beginning of a piece of music to show which range of notes it uses: *bass clef* □ *treble clef*

cleft /klɛft/ *noun* a narrow opening

clemency /ˈklɛmənsɪ/ *noun* (*uncount*; *formal*) readiness to be kind and give a less severe punishment

clench /klɛntʃ/ *verb* to press firmly together: *clenching his teeth*

clergy /ˈklɜːdʒɪ/ *noun* (*plural*) the ministers of the Christian church

clergyman /ˈklɜːdʒɪmən/ *noun* a male Christian minister

clergywoman /ˈklɜːdʒɪwʊmən/ *noun* a female Christian minister

cleric /ˈklɛrɪk/ *noun* a member of the clergy

clerical /ˈklɛrɪkəl/ *adjective* **1** relating to office work **2** relating to the clergy

clerk /klɑːk/ *noun* an office worker who deals with accounts, records and files, *etc*

clever /ˈklɛvə(r)/ *adjective* **1** quick at learning and understanding [*same as* **bright**, **intelligent**] **2** carefully thought out by talented people: *a clever bank robbery* — *adverb* **cleverly**

cliché /ˈkliːʃeɪ/ *noun* a familiar phrase or idea that people use when they cannot think of an original way to express themselves

click /klɪk/ *noun* a short sharp sound such as that made by two parts of a mechanism locking into place ♦ *verb* to make this sound

client /ˈklaɪənt/ *noun* a customer, especially one paying for a service rather than goods

clientele /kliːɒnˈtɛl/ or /klaɪənˈtɛl/ *noun* the people who go to a particular hotel, restaurant or other establishment

cliff /klɪf/ *noun* a very steep, rocky slope, especially by the sea

climactic /klaɪˈmaktɪk/ *adjective* of or involving a climax

climate /ˈklaɪmət/ *noun* **1** the weather conditions of a particular area **2** people's opinions or attitudes in general: *in the present cultural climate* — *adjective* **climatic** /klaɪˈmatɪk/: *climatic changes caused by pollution.*

climax /ˈklaɪmaks/ *noun* the most exciting or important point in *eg* a story, often near the end

climb /klaɪm/ *verb* **1** to go to the top of **2** to go up using hands and feet **3** to rise or increase ♦ *noun* an act of climbing

climber /ˈklaɪmə(r)/ *noun* **1** someone who climbs **2** a plant that climbs up walls, *etc*

clinch /klɪntʃ/ *verb* (*informal*) to settle on *eg* a decision finally and firmly

cling /klɪŋ/ *verb* **1** to hold on to firmly or tightly **2** of clothes: to fit tightly

clinic /'klɪnɪk/ *noun* a place or part of a hospital where a particular kind of treatment is given

clinical /'klɪnɪkəl/ *adjective* **1** relating to practical aspects of medicine, rather than to theory **2** plain and simple, with little or no decoration **3** objective, cool and unemotional

clink /klɪŋk/ *noun* a ringing sound of knocked glasses *etc* ♦ *verb*: *clinking glasses*

clip /klɪp/ *noun* **1** a small device for holding or fastening things together **2** a short piece of a film or television programme, shown on its own ♦ *verb* **1** to fasten with a clip **2** to cut small pieces off

clipboard /'klɪpbɔːd/ *noun* a board with a strong clip at the top, used for holding papers together

clippers /'klɪpəz/ *noun* (*plural*) a tool with two sharp blades used to cut things such as fingernails

clipping /'klɪpɪŋ/ *noun* a piece cut out of *eg* a newspaper

clique /kliːk/ *noun* a small group of people who help each other but keep others at a distance

cloak /kləʊk/ *noun* **1** a loose sleeveless kind of coat **2** something which hides: *cloak of darkness* ♦ *verb* to cover or conceal

cloakroom /'kləʊkrʊm/ *noun* a room in a public place where coats and hats may be left for a time

clock /klɒk/ *noun* an instrument for measuring and showing time ♦ *verb* to measure or record how much time something takes

> **clock in** to record your time of arrival at work
> **clock out** to record your time of departure from work

clockwise /'klɒkwaɪz/ *adjective and adverb* the direction that the hands on a clock turn in: *Turn the screwdriver clockwise.* [*opposite* **anticlockwise**]

clockwork /'klɒkwɜːk/ *adjective* worked by machinery such as that of a clock

clod /klɒd/ *noun* a lump of earth or soil

clog /klɒg/ *noun* a shoe with a wooden sole ♦ *verb* to block *eg* pipes

cloister /'klɔɪstə(r)/ *noun* a covered walkway in a monastery or convent

cloistered /'klɔɪstəd/ *adjective* of a style of life: quiet, away from noise and activity

close¹ /kləʊs/ *adjective* **1** near in time or place **2** strongly attached: *a close friend* **3** thorough: *close inspection* **4** decided by a small amount: *a close contest* **5** without fresh air, stuffy **6** similar or directly connected: *right-wing views that are close to fascism* ♦ *adverb*: *He held her very close.* — *adverb* **closely**: *They're closely related.* — *noun* (*uncount*) **closeness**

close² /kləʊz/ *verb* **1** to shut [*opposite* **open**] **2** to come closer to **3** of a business: to stop being open to the public [*opposite* **open**] **4** to come to an end ♦ *noun* the end or conclusion of something [*opposite* **start**]

> **close down** of a factory or business: to stop operating for ever

close³ /kləʊs/ *noun* a small quiet street finishing in a dead end

closed /kləʊzd/ *adjective* **1** shut, covering an opening: *sleep with the window closed* **2** not open for the public: *The museum is closed on Mondays.* [*opposite* **open**]

closet /'klɒzɪt/ *noun* **1** a large cupboard **2** (*AmE*) a fitted or built-in wardrobe ♦ *adjective* having a secret habit or tendency: *a closet chocolate addict*

close-up /'kləʊsʌp/ *noun* a film or photograph taken very near the subject

closure /'kləʊʒə(r)/ *noun* (*uncount or count*) the act of closing

clot /klɒt/ *noun* **1** a lump that forms in the blood **2** (*informal*) an idiot ♦ *verb* to form soft, half-solid lumps

cloth /klɒθ/ *noun* **1** (*uncount*) fabric, especially before it is made into clothes or other things **2** a piece of fabric used for something in particular: *a tablecloth*

clothe /kləʊð/ *verb* **1** to put clothes on **2** to provide with clothes

clothes /kləʊðz/ *noun* (*plural*) shirts, trousers, dresses and other things that people wear

clothing /'kləʊðɪŋ/ *noun* (*uncount*) clothes

cloud /klaʊd/ *noun* **1** a grey or white mass of water vapour that floats in the sky **2** a mass of anything in the air: *a cloud of smoke* ♦ *verb* to make confusing or difficult to understand: *cloud the issue*

cloudless /'klaʊdləs/ *adjective* of the sky: clear, with no clouds

cloudy /'klaʊdɪ/ *adjective* **1** of the sky: darkened with clouds **2** of a liquid: not clear or transparent

clout /klaʊt/ *verb* (*informal*) to hit with your hand ♦ *noun* (*informal*) **1** a blow with the hand **2** influence, power

clove /kloʊv/ *noun* one of the small sections that together form the bulb of *eg* garlic

clover /'kloʊvə(r)/ *noun* (*uncount*) a field plant with leaves usually in three parts

clown /klaʊn/ *noun* **1** a comedian who wears ridiculous clothes and make-up in a circus **2** a foolish or stupid person ♦ *verb* to behave in a silly way: *clowning about*

cloying /'klɔɪɪŋ/ *adjective* too sweet and intense

club /klʌb/ *noun* **1** an organized group of people who meet for social events *etc* **2** a stick used to hit the ball in golf **3** a heavy stick **4** a nightclub **5 clubs** one of the four suits in playing-cards

> **club together** to put money into a joint fund for some purpose

cluck /klʌk/ *verb* of a hen: to make its typical sound

clue /kluː/ *noun* a sign or piece of evidence that helps to solve a mystery

clump /klʌmp/ *noun* a cluster of trees or shrubs ♦ *verb* to walk heavily

clumsy /'klʌmzɪ/ *adjective* **1** awkward in movement or actions **2** tactless, thoughtless: *a clumsy apology* — *adverb* **clumsily** — *noun* (*uncount*) **clumsiness**

clung /klʌŋ/ *verb* the past tense and past participle of **cling**

clunk /klʌŋk/ *noun* a sound of a heavy object striking a metal object

cluster /'klʌstə(r)/ *noun* **1** a bunch of *eg* fruit **2** a crowd ♦ *verb* to form a small group or gathering

clutch /klʌtʃ/ *verb* to hold tightly ♦ *noun* the pedal in a car that you press in order to change gear ▶ *phrase* **in someone's clutches** held prisoner by someone or under their control

clutter /'klʌtə(r)/ *noun* (*uncount*) lots of objects, especially useless objects, untidily scattered about ♦ *verb* to fill up a place untidily

Co /koʊ/ *noun* an abbreviation for 'Company'

co- /koʊ/ *prefix* **1** working with, together with: *co-author* □ *co-driver* □ *Her co-star is unknown to American audiences.*

coach /koʊtʃ/ *noun* **1** a bus for long-distance travel **2** a railway carriage **3** a private trainer for sportspeople **4** a closed, four-wheeled horse carriage ♦ *verb* to train or instruct

coagulate /koʊ'ægjʊleɪt/ *verb* to become thick and sticky

coal /koʊl/ *noun* a hard black mineral found underground and widely used as a fuel

coalesce /koʊə'lɛs/ *verb* to come together and unite

coalfield /'koʊlfiːld/ *noun* an area where coal is found underground

coalition /koʊə'lɪʃən/ *noun* a group made up of smaller groups temporarily working together

coal mine /'koʊl maɪn/ *noun* a mine from which coal is dug

coarse /kɔːs/ *adjective* **1** rough to touch, or consisting of large, thick pieces: *coarse-grained wood* □ *coarse salt* **2** rough or rude — *adverb* **coarsely**

coast /koʊst/ *noun* the area of land next to the sea ♦ *verb* to continue to move in a vehicle after cutting the power

coastal /'koʊstəl/ *adjective* of or on the coast

coat /koʊt/ *noun* **1** an outdoor garment with sleeves **2** an animal's covering of hair or wool **3** a layer of *eg* paint ♦ *verb* to cover with a layer of some substance

coating /'koʊtɪŋ/ *noun* a covering: *a thin coating of snow*

coax /koʊks/ *verb* to persuade to do what is wanted without using force

cobble /'kɒbəl/ *noun* a rounded stone used in paving roads [*same as* **cobblestone**]

> **cobble together** (*informal*) to make quickly and without much care

cobbled /'kɒbəld/ *adjective* of streets: paved with cobbles

cobbler /'kɒblə(r)/ *noun* (*old*) a person who repairs shoes

cobblestone /'kɒbəlstoʊn/ *noun* a rounded stone used in paving roads [*same as* **cobble**]

cobra /'koʊbrə/ *noun* a poisonous snake found in India and Africa

cobweb /'kɒbwɛb/ *noun* a network of threads made by a spider

cocaine /koʊ'keɪn/ *noun* (*uncount*) a drug taken illegally for pleasure

cock /kɒk/ *noun* **1** a male bird, especially an adult male chicken **2** a tap or valve for controlling the flow of liquid ♦ *verb* to lift a part of the body into a certain position or in a certain direction

cock up (*slang*) to do very badly, to ruin

cockerel /ˈkɒkərəl/ *noun* a young cock

cockney /ˈkɒknɪ/ *noun* **1** someone born in East London **2** (*uncount*) the dialect of East London ♦ *adjective*: *a cockney accent*

cockpit /ˈkɒkpɪt/ *noun* the space for the pilot or driver in an aeroplane, a small boat or a racing car

cockroach /ˈkɒkroʊtʃ/ *noun* a large black or brown insect found in kitchens and other warm places

cocksure /kɒkˈʃʊə(r)/ *adjective* very confident, often without cause

cocktail /ˈkɒkteɪl/ *noun* a mixed alcoholic drink

cocky /ˈkɒkɪ/ *adjective* (*informal*) too confident [*same as* **arrogant**]

cocoa /ˈkoʊkoʊ/ *noun* (*uncount*) a hot drink made from cocoa powder mixed with milk and sugar

coconut /ˈkoʊkənʌt/ *noun* the large, hard-shelled nut of a type of palm tree

cocoon /kəˈkuːn/ *noun* a case that a young insect makes round itself before it turns into its adult form

cod /kɒd/ *noun* (*count or uncount*) a large sea fish whose flesh is used as food

code /koʊd/ *noun* **1** a system of words, letters, symbols or signals used when sending secret messages **2** an organized set of rules or principles

codify /ˈkoʊdɪfaɪ/ *verb* to arrange in an orderly way, classify

co-educational /koʊɛdjʊˈkeɪʃənəl/ *adjective* of a school: attended by both boys and girls [*same as* **mixed**]

coerce /koʊˈɜːs/ *verb* to force into doing — *noun* (*uncount*) **coercion** /koʊˈɜːʃən/: *There were claims that they had used coercion.*

coexist /koʊɪgˈzɪst/ *verb* to exist side by side, and at the same time — *noun* (*uncount*) **coexistence** /koʊɪgˈzɪstəns/

coffee /ˈkɒfɪ/ *noun* a drink made from the roasted, ground beans of the coffee shrub

coffers /ˈkɒfəz/ *noun* (*plural; sometimes humorous*) a government's or an organization's supplies of money

coffin /ˈkɒfɪn/ *noun* a large box that a dead person is buried or cremated in

cog /kɒg/ *noun* one of a series of wheels whose shaped edges are formed to fit into each other

cogent /ˈkoʊdʒənt/ *adjective* (*formal*) convincing, believable [*same as* **convincing**]

cognac /ˈkɒnjak/ *noun* (*uncount*) fine brandy

cohabit /koʊˈhabɪt/ *verb* to live together — *noun* (*uncount*) **cohabitation** /koʊhabɪˈteɪʃən/: *Many young couples choose cohabitation in preference to marriage.*

coherent /koʊˈhɪərənt/ *adjective* clear and logical in thought or speech: *a coherent argument* □ *He could hardly have been coherent after drinking all that whisky.* [*opposite* **incoherent**]

cohesion /koʊˈhiːʒən/ *noun* (*uncount*) the act of sticking together

cohesive /koʊˈhiːsɪv/ *adjective* made of separate parts that fit together well to form a whole: *act together as a cohesive unit*

coil /kɔɪl/ *noun* a length of *eg* rope or hair formed into a continuous series of rings or loops ♦ *verb*: *The snake coiled itself round the rabbit.*

coin /kɔɪn/ *noun* a small metal disc used as money [*compare* **note**] ♦ *verb* to invent (a new word or phrase): *Was it Marx who coined the word 'capitalism'?*

coinage /ˈkɔɪnɪdʒ/ *noun* (*uncount*) coins in general

coincide /koʊɪnˈsaɪd/ *verb* **1** to happen at the same time **2** to be the same: *the only area in which our views coincided*

coincidence /koʊˈɪnsɪdəns/ *noun* (*count or uncount*) the unexpected simultaneous occurrence of two things

coincidental /koʊɪnsɪˈdɛntəl/ *adjective* happening by chance: *Any resemblance to real people is purely coincidental.* — *adverb* **coincidentally**

coke /koʊk/ *noun* (*uncount*) **1** a dark brown, fizzy drink **2** fuel produced by removing the gases from coal

colander /ˈkɒləndə(r)/ or /ˈkʌləndə(r)/ *noun* a bowl with small holes in it, used for separating food from liquid

cold /koʊld/ *adjective* **1** low in temperature, or lower in temperature than is comfortable **2** unfriendly — *adverb* **coldly** ♦ *noun* **1** (*uncount*) lack of heat or warmth **2** a common illness causing a running nose, sneezing and coughing

cold-blooded /koʊldˈblʌdɪd/ *adjective* **1** of animals: having a body temperature that varies according to surroundings **2** cruel; lacking in feeling

cold war /koʊld ˈwɔː(r)/ *noun* unfriendly political relations between countries who are not actually at war with each other

coleslaw /ˈkoʊlslɔː/ *noun* (*uncount*) a salad made from raw cabbage

colic /ˈkɒlɪk/ *noun* (*uncount*) pains in the stomach, especially in babies

collaborate /kəˈlæbəreɪt/ *verb* **1** to work together to produce something **2** to work with an enemy to betray your country — *noun* **collaboration** — *adjective* **collaborative** /kəˈlæbərətɪv/: *a collaborative venture* — *noun* **collaborator**: *traitors and collaborators*

collage /kəˈlɑːʒ/ *noun* a design made of scraps of paper pasted onto stiff paper

collapse /kəˈlæps/ *verb* **1** to fall or break down **2** to become unable to continue ♦ *noun* (*uncount*): *the collapse of Communism*

collapsible /kəˈlæpsəbəl/ *adjective* of a chair *etc*: that can be folded flat [*same as* **folding**]

collar /ˈkɒlə(r)/ *noun* **1** the part of a garment that fits round the neck **2** the band of leather round an animal's neck that a lead can be attached to ♦ *verb* (*informal*) to catch or capture

collarbone /ˈkɒləboʊn/ *noun* either of two bones running from the shoulders to the base of the neck

collate /kəˈleɪt/ *verb* to gather together in order to examine and compare

collateral /kəˈlætərəl/ *noun* (*uncount*) additional security for repayment of a debt

colleague /ˈkɒliːɡ/ *noun* a person that you work with

collect /kəˈlɛkt/ *verb* **1** to gather together **2** to fetch from a place **3** to acquire more and more of something: *collect stamps*

collected /kəˈlɛktɪd/ *adjective* **1** gathered together **2** calm, composed

collection /kəˈlɛkʃən/ *noun* **1** the act of collecting **2** a number of objects or people **3** a public request for money

collective /kəˈlɛktɪv/ *adjective* involving all the members of a group: *a collective decision*

collector /kəˈlɛktə(r)/ *noun* someone who collects: *an antiques collector*

college /ˈkɒlɪdʒ/ *noun* **1** a place where education continues for students beyond the age of leaving school **2** a name given to some schools

collide /kəˈlaɪd/ *verb* to come together with great force

collision /kəˈlɪʒən/ *noun* (*count or uncount*) a crash between two moving objects

colliery /ˈkɒljərɪ/ *noun* a coalmine

colloquial /kəˈloʊkwɪəl/ *adjective* used in everyday speech rather than in formal writing or speaking

collude /kəˈluːd/ *verb* (*formal*) to act together in secret — *noun* **collusion**

colon[1] /ˈkoʊlən/ *noun* a punctuation mark (:) used *eg* to introduce a list of examples

colon[2] /ˈkoʊlən/ *noun* the main part of your intestine

colonel /ˈkɜːnəl/ *noun* a senior army officer

colonial /kəˈloʊnɪəl/ *adjective* relating to colonies abroad: *colonial rule* — *noun* (*uncount*) **colonialism** /kəˈloʊnɪəlɪzm/

colonize *or* **colonise** /ˈkɒlənaɪz/ *verb* to set up a colony in

colony /ˈkɒlənɪ/ *noun* **1** a country ruled by another country that sets up a branch of its government there **2** a large group of animals or birds of one type living together

color *see* **colour**

colossal /kəˈlɒsəl/ *adjective* extremely large

colour (*AmE* **color**) /ˈkʌlə(r)/ *noun* **1** the appearance something has, created by the way it reflects light **2** a shade or tint **3** vividness, brightness ♦ *adjective* containing different colours, not simply black, white and grey ♦ *verb* **1** to put colour on **2** to influence: *coloured my attitude to life* ▶ *phrase* **off colour** unwell

colour-blind (*AmE* **color-blind**) /ˈkʌləblaɪnd/ *adjective* unable to distinguish certain colours

coloured (*AmE* **colored**) /ˈkʌləd/ *adjective* **1** having colour **2** (*now offensive*) not belonging to a pale-skinned race

colourful (*AmE* **colorful**) /ˈkʌləfəl/ *adjective* **1** brightly coloured **2** full of interesting details

colouring (*AmE* **coloring**) /ˈkʌlərɪŋ/ *noun* (*uncount*) **1** a substance added to processed food to give it a more attractive colour **2** the normal colour of your skin

colourless (*AmE* **colorless**) /ˈkʌlələs/ *adjective* **1** having no colour **2** dull and uninteresting

colt /koʊlt/ *noun* a young male horse

column /ˈkɒləm/ *noun* **1** an upright stone or wooden pillar **2** a vertical line of print, figures *etc* on a page **3** a regular feature in a newspaper

columnist /ˈkɒləmnɪst/ *noun* someone who writes a regular newspaper column

coma /ˈkoʊmə/ *noun* long-term unconsciousness occurring after *eg* an accident

comatose /ˈkoʊmətoʊz/ *adjective* **1** (*technical*) in a coma **2** (*humorous*) deeply asleep

comb /koʊm/ *noun* a flat device with teeth for separating or smoothing your hair ♦ *verb* **1** to arrange or smooth with a comb **2** to search through thoroughly

combat /ˈkɒmbat/ *noun* (*uncount*) fighting, especially between armies ♦ *verb* /ˈkɒmbat/ or /kəmˈbat/ to oppose or try to prevent from happening

combative /ˈkɒmbatɪv/ *adjective* always willing to argue or fight [*same as* **aggressive, argumentative**]

combination /kɒmbɪˈneɪʃən/ *noun* **1** a joining together of things or people, or the resulting mixture **2** a series of letters or figures that open a lock

combine /kəmˈbaɪn/ *verb* to join together — *adjective* **combined**: *a combined effort*

combustion /kəmˈbʌstʃən/ *noun* (*uncount*; *formal*) the process of catching fire and burning

come /kʌm/ *verb*: **comes, coming, came, come 1** to move towards you, or in any direction with you: *Come here!* **2** to happen: *The moment has come for action.* **3** to arrive: *We'll have tea when you come.* **4** to reach: *a jacket that comes to just below the waist* ▸ *phrases* **come of age** to reach the age at which you become an adult for legal purposes **to come** in the future

> **come about** to happen
> **come across** or **come upon** to meet or find accidentally
> **come by** to obtain
> **come into** to inherit
> **come round** or **come to** to recover from a faint *etc*

comedian /kəˈmiːdɪən/ *noun* an entertainer who tells jokes or funny stories

comedy /ˈkɒmədɪ/ *noun* **1** an amusing play, film or television programme **2** (*uncount*) amusing drama, or the art of making people laugh

comely /ˈkʌmlɪ/ *adjective* (*old*) of a woman: attractive

comet /ˈkɒmɪt/ *noun* a kind of star which has a tail of light

comfort /ˈkʌmfət/ *noun* (*uncount* or *count*) **1** the state of being contented, not worried or anxious **2** something that helps you stop worrying ♦ *verb* to help to feel less upset

comfortable /ˈkʌmfətəbəl/ *adjective* **1** relaxed; free from trouble or pain **2** giving comfort **3** having enough money for a pleasant lifestyle — *adverb* **comfortably**

comic /ˈkɒmɪk/ *adjective* relating to comedy; amusing, funny ♦ *noun* **1** a children's magazine with illustrated stories **2** a comedian

comical /ˈkɒmɪkəl/ *adjective* funny or amusing

comma /ˈkɒmə/ *noun* a punctuation mark (,) that separates parts of a sentence or items in a list

command /kəˈmɑːnd/ *verb* **1** to give an order **2** to be in charge of **3** to look over or down upon: *commanding a view* ♦ *noun* **1** an order **2** control: *in command of the situation*

commandeer /kɒmənˈdɪə(r)/ *verb* to take possession of, officially or unfairly

commander /kəˈmɑːndə(r)/ *noun* someone who commands, especially a senior officer

commandment /kəˈmɑːndmənt/ *noun* an order or command

commando /kəˈmɑːndoʊ/ *noun*: **commandos** a soldier who is trained for special tasks

commemorate /kəˈmeməreɪt/ *verb* to make people remember a person or event eg by holding an official celebration — *adjective* **commemorative** /kəˈmemərətɪv/: *a commemorative stamp* — *noun* (*uncount*) **commemoration** /kəmeməˈreɪʃən/

commence /kəˈmens/ *verb* (*formal*) to begin — *noun* (*uncount*) **commencement** /kəˈmensmənt/

commend /kəˈmend/ *verb* **1** to praise **2** to put into the care of — *noun* (*count* or *uncount*) **commendation** /kɒmenˈdeɪʃən/

commendable /kəˈmendəbəl/ *adjective* deserving praise [*same as* **admirable, praiseworthy**]

comment /ˈkɒment/ *noun* (*count* or *uncount*) **1** a remark **2** a criticism ♦ *verb*: *She commented on the fact that he was late.*

commentary /ˈkɒmentərɪ/ *noun* **1** a description of an event by someone who is watching it **2** a set of explanatory notes for a book

commentate /ˈkɒməntaɪt/ *verb* to give a commentary on

commentator /ˈkɒmənteɪtə(r)/ *noun* a person who gives commentaries

commerce /ˈkɒmɜːs/ *noun* (*uncount*) the buying and selling of goods and services of all kinds

commercial /kəˈmɜːʃəl/ *adjective* **1** of commerce or business **2** paid for by advertisements: *commercial radio* ♦ *noun* a radio or television advertisement — *adverb* **commercially**: *a commercially viable product*

commercialized or **commercialised** /kəˈmɜːʃəlaɪzd/ *adjective* (*derogatory*) of a place or event: making money as its main function

commiserate /kəˈmɪzəreɪt/ *verb* to sympathize — *noun* (*uncount* or *count*) **commiseration** /kəmɪzəˈreɪʃən/

commission /kəˈmɪʃən/ *noun* **1** an order for a work of art **2** a group of people appointed to investigate something **3** a fee for doing business for someone ♦ *verb* to officially request to do: *The palace was commissioned in 1683.*

commissionaire /kəmɪʃəˈneə(r)/ *noun* (*especially BrE*) a uniformed doorkeeper

commissioner /kəˈmɪʃənə(r)/ *noun* an official of high rank in an organization

commit /kəˈmɪt/ *verb* **1** to do, bring about: *commit a crime* **2 commit yourself** to make a promise: *commit yourself to buying something* **3** to give a lot of your time and energy to

commitment /kəˈmɪtmənt/ *noun* **1** a promise **2** a task that must be done

committee /kəˈmɪti/ *noun* (*with a singular or plural verb*) a group of members of an organization chosen by the other members to run it

commodious /kəˈmoʊdɪəs/ *adjective* spacious

commodity /kəˈmɒdɪti/ *noun* an article to be bought or sold

common /ˈkɒmən/ *adjective* **1** shared by many people: *a common belief* **2** seen or happening often: *common occurrence* **3** ordinary, normal ♦ *noun* publicly owned land

commoner /ˈkɒmənə(r)/ *noun* someone who is not a member of the nobility

common-law /ˈkɒmənlɔː/ *adjective* of a husband or wife: having lived in a sexual relationship for a long time, without being married

Common Market /ˌkɒmən ˈmɑːkɪt/ *noun* the European Community, the EC

commonplace /ˈkɒmənpleɪs/ *adjective* ordinary

common room /ˈkɒmən ruːm/ *noun* a sitting-room for the use of *eg* pupils in a school

common sense /ˌkɒmən ˈsens/ *noun* (*uncount*) practical good sense

commotion /kəˈmoʊʃən/ *noun* (*used in the singular*) a scene of noisy confusion or excitement

communal /ˈkɒmjʊnəl/ *adjective* shared — *adverb* **communally**

commune /ˈkɒmjuːn/ *noun* a group of people living together and sharing work ♦ *verb* /kəˈmjuːn/ (*literary*) to get very close to: *commune with God*

communicate /kəˈmjuːnɪkeɪt/ *verb* **1** to get in touch with **2** to pass on (information) — *noun* (*uncount* or *count*) **communication** /kəmjuːnɪˈkeɪʃən/ *a means of communication* □ *modern communications systems* □ *We have received several communications from you.*

communicative /kəˈmjuːnɪkətɪv/ *adjective* enjoying talking to other people [*opposite* **uncommunicative**]

communion /kəˈmjuːnjən/ *noun* (*uncount*) **1 Holy Communion** the Christian ceremony at which people take bread and wine **2** (*literary*) the sharing of feelings

communism /ˈkɒmjʊnɪzm/ *noun* (*uncount*) a form of socialism where industry is controlled by the state — *noun*, *adjective* **communist**: *He was accused of having once been a Communist.* □ *the communist system*

community /kəˈmjuːnɪti/ *noun* **1** all the people living in a particular area **2** a group of people who share a common feature, *eg* a religion: *the Muslim community*

commute /kəˈmjuːt/ *verb* to travel quite a long distance between home and work — *noun* **commuter**: *cheaper rail fares for commuters*

compact /kəmˈpakt/ or /ˈkɒmpakt/ ♦ *adjective* small, or packed neatly together ♦ *noun* /ˈkɒmpakt/ a small flat case containing face powder and a mirror

compact disc /ˌkɒmpakt ˈdɪsk/ *noun* a CD (sense **1**)

companion /kəmˈpanjən/ *noun* a friend whom you spend a lot of time with, or someone you travel with

companionable /kəmˈpanjənəbəl/ *adjective* friendly

companionship /kəmˈpanjənʃɪp/ *noun* (*uncount*) the fact of being with someone you like

company /ˈkʌmpəni/ *noun* **1** (*uncount*) the presence of other people **2** (*uncount*) guests or visitors **3** a business organization **4** (*military*) a part of a regiment ▸ *phrase* **keep someone company** to spend time with someone so they will not be alone

comparable /ˈkɒmpərəbəl/ *adjective* roughly similar or equal in some way: *The two films are comparable in terms of quality.*

comparative /kəmˈparətɪv/ *adjective* **1** judged by ordinary or average standards: *They live in comparative comfort.* **2** making a comparison between things: *a comparative study* **3** (*grammar*) the form used to indicate a greater degree of the quality in question — *adverb* **comparatively**

compare /kəmˈpɛə(r)/ *verb* **1** to consider in what ways two things are are similar or different **2** to say that one thing is like the other

comparison /kəmˈparɪsən/ *noun* (*count or uncount*) the act of comparing

compartment /kəmˈpɑːtmənt/ *noun* a separate part or division, *eg* of a railway carriage

compass /ˈkʌmpəs/ *noun* **1** an instrument with a magnetized needle for showing direction **2 compasses** an instrument with one fixed and one movable leg for drawing circles

compassion /kəmˈpaʃən/ *noun* (*uncount*) a feeling of sympathy for someone in difficulty — *adjective* **compassionate** /kəmˈpaʃənət/ — *adverb* **compassionately**

compatible /kəmˈpatɪbəl/ *adjective* **1** similar enough to live together without conflicts **2** of pieces of electronic equipment: able to be connected and used together

compel /kəmˈpɛl/ *verb* to force to do something

compelling /kəmˈpɛlɪŋ/ *adjective* **1** holding your attention completely: *a compelling story*

compensate /ˈkɒmpənseɪt/ *verb* to make up for loss or damage, especially by giving money — *noun* (*uncount or count*) **compensation** /kɒmpənˈseɪʃən/

compere /ˈkɒmpɛə(r)/ *noun* someone who introduces acts on *eg* TV or radio ♦ *verb* to act as a compere

compete /kəmˈpiːt/ *verb* to try to win a competition

competent /ˈkɒmpətənt/ *adjective* **1** capable, efficient [opposite **incompetent**] **2** of a satisfactory or acceptable standard — *adverb* **competently** — *noun* (*uncount*) **competence**: *I don't question his competence.*

competition /kɒmpəˈtɪʃən/ *noun* **1** an event in which people compete to establish who is best **2** (*uncount*) the desire to win **3** rivals, *eg* in business

competitive /kəmˈpɛtɪtɪv/ *adjective* **1** keen to win **2** of a business: comparing favourably with others — *adverb* **competitively**

competitor /kəmˈpɛtɪtə(r)/ *noun* someone who competes with others

compilation /kɒmpɪˈleɪʃən/ *noun* **1** a collection of several things made available as a single unit: *I've made you a compilation of my favourite songs.* **2** the process of compiling

compile /kəmˈpaɪl/ *verb* to make *eg* a book from information that has been collected

complacent /kəmˈpleɪsənt/ *adjective* self-satisfied, and with a tendency to be lazy — *noun* (*uncount*) **complacency** — *adverb* **complacently**

complain /kəmˈpleɪn/ *verb* **1** to say you are not satisfied about something **2** to say you are suffering from something

complaint /kəmˈpleɪnt/ *noun* **1** a statement of dissatisfaction **2** an illness

complement /ˈkɒmplɪmənt/ *noun* **1** something which creates a pleasant contrast with something else **2** (*grammar*) a word or phrase that must appear with a verb ♦ *verb* to act as a complement to

complementary /kɒmplɪˈmɛntəri/ *adjective* complementing something

complete /kəmˈpliːt/ *adjective* **1** whole or finished, with no parts missing **2** absolute or total: *a complete fool* — *adverb* **completely** totally, absolutely ♦ *verb* **1** to finish **2** to write answers on *eg* a questionnaire

completion /kəmˈpliːʃən/ *noun* (*uncount*) the state of being complete

complex /ˈkɒmplɛks/ or /kəmˈplɛks/ *adjective* **1** made up of many parts **2** complicated, difficult ♦ *noun* **1** a group of related buildings: *a sports complex* **2** a set of obsessive emotions and ideas which affect someone's behaviour

complexion /kəmˈplɛkʃən/ *noun* (*uncount*) the colour or appearance of the skin on your face

complexity /kəmˈplɛksɪti/ *noun* the quality of being complex or difficult

compliance /kəmˈplaɪəns/ *noun* (*uncount; formal*) the act of agreeing to do what someone wants you to do

complicate /ˈkɒmplɪkeɪt/ *verb* to make difficult

complicated /ˈkɒmplɪkeɪtɪd/ *adjective* difficult to understand; detailed

complication /kɒmplɪˈkeɪʃən/ *noun* something that makes a situation more difficult to deal with

complicity /kəmˈplɪsɪtɪ/ *noun* (*uncount*; *formal*) being involved with other people doing something illegal

compliment /ˈkɒmplɪmənt/ *noun* **1** something you say to someone to show you admire them **2 compliments** good wishes ♦ *verb* to praise, congratulate: *He complimented me on my cooking.*

complimentary /kɒmplɪˈmɛntərɪ/ *adjective* **1** flattering, praising **2** given free: *complimentary ticket*

comply /kəmˈplaɪ/ *verb* to agree to do something that someone else wants

component /kəmˈpoʊnənt/ *noun* a part that a machine is made of

compose /kəmˈpoʊz/ *verb* **1** to put together or in order; arrange **2** to create *eg* a piece of music or a poem)

composed /kəmˈpoʊzd/ *adjective* quiet, calm

composer /kəmˈpoʊzər/ *noun* someone who writes music

composition /kɒmpəˈzɪʃən/ *noun* **1** something composed, usually a piece of music or writing **2** the arrangement of the different parts of something **3** (*uncount*) the act of composing

compost /ˈkɒmpɒst/ *noun* (*uncount*) a mixture of rotted plants and vegetables for spreading on soil

composure /kəmˈpoʊʒə(r)/ *noun* (*uncount*) the state of being calm

compound /ˈkɒmpaʊnd/ *noun* **1** an enclosed area of land: *a prison compound* **2** a substance made up of two or more chemical elements ♦ *verb* /kəmˈpaʊnd/ to make worse

comprehend /kɒmprɪˈhɛnd/ *verb* (*formal*) to understand

comprehensible /kɒmprɪˈhɛnsɪbəl/ *adjective* that can be understood [*opposite* **incomprehensible**]

comprehension /kɒmprɪˈhɛnʃən/ *noun* **1** (*uncount*) the ability to understand **2** an exercise that tests how well you understand written or spoken language.

comprehensive /kɒmprɪˈhɛnsɪv/ *adjective* including everything that is necessary or relevant ♦ *noun* (*BrE*) a school which teaches children of all abilities

compress /kəmˈprɛs/ *verb* **1** to press together **2** to make *eg* a piece of writing shorter [*same as* **condense**] — *noun* (*uncount*) **compression** /kəmˈprɛʃən/

comprise /kəmˈpraɪz/ *verb* (*formal*) to include, contain, consist of: *The flat comprises hall, living-room, kitchen, two bedrooms and a bathroom.*

compromise /ˈkɒmprəmaɪz/ *noun* (*count or uncount*) an agreement reached when each of two sides offers to give up some of their earlier claims or demands ♦ *verb* **1** to make a compromise **2 compromise yourself** to put yourself in a difficult or embarrassing position — *adjective* **compromising**: embarrassing

compulsion /kəmˈpʌlʃən/ *noun* a force or irresistible desire that makes someone do something

compulsive /kəmˈpʌlsɪv/ *adjective* **1** unable to stop yourself: *a compulsive liar* **2** of a book or film: so interesting that you feel you must watch it to the end — *adverb* **compulsively**: *gamble compulsively*

compulsory /kəmˈpʌlsərɪ/ *adjective* that must be done according to certain rules or laws

computation /kɒmpjʊˈteɪʃən/ *noun* (*uncount or count*) counting, calculation

compute /kəmˈpjuːt/ *verb* (*formal*) to calculate

computer /kəmˈpjuːtə(r)/ *noun* (*count or uncount*) an electronic machine that stores and sorts information of various kinds

computerized or **computerised** /kəmˈpjuːtəraɪzd/ *adjective* controlled by, or stored in, a computer

comrade /ˈkɒmrɪd/ or /ˈkɒmreɪd/ *noun* a friend or fellow worker

con /kɒn/ (*informal*) *verb* to persuade someone to do something by telling lies ♦ *noun* a deceitful trick

concave /kɒŋˈkeɪv/ *adjective* hollow or curved inwards [*opposite* **convex**]

conceal /kənˈsiːl/ *verb* to hide, keep secret — *noun* (*uncount*) **concealment**

concede /kənˈsiːd/ *verb* **1** to admit the truth of something **2** to declare that you have lost

conceit /kənˈsiːt/ *noun* (*uncount*) too much pride in yourself or your own abilities — *adjective* **conceited** (*derogatory*)

conceivable /ˈkənsiːvəbəl/ *adjective* that you can imagine or think of, possible: *It is just conceivable that the country will go to war over this.* [*opposite* **inconceivable**]

conceive /kənˈsiːv/ *verb* **1** to imagine something or believe that it might happen **2** to become pregnant

concentrate /ˈkɒnsəntreɪt/ *verb* **1** to give all your attention or effort to something **2** to bring together to one place: *Sheep farming was concentrated in the west of the island.*

concentrated /ˈkɒnsəntreɪtɪd/ *adjective* made stronger by removing water

concentration /ˌkɒnsənˈtreɪʃən/ *noun* **1** (*uncount*) mental effort **2** (*count or uncount*) a large amount of something in a small area

concentric /kənˈsɛntrɪk/ *adjective* of circles: placed one inside the other with the same centre point

concept /ˈkɒnsɛpt/ *noun* an idea about something

conception /kənˈsɛpʃən/ *noun* **1** what you think something is or consists of, or how you imagine it will be **2** becoming pregnant **3** the process of thinking of or inventing something

concern /kənˈsɜːn/ *verb* **1** to interest, affect **2** to have to do with **3** to worry: *His recent behaviour concerns me.* ◆ *noun* (*uncount or count*) **1** worry **2** regard or consideration for someone **3** a business — *adjective* **concerned**: *a concerned expression* — *preposition* **concerning**: *a newspaper article concerning nutrition* ▶ *phrase* **as far as I am concerned** a way of introducing your own opinion or reaction

concert /ˈkɒnsət/ *noun* a musical performance

concerted /kənˈsɜːtɪd/ *adjective* **concerted effort** work that is planned or performed together

concerto /kənˈtʃɛətoʊ/ *noun*: **concertos** a piece of music for one or more solo instruments and orchestra: *a piano concerto*

concession /kənˈsɛʃən/ *noun* **1** an agreement to give or allow something **2** a reduction in the price of something *eg* for students or the unemployed

concessionary /kənˈsɛʃənəri/ *adjective* given free or at a reduced price to certain groups

conciliation /kənˌsɪlɪˈeɪʃən/ *noun* (*uncount; formal*) the fact or process of reaching an agreement

concise /kənˈsaɪs/ *adjective* brief while covering the essential points — *adverb* **concisely**: *Make your points clearly and concisely.*

conclude /kənˈkluːd/ *verb* **1** to end **2** to reach an opinion or decision — *adjective* **concluding**: *her concluding remarks*

conclusion /kənˈkluːʒən/ *noun* **1** the end of something **2** a considered opinion

conclusive /kənˈkluːsɪv/ *adjective* showing that something is definitely true: *conclusive proof* [*opposite* **inconclusive**] — *adverb* **conclusively**

concoct /kənˈkɒkt/ *verb* **1** to make from a variety of unlikely ingredients [*same as* **put together**] **2** to make up, invent: *concoct a story* — *noun* **concoction**

concord /ˈkɒŋkɔːd/ *noun* (*uncount; formal*) agreement [*opposite* **discord**]

concrete /ˈkɒŋkriːt/ *noun* (*uncount*) a mixture of gravel, cement *etc* used in building ◆ *adjective* **1** solid, real [*opposite* **abstract**] **2** not vague or general: *concrete evidence* ◆ *verb* to cover with concrete

concur /kənˈkɜː(r)/ *verb* (*formal*) to agree

concurrent /kənˈkʌrənt/ *adjective* happening together — *adverb* **concurrently**

concussed /kənˈkʌst/ *adjective* having fully or partially lost consciousness after being hit on the head — *noun* (*uncount*) **concussion** /kənˈkʌʃən/: *suffering from concussion*

condemn /kənˈdɛm/ *verb* **1** to say that you strongly disapprove of **2** to state what someone's punishment will be: *condemn to death* **3** to declare (a building) unfit for use — *noun* (*uncount*) **condemnation** /ˌkɒndɛmˈneɪʃən/

condensation /ˌkɒndɛnˈseɪʃən/ *noun* (*uncount*) drops of water formed when steam hits a surface and cools quickly

condense /kənˈdɛns/ *verb* **1** to take parts out of *eg* a piece of writing, to make it shorter **2** of steam: to turn to liquid

condescend /ˌkɒndɪˈsɛnd/ *verb* to act towards someone as if you are better than them [*same as* **patronize**] — *adjective* **condescending** — *noun* (*uncount*) **condescension** /ˌkɒndɪˈsɛnʃən/

condition /kənˈdɪʃən/ *noun* **1** the state in which anything is: *in poor condition* **2** (*used in the plural*) the circumstances in which people live or work **3** something that must happen before some other thing happens **4** an illness ◆ *verb* **1** to get into good condition: *a shampoo that cleans and conditions* **2** to influence — *noun* (*uncount*) **conditioning** ▶ *phrases* **on no condition** absolutely not **out of condition** not fit and healthy

conditional /kənˈdɪʃənəl/ *adjective* depending on certain things happening — *adverb* **conditionally**

conditioner /kənˈdɪʃənə(r)/ *noun* (*count or uncount*) a substance that makes *eg* your hair or clothes softer

condolences /kənˈdoʊlənsɪz/ *noun* (*plural; formal*) **offer your condolences** to express your sympathy for someone, usually because a relation or friend of theirs has died

condom /'kɒndɒm/ *noun* a cover of thin rubber worn by a man over his penis during sex, as a way of preventing pregnancy

condone /kən'doʊn/ *verb* to ignore or accept something that is considered to be wrong or bad

conducive /kən'djuːsɪv/ *adjective* helping, making likely: *conducive to peace*

conduct *verb* /kən'dʌkt/ **1** to carry out: *conduct an investigation* **2** to control, be in charge of **3** to direct an orchestra **4** allowing heat or electricity through **5 conduct yourself** to behave ♦ *noun* /'kɒndʌkt/ (*uncount*) behaviour

conductor /kən'dʌktə(r)/ *noun* **1** someone who directs an orchestra **2** on some buses, the person who collects fares

cone /koʊn/ *noun* **1** a solid geometrical figure with a circular base and a pointed top **2** an ice-cream cornet in this shape **3** the large woody seed-case of some evergreen trees: *pine cones*

confectionery /kən'fɛkʃənərɪ/ *noun* (*uncount*) sweets, biscuits and cakes

confederation /kənfɛdə'reɪʃən/ *noun* an organization formed for business or political purposes [*same as* **league**]

confer /kən'fɜː(r)/ *verb* **1** to discuss **2** (*formal*) to give, award: *confer a degree*

conference /'kɒnfərəns/ *noun* a meeting for discussion

confess /kən'fɛs/ *verb* to admit to: *confess to a murder*

confession /kən'fɛʃən/ *noun* (*count or uncount*) an admission of wrong-doing

confetti /kən'fɛtɪ/ *noun* (*uncount*) small pieces of coloured paper that people throw at weddings

confidant /kɒnfɪ'dænt/ *noun* (*formal*) a friend that you discuss personal things with

confidante /kɒnfɪ'dænt/ *noun* (*formal*) a female friend that you discuss personal things with

confide /kən'faɪd/ *verb* **confide in** to tell something secret to

confidence /'kɒnfɪdəns/ *noun* **1** (*uncount*) trust, belief **2** (*uncount*) self-assurance **3** something private that you tell someone

confident /'kɒnfɪdənt/ *adjective* **1** certain that something will happen: *confident that they would win* **2** sure of your own ability or personality — *adverb* **confidently**: *She smiled confidently.*

confidential /kɒnfɪ'dɛnʃəl/ *adjective* to be kept as a secret: *confidential information* — *noun* (*uncount*) **confidentiality** /kɒnfɪdɛnʃɪ'ælɪtɪ/ — *adverb* **confidentially**

confine /kən'faɪn/ *verb* **1** to limit or restrict **2** to keep prisoner

confined /kən'faɪnd/ *adjective* of a space: small and enclosed

confinement /kən'faɪnmənt/ *noun* (*uncount*) the state of being a prisoner

confines /'kɒnfaɪnz/ *noun* (*plural; formal*) limits

confirm /kən'fɜːm/ *verb* **1** to show to be true: *His silence confirmed his guilt.* **2** to say that you definitely want something or will definitely do it: *confirm a reservation* — *noun* (*uncount*) **confirmation** /kɒnfə'meɪʃən/: *a letter of confirmation*

confirmed /kən'fɜːmd/ *adjective* settled into a particular habit: *a confirmed bachelor*

confiscate /'kɒnfɪskeɪt/ *verb* to take away as a punishment — *noun* (*uncount*) **confiscation** /kɒnfɪs'keɪʃən/

conflict /'kɒnflɪkt/ *noun* **1** (*count or uncount*) a disagreement or quarrel **2** a war **3** (*count or uncount*) opposition between two things, such as beliefs ♦ *verb* /kən'flɪkt/ of statements: to contradict each other — *adjective* **conflicting**

conform /kən'fɔːm/ *verb* to behave in a way that a society or other group expects or demands

conformist /kən'fɔːmɪst/ *noun* (*often adjectival*) a person who conforms [*opposite* **nonconformist**]

conformity /kən'fɔːmɪtɪ/ *noun* (*uncount; formal*) the condition of agreeing with established rules or patterns of behaviour

confound /kən'faʊnd/ *verb* (*formal*) to puzzle or confuse

confront /kən'frʌnt/ *verb* **1** to face, have to deal with: *confronted the difficulty* **2** to prepare to argue or fight with **3** to force (someone) to respond to an accusation — *noun* (*count or uncount*) **confrontation** /kɒnfrən'teɪʃən/

confuse /kən'fjuːz/ *verb* **1** to puzzle **2** to mistake one thing for another — *adjective* **confused**: *I had listened carefully, but was still confused.* — *adjective* **confusing**

confusion /kən'fjuːʒən/ *noun* (*uncount*) **1** the act of mistaking one person or thing for another **2** the state or situation of being unclear or complicated **3** the state of not understanding something

congeal /kən'dʒiːl/ *verb* to become thick through cooling or drying: *congealed blood*

congenial /kən'dʒiːnɪəl/ *adjective* (*formal*) pleasant, friendly

congenital /kənˈdʒɛnɪtəl/ *adjective* (*medical*) of a disease: present in someone from birth

congested /kənˈdʒɛstɪd/ *adjective* **1** of an area: blocked, *eg* with people or traffic **2** of a part of the body: blocked: *nasal congestion* — *noun* **congestion**

conglomerate /kənˈglɒmərət/ *noun* a large business company formed from a number of smaller ones

congratulate /kənˈgratʃʊleɪt/ *verb* to tell someone that you are pleased about their success

congratulations /kəngratʃʊˈleɪʃənz/ *interjection* an expression of happiness at someone's success

congregate /ˈkɒŋgrɪgeɪt/ *verb* to gather together to form a crowd

congregation /kɒŋgrɪˈgeɪʃən/ *noun* (*with a singular or plural verb*) the people present at a church service

congress /ˈkɒŋgrɛs/ *noun* a large meeting held to discuss policies

conical /ˈkɒnɪkəl/ *adjective* shaped like a cone

conifer /ˈkɒnɪfə(r)/ *noun* a tree with needle-like leaves and cone-shaped seedcases

conjecture /kənˈdʒɛktʃə(r)/ *noun* (*uncount; formal*) the process of forming opinions without having all the facts

conjugal /ˈkɒndʒʊgəl/ *adjective* relating to marriage

conjunction /kənˈdʒʌŋkʃən/ *noun* (*grammar*) a word that joins sentences, phrases or clauses, *eg* 'and', 'but' ▶ *phrase* **in conjunction with** together with

conjure /ˈkʌndʒə(r)/ *verb* to perform tricks that deceive the eye

> **conjure up** of images: to put into your mind

conjurer or **conjuror** /ˈkʌndʒərə(r)/ *noun* someone who performs conjuring tricks

connect /kəˈnɛkt/ *verb* to join or fasten together — *adjective* **connected**

connection /kəˈnɛkʃən/ *noun* **1** a link or direct relationship between things or people **2** the place where two things are joined together **3** a train, aeroplane or bus which takes you to the next part of a journey **4 connections** people you know

connive /kəˈnaɪv/ *verb* **1 connive at** to ignore (a wrong-doing) **2 connive with** to plan with someone to commit a wrong-doing

connoisseur /kɒnəˈsɜː(r)/ *noun* someone who knows a lot about a subject: *a wine connoisseur*

connotation /kɒnəˈteɪʃən/ *noun* what a word makes you think of or the impression it makes, in addition to its simple meaning

conquer /ˈkɒŋkə(r)/ *verb* **1** to defeat, and gain possession of territory **2** to overcome: *conquer a fear of heights*

conquest /ˈkɒŋkwɛst/ *noun* the process or achievement of conquering

conscience /ˈkɒnʃəns/ *noun* (*count or uncount*) the sense of right and wrong that guides your behaviour

conscientious /kɒnʃɪˈɛnʃəs/ *adjective* careful and hardworking — *adverb* **conscientiously**: *He always does his work conscientiously.*

conscious /ˈkɒnʃəs/ *adjective* **1** aware of yourself and your surroundings; awake [*opposite* **unconscious**] **2** aware, knowing [*opposite* **unaware**] **3** deliberate, intentional: *a conscious decision*

consciousness /ˈkɒnʃəsnɪs/ *noun* (*uncount*) **1** the state of being awake and aware of your surroundings **2** awareness of or belief in the importance of something **3** your mind

conscript /kənˈskrɪpt/ *verb* to oblige someone to join the armed forces ♦ *noun* /ˈkɒnskrɪpt/ a person who has been conscripted — *noun* (*uncount*) **conscription** /kənˈskrɪpʃən/

consecrated /ˈkɒnsəkreɪtɪd/ *adjective* that has been officially declared to be holy

consecutive /kənˈsɛkjʊtɪv/ *adjective* following one after the other — *adverb* **consecutively**

consensus /kənˈsɛnsəs/ *noun* (*uncount*) general agreement amongst people

consent /kənˈsɛnt/ *verb* **consent to** to agree to ♦ *noun* (*uncount*) agreement or permission

consequence /ˈkɒnsɪkwəns/ *noun* **1** something that follows as a result **2** (*uncount; formal*) importance

consequently /ˈkɒnsɪkwəntlɪ/ *adverb* (*sentence adverb*) 'therefore' or 'as a result'

conservation /kɒnsəˈveɪʃən/ *noun* (*uncount*) **1** the practice of protecting the natural environment of plants and animals **2** the careful use of something, making sure that as little as possible is wasted: *energy conservation*

conservative /kənˈsɜːvətɪv/ *adjective* **1** not liking change or new ideas **2** having right-wing opinions **3** cautious: *a conservative estimate* ♦ *noun* someone who dislikes new ideas — *adverb* **conservatively**: *dress conservatively*

conservatory /kənˈsɜːvətrɪ/ *noun* a glass-house attached to the outside of a house

conserve /kənˈsɜːv/ *verb* to keep from being wasted, damaged or changed

consider /kənˈsɪdə(r)/ *verb* **1** to think about carefully **2** to think of as, regard as **3** to pay attention to the wishes of

considerable /kənˈsɪdərəbəl/ *adjective* fairly large, substantial — *adverb* **considerably**: *His performance at work has deteriorated considerably.*

considerate /kənˈsɪdərət/ *adjective* being careful not to offend others or cause trouble for them

consideration /kənsɪdəˈreɪʃən/ *noun* **1** (*uncount*) attention paid to the wishes or feelings of others **2** (*uncount*) careful thought **3** a fact or circumstance to be taken into account

considering /kənˈsɪdərɪŋ/ *conjunction or preposition* taking into account: *considering your age*

consign /kənˈsaɪn/ *verb* (*formal*) to put something somewhere, often as a way of getting rid of it: *consign it to the bin*

consignment /kənˈsaɪnmənt/ *noun* (*formal*) a load, *eg* of goods

consist /kənˈsɪst/ *verb* **consist of** to be made up of

consistency /kənˈsɪstənsɪ/ *noun* (*uncount*) **1** thickness, firmness **2** the quality of always being the same [*opposite* **inconsistency**]

consistent /kənˈsɪstənt/ *adjective* **1** of statements: not contradicting each other **2** not changing, regular [*opposite* **inconsistent**] — *adverb* **consistently**

consolation /kɒnsəˈleɪʃən/ *noun* something that makes a bad situation easier to bear

console¹ /kənˈsoʊl/ *verb* to try to make (someone) feel happier

console² /ˈkɒnsoʊl/ *noun* a panel of instruments *eg* in the cockpit of an aeroplane

consolidate /kənˈsɒlɪdeɪt/ *verb* **1** to make or become strong **2** to unite — *noun* (*uncount*) **consolidation** /kənsɒlɪˈdeɪʃən/

consonant /ˈkɒnsənənt/ *noun* a speech sound such as 'f' or 'n', that you make by stopping the breath in some way, or the letter that represents such a sound

conspicuous /kənˈspɪkjʊəs/ *adjective* clearly seen, noticeable [*opposite* **inconspicuous**]

conspiracy /kənˈspɪrəsɪ/ *noun* (*count or uncount*) a plan to do wrong, made in secret by a group of people

conspirator /kənˈspɪrətə(r)/ *noun* a person who takes part in a conspiracy

conspire /kənˈspaɪə(r)/ *verb* to plan secretly together

constable /ˈkʌnstəbəl/ *noun* a police officer

constabulary /kənˈstæbjʊlərɪ/ *noun* (*BrE*) the police force

constant /ˈkɒnstənt/ *adjective* **1** never stopping **2** never changing **3** (*old*) faithful — *adverb* **constantly**

consternation /kɒnstəˈneɪʃən/ *noun* (*uncount*) anxiety, shock or fear

constipated /ˈkɒnstɪpeɪtɪd/ *adjective* unable to pass solid waste matter from the body through the anus — *noun* (*uncount*) **constipation** /kɒnstɪˈpeɪʃən/

constituency /kənˈstɪtjʊənsɪ/ *noun* the area whose citizens are represented by a particular member of parliament

constituent /kənˈstɪtjʊənt/ *noun* **1** a person living in a parliamentary constituency **2** one of the parts from which something is formed

constitute /ˈkɒnstɪtjuːt/ *verb* **1** to be a particular thing, or represent it: *His remarks constitute a serious challenge to the leadership.* **2** to be the parts that form something: *the six counties that constitute the province*

constitution /kɒnstɪˈtjuːʃən/ *noun* **1** a set of laws or rules governing a country or organization **2** your health: *a weak constitution*

constitutional /kɒnstɪˈtjuːʃənəl/ *adjective* relating to a country's constitution

constrain /kənˈstreɪn/ *verb* (*formal*) **1** to force to act in a certain way **2** to limit

constraint /kənˈstreɪnt/ *noun* (*count or uncount; formal*) something that limits or restricts freedom or development

constrict /kənˈstrɪkt/ *verb* **1** to press together tightly **2** to prevent from acting freely — *noun* (*uncount*) **constriction** /kənˈstrɪkʃən/

construct /kənˈstrʌkt/ *verb* to build, make

construction /kənˈstrʌkʃən/ *noun* **1** the process of constructing **2** something built

constructive /kənˈstrʌktɪv/ *adjective* helping to improve: *constructive criticism* — *adverb* **constructively**

consul /ˈkɒnsəl/ *noun* an official representing their government in a foreign city — *adjective* **consular** /ˈkɒnsjʊlə(r)/

consult /kən'sʌlt/ *verb* to ask for, or try to get, advice or information from

consultant /kən'sʌltənt/ *noun* **1** someone who gives expert advice **2** a senior doctor

consultation /kɒnsəl'teɪʃən/ *noun* **1** a meeting with someone to exchange ideas and opinions **2** discussion **3** the activity of looking in *eg* reference books for information

consume /kən'sju:m/ *verb* **1** (*formal*) to eat or drink **2** to use up *eg* energy **3** to destroy: *consumed with jealousy*

consumer /kən'sju:mə(r)/ *verb* someone who buys goods or makes use of services

consummate /'kɒnsəmeɪt/ *verb* (*formal*) to make a marriage legal by having sex for the first time ♦ *adjective* /kən'sʌmət/ perfect, excellent — *noun* (*uncount*) **consummation** /kɒnsə'meɪʃən/

consumption /kən'sʌmpʃən/ *noun* (*uncount*) **1** an amount consumed **2** the act of consuming

contact /'kɒntakt/ *noun* someone you know, especially someone influential: *a business contact* ♦ *verb* to communicate with ▶ *phrase* **in contact with 1** touching **2** meeting, in communication with

contact lens /'kɒntakt lenz/ *noun* a plastic lens worn on the eyeball instead of glasses

contagious /kən'teɪdʒəs/ *adjective* of disease: spreading from person to person, especially by touch

contain /kən'teɪn/ *verb* **1** to hold or have inside **2** to hold back or control: *She couldn't contain her anger.*

container /kən'teɪnə(r)/ *noun* an object such as a box or tin, used for storing things

contaminate /kən'tamɪneɪt/ *verb* to make harmful or unclean — *adjective* **contaminated**: *contaminated water* — *noun* (*uncount*) **contamination** /kəntamɪ'neɪʃən/

contemplate /'kɒntəmpleɪt/ *verb* **1** to intend **2** to look at or think about attentively: *contemplating suicide* — *noun* (*uncount*) **contemplation** /kɒntəm'pleɪʃən/

contemporary /kən'tempərərɪ/ *adjective* modern, not from past periods of history ♦ *noun* someone who lives or lived at the same time as someone else: *Mozart's contemporaries*

contempt /kən'tempt/ *noun* (*uncount*) complete lack of respect

contemptible /kən'temptɪbəl/ *adjective* offensive or disgusting

contemptuous /kən'temptʃʊəs/ *adjective* showing contempt: *a contemptuous laugh*

contend /kən'tend/ *verb* **1** to deal with: *her own problems to contend with* [*same as* **cope** with] **2** to insist on the truth of **3** to compete

content[1] /kən'tent/ *adjective* happy, satisfied ♦ *verb* **content yourself with** to accept that you cannot have or do more

content[2] /'kɒntent/ *noun* **1** (*used in the plural*) the things contained in something: *the contents of his pockets* **2** (*uncount*) the amount of a substance that something contains: *fat content*

contented /kən'tentɪd/ *adjective* happy, satisfied

contention /kən'tenʃən/ *noun* (*uncount*) argument or competition ▶ *phrase* **in contention** standing a good chance of winning

contentious /kən'tenʃəs/ *adjective* (*formal*) causing a lot of disagreements and disputes [*same as* **controversial**]

contentment /kən'tentmənt/ *noun* (*uncount*) happiness, satisfaction

contest /'kɒntest/ *noun* a competition or a struggle ♦ *verb* /kən'test/ (*formal*) to argue that something is wrong

contestant /kən'testənt/ *noun* a participant in a contest

context /'kɒntekst/ *noun* **1** the passage in a text in which a particular word occurs **2** the set of circumstances in which an event or remark occurs

continent /'kɒntɪnənt/ *noun* **1** a large mass of land divided into different countries: *the continent of Asia* **2 the Continent** (*BrE*) those parts of Europe other than the United Kingdom — *adjective* **continental**

contingency /kən'tɪndʒənsɪ/ *noun* (*formal*) something that may happen: *contingency plans*

contingent /kən'tɪndʒənt/ *noun* a group of people with a particular job ♦ *adjective* (*formal*) **contingent on** depending on

continual /kən'tɪnjʊəl/ *adjective* happening repeatedly [compare **continuous**] — *adverb* **continually**: *continually making complaints*

continuation /kəntɪnjʊ'eɪʃən/ *noun* **1** (*uncount*) the fact that something continues **2** a part that continues, an extension

continue /kən'tɪnju:/ *verb* **1** to keep doing, not stop **2** to start again after a pause

continuity /kɒntɪ'nju:ɪtɪ/ *noun* (*uncount*) the state of having no gaps or breaks

continuous /kən'tɪnjʊəs/ *adjective* not having any gaps, breaks or changes [compare **continual**] — *adverb* **continuously**

contorted /kən'tɔːtɪd/ *adjective* twisted out of shape

contour /'kɒntʊə(r)/ *noun* **1** an outline **2 contours** the lines on a map joining points of land at the same height

contraband /'kɒntrəbænd/ *noun* (*uncount*) goods that are taken into and out of a country or prison illegally

contraception /kɒntrə'sɛpʃən/ *noun* (*uncount*) the various methods used to prevent pregnancy

contraceptive /kɒntrə'sɛptɪv/ *noun* a drug or device that prevents pregnancy

contract /'kɒntrakt/ *noun* a written agreement ♦ *verb* /kən'trakt/ **1** to become or make smaller **2** to catch (a disease): *contract malaria* — *noun* (*uncount*) **contraction** /kən'trakʃən/

contradict /kɒntrə'dɪkt/ *verb* to argue that what someone says is incorrect or untrue — *noun* (*count or uncount*) **contradiction** /kɒntrə'dɪkʃən/ ♦ *phrase* **a contradiction in terms** something that is described by a quality it cannot have

contradictory /kɒntrə'dɪktəri/ *adjective* suggesting that two opposite things are both true

contralto /kən'trɑːltoʊ/ *noun*: **contraltos** the lowest singing voice in women

contraption /kən'trapʃən/ *noun* an unusual machine, or strange device

contrary /'kɒntrəri/ *adjective* opposite or opposing ▸ *phrases* **contrary to** despite **on the contrary** used to contradict what has just been said

contrast /'kɒntrɑːst/ *noun* a difference between two things ♦ *verb* /kən'trɑːst/ **1** to compare so as to show differences **2** to show a marked difference from — *adjective* **contrasting**

contravene /kɒntrə'viːn/ *verb* (*formal*) to break *eg* a law — *noun* (*uncount or count*) **contravention** /kɒntrə'vɛnʃən/

contribute /kən'trɪbjuːt/ *verb* **1** to give *eg* money or help together with others **2** to help to cause: *contributed to a nervous breakdown* — *noun* (*count or uncount*) **contribution** /kɒntrɪ'bjuːʃən/

contributory /kən'trɪbjʊtəri/ *adjective* (*formal*) contributing to, or playing a part in some result: *a contributory factor*

contrite /kən'traɪt/ *adjective* (*formal*) very sorry for having done wrong [*same as* **penitent**, **repentant**]

contrive /kən'traɪv/ *verb* **1** to manage: *She contrived a little smile.* **2** to plan cunningly

contrived /kən'traɪvd/ *adjective* unnatural or artificial

control /kən'troʊl/ *noun* **1** authority to rule, manage or restrain **2 controls** the means by which a driver operates a vehicle ♦ *verb* **1** to operate *eg* a vehicle **2** to be in charge of **3** to prevent from growing or spreading **4 control yourself** to make an effort not to become angry, upset or excited

controller /kən'troʊlə(r)/ *noun* a person who is responsible for directing or controlling something such as traffic

controversial /kɒntrə'vɜːʃəl/ *adjective* likely to cause argument

controversy /'kɒntrəvɜːsi/ *noun* (*uncount or count*) disagreement

convalescence /kɒnvə'lɛsəns/ *noun* (*uncount*) time spent getting better after an illness

convene /kən'viːn/ *verb* (*formal*) to call or come together

convenience /kən'viːnɪəns/ *noun* **1** (*uncount*) the quality of being quick and easy to do: *convenience food* **2** something that makes your everyday life easier: *modern flats with every conceivable convenience* ▸ *phrase* **at your convenience** when it suits you best

convenient /kən'viːnɪənt/ *adjective* easy and quick to use — *adverb* **conveniently**

convent /'kɒnvənt/ *noun* a building lived in, and run by, nuns

convention /kən'vɛnʃən/ *noun* **1** a large and formal meeting **2** a treaty or agreement **3** a custom, especially in social behaviour

conventional /kən'vɛnʃənəl/ *adjective* having traditional attitudes and behaviour: *dressed in a conventional three-piece suit* [*opposite* **unconventional**] — *adverb* **conventionally**

converge /kən'vɜːdʒ/ *verb* to come together, meet at a point

conversation /kɒnvə'seɪʃən/ *noun* (*count or uncount*) talk, exchange of ideas

converse[1] /kən'vɜːs/ *verb* (*formal*) to talk

converse[2] /'kɒnvɜːs/ *noun* (*used in the singular; formal*) the opposite

conversion /kən'vɜːʃən/ *noun* (*count or uncount*) **1** something changed so that it can have another use **2** a change in the beliefs someone has

convert /kən'vɜːt/ *verb* **1** to change (something) so that it has a different use or shape **2** to adopt new religious beliefs

♦ *noun* /ˈkɒnvɜːt/ someone who has changed their beliefs

convertible /kənˈvɜːtɪbəl/ *adjective* able to be changed from one thing to another ♦ *noun* a car with a folding roof

convex /ˈkɒnvɛks/ *adjective* curving outwards [compare **concave**]

convey /kənˈveɪ/ *verb* 1 to make others aware of: *He conveyed the impression of having been there before.* 2 (*formal*) to carry, transport

conveyor belt /kənˈveɪə bɛlt/ *noun* a strip of eg rubber that moves continuously, used to move goods

convict /kənˈvɪkt/ *verb* to officially declare that someone is guilty ♦ *noun* /ˈkɒnvɪkt/ a person in prison

conviction /kənˈvɪkʃən/ *noun* 1 a strong belief 2 (*uncount*) confidence that what you say or believe is true 3 the passing of a guilty sentence on someone in court

convince /kənˈvɪns/ *verb* to make (someone) believe that something is true

convinced /kənˈvɪnst/ *adjective* sure that something is true

convoy /ˈkɒnvɔɪ/ *noun* a group of vehicles travelling together

convulsion /kənˈvʌlʃən/ *noun* a violent uncontrollable movement of the limbs

cook /kʊk/ *verb* to prepare food by heating — *noun* (*uncount*) **cooking**: *I really enjoy cooking.* ♦ *noun* a person who cooks or prepares food

cooker /ˈkʊkə(r)/ *noun* a device for cooking food on

cookery /ˈkʊkəri/ *noun* (*uncount*) the skill or practice of cooking food

cookie /ˈkʊki/ *noun* (*AmE*) a biscuit

cool /kuːl/ *adjective* 1 fairly cold or pleasantly cold 2 calm, not excited 3 unfriendly or unenthusiastic ♦ *verb* make or become cooler or calmer — *adverb* **coolly** /ˈkuːlli/ — *noun* (*uncount*) **coolness**

cool down to become cool, or to become calm after being angry

coop /kuːp/ *verb* ▶ *phrase* **cooped up** like a prisoner, in a small place for a long time

co-operate /koʊˈɒpəreɪt/ *verb* to work together — *noun* (*uncount*) **co-operation** /koʊɒpəˈreɪʃən/

cooperative /koʊˈɒpərətɪv/ *adjective* willing to do what others ask ♦ *noun* a project or business owned by the workers

co-opt /koʊˈɒpt/ *verb* to invite to join a committee or other group

co-ordinate /koʊˈɔːdɪneɪt/ *verb* to organize things so that they combine efficiently — *noun* (*uncount*) **co-ordination** /koʊɔːdɪˈneɪʃən/ ♦ *noun* /koʊˈɔːdɪnət/ **co-ordinates** the two sets of numbers or letters that lead you to find a point on a map

cop /kɒp/ *noun* (*slang*) a police officer

cope /koʊp/ *verb* 1 to deal with successfully: *coped remarkably well* 2 to be faced with and have to deal with, manage: *I can't cope with all this pressure.*

copious /ˈkoʊpiəs/ *adjective* (*formal*) plentiful

copper /ˈkɒpə(r)/ *noun* 1 (*uncount*) a soft reddish-brown metal 2 a coin of low value 3 (*slang*) a police officer

copy /ˈkɒpi/ *noun* 1 a version of something that is identical to the original 2 an individual example of a certain book, magazine or newspaper: *a copy of the Times* ♦ *verb* 1 to do the same as 2 to make an identical version of

copyright /ˈkɒpiraɪt/ *noun* (*uncount*) the legal right of an author or songwriter to be paid by others who want to use their work

coral /ˈkɒrəl/ *noun* (*uncount*) a hard pink substance found under the sea, made from the skeletons of tiny animals

cord /kɔːd/ *noun* 1 (*count or uncount*) thin rope or thick string 2 (*informal*) **cords** corduroy trousers

cordial /ˈkɔːdiəl/ *adjective* warm and friendly ♦ *noun* (*uncount*) a sweet drink of fruit juice and water — *adverb* **cordially**

cordon /ˈkɔːdən/ *noun* a barrier that keeps people from entering an area

cordon off to put a cordon around

corduroy /ˈkɔːdərɔɪ/ *noun* 1 (*uncount*) a thick cotton fabric woven to have a pattern of raised lines: *a corduroy skirt* 2 (*used in the plural*) trousers made of corduroy

core /kɔː(r)/ *noun* the inner part of anything, especially fruit

cork /kɔːk/ *noun* 1 (*uncount*) the bark of a kind of tree, used for making stoppers for bottles *etc* 2 a piece of this bark used as a stopper for a bottle

corkscrew /ˈkɔːkskruː/ *noun* a tool for removing corks from bottles

corn /kɔːn/ *noun* (*uncount*) 1 any cereal plant, especially wheat 2 a small area of hard skin on a toe

corned beef /kɔːnd ˈbiːf/ *noun* (*uncount*) beef that has been cooked in salt water to preserve it

corner /ˈkɔːnə(r)/ *noun* **1** an angle made by two lines or edges that join each other **2** a place where two roads meet **3** (*informal*) a difficult situation ♦ *verb* to force into a position from which there is no escape

cornerstone /ˈkɔːnəstoʊn/ *noun* the most important part, that everything else depends on

cornet /ˈkɔːnɪt/ *noun* **1** an ice-cream in a cone-shaped wafer **2** a small trumpet

coronary /ˈkɒrənəri/ *noun* a heart attack

coronation /kɒrəˈneɪʃən/ *noun* the crowning of a king or queen

coroner /ˈkɒrənə(r)/ *noun* an official who investigates sudden or accidental deaths

corporal /ˈkɔːpərəl/ *noun* an army officer of low rank

corporal punishment /kɔːpərəl ˈpʌnɪʃmənt/ *noun* (*uncount*) physical punishment such as beating

corporate /ˈkɔːpərət/ *adjective* of a business firm: of or forming a whole, united

corporation /kɔːpəˈreɪʃən/ *noun* a large business firm

corps /kɔː(r)/ *noun*: *plural* **corps 1** a division of an army **2** an organized group

corpse /kɔːps/ *noun* a dead body

corpulent /ˈkɔːpjʊlənt/ *adjective* (*formal or humorous*) fat

correct /kəˈrekt/ *adjective* **1** free from mistakes **2** suitable and acceptable ♦ *verb* to set right, remove errors from

correction /kəˈrekʃən/ *noun* (*count or uncount*) an act of correcting a mistake

correlate /ˈkɒrəleɪt/ *verb* (*formal*) to have a close connection — *noun* (*uncount*) **correlation** /kɒrəˈleɪʃən/

correspond /kɒrɪˈspɒnd/ *verb* **1** to be similar or equivalent **2** to write letters to

correspondence /kɒrɪˈspɒndəns/ *noun* (*uncount; formal*) **1** communication by letter **2** a letter or letters received or sent

correspondent /kɒrɪˈspɒndənt/ *noun* a reporter working in a particular part of the world, or on a particular topic

corridor /ˈkɒrɪdɔː(r)/ *noun* a passageway

corroborate /kəˈrɒbəreɪt/ *verb* (*formal*) to give a statement that supports evidence already given — *noun* (*uncount*) **corroboration** /kərɒbəˈreɪʃən/

corrode /kəˈroʊd/ *verb* of metals: to gradually become damaged or destroyed by chemicals or by rust

corrosive /kəˈroʊsɪv/ *adjective* **1** able to destroy or wear away materials such as metal by reacting chemically with them: *a corrosive substance* **2** having the effect of gradually wearing down or destroying something: *a corrosive effect on public morals*

corrugated /ˈkɒrəgeɪtɪd/ *adjective* formed into a series of rounded folds: *corrugated iron*

corrupt /kəˈrʌpt/ *verb* **1** to make wicked or evil: *corrupt young people* **2** to spoil by making less pure: *corrupt the language* ♦ *adjective* dishonest — *noun* (*uncount*) **corruption** /kəˈrʌpʃən/: *bribery and corruption*

corset /ˈkɔːsɪt/ *noun* a tight-fitting undergarment that supports and shapes the body

cosmetic /kɒzˈmetɪk/ *noun* **cosmetics** substances that people, usually women, put on their face to make them look more attractive ♦ *adjective* improving only the appearance of something, not its true nature

cosmic /ˈkɒzmɪk/ *adjective* **1** relating to the universe or outer space **2** (*informal*) very large or important

cosmopolitan /kɒzməˈpɒlɪtən/ *adjective* **1** displaying the traditions and cultures of many different countries **2** familiar with, or comfortable in, many different cultures

cosmos /ˈkɒzmɒs/ *noun* the universe

cosset /ˈkɒsɪt/ *verb* to over-protect

cost /kɒst/ *noun* **1** the total amount of money needed to do or have something **2** the damage or loss something involves ♦ *verb*: **costs, costing, cost 1** to be priced at **2** to cause the loss of: *The war cost many lives.*

costly /ˈkɒstli/ *adjective* **1** high-priced, valuable **2** involving big losses

costume /ˈkɒstjuːm/ *noun* **1** a set of clothes worn by an actor **2** dress **3** a swimsuit: *a swimming costume*

cosy (*AmE* **cozy**) /ˈkoʊzi/ *adjective* warm and comfortable

cot /kɒt/ *noun* **1** a small high-sided bed for children **2** (*AmE*) a camp bed

cottage /ˈkɒtɪdʒ/ *noun* a small house, especially an old one in the countryside or a village

cottage cheese /kɒtɪdʒ tʃiːz/ *noun* (*uncount*) a soft, white cheese made from sour milk

cotton /ˈkɒtən/ *noun* (*uncount*) **1** a common fabric made from the soft fibres of the cotton plant **2** thread made from these fibres, used for sewing

---

cotton on to realize or understand, especially after a time

could /kʊd/ *modal verb*: The modal auxiliary verb **could** acts as the past tense of **can**. It also has uses of its own, some of which are important for politeness. The negative contraction of **could** is **couldn't**.

○ **could** as the past tense of **can**

- **ability in the past**: *He had a gift for telling jokes and could be very funny indeed.* □ *Someone who could speak English was always there to translate.*

Notice that **could** is used to express general, or ongoing, ability. To express achievement in the past you can use *was able to* or *managed to*: *They were busy arguing and I was able to pass unnoticed.*

- **permission or freedom in the past**: *Churches were never locked in those days; you could wander in at any time.*

Notice again that **could** is used only to refer to a general freedom to do or have something. You can use *was allowed to* where permission was given, and used, on a specific occasion: *The hostages were allowed to leave the plane one by one.*

possibility in the past
could + have
You use **could have**

1 with negatives or questions, to speculate, wonder or exclaim, about situations in the past: *The decade could hardly have ended on a more optimistic note.*

2 to talk about unreal possibilities in the past: *Things could have been much worse.*

3 to talk about real possibilities in the past, that is, things that possibly happened if the facts are interpreted in a certain way: *The bruises could have been caused in other ways.*

○ **could** in a present context: polite or distancing uses

- **asking permission or making requests**: *Could I use some of your toothpaste?* □ *Could I leave early today?*

- **offers, invitations and suggestions**: *I could drive you down to the station.* □ *We'd love it if you could come to dinner.* □ *You could find a job as a cleaner.*

- **possibilities**
Could is used
1 to express possibilities in a tentative way: *If the ban is disobeyed, there could be trouble.*
2 with a negative or in questions, to wonder, speculate or exclaim about situations in the present or past: *How could I be so clumsy?* □ *It must be Sandra who wrote it; it couldn't be anyone else.*

- **complaints**: *You could tidy up after yourself sometimes.*

---

cotton wool /'kɒtən 'wʊl/ *noun* (*uncount*) cotton in the form of a soft fluffy mass, used for wiping or absorbing

couch /kaʊtʃ/ *noun* **1** a sofa **2** a bed in a doctor's surgery ♦ *verb* to express in particular words: *couched in formal terms*

cough /kɒf/ *verb* to force air or mucus out of the throat or lungs with a sharp rough noise ♦ *noun* an illness of the throat or lungs that causes you to cough: *I've had this cough for weeks.*

could see special entry above

council /'kaʊnsəl/ *noun* a group of people elected to discuss or give advice about policy or government

councillor /'kaʊnsələr/ *noun* a member of a council

counsel /'kaʊnsəl/ *verb*: **counsels, counselling** (*AmE* **counseling**), **counselled** (*AmE* **counseled**) to give advice to ♦ *noun* a lawyer representing someone in court: *the counsel for the prosecution*

counsellor (*AmE* **counselor**) /'kaʊnsələ(r)/ *noun* someone trained to give people advice about problems

count[1] /kaʊnt/ *verb* **1** to say numbers in order: *count from one to ten* **2** to find the total number of, add up **3** to include in a calculation **4** to have importance ♦ *noun* **1** an act of counting **2** a point being considered: *wrong on several counts*

count on 1 to rely on: *Can I count on you?* **2** to be sure that something will happen

count[2] /kaʊnt/ *noun* a nobleman in certain countries

countenance /'kaʊntənəns/ *noun* (*uncount*; *literary*) the appearance of someone's face: *his youthful countenance*

counter[1] /'kaʊntə(r)/ *noun* **1** a long table-like surface where you pay for goods in a shop **2** a small flat disc

counter[2] /'kaʊntə(r)/ *verb* **1** to answer or oppose **2** to return a criticism or other attack that someone has made

counter- /'kaʊntə(r)/ *prefix* opposite or against: *counter-argument*

counteract /kaʊntər'ækt/ *verb* to reduce or cancel *eg* the effect of

counterfeit /'kaʊntəfɪt/ *adjective* made in imitation with the purpose of deceiving ♦ *verb*: *The coins had been counterfeited.*

counterpart /'kaʊntəpɑ:t/ *noun* someone or something that corresponds to another person or thing

countess /'kaʊntɪs/ *noun* a woman of the same rank as a count or earl

countless /'kaʊntləs/ *adjective* very many

country /'kʌntrɪ/ *noun* 1 a division of the world ruled by a particular government or monarch, often with its own distinct language and culture 2 the people of a particular country 3 open land away from towns and cities

countryside /'kʌntrɪsaɪd/ *noun* (*uncount*) open land away from towns and cities

county /'kaʊntɪ/ *noun* a division of a country

coup /ku:/ *noun* 1 or **coup d'état** /ku:deɪ'tɑ:/ the act of using force to remove a government and take political control of a country 2 something achieved by acting quickly and cleverly

couple /'kʌpəl/ *noun* 1 a husband and wife or boyfriend and girlfriend, *etc* 2 any two people who happen to be together 3 two, or a few things or people ♦ *verb* to link or connect, add

coupon /'ku:pɒn/ *noun* a piece of paper which you can exchange for goods or money

courage /'kʌrɪdʒ/ *noun* (*uncount*) willingness to do something difficult or dangerous

courageous /kə'reɪdʒəs/ *adjective* having courage

courgette /kʊə'ʒɛt/ *noun* a long green vegetable similar in shape and appearance to a cucumber [*same as* **zucchini**]

courier /'kʊrɪə(r)/ *noun* 1 a person paid to deliver letters or parcels 2 someone who looks after tourists abroad

course /kɔ:s/ *noun* 1 a series of lessons on a particular subject 2 a path along which anything moves 3 a part of a meal: *the main course* 4 the way you can act in a particular situation: *the best course to follow* 5 a golf course or a racecourse ► *phrases* **in due course** at some suitable time in the future **of course** used 1 as a polite way of giving permission or agreeing 2 when you think the person you are speaking to probably knows what you are telling them already

court /kɔ:t/ *noun* 1 a place where legal cases are heard or tried 2 an area marked out for playing *eg* tennis 3 an open space surrounded by houses ♦ *verb* (*old*) of a couple: to regularly go out together with the intention of eventually getting married

courteous /'kɜ:tɪəs/ *adjective* polite and respectful

courtesy /'kɜ:təsɪ/ *noun* politeness

court-martial /cɔ:t 'mɑ:ʃəl/ *noun*: **court-martials** or **courts-martial** a court made up of military officers which tries servicemen who have broken military law; a trial held before such a court ♦ *verb*: **court-martials**, **court-martialling** (*AmE* **court-martialing**), **court-martialled** (*AmE* **court-martialed**) (*usually in the passive*) to try in a military court

courtship /'kɔ:tʃɪp/ *noun* (*uncount*; *formal*) the process of, or the length of time spent courting

courtyard /'kɔ:tjɑ:d/ *noun* an open space surrounded by buildings or walls

cousin /'kʌzən/ *noun* the son or daughter of an uncle or aunt

cove /koʊv/ *noun* a small sheltered bay in a coastline

covenant /'kʌvənənt/ *noun* a formal agreement between people to do something, *eg* to pay a fixed amount of money at regular intervals

cover /'kʌvə(r)/ *verb* 1 to form a layer over 2 to hide 3 to extend over: *The estate covers some 400 acres.* 3 to travel over: *covering 3 kilometres a day* 4 to include, deal with: *covering the news story* 5 to be enough for: *Five pounds should cover the cost.* ♦ *noun* something that covers, hides or protects

cover up 1 to cover completely **2** to try to prevent people from finding out about

coverage /'kʌvərɪdʒ/ *noun* (*uncount*) the reporting of an event in the media: *the BBC's coverage of royal affairs*

covering /'kʌvərɪŋ/ *noun* a layer of something that covers or hides something else

covert /'kʌvət/ *adjective* (*formal*) done secretly or so that others do not notice

cow /kaʊ/ *noun* 1 the female of a large animal kept on farms for its milk and meat 2 the female of other large animals, such as the elephant 3 (*offensive*) an insult referring to a woman

coward /'kaʊəd/ *noun* someone who is easily frightened or not willing to deal with difficult or dangerous situations — *adjective* **cowardly**

cowardice /ˈkaʊədɪs/ *noun* (*uncount*) cowardly behaviour

cowboy /ˈkaʊbɔɪ/ *noun* **1** a man in charge of cattle, especially in American films **2** someone who does work on people's houses, but who is not properly trained or equipped

cower /ˈkaʊə(r)/ *verb* to move back because of fear

coy /kɔɪ/ *adjective* pretending to be shy or embarrassed

cozy see **cosy**

crack /krak/ *verb* **1** to break partly without falling to pieces **2** to make a sharp, sudden sound: *crack a whip* **3** to give in to pressure **4** to solve (a problem) **5** to tell a joke ♦ *noun* **1** a thin break **2** an unpleasant joke **3** a narrow opening ▶ *phrase* **have a crack at** attempt to

> **crack down on** to take firm action to prevent or control [see also **crackdown**]
> **crack up** to lose control of your emotions

crackdown /ˈkrakdaʊn/ *noun* official action taken to prevent or control something [see also **crack down** at **crack**]

cracked /ˈkrakt/ *adjective* **1** having a crack, or cracks, in **2** mad, foolish

cracker /ˈkrakə(r)/ *noun* **1** a thin, crisp biscuit **2** a hollow paper tube containing a small gift, which breaks with a bang when the ends are pulled

crackle /ˈkrakəl/ *verb* to make a continuous cracking noise ♦ *noun*: *the crackle of the old radio*

cradle /ˈkreɪdəl/ *noun* a baby's bed, especially one which can be rocked ♦ *verb* to hold gently or with tenderness

craft /krɑːft/ *noun* **1** the job or activity of making something with the skilful use of the hands **2** (*plural* **craft**) a boat or ship

craftsman /ˈkrɑːftsmən/ *noun* a man who is skilled at making things with his hands

craftworker /ˈkrɑːftwɜːkə/ *noun* a person who is skilled at making things with their hands

crafty /ˈkrɑːftɪ/ *adjective* clever at getting or achieving things, often by deceiving people [*same as* **cunning**, **wily**]

cram /kram/ *verb* to force into a space that is not big enough

cramp /kramp/ *noun* (*uncount or count*) a painful stiffening of the muscles ♦ *verb* to prevent something from developing or being expressed

cramped /ˈkrampt/ *adjective* of a room or other space: unpleasantly small, or over-crowded

crane /kreɪn/ *noun* **1** a machine with a long arm for lifting heavy weights **2** a large, long-legged, long-necked bird ♦ *verb* to stretch out the neck in order to see something

crank /kraŋk/ *noun* **1** an apparatus that you turn to make something move **2** (*informal*) someone with strange or unusual ideas, or who behaves in a strange way [*same as* **eccentric**] ♦ *verb* to start an engine with a crank

cranky /ˈkraŋkɪ/ *adjective* (*informal*) **1** strange, eccentric **2** bad-tempered

cranny /ˈkranɪ/ *noun* a small opening or crack

crap /krap/ *noun* (*vulgar; slang*) **1** something of a very poor standard or quality: *This paint's crap.* **2** nonsense: *Don't talk crap.*

crash /kraʃ/ *verb* **1** to collide with, causing damage: *crash into a lamp post* **2** to hit with force and make a loud noise ♦ *noun*: *He was injured in a serious car crash.* ♦ *adjective* short but intensive: *a crash course in French*

crash helmet /ˈkraʃ hɛlmət/ *noun* a protective covering for the head worn by motor-cyclists and racing drivers

crass /kras/ *adjective* stupid

crate /kreɪt/ *noun* a container for carrying goods, often made of wood

crater /ˈkreɪtə(r)/ *noun* **1** the bowl-shaped mouth of a volcano **2** a hole made by an explosion

cravat /krəˈvat/ *noun* a scarf worn in place of a tie

crave /kreɪv/ *verb* to have a very strong desire to have: *crave power*

crawl /krɔːl/ *verb* **1** to move on hands and knees, or close to the ground **2** to move slowly **3** to behave very politely or humbly towards someone because you want something from them **4** to be covered with or full of: *crawling with wasps* ♦ *noun* (*uncount*) a swimming stroke performed on the front of the body

crayon /ˈkreɪən/ *noun* a coloured pencil or stick for drawing

craze /kreɪz/ *noun* something that is extremely popular or fashionable for a short time only

crazy /ˈkreɪzɪ/ *adjective* (*informal*) **1** foolish **2** very strange or unusual **3** extremely enthusiastic

creak /kri:k/ *verb* to make a long high-pitched noise like an opening door, the hinges of which need oiling ♦ *noun*: They heard the creak of a loose floorboard. — *adjective* **creaky**: a creaky door

cream /kri:m/ *noun* (*uncount*) **1** the fatty substance which forms on milk **2** a cosmetic product in the form of a thick liquid: cleansing cream **3** a yellowish-white colour **4** the best part

cream off to select or take from among others

creamy /'kri:mi/ *adjective* having the thick liquid consistency of cream

crease /kri:s/ *noun* a line made by folding something, especially fabric ♦ *verb* to develop creases — *adjective* **creased**: My dress was all creased.

create /kri:'eɪt/ *verb* to make or invent, or cause to happen or exist

creation /kri:'eɪʃən/ *noun* **1** the act of creating **2** something that someone has made

creative /kri:'eɪtɪv/ *adjective* having the talent and imagination to create new things — *noun* **creativity** /kri:eɪ'tɪvɪti/: artistic creativity

creator /kri:'eɪtə(r)/ *noun* the person who invents or makes something

creature /'kri:tʃə(r)/ *noun* **1** an animal **2** a person described in a particular way: She was the most beautiful creature I ever saw.

crèche /krɛʃ/ *noun* a nursery for children

credentials /krə'dɛnʃəlz/ *noun* (*plural*) **1** your past experience and achievements **2** documents carried as proof of identity

credibility /krɛdɪ'bɪlɪti/ *noun* (*uncount*) the quality of deserving praise or respect

credible /'krɛdɪbəl/ *adjective* that can be believed: a credible explanation

credit /'krɛdɪt/ *noun* **1** a method of paying for something at a later time **2** (*uncount*) recognition of good qualities or achievements: give him credit for some common sense **3** (*used in the plural*) the list of names of people who helped to make a film ♦ *verb* **1** to acknowledge someone's responsibility for an achievement: credited with the invention of psychoanalysis **2** (*formal*) to believe: Would you credit it?

creditable /'krɛdɪtəbəl/ *adjective* good enough to deserve praise or respect

credit card /'krɛdɪt kɑːd/ *noun* a card allowing you to pay for goods or services at a later date

creditor /'krɛdɪtə(r)/ *noun* someone to whom money is due

credulity /krə'dju:lɪti/ *noun* (*uncount*) willingness to believe things which may be untrue

credulous /'krɛdjuləs/ *adjective* believing too easily [same as **gullible**]

creed /kri:d/ *noun* a set of principles or beliefs, especially religious ones

creep /kri:p/ *verb* to move slowly and quietly ♦ *noun* (*informal*) a name for a man who shows a woman, in an unpleasant way, that he is attracted to her ▸ *phrase* (*informal*) **give someone the creeps** to frighten someone, or make them nervous

creeper /'kri:pə(r)/ *noun* a plant growing along the ground or up a wall

creepy /'kri:pi/ *adjective* (*informal*) strange and frightening

cremate /krɪ'meɪt/ *verb* to burn a dead body — *noun* (*uncount*) **cremation** /krɪ'meɪʃən/

crematorium /krɛmə'tɔːriəm/ *noun* a place where dead bodies are burnt as part of a funeral service

crepe or **crêpe** /kreɪp/ *noun* **1** (*uncount*) a thin fabric with a wrinkled surface **2** (*uncount*) thin, often brightly coloured paper **3** /krɛp/ a thin pancake

crept /krɛpt/ *verb* the past tense and past participle of **creep**

crescent /'krɛsənt/ or /'krɛzənt/ *noun* **1** shaped like the moon in its early and late stages; curved **2** a word used in street-names, for streets that curve

crest /krɛst/ *noun* **1** the top of a hill or wave **2** the set of feathers that stick up on top of a bird's head

crestfallen /'krɛstfɔːlən/ *adjective* disappointed, discouraged

cretin /'krɛtɪn/ *noun* (*informal, offensive*) an idiot, a fool

crevice /'krɛvɪs/ *noun* a thin crack in rock

crew /kru:/ *noun* **1** the group of people who operate or work on a ship or aircraft **2** a group of people working together: a film crew

crib /krɪb/ *noun* (*especially AmE*) a cot for a small baby, especially a simple wooden one

crick /krɪk/ *verb* to move the head suddenly, producing a sudden, sharp pain in the neck: crick your neck ♦ *noun* a crick in the neck

cricket[1] /'krɪkɪt/ *noun* (*uncount*) an outdoor game played between two sides of eleven players, in which points are scored by hitting a ball with a heavy wooden bat

cricket[2] /'krɪkɪt/ *noun* an insect similar to a grasshopper

cricketer /'krıkıtə(r)/ *noun* a person who plays cricket

crime /kraım/ *noun* something illegal, that is punishable by law

criminal /'krımınəl/ *noun* a person guilty of committing a crime ♦ *adjective* **1** illegal **2** relating to crime or its punishment: *criminal justice* **3** morally wrong: *a criminal waste of good food*

crimson /'krımzən/ *noun* (*uncount*) a deep red colour

cringe /krındʒ/ *verb* **1** to experience an uncomfortable feeling of shame or embarrassment **2** to move back from someone or something because you are afraid [*same as* **cower**]

crinkle /'krıŋkəl/ *noun* a narrow fold or thin crease in *eg* fabric ♦ *verb* to cause crinkles to form in

crinkled /'krıŋkəld/ *adjective* having lots of small creases

cripple /'krıpəl/ *verb* **1 be crippled** made to be unable to walk or move properly **2** to damage or make weak: *tax increases that cripple small businesses*

crisis /'kraısıs/ *noun* (*count or uncount*): **crises** /'kraısı:z/ a situation or event that causes serious problems or difficulties for many people

crisp /krısp/ *adjective* **1** pleasantly firm or stiff: *a couple of crisp apples* **2** of weather: refreshingly cold ♦ *noun* a thin, crunchy slice of fried potato eaten cold

criss-cross /'krıskrɒs/ *verb* to cross and recross to form a pattern of crossed lines ♦ *adjective*: *The roads and lanes formed a criss-cross pattern on the landscape.*

criterion /kraı'tıərıən/ *noun*: **criteria** a standard or principle that guides your judgement

critic /'krıtık/ *noun* **1** someone whose job is to comment on books, films and musical performances **2** someone who is opposed to, or disapproves of something: *a critic of the government's transport policy*

critical /'krıtıkəl/ *adjective* **1** opposed to **2** relating to the work of professional critics: *critical acclaim* **3** very important **4** of an illness: very serious — *adverb* **critically**: *critically ill*

criticism /'krıtısızm/ *noun* **1** (*count or uncount*) a judgement on something, especially one showing up faults **2** the work of professional critics: *literary criticism*

criticize or **criticise** /'krıtısaız/ *verb* to say that something has faults

croak /krəʊk/ *verb* to make, or speak with a deep, harsh sound ♦ *noun*: *the croak of a toad*

crochet /'krəʊʃeı/ *noun* (*uncount*) *noun* a form of knitting done with one hooked needle ♦ *verb*: *crochet a shawl*

crock /krɒk/ *noun* a jar or pot made from earthenware

crockery /'krɒkərı/ *noun* (*uncount*) plates, cups and other pottery items used for eating and drinking

crocodile /'krɒkədaıl/ *noun* a large reptile of warm countries, with thick rough skin, huge pointed jaws and a long thick tail

crocus /'krəʊkəs/ *noun* a yellow, purple or white flower which grows from a bulb in the spring

croissant /'kwas/ *noun* a curved roll of rich bread dough

crony /'krəʊnı/ *noun* (*informal*) a close friend

crook /krʊk/ *noun* a criminal

crooked /'krʊkıd/ *adjective* **1** bent, twisted **2** (*informal*) dishonest

crop /krɒp/ *noun* plants grown on farms in large quantities for use as food

crop up to occur or appear, especially unexpectedly

cropped /krɒpt/ *adjective* of hair: cut very short

cropper /'krɒpə(r)/ *noun* (*informal*) ▶ *phrase* **come a cropper** to have an accident or suffer a serious failure

croquet /'krəʊkeı/ *noun* (*uncount*) an outdoor game in which players use long-handled mallets to hit wooden balls through metal hoops

cross /krɒs/ *noun* **1** a shape (x) or (+) formed of two lines intersecting in the middle **2** the symbol of the Christian religion **3** a mixture of two things: *a cross between a dictionary and a thesaurus* ♦ *verb* **1** to move or travel from one side of something to the other **2** to put one arm or leg over the other **3** to meet at a point and pass ♦ *adjective* rather angry or in a bad temper — *adverb* **crossly**

cross out to draw a line through (text) in order to get rid of it or replace it

cross-country /krɒs'kʌntrı/ *adjective* of a race: across fields rather than roads

cross-examine /krɒsıg'zamın/ *verb* question closely in court to test the accuracy of a statement — *noun* (*count or uncount*) **cross-examination** /krɒsıgzamı'neıʃən/

cross-eyed /krɒs'aɪd/ *adjective* having eyes that look towards the nose

crossing /'krɒsɪŋ/ *noun* **1** a place where you can cross a road on foot **2** a journey across water

cross-reference /krɒs'rɛfərəns/ *noun* an instruction in a reference book directing the reader to further information in another section

crossroads /'krɒsroʊdz/ *noun* a place where two or more roads meet

cross-section /'krɒssɛkʃən/ *noun* a drawing of the inside of a solid object **2** a sample taken as representative of the whole: *a cross-section of voters*

crossword /'krɒswɜːd/ *noun* a puzzle in which letters are written into blank squares to form words

crotch /krɒtʃ/ *noun* the area of the body where the legs join at the top

crouch /kraʊtʃ/ *verb* to bend your legs and back so that your bottom is close to the ground

crow /kroʊ/ *noun* a large bird with a loud harsh cry ♦ *verb* **1** to make the harsh cry of a cock **2** to boast

crowd /kraʊd/ *noun* a large number of people gathered together ♦ *verb* to gather or move into a large tightly-packed group — *adjective* **crowded**: *crowded bars and restaurants*

crown /kraʊn/ *noun* **1** a jewelled head-dress worn by kings and queens on ceremonial occasions **2** the top of the head ♦ *verb* **1** to officially declare a new king or queen to be a monarch **2** to make something perfect or complete by adding something very special

crucial /'kruːʃəl/ *adjective* extremely important

crucifix /'kruːsɪfɪks/ *noun* a cross with the figure of Christ on it, used as a symbol of the Christian religion

crucify /'kruːsɪfaɪ/ *verb* **1** to put to death by fixing the hands and feet to a cross **2** to defeat completely

crude /kruːd/ *adjective* **1** not purified or refined: *crude oil* **2** roughly made or done **3** vulgar

cruel /krʊəl/ *adjective* causing suffering to others deliberately and without pity: *a cruel remark*

cruelty /'krʊəltɪ/ *noun* (*uncount*) cruel behaviour

cruise /kruːz/ *noun* a holiday spent on a ship, travelling from place to place ♦ *verb* **1** to travel by ship to various places, for pleasure: *cruising round the Mediterranean* **2** of a vehicle: to travel at a steady speed

crumb /krʌm/ *noun* a small piece of dried food, especially bread

crumble /'krʌmbəl/ *verb* **1** to break into crumbs or small pieces **2** to fail or collapse

crumbly /'krʌmblɪ/ *adjective* crumbling easily

crumple /'krʌmpəl/ *verb* to become creased or wrinkled

crunch /krʌntʃ/ *verb* **1** to crush hard food noisily between the teeth **2** to make a grinding sound ♦ *noun* (*informal*) **the crunch** a moment when an important decision has to be made

crusade /kruː'seɪd/ *noun* a set of activities that support or oppose some cause, organized over a long period of time

crusader /kruː'seɪdə(r)/ *noun* someone who takes part in a crusade

crush /krʌʃ/ **1** to break or damage by pressing violently **2** to defeat: *crush a military coup* — *adjective* **crushing**: *a crushing defeat* ♦ *noun* **1** a pressing crowd of people **2** a violent squeezing **3** (*informal*) a feeling of love or great admiration for someone

crushed /krʌʃt/ *adjective* **1** squeezed, squashed **2** very disappointed or upset

crust /krʌst/ *noun* a hard outside coating, *eg* on bread or a pie — *adjective* **crusty**: *crusty bread*

crutch /krʌtʃ/ *noun* **1** a stick held under the armpit or elbow, used for support in walking **2** a support

crux /krʌks/ *noun* the most important part of a problem

cry /kraɪ/ *verb* **1** to have tears in your eyes, *eg* because you are sad **2** to shout or make a loud noise **3** to say something in a loud voice ♦ *noun* **1** a loud call **2** the typical sound of a bird or other animal **3** a period of crying: *have a good cry*

cry off to cancel
cry out for to need urgently

cryptic /'krɪptɪk/ *adjective* seeming to contain a hidden meaning that you do not understand

crystal /'krɪstəl/ *noun* **1** a regular-shaped piece of a mineral, naturally formed: *quartz crystals* **2** (*uncount*) high quality glass that is particularly clear and shining: *a crystal vase*

cub /kʌb/ *noun* the young of certain animals, such as the fox, bear, lion and wolf

cube /kjuːb/ *noun* **1** a solid geometrical shape with six square sides of equal size **2** a solid square piece of anything: *sugar cubes*

3 the product of multiplying a number by itself twice

cubic /'kju:bɪk/ *adjective* size in terms of length, width and height

cubicle /'kju:bɪkəl/ *noun* a small room closed off in some way from a larger one

cuckoo /'kuku:/ *noun* a bird with an easily recognized two-note call, that lays its eggs in other birds' nests

cucumber /'kju:kʌmbə(r)/ *noun* a long green vegetable, usually eaten raw in salads

cuddle /'kʌdəl/ *verb* to show someone love or affection by putting your arms round them ♦ *noun*: *Give me a cuddle.*

cue¹ /kju:/ *noun* **1** a signal for a performer to do something **2** anything that leads you to act in a particular way ▸ *phrase* **on cue** precisely at the arranged or expected moment

cue² /kju:/ *noun* the stick used to hit a ball in billiards and snooker

cuff /kʌf/ *noun* the end of a sleeve, at the wrist ▸ *phrase* (*informal*) **off the cuff** of public speaking: without preparation

cufflink /'kʌflɪŋk/ *noun* one of a pair of ornamental metal buttons used to fasten a shirt cuff

cuisine /kwɪ'zi:n/ *noun* (*uncount*) the style of cooking of a country or region: *Mediterranean cuisine*

cul-de-sac /'kʌldəsak/ *noun* a short street closed at one end

culinary /'kʌlɪnərɪ/ *adjective* relating to cookery

cull /kʌl/ *verb* **1** to kill (animals) in order to reduce numbers **2** (*formal*) of information: to choose and collect from various sources

culminate /'kʌlmɪneɪt/ *verb* to reach the most important or greatest point, end in: *culminated in divorce* — *noun* (*uncount*) **culmination** /kʌlmɪ'neɪʃən/

culpable /'kʌlpəbəl/ *adjective* (*formal*) responsible for something bad or unpleasant

culprit /'kʌlprɪt/ *noun* the person responsible for something bad or unpleasant

cult /kʌlt/ *noun* **1** a secret religious group, whose beliefs and practices are regarded as strange **2** a person or thing that has become extremely popular or fashionable

cultivate /'kʌltɪveɪt/ *verb* **1** of crops: to cause to grow **2** to develop and improve *eg* a friendship or hobby: *cultivated a taste for wines* — *noun* (*uncount*) **cultivation** /kʌltɪ'veɪʃən/

cultivated /'kʌltɪveɪtɪd/ *adjective* **1** of plants: grown for a specific purpose **2** educated and informed; polite, with good manners

culture /'kʌltʃə(r)/ *noun* **1** a particular society, identifiable by its customs and beliefs: *Mediterranean culture* **2** (*uncount*) arts of all kinds, such as music, painting and literature — *adjective* **cultural**: *cultural events*

cultured /'kʌltʃəd/ *adjective* well-educated with a good knowledge of the arts

-cum- /kʌm/ *preposition* used between two words to describe something that has two uses or functions: *a kitchen-cum-dining room*

cumbersome /'kʌmbəsəm/ *adjective* heavy or awkward to handle

cumulative /'kju:mjʊlətɪv/ *adjective* referring to the total number or amount of things: *a cumulative effect*

cunning /'kʌnɪŋ/ *adjective* clever at achieving things using secret or indirect methods ♦ *noun* (*uncount*): *She would have to use all her charm and cunning.*

cup /kʌp/ *noun* **1** a small round container with a handle, from which you drink liquids **2** a large decorated metal container given as a prize ♦ *verb* to form a cup shape (with the hands)

cupboard /'kʌbəd/ *noun* a piece of furniture for storing things in

curable /'kjʊərəbl/ *adjective* that can be cured

curate /'kjʊərət/ *noun* a Church of England priest who is appointed to help a parish priest

curator /kjʊ'reɪtər/ *noun* someone who is in charge of a museum, art gallery or library

curb /kɜ:b/ *verb* to hold back, restrain ♦ *noun* **1** (*used in the singular*) control: *a curb on inflation* **2** (*AmE*) a kerb

curdle /'kɜ:dəl/ *verb* of milk or cream: to thicken and form lumps ▸ *phrase* **make someone's blood curdle** to shock or frighten someone [see also **bloodcurdling**]

cure /kjʊə/ *verb* **1** to get rid of a disease; make well again **2** of a problem: to solve or get rid of ♦ *noun*: *scientists searching for a cure for cancer*

curiosity /kjʊərɪ'ɒsɪtɪ/ *noun* **1** (*uncount*) eagerness to know or find out something **2** something strange, odd or rare

curious /'kjʊərɪəs/ *adjective* **1** eager or interested to find out something **2** strange or odd — *adverb* **curiously**

curl /kɜ:l/ *verb* **1** to twist *eg* hair into small coils **2** of hair: to grow naturally in small coils

3 to move along a curving course ♦ *noun* a small coil or ring of hair

> **curl up** to sit or lie with your legs folded underneath you

curly /ˈkɜːlɪ/ *adjective* full of curls

currant /ˈkʌrənt/ *noun* **1** a small dried grape **2** a berry of various kinds of soft fruit

currency /ˈkʌrənsɪ/ *noun* **1** the money used in a particular country **2** popularity or validity: *the story gained currency*

current /ˈkʌrənt/ *adjective* **1** existing or happening now: *the current year* **2** popular or accepted as valid: *attitudes that are no longer current* ♦ *adverb* **currently** ♦ *noun* a flow of water, air or electrical power moving in one direction

current account /ˈkʌrənt əkaʊnt/ *noun* a bank account from which money may be taken out by cheque

curriculum /kəˈrɪkjʊləm/ *noun* a course of study at a university or school

curriculum vitae /kəˈrɪkjʊləm ˈviːtaɪ/ *noun* a CV

curry /ˈkʌrɪ/ *noun* (*count or uncount*) an Indian dish of meat, fish or vegetables cooked with spices

curse /kɜːs/ *verb* **1** to swear **2** to say insulting or offensive things about **3** to complain angrily about ♦ *noun* **1** an act of swearing **2** an unseen force that seems to make unpleasant things happen to someone

cursory /ˈkɜːsərɪ/ *adjective* brief

curt /kɜːt/ *adjective* brief and unfriendly or impolite

curtail /kɜːˈteɪl/ *verb* (*formal*) to limit or make shorter; to end (something) earlier than arranged

curtain /ˈkɜːtən/ *noun* a piece of material that covers a window

curtsy or **curtsey** /ˈkɜːtsɪ/ *verb* to bend the knees with one leg behind the other, as a formal gesture of respect ♦ *noun*: *The maid gave a brief curtsy and left.*

curve /kɜːv/ *noun* a rounded line, like part of a circle ♦ *verb* to have the shape of a curve

cushion /ˈkʊʃən/ *noun* **1** a casing stuffed with soft material, for resting on **2** a soft pad ♦ *verb* to reduce the violent or unpleasant effect of: *cushion the blow*

cushy /ˈkʊʃɪ/ *adjective* (*informal*) easy, requiring little effort: *a cushy job*

custard /ˈkʌstəd/ *noun* (*uncount*) a sweet sauce made from eggs, milk and sugar

custodian /kʌˈstoʊdɪən/ *noun* a person who looks after something important, such as an art collection

custody /ˈkʌstədɪ/ *noun* (*uncount*) **1** the right to look after and bring up a child **2** imprisonment

custom /ˈkʌstəm/ *noun* **1** something that people traditionally do, especially on specific occasions **2** **customs** the place where you take your luggage to be inspected when you arrive in a foreign country: *a customs officer* **3** the buying of goods at a shop

customary /ˈkʌstəmərɪ/ *adjective* usual

customer /ˈkʌstəmə(r)/ *noun* **1** someone who buys from a shop **2** (*informal*) a particular kind of person that you have to deal with: *an awkward customer*

cut /kʌt/ *verb* **1** to make a slit in, or divide, with a blade: *cut a hole* **2** to shorten with scissors: *cut hair* **3** to damage or injure with a blade: *cut himself shaving* **4** to reduce in amount: *cut costs* **5** to shorten *eg* a play or book by removing parts **6** to divide a pack of cards in two ♦ *noun* **1** a mark, hole or injury made by cutting **2** a reduction in the amount of something: *a cut in wages* **3** the failure of an electricity supply: *a power cut* **4** the shape and style of clothes

> **cut down 1** to take down by cutting **2** to reduce
> **cut down on** to reduce the intake of
> **cut in** to interrupt
> **cut off 1** to remove by cutting **2** to separate or isolate: *cut off from the mainland* **3** to disconnect: *cut off power supplies*
> **cut out 1** to cut round the edge of something **2** to remove or delete **3** (*informal*) to stop **4** of an engine: to fail

cut-and-dried /ˌkʌtənˈdraɪd/ *adjective* definite and clear; decided beforehand

cutback /ˈkʌtbak/ *noun* a reduction *eg* in the amount of money an organization spends

cute /kjuːt/ *adjective* pretty or attractive

cutlery /ˈkʌtlərɪ/ *noun* (*uncount*) knives, forks and spoons

cutlet /ˈkʌtlət/ *noun* a slice of meat with the bone attached

cut-price /kʌtˈpraɪs/ *adjective* offered for sale at a reduced price

cut-throat /ˈkʌtθroʊt/ *adjective* fiercely competitive: *cut-throat business*

cutting /ˈkʌtɪŋ/ *noun* an article or picture cut from a newspaper or magazine ♦ *adjective* of remarks: hurtful: *a cutting remark*

CV /siːˈviː/ *noun* a written account of personal details such your academic qualifications and work experience [*same as* **résumé**]

cycle /ˈsaɪkəl/ *noun* **1** a bicycle **2** a series of events that happen or are repeated again and again ♦ *verb* to ride a bicycle

cyclical /ˈsɪklɪkəl/ *adjective* repeated regularly in a set order or pattern

cyclist /ˈsaɪklɪst/ *noun* a person riding a bicycle

cyclone /ˈsaɪkloʊn/ *noun* a violent tropical storm with high winds

cygnet /ˈsɪɡnət/ *noun* a young swan

cylinder /ˈsɪlɪndə(r)/ *noun* **1** a solid or hollow tube-shaped object **2** those parts of an engine where fuel is burned

cylindrical /sɪˈlɪndrɪkəl/ *adjective* shaped like a cylinder

cymbal /ˈsɪmbəl/ *noun* a plate-like brass instrument, either beaten with a drumstick or used as one of a pair struck together to produce a loud crashing sound

cynic /ˈsɪnɪk/ *noun* a cynical person — *noun* (*uncount*) **cynicism** /ˈsɪnɪsɪzm/

cynical /ˈsɪnɪkəl/ *adjective* believing that all people are selfish, even the apparently unselfish ones

cypher see **cipher**

cyst /sɪst/ *noun* a liquid-filled growth that forms in or on one of your internal organs or your skin

Dd

D or **d** /diː/ *noun* **1** the fourth letter of the English alphabet. **2** a musical note: *the key of D*

dab /dab/ *verb* to touch gently with soft material in order to soak up moisture ♦ *noun* **1** the act of dabbing **2** a small amount of something applied to a surface: *a dab of paint* ▶ *phrase* (*informal*) **a dab hand** expert

dabble /ˈdabəl/ *verb* **1** to move or trail your hands or feet in water **2** take part in, without getting seriously involved: *dabble in politics*

dad /dad/ *noun* (*informal*) an informal name people use for their father

daddy /ˈdadɪ/ *noun* (*informal*) a name that people, especially children, call their father

daffodil /ˈdafədɪl/ *noun* a yellow trumpet-shaped spring flower

daft /daft/ *adjective* (*informal, derogatory*) foolish or stupid

dagger /ˈdaɡə(r)/ *noun* a short sword, sharp along both edges

daily /ˈdeɪlɪ/ *adverb* every day ♦ *adjective* happening every day: *daily newspapers* ♦ *noun* a newspaper that is published every day except Sunday

dainty /ˈdeɪntɪ/ *adjective* small and neat [*same as* **delicate**] — *adverb* **daintily** — *noun* (*uncount*) **daintiness**

dairy /ˈdɛərɪ/ *noun* **1** a company or factory that processes and supplies milk, butter, cheese, *etc* **2** a building on a farm for storing milk and making butter, cheese, *etc* **3 dairy products** milk, cheese, cream and butter **4 dairy cattle** cows kept for milk rather than meat

dais /ˈdeɪɪs/ *noun* a raised floor at the upper end of a hall [*same as* **platform**, **podium**]

daisy /ˈdeɪzɪ/ *noun* a small common flower with a yellow centre and white petals

dale /deɪl/ *noun* a valley, especially in the North of England

dally /ˈdalɪ/ *verb* **1** to waste time by going slowly or stopping to do something unnecessary [*same as* **dawdle**, **linger**] **2** to consider in a casual rather than serious way

dam /dam/ *noun* a wall built across a river to hold back the water ♦ *verb* to build a barrier across *eg* a river so as to hold back the water

damage /ˈdamɪdʒ/ *verb* to cause physical harm to, spoil or break in some way ♦ *noun* **1** (*usually uncount*) physical harm done to something **2** damage **3** (*legal*) **damages** money to be paid to a person by someone who has injured them, or done harm to their reputation or property — *adjective* **damaging**

dame /deɪm/ *noun* **1** (*AmE; informal*) a woman **2** (*BrE*) **Dame** a title of honour awarded to a woman for exceptional achievements [see also **knight**, **sir**]

damn /dam/ *interjection* (*swearword*) an expression of anger, annoyance or dis-

damnation — **dash**

appointment ♦ *adverb* (swearword) used as an expression of annoyance, or for emphasis: *You know damn well what the rules say.* ♦ *adjective* (swearword) used before nouns to express annoyance or for emphasis: *That damn dog!* ♦ *verb* **1** to declare bad or worthless **2** (religion) to condemn to hell

damnation /dam'neɪʃən/ *noun* (religion, uncount) the state of being damned and sent to hell ♦ *interjection* (swearword) an expression of annoyance or anger

damned /damnd/ *adverb* (intensifying; swearword) used as an expression of annoyance, anger, or to give emphasis: *make damned certain she doesn't get that job* ♦ *adjective* (swearword): *It's a damned disgrace.* ♦ *noun* (plural; religion) people condemned to endless punishment in hell ▶ *phrases* (informal) **I'm damned if I** I have no intention of: *I'm damned if I'm going to do her work for her.* (informal) **Well, I'm damned** or **'I'll be damned'** used to express amazement

damning /'damɪŋ/ *adjective* leading to conviction or ruin: *damning evidence*

damp /damp/ *adjective* slightly wet ♦ *noun* (uncount) **1** moisture or slight wetness in the atmosphere **2** wetness on the interior surfaces of a building — *noun* (uncount) **dampness**

> **damp down** to do something to reduce the strength of someone's anger

dampen /'dampən/ *verb* **1** to make or become slightly wet **2** to lessen *eg* enthusiasm

damper /'dampə(r)/ *noun* ▶ *phrase* **put a damper on** to make less cheerful

damsel /'damzəl/ *noun* (old, literary) an unmarried girl

damson /'damzən/ *noun* a purple-skinned fruit like a small plum

dance /dɑːns/ *verb* to move about in time to music ♦ *noun* **1** a series of steps done in time to music **2** a social event where people dance **3** (uncount) the activity of dancing

dancer /'dɑːnsə(r)/ *noun* someone who is dancing, or who dances for their living or for enjoyment

dancing /'dɑːnsɪŋ/ *noun* (uncount) the activity, skill or profession of performing dances

dandelion /'dandɪlaɪən/ *noun* a type of common plant with a yellow flower

dandruff /'dandrʌf/ *noun* (uncount) dead skin which collects in the hair and falls off in flakes

danger /'deɪndʒə(r)/ *noun* **1** the possibility of something bad happening **2** something or someone that can harm or hurt you

dangerous /'deɪndʒərəs/ *adjective* unsafe, likely to cause harm — *adverb* **dangerously**

dangle /'daŋɡəl/ *verb* to hang loosely

dank /daŋk/ *adjective* unpleasantly cold and damp

dapper /'dapə(r)/ *adjective* of a man: small and neat

dappled /'dapəld/ *adjective* marked with spots or splashes of colour

dare¹ /deə(r)/ *verb; modal verb* to be brave, bold, or rude, enough to: *I didn't dare tell him.* □ *I daren't ask her for any more money.* ▶ *phrases* **how dare you!** used when you are angry with someone for doing or saying something **I daresay** perhaps

dare² /deə(r)/ *verb* to challenge: *I dared him to cross the railway line.* ♦ *noun* a challenge to someone to do something dangerous or shocking

daresay /deə'seɪ/ see **dare**¹.

daring /'deərɪŋ/ *adjective* liking adventure, not afraid [*same as* **bold**] — *adverb* **daringly** ♦ *noun* (uncount) courage

dark /dɑːk/ *adjective* **1** without light [*opposite* **light, bright**] **2** near to black [*opposite* **light, pale**] **3** sad and depressing **4** sinister — *noun* (uncount) **darkness** ♦ *noun* absence of light: *scared of the dark* ▶ *phrase* **in the dark** not knowing about something

darken /'dɑːkən/ *verb* to make or grow dark or darker

darling /'dɑːlɪŋ/ *noun* **1** a name used to indicate your love or affection for someone **2** (informal) a kind or lovable person

darn¹ /dɑːn/ *verb* to mend clothes with crossing rows of stitches ♦ *noun* a patch mended in this way

darn² /dɑːn/ or **darned** *adjective* or *adverb* used as less offensive forms of **damn** and **damned**, to express annoyance or for emphasis

dart /dɑːt/ *verb* to suddenly move quickly and lightly [*same as* **dash, shoot**] ♦ *noun* **1** a narrow pointed object for throwing or shooting **2 darts** a game played by throwing darts at a circular target **3** a sudden movement

dash /daʃ/ *verb* **1** to hurry or move fast [*same as* **rush**] **2** to smash against **3** to ruin *eg* hopes ♦ *noun* **1** a sudden movement **2** a small quantity **3** energy, talent, confidence and enthusiasm **4** a short line (–) to show *eg* a break in a sentence

dashboard /'dæʃbɔːd/ *noun* (*BrE*) the panel of switches and dials facing the driver of a motor vehicle

dashing /'dæʃɪŋ/ *adjective* smart, attractive and stylish

data /'deɪtə/ or /'dɑːtə/ *noun* (*uncount, or plural*) information relating to something, especially that stored in a computer

database /'deɪtəbeɪs/ *noun* a collection of files stored in a computer, organized so that information can be easily obtained

date[1] /deɪt/ *noun* **1** the year or the day when something happened or is going to happen **2** a point or period in the past or future **3** a romantic appointment ♦ *verb* **1** to write the day's date on **2** to state or guess what period something belongs to **3** to belong to a certain time: *dates from the 12th century* **4** to go out of fashion ▶ *phrase* **out of date** old-fashioned, lacking the most recent information

date[2] /deɪt/ *noun* a small oval sticky brown fruit

dated /'deɪtɪd/ *adjective* (*derogatory*) looking or seeming oldfashioned

daub /dɔːb/ *verb* to smear or cover

daughter /'dɔːtə(r)/ *noun* a female child

daughter-in-law /'dɔːtərɪnlɔː/ *noun*: **daughters-in-law**: a son's wife

daunt /dɔːnt/ *verb* to discourage or frighten [*same as* **intimidate**] — *adjective* **daunting**: *a daunting task*

dawdle /'dɔːdəl/ *verb* to move slowly [*same as* **dally, linger**]

dawn /dɔːn/ *noun* **1** the time of day when the light begins to appear as the sun rises [*same as* **daybreak, sunrise**; *opposite* **dusk, nightfall, sunset**] **2** a beginning: *the dawn of a new era* ♦ *verb* **1** to become day **2** to begin to be felt ▶ *phrase* **at the crack of dawn** very early

> **dawn on** or **dawn upon** to become suddenly clear to, as a realization

day /deɪ/ *noun* **1** twenty-four hours, from one midnight to the next **2** the period between sunrise and sunset, or the period during which you are awake and active **3 days** a particular period in the past: *in those days* ▶ *phrases* **any day now** very soon **call it a day** to stop work **day in, day out** every day, continuously **the other day** recently **these days** now, or the time we are living in

daybreak /'deɪbreɪk/ *noun* (*uncount*) the time of the morning when light first appears in the sky [*same as* **dawn, sunrise**; *opposite* **nightfall, sunset**]

daydream /'deɪdriːm/ *noun* a sequence of thoughts in which you imagine pleasant things happening to you ♦ *verb* to have a daydream

daylight /'deɪlaɪt/ *noun* (*uncount*) the light of day, sunlight

daytime /'deɪtaɪm/ *noun* (*uncount*) the time between sunrise and sunset

daze /deɪz/ *verb* (*usually in the passive*) to make someone confused and unable to think clearly from a blow to the head or a shock [*same as* **stun**] — *adjective* **dazed**

dazzle /'dæzəl/ *verb* **1** to shine on so as to make you unable to see properly [*same as* **blind**] **2** to impress deeply ♦ *noun*: *a dazzle of colours* — *adjective* **dazzling**

dead /dɛd/ *adjective* **1** no longer living **2** of a language: no longer in use **3** numb **4** complete, absolute: *dead silence* **5** cheerless ♦ *adverb* **1** (*informal*) directly, straight or immediately: *sitting dead in front of me* **2** (*informal*) absolutely or completely: *dead easy.* **3** suddenly and completely: *stop dead* ♦ *noun* **1** (*plural*) those who have died **2** the time of greatest stillness: *the dead of night* ▶ *phrases* **dead to the world** fast asleep **wouldn't been seen dead** would never

deaden /'dɛdən/ *verb* to lessen eg pain

deadline /'dɛdlaɪn/ *noun* a date by which something must be done

deadlock /'dɛdlɒk/ *noun* (*uncount*) a standstill resulting from a complete failure to agree [*same as* **stalemate**]

deadly /'dɛdlɪ/ *adjective* **1** likely to cause death: *deadly poisons* [*same as* **lethal**] **2** intense, very great: *a deadly hush* **3** (*informal*) dull and boring ♦ *adverb* (*intensifying*) intensely, extremely

deadpan /'dɛdpæn/ *adjective or adverb* keeping a serious expression on your face

deaf /dɛf/ *adjective* **1** unable to hear **2** refusing to listen — *noun* (*uncount*) **deafness** ♦ *noun* (*plural*) **the deaf** deaf people

deafen /'dɛfən/ *verb* of a noise: to be so loud that you can hear nothing else — *adjective* **deafening** — *adverb* **deafeningly**: *deafeningly loud*

deal /diːl/ *noun* **1** an agreement, especially in business: *make a deal* **2** an amount or quantity: *a good deal of paper* **3** the act of sharing out playing-cards in a game **4** treatment: *get a rotten deal out of life* ♦ *verb*: **deals, dealing, dealt** of cards: to give out

> **deal in** to buy and sell [*same as* **trade in**]
> **deal with 1** of problems: to attend to **2** of a

book or film: to have as its subject **3** to do business with

dealer /ˈdiːlə(r)/ *noun* someone who buys and sells goods of a particular kind

dealt /dɛlt/ *verb* the past tense and past participle of **deal**

dean /diːn/ *noun* **1** the senior religious officer in a cathedral church **2** a senior official in a university or college

dear /dɪə(r)/ *adjective* **1** a form of address used before the name of the person you are writing to, at the beginning of a letter **2** a term of affection **3** highly valued; much loved **4** expensive ♦ *noun* **1** (*rather old*) a name used to show affection **2** someone who is kind and lovable: *She's an absolute dear.*

dearly /ˈdɪəlɪ/ *adverb* **1** very much, sincerely: □ *love someone dearly* □ *would have dearly loved to stay* **2** involving a great cost, either financially or in some other way: *paid dearly for ignoring their advice*

dearth /dɜːθ/ *noun* a lack, shortage

death /dɛθ/ *noun* (*uncount or count*) **1** the end of a person's or animal's life **2** the end of something: *the death of the welfare state* [*same as* **demise**]

deathly /ˈdɛθlɪ/ *adjective or adverb* (*intensifying*) used to give emphasis to words that are associated with death: *deathly pale*

debar /dɪˈbɑː(r)/ *verb* to prevent from

debase /dɪˈbeɪs/ *verb* to reduce the quality or value of — *adjective* **debased**

debatable /dɪˈbeɪtəbəl/ *adjective* not necessarily true: *a debatable point*

debate /dɪˈbeɪt/ *noun* (*count or uncount*) a formal discussion in which people express their different opinions ♦ *verb* **1** to discuss, especially in a formal way **2** to consider possible courses of action

debauched /dɪˈbɔːtʃt/ *adjective* (*derogatory*) indulging too much in drinking or casual sex

debauchery /dɪˈbɔːtʃərɪ/ *noun* (*uncount*) habitual over-indugence in drinking or casual sex

debilitated /dɪˈbɪlɪteɪtɪd/ *adjective* in a weakened state

debilitating /dɪˈbɪlɪteɪtɪŋ/ *adjective* having a weakening effect

debility /dɪˈbɪlɪtɪ/ *noun* (*uncount*) weakness of the body

debit /ˈdɛbɪt/ *noun* a record of the amount taken out of a bank account ♦ *verb* to deduct an amount of money from an account [*opposite* **credit**]

debonair /dɛbəˈnɛə(r)/ *adjective* smartly dressed, charming and confident

debris or **débris** /ˈdɛbriː/ or /ˈdeɪbriː/ *noun* (*uncount*) **1** the remains of something broken or destroyed **2** rubbish

debt /dɛt/ *noun* what one person owes to another ▶ *phrases* **in debt** owing money **in someone's debt** grateful to someone

debtor /ˈdɛtə(r)/ *noun* someone who owes a debt [see also **creditor**]

debug /diːˈbʌɡ/ *verb* to search for and correct faults in a computer program

début or **debut** /ˈdeɪbjuː/ or /ˈdɛbjuː/ *noun* the first public appearance, *eg* of an actor

decade /ˈdɛkeɪd/ *noun* a period of ten years

decadent /ˈdɛkədənt/ *adjective* **1** (*derogatory*) adopting low standards of personal discipline and morality **2** of art: developing from an existing style, but showing a drop in standards

decaffeinated /diːˈkafɪneɪtɪd/ *adjective* having had the caffeine removed

decant /dɪˈkant/ *verb* to pour *eg* wine from a bottle into a decanter

decanter /dɪˈkantə(r)/ *noun* an ornamental bottle with a glass stopper for wine, whisky *etc*

decapitate /dɪˈkapɪteɪt/ *verb* to cut off the head

decathlon /dɪˈkaθlən/ *noun* a sporting contest in which athletes compete in ten different events

decay /dɪˈkeɪ/ *verb* to become bad, worse or rotten — *adjective* **decayed**: *decayed teeth* ♦ *noun* (*uncount*) the process of rotting or worsening

deceased /dɪˈsiːst/ *adjective* (*formal or legal*) dead ♦ *noun* **the deceased** a dead person

deceit /dɪˈsiːt/ *noun* (*uncount or count*) dishonest behaviour

deceitful /dɪˈsiːtfəl/ *adjective* inclined to deceive; lying — *adverb* **deceitfully** — *noun* (*uncount*) **deceitfulness**

deceive /dɪˈsiːv/ *verb* to make someone believe something that is not true

December /dɪˈsɛmbə(r)/ *noun* the twelfth month of the year

decent /ˈdiːsənt/ *adjective* **1** respectable [*opposite* **indecent**] **2** good enough, acceptable: *a decent salary* **3** kind: *decent of you to help* — *noun* **decency** — *adverb* **decently**

deception /dɪˈsɛpʃən/ *noun* **1** (*uncount*) the act of deceiving **2** something that is intended to deceive

deceptive /dɪˈseptɪv/ *adjective* misleading: *appearances may be deceptive* — *adverb* **deceptively**

decibel /ˈdɛsɪbel/ *noun* a unit used in measuring the loudness of sound

decide /dɪˈsaɪd/ *verb* **1** to choose to do something: *I've decided to take your advice.* **2** to settle *eg* an argument **3** to conclude

decide on to choose

decided /dɪˈsaɪdɪd/ *adjective* clear and definite

decidedly /dɪˈsaɪdɪdlɪ/ *adverb* **1** very: *decidedly relieved* **2** definitely

deciduous /dɪˈsɪdjuːəs/ *adjective* of a tree: having leaves that fail in autumn [*opposite* **evergreen**]

decimal /ˈdɛsɪməl/ *adjective* using the number ten as the basis of calculation ♦ *noun* a decimal fraction

decimal fraction /dɛsɪməl ˈfrakʃən/ a fraction expressed in tenths, hundredths, thousandths *etc*, separated by a decimal point

decimalize or **decimalise** /ˈdɛsɪməlaɪz/ *verb* to convert to decimal form — *noun* (*uncount*) **decimalization** /dɛsɪməlaɪˈzeɪʃən/

decimal point /dɛsɪməl ˈpɔɪnt/ a dot used to separate units from decimal fractions, *eg* 0.1

decimate /ˈdɛsɪmeɪt/ *verb* to reduce the number of by destruction

decipher /dɪˈsaɪfə(r)/ *verb* **1** to manage to understand a coded message **2** to make out the meaning of: *can't decipher his handwriting*

decision /dɪˈsɪʒən/ *noun* **1** a choice about what to do **2** (*uncount*) the act of deciding or choosing **3** (*uncount*) the ability to decide quickly and firmly: *acting with decision*

decisive /dɪˈsaɪsɪv/ *adjective* **1** clear and definite: *a decisive defeat* **2** able to make quick firm decisions: *a decisive manner* — *adverb* **decisively** — *noun* (*uncount*) **decisiveness**

deck¹ /dɛk/ *noun* **1** one of the levels in a ship or bus **2** the top level of a ship **3** a pack of playing cards

deck² /dɛk/ *verb* (*literary*) to decorate

deckchair /ˈdɛktʃeə(r)/ *noun* a folding chair of wood and canvas

declaim /dɪˈkleɪm/ *verb* to make a speech in impressive dramatic language

declare /dɪˈkleə(r)/ *verb* **1** to state firmly **2** to announce formally or publicly: *declare war* **3** to inform customs of goods you have bought abroad — *noun* **declaration**

decline /dɪˈklaɪn/ *verb* **1** to become smaller or weaker, to worsen **2** to politely refuse (an invitation) [*opposite* **accept**] ♦ *noun* a gradual worsening or weakening of *eg* health ▶ *phrase* **on the decline** declining

decode /diːˈkoʊd/ *verb* to put (a coded message) into ordinary language

decompose /diːkəmˈpoʊz/ *verb* to rot, decay — *adjective* **decomposed** — *noun* (*uncount*) **decomposition** /diːkɒmpəˈzɪʃən/

decor or **décor** /ˈdeɪkɔː(r)/ or /ˈdeɪkɔː(r)/ *noun* (*uncount*) *noun* the decoration of, and arrangement of objects in, a room

decorate /ˈdɛkəreɪt/ *verb* **1** to add things to make pleasing to look at **2** to paint or paper the walls of *eg* a room **3** to award a medal as a mark of honour — *noun* (*uncount*) **decoration**

decorative /ˈdɛkrətɪv/ *adjective* adding to the attractiveness of something [*same as* **ornamental**]

decorator /ˈdɛkəreɪtə(r)/ *noun* someone who decorates rooms and buildings

decorous /ˈdɛkərəs/ *adjective* (*sometimes humorous*) of behaviour: polite, modest and socially correct

decorum /dɪˈkɔːrəm/ *noun* (*uncount*) polite, modest and socially correct behaviour

decoy /ˈdiːkɔɪ/ *noun* something or someone intended to lead another into a trap

decrease /diːˈkriːs/ *verb* to make or become smaller or less [*opposite* **increase**] ♦ *noun* /ˈdiːkriːs/ a reduction or lessening [*opposite* **increase**] — *adjective* **decreasing**: *decreasing profits*

decree /dɪˈkriː/ *noun* **1** an official order **2** a judge's decision ♦ *verb* to give an official order

decrepit /dɪˈkrɛpɪt/ *adjective* **1** in poor condition, *eg* from long use **2** (*derogatory*) elderly and in poor health

decry /dɪˈkraɪ/ *verb* express disapproval or scorn for [*same as* **belittle**, **disparage**]

dedicate /ˈdɛdɪkeɪt/ *verb* **1 dedicate yourself to** to give all your time and attention to: *dedicated to his music* [*same as* **commit**] **2** to add a short statement at the beginning of *eg* a book, saying it is for a particular person

dedicated /ˈdɛdɪkeɪtɪd/ *adjective* committed

dedication /dɛdɪˈkeɪʃən/ *noun* **1** a statement at the beginning of *eg* a book that it is for a certain person **2** (*uncount*) commitment

deduce /dɪˈdjuːs/ *verb* to draw a conclusion by putting together all that you know

deduct /dɪˈdʌkt/ *verb* to subtract, take away

deduction /dɪˈdʌkʃən/ *noun* (*count* or *uncount*) **1** a sum subtracted from a total amount **2** the reasoning process by which you conclude something

deed /diːd/ *noun* (*old*, or *literary*) **1** something done, an act **2** a legal document recording an agreement

deem /diːm/ *verb* (*formal*) to judge: *whatever action you deem suitable* [*same as* **consider**]

deep /diːp/ *adjective or adverb* **1** extending downwards **2** a long way inside ♦ *adjective* **1** of feelings: intense, strong [*same as* **profound**] **2** of colours: strong and dark [*opposite* **pale, light**] **3** of thoughts: serious and complex [*opposite* **frivolous, superficial**] **4** of a voice: low in pitch ▸ *phrases* **deep in thought** thinking hard **in deep water** in serious trouble

deepen /ˈdiːpən/ *verb* to make or become deep or stronger

deep freeze /diːp ˈfriːz/ *noun* a container for storing food at temperatures below freezing point [*same as* **freezer**]

deeply /ˈdiːpli/ *adverb* **1** down to a deep level **2** very, or very much **3** thoroughly

deer /dɪə(r)/ *noun*: **deer** an animal, many of the males of which have horns that divide into branches, called antlers

deface /dɪˈfeɪs/ *verb* to spoil the appearance of

defamation /dɛfəˈmeɪʃən/ *noun* (*uncount*) the criminal offence of unfairly damaging someone's reputation — *adjective* **defamatory** /dɪˈfamətrɪ/

default /dɪˈfɔːlt/ *verb* to fail to do something you ought to do, *eg* to pay a debt ♦ *noun* (*uncount*) the procedure that a computer is programmed to follow when it is given no other instruction ▸ *phrase* **by default** because of a failure to do something

defeat /dɪˈfiːt/ *verb* to beat, win a victory over ♦ *noun* (*uncount* or *count*) the state of being beaten or defeated in a fight, war, game, election or competition

defecate /ˈdɛfəkeɪt/ *verb* to get rid of your body's waste matter, through the anus — *noun* (*uncount*) **defecation** /dɛfəˈkeɪʃən/

defect /ˈdiːfɛkt/ *noun* an imperfection or fault in a thing or person ♦ *verb* /dɪˈfɛkt/ to leave a country, political party for another — *noun* (*uncount* or *count*) **defection** — *noun* **defector**

defective /dɪˈfɛktɪv/ *adjective* not working properly [*same as* **faulty**]

defence (*AmE* **defense**) /dɪˈfɛns/ *noun* **1** the act of defending against attack **2** a means of protection from attack **3** the argument supporting the accused person in a legal case **4** the lawyers putting forward this argument **5** the players who defend the goal *eg* in football

defenceless (*AmE* **defenseless**) /dɪˈfɛnsləs/ *adjective* without defence

defend /dɪˈfɛnd/ *verb* **1** to take action to protect **2** to say something to support **3** (*legal*) to try to prove that the accused did not commit the crime

defendant /dɪˈfɛndənt/ *noun* in a court, the person accused of a crime

defensible /dɪˈfɛnsəbəl/ *adjective* able to be defended

defensive /dɪˈfɛnsɪv/ *adjective* **1** relating to defence **2** expecting criticism, ready to justify actions ▸ *phrase* **on the defensive** prepared to defend yourself against attack or criticism

defer /dɪˈfɜː(r)/ *verb* **1** to put off to another time **2** to give way (to): *He deferred to my wishes.*

deference /ˈdɛfərəns/ *noun* (*uncount*) willingness to treat someone respectfully and politely

deferential /dɛfəˈrɛnʃəl/ *adjective* respectful and polite

defiance /dɪˈfaɪəns/ *noun* (*uncount*) open disobedience or opposition — *adjective* **defiant** — *adverb* **defiantly**

deficient /dɪˈfɪʃənt/ *adjective* lacking in what is needed [*same as* **inadequate**] — *noun* (*uncount* or *count*) **deficiency**: *vitamin deficiency*

deficit /ˈdɛfəsɪt/ *noun* an amount by which *eg* a sum of money is too little [*same as* **shortfall**; *opposite* **surplus**]

defile /dɪˈfaɪl/ *verb* to make dirty, soil

define /dɪˈfaɪn/ *verb* **1** to explain (a purpose or duty) **2** to state the meaning of (a word)

definite /ˈdɛfɪnət/ *adjective* **1** having clear limits, fixed **2** clearly thought-out **3** certain, sure

definite article /dɛfɪnət ˈɑːtɪkəl/ *noun* (*grammar*) the name given to the determiner '*the*'

definitely /ˈdɛfɪnətlɪ/ *adverb* certainly, without doubt

definition /dɛfɪˈnɪʃən/ *noun* 1 an explanation of the meaning of a word or phrase 2 clearness of outline or form

definitive /dɪˈfɪnɪtɪv/ *adjective* 1 the best or most satisfactory: *a definitive biography* 2 fixed, final — *adverb* **definitively**

deflate /diːˈfleɪt/ *verb* 1 to let the air out of *eg* a tyre or balloon 2 to reduce in importance or confidence — *adjective* **deflated**

deflation /diːˈfleɪʃən/ *noun* (*uncount; economics*) the reduction of the amount of money in circulation in a country [see also **inflation**] — *adjective* **deflationary**: *deflationary measures*

deflect /dɪˈflɛkt/ *verb* to cause to change direction

deform /dɪˈfɔːm/ *verb* to alter something's shape from what is normal and natural — *adjective* **deformed**: *deformed limbs*

deformity /dɪˈfɔːmɪtɪ/ *noun* 1 something abnormal in shape 2 the condition of having a deformed part

defraud /dɪˈfrɔːd/ *verb* 1 to cheat 2 **defraud of** to take by cheating or fraud

defray /dɪˈfreɪ/ *verb* (*formal*) to pay for *eg* expenses [*same as* **reimburse**]

defrost /diːˈfrɒst/ *verb* to remove frost or ice (from); to reach a temperature above 0° C

deft /dɛft/ *adjective* skilful, neat and quick — *adverb* **deftly**

defunct /dɪˈfʌŋkt/ *adjective* (*sometimes humorous*) no longer active or in use

defuse /diːˈfjuːz/ *verb* 1 to remove the fuse from a bomb so that it cannot explode 2 to succeed in calming down a dangerous or tense situation

defy /dɪˈfaɪ/ *verb* 1 to refuse to obey [*same as* **flout**] 2 to challenge 3 to make impossible: *beauty that defies description*

degenerate /dɪˈdʒɛnəreɪt/ *verb* to pass into a worse state [compare **deteriorate**] ♦ *adjective* /dɪˈdʒɛnərət/ having fallen below accepted moral standards — *noun* (*uncount*) **degeneration**

degradation /dɛgrəˈdeɪʃən/ *noun* (*uncount*) humiliation, loss of dignity

degrade /dɪˈgreɪd/ *verb* 1 to reduce others' respect for 2 (*chemistry*) to decompose

degrading /dɪˈgreɪdɪŋ/ *adjective* humiliating and embarrassing

degree /dɪˈgriː/ *noun* 1 the extent to which something is so 2 a course at a university 3 a certificate given by a university 4 a unit of temperature 5 a unit by which angles are measured

dehydrate /diːhaɪˈdreɪt/ *verb* 1 to remove water from 2 to lose excessive water from the body — *adjective* **dehydrated** — *noun* (*uncount*) **dehydration**

deign /deɪn/ *verb* to do something unwillingly, as if you consider it too unimportant for you [*same as* **condescend**]

deity /ˈdeɪɪtɪ/ *noun* (*formal*) a god or goddess

dejected /dɪˈdʒɛktɪd/ *adjective* miserable, depressed or disappointed — *adverb* **dejectedly** — *noun* (*uncount*) **dejection**

delay /dɪˈleɪ/ *verb* 1 to slow down or make late 2 to put off, postpone ♦ *noun* (*count or uncount*) a slowing down or postponement

delectable /dɪˈlɛktəbəl/ *adjective* (*literary, or informal*) delicious, attractive or very pleasing

delegate /ˈdɛlɪgət/ *noun* someone representing a group *eg* at a conference ♦ *verb* /ˈdɛlɪgeɪt/ to give a task to someone else to do

delegation /dɛlɪˈgeɪʃən/ *noun* 1 a group of delegates 2 (*uncount*) the act of giving a task to someone else to do

delete /dɪˈliːt/ *verb* to cross out *eg* a piece of writing, or to remove information from a computer disk or screen — *noun* (*count or uncount*) **deletion** /dɪˈliːʃən/

deliberate /dɪˈlɪbərət/ *adjective* 1 intended or planned [*same as* **intentional**] 2 slow and careful ♦ *verb* /dɪˈlɪbəreɪt/ to think about carefully or seriously — *adverb* **deliberately** [*same as* **on purpose**]

deliberation /dɪlɪbəˈreɪʃən/ *noun* 1 (*uncount*) careful thought 2 **deliberations** formal discussions

delicacy /ˈdɛlɪkəsɪ/ *noun* 1 a quality that combines neatness, prettiness and gracefulness 2 tact 3 a rare, expensive and delicious food

delicate /ˈdɛlɪkət/ *adjective* 1 neat, pretty and graceful 2 easily broken [*same as* **fragile**] 3 requiring skill or care 4 tactful 5 frequently ill [*opposite* **robust**] 6 of a taste: pleasantly subtle; not strong

delicatessen /dɛlɪkəˈtɛsən/ *noun* a shop selling food that has been cooked or prepared ready for eating

delicious /dɪˈlɪʃəs/ *adjective* 1 having a very pleasant taste 2 (*informal*) delightful [*same as* **delightful**] — *adverb* **deliciously**

delight /dɪˈlaɪt/ *noun* 1 a feeling of great pleasure or satisfaction 2 something that gives you pleasure ♦ *verb* to give great pleasure

delighted /dɪˈlaɪtɪd/ *adjective* very pleased

delightful /dɪˈlaɪtfʊl/ *adjective* giving a lot of joy or pleasure — *adverb* **delightfully**

delinquent /dɪˈlɪŋkwənt/ *adjective* of young people and their behaviour: frequently breaking the law: *delinquent conduct* ♦ *noun*: **delinquents**: *juvenile delinquents*

delirious /dɪˈlɪrɪəs/ *adjective* 1 having muddled and confused thoughts through illness 2 thrilled or excited — *adverb* **deliriously**

delirium /dɪˈlɪrɪəm/ *noun* (*uncount*) 1 a state of mental confusion, especially caused by fever 2 (*literary*) wild excitement

deliver /dɪˈlɪvə(r)/ *verb* 1 to bring to, eg the home or office: *deliver the mail* 2 to give eg a speech 3 to assist at the birth of

delivery /dɪˈlɪvərɪ/ *noun* 1 the act of bringing mail to an address 2 the goods or mail delivered 3 the process of giving birth to a baby 4 a style of speaking

delphinium /dɛlˈfɪnɪəm/ *noun* a branching garden plant with blue flowers

delta /ˈdɛltə/ *noun* the triangular stretch of land at the mouth of a river

delude /dɪˈluːd/ *verb* to deceive

deluge /ˈdɛljuːdʒ/ *noun* 1 a heavy fall of rain or a flood 2 an overwhelming amount: *a deluge of fan mail* ♦ *verb* to overwhelm

delusion /dɪˈluːʒən/ *noun* a false belief, especially as a symptom of mental illness

delve /dɛlv/ *verb* 1 to search inside 2 to investigate

demagogue /ˈdɛməɡɒɡ/ *noun* (*derogatory*) a political leader who appeals to people's emotions, rather than to reason

demand /dɪˈmɑːnd/ *verb* 1 to ask, or ask for, firmly 2 to require, call for: *demanding attention* ♦ *noun* 1 a forceful request 2 a need for certain goods 3 a claim: *many demands on his time*

demanding /dɪˈmɑːndɪŋ/ *adjective* 1 of a job: needing a lot of energy and attention 2 of a person: difficult to deal with or please

demean /dɪˈmiːn/ *verb* **demean yourself** to act in an undignified way

demeanour (*AmE* **demeanor**) /dɪˈmiːnə(r)/ *noun* (*uncount*) the way you move and behave

demented /dɪˈmɛntɪd/ *adjective* (*sometimes informal*) mad, crazy

demise /dɪˈmaɪz/ *noun* (*used in the singular, formal*) death or end

democracy /dɪˈmɒkrəsɪ/ *noun* government of the people by the people through their elected representatives

democrat /ˈdɛməkrat/ *noun* someone who supports the principles of democracy

democratic /dɛməˈkratɪk/ *adjective* 1 of or governed by democracy 2 supporting the principles of democracy — *adverb* **democratically**: *democratically elected leaders*

demolish /dɪˈmɒlɪʃ/ *verb* 1 to pull down (a building) 2 to destroy completely — *noun* (*uncount*) **demolition**

demon /ˈdiːmən/ *noun* an evil spirit or devil — *adjective* **demonic**

demonstrable /dɪˈmɒnstrəbəl/ *adjective* that can be proved or shown

demonstrate /ˈdɛmənstreɪt/ *verb* 1 to show how something works 2 to provide an example of: *demonstrate a need* 3 to join a march to show support of, or opposition to, something

demonstration /dɛmənˈstreɪʃən/ *noun* 1 an expression of public opinion by a march or meeting 2 an explanation and showing of how to do something

demonstrative /dɪˈmɒnstrətɪv/ *adjective* 1 tending to show feelings openly 2 (*grammar*) of pronouns and determiners: the words *this*, *that*, *these* and *those*, indicating or pointing out people or things

demonstrator /ˈdɛmənstreɪtə(r)/ *noun* 1 a person who takes part in a public demonstration 2 a person who explains how something works, or shows you how to do something

demoralize or **demoralise** /dɪˈmɒrəlaɪz/ *verb* to take away the confidence of — *adjective* **demoralized** — *noun* (*uncount*) **demoralization**

demote /diːˈməʊt/ *verb* to reduce to a lower rank or grade

demur /dɪˈmɜː(r)/ *verb* (*formal*) to politely refuse an offer or invitation

demure /dɪˈmjʊə(r)/ *adjective* shy and modest — *adverb* **demurely**

den /dɛn/ *noun* 1 the home of a wild animal 2 a small private room for working

denial /dɪˈnaɪəl/ *noun* the act of denying

denigrate /ˈdɛnɪɡreɪt/ *verb* to criticize unjustly

denim /ˈdɛnɪm/ *noun* a hard-wearing cotton cloth used eg for making jeans

denomination /dɪnɒmɪˈneɪʃən/ *noun* one of the groups or divisions within a particular religion

denominator /dɪˈnɒmɪneɪtə(r)/ *noun* (*mathematics*) the number in a fraction below the line

denote /dɪˈnoʊt/ *verb* to represent, indicate or stand for

denounce /dɪˈnaʊns/ *verb* to accuse publicly of a crime

dense /dɛns/ *adjective* **1** closely packed together; thick **2** (*informal, derogatory*) stupid [*same as* **thick**] — *adverb* **densely**: *densely populated*

density /ˈdɛnsɪtɪ/ *noun* **1** the distribution of something within an area **2** the relation of mass to its volume

dent /dɛnt/ *verb* to hit hard enough to make a hollow ♦ *noun* a hollow in a surface made by a blow or pressure

dental /ˈdɛntəl/ *adjective* relating to the teeth

dentist /ˈdɛntɪst/ *noun* a doctor who examines teeth and treats dental problems

dentistry /ˈdɛntɪstrɪ/ *noun* (*uncount*) the work of a dentist

dentures /ˈdɛntʃəz/ *noun* (*usually in the plural*) a set of false teeth

denude /dɪˈnjuːd/ *verb* to make bare, strip: *denuded of leaves*

denunciation /dɪnʌnsɪˈeɪʃən/ *noun* (*count or uncount*) a strongly expressed public criticism or condemnation

deny /dɪˈnaɪ/ *verb* **1** to declare to be untrue: *He denied that he did it.* **2** to refuse, forbid: *denied the right to appeal* **3 deny yourself** to do without things you want or need

deodorant /dɪˈoʊdərənt/ *noun* (*uncount or count*) something that hides unpleasant smells

depart /dɪˈpɑːt/ *verb* **1** to go away **2** to do something different: *departing from the plan*

department /dɪˈpɑːtmənt/ *noun* a section within *eg* a shop, university or government

departure /dɪˈpɑːtʃə(r)/ *noun* **1** the act of leaving or going away **2** a break with something expected or traditional

depend /dɪˈpɛnd/ *verb* **depend on 1** to rely on **2** to receive necessary financial support from **3** to be controlled or decided by: *It all depends on the weather.*

dependable /dɪˈpɛndəbəl/ *adjective* that you can trust [*same as* **reliable**]

dependant /dɪˈpɛndənt/ *noun* someone who is kept or supported by another

dependence /dɪˈpɛndəns/ *noun* (*uncount*) the state of being dependent

dependent /dɪˈpɛndənt/ *adjective* **dependent on** relying or depending on

depict /dɪˈpɪkt/ *verb* **1** to draw, paint in a particular way **2** to describe or present in a particular way

deplete /dɪˈpliːt/ *verb* to reduce — *noun* (*uncount*) **depletion**

deplorable /dɪˈplɔːrəbəl/ *adjective* bad, unpleasant or shocking [*same as* **disgraceful, scandalous**]

deplore /dɪˈplɔː(r)/ *verb* to disapprove of

deploy /dɪˈplɔɪ/ *verb* to place in position ready for action — *noun* (*uncount*) **deployment**

depopulate /diːˈpɒpjəleɪt/ *verb* to reduce greatly in population — *noun* (*uncount*) **depopulation**

deport /dɪˈpɔːt/ *verb* to send out of a country for legal reasons — *noun* (*uncount or count*) **deportation**

deportment /dɪˈpɔːtmənt/ *noun* (*uncount, rather old*) the way you hold yourself as you stand or walk [*same as* **posture**]

depose /dɪˈpoʊz/ *verb* to remove by force *eg* a leader from power

deposit /dɪˈpɒzɪt/ *verb* **1** to put or set down **2** to put in for safe-keeping, *eg* money in a bank ♦ *noun* **1** a layer of coal, iron *etc* occurring naturally in rock **2** money put in a bank account **3** money paid in part payment for something **4** money paid as a guarantee on hired equipment

depot /ˈdɛpoʊ/ (*AmE* /ˈdiːpoʊ/) **1** a storehouse **2** a building where vehicles such as buses or railway engines are kept

depraved /dɪˈpreɪvd/ *adjective* morally bad or wicked — *noun* (*uncount*) **depravity**

deprecating /ˈdɛprɪkeɪtɪŋ/ *adjective* disapproving, critical

depreciate /dɪˈpriːʃɪeɪt/ *verb* to lose value — *noun* (*uncount*) **depreciation**

depress /dɪˈprɛs/ *verb* **1** to make gloomy or unhappy **2** to make lower in value or intensity **3** to press down

depressed /dɪˈprɛst/ *adjective* **1** feeling disappointed and hopeless **2** suffering from a mental illness that makes you doubt your own worth and abilities

depressing /dɪˈprɛsɪŋ/ *adjective* causing disappointment and a feeling of hopelessness

depression /dɪˈprɛʃən/ *noun* **1** a feeling of disappointment and hopelessness, or a mental illness that makes you doubt your own worth and abilities **2** a period of economic and industrial inactivity **3** a hollow

deprive /dɪ'praɪv/ verb **deprive of** to take away from — noun (uncount or count) **deprivation**

deprived /dɪ'praɪvd/ adjective not having enough of the things that are considered essential in life

depth /dɛpθ/ noun **1** the distance from the top to bottom of something, or from front to back, or from the surface inwards **2** intensity, strength **3** the deepest part: *from the depth of her soul* ▶ phrases **in depth** thoroughly, carefully **out of your depth** in a situation that is too difficult for you to understand or deal with

deputation /dɛpjə'teɪʃən/ noun a group of people chosen and sent as representatives

deputize or **deputise** /'dɛpjətaɪz/ to temporarily take another's place [*same as* **stand in**]

deputy /'dɛpjətɪ/ noun someone who is second in importance to the head of an organization

derail /di:'reɪl/ verb to cause to leave the rails

deranged /dɪ'reɪndʒd/ adjective mad, especially with grief or worry

derelict /'dɛrəlɪkt/ adjective of a building: empty, abandoned and neglected

deride /dɪ'raɪd/ verb to laugh at, mock

derision /dɪ'rɪʒən/ noun (uncount) scornful laughter

derisive /dɪ'raɪsɪv/ adjective scornful

derisory /dɪ'raɪzərɪ/ adjective so small and inadequate as to be ridiculous

derivative /dɪ'rɪvətɪv/ noun **1** a word formed on the base of another word **2** something that has developed from something else ♦ adjective (derogatory) not original

derive /dɪ'raɪv/ verb **1** to receive, obtain: *derive satisfaction* **2** to have developed from or be formed from **3** to arise from

derogatory /dɪ'rɒgətrɪ/ adjective expressing disapproval or scorn

descend /dɪ'sɛnd/ verb **1** to go or climb down **2** to go from a better to a worse state **3 descend from** to have as an ancestor

descendant /dɪ'sɛndənt/ noun people such as your children and grandchildren who descend from you

descent /dɪ'sɛnt/ noun **1** an act of going down **2** a downward slope

describe /dɪ'skraɪb/ verb to give an account of in words

description /dɪ'skrɪpʃən/ noun **1** the act of describing **2** an account in words **3** sort, kind: *people of all descriptions* — adjective **descriptive**

desecrate /'dɛsɪkreɪt/ verb of something holy: to spoil or treat without respect — noun (uncount) **desecration**

desert[1] /dɪ'zɜ:t/ verb **1** to leave, abandon **2** to go away, especially from the army, without permission — adjective **deserted** — noun **deserter** — noun (uncount or count) **desertion**

desert[2] /'dɛzət/ noun (count or uncount) an area of land with little rainfall and few plants, often covered by sand

deserve /dɪ'zɜ:v/ verb to have earned as a right, be worthy of: *You deserve a holiday.* [*same as* **merit**, **warrant**] — adverb **deservedly** /dɪ'zɜ:vɪdlɪ/

deserving /dɪ'zɜ:vɪŋ/ adjective **1** worth being rewarded or helped **2 be deserving of** to deserve [*same as* **worthy**]

design /dɪ'zaɪn/ verb to make a plan of eg a building before it is made ♦ noun **1** the art of planning, and making drawings for, buildings, clothes, etc **2** a drawing or model showing how something is to look **3** a pattern **4** an intention ▶ phrase **have designs on** to plan to get for yourself

designate /'dɛzɪgneɪt/ verb **1** to represent or indicate **2** to officially classify as **3** to appoint, select ♦ adjective /'dɛzɪgnət/ appointed to a post but not yet occupying it: *director designate*

designation /dɛzɪg'neɪʃən/ noun a name, a title

designer /dɪ'zaɪnə(r)/ noun a person who designs things

desirable /dɪ'zaɪərəbəl/ adjective **1** pleasing; worth having **2** sexually attractive — noun **desirability**

desire /dɪ'zaɪə(r)/ verb **1** to want [*same as* **wish**] **2** to be strongly attracted to sexually ♦ noun **1** a feeling of wanting something **2** (uncount) a strong feeling of sexual attraction towards someone

desist /dɪ'sɪst/ verb (formal) to stop (doing something)

desk /dɛsk/ noun **1** a table eg for writing or reading **2** a counter, eg in a public building where a service is provided: *the information desk*

desolate /'dɛsələt/ adjective **1** lonely, friendless and hopeless **2** empty of people, deserted

desolation /dɛsə'leɪʃən/ noun (uncount) **1** loneliness and despair **2** ruin

despair /dɪ'spɛə(r)/ noun (uncount) the state of having lost all hope ♦ verb to give up hope — adjective **despairing**

despatch see **dispatch**

desperate /'dɛspərət/ *adjective* 1 very worried or frightened, and prepared to do anything 2 wanting very much 3 of a situation: bad, awful — *adverb* **desperately** — *noun* (*uncount*) **desperation**

despicable /dɪ'spɪkəbəl/ *adjective* disgraceful, shameful or evil [*same as* **contemptible**] — *adverb* **despicably**

despise /dɪ'spaɪz/ *verb* to regard with scorn or disgust

despite /dɪ'spaɪt/ *preposition* in spite of

despondent /dɪ'spɒndənt/ *adjective* feeling that things will never improve — *noun* (*uncount*) **despondency** — *adverb* **despondently**

despot /'dɛspɒt/ *noun* a ruler who keeps all power to himself or herself

despotic /dɛ'spɒtɪk/ *adjective* tyrannical or unfair

dessert /dɪ'zɜːt/ *noun* (*uncount or count*) a sweet course served after the main course of a meal [*same as* **sweet, pudding**]

destination /ˌdɛstɪ'neɪʃən/ *noun* the place to which someone or something is going

destined /'dɛstɪnd/ *adjective* 1 **destined for** travelling to 2 intended for by fate: *destined to succeed* [*same as* **bound**]

destiny /'dɛstɪnɪ/ *noun* what fate has planned will happen to you in the future

destitute /'dɛstɪtjuːt/ *adjective* in need of food and shelter [*same as* **poverty-stricken**] — *noun* (*uncount*) **destitution**

destroy /dɪ'strɔɪ/ *verb* 1 to ruin 2 stop (something) existing 3 to kill

destroyer /dɪ'strɔɪə(r)/ *noun* 1 a small, fast warship 2 someone who destroys

destruction /dɪ'strʌkʃən/ *noun* (*uncount*) the act of destroying or the process of being destroyed

destructive /dɪ'strʌktɪv/ *adjective* 1 doing great damage 2 of criticism: pointing out faults without suggesting improvements [*opposite* **constructive**] — *noun* (*uncount*) **destructiveness**

desultory /'dɛsəltrɪ/ *adjective* disorganized and unsystematic

detach /dɪ'tatʃ/ *verb* 1 to unfasten, remove 2 **detach yourself** to withdraw, or involve yourself less

detachable /dɪ'tatʃəbəl/ *adjective* designed to be removed: *a detachable lining*

detached /dɪ'tatʃt/ *adjective* 1 standing apart, by itself: *a detached house* 2 not personally involved, showing no emotion

detachment /dɪ'tatʃmənt/ *noun* 1 the state of being detached 2 a body or group, *eg* of soldiers on special service

detail /'diːteɪl/ *noun* a small part, fact or item ♦ *verb* to list and describe fully ▶ *phrase* **in detail** giving attention to details, item by item

detailed /'diːteɪld/ *adjective* full of details or very thorough

detain /dɪ'teɪn/ *verb* 1 to prevent from leaving a place [*same as* **hold**] 2 to delay [*same as* **hold up**]

detect /dɪ'tɛkt/ *verb* to discover or notice — *adjective* **detectable** — *noun* **detection**

detective /dɪ'tɛktɪv/ *noun* a police officer whose job is to investigate and solve crimes

détente /deɪ'tɒnt/ *noun* (*uncount*) the return to relaxed and friendly relations between countries

detention /dɪ'tɛnʃən/ *noun* (*uncount*) the act of arresting or imprisoning someone, or the condition of being under arrest or in prison

deter /dɪ'tɜː(r)/ *verb* to discourage or prevent [*same as* **put off, dissuade**]

detergent /dɪ'tɜːdʒənt/ *noun* (*count or uncount*) a substance used with water *eg* for washing dishes

deteriorate /dɪ'tɪərɪəreɪt/ *verb* to get worse [*same as* **worsen**] **deterioration** /dɪˌtɪərɪə'reɪʃən/

determination /dɪˌtɜːmɪ'neɪʃən/ *noun* (*uncount*) 1 the quality of being determined 2 stubbornness, firmness of purpose [*same as* **resolve, tenacity**]

determined /dɪ'tɜːmɪnd/ *adjective* 1 firmly intending: *determined to succeed* 2 of a person: having strong will power [*same as* **resolute, single-minded**] — *adverb* **determinedly**

determiner /dɪ'tɜːmɪnə(r)/ *noun* (*grammar*) one of the 'parts of speech', used before nouns for people or things to indicate which ones you mean

deterrent /dɪ'tɛrənt/ *noun* something, especially a threat of some kind, which discourages people from a particular course of action

detest /dɪ'tɛst/ *verb* to hate [*same as* **loathe**]

detestable /dɪ'tɛstəbəl/ *adjective* horrible, ghastly

detonate /'dɛtəneɪt/ *verb* to (cause to) explode — *noun* (*uncount*) **detonation**

detour /'diːtʊə(r)/ *noun* a route different from and longer than the direct route

detract /dɪˈtrakt/ *verb* to make less good or worthy

detriment /ˈdɛtrɪmənt/ *noun* (*uncount*) ▶ *phrase* **to the detriment of** harming or damaging

detrimental /dɛtrɪˈmɛntəl/ *adjective* having a harmful or damaging effect on

deuce /djuːs/ *noun* (*uncount*; *tennis*) in tennis, a score of forty points each

devastate /ˈdɛvəsteɪt/ *verb* **1** to damage badly or ruin **2** to badly shock or upset ♦ *adjective* (*sometimes informal*) **devastating** — *adverb*; **devastatingly**: *It was devastatingly funny.* — *noun* (*uncount*) **devastation**

develop /dɪˈvɛləp/ *verb* **1** to (cause to) grow, change and progress **2** to begin to exist and get worse **3** to begin to have **4** to make prints from photographic film

developer /dɪˈvɛləpə(r)/ *noun* **1** a person who buys land in order to build houses on it **2** (*uncount*) a chemical used to develop photographic film

development /dɪˈvɛləpmənt/ *noun* **1** growth in size or sophistication **2** work done on improving on basic models, designs or techniques **3** improvement of land **4** an area of housing built by a developer **5** an occurrence that affects or influences a situation **6** the process of using chemicals to make a photograph appear

deviate /ˈdiːvɪeɪt/ *verb* **1** to behave in an unusual way **2** to think or do something different — *noun* (*uncount* or *count*) **deviation**

device /dɪˈvaɪs/ *noun* **1** a tool or instrument **2** a means of achieving what you want, sometimes involving slight dishonesty [*same as* **ruse**]

devil /ˈdɛvəl/ *noun* **1** in the Christian religion, the personification of evil **2** any evil spirit or demon **3** (*informal*) anyone you are making a remark about: *lucky devils* □ *the poor devil*

devilish /ˈdɛvəlɪʃ/ *adjective* cruel and evil

devious /ˈdiːvɪəs/ *adjective* secretive, not straightforward

devise /dɪˈvaɪz/ *verb* to work out a method, plan or system for

devoid /dɪˈvɔɪd/ *adjective* **devoid of** not having, free from: *devoid of curiosity*

devolution /diːvəˈluːʃən/ *noun* (*uncount*) the delegation of certain legislative powers to regional or national assemblies

devolve /dɪˈvɒlv/ *verb* of a duty or responsibility: to be transferred to someone else

devote /dɪˈvəʊt/ *verb* to give *eg* your efforts, time and energy to

devoted /dɪˈvəʊtɪd/ *adjective* **1** loving and loyal: *a devoted mother and wife* **2** committed: *devoted to her work* [*same as* **dedicated**]

devotee /dɛvəʊˈtiː/ *noun* someone who takes an enthusiastic interest in something

devotion /dɪˈvəʊʃən/ *noun* (*uncount*) strong deep love

devour /dɪˈvaʊə(r)/ *verb* (*slightly humorous*) **1** to eat up greedily **2** to read eagerly

devout /dɪˈvaʊt/ *adjective* loyal, enthusiastic and sincere — *adverb* **devoutly**

dew /djuː/ *noun* (*uncount*) little drops of water that form on grass and plants during the night

dexterity /dɛkˈstɛrɪtɪ/ *noun* (*uncount*) skill or cleverness — *adjective* **dexterous** — *adverb* **dexterously**

diabetes /daɪəˈbiːtiːz/ *noun* (*uncount*) a disease in which there is too much sugar in the blood

diabetic /daɪəˈbɛtɪk/ *noun* someone suffering from diabetes ♦ *adjective* relating to diabetes

diabolical /daɪəˈbɒlɪkəl/ *adjective* (*sometimes informal*) wicked or evil

diagnose /daɪəgˈnəʊz/ *verb* to identify an illness after making an examination

diagnosis /daɪəgˈnəʊsɪs/ *noun* (*uncount* or *count*): **diagnoses** /daɪəgˈnəʊsiːz/ the identification of the cause of illness in a patient

diagnostic /daɪəgˈnɒstɪk/ *adjective* having the purpose of identifying the cause of illness in a patient

diagonal /daɪˈagənəl/ *adjective* of a line: slanting or sloping, as distinct from vertical or horizontal ♦ *noun* a line from one corner to the opposite corner — *adverb* **diagonally**

diagram /ˈdaɪəgram/ *noun* a drawing that explains something — *adjective* **diagrammatic** — *adverb* **diagrammatically**

dial /daɪl/ *noun* **1** the face of a clock or watch **2** a rotating disc over the numbers on older telephones ♦ *verb* to call a number on a telephone using a dial or buttons

dialect /ˈdaɪəlɛkt/ *noun* a way of speaking found in a certain area or among a certain group of people

dialogue (*AmE* **dialog**) /ˈdaɪəlɒg/ *noun* (*uncount* or *count*) a conversation between two or more people, *eg* in a book, play or film

diameter /daɪˈæmɪtə(r)/ *noun* a line which dissects a circle, passing through its centre

diamond /ˈdaɪəmənd/ *noun* 1 a shining, colourless and transparent precious stone 2 an elongated, four-cornered shape (♦) 3 a playing-card with red diamond shapes

diaper /ˈdaɪpə(r)/ *noun* (*AmE*) a baby's nappy

diaphragm /ˈdaɪəfræm/ *noun* 1 a layer of muscle separating the lower part of the body from the chest 2 a contraceptive device

diarrhoea (*AmE* **diarrhea**) /daɪəˈrɪə/ *noun* (*uncount*) an illness of the bowels that causes the frequent passing of soft, liquid faeces

diary /ˈdaɪərɪ/ *noun* 1 a book in which you write your appointments 2 a book in which you keep a record of what happens to you day by day

dice /daɪs/ *noun* a small cube with numbered sides or faces, used in certain games ♦ *verb* to cut food into small cubes

dictate /dɪkˈteɪt/ *verb* 1 to read something aloud for someone to write down 2 to tell someone what they must do ♦ *noun* /ˈdɪkteɪt/ an order or instruction

dictation /dɪkˈteɪʃən/ *noun* 1 (*uncount*) the act of dictating 2 a test of your understanding, *eg* of a foreign language, in which you write down a passage of text that is read aloud to you

dictator /dɪkˈteɪtə(r)/ *noun* a ruler who has total power over a country [*same as* **tyrant**]

dictatorial /dɪktəˈtɔːrɪəl/ *adjective* 1 relating to a dictator 2 commanding or impatient

dictatorship /dɪkˈteɪtəʃɪp/ *noun* 1 (*uncount*) government by a dictator 2 a country that is ruled by a dictator

diction /ˈdɪkʃən/ *noun* (*uncount*) your style of speaking and the clarity of your pronunciation

dictionary /ˈdɪkʃənərɪ/ *noun* 1 a book giving the words of a language in alphabetical order, together with their meanings 2 any alphabetically ordered reference book

did /dɪd/ *verb* the past tense of the verb **do** ♦ *auxiliary verb* the past tense of the auxiliary verb **do**

die /daɪ/ *verb* 1 to stop living 2 to fade and disappear 3 **dying for** wanting very much: *dying for a cup of tea*

die down to become less intense

diesel /ˈdiːzəl/ *noun* a heavy type of fuel oil used in motor vehicles

diet /ˈdaɪət/ *noun* 1 the food you normally eat 2 a course of recommended foods, *eg* to lose weight: *go on a diet* ♦ *verb* to avoid certain foods in order to try to lose weight

differ /ˈdɪfə(r)/ *verb* 1 to be unlike 2 to disagree

difference /ˈdɪfrəns/ *noun* 1 the way in which two things are unlike each other 2 the amount by which one number is greater than another 3 a disagreement ▶ *phrase* **make a difference** to alter the situation in some way

different /ˈdɪfrənt/ *adjective* 1 **different from** unlike 2 varying, not the same — *adverb* **differently**

differentiate /dɪfəˈrenʃɪeɪt/ *verb* to see or show the difference between [*same as* **distinguish**] — *noun* (*uncount*) **differentiation**

difficult /ˈdɪfɪkəlt/ *adjective* 1 not easy, hard to do, understand or deal with 2 unreasonable or uncooperative

difficulty /ˈdɪfɪkəltɪ/ *noun* 1 **have difficulty** be unable to do easily 2 anything difficult 3 a problem ▶ *phrase* **in difficulties** in trouble or danger

diffident /ˈdɪfɪdənt/ *adjective* shy, lacking confidence — *adverb* **diffidently** — *noun* (*uncount*) **diffidence**

diffuse /dɪˈfjuːz/ *verb* to spread in all directions ♦ *adjective* /dɪˈfjuːs/ widely spread — *noun* (*uncount*) **diffusion**

dig /dɪɡ/ *verb* 1 to make a hole in the ground, *eg* with a spade 2 to poke or push into ♦ *noun* 1 the activity or action of digging 2 something said to hurt or embarrass 3 an archaeological site

dig out to get out by digging
dig up 1 to remove from the earth by digging 2 (*informal*) to find out (facts)

digest /daɪˈdʒest/ *verb* 1 to break down food in the stomach into a form that the body can use 2 to become aware of; understand and think about ♦ *noun* /ˈdaɪdʒest/ a short version or summary

digestion /daɪˈdʒestʃən/ *noun* the process of digesting or your ability to digest

digestive /daɪˈdʒestɪv/ *adjective* relating to digestion

digit /ˈdɪdʒɪt/ *noun* 1 any of the numbers 0–9 2 a finger or toe

digital /ˈdɪdʒɪtəl/ *adjective* of *eg* a clock: displaying the time in figures

dignified /ˈdɪɡnɪfaɪd/ *adjective* calm, serious and sensible

dignitary /ˈdɪɡnətrɪ/ *noun* someone of high rank or position

dignity /'dɪgnɪtɪ/ *noun* (*uncount*) **1** the quality of being calm, sensible and serious **2** the respect you feel for yourself and that you deserve from others [*same as* **pride**, **self-respect**]

digress /daɪ'grɛs/ *verb* to deal briefly with a different topic

dike see **dyke**

dilapidated /dɪ'læpɪdeɪtɪd/ *adjective* falling to pieces, needing repair

dilate /daɪ'leɪt/ *verb* to make or grow larger, swell out — *adjective* **dilated**

dilatory /'dɪlətərɪ/ *adjective* slow in performing tasks

dilemma /daɪ'lɛmə/ *noun* a situation offering a difficult choice between two options

diligent /'dɪlɪdʒənt/ *adjective* hard-working, conscientious [*opposite* **negligent**, **careless**] — *noun* (*uncount*) **diligence** — *adverb* **diligently**

dilute /daɪ'luːt/ *verb* to make a liquid weaker, by adding water

dim /dɪm/ *adjective* **1** not bright or clear **2** (*derogatory*) stupid — *adverb* **dimly** — *noun* (*uncount*) **dimness** ♦ *verb* to make or become less bright

dime /daɪm/ *noun* a tenth of a US or Canadian dollar, ten cents

dimension /daɪ'mɛnʃən/ *noun* **1** (*used in the plural*) size, measurements **2** a factor that affects a situation

diminish /dɪ'mɪnɪʃ/ *verb* to lessen or decrease — *adjective* **diminished**: *diminished responsibility*

diminution /dɪmɪ'njuːʃən/ *noun* (*formal*) a lessening or decrease

diminutive /dɪ'mɪnjʊtɪv/ *adjective* very small ♦ *noun* (*grammar*) a word formed with a suffix such as *-let* (*eg booklet*) or *-ette* (*eg statuette*) used to indicate a small kind or version of something

dimple /'dɪmpəl/ *noun* a small hollow, especially on the cheek or chin

din /dɪn/ *noun* a loud, lasting noise

dine /daɪn/ *verb* (*formal*) to have dinner

dinghy /'dɪŋgɪ/ *noun* a small rowing boat

dingy /'dɪndʒɪ/ *adjective* **1** dirty or faded in colour **2** dark, depressing and unattractive

dinner /'dɪnə(r)/ *noun* **1** a main evening meal **2** a midday meal, lunch

dinosaur /'daɪnəsɔː(r)/ *noun* any of various reptiles that inhabited the earth many millions of years ago and died out

diocese /'daɪəsɪs/ *noun*: **dioceses** /'daɪəsiːz/ the district over which a bishop has authority

dip /dɪp/ *verb* **1** to put into a liquid briefly **2** to make a downward movement **3** to drop down to a lower level ♦ *noun* **1** an act of dipping **2** a downward slope **3** a short bathe or swim **4** a creamy sauce into which *eg* biscuits are dipped **5** a liquid in which anything is dipped

dip into to open occasionally and read *eg* a book

diphtheria /dɪp'θɪːrɪə/ or /dɪf'θɪːrɪə/ *noun* (*uncount*) an infectious throat disease

diphthong /'dɪpθɒŋ/ or /'dɪfθɒŋ/ *noun* two vowel-sounds pronounced as one syllable, like the sound represented by the *ou* in *sound*

diploma /dɪ'pləʊmə/ *noun* a written statement certifying a degree, or confirming a pass in an examination or course of study

diplomacy /dɪ'pləʊməsɪ/ *noun* (*uncount*) **1** the management of relations between countries **2** skill in making people agree, tact

diplomat /'dɪpləmat/ *noun* someone who represents his or her country in international relations

diplomatic /dɪplə'matɪk/ *adjective* **1** of diplomacy **2** tactful — *adverb* **diplomatically**

dire /'daɪə(r)/ *adjective* dreadful: *in dire need*

direct /daɪ'rɛkt/ or /dɪ'rɛkt/ *adjective or adverb* **1** taking the shortest route **2** of communication: from one to the other, without another person being involved ♦ *adjective* **1** involving no other factors **2** frank, open and honest [*same as* **straight**, **forthright**; *opposite* **sly**, **devious**] — *noun* (*uncount*) **directness** ♦ *verb* **1** to aim at **2** to show the way **3** to control, organize **4** to order, instruct **5** to supervise the production of *eg* a play

direction /daɪ'rɛkʃən/ or /dɪ'rɛkʃən/ *noun* **1** the place or point to which someone is moving or looking **2** the way in which something is progressing or developing **3 directions** instructions on how to get somewhere

directive /daɪ'rɛktɪv/ or /dɪ'rɛktɪv/ *noun* an official instruction

directly /daɪ'rɛktlɪ/ or /dɪ'rɛktlɪ/ *adverb* **1** straight away, immediately **2** straight, exactly ♦ *conjunction* as soon as

director /daɪ'rɛktə(r)/ or /dɪ'rɛktə(r)/ *noun* **1** a manager of *eg* a business **2** the person who controls the production of *eg* a film

directory /daɪˈrɛktərɪ/ or /dɪˈrɛktərɪ/ *noun* **1** a book of names and addresses *etc* **2** a named group of files on a computer disk

direct speech /daɪrɛkt ˈspiːtʃ/ *noun* (*uncount*; *grammar*) speech reported in the speaker's actual words

dirge /dɜːdʒ/ *noun* a slow sad song, used especially at a funeral

dirt /dɜːt/ *noun* (*uncount*) any unclean substance, such as mud or dust

dirty /ˈdɜːtɪ/ *adjective* **1** not clean **2** dealing with sex in a deliberately shocking way: *dirty magazines* ♦ *verb* to make dirty

dis- /dɪs/ *prefix* **1** apart: *disjointed* **2** not: *dislike*

disability /dɪsəˈbɪlɪtɪ/ *noun* (*count or uncount*) a physical or mental illness or handicap that seriously restricts your way of life

disable /dɪsˈeɪbəl/ *verb* to severely injure or affect

disabled /dɪsˈeɪbəld/ *adjective* having a severely restricted lifestyle as the result of an injury, or a physical or mental illness or handicap

disablement /dɪsˈeɪbəlmənt/ *noun* (*uncount*) the state of being, or the process of becoming, disabled

disadvantage /dɪsədˈvɑːntɪdʒ/ *noun* a circumstance that causes a problem or difficulty [*same as* **drawback**]

disadvantaged /dɪsədˈvɑːntɪdʒd/ *adjective* suffering from poverty or homelessness

disadvantageous /dɪsædvənˈteɪdʒəs/ *adjective* causing difficulties

disaffected /dɪsəˈfɛktɪd/ *adjective* discontented, dissatisfied

disagree /dɪsəˈgriː/ *verb* **1 disagree (with)** to hold different opinions from, or consider wrong [*opposite* **agree**] **2 disagree with** of food: to cause to feel ill

disagreeable /dɪsəˈgriːəbəl/ *adjective* unpleasant

disagreement /dɪsəˈgriːmənt/ *noun* **1** an argument or quarrel **2** (*uncount*) a state in which people have different opinions

disallow /dɪsəˈlaʊ/ *verb* to not allow

disappear /dɪsəˈpɪə(r)/ *verb* **1** to go out of sight **2** to stop existing — *noun* (*count or uncount*) **disappearance**

disappoint /dɪsəˈpɔɪnt/ *verb* to fail to satisfy — *adjective* **disappointing** — *adverb* **disappointingly**

disappointed /dɪsəˈpɔɪntɪd/ *adjective* sad because your hopes or expectations have not been fulfilled

disappointment /dɪsəˈpɔɪntmənt/ *noun* something which disappoints you, or the feeling of being disappointed

disapprove /dɪsəˈpruːv/ *verb* **disapprove of** to have an unfavourable opinion of — *noun* **disapproval** — *adjective* **disapproving** — *adverb* **disapprovingly**

disarm /dɪsˈɑːm/ *verb* **1** to take *eg* a weapon away from **2** to get rid of war weapons **3** to make less angry, charm

disarmament /dɪsˈɑːməmənt/ *noun* (*uncount*) the removal or reduction of war weapons

disarming /dɪsˈɑːmɪŋ/ *adjective* charming; making you feel less hostile: *a disarming smile*

disarrange /dɪsəˈreɪndʒ/ *verb* to make untidy

disarray /dɪsəˈreɪ/ *noun* (*uncount*) **in disarray** untidy

disaster /dɪˈzɑːstə(r)/ *noun* **1** a terrible event, often one that causes great damage or deaths [*same as* **catastrophe**] **2** something that fails badly — *adjective* **disastrous** — *adverb* **disastrously**

disband /dɪsˈbænd/ *verb* to officially stop existing

disbelief /dɪsbɪˈliːf/ *noun* (*uncount*) the state of not believing that something is true or exists

disbelieve /dɪsbɪˈliːv/ *verb* to refuse to believe

disc /dɪsk/ *noun* **1** a flat, thin circular object **2** a piece of cartilage between vertebrae **3** a gramophone record **4** (*computers*) another spelling of **disk**

discard /dɪsˈkɑːd/ *verb* to throw away as useless — *adjective* **discarded**

discern /dɪˈsɜːn/ *verb* to see or realize

discernible /dɪˈsɜːnəbəl/ *adjective* noticeable: *a discernible difference*

discerning /dɪˈsɜːnɪŋ/ *adjective* good at judging the quality of things and people [*same as* **shrewd**, **astute**]

discharge /dɪsˈtʃɑːdʒ/ *verb* **1** to give permission to leave **2** to perform (duties) **3** to pay (a debt) **4** to give off *eg* smoke **5** to unload *eg* a ship: *discharge its cargo* ♦ *noun* /ˈdɪstʃɑːdʒ/ **1** the circumstance of being officially permitted to leave **2** performance of duties **3** a substance flowing out of something

disciple /dɪˈsaɪpəl/ *noun* **1** someone who believes in another's teaching **2** one of the followers of Christ

disciplinarian /ˌdɪsəplɪˈnɛərɪən/ *noun* someone who insists on strict discipline

disciplinary /ˌdɪsəˈplɪnərɪ/ *adjective* relating to the enforcement of discipline

discipline /ˈdɪsəplɪn/ *noun* **1** (*uncount*) the training of people in orderly and controlled behaviour **2** (*uncount*) order kept by means of control **3** a subject of study or training ♦ *verb* **1** to train to obey rules **2** to punish — *adjective* **disciplined**: *disciplined children*

disc jockey /ˈdɪsk dʒɒkɪ/ *noun* someone who presents and plays recorded music on the radio or in a night club

disclaim /dɪsˈkleɪm/ *verb* to refuse responsibility for, or knowledge of

disclose /dɪsˈkloʊz/ *verb* to uncover, reveal or make known — *noun* (*uncount or count*) **disclosure**

disco /ˈdɪskoʊ/ *noun* an event or place where recorded pop music is played for dancing

discolour /dɪsˈkʌlə(r)/ *verb* to spoil the colour of; stain — *adjective* **discoloured**

discomfort /dɪsˈkʌmfət/ *noun* **1** (*uncount*) pain or an uncomfortable feeling in a part of the body **2** an inconvenient and uncomfortable feature **3** (*uncount*) embarrassment

disconcert /ˌdɪskənˈsɜːt/ *verb* to embarrass, upset or worry — *adjective* **disconcerting**

disconnect /ˌdɪskəˈnɛkt/ *verb* to separate, break the connection between — *noun* (*uncount or count*) **disconnection**

disconnected /ˌdɪskəˈnɛktɪd/ *adjective* **1** separated, no longer connected **2** of thoughts: not following logically, confused [*same as* **disjointed**, **incoherent**, **rambling**]

disconsolate /dɪsˈkɒnsələt/ *adjective* sad, disappointed, and refusing to be comforted

discontent /ˌdɪskənˈtɛnt/ *noun* (*uncount*) dissatisfaction

discontented /ˌdɪskənˈtɛntɪd/ *adjective* dissatisfied — *noun* **discontentment**

discontinue /ˌdɪskənˈtɪnjuː/ *verb* to stop

discord /ˈdɪskɔːd/ *noun* **1** disagreement, quarrelling **2** in music, a combination of notes that lacks harmony

discordant /dɪsˈkɔːdənt/ *adjective* **1** a sound that lacks harmony **2** producing an unpleasant, disagreeable impression

discotheque /ˈdɪskətɛk/ *noun* (*formal*) a disco

discount /ˈdɪskaʊnt/ *noun* an amount taken off the price of something: *10% discount* ♦ *verb* /dɪsˈkaʊnt/ to ignore, not consider: *completely discounted my ideas* [*same as* **disregard**]

discourage /dɪsˈkʌrɪdʒ/ *verb* **1** to take away the confidence, hope of **2** to try to prevent by showing dislike or disapproval — *noun* (*uncount or count*) **discouragement** — *adjective* **discouraged** — *adjective* **discouraging**

discourse /ˈdɪskɔːs/ *noun* (*rather old, or formal*) **1** a talk, lecture or essay **2** (*uncount*) conversation, speech or communication between people ♦ *verb* /dɪsˈkɔːs/ (*formal*) to talk or lecture about

discourteous /dɪsˈkɜːtɪəs/ *adjective* not polite, rude — *adverb* **discourteously**

discourtesy /dɪsˈkɜːtəsɪ/ *noun* (*uncount*) impoliteness or rudeness

discover /dɪsˈkʌvə(r)/ *verb* **1** to find out **2** to find by chance, especially for the first time — *noun* **discoverer**

discovery /dɪsˈkʌvərɪ/ *noun* **1** the act of finding or finding out **2** someone or something discovered

discredit /dɪsˈkrɛdɪt/ *verb* **1** to prove wrong **2** to give a bad reputation to ♦ *noun* (*uncount*) shame, disgrace or disapproval

discreditable /dɪsˈkrɛdɪtəbəl/ *adjective* disgraceful

discreet /dɪsˈkriːt/ *adjective* careful to avoid causing embarrassment or trouble for others — *adverb* **discreetly**

discrepancy /dɪsˈkrɛpənsɪ/ *noun* (*count or uncount*) a difference between things that ought to match

discrete /dɪsˈkriːt/ *adjective* (*formal*) separate, distinct

discretion /dɪsˈkrɛʃən/ *noun* (*uncount*) **1** the quality of being discreet **2** good sense in making judgements

discretionary /dɪsˈkrɛʃənrɪ/ *adjective* decided by a person in authority

discriminate /dɪsˈkrɪmɪneɪt/ *verb* **1** to see and understand differences [*same as* **differentiate**, **distinguish**] **2** to unfairly treat differently

discriminating /dɪsˈkrɪmɪneɪtɪŋ/ *adjective* showing good judgement

discrimination /dɪsˌkrɪmɪˈneɪʃən/ *noun* (*uncount*) **1** ability to select what is good or worthy **2** the practice of unfairly treating someone worse or better than others in the same situation

discus /'dɪskəs/ *noun* a heavy disc thrown in an athletic competition

discuss /dɪs'kʌs/ *verb* to talk about

discussion /dɪs'kʌʃən/ *noun* (*uncount or count*) talk or argument between people about a certain subject

disdain /dɪs'deɪn/ *noun* (*uncount*) scorn ♦ *verb* **1** to reject from scorn **2** to refuse to do through pride — *adjective* **disdainful** — *adverb* **disdainfully**

disease /dɪ'ziːz/ *noun* (*count or uncount*) illness

diseased /dɪ'ziːzd/ *adjective* affected by disease

disembark /dɪsɪm'bɑːk/ *verb* to get off *eg* a ship or aeroplane

disenchanted /dɪsɪn'tʃɑːntɪd/ *adjective* dissatisfied — *noun* (*uncount*) **disenchantment**

disengage /dɪsɪn'geɪdʒ/ *verb* to separate, free

disentangle /dɪsɪn'tæŋgəl/ *verb* to separate

disfavour (*AmE* **disfavor**) /dɪs'feɪvə(r)/ *noun* (*uncount*) dislike, disapproval

disfigure /dɪs'fɪgə(r)/ *verb* to spoil the appearance of

disgrace /dɪs'greɪs/ *noun* **1** shame **2** someone who brings shame **3** something that shocks or disgusts you ♦ *verb* to bring shame on

disgraceful /dɪs'greɪsfəl/ *adjective* shameful; very bad [*same as* **scandalous, outrageous**] — *adverb* **disgracefully**

disgruntled /dɪs'grʌntəld/ *adjective* disappointed, dissatisfied or angry

disguise /dɪs'gaɪz/ *noun* make-up and clothing that you wear to alter your appearance, so that people will not recognize you ♦ *verb* **1** to change the appearance of, in order to avoid recognition **2** to hide *eg* feelings [*same as* **hide, conceal**]

disgust /dɪs'gʌst/ *noun* (*uncount*) strong disapproval and dislike for something that shocks or offends you ♦ *verb* to shock or offend — *adjective* **disgusted** — *adjective* **disgusting**

dish /dɪʃ/ *noun* **1** a shallow bowl for serving food in **2** food prepared for eating **3** a saucer-shaped aerial for receiving information from a satellite

> **dish out** (*informal*) to give out or distribute
> **dish up** (*informal*) to serve food to people

disheartened /dɪs'hɑːtənd/ *adjective* depressed; having lost hope or confidence [*same as* **discouraged, downhearted**]

disheartening /dɪs'hɑːtənɪŋ/ *adjective* depressing and disappointing

dishevelled /dɪ'ʃɛvəld/ *adjective* untidy, with hair and clothes in an untidy state

dishonest /dɪs'ɒnɪst/ *adjective* not honest, deceitful — *adverb* **dishonestly** — *noun* (*uncount*) **dishonesty**

dishonour /dɪs'ɒnə(r)/ *noun* disgrace, shame ♦ *verb* **1** to cause shame to **2** of a bank: to refuse to pay the amount of money stated on a cheque

dishonourable /dɪs'ɒnərəbəl/ *adjective* disgraceful

disillusion /dɪsɪ'luːʒən/ *verb* to cause to feel disappointed — *adjective* **disillusioned** ♦ *noun* (*uncount*): *His disillusion with teaching grew as the months passed.* — *noun* (*uncount*) **disillusionment**

disinclined /dɪsɪn'klaɪnd/ *adjective* unwilling — *noun* (*uncount*) **disinclination**

disinfect /dɪsɪn'fɛkt/ *verb* to wash or clean with a substance that kills germs

disinfectant /dɪsɪn'fɛktənt/ *noun* (*uncount or count*) a substance that kills germs

disinherit /dɪsɪn'hɛrɪt/ *verb* of a parent: to arrange with a lawyer that a son or daughter will not inherit any property after they die

disintegrate /dɪs'ɪntɪgreɪt/ *verb* to fall into pieces; break down [*same as* **fall apart**] — *noun* (*uncount*) **disintegration**

disinterested /dɪs'ɪntrɛstɪd/ *adjective* not involved personally in a certain situation, not influenced by personal feelings [*same as* **impartial**]

disjointed /dɪs'dʒɔɪntɪd/ *adjective* of speech or writing: confused; not developing logically [*same as* **incoherent**]

disk or **disc** /dɪsk/ *noun* (*computers*) **1** (or **floppy disk**) a flat plastic disc on to which computer data can be copied **2** (or **hard disk**) a stack of flat metal disks on which data is stored inside a computer

disk drive /'dɪsk draɪv/ *noun* (*computers*) the device that controls the transfer of information on to a floppy disk

dislike /dɪs'laɪk/ *verb* to disapprove of, not like, or hate ♦ *noun* **1** the feeling of hating or not liking something or someone **2** **dislikes** the things you don't like

dislocate /'dɪsləkeɪt/ *verb* to pull a part of the body out of its joint — *noun* (*uncount or count*) **dislocation**

dislodge /dɪsˈlɒdʒ/ *verb* to knock out of a fixed position

disloyal /dɪsˈlɔɪəl/ *adjective* not loyal, unfaithful — *noun* (*uncount*) **disloyalty**

dismal /ˈdɪzməl/ *adjective* depressing or gloomy — *adverb* **dismally**

dismantle /dɪsˈmantəl/ *verb* to take to pieces [*same as* **take apart**; *opposite* **put together**]

dismay /dɪsˈmeɪ/ *noun* (*uncount*) a feeling of horrified realization ♦ *verb* to shock or upset — *adjective* **dismayed**

dismember /dɪsˈmɛmbə(r)/ *verb* to cut or tear (a body) to pieces

dismiss /dɪsˈmɪs/ *verb* **1** to give permission to leave **2** to reject *eg* an idea or theory **3** to decide not to think about any more **4** of an employee: to sack — *noun* **dismissal**

dismissive /dɪsˈmɪsɪv/ *adjective* indicating lack of interest

dismount /dɪsˈmaʊnt/ *verb* to get off *eg* a horse or bicycle

disobedient /dɪsəˈbiːdɪənt/ *adjective* deliberately disobeying — *noun* (*uncount*) **disobedience**

disobey /dɪsəˈbeɪ/ *verb* to deliberately not do what you are told to do

disorder /dɪsˈɔːdə(r)/ *noun* **1** a state of untidiness, confusion or disorganization **2** a disease

disorderly /dɪsˈɔːdəlɪ/ *adjective* **1** noisy, uncontrolled or violent: *drunk and disorderly* **2** untidy and disorganized [*same as* **chaotic**]

disorganized /dɪsˈɔːɡənaɪzd/ *or* **-ised** *adjective* **1** in a state of confusion [*same as* **chaotic**] **2** bad at doing things methodically

disorientated /dɪsˈɔːrɪənteɪtɪd/ *or* **disoriented** /dɪsˈɔːrɪentɪd/ *adjective* confused about where you are, or what day or time it is — *noun* (*uncount*) **disorientation**

disown /dɪsˈoʊn/ *verb* to refuse to recognize as your own

disparage /dɪsˈparɪdʒ/ *verb* to express scorn for — *noun* (*uncount*) **disparagement** — *adjective* **disparaging**

disparate /ˈdɪspərət/ *adjective* different, separate and distinct

disparity /dɪsˈparətɪ/ *noun* (*count or uncount*) a difference or inequality

dispassionate /dɪsˈpaʃənət/ *adjective* able to judge a situation calmly and fairly; not influenced by personal feelings [*same as* **impartial**, **detached**] — *adverb* **dispassionately**

dispatch *or* **despatch** /dɪsˈpatʃ/ *verb* **1** to send off *eg* a letter **2** to deal with quickly and efficiently ♦ *noun* an official military or diplomatic report sent from abroad

dispel /dɪˈspɛl/ *verb* to get rid of, dismiss, especially from people's minds

dispensable /dɪˈspɛnsəbəl/ *adjective* unnecessary, that can be got rid of [*opposite* **indispensable**]

dispensary /dɪˈspɛnsərɪ/ *noun* a place where medicines are issued

dispensation /dɪspɛnˈseɪʃən/ *noun* (*count or uncount*) permission from someone in authority to do something that is not normally allowed

dispense /dɪˈspɛns/ *verb* **1** to give out *eg* advice **2** to prepare (medicines) for giving out

dispense with to get rid of

dispenser /dɪˈspɛnsə(r)/ *noun* **1** a machine that issues something to you: *a cash-dispenser* **2** a holder or container from which you can get something: *a serviette-dispenser*

disperse /dɪˈspɜːs/ *verb* **1** to break up and go away **2** to spread in all directions — *noun* (*uncount*) **dispersal**

dispirited /dɪˈspɪrɪtɪd/ *adjective* sad, discouraged

displace /dɪsˈpleɪs/ *verb* **1** to force out and take the place of **2** to force out of position — *noun* (*uncount*) **displacement**

displaced /dɪsˈpleɪst/ *adjective* **displaced person** someone forced to leave their own country, *eg* because of war or political, religious or racial intolerance

display /dɪˈspleɪ/ *verb* **1** to put in a place for people to see **2** to show [*same as* **exhibit**] ♦ *noun* a show or exhibition

displease /dɪsˈpliːz/ *verb* to offend or annoy — *adjective* **displeased**

displeasure /dɪsˈplɛʒə(r)/ *noun* (*uncount*) annoyance, disapproval

disposable /dɪˈspoʊzəbəl/ *adjective* **1** designed to be thrown away **2** of income: the amount you have left after you have paid taxes and bills

disposal /dɪˈspoʊzəl/ *noun* (*uncount*) the act or process of getting rid of something ▶ *phrase* **at your disposal** available for your use

dispose /dɪˈspoʊz/ *verb*

dispose of to get rid of

disposed /dɪˈspoʊzd/ *adjective* (*formal*) inclined, willing ▶ *phrase* **be well disposed towards** to favour and inclined to treat well

disposition /dɪspə'zɪʃən/ *noun* **1** nature, personality **2** inclination

dispossess /dɪspə'zɛs/ *verb* to take away: *dispossessed of his house*

disproportionate /dɪsprə'pɔːʃənət/ *adjective* too big or too little, not in proportion — *adverb* **disproportionately**

disprove /dɪs'pruːv/ *verb* to show to be false

dispute /dɪs'pjuːt/ *noun* an argument or quarrel ♦ *verb* **1** to argue about or fight over **2** to question or deny

disqualify /dɪs'kwɒlɪfaɪ/ *verb* **1** to put out of a competition for breaking rules **2** to take away a qualification or right — *noun* (*uncount or count*) **disqualification**

disquiet /dɪs'kwaɪət/ *noun* (*uncount*) anxiety, worry or concern

disregard /dɪsrɪ'gɑːd/ *verb* to pay no attention to, ignore ♦ *noun* (*uncount*): *complete disregard for safety*

disrepair /dɪsrɪ'pɛə(r)/ *noun* (*uncount*) in bad condition

disreputable /dɪs'rɛpjʊtəbəl/ *adjective* having a bad reputation, not respectable [*same as* **discreditable, shady**]

disrepute /dɪsrɪ'pjuːt/ *noun* (*uncount*) loss of people's good opinion: *fall into disrepute*

disrespect /dɪsrɪ'spɛkt/ *noun* (*uncount*) rudeness, lack of respect — *adjective* **disrespectful** — *adverb* **disrespectfully**

disrupt /dɪs'rʌpt/ *verb* **1** to prevent or interfere with **2** to throw *eg* a meeting into disorder — *noun* (*uncount or count*) **disruption** — *adjective* **disruptive**

dissatisfaction /dɪsætɪs'fækʃən/ *noun* (*uncount*) a feeling of not being pleased or contented

dissatisfied /dɪ'sætɪsfaɪd/ *adjective* not pleased or contented

dissect /daɪ'sɛkt/ or /dɪ'sɛkt/ *verb* **1** to cut into parts for examination **2** to examine and discuss — *noun* (*uncount or count*) **dissection**

disseminate /dɪ'sɛmɪneɪt/ *verb* to spread widely — *noun* (*uncount*) **dissemination**

dissension /dɪ'sɛnʃən/ *noun* (*uncount or count*) disagreement, quarrelling

dissent /dɪ'sɛnt/ *noun* (*uncount*) open and hostile disagreement ♦ *verb* **dissent from** to disagree with — *adjective* **dissenting** — *noun* **dissenter**

dissertation /dɪsə'teɪʃən/ *noun* a long formal piece of writing or essay on an academic theme

disservice /dɪ'sɜːvɪs/ *noun* harm: *do them a disservice*

dissident /'dɪsɪdənt/ *noun* someone who expresses disagreement, especially with a political regime

dissimilar /dɪ'sɪmɪlə(r)/ *adjective* different: *Fashions today are not dissimilar to* [= are quite like] *those of the '70s.*

dissipate /'dɪsɪpeɪt/ *verb* **1** to disappear **2** to waste, use carelessly

dissociate /dɪ'soʊʃieɪt/ or /dɪ'soʊsieɪt/ *verb* **1** to separate **2 dissociate yourself from** to refuse to be associated with

dissolution /dɪsə'luːʃən/ *noun* (*uncount*) the breaking-up or ending of a group or tradition

dissolve /dɪ'zɒlv/ *verb* **1** to break up: *Sugar dissolves in water.* **2** to put an end to **3** to lose control: *dissolve into tears*

dissuade /dɪ'sweɪd/ *verb* to persuade not to do

distance /'dɪstəns/ *noun* **1** the length of the space between things **2** a far-off place or point: *in the distance* ♦ *verb* **distance yourself from** to avoid becoming too involved in

distant /'dɪstənt/ *adjective* **1** far off or far apart in place or time: *a distant era* □ *a distant land* **2** not closely related: *a distant cousin* **3** cool and unfriendly — *adverb* **distantly**

distaste /dɪs'teɪst/ *noun* a feeling of disapproval, disgust or dislike

distasteful /dɪs'teɪstfəl/ *adjective* disagreeable, unpleasant

distended /dɪ'stɛndɪd/ *adjective* swollen and unnaturally enlarged

distil (*AmE* **distill**) /dɪ'stɪl/ *verb* **1** to purify *eg* water by heating to a vapour and cooling **2** to get or take the most important information *eg* from a book — *noun* (*uncount*) **distillation**

distillery /dɪ'stɪlərɪ/ *noun* a place where whisky, brandy *etc* is distilled

distinct /dɪ'stɪŋkt/ *adjective* **1** different and separate from **2** clear; easily seen or noticed: *a distinct improvement* [*opposite* **vague**] — *adverb* **distinctly**

distinction /dɪ'stɪŋkʃən/ *noun* **1** a difference between things regarded as similar **2** (*uncount*) excellence in quality or achievement

distinctive /dɪ'stɪŋktɪv/ *adjective* different, special, easily recognizable — *adverb* **distinctively**

distinguish /dɪ'stɪŋgwɪʃ/ *verb* **1** to recognize a difference between **2** to see or

distinguished — divine

detect **3** to mark off as different — *adjective* **distinguishing**

distinguished /dɪˈstɪŋgwɪʃt/ *adjective* important and respected

distort /dɪˈstɔːt/ *verb* **1** to twist out of shape **2** to alter (facts) by reporting or representing inaccurately: *distort the truth* — *noun* (*uncount or count*) **distortion**

distract /dɪˈstrækt/ *verb* **1** to stop from concentrating **2** to occupy the attention of

distracted /dɪˈstræktɪd/ *adjective* **1** extremely anxious or worried, and unable to think clearly [*same as* **distraught**] **2** not concentrating — *adverb* **distractedly**

distraction /dɪˈstrækʃən/ *noun* **1** something which stops you concentrating **2** an activity that entertains or amuses you [*same as* **diversion**] ▶ *phrase* **drive to distraction** to continually upset or annoy

distraught /dɪˈstrɔːt/ *adjective* extremely worried or anxious

distress /dɪˈstrɛs/ *noun* (*uncount*) **1** pain, trouble, grief **2** great danger or trouble ♦ *verb* to upset or worry — *adjective* **distressed** — *adjective* **distressing**

distribute /dɪˈstrɪbjuːt/ or /ˈdɪstrɪbjuːt/ *verb* **1** to give to, or share between, a number of people **2** (*commerce*) to supply goods to shops — *noun* (*uncount*) **distribution**

distributor /dɪˈstrɪbjʊtə(r)/ *noun* someone who distributes goods

district /ˈdɪstrɪkt/ *noun* an area of a country or town

distrust /dɪsˈtrʌst/ *verb* to have no trust in [*same as* **mistrust**, **doubt**] ♦ *noun* (*uncount*): *a strong distrust of anything electronic*

disturb /dɪˈstɜːb/ *verb* **1** to interrupt **2** to confuse, worry, upset **3** to disarrange — *adjective* **disturbing** — *adverb* **disturbingly**

disturbance /dɪˈstɜːbəns/ *noun* **1** an outbreak of violent behaviour, especially in public **2** an act of disturbing or disorganizing **3** psychological damage or illness

disturbed /dɪˈstɜːbd/ *adjective* **1** (*psychology*) mentally or emotionally ill or damaged **2** very anxious **3** full of trouble and anxiety

disuse /dɪsˈjuːs/ *noun* (*uncount*) the state of being no longer used

disused /dɪsˈjuːzd/ *adjective* no longer used

ditch /dɪtʃ/ *noun* a drainage channel cut alongside a road or field ♦ *verb* (*informal*) to get rid of [*same as* **scrap**]

dither /ˈdɪðə(r)/ *verb* to hesitate, be undecided

ditto /ˈdɪtoʊ/ often represented by the sign (·), meaning 'the same as already written or said'

divan /dɪˈvan/ *noun* **1** a bed without a headboard **2** a long, low couch without a back

dive /daɪv/ *verb*: **dives**, **diving**, **dived** (*AmE* **dove**) **1** to jump headfirst into water **2** to go down under the water wearing a special suit and breathing equipment **3** to swoop through the air **4** to make a swift movement in a particular direction: *I dived into a shop so they wouldn't see me.* ♦ *noun*: *a beautiful dive*

diver /ˈdaɪvə(r)/ *noun* someone who works under water using special breathing equipment

diverge /daɪˈvɜːdʒ/ *verb* **1** to separate and go in different directions; differ **2** to become different [*same as* **differ**, **conflict**] — *noun* **divergence** — *adjective* **divergent**

diverse /daɪˈvɜːs/ *adjective* different, various

diversify /daɪˈvɜːsɪfaɪ/ *verb* to make or become different or varied [*same as* **branch out**] — *noun* (*uncount*) **diversification**

diversion /daɪˈvɜːʃən/ *noun* **1** a change of direction or purpose **2** an alteration to a traffic route **3** an amusement [*same as* **distraction**]

diversity /daɪˈvɜːsɪti/ *noun* (*uncount*) variety; range

divert /daɪˈvɜːt/ *verb* **1** to turn aside, change the direction of **2** to draw (people's attention) away from something [*same as* **distract**]

divest /daɪˈvɛst/ *verb* (*formal*) **1** **divest yourself of** to take off (clothes) **2** to deprive of: *divested him of his authority*

divide /dɪˈvaɪd/ *verb* **1** to separate into parts **2** to share **3** to act as a boundary **4** (*mathematics*) to calculate how many times one number is contained in another ♦ *noun* a split or division: *a political divide* — *adjective* **divided**

divide up to share out

dividend /ˈdɪvɪdɛnd/ *noun* a share of profits from a business ▶ *phrase*, **pay dividends** to bring benefits later on

dividers /dɪˈvaɪdəz/ *noun* (*plural*) an instrument used for measuring angles

divine /dɪˈvaɪn/ *adjective* **1** of a god; holy **2** lovely or delightful — *adverb* **divinely** ♦ *verb* (*formal*; *literary*) to guess correctly

divinity /dɪˈvɪnɪtɪ/ *noun* **1** (*uncount*) the study of religion or theology **2** (*uncount*) the quality of being divine **3** a god or goddess

divisible /dɪˈvɪzəbəl/ *adjective* that can be divided

division /dɪˈvɪʒən/ *noun* **1** the act of dividing **2** a disagreement **3** a section of an organization **4** a boundary or barrier **5** (*uncount*; *mathematics*) the process of dividing one number by another

divisive /dɪˈvaɪsɪv/ *adjective* tending to cause disagreement between people

divorce /dɪˈvɔːs/ *noun* (*uncount or count*) the legal ending of a marriage ♦ *verb* **1** to end a marriage **2** to separate — *adjective* **divorced**

divulge /daɪˈvʌldʒ/ *verb* to reveal, tell people a secret [*same as* **disclose**]

DIY /ˌdiːaɪˈwaɪ/ *noun* (*uncount*) 'do-it-yourself'; the activity of making and repairing articles in your own home

dizzy /ˈdɪzɪ/ *adjective* **1** unsteady, unbalanced **2** very high: *from a dizzy height* — *noun* (*uncount*) **dizziness**

do /duː/ *verb*: **does, doing, did, done 1** to carry out, perform *eg a job*: *do the washing* **2** to take action: *We must do something.* **3** to deal with: *I can't do anything with my hair.* **4** to be successful (or unsuccessful): *She's doing well.* **5** to be enough: *A pound will do.*
♦ *auxiliary verb* **1** used with an infinitive: **a** in questions: *Do you like jazz?* **b** in negative statements with **not** or **n't**: *I don't know the answer.* **c** for emphasis: *Do sit down* **2** used to refer back to a verb already used: *She doesn't like cooking, but I do.* ♦ *noun* (*informal*) a social event ▶ *phrases* **do away with** to get rid of **do your best** to try as hard as you can **how do you do?** said when you meet someone for the first time and shake hands

> **do up** to fasten *eg* clothing
> **do without** to manage, in spite of not having something

docile /ˈdəʊsaɪl/ (*AmE* /ˈdɒsəl/) *adjective* quiet, obedient and easy to control — *noun* (*uncount*) **docility**

dock¹ /dɒk/ *noun* **1** a part of a harbour where ships are loaded and repaired **2 docks** the harbour area **3** the enclosure in which the accused person sits or stands in court ♦ *verb* of a ship: to come into a dock after a voyage

dock² /dɒk/ *verb* to reduce (wages)

docker /ˈdɒkə(r)/ *noun* someone who works in the docks

doctor /ˈdɒktə(r)/ *noun* **1** someone trained in and licensed to practise medicine **2** the title of someone with the highest university degree in any subject ♦ *verb* to alter dishonestly

doctorate /ˈdɒktərət/ *noun* a higher university degree

doctrine /ˈdɒktrɪn/ *noun* (*count or uncount*) a belief that is taught — *adjective* **doctrinal** /dɒkˈtraɪnəl/

document /ˈdɒkjəmənt/ *noun* a formal paper bearing important or official information ♦ *verb* /ˈdɒkjəmɛnt/ to produce a written or filmed account of — *noun* (*uncount*) **documentation**

documentary /ˌdɒkjəˈmɛntərɪ/ *noun* a film presenting the facts about something ♦ *adjective* consisting of documents that support certain claims

doddle /ˈdɒdəl/ *noun* (*informal*) an easy task

dodge /dɒdʒ/ *verb* **1** to move swiftly to avoid something **2** to avoid a responsibility [*same as* **evade**] ♦ *noun* **1** a quick movement to avoid something **2** a deception or trick

dodgy /ˈdɒdʒɪ/ *adjective* (*informal*) risky, unreliable or dishonest

doe /dəʊ/ *noun* the female of any of the small deer, or of a hare or rabbit

dog /dɒg/ *noun* **1** an animal often kept as a pet, or for hunting, or for work on farms **2** a male of the dog family which includes wolves and foxes ♦ *verb* **1** to follow and watch constantly **2** to affect continually: *dogged by ill health*

dog collar /ˈdɒg kɒlə(r)/ *noun* a round white collar worn by priests and ministers in the Christian church

dog-eared /ˈdɒgɪəd/ *adjective* of a page: turned down at the corner

dogged /ˈdɒgɪd/ *adjective* determined, persevering [*same as* **determined, obstinate, resolute, persistent**] — *adverb* **doggedly**

doggerel /ˈdɒgərəl/ *noun* (*uncount*) badly-written poetry

dogma /ˈdɒgmə/ *noun* (*count or uncount*) a religious or political teaching or belief

dogmatic /dɒgˈmatɪk/ *adjective* stubbornly forcing opinions on others — *adverb* **dogmatically**

dogsbody /ˈdɒgzbɒdɪ/ *noun* (*informal*) someone who is given unpleasant or boring tasks to do

doings /ˈduːɪŋz/ *noun* (*plural*) activities

doldrums /ˈdɒldrəmz/ *noun* (*plural*) ▶ *phrase* **in the doldrums** depressed or miserable; failing to progress and develop

dole /dəʊl/ *noun* (*informal*) unemployment benefit ▶ *phrase* **on the dole** receiving unemployment benefit

dole out to share out or serve

doleful /ˈdəʊlfəl/ *adjective* miserable or depressed — *adverb* **dolefully**

doll /dɒl/ *noun* a toy in the shape of a small human being ▶ *phrase* **dolled up** smartly or glamorously dressed

dollar /ˈdɒlə(r)/ *noun* the main unit of currency in several countries, *eg* the USA, Canada and Australia

dolphin /ˈdɒlfɪn/ *noun* a sea animal with a long nose and smooth shiny skin

dolt /dəʊlt/ *noun* (*derogatory*) a stupid person

domain /dəˈmeɪn/ *noun* **1** the area over which someone has control **2** an area of interest or knowledge [*same as* **field**]

dome /dəʊm/ *noun* the shape of a half sphere, especially as the roof of a building in this shape — *adjective* **domed**

domestic /dəˈmɛstɪk/ *adjective* **1** of the home or family **2** of animals: kept as pets **3** not foreign, of your own country: *domestic affairs* [*same as* **internal**]

domesticated /dəˈmɛstɪkeɪtɪd/ *adjective* **1** of an animal: used to living near, or working for, people **2** enjoying household tasks and duties

domesticity /dəʊmɛˈstɪsɪtɪ/ *noun* (*uncount*) home life

dominant /ˈdɒmɪnənt/ *adjective* having a lot of power over people — *noun* (*uncount*) **dominance**

dominate /ˈdɒmɪneɪt/ *verb* **1** to have command or influence over **2** to be the strongest, or most noticeable: *The castle dominates the skyline.* — *adjective* **dominating** — *noun* (*uncount*) **domination**

domineering /dɒmɪˈnɪərɪŋ/ *adjective* (*derogatory*) trying to control other people

dominion /dəˈmɪnjən/ *noun* **1** control, authority **2** an area under one ruler's control

domino /ˈdɒmɪnəʊ/ *noun* a piece used in the game of dominoes

dominoes /ˈdɒmɪnəʊz/ *noun* (*uncount*) a game played on a table with pieces marked with dots, each side of which must match a piece placed next to it

don[1] /dɒn/ *noun* a university teacher, especially at Oxford or Cambridge

don[2] /dɒn/ *verb* (*literary*) to put on (clothing)

donate /dəʊˈneɪt/ *verb* to give *eg* money to a charity — *noun* (*count or uncount*) **donation**

done /dʌn/ *verb* the past participle of the verb **do** ♦ *adjective* finished

donkey /ˈdɒŋkɪ/ *noun* an animal with long ears, related to the horse

donor /ˈdəʊnə(r)/ *noun* **1** someone who gives money or a gift to a charity **2** someone who gives blood or an organ for use in transplants and transfusions

don't /dəʊnt/ *auxiliary verb* the spoken, and informal written, form of **do not**

doodle /ˈduːdəl/ *verb* to draw in an unintentional way when you are concentrating on something else ♦ *noun a telephone pad covered with doodles*

doom /duːm/ *noun* (*uncount*) **1** your inescapable fate ♦ *verb* to make unavoidable for you [*same as* **condemn**]

door /dɔː(r)/ *noun* **1** a hinged piece of *eg* wood which closes the entrance to a room or building **2** the entrance itself ▶ *phrases* **1 next door** in the house next to yours **2 out of doors** outside in the open air

doorstep /ˈdɔːstɛp/ *noun* a step leading up to the front door of a house ▶ *phrase* **on your doorstep** very close by

doorway /ˈdɔːweɪ/ *noun* the entrance of a room

dope /dəʊp/ *noun* (*informal*) **1** an illegal drug, especially cannabis **2** an idiot ♦ *verb* to add a drug to

dopey /ˈdəʊpɪ/ *adjective* (*informal*) **1** sleepy or half-conscious **2** (*derogatory*) stupid

dormant /ˈdɔːmənt/ *adjective* temporarily quiet or inactive: *a dormant volcano*

dormitory /ˈdɔːmətrɪ/ *noun* a large bedroom shared by a number of people

dormouse /ˈdɔːmaʊs/ *noun*: **dormice** a small forest animal that sleeps during the winter

DOS /dɒs/ *noun* (*uncount*; *computers*) 'disk operating system'; a program for handling information on a disk

dose /dəʊs/ *noun* **1** a quantity of medicine to be taken at one time **2** an occurrence of something unpleasant: *a dose of flu* [*same as* **bout**] ♦ *verb* to give medicine to

doss /dɒs/ *verb*

doss down (*informal*) to lie down to sleep somewhere unusual or uncomfortable

dossier /'dɒsɪeɪ/ *noun* a detailed file of information on a certain person or matter

dot /dɒt/ *noun* a small round mark ♦ *verb* **1** to scatter **2** to mark with a dot — *adjective* **dotted**: *Cut along the dotted line.* ▶ *phrase* **on the dot** exactly on time

dote /doʊt/ *verb* to be too fond of

double /'dʌbəl/ *determiner* twice as much: *They offered me double what I had been earning in publishing.* ♦ *adjective* twice the normal amount: *a double whisky* ♦ *adjective or adverb*: *He was bent double.* ♦ *adverb*: *see double* ♦ *noun* **1** someone who looks very much like someone else **2** (*uncount*) **doubles** the form of tennis or badminton in which two players play two others ♦ *verb* to become, or cause to become, twice as much: *I doubled my income within three years.*

double up 1 to bend over completely **2** to get into pairs in order to share something

double bass /dʌbəl 'beɪs/ *noun* the largest stringed instrument in the violin family

double-breasted /dʌbəl'brɛstɪd/ *adjective* of a coat: with one half of the front overlapping the other

double-check /dʌbəl'tʃɛk/ *verb* to check again

double-cross /dʌbəl'krɒs/ *verb* to cheat or betray

double-dealing /dʌbəl'di:lɪŋ/ *noun* (*uncount*) deceit or cheating

double-decker /dʌbəl'dɛkə(r)/ *noun* a bus with two levels

double glazing /dʌbəl 'gleɪzɪŋ/ *noun* (*uncount*) windows consisting of a double thickness of glass

doubly /'dʌblɪ/ *adverb* **1** extra, especially: *Politicians have to be doubly careful.* **2** in two ways: *doubly responsible*

doubt /daʊt/ *noun* (*uncount or count*) a feeling of uncertainty or hesitation ♦ *verb* **1** to think unlikely: *I doubt that we'll be able to go.* **2** to be unsure or undecided about **3** to disbelieve ▶ *phrases* **in doubt** uncertain **no doubt** probably **without doubt** or **without a doubt** definitely

doubtful /'daʊtfəl/ *adjective* **1** unsure **2** unlikely, uncertain or unreliable **3** strange, arousing suspicion [*same as* **dubious**]

doubtless /'daʊtləs/ *adverb* (*sentence adverb*) probably

dough /doʊ/ *noun* (*uncount*) **1** a flour, water and fat from which bread or pastry is made **2** (*informal*) money

doughnut /'doʊnʌt/ *noun* a sweet cake made of fried dough, sometimes in the shape of a ring

dour /dʊə(r)/ *adjective* stern and unfriendly

dove[1] /dʌv/ *noun* a kind of pigeon, often used as a symbol of peace

dove[2] /doʊv/ *verb* (*AmE*) the past tense of **dive**

dovetail /'dʌvteɪl/ *verb* to fit neatly together in a general scheme

dowdy /'daʊdɪ/ *adjective* (*derogatory*) dull and unfashionable

down[1] /daʊn/ *preposition* **1** towards or in a lower position: *fell down* □ *sitting down* **2** along: *strolling down the road* ♦ *adverb* **1** towards or at a lower position **2** to a smaller size: *grind down* **3** to a later generation: *handed down from mother to daughter* ♦ *adjective or adverb* **1** decreased in size, quantity or force: *House prices are down.* **2** miserable or depressed **3** of a computer: not working ♦ *adjective* going downwards: *a down pipe* ♦ *verb* (*informal*) to swallow (a drink) ▶ *phrase* **down and out** having no home and no money

down[2] /daʊn/ *noun* (*uncount*) fine soft hair or feathers: *quilts filled with duck down*

downcast /'daʊnkɑːst/ *adjective* miserable and depressed [*same as* **dejected**]

downfall /'daʊnfɔːl/ *noun* (*uncount*) fall from power to ruin

downhearted /daʊn'hɑːtɪd/ *adjective* discouraged

downhill /daʊn'hɪl/ *adverb* **1** down a slope [*opposite* **uphill**] **2** worse or failing: *The business was going downhill.* ♦ *adjective* going down a slope: *downhill skiing*

download /daʊn'loʊd/ *verb* to transfer (computer data) from one computer to another

downpour /'daʊnpɔː(r)/ *noun* a heavy fall of rain

downright /'daʊnraɪt/ *adjective or adverb* (*intensifying*) used for emphasis, usually of something bad: *a downright disgrace* □ *downright insulting*

downs /daʊnz/ *noun* (*plural*) low, grassy hills

downstairs /daʊn'stɛəz/ *adverb* to a lower floor ♦ *adjective* on a lower floor

downstream /daʊn'stri:m/ *adverb* towards the mouth of a stream or river [*opposite* **upstream**]

down-to-earth /daʊntʊ'ɜːθ/ *adjective* practical and sensible

downtrodden /'daʊntrɒdən/ *adjective* kept in a submissive, inferior position

downward /'daʊnwəd/ *adverb* (also **downwards**) towards a lower level

♦ *adjective*: *a downward trend in the market* [*opposite* **upward**]

downy /'daʊnɪ/ *adjective* **1** of skin: covered with fine soft hair **2** soft and feathery

dowry /'daʊrɪ/ *noun* the money and property that a woman's family gives to the man she marries, in certain societies

doze /dəʊz/ *verb* to sleep lightly ♦ *noun*: *an after-dinner doze*

> **doze off** to fall into a light sleep

dozen /'dʌzən/ *noun* **1** twelve **2 dozens** a lot

Dr /'dɒktə(r)/ *noun*: **Drs** the written abbreviation of the title 'Doctor'

drab /drab/ *adjective* dull and boring [*same as* **dreary**]

draft /drɑːft/ *noun* **1** a roughly prepared first version **2** an order for payment of money **3** (*AmE*) the ordering of young men into the army [*same as* **conscription**] **4** (*AmE*) a draught ♦ *verb* **1** to make a rough plan **2** (*AmE*) to order into the army **3** to select for a purpose

draftsman see **draughtsman**

drag /drag/ *verb* **1** to pull roughly [*same as* **haul**] **2** to trail along the ground **3** to move slowly and heavily **4** to search *eg* a riverbed with a net or hook ♦ *noun* **1** (*informal*) **1** a boring person **2** an unpleasant task [*same as* **pain**] **3** an inhalation of a cigarette **4** (*uncount*) women's clothing worn by men

> **drag down** to slow down or depress
> **drag on** to last an unnecessarily long time
> **drag out** to cause to last longer than necessary

dragon /'dragən/ *noun* an imaginary fire-breathing, dinosaur-like creature

dragonfly /'dragənflaɪ/ *noun* a winged insect with a long brightly coloured body and double wings

drain /dreɪn/ *verb* **1** to let liquid flow off **2** of liquid: to flow away **3** to clear land of water *eg* by cutting ditches **4** to drink the contents of *eg* a glass **5** to weaken, use up ♦ *noun* **1** a pipe or channel taking water or liquid waste away **2** something that uses up money or resources ▶ *phrase* (*informal*) **down the drain** wasted

drainage /'dreɪnɪdʒ/ *noun* (*uncount*) the draining-off of water by *eg* rivers or pipes

drainpipe /'dreɪnpaɪp/ *noun* a vertical pipe fitted to the outside wall of a building

drake /dreɪk/ *noun* a male duck

drama /'drɑːmə/ *noun* **1** a play for the theatre **2** an exciting, upsetting or frightening experience **3** (*uncount*) excitement, danger and adventure

dramatic /drə'matɪk/ *adjective* **1** relating to the theatre **2** exciting, impressive **3** unexpected, sudden — *adverb* **dramatically**

dramatist /'dramətɪst/ *noun* a writer of plays

dramatize or **dramatise** /'dramətaɪz/ *verb* **1** to rearrange for performance as a play **2** to make vivid or sensational — *noun* (*uncount*) **dramatization**

drank /draŋk/ *verb* the past tense of **drink**

drape /dreɪp/ *verb* to arrange (cloth) so that it hangs loosely over or round ♦ *noun* **drapes** curtains

drapery /'dreɪpərɪ/ *noun* the term used in shops for cloth or fabric

drastic /'drastɪk/ *adjective* extreme and decisive; sudden or noticeable — *adverb* **drastically**

draught (*AmE* **draft**) /drɑːft/ **1** a current of cold air **2** an amount breathed in or swallowed **3 draughts** a game for two, played by moving pieces on a squared board ♦ *adjective* of beer: sold from a barrel

draughtsman or **draughtswoman** (*AmE* **draftsman** or **draftswoman**) /'drɑːftsmən/ or /'drɑːftswʊmən/ *noun*: **draughtsmen** or **draughtswomen** a person employed, *eg* in industry, to do technical drawings

draughty /'drɑːftɪ/ (*AmE* **drafty**) *adjective* of a room: with currents of cold air blowing in

draw /drɔː/ *verb* **draws**, **drawing**, **drew**, **drawn 1** to do a picture with a pencil or pen **2** to pull after or along **3** to move in a particular direction: *drew back in horror* **4** to move by pulling **5** to attract: *drew a large crowd* **6** to select and take from a supply: *Draw any card from the pack.* **7** to finish with the same score ♦ *noun* **1** an equal score **2** a lottery

> **draw on 1** to use as a resource **2** to suck air through **3** to lengthen
> **draw out** to take (money) out of a bank account
> **draw up 1** of a vehicle: to stop in a particular place **2** to prepare and write, *eg* a plan

drawback /'drɔːbak/ *noun* a disadvantage

drawer /drɔː(r)/ *noun* a box-like container forming part of a chest or desk, that you pull out or push in

drawing /'drɔːɪŋ/ *noun* **1** (*uncount*) the activity of doing pictures with a pencil or pen **2** a picture done using a pencil or pen

drawing-pin /'drɔːɪŋ pɪn/ *noun* a pin with a large flat head for fastening paper on a board or wall

drawing-room /'drɔːɪŋ ruːm/ *noun* a sitting room or living room

drawl /drɔːl/ *verb* to speak in a slow, lazy manner ♦ *noun*: *a slight southern drawl*

drawn /drɔːn/ *verb* the past participle of **draw** ♦ *adjective* of curtains: pulled closed to cover a window

dread /drɛd/ *verb* to be afraid of, to fear ♦ *noun*: *a dread of old age*

dreadful /'drɛdfəl/ *adjective* **1** terrible [*same as* **awful**] **2** of a poor standard: *The service was dreadful.* [*same as* **appalling**] — *adverb*: **dreadfully**

dream /driːm/ *noun* **1** a series of images and sounds experienced in the mind during sleep **2** a hope, an ambition **3** something marvellous or beautiful ♦ *verb* **dreams, dreaming, dreamed** or **dreamt 1** to experience imaginary happenings while you are asleep **2** to hope for and want very much ♦ *adjective* (*informal*) ideal ▶ *phrases* **in a dream** not concentrating **would not dream of** have no intention of; would never

dream up to invent

dreamt /drɛmt/ *verb* the past tense of **dream**

dreamy /'driːmɪ/ *adjective* not concentrating

dreary /'drɪərɪ/ *adjective* dull or depressing [*same as* **dismal**] — *adverb* **drearily**

dredge /drɛdʒ/ *verb* to clear *eg* a river of mud

dredge up to rediscover (information) and mention again

dregs /drɛgz/ *noun* (*plural*) **1** small particles which sink to the bottom of a liquid **2** the most worthless and useless part

drenched /drɛntʃt/ *adjective* very wet [*same as* **soaked**]

dress /drɛs/ *noun* **1** a piece of clothing for a woman or girl combining skirt and top **2** (*uncount*) a style of clothes: *evening dress* ♦ *verb* **1** to put on clothes **2** to wear clothes of a certain style: *dress formally* **3** to clean and bandage (a wound) **4** to prepare (food) for serving

dress up 1 to put on smart clothes **2** to put on clothes and make-up that make you look like someone else **3** to make additions to, to make more impressive or attractive

dresser /'drɛsə(r)/ *noun* a piece of kitchen furniture for dishes

dressing /'drɛsɪŋ/ *noun* **1** a covering for protecting a cut **2** a sauce, especially for a salad

dressing-gown /'drɛsɪŋ gaʊn/ *noun* a loose, light coat worn indoors over nightclothes

dressing table /'drɛsɪŋ teɪbəl/ *noun* a piece of bedroom furniture with drawers and a large mirror

drew /druː/ *verb* the past tense of **draw**

dribble /'drɪbəl/ *verb* **1** to let saliva run down the chin **2** to drip or trickle **3** to move a ball forward using short kicks ♦ *noun* a small quantity or thin stream of liquid

dried /draɪd/ *verb* the past tense and past participle of **dry** ♦ *adjective* of food: having had the water removed to preserve it

drift /drɪft/ *verb* **1** to float along, carried by water or wind **2** to move somewhere gradually **3** to wander from place to place ♦ *noun* **1** a snowdrift: *six-foot drifts* **2** the general movement of people in a particular direction **3** the general meaning of what someone is saying

drift off to slowly fall asleep

drifter /'drɪftə(r)/ *noun* a person who doesn't have any particular aim or plan

driftwood /'drɪftwʊd/ *noun* (*uncount*) wood washed up on the seashore by the tide

drill /drɪl/ *noun* **1** a tool for making holes **2** (*uncount*) military exercise **3** (*count or uncount*) a routine exercise that gives practice in a skill ♦ *verb* **1** to make a hole in with a drill **2** to train by means of repeated exercises **3** to do military exercises

drily see **dry**

drink /drɪŋk/ *verb* **drinks, drinking, drank, drunk 1** to swallow a liquid **2** to drink alcohol, especially too much ♦ *noun* **1** a liquid for drinking, or an amount of it that you drink **2** alcohol

drink to to raise your glass and say someone's name as a way of wishing them success

drip /drɪp/ *verb* **1** to fall in drops **2** to let *eg* water fall in drops ♦ *noun* **1** a falling drop of liquid **2** the sound of water dripping **3** a device for adding liquid slowly to a vein

drive /draɪv/ *verb* **drives, driving, drove, driven 1** to operate the controls of, and steer, a vehicle **2** to take in a car: *I'll drive you home.* **3** to force or urge: *driven from their*

drivel /ˈdrɪvəl/ *noun* (*uncount*) nonsense

driven /ˈdrɪvən/ *verb* the past participle of **drive**

driver /ˈdraɪvə(r)/ *noun* someone who drives a vehicle

drizzle /ˈdrɪzəl/ *noun* light rain ♦ *verb* to rain lightly

drone /droʊn/ *verb* to make a low humming sound ♦ *noun*: *the distant drone of traffic*

drool /druːl/ *verb* 1 to let saliva drip from the mouth 2 to admire in an over-enthusiastic way

droop /druːp/ *verb* 1 to hang down 2 to become weak or discouraged — *adjective* **drooping**

drop /drɒp/ *verb* 1 to let fall 2 to fall 3 to decrease 4 to set down from *eg* a car: *Drop me at the corner.* 5 to give up, abandon ♦ *noun* a small round or tear-shaped mass of liquid that falls from somewhere 2 a small quantity of liquid: *a drop of whisky* 3 a vertical descent: *a drop of six feet* 4 a decrease or reduction

> **drop in** to visit informally and unexpectedly
> **drop off** 1 to fall asleep 2 to decrease 3 to allow out of your car
> **drop out** to take no further part

drop-out /ˈdrɒpaʊt/ *noun* a person who rejects normal social standards, *eg* by refusing to take a regular job

droppings /ˈdrɒpɪŋz/ *noun* (*plural*) the faeces of birds and animals

drought /draʊt/ *noun* (*count or uncount*) a long period without rain

drove¹ /droʊv/ *verb* the past tense of **drive**

drove² /droʊv/ *noun* ▶ *phrase* **in droves** in enormous crowds

drown /draʊn/ *verb* 1 to die as a result of sinking under water and being unable to breathe 2 to kill in this way 3 to block out *eg* a sound with a louder one

drowsy /ˈdraʊzi/ *adjective* sleepy — *adverb* **drowsily** — *noun* (*uncount*) **drowsiness**

drudge /drʌdʒ/ *noun* someone who has to do a lot of hard and boring work

drudgery /ˈdrʌdʒəri/ *noun* (*uncount*) hard, uninteresting work

drug /drʌg/ *noun* 1 a substance used as a medicine 2 a substance, sometimes addictive, taken habitually for its pleasant effects ♦ *verb* to give drugs to, and cause to lose consciousness

drugstore /ˈdrʌgstɔː(r)/ *noun* (*especially AmE*) a shop selling medicines and other products, including drinks and snacks

drum /drʌm/ *noun* 1 a musical instrument of skin stretched on a round frame and beaten with sticks or the fingers 2 a cylindrical container: *an oil drum* ♦ *verb* 1 to hit with a rapid beating sound 2 to tap continuously with the fingers

> **drum up** to persuade a number of people to give *eg* support

drunk /drʌŋk/ *verb* the past participle of **drink** ♦ *adjective* showing the effects of drinking too much alcohol ♦ *noun* someone who is drunk, or frequently drunk

drunkard /ˈdrʌŋkəd/ *noun* someone who frequently gets drunk

drunken /ˈdrʌŋkən/ *adjective* 1 habitually drunk 2 caused by too much alcohol: *drunken behaviour* — *adverb* **drunkenly** — *noun* (*uncount*) **drunkenness**

dry /draɪ/ *adjective* 1 not wet 2 having little or no water in or on 3 of the weather: not raining 4 thirsty 5 uninteresting 6 of wine: not sweet 7 of humour: funny in a quiet, subtle way — *adverb* **drily** or **dryly** ♦ *verb* to make or become dry

> **dry out** to lose all moisture
> **dry up** 1 of a river or lake: to become shallower and eventually disappear 2 to decrease and come to an end 3 (*informal*) of a speaker: to stop speaking, unable to remember what to say next 4 to dry the dishes after they have been washed

dry-clean /draɪ ˈkliːn/ *verb* to clean *eg* clothes with chemicals, not with water

dual /ˈdjuːəl/ *adjective* consisting of two of a particular thing: *dual controls*

dual carriageway /ˌdjuːəl ˈkærɪdʒweɪ/ *noun* a road divided by a central barrier, to separate vehicles travelling in opposite directions

dub /dʌb/ *verb* 1 to name or give a nickname to 2 to give a new sound-track to (a film) in a different language

dubious /ˈdjuːbɪəs/ *adjective* 1 uncertain, suspicious 2 probably dishonest: *dubious*

duchess

dealings [same as **shady**] — adverb **dubiously**

duchess /'dʌtʃɪs/ noun a woman who is the wife or widow of a duke, or has the same rank as a duke

duck¹ /dʌk/ noun **1** a web-footed water bird, with a broad flat beak **2** a female duck [opposite **drake**]

duck² /dʌk/ verb **1** to lower the head quickly to avoid something **2** to push someone's head under water **3** to avoid (a responsibility)

duck out of to avoid responsibility for

duckling /'dʌklɪŋ/ noun a baby duck

duct /dʌkt/ noun **1** a tube in your body **2** a pipe carrying liquid or gas

dud /dʌd/ noun or adjective (informal) useless, not working

due /dju:/ adjective **1 due to** caused by **2** expected: *They're due to arrive at six.* **3** owed, needing to be paid: *The rent is due next week.* **4** proper, appropriate: *due care* ♦ noun **1** something you have a right to **2 dues** a sum of money you pay for belonging to a club ♦ adverb used with directions, meaning 'directly': *due south*

duel /'dju:əl/ noun an arranged fight with pistols or swords between two people

duet /dju:'ɛt/ noun a piece of music for two singers or musicians

duffel coat /'dʌfəl kəʊt/ noun a heavy woollen coat, fastened with little rod-like fastenings called toggles

duffer /'dʌfə(r)/ noun (informal) a stupid or incompetent person

dug /dʌg/ verb the past tense and past participle of **dig**

duke /dju:k/ noun a nobleman next in rank below a prince

dull /dʌl/ adjective **1** boring or uninteresting [opposite **lively**] **2** of weather: cloudy and grey **3** of pain: uncomfortable without being intense **4** not bright in colour **5** of a sound: heavy but indistinct ♦ verb (literary) to make less acute — adverb **dully** — noun (uncount) **dullness**

duly /'dju:lɪ/ adverb at the proper or expected time; as expected: *He duly arrived.*

dumb /dʌm/ adjective **1** physically unable to speak **2** temporarily unable to speak from eg amazement **3** (offensive) stupid

dumbfounded /dʌm'faʊndɪd/ adjective too astonished to speak

dummy /'dʌmɪ/ noun **1** an artificial teat used to comfort a baby **2** a model used for displaying eg clothes ♦ adjective not real

dump /dʌmp/ verb **1** to throw down carelessly or temporarily **2** to unload and leave (waste materials) ♦ noun **1** a place for leaving rubbish **2** (informal) a dirty, untidy place ▸ phrase **in the dumps** feeling miserable and depressed

dumpling /'dʌmplɪŋ/ noun a cooked ball of dough

dumpy /'dʌmpɪ/ adjective (derogatory) short and fat

dunce /dʌns/ noun a stupid person who is slow to learn

dune /dju:n/ noun a low hill of sand

dung /dʌŋ/ noun (uncount) the faeces of large animals

dungarees /dʌŋgə'ri:z/ noun (plural) loose cotton trousers with an upper flap that covers the chest

dungeon /'dʌndʒən/ noun an underground prison in a castle

dupe /dju:p/ verb to deceive, trick ♦ noun someone who has been tricked

duplicate /'dju:plɪkeɪt/ verb to make a copy or copies of ♦ noun /'dju:plɪkət/ an identical copy ♦ adjective /'dju:plɪkət/: *duplicate keys*

duplicity /dju:'plɪsɪtɪ/ noun (uncount; formal) dishonest behaviour

durable /'djʊərəbəl/ adjective strong and long-lasting — noun (uncount) **durability**

duration /djʊ'reɪʃən/ noun the length of time something lasts

duress /djʊ'rɛs/ noun ▸ phrase **under duress** unwillingly; because of force or threats

during /'djʊərɪŋ/ preposition **1** throughout all or part of: *We lived here during the war.* **2** at a particular point within: *She died during the night.*

dusk /dʌsk/ noun (uncount) the time of day when the daylight fades

dusky /'dʌskɪ/ adjective dark or full of shadow

dust /dʌst/ noun (uncount) **1** fine particles of earth or dirt **2** fine powder: *chalk dust* ♦ verb **1** to clear dust from surfaces **2** to sprinkle lightly with powder

dustbin /'dʌstbɪn/ noun a large container kept outside for rubbish

duster /'dʌstə(r)/ noun a cloth for removing dust

dust jacket /'dʌstdʒakɪt/ noun a paper cover on a book

dustman /'dʌstmən/ noun someone employed to take away household rubbish

dusty /'dʌstɪ/ adjective covered with dust

dutiful /'dju:tɪfəl/ *adjective* obedient — *adverb* **dutifully**

duty /'dju:tɪ/ *noun* **1** something you ought to do **2 duties** the tasks you do as part of your job **3** (*uncount or count*) tax ▸ *phrases* **1 on duty** officially working at your job **2 off duty** officially not working at your job

duty-free /dju:tɪ'fri:/ *adjective* not taxed

duvet /'du:veɪ/ *noun* a thick bed cover filled with feathers or synthetic material

dwarf /dwɔ:f/ *noun*: **dwarfs** or **dwarves 1** (*offensive*) someone who is abnormally small **2** in fairy stories, a small being with magical powers ♦ *adjective* of a plant: cultivated to be smaller than normal ♦ *verb* to cause to appear small by comparison

dwell /dwɛl/ *verb* (*literary*) **1** to live, inhabit

dwell on to keep thinking or talking about: *dwell on the past*

dwindle /'dwɪndəl/ *verb* to decrease in size or quantity [*same as* **shrink**]

dye /daɪ/ *verb* to give a different colour to eg cloth or hair — *adjective* **dyed** ♦ *noun* (*uncount*) a substance used for changing the colour of something

dying /'daɪɪŋ/ *verb* the present participle of **die** ♦ *adjective* neglected, disappearing: *a dying art* ♦ *noun* (*plural*) soon to die

dyke or **dike** /daɪk/ *noun* a strong wall built to prevent the sea from overflowing on to the land

dynamic /daɪ'næmɪk/ *adjective* full of energy, enthusiasm and new ideas — *adverb* **dynamically**

dynamics /daɪ'næmɪks/ *noun* the scientific study of movement and force

dynamite /'daɪnəmaɪt/ *noun* a powerful explosive

dynamo /'daɪnəmoʊ/ *noun*: **dynamos** a device that converts a machine's movement into electrical energy

dynasty /'dɪnəstɪ/ (*AmE*) /'daɪnəstɪ/ *noun* a series of rulers that come from one particular family

dysentery /'dɪsəntrɪ/ *noun* (*uncount*) an infection that causes severe diarrhoea

dyslexia /dɪs'lɛksɪə/ *noun* (*uncount*) difficulty in learning to read and in spelling — *adjective* **dyslexic**

Ee

E or **e** /i:/ *noun* the fifth letter of the English alphabet

each /i:tʃ/ *determiner* of two or more things: every one taken individually: *Each school has sent two pupils.* ♦ *pronoun* every member: *Each won a prize.* ▸ *phrase* **each other** used where each member of a group does the same to, or has the same relationship with, each of the others: *We don't see each other very often.*

eager /'i:gə(r)/ *adjective* wanting, or wanting to do, very much [*same as* **keen**, **enthusiastic**; *opposite* **reluctant**, **unenthusiastic**] — *adverb* **eagerly** — *noun* (*uncount*) **eagerness**

eagle /'i:gəl/ *noun* a large bird that catches small animals for food

ear /ɪə(r)/ *noun* **1** the part of the body by means of which you hear sounds **2** the thicker top parts *eg* of corn ▸ *phrases* **1 all ears** listening with close attention **2 turn a deaf ear** to disregard or ignore

eardrum /'ɪədrʌm/ *noun* the membrane inside the ear

earl /ɜ:l/ *noun* a British nobleman of high rank

earlobe /'ɪəloʊb/ *noun* the soft, loose skin at the bottom of the ear

early /'ɜ:lɪ/ *adjective or adverb* **1** before the usual, expected or intended time **2** at or near the beginning: *in an earlier chapter*

earmark /'ɪəmɑ:k/ *verb* to set aside or reserve for a special purpose

earn /ɜ:n/ *verb* **1** to receive money in return for work **2** to deserve

earnest /'ɜ:nɪst/ *adjective* serious, or too serious — *adverb* **earnestly** ▸ *phrase* **in earnest** properly, with concentration and determination

earnings /'ɜ:nɪŋz/ *noun* (*plural*) the money that you earn from your work

earphones /'ɪəfoʊnz/ *noun* (*plural*) a piece of equipment fitting in or against the ear for listening to *eg* music in private

earplugs /'ɪəplʌgz/ *noun* (*plural*) small pieces of rubber or other material placed in the ears to block off outside noise

earring /'ɪərɪŋ/ *noun* a piece of jewellery worn on the ear

earshot /'ɪəʃɒt/ *noun* (*uncount*) the distance at which a sound can be heard: *out of earshot*

earth /ɜːθ/ *noun* **1** (*uncount or used in the singular*) the planet that we live on **2** (*uncount*) soil, the substance that lies on the surface of the land **3** an electrical connection with the ground ▸ *phrase* (*informal*) **cost the earth** to cost a lot of money

earthenware /'ɜːθənweə(r)/ *noun* (*uncount*) pottery made of baked clay

earthly /'ɜːθlɪ/ *adjective* of the earth as opposed to heaven

earthquake /'ɜːθkweɪk/ *noun* a naturally-occurring violent shaking of the ground

earthworm /'ɜːθwɜːm/ *noun* a worm that lives in and feeds on soil

earthy /'ɜːθɪ/ *adjective* **1** like soil **2** crude, not refined

ease /iːz/ *noun* **1** the quality of being easy: *lifted the box with ease* **2** comfort; freedom from worries or troubles ♦ *verb* **1** to make or become less severe **2** to move slowly or gently: *He eased his sore hand out of the glove.* ▸ *phrases* **at ease** comfortable, relaxed **ill at ease** anxious or embarrassed

easel /'iːzəl/ *noun* a stand for supporting a picture that an artist is painting

easily /'iːzɪlɪ/ *adverb* **1** without difficulty **2** obviously, clearly: *easily the best* **3** more readily than most people: *He cries easily.* **4** very possibly: *She could easily be somewhere in the neighbourhood.*

east /iːst/ *noun* one of the four chief directions, that in which the sun rises ♦ *adverb* to the east ♦ *adjective* in or from the east: *an east wind*

Easter /'iːstə(r)/ *noun* (*uncount*) a Christian festival that commemorates the death and resurrection of Christ

easterly /'iːstəlɪ/ *adjective* coming from or facing the east

eastern /'iːstən/ *adjective* of the east

eastward /'iːstwəd/ or **eastwards** /'iːstwədz/ *adverb* towards the east

easy /'iːzɪ/ *adjective* **1** not difficult to do [*same as* **simple**] **2** relaxed, without anxiety: *an easy life* ▸ *phrases* **go easy on** to treat less harshly than you could **go easy with** to use as moderate a quantity as possible **take it easy** to spend time relaxing

easy-going /iːzɪ'gəʊɪŋ/ *adjective* relaxed, cheerful and tolerant

eat /iːt/ *verb*: **eats**, **eating**, **ate**, **eaten 1** to chew and swallow (food) **2** to have a meal

> **eat into 1** to destroy **2** to use up
> **eat out** to eat at a restaurant

eaves /iːvz/ *noun* (*plural*) the edge of a roof that projects beyond the walls

eavesdrop /'iːvzdrɒp/ *verb* to listen secretly to a private conversation [*same as* **listen in**] — *noun* **eavesdropper**

ebb /ɛb/ *verb* **1** to slowly become weaker or disappear [*same as* **dwindle**, **diminish**] **2** of the sea: to flow away as the tide gets lower ▸ *phrases* **at a low ebb** weak or ill **ebb and flow** frequent change

ebony /'ɛbənɪ/ *noun* (*uncount*) a type of very hard, almost black, wood

ebullient /ɪ'bʌlɪənt/ *adjective* (*formal*) lively and enthusiastic — *noun* (*uncount*) **ebullience**

eccentric /ɪk'sɛntrɪk/ *adjective* amusingly odd or unusual ♦ *noun* a person who behaves in an eccentric way — *adverb* **eccentrically** — *noun* (*count or uncount*) **eccentricity**

ecclesiastic /ɪkliːzɪ'astɪkəl/ *adjective* relating to the Christian church or its ministers

echelon /'ɛʃəlɒn/ *noun* (*formal*) a rank or level of power

echo /'ɛkəʊ/ *noun*: **echoes 1** the repetition of a sound by its hitting a surface and coming back **2** something that evokes a memory: *echoes of the past* ♦ *verb* **1** to send back sound **2** to repeat or imitate

éclair /ɪ'kleə(r)/ *noun* a long thin cake filled with cream

eclectic /ɪ'klɛktɪk/ *adjective* (*formal*) mixing various elements

eclipse /ɪ'klɪps/ *noun* **1** the blocking of the whole or part of the sun or moon, *eg* when the moon comes between the sun and the earth **2** loss of position or influence ♦ *verb* to cause to seem insignificant by comparison

ecologist /ɪ'kɒlədʒɪst/ *noun* **1** an expert in ecology **2** someone whose political beliefs are based on ecological theory

ecology /ɪ'kɒlədʒɪ/ *noun* (*uncount*) the study of plants, animals *etc* in relation to their natural surroundings — *adjective* **ecological**

economic /iːkə'nɒmɪk/ or /ɛkə'nɒmɪk/ *adjective* **1** concerning economy **2** making a profit

economical — efficient

economical /iːkəˈnɒmɪkəl/ or /ɛkəˈnɒmɪkəl/ *adjective* **1** cheap **2** not wasteful **3** spending money carefully [*same as* **thrifty**] — *adverb* **economically**

economics /iːkəˈnɒmɪks/ or /ɛkəˈnɒmɪks/ *noun* (*uncount*) the study of how money is created and spent

economist /ɪˈkɒnəmɪst/ *noun* an expert in economics

economize or **economise** /iːˈkɒnəmaɪz/ *verb* to be careful in spending or using

economy /ɪˈkɒnəmi/ *noun* **1** the system a country has for creating wealth **2** the careful use of something, especially money ♦ *adjective* the cheapest: *an economy-class ticket*

ecstasy /ˈɛkstəsi/ *noun* (*uncount*) **1** great joy or pleasure **2 Ecstasy** a hallucinogenic drug — *adjective* **ecstatic** — *adverb* **ecstatically**

ecumenical /ɛkjʊˈmɛnɪkəl/ *adjective* concerned with the unity of the whole Christian church

eczema /ˈɛksɪmə/ *noun* (*uncount*) a skin disease causing dry, red and itchy patches on the skin

eddy /ˈɛdi/ *noun* a circling current of water or air

edge /ɛdʒ/ *noun* **1** the line where something ends **2** the thin sides of a flat object: *the cutting edge of a knife* **3** sharpness: *an edge to his voice* **4** advantage: *Brazil had the edge at half-time.* ♦ *verb* **1** to put round the edges of **2** to move slowly or carefully: *edge forward* ▸ *phrases* **have the edge on** or **over** to have an advantage over **on edge** nervous

edgeways /ˈɛdʒweɪz/ *adverb* ▸ *phrase* **not get a word in edgeways** to not have the chance to speak because others are talking too much

edging /ˈɛdʒɪŋ/ *noun* a decorative border

edgy /ˈɛdʒi/ *adjective* (*informal*) unable to relax, irritable

edible /ˈɛdɪbəl/ *adjective* still fresh, or safe to eat

edict /ˈiːdɪkt/ *noun* a formal public order [*same as* **decree**]

edifice /ˈɛdɪfɪs/ *noun* (*formal*) a large building

edify /ˈɛdɪfaɪ/ *verb* (*formal*) to improve the mind — *noun* (*uncount*) **edification** — *adjective* **edifying** [*same as* **elevating**]

edit /ˈɛdɪt/ *verb* to prepare (a text) for publication or broadcasting

edition /ɪˈdɪʃən/ *noun* **1** one of the forms or versions a book has been published in at a particular time **2** the newspaper or programme printed or broadcast on a particular day: *Friday's edition of The Times.*

editor /ˈɛdɪtə(r)/ *noun* **1** someone who edits *eg* a book or film **2** the person in charge of a newspaper or magazine, or of a particular section of it: *the sports editor* **3** the person who decides what to include in a television or radio programme

editorial /ɛdɪˈtɔːrɪəl/ *adjective* of editing ♦ *noun* a newspaper column that expresses the opinion of the editor or publisher

educate /ˈɛdjʊkeɪt/ *verb* **1** to take responsibility for the schooling of **2** to teach to behave in a certain way

educated /ˈɛdjʊkeɪtɪd/ *adjective* knowledgeable and cultured, as a result of receiving a good education

education /ɛdjʊˈkeɪʃən/ *noun* **1** the process or system of teaching in schools **2** the development of a person's knowledge **3** an experience from which you think you have learnt something — *adjective* **educational** — *adverb* **educationally**

eel /iːl/ *noun* a fish with a long thin snake-like body

eerie /ˈɪəri/ *adjective* strange and disturbing or frightening [*same as* **spooky**, **creepy**] — *adverb* **eerily**

efface /ɪˈfeɪs/ *verb* (*formal*) to rub out or remove [*same as* **erase**]

effect /ɪˈfɛkt/ *noun* **1** the result of an action **2** an impression produced: *ruined the whole effect* **3 effects** devices used in the theatre for producing sounds and lighting **4 effects** personal possessions ♦ *verb* (*formal*) to make happen ▸ *phrases* **take effect** to start to work, to come into operation **in effect** in reality

effective /ɪˈfɛktɪv/ *adjective* **1** producing the desired effect **2** put into force: *effective from next month* **3** actual — *noun* (*uncount*) **effectiveness** — *adverb* **effectively**

effeminate /ɪˈfɛmɪnət/ *adjective* of a man's behaviour: more typical of a woman

effervescent /ɛfəˈvɛsənt/ *adjective* **1** bubbly; full of gas [*same as* **fizzy**, **sparkling**] **2** full of energy and enthusiasm [*same as* **bubbly**]

efficacious /ɛfɪˈkeɪʃəs/ *adjective* (*formal*) effective — *noun* (*uncount*) **efficacy**

efficient /ɪˈfɪʃənt/ *adjective* **1** working quickly, without wasting energy **2** capable of fast accurate work — *noun* (*uncount*) **efficiency** — *adverb* **efficiently**

effigy /ˈɛfɪdʒɪ/ *noun* a model of a person carved in *eg* stone or wood

effluent /ˈɛfluənt/ *noun* (*uncount*) waste from factories or sewage released into *eg* the sea

effort /ˈɛfət/ *noun* **1** (*uncount or count*) hard mental or physical work **2** an attempt using a lot of strength or ability

effortless /ˈɛfətləs/ *adjective* seeming to be achieved extremely easily — *adverb* **effortlessly**

effrontery /ɪˈfrʌntərɪ/ *noun* (*uncount*) behaviour regarded as rude or offensive

effusive /ɪˈfjuːsɪv/ *adjective* (*formal*) showing pleasure and excitement very energetically

egalitarian /ɪgalɪˈtɛərɪən/ *adjective* treating all members fairly and equally

egg¹ /ɛg/ *noun* **1** a hard oval shell with a developing baby bird or other animal inside **2** the contents of a hen's egg, when used as food

egg² /ɛg/ *verb*

| **egg on** to urge or encourage |

eggplant /ˈɛgplɑːnt/ *noun* (*AmE*) an aubergine

ego /ˈiːgəʊ/ *noun* the combination of feelings a person has about themselves, especially regarding confidence and pride

egotism /ˈiːgətɪzm/ or /ˈɛgətɪzm/ *noun* (*uncount*) selfish behaviour showing no concern for other people

egotist /ˈiːgətɪst/ or /ˈɛgətɪst/ *noun* someone who behaves selfishly — *adjective* **egotistical**

eiderdown /ˈaɪdədaʊn/ *noun* (*old*) a top cover for a bed, filled with duck feathers or any other light soft material

eight /eɪt/ *noun* the number 8: *Six and two are eight.* ♦ *adjective* eight years old: *He'll be eight next week.* ♦ *determiner*: *The ticket cost eight pounds.* ♦ *pronoun*: *There are eight of us in the office.*

eighteen /eɪˈtiːn/ *noun* the number 18 ♦ *adjective* eighteen years old ♦ *determiner*: *I worked abroad for eighteen months.* ♦ *pronoun*: *We started with 30 students, but now there are only eighteen.*

eighteenth /eɪˈtiːnθ/ *adjective* (often written **18th**) the one numbered eighteen in a series ♦ *noun* (often written 1/18) one of eighteen equal parts

eighth /eɪtθ/ *adjective* (often written **8th**) the one numbered eight in a series ♦ *noun* (often written ⅛) one of eight equal parts

eightieth /ˈeɪtɪɪθ/ *adjective* (often written **80th**) the one numbered eighty in a series ♦ *noun* (often written 1/80) one of eighty equal parts

eighty /ˈeɪtɪ/ *noun* the number 80 ♦ *adjective* 80 years old

either /ˈaɪðə(r)/ or /ˈiːðə(r)/ *determiner* **1** one or other of two: *Either solution is possible.* **2** each of two, both: *There are fields on either side of the road.* ♦ *pronoun*: *'Wine or beer?' 'Oh, either.'* □ *I went out for milk and bread and came back without either.* ♦ *adverb* any more than another: *That won't work either.* ♦ *conjunction* used with or to show alternatives: *Either he goes or I do.*

ejaculate /ɪˈdʒakjʊleɪt/ *verb* **1** to release semen when having sex **2** (*literary*) to shout out, exclaim — *noun* **ejaculation**

eject /ɪˈdʒɛkt/ *verb* **1** to send out with force **2** to force to leave [*same as* **throw out**]

eke /iːk/ *verb*

| **eke out** to make last as long as possible |

elaborate *adjective* /ɪˈlabərət/ **1** highly detailed or decorated **2** very complicated — *adverb* **elaborately** ♦ *verb* /ɪˈlabəreɪt/ **1** to give more details about: *You must elaborate your escape plan.* **2** to make more advanced or efficient

elapse /ɪˈlaps/ *verb* (*formal*) of time: to pass

elastic /ɪˈlastɪk/ *noun* (*uncount*) cord or fabric that can stretch and return to its original shape ♦ *adjective* **1** made of elastic **2** flexible — *noun* (*uncount*) **elasticity**

elated /ɪˈleɪtɪd/ *adjective* happy and excited, *eg* as a result of success

elbow /ˈɛlbəʊ/ *noun* the joint where the arm bends ♦ *verb* to push with the elbow

elbow grease /ˈɛlbəʊ griːs/ *noun* the effort you put into doing hard physical work with your arms

elder¹ /ˈɛldə(r)/ *adjective* older ♦ *noun* someone who is older

elder² /ˈɛldə(r)/ *noun* a type of tree with purple-black berries called **elderberries**

elderly /ˈɛldəlɪ/ *adjective* of a person: rather old ♦ *noun* (*plural*) old people in general: *the elderly*

elect /ɪˈlɛkt/ *verb* **1** to choose by voting **2** to choose to: *She elected to stay at home.* ♦ *adjective* chosen for a post but not yet in it: *the president elect*

election /ɪˈlɛkʃən/ *noun* a formal vote to choose the person or people who will hold official positions

electoral /ɪˈlɛktərəl/ *adjective* relating to elections

electorate /ɪˈlɛktərət/ *noun* all those who have the right to vote

electric /ɪˈlɛktrɪk/ *adjective* worked by electricity

electrical /ɪˈlɛktrɪkəl/ *adjective* **1** worked by means of electricity **2** relating to the use of such appliances— *adverb* **electrically**

electrician /ɪlɛkˈtrɪʃən/ *noun* someone whose job is to install and repair electrical equipment

electricity /ɪlɛkˈtrɪsɪti/ *noun* (*uncount*) a form of energy used to give light, heat and power

electrify /ɪˈlɛktrɪfaɪ/ *verb* **1** to supply with electricity **2** to excite or impress — *noun* (*uncount*) **electrification** — *adjective* **electrifying**

electrocute /ɪˈlɛktrəkjuːt/ *verb* to badly injure or kill by an electric current — *noun* (*uncount*) **electrocution**

electrode /ɪˈlɛktroʊd/ *noun* a conductor through which an electric current enters or leaves a battery

electron /ɪˈlɛktrɒn/ *noun* a particle contained within an atom; the means by which electricity travels

electronic /ɪlɛkˈtrɒnɪk/ *adjective* operated by means of very small electrical circuits — *adverb* **electronically**

electronics /ɪlɛkˈtrɒnɪks/ *noun* **1** (*uncount*) the science or industry of building electronic equipment **2** (*plural*) the electronic parts of a device

elegant /ˈɛlɪɡənt/ *adjective* **1** graceful and dignified **2** of clothes: pleasingly simple in shape or design — *adverb* **elegantly** — *noun* (*uncount*) **elegance**

elegy /ˈɛlədʒi/ *noun* a poem written on someone's death

element /ˈɛləmənt/ *noun* **1** a part of something **2** a substance that cannot be split chemically into simpler substances, *eg* oxygen or iron **3** a heating wire carrying the current in an electric heater **4 the elements** the weather, especially stormy weather **5 elements** the basic facts or skills needed ▶ *phrase* **in your element** in the situation that you find most natural and enjoyable

elementary /ɛləˈmɛntəri/ *adjective* dealing with or relating to the most basic facts or skills

elephant /ˈɛləfənt/ *noun* a large animal with a thick grey skin, a trunk and two curved tusks

elephantine /ˌɛləˈfæntaɪn/ *adjective* (*literary*) big and clumsy

elevate /ˈɛləveɪt/ *verb* to promote or lift to a higher position — *adjective* **elevated** — *noun* **elevation**

elevator /ˈɛləveɪtə(r)/ *noun* (*AmE*) a lift

eleven /ɪˈlɛvən/ *noun* the number 11 ♦ *determiner* 11 in number ♦ *adjective* eleven years old ♦ *pronoun*: *There were eleven.*

eleventh /ɪˈlɛvənθ/ *determiner* (often written **11th**) the one numbered eleven in a series ♦ *noun* (often written $\frac{1}{11}$)

elf /ɛlf/ *noun*: **elves** a tiny, mischievous character in fairy stories

elicit /ɪˈlɪsɪt/ *verb* (*formal*) to get *eg* information after making an effort

eligible /ˈɛlɪdʒɪbəl/ *adjective* **1** entitled: *eligible for unemployment benefit* **2** suitable: *an eligible candidate* — *noun* (*uncount*) **eligibility**

eliminate /ɪˈlɪmɪneɪt/ *verb* **1** to get rid of **2** to exclude, omit — *noun* (*uncount*) **elimination**

elite or **élite** /ɪˈliːt/ or /eɪˈliːt/ *noun* a small group of people regarded as superior in some way ♦ *adjective* regarded as superior

elixir /ɪˈlɪksɪə(r)/ *noun* a liquid believed to give eternal life, or to be able to turn ordinary metals into gold

elk /ɛlk/ *noun*: **elks** or **elk** a very large kind of deer with flat rounded antlers

ellipse /ɪˈlɪps/ *noun* (*technical*) an oval shape

elm /ɛlm/ *noun* a tall tree with broad leaves and clusters of small flowers

elocution /ˌɛləˈkjuːʃən/ *noun* (*uncount*) the art of speaking clearly and without a regional accent

elongated /ˈiːlɒŋɡeɪtɪd/ *adjective* long and narrow

elope /ɪˈloʊp/ *verb* of lovers: to run away secretly, in order to get married

eloquent /ˈɛləkwənt/ *adjective* speaking clearly and confidently; choosing the right words — *noun* (*uncount*) **eloquence** — *adverb* **eloquently**

else /ɛls/ *adverb* **1** otherwise **2** other than the person or thing mentioned: *Someone else has taken her place.*

elsewhere /ɛlsˈwɛə(r)/ *adverb* in or to another place

elucidate /ɪˈluːsɪdeɪt/ *verb* to make easier to understand [*same as* **clarify**] — *noun* (*uncount*) **elucidation**

elude /ɪˈluːd/ *verb* **1** to be too difficult to remember or understand **2** to avoid or escape

elusive /ɪˈluːsɪv/ *adjective* difficult to find, achieve or remember

elves /ɛlvz/ *noun* the plural of **elf**

emaciated /ɪˈmeɪsɪeɪtɪd/ *adjective* very thin

e-mail /ˈiːmeɪl/ *noun* electronic mail ♦ *verb* to send a message using electronic mail

emanate /ˈɛməneɪt/ *verb* to flow, come out from

emancipate /ɪˈmænsɪpeɪt/ *verb* to give the same social or political freedom to as others — *noun* (*uncount*) **emancipation**

embalm /ɪmˈbɑːm/ *verb* to preserve a dead body from decay by treating with oils or drugs

embankment /ɪmˈbæŋkmənt/ *noun* a bank of earth or stone to keep back water, or carry a railway

embargo /ɪmˈbɑːgoʊ/ *noun*: **embargoes** an official order forbidding something, especially trade with another country

embark /ɪmˈbɑːk/ *verb* 1 to start something new, such as a career 2 to get on a ship [*opposite* **disembark**] — *noun* (*uncount*) **embarkation**

embarrass /ɪmˈbærəs/ *verb* to cause to feel uncomfortable and self-conscious — *adjective* **embarrassed** — *adjective* **embarrassing**

embarrassment /ɪmˈbærəsmənt/ *noun* 1 the state of being embarrassed 2 something which makes you embarrassed

embassy /ˈɛmbəsɪ/ *noun* the offices and staff of an ambassador in a foreign country

embellish /ɪmˈbɛlɪʃ/ *verb* 1 to try to make more interesting by adding details to 2 to decorate — *noun* **embellishment**

ember /ˈɛmbə(r)/ *noun* pieces of glowing coal or wood in a dying fire

embezzle /ɪmˈbɛzəl/ *verb* to take money secretly and dishonestly — *noun* (*uncount*) **embezzlement**

emblazon /ɪmˈbleɪzən/ *verb* to display in a striking, bright way

emblem /ˈɛmbləm/ *noun* an object chosen to represent something

embody /ɪmˈbɒdɪ/ *verb* 1 to reflect or express 2 to include or incorporate — *noun* **embodiment**

embossed /ɪmˈbɒst/ *adjective* decorated so that the design projects from the surface

embrace /ɪmˈbreɪs/ *verb* 1 to wrap your arms round in affection 2 to accept, adopt eagerly 3 to include ♦ *noun* an act of embracing

embroider /ɪmˈbrɔɪdə(r)/ *verb* 1 to sew designs on 2 to add false details to — *adjective* **embroidered**

embroidery /ɪmˈbrɔɪdərɪ/ *noun* (*uncount*) 1 the art or practice of sewing designs on to cloth 2 the designs sewn on to cloth

embroiled /ɪmˈbrɔɪld/ *adjective* deeply involved *eg* in a difficult situation

embryo /ˈɛmbrɪoʊ/ *noun*: **embryos** 1 a baby in the earliest stages of its development before birth 2 anything in its early stages of development

embryonic /ˌɛmbrɪˈɒnɪk/ *adjective* in an early stage of development

emend /ɪˈmɛnd/ *verb* to remove errors from — *noun* (*uncount or count*) **emendation**

emerald /ˈɛmərəld/ *noun* a bright green precious stone

emerge /ɪˈmɜːdʒ/ *verb* 1 to come out 2 to become known or clear — *noun* (*uncount*) **emergence**

emergency /ɪˈmɜːdʒənsɪ/ *noun* an unexpected event requiring very quick action

emigrant /ˈɛmɪgrənt/ *noun* someone who emigrates

emigrate /ˈɛmɪgreɪt/ *verb* to leave your country to settle in another — *noun* (*uncount*) **emigration**

émigré /ˈɛmɪgreɪ/ *noun* someone who is forced to emigrate for political reasons

eminent /ˈɛmɪnənt/ *adjective* famous, widely regarded as being highly talented [*same as* **distinguished**] — *noun* (*uncount*) **eminence**

eminently /ˈɛmɪnəntlɪ/ *adverb* (*formal*) very; very much: *eminently suitable*

emissary /ˈɛmɪsərɪ/ *noun* (*formal*) an official sent by one country's government to talk to another country's government

emission /ɪˈmɪʃən/ *noun* (*formal*) an amount of *eg* gas released into the air

emit /ɪˈmɪt/ *verb* to send or give out *eg* light or sound

emotion /ɪˈmoʊʃən/ *noun* (*count or uncount*) a strong feeling, such as anger or love

emotional /ɪˈmoʊʃənəl/ *adjective* 1 relating to emotion 2 of a person: expressing feelings easily and openly — *adverb* **emotionally**

emotive /ɪˈmoʊtɪv/ *adjective* arousing strong feelings in people: *an emotive topic*

empathy /ˈɛmpəθɪ/ *noun* (*uncount*) the ability to share another person's feelings

emperor /ˈɛmpərə(r)/ *noun* the ruler of an empire

emphasis /'ɛmfəsɪs/ *noun* (*uncount* or *count*): **emphases** /'ɛmfəsi:z/ **1** particular importance or attention that you give something **2** stress placed on a word or words in speaking

emphasize or **emphasise** /'ɛmfəsaɪz/ *verb* to put emphasis on; draw attention to

emphatic /ɪm'fatɪk/ *adjective* expressed strongly or firmly: *an emphatic 'no'* — *adverb* **emphatically**

empire /'ɛmpaɪə(r)/ *noun* **1** a group of nations under the same ruling power **2** a large group of companies controlled by a single person or organization

empirical /ɪm'pɪrɪkəl/ *adjective* based on practical experience, rather than theory — *adverb* **empirically** — *noun* (*uncount*) **empiricism**

employ /ɪm'plɔɪ/ *verb* **1** to give work to **2** to use

employee /ɪm'plɔɪi:/ *noun* someone who works for a company

employer /ɪm'plɔɪə(r)/ *noun* the person or company that you are paid to work for

employment /ɪm'plɔɪmənt/ *noun* (*uncount*) paid work

empower /ɪm'paʊə(r)/ *verb* to give power or authority to

empress /'ɛmprɪs/ *noun* the female ruler of an empire, or the wife of an emperor

empty /'ɛmpti/ *adjective* **1** containing nothing or no one **2** unlikely to result in anything: *empty threats* — *noun* (*uncount*) **emptiness** ♦ *verb* to make or become empty [*opposite* **fill, fill up**]

empty-headed /ˌɛmpti'hɛdɪd/ *adjective* foolish and irresponsible

emu /'i:mju:/ *noun* a large grey or brown Australian bird that cannot fly

emulate /'ɛmjʊleɪt/ *verb* to copy through admiration for

enable /ɪ'neɪbəl/ *verb* to make it possible for, allow: *The money enabled him to retire.*

enact /ɪ'nakt/ *verb* **1** to perform **2** to establish as a law — *noun* (*uncount*) **enactment**

enamel /ɪ'naməl/ *noun* (*uncount*) **1** a glassy coating on metal or pottery **2** the smooth white coating of the teeth — *adjective* **enamelled**

enamoured (*AmE* **enamored**) /ɪ'namərd/ *adjective* **enamoured of** or **with** fond of

encampment /ɪn'kampmənt/ *noun* a military camp

encapsulate /ɪŋ'kapsjʊleɪt/ *verb* (*formal*) to express or reflect perfectly

encase /ɪŋ'keɪs/ *verb* to surround or cover completely

enchanted /ɪn'tʃɑ:ntɪd/ *adjective* **1** delighted and charmed: *enchanted by her smile* [*same as* **bewitch, hypnotize, captivate**] **2** of a place: beautiful and mysterious; almost unreal

enchanting /ɪn'tʃɑ:ntɪŋ/ *adjective* delightful, charming

encircle /ɪn'sɜ:kəl/ *verb* to go all the way round

enclave /'ɛŋkleɪv/ *noun* an area that is enclosed *eg* because it is inhabited by people of a different nationality

enclose /ɪŋ'kləʊz/ *verb* **1** to surround or separate off **2** to put inside an envelope with a letter

enclosure /ɪŋ'kləʊʒə(r)/ *noun* a small piece of land surrounded by a fence or wall

encode /ɪŋ'kəʊd/ *verb* to express in the form of a code

encompass /ɪŋ'kʌmpəs/ *verb* to contain or cover

encore /'ɒŋkɔ:(r)/ *interjection* shouted by an audience at the end of a concert when they want to hear more ♦ *noun* an extra item performed at the end of a concert

encounter /ɪŋ'kaʊntə(r)/ *verb* **1** (*formal*) to meet by chance **2** to experience *eg* problems or difficulties ♦ *noun* **1** an unplanned meeting **2** any meeting that involves danger or difficulty

encourage /ɪŋ'kʌrɪdʒ/ *verb* **1** to cause to feel confident **2** to tell someone that they should do something [*opposite* **discourage**] — *noun* (*uncount*) **encouragement**

encouraging /ɪŋ'kʌrɪdʒɪŋ/ *adjective* giving confidence or hope

encroach /ɪŋ'krəʊtʃ/ *verb* to go beyond what is right or usual [*same as* **impinge**]

encumber /ɪŋ'kʌmbə(r)/ *verb* (*formal*) to be heavy or difficult; to restrict [*same as* **burden**] — *noun* **encumbrance**

encyclopaedia or **encyclopedia** /ɪnsaɪklə'pi:dɪə/ *noun* a book or set of books containing information on a wide range of subject areas

end /ɛnd/ *noun* **1** the point where something stops **2** the extreme point of something: *at the end of the road* **3** a small piece left over: *a cigarette end* **4** a purpose or aim **5** downfall, destruction or death ♦ *verb* to bring or come to an end ▶ *phrases* **on end 1** upright **2** continually, without a pause: *working for days on end* **put an end to** to stop

end up to find yourself in a particular place doing a particular thing: *I ended up having to walk.*

endanger /ɪnˈdeɪndʒə(r)/ *verb* to put in danger or at risk [*same as* **jeopardize**]

endear /ɪnˈdɪə(r)/ *verb* to cause to feel affection for — *adjective* **endearing** — *noun* (*uncount or count*) **endearment**

endeavour (*AmE* **endeavor**) /ɪnˈdevə(r)/ *verb* (*formal*) to try hard [*same as* **strive**] ♦ *noun* (*formal*) a determined attempt

endemic /ɛnˈdɛmɪk/ *adjective* (*formal*) of a disease: found regularly in a certain area

ending /ˈɛndɪŋ/ *noun* the way a story ends: *a happy ending*

endless /ˈɛndləs/ *adjective* seeming to go on for ever

endorse /ɪnˈdɔːs/ *verb* to openly give your support to — *noun* (*uncount or count*) **endorsement**

endow /ɪnˈdaʊ/ *verb* **1** to give a large amount of money for **2 be endowed with** to have *eg* a quality or ability: *endowed with great beauty* — *noun* **endowment**

endurance /ɪnˈdjʊərəns/ *noun* (*uncount*) the ability to survive long periods of hard physical or mental strain [*same as* **stamina**]

endure /ɪnˈdjʊə(r)/ *verb* (*formal*) to tolerate or bear patiently

enemy /ˈɛnəmɪ/ *noun* **1** someone who opposes you or acts against you **2** someone you fight against in a war

energetic /ɛnəˈdʒɛtɪk/ *adjective* active, lively

energy /ˈɛnədʒɪ/ *noun* (*uncount*) **1** ability to work hard without becoming tired **2** a form of power, *eg* electricity

enforce /ɪnˈfɔːs/ *verb* to ensure that *eg* a law is obeyed — *noun* (*uncount*) **enforcement**

engage /ɪnˈɡeɪdʒ/ *verb* (*formal*) **1** to be busy with **2** to employ *eg* workers [*same as* **take on**, **employ**, **hire**] **3** to take or keep hold of *eg* someone's attention

engaged /ɪnˈɡeɪdʒd/ *adjective* **1** having made a formal promise of marriage **2** of *eg* a telephone line: being used: *I'm afraid her line's engaged at the moment.* [*same as* **busy**]

engagement /ɪnˈɡeɪdʒmənt/ *noun* **1** a promise of marriage **2** (*formal*) an appointment to meet

engaging /ɪnˈɡeɪdʒɪŋ/ *adjective* charming or attractive

engine /ˈɛndʒɪn/ *noun* **1** a machine which converts heat or other energy into motion **2** the vehicle that pulls a train

engineer /ɛndʒɪˈnɪə(r)/ **1** someone who works with, or designs, engines or machines **2** someone who designs or makes large structures such as roads and bridges ♦ *verb* to bring about by clever planning

engineering /ɛndʒɪˈnɪərɪŋ/ *noun* (*uncount*) the profession or work of any kind of engineer

English /ˈɪŋɡlɪʃ/ *adjective* of England, its people or their language ♦ *noun* **1** (*uncount*) the English language **2** (*plural*) **the English** the people of England

engrave /ɪnˈɡreɪv/ *verb* **1** to cut away pieces of a surface to form a design **2** to make a deep impression on: *engraved on his memory* [*same as* **etch**]

engraving /ɪnˈɡreɪvɪŋ/ *noun* a design cut into a surface, or a picture printed from a metal plate with a design cut into it

engrossed /ɪnˈɡrəʊst/ *adjective* very interested, absorbed

engulf /ɪnˈɡʌlf/ *verb* (*literary*) to surround and cover completely

enhance /ɪnˈhɑːns/ *verb* to improve, make greater or better

enigma /ɪˈnɪɡmə/ *noun* something or someone difficult to understand, a mystery — *adjective* **enigmatic** — *adverb* **enigmatically**

enjoy /ɪnˈdʒɔɪ/ *verb* **1** to get pleasure from **2 enjoy yourself** to have fun **3** to be lucky enough to have: *enjoying good health* — *noun* (*uncount or count*) **enjoyment**

enjoyable /ɪnˈdʒɔɪəbəl/ *adjective* pleasant and satisfying

enlarge /ɪnˈlɑːdʒ/ *verb* to make larger

enlarge on to say or write more about [*same as* **expand on**]

enlargement /ɪnˈlɑːdʒmənt/ *noun* **1** a photograph that is bigger than the original **2** (*uncount*) the process of enlarging

enlighten /ɪnˈlaɪtən/ *verb* (*formal*) **1** to give more knowledge or information to **2** to correct the false beliefs of — *adjective* **enlightening** — *noun* (*uncount*) **enlightenment**

enlightened /ɪnˈlaɪtənd/ *adjective* (*formal*) having attitudes that are sensible, right and fair

enlist /ɪnˈlɪst/ *verb* **1** to join an armed force **2** to obtain the support and help of

enliven /ɪnˈlaɪvən/ *verb* (*formal*) to make more lively or cheerful

en masse /ɒn 'mas/ *adverb* all together, as a group

enmity /'ɛnmɪtɪ/ *noun* (*uncount*) strong dislike

enormity /ɪ'nɔːmɪtɪ/ *noun* (*uncount*) **1** (*formal*) the quality of being evil or wicked **2** the quality of being enormous

enormous /ɪ'nɔːməs/ *adjective* very large [*same as* **huge**, **immense**] — *adverb* **enormously**

enough /ɪ'nʌf/ *determiner* as much as or many as you need or want: *We had only enough food for four people.* ♦ *pronoun*: *Has everyone got enough?* ♦ *adverb* to the extent needed or wanted: *Some of them don't work hard enough.* ▶ *phrase* **have had enough** unable to bear the situation you are in any longer

enquire see **inquire**

enquiry see **inquiry**

enrage /ɪn'reɪdʒ/ *verb* to make angry [*same as* **incense**] — *adjective* **enraged**

enrich /ɪn'rɪtʃ/ *verb* to improve by adding things to — *adjective* **enriched**

enrol or **enroll** /ɪn'rəʊl/ *verb* to officially join a group — *noun* **enrolment**

en route /ɒn 'ruːt/ *adverb* on the way

ensemble /ɒn'sɒmbəl/ *noun* **1** (*formal*) a number of things considered as a whole **2** a small group of musicians performing together

enshrine /ɪn'ʃraɪn/ *adjective* (*formal*) to treat and preserve as sacred

ensue /ɪn'sjuː/ *verb* (*formal*) **1** to come immediately after **2** to result from — *adjective* **ensuing**

ensure /ɪn'ʃʊə(r)/ *verb* to make sure

entail /ɪn'teɪl/ *verb* to bring as a result, involve: *The job entailed extra work.*

entangled /ɪn'tæŋɡəld/ *adjective* **1** tied up **2** involved *eg* in difficulties

enter /'ɛntə(r)/ *verb* **1** to go or come in or into **2** to state formally that you want to take part in *eg* a contest **3** to write in a book, or key into a computer **4** to begin to become noticeable in: *Bitterness had suddenly entered his voice.*

> **enter into** to start being involved in

enterprise /'ɛntəpraɪz/ *noun* **1** a company or business firm **2** a new and uncertain project or activity **3** the ability to think of new ideas and the willingness to use new methods

enterprising /'ɛntəpraɪzɪŋ/ *adjective* able to think of new ideas and willing to try new methods

entertain /ɛntə'teɪn/ *verb* **1** to amuse or interest **2** to receive as a guest **3** to consider *eg* a suggestion

entertainer /ɛntə'teɪnə(r)/ *noun* someone who entertains professionally

entertaining /ɛntə'teɪnɪŋ/ *adjective* amusing, giving pleasure

entertainment /ɛntə'teɪnmənt/ *noun* **1** (*uncount*) performances and activities that amuse and interest people **2** a performance or activity organized for the public

enthral (*AmE* **enthrall**) /ɪn'θrɔːl/ *verb* to hold the interest, attention or imagination of [*same as* **captivate**] — *adjective* **enthralling**

enthuse /ɪn'θjuːz/ *verb* to be enthusiastic about

enthusiasm /ɪn'θjuːzɪazm/ *noun* (*uncount*) lively or passionate interest

enthusiast /ɪn'θjuːzɪast/ *noun* someone who is passionately interested in a certain activity

enthusiastic /ɪnθjuːzɪ'astɪk/ *adjective* greatly interested, eager to do or have [*same as* **keen**] — *adverb* **enthusiastically**

entice /ɪn'taɪs/ *verb* to tempt or persuade [*same as* **lure**]

enticing /ɪn'taɪsɪŋ/ *adjective* very attractive and tempting

entire /ɪn'taɪə(r)/ *adjective* whole, complete

entirely /ɪn'taɪəlɪ/ *adverb* wholly, fully or absolutely

entirety /ɪn'taɪərətɪ/ *noun* (*uncount*) ▶ *phrase* **in its entirety** in its whole and complete state

entitle /ɪn'taɪtəl/ *verb* **1** to give the right to: *You're entitled to five weeks' holiday.* **2** to give a title to *eg* a book — *noun* **entitlement**: *This will not affect your holiday entitlement.*

entity /'ɛntɪtɪ/ *noun* (*formal*) something that has its own separate identity

entomology /ɛntə'mɒlədʒɪ/ *noun* (*uncount*) the study of insects

entourage /'ɒntʊrɑːʒ/ *noun* followers, assistants

entrails /'ɛntreɪlz/ *noun* (*plural*) the intestines

entrance[1] /'ɛntrəns/ *noun* **1** a way in, such as a door or gate **2** the act of coming in **3** the right to enter [*same as* **entry**]

entrance[2] /ɪn'trɑːns/ *verb* (*usually passive*) to delight, charm [*same as* **enchant**, **bewitch**]

entrant /'ɛntrənt/ *noun* someone who enters a race or competition

entreat /ɪnˈtriːt/ *verb* (*formal*) to ask earnestly [*same as* **beg**, **implore**] — *noun* **entreaty**

entrenched /ɪnˈtrɛntʃt/ *adjective* firmly established

entrepreneur /ˌɒntrəprəˈnɜː(r)/ *noun* someone who starts a business using their own ideas and money

entrust /ɪnˈtrʌst/ *verb* to place in someone else's care

entry /ˈɛntrɪ/ *noun* **1** the act of entering **2** a place for entering, a doorway [*same as* **entrance**] **3** the right to enter **4** a name or item in a record book **5** a piece of work that you enter in a competition

enumerate /ɪˈnjuːməreɪt/ *verb* (*formal*) of several things: to list one by one

enunciate /ɪˈnʌnsɪeɪt/ *verb* **1** to pronounce clearly **2** to express an idea clearly [*same as* **articulate**]

envelop /ɪnˈvɛləp/ *verb* to surround or cover completely [*same as* **engulf**]

envelope /ˈɛnvəloʊp/ *noun* a paper cover for a letter

envious /ˈɛnvɪəs/ *adjective* wanting for yourself what someone else has got — *adverb* **enviously**

environment /ɪnˈvaɪərənmənt/ *noun* surroundings, circumstances in which someone or something lives or exists — *adjective* **environmental** — *adverb* **environmentally**

environmentalist /ɪnˌvaɪərənˈmɛntəlɪst/ *noun* a person who works to protect the natural world

environs /ɪnˈvaɪərənz/ *noun* (*plural; formal*) the surrounding area of a town or city

envisage /ɪnˈvɪzɪdʒ/ *verb* to imagine or to consider likely to happen in the future

envoy /ˈɛnvɔɪ/ *noun* a government official sent to meet with a foreign government

envy /ˈɛnvɪ/ *noun* (*uncount*) the feeling of wanting what someone else has ♦ *verb* to feel envy for

ephemeral /ɪˈfɛmərəl/ *adjective* (*literary*) lasting for a very short time

epic /ˈɛpɪk/ *noun* a long book, poem or film about heroic actions ♦ *adjective* of a story: dealing with great events or exciting adventures

epidemic /ˌɛpɪˈdɛmɪk/ *noun* a widespread outbreak of a disease

epilepsy /ˈɛpɪlɛpsɪ/ *noun* (*uncount*) an illness causing attacks of unconsciousness and convulsions

epileptic /ˌɛpɪˈlɛptɪk/ *adjective* **1** suffering from epilepsy **2** of epilepsy: *an epileptic fit* ♦ *noun* someone suffering from epilepsy

epilogue (*AmE* **epilog**) /ˈɛpɪlɒg/ *noun* a short concluding passage or scene at the end of a book, play or film

episode /ˈɛpɪsoʊd/ *noun* **1** one of several parts of *eg* a story **2** an important event

epistle /ɪˈpɪsəl/ *noun* (*literary or humorous*) a letter, especially a long one dealing with important matters

epitaph /ˈɛpɪtɑːf/ *noun* a short text about a dead person written on their gravestone

epitome /ɪˈpɪtəmɪ/ *noun* a perfect example of something: *the epitome of good taste*

epitomize or **epitomise** /ɪˈpɪtəmaɪz/ *verb* to be the epitome of something

epoch /ˈiːpɒk/ *noun* (*formal*) one of the periods that history can be divided into

equal /ˈiːkwəl/ *adjective* **1** the same in size, amount or value **2** having the same rights or the same status **3 equal to** able, fit for: *not equal to the job* ♦ *noun* someone with the same rights or abilities as you ♦ *verb* **1** to have the same value **2** to match

equality /ɪˈkwɒlɪtɪ/ *noun* (*uncount*) equal treatment for all the people in a group or society [*opposite* **inequality**]

equally /ˈiːkwəlɪ/ *adverb* **1** in amounts of the same size as each other **2** to the same degree or extent as each other **3** (*sentence adverb*) similarly

equate /ɪˈkweɪt/ *verb* to regard or treat as the same

equation /ɪˈkweɪʒən/ *noun* a mathematical statement that two things are equal

equator /ɪˈkweɪtə(r)/ *noun* an imaginary line around the earth, halfway between the North and South Poles

equatorial /ˌɛkwəˈtɔːrɪəl/ *adjective* on or near the equator

equestrian /ɪˈkwɛstrɪən/ *adjective* (*technical*) connected with horse-riding

equi- /ˈɛkwɪ/ *prefix* 'equal' or 'equally': *equidistant* □ *equilateral*

equilibrium /ˌɛkwɪˈlɪbrɪəm/ *noun* (*uncount; formal*) a state of balance between weights, forces or influences

equinox /ˈɛkwɪnɒks/ *noun* either of the two occasions in the year when night and day are the same length

equip /ɪˈkwɪp/ *verb* to supply with everything needed for a task [*same as* **kit out**, **fit**]

equipment /ɪˈkwɪpmənt/ *noun* (*uncount*) a set of *eg* tools needed for a task

equivalent /ɪ'kwɪvələnt/ *adjective* the same, eg in value, quality or meaning ♦ *noun* something that is the same as something else

equivocal /ɪ'kwɪvəkəl/ *adjective* (*formal*) having more than one meaning; ambiguous, unclear [*same as* **ambiguous, vague**; *opposite* **unequivocal**]

era /'ɪərə/ *noun* a period in history: *a new era in world politics*

eradicate /ɪ'rædɪkeɪt/ *verb* (*formal*) to get rid of completely — *noun* (*uncount*) **eradication**

erase /ɪ'reɪz/ *verb* 1 to rub out 2 to remove

eraser /ɪ'reɪzə(r)/ *noun* (*especially AmE*) something which erases, a rubber

erect /ɪ'rɛkt/ *adjective* standing straight up ♦ *verb* (*formal*) 1 to build 2 to establish

erection /ɪ'rɛkʃən/ *noun* 1 the act of building or putting up 2 something erected 3 an erect penis

erode /ɪ'rəʊd/ *verb* 1 to wear away, destroy gradually 2 to weaken

erosion /ɪ'rəʊʒən/ *noun* (*uncount*) gradual wearing away

erotic /ɪ'rɒtɪk/ *adjective* involving, describing or arousing sexual desire — *adverb* **erotically**

err /ɜː(r)/ *verb* (*formal*) to make a mistake ▸ *phrase* **err on the side of** *eg* **caution** to choose to act too cautiously rather than make mistakes

errand /'ɛrənd/ *noun* a short journey to get or do something

erratic /ɪ'rætɪk/ *adjective* not regular or predictable — *adverb* **erratically**

erroneous /ɪ'rəʊnɪəs/ *adjective* (*formal*) wrong, mistaken — *adverb* **erroneously**

error /'ɛrə(r)/ *noun* a mistake

erupt /ɪ'rʌpt/ *verb* 1 to happen suddenly without warning 2 of a volcano: to throw out melted rock, smoke and gases 3 to lose your temper — *noun* (*uncount or count*) **eruption**

escalate /'ɛskəleɪt/ *verb* to increase in severity or intensity [*same as* **intensify**] — *noun* (*uncount*) **escalation**

escalator /'ɛskəleɪtə(r)/ *noun* a moving staircase

escapade /'ɛskəpeɪd/ *noun* a daring or adventurous act [*same as* **exploit**]

escape /ɪ'skeɪp/ *verb* 1 to get away 2 to manage to avoid 3 of *eg* gas: to leak 3 to be forgotten by: *His name escapes me.* ♦ *noun* (*uncount or count*) the act of escaping or a way of escaping

escapism /ɪ'skeɪpɪzm/ *noun* (*uncount*) anything that takes your thoughts away from reality — *adjective* **escapist**

escort /'ɛskɔːt/ *noun* someone who accompanies others *eg* for protection ♦ *verb* /ɪ'skɔːt/ to accompany

especial /ɪ'spɛʃəl/ *adjective* (*literary*) used before nouns to mean 'special'

especially /ɪ'spɛʃəlɪ/ *adverb* particularly

espionage /'ɛspɪənɑːʒ/ *noun* (*uncount*) the activity of spying, or the use of spies to gather information

espouse /ɪ'spaʊz/ *verb* (*formal*) to adopt as a major influence in your life

essay /'ɛseɪ/ *noun* a short formal piece of writing on a particular subject

essence /'ɛsəns/ *noun* 1 the true nature or character of something 2 (*uncount or count*) a concentrated extract from a plant: *vanilla essence*

essential /ɪ'sɛnʃəl/ *adjective* 1 absolutely necessary 2 true or basic ♦ *noun* **essentials** things that you need in order to live, or in order to do or understand something [*same as* **basics**]

essentially /ɪ'sɛnʃəlɪ/ *adverb* basically

establish /ɪ'stæblɪʃ/ *verb* 1 to create, set up 2 to find out or prove 3 **establish yourself** to become widely known and accepted — *adjective* **established**

establishment /ɪ'stæblɪʃmənt/ *noun* 1 the act of creating or setting up 2 a place of business 3 **the establishment** the people holding influential positions in a society

estate /ɪ'steɪt/ *noun* 1 an area of land on which a lot of houses or factories are built 2 a large piece of private land 3 the total amount of a person's wealth and possessions

estate agent /ɪ'steɪt eɪdʒənt/ *noun* a person who arranges the buying and selling of people's property

esteem /ɪ'stiːm/ *noun* (*uncount; formal*) to respect and admire ▸ *phrase* **hold in high esteem** to respect and admire

estimate /'ɛstɪmeɪt/ *verb* to judge roughly the size, amount or value of something ♦ *noun* /'ɛstɪmət/ a rough judgement made based on little information

estimation /ɛstɪ'meɪʃən/ *noun* (*uncount*) opinion, judgement

estranged /ɪ'streɪndʒd/ *adjective* no longer friendly; separated

estuary /'ɛstjʊərɪ/ *noun* the wide part of a river, where it flows into the sea

etc. /ɛt'sɛtərə/ *adverb* 'et cetera'; 'and other similar things or people'

etch /ɛtʃ/ *verb* **1** to draw on metal or glass by cutting away lines with acid **2** to make a lasting impression on *eg* the memory

etching /'ɛtʃɪŋ/ *noun* a picture printed from an etched metal plate

eternal /ɪ'tɜːnəl/ *adjective* **1** lasting for ever **2** seemingly endless; boring [*same as* **endless**] — *adverb* **eternally**

eternity /ɪ'tɜːnɪtɪ/ *noun* **1** (*uncount*) time regarded as having no end **2** a very long time

ethical /'ɛθɪkəl/ *adjective* **1** relating to or concerning morals, justice or duty **2** morally right [*opposite* **unethical**] — *adverb* **ethically**

ethics /'ɛθɪks/ *noun* moral principles or rules about what is right and wrong

ethnic /'ɛθnɪk/ *adjective* of race or culture

ethos /'iːθɒs/ *noun* the typical attitudes, ideas and customs of a particular community

etiquette /'ɛtɪkɛt/ *noun* (*uncount*) the rules and customs for correct social behaviour

euphemism /'juːfəmɪzm/ *noun* a mild or polite term used in place of one that some people might find offensive or embarrassing

euphoria /juː'fɔːrɪə/ *noun* (*uncount*) a feeling of excited happiness

euphoric /juː'fɒrɪk/ *adjective* wildly or excitedly happy

European /jʊərə'pɪən/ *adjective* relating to the continent of Europe ♦ *noun* a person who comes from a country in Europe

euthanasia /juːθə'neɪzɪə/ *noun* (*uncount*) the killing of someone painlessly, in order to end suffering

evacuate /ɪ'vakjʊeɪt/ *verb* to leave or cause to leave, especially because of danger; to make empty — *noun* **evacuation**

evade /ɪ'veɪd/ *verb* to manage to avoid [*same as* **elude**, **escape**]

evaluate /ɪ'valjʊeɪt/ *verb* to find or state the value of

evaporate /ɪ'vapəreɪt/ *verb* **1** to change into steam **2** to disappear — *noun* (*uncount*) **evaporation**

evasion /ɪ'veɪʒən/ *noun* (*uncount or count*) **1** the act of avoiding something **2** an attempt to avoid talking about something

evasive /ɪ'veɪsɪv/ *adjective* not speaking directly, honestly or openly [*same as* **cagey**, **vague**] — *adverb* **evasively**

eve /iːv/ *noun* **1** the evening or day before a festival: *New Year's Eve* **2** the time just before an event: *the eve of the revolution*

even /'iːvən/ *adjective* **1** level, smooth **2** equal **3** of a number: that can be divided by 2 with nothing left over [*opposite* **odd**] **4** calm — *adverb* **evenly** ♦ *adverb* used to emphasize another word: *even harder than before* □ *Even a child would understand.* ▶ *phrase* **get even with** to harm someone in return for harm they have done to you

even out to become more level or equal

evening /'iːvnɪŋ/ *noun* (*count or uncount*) the last part of the day, from late afternoon until bedtime

event /ɪ'vɛnt/ *noun* **1** an important happening **2** an item in a sports contest ▶ *phrases* **in any event** or **at all events** in any case, whatever happens

eventful /ɪ'vɛntfʊl/ *adjective* interesting and exciting

eventual /ɪ'vɛntʃʊəl/ *adjective* **1** final **2** happening as a result

eventuality /ɪvɛntʃʊ'alɪtɪ/ *noun* (*formal*) a possible happening

eventually /ɪ'vɛntʃəlɪ/ *adverb* finally, as a result

ever /'ɛvə(r)/ *adverb* **1** at any time, at all: *I won't ever see her again.* **2** used to emphasize 'never': *I've never seen her look so happy, ever!* **3** that has existed, on record: *the best ever* **4** all the time, constantly: *ever present*

evergreen /'ɛvəgriːn/ *noun* a tree that keeps its leaves all the year round

everlasting /ɛvə'lɑːstɪŋ/ *adjective* lasting, or seeming to last, for ever

every /'ɛvrɪ/ *determiner* all the people or things in the group or class referred to ▶ *phrase* **every now and then** occasionally

everybody /'ɛvrɪbɒdɪ/ see **everyone**

everyday /'ɛvrɪdeɪ/ *adjective* common, part of ordinary life

everyone /'ɛvrɪwʌn/ *pronoun* all the people in a group [*same as* **everybody**; *opposite* **no-one**, **nobody**]

everything /'ɛvrɪθɪŋ/ *pronoun* **1** all the things that are concerned in a particular situation **2** the thing that matters most: *Winning is everything to her.* [*opposite* **nothing**]

everywhere /'ɛvrɪwɛə(r)/ *adverb* in every place

evict /ɪ'vɪkt/ *verb* to force someone out of their house, especially by law — *noun* (*uncount or count*) **eviction**

evidence /'ɛvɪdəns/ *noun* (*uncount*) **1** a clear sign; proof that something has

evident / 129 / **excite**

happened [same as **indication**] **2** information given in a law case

evident /'ɛvɪdənt/ *adjective* clearly true or obviously existing

evidently /'ɛvɪdəntlɪ/ *adverb* (sentence adverb) **1** seemingly **2** obviously

evil /'iːvɪl/ *adjective* **1** causing harm or destruction **2** (*informal*) very bad or unpleasant: *an evil smell* ♦ *noun* harmful or destructive actions and feelings in general

evoke /ɪ'voʊk/ *verb* to cause or produce a feeling: *evoking memories of their childhood* [*same as* **arouse**]

evolution /iːvə'ljuːʃən/ *noun* (*uncount*) **1** gradual development **2** the natural way that higher forms of life have gradually developed out of lower ones

evolve /ɪ'vɒlv/ *verb* **1** to develop from primitive forms into more advanced forms **2** to develop gradually

ewe /juː/ *noun* a female sheep

ex- /ɛks/ *prefix* used before nouns to mean 'former': *my ex-husband*

exacerbate /ɪk'sasəbeɪt/ *verb* to make worse or more severe

exact /ɪɡ'zakt/ *adjective* **1** accurate, correct **2** careful ♦ *verb* (*formal*) to demand and obtain: *exacting revenge*

exacting /ɪɡ'zaktɪŋ/ *adjective* **1** of a task: requiring a lot of hard work **2** of a person: expecting others to work very hard [*same as* **demanding**]

exactly /ɪɡ'zaktlɪ/ *adverb* **1** precisely **2** used to indicate complete agreement

exaggerate /ɪɡ'zadʒəreɪt/ *verb* to cause to seem greater, better or worse than in reality [*same as* **overstate**] — *noun* (*count or uncount*) **exaggeration**

exam /ɪɡ'zam/ *noun* (*informal*) an examination

examination /ɪɡzamɪ'neɪʃən/ *noun* **1** a formal test of knowledge or skill: *an entrance examination* **2** a close inspection of health carried out by a doctor **3** a close and careful consideration

examine /ɪɡ'zamɪn/ *verb* **1** to carefully look at or consider **2** to test various parts of a patient's body to check how healthy she is

example /ɪɡ'zɑːmpəl/ *noun* **1** something taken as a representative of its kind: *an example of early French glass* **2** someone who deserves to be copied by others ▶ *phrase* **for example** used when presenting an example

exasperate /ɪɡ'zɑːspəreɪt/ *verb* to make very annoyed and frustrated — *adjective* **exasperating**: *an exasperating series of delays* — *noun* (*uncount*) **exasperation**

excavate /'ɛkskəveɪt/ *verb* **1** to uncover (ancient objects) by digging **2** to dig a hole in the ground

exceed /ɪk'siːd/ *verb* to go beyond, be greater than

exceedingly /ɪk'siːdɪŋlɪ/ *adverb* extremely

excel /ɪk'sɛl/ *verb* to be exceptionally good at

excellence /'ɛksələns/ *noun* (*uncount*) very high quality or exceptional ability

excellent /'ɛksələnt/ *adjective* **1** extremely good **2** used as a response to show that you are pleased — *adverb* **excellently**

except /ɪk'sɛpt/ *preposition or conjunction* used to introduce the only person or thing that a statement does not apply to: *The street was empty, except for two small children*. □ *There's little we can do except hope for the best*.

exception /ɪk'sɛpʃən/ *noun* a person or thing that a comment or statement does not apply to: *an exception to the rule* ▶ *phrase* **without exception** in all cases

exceptional /ɪk'sɛpʃənəl/ *adjective* **1** standing out from the rest **2** happening only very rarely

exceptionally /ɪk'sɛpʃənəlɪ/ *adverb* **1** very, extremely **2** used to indicate that the situation spoken of is very unusual and rare

excerpt /'ɛksɜːpt/ *noun* a part chosen from a whole work: *an excerpt from a play*

excess /ɪk'sɛs/ or /'ɛksɛs/ *noun* **1** more than is needed, wanted or allowed **2** (*literary*) **excesses** unacceptable or wicked actions ♦ *adjective* /'ɛksɛs/ too much

excessive /ɪk'sɛsɪv/ *adjective* too much, too great: *excessive demands* — *adverb* **excessively**

exchange /ɪks'tʃeɪndʒ/ *verb* **1** to give something back and take something else instead **2** to give something and receive something in return [*same as* **swap**] ♦ *noun* **1** the act of exchanging **2** the act of temporarily changing places with another person: *a job exchange* **3** giving the currency of one country in return for the currency of another

excitable /ɪk'saɪtəbəl/ *adjective* easily excited

excite /ɪk'saɪt/ *verb* **1** to fill with lively enthusiasm or expectation **2** to cause or provoke feelings [*same as* **arouse**] — *adjective* **excited** — *adverb* **excitedly** — *adjective* **exciting**

excitement /ɪkˈsaɪtmənt/ *noun* (*uncount*) the state of being excited

exclaim /ɪkˈskleɪm/ *verb* to speak suddenly and loudly, *eg* in surprise or anger

exclamation /ɛksklǝˈmeɪʃən/ *noun* a word or expression spoken suddenly and loudly

exclamation mark /ɛksklǝˈmeɪʃən mɑːk/ *noun* a punctuation mark (!) used for emphasis, or *eg* to indicate surpise

exclude /ɪksˈkluːd/ *verb* 1 to prevent from sharing 2 to leave out of consideration — *noun* **exclusion**

exclusive /ɪkˈskluːsɪv/ *adjective* 1 intended only for very wealthy people: *an exclusive sports club* 2 limited to only one place, person or group: *an exclusive offer* — *adverb* **exclusively**

excrement /ˈɛkskrǝmǝnt/ *noun* (*uncount; formal*) solid waste matter passed out of the body through the anus

excruciating /ɪkˈskruːʃɪeɪtɪŋ/ *adjective* causing extreme pain

excursion /ɪkˈskɜːʃən/ *noun* an outing for pleasure, *eg* a picnic

excusable /ɪkˈskjuːzǝbǝl/ *adjective* that you can excuse [*opposite* **inexcusable**]

excuse /ɪkˈskjuːz/ *verb* 1 to forgive 2 to justify or make acceptable 3 to allow to ignore a duty or task ♦ *noun* /ɪkˈskjuːs/ an explanation for having done something wrong ▸ *phrase* **excuse me** 1 used to attract someone's attention 2 to apologize for disturbing or interrupting someone

execute /ˈɛksǝkjuːt/ *verb* 1 to carry out or perform: *execute a dance step* □ *execute commands* 2 to kill as a punishment, usually by order of the law — *noun* (*count* or *uncount*) **execution**

executive /ɪɡˈzɛkjʊtɪv/ *noun* a senior level manager ♦ *adjective* 1 expensive or luxurious 2 responsible for taking action or making important decisions

exemplary /ɪɡˈzɛmplǝrɪ/ *adjective* (*formal*) excellent or admirable: *an exemplary teacher*

exemplify /ɪɡˈzɛmplɪfaɪ/ *verb* 1 to be an example of 2 to demonstrate by example

exempt /ɪɡˈzɛmpt/ *adjective* officially free from a particular responsibility or duty ♦ *verb* to free from an obligation or responsibility — *noun* **exemption**

exercise /ˈɛksǝsaɪz/ *noun* 1 (*uncount*) physical movements or games performed in order to stay healthy, or for pleasure 2 a task for practice ♦ *verb* 1 to perform physical movements or play sports in order to stay healthy, or for pleasure 2 to use: *exercise great care*

exert /ɪɡˈzɜːt/ *verb* 1 to apply forcefully: *exert great influence* 2 **exert yourself** to make a great effort — *noun* (*uncount* or *count*) **exertion**

exhale /ɛksˈheɪl/ *verb* (*formal*) to breathe out [*opposite* **inhale**]

exhaust /ɪɡˈzɔːst/ *verb* 1 to make thoroughly tired [*same as* **wear out, tire out**] 2 to use up completely: *We've exhausted our supplies.* 3 to say all that can be said about — *adjective* **exhausted** — *adjective* **exhausting** ♦ *noun* 1 a device for expelling waste gases from fuel engines 2 (*uncount*) the waste gases themselves

exhaustion /ɪɡˈzɔːstʃən/ *noun* (*uncount*) the state of being thoroughly tired

exhaustive /ɪɡˈzɔːstɪv/ *adjective* extremely thorough: *exhaustive research* — *adverb* **exhaustively**

exhibit /ɪɡˈzɪbɪt/ *verb* to display ♦ *noun* an object displayed publicly, *eg* in a museum

exhibition /ɛksɪˈbɪʃən/ *noun* a collection of objects on public display

exhilarate /ɪɡˈzɪlǝreɪt/ *verb* to cause to feel excitedly happy or full of energy — *adjective* **exhilarating** — *noun* (*uncount*) **exhilaration**

exhort /ɪɡˈzɔːt/ *verb* (*formal*) to urge to do — *noun* **exhortation**

exile /ˈɛksaɪl/ or /ˈɛɡzaɪl/ *noun* 1 someone who lives outside their own country, by choice or unwillingly 2 a period of living in a foreign country by choice or unwillingly ♦ *verb* to force to go and live in another country

exist /ɪɡˈzɪst/ *verb* 1 to be, to be found in the real world 2 to live or manage to stay alive

existence /ɪɡˈzɪstǝns/ *noun* 1 (*uncount*) the state of existing 2 life or a way of living

exit /ˈɛksɪt/ or /ˈɛɡzɪt/ *noun* 1 a way out 2 the act of leaving: *a hasty exit* ♦ *verb* (*formal*) to leave

exodus /ˈɛksǝdǝs/ *noun* the departure of a lot of people from a place at the same time

exonerate /ɪɡˈzɒnǝreɪt/ *verb* (*formal*) to declare free from blame [*same as* **clear**]

exorbitant /ɪɡˈzɔːbɪtǝnt/ *adjective* unfairly or unreasonably expensive [*same as* **extortionate**]

exotic /ɪɡˈzɒtɪk/ *adjective* unusual or strange; coming from a foreign country

expand /ɪkˈspænd/ *verb* to become greater in size, extent or importance

expand on to say more about

expanse /ɪk'spæns/ *noun* a wide area of *eg* land [*same as* **stretch**]

expansion /ɪk'spænʃən/ *noun* (*uncount*) the process of becoming greater in size, extent or importance

expatriate /ɛks'pætrɪət/ *noun* someone living or working abroad

expect /ɪk'spɛkt/ *verb* **1** to believe likely to happen: *We weren't expecting to meet you here.* **2** to think, assume: *I expect he's too busy* — *adjective* **expected**

expectancy /ɪk'spɛktənsɪ/ *noun* (*uncount*) the feeling of excitement you get when you know something good is about to happen

expectation /ɛkspɛk'teɪʃən/ *noun* (*uncount*) a firm belief or hope that something will happen

expedition /ɛkspɪ'dɪʃən/ *noun* **1** a journey with a purpose, often for exploration **2** the people making such a journey

expel /ɪk'spɛl/ *verb* **1** to order to leave, especially as a punishment **2** to force out

expend /ɪk'spɛnd/ *verb* (*formal*) to spend or use up

expenditure /ɪk'spɛndɪtʃə(r)/ *noun* (*uncount*) money spent

expense /ɪk'spɛns/ *noun* **1** (*uncount*) cost **2** something that costs a lot of money: *The house was a continual expense.* **3** **expenses** money spent in carrying out a job

expensive /ɪk'spɛnsɪv/ *adjective* costing a lot of money [*opposite* **inexpensive**, **cheap**] — *adverb* **expensively**

experience /ɪk'spɪərɪəns/ *noun* **1** (*uncount*) knowledge gained from events or practice **2** an event in which you are involved: *a horrific experience* ♦ *verb* to feel, or be affected by

experienced /ɪk'spɪərɪənst/ *adjective* skilled, knowledgeable

experiment /ɪk'spɛrɪmənt/ *noun* (*count or uncount*) a test, an attempt to do something new or original ♦ *verb* to carry out an experiment

experimental /ɪkspɛrɪ'mɛntəl/ *adjective* being done for the first time, to measure success — *adverb* **experimentally**

expert /'ɛkspɜːt/ *noun* someone who has great skill or knowledge in a particular subject ♦ *adjective* highly skilled or knowledgeable — *adverb* **expertly**

expertise /ɛkspə'tiːz/ *noun* (*uncount*) special skill or knowledge

expire /ɪk'spaɪə(r)/ *verb* **1** to cease to be valid **2** (*literary*) to die — *noun* (*uncount*) **expiry**

explain /ɪk'spleɪn/ *verb* **1** to make clear **2** to give reasons for: *Please explain your behaviour.*

explanation /ɛksplə'neɪʃən/ *noun* (*count or uncount*) **1** a statement or fact that provides a reason for something **2** a detailed description of what something is or of how it works

explanatory /ɪk'splænətərɪ/ *adjective* aiming to explain something

explicit /ɪk'splɪsɪt/ *adjective* **1** clearly stated or explained **2** speaking plainly and openly

explode /ɪk'sploʊd/ *verb* **1** to burst open with great force [*same as* **blow up**] **2** to prove to be wrong: *explode a myth*

exploit /'ɛksplɔɪt/ *noun* a bold or exciting thing that someone does ♦ *verb* /ɪk'splɔɪt/ **1** to take unfair advantage of **2** to make good use of *eg* resources — *noun* (*uncount*) **exploitation**

explore /ɪk'splɔː(r)/ *verb* **1** to make a journey to find out about a place **2** to think about very carefully — *noun* (*uncount*) **exploration**

explosion /ɪk'sploʊʒən/ *noun* a sudden violent burst or increase

explosive /ɪk'sploʊzɪv/ *adjective* **1** that can be made to explode **2** likely to result in violence or anger ♦ *noun* a substance that can be made to explode

export /ɪk'spɔːt/ *verb* to sell goods in a foreign country ♦ *noun* /'ɛkspɔːt/ goods exported

expose /ɪk'spoʊz/ *verb* **1** to uncover, place in full view **2** to cause or allow to experience or suffer **3** to reveal something about

exposure /ɪk'spoʊʒə(r)/ *noun* (*usually uncount*) **1** the state of being allowed to experience something **2** appearance or mention in public **3** the extremely harmful effects of severe cold on a person's body **4** the fact of revealing something about someone **5** a single photograph or frame on a film

express /ɪk'sprɛs/ *verb* **1** to do or say something to show how you feel or what you think: *to express impatience* **2** to write in a particular form: *The result is expressed as a ratio.* ♦ *adjective* **1** high speed: *express delivery* □ *an express train* **2** clearly stated: *express instructions* ♦ *adverb*: *The letter has been sent express.* ♦ *noun* an express train

expression /ɪk'sprɛʃən/ *noun* **1** a word or phrase used in a particular situation **2** the look on someone's face: *an expression of horror* **3** the way an idea is communicated to others **4** the way emotion is shown in an artistic performance

expressive /ɪk'sprɛsɪv/ *adjective* showing meaning or feeling clearly — *adverb* **expressively**

expulsion /ɪk'spʌlʃən/ *noun* (*uncount*) the act of expelling someone or something

exquisite /ɪk'skwɪzɪt/ *adjective* extremely beautiful — *adverb* **exquisitely**

extend /ɪk'stɛnd/ *verb* **1** to stretch, make longer **2** to last, carry over: *My holiday extends into next week.* **3** to stretch out: *extend a hand*

extension /ɪk'stɛnʃən/ *noun* **1** an added part that makes the original thing bigger or longer **2** a telephone connected with a main one **3** the process of making something bigger or longer

extensive /ɪk'stɛnsɪv/ *adjective* covering a large area or range — *adverb* **extensively**

extent /ɪk'stɛnt/ *noun* (*uncount*) the area or range that something covers or affects

exterior /ɪk'stɪərɪə(r)/ *adjective* on the outside; outer: *an exterior wall* [*opposite* **interior**] ♦ *noun* the outside part or surface of something

exterminate /ɪk'stɜːmɪneɪt/ *verb* to kill off completely *eg* a race or a type of animal — *noun* (*uncount*) **extermination**

external /ɪk'stɜːnəl/ *adjective* **1** outside; on the outside **2** taking place outside an organization: *external considerations* [*opposite* **internal**] — *adverb* **externally**

extinct /ɪk'stɪŋkt/ *adjective* **1** no longer to be found alive: *Exactly when did dinosaurs become extinct?* **2** of an old volcano: no longer erupting [*opposite* **active**]

extinction /ɪk'stɪŋkʃən/ *noun* (*uncount*) of a kind of animal: its state of no longer existing

extinguish /ɪk'stɪŋgwɪʃ/ *verb* **1** to stop (a fire) from burning **2** (*literary*) to destroy *eg* hopes

extort /ɪk'stɔːt/ *verb* to take by force or threats — *noun* (*uncount*) **extortion**

extortionate /ɪk'stɔːʃənət/ *adjective* of a price: much too high [*same as* **exorbitant**]

extra /'ɛkstrə/ *adjective* added to the usual amount ♦ *noun* **1** something for which there is an additional charge **2** a non-speaking actor appearing briefly in a film ♦ *adverb* (*intensifying*) very: *extra large*

extra- /ɛkstrə/ *prefix* coming from outside or beyond: *extra-terrestrial creatures*

extract /ɪk'strakt/ *verb* **1** (*formal*) to draw or pull out, especially by force: *extract a tooth* **2** to take out physically or chemically ♦ *noun* /'ɛkstrakt/ **1** a short passage selected from *eg* a book **2** (*uncount*) a substance produced in a concentrated form: *vanilla extract*

extraction /ɪk'strakʃən/ *noun* (*uncount*) **1** the process of extracting **2** the country or racial group that your family comes from: *of Irish extraction*

extraneous /ɪk'streɪnɪəs/ *adjective* (*formal*) happening or existing outside; not directly concerned or related

extraordinary /ɪk'strɔːdənərɪ/ *adjective* **1** very rare and special **2** very strange or unusual [*same as* **exceptional**]

extravagant /ɪk'stravəgənt/ *adjective* **1** spending large amounts of money unwisely **2** not realistic or based on fact: *extravagant praise* [*same as* **exaggerated**, **unrealistic**] — *adverb* **extravagantly**

extreme /ɪk'striːm/ *verb* **1** very high, or highest, in degree or intensity **2** very far, or furthest, in any direction **3** very difficult or dangerous ♦ *noun* an extreme point — *adverb* **extremely**

extremity /ɪk'strɛmɪtɪ/ *noun* **1** a part or place furthest from the centre **2 extremities** the hands and feet

extricate /'ɛkstrɪkeɪt/ *verb* (*formal*) to free from *eg* difficulties

exuberant /ɪg'zjuːbərənt/ *adjective* cheerful, enthusiastic and energetic — *noun* (*uncount*) **exuberance**

eye /aɪ/ *noun* **1** the part of the body with which you see **2** the hole in a needle **3** a metal loop through which a hook fits ♦ *verb* to look at very hard or watch carefully ▸ *phrases* **have your eye on** to intend to get or have **keep an eye on** to look after and keep safe **turn a blind eye** to pretend not to notice

eyeball /'aɪbɔːl/ *noun* the white ball-shaped part of the eye

eyebrow /'aɪbraʊ/ *noun* one of the arches of hair above each eye

eyelash /'aɪlaʃ/ *noun* one of the short hairs on the edge of your eyelids

eyelid /'aɪlɪd/ *noun* one of the folds of skin that you can close to cover your eye

eye-opener /'aɪəʊpənə(r)/ *noun* (*informal*) a very surprising or shocking piece of information that changes your opinion

eyesight /'aɪsaɪt/ *noun* (*uncount*) your ability to see

eyesore /'aɪsɔː(r)/ *noun* something very ugly

eyewitness /'aɪwɪtnəs/ *noun* a person who actually sees something happen

Ff

F or **f** /ɛf/ *noun* **1** the sixth letter of the English alphabet **2** a musical note **3** the abbreviation for **Fahrenheit**

fable /'feɪbəl/ *noun* a traditional story with a moral message [*same as* **legend**]

fabric /'fabrɪk/ *noun* (count or uncount) **1** cloth **2** structure

fabricate /'fabrɪkeɪt/ *verb* to invent with the intention of deceiving **2** to construct — *noun* (count or uncount) **fabrication**

fabulous /'fabjʊləs/ *adjective* **1** (*informal*) very impressive, delightful **2** imaginary, found only in stories — *adverb* **fabulously**: *They're fabulously well off.*

facade or **façade** /fə'sɑːd/ *noun* **1** the front of a building **2** a deceptive appearance or act [*same as* **semblance**]

face /feɪs/ *noun* **1** the front part of the head **2** one of the sides of a mountain or solid shape **3** appearance ♦ *verb* **1** to have your front towards, or opposite **2** to have to deal with or accept

> **face up to** to accept and deal with

face-lift /'feɪslɪft/ *noun* **1** a surgical operation to smooth and firm the tissues of the face **2** a renovating process, especially one applied to the outside of a building

facecloth /'feɪsklɒθ/ *noun* a small square cloth for washing yourself with [*same as* **flannel**]

facet /'fasɪt/ *noun* **1** one of the sides of a precious stone **2** a feature of *eg* someone's character

facetious /fə'siːʃəs/ *adjective* making remarks that are intended to be funny — *adverb* **facetiously**

facial /'feɪʃəl/ *adjective* relating to the face

facile /'fasaɪl/ *adjective* (*derogatory*) not deep or thorough; over-simple

facilitate /fə'sɪlɪteɪt/ *verb* to make easy

facility /fə'sɪlətɪ/ *noun* **1** ease **2** skill, ability **3 facilities** places or equipment provided for particular activities: *sports facilities*

facsimile /fak'sɪmɪlɪ/ *noun* an exact copy

fact /fakt/ *noun* **1** something known to be true **2** a statement of the truth **3** reality ▸ *phrase* **in fact** used to emphasize the truth of what you are saying, or to correct someone

faction /'fakʃən/ *noun* an active group within a larger group, that opposes some of the group's policies

factor /'faktə(r)/ *noun* **1** something affecting a particular situation, or contributing to a result **2** (*mathematics*) the numbers in a multiplication sum that are multiplied together

factory /'faktərɪ/ *noun* a workshop producing goods in large quantities

factual /'faktjʊəl/ *adjective* consisting of, or concerned with, facts [*opposite* **fictional**] — *adverb* **factually**

faculty /'fakəltɪ/ *noun* **1** a natural power of the body, *eg* hearing **2** ability, aptitude **3** a department of study in a university: *Faculty of Arts*

fad /fad/ *noun* **1** a temporary fashion **2** a dislike or unreasonable prejudice

fade /feɪd/ *verb* **1** to lose colour or strength **2** to disappear gradually, *eg* from sight or hearing — *adjective* **faded**

faeces (*AmE* **feces**) /'fiːsiːz/ *noun* (*plural*) solid bodily waste that you get rid of through the anus

fag /fag/ *noun* (*informal*) **1** a boring or tiring task [*same as* **drag**] **2** a cigarette

Fahrenheit /'farənhaɪt/ *noun* (uncount) a scale for measuring temperature, according to which water boils at 212° and freezes at 32°

fail /feɪl/ *verb* **1** to not succeed **2** to not do: *They failed to return.* **3** to not reach the required standard **4** to stop functioning ▸ *phrase* **without fail** certainly, for sure; every time

failing /'feɪlɪŋ/ *noun* a fault or weakness [*opposite* **strength**]

failure /'feɪljə(r)/ *noun* **1** the circumstance of being unsuccessful or of not doing something **2** someone or something that fails [*opposite* **success**]

faint /feɪnt/ *adjective* **1** lacking in *eg* strength or brightness **2** dizzy and ill, *eg* after a shock: *feel faint* — *adverb* **faintly** — *noun* **faintness** ♦ *verb* to lose consciousness [*same as* **black out**, **pass out**] ♦ *noun*: *She had fallen to the ground in a faint.*

fair¹ /fɛə(r)/ *adjective* **1** just or reasonable [*opposite* **unfair**] **2** quite large: *a fair*

fair *number of complaints* **3** quite good: *a fair chance of winning* **4** having blonde or gold-coloured hair and pale skin [*opposite* **dark**] **5** of weather: clear and dry ► *phrases* **play fair** to use honest methods to win **fair enough** used to express agreement or understanding

fair² /fɛə(r)/ *noun* **1** an outdoor event consisting of amusements such as machines to ride on, food stalls, and sideshows **2** a market for the sale of farm produce and animals **3** an exhibition of goods from different producers: *a craft fair*

fairly /'fɛəlɪ/ *adverb* **1** in a just and reasonable way **2** rather, to a noticeable extent **3** only moderately, to a limited extent **4** absolutely: *She fairly flung herself at me.*

fairness /'fɛənəs/ *noun* (*uncount*) the quality of being reasonable or just in your treatment of people

fairy /'fɛərɪ/ *noun* a small imaginary creature, human in shape, with magical powers

fairy tale /'fɛərɪ teɪl/ *noun* a children's story about magical happenings

fait accompli /feɪtəkɒm'pliː/ *noun* something already done, decided or settled

faith /feɪθ/ *noun* **1** trust [*opposite* **mistrust, distrust**] **2** a religion **3** religious belief

faithful /'feɪθfəl/ *adjective* **1** loyal; keeping promises **2** true, accurate: *a faithful account of events* — *adverb* **faithfully**

fake /feɪk/ *noun* **1** something that has been deliberately created to look like something real or valuable, so as to deceive people **2** someone who is not what they pretend to be ♦ *adjective*: *fake diamonds* □ *a fake Picasso* [*opposite* **genuine**] ♦ *verb* **1** to make an imitation or forgery of **2** to pretend to have *eg* an emotion or reaction

falcon /'fɔːlkən/ *noun* a bird of prey

fall /fɔːl/ *verb*: **falls, falling, fell, fallen 1** to drop down **2** to die in battle **3** to become less **4** of a country or place: to be captured in war **5** to happen, occur: *Christmas falls on a Monday this year.* ♦ *noun* **1** an accident involving falling **2** the amount of something that falls at one time: *a fall of snow* **3 falls** a waterfall **4** a decrease **5** defeat **6** (*AmE*; *uncount or count*) autumn

| **fall about** (*informal*) to laugh uncontrollably |
| **fall apart** to break up into separate pieces; to collapse |
| **fall behind** to progress more slowly than others, or more slowly than expected |
| **fall out with** to quarrel with |
| **fall through** of a plan: to fail, come to nothing |

fallacious /fə'leɪʃəs/ *adjective* wrong; based on false information or on faulty reasoning [*same as* **mistaken**; *opposite* **correct, valid**] — *adverb* **fallaciously**

fallacy /'faləsɪ/ *noun* **1** a mistake in reasoning that spoils a whole argument **2** a mistaken idea based on false information

fallible /'falɪbəl/ *adjective* likely to make a mistake or to be wrong [*opposite* **infallible**]

fallout /'fɔːlaʊt/ *noun* (*uncount*) the cloud of radioactive dust that results from a nuclear explosion

fallow /'faloʊ/ *adjective* of land: left to recover its natural fertility, instead of being planted

false /fɔːls/ *adjective* **1** untrue [*same as* **incorrect**; *opposite* **true, correct**] **2** artificial **3** intended to deceive people — *adverb* **falsely**

falsehood /'fɔːlshʊd/ *noun* a lie

falsetto /fɔːl'sɛtoʊ/ *noun* an artificially high singing voice

falsify /'fɔːlsɪfaɪ/ *verb* to alter dishonestly

falter /'fɔːltə(r)/ *verb* **1** to stumble and hesitate **2** to start functioning unreliably

fame /feɪm/ *noun* (*uncount*) the condition of being well known or widely admired

famed /feɪmd/ *adjective* well-known [*same as* **renowned**]

familiar /fə'mɪlɪə(r)/ *adjective* **1** that you have seen or known before [*opposite* **unfamiliar**] **2** that you know thoroughly **3** over-friendly [*same as* **forward**] — *noun* (*uncount*) **familiarity**

familiarize or **familiarise** /fə'mɪlɪəraɪz/ *verb* **familiarize yourself with** to learn about and accustom yourself to

family /'famɪlɪ/ *noun* **1** two parents and their children **2** the children alone **3** a group of people related to each other **4** a related group of *eg* animals or languages

famine /'famɪn/ *noun* (*uncount or count*) a severe shortage of food in a country

famished /'famɪʃt/ *adjective* (*informal*) very hungry [*same as* **starving**]

famous /'feɪməs/ *adjective* well-known [*same as* **well known**] — *adverb* **famously**

fan¹ /fan/ *noun* **1** a device that you wave in front of your face to cool yourself **2** a machine which produces a current of air ♦ *verb* **1 fan yourself** to wave a fan in front of your face to cool it **2** to encourage or increase *eg* a fire or emotions [*same as* **arouse, provoke**]

fan out to move forwards and outwards from a central point

fan² /fan/ *noun* an enthusiastic supporter or admirer

fanatic /fə'natık/ *noun* **1** someone with an extreme enthusiasm for something **2** someone with dangerously extreme religious or political beliefs ♦ *adjective* (also **fanatical**): *fanatical enthusiasm* — *adverb* **fanatically**

fanaticism /fə'natısızm/ *noun* (*uncount*) extreme or fanatical behaviour or opinions

fanciful /'fansıfəl/ *adjective* **1** of a person: whose imagination is stronger than their sense of reality **2** imaginary, not real

fancy /'fansı/ *verb* **1** to want **2** to feel sexually attracted to **3** to think or suppose **4** to imagine ♦ *noun* **1** an improbable idea **2** the power of the mind to imagine things ♦ *adjective* highly decorated, complex, unusual or special, complex, unusual, special ♦ *interjection* used to express surprise: *Fancy him being so thoughtful!*

fancy dress /fansı 'drɛs/ *noun* (*uncount*) a costume you wear *eg* for a party, to make yourself look like someone else

fanfare /'fanfɛə(r)/ *noun* a short piece of music played on trumpets to announce an important event

fang /faŋ/ *noun* **1** one of the long sharp teeth of a wild animal **2** one of the poisonous teeth of a snake

fanlight /'fanlaıt/ *noun* a semicircular window over a door

fantastic /fan'tastık/ *adjective* **1** (*informal*) very impressive **2** (*informal*) very great **3** wonderful, strange or unbelievable — *adverb* **fantastically**

fantasy /'fantəsı/ *noun* **1** a pleasant situation you imagine **2** (*uncount*) the activity of imagining things

far /fɑː(r)/ *adverb* **1** a long way: *We hadn't travelled far before the rain started.* **2** used for emphasis with comparative adjectives and adverbs: *far better* ♦ *adjective* **1** more distant: *the far side* **2** the greatest possible distance in a particular direction: *on the far left* ▶ *phrases* **go too far** to behave in an unsuitably extreme way **so far** up to the present stage or moment

faraway /'fɑːrəweı/ *adjective* a long distance away: *faraway countries* [*same as* **far-off**]

farce /fɑːs/ *noun* (*count or uncount*) **1** a comedy in which people get involved in an unlikely series of amusingly silly situations **2** a funny or silly situation in everyday life **3** something unsatisfactory or badly organized — *adjective* **farcical**

fare /fɛə(r)/ *noun* **1** the price you pay to travel somewhere on public transport **2** (*uncount*; *old*, *formal*) food ♦ *verb* (*literary*) **1 fare well** to be successful: *They fared well in the competition.* **2 fare badly** to be unsuccessful

Far East /fɑːr'iːst/ *noun* (*uncount*) the countries of East and South East Asia, including Japan and China

farewell /fɛə'wɛl/ *interjection* (*old*) goodbye ♦ *noun*: *a farewell drink* [*same as* **goodbye**]

far-fetched /fɑː'fɛtʃt/ *adjective* very unlikely: *a far-fetched story*

far-flung /fɑː'flʌŋ/ *adjective* covering a wide area

farm /fɑːm/ *noun* **1** an area of land for *eg* growing crops, breeding and feeding animals **2** a place specializing in the rearing of particular animals: *a salmon farm* ♦ *verb* to work on a farm

farm out to give (work) to others to do for payment

farmer /'fɑːmə(r)/ *noun* a person who owns or runs a farm

farmhouse /'fɑːmhaʊs/ *noun* the farmer's house on a farm

farmyard /'fɑːmjɑːd/ *noun* the central yard at a farm, surrounded by farm buildings

far-off /fɑːr'ɒf/ *adjective* **1** a long distance away **2** a long way off in the past or future [*same as* **distant**, **remote**]

far-reaching /fɑː'riːtʃɪŋ/ *adjective* having great, important or extensive effects

far-sighted /fɑː'saıtıd/ *adjective* good at judging what is going to happen in the future

farther /'fɑːðə(r)/ *adverb* the comparative of **far**; used in expressions about distance [see also **far**, **further**] ♦ *adjective* more distant: *on the farther side of the street*

farthest /'fɑːðəst/ *adverb or adjective* the superlative of **far**; used in expressions about distance [see also **furthest**]

farthing /'fɑːðıŋ/ *noun* (*history*) an old coin, worth one quarter of an old penny

fascinate /'fasıneıt/ *verb* to interest you a lot — *adjective* **fascinated** — *adjective* **fascinating** [*opposite* **boring**, **uninteresting**] — *adverb* **fascinatingly** — *noun* (*uncount or count*) **fascination**

fascism /'faʃızm/ *noun* (*uncount*) a political system in which there is, typically a strong dictator, and an emphasis on nationalism and military strength

fascist /ˈfaʃɪst/ *noun* **1** a supporter of fascism **2** someone who ignores or suppresses opposition, criticism and individual opinion ♦ *adjective*: *a fascist regime*

fashion /ˈfaʃən/ *noun* **1** a manner, a way: *acting in a strange fashion* **2** style, especially in clothing and personal appearance **3** the style in which something is made, especially clothes **4** a way of behaving or dressing which is popular for a time ♦ *verb* (*literary*) to create, shape or form ▶ *phrases* **in fashion** popular at the present moment **out of fashion** no longer popular

fashionable /ˈfaʃənəbəl/ *adjective* popular at the present moment [*opposite* **unfashionable**] — *adverb* **fashionably**

fast[1] /fɑːst/ *adjective or adverb* **1** quick-moving or at great speed **2** of a clock: showing a time in advance of the correct time **3** that cannot be moved ♦ *adjective* of fabric colours: that will not fade or run ▶ *phrase* **fast asleep** sleeping deeply

fast[2] /fɑːst/ *verb* to go without food for a certain period, eg for religious or medical reasons ♦ *noun*: *Imogen was on one of her periodic fasts.*

fasten /ˈfɑːsən/ *verb* **1** to secure in a closed position [*same as* **do up**] **2** to attach

fastener /ˈfɑːsnə(r)/ *noun* a device that fastens something

fastidious /faˈstɪdɪəs/ *adjective* difficult to please, liking things properly done in every detail — *adverb* **fastidiously**

fat /fat/ *noun* (*uncount*) **1** an oily substance found under the skin in animals, that stores energy and gives warmth **2** an oily substance obtained from animals or plants used as food or in cooking ♦ *adjective* **1** having a lot of, or too much, fat on the body [*opposite* **thin**] **2** thick, wide

fatal /ˈfeɪtəl/ *adjective* **1** having unpleasant results **2** causing death or disaster — *adverb* **fatally**

fatalism /ˈfeɪtəlɪzm/ *noun* (*uncount*) the belief that fate controls everything that happens — *noun* **fatalist** — *adjective* **fatalistic**

fatality /fəˈtalɪti/ *noun* the accidental or violent death of someone

fate /feɪt/ *noun* **1** the apparent power that decides the course of events **2** what happens to you **3** end, death: *They left the missing men to their fate.*

fated /ˈfeɪtɪd/ *adjective* bound to end in failure or disaster [*same as* **doomed**]

fateful /ˈfeɪtfəl/ *adjective* **1** with important consequences; significant **2** bringing trouble or disaster

father /ˈfɑːðə(r)/ *noun* **1** a male parent **2** the creator or inventor of something: *Poe is the father of crime fiction.* **3** a priest ♦ *verb* to be the father of a baby: *fathered six children*

fatherhood /ˈfɑːðəhʊd/ *noun* (*uncount*) the condition or circumstance of being a father

father-in-law /ˈfɑːðərɪnlɔː/ *noun* the father of someone's husband or wife

fatherland /ˈfɑːðəland/ *noun* (*literary*) someone's native country

fathom /ˈfaðəm/ *noun* a unit of measurement of the depth of water

fatigue /fəˈtiːg/ *noun* **1** tiredness **2** weakness in hard materials caused by use: *metal fatigue* ♦ *verb* to tire out — *adjective* **fatigued** — *adjective* **fatiguing**

fatten /ˈfatən/ *verb* to make or become fat — *adjective* **fattening**

fatty /ˈfatɪ/ *adjective* containing a lot of fat

fatuous /ˈfatjʊəs/ *adjective* of a remark or idea: stupid — *adverb* **fatuously**

faucet /ˈfɔːsɪt/ *noun* (*AmE*) a tap

fault /fɔːlt/ ♦ *noun* **1** something undesirable in your personality **2** a defect, something bad or wrong, eg with a machine **3** responsibility for something bad or wrong: *It was the lorry driver's fault.* **4** a long crack in the earth's surface where a section of the rock layer has slipped ♦ *verb* to criticize ▶ *phrase* **at fault** deserving the blame for something

faultless /ˈfɔːltləs/ *adjective* perfect — *adverb* **faultlessly**

faulty /ˈfɔːltɪ/ *adjective* having a fault or defect [*same as* **defective**]

fauna /ˈfɔːnə/ *noun* (*plural*) the animals that inhabit an area

faux pas /fəʊ ˈpɑː/ *noun*: **faux pas** /fəʊ ˈpɑːz/ an embarrassing mistake [*same as* **gaffe**]

favour (*AmE* **favor**) /ˈfeɪvə(r)/ *noun* **1** approval **2** something helpful you do for someone ♦ *verb* **1** to show preference for **2** to be an advantage to: *The darkness favoured our escape.* ▶ *phrase* **in favour of 1** in support of **2** to the advantage of **3** in preference to

favourable (*AmE* **favorable**) /ˈfeɪvərəbəl/ *adjective* **1** showing approval **2** advantageous, helpful — *adverb* **favourably**

favourite (*AmE* **favorite**) /ˈfeɪvərɪt/ *adjective* liked most ♦ *noun* **1** the one you like most **2** the horse or competitor that is expected to win a race

favouritism /ˈfeɪvərɪtɪzm/ (*AmE* **favoritism**) *noun* (*uncount*) the unfair practice of treating one person or group more kindly than others

fawn¹ /fɔːn/ *noun* **1** a young deer **2** the pale brown colour of a fawn [*same as* **beige**]

fawn² /fɔːn/ *verb* **1** to show affection as a dog does **2 fawn on** to flatter in order to gain approval

fax /faks/ *noun* (*count or uncount*) **1** a machine that reads documents electronically and transfers the information by a telephone line to a receiving machine **2** a document copied and sent in this way ♦ *verb* **1** to send by fax **2** to send a fax message to: *Could you fax me at my London office?*

fear /fɪə(r)/ *noun* an unpleasant feeling caused by *eg* danger; a worry ♦ *verb* to be afraid of

fearful /ˈfɪəfəl/ *adjective* **1** afraid **2** frightening, bad or unpleasant **3** (*informal*) very bad: *a fearful headache* — *adverb* **fearfully**

fearless /ˈfɪələs/ *adjective* not afraid [*same as* **brave, courageous**; *opposite* **fearful, timid**] — *adverb* **fearlessly**

feasible /ˈfiːzɪbəl/ *adjective* capable of being done or achieved — *noun* (*uncount*) **feasibility**

feast /fiːst/ *noun* **1** (*rather literary*) a large and fine meal **2** a festival day commemorating some event ♦ *verb* to eat or hold a feast

feat /fiːt/ *noun* a remarkable deed or achievement

feather /ˈfeðə(r)/ *noun* one of the fine soft growths from the outer covering of a bird

feathery /ˈfeðə(r)ɪ/ *adjective* **1** made of, or covered with, feathers **2** soft and light

feature /ˈfiːtʃə(r)/ *noun* **1 features** the eyes, nose, mouth and other parts of the face **2** an important part or quality **3** a special article in *eg* a newspaper **4** the main film in a cinema programme ♦ *verb* to take part in or be a part of: *She featured in an article on rock-climbing.*

February /ˈfɛbrʊərɪ/ *noun* (*uncount*) the second month of the year

feces see **faeces**

fed the past tense and past participle of **feed**

federal /ˈfɛdərəl/ *adjective* independent in local matters but united under a central government

federation /fɛdəˈreɪʃən/ *noun* a group of states independent in local matters but united under a central government

fed up /fɛd ˈʌp/ *adjective* (*informal*) bored or annoyed

fee /fiː/ *noun* a price paid for work done, or for a special service

feeble /ˈfiːbəl/ *adjective* weak, ineffective — *noun* (*uncount*) **feebleness** — *adverb* **feebly**

feed /fiːd/ *verb*: **feeds, feeding, fed 1** to give food to **2** of an animal or baby: to eat food **3** to provide food for **4** to supply with necessary materials ♦ *noun* **1** an instance of feeding a baby **2** food for animals: *cattle feed*

feedback /ˈfiːdbak/ *noun* (*uncount*) information about the extent to which people have enjoyed something, or how successful they have been

feel /fiːl/ *verb*: **feels, feeling, felt 1** to experience (a sensation or emotion) **2** to believe, consider **3** to give the impression of being, through touch: *His forehead felt hot.* **4** to touch ♦ *noun* **1** the way something feels **2** aptitude **3** (*uncount*) the sense of touch ▸ *phrase* **feel like** to want, have an inclination for: *Do you feel like going out tonight?*

| **feel for** to have sympathetic feelings towards |

feeler /ˈfiːlə(r)/ *noun* one of two thread-like parts on an insect's head for sensing *eg* danger [*same as* **antenna**]

feeling /ˈfiːlɪŋ/ *noun* **1** an emotion **2** a physical sensation **3** an attitude, impression or opinion **4** a natural ability **5** affection — *adverb* **feelingly** ▸ *phrase* **hurt someone's feelings** to upset someone

feet /fiːt/ *noun* the plural of **foot**

feign /feɪn/ *verb* to pretend to feel or be: *feigning illness* — *adjective* **feigned**: *feigned astonishment*

feint /feɪnt/ *noun* in sport, a movement intended to deceive or mislead your opponent

feline /ˈfiːlaɪn/ *adjective* **1** relating to or belonging to cats **2** like a cat

fell¹ /fɛl/ *verb* the past tense of **fall**

fell² /fɛl/ *verb* to cut down (a tree)

fellow /ˈfɛloʊ/ *noun* **1** a man or boy **2** a companion, equal or colleague **3** a member of an academic institution or society ♦ *adjective* having the same status or role as you

fellowship /ˈfɛloʊʃɪp/ *noun* **1** (*uncount*) friendship **2** the position of a fellow of a college or university

felony /ˈfɛləni/ *noun* (*legal*) a serious crime

felt[1] /fɛlt/ *verb* the past tense and past participle of **feel**

felt[2] /fɛlt/ *noun* (*uncount*) a fabric made of pressed fibres of wool

female /ˈfiːmeɪl/ *adjective* of the sex which produces young; of women [*opposite* **male**] ♦ *noun* **1** a female animal **2** (*rather offensive*) a woman

feminine /ˈfɛmɪnɪn/ *adjective* **1** characteristic of, or relating to, women **2** having the qualities traditionally considered desirable for women

femininity /fɛmɪˈnɪnɪti/ *noun* (*uncount*) **1** the circumstance of being a woman **2** the quality of being feminine [*opposite* **masculinity**]

feminism /ˈfɛmɪnɪzm/ *noun* (*uncount*) a social and cultural movement aiming to win equal rights for women — *noun* **feminist**

fence[1] /fɛns/ *noun* a barrier for enclosing or protecting land ♦ *verb* to enclose with a fence

fence[2] /fɛns/ *verb* to take part in the sport of **fencing**

fencing /ˈfɛnsɪŋ/ *noun* (*uncount*) **1** material for making fences **2** the sport of fighting with narrow, blunt-ended swords

fend /fɛnd/ *verb* **fend for yourself** to look after and provide for yourself

> **fend off** to defend yourself against

fender /ˈfɛndə(r)/ *noun* **1** (*AmE*) the wing or mudguard on a car or bicycle **2** (*BrE*) a low guard round a fireplace to keep in coal and ash

ferment /ˈfɜːmɛnt/ *noun* (*uncount*) a state of excitement or disorder ♦ *verb* /fəˈmɛnt/ of *eg* beer or wine: to go through a chemical change during production, and become alcoholic — *noun* (*uncount*) **fermentation**

fern /fɜːn/ *noun* a long-stemmed plant with feathery leaves

ferocious /fəˈroʊʃəs/ *adjective* fierce, savage [*opposite* **tame**, **gentle**] — *adverb* **ferociously**

ferret /ˈfɛrɪt/ *noun* a small weasel-like animal used for chasing rabbits out of their holes

> **ferret out** to discover after a determined search

ferry /ˈfɛri/ *noun* a boat that carries people and cars across water ♦ *verb* to take by boat, or any other form of transport

fertile /ˈfɜːtaɪl/ *adjective* **1** of land: suitable for growing crops [*opposite* **infertile, barren**] **2** capable of producing young **3** full of ideas, creative — *noun* (*uncount*) **fertility**

fertilize or **fertilise** /ˈfɜːtɪlaɪz/ *verb* **1** to start the process of reproduction in an egg or plant **2** to make *eg* soil fertile by adding certain substances — *noun* (*uncount*) **fertilization**

fertilizer or **fertiliser** /ˈfɜːtɪlaɪzə(r)/ *noun* (*count or uncount*) a natural or chemical substance used to make soil more fertile

fervent /ˈfɜːvənt/ *adjective* having strong, sincere or enthusiastic feelings [*same as* **ardent**] — *adverb* **fervently**

fervour (*AmE* **fervor**) /ˈfɜːvə(r)/ *noun* (*uncount*) strong enthusiasm for something

fester /ˈfɛstə(r)/ *verb* **1** of a wound: to become infected and inflamed **2** to get worse

festival /ˈfɛstɪvəl/ *noun* **1** a celebration, especially a religious one **2** a programme of musical, theatrical or other performances

festive /ˈfɛstɪv/ *adjective* bright, colourful and joyful, in honour of some celebration ▶ *phrase* **the festive season** the period round Christmas

festivity /fɛˈstɪvɪti/ *noun* **1** (*uncount*) the celebration of some event, with eating, drinking and parties **2 festivities** eating, drinking and dancing, in celebration of some event

festooned /fɛˈstuːnd/ *adjective* covered with hanging decorations, *eg* flowers and ribbons

fetal see **foetal**

fetch /fɛtʃ/ *verb* **1** to go and get **2** to be sold for: *It fetched £100 at auction.*

fetching /ˈfɛtʃɪŋ/ *adjective* (*informal, slightly humorous*) attractive

fete or **fête** /feɪt/ *noun* an outdoor event with competitions, stalls selling food, and entertainment ♦ *verb* to honour with a public welcome

fetid or **foetid** /ˈfiːtɪd/ or /ˈfɛtɪd/ *adjective* having a nasty smell, stale or rotting

fetter /ˈfɛtə/ *noun* **fetters** chains that are put round prisoners' ankles ♦ *verb* to prevent from behaving freely [*same as* **restrict, shackle**]

fetus see **foetus**

feud /fju:d/ *noun* a long-lasting bitter quarrel, *eg* between families

feudal /'fju:dəl/ *adjective* (*history*) of a social system under which powerful nobles and landowners make weaker people work and fight for them, in return for land — *noun* (*uncount*) **feudalism**

fever /'fi:və(r)/ *noun* an abnormally high body temperature and a fast pulse

feverish /'fi:vərɪʃ/ *adjective* **1** having a fever **2** excited — *adverb* **feverishly**

few /fju:/ *determiner* **1** 'some', or 'a small number': *only a few tickets left* **2** 'hardly any' or 'not many': *Few people came to the party.* ♦ *pronoun*: *'Have you any matches?' 'Yes, a few.'* ▶ *phrase* **a good few** or **quite a few** several, a considerable number

fiancé /fɪ'ɑ̃seɪ/ or /fɪ'ɒnseɪ/ *noun* the man a woman is engaged to marry

fiancée /fɪ'ɑ̃seɪ/ or /fɪ'ɒnseɪ/ *noun* the woman a man is engaged to marry

fiasco /fɪ'æskoʊ/ *noun*: **fiascos** or **fiascoes** a disastrous failure

fib /fɪb/ *noun* (*informal*) a small unimportant lie ♦ *verb* (*informal*) to tell small unimportant lies

fibre /'faɪbə(r)/ *noun* **1** a fine thread **2** parts of some foods which help to move food quickly through the body **3** strength of character

fibreglass /'faɪbəglɑ:s/ *noun* (*uncount*) a strong, light plastic strengthened with glass fibres

fibrous /'faɪbrəs/ *adjective* consisting of, or containing, fibre

fickle /'fɪkəl/ *adjective* (*derogatory*) changeable; not stable or loyal [*same as* **capricious**; *opposite* **constant**] — *noun* **fickleness**

fiction /'fɪkʃən/ *noun* **1** stories about imaginary characters and events **2** something untrue

fictional /'fɪkʃənəl/ *adjective* found in stories as distinct from real life

fictitious /fɪk'tɪʃəs/ *adjective* invented or imaginary

fiddle /'fɪdəl/ *verb* **1 fiddle with** to keep touching, moving, or adjusting **2 fiddle about** to waste time **3** to alter dishonestly ♦ *noun* (*informal*) **1** a dishonest arrangement **2** a violin

fiddly /'fɪdlɪ/ *adjective* (*informal*) awkward to handle, or needing delicate or careful handling

fidelity /fɪ'dɛlɪtɪ/ *noun* (*uncount*) **1** faithfulness **2** truth, accuracy

fidget /'fɪdʒɪt/ *verb* to move about restlessly

field /fi:ld/ *noun* **1** a piece of enclosed ground for *eg* animals, crops or sports **2** an area of land containing a natural resource: *a coalfield* **3** a branch of interest or knowledge **4** the area over which a magnetic or gravitational force extends ♦ *verb* in sport: to catch the ball and return it

field-marshal /fi:ld 'mɑ:ʃəl/ *noun* an army officer of the highest rank

fieldwork /'fi:ldwɜ:k/ *noun* (*uncount*) practical work

fiend /fi:nd/ *noun* **1** an evil, wicked or cruel person **2** an extreme enthusiast: *a crossword fiend* [*same as* **fanatic**]

fiendish /'fi:ndɪʃ/ *adjective* **1** evil or wicked **2** extremely bad **3** very complicated or clever — *adverb* (*intensifying*) **fiendishly**

fierce /fɪəs/ *adjective* **1** hostile, likely to attack **2** intense, strong — *adverb* **fiercely**

fiery /'faɪərɪ/ *adjective* **1** like fire **2** passionate, or getting angry easily

fifteen /fɪf'ti:n/ *noun* **1** the number 15 **2** the age of 15 ♦ *adjective* fifteen years old ♦ *determiner*: *I ordered fifteen copies.* ♦ *pronoun*: *Here are fifteen to start with.*

fifteenth /fɪf'ti:nθ/ *adjective* (often written **15th**) the one numbered fifteen in a series ♦ *noun* (often written $\frac{1}{15}$) one of fifteen equal parts

fifth /fɪfθ/ *determiner* (often written **5th**) the one numbered five in a series ♦ *pronoun*: *Our house is the fifth on the left.* ♦ *adjective*: *He had engine trouble and came in fifth.* ♦ *noun* (often written $\frac{1}{5}$) one of five equal parts

fiftieth /'fɪftɪɛθ/ *adjective* (often written **50th**) the one numbered fifty in a series ♦ *noun* (often written $\frac{1}{50}$) one of fifty equal parts

fifty /'fɪftɪ/ *noun* **1** the number 50 **2** the age of 50 ♦ *adjective* fifty years old ♦ *determiner*: *a fifty-year-old* ♦ *pronoun*: *We received fifty today.*

fig /fɪg/ *noun* a soft sweet juicy fruit full of tiny seeds

fight /faɪt/ *verb*: **fights, fighting, fought 1** to struggle together and try to hurt each other **2** to quarrel **3** to go to war with **4** to resist, try to prevent ♦ *noun* **1** a battle or an occasion of fighting **2** a quarrel **3** a struggle for or against something

fighter /'faɪtə(r)/ *noun* **1** a person who fights **2** a person with the determination to overcome difficulties or adversity **3** an aircraft equipped to attack other aircraft

figment /ˈfɪgmənt/ *noun* ▶ *phrase* **a figment of your imagination** an imaginary story or idea that you believe in

figurative /ˈfɪgərətɪv/ *adjective* of a word: used in an imaginative or metaphorical sense, as distinct from its real or literal sense [*opposite* **literal**] — *adverb* **figuratively**

figure /ˈfɪgə(r)/ *noun* **1** a symbol representing a number **2** an indistinctly seen or unidentified person **3** a diagram or illustration **4** a geometrical shape **5** a pattern of steps or movements *eg* in skating ♦ *verb* **1** to appear, take part: *He figures in the story.* **2** to be understandable: *That figures.*

figure out to think hard about and solve

figurehead /ˈfɪgəhɛd/ *noun* **1** a carved wooden figure fixed to the front of a ship **2** a leader who has little real power

filament /ˈfɪləmənt/ *noun* the slender thread of wire that lights up in a light bulb

filch /fɪltʃ/ *verb* (*informal*) to steal

file /faɪl/ *noun* **1** a folder for holding loose papers **2** a collection of papers dealing with a particular subject or person **3** a collection of data stored in a computer **4** a moving line or queue ♦ *verb* **1** to put *eg* papers into a file **2** to walk one behind the other

filial /ˈfɪlɪəl/ *adjective* relating to a son or daughter

fill /fɪl/ *verb* **1** to put enough of something in, to make full: *He filled the pan with water.* **2** to occupy **3** to become full: *Her eyes filled with tears.* **4** to satisfy, *eg* a requirement **5** to appoint someone to do *eg* a job: *fill a vacancy* ▶ *phrase* **have had your fill** to be unable to bear any more

fill in 1 to write information on *eg* a form **2** to inform **3** to do another person's job while they are absent

fillet (*AmE* **filet**) /ˈfɪlɪt/ *noun* (*count or uncount*) a piece of meat or fish with the bones removed

filling /ˈfɪlɪŋ/ *noun* **1** a small quantity of artificial material that a dentist puts into a hole in a decayed tooth **2** the food or mixture put inside *eg* a sandwich ♦ *adjective* of food: making you feel full

filling-station /ˈfɪlɪŋ steɪʃən/ *noun* a garage which sells petrol

filly /ˈfɪlɪ/ *noun* a young female horse

film /fɪlm/ *noun* **1** a chemically-coated strip on which photographs are taken **2** a motion picture for showing in the cinema, or on television or video **3** a fine layer ♦ *verb* to take moving pictures of, *eg* with a video camera

filter /ˈfɪltə(r)/ *noun* **1** a device for removing solid material from liquids **2** a disc on a camera lens that reduces the strength of light ♦ *verb* **1** to pass through a filter **2** to move or arrive gradually: *The news filtered through.* **3** of cars: to turn left or right while the main queue is not moving

filth /fɪlθ/ *noun* (*uncount*) **1** dirt **2** obscene words or pictures

filthy /ˈfɪlθɪ/ *adjective* **1** disgustingly dirty **2** sexually vulgar or offensive

fin /fɪn/ *noun* a thin wing-like projection on a fish's body, for balancing and swimming

final /ˈfaɪnəl/ *adjective* **1** last **2** allowing no argument; not to be altered: *The judge's decision is final.* ♦ *noun* **1** the last contest in a competition **2 finals** the most important set of examinations in a university degree course

finale /fɪˈnɑːlɪ/ *noun* a final act or section that forms the impressive conclusion to a show

finalist /ˈfaɪnəlɪst/ *noun* someone who takes part in a final round, game or contest

finality /faɪˈnalɪtɪ/ *noun* (*uncount*) the quality of being final and decisive

finalize or **finalise** /ˈfaɪnəlaɪz/ *verb* to put *eg* plans in a final or definite form

finally /ˈfaɪnəlɪ/ *adverb* in the end, at last, after a long time or delay

finance /faɪˈnans/ or /ˈfaɪnans/ *noun* **1** (*uncount*) the management of money **2** (*uncount*) the money needed to pay for something [*same as* **funding**] **3 finances** the amount of money that you have at any particular time ♦ *verb* to provide money for

financial /faɪˈnanʃəl/ or /fɪˈnanʃəl/ *adjective* relating to money or finance — *adverb* **financially**

financier /fɪˈnansɪə(r)/ or /faɪˈnansɪə(r)/ *noun* someone who manages or lends large sums of money

finch /fɪntʃ/ *noun* a small singing bird

find /faɪnd/ *verb*: **finds, finding, found 1** to discover by searching, notice by chance, or become aware of: *I found an earring in the street.* **2** to get: *He found work as a hospital porter.* **3** to feel to be: *She finds it hard to live on her pension.* **4** to know to exist: *Vitamin A is found in carrots.* ♦ *noun* something discovered, especially something of interest or value

find out to discover, learn about

fine[1] /faɪn/ *adjective* **1** splendid or excellent **2** of high quality **3** bright, not rainy **4** well,

fine healthy **5** satisfactory or acceptable **6** thin, delicate — *adverb* **finely** — *noun* (*uncount*) **fineness** ♦ *adverb* successfully, making good progress

fine² /faɪn/ *noun* money you have to pay as a punishment ♦ *verb* to order to pay money as punishment

fine arts /faɪn 'ɑːts/ *noun* (*plural*) painting, sculpture and drawing

finery /'faɪnərɪ/ *noun* (*uncount*) splendid clothes and jewellery

finesse /fɪ'nɛs/ *noun* (*uncount*) skill, ease and style

finger /'fɪŋgə(r)/ *noun* one of the five separate jointed parts at the end of your hands ♦ *verb* to touch with the fingers ▸ *phrases* **cross your fingers** or **keep your fingers crossed** to hope for, and try to make, something happen **put your finger on** to identify a particular point or difficulty

fingerprint /'fɪŋgəprɪnt/ *noun* the mark made by the tip of a finger, used by the police as a means of identification ♦ *verb* to record, or take, fingerprints

finish /'fɪnɪʃ/ *verb* **1** to complete **2** to stop: *When do you finish work today?* ♦ *noun* **1** the end or last stage **2** the surface texture of a material

> **finish off 1** to eat or drink the last bit of **2** (*informal*) to kill
> **finish with 1** to end a relationship with **2** to stop using, have no more need for

finished /'fɪnɪʃt/ *adjective* **1** ready, having completed a task **2** no longer considered important or effective

finite /'faɪnaɪt/ *adjective* having limits [*same as* **limited**; *opposite* **infinite**]

fiord see **fjord**

fir /fɜː(r)/ *noun* a tall evergreen tree with cones and needle-like leaves

fire /faɪə(r)/ *noun* **1** (*uncount*) flames coming from something that is burning **2** an occurrence of burning **3** a heating device: *an electric fire* **4** shots from guns: *the sound of gunfire* ♦ *verb* **1** to shoot a bullet or other missile: *fire a gun* **2** to dismiss from a job **3** to inspire or stimulate: *fired by his enthusiasm* ▸ *phrases* **catch fire** to begin to burn **on fire** burning

fire alarm /'faɪər əlɑːm/ *noun* a bell that is rung as a warning of fire

firearm /'faɪərɑːm/ *noun* a gun *eg* a pistol

fire brigade /'faɪə brɪgeɪd/ *noun* a team of people who are trained to extinguish fires

fire engine /'faɪər ɛndʒɪn/ *noun* a vehicle carrying firefighters and their equipment

fire escape /'faɪər ɪskeɪp/ *noun* a means of escape from a building in case of fire

fire-extinguisher /'faɪərɪkstɪŋgwɪʃə(r)/ *noun* a cylinder containing water or chemicals for extinguishing fires

firefighter /'faɪəfaɪtə(r)/ *noun* someone whose job is to extinguish fires

fireguard /'faɪəgɑːd/ *noun* a metal or wire screen placed in front of a fireplace for safety

fireman /'faɪəmən/ *noun* a man whose job it is to extinguish fires

fireplace /'faɪəpleɪs/ *noun* an opening in a wall below a chimney for a fire

firewoman /'faɪəwʊmən/ *noun* a woman whose job is to put out fires

fireworks /'faɪəwɜːks/ *noun* explosive devices that produce bangs and flashes for entertainment

firm¹ /fɜːm/ *adjective* **1** strong and steady **2** not easily changed — *adverb* **firmly** — *noun* (*uncount*) **firmness**

firm² /fɜːm/ *noun* a business company or organization

first /fɜːst/ *determiner* (sometimes written **1st**) **1** the earliest in time or order, coming before all others **2** most important or basic ♦ *pronoun*: *the first of six episodes* ♦ *adjective* before all others in place, time or rank: *She came first in the soprano solo.* ▫ *I was first in English this term.* ♦ *noun* **1** something that has never happened before **2** a first-class university degree ▸ *phrase* **first thing** early in the morning

first aid /fɜːst 'eɪd/ *noun* (*uncount*) simple and immediate emergency treatment of an injured or ill person

first-class /fɜːst'klɑːs/ *adjective* of the highest standard or best kind ♦ *adverb*: *travel first-class*

firsthand /fɜːst'hænd/ *adjective* direct ♦ *adverb*: *acquire a skill firsthand.*

firstly /'fɜːstlɪ/ *adverb* used to introduce the first of a list of things

first name /'fɜːst neɪm/ *noun* your personal name as distinct from your family name [*same as* **forename**, **Christian name**]

first-rate /fɜːst'reɪt/ *adjective* excellent

fiscal /'fɪskəl/ *adjective* relating to government money and taxes

fish /fɪʃ/ *noun*: **fish** or **fishes** an animal that lives in water, and breathes through gills ♦ *verb* **1** to try to catch fish as a sport or for food **2** to search: *She fished in her bag for a pen.* **3** to try to get: *fish for compliments*

fisherman /'fɪʃəmən/ *noun* a man who fishes, especially as a job

fish finger

fish finger /fɪʃ 'fɪŋgə(r)/ *noun* a narrow rectangular portion of fish covered with breadcrumbs

fishmonger /'fɪʃmʌŋgə(r)/ *noun* a shopkeeper who sells fish

fishy /'fɪʃɪ/ *adjective* **1** like a fish **2** doubtful, arousing suspicion [*same as* **dubious**]

fission /'fɪʃən/ *noun* (*uncount*) splitting *eg* of the nucleus of an atom

fissure /'fɪʃə(r)/ *noun* a crack

fist /fɪst/ *noun* a tightly-closed hand

fit[1] /fɪt/ *verb* **1** to be the right size **2** to be small enough or few enough: *Will all these books fit into that bookcase?* **3** to install ♦ *noun* the extent to which something fits: *The jacket's a good fit.* ♦ *adjective* suitable for a purpose: *fit for use* **2** healthy, in good shape — *noun* (*uncount*) **fitness**

> **fit in 1** to behave in a way that people accept **2** to adjust to suit others **3** to find time to do or deal with

fit[2] /fɪt/ *noun* a sudden attack or spasm

fitful /'fɪtfəl/ *adjective* going on in an irregular, interrupted way [*same as* **disturbed**] — *adverb* **fitfully**

fitness see **fit**[1]

fitted /'fɪtɪd/ *adjective* specially designed to fit something: *a fitted kitchen*

fitting /'fɪtɪŋ/ *adjective* suitable ♦ *noun* something installed in a house — *adverb* **fittingly**

five /faɪv/ *noun* **1** the number 5 **2** the age of 5 ♦ *adjective* five years old ♦ *pronoun*: *I bought another five.*

fiver /'faɪvə(r)/ *noun* (*informal*) five pounds or a five-pound note

fix /fɪks/ *verb* **1** to place or attach firmly **2** to arrange **3** to repair ♦ *noun* (*informal*) **1** difficulty or trouble **2** a dose of an addictive drug

fixation /fɪk'seɪʃən/ *noun* an obsession

fixed /fɪkst/ *adjective* settled; set in position; unlikely to change — *adverb* **fixedly**

fixture /'fɪkstʃə(r)/ *noun* **1** one of the permanently fixed pieces of furniture in a house **2** an arranged sports match or race

fizz /fɪz/ *verb* of liquid: to make a hissing sound and produce bubbles

fizzle /'fɪzəl/

> **fizzle out** to come to an unexpectedly early and rather feeble end

fizzy /'fɪzɪ/ *adjective* of a drink: full of little bubbles

flank

fjord or **fiord** /fjɔːd/ or /'fiːɔːd/ *noun* a long narrow inlet in a high rocky coast, especially in Norway

flabbergasted /'flabəgɑːstɪd/ *adjective* (*informal*) very surprised [*same as* **amazed**, **astonished**, **dumbfounded**]

flabby /'flabɪ/ *adjective* (*informal, derogatory*) of flesh: hanging loosely on the body

flaccid /'flasɪd/ *adjective* of part of the body: soft and limp, not firm

flag[1] /flag/ *noun* **1** a piece of cloth with a distinctive and brightly coloured design, used as a symbol **2** any object similar to this ♦ *verb* to mark with a symbol

> **flag down** to wave at *eg* a taxi, in order to get the driver to stop

flag[2] /flag/ *verb* to get tired and lose energy

flagon /'flagən/ *noun* a large container for liquid

flagrant /'fleɪgrənt/ *adjective* of behaviour: shocking or wrong, and not concealed or disguised — *adverb* **flagrantly**

flail /fleɪl/ *verb* to move about in a violent, uncontrolled way

flair /fleə(r)/ *noun* a natural ability or talent

flak /flak/ *noun* (*uncount*) **1** fire directed at enemy aircraft **2** strong criticism

flake /fleɪk/ *noun* **1** a small thin flat particle of something **2** a snowflake ♦ *verb* of *eg* paint: to drop off a surface in thin pieces

flaky /'fleɪkɪ/ *adjective* breaking up easily into small thin flat particles

flamboyant /flam'bɔɪənt/ *adjective* **1** daring and stylish **2** bold, bright and unusual [*opposite* **modest**, **restrained**] — *adverb* **flamboyantly** — *noun* (*uncount*) **flamboyance**

flame /fleɪm/ *noun* **1** the bright mass of burning gases coming from a fire **2** a single point of fire

flaming /'fleɪmɪŋ/ *adjective* **1** burning **2** red **3** violent: *a flaming temper*

flamingo /flə'mɪŋgoʊ/ *noun*: **flamingos** or **flamingoes** a large long-legged water bird with pink feathers

flammable /'flaməbəl/ *adjective* that burns easily [*same as* **inflammable**; *opposite* **non-flammable**]

flan /flan/ *noun* (*count or uncount*) a flat, open tart

flank /flaŋk/ *noun* **1** the side of an animal's body **2** a body of soldiers ♦ *verb* to be situated at either side of

flannel /'flanəl/ *noun* **1** a soft light woollen cloth used to make clothes **2** a small square cloth for washing yourself with

flap /flap/ *verb* **1** to wave up and down or from side to side, producing a noise **2** (*informal*) to get into a panic ♦ *noun* anything broad and loose-hanging: *a tent flap* **2** the sound of eg wings moving through air **3** (*informal*) a panic: *in a flap*

flare /flɛə(r)/ *noun* **1** a sudden blaze of bright light **2** a device for producing a blaze of light ♦ *verb* **1** to burn with sudden brightness **2** to get suddenly worse **3** to get wider towards the bottom

flash /flaʃ/ *noun* **1** a quick blaze of light **2** a sudden brief occurrence **3** a device for producing light for photography ♦ *verb* **1** to shine briefly, once or repeatedly **2** to pass quickly ▸ *phrase* **in a flash** very quickly or suddenly

flashlight /'flaʃlaɪt/ (*AmE*) *noun* a torch

flashy /'flaʃɪ/ *adjective* (*derogatory*) too obviously expensive [*same as* **ostentatious**] — *adverb* **flashily**

flask /flɑːsk/ *noun* **1** a small flat bottle **2** a narrow-necked bottle **3** an insulated bottle or vacuum flask

flat /flat/ *adjective* **1** level, horizontal, smooth: *a flat surface* **2** of a drink: no longer fizzy **3** of a tyre: punctured **4** without expression or liveliness **5** leaving no doubt, downright: *a flat denial* **6** (*music*) slightly lower than the right note — *adverb* **flatly** ♦ *adverb* **1** into a horizontal position **2** singing or playing notes slightly lower than they should be ♦ *noun* **1** an apartment **2** (*music*) a note lowered by half a note indicated by the sign (♭) ▸ *phrase* **flat out** as hard, fast or energetically as possible

flatmate /'flatmeɪt/ *noun* someone who shares a flat with you

flatten /'flatən/ *verb* to make or become flat

flatter /'flatə(r)/ *verb* **1** to praise insincerely **2** to cause to seem more attractive

flattery /'flatərɪ/ *noun* (*uncount*) language or behaviour that flatters you

flaunt /flɔːnt/ *verb* of power, influence or wealth: to display in an obvious way

flavour (*AmE* **flavor**) /'fleɪvə(r)/ *noun* **1** taste: *lemon flavour* **2** quality or atmosphere: *an exotic flavour* ♦ *verb* to give a taste to

flavouring (*AmE* **flavoring**) /'fleɪvərɪŋ/ *noun* a substance used to give a particular taste: *vanilla flavouring*

flaw /flɔː/ *noun* **1** a mark or a small damaged area [*same as* **defect**] **2** a fault [*same as* **failing, weakness**]

flawless /'flɔːləs/ *adjective* with no faults or flaws [*same as* **perfect**] — *adverb* **flawlessly**

flax /flaks/ *noun* (*uncount*) a plant whose fibres are woven into linen cloth

flaxen /'flaksən/ *adjective* (*literary*) of hair: very fair

flea /fliː/ *noun* a tiny wingless jumping insect that sucks blood

fleck /flɛk/ *noun* a small mark or spot

flecked /'flɛkt/ *adjective* covered with marks or spots of another colour

fled /flɛd/ *verb* the past tense and past participle of **flee**

fledgling or **fledgeling** /'flɛdʒlɪŋ/ *noun* a young bird that is learning to fly

flee /fliː/ *verb*: **flees, fleeing, fled** to run away from eg danger

fleece /fliːs/ *noun* a sheep's coat of wool ♦ *verb* (*informal*) to get a lot of money from by cheating

fleecy /'fliːsɪ/ *adjective* soft and fluffy like wool

fleet /fliːt/ *noun* **1** a number of ships **2** a number of cars or taxis

fleeting /'fliːtɪŋ/ *adjective* lasting for only a short time: *a fleeting glimpse* [*same as* **brief**] — *adverb* **fleetingly**

flesh /flɛʃ/ *noun* (*uncount*) **1** the soft tissue which covers the bones of humans and animals **2** the soft inside part of a fruit or vegetable ▸ *phrase* **flesh and blood 1** human, mortal **2** a member of your family

fleshy /'flɛʃɪ/ *adjective* having a lot of flesh on the body

flew /fluː/ *verb* the past tense of **fly**

flex /flɛks/ *verb* to bend ♦ *noun* (*count or uncount*) a length of covered wire attached to an electrical device

flexible /'flɛksəbəl/ *adjective* **1** that bends easily [*opposite* **rigid, stiff**] **2** willing to adapt to new or different conditions — *noun* (*uncount*) **flexibility** — *adverb* **flexibly**

flexitime /'flɛksɪtaɪm/ *noun* (*uncount*) a system in which an agreed number of hours' work is done at times chosen by the worker

flick /flɪk/ *verb* **1** to strike lightly with a quick movement **2** to remove lightly with the back of the fingertips ♦ *noun* a quick, sharp movement: *a flick of the wrist*

flicker /'flɪkə(r)/ *verb* **1** to burn or shine unsteadily **2** to move quickly up and down: *His eyelids flickered.* ♦ *noun*: *the flicker of the fire in the grate*

flight /flaɪt/ *noun* **1** (*uncount*) the act of flying **2** a journey by plane **3** the act of

flighty /'flaɪtɪ/ *adjective* (*old, derogatory*) changeable, impulsive

flimsy /'flɪmzɪ/ *adjective* **1** thin; easily torn or broken **2** weak: *a flimsy excuse*

flinch /flɪntʃ/ *verb* to move or jump back in *eg* fear or pain

fling /flɪŋ/ *verb*: **flings, flinging, flung** to throw carelessly ♦ *noun* (*informal*) a short period of enjoying yourself in a very free way

flint /flɪnt/ *noun* **1** (*uncount*) a kind of hard stone **2** a piece of hard metal from which a spark can be struck

flip /flɪp/ *verb* **1** to throw or turn quickly or lightly **2** to go mad ♦ *noun* a quick light throw

flippant /'flɪpənt/ *adjective* not serious enough about important matters — *noun* (*uncount*) **flippancy** — *adverb* **flippantly**

flipper /'flɪpə(r)/ *noun* **1** a limb of *eg* a whale or dolphin **2** a webbed rubber shoe worn by divers

flirt /flɜːt/ *verb* **1** to play in a sexually affectionate way, without any serious intentions **2** to take an interest in without committing yourself: *flirt with Buddhism* ♦ *noun* someone who flirts a lot — *noun* (*count or uncount*) **flirtation**

flirtatious /flɜː'teɪʃəs/ *adjective* fond of flirting — *adverb* **flirtatiously**

flit /flɪt/ *verb* **1** to fly lightly from place to place **2** to keep moving from one thing to another

float /fləʊt/ *verb* **1** to keep on the surface of a liquid without sinking **2** to move about above ground: *float through the air* **3** to set going: *float a fund* ♦ *noun* **1** a floating device on a fishing line **2** a van delivering *eg* milk **3** a decorated vehicle in a street parade **4** a sum of money set aside for giving change

flock /flɒk/ *noun* **1** a group of sheep or birds **2** a crowd of people **3** the congregation of a church ♦ *verb* **flock to** go to in large numbers

flog /flɒg/ *verb* **1** (*informal*) to sell **2** to beat or whip — *noun* (*count or uncount*) **flogging**: *given a public flogging*

flood /flʌd/ *noun* **1** a great quantity of water **2** the rise or flow of the tide **3** an overwhelming quantity: *a flood of letters* ♦ *verb* **1** of water: to flow over and cover an area of dry land **2** to overwhelm; come in large amounts or numbers — *adjective* **flooded** — *noun* (*uncount*) **flooding**

floodlight /'flʌdlaɪt/ *noun* a powerful lamp used at night to light *eg* football pitches ♦ *verb*: **floodlights, floodlighting, floodlit** to light with floodlights

floor /flɔː(r)/ *noun* **1** the surface in a room that you walk on **2** a level of a building: *a third-floor flat* ♦ *verb* (*informal*) **1** to knock flat **2** to puzzle

flop /flɒp/ *verb* **1** to fall or sit down suddenly and heavily **2** to sway or swing about loosely **3** (*informal*) to fail badly ♦ *noun* (*informal*) a failure

floppy /'flɒpɪ/ *adjective* soft and loose [*opposite* **stiff, rigid**]

floppy disk /flɒpɪ 'dɪsk/ *noun* a computer disk, often in a hard case, used to store data

flora /'flɔːrə/ *noun* (*plural*) the plants that grow in a particular area [see also **fauna**]

floral /'flɔːrəl/ *adjective* **1** made of, or relating to, flowers **2** patterned with flowers [*same as* **flowery**]

florid /'flɒrɪd/ *adjective* **1** with a pink or red face **2** of a writing style: too literary

florist /'flɒrɪst/ *noun* someone who sells cut flowers

floss /flɒs/ *noun* (*uncount*) fine thread that you use for cleaning between the teeth: *dental floss*

flounce /flaʊns/ *verb* to walk away in a deliberately noisy, bad-tempered manner

flounder /'flaʊndə(r)/ *verb* **1** to kick and move the arms wildly in water or mud **2** to be unable to think of what to say

flour /flaʊə(r)/ *noun* (*uncount*) fine white or brown powder produced by grinding grain

flourish /'flʌrɪʃ/ *verb* **1** to be in good health, and making good progress **2** to grow strong and healthy **3** to develop and increase in suitable conditions [*same as* **thrive**] **4** to wave about for people to see ♦ *noun* **1** a sweeping movement made with the hand **2** a fancy stroke in writing

flout /flaʊt/ *verb* to disobey deliberately

flow /fləʊ/ *verb* **1** to run, as water **2** to move steadily along **3** to come quickly: *Ideas began to flow.* — *adjective* **flowing** ♦ *noun* the action of flowing or moving along steadily

flower /flaʊə(r)/ *noun* **1** the part of a plant or tree from which fruit or seeds grow **2** a plant bearing flowers ♦ *verb* **1** of plants: to produce a flower **2** to develop fully and successfully

flowery /'flaʊərɪ/ *adjective* **1** full of or decorated with flowers [*same as* **floral**] **2** using language that is too fancy or literary

flown /fləʊn/ *verb* the past participle of **fly**

flu /fluː/ *noun* (*uncount*) an illness like a bad cold [*same as* **influenza**]

fluctuate /'flʌktjʊeɪt/ *verb* to keep altering in amount, level or character

— *adjective* **fluctuating** — *noun* **fluctuation**

flue /fluː/ *noun* a passage for air and smoke in a chimney or pipe

fluent /'fluːənt/ *adjective* speaking and writing easily and well — *noun* (*uncount*) **fluency** — *adverb* **fluently**

fluff /flʌf/ *noun* soft masses of dust or woolly material ♦ *verb* 1 to shake or arrange into a soft mass: *birds fluffing out their feathers* 2 to spoil by doing badly or making a mistake

fluffy /'flʌfɪ/ *adjective* soft and furry

fluid /'fluːɪd/ *noun* a liquid or other substance that can flow freely ♦ *adjective* 1 able to flow 2 smooth and graceful 3 of plans: not settled or fixed — *noun* (*uncount*) **fluidity**

fluke /fluːk/ *noun* a success achieved through good luck

flung /flʌŋ/ *verb* the past tense and past participle of **fling**

fluorescent /flʊə'resənt/ *adjective* giving out a bright light when exposed to another light

fluoride /'flʊəraɪd/ *noun* (*uncount*) a chemical that prevents tooth decay

flurry /'flʌrɪ/ *noun* 1 a sudden brief rush of rain, wind or snow 2 a sudden burst of activity ♦ *verb* to confuse and upset [*same as* **fluster**]

flush¹ /flʌʃ/ *verb* 1 to go red in the face 2 to clean (a toilet) with a rush of water 3 to force to come out ♦ *noun* 1 a redness that spreads over *eg* the face 2 the device you operate to make water rush into the toilet to clean it

flush² /flʌʃ/ *adjective or adverb* level ♦ *adjective* (*informal*) having plenty of money

fluster /'flʌstə(r)/ *verb* to cause to feel confused and nervous — *adjective* **flustered** ♦ *noun*: *in a terrible fluster*

flute /fluːt/ *noun* a horizontally-held musical wind instrument

fluted /'fluːtɪd/ *adjective* decorated with grooves

flutter /'flʌtə(r)/ *verb* 1 to move up and down or back and forth rapidly 2 to fly with rapid wing movements ♦ *noun* nervous excitement: *a flutter of passion*

flux /flʌks/ *noun* (*uncount*) a constantly changing flow: *in a state of flux*

fly /flaɪ/ *verb*: **flies**, **flying**, **flew**, **flown** 1 to move through the air on wings or in an aeroplane 2 to be in control of an aeroplane 3 to move with great speed: *She flew upstairs.* ♦ *noun* 1 a small winged insect 2 the zip or buttons that fasten the front of a pair of trousers

flying saucer /ˌflaɪɪŋ 'sɔːsə(r)/ *noun* a disc-shaped flying object believed to be from another planet

flyover /'flaɪəʊvə(r)/ *noun* a bridge taking one road over another

flysheet /'flaɪʃiːt/ *noun* the outer covering of a tent

foal /fəʊl/ *noun* a young horse

foam /fəʊm/ *noun* (*uncount*) 1 a mass of small bubbles on liquids 2 soft, light material full of tiny holes ♦ *verb*: *The waves crashed and foamed.* — *adjective* **foaming**

fob /fɒb/ *verb* **fob off** to force to accept something worthless

focal point /'fəʊkəl pɔɪnt/ *noun* the area of greatest interest or activity

focus /'fəʊkəs/ *verb*: **focuses** or **focusses**, **focusing** or **focussing**, **focused** or **focussed** 1 to concentrate 2 to adjust *eg* binoculars until you get a clear image ♦ *noun* 1 the point at which rays of light meet 2 a device you adjust to get a clear image 3 the centre *eg* of attention

fodder /'fɒdə(r)/ *noun* (*uncount*) dried food, such as hay or oats, for farm animals

foe /fəʊ/ *noun* (*literary*) an enemy

foetal or **fetal** /'fiːtəl/ *adjective* relating to a foetus

foetus /'fiːtəs/ *noun* an unborn creature or baby growing in an egg or womb

fog /fɒg/ *noun* (*uncount or count*) thick mist

foggy /'fɒgɪ/ *adjective* characterized by fog

foghorn /'fɒghɔːn/ *noun* a horn used as a warning to, or by, ships in fog

foil¹ /fɔɪl/ *verb* to prevent from succeeding [*same as* **thwart**, **frustrate**]

foil² /fɔɪl/ *noun* 1 (*uncount*) metal in the form of paper-thin sheets 2 someone who contrasts with, and emphasizes the impressive qualities of another

foist /fɔɪst/ *verb* 1 to force to receive: *foist your political views on someone* 2 to sell something worthless

fold¹ /fəʊld/ *verb* 1 to bend so that one part lies on top of the other 2 of a business: to be forced to close ♦ *noun* the action of folding, or a bend or crease made in paper or cloth

fold² /fəʊld/ *noun* a walled or fenced enclosure for sheep

folder /'fəʊldə(r)/ *noun* a cover in which to keep loose papers

foliage

foliage /ˈfəʊliːɪdʒ/ *noun* (*uncount*) leaves

folk /fəʊk/ *noun* **1** (*plural*) people **2** a nation, race: *a nomadic folk* **3 folks** family or relations **4 folks** a way of addressing a group of people ♦ *adjective* relating to traditional music or dance of a particular people

folklore /ˈfəʊklɔː(r)/ *noun* (*uncount*) the customs, beliefs and stories of a community of people

follow /ˈfɒləʊ/ *verb* **1** to go along behind **2** to come after or happen as a result **3** to take a particular route: *follow the river* **4** to work at *eg* a trade **5** to act according to: *follow the instructions* **6** to understand: *I don't follow you.* **7** to take an interest in and keep informed about

> **follow up 1** to investigate further **2** to do something as the next step

follower /ˈfɒləʊə(r)/ *noun* someone who supports or believes in someone

following /ˈfɒləʊɪŋ/ *adjective* **1** next in time: *We left the following day.* **2** that you are about to mention: *the following points...* ♦ *preposition* after, as a result of: *Following her resignation a temporary headteacher was appointed.* ♦ *noun* supporters: *The team has a large following.*

folly /ˈfɒli/ *noun* foolishness, stupidness

foment /fəˈment/ *verb* to stir up or encourage growth of *eg* discontent or ill feeling

fond /fɒnd/ *adjective* **1** loving; feeling affection for **2 fond of** having a liking for **3** foolish — *noun* (*uncount*) **fondness**

fondle /ˈfɒndəl/ *verb* to touch or stroke affectionately [*same as* **caress**]

font /fɒnt/ *noun* **1** a basin holding water for baptism **2** a main source: *a font of knowledge*

food /fuːd/ *noun* (*uncount or count*) anything that people or animals eat

food-processor /ˈfuːdprəʊsesə(r)/ *noun* an electrical appliance for chopping or mixing food

foodstuff /ˈfuːdstʌf/ *noun* any substance used as food

fool /fuːl/ *noun* a stupid person ♦ *verb* **1** to trick or deceive **2** to pretend something for fun ▶ *phrases* **make a fool of** to embarrass or cause to look silly **play the fool** to behave in a deliberately silly way

> **fool about 1** to behave in a deliberately silly way **2** to have a sexual relationship with someone while committed to someone else

forbade

foolhardy /ˈfuːlhɑːdi/ *adjective* taking foolish and unnecessary risks

foolish /ˈfuːlɪʃ/ *adjective* unwise, ill-considered [*same as* **stupid**, **silly**; *opposite* **sensible**, **wise**] ♦ *adverb*: *I've behaved foolishly* — *noun* (*uncount*) **foolishness**

foolproof /ˈfuːlpruːf/ *adjective* that cannot go wrong

foot /fʊt/ *noun*: **feet 1** the part of the body below the ankle **2** the bottom or lower end of something **3** a measurement of length equal to twelve inches or 30.48 centimetres ▶ *phrases* **have your feet on the ground** have plenty of common sense **on foot** walking, rather than *eg* by car **put your foot in it** to say something embarrassing and stupid **stand on your own two feet** to look after yourself; not depend on others

football /ˈfʊtbɔːl/ *noun* **1** a game between two teams of eleven, played with a ball that players try to kick into the opposing team's goal **2** the ball used in the game

foothill /ˈfʊthɪl/ *noun* one of a group of smaller hills surrounding a range of high mountains

foothold /ˈfʊthəʊld/ *noun* **1** a hole or ledge in a rock face where you can put your feet when climbing **2** a firm position from which to begin something

footing /ˈfʊtɪŋ/ *noun* **1** balance **2** degree of friendship **3** basis

footlights /ˈfʊtlaɪts/ *noun* (*plural*) the row of lights set along the front edge of a stage

footnote /ˈfʊtnəʊt/ *noun* a note at the bottom of a page

footpath /ˈfʊtpɑːθ/ *noun* a path or track for walkers

footprint /ˈfʊtprɪnt/ *noun* a mark of a foot, *eg* in mud or snow

footstep /ˈfʊtstep/ *noun* the sound of someone's foot when walking

footwear /ˈfʊtweə(r)/ *noun* (*uncount*) shoes, boots, sandals or slippers

for /fɔː(r)/ *preposition* **1** to be given to or used by: *There is a letter for you.* **2** in order to help: *I did it for him.* **3** towards: *headed for home* **4** during: *waited for three hours* **5** because of: *for no good reason* **6** used in expressing needs, wants, desires and requests: *doing it for the money* **7** in support of ♦ *conjunction* (*old*) because

forage /ˈfɒrɪdʒ/ *verb* to search for food

foray /ˈfɒreɪ/ *noun* **1** a sudden raid **2** a brief outing

forbade /fɔːˈbad/ or /fəˈbeɪd/ *verb* the past tense of **forbid**

forbearing /fɔː'bɛərɪŋ/ *adjective* patient [*same as* **tolerant**, **patient**, **indulgent**] — *noun* (*uncount*) **forbearance**

forbid /fə'bɪd/ *verb*: **forbids**, **forbidding**, **forbade**, **forbidden** to order not to; to prevent

forbidden /fə'bɪdən/ *adjective* not allowed

forbidding /fə'bɪdɪŋ/ *adjective* rather frightening

force /fɔːs/ *verb* **1** to make, compel: *forced him to go* **2** to get by violence: *force an entry* **3** to break open: *force a lock* ♦ *noun* **1** strength, violence **2** an influence **3** the police **4** a body of people organized to do a particular job **5 forces** those in the army, navy and airforce

forced /'fɔːst/ *adjective* done unwillingly, with effort: *a forced laugh*

forceful /'fɔːsfəl/ *adjective* **1** strong and confident **2** persuasive, convincing, powerful — *adverb* **forcefully**

forceps /'fɔːseps/ *noun* (*plural*) a medical instrument for holding or lifting

forcible /'fɔːsɪbəl/ *adjective* **1** done by force **2** strong and effective **3** powerful — *adverb* **forcibly**

ford /fɔːd/ *noun* a shallow crossing-place in a river ♦ *verb* to cross shallow water on foot

fore /fɔː(r)/ *noun* ▸ *phrase* **come to the fore** to become important and well-known

forearm /'fɔːrɑːm/ *noun* the part of the arm between elbow and wrist

forebear /'fɔːbeə(r)/ *noun* an ancestor

foreboding /fɔː'boʊdɪŋ/ *noun* (*uncount or count*) a feeling of approaching disaster

forecast /'fɔːkɑːst/ *noun* a prediction: *the weather forecast* ♦ *verb*: **forecasts**, **forecasting**, **forecast** or **forecasted** to say what you expect to happen [*same as* **predict**]

forecourt /'fɔːkɔːt/ *noun* an open area in front of a building

forefather /'fɔːfɑːðə(r)/ *noun* (*literary*) an ancestor

forefinger /'fɔːfɪŋɡə(r)/ *noun* the finger next to the thumb

forefront /'fɔːfrʌnt/ *noun* ▸ *phrase* **at the forefront** leading the way forward

forego or **forgo** /fɔː'ɡoʊ/ *verb*: **foregoes**, **forewent**, **foregone** to give up, be willing not to have

foregone /'fɔːɡɒn/ *adjective* ▸ *phrase* **a foregone conclusion** something that has an obvious and predictable result

foreground /'fɔːɡraʊnd/ *noun* the part of a view or picture nearest the person looking at it [*opposite* **background**]

forehead /'fɔːhed/ *noun* the part of the face above the eyebrows

foreign /'fɒrɪn/ *adjective* **1** belonging to another country **2** not belonging naturally in a particular place: *a foreign body in an eye* **3** not familiar

foreigner /'fɒrɪnə(r)/ *noun* a person who belongs to a country that is not your own

foreleg /'fɔːleɡ/ *noun* an animal's front leg [*opposite* **hind legs**]

foreman or **forewoman** /'fɔːmən/ *noun*: **foremen** or **forewomen** **1** someone in charge of a group of workers **2** the leader of a jury

foremost /'fɔːmoʊst/ *adjective* the most important or best ▸ *phrase* **first and foremost** before, or more than, anything else

forename /'fɔːneɪm/ *noun* your personal name, as distinct from your family name

forensic /fə'rensɪk/ *adjective* relating to medical work concerned with criminal investigations: *forensic medicine*

forerunner /'fɔːrʌnə(r)/ *noun* an early example or sign of a future development: *the forerunner of cinema*

foresee /fɔː'siː/ *verb*: **foresees**, **foreseeing**, **foresaw**, **foreseen** to realize beforehand; to anticipate

foreseeable /fɔː'siːəbəl/ *adjective* ▸ *phrase* **in the foreseeable future** soon

foresight /'fɔːsaɪt/ *noun* (*uncount*) the ability to realize how things are likely to develop

forest /'fɒrəst/ *noun* (*count or uncount*) a large area of land covered with trees

forestall /fɔː'stɔːl/ *verb* to stop someone from doing something by doing it before them: *I was going to mention that when you forestalled me.*

forestry /'fɒrəstri/ *noun* (*uncount*) the science of growing and caring for trees

foretaste /'fɔːteɪst/ *noun* a brief experience that gives you an idea of what is to come

foretell /fɔː'tel/ *verb*: **foretells**, **foretelling**, **foretold** to say correctly what is going to happen in the future

forethought /'fɔːθɔːt/ *noun* (*uncount*) consideration given to what may happen in the future

forever or **for ever** /fə'revə(r)/ *adverb* **1** for always **2** for a long time

forewarn /fɔːˈwɔːn/ *verb* to warn about; prepare for

forewoman /ˈfɔːwʊmən/ see **foreman**

foreword /ˈfɔːwɜːd/ *noun* an introduction to a book

forfeit /ˈfɔːfɪt/ *verb* to lose *eg* a right as a result of breaking a rule: *forfeit the right to appeal* ♦ *noun* a punishment

forge¹ /fɔːdʒ/ *verb* 1 to hammer metal into shape 2 to establish: *forge a friendship* 3 to imitate for criminal purposes ♦ *noun* a workshop where metal objects are heated and hammered into shape

forge² /fɔːdʒ/ *verb*

> **forge ahead** to progress fast

forgery /ˈfɔːdʒərɪ/ *noun* 1 the act of criminal forging 2 something such as a passport that has been illegally copied

forget /fəˈɡɛt/ *verb*: **forgets, forgetting, forgot, forgotten** 1 to be unable to think of or remember 2 to leave behind accidentally

forgetful /fəˈɡɛtfəl/ *adjective* tending to forget — *noun* (*uncount*) **forgetfulness**

forgive /fəˈɡɪv/ *verb*: **forgives, forgiving, forgave, forgiven** 1 to stop being angry with 2 to excuse

forgiveness /fəˈɡɪvnəs/ *noun* (*uncount*) the act of forgiving

forgiving /fəˈɡɪvɪŋ/ *adjective* willing to forgive

forgo see **forego**

forgot /fəˈɡɒt/ *verb* the past tense of **forget**

forgotten /fəˈɡɒtən/ *verb* the past participle of **forget** ♦ *adjective*: *forgotten heroes*

fork /fɔːk/ *noun* 1 a tool with three or four points for piercing and lifting things 2 the point where a road divides into two branches ♦ *verb* to divide into two branches

> **fork out** (*informal*) to pay

forked /fɔːkt/ *adjective* that divides into branches

forlorn /fəˈlɔːn/ *adjective* 1 unhappy and lonely 2 neglected — *adverb* **forlornly**

form /fɔːm/ *noun* 1 shape or appearance 2 a kind or type 3 a printed document with questions and space for answers 4 a school class 5 the way a word appears according to its grammatical use ♦ *verb* 1 to start or establish: *form a society* 2 to develop 3 to give shape to 4 to make

formal /ˈfɔːməl/ *adjective* 1 of behaviour: polite and serious 2 done according to custom or convention [*opposite* **informal**] — *adverb* **formally**

formality /fɔːˈmalɪtɪ/ *noun* 1 something which must be performed on particular occasions: *the nomination was only a formality* 2 correct regard for the rules of social behaviour

format /ˈfɔːmat/ *noun* 1 the size and shape of a book 2 the way a television programme is structured 3 (*computing*) a system by which data is organized in a computer ♦ *verb* 1 to organize data according to a plan, structure or design 2 (*computing*) to prepare (a disk) for receiving and distributing data

formation /fɔːˈmeɪʃən/ *noun* 1 the act of forming 2 an arrangement or pattern 3 a shape or structure

formative /ˈfɔːmətɪv/ *adjective* having an important effect on development

former /ˈfɔːmə(r)/ *adjective* 1 of an earlier time 2 of the first-mentioned of two [*opposite* **latter**]

formerly /ˈfɔːməlɪ/ *adverb* in the past

formidable /ˈfɔːmɪdəbəl/ *adjective* 1 difficult to overcome 2 alarming, frightening [*same as* **intimidating, daunting**] 3 great and impressive — *adverb* **formidably**

formula /ˈfɔːmjʊlə/ *noun*: **formulas** or **formulae** 1 a set of rules to be followed 2 the composition of a chemical compound expressed in symbols 3 a mathematical rule expressed in figures and letters

formulate /ˈfɔːmjʊleɪt/ *verb* 1 to express or explain in words 2 to invent and develop in detail — *noun* (*uncount*) **formulation**

forsake /fəˈseɪk/ *verb* (*literary*): **forsakes, forsaking, forsook, forsaken** to desert; to act against

fort /fɔːt/ *noun* a strong building used as a military position

forte /ˈfɔːteɪ/ *noun* a particular talent or speciality

forth /fɔːθ/ *adverb* (*literary or formal*) forward, onward, out, away ▶ *phrase* **hold forth** to speak, especially for a long time

forthcoming /fɔːθˈkʌmɪŋ/ *adjective* 1 due to happen soon 2 willing to share knowledge; friendly and open [*same as* **communicative, frank**; *opposite* **reticent**]

forthright /ˈfɔːθraɪt/ *adjective* firm, frank and decisive

forthwith /fɔːθˈwɪθ/ or /fɔːθˈwɪð/ *adverb* (*formal*) immediately

fortieth /ˈfɔːtɪəθ/ *adjective* (often written **40th**) the one numbered forty in a series 2

fortifications

(often written 1/40) ♦ *noun* one of forty equal parts

fortifications /ˌfɔːtɪfɪˈkeɪʃənz/ *noun* walls built to protect a place from attack

fortify /ˈfɔːtɪfaɪ/ *verb* **1** to strengthen against attack **2** to cause to feel stronger

fortitude /ˈfɔːtɪtjuːd/ *noun* (*uncount*) courage in dealing with danger or bearing pain

fortnight /ˈfɔːtnaɪt/ *noun* two weeks

fortnightly /ˈfɔːtnaɪtlɪ/ *adjective* once a fortnight

fortress /ˈfɔːtrəs/ *noun* a fortified place

fortuitous /fɔːˈtjuːɪtəs/ *adjective* happening by chance [*same as* **chance**] — *adverb* **fortuitously**

fortunate /ˈfɔːtʃənət/ *adjective* lucky [*same as* **unfortunate**, **unlucky**] — *adverb* (*sentence adverb*) **fortunately**

fortune /ˈfɔːtʃən/ *noun* **1** chance **2** good or bad luck **3** a large sum of money

forty /ˈfɔːtɪ/ *noun* **1** the number 40 **2** the age of forty ♦ *adjective* forty years old ♦ *determiner*: *I've got at least forty cousins.* ♦ *pronoun*: *I gave up counting the errors after the first forty.*

forum /ˈfɔːrəm/ *noun* a public place where people can discuss things and express their opinions

forward or **forwards** /ˈfɔːwəd/ *adverb* **1** in the direction in front of you or ahead of you **2** towards something more modern; towards the future ♦ *adjective* **1** advancing: *a forward movement* **2** near or at the front **3** concerning the future **4** too bold in expressing opinions ♦ *noun* (*sport*) a player whose task is to score ♦ *verb* of mail: to send on to someone not living at the address on the envelope

forwards see **forward**

fossil /ˈfɒsɪl/ *noun* the hardened remains of, or the impression left by, a prehistoric animal or vegetable in rock

fossilize or **fossilise** /ˈfɒsɪlaɪz/ *verb* to harden and form a fossil

foster /ˈfɒstə(r)/ *verb* **1** to take a child who is not your own into your family for a period of time ♦ *adjective* of parents who foster a child **2** to encourage

fought /fɔːt/ *verb* the past tense and past participle of **fight**

foul /faʊl/ *adjective* **1** dirty or disgusting: *a foul smell* **2** bad or awful: *a foul mood* **3** of language: offensive ♦ *noun* (*sport*) a move or action that breaks the rules ♦ *verb* to dirty or pollute

foul up (*informal*) to spoil

foul play /faʊl ˈpleɪ/ *noun* (*uncount*) treachery or criminal violence

found¹ /faʊnd/ *verb* the past tense and past participle of **find**

found² /faʊnd/ *verb* **1** to establish, set up **2** to base: *Their regime was founded on fear.*

foundation /faʊnˈdeɪʃən/ *noun* **1** the establishment of an institution **2** an organization providing funds **3 foundations** the underground structures of a building **4** a principle or basis

founder¹ /ˈfaʊndə(r)/ *noun* the person who starts or establishes an institution

founder² /ˈfaʊndə(r)/ *verb* **1** of a ship: to sink **2** of a business: to fail

foundry /ˈfaʊndrɪ/ *noun* a workshop where metal is melted down and moulded

fount /faʊnt/ *noun* **1** (*literary*) a spring of water **2** a plentiful source

fountain /ˈfaʊntɪn/ *noun* a rising jet of water

four /fɔː(r)/ *noun* **1** the number 4 **2** (*uncount*) the age of 4 ♦ *adjective* four years old ♦ *determiner*: *There are four reasons.* ♦ *pronoun*: *I can give four of you a lift.*

fourteen /fɔːˈtiːn/ *noun* **1** the number 14 **2** the age of 14 ♦ *adjective* fourteen years old ♦ *determiner*: *The expedition took fourteen weeks.* ♦ *pronoun*: *I worked in England for three years and spent the next fourteen in Italy.*

fourteenth /fɔːˈtiːnθ/ *adjective* (often written **14th**) the one numbered fourteen in a series ♦ *noun* (often written 1/14) one of fourteen equal parts

fourth /fɔːθ/ *adjective* (often written **4th**) the one numbered four in a series ♦ *noun* one of four equal parts [*same as* **quarter**]

fowl /faʊl/ *noun* a bird, especially a farmyard bird such as a chicken or turkey

fox /fɒks/ *noun* a wild animal related to the dog, with reddish-brown fur and a long bushy tail ♦ *verb* to puzzle or confuse

foyer /ˈfɔɪeɪ/ or /ˈfɔɪə(r)/ *noun* an entrance hall to a public building such as a hotel

fracas /ˈfrakɑː/ *noun* a noisy quarrel or fight

fraction /ˈfrakʃən/ *noun* **1** a part, not a whole number, eg 4/5 **2** a small amount or proportion

fractious /ˈfrakʃəs/ *adjective* impatient and bad-tempered [*same as* **fretful**] — *adverb* **fractiously**

fracture /ˈfraktʃə(r)/ *noun* a break in something hard, especially a bone ♦ *verb* to break

fragile /'fradʒaɪl/ (AmE /'fradʒəl/) *adjective* easily broken — *noun* (*uncount*) **fragility** /frə'dʒɪlɪtɪ/

fragment /'fragmənt/ *noun* a small piece of something ♦ *verb* /frag'mɛnt/ to break into pieces — *noun* (*uncount*) **fragmentation** /fragmɛn'teɪʃən/

fragmentary /'fragməntərɪ/ *adjective* consisting of small pieces, not amounting to a connected whole

fragrance /'freɪgrəns/ *noun* (*count or uncount*) a sweet or pleasant smell [*same as* **scent**, **perfume**]

fragrant /'freɪgrənt/ *adjective* having a sweet smell

frail /freɪl/ *adjective* weak; easily broken or destroyed [*opposite* **robust**, **strong**]

frailty /'freɪltɪ/ *noun* moral weakness

frame /freɪm/ *noun* 1 a hard main structure 2 a structure that surrounds and supports 3 one of the pictures that make up a strip of film ♦ *verb* 1 to put in a frame 2 to surround 3 to express 4 to deliberately direct suspicion at

framework /'freɪmwɜːk/ *noun* 1 a basic supporting structure 2 a system

franc /fraŋk/ *noun* the standard unit of money in France, Belgium and Switzerland

franchise /'frantʃaɪz/ *noun* 1 the right to vote in a general election 2 a right to sell the goods of a particular company ♦ *verb* to give a business franchise to

frank /fraŋk/ *adjective* open and honest [*same as* **candid**, **outspoken**] — *adverb* **frankly** — *noun* (*uncount*) **frankness**

frantic /'frantɪk/ *adjective* 1 desperate, eg with fear or anxiety 2 hurried and disorganized — *adverb* **frantically**

fraternal /frə'tɜːnəl/ *adjective* relating to a brother

fraternity /frə'tɜːnɪtɪ/ *noun* 1 brotherly feeling 2 a group of people with common interests

fraternize or **fraternise** /'fratənaɪz/ *verb* to meet or associate with as friends

fraud /frɔːd/ *noun* 1 obtaining money by dishonest means 2 an impostor; a fake

fraudulent /'frɔːdjʊlənt/ *adjective* deliberately dishonest — *adverb* **fraudulently**

fraught /frɔːt/ *adjective* 1 anxious, tense 2 **fraught with** eg **difficulties** filled with eg difficulties

fray[1] /freɪ/ *verb* to wear away — *adjective* **frayed**

fray[2] /freɪ/ *noun* (*often humorous*) a fight

freak /friːk/ *noun* 1 an odd or unusual person 2 someone who is very enthusiastic about something: *fitness freaks* 3 an unusual event ♦ *adjective* extraordinary: *a freak accident* ♦ *verb* (*informal*) to get very angry

freckle /'frɛkəl/ *noun* a small light-brown mark on the skin

free /friː/ *adjective or adverb* 1 not restricted or controlled 2 tight, not fastened 3 costing nothing ♦ *adjective* 1 not busy 2 of eg a seat: not being used [*opposite* **occupied**] 3 not hindered by obstructions ♦ *verb* to make or set free

freebie /'friːbɪ/ *noun* (*informal*) something you are given that is free

freedom /'friːdəm/ *noun* the condition of being allowed to do or say what you want to

freehand /'friːhand/ *adjective or adverb* of drawing: done without the help of eg a ruler or compasses

freelance /'friːlɑːns/ *adjective or adverb* self-employed ♦ *noun* someone working independently ♦ *verb* to work freelance — *noun* **freelancer**

free-range /friː'reɪndʒ/ *adjective* relating to animals that are allowed to move about freely and feed out of doors

freestyle /'friːstaɪl/ *noun* (*uncount*) of eg swimming: in which any style may be used

freeze /friːz/ *verb*: **freezes**, **freezing**, **froze**, **frozen** 1 to turn into ice 2 to make eg food very cold in order to preserve 2 to suddenly stop moving, eg from fear 3 to fix eg prices or wages at a certain level ♦ *noun* 1 a period of very cold weather 2 a period during which wages and prices are officially fixed

freezer /'friːzə(r)/ *noun* a refrigerated container in which to preserve food at below freezing point

freezing /'friːzɪŋ/ *adjective* very cold

freight /freɪt/ *noun* (*uncount*) goods transported, or the transport of goods, by rail, road, sea or air

freighter /'freɪtə(r)/ *noun* a ship or aircraft that carries goods

French /frɛntʃ/ *adjective* concerned with or belonging to France ♦ *noun* 1 the French language 2 (*plural*) the people of France

French fries /frɛntʃ fraɪz/ *noun* (*plural*) narrow pieces of potato fried in oil or fat [*same as* **chips**]

French windows /frɛntʃ 'wɪndəʊz/ *noun* (*plural*) a pair of glass doors that open on to a garden or balcony

frenetic /frə'nɛtɪk/ *adjective* wildly energetic and rather disorganized

frenzied /'frɛnzɪd/ *adjective* wildly excited and uncontrolled — *adverb* **frenziedly**

frenzy /'frɛnzɪ/ *noun* (*count or uncount*) a state of violent excitement or mental disturbance

frequency /'fri:kwənsɪ/ *noun* **1** the condition of happening often **2** the number of times something happens **3** (*radio, electricity*) a rate of waves per second

frequent /'fri:kwənt/ *adjective* happening often ♦ *verb* /frɪ'kwɛnt/ to visit often

fresco /'frɛskoʊ/ *noun*: **frescoes** or **frescos** a picture painted on a wall while the plaster is still damp

fresh /frɛʃ/ *adjective* **1** newly made or picked; not preserved: *fresh fruit* **2** new, unused: *a fresh sheet of paper* **3** cool, refreshing: *a fresh breeze* **4** not tired — *noun* (*uncount*) **freshness**

freshen /'frɛʃən/ *verb* to make cleaner, brighter or clearer

freshen up to get washed and tidy

freshly /'frɛʃlɪ/ *adverb* newly, recently

freshwater /'frɛʃ'wɔ:tə(r)/ *adjective* relating to rivers and lakes rather than the sea

fret /frɛt/ *verb* to worry or fuss about

fretful /'frɛtfəl/ *adjective* anxious, unhappy or discontented

friar /fraɪə(r)/ *noun* a member of the Christian religion, especially one who has vowed to live in poverty

friction /'frɪkʃən/ *noun* **1** the rubbing of two things together **2** quarrelling, disagreement or conflict

Friday /'fraɪdɪ/ *noun* (*uncount or count*) the fifth day of the week

fridge /frɪdʒ/ *noun* an electric cooling appliance in which you store food to keep it fresh

friend /frɛnd/ *noun* **1** someone you know and like, and enjoy spending time with **2** a supporter

friendly /'frɛndlɪ/ *adjective* **1** kind **2** on good terms ♦ *noun* (*sport*) a match that is not part of a serious competition

friendship /'frɛndʃɪp/ *noun* the state of being friends; mutual affection

frieze /fri:z/ *noun* a decorated or carved strip running round the top of a wall

frigate /'frɪgət/ *noun* a small warship

fright /fraɪt/ *noun* **1** (*uncount*) a sudden feeling of fear **2** an experience that fills you with sudden fear

frighten /'fraɪtən/ *verb* to make afraid [*same as* **scare, terrify**]

frightened /'fraɪtənd/ *adjective* **1** afraid or full of fear **2** nervous or anxious [*same as* **scared, afraid**]

frightening /'fraɪtənɪŋ/ *adjective* making you afraid or anxious

frightful /'fraɪtfəl/ *adjective* **1** frightening or terrible **2** (*old, informal*) very bad — *adverb* **frightfully**

frigid /'frɪdʒɪd/ *adjective* sexually unresponsive

frill /frɪl/ *noun* **1** an ornamental edging **2** unnecessary features or additions

frilly /'frɪlɪ/ *adjective* decorated with frills

fringe /frɪndʒ/ *noun* **1** a border of loose threads **2** hair cut to hang over the forehead **3 fringes** outer edges — *adjective* **fringed**

frisk /frɪsk/ *verb* **1** to jump or run about playfully **2** (*informal*) to search someone closely *eg* for concealed weapons

frisky /'frɪskɪ/ *adjective* lively, playful and keen to have fun [*same as* **playful**]

fritter¹ /'frɪtə(r)/ *noun* a piece of meat or fruit that has been covered in batter and fried

fritter² /'frɪtə(r)/

fritter away to waste or gradually use up (time or money)

frivolous /'frɪvələs/ *adjective* cheerfully irresponsible; silly, not sensible

frizzy /'frɪzɪ/ *adjective* of hair: full of very small wiry curls

fro /froʊ/ *adverb* ▸ *phrase* **to and fro** forwards and backwards

frock /frɒk/ *noun* (*rather old*) a woman's or girl's dress

frog /frɒg/ *noun* a small greenish jumping animal living on land and in water

frogman /'frɒgmən/ *noun* an underwater diver with flippers and breathing equipment

frogmarch /'frɒgmɑ:tʃ/ *verb* to seize from behind and force to walk somewhere

frolic /'frɒlɪk/ *verb*: **frolics, frolicking, frolicked** to run, play and jump about ♦ *noun* a period of running, playing and jumping about happily

from /frɒm/ or /frəm/ *preposition* **1** used to indicate the place that someone leaves when they move somewhere: *They sailed from England to France.* **2** used to express separation: *He stayed away from work.*

frond /frɒnd/ *noun* a long feathery leaf

front /frʌnt/ *noun* **1** the part of something that is furthest forward **2** the part which faces the direction in which something moves, or that which people usually see **3** the fighting line in a war ♦ *adjective*: *I sat down in the front row.* ▶ *phrases* **in front** further forward than, or ahead of, others

frontage /'frʌntɪdʒ/ *noun* the part of a building that faces the street

frontier /'frʌntɪə(r)/ *noun* the border between two countries

frontispiece /'frʌntɪspiːs/ *noun* a picture at the beginning of a book

frost /frɒst/ *noun* **1** frozen water vapour **2** the coldness of weather needed to form ice

frosted /'frɒstɪd/ *adjective* of glass: having a patterned or roughened surface that is difficult to see through

frosty /'frɒstɪ/ *adjective* **1** of weather: cold enough for frost to form **2** covered in frost **3** cold, unfriendly: *gave me a frosty look* — *adverb* **frostily**

froth /frɒθ/ *noun* foam on liquids ♦ *verb*: *The sea frothed and foamed.* — *adjective* **frothy**

frown /fraʊn/ *verb* to draw the brows together eg in deep thought ♦ *noun*: *a frown of disapproval*

frown on to disapprove of

froze /frəʊz/ *verb* the past tense of **freeze**

frozen /'frəʊzən/ *verb* the past participle of **freeze** ♦ *adjective* **1** of food: preserved by freezing **2** of eg a lake: having turned to ice **3** of a person: very cold

frugal /'fruːɡəl/ *adjective* **1** careful with money **2** costing little, small: *a frugal meal* — *noun* (*uncount*) **frugality** — *adverb* **frugally**

fruit /fruːt/ *noun* **1** the part of a plant containing the seed **2** or **fruits** result: *All their hard work bore fruit.*

fruitful /'fruːtfəl/ *adjective* producing good or useful results: *a fruitful meeting*

fruition /fruː'ɪʃən/ *noun* (*uncount*) a good result: *come to fruition*

fruitless /'fruːtləs/ *adjective* not producing useful results

fruit machine /'fruːt məʃiːn/ *noun* a machine used for gambling

frustrate /frʌ'streɪt/ *verb* **1** to cause to feel angry and impatient **2** to spoil or prevent eg plans from succeeding — *adjective* **frustrated** — *adjective* **frustrating** — *noun* (*uncount or count*) **frustration**

fry /fraɪ/ *verb* to cook in hot fat — *adjective* **fried**

fudge /fʌdʒ/ *noun* (*uncount*) a soft, sugary sweet

fuel /fjuːəl/ *noun* a substance such as coal, gas or petrol, used as a source of heat or power ♦ *verb* **1** to provide with fuel **2** to make worse

fugitive /'fjuːdʒɪtɪv/ *noun* someone who is running away from the authorities ♦ *adjective* of a person who is running away

fulcrum /'fʊlkrəm/ *noun* (*physics*) the point on which a lever turns, or a balanced object rests

fulfil (*AmE* **fulfill**) /fʊl'fɪl/ *verb*: **fulfils** (*AmE* **fullfills**), **fulfilling**, **fulfilled** to carry out eg a task or promise — *adjective* **fulfilled** — *adjective* **fulfilling** — *noun* (*uncount*) **fulfilment** (*AmE* **fulfillment**)

full /fʊl/ *adjective* **1** holding as much as possible **2** **full of** having a great deal or plenty of **3** whole or complete ♦ *adverb* completely, directly

full stop /fʊl 'stɒp/ *noun* the punctuation mark (.) showing the end of a sentence

fully /'fʊlɪ/ *adverb* **1** entirely, completely **2** used to emphasize an amount

fully-fledged /fʊlɪ'fledʒd/ *adjective* completely qualified or trained

fulsome /'fʊlsəm/ *adjective* exaggeratedly flattering

fumble /'fʌmbəl/ *verb* **1** to use the hands clumsily **2** in sport: to fail to perform a move, eg catch a ball

fume /fjuːm/ *noun* **fumes** smoke or vapour ♦ *verb* (*informal*) to feel or express anger and impatience, often silently

fun /fʌn/ *noun* (*uncount*) enjoyment, amusement: *Are you having fun?* ♦ *adjective* (*informal*) enjoyable or entertaining: *Have a fun time.* ▶ *phrase* **make fun of** to tease, make jokes about

function /'fʌŋkʃən/ *noun* **1** a special job, use or duty **2** a process such as urinating **3** an organized event such as a party ♦ *verb* **1** to work, operate: *The engine isn't functioning properly.* **2** to do the job of: *Sometimes they function as negotiators.*

functional /'fʌŋkʃənəl/ *adjective* **1** designed to be efficient rather than decorative **2** of a machine: working as it should [*same as* **operational**] — *adverb* **functionally**

fund /fʌnd/ *noun* **1** a sum of money for a special purpose: *charity fund* **2** a store or supply **3** **funds** sums of money available for spending ♦ *verb* to provide money for — *noun* (*uncount*) **funding**

fundamental /fʌndə'mentəl/ *adjective* **1** important and basic **2** essential:

fundamental to her happiness — *adverb* **fundamentally** ♦ *noun* **fundamentals** basic principles

funeral /'fju:nərəl/ *noun* the ceremony of burying or cremating someone who has died

funereal /fjʊ'nɪərɪəl/ *adjective* sad, solemn or slow

funfair see **fair**[2]

fungus /'fʌŋgəs/ *noun*: **funguses** or **fungi** /'fʌŋgaɪ/ a soft, spongy plant growth, *eg* a mushroom

funnel /'fʌnəl/ *noun* **1** a cone ending in a tube, for pouring liquids into bottles **2** the chimney through which smoke escapes on *eg* a ship ♦ *verb* to pass through a funnel; to channel

funny /'fʌnɪ/ *adjective* **1** amusing **2** strange — *adverb* **funnily**

fur /fɜ:(r)/ *noun* **1** the short fine hair of certain animals **2** the skin of an animal with the hair attached, or a fabric imitating it **3** a coat made of fur or of artificial fur

furious /'fjʊərɪəs/ *adjective* **1** extremely angry **2** stormy **3** fast, energetic and rather disorganized — *adverb* **furiously**

furnace /'fɜ:nɪs/ *noun* a very hot oven *eg* for melting metal

furnish /'fɜ:nɪʃ/ *verb* **1** to put *eg* furniture and carpets into **2** to supply: *furnished with enough food for a week*

furnishings /'fɜ:nɪʃɪŋz/ *noun* (*plural*) fittings, furniture

furniture /'fɜ:nɪtʃə(r)/ *noun* (*uncount*) movable articles in a house, *eg* tables, chairs

furore /fʊə'rɔ:reɪ/ (*AmE* **furor** /'fjʊərɔ:/) *noun* an outburst of exitement or anger

furrow /'fʌrəʊ/ *noun* **1** a groove made by a plough **2** a deep line or wrinkle ♦ *verb* **furrow your brow** to make lines in your forehead by frowning

furry /'fɜ:rɪ/ *adjective* covered with fur

further /'fɜ:ðə(r)/ *adjective or adverb* **1** the comparative of **far**; used in expressions about distance **2** to a greater extent or degree ♦ *adjective* additional ♦ *verb* to help to advance or develop

furthermore /fɜ:ðə'mɔ:(r)/ *adverb* (*formal*) in addition to what has been said [*same as* **moreover**]

furthest /'fɜ:ðɪst/ *adjective or adverb* **1** the superlative of **far**; used in expressions about distance **2** to the greatest distance or degree

furtive /'fɜ:tɪv/ *adjective* secretive: *a furtive glance* — *adverb* **furtively**

fury /'fjʊərɪ/ *noun* violent anger

fuse[1] /fju:z/ *noun* a wire that melts easily, put in an electric circuit for safety ♦ *verb* **1** of an electrical circuit: to stop working because a fuse has melted **2** to join together

fuse[2] /fju:z/ *noun* a cord that carries fire to an explosive

fuselage /'fju:zəlɑ:ʒ/ *noun* the body of an aeroplane

fusion /'fju:ʒən/ *noun* the process of melting together, combining or blending

fuss /fʌs/ *noun* unnecessary activity, excitement or attention: *making a fuss about nothing* ♦ *verb* to talk, act or behave in an unnecessarily excited or worried manner

fussy /'fʌsɪ/ *adjective* **1** too concerned or anxious about unimportant things **2** careful in choosing **3** over-decorated — *adverb* **fussily**

futile /'fju:taɪl/ (*AmE*/'fju:təl/) *adjective* useless; unlikely to be successful — *noun* (*uncount*) **futility**

futon /'fu:tɒn/ *noun* a sofa bed with a low frame and detachable mattress

future /'fju:tʃə(r)/ *noun* **1** the time that is coming after the present **2** the part of your life still to come: *planning for their future* **3** (*grammar*) the future tense ♦ *adjective* happening after the present time

fuzz /fʌz/ *noun* (*uncount*) a mass of fine hair or threads

fuzzy /'fʌzɪ/ *adjective* **1** covered with fuzz **2** tightly curled: *fuzzy hair* **3** not clear or distinct

Gg

G or **g** /dʒi:/ *noun* the seventh letter of the English alphabet

gable /'geɪbəl/ *noun* the top parts of the side walls of a building, between the sloping parts of the roof

gadget /'gadʒɪt/ *noun* a small machine or tool

gaffe /gaf/ *noun* an embarrassing mistake made in public

gag /gag/ *verb* 1 to prevent from speaking by stopping the mouth 2 to choke slightly, feel sick ♦ *noun* 1 something put into or over a person's mouth to keep them quiet 2 (*informal*) a joke

gaiety /'geɪətɪ/ *noun* (*uncount*) lively happiness or fun

gaily /'geɪlɪ/ *adverb* in a lively, happy way

gain /geɪn/ *verb* 1 to get or earn 2 to take on *eg* weight 3 to reach 4 of a clock: to go ahead of correct time ♦ *noun* 1 something gained 2 profit

gain on to get closer to, *eg* in a race

gait /geɪt/ *noun* (*formal*) the way you walk

gala /'gɑ:lə/ *noun* an occasion of special entertainment or a public celebration

galaxy /'galəksɪ/ *noun* a very large system of stars and planets

gale /geɪl/ *noun* a strong wind

gall /gɔ:l/ *noun* (*uncount*; *informal*) rude and arrogant boldness ♦ *verb* to annoy

gallant /'galənt/ *adjective* 1 brave, courageous 2 formally polite or attentive towards women

gallery /'galərɪ/ *noun* 1 a room or building for showing works of art 2 in a theatre, a large balcony

gallon /'galən/ *noun* a measure for liquids (4.5 litres in Britain and 3.8 litres in America)

gallop /'galəp/ *verb* 1 of a horse: to run at its fastest pace 2 to run or move very fast ♦ *noun* a fast pace

gallows /'galəʊz/ *noun* a wooden frame on which criminals were hanged

galore /gə'lɔ:(r)/ *adverb* (*informal, old*) in large amounts: *whisky galore*

galvanize or **galvanise** /'galvənaɪz/ *verb* 1 to coat with zinc to prevent rusting 2 to cause to realize that action is necessary — *adjective* **galvanized**

gambit /'gambɪt/ *noun* a risky move

gamble /'gambəl/ *verb* 1 to bet money on the result of a card game, horse-race or other contest 2 to take a chance or risk ♦ *noun* a risky action or situation — *noun* (*uncount*) **gambling**

game /geɪm/ *noun* 1 a contest played according to rules 2 **games** the different sports that pupils are taught how to play 3 (*uncount*) wild animals and birds hunted for sport

gamekeeper /'geɪmki:pə(r)/ *noun* someone employed to take care of wild birds and animals on a country estate

gammon /'gamən/ *noun* (*uncount*) ham cut in thick slices

gamut /'gamət/ *noun* (*literary*) the whole range of something

gang /gaŋ/ *noun* 1 a group of criminals or other troublemakers 2 any group of people who often meet together

gang up on to act as a group against

gangrene /'gaŋgri:n/ *noun* (*uncount*) decay in a part of the body caused by blood not flowing properly

gangster /'gaŋstə(r)/ *noun* a member of a gang of violent criminals

gangway /'gaŋweɪ/ *noun* 1 a passage between rows of seats 2 a movable bridge used for getting on and off a ship

gaol see **jail**

gap /gap/ *noun* 1 an opening or space between things 2 a difference

gape /geɪp/ *verb* 1 to stare with the mouth wide open 2 to be wide open — *adjective* **gaping**

garage /'garɑ:ʒ/ or /'garɪdʒ/ *noun* 1 a building in which a car is kept 2 a place where cars are bought, sold and repaired, or where petrol is sold

garb /gɑ:b/ *noun* (*literary*) clothes

garbage /'gɑ:bɪdʒ/ *noun* (*uncount*) rubbish

garbled /'gɑ:bəld/ *adjective* confused or unclear: *a garbled message*

garden /'gɑ:dən/ *noun* a piece of ground, sometimes attached to a house, where plants are grown — *noun* (*uncount*) **gardening**: *One of her favourite hobbies is gardening.*

gargle /ˈgɑːgəl/ *verb* to rinse the throat with a liquid, without swallowing

garish /ˈgɛərɪʃ/ *adjective* too bright and colourful [*same as* **gaudy**]

garlic /ˈgɑːlɪk/ *noun* (*uncount*) a small onion-like vegetable with a strong smell and taste, used in cooking

garment /ˈgɑːmənt/ *noun* a piece of clothing

garnish /ˈgɑːnɪʃ/ *verb* to decorate (food) ♦ *noun* a decoration on food

garrulous /ˈgærələs/ *adjective* (*formal*) tending to talk a lot [*same as* **talkative**; *opposite* **quiet**]

garter /ˈgɑːtə(r)/ *noun* a broad elastic band used to keep stockings up

gas /gæs/ *noun* **1** a substance that is neither a solid nor a liquid, such as oxygen **2** a substance of this kind used as a fuel for heating, lighting or cooking **3** (*AmE*) petrol ♦ *verb* to poison with gas

gash /gæʃ/ *noun* a deep, open cut ♦ *verb*: *His upper arm was badly gashed.*

gasoline /ˈgæsəliːn/ *noun* (*uncount*; *AmE*) petrol

gasp /gɑːsp/ *verb* **1** to breathe in suddenly and sharply **2** to breathe with difficulty ♦ *noun*: *a gasp of shock.*

gastric /ˈgæstrɪk/ *adjective* relating to the stomach: *gastric juices*

gate /geɪt/ *noun* **1** a door across an opening *eg* in a wall or fence **2** one of the numbered exits at an airport **3** the total entrance money paid by those at a football match

gateau /ˈgætoʊ/ *noun*: **gateaus** or **gateaux** /ˈgætoʊz/ a rich cake filled with cream

gatecrash /ˈgeɪtkræʃ/ *verb* (*informal*) to go to a party uninvited

gateway /ˈgeɪtweɪ/ *noun* **1** an entrance where there is a gate **2** a way of acquiring or achieving something

gather /ˈgæðə(r)/ *verb* **1** to bring together, or meet, in one place **2** to collect together: *gather information* **3** to learn, come to the conclusion: *I gather you don't want to go.* **4** to increase in: *gather speed*

gathering /ˈgæðərɪŋ/ *noun* a meeting, especially an informal one

gaudy /ˈgɔːdɪ/ *adjective* vulgarly bright in colour [*same as* **garish**]

gauge /geɪdʒ/ *verb* to estimate ♦ *noun* a measuring instrument

gaunt /gɔːnt/ *adjective* thin and unhealthy-looking

gauntlet /ˈgɔːntlət/ *noun* an iron glove worn with armour by mediaeval soldiers

gauze /gɔːz/ *noun* (*uncount*) thin transparent cloth

gawp /gɔːp/ *verb* (*informal*) to stare at openly

gay /geɪ/ *adjective* **1** homosexual **2** relating to homosexual people **3** (*old*) happy and lively ♦ *noun* a homosexual person, usually a man

gaze /geɪz/ *to* stare for a long time ♦ *noun* a fixed look

gear /gɪə(r)/ *noun* **1** the part of a car or bicycle used to adjust the speed of the wheels **2** equipment or special clothes ♦ *verb* design or intend: *geared towards maximum profit*

geese /giːs/ *noun* the plural of **goose**

gel /dʒel/ *noun* (*uncount*) any jelly-like substance ♦ *verb* to become clear after a period of uncertainty

gem /dʒem/ *noun* **1** a precious stone, especially when cut **2** someone who is very helpful and kind

gender /ˈdʒendə(r)/ *noun* **1** a person's sex **2** in grammar, in some languages: any of three classes of noun, masculine, feminine or neuter

gene /dʒiːn/ *noun* the parts of the cells in your body responsible for passing on physical characteristics to your children

genealogy /ˌdʒiːnɪˈælədʒɪ/ *noun* (*uncount*) the study of the history of families

general /ˈdʒenərəl/ *adjective* **1** not detailed, broad: *a general idea of the person's interests* **2** involving everyone: *a general election* **3** to do with several different things: *general knowledge* **4** of most people: *the general opinion* ♦ *noun* an army officer of senior rank ▸ *phrase* **in general** usually, in most cases

generalize or **generalise** /ˈdʒenərəlaɪz/ *verb* to apply what you are saying to everybody or everything — *noun* **generalization**

generally /ˈdʒenərəlɪ/ *adverb* **1** usually, in most cases **2** by most people: *generally known*

general practitioner see **GP**

generate /ˈdʒenəreɪt/ *verb* to produce, bring into being: *generate electricity*

generation /ˌdʒenəˈreɪʃən/ *noun* **1** people born at about the same time: *90s generation* **2** a period of roughly 25 to 30 years: *a few generations ago*

generic /dʒəˈnerɪk/ *adjective* general, applicable to any member of a group or class

generous /ˈdʒɛnərəs/ *adjective* to give money or help willingly [*opposite* **mean**, **selfish**] — *noun* **generosity**

genetic /dʒəˈnɛtɪk/ *adjective* relating to the way characteristics are passed on from parents to children

genial /ˈdʒiːnɪəl/ *adjective* friendly [*same as* **amiable**; *opposite* **cold**, **unfriendly**]

genital /ˈdʒɛnɪtəl/ *adjective* referring to a person's external sex organs

genitals /ˈdʒɛnɪtəlz/ *noun* (*plural*) the external sex organs

genius /ˈdʒiːnɪəs/ *noun* **1** someone who is unusually clever **2** outstanding skill or ability

genocide /ˈdʒɛnəsaɪd/ *noun* (*uncount*) the murder of people of a particular race or nationality

genre /ˈʒɑ̃rə/ or /ˈʒɒnrə/ *noun* a particular type or kind of something

gent /dʒɛnt/ *noun* (*informal*) a man

genteel /dʒɛnˈtiːl/ *adjective* excessively polite or delicate

gentle /ˈdʒɛntəl/ *adjective* **1** pleasantly light or soft **2** quiet, sensitive and kind **3** mild or moderate, not extreme: *a gentle breeze* — *adverb* **gently**

gentleman /ˈdʒɛntəlmən/ *noun*: **gentlemen 1** a polite way of referring to a man **2** a well-mannered man

gentry /ˈdʒɛntrɪ/ *noun* (*singular*) a wealthy, land-owning class of people

gents /dʒɛnts/ *noun* (*singular*) **the gents** a men's public toilet

genuine /ˈdʒɛnjʊɪn/ *adjective* **1** real, not artificial or false: *a genuine antique* **2** honest and sincere

genus /ˈdʒiːnəs/ *noun* (*technical*): **genera** a formally identified class, especially of living things

geography /dʒɪˈɒgrəfɪ/ *noun* (*uncount*) the study of the surface of the earth and its inhabitants — *adjective* **geographical**

geology /dʒɪˈɒlədʒɪ/ *noun* (*uncount*) the study of the earth's history as shown in its rocks and soils — *adjective* **geological**

geometric /dʒɪəˈmɛtrɪk/ or **geometrical** /dʒɪəˈmɛtrɪkəl/ *adjective* of geometry, or the kinds of regular shapes studied in geometry

geometry /dʒɪˈɒmɪtrɪ/ *noun* (*uncount*) the mathematical study of regular shapes, lines, curves and angles

geriatric /dʒɛrɪˈatrɪk/ *adjective* referring to very old people, or to their illnesses

germ /dʒɜːm/ *noun* **1** a small living organism which can cause disease **2** (*literary*) the origin or beginning of something: *the germ of an idea*

German /ˈdʒɜːmən/ *adjective* concerned with or belonging to Germany, its people, or their language ◆ *noun* **1** someone from Germany **2** (*uncount*) the German language

gesticulate /dʒɛˈstɪkjʊleɪt/ *verb* to move your hands and arms around as you speak — *noun* (*count or uncount*) **gesticulation**

gesture /ˈdʒɛstʃə(r)/ *noun* **1** an expressive movement of *eg* the hands or head **2** something you do to show your feelings, opinions or intentions ◆ *verb* to communicate by gesture

get see special entry on page 157

getaway /ˈgɛtəweɪ/ *noun* the act of escaping after committing a crime

geyser /ˈgiːzə(r)/ *noun* an underground hot spring

ghastly /ˈgɑːstlɪ/ *adjective* **1** very unpleasant [*same as* **horrible**, **dreadful**] **2** very ill: *feeling ghastly* **3** strange and frightening

ghetto /ˈgɛtoʊ/ *noun*: **ghettos** or **ghettoes** a poor part of a city where people of a particular race, nationality or religion live in large numbers

ghost /goʊst/ *noun* the spirit of a dead person

ghostly /ˈgoʊstlɪ/ *adjective* like a ghost

giant /ˈdʒaɪənt/ *noun* **1** an imaginary being, like a human but enormous **2** a very talented or important person ◆ *adjective* huge

gibberish /ˈdʒɪbərɪʃ/ *noun* (*uncount*) words without meaning; rubbish

gibbon /ˈgɪbən/ *noun* a small ape with very long arms

gibe see **jibe**

giblets /ˈdʒɪbləts/ *noun* (*plural*) the heart, liver and other edible internal organs from *eg* a chicken

giddy /ˈgɪdɪ/ *adjective* **1** unsteady, dizzy **2** extremely happy or excited

gift /gɪft/ *noun* **1** something that you give to someone; a present **2** a natural talent: *a gift for music*

gifted /ˈgɪftɪd/ *adjective* very talented

gigantic /dʒaɪˈgantɪk/ *adjective* extremely large [*same as* **enormous**, **huge**]

giggle /ˈgɪgəl/ *verb* to laugh in a nervous or silly way ◆ *noun* a nervous or silly laugh

gimmick /ˈgɪmɪk/ *noun* something meant to attract public attention

gin /dʒɪn/ *noun* a colourless alcoholic spirit made from grain

get /gɛt/ *verb*: gets, getting, got, got, (or informal AmE) **gotten**

✪ **get** as a main verb

- **receive** or **obtain**: *I got this watch for Christmas.*
- **fetch**: *Would you get me another cup of tea?*
- **catch**, **develop**: *We both got flu in February.* □ *Don't you get a headache when you work like that?*
- **arrive (at)** or **reach**: *What time did you get home?* □ *We got to the beach just in time.*
- **experience in the normal course of things**: *We get very few tourists at this time of year.*
- **catch scheduled transport**: *I decided to get the eight o'clock flight back to Edinburgh.*
- **understand**: *I don't get it. She just wouldn't do a thing like that.*

✪ **get** in other structures

get + adjective
Get can be used as a linking verb before an adjective, with the meaning **become**: *Once the sun's up, it gets really hot.* □ *You're not to get drunk tonight.*

get + past participle
You can use **get** with a past participle to talk about
1 the process of deliberately putting yourself in a particular state or situation, *eg* get washed, get dressed, get engaged, get divorced
2 the process of things happening to you, *eg* get lost, get run over, get caught, or get chosen for the team: *It takes me only a few minutes to get washed and dressed.* □ *The dog's tail got caught in the car door.*

get + object + past participle
This structure conveys the idea of:

- **accomplishing a task or achieving a goal**: *I want to get these letters written before I go to bed.*
- **arranging for something to be done**: *We're getting an extension built on the back of the house.*
- **accidents and misfortunes**: *You're going to get your bike stolen one of these days.*

get + -ing
1 You can use **get** rather informally with the -ing form of a verb, to mean **start doing something**: *We'd better get going.*
2 You can use an object with this structure to express the idea of making someone or something start doing something: *We managed to get the boiler working.*

get with **to** and the infinitive
This structure can be used with or without an object, and can express the following ideas:

- **gradual development**: *You'll find yourself getting to enjoy the baby with time.*
- **manage**: *Did you get to see the Cézanne exhibition?*
- **ask, persuade, induce or make, especially with difficulty**: *Get them to reduce the price if necessary.* □ *I can't get the start-up programme to work.*

▶ *phrase* (*informal*) **get it 1** to understand: *I don't get it.* **2** to be punished: *You'll get it when Mum comes home!*

---

phrasal verbs

get across to manage to make other people understand: *get an idea across*
get at 1 to suggest: *What are you getting at?* **2** to criticize continually: *Stop getting at me!*
get away to escape
get by to manage to live or survive without much money
get off with (*informal*) to attract into beginning a sexual relationship with
get on 1 to have a friendly relationship **2** to make progress **3** to become older
get over to recover from
get through to manage to contact by telephone
get up to stand from a sitting or lying position, or to leave your bed after waking

---

ginger /'dʒɪndʒə(r)/ *noun* a hot-tasting root, used as a flavouring in food ♦ *adjective* of hair: bright orange-brown in colour

gingerly /'dʒɪndʒəlɪ/ *adjective* very carefully and gently: *He opened the door gingerly.*

gipsy see **gypsy**

giraffe /dʒɪ'rɑːf/ *noun* an African animal with very long legs and neck

girder /'gɜːdə(r)/ *noun* a long thick iron or steel post used in building

girdle /ˈgɜːdəl/ *noun* a tight-fitting piece of women's underwear designed to slim the waist

girl /gɜːl/ *noun* a female child or young woman

girlfriend /ˈgɜːlfrɛnd/ *noun* a girl or woman whom a man or boy is having a romantic or sexual relationship with

girlish /ˈgɜːlɪʃ/ *adjective* of a woman's appearance or behaviour: attractively youthful

gist /dʒɪst/ *noun* (*singular*) the main points or ideas of *eg* a story or argument

give /gɪv/ *verb*: **gives, giving, gave, given** **1** to hand over freely or in exchange **2** to tell or communicate: *give advice* **3** to organize (a party) **4** to break or collapse: *The bridge gave under the weight of the train.* ▶ *phrases* **give way a** to break or collapse **b** to slow down in order to let someone go before you

> **give away 1** to give without asking for payment **2** to betray
> **give in** to admit defeat
> **give up** to decide not to do any longer: *give up smoking*

give-away /ˈgɪvəweɪ/ *noun* (*informal*) something that you say or do which reveals a secret to other people

given /ˈgɪvən/ *verb* the past participle of **give** ♦ *adjective* **1** fixed or decided: *at the given signal* **2** particular **3 be given to** have a tendency to ♦ *preposition or conjunction* 'if you take into account': *Given his inexperience, his work is remarkably good.*

glacier /ˈglæsɪə(r)/ or /ˈgleɪsɪə(r)/ *noun* an enormous moving or expanding mass of ice

glad /glæd/ *adjective* **1** happy or pleased: *I'm glad you were able to come.* **2 glad to** willing and happy to — *adverb* **gladly**

gladden /ˈglædən/ *verb* (*literary*) to make glad [*opposite* **sadden**]

glamour (*AmE* **glamor**) /ˈglæmə(r)/ *noun* (*uncount*) the quality of being glamorous

glamorous /ˈglæmərəs/ *adjective* **1** dressed and behaving in a way that people find attractive and interesting **2** fashionable and extravagant

glance /glɑːns/ *verb* to look at or read very briefly ♦ *noun*: *a quick glance*

> **glance off** to hit and fly off at an angle

glare /glɛə(r)/ *verb* to stare angrily ♦ *noun* **1** an angry stare **2** an unpleasantly bright light

glaring /ˈglɛərɪŋ/ *adjective* very obviously bad — *adverb* **glaringly**

glass /glɑːs/ *noun* **1** (*uncount*) the hard transparent substance that windows and bottles are made of **2** a container for drinking from **3 glasses** spectacles

glaze /gleɪz/

> **glaze over** of the eyes: to suddenly show lack of interest or comprehension

gleam /gliːm/ *verb* **1** to shine brightly **2** of the eyes: to be bright with *eg* interest, anger or greed ♦ *noun*: *a gleam of malicious satisfaction in his eye*

glean /gliːn/ *verb* to collect, gather (information)

glee /gliː/ *noun* (*uncount*) great delight or excitement — *adjective* **gleeful**

glen /glɛn/ *noun* a long narrow valley, especially in Scotland

glib /glɪb/ *adjective* good at giving quick and convincing solutions, but considered by others as insincere

glide /glaɪd/ *verb* **1** to move smoothly and quietly **2** of a bird: to sail through the air without beating the wings

glider /ˈglaɪdə(r)/ *noun* an aeroplane without an engine

glimmer /ˈglɪmə(r)/ *verb* of a light: to shine faintly or irregularly ♦ *noun* **1** a faint light **2** a faint indication: *a glimmer of hope*

glimpse /glɪmps/ *verb* to see only for a moment ♦ *noun*: *I only caught a glimpse of him.*

glint /glɪnt/ *verb* to reflect flashes of bright light ♦ *noun*: *a mischievous glint in his eye*

glisten /ˈglɪsən/ *verb* to reflect faint flashes of light

glitter /ˈglɪtə(r)/ *verb* to shine, or reflect light, brightly, with occasional flashes ♦ *noun*: *the glitter of gold braid and medals*

glittering /ˈglɪtərɪŋ/ *adjective* very impressive: *a glittering performance.*

gloat /gloʊt/ *verb* to take too much pleasure in your own success or someone else's failure

global /ˈgloʊbəl/ *adjective* **1** of or affecting the whole world: *global warming* **2** applying generally

globe /gloʊb/ *noun* **1** the earth **2** a sphere with a map of the world on it **3** a ball, a sphere

gloom /gluːm/ *noun* (*uncount*) dullness, darkness; sadness — *adjective* **gloomy**

glorified /ˈglɔːrɪfaɪd/ *adjective* made to sound far more impressive than in reality

glorious /ˈglɔːrɪəs/ *adjective* splendid, delightful

glory /ˈglɔːrɪ/ *noun* **1** fame, honour **2** the most admirable or attractive feature: *all the glories of Parisian life*

glory in to show great delight or pride in

gloss /glɒs/ *noun* a shiny brightness

gloss over to ignore or deal with (a problem) quickly

glossy /ˈglɒsɪ/ *adjective* shiny, highly polished

glove /glʌv/ *noun* a covering for the hand with a separate covering for each finger

glow /gloʊ/ *verb* **1** to burn without flame **2** to reflect this kind of light **3** to be flushed from *eg* heat or cold, or with emotion ♦ *noun* the soft glow of the fire

glower /ˈglaʊə(r)/ *verb* to stare angrily [*same as* **glare**]

glucose /ˈgluːkoʊs/ *noun* (*uncount*) a sugar found in *eg* fruit

glue /gluː/ *noun* (*uncount*) a substance for sticking things together [*same as* **adhesive**] ♦ *verb* to join with glue

glum /glʌm/ *adjective* sad, depressed [*opposite* **cheerful**]

glutton /ˈglʌtən/ *noun* a greedy person who eats too much ▶ *phrase* **a glutton for punishment** someone who seems to enjoy being in stressful or difficult situations

gnarled /nɑːld/ *adjective* twisted and lumpy

gnash /naʃ/ *verb* to grind (the teeth) in anger

gnat /nat/ *noun* a small biting fly, common near water

gnaw /nɔː/ *verb* to bite at with a scraping action

gnome /noʊm/ *noun* a kind of fairy in the shape of a little old man in a pointed hat

go /goʊ/ *verb*: **goes, going, went, gone 1** to walk, move or travel somewhere: *I want to go home.* **2** to leave: *time to go* **3** to lead: *that road goes north* **4** to work: *The car is going at last.* **5** to become: *go mad* **6** to intend: *I'm going to have a bath.* **7** to be removed or taken: *The best seats have all gone now.* **8** used to refer to how well something is happening: *How's your work going?* ♦ *noun* an attempt, a try: *Have a go.* **2** a turn: *The children want to have a go on the swings.*

go about to deal with or handle
go ahead to take place as planned
go along with to agree with
go back on to fail to keep a promise
go for 1 to attack **2** to aim to get

go off 1 to explode **2** to become rotten **3** to come to dislike
go on 1 to continue **2** to talk constantly
go out 1 to leave a building **2** of a fire: to stop burning **3** to do something socially
go over 1 to examine or check **2** to discuss in detail
go round to be enough for everyone
go through 1 to use up (an amount) **2** to check carefully **3** to suffer, experience
go under of a business: to fail
go without to manage without

goad /goʊd/ *verb* to repeatedly urge, criticize, ridicule

go-ahead /ˈgoʊəhɛd/ *noun* permission to start doing something

goal /goʊl/ *noun* **1** the upright posts between which the ball is to be driven in football and other games **2** an aim or purpose

goalkeeper /ˈgoʊlkiːpə(r)/ *noun* in some sports, the player who guards his or her own team's goal

goat /goʊt/ *noun* an animal of the sheep family with short horns, kept on farms for milk and wool

gob /gɒb/ *noun* (*informal*) the mouth

gobble /ˈgɒbəl/ *verb* to eat hurriedly and noisily

go-between /ˈgoʊbɪtwiːn/ *noun* someone who helps two people to communicate with each other

goblet /ˈgɒblət/ *noun* a drinking-cup with a stem and no handles

gobsmacked /ˈgɒbsmakt/ *adjective* (*informal*) extremely surprised or shocked

god /gɒd/ *noun* **1 God** the name given to the being who, many people believe, created the universe and guides or controls the lives of all people **2** a supernatural being who is believed to control a particular feature of nature or life ♦ *interjection* **God** an expression of anger, surprise or other strong emotion

goddess /ˈgɒdɛs/ *noun* a female god

godparent /ˈgɒdpɛərənt/ *noun* someone, often a family friend, responsible for a child's religious education

godsend /ˈgɒdsɛnd/ *noun* someone or something whose arrival is unexpected but very welcome

goggles /ˈgɒgəlz/ *noun* (*plural*) glasses that fit tightly around the eyes for protection

going /ˈgoʊɪŋ/ *verb* the present participle of **go** ♦ *noun* (*uncount* or used in the singular) progress: *They made good going in* *the first few hours.* ♦ *adjective* (*informal*) usual: *You will be paid the going rate.*

gold /goʊld/ *noun* (*uncount*) **1** a precious yellow metal **2** objects made of gold **3** (*uncount*) the yellow colour of gold ♦ *adjective* **1** made of gold **2** of the colour of gold

golden /'goʊldən/ *adjective* **1** of the colour of gold **2** very important, valuable or happy

golden rule /goʊldən 'ru:l/ *noun* an essential principle

goldfish /'goʊldfɪʃ/ *noun* a small fish of a dark orange colour, often kept in aquariums

golf /gɒlf/ *noun* (*uncount*) a game in which a ball is hit into holes in the ground with a club

golf club /'gɒlf klʌb/ *noun* **1** a club used in golf **2** a society of golf players **3** the place where golf players meet

gone /gɒn/ *verb* the past participle of **go** ♦ *adjective* disappeared, no longer existing

gong /gɒŋ/ *noun* a hanging metal plate designed to be hit with a stick in order to make a ringing noise

good /gʊd/ *adjective* **1** enjoyable, pleasant or desirable **2** competent or effective: *a good teacher* **3** having a positive effect: *Fruit is good for you.* **3** virtuous and kind: *a good person* **4** of a high standard **5** pleasant, enjoyable: *a good time* **6** substantial, sufficiently large: *a good income* ♦ *noun* **1 goods** manufactured things **2** morally right or desirable behaviour ▸ *phrases* **for good** for always **no good** not effective or worthwhile

good afternoon /gʊd ɑ:ftə'nu:n/ *interjection* a formal way of saying 'hello', or sometimes 'goodbye', in the afternoon

goodbye /gʊd'baɪ/ *interjection* what you say when leaving people ♦ *noun* an act of saying goodbye

good evening /gʊd 'i:vnɪŋ/ *interjection* a formal way of saying 'hello', or sometimes 'goodbye', in the evening

good-looking /gʊd'lʊkɪŋ/ *adjective* attractive

good morning /gʊd 'mɔ:nɪŋ/ *interjection* a formal way of saying 'hello', and rarely 'goodbye', in the morning

good-natured /gʊd'neɪtʃəd/ *adjective* friendly, helpful and pleasant

goodness /'gʊdnɪs/ *noun* (*uncount*) the quality of being good ♦ *interjection* an expression of surprise

goodnight /gʊd'naɪt/ *interjection* used when leaving people at night *eg* when you go to bed

goose /gu:s/ *noun*: **geese** a web-footed bird larger than a duck

gooseberry /'gʊzbəri/ *noun* a sour-tasting, pale green berry

goosepimples /'gu:spɪmpəlz/ *noun* (*plural*) small lumps on the skin caused by cold or fear

gore /gɔ:(r)/ *verb* to wound by attacking with the horns ♦ *noun* (*uncount*) a mass of blood from a wound

gorge /gɔ:dʒ/ *noun* a deep narrow valley ♦ *verb* to eat greedily until full

gorgeous /'gɔ:dʒəs/ *adjective* **1** beautiful, very attractive **2** excellent, very enjoyable

gorilla /gə'rɪlə/ *noun* the largest kind of ape

gorse /gɔ:s/ *noun* (*uncount*) a prickly bush with yellow flowers

gory /'gɔ:ri/ *adjective* full of blood and violence: *a gory film*

gospel /'gɒspəl/ *noun* **1** the teachings of Christ **2** the absolute truth

gossip /'gɒsɪp/ *noun* **1** (*uncount*) malicious or untrue talk about other people's personal affairs **2** someone who listens to and passes on gossip ♦ *verb* **1** to take part in gossip **2** to chat about unimportant things

got /gɒt/ *verb* the past tense and past participle of **get**

gotten /'gɒtən/ *verb* (*AmE*) often used as the past participle of **get**

gouge /gaʊdʒ/

gouge out to force out by digging or pushing

gourmet /'gʊəmeɪ/ *noun* someone with a taste for good wines or food

gout /gaʊt/ *noun* (*uncount*) a painful swelling of the smaller joints, especially of the big toe

govern /'gʌvən/ *verb* **1** to rule, control **2** to influence or control

governess /'gʌvənɛs/ *noun* (*mainly old*) a woman who teaches young children at their home

government /'gʌvəmənt/ *noun* **1** those who rule and administer the laws of a country **2** rule; control

governor /'gʌvənə(r)/ *noun* one of a group of people who manage an institution's affairs

gown /gaʊn/ *noun* **1** a woman's formal dress **2** a loose robe worn by *eg* members of the clergy, lawyers, teachers

GP /dʒi:'pi:/ *noun* a local doctor who treats all kinds of minor diseases and illnesses

grab /grab/ *verb* **1** to seize suddenly: *He grabbed me by the arm.* **2** to take hurriedly and eagerly: *grab an opportunity* ♦ *noun*: *She made a grab for my arm.*

grace /greɪs/ *noun* (*uncount*) the quality of behaving in a very gentle and elegant way ♦ *verb* (*formal*) **1** to make elegant and attractive **2** to attend ▶ *phrases* **with bad grace** unwillingly **with good grace** willingly

graceful /'greɪsfʊl/ *adjective* **1** smooth and elegant **2** having a smooth, delicate shape

gracious /'greɪʃəs/ *adjective* polite or honourable ♦ *interjection* an exclamation of surprise or shock

grade /greɪd/ *noun* a stage or level ♦ *verb* to award with a grade ▶ *phrase* (*informal*) **make the grade** to reach the required standard

gradient /'greɪdɪənt/ *noun* a measure of how steep a slope is

gradual /'gradʒʊəl/ or /'gradjʊəl/ *adjective* developing slowly, over a period of time [*opposite* **sudden**] — *adverb* **gradually**

graduate /'gradʒʊeɪt/ *verb* **1** to pass university examinations and receive a degree **2** to change to doing something more important, impressive or serious ♦ *noun* /'gradʒʊət/ someone who has passed university examinations and received a degree

graduation /gradʒʊ'eɪʃən/ *noun* (*uncount*) the fact of getting a degree from a university, or the ceremony to celebrate this

graffiti /grə'fiːtɪ/ *noun* (*plural*) words or drawings scratched or painted on walls in public areas

graft /grɑːft/ *verb* to fix skin or bone from one part of the body onto another part ♦ *noun* **1** a piece of skin or bone surgically attached to another piece **2** (*uncount*) hard work

grain /greɪn/ *noun* **1** cereal plants in general, or any single cereal plant **2** the seeds of these plants, used as food **3** a very small quantity **4** the natural pattern of the lines of growth in *eg* wood ▶ *phrase* **against the grain** against your natural feelings or principles

gram or **gramme** /gram/ *noun* a small measurement of weight equal to about 0.04 ounces

grammar /'gramə(r)/ *noun* the accepted rules by which the words of a language are formed and combined

grammar school /'gramə skuːl/ *noun* a kind of secondary school that concentrates on academic subjects

grammatical /grə'matɪkəl/ *adjective* **1** relating to grammar **2** correct according to rules of grammar

gramme see **gram**

gramophone /'graməfəʊn/ *noun* an old-fashioned record-player

grand /grand/ *adjective* large or impressive in size, appearance or style [*opposite* **humble, plain, simple**]

grandad /'grandad/ *noun* a name for a grandfather

grandchild /'grantʃaɪld/ *noun* a child of someone's son or daughter

granddaughter /'grandɔːtə(r)/ *noun* a son's or daughter's daughter

grandeur /'grandjə(r)/ *noun* (*uncount*) the quality of being impressively beautiful [*same as* **magnificence**]

grandfather /'granfɑːðə(r)/ *noun* a father's or mother's father

grandiose /'grandɪəʊz/ *adjective* too large, luxurious or ambitious to be attractive

grandma /'granmɑː/ *noun* (*informal*) a name for a grandmother

grandpa /'granpɑː/ *noun* (*informal*) a name for a grandfather

grandmother /'granmʌðə(r)/ *noun* a father's or mother's mother

grandson /'gransʌn/ *noun* a son's or daughter's son

grandstand /'granstand/ *noun* a large covered stand at a sports ground, providing the best view

granite /'granɪt/ *noun* (*uncount*) a very hard grey or red rock often used in building

granny /'granɪ/ *noun* (*informal*) a name for a grandmother

grant /grɑːnt/ *verb* **1** to give or allow **2** to accept as true ♦ *noun* money given for a special purpose

granted /'grɑːntɪd/ *conjunction* even if, assuming: *granted that you are right* ▶ *phrase* **take for granted 1** to assume that something will happen without checking **2** to fail to appreciate

granule /'granjuːl/ *noun* a small grain

grape /greɪp/ *noun* the green or black smooth-skinned berry from which wine is made

grapefruit /'greɪpfruːt/ *noun* a large round sharp-tasting yellow fruit of the lemon family

graph /grɑːf/ *noun* a diagram in which values or amounts are represented by dots, lines or blocks

graphic /'grafɪk/ *adjective* **1** giving all the details, even if they are unpleasant or shocking [*same as* **explicit**] **2** relating to writing, drawing or painting **3** in the form of a graph

graphics /'grafɪks/ *noun* (*plural*) photographs, illustrations and other elements that are not writing

graphite /'grafaɪt/ *noun* (*uncount*) a form of carbon used in making pencils

grapple /'grapəl/ *verb* **1** to struggle with physically **2** to try to deal with *eg* a problem

grasp /grɑːsp/ *verb* **1** to take a firm hold of with the hands **2** to take (an opportunity) eagerly and immediately **3** to understand ♦ *noun* the ability to hold something firmly in your hand ▶ *phrase* **within your grasp 1** that you can reach, achieve or obtain **2** that you can understand

grass /grɑːs/ *noun* **1** (*uncount*) the green plant covering fields or gardens **2** a kind of plant with long narrow leaves, *eg* reeds or bamboo ♦ *verb* (*slang*) to betray someone to the authorities

grasshopper /'grɑːshɒpə(r)/ *noun* a small jumping insect

grate¹ /greɪt/ *noun* a framework of iron bars for holding a fire

grate² /greɪt/ *verb* **1** to cut into thin strips using a grater **2** to make a harsh, grinding sound **3** to irritate

grateful /'greɪtfʊl/ *adjective* **1** feeling thankful **2** used when asking someone to do something: *I'd be grateful if you could let me have your answer as soon as possible.*

grater /'greɪtə(r)/ *noun* a kitchen tool used for rubbing *eg* cheese into thin strips

gratitude /'gratɪtjuːd/ *noun* (*uncount*) the state or feeling of being grateful

gratuitous /grə'tjuːɪtəs/ *adjective* that cannot be justified or excused

grave¹ /greɪv/ *noun* a hole dug in the ground for burying a dead body in

grave² /greɪv/ *adjective* **1** serious, important: *a grave error* **2** not cheerful, solemn

gravel /'gravəl/ *noun* (*uncount*) small stones or pebbles [*same as* **grit**]

gravestone /'greɪvstəʊn/ *noun* a carved stone marking a grave

graveyard /'greɪvjɑːd/ *noun* a cemetery, a place where dead bodies are buried

gravitate /'gravɪteɪt/ *verb* (*formal*) to move towards as if strongly attracted to

gravity¹ /'gravɪtɪ/ *noun* the natural force that causes objects to fall to, or stay on, the ground

gravity² /'gravɪtɪ/ *noun* (*uncount*) **1** the serious or dangerous nature of something, that makes you concerned or worried **2** the quality of being solemn and serious

gravy /'greɪvɪ/ *noun* (*uncount*) a sauce made from juices released from meat

gray see **grey**

graze¹ /greɪz/ *verb* of animals: to eat grass growing in fields

graze² /greɪz/ *verb* to break the skin through rubbing against a hard rough surface ♦ *noun*: *a nasty graze on your arm*

grease /griːs/ *noun* (*uncount*) any thick oily substance ♦ *verb*: *We'll need to grease the wheels a little.*

greasy /'griːsɪ/ *adjective* **1** full of, or covered in, grease **2** of skin: releasing a lot of natural oils

great /greɪt/ *adjective* **1** very large **2** powerful **3** very important, distinguished **4** (*informal*) excellent, very good **5** very talented: *a great singer* ♦ *interjection* used to express pleasure or satisfction

great- /greɪt/ *prefix* used before nouns referring to family members to indicate a family member one generation older or younger: *great-grandmother* □ *great-grandson*

greatly /'greɪtlɪ/ *adverb* very much

greed /griːd/ *noun* (*uncount*) great and selfish desire to have more and more of something — *adjective* **greedy**

green /griːn/ *noun* **1** the colour of grass **2** an area covered with grass **3 greens** vegetables with edible green leaves and stems ♦ *adjective* of the colour of grass **2** of an area: having plants and trees growing on it **3** young and inexperienced **4** concerned with care of the environment

greenery /'griːnərɪ/ *noun* (*uncount*) plants and trees

greengrocer /'griːnɡrəʊsə(r)/ *noun* someone who sells fresh vegetables

greenhouse /'griːnhaʊs/ *noun* a building with walls and a roof made of glass, in which plants are grown

greet /griːt/ *verb* **1** to meet or welcome on arrival **2** to say hello to **3** to react to, respond to: *He greeted the news with relief.*

greeting /'griːtɪŋ/ *noun* **1** a friendly expression of welcome **2** a word often used in sending a friendly message

grenade /ɡrə'neɪd/ *noun* a small bomb thrown by hand

grew /gru:/ *verb* the past tense of **grow**

grey (*AmE* **gray**) /greɪ/ *noun* the colour of rain clouds ♦ *adjective* **1** of a colour between black and white **2** grey-haired, old **3** dull or uninteresting ♦ *verb* of hair: to turn grey or white

greyhound /'greɪhaʊnd/ *noun* a tall thin dog that can run very fast

grid /grɪd/ *noun* **1** a set of numbered squares on a map **2** a network of wires carrying electricity over a wide area **3** a small framework of metal bars

grief /gri:f/ *noun* (*uncount*) great sorrow and unhappiness [*same as* **distress, anguish**] ▶ *phrase* **come to grief** to be injured or harmed

grievance /'gri:vəns/ *noun* a reason to complain

grieve /gri:v/ *verb* to be sad or distressed, *eg* about someone's death

grievous /'gri:vəs/ *adjective* very severe or serious

grill /grɪl/ *verb* **1** to cook directly under or over heat **2** to question repeatedly for a long time [*same as* **interrogate**] ♦ *noun* **1** a part of a cooker used for grilling food **2** a dish of grilled food

grille /grɪl/ *noun* a set of metal bars over an opening

grim /grɪm/ *adjective* **1** solemn or serious-looking **2** terrible; very unpleasant: *a grim sight*

grimace /'grɪməs/ *noun* a twisting of the face in fun or pain ♦ *verb* to make a grimace

grime /graɪm/ *noun* (*uncount*) dirt that is hard to remove — *adjective* **grimy**

grin /grɪn/ *verb* to smile broadly ♦ *noun*: *a cheeky grin* ▶ *phrase* (*informal*) **grin and bear it** to suffer something without complaining

grind /graɪnd/ *verb*: **grinds, grinding, ground 1** to crush to powder **2** to sharpen or polish by rubbing **3** to rub together: *grinding his teeth* ♦ *noun* (*informal*) hard or unpleasant work

grip /grɪp/ *verb* to take or keep a firm hold of ♦ *noun* **1** a firm hold, a grasp: *These shoes have a good grip.* **2** control: *lose your grip of a situation* **3** a handle or part for holding

gripe /graɪp/ *verb* (*informal*) to complain ♦ *noun* (*informal*) a complaint

gripping /'grɪpɪŋ/ *adjective* holding all your attention [*same as* **absorbing, exciting**; *opposite* **boring, dull**]

grisly /'grɪzlɪ/ *adjective* involving people being violently injured or killed [*same as* **ghastly, gruesome**]

gristle /'grɪsəl/ *noun* (*uncount*) a tough elastic substance in meat

grit /grɪt/ *noun* (*uncount*) **1** small hard particles of stone **2** (*informal*) courage and determination ♦ *verb* **1** to apply grit to: *to grit icy roads* **2** to press (the teeth) together tightly, *eg* in pain

groan /groʊn/ *verb* **1** to make a long deep sound, *eg* in disapproval **2** to be about to collapse: *a table groaning with food* ♦ *noun*: *The suggestion was met with groans from the children.*

grocer /'groʊsə(r)/ *noun* **1** someone who runs a shop selling food and general household goods **2** a grocer's shop

groceries /'groʊsərɪz/ *noun* (*plural*) items of food bought in a shop

groggy /'grɒgɪ/ *adjective* (*informal*) weak and dizzy from illness or drinking alcohol

groin /grɔɪn/ *noun* the area of the body around the sexual organs, especially in men

groom /gru:m/ *noun* **1** a person who looks after horses and cleans stables **2** a bridegroom, a man who is getting married ♦ *verb* **1** to look after (a horse) **2** to make smart and tidy: *well groomed*

groove /gru:v/ *noun* **1** a long narrow channel **2 the groove** a pleasingly regular rhythm or routine

grope /groʊp/ *verb* **1** to feel about with your hands, *eg* in the dark **2** (*informal*) to touch or stroke in a sexual way

gross /groʊs/ *adjective* **1** of money: total, before any deductions: *gross profit* **2** extreme, obvious: *gross error* **3** rude, coarse or vulgar **4** (*AmE; informal*) disgusting or very unpleasant ♦ *noun*: an old measure of quantity, 144 of something

grossly /'groʊslɪ/ *adverb* (*intensifying*) extremely: *grossly exaggerated reports*

grotesque /groʊ'tɛsk/ *adjective* very strange and unnatural

grotty /'grɒtɪ/ *adjective* (*informal*) **1** unpleasantly dirty or badly cared for [*same as* **seedy**] **2** ill

ground[1] /graʊnd/ *noun* **1** the surface of the earth **2 grounds** land attached to a building **3 grounds** a good reason: *grounds for complaint* ♦ *verb* **1** to base: *Their anxiety was grounded in experience.* **2** to prevent (a member of an air crew) from flying ▶ *phrases* **stand your ground** to stick to your opinion **thin on the ground** rare

ground² /graʊnd/ *verb* the past tense and past participle of **grind**

ground floor /ˌgraʊnd ˈflɔː(r)/ *noun* the floor at, or nearest to, the level of the ground

grounding /ˈgraʊndɪŋ/ *noun* the first steps in learning something

groundless /ˈgraʊndləs/ *adjective* that cannot be justified or excused

group /gruːp/ *noun* a number of people or things together ♦ *verb* to put in a group

grouse¹ /graʊs/ *noun* a bird that is often shot for sport

grouse² /graʊs/ *noun* (*informal*) a complaint or a spell of complaining

grove /groʊv/ *noun* a small group of fruit trees

grovel /ˈgrɒvəl/ *verb* to behave in an extremely humble or respectful way, because you want something from someone

grow /groʊ/ *verb*: **grows, growing, grew, grown 1** to become bigger or stronger; to develop: *The local population is growing.* **2** to become: *grow old* **3** to cause (plants and trees) to grow

> **grow up** to gradually change from a child into an adult

growl /graʊl/ *verb* to make a deep rough sound like a dog ♦ *noun*: *They heard a low growl from behind the wall.*

grown /groʊn/ *verb* the past participle of **grow** ♦ *adjective* mature or adult

grown-up /ˈgroʊn ʌp/ *noun* an adult ♦ *adjective* of adult age

growth /groʊθ/ *noun* **1** the process or rate of growing **2** increase: *growth in market shares* **3** an unhealthy or diseased lump on or inside someone's body

grub /grʌb/ *noun* **1** a beetle in its first, worm-like stage of development **2** (*informal*) food

grubby /ˈgrʌbi/ *adjective* (*informal*) dirty

grudge /grʌdʒ/ *verb* **1** to be unwilling to grant or allow **2** to feel angry towards someone who has something that you would like: *I grudge him his success.* **3** to give unwillingly or reluctantly ♦ *noun* a continuing feeling of resentment: *bear a grudge*

grudging /ˈgrʌdʒɪŋ/ *adjective* given unwillingly [*same as* **reluctant**] — *adverb* **grudgingly**

gruelling /ˈgruːəlɪŋ/ *adjective* demanding a lot of physical effort

gruesome /ˈgruːsəm/ *adjective* horrible; involving people being violently injured or killed [*same as* **horrific, ghastly**]

gruff /grʌf/ *adjective* **1** of a voice: deep and harsh **2** unfriendly or angry

grumble /ˈgrʌmbəl/ *verb* to complain in a bad-tempered way [*same as* **moan**] ♦ *noun* a complaint

grumpy /ˈgrʌmpi/ *adjective* bad-tempered [*opposite* **cheerful, good-natured**]

grunt /grʌnt/ *verb* **1** to make a sound like that of a pig **2** to reply by making a sound of eg disgust ♦ *noun*: *Eric replied with a grunt.*

guarantee /ˌgærənˈtiː/ *noun* **1** a promise by a manufacturer to replace or repair an article that becomes faulty **2** a promise to do something ♦ *verb* to promise to make sure that something happens

guard /gɑːd/ *verb* **1** to protect from danger or attack **2** to keep watch over in order to prevent from escaping ♦ *noun* **1** a person guarding someone or something **2** the person in charge of the passengers on a train **3** a screen which protects from danger ▶ *phrases* **off guard** not prepared **on your guard** prepared

> **guard against** to try to prevent

guarded /ˈgɑːdɪd/ *adjective* careful, not revealing much: *guarded comments*

guardian /ˈgɑːdiən/ *noun* **1** someone with the legal right to take care of a child **2** someone who protects or guards

guava /ˈgwɑːvə/ *noun* a pear-like tropical fruit with pink flesh

guerrilla or **guerilla** /gəˈrɪlə/ *noun* one of a small independent armed force which makes sudden attacks on a larger army but does not fight openly

guess /gɛs/ *verb* **1** try to make a judgement without having all the necessary information **2** (*AmE*) to suppose: *I guess I'll go.* ♦ *noun*: *I didn't know for sure – it was just a guess.*

guest /gɛst/ *noun* **1** someone who stays in a hotel **2** someone you have invited to your home

guffaw /gʌˈfɔː/ *verb* to laugh loudly ♦ *noun*: *guffaws from the back row*

guidance /ˈgaɪdəns/ *noun* (*uncount*) help or advice

guide /gaɪd/ *noun* **1** someone who shows you the way, or who shows tourists places of interest **2** a guidebook **3** a piece of information that helps you ♦ *verb* **1** to control or direct **2** to show the way to **3** to influence

guidebook /ˈgaɪdbʊk/ *noun* a book containing information for tourists visiting a particular place

guidelines /'gaɪdlaɪnz/ *noun* suggestions or recommendations

guild /gɪld/ *noun* a name often used in the title of societies and clubs

guile /gaɪl/ *noun* (*uncount*) the ability to deceive or trick people

guillotine /'gɪləti:n/ *noun* **1** an instrument for executing people by cutting their head off **2** a machine with a blade for cutting paper

guilt /gɪlt/ *noun* (*uncount*) **1** the uneasy feeling of knowing you have done something wrong **2** the fact of having done something wrong [*opposite* **innocence**]

guilty /'gɪlti/ *adjective* **1** ashamed about something bad you have done **2** having done something wrong [*opposite* **innocent**] **3** officially judged to have committed a crime — *adverb* **guiltily**

guise /gaɪz/ *noun* what something appears to be, or what people claim it is

guitar /gɪ'tɑ:(r)/ *noun* a musical instrument with a body shaped like a figure of eight and strings that are played with the fingers

gulf /gʌlf/ *noun* **1** a large bay **2** a big difference

gull /gʌl/ *noun* a seagull

gullible /'gʌləbəl/ *adjective* easily tricked [*same as* **credulous**]

gulp /gʌlp/ *verb* **1** to swallow quickly, in large mouthfuls **2** to swallow from nerves or fear ♦ *noun*: *He drank the beer in noisy gulps.*

gum¹ /gʌm/ *noun* the firm flesh in which the teeth grow

gum² /gʌm/ *noun* **1** (*uncount*) glue **2** chewing gum ♦ *verb* to stick with gum

gun /gʌn/ *noun* any weapon that fires bullets or shells

gunfire /'gʌnfaɪə(r)/ *noun* (*uncount*) shots fired from a gun

gunge /gʌndʒ/ *noun* (*uncount*; *informal*) any unpleasantly sticky substance

gurgle /'gɜ:gəl/ *verb* of water: to make a bubbling sound

guru /'gʊəru:/ *noun* **1** a Hindu or Sikh spiritual teacher **2** any greatly respected leader or advisor

gush /gʌʃ/ *verb* to flow out suddenly and violently

gust /gʌst/ *noun* a sudden strong rush of wind

gusto /'gʌstoʊ/ *noun* (*uncount*) lively enthusiasm

gut /gʌt/ *noun* **1** a narrow passage in the lower part of the body **2 guts** the internal organs in the area of the stomach **3 guts** courage or determination **4** (*uncount*) animal intestines used as strings for musical instruments ♦ *verb* to destroy by fire

gutter /'gʌtə(r)/ *noun* a water channel *eg* on a roof or at the edge of a roadside

guy /gaɪ/ *noun* (*informal*) a man or boy

guzzle /'gʌzəl/ *verb* (*informal*) to eat or drink greedily

gym /dʒɪm/ *noun* **1** a gymnasium **2** (*uncount*) gymnastics

gymnasium /dʒɪm'neɪzɪəm/ *noun* a building or room equipped for doing physical exercises

gymnast /'dʒɪmnəst/ *noun* a person skilled in gymnastics

gymnastics /dʒɪm'næstɪks/ *noun* (*singular*) exercises to strengthen the body

gypsy or **gipsy** /'dʒɪpsɪ/ *noun* a member of a race of people who traditionally travelled around, originally in horse-drawn caravans

Hh

H or **h** /eɪtʃ/ *noun* the eighth letter of the English alphabet

ha or **hah** /hɑ/ *interjection* used to express surprise, pleasure or triumph: *Ha! Here's the reference I was looking for.*

haberdashery /'habədaʃərɪ/ *noun* (*uncount*) materials for sewing and mending

habit /'habɪt/ *noun* **1** something you do regularly and often: *nasty habits* **2** an addiction **3** the dress of a monk or nun ▶ *phrase* **make a habit of** to start doing regularly

habitable /'habɪtəbəl/ *adjective* good enough for people to live in

habitat /'habɪtat/ *noun* the natural home of an animal or plant

habitation /habɪ'teɪʃən/ *noun* (*formal*) a place where people live [*same as* **dwelling**]

habitual

habitual /hə'bɪtʃʊəl/ *adjective* typical [*same as* **usual**, **customary**] — *adverb* **habitually**

hack¹ /hak/ *verb* **1** to cut or chop roughly **2** to get access to a computer's files without permission

hack² /hak/ *noun* (*old, informal*) a writer without much talent who does a lot of boring, badly paid writing work

hacker /'hakə(r)/ *noun* (*informal*) **1** someone who illegally uses their own computer to get access to files stored in another computer **2** a computer enthusiast

hackles /'hakəlz/ *noun* (*plural*) the hairs or feathers on the back of the neck of some animals and birds ▶ *phrase* **make someone's hackles rise** to make someone angry

hackneyed /'haknɪd/ *adjective* over-used, not fresh or original: *a hackneyed phrase*

hacksaw /'haksɔː/ *noun* a small saw for cutting metal

had /had/ *verb* the past tense and past participle of **have**

haddock /'hadək/ *noun*: **haddock** (*count or uncount*) a small sea fish whose flesh is used as food

haemoglobin (AmE **hemoglobin**) /hiːmə'gləʊbɪn/ *noun* (*uncount*) the substance in red blood cells that carries oxygen

haemophilia (AmE **hemophilia**) /hiːmə'fɪlɪə/ *noun* (*uncount*) a hereditary disease causing extreme bleeding when cut

haemophiliac (AmE **hemophiliac**) /hiːmə'fɪlɪak/ *noun* someone suffering from haemophilia

haemorrhage (AmE **hemorrhage**) /'hemərɪdʒ/ *noun* a case of severe bleeding

haemorrhoids (AmE **hemorrhoids**) /'hemərɔɪdz/ *noun* painful swellings that people sometimes get in the veins inside the anus

hag /hag/ *noun* **1** an ugly old woman **2** a witch

haggard /'hagəd/ *adjective* tired, worried and ill

haggis /'hagɪs/ *noun* (*count or uncount*) a Scottish dish made from a sheep's heart, lungs and liver, mixed with oatmeal

haggle /'hagəl/ *verb* to bargain or argue about a price

ha ha /haː'haː/ *interjection* a written representation of the sound of laughter

hail¹ /heɪl/ *noun* **1** frozen raindrops **2** a falling mass: *a hail of bullets* ♦ *verb* to shower with hail

hail² /heɪl/ *verb* **1** to call to **2** to claim: *hailed as the best new play*

hailstone /'heɪlstəʊn/ *noun* frozen raindrops falling from the sky

hair /heə(r)/ *noun* **1** the thread-like objects that grow from the skin **2** (*uncount*) the mass of hairs that grow on your head ▶ *phrases* **let your hair down** to relax and enjoy yourself thoroughly **split hairs** to make unnecessary fine distinctions

haircut /'heəkʌt/ *noun* the shape or style in which your hair is cut

hairdresser /'heədresə(r)/ *noun* someone who cuts, washes and styles hair

hairdryer or **hairdrier** /'heədraɪə(r)/ *noun* an electrical device which blows hot air to dry hair

hairgrip /'heəgrɪp/ *noun* a device used by women to hold their hair in place

hairspray /'heəspreɪ/ *noun* (*uncount*) a fine spray used to hold a hairstyle in shape

hairstyle /'heəstaɪl/ *noun* the way your hair is cut and shaped

hairy /'heərɪ/ *adjective* **1** covered with hair **2** frightening, dangerous

hale /heɪl/ *adjective* healthy

half /hɑːf/ (often written ½) *determiner* one of two equal parts of something ♦ *pronoun*: *More than half of the delegates are from abroad.* ♦ *noun*: **halves 1** the fraction ½ or 0.5 **2** one of two equal portions: *The group divided into two halves.* ♦ *adjective*: *A half pint of lager, please.* ♦ *adverb*: *The theatre was half empty.*

half-baked /hɑːf'beɪkt/ *adjective* (*informal*) not properly thought out, crazy

half board /hɑːf 'bɔːd/ *noun* (*uncount*; *BrE*) a hotel charge for bed, breakfast and an evening meal, but not lunch

half-brother /'hɑːfbrʌðə(r)/ or **half-sister** /'hɑːfsɪstə(r)/ *noun* a brother or sister sharing only one parent

half-caste /'hɑːfkɑːst/ *adjective* (*offensive*) having parents of different races ♦ *noun* (*offensive*) someone who has parents of different races

half-hearted /hɑːf'hɑːtɪd/ *adjective* not enthusiastic — *adverb* **half-heartedly**

half-mast /hɑːf'mɑːst/ *noun* of a flag: flown from a position halfway down a flagpole, to show that someone has just died

halfpenny /'heɪpnɪ/ *noun* (*history*) an old British coin worth half a penny

half-sister see **half-brother**

half-time /hɑːf'taɪm/ *noun* (*uncount*; *sport*) a point halfway through a sports game when players stop for a rest

halfway /ˈhɑːfweɪ/ *adjective or adverb* at or to a point equally far from the beginning and the end

hall /hɔːl/ *noun* **1** a passage inside the entrance to a house **2** a large public room **3** a place where students live when they are at university

hallmark /ˈhɔːlmɑːk/ *noun* **1** a mark put on gold and silver articles to show quality **2** a typical feature

hallo see **hello**

hallowed /ˈhaloʊd/ *adjective* deeply respected

Hallowe'en or **Halloween** /haloʊˈiːn/ *noun* (*uncount*) the evening of 31 October, traditionally a time when ghosts and witches are believed to be around

hallucinate /həˈluːsɪneɪt/ *verb* to see things that are not really there

hallucination /həluːsɪˈneɪʃən/ *noun* the experience of seeing things that are not really there

halo /ˈheɪloʊ/ *noun*: **halos** or **haloes** a ring or circle of light round the head of a saint or an angel in religious paintings

halt /hɔːlt/ *verb* to come or bring to a stop ♦ *noun* a short stop, especially on a journey ▸ *phrase* **call a halt to something** to stop something continuing

halter /ˈhɔːltə(r)/ *noun* a rope for holding and leading a horse

halting /ˈhɔːltɪŋ/ *adjective* hesitant, uncertain — *adverb* **haltingly**

halve /hɑːv/ *verb* to divide in two

ham[1] /ham/ *noun* (*uncount*) smoked, salted meat from the thigh of a pig

ham[2] /ham/ *noun* (*derogatory*) an actor who acts in an insensitive, exaggerated way ♦ *verb* to act in this way

hamburger /ˈhambɜːgə(r)/ *noun* a round cake of minced beef, cooked by frying or grilling

ham-fisted /ˈhamfɪstɪd/ *adjective* (*informal*) clumsy

hamlet /ˈhamlət/ *noun* a small village

hammer /ˈhamə(r)/ *noun* **1** a tool with a heavy metal head for hitting things, *eg* nails into wood **2** a striking piece in *eg* a clock or piano ♦ *verb* **1** to hit with a hammer **2** to defeat overwhelmingly

hammock /ˈhamək/ *noun* a length of netting or canvas hung up by the corners, and used as a bed

hamper[1] /ˈhampə(r)/ *verb* to hinder movement or progress

hamper[2] /ˈhampə(r)/ *noun* a large basket with a lid

hamstring /ˈhamstrɪŋ/ *noun* a tendon at the back of the knee ♦ *verb* to make ineffective or powerless

hand /hand/ *noun* **1** the part of the human body at the end of the arm **2** a pointer on a clock **3** a worker, a labourer **4** a style of handwriting **5** a set of cards that is dealt to you **6** help: *Can you give me a hand?* **7** used to indicate position or direction: *left-hand side* **8** a unit used for measuring the height of horses ♦ *verb* to pass, give ▸ *phrases* **at first hand** directly from the source **at hand** nearby **change hands** to be passed to another owner **have your hands full** to be very busy **in hand** under control **out of hand** out of control **on hand** available **second hand** used, not new **take in hand** to discipline **to hand** near you **try your hand at** to attempt to learn **wash your hands of** to refuse to be responsible for any more

handbag /ˈhandbag/ *noun* a small bag for personal belongings

handbook /ˈhandbʊk/ *noun* a small book giving information or advice

handcuffs /ˈhandkʌfs/ *noun* steel rings joined by a short chain, put round the wrists of someone who has been arrested

handful /ˈhandfʊl/ *noun*: **handfuls 1** an amount that can be held in one hand **2** a small number **3** a difficult and demanding child

handicap /ˈhandɪkap/ *noun* **1** a physical or mental disability **2** a disadvantage **3** a measure of level in golf

handicapped /ˈhandɪkapt/ *adjective* **1** physically or mentally disabled **2** at a disadvantage ♦ *noun* (*plural*) people with a mental or physical disability

handicraft /ˈhandɪkrɑːft/ *noun* skilled work done by hand, not machine

handiwork /ˈhandɪwɜːk/ *noun* (*uncount*) something that someone has made or done

handkerchief /ˈhaŋkətʃɪf/ *noun* a small cloth for wiping your nose with [*same as* **hanky**]

handle /ˈhandl/ *noun* the part of *eg* a bag, door, tool that you hold ♦ *verb* **1** to touch, hold or use with the hand **2** to manage, deal with

handlebars /ˈhandlbɑːz/ *noun* (*plural*) the steering bar at the front of a bicycle with handles at each end

handout /ˈhandaʊt/ *noun* **1** the sheets that a speaker distributes to an audience before a lecture **2** something such as money, food or clothing that is given free to poor people

hand-picked /hand'pɪkt/ *adjective* carefully selected

handsome /'hansəm/ *adjective* **1** good-looking **2** generous: *a handsome sum of money*

hands-on /handz'ɒn/ *adjective* involving practical experience

handwriting /'handraɪtɪŋ/ *noun* (*uncount*) your style of writing

handwritten /hand'rɪtən/ *adjective* written with a pen or pencil, not typed

handy /'handɪ/ *adjective* **1** useful, convenient and easy to use **2** nearby and available for use **3** skilful

handyman /'handɪman/ *noun* someone who is good at making and repairing things

hang /haŋ/ *verb*: **hangs, hanging, hung** or **hanged 1** to fix or be fixed to a point off the ground **2** to kill someone by tying a rope round their neck and removing the support from under their feet **3** to attach (wallpaper) to a wall ▸ *phrase* (*informal*) **get the hang of** to understand, learn how to use

> **hang about** or **hang around** to stay somewhere doing nothing
> **hang on 1** to wait briefly **2** to hold tightly
> **hang up** to replace the receiver on a telephone

hangar /'haŋə(r)/ *noun* a large building in which aircraft are kept

hanger /'haŋə(r)/ *noun* a shaped piece of metal, wood or plastic on which to hang clothes

hanger-on /haŋər'ɒn/ *noun* someone who stays near someone out of a desire to be associated with them

hang-glider /'haŋglaɪdə(r)/ *noun* a large kite which holds a pilot, used for gliding

hanging /'haŋɪŋ/ *noun* **1** the practice of executing people by hanging them **2** a curtain or decorative cloth hung on a wall

hangman /'haŋmən/ *noun* an official whose job is to hang people

hangover /'haŋoʊvə(r)/ *noun* **1** a bad headache and a sick feeling you get the morning after drinking too much alcohol **2** something remaining: *a hangover from the '70s*

hang-up /'haŋʌp/ *noun* (*informal*) a fear or worry

hanker /'haŋkə(r)/ *verb* to want very much [*same as* **long for**] — *noun* **hankering**

hankie or **hankie** /'haŋkɪ/ *noun* (*informal*) a handkerchief

haphazard /hap'hazəd/ *adjective* unplanned or disorganized, depending on chance — *adverb* **haphazardly**

hapless /'hapləs/ *adjective* (*literary*) unlucky

happen /'hapən/ *verb* **1** to take place **2** to occur by chance **3** to do by chance: *Fortunately I happened to be at home when he collapsed.*

happening /'hapənɪŋ/ *noun* an event

happy /'hapɪ/ *adjective* **1** pleased or contented **2** satisfied **3** willing: *happy to help* **4** fortunate, lucky: *a happy coincidence* — *adverb* **happily** — *noun* (*uncount*) **happiness**

happy-go-lucky /hapɪgoʊ'lʌkɪ/ *adjective* easy-going, not planning for, or worrying about, the future

harangue /hə'raŋ/ *noun* a loud aggressive speech ♦ *verb*: *on a platform haranguing a crowd*

harass /'harəs/ *verb* to keep annoying or interfering with — *noun* (*uncount*) **harassment**

harassed /'harəst/ or /hə'rast/ *adjective* worried and anxious, with too many things to think about

harbour (*AmE* **harbor**) /'hɑːbə(r)/ *noun* a place where ships can shelter ♦ *verb* **1** of negative feelings or emotions: to keep in the mind **2** to protect, *eg* from the police

hard /hɑːd/ *adjective* **1** solid, firm **2** difficult **3** harsh or rigorous **4** unkind, showing too little affection **5** tough, strong and independent **6** of drugs: strongly addictive **7** of water: containing large amounts of minerals ♦ *adverb* with force or concentration — *noun* (*uncount*) **hardness** ▸ *phrase* (*informal*) **hard up** not having enough money

hard-core /'hɑːdkɔː(r)/ *adjective* strongly loyal and opposed to change: *hard-core Conservatives*

hard disk /'hɑːd dɪsk/ *noun* a metal disk with a magnetic coating, used for storing information in a computer

harden /'hɑːdən/ *verb* to make or become hard

hard-headed /hɑː'dhɛdɪd/ *adjective* not easily influenced by others

hard-hearted /'hɑːdhɑːtɪd/ *adjective* having no sympathy

hard labour /hɑːd'leɪbə(r)/ *noun* (*uncount*) heavy physical work given to prisoners as part of their punishment

hardly /'hɑːdlɪ/ *adverb* (*used like a negative*) scarcely; only just; with difficulty [*same as* **barely**]

hardship /'hɑːdʃɪp/ *noun* great difficulty or discomfort, *eg* when you haven't enough money

hard shoulder /hɑːd 'ʃoʊldə(r)/ *noun* a strip along the edge of a motorway where you can park your vehicle in an emergency

hardware /'hɑːdwɛə(r)/ *noun* (*uncount*) **1** tools and equipment for the house and garden **2** the electronic machinery used in computing [see also **software**]

hardworking /hɑːd'wɜːkɪŋ/ *adjective* conscientious

hardy /'hɑːdɪ/ *adjective* strong and tough — *noun* (*uncount*) **hardiness**

hare /hɛə(r)/ *noun* a fast-running animal, like a large rabbit ♦ *verb* (*informal*) to run very fast

harebrained /'hɛəbreɪnd/ *adjective* silly, impractical and unlikely to succeed

harem /'hɑːriːm/ *noun* **1** a group of wives or mistresses **2** the women's rooms in an Islamic house

haricot /'harɪkoʊ/ *noun* a small white bean

hark /hɑːk/ *verb*

hark back to recall or refer to

harlequin /'hɑːləkwɪn/ *adjective* multicoloured

harm /hɑːm/ *verb* **1** to hurt or injure **2** to damage or spoil ♦ *noun* (*uncount*) to injure or damage

harmful /'hɑːmfəl/ *adjective* having a bad or damaging effect on people or things

harmless /'hɑːmləs/ *adjective* **1** safe to eat, use or touch **2** not annoying or upsetting people — *adverb* **harmlessly**

harmonica /hɑː'mɒnɪkə/ *noun* a small rectangular musical instrument played against the mouth

harmonious /hɑː'moʊnɪəs/ *adjective* **1** pleasant-sounding **2** peaceful, without disagreement — *adverb* **harmoniously**

harmonize or **harmonise** /'hɑːmənaɪz/ *verb* **1** to sing or play musical notes that combine together pleasantly **2** to combine well together

harmony /'hɑːmənɪ/ *noun* **1** the combining of notes in a way that sounds pleasant **2** peaceful and co-operative: *living in harmony*

harness /'hɑːnəs/ *noun* **1** the leather and other fittings for a workhorse **2** an arrangement of straps worn for safety in certain activities: *parachute harness* ♦ *verb* **1** to put a harness on a horse **2** to use as a resource: *harnessing the power of the wind*

harp /hɑːp/ *noun* a triangular, stringed musical instrument played upright by plucking with the fingers

harp on to continually talk about something

harpoon /hɑː'puːn/ *noun* a spear tied to a rope, used for killing whales ♦ *verb* to strike with a harpoon

harpsichord /'hɑːpsɪkɔːd/ *noun* an early musical instrument with keys, played like a piano

harrowing /'haroʊɪŋ/ *adjective* very distressing

harry /'harɪ/ *verb* to pursue, worry

harsh /hɑːʃ/ *adjective* **1** severely uncomfortable **2** cruel or unkind — *adverb* **harshly** — *noun* (*uncount*) **harshness**

harvest /'hɑːvɪst/ *noun* **1** the time of the year when ripened crops are gathered in **2** the crops gathered at this time ♦ *verb* to gather in a crop

has /haz/ or /həz/ *verb* the third person singular of the present tense of **have**

has-been /'hazbiːn/ *noun* (*informal*) someone no longer important or popular

hash /haʃ/ *noun* (*uncount*) **1** a dish of chopped meat and vegetables **2** cannabis ▶ *phrase* (*informal*) **make a hash of** to do very badly

hassle /'hasəl/ *noun* (*informal*) **1** difficulty, inconvenience **2** hostility, opposition ♦ *verb* (*informal*) to annoy or pursue

haste /heɪst/ *noun* (*uncount*) the doing of things quickly, especially too quickly ▶ *phrase* **in haste** in a hurry

hasten /'heɪsən/ *verb* **1** to make faster **2** to do immediately

hasty /'heɪstɪ/ *adjective* hurried; done without thinking — *adverb* **hastily**

hat /hat/ *noun* a covering for the head ▶ *phrases* **keep something under your hat** to keep something a secret **take your hat off to** to admire

hatch¹ /hatʃ/ *verb* **1** of *eg* a bird: to break out of its egg **2** to produce young from eggs **3** to plan and develop

hatch² /hatʃ/ *noun* a door that covers an opening in a wall

hatchback /'hatʃbak/ *noun* a car with a sloping rear door which opens upwards

hatchet /'hatʃɪt/ *noun* a small axe ▶ *phrase* **bury the hatchet** to stop quarrelling and become friends again

hate /heɪt/ *verb* 1 to strongly dislike [*same as* **detest**, **loathe**] 2 to regret: *I hate to disturb you, but the library will be closing in a few minutes.* ♦ *noun* (*uncount*) strong dislike — *adjective* **hated**

hateful /'heɪtfʊl/ *adjective* horrible, unpleasant

hatred /'heɪtrɪd/ *noun* (*uncount*) a strong feeling of dislike

hatter /'hatə(r)/ *noun* someone who makes or sells hats

hat trick /'hat trɪk/ *noun* three successes in a row

haughty /'hɔːtɪ/ *adjective* (*derogatory*) proud, looking down on others — *adverb* **haughtily**

haul /hɔːl/ *verb* to drag, pull with effort ♦ *noun* 1 a journey: *a long haul* 2 a long struggle towards a goal

haulage /'hɔːlɪdʒ/ *noun* (*uncount*) the business of transporting goods

haunch /hɔːntʃ/ *noun*: **haunches** the bottom and the upper part of the thigh

haunt /hɔːnt/ *verb* 1 of a ghost: to be frequently seen in a place: *The west wing of the house is said to be haunted.* 2 of thoughts: to keep returning to your mind and affecting you: *She was still haunted by the memory of his death.* ♦ *noun* a place you visit frequently

haunted /'hɔːntɪd/ *adjective* regularly visited by ghosts

haunting /'hɔːntɪŋ/ *adjective* having a strange sad quality: *a haunting melody*

have see special entry on page 171

haven /'heɪvən/ *noun* a place of safety [*same as* **sanctuary**]

haversack /'havəsak/ *noun* a canvas bag that you wear on your back

havoc /'havək/ *noun* (*uncount*) damage and destruction [*same as* **mayhem**]

hawk[1] /hɔːk/ *noun* a bird of prey that is thought to have good eyesight

hawk[2] /hɔːk/ *verb* to carry goods about for sale

hawthorn /'hɔːθɔːn/ *noun* (*uncount or count*) a prickly tree with white flowers and small red berries

hay /heɪ/ *noun* (*uncount*) cut and dried grass, used as cattle food

hay-fever /'heɪ fiːvə(r)/ *noun* (*uncount*) an illness with effects like a bad cold, caused by pollen

haystack /'heɪstak/ *noun* a large, firmly constructed pile of hay

haywire /'heɪwaɪə(r)/ *adjective* ▶ *phrase* (*informal*) **go haywire** to go out of control

hazard /'hazəd/ *noun* a risk or danger chance ♦ *verb* **hazard a guess** to make a suggestion that you know may be wrong

hazardous /'hazədəs/ *adjective* dangerous, risky

haze /heɪz/ *noun* a thin mist

hazel /'heɪzəl/ *noun* a small tree that produces nuts ♦ *adjective* of eyes: brownish-green in colour

hazelnut /'heɪzəlnʌt/ *noun* a light brown nut produced by the hazel tree

he /hiː/ *or* /hɪ/ *pronoun* used to refer to a man, boy or male animal that has already been mentioned: *Jeremy called but he left no message.*

head /hɛd/ *noun* 1 the part of your body that has your eyes, nose, mouth, ears and brain in it 2 the mind: *I can't get that tune out of my head.* 3 a person in charge, a chief 4 the side of a coin that has a head on it 5 the top of something: *the head of a pin* ♦ *verb* 1 to lead 2 to go in front of 3 to go in the direction of: *heading for home* 4 to hit a ball with the head ▶ *phrases* **above your head** too difficult for you to understand **come to a head** to come to crisis point **keep your head** to remain calm **off your head** mad, crazy

---
head off 1 to go away in a certain direction 2 to block the progress of

---

headache /'hɛdeɪk/ *noun* 1 a pain in the head 2 a worrying problem

header /'hɛdə(r)/ *noun* (*football*) the action of hitting the ball with your head

headfirst /hɛd'fɜːst/ *adverb* with the head first: *fall headfirst*

heading /'hɛdɪŋ/ *noun* a title written at the top of a page

headland /'hɛdlənd/ *noun* a projecting part of a coastline

headlight /'hɛdlaɪt/ *noun* a strong light on the front of a vehicle

headline /'hɛdlaɪn/ *noun* the title of a newspaper article, printed above the article in large letters

headlong /'hɛdlɒŋ/ *adjective or adverb* in an uncontrolled manner, hastily, without thinking

headmaster /hɛd'mɑːstə(r)/ *or* **headmistress** /hɛd'mɪstrɪs/ *noun* the principal teacher of a school

head-on /hɛd'ɒn/ *adjective or adverb* with the head or front first

have /hav/ *verb*

present tense
I, you, we, they　have
he, she, it　has
past tense　had
past participle　had

The verb **have** may be used as an auxiliary verb and as a main verb. This page deals with **have** as an ordinary verb, used to express possession, obligation (**have to**), and acting and experiencing.

○ **possession**

- **have** and **have got**
  Things that you **have** belong to you, are in your possession, or are connected with you in some way.
  You can use **have got** as a slightly less formal alternative to **have**, in a present context.
  The contractions formed with **have** (*I've, you've, we've, they've*) are frequent in combination with **got**.
  Progressive forms are not possible:
  They've got an apartment in town. ◻ *This copy has a page missing.* ◻ *Do you have a pen I can borrow?* ◻ *I've got an appointment at twelve.*

It is also possible to use **have** on its own in negatives and in questions. This use is more formal: *I'm afraid we haven't any seats left, madam!* ◻ *Have you any plans for this evening?*

○ **obligation**

- **have to + infinitive** and **have got to + infinitive**
  You use **have** or **have got** with *to* and the infinitive of other verbs to express necessity or obligation: *I have to look after the children on Wednesday afternoons.* ◻ *Buy everything now and you won't have to shop later.* ◻ *She's got to take a preliminary test.*

You can only use **have got to** if the obligations is for a particular occasion: *I have to be at my desk for eight every morning.* ◻ *I've got to ring her tonight.*

Notice that ***do not have to*** and ***haven't got to*** express the lack of obligation or necessity, whereas ***must not*** expresses prohibition: *You mustn't touch the exhibits.* ◻ *You don't have to come unless you want to.*

○ **acting and experiencing**

1 You **have** food, drink and meals: *I've just had a coffee, thanks.* ◻ *What time do you have breakfast?*
2 People **have** illnesses: *Have you ever had malaria?*
3 Women **have** babies: *She's having a baby in July.*
4 People **have** parties when they organize and host them: *He had a big party for his eighteenth birthday.*
5 You **have** people to stay in your home, or **have** them for a meal: *We had my mother over for the weekend.* ◻ *Thanks for having me!*
6 Have, like **take**, is used with 'action' nouns formed from verbs: *Let's have a rest.* ◻ *Have a drink.* ◻ *Did you have your usual swim?* ◻ *I was beginning to have doubts.*
7 People also **have** accidents, operations and disappointments: *We've had a bit of a nasty surprise.*

headphones /'hɛdfoʊnz/ *noun* (*plural*) a listening device that fits over the ears

headquarters /hɛd'kwɔːtəz/ *noun* (*plural*) the offices from which an organization is administered

headrest /'hɛdrɛst/ *noun* a support for the head *eg* in a vehicle

headscarf /'hɛdskɑːf/ *noun* a woman's scarf designed to be worn over the head

headstone /'hɛdstoʊn/ *noun* a gravestone

headstrong /'hɛdstrɒŋ/ *adjective* determined, stubborn

headteacher /hɛd'tiːtʃə(r)/ *noun* the principal teacher of a school

headway /'hɛdweɪ/ *noun* (*uncount*) ▶ *phrase* forward movement, progress: *make headway*

headwind /'hɛdwɪnd/ *noun* a wind that blows towards you

heady /'hɛdɪ/ *adjective* **1** exciting, inspiring [*same as* **exhilarating**] **2** making you feel slightly drunk

heal /hiːl/ *verb* to make or become healthy or sound; to cure — *noun* **healer**

health /hɛlθ/ *noun* (*uncount*) **1** someone's physical condition: *in good health* **2** the state of being well

healthy /'hɛlθɪ/ *adjective* **1** in good physical condition **2** encouraging good health — *adverb* **healthily**

heap /hi:p/ *noun* **1** a rough or untidy pile or mass **2** (*informal*) **heaps** plenty ♦ *verb* to put somewhere in a rough pile

hear /hɪə(r)/ *verb* **1** to receive sounds through the ears **2** to be told; understand: *I hear you want to speak to me.* **3 hear from** to receive news from

hearing /'hɪərɪŋ/ *noun* **1** (*uncount*) the sense that makes you able to be aware of sounds **2** a court case

hearsay /'hɪəseɪ/ *noun* (*uncount*) things other people have told you [*same as* **rumour**]

hearse /hɜ:s/ *noun* a long car designed for carrying a coffin to a funeral

heart /hɑ:t/ *noun* **1** the organ inside your chest which pumps blood around the body **2** emotions, such as love or sympathy: *affairs of the heart* **3** the central or most imortant part: *the heart of the problem* **4** a shape representing the human heart, often symbolizing love **5 hearts** one of the four suits in a pack of playing cards ▸ *phrases* **a change of heart** a change of decision **set your heart on** to be determined to have **to your heart's content** as much as you want

heartache /'hɑ:teɪk/ *noun* (*uncount*) sorrow and anxiety

heartbroken /'hɑ:tbrəʊkən/ *adjective* very upset or sad

heartburn /'hɑ:tbɜ:n/ *noun* (*uncount*) pain in the chest caused by indigestion

hearten /'hɑ:tən/ *verb* to cheer up, encourage

heart failure /'hɑ:t feɪljə(r)/ *noun* (*uncount*) the sudden stopping of the heart's beating

heartfelt /'hɑ:tfɛlt/ *adjective* absolutely sincere

hearth /hɑ:θ/ *noun* the area surrounding a fireplace

heartless /'hɑ:tləs/ *adjective* cruel or unkind

heartrending /'hɑ:trɛndɪŋ/ *adjective* very moving, upsetting

hearty /'hɑ:tɪ/ *adjective* **1** noisily friendly and enthusiastic **2** of a meal: large, satisfying **3** strong, healthy — *adverb* **heartily**

heat /hi:t/ *noun* **1** (*uncount*) warmth **2** (*uncount*) anger **3** a stage in a competition ♦ *verb* to make or become hot ▸ *phrase* **in the heat of the moment** when the excitement or tension of the situation is highest

heater /'hi:tə(r)/ *noun* an apparatus for heating a room or vehicle

heath /hi:θ/ *noun* (*uncount or count*) a wild, uncultivated area of land

heathen /'hi:ðən/ *noun* (*old*) someone who is not a member of one of the main world religions ♦ *adjective* (*old*): *heathen practices.*

heather /'hɛðə(r)/ *noun* (*uncount*) a plant with small purple or white flowers, growing on moors

heating /'hi:tɪŋ/ *noun* (*uncount*) the apparatus, system or process of keeping a place warm

heatwave /'hi:tweɪv/ *noun* a period of unusually hot weather

heave /hi:v/ *verb* **1** to lift by force **2** to throw **4** to produce, let out (a sigh) **3** to rise and fall

heaven /'hɛvən/ *noun* **1** the home of God or of gods **2** the sky **3** any very pleasant state or situation ▸ *phrases* **good heavens** used to express surprise **heaven knows** used to mean 'I don't know'

heavenly /'hɛvənlɪ/ *adjective* **1** belonging to heaven **2** (*informal*) very pleasant

heavy /'hɛvɪ/ *adjective* **1** weighing a lot **2** great in quantity or intensity: *heavy rainfall* **3** not easy to bear **4** slow; sleepy **5** loud and deep: *a heavy sigh* **6** having a thick, solid appearance: *heavy eyebrows* □ *a heavy oak table* **7** requiring a lot of effort: *heavy work* — *adverb* **heavily**

heavyhanded /'hɛvɪhandɪd/ *adjective* clumsy or insensitive

heavy metal /hɛvɪ 'mɛtəl/ *noun* (*uncount*) loud fast rock music played on electric instruments

heckle /'hɛkəl/ *verb* to interrupt a public speaker with loud, rude or critical comments — *noun* (*uncount*) **heckling**

heckler /'hɛklə(r)/ *noun* someone who heckles

hectare /'hɛktɛə(r)/ *noun* 10 000 square metres

hectic /'hɛktɪk/ *adjective* of eg a schedule: with too many things to do in a short time

hedge /hɛdʒ/ *noun* a row of bushes planted close together ♦ *verb* to avoid directly giving your opinion ▸ *phrase* **hedge your bets** to keep open two or more possible courses of action

hedgehog /'hɛdʒhɒg/ *noun* a small animal with prickly spikes on its back

hedgerow /'hɛdʒrəʊ/ *noun* a row of bushes forming a hedge

heed /hi:d/ *verb* to pay attention to ▸ *phrase* **pay heed to** to take notice of

heedless /'hi:dləs/ *adjective* apparently unaware

heel /hiːl/ *noun* **1** the rounded back part of your foot **2** the raised part of a shoe that supports the heel of your foot ♦ *verb* to fix a new heel on ▶ *phrases* **dig your heels in** to refuse to be persuaded **down at heel** untidy and badly-cared-for

hefty /ˈhɛftɪ/ *adjective* (*informal*) large or powerful

heifer /ˈhɛfə(r)/ *noun* a young cow

height /haɪt/ *noun* **1** distance from bottom to top **2** the state of being high **3** distance from the ground: *flying at a height of 10 000 metres* **4 heights** a high place

heighten /ˈhaɪtən/ *verb* to increase

heinous /ˈheɪnəs/ *adjective* very wicked and evil: *a heinous crime*

heir /ɛə(r)/ *noun* the person who will inherit your money when you die

heiress /ˈɛərɛs/ *noun* a woman who is going to inherit a large amount of money or property

heirloom /ˈɛəluːm/ *noun* something that has been handed down in a family from generation to generation

held /hɛld/ *verb* the past tense and past participle of **hold**

helicopter /ˈhɛlɪkɒptə(r)/ *noun* an aircraft kept in the air by rotating blades fixed to its roof

helium /ˈhiːlɪəm/ *noun* (*uncount*) a light non-flammable gas

hell /hɛl/ *noun* (*uncount*) **1** the place where wicked people are believed to go when they die **2** a very unpleasant or miserable situation ♦ *interjection* an expression of annoyance ▶ *phrases* **for the hell of it** for no good reason **give someone hell** to treat someone severely or harshly

hellish /ˈhɛlɪʃ/ *adjective* (*informal*) very bad, unpleasant, horrible or difficult — *adverb* (*intensifying*) **hellishly**: *It's hellishly difficult.*

hello, **hallo** or **hullo** /həˈloʊ/ *interjection* a greeting: *I said hello to him* □ *Hello! How are you?*

helm /hɛlm/ *noun* the wheel or handle by which a ship is steered

helmet /ˈhɛlmɪt/ *noun* a hard hat that you wear to protect your head

help /hɛlp/ *verb* **1** to make something easier for **2** to support **3 help yourself** to serve yourself with *eg* food **4 can't help** to be unable to stop yourself from: *I can't help laughing.* ♦ *noun* (*uncount*) **1** assistance **2** someone who assists: *a home help* ♦ *interjection* shouted by someone in danger, in order to attract attention

helpful /ˈhɛlpfʊl/ *adjective* useful, giving help — *adverb* **helpfully**

helping /ˈhɛlpɪŋ/ *noun* an individual portion of food

helpless /ˈhɛlpləs/ *adjective* powerless, defenceless — *adverb* **helplessly**

hem /hɛm/ *noun* the edge of a piece of clothing, folded over and sewn ♦ *verb* to put a hem on

> **hem in** to surround

hemisphere /ˈhɛmɪsfɪə(r)/ *noun* **1** a half of a sphere **2** half of the earth: *the western hemisphere* □ *the southern hemisphere* — *adjective* **hemispherical**

hemoglobin see **haemoglobin**

hemophilia see **haemophilia**

hemorrhoid see **haemorrhoid**

hemp /hɛmp/ *noun* (*uncount*) a plant used for making *eg* ropes, bags, sails and the drug cannabis

hen /hɛn/ *noun* **1** a female chicken **2** the female of any kind of bird

hence /hɛns/ *adverb* **1** for this reason: *Hence, I am unable to go.* **2** from this place or time: *ten years hence*

henceforth /hɛnsˈfɔːθ/ *adverb* (*old*) from now on

henchman /ˈhɛntʃmən/ *noun* a loyal supporter who will do whatever he or she is told

hepatitis /hɛpəˈtaɪtɪs/ *noun* (*uncount*) a serious disease in which the liver becomes inflamed

her /hɜː(r)/ or /hə(r)/ *pronoun* a female that has already been mentioned: *Anna was going my way so I gave her a lift.* ♦ *determiner* (*possessive*) of, or belonging to, a female already mentioned

herald /ˈhɛrəld/ *noun* (*literary*) a sign of what is to come ♦ *verb* **1** to announce and publicize **2** to be a sign that something is going to happen

heraldry /ˈhɛrəldrɪ/ *noun* (*uncount*) the study of the history of noble and important families, and of their coats of arms

herb /hɜːb/ (*AmE* /ɜːb/) *noun* a plant used to flavour food or to make medicines — *adjective* **herbal**

herd /hɜːd/ *noun* **1** a group of animals of one kind **2 the herd** most people, regarded as behaving in the same, unthinking way ♦ *verb* to group together like a herd of animals

here /hɪə(r)/ *adverb* **1** at, in or to this place: *He's here already.* □ *Come here!* **2** the point or stage reached in *eg* a discussion

♦ *interjection* used when offering something: *Here, take one; they're free.* ► *phrases* **here and there** in various places **here you are** used when giving something to someone

hereabouts /ˌhɪərəˈbaʊts/ or **hereabout** *adverb* near the place where you are

hereafter /hɪərˈɑːftə(r)/ *adverb* (*formal*) after this

hereby /hɪəˈbaɪ/ *adverb* (*formal*) by this means

hereditary /həˈredɪtəri/ *adjective* passed on from parents to children

heredity /həˈredɪti/ *noun* (uncount) the process of passing on characteristics from parents to children

heresy /ˈherəsi/ *noun* (count or uncount) an opinion which goes against the official, especially religious, view

heretic /ˈherətɪk/ *noun* someone who holds an opinion which goes against the official, especially religious, view — *adjective* **heretical**

heritage /ˈherɪtɪdʒ/ *noun* culture passed on from earlier generations

hermit /ˈhɜːmɪt/ *noun* a person who lives alone and keeps apart from society [*same as* **recluse**]

hernia /ˈhɜːnɪə/ *noun* (count or uncount; *medicine*) part of the bowel or intestine pushing through the muscle wall of the abdomen

hero /ˈhɪərəʊ/ *noun*: **heroes 1** someone admired for their bravery **2** the main male character in a story [*see also* **heroine**]

heroic /hɪˈrəʊɪk/ *adjective* courageous, or brave and determined — *adverb* **heroically**

heroin /ˈherəʊɪn/ *noun* (uncount) a strong illegal drug that causes addiction

heroine /ˈherəʊɪn/ *noun* **1** a woman admired for her courage or achievements **2** the main female character in a story

heron /ˈherən/ *noun* a large water bird, with long legs and neck

hers /hɜːz/ *pronoun* (possessive) belonging to the woman, girl or female animal just mentioned: *I showed her the pen, but she said it wasn't hers.*

herself /hɜːˈself/ or /həˈself/ *pronoun* (reflexive) **1** used as the object of a verb or preposition where a woman, girl or female animal is the subject of the sentence or clause: *She washed herself.* **2** used for emphasis: *She herself won't be there but her brother will.* **3** without help from anyone else: *Did she really draw that herself?*

hesitant /ˈhezɪtənt/ *adjective* pausing, anxious or worried about the results of doing something — *noun* (uncount) **hesitancy**

hesitate /ˈhezɪteɪt/ *verb* **1** to pause because of uncertainty **2** to be unwilling or reluctant: *Please don't hesitate to contact us.*

hesitation /ˌhezɪˈteɪʃən/ *noun* (uncount or count) the act of pausing slightly in what you are doing

heterogeneous /ˌhetərəʊˈdʒiːnɪəs/ *adjective* composed of many different kinds [*opposite* **homogeneous**]

heterosexual /ˌhetərəʊˈsekʃʊəl/ *adjective* sexually attracted to people of the opposite sex ♦ *noun* someone who is sexually attracted to people of the opposite sex — *noun* (uncount) **heterosexuality**

het up /ˌhet ˈʌp/ *adjective* (informal) anxious and excited

hew /hjuː/ *verb* to carve or shape with an axe

hexagon /ˈheksəgən/ *noun* a six-sided figure — *adjective* **hexagonal**

hey /heɪ/ *interjection* (informal) used to attract attention

heyday /ˈheɪdeɪ/ *noun* the time of greatest importance or success

hi /haɪ/ *interjection* (informal or AmE) used as a greeting or to attract attention

hiatus /haɪˈeɪtəs/ *noun* a gap or pause

hibernate /ˈhaɪbəneɪt/ *verb* of an animal: to pass the winter in a sleep-like state — *noun* (uncount) **hibernation**

hiccup or **hiccough** /ˈhɪkʌp/ *noun* **1** a sudden sharp sound that you produce in your throat **2 hiccups** a fit of doing this: *get hiccups* **3** a minor difficulty ♦ *verb*: *trying desperately not to hiccup*

hidden /ˈhɪdən/ *verb* the past participle of **hide** ♦ *adjective* concealed, out of sight

hide[1] /haɪd/ *verb*: **hides, hiding, hid, hidden 1** to put out of sight **2** to go somewhere where people will have difficulty finding you ♦ *noun* a concealed place from which to watch birds

hide[2] /haɪd/ *noun* (count or uncount) the skin of an animal

hideous /ˈhɪdɪəs/ *adjective* horrible, very ugly — *adverb* **hideously**

hiding[1] /ˈhaɪdɪŋ/ *noun* (uncount) ► *phrase* **in hiding** staying somewhere secretly

hiding[2] /ˈhaɪdɪŋ/ *noun* (informal) a beating

hierarchy /ˈhaɪərɑːki/ *noun* a system where people have their own position in an organization according to their rank

hieroglyphics /haɪərəˈglɪfɪks/ *noun* (*plural*) symbols or pictures used in a writing system

hi-fi /ˈhaɪfaɪ/ *adjective* stands for 'high-fidelity'; of audio equipment: reproducing high quality sound ♦ *noun*: **hi-fis** a set of audio equipment that has this high standard of sound reproduction

high /haɪ/ *adjective* **1** measuring a lot from bottom to top **2** a long way above the ground **3** above the normal or average level **4** of great strength or intensity **5** of sound: near the top of the possible range **6** advanced or complex **7** near the top of any scale ♦ *adverb* at or up to a great height ♦ *noun* **1** a maximum **2** a state of excitement

highbrow /ˈhaɪbraʊ/ *adjective* intellectual or academic

high-class /haɪˈklɑːs/ *adjective* of good quality

high-handed /haɪˈhændɪd/ *adjective* forcing authority without considering others' feelings — *adverb* **high-handedly** — *noun* (*uncount*) **high-handedness**

highland /ˈhaɪlənd/ *noun* **the highlands** the mountainous parts of a country: *the Scottish Highlands*

highlight /ˈhaɪlaɪt/ *verb* to draw attention to ♦ *noun* **1** the best part of an event **2 highlights** blonde streaks in the hair

highly /ˈhaɪlɪ/ *adverb* **1** very: *highly delighted* **2** to or at a high level **3** in an approving way: *I've always thought highly of him.*

highly-strung /ˌhaɪlɪ ˈstrʌŋ/ *adjective* nervous, easily excited

high-minded /haɪˈmaɪndɪd/ *adjective* having strong principles and high moral standards

Highness /ˈhaɪnɪs/ *noun* a title of a prince or princess: *His Royal Highness the Duke of York*

high-rise /ˈhaɪraɪz/ *adjective* of buildings: modern, in the shape of a tall narrow block

high tech or **hi tech** /haɪˈtek/ *noun* short for 'high technology'; referring to the use of advanced, especially electronic, equipment and devices ♦ *adjective* **high-tech** modern and sophisticated

high tide /haɪ ˈtaɪd/ *noun* (*uncount*) the time of day when the sea is at its highest

highway /ˈhaɪweɪ/ *noun* any main public road

hijack /ˈhaɪdʒak/ *verb* to force a driver or pilot to take a new route — *noun* **hijacker**

hike /haɪk/ *noun* a long walk in the countryside ♦ *verb* to go for long walks across the countryside — *noun* **hiker** — *noun* (*uncount*) **hiking**

hilarious /hɪˈleərɪəs/ *adjective* very funny — *adverb* **hilariously**

hilarity /hɪˈlarɪtɪ/ *noun* (*uncount*) amusement and laughter

hill /hɪl/ *noun* a raised area of land, not as high as a mountain

hillock /ˈhɪlək/ *noun* a small hill

hilly /ˈhɪlɪ/ *adjective* covered with hills

hilt /hɪlt/ *noun* the handle of a sword ▶ *phrase* **up to the hilt** thoroughly, completely

him /hɪm/ *pronoun* a male that has already been mentioned (used only as the object in a sentence): *I saw him yesterday.*

himself /hɪmˈsɛlf/ *pronoun* (*reflexive*) **1** used as the object of a verb or preposition where a man, boy or male animal is the subject of the sentence or clause: *He cut himself shaving.* **2** used for emphasis: *He admits himself that he was careless.* **3** without help or interference from anyone: *Did he really make that himself?*

hind /haɪnd/ *adjective* of a four-legged animal: at the back of its body: *hind legs*

hinder /ˈhɪndə(r)/ *verb* to interfere with the progress of [*same as* **hamper**; *opposite* **help, aid**]

hindrance /ˈhɪndrəns/ *noun* something that hinders

hindsight /ˈhaɪndsaɪt/ *noun* (*uncount*) the wisdom you gain after some action or event

hinge /hɪndʒ/ *noun* the device on which a door or lid turns

hinge on to depend on

hint /hɪnt/ *noun* **1** a suggestion made in an indirect way **2** a piece of advice [*same as* **tip**] **3** a small amount ♦ *verb* to suggest without stating clearly: *He hinted that there might be some problems.*

hip /hɪp/ *noun* the side of the body just below the waist

hippie or **hippy** /ˈhɪpɪ/ *noun* (*old, informal*) a member of a youth movement in the 1960s and '70s, that rebelled against conventional society, and promoted love and peace

hippopotamus /hɪpəˈpɒtəməs/ *noun*: **hippopotamuses** or **hippopotami** a large African animal living in and near rivers

hippy see **hippie**

hire /ˈhaɪə(r)/ *verb* **1** to obtain the use of by paying money **2** to give employment to ♦ *noun* (*uncount*) the act of hiring, or the fee you pay

hire out to allow people to use in return for a fee

hire-purchase /haɪə'pɜ:tʃɪs/ *noun* (*uncount*; *BrE*) a way of buying an article by paying for it in stages

his /hɪz/ *determiner* (*possessive*) belonging to him: *Has Peter sold his house yet?* ♦ *pronoun* (*possessive*): *He says the jacket is his.*

hiss /hɪs/ *verb* to make a sound like a long 's' ♦ *noun* such a sound, made to show anger or displeasure

historian /hɪ'stɔ:rɪən/ *noun* someone who studies or writes about history

historic /hɪ'stɒrɪk/ *adjective* important, significant in history

historical /hɪ'stɒrɪkəl/ *adjective* 1 of history 2 actually existing in the past — *adverb* **historically**

history /'hɪstərɪ/ *noun* 1 the study of the past 2 a record of past events ▶ *phrase* **make history** to become the first person to do something

histrionic /hɪstrɪ'ɒnɪk/ *adjective* over-emotional and theatrical — *adverb* **histrionically** — *noun* **histrionics** over-emotional, theatrical behaviour

hit /hɪt/ *verb* 1 to deliberately bring your hand against with force 2 to forcefully come into contact with 3 of a thought: to come suddenly to: *It finally hit me that she was his wife.* ♦ *noun* 1 an act of hitting 2 a successful shot 3 a success 4 a successful song

hit on or **hit upon** to suddenly think of (an idea)

hit-and-miss /hɪtən'mɪs/ or **hit-or-miss** /hɪtə'mɪs/ *adjective* (*informal*) in an unsystematic way

hit-and-run /hɪtən'rʌn/ *adjective* of a driver: driving away after causing injury without reporting the accident

hitch /hɪtʃ/ *noun* a slight difficulty or problem ♦ *verb* 1 to signal to drivers that you want a lift; to hitch-hike 2 to fasten

hitch up to pull up something you are wearing

hitch-hike /'hɪtʃhaɪk/ *verb* to travel by getting lifts in other people's vehicles — *noun* **hitch-hiker**

hi-tech see **high-tech**

hither /'hɪðə(r)/ *adverb* (*literary*) to this place

hitherto /'hɪðətu:/ *adverb* (*formal*) until now

hit man /'hɪt mæn/ *noun*: **hit men** (*informal*) someone employed to kill or attack others

HIV /eɪtʃaɪ'vi:/ *noun* (*uncount*) a virus that reduces people's ability to fight infection, and can cause AIDS

hive /haɪv/ *noun* 1 a beehive 2 a busy place: *a hive of industry*

hoard /hɔ:d/ *noun* a store of things that you have saved ♦ *verb* to save or collect in large amounts

hoarding /'hɔ:dɪŋ/ *noun* a large board for advertising at the side of the road

hoarse /hɔ:s/ *adjective* of the voice: rough and unclear — *adverb* **hoarsely**

hoary /'hɔ:rɪ/ *adjective* 1 (*literary*) grey or white 2 very old

hoax /hoʊks/ *noun* a trick played to deceive

hob /hɒb/ *noun* a set of rings or plates on a stove that heat up for cooking on

hobble /'hɒbəl/ *verb* 1 to walk with short unsteady steps 2 to tie an animal's legs loosely

hobby /'hɒbɪ/ *noun* something you do in your spare time for relaxation and enjoyment [*same as* **pastime**]

hobby horse /'hɒbɪ hɔ:s/ *noun* 1 a toy wooden horse 2 a favourite subject of discussion

hobnob /'hɒbnɒb/ *verb* (*usually derogatory*) to be on friendly terms with, especially with people of a higher social rank

hobo /'hoʊboʊ/ *noun* (*AmE*): **hobos** or **hoboes** a tramp

hockey /'hɒkɪ/ *noun* (*uncount*) a game played by two teams of eleven players with long curved sticks and a small hard ball

hodge-podge see **hotchpotch**

hoe /hoʊ/ *noun* a long-handled tool used for weeding and loosening earth ♦ *verb* to use a hoe

hog /hɒg/ *noun* a male pig ♦ *verb* (*informal*) to take or use selfishly

hoist /hɔɪst/ *verb* to lift, raise ♦ *noun* a lift for goods

hold[1] /hoʊld/ *verb*: **holds, holding, held** 1 to have your hands, fingers or arms firmly around 2 to put in a position and keep there 3 to contain 4 to occupy *eg* a position 5 to have or possess: *She holds an MA in linguistics.* 6 to keep prisoner 7 to put on, organize: *hold a meeting* ♦ *noun* 1 the action of holding 2 influence: *have a hold over someone* ▶ *phrase* **hold it** used when you want people to stop what they are doing

hold back 1 to hesitate before doing something **2** to prevent or discourage from doing

hold down to manage to keep (a job)

hold off to resist

hold on 1 to keep your hands firmly round something **2** to wait

hold out to manage to survive in spite of difficulties

hold up to delay

hold[2] /hoʊld/ *noun* the part of a ship or aircraft where luggage or cargo is stored

holdall /ˈhoʊldɔːl/ *noun* a large travelling bag

holder /ˈhoʊldə(r)/ *noun* **1** a container **2** someone who holds *eg* a ticket, licence or certificate

holding /ˈhoʊldɪŋ/ *noun* **1** a piece of cultivated land that is owned or rented **2** the shares someone owns in a particular company

hold-up /ˈhoʊldʌp/ *noun* **1** a delay **2** an armed attempt at robbery

hole /hoʊl/ *noun* **1** an opening in something solid **2** a small animal's home **3** (*informal*) a miserable place [*same as* **dump**] ▶ *phrase* **pick holes in** to criticize

hole up (*informal*) to hide

holiday /ˈhɒlɪdeɪ/ *noun* **1** a period away from work for rest [*same as* **vacation**] **2** a religious festival when shops and banks are closed ♦ *verb* to spend a holiday somewhere

holiness /ˈhoʊliːnəs/ *noun* (*uncount*) **1** the quality of being holy or sacred **2 Your Holiness** used to address the Pope

hollow /ˈhɒloʊ/ *adjective* **1** having space inside, not solid **2** inward-curving **3** false, worthless: *a hollow victory* ♦ *noun* an inward-curving area [*same as* **dip**, **depression**]

hollow out to remove the inside of

holly /ˈhɒli/ *noun* (*uncount*) an evergreen tree with red berries and prickly leaves

holocaust /ˈhɒləkɔːst/ *noun* a disaster such as a war or great fire

hologram /ˈhɒləgræm/ *noun* a photograph created by laser beams, that appears to be three-dimensional

holster /ˈhoʊlstə(r)/ *noun* a case for a gun

holy /ˈhoʊli/ *adjective* **1** of or like God **2** religious, morally pure

homage /ˈhɒmɪdʒ/ *noun* (*uncount*) deep respect or honour given to someone

home /hoʊm/ *noun* **1** the place where someone, or their family, lives **2** the place where someone comes from **3** a place where *eg* children or the elderly live and are cared for **4** a centre or place of origin ♦ *adjective* **1** of someone's house or family: *home comforts* **2** taking place in your own country, not abroad: *home affairs* ♦ *adverb* **1** towards home **2** into place: *hammer the nail home* ▶ *phrase* **feel at home** feel comfortable, at ease

home in on to find and attack

homeless /ˈhoʊmləs/ *adjective* having nowhere to live ♦ *noun* (with a plural verb) people with nowhere to live — *noun* (*uncount*) **homelessness**

homely /ˈhoʊmli/ *adjective* **1** pleasantly simple **2** of a place: making you feel welcome **3** (*AmE*) not attractive

home-made /hoʊmˈmeɪd/ *adjective* made at home

homeopathy see **homoeopathy**

homesick /ˈhoʊmsɪk/ *adjective* longing for home

homespun /ˈhoʊmspʌn/ *adjective* simple and uncomplicated

homestead /ˈhoʊmsted/ *noun* a farmhouse

home truth /hoʊm ˈtruːθ/ *noun* (*usually in the plural*) unpleasant facts about yourself that someone thinks you ought to know

homeward /ˈhoʊmwəd/ *adjective* towards home: *a homeward journey* ♦ *adverb* (also **homewards**) towards home: *walking homewards*

homework /ˈhoʊmwɜːk/ *noun* (*uncount*) work that teachers give students to do at home

homicidal /hɒmɪˈsaɪdəl/ *adjective* likely to commit murder

homicide /ˈhɒmɪsaɪd/ *noun* (*uncount or count*; *especially AmE*) murder; the illegal killing of a human being

homily /ˈhɒmɪli/ *noun* a long dull talk that someone gives you about how to behave [*same as* **sermon**, **lecture**]

homing /ˈhoʊmɪŋ/ *adjective* of a pigeon: having the ability to find home: *homing instincts*

homoeopathy or **homeopathy** /hoʊmɪˈɒpəθi/ or /hɒmɪˈɒpəθi/ *noun* (*uncount*) the treatment of illness by small quantities of substances that produce symptoms similar to those of the illness — *adjective* **homoeopathic** or **homeopathic**

homogeneous /hɒˈmɒdʒənəs/ *adjective* composed of parts of the same kind [*opposite* **diverse**, **heterogeneous**] — *noun* (*uncount*) **homogeneity**

homograph /ˈhɒməgrɑːf/ *noun* a word which has the same spelling as, but a different meaning from, another

homonym /ˈhɒmənɪm/ *noun* a word which has the same sound as, but a different meaning from another

homosexual /hɒməˈsɛkʃʊəl/ *adjective* sexually attracted to the same sex ♦ *noun* someone who is sexually attracted to the same sex — *noun* (*uncount*) **homosexuality**

hone /hoʊn/ *verb* to sharpen *eg* a knife

honest /ˈɒnɪst/ *adjective* truthful; not inclined to *eg* steal or cheat

honestly /ˈɒnɪstlɪ/ *adverb* 1 truthfully 2 without *eg* cheating or lying 3 (*sentence adverb*) used to emphasize that you are speaking the truth 4 used to express annoyance: *Honestly, I don't know why I bother!*

honesty /ˈɒnɪstɪ/ *noun* (*uncount*) the quality of being honest, truthful or trustworthy

honey /ˈhʌnɪ/ *noun* 1 a sweet, thick, edible substance made by bees 2 (*informal*) a term of affection

honeycomb /ˈhʌnɪkoʊm/ *noun* (*count or uncount*) a network of wax cells in which bees store honey

honeymoon /ˈhʌnɪmuːn/ *noun* a holiday taken by a newly married couple ♦ *verb*: *They honeymooned briefly in Malta.* — *noun* **honeymooner**

honeysuckle /ˈhʌnɪsʌkəl/ *noun* (*uncount*) a climbing plant with sweet-smelling flowers

honk /hɒŋk/ *verb* to sound the horn on a motor vehicle

honorary /ˈɒnərərɪ/ *adjective* 1 given as a mark of respect or honour 2 done without payment

honour (*AmE* **honor**) /ˈɒnə(r)/ *noun* 1 good reputation 2 an award given for achievement 3 a privilege 4 **honours** recognition given for exceptional achievements 5 a title of respect, especially to a judge: *Your Honour* ♦ *verb* 1 to treat with respect 2 to give an award for achieving something 3 to pay money when due: *honour a debt*

honourable (*AmE* **honorable**) /ˈɒnərəbəl/ *adjective* behaving justly and morally; admirable — *adverb* **honourably** — *adverb* **honourably**

hood /hʊd/ *noun* 1 a covering for the head 2 a cover or roof 3 (*AmE*) the bonnet of a car

hoof /huːf/ *noun*: **hoofs** or **hooves** the hard part on the feet of certain animals, *eg* horses

hook /hʊk/ *noun* a bent piece of *eg* metal for hanging things on or attaching things to ♦ *verb* to catch or attach with a hook ▸ *phrase* **off the hook** of a telephone receiver: not resting on its normal support

hooked /hʊkt/ *adjective* 1 curved, bent 2 (*informal*) addicted to, fascinated by

hooker /ˈhʊkə(r)/ *noun* (*derogatory*; *especially AmE*) a prostitute

hooligan /ˈhuːlɪgən/ *noun* a destructive person — *noun* (*uncount*) **hooliganism**

hoop /huːp/ *noun* a large ring of wood, metal or plastic

hooray /hʊˈreɪ/, **hurray** /həˈreɪ/ or **hurrah** /həˈrɑː/ *interjection* used to express pleasure, triumph or approval

hoot /huːt/ *verb* 1 to sound the horn of a vehicle 2 of an owl: to make its typical long loud call 3 to laugh loudly ♦ *noun*: *the hoot of an owl* □ *the hoot of his horn* □ *hoots of laughter*

hooter /ˈhuːtə(r)/ *noun* 1 an instrument or device that makes a loud sound, *eg* as a warning 2 (*informal*) a large nose

hoover /ˈhuːvə(r)/ *noun* (*trademark*) a vacuum cleaner ♦ *verb* to clean with a vacuum cleaner

hooves /huːvz/ *noun* the plural of **hoof**

hop[1] /hɒp/ *verb* to jump on one foot ♦ *noun* an act of hopping

hop[2] /hɒp/ *noun* the flower of a climbing plant, dried and used for flavouring beer

hope /hoʊp/ *verb* to want and believe to be possible ♦ *noun* 1 the feeling that what you want to happen may happen 2 something you want to happen

hopeful /ˈhoʊpfəl/ *adjective* 1 confident or optimistic about something 2 promising, encouraging

hopefully /ˈhoʊpfəlɪ/ *adverb* 1 with hope 2 used when expressing hopes; 'I hope that'

hopeless /ˈhoʊpləs/ *adjective* 1 without hope 2 bad, that cannot improve — *adverb* **hopelessly** — *noun* (*uncount*) **hopelessness**

horde /hɔːd/ *noun* (*often derogatory*) a large noisy crowd

horizon /həˈraɪzən/ *noun* 1 the distant line where the sky meets the land or sea 2 the limit of someone's experience or understanding

horizontal /hɒrɪˈzɒntəl/ *adjective* lying level or flat — *adverb* **horizontally**

hormone /ˈhɔːmoʊn/ *noun* a substance produced by certain glands of the body, which stimulates growth or development — *adjective* **hormonal**

horn /hɔːn/ *noun* **1** the device on a vehicle that makes a loud warning sound **2** a hard growth on the head of certain animals, *eg* deer, sheep **3** a brass wind instrument

hornet /ˈhɔːnɪt/ *noun* a large wasp

horoscope /ˈhɒrəskoʊp/ *noun* a prediction of someone's future based on the position of the stars at their birth

horrendous /həˈrɛndəs/ *adjective* (*often informal*) awful, terrible — *adverb* **horrendously**

horrible /ˈhɒrɪbəl/ *adjective* **1** very unpleasant **2** very bad, awful — *adverb* **horribly**

horrid /ˈhɒrɪd/ *adjective* (*informal*) cruel; very unpleasant

horrific /həˈrɪfɪk/ *adjective* terrifying; awful, very bad — *adverb* **horrifically**

horrify /ˈhɒrɪfaɪ/ *verb* to shock and upset: *We were horrified by his behaviour.* — *adjective* **horrifying** — *adverb* **horrifyingly**

horror /ˈhɒrə(r)/ *noun* **1** a feeling of shock or alarm **2** something which causes fear

hors d'oeuvre /ɔːˈdɜːv/ *noun* a salad or savoury dish served before the main course of a meal

horse /hɔːs/ *noun* **1** a four-legged animal with a mane and a tail **2** a piece of gymnastic equipment for jumping over ▶ *phrase* **from the horse's mouth** directly from a reliable source

horsepower /ˈhɔːspaʊə(r)/ *noun* (*uncount*) a unit for measuring the power of car engines

horseshoe /ˈhɔːsʃuː/ *noun* a shoe for horses, made of a curved piece of iron

horticulture /ˈhɔːtɪkʌltʃə(r)/ *noun* (*uncount*) the study and art of gardening — *adjective* **horticultural**

hose /hoʊz/ *noun* a rubber tube for carrying water ♦ *verb* to water with a hose

hosiery /ˈhoʊzɪərɪ/ *noun* (*uncount*) stockings, tights and socks

hospice /ˈhɒspɪs/ *noun* a home providing special nursing care for people who are dying

hospitable /hɒˈspɪtəbəl/ *adjective* friendly and welcoming to guests and strangers — *adverb* **hospitably**

hospital /ˈhɒspɪtəl/ *noun* a building for the treatment of the sick and injured

hospitality /hɒspɪˈtalɪtɪ/ *noun* (*uncount*) the quality of being hospitable

host¹ /hoʊst/ *noun* **1** someone who welcomes and entertains guests **2** on TV and radio, the person who introduces and interviews guests ♦ *verb* to provide accommodation and facilities for an event

host² /hoʊst/ *noun* (*old*) a large number

hostage /ˈhɒstɪdʒ/ *noun* someone held prisoner by an enemy until stated conditions are met

hostel /ˈhɒstəl/ *noun* somewhere where people can get cheap accommodation

hostess /ˈhoʊstəs/ *noun* at a party, a woman who has invited you

hostile /ˈhɒstaɪl/ *adjective* **1** unfriendly **2** showing disapproval or opposition **3** of an enemy

hostility /hɒˈstɪlɪtɪ/ *noun* **1** unfriendliness **2 hostilities** fighting between countries

hot /hɒt/ *adjective* **1** of a high temperature **2** spicy ▶ *phrases* (*informal*) **not so hot** not very good **hot and bothered** anxious, upset and unable to think clearly

hot up to become more exciting

hot air /hɒtˈɛə(r)/ *noun* (*uncount*; *informal*) meaningless talk

hotbed /ˈhɒtbɛd/ *noun* a place where some dishonest activity is common

hotchpotch /ˈhɒtʃpɒtʃ/ (*AmE* **hodgepodge**) *noun* (*informal*) a confused mixture

hot dog /ˈhɒt dɒg/ *noun* a hot sausage in a bread roll

hotel /hoʊˈtɛl/ *noun* a building with rooms where travellers can pay to stay

hotheaded /hɒtˈhɛdɪd/ *adjective* inclined to act hastily without thinking [*same as* **impetuous**; *opposite* **cautious**]

hothouse /ˈhɒthaʊs/ *noun* a heated glasshouse for plants

hot line /ˈhɒt laɪn/ *noun* **1** a direct telephone line between heads of government **2** a telephone number that the public can use to give information on a subject

hot seat /ˈhɒt siːt/ *noun* ▶ *phrase* **in the hot seat** (*informal*) in the position of having to take important and difficult decisions

hot-tempered /hɒtˈtɛmpəd/ *adjective* inclined to get angry quickly or easily

hound /haʊnd/ *noun* a dog used in hunting ♦ *verb* to chase and bother

hour /aʊə(r)/ *noun* **1** sixty minutes, one of the 24 sixty-minute parts of a day **2** a time or period in the day: *Sorry to call you at* *such an early hour.* **3** an important time: *The hour has come.* ▸ *phrase* **in the small hours** very early in the morning; after midnight

hourly /'aʊəlɪ/ *adjective* happening or done once every hour ♦ *adverb* every hour

house *noun* /haʊs/: **houses** /'haʊzɪz/ **1** a building in which people live **2** a building with a special purpose: *an opera house* **3** a business firm: *a publishing house* **4** in *eg* a cinema: the place where the audience sit ♦ *verb* /haʊz/ to provide with accommodation ▸ *phrase* **like a house on fire** very successfully, extremely well

houseboat /'haʊsbəʊt/ *noun* a flat-bottomed boat with a cabin for living in

housebound /'haʊsbaʊnd/ *adjective* unable to leave the house

housebreaker /'haʊsbreɪkə(r)/ *noun* someone who breaks into a house to steal things — *noun* (*uncount*) **housebreaking**

household /'haʊshəʊld/ *noun* the people who live together in a house

householder /'haʊshəʊldə(r)/ *noun* the legal owner or tenant of a house or flat

housekeeper /'haʊskiːpə(r)/ *noun* someone paid to look after the running of a household

housetrain /'haʊstreɪn/ *verb* to train (a pet) to urinate and defecate outdoors

house-warming /'haʊswɔːmɪŋ/ *noun* a party held by someone who has just moved into a new house

housewife /'haʊswaɪf/ *noun* a woman who looks after a house and her family, and who does not have a job outside her home

housework /'haʊswɜːk/ *noun* (*uncount*) the work of keeping a house clean and tidy

housing /'haʊzɪŋ/ *noun* accommodation, *eg* houses and flats

hovel /'hɒvəl/ *noun* a small dirty house

hover /'hɒvə(r)/ *verb* **1** to stay in the air in the same position **2** to stay near in an uncertain way **3** to be undecided or uncertain

hovercraft /'hɒvəkrɑːft/ *noun* a craft able to travel over land or sea supported on a cushion of air

how /haʊ/ *adverb and conjunction* **1** in what manner, by what means: *How are they getting there?* □ *How do you switch this on?* **2** used to introduce something that is a fact: *Do you remember how we used to tease her?* **3** to what extent *How cold is it outside?* **4** used in questions about *eg* amount, distance, time and age **5** in what condition: *How is she?*

however /haʊ'ɛvə(r)/ *adverb* **1** in spite of that **2** used as an emphatic form of **how** ♦ *conjunction* **1** by any means **2** used to comment that degree or amount make no difference to what you are saying

howl /haʊl/ *verb* **1** to make a long, loud sound like that of a dog or wolf **2** to cry loudly and uncontrollably **3** of the wind: to blow hard and loudly ♦ *noun*: *a howl of pain*

HQ /eɪtʃ'kjuː/ *noun* (*uncount or count*) the abbreviation for 'headquarters'

hub /hʌb/ *noun* **1** the centre part of a wheel **2** a centre of interest and activity

huddle /'hʌdəl/ *verb* **1** to sit or crouch with your arms round your body **2** **huddle together** of people: to group or press closely together ♦ *noun* a small dense group

hue /hjuː/ *noun* (*literary*) a colour

huff /hʌf/ *noun* a fit of bad temper: *in a huff*

hug /hʌg/ *verb* **1** to put your arms around as a demonstration of affection **2** to hold tightly ♦ *noun*: *He gave her a big hug.*

huge /hjuːdʒ/ *adjective* very large — *adverb* (*informal*) **hugely**: *The kids enjoyed themselves hugely.*

hulk /hʌlk/ *noun* **1** an old unused ship **2** a big and clumsy person or thing

hulking /'hʌlkɪŋ/ *adjective* big and clumsy

hull /hʌl/ *noun* the body of a ship

hullabaloo /hʌləbə'luː/ *noun* (*informal*) a noisy disturbance

hullo see **hello**

hum /hʌm/ *verb* **1** to sing with your lips closed **2** to make a continuous low sound **3** of a place: full of the sound of activity ♦ *noun*: *the distant hum of traffic*

human /'hjuːmən/ *adjective* **1** relating to people **2** having natural qualities, feelings and faults ♦ *noun* a person

humane /hjʊ'meɪn/ *adjective* kind and sympathetic — *adverb* **humanely**

humanism /'hjuːmənɪzm/ *noun* (*uncount*) a set of ideas about morality, not including religious belief — *noun* **humanist**

humanitarian /hjʊmænɪ'tɛərɪən/ *adjective* concerned with reducing people's suffering ♦ *noun* someone who tries to improve people's welfare

humanity /hjʊ'mænɪtɪ/ *noun* **1** people in general **2** sympathetic concern for others

humankind /hjuːmən'kaɪnd/ *noun* (*uncount*) the human race, people in general [*same as* **mankind**]

humble /'hʌmbəl/ *adjective* **1** modest **2** not of high rank, unimportant ♦ *verb* to cause to feel low and unimportant

humbug /ˈhʌmbʌɡ/ *noun* **1** a hard minty sweet **2** insincere or dishonest nonsense

humdrum /ˈhʌmdrʌm/ *adjective* dull and boring

humid /ˈhjuːmɪd/ *adjective* of air: hot and damp — *noun* (*uncount*) **humidity**: *the humidity of Singapore*

humiliate /hjʊˈmɪlɪeɪt/ *verb* to cause to feel ashamed in public — *adjective* **humiliated** — *adjective* **humiliating** — *noun* (*uncount or count*) **humiliation**

humility /hjʊˈmɪlɪtɪ/ *noun* (*uncount*) the quality of being humble

humour /ˈhjuːmə(r)/ *noun* **1** the ability to see things as amusing or ridiculous **2** (*uncount*) the quality of being funny **3** (*uncount*) things that make you laugh ♦ *verb* to eg agree with someone in order to please them [*same as* **indulge**]

humorist /ˈhjuːmərɪst/ *noun* a comedian, a comic writer

humorous /ˈhjuːmərəs/ *adjective* funny, amusing — *adverb* **humorously**

hump /hʌmp/ *noun* **1** a lump on the back **2** a lump, a mound ♦ *verb* to move heavy objects by dragging or carrying

hunch /hʌntʃ/ *noun* a strong feeling that something: to be the case ♦ *verb* of the shoulders: to draw up towards the chest, *eg* because of cold

hundred /ˈhʌndrəd/ *noun* the number, figure or age of 100 ♦ *determiner*: *It's four hundred and twenty miles from here to Birmingham.* ♦ *pronoun*: *We had sixty replies yesterday and another hundred and two today.*

hundredth /ˈhʌndrədθ/ (often written **100th**) *determiner* the one numbered one hundred in a series ♦ *pronoun*: *I've swum eighty lengths and I'm going to stop at the hundredth.* ♦ *adjective*: *She came hundredth in the marathon.* ♦ *noun* (often written $\frac{1}{100}$) one of a hundred equal parts

hundredweight /ˈhʌndrədweɪt/ *noun* 112 pounds, 50.8 kilogrammes

hunger /ˈhʌŋɡə(r)/ *noun* **1** a desire or need for food **2** a strong desire for anything ♦ *verb* to want very much

hungry /ˈhʌŋɡrɪ/ *adjective* **1** wanting or needing food **2** having a strong desire for anything — *adverb* **hungrily**

hunk /hʌŋk/ *noun* a big piece: *a hunk of cheese*

hunt /hʌnt/ *verb* **1** to chase animals or birds for food or sport **2** to search for ♦ *noun* **1** an expedition to chase and kill animals **2** a search

hunter /ˈhʌntə(r)/ *noun* someone who hunts wild animals for food or sport

hurdle /ˈhɜːdəl/ *noun* **1** a light fence, jumped over in a race **2** a difficulty which must be overcome [*same as* **obstacle**]

hurl /hɜːl/ *verb* to throw with force

hurrah and **hurray** see **hooray**

hurricane /ˈhʌrɪkən/ *noun* a storm in which there is a violent destructive wind

hurried /ˈhʌrɪd/ *adjective* done in a hurry, or too quickly — *adverb* **hurriedly**

hurry /ˈhʌrɪ/ *verb* **1** to act or move quickly **2** to cause to act quickly ♦ *noun* the state of needing to do things quickly ▸ *phrase* **in a hurry** needing to get somewhere or do something quickly

hurry up to act or move faster

hurt /hɜːt/ *verb* **1** to injure physically, wound **2** to cause pain or distress to **3** of part of the body: to feel pain ♦ *adjective* injured ♦ *noun* (*uncount*) emotional pain

hurtful /ˈhɜːtfəl/ *adjective* unkind, causing unhappiness

hurtle /ˈhɜːtəl/ *verb* to move dangerously fast

husband /ˈhʌzbənd/ *noun* the man a woman is married to

hush /hʌʃ/ *interjection* used to tell someone to be quiet ♦ *noun* a silence

hush up to prevent from becoming publicly known

hush-hush /ˈhʌʃˈhʌʃ/ *adjective* (*informal*) secret

husky /ˈhʌskɪ/ *adjective* of a voice: rough and hoarse

hustle /ˈhʌsəl/ *verb* to push or hurry someone somewhere

hut /hʌt/ *noun* a small wooden building

hutch /hʌtʃ/ *noun* a cage for pets such as rabbits to live in

hyacinth /ˈhaɪəsɪnθ/ *noun* a sweet-smelling flower which grows from a bulb

hyaena see **hyena**

hybrid /ˈhaɪbrɪd/ *noun* **1** an animal or plant produced from two different kinds **2** a mixture or combination

hydrant /ˈhaɪdrənt/ *noun* a pipe in the street that supplies water for putting out fires

hydraulic /haɪˈdrɒlɪk/ *adjective* **1** carrying water **2** powered by water or other fluid

hydroelectric /ˌhaɪdroʊɪˈlɛktrɪk/ *adjective* of electricity obtained from water-power — *noun* (*uncount*) **hydroelectricity**

hydrogen /ˈhaɪdrədʒən/ *noun* (*uncount*) the lightest gas, which combined with oxygen produces water

hyena or **hyaena** /haɪˈiːnə/ *noun* a dog-like wild animal with a cry sounding like laughter

hygiene /ˈhaɪdʒiːn/ *noun* (*uncount*) the practice of keeping yourself and your surroudings clean and free from germs

hygienic /haɪˈdʒiːnɪk/ clean and free of germs, so as not to allow the spread of disease — *adverb* **hygienically**

hymn /hɪm/ *noun* a religious song of praise

hypermarket /ˈhaɪpəmɑːkɪt/ *noun* a very large supermarket

hyphen /ˈhaɪfən/ *noun* a short stroke (-) used to join words (as in *taxi-driver, a two-year-old child*)

hypnosis /hɪpˈnəʊsɪs/ *noun* (*uncount*) **1** a sleep-like state in which suggestions are obeyed **2** hypnotism

hypnotic /hɪpˈnɒtɪk/ *adjective* **1** of hypnosis or hypnotism **2** causing a sleep-like state

hypnotism /ˈhɪpnətɪzm/ *noun* (*uncount*) the practice of putting someone into hypnosis

hypnotist /ˈhɪpnətɪst/ *noun* a person who practises hypnotism

hypnotize or **hypnotise** /ˈhɪpnətaɪz/ *verb* to put someone into hypnosis

hypochondriac /haɪpəˈkɒndrɪak/ *noun* someone who is over-anxious about their state of health

hypocrite /ˈhɪpəkrɪt/ *noun* someone who is not as honest, sincere or sympathetic as they pretend to be — *adjective* **hypocritical** — *adverb* **hypocritically**

hypodermic /haɪpəˈdɜːmɪk/ *adjective* used for injecting drugs just below the skin: *a hypodermic syringe*

hypothesis /haɪˈpɒθəsɪs/ *noun*: **hypotheses** a theory that has not yet been proved right

hypothetical /haɪpəˈθetɪkəl/ *adjective* based on possibilities rather than facts

hysteria /hɪˈstɪərɪə/ (*AmE* /hɪˈsterɪə/) *noun* (*uncount*) **1** a severely disturbed state of the emotions **2** excitement or panic that grows and gets out of control

hysterical /hɪˈsterɪkəl/ *adjective* **1** suffering from a severe emotional disturbance **2** wild with panic, excitement or anger **3** very funny — *adverb* **hysterically**

hysterics /hɪˈsterɪks/ *noun* **hysterics** an uncontrollable emotional or excited state ▶ *phrase* **in hysterics** laughing uncontrollably

Ii

I[1] or **i** /aɪ/ *noun* the ninth letter of the English alphabet

I[2] /aɪ/ *pronoun* (*used as the subject of a verb*) used by a speaker or writer to refer to himself or herself

ice /aɪs/ *noun* **1** (*uncount*) frozen water **2** an ice cream ♦ *verb* to cover with icing

iceberg /ˈaɪsbɜːg/ *noun* a huge mass of floating ice

ice cream /aɪsˈkriːm/ *noun* (*uncount or count*) a sweet creamy mixture, flavoured and frozen

ice hockey /ˈaɪs hɒkɪ/ *noun* (*uncount*) hockey played with a rubber disc on ice

ice-skate /ˈaɪs skeɪt/ *noun* a boot with metal blades for moving on ice

icicle /ˈaɪsɪkəl/ *noun* a long hanging spike of ice

icing /ˈaɪsɪŋ/ *noun* (*uncount*) a sweet paste used to decorate cakes ▶ *phrase* **the icing on the cake** an addition to something that is already pleasant

icon or **ikon** /ˈaɪkɒn/ *noun* **1** a painted or mosaic image of Christ or a saint **2** a symbol

icy /ˈaɪsɪ/ *adjective* **1** covered with ice **2** very cold **3** unfriendly — *adverb* **icily**

ID /aɪˈdiː/ *noun* an official document that proves who you are

I'd /aɪd/ *verb* the spoken, and informal written, form of **I had** or **I would**

idea /aɪˈdɪə/ *noun* **1** a plan or suggestion **2** an opinion **3** an impression ▶ *phrase* **have no idea** to not know at all

ideal /aɪˈdɪəl/ *adjective* perfect ♦ *noun* **1** something that seems perfect, and that you aim for **2 ideals** principles

idealism /aɪˈdɪəlɪzm/ *noun* (*uncount*) the belief that perfection can be reached — *noun* **idealist** — *adjective* **idealistic** [*opposite* **realistic**]

idealize or **idealise** /aɪˈdɪəlaɪz/ *verb* to think of as perfect — *adjective* **idealized**

ideally /aɪˈdɪəli/ *adverb* (*sentence adverb*) in ideal circumstances: *Ideally all children should have a place in nursery school.*

identical /aɪˈdɛntɪkəl/ *adjective* the same in all details

identification /aɪdɛntɪfɪˈkeɪʃən/ *noun* (*uncount*) **1** an official document that proves who you are **2** the process of finding out who someone is

identify /aɪˈdɛntɪfaɪ/ *verb* **1** to claim to recognize, prove to be the same: *He identified the man as his attacker.* **2 identify with a** to feel close to or involved with **b** to think of as the same: *identifying money with happiness*

identity /aɪˈdɛntɪti/ *noun* **1** who or what someone or something is **2** the state of being the same

idiocy /ˈɪdiəsi/ *noun* (*uncount*; *formal*) foolishness [*same as* **stupidity**; *opposite* **wisdom**]

idiom /ˈɪdiəm/ *noun* a phrase with a special meaning — *adjective* **idiomatic**

idiosyncrasy /ɪdioʊˈsɪŋkrəsi/ *noun* (*formal*) an unusual thing that someone typically does

idiot /ˈɪdiət/ *noun* a foolish or stupid person — *adjective* **idiotic**

idle /ˈaɪdəl/ *adjective* **1** not working **2** lazy **3** meaningless, without a purpose: *idle chatter*

idol /ˈaɪdəl/ *noun* **1** an image worshipped as a god **2** a person you admire very much

idolize or **idolise** /ˈaɪdəlaɪz/ *verb* to admire or love very much

idyllic /ɪˈdɪlɪk/ *adjective* peaceful, relaxing and free from trouble or difficulty

i.e. or **ie** /aɪˈiː/ an abbreviation of a Latin phrase meaning 'that is to say'

if /ɪf/ *conjunction* **1** on condition that, supposing that: *If you go, I'll go* **2** whether: *Do you know if she'll be there?* ▶ *phrase* **if only** used to express wishes or regret

iffy /ˈɪfi/ *adjective* (*informal*) dubious, uncertain [*opposite* **reliable**]

igloo /ˈɪgluː/ *noun* a house built with blocks of snow and ice

ignite /ɪgˈnaɪt/ *verb* to catch fire and begin to burn

ignition /ɪgˈnɪʃən/ *noun* in a vehicle, the mechanism that ignites the fuel

ignoble /ɪgˈnoʊbəl/ *adjective* (*formal*) shameful

ignominious /ɪgnəˈmɪniəs/ *adjective* (*formal*) humiliating

ignoramus /ɪgnəˈreɪməs/ *noun* an ignorant person

ignorant /ˈɪgnərənt/ *adjective* **1** unaware **2** knowing very little, uneducated — *noun* (*uncount*) **ignorance**

ignore /ɪgˈnɔː(r)/ *verb* to choose not to pay attention to

ill /ɪl/ *adjective* **1** unwell, sick **2** bad or harmful: *long-term ill effects* ♦ *adverb* badly: *ill prepared* ♦ *noun* harm or unpleasant things: *They should suffer no ill.* ▶ *phrase* **ill at ease** nervous or embarrassed

I'll /aɪl/ the spoken, and informal written, form of **I will** or **I shall**

illegal /ɪˈliːgəl/ *adjective* against the law [*opposite* **legal**] — *adverb* **illegally**

illegible /ɪˈlɛdʒɪbəl/ *adjective* of writing: difficult or impossible to read [*opposite* **legible**]

illegitimate /ɪləˈdʒɪtɪmət/ *adjective* born of parents not married to each other

illicit /ɪˈlɪsɪt/ *adjective* forbidden by law

illiterate /ɪˈlɪtərət/ *adjective* not able to read or write [*opposite* **literate**] — *noun* (*uncount*) **illiteracy**

illness /ˈɪlnɪs/ *noun* the state of being in poor health

illogical /ɪˈlɒdʒɪkəl/ *adjective* not showing clear reasoning [*opposite* **logical**]

ill-treat /ɪlˈtriːt/ *verb* to treat badly [*same as* **abuse**]

illuminate /ɪˈluːmɪneɪt/ *verb* **1** to light up **2** (*formal*) to make clearer [*same as* **clarify**] — *adjective* **illuminating**

illumination /ɪluːmɪˈneɪʃən/ *noun* **1** (*uncount*) lighting **2 illuminations** a decorative display of lights

illusion /ɪˈluːʒən/ *noun* **1** a mistaken belief **2** a false or misleading appearance that deceives your eyes

illusory /ɪˈluːzəri/ *adjective* (*formal*) mistaken or untrue, despite seeming possible

illustrate /ˈɪləstreɪt/ *verb* **1** to explain, show by example [*same as* **demonstrate**] **2** to draw pictures for *eg* a book

illustration /ɪləˈstreɪʃən/ *noun* **1** a picture in *eg* a book **2** an example which illustrates

illustrious /ɪˈlʌstrɪəs/ *adjective* (*formal*) greatly admired for achievements

ill-will /ɪlˈwɪl/ *noun* (*uncount*) unfriendly feelings

I'm /aɪm/ the spoken, and informal written, form of **I am**

image /'ɪmɪdʒ/ *noun* **1** an impression **2** your identity; the way people see you **3** a picture

imaginary /ɪ'madʒɪnərɪ/ *adjective* existing only in the imagination, not real

imagination /ɪmadʒɪ'neɪʃən/ *noun* the power of forming pictures in the mind of things not present or experienced

imaginative /ɪ'madʒɪnətɪv/ *adjective* **1** creative and original **2** done with imagination: *an imaginative piece of writing*

imagine /ɪ'madʒɪn/ *verb* **1** to form a picture in the mind, especially of something that does not exist **2** to think, suppose

imbalance /ɪm'baləns/ *noun* lack of balance or equality

imbecile /'ɪmbəsiːl/ *noun* a stupid or foolish person

imitate /'ɪmɪteɪt/ *verb* to do what someone else does; to copy

imitation /ɪmɪ'teɪʃən/ *noun* a copy ♦ *adjective* artificial: *imitation leather*

immaculate /ɪ'makjʊlət/ *adjective* **1** very clean, neat and tidy [*same as* **spotless**] **2** perfectly correct

immaterial /ɪmə'tɪərɪəl/ *adjective* not important

immature /ɪmə'tjʊə(r)/ *adjective* **1** not yet fully grown or mature **2** silly and childish

immediacy /ɪ'miːdɪəsɪ/ *noun* (*uncount*) of *eg* a painting: making a very strong impression on you

immediate /ɪ'miːdɪət/ *adjective* **1** happening straight away: *immediate reaction* **2** close: *immediate family* **3** first, primary: *my immediate concern*

immediately /ɪ'miːdɪətlɪ/ *adverb* **1** without delay **2** quickly or easily: *immediately recognizable* **3** directly or closely

immense /ɪ'mɛns/ *adjective* very large or great — *adverb* **immensely**

immerse /ɪ'mɜːs/ *verb* **1** to put completely under the surface of water **2 immersed in** giving all your attention to [*same as* **absorbed in**] — *noun* (*uncount*) **immersion**

immigrant /'ɪmɪgrənt/ *noun* someone who has immigrated

immigrate /'ɪmɪgreɪt/ *verb* to come into a country and settle there — *noun* (*uncount*) **immigration**

imminent /'ɪmɪnənt/ *adjective* about to happen: *imminent danger*

immobile /ɪ'moʊbaɪl/ *adjective* **1** not easily moved **2** still or motionless — *noun* (*uncount*) **immobility**

immobilize or **immobilise** /ɪ'moʊbɪlaɪz/ *verb* to prevent from moving or working

immoral /ɪ'mɒrəl/ *adjective* of behaviour: wrong — *noun* (*uncount*) **immorality**

immortal /ɪ'mɔːtəl/ *adjective* **1** living for ever **2** who will always be remembered — *noun* (*uncount*) **immortality**

immortalize or **immortalise** /ɪ'mɔːtəlaɪz/ *verb* to make famous for ever

immune /ɪ'mjuːn/ *adjective* **1** not likely to catch a particular disease: *immune to measles* **2** not affected by: *She is immune to his charm.* — *noun* (*uncount*) **immunity**

immunize or **immunise** /'ɪmjʊnaɪz/ *verb* to make immune to a disease

impact /'ɪmpakt/ *noun* **1** the action or force of one object hitting another **2** an effect: *make an impact on me*

impair /ɪm'pɛə(r)/ *verb* to damage, weaken

impale /ɪm'peɪl/ *verb* to pierce with *eg* a spear

impart /ɪm'pɑːt/ *verb* (*formal*) to tell *eg* information or knowledge

impartial /ɪm'pɑːʃəl/ *adjective* not favouring one person or side [*same as* **unbiased**] — *noun* (*uncount*) **impartiality**

impassable /ɪm'pɑːsəbəl/ *adjective* of a road: blocked *eg* by snow

impasse /am'pas/ *noun* a situation where no solution can be found

impassive /ɪm'pasɪv/ *adjective* showing no feeling or emotion [*same as* **composed**] — *adverb* **impassively**

impatient /ɪm'peɪʃənt/ *adjective* **1** angry about having to wait **2** irritable, short-tempered **3** excited or eager [*opposite* **patient**] — *adverb* **impatiently**

impeccable /ɪm'pɛkəbəl/ *adjective* faultless, perfect

impede /ɪm'piːd/ *verb* to make progress difficult or impossible

impediment /ɪm'pɛdɪmənt/ *noun* **1** something that makes it difficult to progress **2** a speech defect

impel /ɪm'pɛl/ *verb* to urge or cause to act

impending /ɪm'pɛndɪŋ/ *adjective* about to happen: *an impending storm* [*same as* **imminent**]

impenetrable /ɪm'pɛnɪtrəbəl/ *adjective* **1** that cannot be entered or passed through **2** impossible to understand [*same as* **incomprehensible**]

imperative /ɪmˈpɛrətɪv/ *adjective* absolutely essential ♦ *noun* (grammar) the form of verbs used for *eg* giving orders

imperceptible /ˌɪmpəˈsɛptɪbəl/ *adjective* too faint or slight to be noticed

imperfect /ɪmˈpɜːfɪkt/ *adjective* having faults or flaws, not perfect [*same as* **faulty**] ♦ *noun* (grammar) **the imperfect** the tense used to describe continuing or incomplete actions or states in the past

imperfection /ˌɪmpəˈfɛkʃən/ *noun* a fault or a flaw

imperial /ɪmˈpɪərɪəl/ *adjective* 1 of an emperor or empire 2 a former system of measurement

imperialism /ɪmˈpɪərɪəlɪzm/ *noun* (uncount) the policy of taking control of less powerful nations — *adjective* **imperialist**

imperious /ɪmˈpɪərɪəs/ *adjective* having an air of authority

impersonal /ɪmˈpɜːsənəl/ *adjective* treating all people in the same way, rather than as individuals with different needs

impersonate /ɪmˈpɜːsəneɪt/ *verb* 1 to copy the behaviour of, especially to amuse 2 to pretend to be — *noun* **impersonation**

impertinent /ɪmˈpɜːtɪnənt/ *adjective* not showing proper respect [*same as* **rude**] — *noun* (uncount) **impertinence**

impervious /ɪmˈpɜːvɪəs/ *adjective* not influenced: *impervious to suggestions*

impetuous /ɪmˈpɛtjʊəs/ *adjective* not thinking about consequences

impetus /ˈɪmpətəs/ *noun* what makes something happen

impinge /ɪmˈpɪndʒ/ *verb* **impinge on** to affect or interfere with: *My work schedule inevitably impinges on my private life.*

implacable /ɪmˈplakəbəl/ *adjective* (formal) too angry or resentful to be calmed

implant *verb* /ɪmˈplɑːnt/ to fix in, plant firmly ♦ *noun* /ˈɪmplɑːnt/ something implanted in a person's body

implement *noun* /ˈɪmpləmənt/ a tool ♦ *verb* /ˈɪmplɛment/ to carry out or fulfil — *noun* (uncount) **implementation**

implicate /ˈɪmplɪkeɪt/ *verb* to suggest involvement

implication /ˌɪmplɪˈkeɪʃən/ *noun* something suggested, but not expressed

implicit /ɪmˈplɪsɪt/ *adjective* suggested, not stated directly

implicitly /ɪmˈplɪsɪtlɪ/ *adverb* without questioning or doubting

implore /ɪmˈplɔː(r)/ *verb* (formal) to request strongly

imply /ɪmˈplaɪ/ *verb* to suggest: *Her silence implies disapproval.*

impolite /ˌɪmpəˈlaɪt/ *adjective* not polite, rude [*opposite* **polite**]

import ♦ *verb* /ɪmˈpɔːt/ to bring from another country for sale ♦ *noun* /ˈɪmpɔːt/ **imports** goods imported from other countries [*opposite* **exports**]

important /ɪmˈpɔːtənt/ *adjective* having great value or interest [*opposite* **unimportant**] — *noun* (uncount) **importance** — *adverb* **importantly**

impose /ɪmˈpəʊz/ *verb* 1 to force to accept 2 **impose on** to cause bother or inconvenience — *noun* **imposition**

imposing /ɪmˈpəʊzɪŋ/ *adjective* impressive

impossible /ɪmˈpɒsɪbəl/ *adjective* 1 that cannot be done or cannot happen 2 difficult to deal with — *noun* (uncount) **impossibility** — *adverb* **impossibly**

impostor /ɪmˈpɒstə(r)/ *noun* a person who pretends to be someone else in order to deceive

impoverished /ɪmˈpɒvərɪʃt/ *adjective* (formal) poorer than before

impractical /ɪmˈpraktɪkəl/ *adjective* not practical, reasonable or sensible [*opposite* **practical**]

imprecise /ˌɪmprəˈsaɪs/ *adjective* not precise or accurate [*opposite* **precise**]

impregnate /ˈɪmprɛgneɪt/ *verb* (formal) to saturate

impress /ɪmˈprɛs/ *verb* 1 to arouse the interest or admiration of 2 to cause to understand the importance of

impression /ɪmˈprɛʃən/ *noun* 1 an effect: *The film left a lasting impression on me.* 2 **give the impression** to allow to believe 3 an imitation of someone else's behaviour

impressionable /ɪmˈprɛʃənəbəl/ *adjective* easily influenced or affected

impressive /ɪmˈprɛsɪv/ *adjective* having a strong effect; admirable — *adverb* **impressively**

imprint /ˈɪmprɪnt/ *noun* a mark left when something has been pressed on to a surface

imprison /ɪmˈprɪzən/ *verb* to put in prison — *noun* **imprisonment**

improbable /ɪmˈprɒbəbəl/ *adjective* not likely to happen

impromptu /ɪmˈprɒmptjuː/ *adjective* without preparation or planning [*same as* **spontaneous**]

improper /ɪmˈprɒpə(r)/ *adjective* of behaviour: not considered correct or suitable

improve /ɪmˈpruːv/ *verb* to make or become better

improvement /ɪmˈpruːvmənt/ *noun* a change that makes something or someone better

improvise /ˈɪmprəvaɪz/ *verb* **1** to create spontaneously **2** to put together from available materials: *improvise a table from old boxes* — *noun* (uncount or count) **improvisation** — *adjective* **improvised**

impudent /ˈɪmpjʊdənt/ *adjective* not showing proper respect [*opposite* **polite**] — *noun* (uncount) **impudence**

impulse /ˈɪmpʌls/ *noun* a sudden wish to do something ▸ *phrase* **on impulse** without thinking about the consequences

impulsive /ɪmˈpʌlsɪv/ *adjective* not taking time to consider before acting

impunity /ɪmˈpjuːnɪti/ *noun* (uncount; *formal*) freedom from punishment, injury or loss

impure /ɪmˈpjʊə(r)/ *adjective* **1** mixed with other substances **2** morally bad

impurity /ɪmˈpjʊərɪti/ *noun* something mixed with a substance that spoils its quality

in /ɪn/ *preposition* **1** enclosed by or surrounded by **2** showing position: *sitting in the garden* **3** showing state or manner: *in desperation* **4** part of: *in a group* **5** during: *born in the '70s* ♦ *adverb* **1** towards the inside, not out: *come in* **2** at home: *stay in* ♦ *adjective* (*informal*) fashionable ▸ *phrases* **in for** about to receive **in on** involved in **in with** on friendly terms with

inability /ɪnəˈbɪlɪti/ *noun* (uncount) the fact of not being able to do something

inaccessible /ɪnəkˈsesɪbəl/ *adjective* difficult or impossible to reach, obtain or understand — *noun* (uncount) **inaccessibility**

inaccurate /ɪnˈakjʊrət/ *adjective* **1** not correct **2** not exact — *noun* (uncount or count) **inaccuracy**

inaction /ɪnˈakʃən/ *noun* (uncount) lack of action

inactive /ɪnˈaktɪv/ *adjective* not doing anything — *noun* (uncount) **inactivity**

inadequate /ɪnˈadɪkwət/ *adjective* **1** not enough [*opposite* **adequate**] **2** unable to cope with a situation — *noun* (uncount or count) **inadequacy**

inadvertently /ɪnədˈvɜːtəntli/ *adverb* unintentionally

inadvisable /ɪnədˈvaɪzəbəl/ *adjective* (*formal*) likely to fail, unwise

inane /ɪˈneɪn/ *adjective* silly or stupid

inanimate /ɪnˈanɪmət/ *adjective* not living

inapplicable /ɪnəˈplɪkəbəl/ *adjective* not applicable

inappropriate /ɪnəˈprəʊpriət/ *adjective* not suitable

inarticulate /ɪnɑːˈtɪkjʊlət/ *adjective* having difficulty in expressing thoughts clearly

inaudible /ɪnˈɔːdɪbəl/ *adjective* not loud enough to be heard

inaugural /ɪˈnɔːgjʊrəl/ *adjective* of an event that officially marks the beginning of something

inaugurate /ɪnˈɔːgjʊreɪt/ *verb* **1** to put into operation **2** to officially install in office — *noun* (uncount) **inauguration**

inbred /ɪnˈbred/ *adjective* of opinions or feelings: forming an unchangeable part of the personality

incalculable /ɪnˈkalkjʊləbəl/ *adjective* too great to judge or calculate

incapable /ɪnˈkeɪpəbəl/ *adjective* unable

incapacitate /ɪnkəˈpasɪteɪt/ *verb* to take away the power, strength or rights of

incarnation /ɪnkɑːˈneɪʃən/ *noun* **1** someone whose appearance or behaviour are the perfect example of a particular quality *eg* beauty or honour **2** of a spirit: appearance in a physical form

incendiary /ɪnˈsendɪəri/ *adjective* designed to start a fire

incense[1] /ˈɪnsens/ *noun* (uncount) a substance that produces a pleasant smell when burned

incense[2] /ɪnˈsens/ *verb* (*formal*) to make angry [*same as* **infuriate**]

incentive /ɪnˈsentɪv/ *noun* something which encourages someone to do something

incessant /ɪnˈsesənt/ *adjective* going on without pause [*same as* **continuous**]

incest /ˈɪnsest/ *noun* (uncount) the crime or fact of having sex with a close relative — *adverb* **incestuous**

incestuous /ɪnˈsestjʊəs/ *adjective* involving incest

inch /ɪntʃ/ *noun* one twelfth of a foot or 2.5 centimetres ♦ *verb* to move slowly

incidence /ˈɪnsɪdəns/ *noun* (singular) how often something happens

incident /ˈɪnsɪdənt/ *noun* something that happens, especially something unpleasant

incidental /ɪnsɪˈdentəl/ *adjective* happening in connection with something else more important

incidentally /ɪnsɪˈdentəli/ *adverb* (*sentence adverb*) used to introduce a comment that is not connected to what you have just been talking about [same as **by the way**]

incinerator /ɪnˈsɪnəreɪtə(r)/ *noun* an apparatus for burning rubbish

incision /ɪnˈsɪʒən/ *noun* (*technical*) a cut, especially one made by a surgeon

incisive /ɪnˈsaɪsɪv/ *adjective* (*formal*) sharp, clear and firm

incite /ɪnˈsaɪt/ *verb* to encourage or provoke — *noun* (*uncount*) **incitement**

inclination /ɪŋklɪˈneɪʃən/ *noun* a liking or tendency

incline *verb* /ɪnˈklaɪn/ (*formal*) to bend forwards or downwards ♦ *noun* /ˈɪnklaɪn/ a slope or hill

inclined /ɪnˈklaɪnd/ *adjective* **1** talented or gifted **2 inclined to** having a tendency to

include /ɪnˈkluːd/ *verb* to have as an element, or as a feature: *The team includes five players in their first international.* — *preposition* **including**: *All 125 passengers were killed, including three Britons.*

inclusion /ɪnˈkluːʒən/ *noun* the act or fact of including something

inclusive /ɪnˈkluːsɪv/ *adjective* including everything mentioned

incognito /ɪnkɒgˈniːtoʊ/ *adjective and adverb* disguised, under a false name

incoherent /ɪnkoʊˈhɪərənt/ *adjective* unconnected and unclear [*opposite* **coherent**] — *adverb* **incoherently** — *noun* (*uncount*) **incoherence**

income /ˈɪnkʌm/ *noun* (*uncount*) all the money you regularly receive

incomparable /ɪnˈkɒmpərəbəl/ *adjective* exceptional

incompatible /ɪnkəmˈpætɪbəl/ *adjective* too different to be able to live or exist together [*opposite* **compatible**] — *noun* (*uncount*) **incompatibility**

incompetent /ɪnˈkɒmpɪtənt/ *adjective* lacking the necessary skill or ability to do a job — *adverb* **incompetently** — *noun* (*uncount*) **incompetence**

incomplete /ɪnkəmˈpliːt/ *adjective* not finished; with parts missing

incomprehensible /ɪnkɒmprɪˈhɛnsɪbəl/ *adjective* difficult or impossible to understand

incomprehension /ɪnkɒmprɪˈhɛnʃən/ *noun* (*uncount*) the state of not understanding something

inconceivable /ɪnkənˈsiːvəbəl/ *adjective* that you cannot imagine or believe [*same as* **unimaginable**]

inconclusive /ɪnkənˈkluːsɪv/ *adjective* not leading to a definite decision or conclusion

incongruous /ɪnˈkɒŋgruəs/ *adjective* out of place, unsuitable — *noun* (*uncount*) **incongruity**

inconsiderate /ɪnkənˈsɪdərət/ *adjective* not caring about other people's feelings

inconsistent /ɪnkənˈsɪstənt/ *adjective* not consistent, contradictory — *noun* (*uncount or count*) **inconsistency**

inconspicuous /ɪnkənˈspɪkjuəs/ *adjective* not easily noticed

inconvenience /ɪnkənˈviːnɪəns/ *noun* (*uncount or count*) minor trouble or difficulty ♦ *verb*: *I hope I'm not inconveniencing you too much.*

inconvenient /ɪnkənˈviːnɪənt/ *adjective* causing trouble or difficulty [*opposite* **convenient**]

incorporate /ɪnˈkɔːpəreɪt/ *verb* to contain as part of a whole: *The new building incorporates a theatre, cinema and restaurant.*

incorrect /ɪnkəˈrɛkt/ *adjective* wrong; not accurate

increase *verb* /ɪnˈkriːs/ to become greater in size or extent [*opposite* **decrease**] ♦ *noun* /ˈɪnkriːs/: *an increase of nearly 20%* [*opposite* **decrease**] — *adjective* **increasing** — *adverb* **increasingly**

incredible /ɪnˈkrɛdɪbəl/ *adjective* difficult or impossible to believe [*same as* **unbelievable**] — *adverb* **incredibly**

incredulous /ɪnˈkrɛdjʊləs/ *adjective* not believing what is said — *noun* (*uncount*) **incredulity** /ɪnkrɛˈdjuːlɪtɪ/

increment /ˈɪnkrəmənt/ *noun* an increase, especially in salary

incriminate /ɪnˈkrɪmɪneɪt/ *verb* to show that someone has taken part in a crime

incubator /ˈɪnkjʊbeɪtə(r)/ *noun* a box-like apparatus that newborn babies who are very ill or very small are kept in

incumbent /ɪnˈkʌmbənt/ *adjective* (*formal*) **it is incumbent on me** it is my duty: *It is incumbent upon me to warn you.* ♦ *noun* (*formal*) someone who holds an official position

incur /ɪnˈkɜː(r)/ *verb* to suffer as a direct result of something you have done: *incur a heavy penalty*

incurable /ɪnˈkjʊərəbəl/ *adjective* that cannot be cured [*same as* **terminal**]

indebted /ɪnˈdɛtɪd/ *adjective* (*formal*) having cause to be grateful: *We are indebted to you for your kindness.*

indecent /ɪnˈdiːsənt/ *adjective* using sex or nakedness to shock, offend or attack: *indecent assault* — *noun* (*uncount*) **indecency**

indecision /ɪndɪˈsɪʒən/ *noun* (*uncount*) the state of not being sure what you should do

indecisive /ɪndɪˈsaɪsɪv/ *adjective* unable to make decisions quickly about what to do [*opposite* **decisive**]

indeed /ɪnˈdiːd/ *adverb* **1** used for emphasis, meaning 'really': *Did he indeed?* □ *We're very sorry indeed.* **2** in fact: *They're not very stable financially; indeed, they're facing bankruptcy.*

indefensible /ɪndɪˈfɛnsɪbəl/ *adjective* too bad to be justified or excused

indefinable /ɪndɪˈfaɪnəbəl/ *adjective* difficult to describe clearly or accurately

indefinite /ɪnˈdɛfɪnət/ *adjective* without definite limits

indefinite article /ɪndɛfɪnət ˈɑːtɪkəl/ *noun* the grammatical term for the words 'a' and 'an'

indefinitely /ɪnˈdɛfənɪtlɪ/ *adverb* for an indefinite period of time

indelible /ɪnˈdɛlɪbəl/ *adjective* that cannot be removed or erased

indelicate /ɪnˈdɛlɪkət/ *adjective* (*formal*) slightly rude or impolite

indentation /ɪndɛnˈteɪʃən/ *noun* **1** a small area of a surface has been pushed down **2** a space at the beginning of a line of text

independent /ɪndɪˈpɛndənt/ *adjective* **1** of a country: self-governing **2** free to make your own decisions about your life **3** happening or existing separately from other things **4** not receiving money from the government **5** not involved; objective — *noun* (*uncount*) **independence** — *adverb* **independently**

indescribable /ɪndɪˈskraɪbəbəl/ *adjective* too shocking to be described

indestructible /ɪndɪˈstrʌktɪbəl/ *adjective* that cannot be destroyed

indeterminate /ɪndɪˈtɜːmɪnɪt/ *adjective* not fixed or definite

index /ˈɪndɛks/ *noun*: **indexes** or **indices 1** an alphabetical list giving the page number of subjects mentioned in a book **2** an alphabetical list giving information about a collection of things **3** a numerical scale showing changes in eg prices ♦ *verb* to create an index

index-linked /ɪndɛksˈlɪnkt/ *adjective* of eg wages: directly related to the cost of living

indicate /ˈɪndɪkeɪt/ *verb* to show, point to or suggest

indication /ɪndɪˈkeɪʃən/ *noun* a sign

indicative /ɪnˈdɪkətɪv/ *adjective* (*formal*) showing or suggesting

indicator /ˈɪndɪkeɪtə(r)/ *noun* one of the flashing lights on a car, used to show that it is about to change direction

indices /ˈɪndɪsiːz/ *noun* one of the plural forms of **index**

indictment /ɪnˈdaɪtmənt/ *noun* something which shows or proves how bad something else is

indifferent /ɪnˈdɪfərənt/ *adjective* not interested or concerned: *indifferent to newspaper criticism* — *noun* (*uncount*) **indifference**

indigenous /ɪnˈdɪdʒənəs/ *adjective* native to a country or area

indigestion /ɪndɪˈdʒɛstʃən/ *noun* (*uncount*) discomfort or pain caused by difficulty in digesting food

indignant /ɪnˈdɪɡnənt/ *adjective* angry, especially because of wrong done to yourself — *noun* (*uncount*) **indignation**

indirect /ɪndɪˈrɛkt/ *adjective* not immediate, straight or direct — *adverb* **indirectly**

indirect object /ɪndɪrɛkt ˈɒbdʒɛkt/ *noun* (*grammar*) an object representing the person or thing who benefits from the action of the verb

indirect speech /ɪndɪrɛkt ˈspiːtʃ/ *noun* (*uncount*) speech reported with changes of person and tense [*same as* **reported speech**; see also **direct speech**]

indiscreet /ɪndɪsˈkriːt/ *adjective* doing or saying openly what should be kept secret

indiscretion /ɪndɪsˈkrɛʃən/ *noun* (*uncount or count*) **1** the quality of being indiscreet **2** an indiscreet remark [*opposite* **discretion**]

indiscriminate /ɪndɪsˈkrɪmɪnət/ *adjective* not making careful choices or decisions [*opposite* **selective**]

indispensable /ɪndɪsˈpɛnsəbəl/ *adjective* absolutely necessary or essential

individual /ɪndɪˈvɪdjʊəl/ *adjective* relating to a single person or thing ♦ *noun* (*informal*) a person

individuality /ɪndɪvɪdjʊˈalɪtɪ/ *noun* (*uncount*) the quality of being different from all others

indoctrinate /ɪnˈdɒktrɪneɪt/ *verb* to persuade to hold particular beliefs or opinions to the exclusion of all others [*same*

indolent / inference

as **brainwash**] — *noun* (*uncount*) **indoctrination**

indolent /ˈɪndələnt/ *adjective* (*formal*) lazy [*opposite* **industrious**]

indoor /ˈɪndɔː(r)/ *adjective* inside a building: *an indoor swimming pool* [*opposite* **outdoor**]

indoors /ɪnˈdɔːz/ *adverb* in or into a building [*opposite* **outdoors**]

induce /ɪnˈdjuːs/ *verb* **1** to persuade **2** to bring on, cause

inducement /ɪnˈdjuːsmənt/ *noun* something which encourages or persuades [*same as* **incentive**]

indulge /ɪnˈdʌldʒ/ *verb* **1 indulge in** to allow yourself the pleasure of **2** to give in to the wishes of

indulgence /ɪnˈdʌldʒəns/ *noun* (*formal*) something that you allow yourself the pleasure of doing or having

indulgent /ɪnˈdʌldʒənt/ *adjective* (*formal*) allowing others to do or have what they want

industrial /ɪnˈdʌstrɪəl/ *adjective* **1** related to or used in industry **2** of a country: having highly developed industry

industrialist /ɪnˈdʌstrɪəlɪst/ *noun* someone involved in organizing an industry

industrialized or **industrialised** /ɪnˈdʌstrɪəlaɪzd/ *adjective* having a lot of highly developed industries

industrious /ɪnˈdʌstrɪəs/ *adjective* hardworking

industry /ˈɪndəstrɪ/ *noun* **1** (*uncount*) the business of making things, usually on a large scale in factories: *the clothing industry* **2** hard work

inebriated /ɪˈniːbrɪeɪtɪd/ *adjective* very drunk

inedible /ɪnˈedɪbəl/ *adjective* not fit or suitable to be eaten

ineffective /ˌɪnɪˈfektɪv/ *adjective* useless, having no effect

ineffectual /ˌɪnɪˈfektʃʊəl/ *adjective* achieving nothing

inefficient /ˌɪnɪˈfɪʃənt/ *adjective* not efficient, wasting time or energy [*opposite* **efficient**] — *noun* (*uncount or count*) **inefficiency**

inept /ɪˈnept/ *adjective* (*formal*) lacking skill or ability

inequality /ˌɪnɪˈkwɒlɪtɪ/ *noun* (*uncount or count*) an unfair difference between two things

inert /ɪˈnɜːt/ *adjective* not moving or able to move

inertia /ɪˈnɜːʃə/ *noun* (*uncount*) lack of energy or the will to move or act

inescapable /ˌɪnɪˈskeɪpəbəl/ *adjective* that you must accept or admit as true

inevitable /ɪnˈevɪtəbəl/ *adjective* that cannot be avoided ♦ *noun* **the inevitable** what is certain to happen — *noun* (*uncount*) **inevitability** — *adverb* (*sentence adverb*) **inevitably**

inexcusable /ˌɪnekˈskjuːzəbəl/ *adjective* too bad to be excused, justified or tolerated

inexhaustible /ˌɪnɪɡˈzɔːstɪbəl/ *adjective* very plentiful; not likely to be used up

inexorable /ɪnˈeksərəbəl/ *adjective* (*formal*) that cannot be stopped: *in an inexorable decline* — *adverb* **inexorably**

inexpensive /ˌɪnekˈspensɪv/ *adjective* not costing much [*same as* **affordable**]

inexperience /ˌɪnekˈspɪərɪəns/ *noun* (*uncount*) lack of skill or knowledge gained from experience — *adjective* **inexperienced**

inexplicable /ɪnˈeksplɪkəbəl/ *adjective* impossible to explain or understand

inextricably /ˌɪnekˈstrɪkəblɪ/ *adverb* that cannot be separated

infallible /ɪnˈfalɪbəl/ *adjective* never making a mistake

infamous /ˈɪnfəməs/ *adjective* well known for being bad or unpleasant

infancy /ˈɪnfənsɪ/ *noun* (*uncount*) the period when you are a very young child

infant /ˈɪnfənt/ *noun* a baby or very young child

infantile /ˈɪnfəntaɪl/ *adjective* **1** of babies **2** childish

infantry /ˈɪnfəntrɪ/ *noun* soldiers who fight on foot

infatuated /ɪnˈfatjʊeɪtɪd/ *adjective* having very strong feelings of love for someone when you hardly know them — *noun* (*uncount or count*) **infatuation**

infect /ɪnˈfekt/ *verb* **1** to affect with disease-causing germs **2** to pass on disease to **3** to pass on, spread *eg* enthusiasm

infection /ɪnˈfekʃən/ *noun* **1** the process of becoming infected **2** an illness caused by germs

infectious /ɪnˈfekʃəs/ *adjective* likely to spread from person to person

infer /ɪnˈfɜː(r)/ *verb* to reach a conclusion from facts or reasoning: *Am I to infer from what you say that you wish to resign?*

inference /ˈɪnfərəns/ *noun* a conclusion that you reach, based on information you have been given

inferior /ɪnˈfɪərɪə(r)/ *adjective* **1** of poor or poorer quality **2** lower in rank or status ♦ *noun* **inferiority** people lower in rank or status — *noun* (*uncount*) **inferiority**

infernal /ɪnˈfɜːnəl/ *adjective* (*old, informal*) annoying, dreadful

inferno /ɪnˈfɜːnoʊ/ *noun* (*literary*) a huge, destructive fire

infertile /ɪnˈfɜːtaɪl/ *adjective* **1** of soil: not producing good crops **2** not able to produce babies — *noun* (*uncount*) **infertility**

infested /ɪnˈfɛstɪd/ *adjective* full of harmful or dangerous creatures: *infested with lice*

infidelity /ɪnfɪˈdɛlɪtɪ/ *noun* (*uncount*) unfaithful sex outside marriage

infiltrate /ˈɪnfɪltreɪt/ *verb* to enter an organization secretly to ruin it or steal information

infinite /ˈɪnfɪnət/ *adjective* **1** without end or limit **2** very large

infinitesimal /ɪnfɪnɪˈtɛsɪməl/ *adjective* extremely small [*same as* **minute**]

infinitive /ɪnˈfɪnɪtɪv/ *noun* (*grammar*) the basic form of a verb

infinity /ɪnˈfɪnɪtɪ/ *noun* (*uncount*) space or time without end

infirm /ɪnˈfɜːm/ *adjective* very weak, especially through illness

infirmary /ɪnˈfɜːmərɪ/ *noun* a hospital

inflamed /ɪnˈfleɪmd/ *adjective* swollen and sore through injury or disease

inflammable /ɪnˈflæməbəl/ *adjective* easily set on fire

inflammation /ɪnfləˈmeɪʃən/ *noun* a sore, red area in the body

inflammatory /ɪnˈflæmətərɪ/ *adjective* (*formal*) likely to make people very angry

inflate /ɪnˈfleɪt/ *verb* to fill with air [*same as* **blow up**; *opposite* **deflate**]

inflation /ɪnˈfleɪʃən/ *noun* (*uncount*) an economic situation in which prices and wages keep forcing each other to increase

inflection or **inflexion** /ɪnˈflɛkʃən/ *noun* **1** change in the tone of your voice **2** a change in the basic form of a word to show *eg* tense or number **3** the new form of a word which has been changed in this way

inflexible /ɪnˈflɛksɪbəl/ *adjective* that cannot or will not be changed or altered

inflexion see **inflection**

inflict /ɪnˈflɪkt/ *verb* to force to suffer *eg* punishment

influence /ˈɪnfluəns/ *noun* the power to affect other people or things ♦ *verb* to affect or change ► *phrase* (*informal*) **under the influence** drunk — *adjective* **influential**

influenza /ɪnfluˈɛnzə/ *noun* (*uncount; formal*) an illness with *eg* fever, headache and muscle pains

influx /ˈɪnflʌks/ *noun* the arrival of large numbers of people

info /ˈɪnfoʊ/ *noun* (*uncount; informal*) information

inform /ɪnˈfɔːm/ *verb* to tell, give information to

informal /ɪnˈfɔːməl/ *adjective* not formal; relaxed, friendly — *noun* (*uncount*) **informality**

informant /ɪnˈfɔːmənt/ *noun* someone who informs

information /ɪnfəˈmeɪʃən/ *noun* (*uncount*) knowledge, facts or news

informative /ɪnˈfɔːmətɪv/ *adjective* giving useful information

informer /ɪnˈfɔːmə(r)/ *noun* someone who tells the police about a person who has committed a crime

infrastructure /ˈɪnfrəstrʌktʃə(r)/ *noun* (*uncount*) services that are needed to allow an institution to function properly

infrequent /ɪnˈfriːkwənt/ *adjective* rare [*opposite* **frequent**]

infringe /ɪnˈfrɪndʒ/ *verb* to prevent from doing something [*same as* **violate**] — *noun* **infringement**

infuriate /ɪnˈfjʊərɪeɪt/ *verb* to make very angry — *adjective* **infuriating**

ingenious /ɪnˈdʒiːnɪəs/ *adjective* very clever and original

ingenuity /ɪndʒəˈnjuːɪtɪ/ *noun* (*uncount*) cleverness in thinking of original ways of doing things

ingratiate /ɪnˈgreɪʃɪeɪt/ *verb* to try to make friends with someone because their friendship would be useful — *adjective* **ingratiating**

ingratitude /ɪnˈgrætɪtjuːd/ *noun* (*uncount*) the fact of not being grateful when you should be

ingredient /ɪnˈgriːdɪənt/ *noun* one of the things which a mixture is made of

inhabit /ɪnˈhæbɪt/ *verb* to live in

inhabitant /ɪnˈhæbɪtənt/ *noun* someone who lives permanently in a place

inhale /ɪnˈheɪl/ *verb* to breathe in

inherent /ɪnˈhɛrənt/ *adjective* that cannot be changed or removed

inherit /ɪnˈhɛrɪt/ *verb* **1** to receive property or wealth from someone who has died **2** to get from someone who has left a place

inheritance /ɪnˈhɛrɪtəns/ *noun* (*uncount or singular*) property or wealth you inherit from someone who dies

inhibit /ɪnˈhɪbɪt/ *verb* to slow down or prevent the development of

inhibited /ɪnˈhɪbɪtɪd/ *adjective* embarrassed or uneasy

inhibition /ɪnhɪˈbɪʃən/ *noun* feelings of embarrassment or uneasiness

inhospitable /ɪnhɒˈspɪtəbəl/ *adjective* unwelcoming, unfriendly

inhuman /ɪnˈhjuːmən/ *adjective* extremely cruel — *noun* (*uncount*) **inhumanity**

inhumane /ɪnhjʊˈmeɪn/ *adjective* extremely cruel

inimitable /ɪnˈɪmɪtəbəl/ *adjective* impossible to imitate

initial /ɪˈnɪʃəl/ *adjective* of or at the beginning: *initial difficulties* ♦ *noun* the first letter of a word ♦ *verb* to write the initials of your name on

initiate *verb* /ɪˈnɪʃieɪt/ **1** to cause to begin: *initiate the reforms* **2** to formally make someone a member of eg a society ♦ *noun* /ɪˈnɪʃiət/ someone who has recently been, or is soon to be, initiated — *noun* **initiation**

initiative /ɪˈnɪʃətɪv/ *noun* **1** the ability to do things without asking the help of others **2** a first step towards achieving something

inject /ɪnˈdʒɛkt/ *verb* **1** to force a liquid into eg a vein with a syringe **2** to put eg enthusiasm into — *noun* **injection**

injure /ˈɪndʒə(r)/ *verb* to hurt or damage (part of the body) — *adjective* **injured**

injury /ˈɪndʒəri/ *noun* harm or damage done to part of the body

injustice /ɪnˈdʒʌstɪs/ *noun* (*uncount or count*) unfairness

ink /ɪŋk/ *noun* (*uncount*) a coloured liquid used for writing, printing and drawing

inkling /ˈɪŋklɪŋ/ *noun* (*singular*) a suspicion

inland /ˈɪnlənd/ or /ɪnˈlænd/ *adjective or adverb* in or towards areas that are away from the coast

inmate /ˈɪnmeɪt/ *noun* one of the residents in a prison

inn /ɪn/ *noun* a pub or small hotel

innate /ɪˈneɪt/ *adjective* of qualities: that you are born with

inner /ˈɪnə(r)/ *adjective* **1** inside something else **2** of eg feelings: hidden

innermost /ˈɪnəmoʊst/ *adjective* of thoughts and feelings: the most personal; that you discuss with nobody

innings /ˈɪnɪŋz/ *noun* the period of a game during which one player or team bats

innocent /ˈɪnəsənt/ *adjective* **1** not guilty **2** having little experience of life; tending to trust everyone [*same as* **naive**; *opposite* **worldly**] ♦ *noun* someone with no experience of how unpleasant life can be

innocuous /ɪˈnɒkjʊəs/ *adjective* harmless

innovation /ɪnəˈveɪʃən/ *noun* something new — *adjective* **innovative**

innuendo /ɪnjʊˈɛndoʊ/ *noun* a remark that suggests something rude or unpleasant

innumerable /ɪˈnjuːmərəbəl/ *adjective* a great many

innumerate /ɪˈnjuːmərət/ *adjective* with a very poor knowledge of arithmetic

inoculate /ɪˈnɒkjʊleɪt/ *verb* to protect from a particular disease by injecting a mild form of it into the body [*same as* **vaccinate**] — *noun* (*count or uncount*) **inoculation**

inoffensive /ɪnəˈfɛnsɪv/ *adjective* not likely to offend or upset anyone

inopportune /ɪnˈɒpətjuːn/ *adjective* at a bad or inconvenient time

inordinate /ɪnˈɔːdɪnət/ *adjective* (*formal*) greater than is reasonable

inorganic /ɪnɔːˈɡænɪk/ *adjective* not consisting of, or containing, living matter

input /ˈɪnpʊt/ *noun* **1** an amount of eg energy put into something **2** information put into a computer

inquest /ˈɪnkwɛst/ *noun* a legal inquiry into a case of sudden death

inquire or **enquire** /ɪnˈkwaɪə(r)/ *verb* to ask for information about

inquiring /ɪnˈkwaɪərɪŋ/ *adjective* questioning, curious: *an inquiring mind*

inquiry or **enquiry** /ɪnˈkwaɪəri/ *noun* (*count or uncount*) an instance of asking for information

inquisitive /ɪnˈkwɪzɪtɪv/ *adjective* interested in finding things out

insane /ɪnˈseɪn/ *adjective* mad or mentally ill — *noun* (*uncount*) **insanity**

insatiable /ɪnˈseɪʃəbəl/ *adjective* that cannot be satisfied: *an insatiable appetite*

inscribed /ɪnˈskraɪbd/ *adjective* carved or written on [*same as* **engraved**]

inscription /ɪnˈskrɪpʃən/ *noun* words written, printed or carved on something

inscrutable /ɪnˈskruːtəbəl/ *adjective* revealing nothing about thoughts or feelings

insect /ˈɪnsɛkt/ *noun* a small creature with six legs and wings, such as a fly, beetle or butterfly

insecticide /ɪnˈsɛktɪsaɪd/ *noun* (*count or uncount*) a chemical substance for killing insects

insecure /ˌɪnsɪˈkjʊə(r)/ *adjective* 1 lacking confidence 2 not safe; not firm — *noun* (*uncount*) **insecurity**

insensitive /ɪnˈsɛnsɪtɪv/ *adjective* tending not to notice how other people are feeling [*opposite* **sensitive**] — *noun* (*uncount*) **insensitivity**

inseparable /ɪnˈsɛpərəbəl/ *adjective* closely linked, so that one cannot be considered in isolation from the other

insert /ɪnˈsɜːt/ *verb* to fit or put inside [*same as* **place**]

inside /ɪnˈsaɪd/ *preposition* 1 enclosed by 2 to the inside of; within ♦ *adverb* to or in the inside 2 indoors: *Come inside.* ♦ *adjective* 1 being on or in the inside: *an inside pocket* 2 indoor: *inside toilets* 3 coming from or done by someone within an organization: *inside information* ♦ *noun* 1 the inner part or surface of something 2 **insides** the internal organs ▶ *phrase* **inside out** with the inside facing outwards

insidious /ɪnˈsɪdɪəs/ *adjective* of something unpleasant: developing gradually, without being noticed

insight /ˈɪnsaɪt/ *noun* (*uncount or count*) ability to consider a matter and understand it clearly

insignia /ɪnˈsɪɡnɪə/ *noun* the official badge or emblem of an organization

insignificant /ˌɪnsɪɡˈnɪfɪkənt/ *adjective* of little importance [*opposite* **significant**] — *noun* (*uncount*) **insignificance**

insincere /ˌɪnsɪnˈsɪə(r)/ *adjective* not sincere

insinuate /ɪnˈsɪnjʊeɪt/ *verb* 1 to indirectly suggest that something unpleasant is true 2 to use clever, but dishonest means to achieve what you want — *noun* **insinuation**

insipid /ɪnˈsɪpɪd/ *adjective* dull and uninteresting

insist /ɪnˈsɪst/ *verb* 1 to firmly stress the importance of: *insist on punctuality* 2 to firmly state the truth: '*I wasn't there,*' he insisted.

insistent /ɪnˈsɪstənt/ *adjective* insisting on having or doing something — *noun* **insistence**

insolent /ˈɪnsələnt/ *adjective* lacking proper respect [*same as* **rude**; *opposite* **polite**] — *noun* (*uncount*) **insolence**

insoluble /ɪnˈsɒljʊbəl/ *adjective* (*formal*) of a problem: too difficult to be solved

insolvent /ɪnˈsɒlvənt/ *adjective* unable to pay back debts

insomnia /ɪnˈsɒmnɪə/ *noun* (*uncount*) difficulty in falling asleep

insomniac /ɪnˈsɒmnɪak/ *noun* someone who suffers from insomnia

inspect /ɪnˈspɛkt/ *verb* to look at, or examine, closely — *noun* (*count or uncount*) **inspection**

inspector /ɪnˈspɛktə(r)/ *noun* 1 an official who checks that rules are being followed 2 a police officer of middle rank

inspiration /ˌɪnspɪˈreɪʃən/ *noun* a brilliant, especially creative, idea

inspire /ɪnˈspaɪə(r)/ *verb* 1 to encourage, give the desire to do 2 to be the source of creative ideas

inspired /ɪnˈspaɪəd/ *adjective* exceptionally talented at something [*same as* **brilliant**]

instability /ˌɪnstəˈbɪlɪtɪ/ *noun* (*uncount*) the condition of not being steady or stable

install /ɪnˈstɔːl/ *verb* 1 to place in position, ready for use: *has the telephone been installed?* 2 to settle: *He had installed himself in a large armchair.*

installation /ˌɪnstəˈleɪʃən/ *noun* 1 (*uncount*) the process of installing 2 something that has been installed

instalment (*AmE* **installment**) /ɪnˈstɔːlmənt/ *noun* 1 a part of a sum of money paid at fixed times until the whole amount is paid 2 one part of a serial story

instance /ˈɪnstəns/ *noun* a single example of ▶ *phrase* **for instance** for example

instant /ˈɪnstənt/ *adjective* 1 immediate, urgent 2 that can be prepared almost immediately: *instant coffee* ♦ *noun* a very short time, a moment ▶ *phrase* **this instant** immediately

instantaneous /ˌɪnstənˈteɪnɪəs/ *adjective* done or happening very quickly

instead /ɪnˈstɛd/ *adverb* in place of someone or something: *You can go instead.* ▶ *phrase* **instead of** in place of

instep /ˈɪnstɛp/ *noun* the curving, upper part of the foot

instigate /ˈɪnstɪɡeɪt/ *verb* (*formal*) to encourage or cause to happen — *noun* (*uncount*) **instigation**

instil (*AmE* **instill**) /ɪnˈstɪl/ *verb* to cause to have *eg* feelings

instinct /ˈɪnstɪŋkt/ *noun* (*uncount or count*) the force that causes you to behave naturally and without having to think — *adjective* **instinctive**

institute /ˈɪnstɪtjuːt/ *noun* an organization connected with *eg* education or research ♦ *verb* (*formal*) to set up, establish

institution /ɪnstɪˈtjuːʃən/ *noun* **1** a large company or organization **2** a hospital for the mentally ill

instruct /ɪnˈstrʌkt/ *verb* **1** to tell to do, direct **2** to teach

instruction /ɪnˈstrʌkʃən/ *noun* **1 instructions** information on how to do something **2** teaching

instructive /ɪnˈstrʌktɪv/ *adjective* giving helpful information

instructor /ɪnˈstrʌktə(r)/ *noun* someone who teaches people how to do something practical

instrument /ˈɪnstrəmənt/ *noun* **1** something used for a particular purpose, a tool **2** a device you play music on, such as a piano or guitar

instrumental /ɪnstrəˈmentəl/ *adjective* **1** enabling to happen **2** performed by musical instruments, without voices

insufferable /ɪnˈsʌfərəbəl/ *adjective* extremely annoying [*same as* **unbearable**]

insufficient /ɪnsəˈfɪʃənt/ *adjective* not enough: *insufficient funds*

insular /ˈɪnsjʊlə(r)/ *adjective* (*formal*) narrow-minded, not liking new ideas or new people

insulate /ˈɪnsjʊleɪt/ *verb* **1** to cover with a material that keeps heat in and cold out **2** to cover with rubber to prevent electric shock — *noun* (*uncount*) **insulation**

insulin /ˈɪnsjʊlɪn/ *noun* a substance used in the treatment of diabetes

insult *verb* /ɪnˈsʌlt/ to speak rudely to ♦ *noun* /ˈɪnsʌlt/ a rude remark that shows that you don't respect someone — *adjective* **insulting**

insurance /ɪnˈʃʊərəns/ *noun* a guarantee that you will receive money if something is lost or damaged

insure /ɪnˈʃʊə(r)/ *verb* to take out insurance on, *eg* property

insurmountable /ɪnsəˈmaʊntəbəl/ *adjective* (*formal*) too difficult to solve or overcome

insurrection /ɪnsəˈrekʃən/ *noun* (*count or uncount*) a violent attempt to overthrow a ruler

intact /ɪnˈtakt/ *adjective* not broken, damaged or harmed

intake /ˈɪnteɪk/ *noun* a number of people or things taken in: *this year's intake of students* □ *alcohol intake*

intangible /ɪnˈtandʒɪbəl/ *adjective* (*formal*) that cannot be touched or seen

integral /ˈɪntɪgrəl/ *adjective* necessary, needed to make another thing complete

integrate /ˈɪntɪgreɪt/ *verb* **1** to fit parts together to form a whole **2** to enable to live together peacefully — *noun* (*uncount*) **integration**

integrity /ɪnˈtegrɪtɪ/ *noun* (*uncount*) honesty

intellect /ˈɪntəlekt/ *noun* (*uncount*) the ability to think, reason and understand

intellectual /ɪntəˈlektʃʊəl/ *adjective* involving or requiring intellect ♦ *noun* someone skilled in thinking about complex ideas

intelligence /ɪnˈtelɪdʒəns/ *noun* (*uncount*) **1** the ability to learn or understand **2** secret military or political information

intelligent /ɪnˈtelɪdʒənt/ *adjective* clever, quick at understanding — *adverb* **intelligently**

intelligible /ɪnˈtelɪdʒəbəl/ *adjective* clear enough to be understood

intend /ɪnˈtend/ *verb* **1** to decide or plan: *We spent far more money than we had intended to.* **2 intended for** designed for [*same as* **meant for**]

intense /ɪnˈtens/ *adjective* **1** very great **2** of a person: who behaves in a very serious or thoughtful way — *noun* (*uncount*) **intensity**

intensify /ɪnˈtensɪfaɪ/ *verb* to become greater or more extreme

intensive /ɪnˈtensɪv/ *adjective* carried out with great effort or concentration, over a short period of time

intensive care /ɪntensɪv ˈkeə(r)/ *noun* (*uncount*) a unit in a hospital where seriously ill patients are treated

intent /ɪnˈtent/ *noun* (*uncount*) the fact that you have decided to do something ♦ *adjective* **1 intent on** determined **2** concentrating, attentive

intention /ɪnˈtenʃən/ *noun* (*count or uncount*) what someone means to do, an aim

intentional /ɪnˈtenʃənəl/ *adjective* deliberate, intended — *adverb* **intentionally**

inter- /ˈɪntə(r)/ *prefix* between, among, together: *inter-departmental co-operation* □ *intercontinental flights*

interact /ɪntəˈrakt/ *verb* to act on one another

interactive /ɪntə'raktɪv/ *adjective* allowing two-way communication, *eg* between a computer and its user

intercept /ɪntə'sɛpt/ *verb* to stop something while it is moving: *intercept enemy aircraft*

interchange /ɪntə'tʃeɪndʒ/ *verb* to exchange one for another ♦ *noun* /'ɪntətʃeɪndʒ/ a place where two or more major roads or motorways meet

interchangeable /ɪntə'tʃeɪndʒəbəl/ *adjective* that can be used in place of each other

intercom /'ɪntəkɒm/ *noun* a system that enables people within a building to speak to each other

intercourse /'ɪntəkɔːs/ *noun* (*uncount*) sexual intercourse

interest /'ɪntərəst/ or /'ɪntərɛst/ *noun* **1** special attention, curiosity **2 of interest** remarkable or unusual **3** something someone enjoys doing: *He had few interests apart from sport.* **4** advantage, benefit **5** a charge for borrowing money ♦ *verb* to attract or hold the attention of — *adjective* **interested** — *adjective* **interesting**

interfere /ɪntə'fɪə(r)/ *verb* **1** to involve yourself in the affairs of someone who doesn't want your help **2** to have a harmful effect on: *interfering with her work*

interference /ɪntə'fɪərəns/ *noun* (*uncount*) **1** the act of interfering **2** unwanted disturbance of *eg* radio reception caused *eg* by severe weather conditions

interim /'ɪntərɪm/ *adjective* temporary, until something better can be obtained: *interim measures*

interior /ɪn'tɪərɪə(r)/ *adjective* **1** inside a building: *interior design* **2** concerned with affairs in the home country ♦ *noun* the inside of something [*opposite* **exterior**]

interjection /ɪntə'dʒɛkʃən/ *noun* (*grammar*) a word used to express *eg* surprise or pain, *eg* 'gosh!' or 'ouch!'

interlock /ɪntə'lɒk/ *verb* to connect together by means of parts which fit into each other

interloper /'ɪntəloʊpə(r)/ *noun* a person who enters a place without permission [*same as* **intruder**]

interlude /'ɪntəluːd/ *noun* **1** a short break between parts of *eg* a play [*same as* **interval**] **2** a short period spent doing something different

intermediary /ɪntə'miːdɪərɪ/ *noun* someone who acts between two groups in trying to settle a disagreement

intermediate /ɪntə'miːdɪət/ *adjective* in the middle; halfway on a scale of ability

interminable /ɪn'tɜːmɪnəbəl/ *adjective* (*formal*) too long, boring [*same as* **endless**] — *adverb* **interminably**

intermission /ɪntə'mɪʃən/ *noun* a short break between parts of *eg* a film

intermittent /ɪntə'mɪtənt/ *adjective* stopping for a while, and then starting again

internal /ɪn'tɜːnəl/ *adjective* **1** of the inner part, especially of the body: *internal organs* **2** within a country or organization: *internal affairs* [*opposite* **external**]

international /ɪntə'naʃənəl/ *adjective* happening between nations ♦ *noun* a sports match between teams of two countries

Internet /'ɪntənɛt/ *noun* an international computer network linking users through telephone lines

interplay /'ɪntəpleɪ/ *noun* (*uncount*) the action of one thing on another

interpret /ɪn'tɜːprət/ *verb* **1** to understand to mean: *Were we to interpret her silence as disapproval?* **2** to act as an interpreter — *noun* (*uncount or count*) **interpretation**

interpreter /ɪn'tɜːprɪtə(r)/ *noun* someone who translates the words of a speaker into another language

interrogate /ɪn'tɛrəgeɪt/ *verb* to question closely — *noun* (*count or uncount*) **interrogation**

interrogative /ɪntə'rɒgətɪv/ *adjective* (*grammar*) of a word used in asking a question, *eg* who? where?

interrupt /ɪntə'rʌpt/ *verb* **1** to speak while someone else is still speaking **2** to stop (an activity) temporarily — *noun* (*count or uncount*) **interruption**

intersect /ɪntə'sɛkt/ *verb* of lines: to meet and cross — *noun* **intersection**

interspersed /ɪntə'spɜːst/ *adjective* with things on, or at, various points

intertwined /ɪntə'twaɪnd/ *adjective* twisted or wrapped together

interval /'ɪntəvəl/ *noun* **1** a short break between parts of *eg* a play **2** a period of time between two events or states

intervene /ɪntə'viːn/ *verb* to involve yourself in, often to stop people fighting or arguing — *noun* (*uncount or count*) **intervention**

interview /'ɪntəvjuː/ *noun* **1** a formal meeting where one person is asked questions, *eg* to see how suitable they are for a job **2** a conversation between a

intestines   195   **inverted commas**

journalist and a famous person ♦ *verb*: *to interview someone for a job*

intestines /ɪnˈtestɪn/ *noun* **intestines** the tube-like organs in your body that food passes through after leaving your stomach

intimacy /ˈɪntɪməsɪ/ *noun* (*uncount*) **1** close friendship **2** sex

intimate *adjective* /ˈɪntɪmət/ **1** of a friend: very close **2** private, personal: *intimate details* **3** of a place: small, friendly and relaxed **4** having a sexual relationship ♦ *noun* /ˈɪntɪmət/ (*literary*) a close friend ♦ *verb* /ˈɪntɪmeɪt/ (*formal*) to suggest indirectly

intimidate /ɪnˈtɪmɪdeɪt/ *verb* to frighten into doing something — *adjective* **intimidating** — *noun* (*uncount*) **intimidation**

into /ˈɪntuː/ *preposition* **1** to the inside: *into the room* **2** towards: *into the millennium* **3** to a different state: *I changed my cash back into dollars.* **4** used to express the idea of division: *Tear the paper into 10 strips.*

intolerable /ɪnˈtɒlərəbəl/ *adjective* too bad or unpleasant to accept

intolerant /ɪnˈtɒlərənt/ *adjective* refusing to accept others' ideas, beliefs or behaviour — *noun* (*uncount*) **intolerance**

intonation /ɪntəˈneɪʃən/ *noun* (*uncount*) the rise and fall of the voice

intoxicated /ɪnˈtɒksɪkeɪtɪd/ *adjective* **1** drunk **2** (*literary*) greatly excited — *noun* **intoxication**

intractable /ɪnˈtraktəbəl/ *adjective* (*formal*) difficult, refusing to change ideas or opinions

intransigent /ɪnˈtransɪdʒənt/ *adjective* refusing to come to an agreement — *noun* (*uncount*) **intransigence**

intransitive /ɪnˈtranzɪtɪv/ *adjective* (*grammar*) of a verb: that is not followed by an object [compare **transitive**]

in-tray /ˈɪntreɪ/ *noun* an office tray for letters and work still to be dealt with

intrepid /ɪnˈtrepɪd/ *adjective* (*literary, often humorous*) brave, willing to take risks [*same as* **fearless, courageous**]

intricate /ˈɪntrɪkət/ *adjective* made up of a complicated series of small parts or details [*same as* **complex**] — *noun* (*uncount or count*) **intricacy**

intrigue *noun* /ˈɪntriːɡ/ or /ɪnˈtriːɡ/ (*uncount*) secret plans, especially to do something harmful ♦ *verb* /ɪnˈtriːɡ/ to make curious, fascinate — *adjective* **intriguing**

intrinsic /ɪnˈtrɪnsɪk/ *adjective* belonging to something as part of its nature

introduce /ɪntrəˈdjuːs/ *verb* **1** to formally make people known to each other **2** to cause to experience for the first time **3** to bring into practice for the first time

introduction /ɪntrəˈdʌkʃən/ *noun* **1** the act of introducing two people to each other **2** a section at the beginning of a book, explaining its contents **3** the fact of bringing something into use for the first time **4** the first experience you have of something

introductory /ɪntrəˈdʌktərɪ/ *adjective* serving as an introduction

intrude /ɪnˈtruːd/ *verb* to enter a place where your presence is not wanted — *noun* **intrusion** — *adjective* **intrusive**

intruder /ɪnˈtruːdə(r)/ *noun* (*formal*) someone who enters a place illegally or by force

intuition /ɪntjʊˈɪʃən/ *noun* ability to realize something without having any definite evidence

inundate /ˈɪnʌndeɪt/ *verb* to overwhelm with huge numbers of things: *inundated with work* — *noun* **inundation**

invade /ɪnˈveɪd/ *verb* **1** to enter *eg* a country by force with an army **2** to go to in large numbers **3** to disturb, *eg* someone's privacy — *noun* **invader** — *noun* **invasion**

invalid[1] /ˈɪnvalɪd/ *noun* someone who is ill or disabled — *noun* (*uncount*) **invalidity**

invalid[2] /ɪnˈvalɪd/ *adjective* **1** not legally acceptable: *an invalid passport* **2** of a theory: not correct or reliable — *noun* (*uncount*) **invalidity**

invalidate /ɪnˈvalɪdeɪt/ *verb* (*formal*) to prove to be wrong, or make legally ineffective

invaluable /ɪnˈvaljʊəbəl/ *adjective* extremely valuable or useful

invariably /ɪnˈveərɪəblɪ/ *adverb* always

invasion see **invade**

invent /ɪnˈvent/ *verb* **1** to be the first person to make or use **2** to make up *eg* a story — *noun* (*count or uncount*) **invention** — *noun* **inventor**

inventive /ɪnˈventɪv/ *adjective* good at inventing

inventory /ˈɪnvəntərɪ/ *noun* a detailed list of contents

inverse /ɪnˈvɜːs/ *noun* (*singular; formal*) opposite, reverse — *noun* **inversion**

invert /ɪnˈvɜːt/ *verb* (*formal*) to turn upside down or inside out

invertebrate /ɪnˈvɜːtəbrət/ *noun* (*technical*) a creature that does not have a backbone

inverted commas /ɪnvɜːtɪd ˈkɒməz/ *noun* the punctuation marks (" " or ' '), showing the beginning and end of a quotation

invest /ɪn'vɛst/ *verb* to give money to, hoping to make a profit

investigate /ɪn'vɛstɪgeɪt/ *verb* to try to find out how something happened — *noun* (count or uncount) **investigation** — *noun* **investigator**

investment /ɪn'vɛstmənt/ *noun* **1** money invested **2** something in which money is invested

inveterate /ɪn'vɛtərət/ *adjective* (formal) firmly fixed in a habit

invidious /ɪn'vɪdɪəs/ *adjective* likely to cause bad feelings or jealousy

invigorating /ɪn'vɪgəreɪtɪŋ/ *adjective* that fills you with energy

invincible /ɪn'vɪnsɪbəl/ *adjective* that cannot be defeated

invisible /ɪn'vɪzɪbəl/ *adjective* that cannot be seen

invitation /ɪnvɪ'teɪʃən/ *noun* a request to do something, especially to join in a social event

invite /ɪn'vaɪt/ *verb* **1** to tell someone that you would like them to come to *eg* a party **2** to encourage: *inviting punishment*

inviting /ɪn'vaɪtɪŋ/ *adjective* tempting, attractive

invoice /'ɪnvɔɪs/ *noun* a letter sent with goods with details of price and quantity [same as **bill**] ♦ *verb*: *They've invoiced us for the table but not the chairs.* [same as **bill**]

invoke /ɪn'vəʊk/ *verb* (formal) to state as a reason or explanation

involuntary /ɪn'vɒləntərɪ/ *adjective* performed unintentionally — *adverb* **involuntarily**

involve /ɪn'vɒlv/ *verb* **1** to include: *a job that involves a lot of lifting* **2** to concern or affect: *involved in the scandal* **3** to cause to take part in — *noun* (uncount) **involvement**

involved /ɪn'vɒlvd/ *adjective* complicated

inward /'ɪnwəd/ or **inwards** /'ɪnwədz/ *adverb* to or towards the inside or the middle

inwardly /'ɪnwədlɪ/ *adverb* privately; used to talk about feelings that are kept hidden

iota /aɪ'əʊtə/ *noun* (singular) a tiny part or amount

IOU /aɪəʊ'juː/ *noun* a note promising to pay back money that has been borrowed

IQ /aɪ'kjuː/ *noun* (singular) a measure of how intelligent someone is

irascible /ɪ'rasɪbəl/ *adjective* (formal) easily made angry [same as **bad-tempered**]

irate /aɪə'reɪt/ *adjective* (formal) very angry

iridescent /ɪrɪ'dɛsənt/ *adjective* (literary) with bright colours which seem to change or flow into each other

iris /'aɪərɪs/ *noun* **1** the coloured part of the eye **2** a tall plant with long leaves and blue, yellow or white flowers

irk /ɜːk/ *verb* to annoy or irritate

irksome /'ɜːksəm/ *adjective* annoying or irritating

iron /'aɪən/ *noun* **1** (uncount) a heavy grey metal widely used in industry **2** an appliance for smoothing the creases out of newly washed clothes ♦ *verb* to smooth out the creases in clothes with an iron

| **iron out** to solve or get rid of *eg* problems |

ironic /aɪ'rɒnɪk/ *adjective* strange or amusing because what happens is the opposite of what you expect — *sentence adverb* **ironically**

ironing /'aɪənɪŋ/ *noun* (uncount) **1** clothes that need to be ironed **2** the activity of smoothing out the creases in clothes with an iron

ironmonger /'aɪənmʌŋgə(r)/ *noun* someone who sells *eg* household tools and gardening equipment

irony /'aɪərənɪ/ *noun* **1** (uncount) a form of humour in which you say the opposite of what is true **2** a strange or amusing situation

irrational /ɪ'raʃənəl/ *adjective* showing a lack of good sense or clear thinking

irregular /ɪ'rɛgjʊlə(r)/ *adjective* **1** uneven, variable **2** against the rules **3** (grammar) to change form differently from the usual patterns in the language [opposite **regular**] — *noun* (uncount or count) **irregularity**

irrelevant /ɪ'rɛləvənt/ *adjective* not related to what is being spoken about — *noun* **irrelevance**

irreparable /ɪ'rɛpərəbəl/ *adjective* (formal) too badly damaged to be repaired

irreplaceable /ɪrɪ'pleɪsəbəl/ *adjective* too good or rare to be replaced

irrepressible /ɪrɪ'prɛsɪbəl/ *adjective* lively, cheerful and enthusiastic, even in very difficult situations

irreproachable /ɪrɪ'prəʊtʃəbəl/ *adjective* that cannot be criticized or blamed

irresistible /ɪrɪ'zɪstəbəl/ *adjective* too strong or too charming to be resisted

irrespective /ɪrɪˈspɛktɪv/ *adjective* not taking account of

irresponsible /ɪrɪˈspɒnsɪbəl/ *adjective* having no sense of responsibility

irreverent /ɪˈrɛvərənt/ *adjective* showing a lack of proper respect — *noun* (*uncount*) **irreverence**

irrevocable /ɪˈrɛvəkəbəl/ *adjective* that cannot be changed

irrigate /ˈɪrɪɡeɪt/ *verb* to direct water on to eg crops — *noun* (*uncount*) **irrigation**

irritable /ˈɪrɪtəbəl/ *adjective* easily annoyed or made angry

irritate /ˈɪrɪteɪt/ *verb* **1** to annoy **2** to make part of your body itch — *adjective* **irritating** — *noun* (*uncount or count*) **irritation**

is /ɪz/ *verb* the form of the present tense of the verb **be** that is used with *he*, *she* and *it*

Islam /ˈɪzlɑːm/ *noun* (*uncount*) the religion of Muslims

island /ˈaɪlənd/ *noun* a piece of land completely surrounded by water

islander /ˈaɪləndə(r)/ *noun* someone who lives on an island

isle /aɪl/ *noun* (*literary*) an island

isolate /ˈaɪsəleɪt/ *verb* **1** to separate from other people or things **2** to consider (something) by itself: *isolate the problem* — *adjective* **isolated** — *noun* (*uncount*) **isolation**

issue /ˈɪʃuː/ *noun* **1** something that people are discussing or considering **2** a copy of a newspaper or magazine ♦ *verb* **1** to give or send out **2** to supply ▶ *phrase* **make an issue of** to treat as very important, and worth arguing about

it /ɪt/ *pronoun* **1** used as a subject or object to refer to a thing, animal or baby: *I meant to bring the book, but I left it at home.* **2** used in sentences with no definite subject: *It snowed today.* ▫ *It's too late now.* **3** used to refer to a circumstance or fact: *She was getting tired, but she wouldn't admit it.*

italics /ɪˈtalɪks/ *noun* (*plural*) printed letters that slope upwards to the right

itch /ɪtʃ/ *verb* **1** to give the feeling of wanting to scratch: *Woollen clothes make my head itch.* **2** to be eager or impatient: *itching to get started* ♦ *noun* **1** an irritating feeling in the skin, made better by scratching **2** a strong desire

itchy /ˈɪtʃɪ/ *adjective* having a feeling that makes you want to scratch

item /ˈaɪtəm/ *noun* one of several things in a group or collection

itemize or **itemise** /ˈaɪtəmaɪz/ *verb* to list or mention separately

itinerant /ɪˈtɪnərənt/ *adjective* (*formal*) travelling from place to place

itinerary /aɪˈtɪnərərɪ/ *noun* the route for a journey

its /ɪts/ *determiner* (*possessive*) the possessive form of **it**: *The sheep had hurt its leg.*

it's /ɪts/ the spoken, and informal written, form of **it is**

itself /ɪtˈsɛlf/ *pronoun* (*reflexive*) **1** used as an object, where the subject is the same thing, animal or child: *The washing machine will switch itself off when it's finished.* **2** without help: *The dog can open the gate itself.* **3** used to make a reference sound more specific: *I haven't visited the school itself, but I've met the headmaster.*

I've /aɪv/ the spoken, and informal written, form, of **I have**

ivory /ˈaɪvərɪ/ *noun* (*uncount*) the hard white substance which forms the tusks of *eg* the elephant

ivy /ˈaɪvɪ/ *noun* (*uncount*) a plant with dark green leaves, that grows up walls and trees

Jj

J or **j** /dʒeɪ/ *noun* the tenth letter of the English alphabet

jab /dʒab/ *verb* to push something pointed into someone or something ♦ *noun* the action of pushing something pointed into something or someone

jack /dʒak/ *noun* **1** a device for lifting heavy objects **2** the playing-card between the ten and queen

jack up to raise off the ground using a jack

jackal /ˈdʒakəl/ *noun* a dog-like wild animal

jacket /'dʒakɪt/ *noun* **1** a short coat **2** a loose paper cover for a book

jack-knife /'dʒaknaɪf/ *verb* of an articulated vehicle: to go out of control, forming a sharp angle

jackpot /'dʒakpɒt/ *noun* the maximum prize

jade /dʒeɪd/ *noun* (*uncount*) **1** a green stone used in jewellery **2** a bright blue-green colour

jaded /'dʒeɪdɪd/ *adjective* tired and bored

jagged /'dʒagɪd/ *adjective* rough and uneven, with a lot of sharp points

jaguar /'dʒagjʊər/ *noun* a large South American animal of the cat family

jail or **gaol** /dʒeɪl/ *noun* a prison ♦ *verb* to put in prison

jailer or **gaoler** /'dʒeɪlə(r)/ *noun* the person in charge of the prisoners in a jail

jam[1] /dʒam/ *noun* (*uncount*) thick sticky food made from fruit boiled with sugar

jam[2] /dʒam/ *verb* **1** to fill or block: *The roads were jammed with cars.* **2** to press or squeeze tight **3** to stick, be unable to move: *The back wheel has jammed.* ♦ *noun* a traffic queue

jam-packed /dʒam'pakt/ *adjective* (*informal*) very crowded with people or things

janitor /'dʒanɪtə(r)/ *noun* (*especially AmE*) someone who looks after a large building, especially a public one [*same as* **caretaker**]

January /'dʒanjʊərɪ/ *noun* (*uncount*) the first month of the year

jar[1] /dʒɑː(r)/ *noun* a glass container with a wide mouth

jar[2] /dʒɑː(r)/ *verb* **1** to make an unpleasantly harsh impression [*same as* **grate**] **2** to cause pain or injury

jargon /'dʒɑːgən/ *noun* (*uncount*) specialized vocabulary used by people involved in a particular activity

jarring /'dʒɑːrɪŋ/ *adjective* harsh, disturbing

jaundice /'dʒɔːndɪs/ *noun* (*uncount*) a disease which causes the skin and eyes to turn yellow

jaunt /dʒɔːnt/ *noun* a short journey for pleasure

jaunty /'dʒɔːntɪ/ *adjective* confident, cheerful and carefree

javelin /'dʒavəlɪn/ *noun* a light spear for throwing in sport

jaw /dʒɔː/ *noun* the upper and lower bones in which your teeth are set

jazz /dʒaz/ *noun* popular music of Black American origin, with strong rhythms and improvisation

jazz up (*informal*) to make more lively or colourful

jealous /'dʒɛləs/ *adjective* **1** wanting to have what someone else has; envious **2** guarding closely *eg* possessions — *adverb* **jealously**

jealousy /'dʒɛləsɪ/ *noun* (*uncount or count*) a feeling of bitter dislike for someone who has things that you wish you had yourself

jeans /dʒiːnz/ *noun* (*plural*) trousers made of a thick coarse cotton called denim

jeep /dʒiːp/ *noun* a light military vehicle capable of travelling over rough country

jeer /dʒɪə(r)/ *verb* to show disapproval by shouting insults ♦ *noun* (*usually in the plural*) an insulting or unkind remark

jelly /'dʒɛlɪ/ *noun* (*uncount or count*) **1** fruit juice boiled with sugar and thickened **2** a clear jam made by boiling and straining fruit

jellyfish /'dʒɛlɪfɪʃ/ *noun* a sea creature with a jelly-like body

jeopardize or **jeopardise** /'dʒɛpədaɪz/ *verb* to put in danger or at risk

jeopardy /'dʒɛpədɪ/ *noun* (*uncount*) danger

jerk /dʒɜːk/ *verb* **1** to pull with a sharp movement **2** to move suddenly and sharply ♦ *noun* a sudden sharp move

jerky /'dʒɜːkɪ/ *adjective* of movements: uncontrolled and sudden — *adverb* **jerkily**

jersey /'dʒɜːzɪ/ *noun* a pullover

jest /dʒɛst/ *noun* (*old, or literary*) a joke ► *phrase* **in jest** with intention to be amusing

Jesus /'dʒiːzəs/ *noun* the founder of Christianity, believed by Christians to be the son of God

jet[1] /dʒɛt/ *noun* (*uncount*) a hard black stone, used for ornaments and jewellery

jet[2] /dʒɛt/ *noun* **1** a strong fast stream of liquid, gas or air **2** a large fast aircraft powered by a jet engine ♦ *verb* (*informal*) to travel by air

jet-black /dʒɛt'blak/ *adjective* very deep black in colour

jet lag /'dʒɛt lag/ *noun* (*uncount*) tiredness caused by the body's inability to adjust to the rapid changes of time zone

jettison /'dʒɛtɪsən/ *verb* to throw *eg* cargo out of an aircraft to make it lighter

jetty /'dʒɛtɪ/ *noun* a small projection into *eg* a lake, where boats are tied up

Jew /dʒuː/ *noun* 1 a member of the Hebrew race 2 (*religion*) someone who practises Judaism

jewel /dʒʊəl/ *noun* 1 a precious stone 2 a personal ornament made with precious stones

jewelled /ˈdʒʊəld/ *adjective* decorated with precious stones

jeweller /ˈdʒʊələ(r)/ *noun* someone who deals in *eg* jewellery and precious metals

jewellery (*AmE* **jewelry**) /ˈdʒʊəlrɪ/ *noun* (*uncount*) personal ornaments such as bracelets, necklaces

Jewish /ˈdʒuːɪʃ/ *adjective* relating to the race of Jews or to Judaism

jibe /dʒaɪb/ *noun* an unkind or sarcastic remark

jig /dʒɪg/ *noun* a lively dance or tune

jig about to keep moving or jumping about

jiggle /ˈdʒɪgəl/ *verb* to move from side to side, or up and down

jigsaw /ˈdʒɪgsɔː/ or **jigsaw puzzle** *noun* a picture, cut into many different shaped pieces that fit together to form the picture again

jingle /ˈdʒɪŋgəl/ *verb* the sound of small metal objects striking each other ♦ *noun* 1 a ringing sound 2 a simple rhyming verse or song

jinx /dʒɪŋks/ *noun* someone or something thought to bring bad luck — *adjective* **jinxed**: *The project was jinxed from the start.*

jittery /ˈdʒɪtərɪ/ *adjective* very nervous and anxious

job /dʒɒb/ *noun* 1 the work you do to earn money 2 a task or a piece or work ▶ *phrases* **have a job** to have difficulty **it's a good job** it's lucky

jobless /ˈdʒɒbləs/ *adjective* without a job

job-sharing /ˈdʒɒbʃeərɪŋ/ *noun* (*uncount*) the practice of dividing one job between two people

jockey /ˈdʒɒkɪ/ *noun* someone who rides a horse in a race ♦ *verb* **jockey for position** to push your way into a good position

jocular /ˈdʒɒkjʊlə(r)/ *adjective* intended to be funny [*same as* **witty**; *opposite* **serious**] — *adverb* **jocularly**

jodhpurs /ˈdʒɒdpəz/ *noun* (*plural*) horse-riding trousers, fitting tightly from knee to ankle

jog /dʒɒg/ *verb* 1 to run at a gentle pace for exercise 2 to push slightly — *noun* (*uncount*) **jogging**: *go jogging* ♦ *noun*: *go for a jog*

jogger /ˈdʒɒgə(r)/ *noun* someone who runs for exercise

joggle /ˈdʒɒgəl/ *verb* to shake or wobble

join /dʒɔɪn/ *verb* 1 to put or come together 2 to connect, fasten 3 to become a member of, to take part in 4 to come and meet ♦ *noun* the place where two things are fastened

join in to take part in

joiner /ˈdʒɔɪnə(r)/ *noun* someone who makes and fits wooden fittings

joint /ˈdʒɔɪnt/ *noun* 1 the place where two or more things join 2 the place where two bones are joined, *eg* an elbow or knee 3 meat for roasting 4 (*slang*) a cannabis cigarette ♦ *adjective* shared

joke /dʒəʊk/ *noun* a funny story, or anything you say to make people laugh ♦ *verb* to tell funny stories

joker /ˈdʒəʊkə(r)/ *noun* 1 an extra playing-card in a pack, with a picture of a jester on it 2 someone who makes a lot of jokes

jolly /ˈdʒɒlɪ/ *adjective* cheerful and happy ♦ *adverb* (*BrE*; *informal*) used like 'very'

jolt /dʒəʊlt/ *verb* 1 to shake suddenly 2 to knock, bump or shake ♦ *noun* 1 a shake or bump 2 an emotional shock

jostle /ˈdʒɒsəl/ *verb* to push or knock against

jot /dʒɒt/ *verb* to write down quickly

journal /ˈdʒɜːnəl/ *noun* 1 a magazine dealing with a specialized subject: *the British Medical Journal* 2 a diary for recording daily activities

journalism /ˈdʒɜːnəlɪzm/ *noun* (*uncount*) the business of recording daily events for the media

journalist /ˈdʒɜːnəlɪst/ *noun* a person whose profession is writing news stories or articles — *adjective* **journalistic**

journey /ˈdʒɜːnɪ/ *noun* an instance of travelling from one place to another ♦ *verb* (*literary*) to travel

jovial /ˈdʒəʊvɪəl/ *adjective* cheerful and good-humoured — *noun* (*uncount*) **joviality**

jowl /dʒaʊl/ *noun* (*usually in the plural*) the lower part of the jaw or cheek

joy /dʒɔɪ/ *noun* a feeling of happiness

joyful /ˈdʒɔɪfʊl/ *adjective* very happy — *adverb* **joyfully**

joyless /ˈdʒɔɪləs/ *adjective* (*literary*) giving or showing no pleasure or happiness

joyride /ˈdʒɔɪraɪd/ *noun* a wild and dangerous car ride in a stolen car ♦ *verb*: *go joyriding*

JP /dʒeɪˈpiː/ *noun* Justice of the Peace

jubilant /ˈdʒuːbɪlənt/ *adjective* delighted and triumphant — *adverb* **jubilantly**

jubilee /ˈdʒuːbɪliː/ *noun* a special anniversary of an important event

Judaism /ˈdʒuːdeɪɪzəm/ *noun* (*uncount*) the Jewish religion or culture

judge /dʒʌdʒ/ *noun* **1** a senior lawyer who supervises cases in a law court **2** someone who is good or bad at evaluating anything: *a good judge of character □ a poor judge of wines* ♦ *verb* **1** to act as a judge **2** to decide the winners in *eg* a competition **3** to form an opinion

judgement or **judgment** /ˈdʒʌdʒmənt/ *noun* **1** a considered opinion **2** a decision in a law case **3** good sense in making decisions

judicial /dʒʊˈdɪʃəl/ *adjective* relating to courts of law

judiciary /dʒʊˈdɪʃəri/ *noun* the branch of government concerned with the legal system

judicious /dʒʊˈdɪʃəs/ *adjective* wise and sensible [*opposite* **foolish**] — *adverb* **judiciously**

judo /ˈdʒuːdoʊ/ *noun* (*uncount*) a Japanese form of wrestling

jug /dʒʌɡ/ *noun* a deep container for liquids with a handle and a point shaped for pouring

juggernaut /ˈdʒʌɡənɔːt/ *noun* (*BrE*) a very large lorry

juggle /ˈdʒʌɡəl/ *verb* **1** to keep several objects in the air at the same time by skilful throwing and catching **2** to adjust and rearrange until you produce a desired result [*same as* **manipulate**]

juggler /ˈdʒʌɡlə(r)/ *noun* a person who juggles with objects as a performance

juice /dʒuːs/ *noun* **1** the liquid in vegetables and fruit, or a drink made from this liquid **2** natural fluids produced by the body

juicy /ˈdʒuːsi/ *adjective* **1** full of juice **2** sensational, scandalous

jukebox /ˈdʒuːkbɒks/ *noun* a record-player in a public place which plays selected records automatically

July /dʒʊˈlaɪ/ *noun* (*uncount*) the seventh month of the year

jumble /ˈdʒʌmbəl/ *verb* to throw together in a disorganized way ♦ *noun* **1** a confused mass **2** second-hand goods sold in a jumble sale

jumble sale /ˈdʒʌmbəl seɪl/ *noun* a sale of unwanted possessions

jumbo /ˈdʒʌmboʊ/ *adjective* exra-large: *a jumbo packet of cornflakes* ♦ *noun* a large jet aircraft

jump /dʒʌmp/ *verb* **1** to leave the surface you are standing or sitting on with a strong push into the air **2** to make a sudden surprised movement ♦ *noun* **1** an act of jumping **2** a sudden movement

jump at to accept eagerly

jumper /ˈdʒʌmpə(r)/ *noun* a pullover

jumpy /ˈdʒʌmpi/ *adjective* nervous or anxious [*opposite* **calm**, **relaxed**]

junction /ˈdʒʌŋkʃən/ *noun* a place where roads or railway lines meet

juncture /ˈdʒʌŋktʃə(r)/ *noun* a particular important stage in a series of events

June /dʒuːn/ *noun* (*uncount*) the sixth month of the year

jungle /ˈdʒʌŋɡəl/ *noun* **1** a dense tropical forest **2** a dense, confusing mass

junior /ˈdʒuːnɪə(r)/ *adjective* **1** of lower rank: *junior office staff* **2** of or designed for children [*opposite* **senior**] ♦ *noun* someone younger: *He is my junior.* [*opposite* **senior**]

junk /dʒʌŋk/ *noun* (*uncount*; *informal*) rubbish, or useless, worthless objects ♦ *adjective* (*informal*) of food: easy to produce but not good for your health

junkie /ˈdʒʌŋki/ *noun* (*informal*) a drug addict

jurisdiction /dʒʊərɪsˈdɪkʃən/ *noun* (*uncount*) **1** a legal authority or power **2** the district covered by a legal authority

juror /ˈdʒʊərə(r)/ *noun* a member of a jury

jury /ˈdʒʊəri/ *noun* a group of usually 12 people selected to reach a decision in court on whether an accused person is guilty or innocent

just[1] /dʒʌst/ *adjective* fair and reasonable — *adverb* **justly**

just[2] /dʒʌst/ *adverb* **1** recently **2** at the moment **3** very soon **4** at the same time **5** exactly **6** almost not **7** used for emphasis: *That just isn't true!* **8** used to make a request sound softer: *Can you wait just a couple of minutes?* ▶ *phrase* **just now 1** at the present time **2** a short time ago

justice /ˈdʒʌstɪs/ *noun* **1** the quality of fairness **2** administration of the law **3** used in the title of a judge: *Mr Justice Saunders*

Justice of the Peace /ˈdʒʌstɪs əv ðə ˈpiːs/ *noun* a person with the authority to judge minor criminal cases

justifiable /'dʒʌstɪfaɪəbəl/ *adjective* that can be justified or defended — *adverb* **justifiably**: *She was justifiably upset.*

justification /dʒʌstɪfɪ'keɪʃən/ *noun* (*uncount* or *count*) good reason [*same as* **grounds**]

justify /'dʒʌstɪfaɪ/ *verb* 1 to prove or show to be right or desirable 2 to try to give satisfactory reasons for your actions

jut /dʒʌt/ *verb*

jut out to project or stick out

jute /dʒuːt/ *noun* (*uncount*) fibre from certain plants for making sacks and ropes

juvenile /'dʒuːvənaɪl/ *noun* a young person ♦ *adjective* 1 (*often legal*) relating to young people 2 childish

juxtapose /dʒʌkstə'pouz/ *verb* to place side by side — *noun* (*uncount* or *count*) **juxtaposition**

Kk

K or **k** /keɪ/ *noun* 1 the eleventh letter of the English alphabet 2 one thousand: *She earns £20K a year.*

kaleidoscope /kə'laɪdəskoup/ *noun* a tube fitted with mirrors and loose fragments of coloured glass which form changing patterns when the tube is shaken or turned

kangaroo /kaŋgə'ruː/ *noun* an Australian animal that moves by jumping on its back legs, and carries its young in a pouch on its stomach

karate /kə'rɑːtɪ/ *noun* (*uncount*) a system of self-defence, using the hands and feet to punch and kick

kebab /kə'bab/ *noun* a dish of small pieces of meat or vegetables cooked on a skewer

keel /kiːl/

keel over (*informal*) to fall over, faint or collapse

keen /kiːn/ *adjective* 1 eager, enthusiastic: *keen to attract young people* □ *a keen swimmer* 2 wanting, enjoying: *He's keen on a girl at school.* 3 of eg a wind: very sharp; bitingly cold — *adverb* **keenly**

keep /kiːp/ *verb* 1 to continue to have; to hold on to 2 to put in a place while not in use: *The tools are kept in the garage.* 3 to cause to stay: *They usually keep you in hospital for about three days.* 4 to remain: *Keep still.* 5 to continue: *Don't keep interrupting me.* 6 to look after, care for (animals) ♦ *noun* (*uncount*) the cost of your food and other daily needs

keep off to avoid
keep on to continue or do repeatedly: *I had to keep on walking.*
keep out 1 to exclude 2 to stay outside
keep up 1 to move or progress at the same speed 2 to continue to do

keeper /'kiːpə(r)/ *noun* someone who looks after something: *a zookeeper*

keeping /'kiːpɪŋ/ *noun* (*uncount*) care, charge ▶ *phrase* **in keeping with** suitable for or fitting in with

keepsake /'kiːpseɪk/ *noun* a gift kept in memory of the giver

kennel /'kɛnəl/ *noun* a small hut for a dog *eg* in a garden or yard

kept /kɛpt/ *verb* the past tense and past participle of **keep**

kerb (*AmE* **curb**) /kɜːb/ *noun* the row of stones forming the edge of a pavement

kernel /'kɜːnəl/ *noun* 1 a soft substance in the shell of a nut, or inside the stone of a fruit 2 the essential part of anything

kerosine or **kerosine** /'kɛrəsiːn/ *noun* (*uncount*; *AmE*) paraffin oil

kestrel /'kɛstrəl/ *noun* a bird that hunts small animals and birds for food

ketchup /'kɛtʃʌp/ *noun* (*uncount*) a cold sauce made from tomatoes, vinegar and spices

kettle /'kɛtəl/ *noun* a pot with a spout for boiling water in

key /kiː/ *noun* 1 a piece of metal cut into a particular shape, that turns a lock 2 a lever pressed on *eg* a piano to produce a note 3 a button on a typewriter or computer keyboard 4 a system of notes in music 5 something which explains a mystery 6 a book containing answers to exercises ♦ *adjective* important and necessary ♦ *verb* to type on a typewriter or computer

keyboard /'kiːbɔːd/ *noun* 1 the set of keys on a typewriter or computer 2 the keys you press on a musical instrument, such as a piano, to play the notes

keyhole /ˈkiːhəʊl/ *noun* the hole in a lock into which you put a key

keynote /ˈkiːnəʊt/ *noun* **1** the note on which a musical scale is based **2** the central idea in *eg* a speech

keyring /ˈkiːrɪŋ/ *noun* a ring for keeping keys on

khaki /ˈkɑːkɪ/ *noun* (*uncount*) **1** brownish-green in colour **2** a strong cloth of this colour, widely used for military uniforms

kibbutz /kɪˈbʊts/ *noun*: **kibbutzim** /kɪbʊtsˈɪm/ a farming settlement in Israel in which everyone shares the work

kick /kɪk/ *verb* to hit or strike out with the foot ♦ *noun* the act of hitting or striking out with the foot ▶ *phrase* **kick up a fuss** to behave angrily, especially unnecessarily

kick-off /ˈkɪkɒf/ *noun* the start of a football match

kid¹ /kɪd/ *noun* **1** (*informal*) a child **2** a young goat

kid² /kɪd/ *verb* **1** to tease; to say things that aren't true for a joke **2 kid yourself** to deceive yourself

kidnap /ˈkɪdnap/ *verb* to carry off by force, demanding money in exchange — *noun* **kidnapper** — *noun* (*uncount or count*) **kidnapping**

kidney /ˈkɪdnɪ/ *noun* either of the two organs in your body that remove waste products from your blood and produce urine

kill /kɪl/ *verb* **1** to cause to die **2** (*informal*) to cause pain: *These shoes are killing me.* **3** to put an end to ♦ *noun* the act of killing a bird or animal that has been hunted

kill off to destroy completely

killer /ˈkɪlə(r)/ *noun* a person, animal or thing that kills

killing /ˈkɪlɪŋ/ *noun* a murder

kilo /ˈkiːləʊ/ *noun* a kilogram

kilobyte /ˈkɪləbaɪt/ *noun* 1024 bytes, used for measuring computer memory

kilogram or **kilogramme** /ˈkɪləgram/ *noun* a measurement of weight equal to 1000 grams or 2.2 pounds

kilometre (*AmE* **kilometer**) /ˈkɪləmiːtə(r)/ or /kɪˈlɒmɪtə(r)/ *noun* a measurement of distance equal to 1000 metres or 0.62 miles

kilt /kɪlt/ *noun* a pleated tartan skirt worn as part of traditional Scottish dress

kimono /kɪˈməʊnəʊ/ *noun* a long loose wide-sleeved Japanese garment

kin /kɪn/ *noun* (*plural; formal*) your relatives, family

kind¹ /kaɪnd/ *noun* a sort, type ▶ *phrases* **kind of** used when giving a rough description **in kind** goods or services, not money: *paid in kind*

kind² /kaɪnd/ *adjective* friendly, helpful and caring

kindergarten /ˈkɪndəgɑːtən/ *noun* a school for children under the age of five or six

kind-hearted /kaɪndˈhɑːtɪd/ *adjective* kind, caring and sympathetic

kindle /ˈkɪndəl/ *verb* **1** to cause to start burning **2** of an idea or feeling: to encourage or strengthen

kindling /ˈkɪndlɪŋ/ *noun* (*uncount*) material for starting a fire

kindly /ˈkaɪndlɪ/ *adverb* **1** in a way which expresses kindness **2** used in polite requests: *Would you kindly pass me the salt?* ♦ *adjective* kind, gentle and friendly: *a kindly smile*

kindness /ˈkaɪndnəs/ *noun* the quality of being kind

kindred spirit /ˌkɪndrəd ˈspɪrɪt/ *noun* a person who has the same interests and opinions as you

king /kɪŋ/ *noun* **1** the inherited male ruler of a nation **2** a playing-card with a picture of a king **3** the most important chess piece

kingdom /ˈkɪŋdəm/ *noun* **1** an area ruled by a king or queen **2** any of the three major divisions of natural objects, animal, vegetable or mineral

kingfisher /ˈkɪŋfɪʃə(r)/ *noun* a fish-eating bird with brilliant blue and orange feathers

kingpin /ˈkɪŋpɪn/ *noun* the most important person in an organization

kink /kɪŋk/ *noun* a bend or twist in hair or in a piece of string, rope or wire

kinky /ˈkɪŋkɪ/ *adjective* (*informal*) of behaviour: sexually unusual or perverted

kinship /ˈkɪnʃɪp/ *noun* (*uncount*) the relationship between members of a family

kiosk /ˈkiːɒsk/ *noun* **1** a small stall for the sale of *eg* newspapers and sweets **2** a telephone box

kipper /ˈkɪpə(r)/ *noun* a herring that has been salted and smoked

kiss /kɪs/ *verb* **1** to touch with the lips, as a greeting or sign of affection **2** of two people: to touch each other with the lips **3** (*literary*) to touch gently ♦ *noun* a touch with the lips: *He gave her a kiss goodnight.* ▶ *phrase* **the kiss of life** a way of making someone start breathing again by breathing into their mouth

kit /kɪt/ *noun* **1** a set of equipment needed for a particular purpose: *a first-aid kit* **2** clothing needed for a particular job

> **kit out** to provide *eg* clothes and equipment for a particular purpose

kitchen /'kɪtʃən/ *noun* a room where you prepare and cook food

kite /kaɪt/ *noun* a light frame, covered with paper or other material, for flying in the air

kith /kɪθ/ *and* /kɪn/ *noun* (*plural; old*)
▶ *phrase* **kith and kin** friends and family

kitten /'kɪtən/ *noun* a young cat

kitty /'kɪtɪ/ *noun* a sum of money collected by a group of people for use by them all

kiwi /'kiːwiː/ *noun* a bird which cannot fly, that lives in New Zealand

kiwi fruit /'kiːwiː fruːt/ *noun* an edible fruit with furry skin and juicy green flesh

knack /nak/ *noun* (*informal*) a special ability

knead /niːd/ *verb* to press *eg* dough or pasta to make it smooth and elastic

knee /niː/ *verb* the joint at the bend of the leg

kneecap /'niːkap/ *noun* the flat bone on the front of the knee joint

kneel /niːl/ *verb*: **kneels, kneeling, knelt** to rest the knees on the ground with the legs bent

knelt /nɛlt/ *verb* the past tense and past participle of **kneel**

knew /njuː/ *verb* the past tense of **know**

knickers /'nɪkəz/ *noun* (*plural*) women's or girls' underpants

knick-knack /'nɪknak/ *noun* a small ornament

knife /naɪf/ *noun* a cutting instrument
♦ *verb* to stab with a knife

knight /naɪt/ *noun* **1** (*history*) an aristocrat trained to fight on horseback **2** a man who has been given a noble rank and the title 'Sir' **3** a piece used in chess ♦ *verb* to give the rank of knight and the title 'Sir'

knighthood /'naɪthʊd/ *noun* the rank of a knight

knit /nɪt/ *verb* **1** to make a garment from wool using knitting needles **2** of broken bones: to grow together again

knitting /'nɪtɪŋ/ *noun* (*uncount*) something which is being knitted

knob /nɒb/ *noun* **1** a round handle on a door or drawer **2** a button that you press or turn to operate a machine **3** a small roundish lump: *a knob of butter*

knock /nɒk/ *verb* **1** to hit with the knuckles **2** to cause to shake, or fall over: *He stood up suddenly, knocking his chair over.* **3** to strike or hit: *She knocked her head against the step when she fell.* ♦ *noun* **1** the sound of someone knocking on a door **2** a sharp blow

> **knock down 1** to remove or destroy **2** to hit *eg* with a car, and cause to get hurt or killed **3** to reduce in price
> **knock off** to stop work for the day
> **knock out** to hit so hard as to make unconscious

knocker /'nɒkə(r)/ *noun* a heavy hinged piece of metal fixed to a door, used for knocking

knock-kneed /nɒk'niːd/ *adjective* having legs that are too close together at the knees

knockout /'nɒkaʊt/ *noun* **1** a blow from an opponent that makes a boxer unconscious **2** a competition in which only the winning teams go on to the next round

knot /nɒt/ *noun* **1** a join or tie in *eg* a piece of string **2** a point where *eg* hair has become twisted round itself **3** a small group of people ♦ *verb* to tie a knot in

knotted /'nɒtɪd/ *adjective* with knots

know /nəʊ/ *verb*: **knows, knowing, knew, known 1** to be aware of or sure of **2** to have met and talked to before **3** to have in your mind: *Do you know any poems?*
▶ *phrases* **get to know** to become familiar with **in the know** having special information about something **let someone know** to inform

knowing /'nəʊɪŋ/ *adjective* of *eg* a look or a smile: showing that you understand something secret

knowingly /'nəʊɪŋlɪ/ *adverb* **1** intentionally **2** in a way which shows you understand something secret

knowledge /'nɒlɪdʒ/ *noun* (*uncount*) information or understanding about something

knowledgeable /'nɒlɪdʒəbəl/ *adjective* well-informed

knuckle /'nʌkəl/ *noun* the joint where your fingers bend

> **knuckle down** to begin to work hard
> **knuckle under** (*informal*) to be forced to obey or give way to someone

koala /kəʊ'ɑːlə/ *noun* an Australian tree-climbing animal like a small bear

Koran /kɒˈrɑːn/ *noun* the holy book of Islam

kosher /ˈkoʊʃə(r)/ *adjective* of food: that has been prepared according to Jewish law

kowtow /kaʊˈtaʊ/ *verb* to behave in an over-respectful way

kung-fu /kʌŋˈfuː/ *noun* a Chinese form of self-defence

Ll

L or **l** /ɛl/ *noun* the twelfth letter of the English alphabet

lab /lab/ *noun* (*informal*) a laboratory

label /ˈleɪbəl/ *noun* a small written note fixed onto something showing *eg* its contents or price ♦ *verb* **1** to put a label on **2** to describe someone in a particular way: *Now I'm labelled as a liar for ever.*

laboratory /ləˈbɒrətərɪ/ *noun* a scientist's workroom

laborious /ləˈbɔːrɪəs/ *adjective* requiring a lot of hard work and effort — *adverb* **laboriously**

labour (*AmE* **labor**) /ˈleɪbə(r)/ *noun* **1** hard work **2** workers on a job **3** the process of childbirth ♦ *verb* **1** to work hard **2** to move slowly or with difficulty **3** to emphasize too greatly: *labour a point*

laboured /ˈleɪbəd/ *adjective* showing signs of effort

labourer /ˈleɪbərə(r)/ *noun* someone who does heavy physical work

Labour Party /ˈleɪbə pɑːtɪ/ *noun* the British political party which claims to represent workers and achieve greater social equality

labyrinth /ˈlabɪrɪnθ/ *noun* a complicated network of passages

lace /leɪs/ *noun* **1** (*uncount*) a delicate material made from fine thread in a net-like pattern **2** a cord for fastening shoes ♦ *verb* **1** to fasten with a lace **2** to strengthen (a drink) with alcohol

lacerate /ˈlasəreɪt/ *verb* to tear or cut roughly — *noun* **laceration**

lack /lak/ *noun* an absence, insufficiency or need ♦ *verb* **1** to need and not have **2** to be without

lackey /ˈlakɪ/ *noun* (*derogatory*) **1** a servant **2** someone who acts like a slave

laconic /ləˈkɒnɪk/ *adjective* using few words to express meaning [*same as* **terse**] — *adverb* **laconically**

lacquer /ˈlakə(r)/ *noun* (*uncount*) **1** a varnish used to keep hair tidy and in place ♦ *verb* to coat with lacquer

lad /lad/ *noun* a boy or young man

ladder /ˈladə(r)/ *noun* **1** a set of rungs or steps between two supports, for climbing up or down **2** a narrow gap leading from a broken stitch, in *eg* a stocking

laden /ˈleɪdən/ *adjective* loaded, carrying a lot of things

ladies /ˈleɪdɪz/ *noun* (*singular*) a public toilet for women

ladle /ˈleɪdəl/ *noun* a large spoon for serving *eg* soup ♦ *verb* to serve with a ladle

lady /ˈleɪdɪ/ *noun* **1** a polite word for a woman **2** a woman who behaves in a well-mannered and dignified way **3** a woman from a noble or aristocratic family

ladybird /ˈleɪdɪbɜːd/ *noun* a small red beetle with black spots

ladyship /ˈleɪdɪʃɪp/ *noun* **Her Ladyship** used to address a titled lady

lag¹ /lag/ *noun* a delay or a period of waiting between events

> **lag behind** to move or progress more slowly than others

lag² /lag/ *verb* to cover (pipes) with thick material to stop heat escaping

lager /ˈlɑːɡə(r)/ *noun* (*uncount*) a light beer

lagoon /ləˈɡuːn/ *noun* a shallow area of calm water separated from the sea by sandbanks or rocks

laid /leɪd/ *verb* the past tense and past participle of **lay**

laid-up /leɪd ˈʌp/ *adjective* ill and in bed

lain /leɪn/ *verb* the past participle of **lie**²

lair /lɛə(r)/ *noun* the concealed place where a wild animal lives

lake /leɪk/ *noun* a large area of fresh water surrounded by land

lamb /lam/ *noun* **1** a young sheep **2** (*uncount*) the meat of a lamb

lame /leɪm/ *adjective* **1** unable to walk properly through illness or injury **2** not good enough, not very convincing or impressive: *a lame excuse* — *adverb* **lamely**

lament /ləˈmɛnt/ *verb* to express sadness or regret about [same as **mourn**, **grieve**; opposite **celebrate**, **rejoice**] ♦ *noun* an expression of sadness or regret

lamentable /ləˈmɛntəbəl/ *adjective* very disappointing or bad — *adverb* **lamentably**

lamp /lamp/ *noun* a piece of equipment for producing a light, usually by means of an electric light bulb

lamp post /ˈlamp poʊst/ *noun* a tall pole supporting a street lamp

land /land/ *noun* **1** the part of the earth's surface not covered by water **2** ground **3** a country: *faraway lands* ♦ *verb* **1** to arrive on land or on shore **2** to bring an aircraft down to earth **3** to come to rest after falling

landed /ˈlandɪd/ *adjective* owning a lot of land

landing /ˈlandɪŋ/ *noun* **1** the process of coming to ground after a flight **2** the level part of a staircase between the flights of steps **3** a platform where passengers leave a boat

landlady /ˈlandleɪdɪ/ *noun* **1** a woman to whom a tenant pays rent **2** a woman who owns or manages a pub

landlord /ˈlandlɔːd/ *noun* **1** a man to whom a tenant pays rent **2** a man who owns or manages a pub

landmark /ˈlandmaːk/ *noun* **1** a noticeable building or feature that helps you find your position **2** an important event

landscape /ˈlandskeɪp/ *noun* the area and features of land that you can see when you look around

landslide /ˈlandslaɪd/ *noun* **1** a fall of land or rock down the side of a hill or cliff **2 landslide victory** a win in an election in which a large proportion of votes goes to one party

lane /leɪn/ *noun* **1** a narrow road or street **2** one of the marked divisions on a wide road or motorway

language /ˈlaŋgwɪdʒ/ *noun* **1** (*uncount*) human speech **2** the speech of a particular people or nation **3** a form of communication that doesn't use words **4** a system of words, signs and symbols used to write computer programs

languid /ˈlaŋgwɪd/ *adjective* lacking energy or liveliness [same as **lethargic**, **apathetic**] — *adverb* **languidly**

languish /ˈlaŋgwɪʃ/ *verb* (*literary*) to grow weak, usually from having to stay in an unhappy situation

languor /ˈlaŋgə(r)/ *noun* (*uncount*; *literary*) weakness, tiredness and lack of enthusiasm

lanky /ˈlaŋkɪ/ *adjective* tall and awkward

lantern /ˈlantən/ *noun* a metal-framed container for holding or carrying a light

lap[1] /lap/ *noun* the flat, horizontal area formed by your thighs when you are sitting down

lap[2] /lap/ *verb* **1** of animals: to drink by scooping liquid up with the tongue **2** of liquid: to flow against with a light splashing sound

lap up 1 to eagerly drink, using the tongue **2** to eagerly accept *eg* praise

lap[3] /lap/ *noun* one circuit of a racecourse or other track ♦ *verb* to overtake a runner while they are still on their previous lap

lapel /ləˈpɛl/ *noun* the part of a jacket joined to the collar and folded back on the chest

lapse /laps/ *noun* **1** a mistake, a failure **2** a period of time passing ♦ *verb* **1** to start behaving in an undesirable way **2** to cease to be valid

laptop /ˈlaptɒp/ *noun* a small portable computer

larch /laːtʃ/ *noun* a tall tree with needle-like leaves and cones

lard /laːd/ *noun* (*uncount*) soft white fat from a pig

larder /ˈlaːdə(r)/ *noun* a cool room or cupboard where food is stored

large /laːdʒ/ *adjective* big or above average in size or quantity

largely /ˈlaːdʒlɪ/ *adverb* mainly, to a great extent

lark[1] /laːk/ *noun* a small brown sweetly-singing bird

lark[2] /laːk/ *noun* (*informal*) ▸ *phrase* **for a lark** for fun or as a joke

lark about or **lark around** to do silly things for fun

larva /ˈlaːvə/ *noun*: **larvae** /ˈlaːvɪ/ an insect in its first stage after coming out of the egg

laryngitis /larɪnˈdʒaɪtɪs/ *noun* (*uncount*) inflammation of the larynx

larynx /ˈlarɪŋks/ *noun* the organ in your throat containing the cords that produce the voice

lasagne /lə'zanjə/ *noun* (*uncount*) **1** flat sheets of pasta **2** a dish consisting of layers of these

laser /'leɪsə(r)/ *noun* an intensely bright and powerful beam of light, used to cut hard materials or to perform surgical operations

lash /laʃ/ *noun* **1** one of the tiny hairs that grow along the edge of your eyelids **2** a strip of leather at the end of a whip ♦ *verb* to strike with a whip

> **lash together** to tie together tightly
> **lash out 1** to suddenly try to hit **2** to criticize fiercely

lass /las/ *noun* a girl or young woman

lasso /lə'suː/ *noun*: **lassos** or **lassoes** a long rope with a loop which tightens when the rope is pulled, used *eg* for catching animals ♦ *verb*: **lassoes, lassoing, lassoed** to catch with a lasso

last[1] /lɑːst/ *determiner or adjective* **1** most recent: *my last employer* **2** coming after all the others: *the last person to arrive* **3** the final one remaining: *your last chance* ♦ *pronoun*: *She was the last to arrive.* ♦ *adverb* after everything else; at the end: *She spoke last.* ▶ *phrases* **at last** in the end **last thing** just before going to bed

last[2] /lɑːst/ *verb* **1** to continue to exist or happen **2** to remain in good condition

lastly /'lɑːstlɪ/ *adverb* finally

latch /latʃ/ *noun* **1** a wooden or metal catch used to fasten a door **2** a light door-lock ♦ *verb* to fasten with a latch

> **latch on to 1** to attach yourself to *eg* someone you find interesting **2** to understand or realize

late /leɪt/ *adjective or adverb* **1** coming after the expected time: *His train was late.* **2** far on in time: *It's getting late.* ♦ *adjective* recently dead: *the late author* ▶ *phrase* **of late** (*formal*) recently

lately /'leɪtlɪ/ *adverb* recently

lathe /leɪð/ *noun* a machine which holds wood and metal while it is being cut and shaped

lather /'lɑːðə(r)/ *noun* the white foam that is produced when soap is mixed with water ♦ *verb* to produce a mass of bubbles or foam

Latin /'latɪn/ *noun* (*uncount*) the language of ancient Rome

latitude /'latɪtjuːd/ *noun* **1** the distance north or south of the equator, measured in degrees [compare **longitude**] **2** (*uncount*) freedom to choose how to behave or act

latter /'latə(r)/ *adjective* nearer to the end: *the latter part of the holiday* ♦ *noun* the second of two people, things, or groups just mentioned [compare **former**]

latterly /'latəlɪ/ *adverb* recently

lattice /'latɪs/ *noun* **1** a network of crossed wooden strips **2** a window constructed this way

laudable /'lɔːdəbəl/ *adjective* (*formal*) worthy of praise [*same as* **praiseworthy, creditable**]

laugh /lɑːf/ *verb* to make the sound with your voice that shows you are amused ♦ *noun* the sound of laughing ▶ *phrase* **for a laugh** for fun or as a joke

> **laugh at** to make fun of
> **laugh off** to treat as a joke

laughable /'lɑːfəbəl/ *adjective* deserving to be laughed at [*same as* **ludicrous**]

laughing stock /'lɑːfɪŋ stɒk/ *noun* likely to be laughed at or ridiculed

laughter /'lɑːftə(r)/ *noun* (*uncount*) the act or sound of laughing

launch[1] /lɔːntʃ/ *verb* **1** to slide (a boat or ship) into water, especially on its first voyage **2** to send a rocket into the air **3** to start: *launch a campaign* **4** to make (a product) available to the public ♦ *noun* an act of launching

> **launch into** of *eg* a speech or story: to begin

launch[2] /lɔːntʃ/ *noun* a large motorboat

launder /'lɔːndə(r)/ *verb* to wash and iron (clothes)

launderette /lɔːndə'rɛt/ *noun* a shop where customers can wash clothes in washing machines

laundry /'lɔːndrɪ/ *noun* **1** a place where clothes are washed **2** clothes which have been, or are going to be, washed

laurel /'lɒrəl/ *noun* a small evergreen tree with smooth, dark, shiny leaves ▶ *phrase* **rest on your laurels** to rely on your reputation instead of trying to progress further

lava /'lɑːvə/ *noun* (*uncount*) the hot liquid rock which flows from a volcano

lavatory /'lavətrɪ/ *noun* a toilet

lavender /'lavəndə(r)/ *noun* (*uncount*) **1** a plant with sweet-smelling pale bluish-purple flowers **2** a pale-purple colour

lavish /'lavɪʃ/ *adjective* **1** generous **2** large or excessive in amount **3** rich and luxurious

lavish on to give a large amount of: *She lavishes love and affection on all her grandchildren.*

law /lɔː/ *noun* **1** the official rules that apply in a country or state **2** one such rule **3** a rule, *eg* in science, which says that under certain conditions certain things will always happen

law-abiding /'lɔːəbaɪdɪŋ/ *adjective* obeying the law

lawcourt /'lɔːkɔːt/ *noun* a place where people accused of crimes are tried

lawful /'lɔːfəl/ *adjective* (*formal*) allowed by law [*same as* **legal**] — *adverb* **lawfully**

lawless /'lɔːləs/ *adjective* (*formal*) breaking the law, especially violently — *noun* (*uncount*) **lawlessness**

lawn /lɔːn/ *noun* an area of smooth grass, especially as part of a garden

lawnmower /'lɔːnməʊə(r)/ *noun* a machine for cutting grass

lawsuit /'lɔːsuːt/ *noun* a quarrel or dispute taken to a lawcourt to be settled

lawyer /'lɔːjə(r)/ *noun* someone whose work it is to give legal advice, and to represent people in court

lax /laks/ *adjective* **1** not strict **2** careless, negligent

laxative /'laksətɪv/ *noun* a medicine which makes it easier to pass solid waste matter from the body

lay[1] /leɪ/ *verb*: **lays**, **laying**, **laid 1** to place or set down: *I laid the baby on her back.* **2** to set in position: *lay carpets* □ *lay a trap* **3** of a hen: to produce eggs **4** to beat down: □ *All the barley in the field had been laid flat by the storm.*

lay down to state officially: *lay down the law*
lay into (*informal*) to attack or criticize
lay off 1 to stop employing **2** to stop doing something annoying
lay on to provide

lay[2] /leɪ/ *verb* the past tense of the verb **lie**

lay[3] /leɪ/ *adjective* belonging to a particular church, but not a member of its clergy

layabout /'leɪəbaʊt/ *noun* a lazy person

layby /'leɪbaɪ/ *noun* (*BrE*) a parking area at the side of a road

layer /'leɪə(r)/ *noun* a thickness forming a covering or level

layman /'leɪmən/ *noun* someone without special training in a subject

laze /leɪz/ *verb*

laze around to spend time doing nothing

lazy /'leɪzi/ *adjective* not liking doing things that take effort — *adverb* **lazily** — *noun* (*uncount*) **laziness**

lead[1] /liːd/ *verb*: **leads**, **leading**, **led 1** to show the way by going first **2** to be winning: *She led for two miles and then fell back.* **3** to control or guide: *lead the discussion* **4** to be the way to: *Both streets lead to the cathedral.* **5** to be the cause of: *Prolonged sunbathing can lead to skin cancer.* ♦ *noun* **1** an example or model **2** the distance by which someone is winning a race **3** a clue **4** a strap or chain for attaching to a dog's collar ▸ *phrase* **take the lead** to do things before other people do them

lead up to 1 to come before, and be the cause of: *the events leading up to World War I* **2** to direct conversation towards: *What are you leading up to?*

lead[2] /lɛd/ *noun* **1** (*uncount*) a soft, heavy, bluish-grey metal **2** the thin stick of grey or coloured material in the centre of a pencil

leaden /'lɛdən/ *adjective* **1** dull grey in colour **2** of movements: heavy and slow **3** dull and sad

leader /'liːdə(r)/ *noun* **1** someone who leads or goes first **2** the person who is at the front of a race

leadership /'liːdəʃɪp/ *noun* **1** the state of being a leader **2** the ability to lead **3** the person or people who are in charge of a group

leaf /liːf/ *noun*: **leaves** /liːvs/ **1** one of the thin green flat parts of a plant growing from the side of a stem **2** a page of a book ▸ *phrase* **turn over a new leaf** to try and behave in a better or more serious way

leaflet /'liːflət/ *noun* a small printed sheet

leafy /'liːfi/ *adjective* **1** of a plant or tree: having a lot of leaves **2** of a place: having a lot of trees and plants

league /liːɡ/ *noun* **1** a group of people, countries or states that work together or have a common interest **2** an association of clubs which compete for a championship ▸ *phrase* **in league with** working in secret with

leak /liːk/ *noun* **1** a small crack through which liquid or gas passes **2** an escape of gas or liquid **3** a release of secret information ♦ *verb* **1** to allow gas or liquid to pass out of **2** to escape or pass out of **3** to give secret information to the media

leak out of secret information: to become known to the public

leakage /'liːkɪdʒ/ *noun* an instance of leaking

lean¹ /liːn/ *verb*: **leans, leaning, leaned** or **leant 1** to slope in a particular direction: *He leant over to talk to me.* **2** to rest on for support: *She leant on the table.*

lean on (*informal*) to put pressure on [*same as* **pressurize**]

lean² /liːn/ *adjective* **1** thin **2** of meat: not containing much fat

leaning /ˈliːnɪŋ/ *noun* a liking for, or interest in: *different political leanings*

leap /liːp/ *noun* a sudden or quick jump ♦ *verb*: **leaps, leaping, leaped** or **leapt 1** to jump high in the air over a long distance **2** to jump suddenly and with force ▸ *phrase* **a leap in the dark** a decision made without knowing what the consequences will be

leap at to accept eagerly

leap year /ˈliːp jɪə(r)/ *noun* a year which has 366 days, the extra day being 29 February

learn /lɜːn/ *verb*: **learns, learning, learned** or **learnt 1** to gain knowledge of or skill in **2** to discover or be told about

learned /ˈlɜːnɪd/ *adjective* respected for having studied a lot: *a learned professor*

learner /ˈlɜːnə(r)/ *noun* a person who is learning something

learning /ˈlɜːnɪŋ/ *noun* (*uncount*) knowledge gained through study

lease /liːs/ *noun* an agreement giving the use of a building in return for rent ♦ *verb* **1** to use in return for rent **2** to allow to use in return for rent

leash /liːʃ/ *noun* a strip of leather or chain used for leading or holding *eg* a dog [*same as* **lead**]

least /liːst/ *determiner* the smallest amount of something: *He had the least money.* ♦ *pronoun*: *You've got the most pudding and I've got the least.* ♦ *adverb*: the smallest or lowest degree: *I like her least.* ▸ *phrases* **at least** at any rate, anyway: *Oh yes, I've seen that film; at least, I think I have.* **not in the least** not at all

leather /ˈlɛðə(r)/ *noun* (*uncount*) the skin of an animal, prepared for use in manufacturing

leathery /ˈlɛðərɪ/ *adjective* tough like leather

leave¹ /liːv/ *verb*: **leaves, leaving, left 1** to go away from **2** to end a relationship with **3** to stop attending: *leave school* **4** to forget to take away from a place with you: *I left my purse in the cafe.* **5** to not use or want any more: *She left half her dinner.* **6** to give over to someone else: *Leave the problem to me.*

leave behind to not take with you when you leave a place: *We'll have to leave the dog behind.*
leave out to not include

leave² /liːv/ *noun* (*uncount*) **1** a period of time away from work or military duties: *maternity leave* **2** official permission to do something

leaves /liːvz/ *noun* the plural of **leaf**

lecherous /ˈlɛtʃərəs/ *adjective* having or showing great sexual desire

lectern /ˈlɛktən/ *noun* a stand with a sloping surface for holding a book

lecture /ˈlɛktʃə(r)/ *noun* **1** a formal talk on a certain subject, given to an audience **2** a warning or criticism given by means of a serious talk ♦ *verb* **1** to give a lecture **2** to criticize at length [*same as* **scold**]

lecturer /ˈlɛktʃərə(r)/ *noun* someone who gives lectures, especially to students

led /lɛd/ *verb* the past tense and past participle of **lead¹**

ledge /lɛdʒ/ *noun* **1** a shelf or projecting edge: *window-ledge* **2** a shelf-like piece of rock

ledger /ˈlɛdʒə(r)/ *noun* the accounts book of an office or shop

leek /liːk/ *noun* a long green and white vegetable of the onion family

leer /lɪə(r)/ *noun* an unpleasant smile which suggests sexual interest ♦ *verb* to smile in this way

leeway /ˈliːweɪ/ *noun* (*uncount*) a small amount of additional time, space or money

left¹ /lɛft/ *verb* the past tense and past participle of **leave¹**

left² /lɛft/ *noun* **1** the direction, side or position that is opposite to right: *Take the second turning on the left.* **2** the socialist position as opposed to the capitalist one ♦ *adjective or adverb*: *He fell and broke his left arm.* ▫ *Turn left at the next set of traffic lights.*

left-hand /lɛftˈhand/ *adjective* on or towards the left: *the left-hand side of the page*

left-handed /lɛftˈhandɪd/ *adjective* using the left hand to perform manual activities such as writing

leftovers /ˈlɛftoʊvəz/ *noun* (*plural*) pieces of food that have not been finished at a meal

left-wing /lɛftˈwɪŋ/ *adjective* of or holding socialist views

leg /lɛg/ *noun* **1** one of the limbs on which humans and animals walk **2** a long narrow support for *eg* a table **3** one stage in *eg* a journey ▶ *phrases* **on your last legs** very ill or weak **pull someone's leg** to try to make someone believe something that isn't true for a joke **stretch your legs** to go for a walk

legacy /'lɛgəsɪ/ *noun* **1** something left by a person who has died **2** a bad situation caused by someone who went before

legal /'liːgəl/ *adjective* **1** allowed by law **2** relating to the law — *adverb* **legally**

legality /lɪ'gælɪtɪ/ *noun* (*uncount*) the state of being legal

legalize or **legalise** /'liːgəlaɪz/ *verb* to make legal

legend /'lɛdʒənd/ *noun* **1** a traditional story which may or may not be true **2** a famous person who is greatly admired

legendary /'lɛdʒəndərɪ/ *adjective* **1** talked about in legends **2** very famous

leggings /'lɛgɪŋz/ *noun* tight trousers made of elasticated material, usually worn by women

legible /'lɛdʒɪbəl/ *adjective* clear enough to be read [*opposite* **illegible**]

legion /'liːdʒən/ *noun* **1** a group of soldiers, one of several sections in some armies **2** a large number: *legions of foreign tourists*

legislate /'lɛdʒɪsleɪt/ *verb* (*formal*) to make laws

legislation /lɛdʒɪ'sleɪʃən/ *noun* (*uncount*; *formal*) a group of laws

legislative /'lɛdʒɪslətɪv/ *adjective* (*formal*) relating to laws and law-making

legislator /'lɛdʒɪsleɪtə(r)/ *noun* (*formal*) a person who is involved in law-making

legislature /'lɛdʒɪsleɪtʃə(r)/ *noun* (*formal*) the part of the government which has the powers of making laws

legitimate /lə'dʒɪtɪmət/ *adjective* **1** lawful or acceptable **2** of a child: born of parents married to each other — *noun* (*uncount*) **legitimacy** — *adverb* **legitimately**

leisure /'lɛʒə(r)/ *noun* (*uncount*) time when you do not have to work

leisurely /'lɛʒəlɪ/ *adjective* relaxed, not hurried: *a leisurely pace*

lemon /'lɛmən/ *noun* (*count or uncount*) **1** a thick-skinned, yellow, oval fruit with a sour taste **2** the pale greenish-yellow colour of a lemon

lemonade /lɛmə'neɪd/ *noun* (*uncount*) a fizzy or still drink flavoured with or made from lemons

lend /lɛnd/ *verb*: **lends, lending, lent 1** to give use of for a time **2** to give or add a quality to someone or something: *His dignified manner lends authority to whatever he says.* ▶ *phrase* **lend itself to** to be suitable for

length /lɛŋθ/ *noun* **1** the distance from one end of something to the other **2** the amount of time something lasts **3** the quality of being long **4** a long narrow piece: *a length of string* **5** all the way along: *walked the length of the canal* ▶ *phrases* **at length 1** in detail **2** finally

lengthen /'lɛŋθən/ *verb* to make or grow longer

lengthways /'lɛŋθweɪz/ or **lengthwise** /'lɛŋθwaɪz/ *adverb* in the direction of the length: *Fold the sheets lengthways.*

lengthy /'lɛŋθɪ/ *adjective* long, especially too long

lenient /'liːnɪənt/ *adjective* not severe — *adverb* **leniently**

lens /lɛnz/ *noun* **1** a curved piece of glass, used in *eg* spectacles and cameras **2** a part of the eye

Lent /lɛnt/ *noun* (*uncount*) the period of forty days before Easter, during which many Christians give up some items of food or pleasure

lent /lɛnt/ *verb* the past tense and past participle of **lend**

leopard /'lɛpəd/ *noun* an animal of the cat family with a spotted coat

leotard /'liːətɑːd/ *noun* a tight-fitting garment worn especially by women for dancing and doing exercises

leper /'lɛpə(r)/ *noun* **1** a person suffering from leprosy **2** an outcast

leprosy /'lɛprəsɪ/ *noun* (*uncount*) a skin disease which can be passed from one person to another

lesbian /'lɛzbɪən/ *noun* a woman who is sexually attracted to other women

less /lɛs/ *determiner* 'a smaller amount of' or 'not so much': *I've got less cash than I thought I had.* ♦ *pronoun* a smaller amount of something: *You'll have to pay the full price; they won't accept any less.* ♦ *adverb* **1** to a smaller degree: *He paints a lot less now that he is getting older.* **2** not as much, to a smaller extent: *I see him a lot less often nowadays.* ♦ *preposition* 'without' or 'minus': *She earns £450 a month, less tax.*

lessen /'lɛsən/ *verb* to make smaller or less

lesser /'lɛsə(r)/ *adjective or adverb* not so great in importance, amount or degree

lesson /'lɛsən/ *noun* **1** a period of teaching **2** something which is learnt or taught **3** a part of the Bible read in church

lest /lɛst/ *conjunction* (*literary*) for fear that, in case

let /lɛt/ *verb*: **lets**, **letting**, **let** **1** to allow **2** to allow someone to use property in return for payment ▸ *phrases* **let go** to stop holding **let someone know** to tell, inform **let's** used when making suggestions: *Let's start.* **let's see** or **let me see** used when you are thinking or trying to remember something

> **let down** to disappoint
> **let off 1** to not punish or only punish mildly **2** to cause to explode
> **let up 1** to become less strong or violent **2** to stop working as hard as you have been

lethal /'li:θəl/ *adjective* causing death

lethargy /'lɛθədʒɪ/ *noun* (*uncount*) lack of interest, enthusiasm or energy

let's /lɛts/ the spoken, and informal written, form of **let us** [see **let**]

letter /'lɛtə(r)/ *noun* **1** a mark expressing a speech sound **2** a written message ▸ *phrase* **to the letter** exactly as instructed

lettering /'lɛtərɪŋ/ *noun* (*uncount*) letters which have been formed in a particular style

lettuce /'lɛtɪs/ *noun* a green plant with large leaves; used in salads

leukaemia (*AmE* **leukemia**) /luˈkiːmɪə/ *noun* (*uncount*) a cancerous disease of the white blood cells

level /'lɛvəl/ *noun* **1** a height or position in comparison with some standard: *ground level* **2** a flat, smooth surface **3** position on a scale of *eg* importance ♦ *adjective* **1** horizontal **2** flat, even, smooth ♦ *adjective or adverb* at the same height or standard: *Are the two pictures level?* ♦ *verb*: **levels**, **levelling** (*AmE* **leveling**), **levelled** (*AmE* **leveled**) **1** to make flat, smooth or horizontal **2** to make equal **3** to knock down, destroy (buildings)

> **level off** to become flat or horizontal

level crossing /ˌlɛvəl ˈkrɒsɪŋ/ *noun* (*BrE*) a place where a road crosses a railway track

level-headed /ˌlɛvəlˈhɛdɪd/ *adjective* sensible and calm

lever /'liːvə(r)/ *noun* **1** a handle for operating a machine **2** a bar of *eg* metal used to raise something heavy **3** a way of gaining advantage ♦ *verb* to move or open using a lever

leverage /'liːvərɪdʒ/ *noun* (*uncount*) **1** the force or power gained by using a lever **2** power, influence

levity /'lɛvɪtɪ/ *noun* (*uncount*; *formal*) lack of seriousness

levy /'lɛvɪ/ *verb* to collect by order *eg* a tax ♦ *noun* a sum of money that is paid *eg* in tax to the government

liability /ˌlaɪəˈbɪlɪtɪ/ *noun* **1** legal responsibility **2** a debt **3** a disadvantage

liable /'laɪəbəl/ *adjective* **1** legally responsible **2 liable to** likely to suffer from [*same as* **susceptible**] **3** likely to happen

liaise /lɪˈeɪz/ *verb* to be in touch with, usually professionally: *liaise between the author and the publisher*

liaison /lɪˈeɪzɒn/ *noun* **1** contact, communication **2** a sexual affair

liar /laɪə(r)/ *noun* someone who tells lies

lib /lɪb/ *noun* (*uncount*; *informal*) liberation: *gay lib*

libel /'laɪbəl/ *noun* (*uncount or count*) something written that damages a person's reputation — *adjective* **libellous**

liberal /'lɪbərəl/ *adjective* **1** generous **2** broad-minded, tolerant [*opposite* **narrow-minded**] ♦ *noun* **1 Liberal** a member of the former Liberal Party, which supported social and political reform **2** any person who thinks in a liberal way

liberally /'lɪbərəlɪ/ *adverb* generously, in large quantities or freely

liberate /'lɪbəreɪt/ *verb* (*formal*) to set free — *noun* (*uncount*; *formal*) **liberation**

liberated /'lɪbəreɪtɪd/ *adjective* acting according to modern ideas

liberty /'lɪbətɪ/ *noun* **1** freedom, especially of speech or action **2 liberties** rights, privileges ▸ *phrase* **take the liberty of** to act without permission

librarian /laɪˈbrɛərɪən/ *noun* a person employed in a library

library /'laɪbrərɪ/ *noun* **1** a building or room where a collection of *eg* books or records is kept **2** a collection of *eg* books or records

lice /laɪs/ *noun* the plural of **louse**

licence (*AmE* **license**) /'laɪsəns/ *noun* **1** a document giving permission to do something, *eg* to keep a gun or drive a car **2** (*uncount*; *mainly literary*) freedom to act as you wish

license /'laɪsəns/ *verb* to give official permission to do something

licensed /'laɪsənst/ *adjective* of a hotel or restaurant: legally allowed to sell alcohol to customers

licentious /laɪˈsɛnʃəs/ *adjective* behaving immorally or improperly

lick /lɪk/ *verb* to pass the tongue over ♦ *noun* **1** an act of licking **2** a small amount: *a lick of paint* ▸ *phrase* **lick into shape** to make more efficient; improve

licorice see **liquorice**

lid /lɪd/ *noun* **1** a cover for a box or pot **2** an eyelid

lie · lighting

lie[1] /laɪ/ *noun* a deliberately false statement ♦ *verb* to say something that you know is not true

lie[2] /laɪ/ *verb*: **lies, lying, lay, lain** 1 to rest in a flat position: *Lie flat on your back.* 2 to be or remain in a state or position: *Several letters were lying on the doormat.* ▶ *phrase* **lie in wait** to keep hidden in order to surprise someone

> **lie about** or **lie around 1** to spend time doing nothing **2** to be left in an untidy state: *leave things lying around on the floor*
> **lie down** to get into a flat or horizontal position
> **lie in** to stay in bed later than usual in the morning

lie-in /laɪˈɪn/ *noun* ▶ *phrase* **have a lie-in** to stay in bed later than usual in the morning

lieutenant (*BrE*) /lɛfˈtɛnənt/, (*AmE*) /luːˈtɛnənt/ *noun* a junior officer in the army or navy

life /laɪf/ *noun*: **lives** /laɪvz/ **1** the quality that humans, animals and plants have when they are not dead **2** living things: *marine life* **3** the state of being alive **4** the period during which you are alive **5** energy or activity: *full of life* ▶ *phrases* **for life** until death: *disabled for life* **for the life of you** however hard you try **take your life in your hands** to do something that involves great risk

lifebelt /ˈlaɪfbɛlt/ *noun* a ring filled with air, used to support people who have fallen into water

lifeboat /ˈlaɪfbəʊt/ *noun* a boat for saving people in difficulties at sea

lifebuoy /ˈlaɪfbɔɪ/ *noun* a lifebelt

life cycle /ˈlaɪf saɪkəl/ *noun* the various stages through which a living thing passes

lifeguard /ˈlaɪfɡɑːd/ *noun* an expert swimmer employed to rescue people in danger of drowning

life jacket /ˈlaɪf dʒakɪt/ *noun* a jacket that can be filled with air, worn to support you in the water

lifeless /ˈlaɪfləs/ *adjective* **1** dead **2** dull and boring [*opposite* **lively, alive**]

lifelike /ˈlaɪflaɪk/ *adjective* of *eg* a portrait: very much like the person or thing it represents

lifeline /ˈlaɪflaɪn/ *noun* a vital means of communication

lifelong /ˈlaɪflɒŋ/ *adjective* lasting the whole of your life

life-size /ˈlaɪfsaɪz/ or **life-sized** /ˈlaɪfsaɪzd/ *adjective* the same size as the real person or thing represented

lifespan /ˈlaɪfspan/ *noun* the length of someone's life

lifestyle /ˈlaɪfstaɪl/ *noun* the way in which someone lives

lifetime /ˈlaɪftaɪm/ *noun* the length of time you are alive

lift /lɪft/ *verb* **1** to move into the air, raise **2** (*informal*) to steal ♦ *noun* **1** a moving compartment carrying goods or people between floors in a building **2** a ride in someone's car: *Can I give you a lift?* **3** something that makes you feel happy

lift-off /ˈlɪftɒf/ *noun* the moment when a spacecraft leaves the ground

ligament /ˈlɪɡəmənt/ *noun* a band of tough tissue that joins bones together

light[1] /laɪt/ *noun* **1** the brightness that comes from *eg* the sun or a lamp, that makes things visible **2** a source of light, *eg* a lamp **3** a match or a lighter for a cigarette **4** a way of understanding: *see things in a new light* ♦ *adjective* **1** bright **2** of a colour: pale [*opposite* **dark**] ♦ *verb*: **lights, lighting, lit** or **lighted 1** to give light to **2** to set fire to ▶ *phrases* **bring to light** to reveal, cause to be noticed **come to light** to be revealed or discovered **set light to** to cause to start burning

> **light up 1** to make bright with light **2** to take on an expression of enthusiasm and interest **3** to light a cigarette

light[2] /laɪt/ *adjective* **1** not heavy **2** small in amount: *light rain* **3** easy to bear or do: *light work* **3** intended for entertainment and relaxation: *light music* **4** easy to digest: *a light lunch* **4** graceful and quick — *adverb* **lightly** — *noun* (*uncount*) **lightness** ▶ *phrase* **make light of** to treat as unimportant

light[3] /laɪt/ *verb*: **lights, lighting, lit** or **lighted**

> **light on** or **light upon** to notice or discover

lighten /ˈlaɪtən/ *verb* **1** to make less heavy **2** to make or become brighter

lighter /ˈlaɪtə(r)/ *noun* a device with a flame for lighting *eg* cigarettes

light-fingered /laɪtˈfɪŋɡəd/ *adjective* having a tendency to steal

light-headed /laɪtˈhɛdɪd/ *adjective* dizzy

light-hearted /laɪtˈhɑːtɪd/ *adjective* happy and not worried about anything

lighthouse /ˈlaɪthaʊs/ *noun* a tall building with a flashing light to warn or guide ships

lighting /ˈlaɪtɪŋ/ *noun* (*uncount*) the type of equipment for providing light in a place

lightly /'laɪtlɪ/ *adverb* **1** gently **2** not seriously

lightning /'laɪtnɪŋ/ *noun* a flash of light in the sky during a storm

lightweight /'laɪtweɪt/ *adjective* weighing less than usual

likable see likeable

like¹ /laɪk/ *preposition* **1** the same as or similar to: *She looks like her mother.* **2** used with *what* to ask for a description of someone or something: *What is he like?* **3** used to introduce examples: *somewhere exciting, like Africa or South America* ♦ *conjunction* (*informal; especially AmE*) 'in the same manner as': *He drinks just like his father did.* ▶ *phrase* **nothing like** completely different

like² /laɪk/ *verb* **1** to be fond of or pleased with: *Don't you like dancing?* ▫ *Did she like the present?* **2** to normally prefer: *She likes to get some exercise every day.* **3** used with *would* and *should* to express wishes and preferences: *He says he'd like the essays handed in by Friday.* ♦ *noun* **likes** the things that you like: *likes and dislikes*

likeable or **likable** /'laɪkəbəl/ *adjective* easy to like, pleasant

likelihood /'laɪklɪhʊd/ *noun* how probable or likely it is that something will happen

likely /'laɪklɪ/ *adjective* **1** probable **2** suitable: *a likely candidate* ♦ *adverb* probably ▶ *phrase* (*informal*) **not likely!** certainly not!

liken /'laɪkən/ *verb* to think of as similar, compare

likeness /'laɪknəs/ *noun* similarity, resemblance

likewise /'laɪkwaɪz/ *adverb* in the same way

liking /'laɪkɪŋ/ *noun* preference or satisfaction: *to my liking*

lilac /'laɪlək/ *noun* **1** a small tree with hanging clusters of pale purple or white flowers **2** a pale pinkish-purple colour

lilt /lɪlt/ *noun* a light, swinging rhythm

lily /'lɪlɪ/ *noun* a tall plant with white or coloured trumpet-shaped flowers

limb /lɪm/ *noun* **1** an arm or a leg **2** a branch of a tree

limber /'lɪmbə(r)/

> **limber up** to do exercises to warm your muscles before taking part in a sport

limbo¹ /'lɪmbəʊ/ *noun* (*uncount*) ▶ *phrase* **in limbo** in a state of uncertainty about what is going to happen next

limbo² /'lɪmbəʊ/ *noun* a West Indian dance in which the dancer passes under a low bar

lime /laɪm/ *noun* **1** a small, round, green fruit with a sour, lemon-like flavour **2** the colour of this fruit **3** a tree with rough bark, pale green leaves and yellow blossom **4** (*uncount*) a white substance used for making cement

limelight /'laɪmlaɪt/ *noun* ▶ *phrase* **in the limelight** attracting publicity or attention

limerick /'lɪmərɪk/ *noun* a humorous poem of five lines with a special rhyming scheme

limit /'lɪmɪt/ *noun* **1** a point or line that may not be passed **2** the greatest or smallest extent that is allowed or possible [*same as* **restriction**] ♦ *verb* to restrict ▶ *phrase* **within limits** with a moderate degree of freedom only

limitation /lɪmɪ'teɪʃən/ *noun* **1** the extent of someone's ability **2** something which limits **3** (*uncount*) control or restriction

limited /'lɪmɪtɪd/ *adjective* not large in size or amount

limitless /'lɪmɪtləs/ *adjective* very large

limousine /lɪmə'ziːn/ *noun* a large, expensive and luxurious motor car

limp¹ /lɪmp/ *verb* to walk unevenly because one leg is injured ♦ *noun* an uneven, awkward way of walking

limp² /lɪmp/ *adjective* **1** not stiff; soft, hanging loosely **2** having no energy or strength — *noun* (*uncount*) **limpness**

limpet /'lɪmpɪt/ *noun* a small cone-shaped shellfish that fixes itself firmly to rocks

line¹ /laɪn/ *noun* **1** a long thin stroke or mark **2** a wrinkle **3** a cord or rope **4** the point where one thing changes into another: *the dividing line between genius and madness* **5** a row of people, a queue **6** a row of words: *Can you read the last line again please?* **7** course, direction: *line of vision* **8** a railway track: *the Edinburgh-Glasgow line* **9** a means of communication: *His line's engaged.* **10** the kind of work you do: *What's your line of business?* **11** a series of people that exist one after the other **12** the front edge of the area occupied by an army ♦ *verb* to stand in rows along the sides of *eg a road* ▶ *phrases* **along the lines of** similar to **draw the line** to refuse to do something **drop someone a line** to send someone a note **in line for** likely to get **on the right lines** working in a way that is likely to bring success **toe the line** to behave as you ought to

> **line up 1** of people: to form a straight line **2** to organize: *Have you got a job lined up for after the course?*

line[2] /laɪn/ *verb* to cover the inside surface of with *eg* paper: *line a drawer*

linear /'lɪnɪə(r)/ *adjective* (*formal*) **1** in the form of lines **2** with one thing leading directly to the next

linen /'lɪnɪn/ *noun* (*uncount*) **1** cloth used *eg* for making sheets **2** household articles such as sheets and tablecloths

liner[1] /'laɪnə(r)/ *noun* a large passenger ship or aircraft

liner[2] /'laɪnə(r)/ *noun* a bag put inside a bin or dustbin to keep it clean: *a bin liner*

linesman /'laɪnzmən/ *noun* an official in some sports, who has to signal when the ball has gone over a boundary line

linger /'lɪŋgə(r)/ *verb* to stay for a long time or for longer than expected — *adjective* **lingering**

lingerie /'lænʒərɪ/ *noun* (*formal*; *uncount*) women's underwear

linguist /'lɪŋgwɪst/ *noun* **1** someone who has good knowledge of languages **2** someone who studies linguistics

linguistic /lɪŋ'gwɪstɪk/ *adjective* relating to language or linguistics

linguistics /lɪŋ'gwɪstɪks/ *noun* (*uncount*) the scientific study of languages and of language in general

lining /'laɪnɪŋ/ *noun* a covering on an inside surface

link /lɪŋk/ *noun* **1** a ring of a chain **2** anything connecting two things: *a telephone link* **3** a connection: *a link between unemployment and poverty* ♦ *verb* **1** to put part of one thing through another **2 be linked** to be connected to: *Heart disease can be linked to smoking.*

> **link up** to connect or join

lino /'laɪnoʊ/ *noun* (*uncount*; *informal*) linoleum

linoleum /lɪ'noʊlɪəm/ *noun* (*uncount*) a smooth, hard-wearing covering for floors

lion /'laɪən/ *noun* a powerful animal of the cat family, the male of which has long hair ► *phrase* **the lion's share** the largest part

lioness /'laɪənɛs/ *noun* a female lion

lip /lɪp/ *noun* **1** one of the two folds of flesh which form the top and bottom edges of the mouth **2** the edge of a container

lip-read /'lɪpriːd/ *verb* to understand what someone is saying by watching the movement of their lips

lipstick /'lɪpstɪk/ *noun* **1** (*uncount*) colouring for the lips **2** a stick of this

liqueur /lɪ'kjʊə(r)/ *noun* (*count or uncount*) a strong, sweet alcoholic drink

liquid /'lɪkwɪd/ *noun* (*count or uncount*) a flowing substance such as water ♦ *adjective* able to flow and be poured

liquidate /'lɪkwɪdeɪt/ *verb* **1** (*informal*) to kill, murder **2** of a business: to close down and sell, in order to pay debts — *noun* (*uncount*) **liquidation**

liquidize or **liquidise** /'lɪkwɪdaɪz/ *verb* to make into a liquid or smooth cream

liquidizer or **liquidiser** /'lɪkwɪdaɪzə(r)/ *noun* a machine for liquidizing

liquor /'lɪkə(r)/ *noun* (*especially AmE*; *uncount*) strong alcoholic drink

liquorice or **licorice** /'lɪkərɪʃ/ *noun* (*uncount*) a firm black sticky sweet with a strong flavour

lisp /lɪsp/ *verb* to pronounce the sounds *s* and *z* as if they were the sound *th* ♦ *noun* a speech disorder of this kind: *speak with a lisp*

list /lɪst/ *noun* a series of *eg* names or numbers written down one after the other ♦ *verb* to write or say one after the other

listen /'lɪsən/ *verb* **1** to pay attention to a sound **2** to wait expectantly for a sound: *He sat listening for the sound of her key in the door.*

listener /'lɪsənə(r)/ *noun* a person who listens, *eg* to a radio programme

listless /'lɪstləs/ *adjective* tired, with no energy or interest

lit /lɪt/ *verb* the past tense and past participle of **light**[1]

liter /'liːtə(r)/ (*AmE*) *noun* a litre

literacy /'lɪtərəsɪ/ *noun* (*uncount*) ability to read and write

literal /'lɪtərəl/ *adjective* following the exact or most obvious meaning [compare **figurative**]

literally /'lɪtərəlɪ/ *adverb* **1** used to emphasize that something is true: *He was literally blinded by the flash.* **2** (*informal*) sometimes added to an exaggerated statement: *We were literally freezing to death.*

literary /'lɪtərərɪ/ *adjective* **1** concerned with literature or the writing of books **2** knowledgeable about books

literate /'lɪtərət/ *adjective* able to read and write

literature /'lɪtərətʃə(r)/ *noun* (*uncount*) **1** novels, poetry and plays, especially those with high artistic quality **2** anything written

litigation /lɪtɪ'geɪʃən/ *noun* (*uncount*; *formal or legal*) a law case

litre /ˈliːtə(r)/ *noun* a metric measure of weight for liquids equal to about 1.75 pints: *a litre of water*

litter /ˈlɪtə(r)/ *noun* **1** (*uncount*) a mess of paper and rubbish left in a public place **2** a group of animals born to the same mother at the same time ♦ *verb* to be lying or scattered around untidily: *Cigarette packets littered the floor.*

little /ˈlɪtəl/ *adjective* **1** small in quantity or size **2** of a brother or sister: younger: *She was leading her little brother by the hand.* **3** not very important: *We all have our little problems.* ♦ *adverb* **1** 'to some extent' or 'slightly' **2** not much ♦ *determiner* **1** a small amount: *Move a little to the right, could you?* **2** not much: *She has very little chance of recovery.* ♦ *pronoun* 'Is there any milk left?' 'Yes, a little.' ▶ *phrase* **little by little** gradually

live[1] /lɪv/ *verb* **1** to have your home: *Where do you live?* □ *She lives in Madrid.* **2** to be alive: *I feel he no longer has the will to live.* **3** to pass your life in a particular way: *She earns enough to live comfortably.* **4** to survive: *They live mainly by stealing.* **5** to enjoy life: *He really knows how to live.* ▶ *phrase* **live it up** to have an enjoyable time, especially with an exciting social life

live down to stop being embarrassed by a social mistake you have made
live for to have as the most important thing in your life
live in to be resident in the place where you work or study
live on to have as your income or food: *I lived on £30 a week when I was a student.*
live up to to be as good as expected: *She couldn't live up to her parents' expectations.*

live[2] /laɪv/ *adjective* **1** of animals: alive, not dead **2** of *eg* a television broadcast: seen as the event takes place, not recorded **3** charged with electricity ♦ *adverb* during or as a live performance

livelihood /ˈlaɪvlihʊd/ *noun* the way you earn enough money to live

lively /ˈlaɪvlɪ/ *adjective* energetic and cheerful

liven /ˈlaɪvən/

liven up to make or become lively

liver /ˈlɪvə(r)/ *noun* a large organ in the body that cleans the blood

lives /laɪvz/ *noun* the plural of **life**

livestock /ˈlaɪvstɒk/ *noun* (*uncount*) farm animals

livid /ˈlɪvɪd/ *adjective* very angry

living /ˈlɪvɪŋ/ *adjective* alive ♦ *noun* **1** how people live: *the need for better living standards* **2 for a living** to earn money to pay for housing, food and clothes: *What does she do for a living?* **3 cost of living** the amount of money people spend on *eg* food

living room /ˈlɪvɪŋ ruːm/ *noun* a sitting room

lizard /ˈlɪzəd/ *noun* a reptile with a long body and tail, four legs, and a rough skin

llama /ˈlɑːmə/ *noun* a South American animal of the camel family

load /ləʊd/ *noun* **1** something heavy that is being carried somewhere **2** a number of people that a vehicle can carry at one time **3 loads** or **loads of** a large amount of: *They have loads of money.* **4** the power carried by an electric circuit ♦ *verb* **1** to put in what is to be carried: *load the car with cases* **2** to give generous amounts of **3** to put *eg* a film in a camera or information into a computer

loaded /ˈləʊdɪd/ *adjective* **1** (*informal*) rich **2** of a question: having more significance than is at first apparent **3** of a system: giving an unfair advantage **4** carrying a load

loaf[1] /ləʊf/ *noun*: **loaves** a large baked piece of bread that can be cut into slices

loaf[2] /ləʊf/

loaf about or **loaf around** to pass time doing nothing and being lazy

loan /ləʊn/ *noun* something borrowed, especially a sum of money ♦ *verb* to lend

loath or **loth** /ləʊθ/ *adjective* not willing [*same as* **reluctant**]

loathe /ləʊð/ *verb* to dislike greatly [*same as* **detest, hate**]

loathing /ˈləʊðɪŋ/ *noun* (*uncount*) great dislike or disgust

loathsome /ˈləʊðsəm/ *adjective* causing disgust, horrible

loaves /ləʊvz/ *noun* the plural of **loaf**[1]

lob /lɒb/ *verb* to throw or hit a ball high into the air ♦ *noun*: *a lob to the back court*

lobby /ˈlɒbɪ/ *noun* **1** a small entrance hall **2** a group of people who try to influence the Government or politicians ♦ *verb* to try to influence public officials

lobe /ləʊb/ *noun* **1** the soft round part at the bottom of the ear **2** a division of *eg* the brain or lungs

lobster /ˈlɒbstə(r)/ *noun* a kind of shellfish with large claws, used for food

local /ˈləʊkəl/ *adjective* **1** serving or relating to a particular place, especially the place where you live: *the local bus service* **2** (*medicine*) affecting only a small area of the body ♦ *noun* **1 locals** people living in a particular area **2** the pub nearest your home that you visit most regularly

locality /loʊˈkalɪtɪ/ *noun* a district or neighbourhood

localized or **localised** /ˈloʊkəlaɪzd/ *adjective* confined to one area

locate /loʊˈkeɪt/ *verb* to find the exact position of

location /loʊˈkeɪʃən/ *noun* a particular position or situation ▶ *phrase* **on location** of a film: made outside the studio

loch /lɒk/ *noun* in Scotland, a lake

lock /lɒk/ *noun* **1** a small device for fastening *eg* doors, which needs a key to open it **2** a part of a canal for raising or lowering boats **3** a piece of hair ♦ *verb* to fasten with a lock

> **lock in** to put inside something and lock the door: *They locked their valuables in the safe.*
> **lock out** to stop from entering by locking doors
> **lock up 1** to imprison **2** to put in a safe place and lock the door **3** to lock all the doors of a building

locker /ˈlɒkə(r)/ *noun* a small cupboard that can be locked

locket /ˈlɒkɪt/ *noun* a little ornamental case hung round the neck

locomotive /loʊkəˈmoʊtɪv/ *noun* a railway engine

locust /ˈloʊkəst/ *noun* a large insect of the grasshopper family which destroys growing plants

lodge /lɒdʒ/ *noun* **1** a small house at the entrance to a larger building **2** a small house in the country used by hunters or sportsmen ♦ *verb* **1** to live in rented rooms **2** to officially make *eg* a complaint **3** to become fixed **4** to put in a safe place

lodger /ˈlɒdʒə(r)/ *noun* someone who pays to stay in someone else's home

lodging /ˈlɒdʒɪŋ/ *noun* **1 lodgings** a room or rooms rented in someone else's house **2** a place to stay for a short period of time

loft /lɒft/ *noun* a room or space between the roof and main part of a house

lofty /ˈlɒftɪ/ *adjective* (*literary*) **1** very tall or high **2** noble, proud — *adverb* **loftily**

log /lɒg/ *noun* **1** a cut part of a tree, especially when it is used as firewood **2** an official record of events that occur during a journey ♦ *verb* to write down in an official record

> **log in** or **log on** to gain access to a computer system
> **log out** or **log off** to type in a command to show that you have finished using a computer system

loggerheads /ˈlɒgəhɛdz/ *noun* (*plural*) ▶ *phrase* **at loggerheads** arguing or disagreeing violently

logic /ˈlɒdʒɪk/ *noun* (*uncount*) **1** the science of reasoning correctly **2** a particular way of reasoning: *I don't follow your logic.*

logical /ˈlɒdʒɪkəl/ *adjective* **1** following reasonably or sensibly from facts or events **2** reasoned according to the rules of logic — *adverb* **logically**

logistics /ləˈdʒɪstɪks/ *noun* (*plural*) organizing

logo /ˈloʊgoʊ/ *noun* a design used as the symbol of an organization

loincloth /ˈlɔɪnklɒθ/ *noun* a piece of cloth worn by men round the hips, especially in India and South East Asia

loins /lɔɪnz/ *noun* (*plural*; *old or literary*) the area of the body from the waist to the top of the thighs

loiter /ˈlɔɪtə(r)/ *verb* to pass the time doing nothing in particular

loll /lɒl/ *verb* **1** to lie or sit about lazily **2** of the tongue: to hang down loosely

lollipop /ˈlɒlɪpɒp/ *noun* a large boiled sweet on a stick

lolly /ˈlɒlɪ/ *noun* (*informal*) **1** a lollipop **2** flavoured ice on a stick

lone /loʊn/ *adjective* alone; standing by itself

lonely /ˈloʊnlɪ/ *adjective* **1** lacking or needing friends **2** of a place: with few people: *a lonely road* — *noun* (*uncount*) **loneliness**

loner /ˈloʊnə(r)/ *noun* a person who prefers to be alone

long¹ /lɒŋ/ *adjective* **1** not short, measuring a lot from end to end **2** taking or lasting a lot of time: *We had a long wait at the airport.* **3** measuring a certain amount in distance or time: *Cut a strip 2cm long.* ▫ *The film is 3 hours long.* ♦ *adverb* a long time: *Have you been waiting long?* ▶ *phrases* **before long** soon (*informal*) **so long** goodbye

long² /lɒŋ/ *verb*

> **long for** to want very much

longevity /lɒnˈdʒɛvɪtɪ/ *noun* (*uncount*; *formal*) great length of life

longing /ˈlɒŋɪŋ/ *noun* (*count or uncount*) a strong desire — *adverb* **longingly**: *The children looked longingly at the toys.*

longitude /ˈlɒŋɪtjuːd/ *noun* the distance, measured in degrees, of a place east or west of an imaginary line that runs through Greenwich [compare **latitude**]

long jump /ˈlɒŋ dʒʌmp/ *noun* an athletics contest in which competitors jump as far as possible

long-range /lɒŋˈreɪnʒ/ *adjective* **1** able to reach a great distance **2** looking a long way into the future

long-sighted /lɒŋˈsaɪtɪd/ *adjective* able to see things at a distance but not those close to you

long-standing /lɒŋˈstændɪŋ/ *adjective* that has existed or continued for a long time

long-suffering /lɒŋˈsʌfərɪŋ/ *adjective* patiently bearing trouble and problems

long-term /lɒŋˈtɜːm/ *adjective* **1** extending over a long time **2** taking the future, not just the present, into account

long wave /ˈlɒŋ weɪv/ *noun* (*uncount*) radio broadcasting using wavelengths over 1000 metres

long-winded /lɒŋˈwɪndɪd/ *adjective* using too many words

loo /luː/ *noun* (BrE; *informal*) a toilet

look /lʊk/ *verb* **1** to turn the eyes towards in order to see **2** to face: *His room looks south.* **3** to appear, seem: *You look tired.* □ *It looks as if I can go after all.* ♦ *interjection* used to protest, complain, scold or rebuke: *Look, this just isn't fair!* ♦ *noun* **1** an act of looking **2** appearance **3** the expression on someone's face **4 looks** how attractive someone is

look after to take care of, take responsibility for
look back to think about the past
look down on to regard as being unimportant or not good enough
look for to try to find
look forward to to wait for impatiently
look into to investigate
look on 1 to watch without taking part **2** to regard as: *He looks on her as his mother.*
look out be careful; used to warn someone of danger
look over to examine
look round to visit
look up 1 to search for (information) in a reference book **2** to improve

lookalike /ˈlʊkəlaɪk/ *noun* a person who looks very much like someone else

look-in /ˈlʊkɪn/ *noun* a chance of taking part in something

lookout /ˈlʊkaʊt/ *noun* **1** a person watching for danger **2** a high place for watching from **3** responsibility: *It's your lookout if the police catch you.*

loom¹ /luːm/ *noun* a machine for weaving cloth

loom² /luːm/ *verb* **1** to appear as an unclear shape: *The ship loomed out of the mist.* **2** of an event: to approach in a threatening way

loony /ˈluːnɪ/ *adjective* (*informal*) crazy or extreme: *another one of your loony schemes* ♦ *noun* (*informal*): *the loonies who run local government*

loop /luːp/ *noun* **1** a doubled-over part in *eg* a piece of string ♦ *verb* to form a loop or move in loop-like patterns

loophole /ˈluːphoʊl/ *noun* a way of avoiding obeying a rule without actually breaking it

loose /luːs/ *adjective* **1** not firmly fixed **2** not held together **3** not tied up **4** not tight — *adverb* **loosely** ▸ *phrases* **at a loose end** having nothing to do **on the loose** free; escaped

loose-leaf /luːsˈliːf/ *adjective* having a cover that allows pages to be added or taken out

loosen /ˈluːsən/ *verb* to make less firm or tight

loot /luːt/ *noun* stolen goods ♦ *verb* to steal money or goods from *eg* shops

lop /lɒp/ *verb*

lop off to cut off the top or ends of

lope /loʊp/ *verb* to run with long, easy steps

lopsided /lɒpˈsaɪdɪd/ *adjective* leaning to one side

loquacious /loʊˈkweɪʃəs/ *adjective* (*formal*) talkative

lord /lɔːd/ *noun* **1** a title for *eg* a male member of the aristocracy, a bishop or a judge **2** (*rather old*) a man of noble or aristocratic rank **3 the Lords** in Britain, the members of the upper house in Parliament **4** a master, a ruler **5 the Lord** God or Christ ▸ *phrases* '**Lord!**' or '**Good Lord!**' used as an expression of surprise **lord it over someone** to act as though you were more important than someone

lordship /ˈlɔːdʃɪp/ *noun* used in addressing or referring to a lord: *his lordship*

lore /lɔː(r)/ *noun* (*uncount*) knowledge, traditions and beliefs belonging to a particular culture

lorry /'lɒrɪ/ *noun* a large vehicle for carrying heavy loads [*same as* **truck**]

lose /luːz/ *verb*: **loses, losing, lost 1** to be unable to find **2** to no longer have: *She's afraid of losing her job.* **3** to have less of than before **4** to suffer the death of someone close: *She lost her father at the age of twelve.* **5** to waste *eg* time **6** of an argument, battle or game: to fail to win

> **lose out** (*informal*) to suffer a loss or be at a disadvantage

loser /'luːzə(r)/ *noun* **1** someone who loses a game or contest **2** someone unlikely to succeed at anything

loss /lɒs/ *noun* **1** the act of losing **2** a disadvantage caused by losing **3** the death of someone close ▶ *phrase* **at a loss** uncertain what to do or say

lost /lɒst/ *verb* the past tense and past participle of **lose** ♦ *adjective* **1** that cannot be found **2** unable to find your way **3** confused or puzzled **4** killed ▶ *phrase* **Get lost!** a rude way of telling someone to go away

lot /lɒt/ *determiner* **a lot of** or **lots of** 'a large number of' or 'a large amount of': *Lots of food is thrown away at the end of each day.* ♦ *pronoun* **1 a lot** or **lots** a large number or amount: *I think we can do a lot to help.* **2 the lot** or **the whole lot** the whole of a quantity or group just mentioned: *I started out with about £70 this morning and I've spent the lot.* ♦ *adverb* 'much' or 'very much': *She's been a lot happier since she found a new job.* ▫ *I like him a lot.* ♦ *noun* **1** a certain group of things or people: *The new students are quite a promising lot.* **2** the sort of life you have: *I live quietly, but I'm contented with my lot.* **3** (*AmE*) a car park

loth /loʊθ/ *adjective* the same as **loath**

lotion /'loʊʃən/ *noun* a liquid for treating the skin or hair

lottery /'lɒtərɪ/ *noun* a way of raising money by selling tickets and giving prizes for those tickets chosen

loud /laʊd/ *adjective or adverb* **1** making a large amount of sound **2** of colours: tastelessly bright ▶ *phrase* **loud and clear** that can be easily understood

loudly /'laʊdlɪ/ *adverb* making a lot of noise

loudmouthed /'laʊdmaʊðd/ *adjective* (*informal*) of someone who talks in a noisy and forceful way

loudspeaker /laʊd'spiːkə(r)/ *noun* a device for converting electrical signals into sound

lounge /laʊndʒ/ *noun* a room where you can sit and relax ♦ *verb* to lie back in a relaxed way

> **lounge about** or **lounge around** to pass the time doing nothing

louse /laʊs/ *noun*: **lice** a small insect which sucks the blood of the animal or person it is living on

lousy /'laʊzɪ/ *adjective* (*informal*) **1** of bad quality: *a lousy film.* **2** ill: *You'll feel lousy in the morning.*

lout /laʊt/ *noun* a bad-mannered, rough man

lovable or **loveable** /'lʌvəbəl/ *adjective* easy to love or like

love /lʌv/ *verb* **1** to have a deep affection for **2** to enjoy or like a lot: *I love this hot weather.* **3** used with *would* and *should* to express wishes: *I'd love to visit you in Canada one day.* ♦ *noun* **1** a deep feeling of affection for someone **2** a strong liking for something: *a love of music* **2** an affectionate name: *'Thanks, love.'* **3** used as a way of finishing a letter to someone close: *'Lots of love, Susan.'* **4** in tennis, a score of no points ▶ *phrases* **fall in love** to start to feel sexually attracted, and deeply affectionate, towards someone **make love** to have sex

loveable see **lovable**

love affair /'lʌv əfɛər/ *noun* a relationship between people who are in love but not married

loveless /'lʌvləs/ *adjective* of a relationship: in which people no longer love each other

lovely /'lʌvlɪ/ *adjective* **1** beautiful **2** enjoyable or pleasing — *noun* (*uncount*) **loveliness**

love-making /'lʌvmeɪkɪŋ/ *noun* (*uncount*) romantic and sexual activities between sexual partners

lover /'lʌvə(r)/ *noun* **1** someone who is having a romantic and sexual relationship **2** someone who enjoys something a lot: *an art lover*

loving /'lʌvɪŋ/ *adjective* showing love or affection [*same as* **affectionate**]

low /loʊ/ *adjective or adverb* **1** close to the ground **2** lacking: *We're getting a bit low on coffee.* **3** near the bottom **4** dishonest or immoral **5** of a sound: not loud, or deep ♦ *adjective* **1** measuring a short distance from bottom to top: *a low wall* **2** small in amount, level, value or degree **3** unwell or depressed ♦ *noun* a low position on a scale: *Prices have fallen to a record low.*

lower /'louə(r)/ *adjective* **1** the comparative form of **low 2** the bottom one of two things: *the lower jaw* **3** the less important or less senior of two people or things ♦ *verb* **1** to move slowly downwards **2** to reduce (an amount)

low-key /lou'ki:/ *adjective* controlled and quiet

lowly /'louli/ *adjective* low in rank or position

loyal /'lɔɪəl/ *adjective* faithful — *adverb* **loyally**

loyalty /'lɔɪəlti/ *noun* **1** faithful support of *eg* your friends **2 loyalties** feelings of faithful friendship and support

lozenge /'lɒzɪndʒ/ *noun* **1** a small sweet that you suck **2** a diamond-shape

LSD /ɛlɛs'di:/ *noun* (*uncount*) a powerful hallucinogenic drug

lubricate /'lu:brɪkeɪt/ *verb* to cover with oil or grease to make movement easier — *noun* (*uncount*) **lubrication**

lucid /'lu:sɪd/ *adjective* **1** easily understood **2** thinking clearly; not confused — *noun* (*uncount*) **lucidity** — *adverb* **lucidly**

luck /lʌk/ *noun* **1** success that comes by chance **2** good fortune: *I wish you luck.* **3** chance: *bad luck* ▶ *phrases* '**bad luck**' said to someone when something unfortunate has happened to them '**good luck**' used to tell someone that you wish them success

luckily /'lʌkɪli/ *adverb* used to show that you are glad that something is the case

luckless /'lʌkləs/ *adjective* unlucky, unsuccessful or unfortunate

lucky /'lʌki/ *adjective* **1** fortunate, having good luck **2** having good results or effects

lucrative /'lu:krətɪv/ *adjective* (*formal*) making a lot of money

ludicrous /'lu:dɪkrəs/ *adjective* ridiculous or foolish — *adverb* **ludicrously**

lug /lʌg/ *verb* (*informal*) to pull or drag with difficulty

luggage /'lʌgɪdʒ/ *noun* (*uncount*) a traveller's suitcases and bags

lugubrious /lʊ'gu:brɪəs/ *adjective* (*formal*) sad and gloomy

lukewarm /lu:k'wɔ:m/ *adjective* **1** slightly warm **2** not very interested or enthusiastic

lull /lʌl/ *verb* **1** to make calm **2** to deceive into feeling safe ♦ *noun* a period of calm

lullaby /'lʌləbaɪ/ *noun* a gentle song that you sing to help a child fall asleep

lumber /'lʌmbə(r)/ *verb* to move heavily, slowly and clumsily

lumber with of an unpleasant task: to give to someone else

lumberjack /'lʌmbədʒak/ *noun* a person employed to cut down and saw up trees

luminous /'lu:mɪnəs/ *adjective* glowing or shining in the dark: *luminous paint.*

lump /lʌmp/ *noun* **1** a small, solid, shapeless piece of something **2** a swelling in or on part of the body ♦ *verb* **lump together** to treat as all being the same

lumpy /'lʌmpɪ/ *adjective* full of lumps

lunacy /'lu:nəsi/ *noun* (*uncount*) great foolishness or stupidity

lunar /'lu:nə(r)/ *adjective* relating to the moon: *a lunar eclipse*

lunatic /'lu:nətɪk/ *noun* someone who behaves in a foolish or stupid way

lunch /lʌntʃ/ *noun* a midday meal ♦ *verb* to have lunch, especially in a restaurant

luncheon /'lʌntʃən/ *noun* (*count or uncount*) a formal lunch

lung /lʌŋ/ *noun* one of the two organs inside your chest that are used for breathing

lunge /lʌndʒ/ *verb* to make a sudden strong movement forwards ♦ *noun* a sudden movement forwards

lurch /lɜ:tʃ/ *verb* to move unsteadily, rolling slightly to one side ♦ *noun* a sudden roll to one side ▶ *phrase* (*informal*) **leave in the lurch** to leave someone in a difficult situation

lure /lʊə(r)/ or /ljʊə(r)/ *verb* to tempt or attract to go somewhere ♦ *noun* anything which attracts or tempts you

lurid /'lʊərɪd/ *adjective* (*derogatory*) **1** unpleasantly bright: *lurid colours* **2** shocking or unpleasant; violent or disgusting: *a lurid story*

lurk /lɜ:k/ *verb* **1** to wait secretly or in hiding **2** of *eg* a suspicion: to remain in the mind

luscious /'lʌʃəs/ *adjective* sweet, delicious, juicy [*same as* **succulent**]

lush /lʌʃ/ *adjective* of *eg* grass: green and healthy

lust /lʌst/ *noun* **1** strong sexual desire **2** a feeling of enthusiasm: *a lust for life* ♦ *verb* to have a strong, especially sexual, desire

lustful /'lʌstfʊl/ *adjective* full of, or showing, strong sexual desire

lustre /'lʌstə(r)/ *noun* (*literary*; *uncount*) brightness, shine — *adjective* **lustrous**

lusty /'lʌsti/ *adjective* strong, healthy and full of energy: *the lusty cry of a newborn baby* — *adverb* **lustily**

luxuriate /lʌg'ʒʊəreɪt/ *verb* to enjoy greatly, especially in a relaxed or lazy way

luxurious /lʌɡˈʒʊərɪəs/ *adjective* comfortable and expensive: — *adverb* **luxuriously**

luxury /ˈlʌkʃəri/ *noun* **1** (*uncount*) great comfort provided by expensive, beautiful things **2** something very pleasant or expensive but not necessary

lychee /ˈlaɪtʃiː/ *noun* a small fruit with rough skin and sweet white juicy flesh

lynch /lɪntʃ/ *verb* to put to death without legal trial

lynx /lɪŋks/ *noun* a wild animal of the cat family, with a grey-brown coat, long legs and a short tail

lyric /ˈlɪrɪk/ *adjective* expressing strong personal feelings

lyrical /ˈlɪrɪkəl/ *adjective* **1** having a poetic or musical quality **2** full of enthusiasm — *adverb* **lyrically**

lyrics /ˈlɪrɪks/ *noun* (*plural*) the words of a song

Mm

M or **m** /ɛm/ *noun* **1** the thirteenth letter of the English alphabet **2 m** a written abbreviation of 'metre'

macabre /məˈkɑːbrə/ *adjective* strange and frightening

macaroni /makəˈroʊni/ *noun* (*uncount*) pasta in the form of short tubes

machete /məˈʃɛti/ *noun* a heavy knife used as a weapon or a cutting tool

machinations /maʃɪˈneɪʃənz/ *noun* secret and devious plans or actions

machine /məˈʃiːn/ *noun* **1** any powered device with moving parts **2** a motorcycle

machine gun /məˈʃiːn ɡʌn/ *noun* an automatic gun that fires bullets in quick succession

machinery /məˈʃiːnəri/ *noun* (*uncount*) **1** machines in general **2** the working parts of a machine **3** organization

machismo /məˈtʃɪzmoʊ/ *noun* (*uncount*) overt or aggressive masculinity

macho /ˈmatʃoʊ/ *adjective* (*informal*) aggressively masculine

mackerel /ˈmakərəl/ *noun* a small sea fish with a bluish-green striped body

mackintosh or **macintosh** /ˈmakɪntɒʃ/ *noun* a waterproof coat

mad /mad/ *adjective* **1** mentally ill **2** foolish **3** very angry **4 mad about** very enthusiastic about ▶ *phrase* (*informal*) **like mad** very quickly or energetically — *noun* (*uncount*) **madness**

madam /ˈmadəm/ *noun* a form of address for a woman used by people behaving in a formal or polite way, *eg* writing a letter or serving in a shop

madden /ˈmadən/ *verb* to make angry or mad [*same as* **enrage**, **infuriate**] — *adjective* **maddening**

made /meɪd/ *verb* the past tense and past participle of **make** ▶ *phrase* **have got it made** to be in a very lucky situation

madhouse /ˈmadhaʊs/ *noun* a place full of confusion and noise

madly /ˈmadli/ *adverb* **1** with great energy or enthusiasm **2** passionately: *madly in love*

madman /ˈmadmən/ *noun* **1** a man who is mad **2** a man who behaves in a wild or foolish way

magazine /maɡəˈziːn/ *noun* **1** a paper containing articles, stories and pictures **2** a regular television or radio programme

maggot /ˈmaɡət/ *noun* a small worm-like creature, the immature form of a fly

magic /ˈmadʒɪk/ *noun* **1** the power that people believe makes strange things happen **2** the practice of performing entertaining illusions **3** a wonderful charming quality ♦ *adjective* **1** using magic **2** relating to tricks and illusions **3** (*informal*) excellent

magical /ˈmadʒɪkəl/ *adjective* having a wonderful or charming quality: *that magical night*

magician /məˈdʒɪʃən/ *noun* someone who performs illusions and tricks

magistrate /ˈmadʒɪstreɪt/ *noun* a judge in a court of law where minor crimes are examined

magnanimous /maɡˈnanɪməs/ *adjective* (*formal*) kind and generous — *noun* **magnanimity**

magnate /ˈmaɡneɪt/ *noun* someone with great power or wealth

magnet /ˈmagnɪt/ *noun* a piece of *eg* iron or steel which has the power to attract other pieces of metal

magnetic /magˈnɛtɪk/ *adjective* **1** having the powers of a magnet **2** strongly attractive: *a magnetic personality*

magnetism /ˈmagnətɪzm/ *noun* (*uncount*) **1** the attractive power of a magnet **2** attraction, charm

magnification /ˌmagnɪfɪˈkeɪʃən/ *noun* the process of making objects appear larger or closer

magnificent /magˈnɪfɪsənt/ *adjective* **1** very impressive or beautiful **2** (*informal*) excellent or very good — *adverb* **magnificently**

magnify /ˈmagnɪfaɪ/ *verb* **1** to cause to appear larger by using special lenses **2** to exaggerate

magnitude /ˈmagnɪtjuːd/ *noun* (*uncount*; *formal*) great size or importance

magpie /ˈmagpaɪ/ *noun* a medium-sized, black-and-white bird with a long tail

mahogany /məˈhɒɡəni/ *noun* (*uncount*) a hard, reddish-brown wood used to make furniture

maid /meɪd/ *noun* a woman who does cleaning and other domestic jobs

maiden /ˈmeɪdən/ *noun* (*literary*) a young unmarried woman ♦ *adjective* first, initial: *a maiden speech* □ *a maiden voyage*

maiden name /ˈmeɪdən neɪm/ *noun* the surname of a married woman before her marriage

mail /meɪl/ *noun* (*uncount*) **1** letters and parcels sent by post **2** the postal system ♦ *verb* to send by mail

mail order /meɪl ˈɔːdə(r)/ *noun* a system of buying and selling goods by post

maim /meɪm/ *verb* to cause permanent damage to a limb

main /meɪn/ *adjective* chief, most important ♦ *noun* **the mains** pipes supplying water or gas to a house ▶ *phrase* **in the main** mostly or generally

main clause /ˈmeɪn klɔːz/ *noun* (*grammar*) a clause that can stand independently as a complete sentence

mainframe /ˈmeɪnfreɪm/ *noun* (*technical*) a large powerful computer, especially one that several smaller computers are linked to

mainland /ˈmeɪnlənd/ *noun* the biggest single mass of land belonging to a country

mainly /ˈmeɪnli/ *adverb* mostly or in most cases

mainstream /ˈmeɪnstriːm/ *noun* the most popular and most traditional ideas

maintain /meɪnˈteɪn/ *verb* **1** to keep in existence or at the same level **2** to keep in good condition **3** to support financially **4** to insist [*same as* **assert**, **claim**]

maintenance /ˈmeɪntənəns/ *noun* (*uncount*) **1** the process of keeping something in good condition **2** money to pay for a person's living costs

maize /meɪz/ *noun* (*uncount*) a tall cereal plant on which sweetcorn grows

majestic /məˈdʒɛstɪk/ *adjective* very large and impressive — *adverb* **majestically**

Majesty /ˈmadʒəsti/ *noun* a title used when speaking about, or to, a king or queen

major /ˈmeɪdʒə(r)/ *adjective* great in size or importance ♦ *noun* an army officer of middle rank

majority /məˈdʒɒrɪti/ *noun* **1** the greater number or quantity **2** the number of votes by which someone wins an election

make /meɪk/ *verb* **1** to form, construct or produce **2** to cause to be: *He makes me mad at times.* **3** to force: *I made him do it.* **4** to earn: *She made £300 last week.* **5** to amount to: *2 and 2 make 4.* **6** to bring about: *make trouble* **7** to manage to reach or arrive at: *We had planned to make Connemara before nightfall.* ♦ *noun* the name of the company that produces something: *What make of car is that?* ▶ *phrase* **make do** to accept, or make the best use of what you have got

make for to set off in the direction of
make of to form an opinion of: *What did you make of the film?*
make off to leave, especially hurriedly or secretly
make out 1 to manage to see, hear or understand **2** to try to convince
make up 1 to invent (a story) **2** to put cosmetics on the face **3** to prepare by putting various things together **4** to become friends again after a quarrel

maker /ˈmeɪkə(r)/ *noun* the person or organization that has made something

makeshift /ˈmeɪkʃɪft/ *adjective* temporary, made with whatever materials are available

make-up /ˈmeɪkʌp/ *noun* (*uncount*) **1** lipstick, face powder and other cosmetics put on the face **2** character or nature

malady /ˈmalədi/ *noun* (*literary*) an illness or a disease

malaise /maˈleɪz/ *noun* (*uncount*; *formal*) a general feeling of uneasiness or unhappiness

malaria /məˈlɛərɪə/ *noun* (*uncount*) a disease caused by the bite of a particular mosquito

male /meɪl/ *adjective* **1** of the sex that does not give birth to young **2** relating to men or boys ♦ *noun*: *In many birds, the male is by far the most brightly coloured.*

malevolent /məˈlɛvələnt/ *adjective* wanting to hurt or harm others [*same as* **vicious**] — *noun* (*uncount*) **malevolence**

malfunction /malˈfʌŋkʃən/ *verb* to fail to work or operate properly ♦ *noun* (*count or uncount*) failure to operate

malice /ˈmalɪs/ *noun* (*uncount*) the intention to harm or hurt others

malicious /məˈlɪʃəs/ *adjective* intending to offend or hurt someone's feelings

malign /məˈlaɪn/ *verb* (*formal*) to say or write unpleasant things about

malignant /məˈlɪgnənt/ *adjective* **1** of a disease: likely to cause death [compare **benign**] **2** malevolent

malinger /məˈlɪŋgə(r)/ *verb* to pretend to be ill to avoid work — *noun* **malingerer**

mall /mɔːl/ *noun* (*especially AmE*) a shopping centre

malnutrition /malnjuːˈtrɪʃən/ *noun* (*uncount*) lack of sufficient or proper food; under-nourishment

malpractice /malˈpraktɪs/ *noun* (*uncount*) behaviour that breaks the rules of your profession

malt /mɔːlt/ *noun* (*uncount*) barley or other grain prepared for making beer or whisky

mama /məˈmɑː/ *noun* (*mainly old*) mother

mammal /ˈmaməl/ *noun* the kinds of animals that give birth to babies and feed them with milk they produce

mammoth /ˈmaməθ/ *adjective* extremely large: *a mammoth task*

man /man/ *noun*: **men 1** an adult human male **2** a human being **3** the human race: *the deadliest poison known to man* **4** (*informal*) a husband or boyfriend ♦ *verb* to run or operate: *We need someone to man the phones.*

manage /ˈmanɪdʒ/ *verb* **1** to succeed: *Did you manage to finish it on time?* **2** to have control or charge of: *manage a shop* **3** to cope, *eg* by surviving on very little money: *He can't manage on his own.*

manageable /ˈmanɪdʒəbəl/ *adjective* that can be done, or dealt with, without too much difficulty

management /ˈmanɪdʒmənt/ *noun* **1** the practice of controlling a business or other activity **2** the managers of a company

manager /ˈmanɪdʒə(r)/ *noun* someone in charge of a business

manageress /manɪdʒəˈrɛs/ *noun* a woman who runs a shop or restaurant

mandarin /ˈmandərɪn/ *noun* a small orange-like fruit

mandate /ˈmandeɪt/ *noun* **1** the right to govern **2** a written instruction

mandatory /ˈmandətərɪ/ *adjective* compulsory

mane /meɪn/ *noun* a mass of long hair growing from the neck of a horse, lion or other animal

maneuver see **manoeuvre**

mangle /ˈmaŋgəl/ *verb* to damage by crushing or twisting

mango /ˈmaŋgoʊ/ *noun*: **mangos** or **mangoes** a large, yellowish, pear-shaped fruit

manhandle /manˈhandəl/ *verb* to treat roughly

manhole /ˈmanhoʊl/ *noun* a covered hole in the surface of a road, providing access to the drains beneath

manhood /ˈmanhʊd/ *noun* (*uncount*) the state of being a man

mania /ˈmeɪnɪə/ *noun* **1** a strong, almost uncontrollable liking for something **2** a form of mental illness in which the sufferer is overactive, and sometimes violent

maniac /ˈmeɪnɪak/ *noun* someone who behaves wildly or violently

manic /ˈmanɪk/ *adjective* very fast and energetic

manicure /ˈmanɪkjʊə(r)/ *noun* professional treatment for the hands and nails: *have a manicure*

manifest /ˈmanɪfɛst/ *verb* (*formal*) to reveal or display plainly ♦ *adjective* (*formal*) obvious or evident

manifestation /manɪfɛˈsteɪʃən/ *noun* (*formal*) an action or an event which reveals or displays something

manifesto /manɪˈfɛstoʊ/ *noun*: **manifestos** or **manifestoes** a written statement of the policies or intentions of *eg* a political party

manifold /ˈmanɪfoʊld/ *adjective* (*literary*) many and various

manipulate /məˈnɪpjʊleɪt/ *verb* to cause to behave in a way that benefits you — *noun* (*uncount*) **manipulation**

mankind /manˈkaɪnd/ *noun* (*uncount*) the human race

manly /ˈmanlɪ/ *adjective* of a man's behaviour: showing strength and courage

man-made /manˈmeɪd/ *adjective* manufactured or made by people, rather than occurring or existing naturally [*same as* **synthetic, artificial**]

manner /ˈmanə(r)/ *noun* **1** the way in which something is done **2** the way in which someone behaves **3 manners** polite behaviour towards others ▸ *phrase* **all manner of** all kinds of

mannerism /ˈmanərɪzm/ *noun* a strange or unusual habit or characteristic

mannish /ˈmanɪʃ/ *adjective* of a woman: behaving, or looking like, a man

manoeuvre (*AmE* **maneuver**) /məˈnuːvə(r)/ *noun* **1** a difficult movement that requires skill **2** a clever plan **3** a planned movement of troops, ships or aircraft ♦ *verb* to perform a manoeuvre

manor /ˈmanə(r)/ *noun* a name given to some large, old private houses

manpower /ˈmanpaʊə(r)/ *noun* (*uncount*) the number of people needed for a particular type of work

mansion /ˈmanʃən/ *noun* a large house

manslaughter /ˈmanslɔːtə(r)/ *noun* (*uncount*) the crime of killing someone without intending to

mantelpiece /ˈmantəlpiːs/ *noun* a shelf over a fireplace

manual /ˈmanjʊəl/ *adjective* **1** of work: done with the hands **2** of a machine: not automatic — *adverb* **manually** ♦ *noun* a book of instructions on how to do something

manufacture /manjʊˈfaktʃə(r)/ *verb* to make or produce in large quantities, especially by machine in a factory ♦ *noun* (*uncount*) *the manufacture of dolls and other toys* — *noun* **manufacturer**

manure /məˈnjʊə(r)/ *noun* (*uncount*) a substance, especially animal waste, spread on soil to help plants grow

manuscript /ˈmanjʊskrɪpt/ *noun* **1** the original form in which a book is written **2** an old book or document written by hand

many /ˈmɛnɪ/ *determiner* **1** a large number of: *The bus was carrying far too many passengers.* □ *'Have you got many letters to write?' 'No, not many.'* **2** used with *how* in questions about quantities of people or things: *How many people could we get into your car?* ♦ *pronoun* a large number: *Many of us are worried about the proposed changes.*

map /map/ *noun* a flat drawing of all or part of the earth's surface, showing geographical features

map out to plan and decide all the details of in advance

maple /ˈmeɪpəl/ *noun* a tree with broad, flat leaves

mar /mɑː(r)/ *verb* to spoil

marathon /ˈmarəθən/ *noun* a race in which runners cover a distance of 26 miles (42 kilometres) ♦ *adjective* of a task: long and difficult

marble /ˈmɑːbəl/ *noun* **1** (*uncount*) a hard rock with bands of different colour, polished smooth for use in buildings **2** a small glass ball used in a children's game

March /mɑːtʃ/ *noun* the third month of the year

march /mɑːtʃ/ *verb* **1** of *eg* soldiers: to walk in an upright formal manner **2** to walk somewhere quickly, with a particular intention: *She marched into the office and demanded to see the manager.* ♦ *noun* **1** an organized gathering of people walking through the streets to show that they support or oppose something **2** a steady progression of events

mare /mɛə(r)/ *noun* a female horse

margarine /mɑːdʒəˈriːn/ *noun* (*uncount*) a butter-like substance made from vegetable oils or animal fats

margin /ˈmɑːdʒɪn/ *noun* **1** the blank area around the outside of a page **2** an extra amount of something, available if you need it

marginal /ˈmɑːdʒɪnəl/ *adjective* **1** not important; not the main concern or event **2** of a political constituency: without a clear majority for any one candidate or party

marginally /ˈmɑːdʒɪnəlɪ/ *adverb* very slightly, to a very small degree

marigold /ˈmarɪɡoʊld/ *noun* a yellow or orange flower

marijuana or **marihuana** /marɪˈwɑːnə/ *noun* (*uncount*) a drug, illegal in some countries

marina /məˈriːnə/ *noun* a harbour for private pleasure boats

marinate /ˈmarɪneɪt/ *verb* to leave *eg* meat or fish in a mixture of oil and herbs, in order to flavour

marine /məˈriːn/ *adjective* relating to the sea ♦ *noun* a soldier trained to fight on land or at sea

marital /ˈmarɪtəl/ *adjective* relating to marriage

maritime /ˈmarɪtaɪm/ *adjective* relating to ships and the sea

mark /mɑːk/ *noun* **1** a scratch or a stain **2** a written or printed sign or symbol **3** a grade given to students for performance ♦ *verb* **1** to spoil with a scratch or stain **2** to write a symbol or label on **3** to read *eg* a piece of schoolwork and comment on it **4** in sport: to try to stop an opposing player getting the ball ▶ *phrase* **make your mark** to have a significant influence

> **mark off 1** to mark with a symbol to indicate that you have dealt with something **2** to divide with lines

marked /mɑːkt/ *adjective* obvious or noticeable: *a marked improvement* — *adverb* **markedly**

marker /'mɑːkə(r)/ *noun* **1** anything used to mark the position of something **2** a pen with a thick point

market /'mɑːkɪt/ *noun* **1** a place where goods are sold **2** the people who buy a particular thing ♦ *verb* to organize the selling of a particular product ▶ *phrase* **on the market** on sale, available to buy

marketing /'mɑːkɪtɪŋ/ *noun* the business techniques involved in selling things

marksman /'mɑːksmən/ *noun* someone who shoots very accurately

marmalade /'mɑːməleɪd/ *noun* (*uncount*) jam made from oranges or any similar fruit

maroon[1] /məˈruːn/ *noun* (*uncount*) a dark, purplish-red colour ♦ *adjective*: *a maroon dress*

maroon[2] /məˈruːn/ *verb* **be marooned** to be in an unpleasant place from where you are unable to escape

marquee /mɑːˈkiː/ *noun* a very large tent used for an outdoor event such as a circus

marquis or **marquess** /'mɑːkwɪs/ *noun* a nobleman of middle rank

marriage /'mærɪdʒ/ *noun* **1** the state or relationship of being husband and wife **2** a wedding, the ceremony of becoming husband and wife

married /'mærɪd/ *adjective* having a husband or wife ▶ *phrase* **get married** to marry someone

marrow /'mæroʊ/ *noun* **1** a long thick-skinned green vegetable **2** the soft substance inside bones

marry /'mæri/ *verb* **1** to become someone's husband or wife **2** of a priest: to perform the ceremony in which two people become husband and wife

marsh /mɑːʃ/ *noun* an area of land that is permanently soft and wet

marshal /'mɑːʃəl/ *noun* **1** an officer of any of several senior ranks **2** an official who controls the movement of crowds of people **3** (*AmE*) the chief police officer or fire officer in a city ♦ *verb* to gather people together in an organized way

marshmallow /mɑːʃˈmæloʊ/ *noun* a soft, spongy pink or white sweet

martial art /mɑːʃəl ˈɑːt/ *noun* a fighting sport or technique of self-defence, such as karate and judo

martyr /'mɑːtə(r)/ *noun* someone who suffers death or hardship for their beliefs

marvel /'mɑːvəl/ *noun* an astonishing or wonderful person or thing ♦ *verb* to be astonished or filled with wonder

marvellous (*AmE* **marvelous**) /'mɑːvələs/ *adjective* excellent or very good indeed — *adverb* **marvellously**

marzipan /'mɑːzɪpæn/ *noun* (*uncount*) a sweet paste made with sugar and crushed nuts, used to decorate cakes

mascara /mæˈskɑːrə/ *noun* (*uncount*) make-up used to colour the eyelashes

mascot /'mæskət/ *noun* a person, animal or thing believed to bring good luck

masculine /'mæskjʊlɪn/ *adjective* **1** of the male sex **2** typical of, or more suitable for, men **3** of nouns that belong to the gender containing words referring to men

masculinity /mæskjʊˈlɪnɪti/ *noun* (*uncount*) the quality of being a man, or of having characteristics typically associated with men

mash /mæʃ/ *verb* to crush into a soft mass ♦ *noun* (*uncount*; *informal*) mashed potato

mask /mɑːsk/ *noun* **1** a cover for the face for disguise or protection **2** anything that hides or disguises the truth ♦ *verb* to cover or hide

masochism /'mæsəkɪzm/ *noun* (*uncount*) **1** getting sexual pleasure from being physically hurt by another person **2** wanting and enjoying suffering of any kind — *noun* **masochist** — *adjective* **masochistic**

mason /'meɪsən/ *noun* someone who carves stone

masonry /'meɪsənri/ *noun* (*uncount*) parts of a building made of stone or bricks

masquerade /mæskəˈreɪd/ *verb* to pretend to be someone else: *masquerading as a journalist*

mass /mæs/ *noun* **1** a large amount: *a mass of heavy dark hair* **2** (*informal*) **masses** a large quantity: *There are masses of potatoes left.* **3** an amount, of no particular shape **4 mass** a measure of quantity of matter in an object **5 Mass** in some Christian churches, the celebration of Christ's last meal with his disciples **6 the masses** ordinary people ♦ *adjective* involving large numbers of

massacre

people: *a mass meeting* ♦ *verb* to gather together

massacre /'masəkə(r)/ *noun* the cruel and violent killing of large numbers of people ♦ *verb*: *The whole village was massacred.*

massage /'masɑːʒ/ *noun* a method of easing tension in parts of the body by rubbing it firmly with the hands ♦ *verb* 1 to treat with massage 2 to alter in order to produce a false impression

massive /'masɪv/ *adjective* very big in size or extent — *adverb* **massively**

mass-produce /masprə'djuːs/ *verb* to manufacture in large quantities

mast /mɑːst/ *noun* an upright pole, especially one supporting the sails of a boat

master /'mɑːstə(r)/ *noun* 1 a man who owns or controls something 2 a man with an outstanding skill 3 a higher degree awarded by universities: *Master of Arts □ Master of Science* ♦ *adjective* main, principal, controlling: *master switch* ♦ *verb* 1 to become skilled in, or able to use properly 2 of feelings: to control

masterful /'mɑːstəfʊl/ *adjective* authoritative and expecting to be obeyed

masterly /'mɑːstəli/ *adjective* showing great skill or talent

mastermind /'mɑːstəmaɪnd/ *noun* the person who plans and works out the details of a clever scheme ♦ *verb*: *It was Jenkins who masterminded the whole operation.*

masterpiece /'mɑːstəpiːs/ *noun* an exceptionally good book, painting or other work of art

mastery /'mɑːstəri/ *noun* (*uncount*) 1 ability to do excellently 2 control

masturbate /'mastəbeɪt/ *verb* to stimulate the sexual organs as a way of getting sexual pleasure — *noun* (*uncount*) **masturbation**

mat /mat/ *noun* 1 a flat piece of carpet-like material, used as a floor-covering 2 a piece of fabric or harder material used to protect a table

match[1] /matʃ/ *noun* a small stick of wood that produces a flame when you rub it against a rough surface

match[2] /matʃ/ *noun* 1 an organized game in sport 2 someone or something similar to or the same as another 3 someone or something that can equal another ♦ *verb* 1 to have the same colour or design as 2 to recognize that there is a connection between 3 to be equal to: *We can match their product but not their prices.* ▶ *phrase* **meet your match** to meet someone who is your equal in some skill

matchbox /'matʃbɒks/ *noun* a box for holding matches

mate /meɪt/ *noun* 1 (*informal*) a friend 2 (*informal*) a word some men use to address another man 3 a person that you share something with: *a flatmate* 4 the sexual partner of an animal ♦ *verb* of animals: to have sex

material /mə'tɪərɪəl/ *noun* 1 (*uncount*) cloth or fabric 2 a substance from which anything is made 3 **materials** things needed for a particular activity ♦ *adjective* not spiritual, concerned with physical comfort, money and possessions

materialistic /mətɪərɪə'lɪstɪk/ *adjective* thinking too much about objects and possessions and not enough about emotional or spiritual happiness

materialize or **materialise** /mə'tɪərɪəlaɪz/ *verb* to happen or appear

materially /mə'tɪərɪəli/ *adverb* 1 (*formal*) to a large extent 2 relating to objects and possessions

maternal /mə'tɜːnəl/ *adjective* relating to, or typical of, mothers

maternity /mə'tɜːnɪti/ *adjective* relating to pregnancy or giving birth: *maternity leave*

math /maθ/ *noun* (*AmE*) mathematics

mathematical /maθə'matɪkəl/ *adjective* relating to, or using, mathematics

mathematician /maθəmə'tɪʃən/ *noun* an expert in mathematics

mathematics /maθə'matɪks/ *noun* (*uncount*) the science of measurements, numbers and quantities

maths /maθs/ *noun* (*uncount*) mathematics

matinée or **matinee** /'matɪneɪ/ *noun* an afternoon performance in a theatre or cinema

matrimony /'matrɪməni/ *noun* (*uncount*; *formal*) marriage

matron /'meɪtrən/ *noun* a senior nurse in charge of other nurses

matt or **mat** (*AmE* **matte**) /mat/ *adjective* having a dull surface; not shiny or glossy

matted /'matɪd/ *adjective* thickly twisted and untidy

matter /'matə(r)/ *noun* 1 a situation, incident, affair or issue that you have to deal with 2 a subject written or spoken about 3 trouble, difficulty: *What is the matter?* 4 a general term for all substances ♦ *verb* to be important: *It doesn't matter.* ▶ *phrases* **a matter of time** certain to happen at some point in the future **another matter** an entirely different thing

matter-of-fact /ˌmatərəv'fakt/ *adjective* reacting to *eg* exciting events as if they were normal

matting /'matɪŋ/ *noun* (*uncount*) material from which mats are made

mattress /'matrəs/ *noun* a large flat cushion-like pad; the part of a bed that you sleep on

mature /mə'tjʊə(r)/ *adjective* 1 fully grown or developed 2 ripe, ready to eat 3 sensible, reasonable — *noun* (*uncount*) **maturity**
♦ *verb* 1 to become an adult 2 of *eg* cheese: to develop a full, strong flavour

maul /mɔːl/ *verb* of an animal: to attack fiercely, causing severe injuries

mausoleum /ˌmɔːsə'lɪəm/ *noun* an elaborate building over a grave

mauve /moʊv/ *adjective* pale purple

maverick /'mavərɪk/ *noun* someone who refuses to conform, not caring about traditions

maxim /'maksɪm/ *noun* a short saying that expresses a general truth or principle

maximize or **maximise** /'maksɪmaɪz/ *verb* to make as great as possible

maximum /'maksɪməm/ *adjective* greatest possible: *maximum amount of time*
♦ *noun*: *a maximum of seven days*

May /meɪ/ *noun* the fifth month of the year

may see special entry on page 226

maybe /'meɪbiː/ *adverb* perhaps

mayhem /'meɪhem/ *noun* (*uncount*) a state of great confusion, noise and disorder

mayonnaise /ˌmeɪə'neɪz/ *noun* (*uncount*) a creamy sauce made with eggs and oil, eaten with salads

mayor /meə(r)/ *noun* a person elected to act as a town's official leader

maze /meɪz/ *noun* 1 a series of winding paths designed as a game to test how well you can find your way 2 a complicated and confusing system

me /miː/ *pronoun* (*used as the object of a verb*) the word used by a speaker or writer in mentioning themselves: *She kissed me.* □ *Could you give me the money now?*

meadow /'medoʊ/ *noun* a field of grass

meagre (*AmE* **meager**) /'miːgə(r)/ *adjective* thin, not plentiful, insufficient

meal /miːl/ *noun* an occasion when you eat food, or the food that you eat

mean[1] /miːn/ *verb*: **means, meaning, meant** 1 to intend to express; indicate: *What do you mean?* □ *What does 'duress' mean?* 2 to intend: *How do you mean to do that?*

mean[2] /miːn/ *adjective* 1 not generous, especially with money 2 nasty or spiteful 3 (*informal*) very good: *Eric makes a mean potato salad.* — *noun* (*uncount*) **meanness**

meaning /'miːnɪŋ/ *noun* what something refers to, indicates or expresses

meaningful /'miːnɪŋfəl/ *adjective* 1 intended to express something: *a meaningful look* 2 useful or important

meaningless /'miːnɪŋləs/ *adjective* 1 with no purpose or importance 2 having no meaning

means /miːnz/ *noun* (*plural*) 1 a method or way of doing something 2 money, income ▶ *phrases* **a means to an end** a way of achieving something **by all means** a polite way of giving permission **by no means** certainly not; not at all

meantime /'miːntaɪm/ *noun* the period of time between now and some future event: *In the meantime, we'll just have to wait.*

meanwhile /'miːnwaɪl/ *adverb* used to show that two things exist or are happening at the same time

measles /'miːzəlz/ *noun* (*uncount*) an infectious disease causing red spots

measly /'miːzlɪ/ *adjective* (*informal*) very small in amount or value

measure /'meʒə(r)/ *verb* 1 to find out *eg* how long or heavy something is 2 to be of a certain *eg* length or weight ♦ *noun* 1 an amount, especially a standard amount 2 an action taken to improve a situation ▶ *phrase* **for good measure** to make a situation complete

measured /'meʒəd/ *adjective* slow and careful

measurement /'meʒəmənt/ *noun* 1 a calculation of the size of something 2 the size of one or more parts of your body: *chest measurement*

meat /miːt/ *noun* (*uncount*) animal flesh used as food

mechanic /mɪ'kanɪk/ *noun* someone who repairs or maintains machinery

mechanical /mɪ'kanɪkəl/ *adjective* 1 relating to machinery: *mechanical engineering* 2 done without thinking

mechanics /mɪ'kanɪks/ *noun* 1 (*plural*) the details of how something works: *the mechanics of buying a house* 2 (*uncount*) the study of the effect of physical forces on objects

mechanism /'mekənɪzm/ *noun* 1 a piece of a machine 2 an automatic reaction: *a defence mechanism*

may /meɪ/ *modal verb*: **May** is a *modal verb*, used with the infinitive of other verbs to express such ideas as possibility and probability. In formal and literary contexts, the modal verb *might* is used as the past tense of **may**, and shares many of the same senses, but because *might* has senses of its own, it has its own entry in this dictionary. The main uses of **may** are **1** to express the idea of possibility and **2** to ask and give permission.

○ **principal uses of may**

possibility

- **in the present**: *'Personally I think he's a bit jealous, though I may be wrong.' 'No, you may be right.'*
- **in the future**: *You may change your mind when you hear the price.* □ *You may be asked to present a paper.*
- **often**: *Detailed instructions on grammar and spelling may prevent children from developing a style of their own.*
- **in the past – may + have**
  1 You use **may have** with a past participle to express the possibility that something happened in the past: *He may have felt* [= perhaps he felt] *unwelcome.*
  2 You use **may have** to express the possibility that something will have happened by a certain time: *I may have* [= perhaps I will have] *retired by then.*

permission

You use **may**
1 to ask for permission. **May** is much more formal and politer than *can*: *Hello. May I speak to James?* □ *May I accept your offer provisionally?*
2 to give permission: *You may unfasten your seatbelts and smoke if you wish.*
3 with **not**, to refuse permission: *Drinks may not be taken into the auditorium.*

Notice that **may** is used in the process of asking and giving permission. You use *be allowed to* or *can* in a situation where permission has already been given or refused: *We're allowed to* (not *We may*) *go home early today.*

You also use **may**
1 when making offers: *May I assist you?*
2 when expressing opinions politely: *May I say that I fully support an increase in the tax on petrol?* □ *You're looking very glamorous, if I may say so.*

○ **other uses of may**

- You can say that something **may** be the case, when, although it is the case, there is a more important fact to consider: *You may think it's silly, but it works.* □ *That may be so, but someone's got to do it.*
- You say you **may as well** do something if there is nothing better to do, or if there is no point in not doing it: *She's obviously not going to answer the door. We may as well go home.*

mechanized or **mechanised** /'mɛkənaɪzd/ *adjective* carried out by machines rather than people

medal /'mɛdəl/ *noun* a metal disc given as a prize or an award, *eg* to the winner of a sporting competition

medallion /mə'daliən/ *noun* a large, medal-like piece of jewellery worn round the neck on a chain

medallist (*AmE* **medalist**) /'mɛdəlɪst/ *noun* someone who has been given a medal

meddle /'mɛdəl/ *verb* to involve yourself in something that does not concern you

media /'miːdɪə/ *noun* **the media** *eg* television and newspapers as a form of communication

mediaeval or **medieval** /mɛdɪ'iːvəl/ *adjective* of a period of European history from around the year 1100 to the year 1450

mediate /'miːdɪeɪt/ *verb* to try to settle an argument or dispute between — *noun* (*uncount*) **mediation** — *noun* **mediator**

medic /'mɛdɪk/ *noun* (*informal*) a medical student

medical /'mɛdɪkəl/ *adjective* relating to doctors or their work ♦ *noun* a doctor's general examination of a person

medication /mɛdɪ'keɪʃən/ *noun* (*uncount; formal*) medicine that a doctor gives to a patient

medicinal /mɪ'dɪsɪnəl/ *adjective* relating to the curing of illnesses or diseases

medicine /'mɛdsɪn/ or /'mɛdɪsɪn/ *noun* **1** a substance used to treat or prevent illness **2** the science of the treatment of illness

medieval see **mediaeval**

mediocre /ˌmiːdɪˈoʊkə(r)/ *adjective* of a rather poor standard; ordinary — *noun* (*uncount*) **mediocrity**

meditate /ˈmɛdɪteɪt/ *verb* **1** to consider, think about **2** to spend long periods of time being very still and quiet, often for spiritual reasons — *noun* **meditation**

medium /ˈmiːdɪəm/ *noun*: **mediums** or **media 1** a way of communicating news or information: *the mass media* **2** a person who claims they can communicate with the spirits of dead people ♦ *adjective* roughly half way between two extremes: *a medium-sized room*

meek /miːk/ *adjective* gentle, uncomplaining — *adverb* **meekly**

meet /miːt/ *verb*: **meets**, **meeting**, **met 1** to see by chance and have a conversation with **2** to talk to and get to know for the first time **3** to be introduced to: *I'd like you to meet my parents.* **4** to assemble or gather for a certain purpose **5** to go to a station or airport to collect someone **6** to fulfil (a requirement)

> **meet up** of two or more people: to each go to the same place by arrangement

meeting /ˈmiːtɪŋ/ *noun* an occasion when people come together for a particular purpose

megalomaniac /ˌmɛɡələˈmeɪnɪak/ *noun* someone who wants to have as much power or influence as possible

megaphone /ˈmɛɡəfoʊn/ *noun* a cone-shaped device that you speak into to make your voice sound louder

melancholy /ˈmɛlənkɒli/ *adjective* (*literary*) sad

mellow /ˈmɛloʊ/ *adjective* **1** pleasantly soft and gentle **2** pleasantly relaxed, *eg* because slightly drunk ♦ *verb* to become calmer, more relaxed, happier

melodrama /ˈmɛlədrɑːmə/ *noun* (*count or uncount*) a play in which the situations are more extreme than in real life

melodramatic /ˌmɛlədrəˈmatɪk/ *adjective* falsely or insincerely extreme

melody /ˈmɛlədi/ *noun* a tune, especially the basic tune of a song

melon /ˈmɛlən/ *noun* a large round fruit with soft juicy flesh

melt /mɛlt/ *verb* **1** of ice: to become liquid **2** to cause (ice) to become liquid **3** to disappear gradually

member /ˈmɛmbə(r)/ *noun* **1** someone who belongs to a group or society **2** a member of parliament

membership /ˈmɛmbəʃɪp/ *noun* (*uncount*) **1** the state of being a member **2** the members of an organization, or the number of them

membrane /ˈmɛmbreɪn/ *noun* a thin layer of skin covering, connecting or lining an inner organ of the body

memento /məˈmɛntoʊ/ *noun*: **mementos** or **mementoes** an object that you keep to remind you of the past

memo /ˈmɛmoʊ/ *noun*: **memos** an official note you send to someone, usually within the same organization

memoirs /ˈmɛmwɑːz/ *noun* (*plural*) a personal account that someone writes about their life

memorable /ˈmɛmərəbəl/ *adjective* worthy of being remembered

memorandum /ˌmɛməˈrandəm/ *noun*: **memorandums** or **memoranda** a brief note sent to a colleague within an organization

memorial /məˈmɔːrɪəl/ *noun* a monument commemorating a historical event or person ♦ *adjective*: *a memorial trophy*

memorize or **memorise** /ˈmɛməraɪz/ *verb* to learn, so that you will be able to remember every detail

memory /ˈmɛməri/ *noun* (*uncount or count*) **1** the power to remember **2** the mind's store of remembered things ► *phrase* **in memory of** done as a way of remembering someone or something

men /mɛn/ *noun* the plural form of **man**

menace /ˈmɛnəs/ *noun* **1** someone or something likely to cause trouble or harm **2** a persistently annoying person ♦ *verb* to threaten, or be a danger to — *adjective* **menacing**

mend /mɛnd/ *verb* to repair ► *phrase* **on the mend** getting better, recovering

menial /ˈmiːnɪəl/ *adjective* of work: requiring little skill; boring

meningitis /ˌmɛnɪnˈdʒaɪtɪs/ *noun* (*uncount*) a serious disease of the brain

menopause /ˈmɛnəpɔːz/ *noun* (*singular*) the end of menstruation, usually around the age of 50

menstrual /ˈmɛnstrʊəl/ *adjective* relating to menstruation

menstruate /ˈmɛnstrʊeɪt/ *verb* of a woman or girl: to discharge blood from the womb at monthly intervals

menstruation /ˌmɛnstrʊˈeɪʃən/ *noun* (*uncount*) the process, occurring every month, in which blood comes from the womb of a girl or woman

mental /ˈmɛntəl/ *adjective* **1** relating to the mind **2** relating to people with illnesses of the mind: *a mental hospital* **3** stupid or foolish — *adverb* **mentally**

mentality /mɛnˈtalɪti/ *noun* the type of mind someone has; a way of thinking

mention /ˈmɛnʃən/ *verb* to write or speak about briefly ♦ *noun* an act of referring to something ▸ *phrase* **don't mention it** used as a polite way of responding to someone who has thanked you

mentor /ˈmɛntɔː(r)/ *noun* (*formal*) someone who gives advice or guidance

menu /ˈmɛnjuː/ *noun* **1** a list of the different dishes available in a restaurant **2** a list of options on a computer screen

MEP /ˌɛmiːˈpiː/ *noun abbreviation* a Member of the European Parliament

mercenary /ˈmɜːsənəri/ *adjective* (*derogatory*) seeming only to be interested in money ♦ *noun* a soldier who fights for any country or group that is willing to pay him

merchandise /ˈmɜːtʃəndaɪz/ *noun* (*uncount*) goods that are bought and sold

merchant /ˈmɜːtʃənt/ *noun* someone who buys and sells goods in large quantities ♦ *adjective* used for trade, not for war

merchant bank /ˌmɜːtʃənt ˈbaŋk/ *noun* a bank whose main activity is lending money to industry

merciful /ˈmɜːsɪfəl/ *adjective* **1** willing to forgive **2** easing or relieving pain or difficulty

mercifully /ˈmɜːsɪfli/ *adverb* fortunately, thankfully

merciless /ˈmɜːsɪləs/ *adjective* cruelly refusing to forgive

mercury /ˈmɜːkjʊri/ *noun* (*uncount*) a silvery-white metal commonly used in liquid form

mercy /ˈmɜːsi/ *noun* willingness to forgive ▸ *phrase* **at someone's mercy** under someone's control

mere /mɪə(r)/ *adjective* used to emphasize the unimportance of something: *a mere formality*

merely /ˈmɪəli/ *adverb* only, simply [*same as* **just**]

merge /mɜːdʒ/ *verb* to combine or join together

merger /ˈmɜːdʒə(r)/ *noun* a joining together, of *eg* business companies

meringue /məˈraŋ/ *noun* a baked cake or shell made of sugar and egg-whites

merit /ˈmɛrɪt/ *noun* **1** value or importance **2** the reasons why something is good or desirable ♦ *verb* (*formal*) to deserve

mermaid /ˈmɜːmeɪd/ *noun* an imaginary sea creature with a woman's upper body and a fish's tail

merrily /ˈmɛrɪli/ *adverb* **1** in a merry way **2** without thinking properly about difficulties that may occur

merry /ˈmɛri/ *adjective* **1** lively and cheerful **2** slightly drunk

merry-go-round /ˈmɛrigoʊraʊnd/ *noun* a fairground roundabout with *eg* wooden horses for riding on

mesh /mɛʃ/ *noun* (*uncount*) any substance, *eg* wire or thread, in the form of a net

mesmerize or **mesmerise** /ˈmɛzməraɪz/ *verb* to hold the attention of completely; fascinate

mess /mɛs/ *noun* **1** an untidy or dirty state of things **2** a dirty or untidy place **3** involving a lot of problems **4** a dining room for soldiers ▸ *phrase* **make a mess of** to do badly

> **mess about** or **mess around** to spend time doing silly or foolish things
> **mess up** to make untidy or dirty; to spoil

message /ˈmɛsɪdʒ/ *noun* **1** a spoken or written communication **2** an idea, theory or principle offered ▸ *phrase* (*informal*) **get the message** to understand what someone has been suggesting

messenger /ˈmɛsɪndʒə(r)/ *noun* a person who carries communications

Messrs /ˈmɛsə(r)z/ *noun* the plural form of **Mr**

messy /ˈmɛsi/ *adjective* **1** dirty **2** untidy, disordered **3** confused and unpleasant

met /mɛt/ *verb* the past tense and past participle of **meet**

metabolism /məˈtabəlɪzm/ *noun* the system of chemical processes in the body that digest food and convert it into energy

metal /ˈmɛtəl/ *noun* a substance such as iron or steel

metallic /məˈtalɪk/ *adjective* looking or sounding like metal

metamorphose /ˌmɛtəˈmɔːfoʊz/ *verb* (*formal*) to change completely in appearance or character

metamorphosis /ˌmɛtəˈmɔːfəsɪs/ *noun*: **metamorphoses** /ˌmɛtəˈmɔːfəsiːz/ a complete change of form or nature

metaphor /ˈmɛtəfə(r)/ *noun* a way of describing something by suggesting that it is, or has the qualities of, something else, *eg* 'He's a caged tiger in that job.'

metaphorically /ˌmɛtəˈfɒrɪkəli/ *adverb* not in the usual sense but as an imaginative way of describing something

mete /miːt/ *verb*

> **mete out** (*formal*) to give out (a punishment)

meteor /ˈmiːtɪə(r)/ *noun* a huge mass of rock travelling through space

meteoric /miːtɪˈɒrɪk/ *adjective* extremely rapid: *her meteoric rise to fame*

meteorite /ˈmiːtɪəraɪt/ *noun* a meteor that has fallen out of the sky onto the earth

meteorological /miːtɪərəˈlɒdʒɪkəl/ *adjective* relating to the weather or to weather forecasting

meter /ˈmiːtə(r)/ *noun* an instrument for measuring and recording levels, quantities or amounts

methane /ˈmiːθeɪn/ *noun* (*uncount*) a gas that you can't see or smell, that occurs naturally in coal mines and marshes

method /ˈmɛθəd/ *noun* 1 a planned or regular way of doing something 2 good planning or efficient organization

methodical /mɛˈθɒdɪkəl/ *adjective* of a person: doing things in an orderly, efficient way — *adverb* **methodically**

meths /mɛθs/ *noun* (*uncount*; *informal*) methylated spirits

meticulous /məˈtɪkjʊləs/ *adjective* careful and accurate about small details

metre (*AmE* **meter**) /ˈmiːtə(r)/ *noun* a unit of length equal to 100 centimetres or about 39 inches

metric /ˈmɛtrɪk/ *adjective* of the metric system

metropolis /məˈtrɒpəlɪs/ *noun* (*formal*) a large city, usually the capital city of a country

metropolitan /mɛtrəˈpɒlɪtən/ *adjective* relating to a large city

mew /mjuː/ *verb* of a cat or baby: to make the typical noise of a cat

mews /mjuːz/ *noun* (*singular*) a row of houses or garages, originally built as stables

miaow /mɪˈaʊ/ *verb* to make the typical noise of a cat ♦ *noun*: *With a miaow the kitten jumped down the steps.*

mice /maɪs/ *noun* the plural form of **mouse**

mickey /ˈmɪkɪ/ *noun* ▶ *phrase* **take the mickey** to make fun of

microbe /ˈmaɪkrəʊb/ *noun* a tiny living organism

microchip /ˈmaɪkrəʊtʃɪp/ *noun* a tiny component in computers and other electric appliances

microcosm /ˈmaɪkrəʊkɒzm/ *noun* a small-scale exact copy of something: *a microcosm of society*

microphone /ˈmaɪkrəfəʊn/ *noun* a device that picks up sound waves for broadcasting, recording or amplifying

microscope /ˈmaɪkrəskəʊp/ *noun* a scientific instrument which magnifies very small objects placed under its lens

microscopic /maɪkrəˈskɒpɪk/ *adjective* extremely small

microwave /ˈmaɪkrəweɪv/ *noun* a microwave oven; an oven that cooks food very quickly ♦ *verb* to cook in a microwave oven

midday /mɪdˈdeɪ/ *noun* noon, twelve o'clock in the middle of the day

middle /ˈmɪdəl/ *noun* 1 the point or part of anything furthest from the sides or edges 2 the point halfway through a period of time ♦ *adjective* 1 positioned between two other things 2 intermediate: *middle management* ▶ *phrase* **in the middle of** busy doing

middle-aged /mɪdəlˈeɪdʒd/ *adjective* between the ages of about 45 and 60

Middle Ages /mɪdəl ˈeɪdʒɪz/ *noun* (*plural*) the period of history, especially European history, roughly between the years 1100 and 1450

middle class /mɪdəl ˈklɑːs/ *noun* the social class of people between the working and upper classes

middle-of-the-road /mɪdələvðəˈrəʊd/ *adjective* moderate, not extreme; boring

midge /mɪdʒ/ *noun* a small biting insect

midget /ˈmɪdʒɪt/ *noun* an unusually small person

midnight /ˈmɪdnaɪt/ *noun* twelve o'clock at night

midriff /ˈmɪdrɪf/ *noun* the part of your body between your chest and your waist

midst /mɪdst/ *noun* ▶ *phrases* **in the midst of** surrounded by **in our midst** among us

midsummer /mɪdˈsʌmə(r)/ *noun* the period of time in the middle of summer

midway /mɪdˈweɪ/ *adverb* halfway

midwife /ˈmɪdwaɪf/ *noun*: **midwives** a nurse trained to assist women during childbirth

might[1] see special entry on page 230

might[2] /maɪt/ *noun* (*uncount*; *literary*) power or strength

mighty /ˈmaɪtɪ/ *adjective* very large and powerful — *adverb* **mightily** ♦ *adverb* (*AmE*; *informal*) very

migraine /ˈmiːgreɪn/ *noun* a severe headache

might /maɪt/ *modal verb*: Might is a *modal* verb, used with the infinitive of other verbs to express such ideas as possibility and probability. Modal verbs always keep the same form.

○ principal uses of **might**
possibility
in the present and future

- **Might** can be used, like **may**, to express the possibility that something is the case, or that there is a chance of it happening: *The situation might not be as hopeless as you think.* □ *The alarm mightn't go off.*
- **in conditions**
  Using **might** rather than **would** in a condition has the same effect as adding *perhaps* to *would*: *You might (or perhaps you would) think more clearly if you took a break.*
- **in indirect speech**
  You use **might** after a past reporting verb to represent both **may** and **might** in the original direct speech: *I realized that if Dad did come back we might need the extra money.*
- **in the past**
  You do not usually use **might** with a past meaning, unless you are reporting, formally, a frequent or common happening in the past. Could is also possible in this situation: *In the early nineteenth century children might (or could) be at work for up to sixteen hours a day.*

asking permission: *I wonder if I might use your telephone?*

making complaints: *You might help me carry this luggage.* □ *You might have asked me before borrowing it.*

making suggestions: *You might like to assess your own progress.*

○ the structure **might + have**

- **real possibilities in the past**
  You use **might have** with a past participle to say that it is possible that something happened or was the case: *'They're very late'. 'Yes, I suppose they might have lost their way.'*
- **unreal possibilities in the past**
  You use **might have** to express the situation where something that could have happened did not actually happen: *I might have had a different husband if I'd gone to Oxford.*
- **possibilities in the future**
  You use **might have** to express the possibility that something will have happened by some future time: *He might have changed his mind by this time next week.*

○ the fixed combination **might as well**

1 If you say that something **might as well** be the case, you are complaining that it would make no difference if it were: *He never notices my hairstyle anyway; I might as well be bald.*
2 You say you **might as well** do something if there is is nothing more interesting to do: *We might as well go home. Everything's finished.*

migrant /ˈmaɪɡrənt/ *noun* a person who moves from place to place, especially looking for work

migrate /maɪˈɡreɪt/ *verb* **1** of birds: to fly to a different region at certain times of year **2** to move from place to place, especially looking for work — *noun* (*uncount*) **migration**

mike /maɪk/ *noun* (*informal*) a microphone

mild /maɪld/ *adjective* **1** of taste: not sharp or strong **2** not harsh or severe; gentle **3** of weather: not cold

mildew /ˈmɪldju:/ *noun* (*uncount*) a white substance that grows on things that have become damp

mildly /ˈmaɪldlɪ/ *adverb* **1** in a mild or calm manner **2** slightly ▸ *phrase* **to put it mildly** used to indicate that you are not expressing yourself as strongly as you want

mile /maɪl/ *noun* **1** a unit of distance equal to 1760 yards or 1.6 kilometres **2** a long way

mileage /ˈmaɪlɪdʒ/ *noun* (*uncount*) **1** the number of miles you have travelled **2** the number of miles a vehicle will travel on a fixed amount of fuel **3** the amount of use you can get out of something

milestone /ˈmaɪlstoʊn/ *noun* a very important event or change

milieu /ˈmiːljɜː/ *noun* surroundings

militant /ˈmɪlɪtənt/ *adjective* taking positive, often aggressive action to achieve political or social change

military /ˈmɪlɪtərɪ/ *adjective* relating to a country's armed forces ♦ *noun* **the military** the armed forces

militate /'mɪlɪteɪt/ *verb* (*formal*) to be a disadvantage: *Her age will militate against her finding a job.*

militia /mɪ'lɪʃə/ *noun* (*count or uncount*) any fighting force made up of ordinary members of the public

milk /mɪlk/ *noun* **1** a white liquid produced by female animals as food for their young **2** this liquid, especially from cows, used as a drink ♦ *verb* **1** to draw milk from **2** to take money from

milkman /'mɪlkmən/ *noun* a man who sells or delivers milk

milky /'mɪlkɪ/ *adjective* **1** pale, whitish in colour **2** containing a lot of milk

mill /mɪl/ *noun* **1** a building where grain is turned into flour **2** a device for grinding salt or pepper **3** a factory

mill about or **mill around** to move round aimlessly

millennium /mɪ'lɛnɪəm/ *noun* a period of a thousand years

milligram or **milligramme** /'mɪlɪgram/ *noun* a unit of weight equal to one thousandth of a gram

millimetre (*AmE* **millimeter**) /'mɪlɪmiːtə(r)/ *noun* a unit of length equal to one thousandth of a metre

million /'mɪlɪən/ *noun* the number or quantity 1 000 000 ♦ *determiner*: *a million miles*

millionaire /mɪljə'nɛə(r)/ *noun* a person whose wealth amounts to a million pounds or dollars, or usually more

millionth /'mɪlɪənθ/ *determiner* the one numbered 1 000 000 in a series ♦ *noun* one of a million equal parts

millstone /'mɪlstoʊn/ *noun* an unpleasant duty or responsibility that prevents you from doing what you want

mime /maɪm/ *noun* acting using movements and gestures alone ♦ *verb* **1** to perform a mime **2** of a singer: to move the mouth to match the words of a recorded song

mimic /'mɪmɪk/ *verb*: **mimics, mimicking, mimicked** to speak or act like someone else as a way of amusing people ♦ *noun* someone skilled in mimicking others

mince /mɪns/ *noun* (*uncount*) meat, chopped into small pieces ♦ *verb* **1** to chop eg meat finely **2** to walk in an exaggeratedly delicate way

mincemeat /'mɪnsmiːt/ *noun* (*uncount*) a spiced mixture of dried fruits, used as a filling for pies

mind /maɪnd/ *noun* the brain, or the capacity to think ♦ *verb* **1** to be annoyed or upset by something: *Do you mind if I open the window?* **2** to watch out for, be careful of: *Mind the step.* **3** to look after: *mind the children.* ▶ *phrases* **change your mind** to change your opinion or intention **in two minds** undecided **make up your mind** to decide **out of your mind** mad, crazy **speak your mind** to speak frankly

mind out be careful

mindful /'maɪndfʊl/ *adjective* (*formal*) **mindful of** paying attention to

mindless /'maɪndləs/ *adjective* **1** pointless and destructive **2** very boring and repetitive

mine¹ /maɪn/ *pronoun* (*possessive*) used by the person speaking or writing to refer to something that belongs to or relates to himself or herself

mine² /maɪn/ *noun* **1** a place where substances such as coal and metals are dug up out of the ground **2** a bomb that explodes when touched ♦ *verb*: *to mine gold*

minefield /'maɪnfiːld/ *noun* a situation involving many problems or dangers

miner /'maɪnə(r)/ *noun* someone who works in a mine

mineral /'mɪnərəl/ *noun* a solid substance found naturally in rocks and soil

mineral water /'mɪnərəl wɔːtə(r)/ *noun* (*uncount*) water taken from underground, often sold in bottles as a healthy drink

mingle /'mɪŋgəl/ *verb* to mix

miniature /'mɪnɪtʃə(r)/ *adjective* small-scale

minibus /'mɪnɪbʌs/ *noun* a small bus

minimize or **minimise** /'mɪnɪmaɪz/ *verb* **1** to cause to seem small or unimportant **2** to make as small as possible

minimum /'mɪnɪməm/ *noun*: **minimums** the smallest possible quantity ♦ *adjective*: *minimum temperature*

minister /'mɪnɪstə(r)/ *noun* **1** the head of a government department: *minister for trade* **2** a priest ♦ *verb* (*formal*) to help

ministry /'mɪnɪstrɪ/ *noun* **1** a government department **2** the profession of a religious minister

mink /mɪŋk/ *noun* a small animal, providing highly valuable fur for making coats

minor /'maɪnə(r)/ *adjective* of less importance or value ♦ *noun* a person below the age at which people are legally regarded as adults

minority /mɪˈnɒrɪtɪ/ or /maɪˈnɒrɪtɪ/ *noun* **1** the smaller number or part **2** a group of people who are different from most people in a place

mint¹ /mɪnt/ *noun* **1** a plant with strong-smelling leaves, used as flavouring **2** a sweet with the flavour of mint

mint² /mɪnt/ *noun* a place where coins are made ♦ *verb* to produce in a mint ▶ *phrase* **in mint condition** in perfect condition

minus /ˈmaɪnəs/ *preposition* **1** used to show subtraction: *13 minus 5 is 8* **2** (*informal*) without: *I'm minus my car today.* ♦ *adjective* of a quantity less than zero: *minus twenty-three degrees centigrade*

minuscule /ˈmɪnəskjuːl/ *adjective* (*formal*) extremely small

minute¹ /ˈmɪnɪt/ *noun* **1** a unit of time, equal to sixty seconds **2** a very short time: *Wait a minute!* **3** **minutes** notes taken of what is said at a meeting ▶ *phrase* **the last minute** just before it is too late

minute² /maɪˈnjuːt/ *adjective* **1** very small **2** very exact

miracle /ˈmɪrəkəl/ *noun* **1** an act or event that breaks the laws of nature **2** an amazing or wonderful event

miraculous /mɪˈrækjʊləs/ *adjective* wonderful or amazing

mirage /ˈmɪrɑːʒ/ *noun* something imagined but not really there, *eg* a distant mass of water seen by travellers in the desert

mirror /ˈmɪrə(r)/ *noun* a glass surface that produces reflections ♦ *verb* to copy the actions or qualities of

mirth /mɜːθ/ *noun* (*uncount*; *literary*) laughter

misadventure /mɪsədˈvɛntʃə(r)/ *noun* (*count or uncount*; *formal*) an unfortunate happening

misappropriation /mɪsəproʊprɪˈeɪʃən/ *noun* (*uncount*; *formal*) to put to a wrong use, *eg* use someone else's money for yourself

misbehave /mɪsbɪˈheɪv/ *verb* to behave badly — *noun* (*uncount*) **misbehaviour** (*AmE* **misbehavior**)

miscarriage /ˈmɪskærɪdʒ/ *noun* the accidental loss of the undeveloped baby during pregnancy

miscarry /mɪsˈkærɪ/ *verb* to have a miscarriage in pregnancy

miscellaneous /mɪsəˈleɪnɪəs/ *adjective* containing things of various different kinds

mischief /ˈmɪstʃɪf/ *noun* (*uncount*) **1** naughty behaviour **2** the desire to do embarrassing or slightly shocking things

mischievous /ˈmɪstʃɪvəs/ *adjective* naughty, but causing no serious harm

misconception /mɪskənˈsɛpʃən/ *noun* a wrong idea, a misunderstanding

misconduct /mɪsˈkɒndʌkt/ *noun* (*uncount*; *formal*) bad or immoral behaviour

misconstrue /mɪskənˈstruː/ *verb* (*formal*) to misunderstand

misdemeanour (*AmE* **misdemeanor**) /mɪsdɪˈmiːnə(r)/ *noun* a minor offence

miser /ˈmaɪzə(r)/ *noun* someone who is unwilling to spend money, and who prefers to save

miserable /ˈmɪzərəbəl/ *adjective* **1** very unhappy **2** having a tendency to be bad-tempered and grumpy **3** depressing

miserly /ˈmaɪzəlɪ/ *adjective* mean, not liking to spend money

misery /ˈmɪzərɪ/ *noun* **1** great unhappiness, pain or poverty **2** (*informal*) a person who is always sad or bad-tempered

misfire /mɪsˈfaɪə(r)/ *verb* of a plan: to have the wrong result

misfit /ˈmɪsfɪt/ *noun* a person whose attitudes and behaviour are very different from most other people's

misfortune /mɪsˈfɔːtʃən/ *noun* (*uncount or count*) bad luck

misgiving /ˈmɪsɡɪvɪŋ/ *noun* doubts about the result of an action

misguided /mɪsˈɡaɪdɪd/ *adjective* acting according to mistaken ideas or bad judgement

mishap /ˈmɪshæp/ *noun* an unlucky accident

misinform /mɪsɪnˈfɔːm/ *verb* to give incorrect information to

misinterpret /mɪsɪnˈtɜːprət/ *verb* to misunderstand — *noun* (*uncount or count*) **misinterpretation**

misjudge /mɪsˈdʒʌdʒ/ *verb* to judge unfairly or wrongly

mislay /mɪsˈleɪ/ *verb*: **mislays**, **mislaying**, **mislaid** to lose, usually temporarily

mislead /mɪsˈliːd/ *verb*: **misleads**, **misleading**, **misled** to cause to believe something that is not true — *adjective* **misleading**

misnomer /mɪsˈnoʊmə(r)/ *noun* a wrong or unsuitable name

misogynist /mɪˈsɒdʒɪnɪst/ *noun* a person who hates women

misplaced /mɪsˈpleɪst/ *adjective* directed towards or given to the wrong person or thing

misprint /ˈmɪsprɪnt/ *noun* a mistake in printing

Miss /mɪs/ *noun*: **Misses 1** a title used before the name of a girl or an unmarried woman **2** (*BrE; informal*) a name sometimes used by schoolchildren to address their female teachers

miss /mɪs/ *verb* **1** to fail to hit, see, hear or understand **2** to avoid or escape **3** to discover the loss or absence of **4** to regret the absence of: *missing old friends* ▶ *phrase* **a near miss 1** a failure to hit a target **2** a lucky escape from a collision

miss out to fail to include
miss out on to fail to take part in or get: *You mustn't miss out on all the free food.*

misshapen /mɪsˈʃeɪpən/ *adjective* not having the natural or intended shape

missile /ˈmɪsaɪl/ *noun* a weapon or other object that is thrown or fired

missing /ˈmɪsɪŋ/ *adjective* lost, stolen or not provided

mission /ˈmɪʃən/ *noun* **1** a task which a person is sent to carry out **2** a group of representatives sent to another country *eg* to spread a religion **3** someone's chosen task or purpose

missionary /ˈmɪʃənəri/ *noun* someone sent abroad *eg* to spread a religion

misspent /mɪsˈspɛnt/ *adjective* used foolishly or wastefully

mist /mɪst/ *noun* tiny drops of water in the air, like thin fog

mist up or **mist over** to cover or become covered with mist

mistake /mɪsˈteɪk/ *verb*: **mistakes, mistaking, mistook, mistaken** to take one thing or person for another: *I'm sorry, I mistook you for a colleague of my wife's.* ♦ *noun* (*count or uncount*) a wrong action or statement; an error

mistaken /mɪˈsteɪkən/ *adjective* wrong, erroneous: *a mistaken belief* — *adverb* **mistakenly**

mister see **Mr**

mistletoe /ˈmɪsəltoʊ/ *noun* (*uncount*) a plant with white berries, used as a Christmas decoration

mistress /ˈmɪstrəs/ *noun* **1** a woman whom a married man is having a sexual relationship with **2** a female teacher **3** a woman in charge of the running of a large house

mistrust /mɪsˈtrʌst/ *verb* to be suspicious of ♦ *noun* (*uncount*); *They regard management with deep mistrust.*

misunderstand /mɪsʌndəˈstænd/ *verb*: **misunderstands, misunderstanding, misunderstood** to think you have understood, when in fact you have not

misunderstanding /mɪsʌndəˈstændɪŋ/ *noun* **1** a mistake about a meaning **2** a quarrel

misuse *noun* /mɪsˈjuːs/ (*uncount or count*) the act of using wrongly ♦ *verb* /mɪsˈjuːz/ to use wrongly

mitigating /ˈmɪtɪɡeɪtɪŋ/ *adjective* (*formal*) ▶ *phrase* **mitigating circumstance** a reason that makes someone who has committed a crime seem less responsible

mitten /ˈmɪtən/ *noun* (*often in the plural*) a glove without separate divisions for the four fingers

mix /mɪks/ *verb* **1** to put together to form a single mass **2** to combine or do at the same time **3** to have social contact with other people ♦ *noun* a mixture

mix up 1 to identify wrongly, take one for the other **2** to upset the usual or correct order of

mixed /mɪkst/ *adjective* **1** containing things of different kinds **2** relating to people of both sexes **3** of feelings: liking some parts, but disliking others

mixture /ˈmɪkstʃə(r)/ *noun* **1** a combination of different substances **2** a medicine

mix-up /ˈmɪksʌp/ *noun* (*informal*) a mistake caused by confusion or misunderstanding

moan /moʊn/ *verb* **1** to make a low sound of grief or pain **2** (*informal*) to complain ♦ *noun* a low sound of grief or pain

moat /moʊt/ *noun* a deep channel round a castle, often filled with water

mob /mɒb/ *noun* a large crowd of people, especially people behaving violently ♦ *verb* to gather round curiously or admiringly

mobbed /mɒbd/ *adjective* (*informal*) of a place: very busy and full of people

mobile /ˈmoʊbaɪl/ *adjective* **1** that can be moved easily **2** able or willing to travel to different places ♦ *noun* **1** a hanging decoration moved around by air currents **2** (*informal*) a mobile phone — *noun* (*uncount*) **mobility**

mobilize or **mobilise** /ˈmoʊbɪlaɪz/ *noun* to gather people together ready to take action

moccasin /ˈmɒkəsɪn/ *noun* a kind of slipper or soft shoe with a low heel

mock /mɒk/ *verb* to laugh at, make fun of ♦ *adjective* **1** not real or genuine: *mock*

Elizabethan furniture **2** of an examination: a practice for the real one

mockery /'mɒkəri/ *noun* **1** the act of mocking **2** a ridiculous imitation

modal verb /moʊdəl 'vɜːb/ *noun* a verb used with other verbs to express ideas such as possibility, probability or obligation, *eg* **can, may, must**

mode /moʊd/ *noun* a way, method or style

model /'mɒdəl/ *noun* **1** a small version of something that will be built later **2** a small copy of something: *a model railway* **3** one of several types or designs of a manufactured object **4** someone employed to wear and display new clothes **5** someone that an artist paints ♦ *adjective* having qualities you admire: *a model teacher* ♦ *verb* **1 model yourself on** to try to be like **2** to work as a model **3** to shape

modem /'moʊdɛm/ *noun* a device which transmits information from a computer along telephone cables

moderate *adjective* /'mɒdərət/ **1** not extreme, or not strong or violent **2** medium or average: *a pupil of moderate intelligence* ♦ *noun* a person with moderate political views ♦ *verb* /'mɒdəreɪt/ to make less extreme, strong or violent

moderately /'mɒdərətli/ *adverb* slightly, quite, fairly

moderation /mɒdə'reɪʃən/ *noun* (*uncount*) the practice of not going to extremes

modern /'mɒdən/ *adjective* belonging to the present or to recent times; not old — *noun* (*uncount*) **modernity**

modernize or **modernise** /'mɒdənaɪz/ *verb* to bring up to date — *noun* (*uncount*) **modernization**

modest /'mɒdɪst/ *adjective* **1** not exaggerating achievements; not boastful [*opposite* **conceited**] **2** fairly small, not very expensive — *adverb* **modestly**

modicum /'mɒdɪkəm/ *noun* (*used in the singular*; *formal*) a small amount

modification /mɒdɪfɪ'keɪʃən/ *noun* (*count or uncount*) a slight change that you make in order to improve something

modify /'mɒdɪfaɪ/ *verb* to make small changes in order to improve

module /'mɒdjuːl/ *noun* a separate unit that combines with others to form a larger unit

mohair /'moʊhɛə(r)/ *noun* (*uncount*) a very soft fluffy kind of wool

moist /mɔɪst/ *adjective* **1** damp, slightly wet **2** of foods: pleasantly soft and fresh

moisten /'mɔɪsən/ *verb* to wet slightly

moisture /'mɔɪstʃə(r)/ *noun* (*uncount*) wetness, especially tiny drops of water in the air

moisturize /'mɔɪstʃəraɪz/ *verb* to add moisture to

moisturizer /'mɔɪstʃəraɪzə(r)/ *noun* a cream that adds moisture to the skin

molar /'moʊlə(r)/ *noun* one of the large square teeth at the back of your mouth

mole[1] /moʊl/ *noun* a raised dark permanent spot on a person's skin

mole[2] /moʊl/ *noun* **1** a small animal that digs tunnels underground **2** a spy who successfully infiltrates a rival organization

molecule /'mɒlɪkjuːl/ *noun* (*technical*) the smallest part of a substance that has the same qualities as the substance itself

molehill /'moʊlhɪl/ *noun* a little pile of soil thrown up by a mole digging a tunnel

molest /mə'lɛst/ *verb* **1** to touch someone in a sexual way that they don't want and don't like **2** to attack and physically harm

molten /'moʊltən/ *adjective* of *eg* metal: in liquid form after heating

moment /'moʊmənt/ *noun* a very short time; an instant ▶ *phrase* **at the moment** used to refer to the present circumstances

momentary /'moʊməntəri/ *adjective* lasting for a moment — *adverb* **momentarily**

momentous /mə'mɛntəs/ *adjective* of great importance: *a momentous discovery*

momentum /mə'mɛntəm/ *noun* (*uncount*) **1** the force of a moving object **2** the speed at which something develops or progresses

monarch /'mɒnək/ *noun* a king, queen or other royal ruler

monarchy /'mɒnəki/ *noun* (*uncount or count*) a system of government in which a monarch is the official ruler of a country

monastery /'mɒnəstri/ *noun* the home of a community of monks

Monday /'mʌndi/ *noun* the first day of the week, coming after Sunday

monetary /'mʌnɪtəri/ *adjective* relating to money in an economic system

money /'mʌni/ *noun* (*uncount*) coins and banknotes used for payment

mongrel /'mʌŋgrəl/ *noun* a dog of mixed breed

monitor /'mɒnɪtə(r)/ *noun* **1** an instrument that measures or records something **2** a computer screen ♦ *verb* to make regular checks on

monk /mʌŋk/ *noun* a member of a community of men who spend their lives in religious worship

monkey /'mʌŋkɪ/ *noun* a medium-sized animal with a long tail, that climbs trees

> **monkey about** or **monkey around** (*informal*) to enjoy behaving in a lively, silly way

monogamy /mə'nɒgəmɪ/ *noun* (*uncount*) the practice of having only one husband or wife at any one time

monologue /'mɒnəlɒg/ *noun* a long speech by one person

monopolize or **monopolise** /mə'nɒpəlaɪz/ *verb* 1 to have exclusive control over 2 to dominate: *monopolize the conversation*

monopoly /mə'nɒpəlɪ/ *noun* 1 exclusive control 2 a company that is the only one producing a particular product or offering a particular service

monotonous /mə'nɒtənəs/ *adjective* always following the same boring pattern or routine

monotony /mə'nɒtənɪ/ *noun* (*uncount*) boring regularity

monsoon /mɒn'suːn/ *noun* a season of heavy rain in the summer in some hot countries

monster /'mɒnstə(r)/ *noun* 1 any large and frightening creature 2 a very cruel or evil person ♦ *adjective* very large

monstrosity /mɒn'strɒsɪtɪ/ *noun* something large and ugly

monstrous /'mɒnstrəs/ *adjective* 1 cruelly unfair 2 extremely large

month /mʌnθ/ *noun* any of the twelve named periods that a year is divided into

monthly /'mʌnθlɪ/ *adjective or adverb* happening once a month

monument /'mɒnjʊmənt/ *noun* something built to remind people of a person or an event

monumental /mɒnjʊ'mɛntəl/ *adjective* very large or great, or extreme

moo /muː/ *verb* of a cow: to make its typical low noise

mood /muːd/ *noun* the state of a person's feelings or temper: *in a good mood*

moody /'muːdɪ/ *adjective* 1 often changing in mood 2 in a bad mood: *Why are you so moody this morning?*

moon /muːn/ *noun* the planet-like object that moves once round the Earth each month, that you can see at night ▶ *phrases* **once in a blue moon** very rarely **over the moon** very pleased or happy about something

moonlight /'muːnlaɪt/ *noun* the light of the moon ♦ *verb* (*informal*) to work secretly at a second job, avoiding taxes

moor[1] /mɔː(r)/ *noun* an area of wild land

moor[2] /mɔː(r)/ *verb* to tie (a boat) to a post with a rope

moorland /'mɔːlənd/ *noun* (*uncount*) wild open countryside

moose /muːs/ *noun* a large deer with flat rounded horns

mop /mɒp/ *noun* 1 an implement for washing floors 2 a thick mass of hair ♦ *verb* 1 to wash with a mop 2 to remove by wiping

mope /moʊp/ *verb* to behave in a bored and depressed way

moped /'moʊpɛd/ *noun* a lightweight motorcycle with a small engine

moral /'mɒrəl/ *adjective* 1 relating to the principles of right and wrong 2 good, right or proper ♦ *noun* 1 **morals** the opinions people have about what is right and wrong 2 the message of a story

morale /mə'rɑːl/ *noun* (*uncount*) how confident people feel

morality /mə'rælɪtɪ/ *noun* (*uncount*) the quality of being right or proper

moralize or **moralise** /'mɒrəlaɪz/ *verb* to give unwelcome opinions about other people's behaviour

moratorium /mɒrə'tɔːrɪəm/ *noun* (*formal*) a temporary ban

morbid /'mɔːbɪd/ *adjective* concerned with unpleasant things, especially death

more /mɔː(r)/ *determiner* 1 a greater quantity or amount: *Rather more people have applied than last year.* 2 an additional quantitiy or amount ♦ *pronoun*: *More than 83% of those eligible to vote turned up.* ♦ *adverb* 1 to a greater extent: *She's more confident than she used to be.* 2 further or again: *We can talk more about this tomorrow.* ▶ *phrase* **more or less** almost; about or approximately

moreover /mɔː'roʊvə(r)/ *adverb* (*formal*) used to introduce a second statement that extends or supports the first one

morgue /mɔːg/ *noun* a building where dead bodies are kept until they are buried or cremated

morning /'mɔːnɪŋ/ *noun* the part of the day before midday

moron /'mɔːrɒn/ *noun* (*informal*) a very stupid person: *Don't do that, you moron!*

morose /mə'roʊs/ *adjective* quiet, in an unfriendly or bad-tempered way

morphine /'mɔ:fi:n/ *noun* (*uncount*) a drug that relieves pain

morsel /'mɔ:səl/ *noun* a small piece, especially of food

mortal /'mɔ:təl/ *adjective* **1** certain to die **2** causing death: *mortal injury* ♦ *noun* an ordinary person, in contrast to someone who is great

mortality /mɔ:'tælɪtɪ/ *noun* (*uncount*) **1** the state of being mortal **2** the number of people who die over a certain period

mortar /'mɔ:tə(r)/ *noun* **1** a mixture of sand, water and cement, used in building **2** a gun that fires shells over short distances

mortgage /'mɔ:gɪdʒ/ *noun* a loan of money, from a bank or building society, for buying a house or other property ♦ *verb* to give ownership of buildings to *eg* a bank in return for a loan of money

mortified /'mɔ:tɪfaɪd/ *adjective* very embarrassed or ashamed

mortuary /'mɔ:tjʊərɪ/ *noun* a building or room where dead bodies are kept until they are buried or cremated

mosaic /moʊ'zeɪk/ *noun* a design formed by fitting together small pieces of coloured stone or glass

Moslem see **Muslim**

mosque /mɒsk/ *noun* a Muslim place of worship

mosquito /mɒ'ski:toʊ/ *noun*: **mosquitos** or **mosquitoes** a small long-legged flying insect that bites people

moss /mɒs/ *noun* (*uncount*) a small flowerless plant that grows as a soft mass

most /moʊst/ *determiner* **1** nearly all: *It's cheaper than most modern cars of its size.* **2** more than anyone else ♦ *pronoun* **1** nearly all: *Most of my friends are vegetarians.* **2** more than anyone or anything else **3** the largest amount that is possible or available ♦ *adverb* **1** used to form the superlatives of adjectives that do not form their superlatives with -est, and to form the superlatives of adverbs ending in -ly: *She appeared to be the most interesting person in the room.* **2** more than anything or anyone else, or to the greatest degree: *What I liked about him most was his honesty.* ▶ *phrases* **at most** not more than **make the most of** to get as much benefit as possible out of

mostly /'moʊstlɪ/ *adverb* generally, in most cases

motel /moʊ'tɛl/ *noun* a hotel built to accommodate motorists and their vehicles

moth /mɒθ/ *noun* a butterfly-like insect that is active at night and is attracted by light

moth-eaten /'mɒθi:tən/ *adjective* of *eg* clothes: old and worn out

mother /'mʌðə(r)/ *noun* a female parent ♦ *verb* to treat with great, or too much, care and affection

motherhood /'mʌðəhʊd/ *noun* (*uncount*) the state of being a mother

mother-in-law /'mʌðərɪnlɔ:/ *noun* the mother of your husband or wife

motherly /'mʌðəlɪ/ *adjective* like a mother

motif /moʊ'ti:f/ *noun* a design, often a single shape repeated many times to form a pattern

motion /'moʊʃən/ *noun* **1** the state of moving **2** a movement **3** a suggestion that is formally discussed at a meeting ♦ *verb* to make a signal to someone to do something ▶ *phrase* **going through the motions** doing something without sincerity or enthusiasm

motionless /'moʊʃənləs/ *adjective* not moving

motivate /'moʊtɪveɪt/ *verb* **1** to cause to act in a certain way **2** to cause to feel interested and enthusiastic — *noun* **motivation**

motive /'moʊtɪv/ *noun* a reason why a person does something

motley /'mɒtlɪ/ *adjective* made up of different colours or kinds: *a motley crew*

motor /'moʊtə(r)/ *noun* **1** the part of a machine that produces movement **2** (*slang*) a car

motorbike /'moʊtəbaɪk/ *noun* (*informal*) a motorcycle

motorcycle /'moʊtəsaɪkəl/ *noun* a two-wheeled road vehicle with an engine

motorcyclist /'moʊtəsaɪklɪst/ *noun* a person who rides a motorcycle

motorist /'moʊtərɪst/ *noun* a person who drives a car

motorized or **motorised** /'moʊtəraɪzd/ *adjective* powered or operated by a motor

motorway /'moʊtəweɪ/ *noun* a major road for fast-moving traffic, linking major towns and cities

mottled /'mɒtəld/ *adjective* marked with patches of different colour

motto /'mɒtoʊ/ *noun*: **mottos** or **mottoes** a phrase adopted as a principle of behaviour

mould¹ (*AmE* **mold**) /moʊld/ *noun* (*uncount*) a soft white mass on substances, especially old or damp food — *adjective* **mouldy**

mould² (*AmE* **mold**) /moʊld/ *noun* a shape into which a liquid is poured to take

moult (*AmE* **molt**) /moʊlt/ *verb* of a bird or animal: to lose its feathers

on that shape when it cools or sets: *a jelly mould* ♦ *verb* **1** to form in a mould **2** to have a controlling influence on

mound /maʊnd/ *noun* **1** a small bank or pile of earth **2** a heap or pile of anything

mount /maʊnt/ *verb* **1** to carry out (organized action): *mount an attack* **2** to increase **3** to fix on to a frame or support **4** to climb on to eg a horse **5** (*formal*) to go up, *eg* stairs

mount up to increase in amount

mountain /ˈmaʊntɪn/ *noun* **1** a very high steep hill **2** (*informal*) a large quantity

mountaineer /maʊntɪˈnɪə(r)/ *noun* the sport or pastime of climbing mountains

mountainous /ˈmaʊntɪnəs/ *adjective* having many mountains

mounted /ˈmaʊntɪd/ *adjective* of police or soldiers: on horseback

mourn /mɔːn/ *verb* to feel deep sorrow because someone has died, or because you don't have something any longer

mournful /ˈmɔːnfʊl/ *adjective* feeling or expressing sadness or grief

mourning /ˈmɔːnɪŋ/ *noun* (*uncount*) the showing of grief ▶ *phrase* **in mourning 1** feeling or showing deep sorrow because of someone's death **2** wearing dark clothes, as a sign of the death of a close relative

mouse /maʊs/ *noun*: **mice 1** a small, long-tailed, furry animal that lives in the wild and in houses **2** (*computers*) a device moved by hand which causes cursor movements on a screen

mousse /muːs/ *noun* (*count or uncount*) a light cold dessert made by mixing eggs, cream and flavouring

moustache /məˈstɑːʃ/ (*AmE* **mustache** /ˈmʌstæʃ/) *noun* a line of unshaved hair above a man's upper lip

mousy /ˈmaʊsi/ *adjective* of hair: a dull, light-brown colour

mouth *noun* /maʊθ/ **1** the opening in your head that you speak through **2** the opening to *eg* a cave or a bottle **3** the point of a river where it flows into the sea ♦ *verb* /maʊð/ to move your lips to form words

mouthful /ˈmaʊθfʊl/ *noun* **1** an amount of food or drink that you put in your mouth at one time **2** (*informal*) a word or phrase that is difficult to say

mouth organ /ˈmaʊθ ɔːɡən/ *noun* a harmonica

mouthpiece /ˈmaʊθpiːs/ *noun* **1** the part of something, such as a musical instrument, that is held in the mouth **2** someone who speaks for others

movable or **moveable** /ˈmuːvəbl/ *adjective* not fixed in one place, able to be moved

move /muːv/ *verb* **1** to change place or position **2** to cause to change place or position **3** to go and live in another house **4** to make you feel deep emotion **5** to cause to act — *adjective* **moved** ♦ *noun* **1** an act of moving **2** a step, an action ▶ *phrase* **make a move** to leave

move in to begin to occupy a new house or other building
move on 1 to leave one place and go to another **2** to stop doing one thing and begin dealing with the next

movement /ˈmuːvmənt/ *noun* **1** the act of moving your body or a part of it **2** a group or organization, especially one with a political aim **3** what someone does during a particular time: *an account of her movements between 1am and 3am*

movie /ˈmuːvi/ *noun* **1** a cinema film **2 the movies** the cinema

moving /ˈmuːvɪŋ/ *adjective* causing strong emotions

mow /moʊ/ *verb*: **mows**, **mowing**, **mowed**, **mown 1** to cut *eg* grass, usually with a special machine called a **mower** or a **lawnmower**

MP /ˌɛmˈpiː/ *noun* a Member of Parliament

mph a written abbreviation for 'miles per hour'

Mr /ˈmɪstə(r)/ *noun* the ordinary title given to a man, used before his name

Mrs /ˈmɪsɪz/ *noun* the ordinary title used before the name of a married woman

Ms /mɪz/ *noun* a title that is used before the name of a woman whether or not she is married

much /mʌtʃ/ *determiner* **1** a lot, or a large amount: *Much dedicated effort has gone into the production.* **2** used with *how* to ask about the amount of something ♦ *pronoun*: *I agree with much of what he says.* ♦ *adverb* emphasizes comparatives: *much more confident* ▶ *phrases* **a bit much** unfair or unreasonable **much the same** nearly the same

muck /mʌk/ *noun* (*uncount*; *informal*) **1** dirt **2** solid waste released by animals

muck about or **muck around** to behave in a silly way
muck in to work together to achieve

something
muck up to do badly at and fail

mucky /'mʌki/ *adjective* (*informal*) very dirty: *Take those mucky boots off before you come in.*

mucus /'mju:kəs/ *noun* (*uncount*) the thick sticky liquid produced in various parts of the body, *eg* your nose

mud /mʌd/ *noun* (*uncount*) soft wet soil

muddle /'mʌdəl/ *verb* **1** to put into a disordered, confused state **2** to confuse in your mind ♦ *noun*: *The arrangements were a bit of a muddle.*

muddle through to succeed in spite of difficulties

muddy /'mʌdi/ *adjective* covered in mud

mudguard /'mʌdgɑ:d/ *noun* a guard over wheels that catches mud splashes

muesli /'mju:zli/ *noun* (*uncount*) a mixture of grains, nuts and fruit eaten with milk

muffin /'mʌfin/ *noun* a small round flat bread roll usually eaten hot with butter

muffled /'mʌfəld/ *adjective* of a noise: made quieter by being blocked or covered by something

mug[1] /mʌg/ *noun* a straight-sided cup, used without a saucer

mug[2] /mʌg/ *verb* to attack and rob in the street — *noun* **mugger** — *noun* **mugging**

mug[3] /mʌg/ *noun* (*informal*) someone's face

mug[4] /mʌg/ *noun* (*informal*) someone who has been easily fooled

muggy /'mʌgi/ *adjective* unpleasantly warm and damp

mule /mju:l/ *noun* a horse-like animal; a cross between a horse and a donkey

mull /mʌl/ *verb*

mull over to spend time thinking about carefully

multi- /mʌlti/ *prefix* many

multilateral /mʌlti'lætərəl/ *adjective* of discussions: involving several people or groups

multinational /mʌlti'næʃənəl/ *adjective* of a company: operating in several different countries

multiple /'mʌltɪpəl/ *adjective* having, involving or affecting many parts, things or people

multiple sclerosis /mʌltɪpəl sklə'rəʊsɪs/ *noun* (*uncount*) a serious disease that attacks a person's nervous system

multiplication /mʌltɪplɪ'keɪʃən/ *noun* (*uncount*) the process of multiplying one number by another

multiplicity /mʌltɪ'plɪsɪti/ *noun* (*formal*) a great number

multiply /'mʌltɪplaɪ/ *verb* **1** to increase a number by adding it to itself a certain number of times: *2 multiplied by 3 is 6* **2** to increase

multitude /'mʌltɪtju:d/ *noun* (*singular*) **1** a huge number **2** (*literary*) a crowd

mum /mʌm/ *noun* mother

mumble /'mʌmbəl/ *verb* to speak unclearly

mummy[1] /'mʌmi/ *noun* a child's word for mother

mummy[2] /'mʌmi/ *noun* a dead body preserved by wrapping in bandages and treating with *eg* wax or spices

mumps /mʌmps/ *noun* (*uncount*) a disease that causes painful swelling of the parts of the neck near the ears

munch /mʌntʃ/ *verb* to chew noisily

mundane /mʌn'deɪn/ *adjective* dull and uninteresting

municipal /mju'nɪsɪpəl/ *adjective* relating to or operated by local government

mural /'mjʊərəl/ *noun* a picture painted directly on to a wall

murder /'mɜ:də(r)/ *noun* **1** the crime of deliberately killing a person **2** (*informal*) something very severe or unpleasant: *The traffic was murder.* ♦ *verb*: *convicted of murdering the Yorkshire girl* — *noun* **murderer**

murky /'mɜ:ki/ *adjective* dark, gloomy; sinister

murmur /'mɜ:mə(r)/ *noun* a quiet continuous sound, *eg* of running water or low voices ♦ *verb* to speak so softly and quietly that people can hardly hear you

muscle /'mʌsəl/ *noun* the parts of your body that move your limbs and organs, that you can make stronger by exercising

muscle in to involve yourself in something that does not concern you

muscular /'mʌskjʊlə(r)/ *adjective* **1** relating to the muscles **2** strong

muse /mju:z/ *verb* (*literary*) to think over in a quiet, leisurely way

museum /mju:'zɪəm/ *noun* a place where objects of interest are displayed to the public

mush /mʌʃ/ *noun* (*singular*) a soft, half-liquid mass of anything

must /mʌst/ *modal verb*
Must is a modal verb, used with the infinitives of other verbs to express such ideas as possibility, probability and necessity. They always keep the same form, rather than inflecting. **Must** has two main divisions of meaning. It can express various kinds of necessity and obligation, and it can express certainty or strong possibility. The negative contracted form is **mustn't** (/ˈmʌsənt/).

✪ necessity and obligation
You use **must** to express various kinds of necessity and obligation:

- **legal or other requirements**: *All documents must be shown.*
- **necessity**: *A charity such as ours must constantly strive for greater efficiency.*
- **reminders**: *If they are to get the message, it must be presented to them many times.*
- **urgency**: *I must get back to the hospital.*
- **personal resolutions**: *I must lose some weight.*
- **encouragement and reassurance**: *You mustn't be shy.*
- **recommendations**: *You must read Kate Atkinson's 'Behind the Scenes at the Museum'.*
- **invitations**: *You must come over for dinner sometime.*
- **considerate and reasonable behaviour**: *You mustn't treat people like that.*
- **pleas and protests**: *Must you call me by that ridiculous name?*

negative forms
Something that you **must not** do is something that you are forbidden to do, or not allowed to do. To express *lack of obligation or necessity*, you use **do not have to**, **need not**, or **do not need to**: *You don't need to come if you don't want to.*

the past
For obligation in the past you use **had to**: *I had to go out and get some shopping.* For prohibition in the past you can say, *eg:* *We weren't allowed to leave*, or *We couldn't leave.* For lack of obligation in the past you can say, *eg:* *We didn't have to stay.*

✪ strong probability or certainty
- **must: probability in the present**
Must expresses strong probability. You say something **must** be the case if it is unlikely not to be the case: *You must be very proud of her.* □ *There's the doorbell. It must be Fiona.*

questions and negatives
Can is usually used instead of **must** in questions and with negatives: *Who can that be?* □ *It can't be eight o'clock already.*

- **must have: probability in the past**
You use **must have** with a past participle to say that something probably happened, or has probably happened: *I must have dropped my keys when I got out of the car.* □ *The wave must have been fifteen feet high.*

questions and negatives
You use **can have** in questions and negatives relating to probability in the past, rather than **must have**: *She can't have meant that.* □ *What can have happened to him?*

---

mushroom /ˈmʌʃrʊm/ *noun* an edible fungus, usually umbrella-shaped ♦ *verb* to develop very quickly

mushy /ˈmʌʃi/ *adjective* (*informal*) **1** in a soft, half-liquid state **2** sentimental in a silly or embarrassing way

music /ˈmjuːzɪk/ *noun* (*uncount*) **1** organized patterns of sound, either sung or produced with instruments **2** the art or practice or creating such sound

musical /ˈmjuːzɪkəl/ *adjective* **1** relating to music **2** pleasant to hear [*same as* **tuneful, melodious**] ♦ *noun* a play or film in which there is a lot of singing and dancing

musician /mjuːˈzɪʃən/ *noun* a person who plays music

Muslim or **Moslem** /ˈmʊzlɪm/ *noun* a follower of the religion of Islam

muslin /ˈmʌzlɪn/ *noun* (*uncount*) thin cotton cloth

mussel /ˈmʌsəl/ *noun* an edible shellfish with a long, rounded, blackish shell

must see special entry above

mustache see **moustache**

mustard /ˈmʌstəd/ *noun* (*uncount*) a thick, strong-tasting, yellowish-brown paste often eaten with meat

muster /ˈmʌstə(r)/ *verb* to gather up or together *eg* courage

mustn't /ˈmʌsənt/ *verb* (*informal*) the spoken, and informal written, form of **must not**

musty /ˈmʌstɪ/ *adjective* smelling old and damp

mute /mjuːt/ *adjective* **1** not able to speak **2** silent **3** of reactions: not expressed

muted /ˈmjuːtɪd/ *adjective* **1** of a sound or colour: soft, not harsh **2** of a colour: not bright

mutilate /ˈmjuːtɪleɪt/ *verb* **1** to inflict severe injuries, especially involving the loss of a limb **2** to damage greatly — *noun* (*uncount or count*) **mutilation**

mutiny /ˈmjuːtɪnɪ/ *noun* the act of rebelling against people in authority, especially in the armed forces ♦ *verb*: *The rest of the crew were planning to mutiny.*

mutter /ˈmʌtə(r)/ *verb* to speak quietly, often in an angry or irritated tone of voice

mutton /ˈmʌtən/ *noun* (*uncount*) the flesh of an adult sheep, used as food

mutual /ˈmjuːtʃʊəl/ *adjective* **1** felt by each of two people about the other **2** shared by two or more: *a mutual friend*

muzzle /ˈmʌzəl/ *noun* **1** an animal's nose and mouth **2** a set of straps fitted round an animal's mouth to prevent it from biting people ♦ *verb* **1** to put a muzzle on *eg* a dog **2** to prevent from speaking freely

my /maɪ/ *determiner* (*possessive*) used to refer to things that belong or relate to the speaker: *This is my book.*

myriad /ˈmɪrɪəd/ *noun* a very great number

myself /maɪˈsɛlf/ *pronoun* (*reflexive*) **1** used as the object of a verb or preposition when *I* is the subject: *I can see myself in the mirror.* **2** used for emphasis: *I don't like her much myself.* **3** independently, without help: *I wrote this myself.*

mysterious /mɪˈstɪərɪəs/ *adjective* **1** difficult or impossible to understand **2** secretive — *adverb* **mysteriously**

mystery /ˈmɪstərɪ/ *noun* **1** something that cannot be or has not been explained; something puzzling **2** (*uncount*) the quality of being difficult or impossible to explain or understand

mystical /ˈmɪstɪkəl/ *adjective* relating to or involving the spiritual world and spiritual powers

mystify /ˈmɪstɪfaɪ/ *verb* to puzzle greatly; to confuse

myth /mɪθ/ *noun* **1** an ancient story about gods and heroes **2** something imagined or untrue

mythical /ˈmɪθɪkəl/ *adjective* **1** existing in myths **2** invented, imagined

mythology /mɪˈθɒlədʒɪ/ *noun* (*uncount*) ancient myths in general

Nn

N or **n** /ɛn/ *noun* the fourteenth letter of the English alphabet

nag /nag/ *verb* **1** to repeatedly criticize or find fault with **2** of a feeling: to constantly trouble

nail /neɪl/ *noun* **1** the hard coverings protecting the ends of the fingers and toes **2** a thin pointed piece of metal for fastening *eg* two pieces of wood ♦ *verb* to attach or join using nails ▶ *phrase* **hit the nail on the head** to describe something precisely or accurately

naive or **naïve** /naɪˈiːv/ *adjective* **1** simple in thought, manner or speech **2** inexperienced and lacking knowledge of the world — *adverb* **naively** — *noun* (*uncount*) **naivety** or **naïvety**

naked /ˈneɪkɪd/ *adjective* **1** without clothes [*same as* **nude**] **2** not covered **3** of feelings: strong, unpleasant, and not hidden: *naked greed* — *noun* (*uncount*) **nakedness**

name /neɪm/ *noun* **1** a word used to refer to and identify a person, place or thing **2** reputation: *giving English football a bad name* ♦ *verb* **1** to give a name to **2** to mention by name: *name three Scottish poets* — *adjective* **named** ▶ *phrases* **call someone names** to insult or abuse someone **make a name for yourself** to become well known or famous for something that you do

nameless /ˈneɪmləs/ *adjective* not identified

namely /ˈneɪmli/ *adverb* used to give additional information about someone or something just mentioned

namesake /ˈneɪmseɪk/ *noun* someone with the same name as someone else

nanny /ˈnani/ *noun* a person employed to look after or bring up a child in its own home

nap /nap/ *noun* a short sleep ♦ *verb* to have a short sleep ▸ *phrase* **catch someone napping** to take someone by surprise

nape /neɪp/ *noun* the back of the neck

napkin /ˈnapkɪn/ *noun* a piece of cloth or paper for wiping the mouth at meals [*same as* **serviette**]

nappy /ˈnapi/ *noun* a piece of cloth, or thick pad, fastened round a baby's bottom to soak up the solid and liquid waste it produces [*same as* **diaper**]

narcotic /nɑːˈkɒtɪk/ *noun* a type of drug that makes you feel sleepy or stops pain, or any drug taken illegally for pleasure

narration /nəˈreɪʃən/ *noun* (*uncount*) the process or manner of telling a story

narrative /ˈnarətɪv/ *noun* a story

narrator /nəˈreɪtə(r)/ *noun* the person telling a story

narrow /ˈnaroʊ/ *adjective* **1** not very wide: *a narrow road* **2** lacking wide interests or experience: *narrow views* **3** only just achieved: *a narrow escape* — *adverb* **narrowly** — *noun* (*uncount*) **narrowness** ♦ *verb* to become narrow

> **narrow down** to reduce or limit the number of choices or possibilities available

nasal /ˈneɪzəl/ *adjective* **1** relating to the nose **2** of sounds made through the nose

nasty /ˈnɑːsti/ *adjective* **1** unpleasant, disgusting or offensive **2** behaving in a cruel or unkind way towards others **3** of an injury: serious — *adverb* **nastily**

nation /ˈneɪʃən/ *noun* **1** a country, especially one thought of as a separate political and social unit **2** a race of people: *the Jewish nation*

national /ˈnaʃnəl/ or /ˈnaʃənəl/ *adjective* **1** relating to a whole country **2** relating to the people of a particular country — *adverb* **nationally** ♦ *noun* a citizen of a particular country: *a British national*

national anthem /ˌnaʃnəl ˈanθəm/ *noun* a country's official song

nationalism /ˈnaʃnəlɪzm/ *noun* (*uncount*) **1** the desire to bring the people of a nation together under their own government **2** great, especially extreme pride in your own country — *noun and adjective* **nationalist**

nationality /ˌnaʃəˈnalɪti/ *noun* a person's status as a citizen of a particular country

nationalize or **nationalise** /ˈnaʃnəlaɪz/ *verb* to place (an industry) under the control of the government — *noun* (*uncount*) **nationalization**

nationwide /ˌneɪʃənˈwaɪd/ *adjective or adverb* relating to things that exist throughout a whole country

native /ˈneɪtɪv/ *adjective* **1** relating to where you were born or brought up: *my native land* **2** of language: the first one you learnt to speak **3** of a plant or animal: relating to where it exists naturally ♦ *noun* someone born in a certain place: *a native of Scotland*

natter /ˈnatə(r)/ *verb* (*informal*) to have an informal conversation ♦ *noun* (*informal*): *have a natter* [*same as* **chat**]

natural /ˈnatʃrəl/ or /ˈnatʃərəl/ *adjective* **1** expected, normal **2** present at birth, not learned afterwards: *a natural ability* **3** relating to nature **4** open and sincere **5** biological: *natural parents* ♦ *noun* someone with a natural ability

nature /ˈneɪtʃə(r)/ *noun* **1** the physical world of plants and animals **2** the basic qualities of something **3** a person's character

naturist /ˈneɪtʃərɪst/ *noun* a person who believes in, and practises, the right to be naked in public

naughty /ˈnɔːti/ *adjective* **1** badly behaved **2** of books and films: mildly shocking, dealing with sex

nausea /ˈnɔːzɪə/ *noun* (*uncount*) the feeling that you are about to be sick

nauseating /ˈnɔːzɪeɪtɪŋ/ *adjective* **1** making you feel that you are about to be sick **2** disgusting or offensive

nauseous /ˈnɔːzɪəs/ or (*AmE*) /ˈnɔːʃəs/ *adjective* feeling sick

nautical /ˈnɔːtɪkəl/ *adjective* relating to ships

naval /ˈneɪvəl/ *adjective* relating to a navy

navel /ˈneɪvəl/ *noun* the small hollow in the centre of the front of the belly

navigate /ˈnavɪɡeɪt/ *verb* to direct the course of a ship, aircraft or other vehicle — *noun* (*uncount*) **navigation** — *noun* **navigator**

navy /ˈneɪvi/ *noun* **1** the armed force that fights in ships **2** a dark blue colour: *navy blue*

near /nɪə(r)/ *preposition or adverb* **1** a short distance from **2** just before or after: *near the beginning of term* ♦ *adjective or adverb* going to come soon: *The end is near.*

nearby

♦ *adjective* **1** a short distance away from you: *It's quite near.* **2** of relatives: close in relationship to you — *noun* (*uncount*) **nearness** ♦ *verb* to approach

nearby /nɪəˈbaɪ/ *adjective or adverb* quite close: *Do you live nearby?*

nearly /ˈnɪəlɪ/ *adverb* almost: *nearly four o'clock*

near-sighted /nɪəˈsaɪtɪd/ *adjective* only able to see clearly things that are fairly close to you [*same as* **short-sighted**; *opposite* **long-sighted**]

neat /niːt/ *adjective* **1** clean and arranged in an ordered way **2** pleasingly small or regular **3** of an alcoholic drink: not diluted with water — *adverb* **neatly**

necessarily /nɛsəˈsɛrɪlɪ/ *adverb* used to talk about facts or certainties

necessary /ˈnɛsəsɛrɪ/ *adjective* needed or essential

necessitate /nəˈsɛsɪteɪt/ *verb* (*formal*) to make necessary or unavoidable

necessity /nəˈsɛsɪtɪ/ *noun* **1** something necessary or essential **2** the need to do or have something

neck /nɛk/ *noun* **1** the part of your body between your head and your shoulders **2** a narrow passage or area: *neck of a bottle* □ *neck of land* ▶ *phrases* **neck and neck** exactly level, with nobody clearly winning (*informal*) **up to your neck** very busy

necklace /ˈnɛkləs/ *noun* a string of beads or jewels worn round the neck

necktie /ˈnɛktaɪ/ *noun* (*AmE*) a tie

need[1] see special entry on page 243

need[2] /niːd/ *noun* something that is necessary

needle /ˈniːdəl/ *noun* **1** a thin steel pin with a small hole at the top, used for sewing **2** a long thin piece of *eg* metal or plastic used in knitting **3** a thin hollowed-out piece of steel attached to a hypodermic syringe **4** the moving pointer in a compass **5** the long, sharp, pointed leaf of *eg* a pine or fir tree **6** the tiny, pointed piece of diamond on a record-player ♦ *verb* (*informal*) to deliberately annoy or irritate

needless /ˈniːdləs/ *adjective* unnecessary — *adverb* **needlessly** ▶ *phrase* **needless to say** 'as you probably already know'

needy /ˈniːdɪ/ *adjective* poor

negative /ˈnɛɡətɪv/ *adjective* **1** meaning or saying 'no', as an answer **2** of a person's attitude: lacking enthusiasm [*opposite* **positive**] — *adverb* **negatively** ♦ *noun* **1** the image that a camera first produces **2** (*grammar*) a word or statement that means 'not' or 'no'

neglect /nɪˈɡlɛkt/ *verb* **1** to fail to give proper attention to **2** to fail to do ♦ *noun* (*uncount*) lack of care and attention

negligent /ˈnɛɡlɪdʒənt/ *adjective* careless [*opposite* **attentive**, **careful**, **scrupulous**] — *noun* (*uncount*) **negligence**

negligible /ˈnɛɡlɪdʒəbəl/ *adjective* not worth thinking about [*same as* **insignificant**]

negotiable /nɪˈɡoʊʃəbəl/ *adjective* to be fixed after discussion

negotiate /nɪˈɡoʊʃɪeɪt/ *verb* **1** to have discussions with in order to reach an agreement **2** to deal with successfully — *noun* (*count or uncount*) **negotiation** — *noun* **negotiator**

neighbour (*AmE* **neighbor**) /ˈneɪbə(r)/ *noun* **1** someone who lives near you **2** a person placed next to you

neighbourhood (*AmE* **neighborhood**) /ˈneɪbəhʊd/ *noun* an area within a town or city ▶ *phrase* **in the neighbourhood of** roughly or approximately

neighbouring (*AmE* **neighboring**) /ˈneɪbərɪŋ/ *adjective* nearby

neighbourly (*AmE* **neighborly**) /ˈneɪbəlɪ/ *adjective* friendly

neither /ˈnaɪðə(r)/ or /ˈniːðə(r)/ *determiner* not the one nor the other of two: *Neither bus goes that way.* ♦ *pronoun*: *Neither of the paintings was an original.* ♦ *conjunction*: *An arrangement of that sort would neither be fair nor desirable.*

neo- /ˈniːoʊ/ or /ˈneɪoʊ/ *prefix* new

neon light /ˈniːɒn ˈlaɪt/ *noun* a light consisting of a tube filled with gas through which an electric current is passed

nephew /ˈnɛfjuː/ *noun* the son of a brother or sister

nerve /nɜːv/ *noun* **1** one of the fibres which carry messages from all parts of the body to the brain **2** courage **3** willingness to be rude or bold **4 nerves** an anxious state ▶ *phrases* **get on someone's nerves** to annoy or irritate **lose your nerve** to lose your courage; to start to panic

nervous /ˈnɜːvəs/ *adjective* **1** easily frightened or upset **2** worried or uneasy **3** tense, not relaxed — *adverb* **nervously** — *noun* (*uncount*) **nervousness**

nest /nɛst/ *noun* a structure that birds and some other animals build to lay their eggs in ♦ *verb*: *The sparrows had nested in the hedge.*

need /niːd/ *verb and modal verb*:
The verb **need** acts both as an ordinary lexical verb and as a modal auxiliary verb. As a modal auxiliary verb it is mainly used with negatives or in questions.

○ **need** as an ordinary verb
As an ordinary verb, **need** inflects in the normal way:

    need   needing   needed

negative:
    don't need   didn't need

- **need + object**
  You say you **need** something when it is necessary for you to have it: *All our plans changed and I needed time to adjust.*

- **need + to + infinitive**
  You say you **need to** do something when it is necessary for you to do it. **Need to** can be used in positive or negative contexts, and in questions: *The participants need to feel confident and secure in their positions.* □ *What do we need to do to improve?* □ *You don't need to be an expert to see that it doesn't work.*

- **need + -ing form**
  You can say that something **needs** dealing with in a certain way if it is necessary to deal with it in that way: *The windows need cleaning.* □ *It doesn't need ironing.*

○ **need** as a modal verb

- **negative forms:**   need not   needn't

- **need + infinitive** (without *to*)
  Need is used with an infinitive without *to*

1 with negatives: *We needn't go into details now.*
2 in questions expecting the answer 'no': *He needn't sit with us, need he?*
3 after *if*: *I wonder if I need be present.*
4 with *only*: *They need only avoid a big defeat to qualify for the final.*
5 with 'broad negatives' such as *hardly*, to talk about what is not necessary, or what can be avoided: *I need hardly remind you of the dangers involved.*

Note the distinction between **needn't** and **mustn't**: *You needn't* [= it is unnecessary to] *tell the whole truth, but you mustn't* [= it is wrong to] *lie.*

- **need have + past participle**
  You use the form **need have + past participle** to talk about what was unnecessary, or could have been avoided, in the past: *She needn't have worried that she would be recognized. No-one even noticed her.* □ *It was worse than it need have been.*

Notice that with reference to the present there is no difference in meaning between the modal verb **need** and the ordinary verb: *You needn't (or you don't need to) stay.*

But with reference to the past, there can be a difference: *I didn't need to get up early after all* [= it was unnecessary to get up early, so I didn't]. □ *I needn't have got up early after all* [= I got up early unnecessarily].

nestle /ˈnɛsəl/ *verb* **1** to settle comfortably **2** to seem sheltered or hidden in a place: *the village nestling in the valley*

net¹ /nɛt/ *noun* **1** (*uncount*) material consisting of threads twisted or woven together **2** a piece of this material ♦ *verb* to catch in a net, or manage to get or obtain

net² /nɛt/ *adjective* **1** of profit: remaining after expenses and taxes have been paid **2** of weight: not including packaging ♦ *verb* to make in profit after all expenses have been paid

netball /ˈnɛtbɔːl/ *noun* (*uncount*) a game similar to basketball, usually played by women

netting /ˈnɛtɪŋ/ *noun* (*uncount*) fabric of netted *eg* string or wire

nettle /ˈnɛtəl/ *noun* a plant with leaves that sting you if you touch them

network /ˈnɛtwɜːk/ *noun* **1** an arrangement of lines crossing one another **2** a widespread organization **3** a system of linked computers

neurotic /njʊˈrɒtɪk/ *adjective* very anxious or nervous, for no good reason

neutral /ˈnjuːtrəl/ *adjective* **1** not supporting either side in a quarrel or war **2** of a colour: not strong or definite ♦ *noun* (*uncount*) the gear position used when a vehicle is remaining still

never /ˈnɛvə(r)/ *adverb* **1** not ever; at no time **2** under no circumstances

nevertheless /ˌnɛvəðəˈlɛs/ *adverb* in spite of that

new /njuː/ *adjective* **1** recently bought, made or built **2** that has not existed before **3** that has not been owned before **4** that replaces something that has been lost **5** recently joined: *a new member of staff* — *noun* **newness** ♦ *adverb* combined with past participles to refer to what has happened recently: *a newborn baby*

newfangled /njuːˈfaŋɡəld/ *adjective* (*informal*) new, but not representing any improvement

newly /ˈnjuːlɪ/ *adverb* used before past participles; 'only recently': *newly painted*

news /njuːz/ *noun* (*uncount*) **1** information about something that has recently happened **2** a radio or television programme giving news

newsagent /ˈnjuːzeɪdʒənt/ *noun* a shop selling newspapers and magazines

newspaper /ˈnjuːzpeɪpə(r)/ *noun* a paper printed daily or weekly containing news

newt /njuːt/ *noun* a small lizard-like animal, living on land and in water

next /nɛkst/ *determiner or adjective* **1** nearest, closest in place or time: *the next page* ♦ *pronoun*: *One minute I was sweating and the next I was freezing cold.* *adverb* in the nearest place or at the nearest time: *She won and I came next.* □ *We tried the window next.* ▶ *phrase* **next of kin** the person, or the people, most closely related to you

nibble /ˈnɪbəl/ *verb*: to take small bites ♦ *noun* **1** a little bite **2** (*informal*) **nibbles** peanuts and crisps, *etc* eaten before a meal

nice /naɪs/ *adjective* **1** pleasant, good, attractive or satisfactory **2** kind and helpful — *adverb* **nicely**

nicety /ˈnaɪsətɪ/ *noun* a small detail

niche /niːʃ/ *noun* a suitable place in life: *She hasn't yet found her niche.*

nick /nɪk/ *noun* **1** a small cut **2** (*slang*) prison, or a police station ♦ *verb* **1** to make a small cut in **2** (*slang*) to steal **3** (*slang*) to arrest

nickel /ˈnɪkəl/ *noun* **1** a greyish-white metal used for mixing with other metals **2** in America, a five-cent coin

nickname /ˈnɪkneɪm/ *noun* an informal name given to a person or thing ♦ *verb* to give a nickname to

nicotine /ˈnɪkətiːn/ *noun* (*uncount*) the poisonous substance contained in tobacco

niece /niːs/ *noun* the daughter of a sister or brother

nifty /ˈnɪftɪ/ *adjective* (*informal*) pleasingly clever or attractively stylish

niggle /ˈnɪɡəl/ *verb* to worry or irritate — *adjective* **niggling**

night /naɪt/ *noun* **1** the period of darkness between sunset and sunrise **2** the evening: *We all go down to the club on Friday nights.*

nightclub /ˈnaɪtklʌb/ *noun* a club, open until late at night, for drinking, dancing and other entertainment

nightdress /ˈnaɪtdrɛs/ *noun* a woman's loose dress for sleeping in

nightfall /ˈnaɪtfɔːl/ *noun* (*uncount*) the time when the sun goes down and night begins

nightie /ˈnaɪtɪ/ *noun* (*informal*) a nightdress

nightmare /ˈnaɪtmɛə(r)/ *noun* **1** a frightening dream **2** a very unpleasant or frightening experience

night-time /ˈnaɪt taɪm/ *noun* (*uncount*) the period of darkness between the sunset and sunrise

night-watchman /naɪt ˈwɒtʃmən/ *noun* someone who looks after a building during the night

nil /nɪl/ *noun* (*uncount*) a score of nothing or no points

nimble /ˈnɪmbəl/ *adjective* quick and quiet; agile

nine /naɪn/ *noun* **1** the number or figure 9 **2** the age of 9 ♦ *adjective* nine years old ♦ *determiner*: *A whisky could cost as much as nine dollars.* ♦ *pronoun*: *Nine of us voted in favour.*

nineteen /naɪnˈtiːn/ *noun* **1** the number or figure 19 **2** the age of 19 ♦ *adjective* nineteen years old ♦ *determiner*: *The first nineteen years were the best.* ♦ *pronoun*: *Out of twenty students, nineteen failed the course.*

nineteenth /naɪnˈtiːnθ/ *adjective* the one numbered nineteen in a series ♦ *noun* one of nineteen equal parts

ninetieth /ˈnaɪntɪəθ/ *adjective* the one numbered ninety in a series ♦ *noun* one of ninety equal parts

ninety /ˈnaɪntɪ/ *noun* **1** the number or figure 90 **2** the age of 90 ♦ *adjective* ninety years old ♦ *pronoun*: *Three people were killed and over ninety injured.*

ninth (often written **9th**) /naɪnθ/ *determiner* the one numbered nine in a series ♦ *pronoun*: *This is the ninth of his albums to reach number one.* ♦ *adjective*: *I was (or came) ninth in the photographic competition.* ♦ *noun* (often written $\frac{1}{9}$) one of nine equal parts

nip /nɪp/ *verb* **1** to pinch or squeeze sharply **2** to give a sharp little bite **3** (*informal*) to go somewhere quickly and for a short time ♦ *noun*: *The dog gave me a nasty nip on the ankle.* ▶ *phrase* **a nip in the air** a fresh or cold feeling in the air

nipple /'nɪpəl/ *noun* one of the two protruding parts of the chest or breast

nippy /'nɪpɪ/ *adjective* (*informal*) **1** of the weather: cold **2** fast or quick-moving

nitrogen /'naɪtrədʒən/ *noun* (*uncount*) a gas forming nearly four-fifths of ordinary air

no[1] /nəʊ/ *interjection* **1** used as a negative reply **2** used to agree with a negative statement **3** used to express, *eg* horror

no[2] /nəʊ/ *determiner* not any: *No other car gives you this level of luxury.* ♦ *adverb* not at all, not in the least bit: *We're still no closer to finding a solution.*

noble /'nəʊbəl/ *adjective* **1** brave, honourable or generous **2** belonging to the highest social class ♦ *noun* a person of noble rank [*same as* **aristocrat**]

nobody /'nəʊbədɪ/ *pronoun* no person, not anybody ♦ *noun* someone of no importance: *just a nobody*

nod /nɒd/ *verb* **1** to move the head forward as a sign of agreement **2** to let the head fall forwards through tiredness

nod off to fall asleep

noise /nɔɪz/ *noun* **1** a sound **2** (*uncount or count*) unpleasant, loud sounds that disturb you

noisy /'nɔɪzɪ/ *adjective* making a lot of noise

nominal /'nɒmɪnəl/ *adjective* **1** in name only **2** very small: *a nominal fee* — *adverb* **nominally**

nominate /'nɒmɪneɪt/ *verb* to propose for a post or for election; appoint — *noun* **nomination**

nonchalant /'nɒnʃələnt/ *adjective* calmly uninterested in, or unconcerned about, something [*same as* **blasé**; *opposite* **enthusiastic**]

non-committal /nɒnkə'mɪtəl/ *adjective* unwilling to express, or not expressing, an opinion

nonconformist /nɒnkən'fɔːmɪst/ *noun* someone who refuses to do what is traditional or generally expected

nondescript /'nɒndɪskrɪpt/ *adjective* very ordinary, with no noticeable qualities

none /nʌn/ *pronoun* not one, not any: *None of his injuries were very serious.* ▶ *phrase*

none the not the least bit: *none the worse for their experience*

nonentity /nɒn'entɪtɪ/ *noun* someone of no importance

nonetheless /nʌnðə'les/ *adverb* (*formal*) in spite of that [*same as* **nevertheless**]

non-existent /nɒnɪg'zɪstənt/ *adjective* that does not exist

nonplussed /nɒn'plʌst/ *adjective* puzzled, astonished

nonsense /'nɒnsəns/ *noun* **1** words or ideas that you think are untrue or stupid, or meaningless **2** silly behaviour ♦ *interjection* used in response to what someone says, meaning it is untrue or stupid

non-stop /nɒn'stɒp/ *adjective or adverb* without a break, pause or stop [*same as* **continuous, continuously**]

noodles /'nuːdəlz/ *noun* (*plural*) thin, string-like pieces of pasta made with egg

nook /nʊk/ *noun* a corner ▶ *phrase* **every nook and cranny** every part of a room

noon /nuːn/ *noun* twelve o'clock in the daytime; midday

no-one or **no one** /'nəʊwʌn/ *pronoun* not any person, nobody

noose /nuːs/ *noun* a loop in a rope that tightens when pulled

nor /nɔː(r)/ *conjunction* **1** used, often with **neither** to show alternatives in the negative: *I'd been neither to Spain, France, nor Italy before.* **2** used to introduce a second or further negative statement

norm /nɔːm/ *noun* **1 the norm** what people normally or traditionally do **2** a usual or accepted way of behaving

normal /'nɔːməl/ *adjective* **1** usual, typical or expected **2** morally acceptable

normality /nɔː'mælɪtɪ/ *noun* (*uncount*) the state in which things usually are

normally /'nɔːməlɪ/ *adverb* **1** usually or typically **2** in a normal way

north /nɔːθ/ *noun* **1** the direction to your left when you face the sunrise **2** the part of a country or other area that lies towards the north ♦ *adverb* to the north ♦ *adjective* in the north

northbound /'nɔːθbaʊnd/ *adjective* travelling north

northerly /'nɔːðəlɪ/ *adjective* **1** towards the north **2** of a wind: blowing from the north

northern /'nɔːðən/ *adjective* in, or belonging to, the north of a place

northerner /'nɔːðənə(r)/ *noun* a person who lives in, or comes from, the north

northward

northward /'nɔːθwəd/ *adverb* towards the north ♦ *adjective*: *the northward journey.*

nose /nəʊz/ *noun* **1** the part of your face that you use to smell, and that you can breathe through **2** the front or projecting part of something, especially an aircraft ▶ *phrases* **pay through the nose** to pay an unreasonably high price **turn your nose up at something** to refuse something because you don't think it is good enough

> **nose about** or **nose around** to look around, especially uninvited, because you are curious

nosey see **nosy**

nostalgia /nɒ'stældʒə/ *noun* (*uncount*) the remembering of happy times in the past — *adjective* **nostalgic**

nostril /'nɒstrɪl/ *noun* one of the two openings in the nose

nosy or **nosey** /'nəʊzɪ/ *adjective* (*derogatory*) too curious about other people's affairs

not /nɒt/ *adverb* used to express a negative, refusal or denial: *I'm not going.* □ *Give it to me, not him!* □ *I didn't break the window* ▶ *phrase* **not at all** a polite way of responding to someone when they thank you

notable /'nəʊtəbəl/ *adjective* important or worth mentioning — *adverb* **notably**

notch /nɒtʃ/ *noun* a small V-shaped cut

note /nəʊt/ *noun* **1** a short, informal letter **2 notes** a written record of something **3** a short explanation **4** a banknote, a piece of paper used as money: *a £5 note* **5** a musical sound **6** a feeling or mood: *There was a note of panic in her voice.* ♦ *verb* **1** to notice **2** to make a written note of ▶ *phrase* **take note** to pay attention

notebook /'nəʊtbʊk/ *noun* **1** a book for taking notes **2** a portable computer

noted /'nəʊtɪd/ *adjective* well known

noteworthy /'nəʊtwɜːðɪ/ *adjective* notable, remarkable

nothing /'nʌθɪŋ/ *pronoun* **1** 'no things' or 'not anything': **2** not serious or important ♦ *adverb* **nothing like** not in the least; not nearly ▶ *phrase* **nothing but** only

notice /'nəʊtɪs/ *noun* **1** a written public announcement **2** attention: *it has come to our notice* **3** a warning that something is going to happen ♦ *verb* to realize, observe, become aware of ▶ *phrase* **take notice** to pay attention

noticeable /'nəʊtɪsəbəl/ *adjective* easy to see or recognize — *adverb* **noticeably**

notify /'nəʊtɪfaɪ/ *verb* to inform

notion /'nəʊʃən/ *noun* a belief, understanding or impression [*same as* **idea**]

notorious /nəʊ'tɔːrɪəs/ *adjective* well-known for having some bad or undesirable quality — *adverb* **notoriously** — *noun* **notoriety**

notwithstanding /nɒtwɪð'stændɪŋ/ *preposition* (*formal*) in spite of [*same as* **despite**]

nought /nɔːt/ *noun* (*count or uncount*) zero, or the figure 0

noun /naʊn/ *noun* a word used to refer to a person, thing or quality

nourish /'nʌrɪʃ/ *verb* to provide with food — *noun* (*uncount*) **nourishment**

nourishing /'nʌrɪʃɪŋ/ *adjective* containing substances that keep the body strong and healthy

novel[1] /'nɒvəl/ *noun* a book that tells a fictional story

novel[2] /'nɒvəl/ *adjective* completely new or original

novelist /'nɒvəlɪst/ *noun* a person who writes novels

novelty /'nɒvəltɪ/ *noun* **1** the quality of being new, original or interestingly different **2** something you have never seen before **3** a small, cheap toy

November /nəʊ'vembə(r)/ *noun* (*uncount*) the eleventh month of the year

novice /'nɒvɪs/ *noun* a beginner

now /naʊ/ *adverb* **1** at the present time: *I can see him now.* **2** immediately: *Come here now!* **3** in the present circumstances: *I can't go now because my mother is ill.* ♦ *conjunction* or **now that** because, since: *You can't go out now that it's raining.* ▶ *phrases* **now and then** or **now and again** occasionally

nowadays /'naʊədeɪz/ *adverb* in present times, these days

nowhere /'nəʊweə(r)/ *adverb* 'no place', 'in or to no place', or 'not anywhere' ▶ *phrases* **getting nowhere** not making progress (*informal*) **in the middle of nowhere** a long way from any large town **nowhere near** not nearly

noxious /'nɒkʃəs/ *adjective* harmful or poisonous: *noxious fumes* [*same as* **toxic**]

nozzle /'nɒzəl/ *noun* a part fitted to the end of a pipe

nuance /'njuːɒns/ *noun* a slight difference in *eg* meaning or colour

nuclear /'njuːklɪə(r)/ *adjective* relating to the energy created when atoms are split or forced together: *nuclear energy*

nuclear reactor /ˈnjuːklɪə rɪˈæktə(r)/ *noun* a large machine for producing nuclear energy

nucleus /ˈnjuːklɪəs/ *noun*: **nuclei** 1 the central part of an atom 2 the central part round which something collects or from which it grows

nude /njuːd/ *adjective* wearing no clothes ♦ *noun* a painting or a statue of a nude person

nudge /nʌdʒ/ *verb* to give a gentle push, *eg* with the elbow ♦ *noun*: *give him a nudge*

nudist /ˈnjuːdɪst/ *noun* someone who likes to be naked, in public as well as in private [*same as* **naturist**]

nudity /ˈnjuːdɪtɪ/ *noun* (*uncount*) the state of being nude

nuisance /ˈnjuːsəns/ *noun* someone or something annoying or troublesome

numb /nʌm/ *adjective* 1 having lost the power to feel or move 2 unable to think, or feel any emotion: *numb with shock*

number /ˈnʌmbə(r)/ *noun* 1 a word or figure used to count or calculate quantities, and to talk about the positions of things in a series 2 a quantity: *The number of deaths has risen to 50.* 3 a single issue of a newspaper or magazine 4 (*informal*) a piece of popular music ♦ *verb* 1 to give a number to 2 to amount to in number ▶ *phrase* **a number of** several

numeracy /ˈnjuːmərəsɪ/ *noun* (*uncount*) the ability to use numbers to do calculations

numeral /ˈnjuːmərəl/ *noun* a symbol that represents a number

numerate /ˈnjuːmərət/ *adjective* knowing how to use numbers to do calculations

numerical /njuːˈmɛrɪkəl/ *adjective* relating to, or expressed using, numbers

numerous /ˈnjuːmərəs/ *adjective* many

nun /nʌn/ *noun* a member of a female religious community

nurse /nɜːs/ *noun* a person trained to look after ill or injured people, usually in a hospital ♦ *verb* to look after someone when they are ill

nursery /ˈnɜːsrɪ/ *noun* 1 a place where plants are grown for sale 2 a young child's bedroom

nursery school /ˈnɜːsrɪ skuːl/ *noun* a school for very young children

nursing home /ˈnɜːsɪŋ hoʊm/ *noun* a small private hospital or home for old people

nurture /ˈnɜːtʃə(r)/ *verb* (*formal*) to bring up, look after

nut /nʌt/ *noun* 1 a fruit with a hard shell and an inner part that you can eat 2 a small metal block with a hole in it for screwing on the end of a bolt 3 (*informal*) a mad or foolish person

nutrient /ˈnjuːtrɪənt/ *noun* a substance which provides nourishment

nutritious /njuːˈtrɪʃəs/ *adjective* containing plenty of nourishing substance

nuzzle /ˈnʌzəl/ *verb* of an animal: to rub its nose against affectionately

nylon /ˈnaɪlɒn/ *noun* a strong, synthetic material used for making *eg* clothes

Oo

O[1] or **o** /oʊ/ *noun* 1 the fifteenth letter of the English alphabet 2 used in speech to mean 'zero' or 'nought'

O[2] /oʊ/ *interjection* used in exclamations to express strong feelings: *O God!* □ *O, what a beautiful view!*

oaf /oʊf/ *noun* an awkward or stupid person

oak /oʊk/ *noun* 1 a common tree that produces acorns 2 (*uncount*) the hard wood of the oak tree

OAP /oʊeɪˈpiː/ *noun* (*BrE*; *informal*) an old age pensioner

oar /ɔː(r)/ *noun* a long pole with a broad, flat blade, used for rowing ▶ *phrase* (*informal*) **put your oar in** to interfere

oasis /oʊˈeɪsɪs/ *noun*: **oases** /oʊˈeɪsiːz/ a small area in a desert where water is found and plants grow

oath /oʊθ/ *noun* 1 a solemn promise *eg* to tell the truth 2 a swearword

oatmeal /ˈoʊtmiːl/ *noun* (*uncount*) a coarse flour made from ground oats

oats /oʊts/ *noun* (*plural*) a type of cereal whose grain is used as food for people and animals

obedience /əˈbiːdɪəns/ *noun* (*uncount*) **1** the act of obeying **2** willingness to obey

obedient /əˈbiːdɪənt/ *adjective* obeying, ready to obey [*opposite* **disobedient**] — *adverb* **obediently**

obese /oʊˈbiːs/ *adjective* (*formal, technical*) very fat — *noun* (*uncount*) **obesity**

obey /əˈbeɪ/ or /oʊˈbeɪ/ *verb* to do what you are told to do

obituary /əˈbɪtjʊərɪ/ or /əˈbɪtʃərɪ/ *noun* a formal announcement or report of a person's death, eg in a newspaper

object[1] /ˈɒbdʒɛkt/ *noun* **1** a thing that exists physically, and can be seen and touched, but is not alive **2** an aim, a purpose: *Our main object is not to make money.* **3** (*grammar*) the word in a sentence which stands for the person or thing affected by the action of the verb

object[2] /əbˈdʒɛkt/ *verb* **1** to indicate that you dislike something or disapprove of it **2** **object to** to dislike or disapprove of — *noun* **objector**

objection /əbˈdʒɛkʃən/ *noun* **1** a statement or feeling of opposition or disapproval **2** a reason or argument made against something

objectionable /əbˈdʒɛkʃənəbəl/ *adjective* unpleasant and likely to cause offence

objective /əbˈdʒɛktɪv/ *noun* something that you want to achieve ♦ *adjective* not influenced by personal interests; fair [*opposite* **subjective**] — *adverb* **objectively** — *noun* (*uncount*) **objectivity**

obligation /ɒblɪˈgeɪʃən/ *noun* **1** something you must do because it is your moral or legal duty: *family obligations* **2** the binding power of such a duty: *You are not under any obligation to accept the terms.*

obligatory /əˈblɪgətərɪ/ *adjective* (*formal*) required by a law, rule or custom [*same as* **compulsory**; *opposite* **optional**]

oblige /əˈblaɪdʒ/ *verb* **1** to force, compel: *You are not obliged to say anything.* **2** to be helpful by doing what someone asks you to do: *always happy to oblige*

obliged /əˈblaɪdʒd/ *adjective* grateful

obliging /əˈblaɪdʒɪŋ/ *adjective* always willing to help others

oblique /əˈbliːk/ *adjective* **1** sloping at an angle **2** indirect, not straight or straightforward: *an oblique reference* — *adverb* **obliquely**

obliterate /əˈblɪtəreɪt/ *verb* (*formal*) **1** to destroy completely **2** to cover completely

oblivion /əˈblɪvɪən/ *noun* (*uncount*) **1** the state of being unconscious or completely unaware **2** the state of being forgotten

oblivious /əˈblɪvɪəs/ *adjective* unaware, not paying attention

oblong /ˈɒblɒŋ/ *noun* a shape that has four straight sides, four right angles, and is longer than it is broad ♦ *adjective*: *Place the sheets of pasta in an oblong dish.*

obnoxious /əbˈnɒkʃəs/ *adjective* very unpleasant, disagreeable or offensive

oboe /ˈoʊboʊ/ *noun*: **oboes** a wood-wind musical instrument fitted with a double reed

obscene /əbˈsiːn/ *adjective* offensive, especially sexually or morally [*same as* **indecent**]

obscenity /əbˈsɛnɪtɪ/ *noun* **1** the state or quality of being obscene: *the obscenity of war* **2** an obscene act or word

obscure /əbˈskjʊə(r)/ *adjective* **1** not well known **2** not easy to understand ♦ *verb* **1** to hide from view **2** to make less clear

obscurity /əbˈskʊərɪtɪ/ *noun* (*uncount*) **1** the state of being unknown or forgotten **2** the state of being difficult to see or understand

obsequious /əbˈsiːkwɪəs/ *adjective* (*formal, usually derogatory*) too eager to serve or agree with — *adverb* **obsequiously**

observance /əbˈzɜːvəns/ *noun* (*uncount or count*; *formal*) the act of obeying eg a law

observant /əbˈzɜːvənt/ *adjective* quick at noticing things

observation /ɒbzəˈveɪʃən/ *noun* **1** the act of observing or watching closely **2** a comment

observatory /əbˈzɜːvətərɪ/ *noun* a place for observing the stars and planets

observe /əbˈzɜːv/ *verb* **1** to notice **2** to watch carefully **3** to obey eg a law **4** to make a comment

observer /əbˈzɜːvə(r)/ *noun* someone goes to eg a meeting, to listen, but not to take part

obsess /əbˈsɛs/ *verb* to fill the mind completely

obsession /əbˈsɛʃən/ *noun* something that you cannot stop thinking about

obsessional /əbˈsɛʃənəl/ *adjective* obsessive

obsessive /əbˈsɛsɪv/ *adjective* unable to stop thinking or behaving in a particular way — *adverb* **obsessively**

obsolescent /ɒbsəˈlɛsənt/ *adjective* becoming out of date

obsolete /ˈɒbsəliːt/ or /ˌɒbsəˈliːt/ *adjective* no longer used or needed

obstacle /ˈɒbstəkəl/ *noun* something that stands in the way and makes progress difficult

obstetrician /ˌɒbstəˈtrɪʃən/ *noun* a doctor qualified in obstetrics

obstetrics /əbˈstɛtrɪks/ *noun* (*uncount*) the branch of medicine concerned with the care of women before, during and after childbirth

obstinate /ˈɒbstɪnət/ *adjective* **1** refusing to be persuaded **2** difficult to deal with, defeat or remove [*same as* **stubborn**] — *noun* (*uncount*) **obstinacy**

obstreperous /əbˈstrɛpərəs/ *adjective* (*formal or humorous*) noisy, disruptive and difficult to control

obstruct /əbˈstrʌkt/ *verb* **1** to block, prevent from passing **2** to prevent progress

obstruction /əbˈstrʌkʃən/ *noun* **1** something that blocks a road or route **2** the act or process of preventing progress

obtain /əbˈteɪn/ *verb* to get, gain

obtainable /əbˈteɪnəbəl/ *adjective* that can be got or gained

obtrusive /əbˈtruːsɪv/ *adjective* noticeable or prominent in an unpleasant way

obtuse /əbˈtjuːs/ *adjective* **1** stupid and slow to understand **2** of an angle: greater than 90° and less than 180°

obverse /ˈɒbvɜːs/ *noun* (*singular*) the side of a coin showing the head or main design

obvious /ˈɒbvɪəs/ *adjective* easily seen or understood; evident

obviously /ˈɒbvɪəsli/ *adverb* used to indicate that something can be easily seen or understood

occasion /əˈkeɪʒən/ *noun* **1** a particular time: *I've met him on several occasions.* **2** a special event **3** an opportunity ♦ *verb* (*formal*) to cause

occasional /əˈkeɪʒənəl/ *adjective* happening or done sometimes, but not very often — *adverb* **occasionally**

occult /əˈkʌlt/ or /ˈɒkʌlt/ *noun* **the occult** magic and the supernatural ♦ *adjective*: *occult powers*

occupancy /ˈɒkjʊpənsi/ *noun* (*uncount*) the act, fact or period of occupying

occupant /ˈɒkjʊpənt/ *noun* a person occupying a house or flat

occupation /ˌɒkjʊˈpeɪʃən/ *noun* **1** a job or profession **2** something done for pleasure **3** a period of time spent living in a particular house or flat **4** control of a country by the army of another country

occupational /ˌɒkjʊˈpeɪʃənəl/ *adjective* connected with a person's job or profession

occupier /ˈɒkjʊpaɪə(r)/ *noun* the person who lives in a particular house or flat

occupy /ˈɒkjʊpaɪ/ *verb* **1** to live in or use: *a house occupied by students* **2** to take up, fill *eg* space or time **3** to keep busy **4** in war, to capture *eg* a town **5** of protesters: to refuse to leave until certain demands are met

occur /əˈkɜː(r)/ *verb* **1** to take place or happen **2** to exist or be found **3 occur to someone** to come into their mind: *That never occurred to me.*

occurrence /əˈkʌrəns/ *noun* (*formal*) **1** something that happens **2** the act or fact of occurring

ocean /ˈəʊʃən/ *noun* **1** the sea **2** one of five main divisions of salt water on the Earth

o'clock /əˈklɒk/ *adverb* used after the numbers one to twelve to express time: *five o'clock in the morning*

octagon /ˈɒktəgən/ *noun* a flat shape with eight straight sides

octagonal /ɒkˈtægənəl/ *adjective* having eight sides

octane /ˈɒkteɪn/ *noun* a colourless liquid found in petroleum and used in petrol

octave /ˈɒktɪv/ *noun* a range of eight notes on a musical scale

octet /ɒkˈtɛt/ *noun* a group of eight musicians that play together

October /ɒkˈtəʊbə(r)/ *noun* (*uncount*) the tenth month of the year

octopus /ˈɒktəpəs/ *noun*: **octopuses** a sea creature with eight legs

odd /ɒd/ *adjective* **1** strange or unusual **2** occurring or existing irregularly **3** of a number: that cannot be divided exactly by the number two [*opposite* **even**] **4** not belonging to the same pair: *odd socks* — *adverb* **oddly** — *noun* **oddness**

oddity /ˈɒdɪti/ *noun* **1** a strange or unusual person or thing **2** the state of being strange

oddments /ˈɒdmənts/ *noun* pieces that are left over from something much larger

odds /ɒdz/ *noun* (*plural*) likelihood, probability ▸ *phrases* **against all the odds** in spite of great difficulty **at odds** in disagreement **odds and ends** small objects of many different kinds

ode /əʊd/ *noun* a long poem, often written to someone or something: *ode to autumn*

odious /ˈəʊdɪəs/ *adjective* (*formal*) extremely unpleasant or offensive

odour (*AmE* **odor**) /ˈəʊdə(r)/ *noun* (*formal*) a smell, either pleasant or unpleasant

of /ɒv/ or /əv/ *preposition* **1** belonging to or associated with: *the house of my parents* **2** from *eg* a place or person: *within two miles of his home* **3** indicating an amount or measurement: *a gallon of petrol* **4** from among: *one of my pupils* **5** made from, made up of: *a gift of money* **6** about, concerning: *talk of old friends* **7** with, containing: *a class of twenty children* ▫ *a cup of coffee* **8** as a result of: *die of hunger* **9** used in expressing dates: *the 19th of January* **10** indicating a connection between an action and its subject or object: *the rising of the sun* **11** indicating character or qualities: *It was good of you to come.* **12** (*AmE*) in stating how long it is before the exact hour: *ten of eight*

off /ɒf/ *adverb* **1** away from a place, or from a particular state or position: *He walked off angrily* ▫ *Could you switch the light off?* **2** entirely, completely: *Finish off your work.* ♦ *preposition or adverb* **1** taken away: *10% off the usual price* **2** not on, away from: *fell off the table* ♦ *adverb or adjective* **1** not working, not in use: *The control is in the off position.* **2** cancelled: *The holiday is off.* **3** rotten, bad: *I think these prawns are off.* **4** of food on a restaurant's menu: not available

offal /ˈɒfəl/ *noun* (*uncount*) the internal organs of an animal that are used as food

off-beat /ˈɒfbiːt/ *adjective* (*informal*) unusual or unconventional

off-chance /ˈɒftʃɑːns/ *noun* ▸ *phrase* **on the off-chance** just in case

off-colour /ɒfˈkʌlə(r)/ *adjective* (*BrE*) not looking or feeling well

offence (*AmE* **offense**) /əˈfɛns/ *noun* **1** a crime **2** displeasure, annoyance or resentment ▸ *phrase* **take offence at** to be annoyed or upset by

offend /əˈfɛnd/ *verb* **1** to upset or hurt the feelings of **2** to commit a crime — *adjective* **offended**

offender /əˈfɛndə(r)/ *noun* someone who has committed a crime

offensive /əˈfɛnsɪv/ *adjective* **1** of behaviour: causing people to be offended **2** used for attack: *an offensive weapon* ♦ *noun* **1** strong and continued attack or effort — *adverb* **offensively**

offer /ˈɒfə(r)/ *verb* **1** to ask someone if they would like to accept something **2** to say that you are willing to do something **3** to provide ♦ *noun* **1** an act of offering **2** a bid of money **3** something being sold especially cheaply ▸ *phrase* **on offer 1** available **2** on sale, especially at a reduced price

offering /ˈɒfərɪŋ/ *noun* **1** a gift **2** a collection of money in church

offhand /ɒfˈhand/ *adjective* said or done in an unfriendly way ♦ *adverb* without having or taking time to think carefully

office /ˈɒfɪs/ *noun* **1** a place where administrative work is done **2** a small room or building which offers people a service of some kind **3** a position of authority, especially in the government

officer /ˈɒfɪsə(r)/ *noun* **1** a person in a position of responsibility in the armed forces **2** someone who holds a position of authority in a government department **3** a member of the police force

official /əˈfɪʃəl/ *adjective* **1** approved or authorized by those in power: *official action* **2** used by or done by a person in a position of authority: *an official visit* **3** recognized formally: *Have they made their engagement official yet?* ♦ *noun* someone who holds a position of responsibility in an organization

officially /əˈfɪʃəli/ *adverb* **1** publicly or formally **2** used to refer to a reason or explanation that is given publicly but which may not actually be true

officiate /əˈfɪʃɪeɪt/ *verb* to conduct a ceremony

officious /əˈfɪʃəs/ *adjective* (*derogatory*) too ready to give other people orders

offing /ˈɒfɪŋ/ *noun* (*uncount*) ▸ *phrase* **in the offing** likely to come or happen soon

off-licence /ˈɒflaɪsəns/ *noun* (*BrE*) a shop where alcohol is sold to be taken away and drunk elsewhere

offload /ɒfˈloʊd/ *verb* to get rid of by giving to someone else

off-peak /ɒfˈpiːk/ *adjective* at the time of lowest demand

off-putting /ɒfˈpʊtɪŋ/ *adjective* (*informal*) unpleasant

offset /ɒfˈsɛt/ *verb* to balance against, make up for: *The cost of the project was partly offset by a government grant.*

offshoot /ˈɒfʃuːt/ *noun* something new that has grown or developed from another thing

offshore /ˈɒfʃɔː(r)/ *adjective* **1** situated in the sea, close to the coast **2** from the shore: *offshore winds* ♦ *adverb*: *working offshore*

offside *adjective* /ɒfˈsaɪd/ (*sport*) in an illegal position between the ball and the opponents' goal ♦ *adverb* /ɒfˈsaɪd/: *move offside* ♦ *noun* /ˈɒfsaɪd/ of the side of a vehicle: nearest to the centre of the road [*opposite* **near side**]

offspring /ˈɒfsprɪŋ/ *noun* **1** someone's child or children **2** the young of animals

often /'ɒfən/ or /'ɒftən/ *adverb* a lot of times; frequently ▶ *phrase* **more often than not** happening on most occasions

ogle /'ougəl/ *verb* (*derogatory*) to stare in a way that expresses sexual desire

ogre /'ougə(r)/ *noun* **1** in fairy stories: a cruel ugly frightening giant that eats people **2** a person who behaves in a cruel or frightening way

oh /oʊ/ *interjection* **1** used in exclamations to express *eg* surprise **2** used to attract people's attention: *Oh Mary, would you come here for a moment?*

oil /ɔɪl/ *noun* **1** (*uncount*) a greasy liquid obtained from plants, animals and from minerals **2 oils** oil paints ♦ *verb* to put oil on or into

oilfield /'ɔɪlfi:ld/ *noun* an area where mineral oil is found

oil paint /'ɔɪl peɪnt/ *noun* (*uncount or count*) paint made by mixing coloured powder with oil

oil painting /'ɔɪl peɪntɪŋ/ *noun* a picture painted in oil colours

oil rig /'ɔɪl rɪɡ/ *noun* a structure set up for getting oil from underground

oilskin /'ɔɪlskɪn/ *noun* **1** a thick cotton cloth treated with oil to make it waterproof **2 oilskins** a suit of clothes made from this cloth

oil well /'ɔɪl wel/ *noun* a hole drilled into the ground or the seabed in order to obtain oil

oily /'ɔɪli/ *adjective* **1** containing or resembling oil **2** covered with oil **3** too friendly or polite to be sincere

oink /ɔɪŋk/ *noun* a word used to represent the sound of a pig

ointment /'ɔɪntmənt/ *noun* a substance that is rubbed on the skin *eg* heal

OK see **okay**

okay or **OK** /oʊ'keɪ/ *interjection* (*informal*) **1** used to agree to or accept a proposal or arrangement **2** used to indicate that you are ready to move on: *OK, let's get started.* ♦ *adjective* (*informal*) **1** all right, satisfactory or acceptable **2** safe and well, or as cheerful as usual ♦ *verb* to give official permission for: *The proposal had been okayed by the committee.*

old /oʊld/ *adjective* **1** no longer young, having existed a long time **2** having a certain age: *ten years old* **3** not new **4** out-of-date **5** belonging to someone's past ♦ *noun* (*plural*) **the old** old people

old age /oʊld 'eɪdʒ/ *noun* (*uncount*) the later part of life

old-fashioned /oʊld'faʃənd/ *adjective* in a style belonging to the past [*same as* **out-of-date**]

old hand /oʊld 'hand/ *noun* someone with long experience in a job

old maid /oʊld 'meɪd/ *noun* (*informal, derogatory*) a woman who has never married and is unlikely ever to marry

olive /'ɒlɪv/ *noun* **1** a small oval green or black fruit with a bitter taste **2** the Mediterranean tree on which these fruits grow ♦ *adjective* of a yellowish-green colour

ombudsman /'ɒmbʊdzmən/ *noun* an official appointed to look into complaints against the government

omelette (*AmE* **omelet**) /'ɒmlɪt/ *noun* beaten eggs fried in a single layer in a pan

omen /'oʊmən/ *noun* a sign that something, either good or bad, is going to happen

ominous /'ɒmɪnəs/ *adjective* suggesting that something bad or unpleasant is about to happen [*same as* **threatening**] — *adverb* **ominously**

omission /ə'mɪʃən/ or /oʊ'mɪʃən/ *noun* **1** something omitted **2** the act of omitting

omit /ə'mɪt/ or /oʊ'mɪt/ *verb* **1** to leave out **2** to fail to do

omnibus /'ɒmnɪbəs/ *noun* **1** (*old*) a bus **2** a TV or radio broadcast which brings together a number of programmes originally broadcast separately

omnipotent /ɒm'nɪpətənt/ *adjective* (*formal*) having unlimited or very great power: *an omnipotent ruler*

omnivorous /ɒm'nɪvərəs/ *adjective* feeding on all kinds of food

on /ɒn/ *preposition* **1** supported by: *on the table* **2** covering: *There was no carpet on the stairs.* **3** receiving, taking: *on antibiotics* **4** occurring in the course of a specified time: *on the following day* **5** about: *a book on Scottish history* **6** with: *Do you have your cheque book on you?* **7** next to, near: *a city on the Rhine* **8** indicating membership of: *on the committee* **9** by means of: *Can you play that on the piano?* **10** following: *He telephoned her on his return.* ♦ *adverb* **1** so as to be wearing: *Put your coat on.* **2** onwards, further: *They carried on working through the night.* **3** at a further point: *later on* ♦ *adjective* **1** working, operating: *The television is on.* **2** arranged, planned: *Do you have anything on this afternoon?* ▶ *phrases* **have a lot on** to be busy **on and off** occasionally, intermittently **on to** or **onto** to a position supported by an upper surface of something

once /wʌns/ *adverb* **1** one time only: *I've been to Paris once in the last two years.* **2** at an earlier time in the past: *We once had a cat called Sam.* ♦ *conjunction* soon after: *Once you've finished, you can go.* ▶ *phrases* **at once** immediately **once and for all** for the last time

oncoming /'ɒnkʌmɪŋ/ *adjective* moving towards you: *oncoming traffic*

one /wʌn/ *noun* **1** the number 1 **2** the age of 1 **3** the time of 1 o'clock ♦ *adjective* one year old ♦ *determiner* a single person or thing: *There's only one train per day.* ♦ *pronoun* **1** referring to a single person or thing **2** a member of the group mentioned: *One of my colleagues recommends it.* **3** used to refer to singular and plural count nouns just mentioned: *I couldn't find my copy and had to buy a new one.* □ *These ones are made of very soft leather.* **4** (*formal*) people in general: *One can't do better than that.* ▶ *phrases* **at one** in agreement **one by one** one after the other

oneself /wʌn'sɛlf/ *pronoun* the reflexive form of 'one': *It is important to discipline oneself.*

one-sided /wʌn'saɪdɪd/ *adjective* with one person or side having a great advantage over the other

one-way /'wʌnweɪ/ *adjective* meant for traffic moving in one direction only

ongoing /'ɒngoʊɪŋ/ *adjective* continuing: *ongoing talks*

onion /'ʌnjən/ *noun* a round vegetable with a strong taste and smell

on-line /'ɒnlaɪn/ *adjective* of a piece of equipment or data: directly connected to a computer: *an on-line encyclopedia*

onlooker /'ɒnlʊkə(r)/ *noun* someone who watches an event, but does not take part in it

only /'oʊnli/ *adjective* **1** not more than: *only two weeks left* **2** alone: *the only house with green window frames* ♦ *adverb* **1** used to emphasize that what you say applies to one person or thing **2** used to emphasize that something is unimportant ♦ *conjunction* (*informal*) but, except that ▶ *phrase* **only too** extremely: *only too pleased to help* **only just** almost not

only child /oʊnli 'tʃaɪld/ *noun* someone who has no brothers or sisters

onrush /'ɒnrʌʃ/ *noun* a rush forward

onset /'ɒnsɛt/ *noun* the first attack of something unpleasant: *the onset of influenza*

onslaught /'ɒnslɔːt/ *noun* a fierce attack

onto see **on to** at **on**

onus /'oʊnəs/ *noun* (*formal*) responsibility; duty

onward /'ɒnwəd/ *adverb* (also **onwards**) forwards in space or time: *We stumbled onward, close to exhaustion.* ♦ *adjective*: *the onward march of science*

oops /uːps/ or /ʊps/ *interjection* (*informal*) an expression you use when you have made a mistake or dropped something

ooze /uːz/ *verb* to flow gently or slowly

op /ɒp/ *noun* (*informal*) a surgical operation

opaque /oʊ'peɪk/ *adjective* **1** that you cannot see through **2** (*formal*) difficult to understand

open /'oʊpən/ *adjective* **1** not shut, allowing entry or exit **2** not enclosed or fenced **3** showing the inside or inner part; uncovered **4** not blocked **5** free for all to enter **6** honest, frank **7** of land: without many trees **8** of a public place: allowing people in ♦ *verb* **1** to become or cause to be open **2** to begin ▶ *phrase* **in the open** out of doors

open up to begin to talk more freely

open air /oʊpən 'ɛə(r)/ *noun* (*uncount*) not indoors or underground — *adjective* **open-air**: *an open-air concert*

open book /oʊpən 'bʊk/ *noun* someone or something that can be easily seen or understood

opencast /oʊpən'kɑːst/ *adjective* of a mine: above ground

open-ended /oʊpən 'ɛndɪd/ *adjective* without definite limits

opener /'oʊpənə(r)/ *noun* a device for opening something: *a tin opener*

opening /'oʊpənɪŋ/ *noun* **1** a hole, a gap **2** an opportunity **3** a vacant job [*same as* **vacancy**] **4** the act of making something open

openly /'oʊpənli/ *adverb* without trying to hide or conceal anything

open-minded /oʊpən 'maɪndɪd/ *adjective* ready to listen to new ideas

open-plan /oʊpən 'plan/ *adjective* forming one large room rather than a number of smaller rooms

opera /'ɒpərə/ *noun* a musical play in which many of the words are sung

operate /'ɒpəreɪt/ *verb* **1** to cause to work **2** to produce an effect **3** to perform a surgical operation

operatic /ɒpə'ratɪk/ *adjective* of or for opera: *an operatic society*

operating /'ɒpəreɪtɪŋ/ *adjective* of or for a surgical operation

operation /ɒpə'reɪʃən/ *noun* **1** an action **2** a highly organized activity **3** the cutting of a part of the human body to treat disease ▶ *phrase* **in operation** working **come into operation** to begin to work or have an effect

operational /ɒpə'reɪʃənəl/ *adjective* of a machine: able or ready to work

operative /'ɒpərətɪv/ *adjective* working, in action

operator /'ɒpəreɪtə(r)/ *noun* **1** someone who works a machine **2** someone who connects telephone calls

operetta /ɒpə'retə/ *noun* a play with music and singing

ophthalmic /ɒf'θalmɪk/ *adjective* relating to the eye: *an ophthalmic surgeon*

opiate /'oʊpɪət/ *noun* a drug that contains opium

opinion /ə'pɪnjən/ *noun* what someone thinks or believes

opinionated /ə'pɪnjəneɪtɪd/ *adjective* (*derogatory*) having and expressing strong opinions

opium /'oʊpɪəm/ *noun* (*uncount*) a drug made from the dried juice of a type of poppy

opponent /ə'poʊnənt/ *noun* the person you compete against in *eg* a game, argument or fight

opportune /'ɒpətjuːn/ *adjective* (*formal*) coming at the right or convenient time

opportunist /ɒpə'tjuːnɪst/ *noun* someone who takes and uses every chance that occurs — *noun* (*uncount*) **opportunism**

opportunity /ɒpə'tjuːnɪtɪ/ *noun* (*count or uncount*) a chance to do something

oppose /ə'poʊz/ *verb* to resist, using force or argument

opposing /ə'poʊzɪŋ/ *adjective* on the other side, different

opposite /'ɒpəzɪt/ *preposition* **1** facing, across a space **2** acting a role in *eg* a play, opera in relation to another: *She played Ophelia opposite his Hamlet.* ♦ *adverb or adjective*: *They've made friends with the children living opposite.* ♦ *adjective* **1** of the side furthest away from you **2** as different as possible ♦ *noun* something that is as different as possible from something else

opposition /ɒpə'zɪʃən/ *noun* **1** resistance **2** someone you compete against **3** the political party which is against the governing party

oppress /ə'prɛs/ *verb* **1** to govern in a cruel or unjust way **2** to make you feel worried and depressed — *adjective* **oppressed**

oppression /ə'prɛʃən/ *noun* (*uncount*) **1** the state of oppressing or being oppressed **2** worry or depression

oppressive /ə'prɛsɪv/ *adjective* **1** of laws: cruel and unjust **2** very uncomfortable and hard to bear — *adverb* **oppressively**

oppressor /ə'prɛsə(r)/ *noun* someone who oppresses others

opt /ɒpt/ *verb* to choose or decide to do instead of something else: *He opted to go into the army.*

> **opt for** to choose rather than any of the other possibilities available
> **opt out** to choose not to do something

optical /'ɒptɪkəl/ *adjective* of or concerned with the sense of sight

optical illusion /ɒptɪkəl ɪ'luːʒən/ *noun* something that deceives the eye

optician /ɒp'tɪʃən/ *noun* someone who tests people's eyesight and who makes and sells glasses and contact lenses

optics /'ɒptɪks/ *noun* (*uncount*) the science of light

optimal see **optimum**

optimism /'ɒptɪmɪzm/ *noun* (*uncount*) the state of believing that future events will turn out well [*opposite* **pessimism**] — *noun* **optimist**

optimist /'ɒptɪmɪst/ *adjective* someone who tends to take a positive view of things

optimistic /ɒptɪ'mɪstɪk/ *adjective* relating to or characterized by optimism [*opposite* **pessimistic**] — *adverb* **optimistically**

optimum /'ɒptɪməm/ *adjective* (*formal*) (also **optimal**) best, most favourable: *optimum conditions*

option /'ɒpʃən/ *noun* something that is chosen or may be chosen in preference to others

optional /'ɒpʃənəl/ *adjective* left to choice, not compulsory [*opposite* **obligatory**]

opulent /'ɒpjələnt/ *adjective* having or showing great wealth

or /ɔː(r)/ *conjunction* **1** used (often with **either**) to show alternatives: *Would you prefer tea or coffee?* **2** because if not: *You'd better go or you'll miss your bus.*

oral /'ɔːrəl/ *adjective* **1** spoken, not written: *an oral exam* **2** of or taken in through the mouth — *adverb* **orally** ♦ *noun* a spoken test or examination

orange /'ɒrɪndʒ/ *noun* **1** a round, juicy fruit with a thick reddish-yellow skin **2** the reddish-yellow colour of the skin of this fruit ♦ *adjective* of the colour of an orange's skin

oration /əˈreɪʃən/ *noun* (*formal*) a formal and solemn public speech

orator /ˈɒrətə(r)/ *noun* a person who is good at making public speeches

oratorio /ɒrəˈtɔːrɪəʊ/ *noun*: **oratorios** a long musical work with singing, usually about a religious subject

oratory /ˈɒrətərɪ/ *noun* (*uncount*) the art of speaking well in public

orb /ɔːb/ *noun* (*literary*) anything in the shape of a ball, a sphere

orbit /ˈɔːbɪt/ *noun* (*count or uncount*) a curved path that is followed by a solid object, such as a moon ♦ *verb* to go round *eg* the earth in space

orchard /ˈɔːtʃəd/ *noun* a garden of fruit trees

orchestra /ˈɔːkɪstrə/ *noun* a group of musicians playing together, led by a conductor

orchestrate /ˈɔːkɪstreɪt/ *verb* 1 to arrange a piece of music for an orchestra 2 to organize or arrange — *adjective* **orchestrated**

orchid /ˈɔːkɪd/ *noun* a plant with unusually shaped, often brightly coloured, flowers

ordain /ɔːˈdeɪn/ *verb* 1 to make someone a priest or minister 2 to declare something to be law

ordeal /ɔːˈdiːl/ *noun* a difficult or painful experience

order /ˈɔːdə(r)/ *verb* 1 to give an order to, tell to do 2 to make a request for: *I've ordered another copy of the book.* 3 to arrange ♦ *noun* 1 a command or instruction given by someone in authority 2 a request or list of requests: *put an order in with the grocer* 3 goods supplied 4 an arrangement according to a system 5 a tidy or efficient state 6 an accepted way of doing things 7 a group of *eg* monks or nuns ▶ *phrases* **in order 1** correct according to what is regularly done 2 in a tidy arrangement **in order to** for the purpose of **in working order** ready for use and working satisfactorily **out of order** not working properly

> **order about** or **order around** to tell people what to do in a rude or unpleasant manner

orderly /ˈɔːdəlɪ/ *adjective* 1 well organized or arranged 2 well-behaved, quiet ♦ *noun* 1 a hospital attendant who does routine jobs 2 a soldier who carries orders and messages for an officer

ordinal /ˈɔːdɪnəl/ *noun* of or in an order

ordinarily /ɔːdɪˈnɛrɪlɪ/ *adverb* usually, normally

ordinary /ˈɔːdɪnrɪ/ *adjective* usual or normal ▶ *phrase* **out of the ordinary** unusual

ordination /ɔːdɪˈneɪʃən/ *noun* (*uncount or count*) the act or ceremony of ordaining a priest or minister of the church

ore /ɔː(r)/ *noun* (*uncount*) a mineral from which a metal is obtained: *iron ore*

organ /ˈɔːɡən/ *noun* 1 a part of an animal or plant which has a special function 2 a musical wind instrument with a keyboard 3 a means of spreading information: *an organ of conservatism*

organic /ɔːˈɡanɪk/ *adjective* 1 of or produced by living things 2 of or concerning the organs of the body 3 made up of parts each with its separate function 4 of food: grown without the use of artificial chemicals — *adverb* **organically**

organisation see **organization**

organism /ˈɔːɡənɪzm/ *noun* any living thing

organist /ˈɔːɡənɪst/ *noun* a person who plays the organ

organization or **organisation** /ɔːɡənaɪˈzeɪʃən/ *noun* 1 the act of organizing 2 a group of people working together for a purpose

organize or **organise** /ˈɔːɡənaɪz/ *verb* 1 to arrange, set up *eg* an event 2 to arrange into an efficient system — *noun* **organizer**

organized or **organised** /ˈɔːɡənaɪzd/ *adjective* of a person: orderly and efficient [*opposite* **disorganized**]

orgasm /ˈɔːɡazm/ *noun* the highest point of sexual excitement

orgy /ˈɔːdʒɪ/ *noun* 1 a wild party where people get involved in sexual activities 2 any activity that is done in an excessive or extreme way

Orient /ˈɔːrɪənt/ *noun* (*formal or literary*) the countries of the East

orient see **orientate**

oriental /ɔːrɪˈɛntəl/ *adjective* from the Orient

orientate /ˈɔːrɪənteɪt/ *verb* 1 to find your position and sense of direction 2 to set or put facing a particular direction — *noun* (*uncount*) **orientation**

orienteering /ɔːrɪənˈtɪərɪŋ/ *noun* (*uncount*) the sport of finding your way across country with the help of a map and compass

orifice /ˈɒrɪfɪs/ *noun* (*formal*) an opening, especially in the body

origin /ˈɒrɪdʒɪn/ *noun* **1** a starting point **2** the place from which someone or something comes: *of Scandinavian origin*

original /əˈrɪdʒɪnəl/ *adjective* **1** first in time **2** not copied **3** able to produce new ideas ♦ *noun* **1** the earliest version **2** a model from which something is made

originality /ərɪdʒɪˈnalɪtɪ/ *noun* (*uncount*) the quality of being new and different

originally /əˈrɪdʒɪnəlɪ/ *adverb* **1** in or from the beginning: *His family is from Ireland originally.* **2** in a new and different way: *She dresses very originally.*

originate /əˈrɪdʒɪneɪt/ *verb* **1** to bring or come into being **2** to be the first to produce

ornament /ˈɔːnəmənt/ *noun* an object that people put on display in their homes

ornamental /ɔːnəˈmɛntəl/ *adjective* used for ornament; decorative

ornate /ɔːˈneɪt/ *adjective* richly decorated

ornithology /ɔːnɪˈθɒlədʒɪ/ *noun* (*uncount*) the scientific study of birds and their behaviour — *noun* **ornithologist**

orphan /ˈɔːfən/ *noun* a child whose parents are both dead ♦ *verb* to cause to become an orphan: *orphaned at the age of six*

orphanage /ˈɔːfənɪdʒ/ *noun* an institution that provides a home for orphan children

orthodox /ˈɔːθədɒks/ *adjective* **1** established or generally accepted **2** following older, more traditional practices of a religion

orthodoxy /ˈɔːθədɒksɪ/ *noun* **1** (*uncount*) the state of being orthodox or of having orthodox beliefs **2** an orthodox belief or practice

oscillate /ˈɒsɪleɪt/ *verb* (*formal*) **1** to move from one position to another and back again regularly and repeatedly [*same as* **swing**] **2** to keep changing your mind

ostensible /ɒˈstɛnsɪbəl/ *adjective* (*formal*) of eg a reason: apparent, but not always real or true [*same as* **supposed**] — *adverb* **ostensibly**

ostentation /ɒstɛnˈteɪʃən/ *noun* (*uncount*; *formal*) behaviour which makes a public or open display of wealth, knowledge or importance

ostentatious /ɒstɛnˈteɪʃəs/ *adjective* (*formal*) designed or intended to attract attention [*same as* **flamboyant**]

ostracize or **ostracise** /ˈɒstrəsaɪz/ *verb* (*formal*) to deliberately exclude from a group

ostrich /ˈɒstrɪtʃ/ *noun* a large African bird with a long neck, which can run fast, but not fly

other /ˈʌðə(r)/ *determiner* **1** the second of two: *Where is the other sock?* **2** remaining, not previously mentioned: *These are for the other children.* **3** different, additional: *There must be some other reason.* ♦ *pronoun*: *Try to think of others.* ▫ *Some children develop more quickly than others.* ▶ *phrases* **every other** alternate: *every other day* **other than** except **someone or other** or **something or other** someone or something not named or specified: *There's always someone or other here.*

otherwise /ˈʌðəwaɪz/ *adverb* **1** 'if not' or 'or else': *We'd better leave now, otherwise we'll be late.* **2** 'in other ways' or 'apart from that': *He had a few scratches but was otherwise unhurt.* **3** 'in a different way' or 'differently': *He was incapable of behaving otherwise.*

otter /ˈɒtə(r)/ *noun* an animal with smooth brown fur and webbed feet with claws

ouch /aʊtʃ/ *interjection* a reaction to a sharp sudden pain: *Ouch, that hurt!* [*same as* **ow**]

ought /ɔːt/ *modal verb* **1** used with other verbs to indicate duty or need: *We ought to set an example.* ▫ *I ought to practise more.* **2** used to indicate that something is probable: *The weather ought to be fine.* [*same as* **should**] See special entry for **should**

ounce /aʊns/ *noun* a unit of weight used in Britain and the USA that is equal to 28.35 grams

our /ˈaʊə(r)/ *determiner* (*possessive*) belonging to us: *our house*

ours /aʊəz/ *pronoun* (*possessive*) used to refer to something that belongs to you and one or more other people: *Their children are a bit older than ours.*

ourselves /aʊəˈsɛlvz/ *pronoun* (*reflexive*) **1** as the object of a verb or preposition where the subject of the verb is 'we': *We exhausted ourselves swimming.* **2** used for emphasis: *We ourselves don't do much travelling, but our son does.* **3** without help from anyone else: *We built the extension ourselves.*

oust /aʊst/ *verb* to force out: *She was ousted from her position as leader.*

out /aʊt/ *adverb* **1** into or towards the open air: *go out for a walk* ▫ *look out of the window* **2** from inside: *take out a handkerchief* **3** to eg a theatre or restaurant: *Shall we go out tonight?* **4** outside: *It's lovely and warm out today.* **5** not at home, not in the office: *She's out at the moment.* **6** inaccurate: *The total was five pounds out.* **7** no longer burning: *The fire is out.* **8** published: *Is the book out yet?* **9** not hidden: *The secret is out.* **10** of a flower: open to its full extent **11** not possible: *Next weekend is out; I'm visiting my parents.* **12** determined: *out to win* ▶ *phrases* **out and about** away from the house and leading a sociable life **out of it** (*informal*) **1** very tired **2** drunk, or affected by drugs

out-and-out /aʊtən'aʊt/ *adjective* complete, total, thorough

outback /'aʊtbak/ *noun* the wild interior parts of Australia

outboard /'aʊtbɔːd/ *noun* of a motor: fixed to the back of a small boat

outbreak /'aʊtbreɪk/ *noun* a sudden appearance of something bad or unpleasant

outbuilding /'aʊtbɪldɪŋ/ *noun* a building that is separate from the main buildings

outburst /'aʊtbɜːst/ *noun* a sudden, violent expression of strong emotion, especially anger

outcast /'aʊtkɑːst/ *noun* a person who has been rejected by his or her friends or by society

outcome /'aʊtkʌm/ *noun* result

outcrop /'aʊtkrɒp/ *noun* a rock or group of rocks which sticks out above the surface of the ground

outcry /'aʊtkraɪ/ *noun* a strong reaction or protest by a large number of people

outdated /aʊt'deɪtɪd/ *adjective* out of fashion or no longer used

outdo /aʊt'duː/ *verb*: **outdoes, outdoing, outdid, outdone** to do better than

outdoor /'aʊtdɔː(r)/ *adjective* of or in the open air

outdoors /aʊt'dɔːz/ *adverb* happening or done in the open air, not inside a building

outer /'aʊtə(r)/ *adjective* **1** on the outside **2** further from the centre or middle: *outer London* [*opposite* **inner**]

outer /'aʊtə(r)/ *adjective* **1** on the outside: *She peeled off the outer layers of the onion.* **2** further from the centre or middle

outermost /'aʊtəmoʊst/ *adjective* furthest from the centre or middle

outfit /'aʊtfɪt/ *noun* a set of clothes that are worn together

outgoing /aʊt'goʊɪŋ/ *adjective* friendly and interested in meeting and talking to other people ♦ *noun* **outgoings** /'aʊtgoʊɪŋz/ the amounts of money that you spend

outgrow /aʊt'groʊ/ *verb*: **outgrows, outgrowing, outgrew, outgrown** to grow too large for

outhouse /'aʊthaʊs/ *noun* a shed

outing /'aʊtɪŋ/ *noun* a trip, excursion

outlandish /aʊt'landɪʃ/ *adjective* looking or sounding very strange

outlaw /'aʊtlɔː/ *noun* (*old*) a person who has broken the law and who lives outside society ♦ *verb* to make illegal

outlay /'aʊtleɪ/ *noun* money paid out

outlet /'aʊtlɛt/ *noun* **1** a passage through which something can flow **2** an activity which allows you to use or release energy **3** a shop

outline /'aʊtlaɪn/ *noun* **1** the outer line of a figure in a drawing **2** a brief description ♦ *verb* to give a general description of

outlive /aʊt'lɪv/ *verb* to live longer than

outlook /'aʊtlʊk/ *noun* **1** a view from a window **2** the way something is likely to develop: *the weather outlook*

outlying /'aʊtlaɪɪŋ/ *adjective* far away from the centre of a town

outnumber /aʊt'nʌmbə(r)/ *verb* to be greater in number than: *The police were outnumbered by the rioters.*

out of date /aʊt əv 'deɪt/ *adjective* no longer used or useful; not modern

outpatient /'aʊtpeɪʃənt/ *noun* a patient who does not stay in a hospital while receiving treatment

outpost /'aʊtpoʊst/ *noun* (*humorous*) a place that is far away from towns and cities

output /'aʊtpʊt/ *noun* **1** the amount that a worker or machine produces **2** data produced by a computer program

outrage /'aʊtreɪdʒ/ *noun* **1** an act of great violence **2** an act which shocks or causes offence ♦ *verb* to make you feel very shocked and angry

outrageous /aʊt'reɪdʒəs/ *adjective* **1** very shocking and immoral **2** unusual or intended to shock

outright /aʊt'raɪt/ *adverb* **1** immediately or instantly: *killed outright* **2** totally or clearly **3** openly and directly: *I asked him outright.* ♦ *adjective* /'aʊtraɪt/ complete, thorough

outset /'aʊtsɛt/ *noun* ▶ *phrase* **at** or **from the outset** at the beginning of a process

outside /aʊt'saɪd/ *preposition* **1** near a building or room; not in it **2** not in eg a country, city or area **3** not included in ♦ *adverb*: *Is it cold outside?* ♦ *noun* the outer surface of something: *the outside of the box* ♦ *adjective* **1** of the outer surface of something: *the outside walls of the cottage* **2** not forming part of the group you are referring to ▶ *phrase* **at the outside** at the most: *ten miles at the outside*

outsider /aʊtˈsaɪdə(r)/ *noun* **1** someone not included in a particular social group **2** a competitor who is not expected to win

outsize /ˈaʊtsaɪz/ *adjective* much larger than the normal or standard size

outskirts /ˈaʊtskɜːts/ *noun* (plural) the parts of a city that are furthest from the centre

outspoken /aʊtˈspoʊkən/ *adjective* saying exactly what you think

outstanding /aʊtˈstændɪŋ/ *adjective* **1** exceptionally good **2** very obvious **3** not yet paid or dealt with

outstay /aʊtˈsteɪ/ *verb* ▶ *phrase* **outstay your welcome** to stay at someone's house longer than they would like

outstretched /aʊtˈstrɛʃt/ *adjective* reaching out

out-tray /ˈaʊttreɪ/ *noun* an office tray for letters and work already dealt with

outward /ˈaʊtwəd/ *adjective* **1** on or facing towards the outside **2** perceived: *no outward sign of distress* **3** of a journey: away from home, not towards it

outwardly /ˈaʊtwədlɪ/ *adverb* on the outside, externally

outwards /ˈaʊtwədz/ *adverb* facing or moving towards the outside [*opposite* **inwards**]

outweigh /aʊtˈweɪ/ *verb* to be more important than: *The advantages outweigh the disadvantages.*

outwit /aʊtˈwɪt/ *verb* to defeat by being cleverer

oval /ˈoʊvəl/ *adjective* shaped like an egg ♦ *noun* an egg shape

ovary /ˈoʊvərɪ/ *noun* one of the two organs that produce eggs in the female body

ovation /əˈveɪʃən/ *noun* a long period of applause and cheering

oven /ˈʌvən/ *noun* a box-like space for baking or roasting

over /ˈoʊvə(r)/ *preposition* **1** higher than, above: *The number is over the door.* □ *She won over £200.* □ *We've lived here for over thirty years.* **2** across: *going over the bridge* **3** on the other side of: *the house over the road* **4** on top of, covering: *threw his coat over the body* **5** about: *They quarrelled over money.* **6** by means of: *over the telephone* **7** during, throughout: *over the years* ♦ *adverb* **1** above, higher up: *Two birds flew over.* **2** across a distance: *He walked over and spoke to me.* **3** downwards: *Did you fall over?* **4** higher in number: *aged four and over* **5** remaining: *three left over* **6** through: *read the passage over* **7** finished: *the sale is over* ▶ *phrase* **all over** finished

overall *noun* /ˈoʊvərɔːl/ **1** a garment worn over ordinary clothes to protect them from dirt **2** hard-wearing trousers with a part to cover your upper body, worn as work clothes ♦ *adjective* /ˈoʊvərɔːl/ including everything: *overall length* ♦ *adverb* /oʊvərˈɔːl/ including everything: *What is the length overall?*

overawe /oʊvərˈɔː/ *verb* to frighten or astonish into silence

overbalance /oʊvəˈbæləns/ *verb* to lose your balance and fall

overbearing /oʊvəˈbɛərɪŋ/ *adjective* (*derogatory*) over-confident, domineering

overboard /ˈoʊvəbɔːd/ *adverb* out of a boat into the water: *washed overboard* ▶ *phrases* **go overboard about** (*informal*) to become too enthusiastic about

overcast /oʊvəˈkɑːst/ *adjective* of the sky: cloudy

overcharge /oʊvəˈtʃɑːdʒ/ *verb* to charge too much money for something

overcoat /ˈoʊvəkoʊt/ *noun* an outdoor coat worn over other clothes

overcome /oʊvəˈkʌm/ *verb* to succeed in defeating or controlling *eg* a fear ♦ *adjective* affected in a way that makes you feel weak or ill

overdo /oʊvəˈduː/ *verb* to do too much ▶ *phrase* **overdo it** to work too hard

overdone /oʊvəˈdʌn/ *adjective* of food: that has been cooked for too long

overdose /ˈoʊvədoʊs/ *noun* more of *eg* a drug than is safe: *take an overdose*

overdraft /ˈoʊvədrɑːft/ *noun* an amount of money that you have spent, or are allowed to spend, that is greater than the amount in your bank account

overdrawn /oʊvəˈdrɔːn/ *adjective* having spent more money than you have in your bank account

overdue /oʊvəˈdjuː/ *adjective* later than the stated time; not paid: *Her baby is two weeks overdue.*

overestimate /oʊvərˈɛstɪmeɪt/ *verb* to consider to be better or greater than in reality

overflow *verb* /oʊvəˈfloʊ/ to flow or spill over: *The crowd overflowed into the next room.* ♦ *noun* /ˈoʊvəfloʊ/ **1** a pipe or hole through which excess liquid can escape **2** the amount which overflows or the act of flowing over

overgrown /oʊvəˈgroʊn/ *adjective* covered with wild plant growth

overhang /ˌoʊvəˈhaŋ/ *verb* to project or hang over ♦ *noun* /ˈoʊvəhaŋ/ something that projects from the main part

overhaul *verb* /ˌoʊvəˈhɔːl/ to examine carefully and carry out repairs ♦ *noun* /ˈoʊvəhɔːl/ a thorough examination and repair

overhead *adjective* /ˈoʊvəhɛd/ directly above: *an overhead cable* ♦ *adverb* /ˌoʊvəˈhɛd/: *Overhead, clouds drifted slowly across the sky.*

overheads /ˈoʊvəhɛdz/ *noun* (*plural*) the regular expenses involved in running a business

overhear /ˌoʊvəˈhɪə(r)/ *verb* to hear what someone is saying, when they are not speaking to you

overheat /ˌoʊvəˈhiːt/ *verb* to become too hot

overjoyed /ˌoʊvəˈdʒɔɪd/ *adjective* filled with great happiness

overland *adjective* /ˈoʊvəland/ across land rather than by sea or air ♦ *adverb* /ˌoʊvəˈland/: *to travel overland*

overlap /ˌoʊvəˈlap/ *verb* 1 to extend over and partly cover 2 to have something in common [*same as* **coincide**] ♦ *noun* /ˈoʊvəlap/ the amount by which something overlaps

overleaf /ˌoʊvəˈliːf/ *adverb* on the other side of a page of a book

overload /ˌoʊvəˈloʊd/ *verb* to load or fill too much

overlook /ˌoʊvəˈlʊk/ *verb* 1 to provide a clear view of from a higher point: *a cottage overlooking the harbour* 2 to fail to see or notice

overly /ˈoʊvəlɪ/ *adverb* (*formal*) too, excessively

overnight *adverb* /ˌoʊvəˈnaɪt/ 1 during the night: *Do you intend to stay overnight?* 2 suddenly or very quickly: *He changed completely overnight.* ♦ *adjective* /ˈoʊvənaɪt/ 1 for the night: *an overnight bag* 2 acquired or made in a very short time: *an overnight success*

overpass /ˈoʊvəpɑːs/ *noun* (*AmE*) a road that carries traffic over another road [*same as* **flyover**]

overpopulated /ˌoʊvəˈpɒpjʊleɪtɪd/ *adjective* of *eg* a country: having too many people living in it

overpower /ˌoʊvəˈpaʊə(r)/ *verb* to defeat through greater strength

overpowering /ˌoʊvəˈpaʊərɪŋ/ *adjective* overwhelming, very strong: *an overpowering smell*

overrate /ˌoʊvəˈreɪt/ *verb* to value more highly than is deserved: *I think his books are overrated.*

override /ˌoʊvəˈraɪd/ *verb* 1 to ignore: *overriding the teacher's authority* 2 to be considered more important than: *The welfare of the patients overrides all other considerations.*

overrule /ˌoʊvəˈruːl/ *verb* to go against or cancel an earlier decision

overrun /ˌoʊvəˈrʌn/ *verb* 1 to grow or spread over: *a garden overrun with weeds* 2 to take control of *eg* a country

overseas *adverb* /ˌoʊvəˈsiːz/ to, in or from a foreign country ♦ *adjective* /ˈoʊvəsiːz/: *overseas news* □ *an overseas student*

oversee /ˌoʊvəˈsiː/ *verb* to watch over or supervise

overshadow /ˌoʊvəˈʃadoʊ/ *verb* 1 to cause to seem less important than 2 to make (an event) less happy: *Their normally high spirits were overshadowed by the threat of war.*

oversight /ˈoʊvəsaɪt/ *noun* something that you fail to notice or do

oversimplify /ˌoʊvəˈsɪmplɪfaɪ/ *verb* to explain so simply that the true meaning is lost — *adjective* **oversimplified**

oversleep /ˌoʊvəˈsliːp/ *verb* to sleep for longer than you intended to

overstate /ˌoʊvəˈsteɪt/ *verb* to explain or express too strongly

overstep /ˌoʊvəˈstɛp/ *verb* ▶ *phrase* **overstep the mark** to do or say more than you should

overt /oʊˈvɜːt/ *adjective* not hidden or secret; openly done — *adverb* **overtly**

overtake /ˌoʊvəˈteɪk/ *verb* 1 to catch up with and pass 2 to affect suddenly and very strongly

overthrow *verb* /ˌoʊvəˈθroʊ/ to remove from power by force ♦ *noun* /ˈoʊvəθroʊ/ the act of removing from power by force

overtime /ˈoʊvətaɪm/ *noun* (*uncount*) 1 time spent working beyond agreed normal hours 2 the money paid for extra time worked ♦ *adverb*: *work overtime*

overtone /ˈoʊvətoʊn/ *noun* a suggestion of a particular quality or feeling

overture /ˈoʊvətjʊə(r)/ *noun* a piece of music written as an introduction to a long musical piece ▶ *phrase* **make overtures** to make proposals intended to open discussions: *romantic overtures*

overturn /ˌoʊvəˈtɜːn/ *verb* 1 to turn over or upside down 2 to change or reverse (a

overview /ˈoʊvəvjuː/ *noun* (*formal*) an account or description which gives a general picture

overweight /oʊvəˈweɪt/ *adjective* too fat

overwhelm /oʊvəˈwɛlm/ *verb* **1** to make completely helpless: *overwhelmed by feelings of relief* **2** to gain complete control over

overwhelming /oʊvəˈwɛlmɪŋ/ *adjective* having an intensely strong effect — *adverb* **overwhelmingly**

overwork /oʊvəˈwɜːk/ *verb* to work too hard or too long ♦ *noun* (*uncount*) the act of working too hard or too long — *adjective* **overworked**

overwrought /oʊvəˈrɔːt/ *adjective* too upset or emotional to be in control

ow /aʊ/ *interjection* used to express a feeling of sudden pain [*same as* **ouch**]

owe /oʊ/ *verb* **1** to be in debt to; to have not yet paid back: *I owe Peter three pounds.* **2** to have a moral obligation towards: *We owe them a great debt of gratitude.* ▫ *We owe it to our fans to perform well.* **3** to enjoy as a result of: *He owes his success to his family.* ▸ *phrase* **owing to** because of

owl /aʊl/ *noun* a night bird with a round flat face, and a hooked beak

own /oʊn/ *determiner* belonging to, or typical of, the person mentioned: *Is this all your own work?* ♦ *pronoun*: *Uniforms were not issued to us; we were expected to buy our own.* ♦ *verb* to have as a possession ▸ *phrases* **hold your own** to keep your place or position, not weaken **on your own 1** by your own efforts **2** alone

own up to admit to having done wrong

owner /ˈoʊnə(r)/ *noun* someone who owns something

ownership /ˈoʊnəʃɪp/ *noun* (*uncount*) the state of owning something

ox /ɒks/ *noun*: **oxen** /ˈɒksən/ a male cow, usually castrated, used for pulling carts and farm machinery

oxygen /ˈɒksɪdʒən/ *noun* (*uncount*) a gas with no colour, taste or smell, which is present in the air and in water

oyster /ˈɔɪstə(r)/ *noun* a shellfish used, either cooked or raw, as food

ozone /ˈoʊzoʊn/ *noun* (*uncount*) a form of oxygen with a strong smell

ozone layer /ˈoʊzoʊn leɪə(r)/ *noun* (*uncount*) a layer of the upper atmosphere which protects the earth from the sun's harmful rays

Pp

P or **p** /piː/ the sixteenth letter of the English alphabet

PA /piːˈeɪ/ *noun* **1** personal assistant **2** public-address system

pace /peɪs/ *noun* **1** a step **2** the speed at which you walk or run ♦ *verb* **1** to walk backwards and forwards with regular steps: *He paced nervously up and down the hall.* **2** to regulate the speed at which someone does something ▸ *phrase* **at your own pace** at a speed that you can manage comfortably

pacemaker /ˈpeɪsmeɪkə(r)/ *noun* **1** a device used to correct weak or irregular heart rhythms **2** a pacesetter

pacesetter /ˈpeɪssetə(r)/ *noun* a leader who determines the speed in a race

pacifist /ˈpasɪfɪst/ *noun* someone who believes that all war is wrong

pacify /ˈpasɪfaɪ/ *verb* **1** to calm, soothe **2** to restore peace to — *noun* (*uncount*) **pacification**

pack /pak/ *noun* **1** a collection of things in a container or bag **2** a rucksack **3** a set of playing-cards **4** a group of animals, especially dogs or wolves ♦ *verb* **1** to put *eg* clothes in a case or bag for travelling **2** to press or crowd together closely

pack in to do a great many things: *You seem to have packed a lot in to your weekend in Paris.*
pack up 1 to put your belongings in a case or bag when you are leaving a place **2** to stop working altogether: *The engine packed up.*

package /ˈpakɪdʒ/ *noun* **1** a small parcel wrapped in paper **2** a number of things that are offered together for sale or acceptance ♦ *verb* **1** to put in a packet or box **2** to wrap

package holiday /ˈpakɪdʒ hɒlɪdeɪ/ or **package tour** /ˈpakɪdʒ tʊə(r)/ *noun* a holiday or tour arranged by an agent

packaging /ˈpakɪdʒɪŋ/ *noun* (*uncount*) the material that is used to wrap and pack something

packet /ˈpakɪt/ *noun* **1** a small bag, box or other container **2** a small flat parcel or package

packing /ˈpakɪŋ/ *noun* (*uncount*) the process of putting things into a bag: *Have you done your packing?*

packing case /ˈpakɪŋ keɪs/ *noun* a wooden box for transporting goods

pact /pakt/ *noun* a formal agreement between two or more people

pad[1] /pad/ *noun* **1** a thick piece of material used to cushion, shape, protect or clean something **2** a number of sheets of paper fixed together **3** the paw of certain animals **4** a rocket-launching platform ♦ *verb* to stuff or protect with a soft material

pad out to fill up with unnecessary material

pad[2] /pad/ *verb* to walk softly so that your footsteps cannot be heard

padding /ˈpadɪŋ/ *noun* (*uncount*) soft material that is used to shape, fill, or protect something

paddle /ˈpadəl/ *noun* a short, broad oar ♦ *verb* to move forward using a paddle

paddock /ˈpadək/ *noun* a small closed-in field for keeping horses in

padlock /ˈpadlɒk/ *noun* a removable lock with a U-shaped hook ♦ *verb* to lock using a padlock

paediatric (*AmE* **pediatric**) /piːdɪˈatrɪk/ *adjective* related to paediatrics

paediatrician (*AmE* **pediatrician**) /piːdɪəˈtrɪʃən/ *noun* a doctor specializing in studying and treating children's illnesses

paediatrics (*AmE* **pediatrics**) /piːdɪˈatrɪks/ *noun* (*singular*) the treatment of children's diseases

pagan /ˈpeɪɡən/ *adjective* related to religious beliefs and practices that do not belong to any of the major world religions ♦ *noun*: *The ancient Romans were pagans.* — *noun* (*uncount*) **paganism**

page[1] /peɪdʒ/ *noun* one side of, or one piece of, paper in a book, magazine, or newspaper

page[2] /peɪdʒ/ *noun* **1** a boy who works in a hotel and whose job it is to carry messages and luggage **2** a small boy who is one of the bride's attendants at a wedding ♦ *verb* to call or summon

pageant /ˈpadʒənt/ *noun* **1** a show or procession made up of scenes from history **2** an elaborate parade or display

pageantry /ˈpadʒəntri/ *noun* (*uncount*) an elaborate show or display

pageboy /ˈpeɪdʒbɔɪ/ *noun* a page [see **page**[2], sense 2]

pager /ˈpeɪdʒə(r)/ *noun* an electronic device which is used to summon people

paid /peɪd/ *verb* the past tense and past participle of **pay** ♦ *adjective* of work: done for money

pain /peɪn/ *noun* **1** (*uncount or count*) an unpleasant feeling of discomfort in part of your body **2** (*uncount*) unhappiness or distress **3** (*informal*) an annoying person ♦ *verb* to cause to feel unhappy

pained /ˈpeɪnd/ *adjective* showing distress

painful /ˈpeɪnfəl/ *adjective* **1** causing pain: *a painful injury* **2** affected by something which causes pain: *a painful finger* **3** causing distress: *a painful duty* **4** laborious: *painful progress* — *adverb* **painfully**

painkiller /ˈpeɪnkɪlə(r)/ *noun* a drug that reduces or gets rid of pain

painless /ˈpeɪnləs/ *adjective* **1** without pain **2** involving very little effort or hard work — *adverb* **painlessly**

painstaking /ˈpeɪnsteɪkɪŋ/ *adjective* very careful and thorough [*same as* **meticulous**; *opposite* **careless**, **negligent**]

paint /peɪnt/ *noun* a colouring substance in the form of liquid ♦ *verb* **1** to cover with a layer of paint **2** to make a picture or design using paints

painter /ˈpeɪntə(r)/ *noun* **1** an artist who paints pictures **2** someone whose job is painting the inside and outside of buildings

painting /ˈpeɪntɪŋ/ *noun* **1** a painted picture **2** the art of creating pictures in paint

pair /peə(r)/ *noun* **1** two of the same kind: *a pair of woollen gloves* **2** an object consisting of two joined parts: *a pair of glasses* **3** two things considered together **4** two people ♦ *verb* to group together in pairs

pair off to associate or group in couples
pair up to join together as a couple or as mates

pajamas see **pyjamas**

pal /pal/ *noun* a friend

pal up with to become friends with

palace

palace /'palǝs/ *noun* the house of a king, queen, archbishop or aristocrat

palatable /'palǝtǝbǝl/ *adjective* (*formal*) **1** having a pleasant taste **2** acceptable, pleasing: *The truth is often not palatable.* [*opposite* **unpalatable**]

palate /'palǝt/ *noun* **1** the top of the inside of the mouth **2** the sense of taste

palatial /pǝ'leɪʃǝl/ *adjective* grand and splendid like a palace

palaver /pǝ'lɑ:vǝ(r)/ *noun* an unnecessary fuss

pale /peɪl/ *adjective* light or whitish in colour ♦ *verb* to become pale, or less bright — *noun* **paleness**: *the paleness of her skin*

palette /'palǝt/ *noun* a flat piece of wood or plastic on which an artist mixes paints

paling /'peɪlɪŋ/ *noun* a series of thin, pointed pieces of wood or metal fixed together

pall[1] /pɔ:l/ *noun* **1** the cloth over a coffin at a funeral **2** a dark covering or cloud: *a pall of smoke*

pall[2] /pɔ:l/ *verb* (*formal*) to become boring or less interesting

pallbearer /'pɔ:lbɛǝrǝ(r)/ *noun* one of the people who carry the coffin or walk beside it at a funeral

pallet /'palǝt/ *noun* a small wooden platform on which goods are stacked in order to be lifted

pallid /'palɪd/ *adjective* unnaturally or unhealthily pale

pallor /'palǝ(r)/ *noun* (*uncount*; *formal*) unnatural or unhealthy paleness of the skin

palm[1] /pɑ:m/ *noun* the flat inner surface of the hand ♦ *verb* to hide in the palm of the hand

palm off to persuade to buy through deceit

palm[2] /pɑ:m/ *noun* any of several types of tree that grow in warm or tropical climates

palpable /'palpǝbǝl/ *adjective* **1** easily noticed or felt **2** that can be felt or detected by touch — *adverb* (*formal*) **palpably**

palpitate /'palpɪteɪt/ *verb* of the heart: to beat very quickly or irregularly

palpitations /palpɪ'teɪʃǝnz/ *noun* uncomfortable rapid beating of the heart

paltry /'pɔ:ltrɪ/ *adjective* (*formal*) small and unimportant [*same as* **mean**, **trifling**]

pamper /'pampǝ(r)/ *verb* to spoil *eg* a child by giving them too much attention

pamphlet /'pamflǝt/ *noun* a thin book with a paper cover which gives information on a subject

pantry

pan[1] /pan/ *noun* **1** a metal pot used in cooking, a saucepan **2** a bowl-shaped container used for various purposes

pan[2] /pan/ *verb* to move a camera round to give a wide view while filming

pan out of events: to turn out

panacea /panǝ'sɪǝ/ *noun* a cure for all things

panache /pǝ'naʃ/ *noun* (*uncount*) spirited and stylish self-confidence

pancake /'pankeɪk/ *noun* a thin cake of flour, eggs, sugar and milk, fried in a pan

panda /'pandǝ/ *noun* a large black-and-white bear-like animal found in *eg* Tibet

pandemonium /pandǝ'mǝonɪǝm/ *noun* (*uncount*) a state of great noise and wild confusion

pander /'pandǝ(r)/ *verb*

pander to to indulge or comply with in an insincere way

pane /peɪn/ *noun* a sheet of glass

panel /'panǝl/ *noun* **1** a flat rectangular piece of wood that forms a section of *eg* a door **2** a group of people chosen *eg* to judge a contest ♦ *verb* to fit with a panel

pang /paŋ/ *noun* a sudden strong feeling or physical pain

panic /'panɪk/ *noun* (*uncount or count*) a feeling of great fear or anxiety ♦ *verb*: **panics**, **panicking**, **panicked** to have a feeling of anxiety that prevents you from acting normally

panic-stricken /'panɪkstrɪkǝn/ *adjective* filled with terror or anxiety

pannier /'panɪǝ(r)/ *noun* a basket carried on a horse's back or attached to a bicycle

panorama /panǝ'rɑ:mǝ/ *noun* an all-round view of a wide area of land

pansy /'panzɪ/ *noun* a small garden flower with broad flat brightly-coloured petals

pant /pant/ *verb* to breathe quickly and loudly

panther /'panθǝ(r)/ *noun* **1** a large leopard **2** (*AmE*) a puma

panties /'pantɪz/ *noun* (*plural*) pants for women and girls

pantihose or **pantyhose** /'pantɪhǝʊz/ *noun* (*plural*; *AmE*) tights

pantomime /'pantǝmaɪm/ *noun* a musical play for children performed at or around Christmas

pantry /'pantrɪ/ *noun* a small room where food is stored

pants /pants/ *noun* (*plural*) **1** (*BrE*) underpants **2** (*AmE*) trousers

pantyhose see **pantihose**

papa /pəˈpɑː/ *noun* (*informal, old*) father

papal /ˈpeɪpəl/ *adjective* relating to the Pope

papaya /pəˈpaɪə/ *noun* a large yellow fruit with sweet orange flesh

paper /ˈpeɪpə(r)/ *noun* **1** (*uncount*) a material made in thin sheets, used for writing or wrapping **2** a newspaper **3 papers** official documents **4** an essay on an academic subject **5** a set of examination questions ♦ *verb* to decorate with wallpaper

> **paper over** to cover up *eg* a mistake

paperback /ˈpeɪpəbak/ *noun* a book bound in a flexible paper cover

paperweight /ˈpeɪpəweɪt/ *noun* a heavy object used to keep a pile of papers in place

papier mâché /ˌpapieɪ ˈmaʃeɪ/ *noun* (*uncount*) a light material made of chopped up pieces of paper mixed with glue

paprika /ˈpaprɪkə/ *noun* (*uncount*) a red powder made from a type of sweet pepper

par /pɑː(r)/ *noun* in golf, the number of strokes allowed for a good golfer to complete a course ▶ *phrases* **below par 1** not up to standard **2** not feeling very well **on a par with** equal to or comparable with **par for the course** expected or typical

parable /ˈparəbəl/ *noun* a story *eg* in the Bible, which teaches a moral lesson

parachute /ˈparəʃuːt/ *noun* a device which allows people or objects to fall gently to the ground when dropped from an aircraft ♦ *verb* to drop by parachute — *noun* **parachutist**

parade /pəˈreɪd/ *noun* **1** a group of soldiers formally gathered together for inspection or exercise **2** a public procession of people and vehicles ♦ *verb* **1** to march in a procession **2** to display in an obvious way

paradise /ˈparədaɪs/ *noun* **1** heaven **2** a place or state of great happiness

paradox /ˈparədɒks/ *noun*: **paradoxes** a saying which seems to contradict itself but which may be true

paradoxical /ˌparəˈdɒksɪkəl/ *adjective* combining two apparently contradictory elements — *adverb* **paradoxically**

paraffin /ˈparəfɪn/ *noun* (*uncount*; *BrE*) a type of fuel oil obtained from petroleum: *a paraffin lamp*

paragon /ˈparəgən/ *noun* a model of perfection or excellence: *a paragon of good manners*

paragraph /ˈparəgrɑːf/ *noun* **1** a division of a piece of writing shown by beginning the first sentence on a new line **2** a short report in a newspaper

parakeet /ˈparəkiːt/ *noun* a type of small parrot

parallel /ˈparəlɛl/ *adjective* **1** of lines: going in the same direction, always remaining the same distance apart **2** similar or alike in some way: *parallel cases* ♦ *adverb* alongside ♦ *noun* **1** a parallel line **2** something comparable with something else **3** a line to mark latitude ♦ *verb* to match or coincide with

parallelogram /ˌparəˈlɛləgram/ *noun* a four-sided geometrical figure with opposite sides parallel to each other

paralyse (*AmE* **paralyze**) /ˈparəlaɪz/ *verb* **1** to affect with paralysis **2** to make helpless or ineffective

paralysis /pəˈralɪsɪs/ *noun* (*uncount*) loss of the power of movement or of feeling in a part of the body

paramedic /ˌparəˈmɛdɪk/ *noun* someone specially trained to give emergency medical treatment

parameter /pəˈramɪtə(r)/ *noun* **parameters** limiting factors which affect the way that something can be done

paramilitary /ˌparəˈmɪlɪtəri/ *adjective* organized like, but not part of, the official armed forces

paramount /ˈparəmaʊnt/ *adjective* (*formal*) greater in importance than anything else

paranoia /ˌparəˈnɔɪə/ *noun* (*uncount*) **1** a form of mental disorder in which a person wrongly believes that he or she is being badly treated by others or that he or she is somebody very important **2** irrational fear or suspicion

paranoid /ˈparənɔɪd/ *adjective* suffering from paranoia or extremely suspicious of other people

parapet /ˈparəpɪt/ *noun* a low wall along the edge of a bridge, balcony, or roof

paraphernalia /ˌparəfəˈneɪliə/ *noun* (*uncount*) small articles of various kinds

paraphrase /ˈparəfreɪz/ *noun* an expression in different words ♦ *verb* to express in different words

paraplegic /ˌparəˈpliːdʒɪk/ *adjective* paralysed from the waist down

parasite /ˈparəsaɪt/ *noun* an animal or a plant that lives on, and gets its food from, another animal or plant

parasitic /parə'sɪtɪk/ or **parasitical** /parə'sɪtɪkəl/ *adjective* **1** of an animal or plant: living on another **2** of a disease: caused by a parasite

parasol /'parəsɒl/ *noun* a light umbrella used as a sunshade

paratrooper /'parətruːpə(r)/ *noun* a soldier who is specially trained to use a parachute

parcel /'pɑːsəl/ *noun* a wrapped and tied package to be sent by post

> **parcel up** to wrap up in a parcel

parched /pɑːtʃt/ *adjective* **1** very dry **2** very thirsty

parchment /'pɑːtʃmənt/ *noun* (*uncount*) the dried skin of a goat or sheep used for writing on

pardon /'pɑːdən/ *verb* **1** to forgive **2** to free from punishment ♦ *noun* **1** forgiveness **2** the cancellation of a punishment ▶ *phrases* **I beg your pardon** used to apologize for a mistake **pardon?** used to ask someone to repeat something

pardonable /'pɑːdənəbəl/ *adjective* that can be excused or forgiven

pare /peə(r)/ *verb* to peel or cut off the outer edge or surface of

> **pare down** to reduce

parent /'peərənt/ *noun* a father or mother

parental /pə'rɛntəl/ *adjective* relating to parents

parenthesis /pə'rɛnθəsɪs/ *noun*: **parentheses** /pə'rɛnθəsiːz/ **1** an added explanation or thought **2 parentheses** brackets

parenthood /'peərənthʊd/ *noun* (*uncount*) the state or condition of being a parent

parish /'parɪʃ/ *noun* a district with its own church and minister or priest

parishioner /pə'rɪʃənə(r)/ *noun* a member of a parish

parity /'parɪtɪ/ *noun* (*uncount*) equality

park /pɑːk/ *noun* **1** a public area with grass and trees **2** an enclosed piece of land surrounding a country house ♦ *verb* to stop and leave *eg* a car in a place for a time

parliament /'pɑːləmənt/ *noun* **1** the group of people who discuss and make laws **2** the House of Commons and the House of Lords

parliamentary /pɑːlə'mɛntərɪ/ *adjective* concerned with parliament: *a parliamentary candidate*

parochial /pə'roʊkɪəl/ *adjective* (*often derogatory*) interested only in local affairs; narrow-minded

parody /'parədɪ/ *noun* a humorous imitation of someone's work or style ♦ *verb* to make a parody of

parole /pə'roʊl/ *noun* (*uncount*) the release of a prisoner before the end of a sentence, on condition that they behave well

paroxysm /'parəksɪzm/ *noun* an uncontrollable movement of the body

parquet /'pɑːkeɪ/ *noun* (*uncount*) a floor covering of wooden blocks arranged in a pattern

parrot /'parət/ *noun* a tropical bird with a curved beak and often brightly coloured feathers

parry /'parɪ/ *verb* to deflect, turn aside *eg* a blow or a question

parsimonious /pɑːsɪ'moʊnɪəs/ *adjective* (*formal*) extremely careful with money and unwilling to spend it

parsley /'pɑːslɪ/ *noun* (*uncount*) a bright green leafy herb, used in cookery

parsnip /'pɑːsnɪp/ *noun* a plant with an edible yellowish root, shaped like a carrot

parson /'pɑːsən/ *noun* any Christian priest, especially a vicar or rector in the Church of England

parsonage /'pɑːsənɪdʒ/ *noun* a parson's house

part /pɑːt/ *noun* **1** a portion, a share **2** one of the pieces of which something consists: *the various parts of a car engine* **3** a role taken by an actor in a play **4** a role in an event: *played a vital part in the campaign* **5** the notes to be played or sung by a particular instrument or voice ♦ *verb* **1** to separate or go in different ways **2** to put or keep apart **3** to divide or open ▶ *phrases* **for the most part** usually **in part** to some extent **to take part** to join in or be involved in

> **part with** to let go of, give away or sell

partial /'pɑːʃəl/ *adjective* **1** incomplete or limited: *partial payment* **2** having a liking for: *partial to cheese* — *adverb* **partially**: *The road was partially blocked.*

partiality /pɑːʃɪ'alɪtɪ/ *noun* **1** unfair favour shown to one side or person [*same as* **bias**, **favouritism**; *opposite* **impartiality**] **2** a particular liking for something

participant /pɑː'tɪsɪpənt/ *noun* someone who takes part in an activity

participate /pɑː'tɪsɪpeɪt/ *verb* to take part, be involved — *noun* (*uncount*) **participation**

participle /pɑːˈtɪsɪpəl/ *noun* (grammar) a word formed from a verb and used as an adjective or to form tenses

particle /ˈpɑːtɪkəl/ *noun* a tiny piece or amount: *a particle of sand*

particular /pəˈtɪkjʊlə(r)/ *adjective* **1** specific or certain: *I want this particular colour*. **2** special: *take particular care of the china* **3** belonging individually: *My own particular academic subject is geography*. **4** greater than usual: *a matter of no particular importance* **5** difficult to satisfy: *particular about her food* ♦ *noun* **particulars** details, especially personal ones ▶ *phrase* **in particular** especially

particularly /pəˈtɪkjʊləlɪ/ *adverb* especially, more than usually

parting /ˈpɑːtɪŋ/ *noun* **1** the act of separating **2** a line dividing hair on the head

partisan /ˈpɑːtɪzan/ *adjective* based more on loyalty than reason ♦ *noun* someone with partisan views

partition /pɑːˈtɪʃən/ *noun* **1** a thin wall or screen that divides a room ♦ *verb* **1** to divide into parts **2** to divide with a wall or screen

partly /ˈpɑːtlɪ/ *adverb* in some ways or to a certain extent

partner /ˈpɑːtnə(r)/ *noun* **1** one of two or more people who jointly own a company **2** one of a pair in dancing or in a game **3** a husband, wife or lover ♦ *verb* to act as someone's partner

partnership /ˈpɑːtnəʃɪp/ *noun* **1** a relationship in which two or more people or groups work together as partners **2** the status of a partner: *She was offered a partnership at the age of 30*.

part of speech /pɑːt əv ˈspiːtʃ/ *noun* a noun, verb, adjective or other grammatical class

partridge /ˈpɑːtrɪdʒ/ *noun* a plump grey and brown bird that nests on the ground

part-time /pɑːtˈtaɪm/ *adjective* working for only part of the full working week ♦ *adverb* (also **part time**): *work part time* — *noun* **part-timer**

party /ˈpɑːtɪ/ *noun* **1** a social event: *a birthday party ▫ a dinner party* **2** a group of people involved in the same activity: *a party of tourists* **3** a group of people united by common political aims: *a political party* **4** someone involved in a legal agreement: *All three parties must sign the contract.* ♦ *verb* (*informal*) to attend parties or to celebrate as if you were at a party

party line /pɑːtɪ ˈlaɪn/ *noun* the official opinion of a political party

pass /pɑːs/ *verb* **1** to reach and go beyond: *I pass his house on my way home.* **2** to meet and go on in your own direction **3** to move on or along: *pass the salt* **4** to progress or go through: *food passes through our bodies.* **5** to move over smoothly: *She passed a hand across her forehead.* **6** of a feeling: to go away **7** in *eg* a test: to be successful **8** to agree to (a law) **9** to overtake **10** to hand on, give: *He passed the story onto his son.* **11** of time: to go by: *passed his life peacefully* ♦ *noun* **1** a route through a gap in a mountain range **2** an official card or paper permitting you *eg* to go somewhere **3** success in an examination **4** in sport, the action of throwing, kicking or hitting the ball ▶ *phrase* **make a pass** to indicate that you would like a sexual ralationship with

pass away 1 to disappear **2** to die
pass by to go past
pass off to make others believe that something is genuine
pass on 1 to give to someone else **2** to progress **3** to die
pass out to faint
pass round to give to people in turn
pass up to decide not to use *eg* an opportunity

passable /ˈpɑːsəbəl/ *adjective* **1** satisfactory but only just so **2** (*informal*) fairly good **3** of a river: that can be crossed

passage /ˈpasɪdʒ/ *noun* **1** a narrow way, especially one with walls along both sides **2** the act of passing: *the passage of time* **3** an opening in the body **4** a way through **5** a part of the text of a book

passenger /ˈpasɪndʒə(r)/ *noun* a traveller in a train, ship or aeroplane

passer-by /pɑːsəˈbaɪ/ *noun*: **passers-by** someone who is walking past

passing /ˈpɑːsɪŋ/ *adjective* **1** not lasting long: *a passing interest* **2** going by: *a passing car* **3** casual: *a passing remark*

passion /ˈpaʃən/ *noun* (*uncount*) strong feeling, especially anger or love

passionate /ˈpaʃənət/ *adjective* having strong feelings and emotions — *adverb* **passionately**

passive /ˈpasɪv/ *adjective* **1** not reacting or resisting **2** (*grammar*) the form used when the subject is affected by the action rather than performing it — *adverb* **passively** ♦ *noun* the passive form of a verb

Passover /ˈpɑːsəʊvə(r)/ *noun* (*uncount*) a Jewish festival celebrating the freeing of the Jews from slavery in Egypt

passport /ˈpɑːspɔːt/ *noun* a card or booklet showing your identity and nationality and giving you permission to enter foreign countries

password /ˈpɑːswɜːd/ *noun* a secret word you have to know and repeat before you are allowed to go into a place

past /pɑːst/ *adjective* **1** of an earlier time **2** just before the present **3** former or previous **4** over or finished ♦ *noun* **1** the time before the present **2** someone's previous life or career **3** (*grammar*) the past tense ♦ *preposition* **1** up to and beyond: *go past the traffic lights* **2** beyond: *It's just past the post office.* ♦ *adverb* by: *She walked past, looking at no-one.* ▶ *phrases* **past it** too old **a thing of the past** something that no longer exists

pasta /ˈpæstə/ *noun* (*uncount*) a food made with flour, water and eggs in a variety of different shapes

paste /peɪst/ *noun* **1** a stiff sticky mixture **2** a food made from ground meat or fish ♦ *verb* to stick with glue

pastel /ˈpæstəl/ *adjective* of a colour: pale and delicate ♦ *noun* **1** a chalk-like crayon used for drawing **2** a drawing made with pastels

pasteurize or **pasteurise** /ˈpɑːstʃəraɪzd/ *verb* to destroy all the harmful bacteria in milk through heating — *adjective* **pasteurized**

pastime /ˈpɑːstaɪm/ *noun* something you enjoy doing in your spare time

pastoral /ˈpɑːstərəl/ *adjective* **1** relating to country life **2** concerned with people's general or personal needs

past participle /pɑːst ˈpɑːtɪsɪpəl/ *noun* (*grammar*) the form of the verb used to form the perfect tense

pastry /ˈpeɪstri/ *noun* **1** a food made with flour and fat, used to make pies **2** a small cake

past tense /pɑːst ˈtɛns/ *noun* used to refer to things that happened or existed before the present

pasture /ˈpɑːstʃə(r)/ *noun* ground covered with grass on which cattle graze

pasty[1] /ˈpeɪsti/ *adjective* of skin: unhealthily pale

pasty[2] /ˈpæsti/ *noun* a small pie containing meat and vegetables

pat /pæt/ *verb* to tap lightly ♦ *noun* a light, especially affectionate, touch or tap made with the palm of the hand ▶ *phrase* **off pat** memorized thoroughly

patch /pætʃ/ *noun* **1** a piece of material sewn over a hole **2** a small area of something ♦ *verb* to mend by covering with a patch

patch up to settle *eg* a quarrel

patchwork /ˈpætʃwɜːk/ *noun* fabric formed from small pieces of material sewn together

patchy /ˈpætʃi/ *adjective* **1** not spread evenly **2** incomplete [*same as* **erratic, variable**]

pâté /ˈpæteɪ/ *noun* a paste of meat, fish or vegetables, flavoured with herbs

patent /ˈpeɪtənt/ *noun* an official licence allowing someone to be the only one to make or sell a new product ♦ *verb* to obtain a patent for ♦ *adjective* obvious or evident — *adverb* **patently**: *It is patently obvious that she was lying.*

patent leather /ˌpeɪtənt ˈlɛðə(r)/ *noun* (*uncount*) leather with a very shiny surface

paternal /pəˈtɜːnəl/ *adjective* **1** relating to or like a father **2** on the father's side of the family: *my paternal grandmother*

path /pɑːθ/ *noun* **1** a track across a piece of land made or used by people walking **2** the line along which something moves: *in the lorry's path* **3** a course of action

pathetic /pəˈθɛtɪk/ *adjective* **1** causing pity **2** (*informal*) feeble, inadequate: *a pathetic attempt* — *adverb* **pathetically**

pathological /ˌpæθəˈlɒdʒɪkəl/ *adjective* **1** relating to disease **2** (*informal*) unreasonable, obsessive: *a pathological fear of dirt*

pathologist /pəˈθɒlədʒɪst/ *noun* (*uncount*) a doctor who studies disease, and who tries to discover the reason for people's deaths

pathology /pəˈθɒlədʒi/ *noun* (*uncount*) the study of diseases

pathos /ˈpeɪθɒs/ *noun* (*uncount*) a quality that arouses pity

patience /ˈpeɪʃəns/ *noun* (*uncount*) **1** the ability or willingness to be patient **2** a card game played by one person

patient /ˈpeɪʃənt/ *adjective* able to stay calm or self-controlled, especially when waiting for a long period of time — *adverb* **patiently** ♦ *noun* a person who is being treated by a doctor or dentist

patio /ˈpætiəʊ/ *noun:* **patios** a paved open area attached to a house

patriarch /ˈpeɪtriɑːk/ *noun* the male head of a family or tribe

patriarchal /ˌpeɪtriˈɑːkəl/ *adjective* ruled or controlled by men or patriarchs

patriarchy /ˈpeɪtriɑːki/ *noun* a society in which a man is head of the family

patriot /ˈpatrɪət/ or /ˈpeɪtrɪət/ *noun* someone who loves and is loyal to their country

patriotic /patrɪˈɒtɪk/ or /peɪtrɪˈɒtɪk/ *adjective* loyal or devoted to your country

patriotism /ˈpatrɪətɪzm/ or /ˈpeɪtrɪətɪzm/ *noun* (*uncount*) love of and loyalty to your country

patrol /pəˈtrəʊl/ *verb* to keep guard by moving regularly around an area ♦ *noun* **1** people keeping watch **2** the act of keeping guard in this way

patron /ˈpeɪtrən/ *noun* **1** someone who protects or supports *eg* an artist or a form of art **2** a regular customer

patronage /ˈpatrənɪdʒ/ *noun* (*uncount*) the support given by a patron

patronize or **patronise** /ˈpatrənaɪz/ (*AmE* /ˈpeɪtrənaɪz/) *verb* **1** to treat as inferior **2** to be a customer of — *adjective* **patronizing** [*same as* **condescending**]

patron saint /peɪtrən ˈseɪnt/ *noun* a saint chosen as the protector of a country

patter[1] /ˈpatə(r)/ *verb* of *eg* rain or footsteps: to make a quick tapping sound ♦ *noun* the sound of *eg* falling rain or footsteps

patter[2] /ˈpatə(r)/ *noun* rapid talk, especially that used by salesmen

pattern /ˈpatən/ *noun* **1** a set of instructions for making something **2** a decorative design **3** the way in which something happens ♦ *verb* to form a pattern on

patterned /ˈpatənd/ *adjective* having a decorative design

paunch /pɔːntʃ/ *noun* a fat stomach

pauper /ˈpɔːpə(r)/ *noun* (*old*) a very poor person

pause /pɔːz/ *noun* a short period of time when you stop doing something or stop speaking ♦ *verb* **1** to stop doing something **2** to hesitate

pave /peɪv/ *verb* to cover with paving stones ▶ *phrase* **pave the way for** to prepare or make easy for

pavement /ˈpeɪvmənt/ *noun* a raised paved path at the side of a road

pavilion /pəˈvɪlɪən/ *noun* **1** a building in a sports ground with facilities for changing clothes **2** a large ornamental building

paving stone /ˈpeɪvɪŋ stəʊn/ *noun* a piece of flat stone used to form a path or pavement

paw /pɔː/ *noun* the foot of an animal ♦ *verb* **1** of an animal: to scrape with one of the front feet **2** to handle or touch roughly or rudely

pawn[1] /pɔːn/ *verb* of a possession: to put in someone's keeping in exchange for a sum of money which, when repaid, buys it back

pawn[2] /pɔːn/ *noun* a chess piece of the lowest value

pawnbroker /ˈpɔːnbrəʊkə(r)/ *noun* someone who lends money in exchange for pawned articles

pawnshop /ˈpɔːnʃɒp/ *noun* a pawnbroker's place of business

pawpaw /ˈpɔːpɔː/ *noun* a papaya

pay /peɪ/ *verb* **pays**, **paying**, **paid 1** to give money in exchange for: *I paid £30 for it.* **2** to give money for work **3** to be profitable **4** to suffer because of ♦ *noun* (*uncount*) money given or received for work; wages

> **pay back** to return (money) to someone who has lent it
>
> **pay in** to put (money) into a bank account
>
> **pay off 1** to make redundant **2** to give back money owed

payable /ˈpeɪəbəl/ *adjective* that can be paid; to be paid

payee /peɪˈiː/ *noun* someone to whom money is paid

payment /ˈpeɪmənt/ *noun* **1** a sum of money paid **2** the act of paying money

payphone /ˈpeɪfəʊn/ *noun* a public telephone

payroll /ˈpeɪrəʊl/ *noun* a list of people entitled to receive pay

PC /piːˈsiː/ *noun* **1** police constable **2** personal computer **3** political correctness

pea /piː/ *noun* a small round green vegetable that grows in pods on a climbing plant

peace /piːs/ *noun* **1** quietness, calm **2** freedom from war or disturbance **3** a treaty bringing this about

peaceable /ˈpiːsəbəl/ *adjective* wanting or trying to live in peace with others

peaceful /ˈpiːsfəl/ *adjective* calm and quiet — *adverb* **peacefully**

peach /piːtʃ/ *noun* **1** a juicy, velvet-skinned fruit **2** a yellowish-pink colour

peacock /ˈpiːkɒk/ *noun* a large bird of the pheasant family

peak /piːk/ *noun* **1** the pointed top of a mountain or hill **2** the highest point **3** the front part of a cap that projects over the forehead ♦ *verb* to reach a high point or maximum — *adjective* **peaked**: *a peaked cap*

peaky /ˈpiːkɪ/ *adjective* (*informal*) looking pale and ill

peal /piːl/ *noun* **1** the ringing of a bell or set of bells **2** a sudden loud burst of laughter or thunder ♦ *verb* to sound in a peal

peanut /'piːnʌt/ *noun* (also **groundnut**) a type of nut that ripens under the ground in a pod-like shell

pear /pɛə(r)/ *noun* a green or yellow fruit that is rounded at the bottom and narrow towards the top

pearl /pɜːl/ *noun* a shiny white stone produced by an oyster

peasant /'pɛzənt/ *noun* a farmer who owns a small piece of land which he or she works independently

peat /piːt/ *noun* turf cut out of boggy places, dried and used as fuel

pebble /'pɛbəl/ *noun* a small, smooth, round stone

pebbly /'pɛblɪ/ *adjective* covered with pebbles

peccadillo /pɛkə'dɪloʊ/ *noun*: **peccadilloes** or **peccadillos** a small unimportant fault or offence

peck /pɛk/ *verb* **1** to strike with the beak **2** to pick up with the beak **3** to eat slowly and unwillingly **4** to kiss quickly and lightly ♦ *noun* **1** a tap or nip with the beak **2** a quick light kiss

peckish /'pɛkɪʃ/ *adjective* (*informal*) a little hungry

peculiar /pɪ'kjuːlɪə(r)/ *adjective* **1** strange or odd **2** belonging only to a certain person, thing, or place: *a species peculiar to Africa* — *adverb* **peculiarly**

peculiarity /pɪkjuːlɪ'arɪtɪ/ *noun* **1** the quality of being strange or odd **2** a distinctive feature or characteristic

pedal /'pɛdəl/ *noun* a lever worked by the foot on *eg* a bicycle, piano or harp ♦ *verb* to operate using pedals

pedantic /pɪ'dantɪk/ *adjective* over-concerned with correctness

peddle /'pɛdəl/ *verb* to go from place to place selling goods

pedestal /'pɛdɪstəl/ *noun* a base on which something stands

pedestrian /pə'dɛstrɪən/ *noun* a person who travels on foot ♦ *adjective* **1** of or for pedestrians: *a pedestrian walkway* **2** dull and lacking in imagination

pediatrics see **paediatrics**

pedigree /'pɛdɪgriː/ *noun* **1** someone's background or ancestry **2** a record showing that all an animal's ancestors were of the same breed ♦ *adjective* of an animal: pure-bred, from a long line of ancestors of the same breed

pedlar /'pɛdlə(r)/ *noun*: someone who goes from place to place selling small goods

pee /piː/ *verb* (*informal*) to urinate ♦ *noun* (*informal*) **1** the act of urinating **2** (*uncount*) urine

peek /piːk/ *verb* to look quickly, especially in secret ♦ *noun* a quick, secret look

peel /piːl/ *verb* **1** to strip off the outer skin of: *peel an apple* **2** of skin, paint: to come off in small flakes ♦ *noun* (*uncount*) the skin or rind of certain fruit or vegetables

peep /piːp/ *verb* **1** to look quickly or secretively **2** to begin to appear: *the sun peeped out* ♦ *noun* a quick look made in secret

peer[1] /pɪə(r)/ *noun* **1** a male member of the nobility **2 peers** the people who are your equals, *eg* in age

peer[2] /pɪə(r)/ *verb* to look at, as if with difficulty

peerage /'pɪərɪdʒ/ *noun* **1** the title or rank of a peer **2** the members of the nobility as a group

peerless /'pɪələs/ *adjective* (*formal*) without any equal, better than all others

peeved /piːvd/ *adjective* (*informal*) angry or offended

peevish /'piːvɪʃ/ *adjective* bad-tempered, easily annoyed

peg /pɛg/ *noun* **1** a hook fixed to a wall for hanging things on **2** a clip for fastening washed clothes to a line **3** a piece of *eg* wood used to secure a rope ♦ *verb* **1** to fasten with a peg **2** to fix *eg* prices at a certain level

pejorative /pɪ'dʒɒrətɪv/ *adjective* expressing criticism: *a pejorative remark* — *adverb* **pejoratively**

pelican /'pɛlɪkən/ *noun* a large waterbird with a pouched bill for storing fish

pellet /'pɛlɪt/ *noun* a small round tightly-packed mass of material: *paper pellets*

pelt[1] /pɛlt/ *verb* **1** to repeatedly throw things at **2** of rain: to fall heavily **3** to run fast ▶ *phrase* **at full pelt** at top speed

pelt[2] /pɛlt/ *noun* the untreated skin of an animal

pelvis /'pɛlvɪs/ *noun* the bowl-shaped framework of bones around your hips

pen[1] /pɛn/ *noun* an instrument that you use to write or draw in ink ♦ *verb* (*formal* or *literary*) to write

pen[2] /pɛn/ *noun* a small piece of land for keeping animals in

> **pen in** or **pen up** to confine or shut in a small space

penal /ˈpiːnəl/ *adjective* relating to punishment

penalize or **penalise** /ˈpiːnəlaɪz/ *verb* **1** to punish **2** to place at a disadvantage

penalty /ˈpɛnəltɪ/ *noun* **1** a punishment **2** an advantage given to one side because the other team has broken a rule

penance /ˈpɛnəns/ *noun* (*uncount*) punishment willingly suffered by someone to make up for a wrong

pence /pɛns/ *noun* the plural of **penny**

penchant /ˈpɒnʃɒn/ (*AmE* /ˈpɛntʃənt/) *noun* an inclination, a liking

pencil /ˈpɛnsəl/ *noun* an instrument for writing and drawing, containing a length of *eg* graphite ♦ *verb* to write in pencil

pencil in to include in a diary, with the possibility of changing later

pendant /ˈpɛndənt/ *noun* a piece of jewellery or an ornament that hangs down

pending /ˈpɛndɪŋ/ *adjective* (*formal*) waiting to be decided or dealt with: *a pending lawsuit* ♦ *preposition* while waiting for, until the coming of: *pending confirmation*

pendulous /ˈpɛndjʊləs/ *adjective* (*formal*) hanging down loosely

pendulum /ˈpɛndjʊləm/ *noun* a swinging weight which drives the mechanism of a clock

penetrate /ˈpɛnətreɪt/ *verb* **1** to enter or force a way into or through **2** to enter by force

penetrating /ˈpɛnətreɪtɪŋ/ *adjective* **1** of a sound: piercing **2** having the ability to see or understand quickly and clearly: *penetrating questions*

penetration /pɛnəˈtreɪʃən/ *noun* (*uncount*) **1** the process of penetrating or being penetrated: *penetration of the Japanese market* **2** the ability to understand quickly and clearly

penfriend /ˈpɛnfrɛnd/ *noun* someone to whom you regularly write letters

penguin /ˈpɛŋgwɪn/ *noun* a black and white sea bird of the Antartic, that cannot fly

penicillin /pɛnɪˈsɪlɪn/ *noun* (*uncount*) a substance that is used as a medicine to treat illnesses and infections caused by bacteria

peninsula /pəˈnɪnsjʊlə/ *noun* a piece of land almost surrounded by water

penis /ˈpiːnɪs/ *noun* the outer sex organ of a male human or animal

penitent /ˈpɛnɪtənt/ *adjective* sorry for having done wrong

penitentiary /pɛnɪˈtɛnʃərɪ/ *noun* a federal or state prison in the United States

penknife /ˈpɛnnaɪf/ *noun* a pocket knife with folding blades

pennant /ˈpɛnənt/ *noun* a small narrow flag that tapers to a point

penniless /ˈpɛnɪləs/ *adjective* having little or no money [*same as* **destitute**]

penny /ˈpɛnɪ/ *noun*: **pence** or **pennies 1** a small British coin, the value of which is one hundredth of £1 **2** used to show an amount in pennies: *The newspaper costs forty-two pence.*

penny-pinching /ˈpɛnɪpɪntʃɪŋ/ *adjective* (*derogatory*) too careful with, and unwilling to spend, money [*same as* **mean**]

pension /ˈpɛnʃən/ *noun* a sum of money paid regularly to *eg* a retired person or a widow

pension off to allow to retire with a pension

pensionable /ˈpɛnʃənəbəl/ *adjective* relating to a person's right to receive a pension: *of pensionable age*

pensioner /ˈpɛnʃənə(r)/ *noun* someone who receives a pension

pensive /ˈpɛnsɪv/ *adjective* thoughtful — *adverb* **pensively**

pentagon /ˈpɛntəgən/ *noun* a shape with five sides and five angles

pentathlon /pɛnˈtæθlən/ *noun* a five-event contest in athletic competition

Pentecost /ˈpɛntɪkɒst/ *noun* (*uncount*) **1** a Jewish festival held fifty days after Passover **2** a Christian festival held seven weeks after Easter

penthouse /ˈpɛnthaʊs/ *noun* a house or flat built on the roof of a tall building

penultimate /pɛnˈʌltɪmət/ *adjective* last but one

penury /ˈpɛnjʊrɪ/ *noun* (*uncount*; *formal*) extreme poverty

people /ˈpiːpəl/ *noun* **1** (*plural*) human beings **2** the ordinary citizens of a country: *rule of the people by the people* ♦ *verb* to inhabit, make up the population of [*same as* **populate**]

pep /pɛp/ *noun* (*uncount*; *informal*) energy and vitality

pep up to make more lively or interesting

pepper /ˈpɛpə(r)/ *noun* **1** (*uncount*) a powder with a hot taste that is used for flavouring food: *salt and pepper* **2** a hot-tasting hollow fruit, eaten as a vegetable ♦ *verb* **1** to add pepper to **2 peppered with** containing a large number of: *peppered with typing errors*

peppercorn /ˈpɛpəkɔːn/ *noun* the dried berry of the pepper plant

pepper mill /ˈpɛpəmɪl/ *noun* a device for grinding peppercorns

peppermint /ˈpɛpəmɪnt/ *noun* **1** a strong flavouring that is used in sweets and medicines **2** a sweet flavoured with peppermint

peppery /ˈpɛpəri/ *adjective* **1** containing a lot of pepper **2** hot-tempered

pep talk /ˈpɛp tɔːk/ *noun* a talk meant to encourage harder work

per /pɜː(r)/ *preposition* **1** out of every: *five per cent* [= five out of every hundred] **2** for each: *£2 per dozen* **3** during each: *six times per week* ▶ *phrase* **as per usual** as always

per annum /pɜːr ˈanəm/ *adverb* for or in each year: *a salary of £25 000 per annum*

perceive /pəˈsiːv/ *verb* **1** to notice or become aware of **2** to understand

percentage /pəˈsɛntɪdʒ/ *noun* **1** an amount or number in each hundred **2** a proportion

perceptible /pəˈsɛptəbəl/ *adjective* able to be seen or understood

perception /pəˈsɛpʃən/ *noun* (*uncount or count*) the ability to perceive; understanding

perceptive /pəˈsɛptɪv/ *adjective* quick to notice and understand things

perch /pɜːtʃ/ *noun* **1** a narrow support above the ground that a bird rests on **2** a high seat or position ♦ *verb* **1** of a bird: to rest on *eg* a branch **2** to sit or be placed on the edge of something or in a high place

percolator /ˈpɜːkəleɪtə(r)/ *noun* a pot for making coffee in which boiling water is forced through ground coffee

percussion /pəˈkʌʃən/ *noun* musical instruments that are played by striking, such as drums, cymbals and the xylophone

peremptory /pəˈrɛmtəri/ *adjective* (*formal*) that cannot be disobeyed or questioned

perennial /pəˈrɛniəl/ *adjective* **1** lasting through the year **2** everlasting, perpetual **3** of a plant: living for at least two years ♦ *noun* a perennial plant

perfect ♦ *adjective* /ˈpɜːfɪkt/ **1** complete, with no parts missing or damaged **2** faultless **3** exact — *adverb* **perfectly** ♦ *noun* the tense used to refer to conditions existing, or actions completed up to and including the present ♦ *verb* /pəˈfɛkt/ to make perfect or improve

perfection /pəˈfɛkʃən/ *noun* (*uncount*) **1** the state of being perfect **2** the process of making something perfect

perfectionist /pəˈfɛkʃənɪst/ *noun* someone who expects things to be done as well as possible

perforate /ˈpɜːfəreɪt/ *verb* to make a hole or holes through

perforation /pɜːfəˈreɪʃən/ *noun* a small hole made in something

perform /pəˈfɔːm/ *verb* **1** to do, carry out **2** to act in front of an audience **3** to work in the way required

performance /pəˈfɔːməns/ *noun* **1** something that is performed in front of an audience **2** the level of success of *eg* a machine or car **3** the act of doing

performer /pəˈfɔːmə(r)/ *noun* someone who performs in front of an audience

perfume /ˈpɜːfjuːm/ *noun* **1** a smell, usually a pleasant one **2** a pleasant-smelling liquid put on the skin ♦ *verb* /ˈpɜːfjuːm/ (*AmE* /pəˈfjuːm/) **1** to put perfume on or in **2** to fill with a pleasant smell

perfunctory /pəˈfʌŋktəri/ *adjective* (*formal*) done carelessly or half-heartedly

perhaps /pəˈhaps/ *adverb* it is possible that: *Perhaps he's had a bad experience in the past.*

peril /ˈpɛrəl/ *noun* (*formal or literary*) (*uncount*) great danger ▶ *phrase* **at your peril** at your own risk

perilous /ˈpɛrələs/ *adjective* (*formal or literary*) very dangerous — *adverb* **perilously**

perimeter /pəˈrɪmɪtə(r)/ *noun* **1** an outer edge, boundary or border **2** the length around an outer edge

period /ˈpɪəriəd/ *noun* **1** a length of time **2** a stage in history or in someone's life **3** a full stop **4** a time of menstruation

periodic /pɪərɪˈɒdɪk/ or **periodical** /pɪərɪˈɒdɪkəl/ *adjective* happening at intervals, especially at regular intervals

periodical /pɪərɪˈɒdɪkəl/ *noun* a magazine published at regular intervals ♦ *adjective* every now and then [*same as* **periodic**] — *adverb* **periodically**

peripheral /pəˈrɪfərəl/ *adjective* **1** of or on a periphery **2** not essential, of little importance

periphery /pəˈrɪfəri/ *noun* the edge, fringe, border or boundary of something

periscope /ˈpɛrɪskoʊp/ *noun* a tube with mirrors by which a viewer in *eg* a submarine can see objects on the surface

perish /ˈpɛrɪʃ/ *verb* **1** to die **2** to decay, rot

perishable /ˈpɛrɪʃəbəl/ *adjective* of food: liable to go bad quickly

perjury /'pɜːdʒərɪ/ *noun* (*uncount*) the crime of lying in a court of law

perk[1] /pɜːk/ *verb*

> **perk up** to become more cheerful and lively

perk[2] /pɜːk/ *noun* (*informal*) a benefit or advantage which you get in addition to your wages or salary

perky /'pɜːkɪ/ *adjective* cheerful and full of energy

perm /pɜːm/ *noun* a hair treatment using chemicals that give a long-lasting curl ♦ *verb* to treat with a perm

permanence /'pɜːmənəns/ *noun* (*uncount*) the state of continuing or remaining for a long time or for ever

permanent /'pɜːmənənt/ *adjective* lasting, not temporary — *adverb* **permanently**

permeable /'pɜːmɪəbəl/ *adjective* (*formal*) that liquids and gases can pass through

permeate /'pɜːmɪeɪt/ *verb* **1** to pass or seep through **2** to fill every part of

permissible /pə'mɪsəbəl/ *adjective* (*formal*) that can be allowed

permission /pə'mɪʃən/ *noun* (*uncount*) freedom given to do something

permissive /pə'mɪsɪv/ *adjective* having or allowing a lot of freedom, especially in sexual matters — *noun* (*uncount*) **permissiveness**

permit *verb* /pə'mɪt/ (*formal*) **1** to agree to an action, allow **2** to make possible ♦ *noun* /'pɜːmɪt/ an official document allowing someone to do something: *a fishing permit*

permutation /pɜːmjʊ'teɪʃən/ *noun* (*formal*) the arrangement of *eg* numbers or letters in a certain order

pernicious /pə'nɪʃəs/ *adjective* (*formal or literary*) destructive [*opposite* **harmless**]

pernickety /pə'nɪkətɪ/ *adjective* (*informal*) fussy about small details

perpendicular /pɜːpən'dɪkjʊlə(r)/ *adjective* **1** standing upright, vertical **2** at right angles to

perpetrate /'pɜːpɪtreɪt/ *verb* (*formal*) to be guilty of — *noun* **perpetrator**

perpetual /pə'petʃʊəl/ *adjective* **1** never ending or permanent **2** continuous [*same as* **constant**]

perpetuate /pə'petʃʊeɪt/ *verb* (*formal*) to cause to last for ever or for a long time

perpetuity /pɜːpɪ'tʃuːətɪ/ *noun* ▶ *phrase* **in perpetuity** for ever; for the length of someone's life

perplexed /pə'plekst/ *adjective* puzzled or confused

perplexing /pə'pleksɪŋ/ *adjective* confusing or difficult to understand

perplexity /pə'pleksɪtɪ/ *noun* (*uncount; formal*) the state of being confused or unable to understand something

persecute /'pɜːsɪkjuːt/ *verb* to cause to suffer by treating cruelly or unfairly, especially because of religious beliefs — *noun* (*uncount or count*) **persecution**

persevere /pɜːsɪ'vɪə(r)/ *verb* to keep trying to do something difficult or unpleasant — *noun* (*uncount*) **perseverance**

persist /pə'sɪst/ *verb* to continue with even when other people oppose you — *noun* (*uncount*) **persistence**

persistent /pə'sɪstənt/ *adjective* **1** obstinate, refusing to give up **2** continuing for a long time — *adverb* **persistently**

person /'pɜːsən/ *noun* **1** a human being **2** someone's body ▶ *phrase* **in person** not represented by someone else

personable /'pɜːsənəbəl/ *adjective* pleasant in appearance and manner

personal /'pɜːsənəl/ *adjective* **1** belonging to an individual person: *personal wealth* **2** of someone's private life **3** of a remark: offensive

personal assistant /pɜːsənəl ə'sɪstənt/ *noun* a secretary

personal computer /pɜːsənəl kəm'pjuːtə(r)/ *noun* a small desk computer

personality /pɜːsə'nalɪtɪ/ *noun* **1** a person's character **2** a famous person

personally /'pɜːsənəlɪ/ *adverb* **1** used to indicate that you are speaking from your own point of view **2** by your own action, not using an agent or representative: *He thanked me personally.*

personify /pə'sɒnɪfaɪ/ *verb* to be an example of in human form; to be a perfect example of — *noun* (*uncount or count*) **personification**

personnel /pɜːsə'nel/ *noun* the people employed in a company

perspective /pə'spektɪv/ *noun* **1** a particular way of thinking about something **2** the method of giving a sense of depth and distance in a painting ▶ *phrase* **in perspective** objectively

perspiration /pɜːspə'reɪʃən/ *noun* (*uncount*) the salty liquid that comes out of your skin when you are hot [*same as* **sweat**]

perspire /pə'spaɪə(r)/ *verb* (*formal*) to sweat

persuade /pəˈsweɪd/ *verb* to cause to do or think something, by giving good reasons

persuasion /pəˈsweɪʒən/ *noun* **1** the act of persuading **2** a firm belief, especially a religious belief

persuasive /pəˈsweɪsɪv/ *adjective* having the ability to persuade — *adverb* **persuasively**

pert /pɜːt/ *adjective* slightly disrespectful in an amusing way

pertain /pəˈteɪn/ *verb* (*formal*) to belong to or concern: *information pertaining to the case*

pertinent /ˈpɜːtɪnənt/ *adjective* (*formal*) relevant to or directly connected with something

perturb /pəˈtɜːb/ *verb* (*formal*) to cause to be worried or agitated

peruse /pəˈruːz/ *verb* (*formal*) to read carefully and thoroughly

pervade /pəˈveɪd/ *verb* (*formal*) to spread through

pervasive /pəˈveɪsɪv/ *adjective* present everywhere

perverse /pəˈvɜːs/ *adjective* deliberately behaving in a way that is unreasonable, unacceptable or wrong — *adverb* **perversely**

perversion /pəˈvɜːʃən/ *noun* **1** the process of changing something so that it is no longer recognizable **2** an abnormal or unnatural desire

pervert *verb* /pəˈvɜːt/ **1** to turn away from what is normal or right: *pervert the course of justice* **2** to cause to turn away from what is natural or right [*same as* **corrupt**] ♦ *noun* /ˈpɜːvɜːt/ someone whose moral, especially sexual, behaviour is unnatural or abnormal

peseta /pəˈseɪtə/ *noun* the standard unit of Spanish currency

pessimism /ˈpesɪmɪzm/ *noun* (*uncount*) the state of expecting things to turn out badly [*opposite* **optimism**] — *noun* **pessimist**

pessimistic /ˌpesɪˈmɪstɪk/ *adjective* believing that only bad things will happen [*opposite* **optimistic**] — *adverb* **pessimistically**

pest /pest/ *noun* **1** a creature that is harmful to *eg* plants **2** an annoying person or thing

pester /ˈpestə(r)/ *verb* to annoy or bother

pesticide /ˈpestɪsaɪd/ *noun* a substance that kills animal pests

pet /pet/ *noun* **1** a tame animal kept in the home **2** a person treated as someone's favourite **3** a term of affection, especially for a child ♦ *adjective* **1** kept as a pet **2** favourite ♦ *verb* to pat or stroke

petal /ˈpetəl/ *noun* one of the thin coloured parts forming the head of a flower

peter /ˈpiːtə(r)/

> **peter out** to finish or gradually come to an end

petite /pəˈtiːt/ *adjective* small and slim

petition /pəˈtɪʃən/ *noun* a written document signed by a number of people which asks *eg* the government to take some action ♦ *verb* to send a petition to

petrol /ˈpetrəl/ *noun* (*uncount*) a liquid used as fuel for motor vehicles

petroleum /pəˈtrəʊlɪəm/ *noun* (*uncount*) the dark-coloured mineral oil found under the surface of the earth or under the sea bed

petticoat /ˈpetɪkəʊt/ *noun* an underskirt worn by women

petty /ˈpetɪ/ *adjective* small and unimportant

petulant /ˈpetjʊlənt/ *adjective* bad-tempered — *adverb* **petulantly** — *noun* (*uncount*) **petulance**

pew /pjuː/ *noun* a long seat in a church

pewter /ˈpjuːtə(r)/ *noun* a mixture of tin and lead

phantom /ˈfantəm/ *noun* a ghost ♦ *adjective* imagined

pharmaceutical /ˌfɑːməˈsjuːtɪkəl/ *adjective* relating to the production of drugs and medicines

pharmacist /ˈfɑːməsɪst/ *noun* someone who prepares and sells medicines

pharmacy /ˈfɑːməsɪ/ *noun* **1** a shop where medicines and drugs are prepared and sold **2** the preparation and giving out of medicines and drugs

phase /feɪz/ *noun* a stage or period in the development of something

> **phase in** to introduce gradually over a period of time

PhD /ˌpiːeɪtʃˈdiː/ *noun* Doctor of Philosophy

pheasant /ˈfezənt/ *noun* a long-tailed bird with richly coloured feathers

phenomena see **phenomenon**

phenomenal /fəˈnɒmɪnəl/ *adjective* very unusual, remarkable — *adverb* **phenomenally**

phenomenon /fəˈnɒmɪnən/ *noun*: **phenomena** /fəˈnɒmɪnə/ an event especially an unusual one, that is observed by the senses

phew /fju:/ *interjection* an expression of relief

philanderer /fɪ'lændərə(r)/ *noun* (*derogatory*) a man who has casual love affairs with women

philanthropist /fɪ'lænθrəpɪst/ *noun* someone who does good to others

philanthropy /fɪ'lænθrəpɪ/ *noun* (*uncount*) concern for others

philistine /'fɪlɪstaɪn/ *noun* someone ignorant of, or hostile to, culture and the arts

philosopher /fɪ'lɒsəfə(r)/ *noun* someone who studies philosophy

philosophical /fɪlə'sɒfɪkəl/ *adjective* **1** of philosophy **2** calm, not easily upset — *adverb* **philosophically**

philosophy /fɪ'lɒsəfɪ/ *noun* **1** the study of the nature of the universe, and human existence **2** someone's personal view of life

phlegm /flɛm/ *noun* (*uncount*) a thick, yellowish substance produced when you have a cold

phlegmatic /flɛg'mætɪk/ *adjective* (*formal*) not easily excited

phobia /'foʊbɪə/ *noun* an intense, irrational, fear or dislike

phone /foʊn/ *noun* a telephone ◆ *verb* to telephone ▶ *phrase* **on the phone** using the telephone

phone box /'foʊn bɒks/ *noun* a telephone box

phonecard /'foʊnkɑ:d/ *noun* a plastic card used instead of coins to pay for calls in a public telephone box

phonetic /fə'nɛtɪk/ *adjective* **1** relating to the sounds of language **2** spelt using a system of writing formulated to show pronunciation

phonetics /fə'nɛtɪks/ *noun* (*uncount; technical*) the study of human speech sounds

phoney or **phony** /'foʊnɪ/ *adjective* (*informal, derogatory*) fake, not genuine ◆ *noun* (*informal, derogatory*) a fake

phosphorescent /fɒsfə'rɛsənt/ *adjective* glowing in the dark

photo /'foʊtoʊ/ *noun* (*informal*) a photograph

photocopier /'foʊtəkɒpɪə(r)/ *noun* a machine that makes a quick copy or copies of a document

photocopy /'foʊtəkɒpɪ/ *noun* a copy of a document made by a photocopier ◆ *verb* to make a photocopy of

photogenic /foʊtə'dʒɛnɪk/ *adjective* looking attractive in photographs

photograph /'foʊtəgrɑ:f/ *noun* a picture taken with a camera ◆ *verb* to take a picture with a camera

photographer /fə'tɒgrəfə(r)/ *noun* a person who takes photographs, especially professionally

photography /fə'tɒgrəfɪ/ *noun* (*uncount*) the art of taking pictures with a camera

phrasal verb /freɪzəl 'vɜ:b/ *noun* a phrase made up of a verb combined with an adverb or a preposition, or both

phrase /freɪz/ *noun* (*grammar*) **1** a small group of words expressing a single idea **2** an idiom ◆ *verb* to express in words: *He could have phrased it more tactfully.*

phraseology /freɪzɪ'ɒlədʒɪ/ *noun* (*uncount*) the way in which an individual expresses themselves

physical /'fɪzɪkəl/ *adjective* **1** relating to the body: *physical strength* **2** relating to things that can be seen or felt — *adverb* **physically**

physician /fɪ'zɪʃən/ *noun* a doctor specializing in medical rather than surgical treatment

physicist /'fɪzɪsɪst/ *noun* a person who studies physics

physics /'fɪzɪks/ *noun* (*singular*) the science concerned with the study of natural forces

physiology /fɪzɪ'ɒlədʒɪ/ *noun* the study of the way in which living bodies work — *adjective* **physiological**

physiotherapist /fɪzɪoʊ'θɛrəpɪst/ *noun* a person who treats people using physiotherapy

physiotherapy /fɪzɪoʊ'θɛrəpɪ/ *noun* (*uncount*) the treatment of injury by massage, physical exercise and heat

physique /fɪ'zi:k/ *noun* (*uncount or count*) the shape and size of someone's body

pianist /'pi:ənɪst/ *noun* a person who plays the piano

piano /pɪ'ænoʊ/ *noun* a large musical instrument with a row of black and white keys

piccolo /'pɪkəloʊ/ *noun* a small, high-pitched flute

pick[1] /pɪk/ *verb* **1** to choose **2** to pull (flowers or fruit) off the plant they are growing on **3** to poke or scrape *eg* the teeth ◆ *noun* **1** choice: *take your pick* **2** the best or best part

> **pick at** to eat very little of
> **pick on** to select in order to treat badly or unfairly
> **pick out 1** to select **2** to recognize or

identify
pick up 1 to lift using your hands or fingers **2** to go and fetch from a place **3** to learn through practice **4** to be infected by **5** to improve

pickaxe (*AmE* **pickax**) /ˈpɪkaks/ *noun* a heavy tool for breaking ground, pointed at one or both ends

picket /ˈpɪkɪt/ *verb* of striking workers: to try to prevent others from going to work ♦ *noun* a group of workers on strike who try to prevent others from going into work

pickle /ˈpɪkəl/ *noun* **1** vegetables preserved in vinegar **2** (*informal*) in a difficult situation or a state of confusion ♦ *verb* to preserve with vinegar or salt water

pickpocket /ˈpɪkpɒkɪt/ *noun* a thief who steals things from people's pockets

picky /ˈpɪki/ *adjective* difficult to please

picnic /ˈpɪknɪk/ *noun* a meal that you carry with you and eat in the open air ♦ *verb*: **picnics**, **picnicking**, **picnicked** to have a picnic

pictorial /pɪkˈtɔːriəl/ *adjective* **1** having pictures **2** consisting of pictures

picture /ˈpɪktʃə(r)/ *noun* **1** a representation of something on a flat surface **2** a photograph **3** an image in the mind **4** a situation or outlook **5 the pictures** the cinema **6** a vivid description ♦ *verb* **1** to show in a picture **2** to see in the mind, imagine ▶ *phrases* **get the picture** to understand **put someone in the picture** to give someone all the information they need

picturesque /ˌpɪktʃəˈrɛsk/ *adjective* attractive and interesting to look at

pie /paɪ/ *noun* meat, fruit or other food baked in a case of pastry

piece *noun* **1** a part or portion of something **2** a single article or example: *a piece of paper* **3** an artistic work: *a piece of popular music* **4** a coin: *a fifty-pence piece* ▶ *phrases* **go to pieces** to get so anxious that you lose the ability to deal with things **in one piece** unhurt or undamaged

piecework /ˈpiːswɜːk/ *noun* (*uncount*) work paid according to the amount done, not the number of hours worked

pier /pɪə(r)/ *noun* **1** a platform stretching from the shore into the sea **2** a similar structure used as a place of entertainment

pierce /pɪəs/ *verb* to make a hole through using a sharp object

piercing /ˈpɪəsɪŋ/ *adjective* loud; sharp

piety /ˈpaɪəti/ *noun* (*uncount*) the quality of having strong religious belief

piffle /ˈpɪfəl/ *noun* (*uncount*; *informal*) nonsense

pig /pɪg/ *noun* a plump short-legged animal with a curly tail and pink or black skin

pigeon /ˈpɪdʒɪn/ *noun* a bird of the dove family

pigeonhole /ˈpɪdʒɪnhəʊl/ *noun* one of a set of compartments

piggyback /ˈpɪgibak/ *noun* a ride on someone's back with your arms round their neck

piggybank /ˈpɪgibaŋk/ *noun* a small container, often in the shape of a pig, used for saving money

pigheaded /pɪgˈhɛdɪd/ *adjective* stubborn

pigment /ˈpɪgmənt/ *noun* a substance that gives something its colour

pigtail /ˈpɪgteɪl/ *noun* a length of hair formed into a plait

pilchard /ˈpɪltʃəd/ *noun* a small sea-fish like a herring, often tinned

pile¹ /paɪl/ *noun* **1** a number of things lying on top of each other **2** a quantity of something

pile up to make or form a pile

pile² /paɪl/ *noun* (*uncount*) on a carpet, the soft raised surface

piles /paɪlz/ *noun* haemorrhoids

pilfer /ˈpɪlfə(r)/ *verb* to steal small things

pilgrim /ˈpɪlgrɪm/ *noun* a person who makes a journey to a holy place

pilgrimage /ˈpɪlgrɪmɪdʒ/ *noun* a journey to a holy place

pill /pɪl/ *noun* **1** a tablet of medicine **2 the pill** a contraceptive in the form of a small tablet taken by mouth

pillar /ˈpɪlə(r)/ *noun* **1** an upright post **2** any tall vertical structure or mass **3** someone or something that gives support: *a pillar of the community*

pillar box /ˈpɪlə bɒks/ *noun* (*BrE*) a tall red box for posting letters

pillion /ˈpɪljən/ *noun* a seat for a passenger on a motorbike or horse

pillow /ˈpɪləʊ/ *noun* a soft cushion for the head

pillowcase /ˈpɪləʊkeɪs/ *noun* a cover for a pillow

pilot /ˈpaɪlət/ *noun* a person trained to fly an aircraft ♦ *adjective* of a study: done on a small scale as an experiment ♦ *verb* to steer, guide

pilot light /ˈpaɪlət laɪt/ *noun* **1** a small gas-light from which larger burners are lit **2** an electric light showing that a current is switched on

pimp /pɪmp/ *noun* (*informal*) a man who manages prostitutes and takes money from them

pimple /ˈpɪmpəl/ *noun* a small red swelling on the skin

pimply /ˈpɪmplɪ/ *adjective* having pimples

pin /pɪn/ *noun* **1** a short pointed piece of metal with a small round head, used for fastening fabric **2** a wooden or metal peg ♦ *verb* **1** to fasten with a pin **2** to hold, pressed against something: *pinned to the ground by a fallen tree*

> **pin down 1** to identify exactly **2** to get the attention of

pinafore /ˈpɪnəfɔː(r)/ *noun* **1** an apron worn to protect the front of a dress **2** a sleeveless dress worn over *eg* a pullover

pincer /ˈpɪnsə(r)/ *noun* **1** a tool used for gripping things **2** the claw of a crab or lobster

pinch /pɪntʃ/ *verb* **1** to squeeze a part of the body between the finger and thumb **2** to squeeze in an uncomfortable way **3** (*informal*) to steal ♦ *noun* **1** a nip or a squeeze **2** a small amount *eg* of salt ► *phrases* **at a pinch** if really necessary or urgent **feel the pinch** to suffer from lack of money

pinched /pɪntʃt/ *adjective* of a face: looking cold, pale or thin

pine¹ /paɪn/ *noun* **1** an evergreen tree with needle-like leaves **2** the soft wood of such a tree used for *eg* furniture

pine² /paɪn/ *verb* to feel sad from missing someone or longing for something

pineapple /ˈpaɪnæpəl/ *noun* a large thick-skinned fruit that is yellow and juicy inside

ping /pɪŋ/ *noun* a short sharp ringing sound ♦ *verb* to make this sound

ping-pong /ˈpɪŋpɒŋ/ *noun* (*uncount*; *informal*) table-tennis

pink /pɪŋk/ *noun* a pale red colour ♦ *adjective* pale red in colour

pinnacle /ˈpɪnəkəl/ *noun* **1** a thin pointed ornament on the highest part of *eg* a church **2** a high pointed rock or mountain **3** the highest point

pinpoint /ˈpɪnpɔɪnt/ *verb* to find the exact position

pint /paɪnt/ *noun* **1** a liquid measure equal to about 0.57 of a litre **2** (*informal*) a pint of beer

pioneer /paɪəˈnɪə(r)/ *noun* **1** an explorer **2** someone who is the first to do something: *pioneers of the cinema* ♦ *verb* to be one of the first to do something

pious /ˈpaɪəs/ *adjective* someone who has a strong sense of religious duty

pip¹ /pɪp/ *noun* a seed of a fruit

pip² /pɪp/ *verb* ► *phrase* (*informal*) **pipped at the post** overtaken by someone else in the very last stages of a race or contest

pipe /paɪp/ *noun* **1** a tube made of metal or plastic **2** a narrow tube with a bowl at the end, for smoking tobacco **3** a musical instrument that you blow into **4 the pipes** bagpipes ♦ *verb* **1** to carry through pipes **2** to play a pipe or the bagpipes

> **pipe up** to speak unexpectedly

pipeline /ˈpaɪplaɪn/ *noun* a long line of pipes, for carrying *eg* oil or gas ► *phrase* **in the pipeline** in preparation, soon to become available

piper /ˈpaɪpə(r)/ *noun* someone who plays the bagpipes

piping /ˈpaɪpɪŋ/ *noun* (*uncount*) a length of pipe ♦ *adjective* of a voice: high ► *phrase* **piping hot** very hot

piquant /ˈpiːkɒnt/ *adjective* **1** pleasantly sharp or spicy **2** exciting and stimulating to the mind — *noun* (*uncount*) **piquancy**

pique /piːk/ *noun* (*uncount*) anger shown by someone whose pride has been hurt

piracy /ˈpaɪrəsɪ/ *noun* (*uncount*) **1** robbery carried out by pirates **2** the illegal copying of things such as video tapes and computer programs

pirate /ˈpaɪrət/ *noun* **1** someone who robs ships at sea **2** someone who illegally copies and sells things such as video tapes ♦ *verb* to copy and sell illegally

pirouette /pɪruˈɛt/ *noun* in ballet: a very fast spin or turn made on one toe

piss /pɪs/ *verb* (*vulgar slang*) to urinate ♦ *noun* (*vulgar slang*; *uncount*) urine ► *phrases* **have a piss** to urinate **take the piss** to make fun of someone

> **piss about** or **piss around** (*vulgar slang*) to waste time
> **piss off** (*vulgar slang*) to go away

pissed /pɪst/ *adjective* (*vulgar slang*) very drunk

pistol /ˈpɪstəl/ *noun* a small gun

pit /pɪt/ *noun* **1** a deep hole in the ground **2** a coalmine **3** the area in front of and below a theatre stage, where musicians play **4 the pits** the areas beside the racing track where vehicles refuel ♦ *verb* to mark with holes: *pitted skin*

pitch /pɪtʃ/ *verb* **1** to fix eg a tent to the ground **2** to throw **3** to fall heavily: *pitch forward* **4** to set the level or key of a tune ♦ *noun* **1** an area of ground specially marked out for a sport **2** the degree of highness or lowness of a musical note **3** a particular level or intensity **4** the place where a street trader sets up a stall

pitch-black /pɪtʃ'blak/ or **pitch-dark** /pɪtʃ'dɑːk/ *adjective* completely black or dark

pitched battle /pɪtʃt 'batəl/ *noun* a fierce and violent fight or argument

pitcher /'pɪtʃə(r)/ *noun* a kind of large jug

piteous /'pɪtɪəs/ *adjective* (*formal or literary*) deserving pity

pitfall /'pɪtfɔːl/ *noun* an unexpected danger

pith /pɪθ/ *noun* (*uncount*) the soft white substance between the skin and the flesh of eg an orange

pithy /'pɪθɪ/ *adjective* **1** full of pith **2** expressed clearly and cleverly, without using too many words

pitiable /'pɪtɪəbəl/ *adjective* in a sad or unfortunate state

pitiful /'pɪtɪfʊl/ *adjective* sad or pathetic — *adverb* **pitifully**

pity /'pɪtɪ/ *noun* **1** feeling for the sufferings of others, sympathy **2** a cause of regret ♦ *verb* to feel sorry for

pivot /'pɪvət/ *noun* **1** the pin or centre on which anything turns **2** someone or something greatly depended on ♦ *verb* **1** to turn on a pivot **2** to depend

pizza /'piːtsə/ *noun* (*count or uncount*) a flat piece of dough spread with a mixture of eg cheese, tomatoes and herbs

placard /'plakɑːd/ *noun* a printed notice displayed in public

placate /plə'keɪt/ or /pleɪ'keɪt/ *verb* to calm, make less angry

place /pleɪs/ *noun* **1** any area, position or point **2** a seat in a theatre, train, or at a table **3** your home: *Shall we meet at my place?* **4** used in names of streets or squares: *Gilmore Place* **5** a position eg on a course: *He got a place at Keble College.* **6** your final position in eg a race ♦ *verb* **1** to put in a particular place **2** to find a place for **3** to ask for eg goods: *place an order* **4** to remember who someone is: *I can't place him at all.* ▶ *phrases* **all over the place** everywhere **fall into place** to become clear **in place** in the correct position **in place of** instead of **out of place** not belonging to the environment **take place** to happen; occur

placement /'pleɪsmənt/ *noun* **1** (*uncount*) the act or process of placing or positioning something **2** a temporary job which provides eg a student with experience

placid /'plasɪd/ *adjective* calm, not easily disturbed — *adverb* **placidly**

plague /pleɪg/ *noun* **1** an attack of disease that spreads quickly and kills a large number of people **2** a large number of pests: *a plague of flies* ♦ *verb* to cause continual trouble or suffering

plaice /pleɪs/ *noun* a flat brown edible fish

plain /pleɪn/ *adjective* **1** without ornament or decoration **2** simple, ordinary **3** clear, easy to see or understand **4** not good-looking, not attractive ♦ *noun* a large level area of land ♦ *adverb* utterly, completely: *That would be just plain silly.* — *adverb* **plainly**

plaintiff /'pleɪntɪf/ *noun* someone who takes legal action against someone

plaintive /'pleɪntɪv/ *adjective* full of sadness or suffering

plait /plat/ *verb* to twist or weave a length of hair ♦ *noun* a rope-like length of hair made by plaiting

plan /plan/ *noun* **1** an arrangement or method for doing something **2** an intention **3** a drawing showing layout ♦ *verb* **1** to make a plan of **2** to decide or arrange to do

plane[1] /pleɪn/ *noun* an aeroplane

plane[2] /pleɪn/ *noun* **1** a level surface **2** a particular level of existence

plane[3] /pleɪn/ *noun* a tool used for making wood smooth ♦ *verb* to make level with a plane

planet /'planɪt/ *noun* a large round body in space that moves around a star

planetary /'planɪtərɪ/ *adjective* of or concerning planets

plank /plaŋk/ *noun* a long narrow piece of sawn wood

plant /plɑːnt/ *noun* **1** a living thing that usually grows in the ground **2** a factory or machinery ♦ *verb* **1** to put eg a seed or plant into the ground so that it will grow **2** to put eg an idea into the mind **3** to place as false evidence: *plant evidence* **4** to put in position: *plant a bomb*

plantation /plɑːn'teɪʃən/ *noun* **1** an area planted with trees **2** a large piece of land for growing eg cotton, sugar, rubber, or tobacco

plaque[1] /plɑːk/ *noun* a plate eg of metal for fixing to a wall

plaque[2] /plɑːk/ *noun* (*uncount*) a substance that forms on the teeth, and encourages growth of harmful bacteria

plasma /'plæzmə/ *noun* (*uncount*) the clear liquid part of blood

plaster /'plɑːstə(r)/ *noun* **1** a mixture of lime, water and sand which sets hard, for covering walls **2 plaster of Paris** a fine mixture used *eg* for making casts for broken limbs **3** an adhesive dressing for a small wound ♦ *verb* **1** to apply plaster to **2** to cover too thickly

plastered /'plɑːstəd/ *adjective* (*slang*) drunk

plastic /'plæstɪk/ *noun* a material made from chemicals that can be moulded when soft and keeps its shape when hard ♦ *adjective* **1** made of plastic **2** easily moulded or shaped

plastic surgery /plæstɪk 'sɜːdʒərɪ/ *noun* (*uncount*) the practice of doing surgical operations to repair damaged areas of skin, or to improve appearance

plate /pleɪt/ *noun* **1** a shallow dish for serving food on **2** a flat thin sheet of some hard substance especially metal **3** (*uncount*) gold and silver articles **4** a book illustration **5** the part of false teeth that fits to the mouth

plateau /'plætoʊ/ *noun*: **plateaus** or **plateaux** /'plætoʊz/ **1** a broad, level stretch of high land **2** a steady, unchanging state: *Prices have now reached a plateau.*

plate glass /pleɪt 'glɑːs/ *noun* (*uncount*) glass in thick sheets, used for shop windows and mirrors

platform /'plætfɔːm/ *noun* **1** a raised floor for *eg* speakers or entertainers **2** a raised level surface for passengers at a railway station

platinum /'plætɪnəm/ *noun* a precious silvery-white metal ♦ *adjective* made of platinum

platitude /'plætɪtjuːd/ *noun* an old phrase or saying that is no longer meaningful or interesting

platonic /plə'tɒnɪk/ *adjective* of a relationship: not sexual

platoon /plə'tuːn/ *noun* a section of a company of soldiers

platter /'plætə(r)/ *noun* a large, flat dish

plausible /'plɔːzɪbəl/ *adjective* **1** seeming to be truthful or honest **2** seeming probable or reasonable

play /pleɪ/ *verb* **1** to amuse yourself as a child does **2** to take part in a game or a sport **3** to move about *eg* in your fingers: *playing with his pen* **4** to produce music from (a musical instrument) **5** to act *eg* in a play **6** to carry out (a trick) **7** of light: to move over quickly: *The firelight played on his face.* ♦ *noun* **1** a story for acting **2** the activity of amusing yourself or playing games

> **play along** to keep someone happy by pretending to co-operate
> **play at** to act in a light-hearted or foolish way
> **play down** to present as less important
> **play up 1** to not work properly **2** to give you pain **3** to behave badly and refuse

playboy /'pleɪbɔɪ/ *noun* a wealthy man who does no work and spends his time enjoying himself

player /'pleɪə(r)/ *noun* **1** someone who takes part in a game or sport **2** an actor **3** someone who plays a musical instrument: *a lute player*

playful /'pleɪfʊl/ *adjective* **1** full of fun: *a playful kitten* **2** of a remark: not intended to be serious — *adverb* **playfully** — *noun* (*uncount*) **playfulness**

playground /'pleɪɡraʊnd/ *noun* an area where children can play

playgroup /'pleɪɡruːp/ *noun* a place where young children go to play together supervised by adults

playing card /'pleɪɪŋ kɑːd/ *noun* one of a pack of cards used in card games

playmate /'pleɪmeɪt/ *noun* a companion in play

playschool /'pleɪskuːl/ *noun* a nursery school or playgroup

plaything /'pleɪθɪŋ/ *noun* a toy

playwright /'pleɪraɪt/ *noun* someone who writes plays

plea /pliː/ *noun* **1** an urgent or emotional request **2** an accused person's answer to a charge in a law court

plead /pliːd/ *verb* **1** to beg in an emotional way **2** to state your case in a lawcourt **3** to give as an excuse

pleasant /'plɛzənt/ *adjective* giving pleasure; agreeable — *adverb* **pleasantly**

please /pliːz/ *verb* **1** to give pleasure or delight to **2** to want: *Do as you please.* ♦ *interjection or adverb* **1** used with 'yes' to politely accept an offer: *'More toast?' 'Yes, please.'* **2** used when politely asking someone to do something: *Would you repeat that, please?* **3** used when expressing a protest or appeal: *Silence, please.*

pleased /pliːzd/ *adjective* happy or satisfied

pleasing /'pliːzɪŋ/ *adjective* giving pleasure or satisfaction

pleasurable /'plɛʒərəbl/ *adjective* enjoyable or pleasant

pleasure /ˈplɛʒə(r)/ *noun* **1** a feeling of enjoyment or satisfaction **2** something that gives or produces such a feeling ♦ *adjective* used for or done for enjoyment

pleat /pliːt/ *noun* a fold that is sewn or pressed into a piece of cloth

pleated /ˈpliːtɪd/ *adjective* having pleats

pledge /plɛdʒ/ *noun* **1** a solemn promise **2** something handed over as security for a loan ♦ *verb* to promise solemnly

plentiful /ˈplɛntɪfʊl/ *adjective* more than enough

plenty /ˈplɛntɪ/ *pronoun or determiner* as many or as much as you need ♦ *noun* (*uncount*) wealth: *times of plenty*

pliable /ˈplaɪəbəl/ *adjective* **1** easily bent or folded **2** easily influenced

pliant /ˈplaɪənt/ *adjective* pliable

pliers /ˈplaɪəz/ *noun* (*plural*) a tool used for gripping, bending and cutting *eg* wire

plight /plaɪt/ *noun* (*formal*) a bad state or situation

plimsoll /ˈplɪmsəl/ *noun* (*old*) a light rubber-soled canvas shoe worn for sports

plinth /plɪnθ/ *noun* the base or pedestal of *eg* a statue or vase

plod /plɒd/ *verb* **1** to travel slowly and steadily **2** to work on steadily

plonk[1] /plɒŋk/ *noun* (*informal*) the sound made by something dropping heavily ♦ *verb* (*informal*) to put down heavily

plonk[2] /plɒŋk/ *noun* (*uncount*; *BrE*; *informal*) cheap wine

plop /plɒp/ *noun* the sound of a small object falling into water ♦ *verb* to make this sound

plot[1] /plɒt/ *noun* **1** a plan to do something illegal or bad **2** a small piece of ground **3** a set of connected events in a story **3** to plan to do something illegal or bad

plot[2] /plɒt/ *noun* an area of ground used for a particular purpose

plough (*AmE* **plow**) /plaʊ/ *noun* a farm tool for turning the soil ♦ *verb* to break up the surface of the soil with a plough

plough into to crash into violently
plough through 1 to force a way through **2** to work through slowly

plow see **plough**

ploy /plɔɪ/ *noun* a carefully thought-out plan or method of doing something

pluck /plʌk/ *verb* **1** to remove the feathers of before cooking **2** (*literary*) to pick (flowers or fruit) **3** to remove by pulling sharply: *pluck your eybrows* **4** to pull the strings of a stringed instrument and release them to produce a sound ♦ *noun* (*old*) courage
▶ *phrase* **pluck up courage** to prepare yourself to face a difficulty

plucky /ˈplʌkɪ/ *adjective* (*informal*) brave, determined

plug /plʌg/ *noun* **1** an object used to block a hole **2** a fitting put into an electrical socket to connect with the power supply **3** (*informal*) a brief advertisement ♦ *verb* **1** to block with a plug **2** (*informal*) to publicize *eg* a product

plughole /ˈplʌghəʊl/ *noun* the hole in a sink through which water flows away

plum /plʌm/ *noun* **1** a soft fruit, often dark red or purple, with a stone in the centre **2** the tree that produces this fruit ♦ *adjective* (*informal*) very good or profitable: *a plum job*

plumage /ˈpluːmɪdʒ/ *noun* (*uncount*) the feathers of a bird

plumb /plʌm/ *verb* ▶ *phrase* **plumb the depths** to reach the lowest point of *eg* depression

plumb in to connect to the water supply

plumber /ˈplʌmə(r)/ *noun* someone who fits and repairs pipes and other equipment that carries water or gas

plumbing /ˈplʌmɪŋ/ *noun* (*uncount*) **1** the system of water and gas pipes in a building **2** the work of a plumber

plume /pluːm/ *noun* **1** a feather, especially an ornamental one **2** something that rises into the air: *a plume of smoke*

plummet /ˈplʌmɪt/ *verb* to fall or drop very quickly or suddenly

plump[1] /plʌmp/ *adjective* slightly fat, rounded

plump out or **plump up** to shake and squeeze *eg* a cushion into a rounded shape

plump[2] /plʌmp/ *verb*

plump down to suddenly fall or drop heavily
plump for to choose from a selection available

plunder /ˈplʌndə(r)/ *verb* to steal valuable goods or property from a place, especially in time of war ♦ *noun* (*uncount*) the action of plundering

plunge /plʌndʒ/ *verb* **1** to move suddenly in a certain direction, especially into water **2** to thrust or push suddenly into **3** to be suddenly forced into a particular state ♦ *noun* the action of plunging ▶ *phrase* (*informal*) **take the plunge** to finally decide to do something difficult

plunger /ˈplʌndʒə(r)/ *noun* an instrument used for clearing blocked drains and sinks

plural /ˈplʊərəl/ *noun* (*grammar*) a form which shows more than one ♦ *adjective* of a word: having a plural form: *This noun can be followed by a singular or plural verb.* [*opposite* **singular**]

plus /plʌs/ *preposition* **1** with the addition of: *Three plus five is eight.* **2** (*informal*) 'and also' or 'as well as': *There's the four of us, plus two children and a dog.* ♦ *adjective* **1** used to indicate that a number is greater than zero: *plus 2 degrees* **2** used after a noun to indicate that the actual number is greater than the one given: *He earns £30 000 plus.* ♦ *noun* **1** a sign (+) showing that two or more numbers are to be added together **2** (*informal*) a positive or good quality

plush /plʌʃ/ *adjective* very smart, luxurious and expensive

ply /plaɪ/ *noun* (*uncount*) a measure of the thickness of yarn or rope

> **ply with** to keep offering food or drink: *plied with delicacies and the best wines*

plywood /ˈplaɪwʊd/ *noun* (*uncount*) board made up of thin layers of

pneumatic /njʊˈmatɪk/ *adjective* **1** filled with air **2** driven by air: *a pneumatic drill*

pneumonia /njʊˈmoʊnɪə/ *noun* (*uncount*) a serious illness which affects the lungs

poach[1] /poʊtʃ/ *verb* to cook gently in boiling water or stock — *adjective* **poached**

poach[2] /poʊtʃ/ *verb* to hunt and catch fish and other animals illegally

poacher /ˈpoʊtʃə(r)/ *noun* someone who hunts or fishes illegally

pocket /ˈpɒkɪt/ *noun* **1** an enclosed section for carrying things in, sewn on to eg a piece of clothing **2** a personal supply of money: *He paid for it out of his own pocket.* **3** a small isolated area: *a pocket of unemployment* ♦ *verb* **1** to put in a pocket **2** to steal eg money ▸ *phrases* **out of pocket** having no money as a result of something **put your hand in your pocket** to spend or give money for something

pod /pɒd/ *noun* the long green part on eg pea and bean plants

podgy /ˈpɒdʒɪ/ *adjective* (*informal*) short and fat

podium /ˈpoʊdɪəm/ *noun* a small platform for eg a public speaker

poem /ˈpoʊɪm/ *noun* a piece of writing arranged in patterns of lines and sounds

poet /ˈpoʊɪt/ *noun* someone who writes poetry

poetic /poʊˈetɪk/ or **poetical** /poʊˈetɪkəl/ *adjective* of or like poetry

poetry /ˈpoʊətrɪ/ *noun* (*uncount*) **1** poems **2** a quality such as beauty or grace

poignancy /ˈpɔɪnjənsɪ/ *noun* (*uncount*; *formal*) the state or quality of being poignant

poignant /ˈpɔɪnjənt/ *adjective* affecting the feelings deeply, causing eg great sadness or pity

point /pɔɪnt/ *noun* **1** a sharp end of anything **2** a part of the coast that projects into the sea **3** a dot: *decimal point* **4** a full stop in punctuation **5** an exact position, eg on a graph or map **6** a particular moment in time **7** a mark added to a score **8** something mentioned as part of a discussion **9** a detail to be considered **10** a purpose: *There's no point in going.* **11** an electrical wall socket: *a power point* ♦ *verb* **1** to indicate using the index finger **2** to direct, aim **3** to make pointed: *point your toes* ▸ *phrases* **come to the point** to say the thing that is relevant to the discussion **on the point of** just about to **to the point** relevant

> **point out 1** to indicate **2** to mention for consideration

point-blank /ˌpɔɪntˈblaŋk/ *adjective* **1** of a shot: fired from very close range **2** of a question: direct ♦ *adverb* in a very direct or rude manner: *refuse point-blank*

pointed /ˈpɔɪntɪd/ *adjective* **1** having a point at one end **2** of a remark: obviously aimed at someone — *adverb* **pointedly**: *He was staring quite pointedly at Peter.*

pointer /ˈpɔɪntə(r)/ *noun* **1** a rod for pointing **2** a piece of advice

pointless /ˈpɔɪntlɪs/ *adjective* having no meaning or use — *adverb* **pointlessly** — *noun* (*uncount*) **pointlessness**

poise /pɔɪz/ *noun* (*uncount*) a calm, dignified and self-controlled manner

poised /pɔɪzd/ *adjective* **1** calm, dignified and self-controlled **2** hanging in the air, or in a state of balance

poison /ˈpɔɪzən/ *noun* a substance which, when taken into the body, kills or harms ♦ *verb* **1** to kill or harm with poison **2** to add poison to **3** to have a dangerous or damaging influence on: *poisoned her mind*

poisonous /ˈpɔɪzənə(r)/ *noun* **1** harmful; containing poison **2** nasty or malicious

poke /poʊk/ *verb* **1** to push or prod with eg a finger **2** to project: *Her toe was poking through a hole in her sock.*

> **poke about** or **poke around** to search about inquisitively

poker¹ /ˈpoʊkə(r)/ *noun* a heavy metal rod that you use for stirring a fire

poker² /ˈpoʊkə(r)/ *noun* (*uncount*) a card game, usually played for money

poky /ˈpoʊki/ *adjective* (*informal, derogatory*) of eg a room: uncomfortably small

polar /ˈpoʊlə(r)/ *adjective* of the regions round the North or South Pole

polarize or **polarise** /ˈpoʊləraɪz/ *verb* to divide or cause to divide into groups with opposite views — *noun* (*uncount*) **polarization**

pole¹ /poʊl/ *noun* either of the two points at the exact top and bottom of the Earth

pole² /poʊl/ *noun* a long rod or post

police /pəˈliːs/ *noun* the body of men and women whose work it is keep public order ♦ *verb* to keep law and order

policeman /pəˈliːsmən/ *noun* a male police officer

police officer /pəˈliːs ɒfɪsə(r)/ *noun* a male or female member of a police force

police station /pəˈliːssteɪʃən/ *noun* the office of a local police force

policewoman /pəˈliːswʊmən/ *noun* a female police officer

policy /ˈpɒlɪsi/ *noun* 1 an agreed course of action 2 a written agreement with an insurance company

polio /ˈpoʊlioʊ/ *noun* (*uncount*) a disease of the spinal cord, causing weakness or paralysis of the muscles

polish /ˈpɒlɪʃ/ *noun* 1 a substance used to make something shine 2 a smooth shine on a surface 3 an act of polishing ♦ *verb* to make smooth and shiny by rubbing

> **polish off** (*informal*) to finish quickly
> **polish up** to improve by practising

polite /pəˈlaɪt/ *adjective* showing good manners and consideration for other people — *adverb* **politely** — *noun* (*uncount*) **politeness**

politic /ˈpɒlɪtɪk/ *adjective* (*formal*) wise, cautious

political /pəˈlɪtɪkəl/ *adjective* connected with politics and government — *adverb* **politically**

politician /pɒlɪˈtɪʃən/ *noun* someone whose job is in politics, especially a member of parliament

politicize or **politicise** /pəˈlɪtɪsaɪz/ *verb* to give a political character to

politics /ˈpɒlɪtɪks/ *noun* 1 the work or study of governing a country 2 any activity or manoeuvre aimed at achieving power

poll /poʊl/ *noun* 1 a political election in which votes are given in writing 2 the total number of votes cast at an election 3 **opinion poll** a test of public opinion by questioning ♦ *verb* 1 to request an opinion as part of a survey 2 to receive votes: *They polled 5000 votes.*

pollen /ˈpɒlən/ *noun* (*uncount*) the fine yellow powder formed in flowers

pollinate /ˈpɒlɪneɪt/ *verb* to fertilize with pollen — *noun* (*uncount*) **pollination**

polling station /ˈpoʊlɪŋ steɪʃən/ *noun* a place where people go to cast their votes

pollutant /pəˈluːtənt/ *noun* a substance that causes pollution

pollute /pəˈluːt/ *verb* to make dirty by adding unpleasant or harmful substances

pollution /pəˈluːʃən/ *noun* (*uncount*) 1 the act of polluting 2 dangerous or harmful substances that pollute eg air and water

polo /ˈpoʊloʊ/ *noun* (*uncount*) a game like hockey played on horseback

polyester /pɒlɪˈɛstə(r)/ *noun* (*uncount*) a synthetic fabric used for making clothes

polygon /ˈpɒlɪɡɒn/ *noun* a solid shape with many, especially more than five, sides

polystyrene /pɒlɪˈstaɪəriːn/ *noun* (*uncount*) a very light, plastic substance used as a packing and insulating material

polytechnic /pɒlɪˈtɛknɪk/ *noun* a college which teaches technical and vocational subjects, now with the same status as universities

polythene /ˈpɒlɪθiːn/ *noun* (*uncount*) a type of plastic used for making eg protective coverings and bags

polyunsaturated /pɒlɪʌnˈsatʃəreɪtɪd/ *adjective* (*technical*) of oil: made from fish or vegetable fats; thought to be healthier than animal fats

pomegranate /ˈpɒmɪɡranɪt/ *noun* a fruit with a thick skin, many seeds and pulpy edible flesh

pomp /pɒmp/ *noun* (*uncount*) solemn and splendid ceremony, magnificence

pompous /ˈpɒmpəs/ *adjective* (*derogatory*) self-important — *adverb* **pompously** — *noun* (*uncount*) **pomposity**

pond /pɒnd/ *noun* a small lake or pool

ponder /ˈpɒndə(r)/ *verb* (*formal or literary*) to think over, consider

ponderous /ˈpɒndərəs/ *adjective* (*formal or literary*) 1 lacking in interest or imagination 2 heavy and awkward — *adverb* **ponderously**

pontoon¹ /pɒnˈtuːn/ *noun* (*technical*) one of a number of flat-bottomed boats used to support a temporary bridge

pontoon² /pɒnˈtuːn/ *noun* (*uncount*) a card-game in which players try to collect 21 points

pony /ˈpoʊnɪ/ *noun* a small horse

poodle /ˈpuːdəl/ *noun* a type of dog with a thick curly coat

pooh /puː/ *interjection* (*informal*) an exclamation of disgust at an unpleasant smell

pool¹ /puːl/ *noun* **1** a small area of still water **2** a deep part of a river **3** a small puddle of any liquid **4** a swimming pool

pool² /puːl/ *noun* **1** a collection of *eg* money which forms a fund that can be used by several people **2** a game similar to snooker played with small coloured balls on a table ♦ *verb* to put *eg* money into a common fund

poor /pʊə(r)/ or /pɔː(r)/ *adjective* **1** having little money or property **2** not good: *Standards of hygiene were poor.* **3** lacking: *poor in sports facilities* **4** deserving pity: *Poor Mum, you must be tired.* ♦ *noun* (*plural*) **the poor** poor people

poorly /ˈpʊəlɪ/ or /ˈpɔːlɪ/ *adverb* badly or inadequately ♦ *adjective* (*informal*) ill

pop¹ /pɒp/ *noun* a short sharp noise, like a small explosion ♦ *verb* **1** to make a pop **2** to move quickly: *pop along the road*

> **pop up** to appear or occur suddenly

pop² /pɒp/ *noun* (*uncount*) modern music with a strong beat, especially popular amongst young people

popcorn /ˈpɒpkɔːn/ *noun* (*uncount*) a kind of maize that bursts open when heated

pope /poʊp/ *noun* the head of the Roman Catholic Church: *Pope John Paul*

poplar /ˈpɒplə(r)/ *noun* a tall, narrow quick-growing tree

poppy /ˈpɒpɪ/ *noun* a plant growing wild in fields with large scarlet flowers

populace /ˈpɒpjʊləs/ *noun* (*formal*) the people of a country or area

popular /ˈpɒpjʊlə(r)/ *adjective* **1** liked by many people **2** believed by many people: *popular belief* **3** involving the people in general: *the popular vote*

popularity /pɒpjʊˈlærɪtɪ/ *noun* (*uncount*) the state of being generally liked

popularize or **popularise** /ˈpɒpjʊləraɪz/ *verb* to make interesting to or liked by a lot of people

popularly /ˈpɒpjʊləlɪ/ *adverb* liked by many or most people

populate /ˈpɒpjʊleɪt/ *verb* **populated** of a place: having people or animals living there

population /pɒpjʊˈleɪʃən/ *noun* the number of people living in a particular area or country

porcelain /ˈpɔːslɪn/ *noun* (*uncount*) a hard white substance used to make cups, plates and ornaments

porch /pɔːtʃ/ *noun* a covered entrance to a building

porcupine /ˈpɔːkjʊpaɪn/ *noun* an animal whose body and tail are covered with long, sharp spikes

pore¹ /pɔː(r)/ *noun* one of the tiny openings in the skin

pore² /pɔː(r)/ *verb*

> **pore over** to look at *eg* a book with great concentration

pork /pɔːk/ *noun* (*uncount*) the meat from a pig

porn /pɔːn/ *noun* (*informal*) pornography

pornography /pɔːˈnɒgrəfɪ/ *noun* (*uncount*) films, pictures or books intended to cause sexual excitement

porous /ˈpɔːrəs/ *adjective* **1** having pores **2** allowing fluid to pass through

porpoise /ˈpɔːpəs/ *noun* an animal that lives in the sea

porridge /ˈpɒrɪdʒ/ *noun* (*uncount*) a food made from oatmeal boiled in water or milk

port¹ /pɔːt/ *noun* **1** a place where ships load and unload **2** a town with a harbour

port² /pɔːt/ *noun* (*uncount*) the side of a ship or aircraft that is on the left when you are facing the front

port³ /pɔːt/ *noun* (*uncount*) a strong, dark-red sweet wine

portable /ˈpɔːtəbəl/ *adjective* that can be carried or moved easily

portal /ˈpɔːtəl/ *noun* a grand entrance or doorway

portcullis /pɔːtˈkʌlɪs/ *noun* a grating that is lowered to close a gateway

portentous /pɔːˈtentəs/ *adjective* (*formal*) acting as a warning of something that will happen in the future

porter /ˈpɔːtə(r)/ *noun* **1** someone employed to carry *eg* luggage **2** a door-keeper or caretaker

portfolio /pɔːtˈfoʊlɪoʊ/ *noun* **1** a case for carrying papers or drawings **2** a collection of *eg* drawings that represent an artist's work **3** a set of investments owned by a person or institution

porthole /'pɔ:thoʊl/ *noun* a small round window in a ship's side

portico /'pɔ:tɪkoʊ/ *noun*: **porticos** or **porticoes** a covered area or porch at the entrance to a building

portion /'pɔ:ʃən/ *noun* **1** a part **2** an amount

portly /'pɔ:tlɪ/ *adjective* (*rather old*) fat

portrait /'pɔ:treɪt/ *noun* **1** a drawing, painting or photograph of a person **2** a description of *eg* a person or place

portray /pɔ:'treɪ/ *verb* **1** to produce a picture or written description of someone or something **2** to act the part of

portrayal /pɔ:'treɪəl/ *noun* **1** representation in a picture or pictures **2** portraying

pose /poʊz/ *noun* **1** a position of the body: *a relaxed pose* **2** an exaggerated or artificial way of behaving intended to impress ♦ *verb* **1** to position yourself *eg* for a photograph **2** to behave in an exaggerated or artificial way in order to impress **3** to put forward *eg* a problem or question **4** to pretend to be: *posing as a delivery man*

poser /'poʊzə(r)/ *noun* **1** someone who puts on an act to impress others **2** a difficult question

posh /pɒʃ/ *adjective* (*informal*) expensive, smart and stylish

position /pə'zɪʃən/ *noun* **1** a place or situation **2** a way of *eg* sitting or standing: *in a crouching position* **3** a job or post: *a high position in a bank*

positive /'pɒzɪtɪv/ *adjective* **1** completely sure or certain: *I am positive that she did it.* **2** that cannot be doubted: *positive proof* **3** of a response: expressing agreement **4** practical or constructive: *a positive attitude* **5** greater than zero **6** confirming that a particular substance is present **7** (*grammar*) of an adjective or adverb: of the first degree of comparison, *eg big*, not *bigger* or *biggest* [*opposite* **negative**]

positively /'pɒzɪtɪvlɪ/ *adverb* absolutely, extremely

possess /pə'zɛs/ *verb* **1** to own, have **2** to take hold of your mind: *anger possessed her*

possession /pə'zɛʃən/ *noun* the condition of having, holding or owning something

possessive /pə'zɛsɪv/ *adjective* **1** unwilling to share something **2** over-protective and jealous **3** used to describe words that show who or what a person or thing belongs to ♦ *noun* (*grammar*) the possessive form of a word — *adverb* **possessively**

possessor /pə'zɛsə(r)/ *noun* (*formal*) an owner

possibility /pɒsɪ'bɪlɪtɪ/ *noun* something that may happen or that may be done

possible /'pɒsɪbəl/ *adjective* **1** that can be done or managed **2** that may happen ♦ *noun* someone or something that is suitable for selection

possibly /'pɒsɪblɪ/ *adverb* **1** perhaps **2** used with *can* and *could* when making polite requests: *Could I possibly have a word with you?*

post[1] /poʊst/ *noun* an upright pole, used as a support or a marker

post[2] /poʊst/ *noun* **1** the service which delivers letters and other mail **2** a job: *a teaching post* **3** a place of duty: *The soldier never left his post.* **4** a settlement, a camp: *a military post* □ *a trading post*

post[3] /poʊst/ *noun* **1** the official system for collecting and delivering letters **2** all the letters and parcels delivered to a single address [*same as* **mail**] ♦ *verb* to send by post

postage /'poʊstɪdʒ/ *noun* (*uncount*) the money paid for sending *eg* a letter by post

postage stamp /'poʊstɪdʒ stamp/ *noun* a small printed label showing that postage has been paid

postal /'poʊstəl/ *adjective* relating to the post

postbox /'poʊstbɒks/ *noun* a box with an opening in which to post letters

postcard /'poʊstkɑ:d/ *noun* a card for sending a message by post

postcode /'poʊstkoʊd/ *noun* a short series of letters and numbers, used for sorting mail by machine

poster /'poʊstə(r)/ *noun* **1** a large notice or placard **2** a large printed picture

posterity /pɒ'stɛrɪtɪ/ *noun* (*uncount*; *formal*) all future generations

postgraduate /poʊst'grædjuːət/ *noun* a person who is studying for an advanced degree at a university ♦ *adjective*: *postgraduate students*

posthumous /'pɒstjʊməs/ *adjective* that happens or is given after a person's death

postman /'poʊstmən/ *noun*: **postmen** a man who delivers letters

postmark /'poʊstmɑːk/ *noun* a date stamp put on a letter at a post office

postmortem /poʊst'mɔːtəm/ *noun* an examination of a dead body to find out the cause of death

post office /'poʊst ɒfɪs/ *noun* an office for receiving and sending letters by post

postpone /poʊstˈpoʊn/ *verb* to arrange for something to happen at a later time than the time you had originally planned

postponement /pəstˈpoʊnmənt/ *noun* the act of putting something off until later

postscript /ˈpoʊstskrɪpt/ *noun* an added remark at the end of a letter, after the sender's name

posture /ˈpɒstʃə(r)/ *noun* 1 the way in which someone holds themselves in standing or walking 2 a position, a pose ♦ *verb* to talk or behave in an insincere or artificial way

postwar /poʊstˈwɔː(r)/ *adjective* relating to the time after a war

postwoman /ˈpoʊstwʊmən/ *noun* a woman who delivers letters

posy /ˈpoʊzɪ/ *noun* a small bunch of flowers

pot /pɒt/ *noun* 1 a deep round container used for cooking 2 (*informal*; *uncount*) the drug marijuana ♦ *verb* to plant in a flowerpot ▸ *phrase* (*informal*) **go to pot** to get into a bad state

potato /pəˈteɪtoʊ/ *noun*: **potatoes** a round white or yellowish vegetable with a brown, yellow or red skin

potent /ˈpoʊtənt/ *adjective* powerful, strong — *noun* **potency** (*uncount*)

potential /pəˈtenʃəl/ *adjective* that may develop; possible ♦ *noun* (*uncount*) the possibility of further development — *adverb* **potentially**

pothole /ˈpɒthoʊl/ *noun* 1 a hole in the surface of a road 2 a deep cave

potion /ˈpoʊʃən/ *noun* a drink containing medicine or poison

potter[1] /ˈpɒtə(r)/ *noun* a person who makes pottery

potter[2] /ˈpɒtə(r)/ *verb* to do various small unimportant jobs

pottery /ˈpɒtərɪ/ *noun* 1 articles made of baked clay 2 the art of making such objects 3 a place where such objects are made

potty[1] /ˈpɒtɪ/ *adjective* (*informal*) mad, crazy

potty[2] /ˈpɒtɪ/ *noun* (*informal*) a plastic pot that a small child uses as a toilet

pouch /paʊtʃ/ *noun* 1 a pocket or small bag 2 a pocket of skin on the front of a kangaroo, for carrying its young

poultry /ˈpoʊltrɪ/ *noun* birds such as hens, ducks or geese that are kept for their eggs or meat

pounce /paʊns/ *verb* to leap suddenly in order to seize or attack: *They pounced on him and knocked him to the ground.*

pound[1] /paʊnd/ *noun* 1 the standard unit of money in the United Kingdom, equal to 100 pence 2 a measure of weight, equal to 453 grammes

pound[2] /paʊnd/ *verb* 1 to hit or strike heavily and repeatedly 2 to beat into powder 3 to walk or run with heavy steps

pour /pɔː(r)/ *verb* 1 to flow in a stream: *The blood poured out.* 2 to cause to flow: *pour the tea* 3 to rain heavily 4 to arrive or be produced in large quantities: *The crowd poured into the stadium.*

pout /paʊt/ *verb* to push the lips forward to show annoyance or as a form of seduction ♦ *noun* the action of pouting or a pouting expression

poverty /ˈpɒvətɪ/ *noun* (*uncount*) 1 the state of being poor 2 lack, scarcity: *poverty of ideas*

powder /ˈpaʊdə(r)/ *noun* 1 a substance made up of very fine particles 2 a cosmetic patted on to the skin to give it a soft, smooth appearance 3 talcum powder ♦ *verb* to sprinkle or dab with powder — *adjective* **powdered**

power /ˈpaʊə(r)/ *noun* 1 (*uncount*) the ability or right *eg* to control people 2 (*uncount*) physical or mental ability 3 a strong nation 4 (*uncount*) energy *eg* for producing heat and light ♦ *verb* to provide the energy for: *vehicles powered by diesel*

powerful /ˈpaʊəfʊl/ *adjective* 1 able to control or influence other people 2 very strong — *adverb* **powerfully**

powerless /ˈpaʊələs/ *adjective* without power or ability — *noun* (*uncount*) **powerlessness**

power station /ˈpaʊəsteɪʃən/ *noun* a place where electricity is produced

practical /ˈpraktɪkəl/ *adjective* 1 concerned with action rather than theory 2 very useful [*opposite* **impractical**] 3 efficient ♦ *noun* an exam in which you do things rather than write about them

practicality /praktɪˈkalɪtɪ/ *noun* **practicalities** the practical matters associated with a situation

practically /ˈpraktɪklɪ/ *adverb* 1 'almost' or 'very nearly': *The sun shone practically every day.* 2 in a practical way

practice (*AmE* also **practise**) /ˈpraktɪs/ *noun* 1 the actual process of doing things: *put the reforms into practice* 2 habit: *accepted business practice* 3 exercise to improve technique: *piano practice* □ *football practice* 4 the business of *eg* a doctor or a lawyer

practise (AmE also **practice**) /ˈpraktɪs/ verb 1 to keep doing regularly in order to improve 2 to take part in the activities associated with: *practise witchcraft* 3 to do regularly as a habit or custom 4 to work as a doctor or lawyer: *practise dentistry*

practitioner /prakˈtɪʃənə(r)/ noun (*formal*) someone who works at a profession: *a medical practitioner*

pragmatic /pragˈmatɪk/ adjective (*formal*) concerned with what is sensible and realistic — adverb **pragmatically**

pragmatism /ˈpragmətɪzm/ noun (*uncount*; *formal*) thinking about or dealing with problems in a practical, matter-of-fact way — noun **pragmatist**

prairie /ˈprɛərɪ/ noun a wide area of level grassland in North America

praise /preɪz/ verb 1 to speak of with admiration and approval 2 to glorify (God) eg by singing hymns ♦ noun (*uncount*) 1 the expression of admiration or approval 2 the worship of God

praiseworthy /ˈpreɪzwɜːðɪ/ adjective deserving praise

pram /pram/ noun a four-wheeled carriage for a baby, pushed by hand

prance /prɑːns/ verb to move with quick springing steps

prank /praŋk/ noun a playful or mischievous trick

prat /prat/ noun: **prats** (*offensive slang*) an idiot

prawn /prɔːn/ noun a type of shellfish like a shrimp

pray /preɪ/ verb 1 to speak to God or a god in prayer 2 to hope for very strongly: *praying for good weather*

prayer /prɛə(r)/ noun 1 a request, or thanks, given to God or a god 2 the activity of praying

preach /priːtʃ/ verb 1 to give a sermon 2 to give unwanted advice in a boring and irritating way

preamble /prɪˈambəl/ noun a spoken or written introduction

precarious /prɪˈkɛərɪəs/ adjective unsafe or dangerous — adverb **precariously**

precaution /prɪˈkɔːʃən/ noun care taken in advance to avoid problems — adjective **precautionary**: *precautionary measures*

precede /prɪˈsiːd/ verb to go before in time, place or importance — adjective **preceding**

precedence /ˈprɛsɪdəns/ noun (*uncount*) the right to go before; priority

precedent /ˈprɛsɪdənt/ noun a past action which serves as a rule for the future: *set a precedent*

precept /ˈpriːsɛpt/ noun (*formal*) a rule that helps guide behaviour

precinct /ˈpriːsɪŋkt/ noun 1 an area enclosed by the boundary walls of a building 2 (*BrE*) a shopping area, closed to cars 3 in the US, an administrative district

precious /ˈprɛʃəs/ adjective 1 highly valued or valuable 2 unnaturally formal or affected

precipice /ˈprɛsɪpɪs/ noun a steep cliff

precipitate verb /prɪˈsɪpɪteɪt/ (*formal*) to cause to happen suddenly or soon ♦ adjective /prɪˈsɪpɪtət/ (*formal*) done too quickly without proper thought or care [*same as* **impulsive**]

precipitous /prɪˈsɪpɪtəs/ adjective (*formal*) dangerously high and steep

précis /ˈpreɪsɪ/ noun (*uncount* or *count*): **précis** /ˈpreɪsɪ/ a summary of a speech or piece of writing

precise /prɪˈsaɪs/ adjective 1 exact 2 clear, detailed or accurate 3 careful about small details

precisely /prɪˈsaɪslɪ/ adverb 1 exactly 2 carefully 3 'you are right'

precision /prɪˈsɪʒən/ noun (*uncount*) exactness and accuracy

preclude /prɪˈkluːd/ verb (*formal*) to prevent, make impossible

precocious /prɪˈkəʊʃəs/ adjective of a child: unusually advanced or well-developed

preconceived /priːkənˈsiːvd/ adjective of eg ideas: already formed without actual knowledge or experience

preconception /priːkənˈsɛpʃən/ noun an idea formed without any real knowledge

precursor /prɪˈkɜːsə(r)/ noun (*formal*) someone or something which goes before, a sign of an approaching event

pre-date /priːˈdeɪt/ verb to happen at an earlier date

predator /ˈprɛdətə(r)/ noun a bird or animal that kills others for food

predatory /ˈprɛdətərɪ/ adjective 1 of a predator 2 taking advantage of other people's weaknesses

predecessor /ˈpriːdəsɛsə(r)/ noun the person who had a certain job or position before

predetermined /priːdɪˈtɜːmɪnd/ adjective (*formal*) fixed in advance

predicament /prɪˈdɪkəmənt/ noun a difficult or unpleasant situation

predicate /ˈprɛdɪkət/ *noun* (*grammar*) the word or words in a sentence or clause that tell you something about the subject

predict /prɪˈdɪkt/ *verb* to say what will happen in the future

predictable /prɪˈdɪktəbəl/ *adjective* that can be predicted [*opposite* **unpredictable**] — *adverb* **predictably**

prediction /prɪˈdɪkʃən/ *noun* 1 a statement of what you believe will happen 2 the act of making predictions

predilection /priːdɪˈlɛkʃən/ *noun* (*formal*) a preference or special liking

predisposed /priːdɪsˈpoʊzd/ *adjective* likely to act, or in favour of acting, in a certain way

predisposition /priːdɪspəˈzɪʃən/ *noun* (*formal*) a tendency

predominance /prɪˈdɒmɪnəns/ *noun* (*uncount*) the state of being predominant

predominant /prɪˈdɒmɪnənt/ *adjective* having more, or having more power or influence

predominantly /prɪˈdɒmɪnəntlɪ/ *adverb* mostly, mainly: *Her books are predominantly about life in Africa.*

predominate /prɪˈdɒmɪneɪt/ *verb* 1 to be the strongest or most numerous 2 to have power over

pre-eminent /prɪˈɛmɪnənt/ *adjective* (*formal*) much better or much more important than any other person or thing — *noun* (*uncount*; *formal*) **pre-eminence**

pre-empt /prɪˈɛmpt/ *verb* to prevent by taking action in advance — *adjective* **pre-emptive**

preen /priːn/ *verb* 1 of a bird: to arrange its feathers 2 to spend a lot of time tidying your hair and arranging your clothes

prefab /ˈpriːfab/ *noun* a house that can be put together quickly

prefabricated /priːˈfabrɪkeɪtɪd/ *adjective* built from parts made in a factory that can be put together quickly

preface /ˈprɛfɪs/ *noun* an introduction at the beginning of *eg* a book ♦ *verb* to introduce

prefect /ˈpriːfɛkt/ *noun* a senior pupil with special duties

prefer /prɪˈfɜː(r)/ *verb* 1 to like more: *I prefer tea to coffee* 2 used in polite requests: *I'd prefer it if you didn't make so much noise.*

preferable /ˈprɛfərəbəl/ *adjective* more desirable

preference /ˈprɛfərəns/ *noun* 1 greater liking 2 favourable consideration: *give preference to applicants with experience*

preferential /prɛfəˈrɛnʃəl/ *adjective* giving preference: *preferential treatment*

prefix /ˈpriːfɪks/ *noun* an element such as *un-*, *re-*, *non-* or *de-* added to the beginning of a word

pregnancy /ˈprɛgnənsɪ/ *noun* the state of being pregnant or the time during which a female is pregnant

pregnant /ˈprɛgnənt/ *adjective* 1 carrying a foetus in the womb 2 full of meaning that is not actually expressed: *a pregnant pause*

prehistoric /priːhɪˈstɒrɪk/ *adjective* relating to the time before there were written historical records

prejudge /priːˈdʒʌdʒ/ *verb* to decide before hearing all the facts

prejudice /ˈprɛdʒʊdɪs/ *noun* an unreasonable opinion based on lack of knowledge ♦ *verb* to harm or put in danger

prejudiced /ˈprɛdʒʊdɪst/ *adjective* showing prejudice

prejudicial /prɛdʒʊˈdɪʃəl/ *adjective* damaging, harmful

preliminary /prɪˈlɪmɪnərɪ/ *adjective* going before, preparing: *preliminary investigation* ♦ *noun* **preliminaries** things done to prepare for a main event

prelude /ˈprɛljuːd/ *noun* 1 a preceding event 2 a short passage at the beginning of a piece of music

premature /ˈprɛmətjʊə(r)/ *adjective* happening before the usual or expected time — *adverb* **prematurely**

premeditated /priːˈmɛdɪteɪtɪd/ *adjective* planned beforehand: *premeditated murder*

premier /ˈprɛmɪə(r)/ *noun* a prime minister ♦ *adjective* the most important

première /ˈprɛmɪɛə(r)/ *noun* the first performance of *eg* a play or film

premise or **premiss** /ˈprɛmɪs/ *noun* (*formal*) something accepted as true, from which a conclusion is drawn

premises /ˈprɛmɪsɪz/ *noun* (*plural*) a building and its grounds

premium /ˈpriːmɪəm/ *noun* 1 an amount of money paid regularly, *eg* for insurance 2 an extra sum added to an amount of money ▸ *phrase* **at a premium** very desirable; difficult to obtain

premonition /prɛməˈnɪʃən/ *noun* a feeling that something is going to happen

prenatal /priːˈneɪtəl/ *adjective* of or for pregnant women: *prenatal care*

preoccupation /priːɒkjʊˈpeɪʃən/ *noun* something that you think about all or most of the time

preoccupied /prɪˈɒkjʊpaɪd/ *adjective* deep in thought

preoccupy /prɪˈɒkjʊpaɪ/ *verb* to think about all, or a lot of, the time

prepaid /priːˈpeɪd/ *adjective* of an envelope: showing that the postage has been paid by the person who will receive it

preparation /prɛpəˈreɪʃən/ *noun* 1 the act of preparing 2 **preparations** things done to get ready for an event 3 something such as a medicine made by mixing substances together

preparatory /prɪˈparətərɪ/ *adjective* in preparation for

prepare /prɪˈpɛə(r)/ *verb* 1 to make or get ready 2 to make *eg* a meal

prepared /prɪˈpɛəd/ *adjective* 1 ready 2 willing

preponderance /prɪˈpɒndərəns/ *noun* (*uncount*; *formal*) a greater amount or number: *a preponderance of men* — *adjective* **preponderant**

preposition /prɛpəˈzɪʃən/ *noun* (*grammar*) a word such as *to*, *from*, *into*, *by*, *with* and *against*, that shows *eg* position, movement, means and time

preposterous /prɪˈpɒstərəs/ *adjective* silly, ridiculous or unreasonable

prerequisite /priːˈrɛkwɪzɪt/ *noun* (*formal*) something that must happen or exist for something else to be possible

prerogative /prɪˈrɒgətɪv/ *noun* (*formal*) a right, privilege or power that only you have

prescribe /prɪˈskraɪb/ *verb* 1 to order the use of a medicine 2 to state as a rule

prescription /prɪˈskrɪpʃən/ *noun* 1 a doctor's written instructions for preparing a medicine 2 a medicine prescribed

presence /ˈprɛzəns/ *noun* 1 the state of being present 2 an impressive appearance and manner 3 a being that you are aware of ▶ *phrase* **presence of mind** calmness, ability to act sensibly in a difficult situation

present[1] /ˈprɛzənt/ *adjective* 1 here, in this place 2 happening or existing now: *present rates of pay* □ *the present situation* ♦ *noun* 1 the time now 2 (*grammar*) the tense describing events happening now

present[2] /ˈprɛzənt/ *noun* something that you give someone, *eg* for their birthday

present[3] /prɪˈzɛnt/ *verb* 1 to give to, especially at a formal ceremony 2 to formally introduce 3 to offer, put forward 4 **present yourself** to go to a place, especially when you have been instructed to do so

presentable /prɪˈzɛntəbəl/ *adjective* smart or tidy enough to be seen in public

presentation /prɛzənˈteɪʃən/ *noun* 1 (*uncount*) the act of presenting 2 the way in which something is presented 3 a formal talk or demonstration 4 a show performed before an audience

presenter /prɪˈzɛntə(r)/ *noun* a person who introduces items on a radio or television programme

presently /ˈprɛzəntlɪ/ *adverb* 1 soon 2 at the moment

present tense /ˌprɛzənt ˈtɛns/ *noun* the tense used to refer to situations that exist now

preservation /prɛzəˈveɪʃən/ *noun* (*uncount*) the process of preserving

preservative /prɪˈzɜːvətɪv/ *noun* a substance added to *eg* food to prevent it from going bad

preserve /prɪˈzɜːv/ *verb* to save from loss, damage or decay ♦ *noun* jam

preside /prɪˈzaɪd/ *verb* (*formal*) to be in charge *eg* at a meeting

presidency /ˈprɛzɪdənsɪ/ *noun* the position of being president

president /ˈprɛzɪdənt/ *noun* 1 the elected head of state in a republic 2 the person occupying the highest position in a group

press /prɛs/ *verb* 1 to push or squeeze, *eg* with the fingers 2 to iron 3 to insist: *pressing more drinks on everyone* ♦ *noun* 1 an act of pressing 2 **the press** newspapers; journalists 3 a printing machine ▶ *phrase* **bad press** criticism

---
press on to continue in a determined way

---

pressing /ˈprɛsɪŋ/ *adjective* that must be done immediately

pressure /ˈprɛʃə(r)/ *noun* 1 (*uncount*) the force produced by pressing on something 2 lack of time: *work under pressure* 3 stress: *the pressures of working life* ♦ *verb* to try to force or persuade [*same as* **pressurize**]

pressure group /ˈprɛʃə(r) gruːp/ *noun* a group of people who try to influence public opinion and the authorities

pressurize *or* **pressurise** /ˈprɛʃəraɪz/ *verb* to try to force or persuade

prestige /prɛˈstiːʒ/ *noun* (*uncount*) 1 reputation for quality and success 2 importance and influence

prestigious /prɛˈstɪdʒəs/ *adjective* having or giving prestige

presumably /prɪˈzjuːməblɪ/ *adverb* 'I suppose'

presume /prɪˈzju:m/ *verb* to believe to be the case [*same as* **suppose**]

presumption /prɪˈzʌmpʃən/ *noun* something that you think is the case but have no proof of

presumptuous /prɪˈzʌmptjʊəs/ *adjective* (*derogatory*) rudely doing something without permission or authority

presuppose /pri:səˈpəʊz/ *verb* to assume the truth or existence of something

presupposition /pri:sʌpəˈzɪʃən/ *noun* (*formal*) something assumed to be true

pretence (*AmE* **pretense**) /prɪˈtɛns/ *noun* behaviour intended to make people believe something that is not true

pretend /prɪˈtɛnd/ *verb* 1 to act as if something is the case; to deceive: *pretending to be ill* 2 of children: to play by imagining situations

pretension /prɪˈtɛnʃən/ *noun* self-importance

pretentious /prɪˈtɛnʃəs/ *adjective* self-important

pretext /ˈpri:tɛkst/ *noun* an excuse or false reason

pretty /ˈprɪtɪ/ *adjective* nice-looking, attractive ♦ *adverb* fairly, rather: *pretty good* — *adverb* **prettily** — *noun* (*uncount*) **prettiness**

prevail /prɪˈveɪl/ *verb* 1 to succeed in having most influence or importance 2 to be common

prevailing /prɪˈveɪlɪŋ/ *adjective* 1 commonly found 2 of a wind: that which blows from a particular direction for most of the time

prevalent /ˈprɛvələnt/ *adjective* common or widespread — *noun* (*uncount*) **prevalence**

prevaricate /prɪˈvarɪkeɪt/ *verb* to avoid speaking the truth

prevent /prɪˈvɛnt/ *verb* to stop from doing: *She pushed aside a man who was trying to prevent her from leaving.* — *adjective* **preventable**

preventative see **preventive**

prevention /prɪˈvɛnʃən/ *noun* (*uncount*) action or behaviour that stops something from happening

preventive /prɪˈvɛntɪv/ or **preventative** /prɪˈvɛntətɪv/ *adjective* intended to stop something from happening or occurring

preview /ˈpri:vju:/ *noun* a showing of eg an exhibition before its official opening

previous /ˈpri:vɪəs/ *adjective* that happened earlier or in the past; that came before

previously /ˈpri:vɪəslɪ/ *adverb* before, earlier

prey /preɪ/ *noun* (*uncount*) the creatures that an animal hunts and kills as food

> **prey on 1** to hunt and kill as food **2** to cause to worry: *The argument preyed on her mind for the rest of the evening.*

price /praɪs/ *noun* 1 the money you pay to buy something 2 what you suffer in order to get something ♦ *verb* to put a price on ▶ *phrase* **at any price 1** at all **2** however much suffering is necessary

priceless /ˈpraɪsləs/ *adjective* 1 very valuable 2 very useful

prick /prɪk/ *verb* 1 to make a small hole in with a point 2 to stick into the skin causing pain ♦ *noun* a hole or pain made by a small, sharp object ▶ *phrase* **prick up your ears** to begin to listen more carefully because you have heard something interesting

prickle /ˈprɪkəl/ *noun* 1 a sharp point on a plant or animal 2 a sudden unpleasant feeling on the skin caused eg by fear ♦ *verb* to cause to feel as if lots of small sharp points are pricking the skin

prickly /ˈprɪklɪ/ *adjective* 1 full of prickles 2 easily upset

pride /praɪd/ *noun* (*uncount*) 1 too high an opinion of yourself 2 pleasure in your own or someone else's accomplishments 3 dignity ▶ *phrases* **pride yourself on** to feel or show pride in **pride and joy** a highly-valued person or thing **swallow your pride** to do something that makes you lose your dignity **take pride in** to try to do well; work hard at

priest /pri:st/ *noun* 1 a member of the clergy in the Roman Catholic and Anglican churches 2 an official in a non-Christian religion

priestess /pri:ˈstɛs/ *noun* a female priest in non-Christian churches

priesthood /ˈpri:sthʊd/ *noun* 1 the position of being a priest 2 priests as a group

prim /prɪm/ *adjective* easily shocked by the informal or rude behaviour of others — *adverb* **primly**

prima donna /ˌpri:mə ˈdɒnə/ *noun* 1 a leading female opera singer 2 an over-sensitive and temperamental person

primaeval see **primeval**

primarily /praɪˈmɛrɪlɪ/ *adverb* 'chiefly' or 'mainly'

primary /ˈpraɪməri/ *adjective* **1** most important, chief **2** of education: for children aged between 5 and 11 ♦ *noun* **1** a primary school **2** (*AmE*) a preliminary election

primate /ˈpraɪmeɪt/ *noun* a member of the group of intelligent mammals that includes monkeys, apes and humans

prime /praɪm/ *adjective* **1** the most important **2** of the best quality: *prime bacon* ♦ *noun* the time of greatest health and strength: *the prime of life* ♦ *verb* **1** to give detailed information to in advance **2** to cover with a special substance before painting

prime minister /praɪm ˈmɪnɪstə(r)/ *noun* the chief minister of a government

primeval or **primaeval** /praɪˈmiːvəl/ *adjective* belonging to or dating from the earliest period in the earth's history

primitive /ˈprɪmɪtɪv/ *adjective* **1** belonging to the earliest stages of development **2** simple and not developed

primrose /ˈprɪmrəʊz/ *noun* a pale-yellow spring flower common in woods and hedges

prince /prɪns/ *noun* **1** the son of a king or queen **2** a male ruler of a small state or country

princely /ˈprɪnsli/ *adjective* of a sum of money: large, generous

princess /prɪnˈses/ *noun* a female member of a royal family

principal /ˈprɪnsɪpəl/ *adjective* most important, chief ♦ *noun* the person who is in charge of a school or college

principality /ˌprɪnsɪˈpælɪti/ *noun* a small state or country ruled by a prince

principally /ˈprɪnsɪpli/ *adverb* chiefly, mostly

principle /ˈprɪnsɪpəl/ *noun* **1** a general truth or rule **2** a general rule that guides your behaviour **3** a general scientific law ▶ *phrases* **in principal** with reservations **on principle** because of particular beliefs

print /prɪnt/ *verb* **1** to mark words or pictures on paper with type **2** to publish in printed form **3** to write in letters that are separate, and not joined up **4** to mark patterns on cloth **5** to produce a finished photograph ♦ *noun* **1** a mark made by pressure: *a footprint* **2** (*uncount*) printed lettering **3** a design printed from an engraved wood block or metal plate **4** a photograph made from a negative ▶ *phrases* **1 in print** of a book: published and available to buy **2 out of print** no longer available from a publisher

print out to produce a printed copy of

printer /ˈprɪntə(r)/ *noun* **1** a person or business that prints books or newspapers **2** a machine that prints data from a computer

printout /ˈprɪntaʊt/ *noun* printed copy of data held in a computer

prior /ˈpraɪə(r)/ *adjective* **1** that has already been arranged **2** earlier ▶ *phrase* (*formal*) **prior to** before

prioritize or **prioritise** /praɪˈɒrɪtaɪz/ *verb* to decide which tasks must be dealt with first

priority /praɪˈɒrɪti/ *noun* **1** (*uncount*) the right to be dealt with first **2** something that must be dealt with before anything else ▶ *phrase* **get your priorities right** to deal with things in the proper order

prise or **prize** /praɪz/ *verb* to force open or off with a lever: *prised open the lid*

prism /ˈprɪzm/ *noun* an object made of clear glass that separates a beam of white light into the colours of the rainbow

prison /ˈprɪzən/ *noun* **1** a public building where criminals are kept as a punishment **2** something that restricts

prisoner /ˈprɪzənə(r)/ *noun* someone held under arrest, in prison, or in captivity

pristine /ˈprɪstiːn/ *adjective* fresh, clean, and in an unspoilt state

privacy /ˈprɪvəsi/ *noun* (*uncount*) the ability or right to be alone

private /ˈpraɪvət/ *adjective* **1** available for the use of only a few people and not everyone: *a room with a private bathroom* **2** not open to the public **3** relating to your personal life **4** of *eg* industry: owned by individuals, not by the government [*opposite* **public**] — *adverb* **privately** ♦ *noun* a soldier with the lowest army rank

private school /ˌpraɪvət ˈskuːl/ *noun* a school which parents must pay to send their children to

privation /praɪˈveɪʃən/ *noun* the absence of things

privatize or **privatise** /ˈpraɪvətaɪz/ *verb* to transfer from state to private ownership

privet /ˈprɪvɪt/ *noun* (*uncount*) a type of bush used to make hedges

privilege /ˈprɪvɪlɪdʒ/ *noun* a special right given to an individual or only a few people

privileged /ˈprɪvɪlɪdʒd/ *adjective* having advantages, opportunities and sometimes wealth

privy /ˈprɪvi/ *adjective* (*formal*) allowed to know about it or be involved in: *not privy to his domestic arrangements*

prize[1] /praɪz/ *noun* something won in a competition or given as a reward

♦ *adjective* highly valued ♦ *verb* to value highly

prize² see **prise**

pro¹ /proʊ/ *noun* ▶ *phrase* **pros and cons** reasons in favour of and against doing something

pro² /proʊ/ *noun* (*informal*) a professional sportsman or sportswoman

probability /ˌprɒbəˈbɪlɪtɪ/ *noun* **1** likelihood **2** the circumstance that something is likely to happen

probable /ˈprɒbəbəl/ *adjective* **1** likely to happen: *It's quite probable that we'll never see them again.* **2** likely: *the probable result*

probably /ˈprɒbəblɪ/ *adverb* without much doubt

probation /prəˈbeɪʃən/ *noun* (*uncount*) **1** a system of releasing prisoners on condition that they commit no more offences and report regularly to the authorities **2** a trial period in a new job

probe /proʊb/ *noun* **1** a long, thin instrument used to examine a wound **2** an investigation ♦ *verb* **1** to ask questions or carry out an investigation **2** to examine with a probe

problem /ˈprɒbləm/ *noun* a situation, matter or person that is difficult to understand or deal with ♦ *adjective* of a child: difficult to deal with ▶ *phrase* (*informal*) **no problem** easily done

problematic /ˌprɒbləˈmatɪk/ or **problematical** /ˌprɒbləˈmatɪkəl/ *adjective* causing problems

procedure /prəˈsiːdʒə(r)/ *noun* the correct or usual way of doing something

proceed /prəˈsiːd/ *verb* **1** to begin after doing something else: *I can't proceed with my work until my computer is fixed.* **2** to continue: *Work on the new houses was proceeding according to plan.* **3** (*formal*) to move in a particular direction

proceedings /prəˈsiːdɪŋz/ *noun* (*plural*) **1** the things done or said at an organized meeting **2** legal action

proceeds /ˈproʊsiːdz/ *noun* (*plural*) profit made from *eg* a sale

process /ˈproʊsɛs/ *noun* **1** a series of operations performed to produce or achieve something **2** a series of events producing change or development ♦ *verb* **1** to deal with in the required way **2** to pack (food) in cans or bottles, or to treat with chemicals **3** to analyse (information) using a computer — *adjective* **processed** ▶ *phrase* **in the process of** in the middle of doing

procession /prəˈsɛʃən/ *noun* a line of moving people or vehicles, usually as part of a ceremony or formal event

proclaim /prəˈkleɪm/ *verb* (*formal*) to announce publicly, declare openly

proclamation /ˌprɒkləˈmeɪʃən/ *noun* (*formal*) an official announcement made to the public

procreate /ˈproʊkrieɪt/ *verb* (*formal*) to produce babies or young animals — *noun* (*uncount*) **procreation**

procure /prəˈkjʊə(r)/ *verb* (*formal*) to obtain; to bring about

prod /prɒd/ *verb* **1** to push with your finger or a similar object **2** to urge to start doing something ♦ *noun* **1** a push with the finger or other sharp object **2** something that encourages action

prodigious /prəˈdɪdʒəs/ *adjective* (*formal*) **1** extraordinary or marvellous **2** enormous — *adverb* **prodigiously**

prodigy /ˈprɒdɪdʒɪ/ *noun* a person, especially a child, who is exceptionally clever or talented

produce *verb* /prəˈdjuːs/ **1** to cause to happen **2** to cause to exist **3** to make, manufacture **4** to arrange how *eg* a film or play should be performed ♦ *noun* /ˈprɒdjuːs/ (*uncount*) food produced from land or animals

producer /prəˈdjuːsə(r)/ *noun* someone who arranges to put on or make *eg* a play or a film

product /ˈprɒdʌkt/ *noun* **1** something produced **2** a result

production /prəˈdʌkʃən/ *noun* **1** (*uncount*) the act of making, growing or producing: *the production of cheese and wine* **2** (*uncount*) the quantity of something produced: *an increase in oil production* **3** a particular presentation of a play: *a new production of 'The Marriage of Figaro'*

productive /prəˈdʌktɪv/ *adjective* producing a lot

productivity /ˌprɒdʌkˈtɪvɪtɪ/ *noun* (*uncount*) the rate at which goods are produced

prof /prɒf/ *noun* (*informal*) a professor

profane /prəˈfeɪn/ *adjective* not showing the proper respect to religious things

profess /prəˈfɛs/ *verb* **1** to claim declare **2** to state openly

profession /prəˈfɛʃən/ *noun* an occupation requiring special training, *eg* that of a doctor, lawyer or teacher

professional /prəˈfɛʃənəl/ *adjective* **1** of a profession **2** skilful, competent **3** earning a living doing what other people do as a hobby or pastime ♦ **noun 1** a person who works in one of the professions **2** someone who does their job skilfully and with care **3** someone who earns money doing what other people do as a hobby or pastime — *adverb* **professionally**

professionalism /prəˈfɛʃənəlɪzm/ *noun* (*uncount*) the skill, experience and knowledge someone shows when doing their job

professor /prəˈfɛsə(r)/ *noun* **1** in a British university, a teacher with the highest rank **2** in North American universities, a teacher

proffer /ˈprɒfə(r)/ *verb* (*formal*) to offer

proficient /prəˈfɪʃənt/ *adjective* able to do well, or with skill — *noun* (*uncount*) **proficiency**

profile /ˈproʊfaɪl/ *noun* **1** a side view of a face **2** a brief description of someone's life, experience and character ▸ *phrase* **keep a low profile** to behave so that people do not notice you

profit /ˈprɒfɪt/ *noun* money that you make when you sell something for more than you paid for it ♦ *verb* (*formal*) to gain benefit from

profitable /ˈprɒfɪtəbəl/ *adjective* bringing profit or gain — *adverb* **profitably**

profound /prəˈfaʊnd/ *adjective* **1** very great, strong or intense **2** showing great understanding or knowledge — *adverb* **profoundly**

profuse /prəˈfjuːs/ *adjective* occurring in large amounts — *adverb* **profusely**

profusion /prəˈfjuːʒən/ *noun* large quantities

prognosis /prɒgˈnoʊsɪs/ *noun* (*formal*) a judgement about how something will develop

program /ˈproʊgræm/ *noun* **1** a set of instructions that a computer needs to be able to perform a task **2** (*AmE*) a programme ♦ *verb* to give (a computer) the instructions it needs to be able to perform a task

programme (*AmE* **program**) /ˈproʊgræm/ *noun* **1** a TV or radio show **2** a series of events that has been planned or has to be done **3** a booklet with details of *eg* a show or a concert ♦ *verb* to set the controls of (a machine) so that it operates at the required time

programmer (*AmE* **programer**) /ˈproʊgræmə(r)/ *noun* someone whose job involves writing computer programs

progress *noun* /ˈproʊgrɛs/ (*uncount*) **1** movement towards something or towards completing it **2** the advances or developments that improve society or life ♦ *verb* /prəˈgrɛs/ **1** to go forward **2** to improve ▸ *phrase* **in progress** taking place now

progression /prəˈgrɛʃən/ *noun* (*formal*) **1** the process of moving forwards or advancing in stages **2** a series of things that follow each other

progressive /prəˈgrɛsɪv/ *adjective* **1** moving forward or advancing gradually **2** preferring advanced or modern ideas — *adverb* **progressively**

prohibit /prəˈhɪbɪt/ *verb* to forbid by law

prohibition /proʊɪˈbɪʃən/ *noun* **1** (*formal*) a law or order forbidding something **2** (*uncount*) the act of forbidding

prohibitive /prəˈhɪbɪtɪv/ *adjective* of a price: too high

project *noun* /ˈprɒdʒɛkt/ **1** a plan, scheme or proposal **2** a piece of study or research ♦ *verb* /prəˈdʒɛkt/ **1** to estimate or forecast **2** to stand out **3** of light: to cause to appear on a surface **4** to plan, propose: *her projected visit to Cuba*

projection /prəˈdʒɛkʃən/ *noun* **1** an estimate or forecast **2** something that stands out from a surface

projector /prəˈdʒɛktə(r)/ *noun* a machine for projecting films or slides on to a screen

proletarian /proʊləˈtɛərɪən/ *adjective* (*technical*) relating to the proletariat

proletariat /proʊləˈtɛərɪət/ *noun* (*technical*) ordinary working people

proliferate /prəˈlɪfəreɪt/ *verb* to rapidly increase in numbers — *noun* (*uncount*) **proliferation**

prolific /prəˈlɪfɪk/ *adjective* continually producing new work — *adverb* **prolifically**

prologue (*AmE* **prolog**) /ˈproʊlɒg/ *noun* **1** a speech or piece of writing that introduces a play or book **2** an event that comes before a more important event

prolong /prəˈlɒŋ/ *verb* to make longer

prolonged /prəˈlɒŋd/ *adjective* continuing for a long time or for longer than expected

promenade /ˈprɒmənɑːd/ *noun* a broad path or pavement, usually along a sea front

prominent /ˈprɒmɪnənt/ *adjective* **1** important or influential **2** standing out or protruding **3** easy to see, noticeable — *noun* (*uncount*) **prominence** — *adverb* **prominently**

promiscuous /prəˈmɪskjʊəs/ *adjective* (*derogatory*) having many sexual relationships — *noun* (*uncount*) **promiscuity**

promise /ˈprɒmɪs/ *verb* **1** to say that you will definitely do, or not do, something **2** to

promising

show signs for the future: *This promises to be his toughest task yet.* ♦ *noun* **1** a statement of something promised **2** a sign of something to come **3** a sign of future success: *She was already showing promise as a designer.*

promising /'prɒmɪsɪŋ/ *adjective* likely to be excellent or successful

promote /prə'məʊt/ *verb* **1** to give a more senior position to **2** to encourage **3** to advertise

promotion /prə'məʊʃən/ *noun* **1** advancement to a more senior position **2** action taken to try to make something more popular **3** advertising

prompt /prɒmpt/ *adjective* **1** quick, immediate **2** arriving at the right time ♦ *verb* **1** to cause someone to do something **2** to help an actor who has forgotten their lines

promptly /'prɒmptli/ *adverb* **1** immediately **2** at the correct time

prone /prəʊn/ *adjective* **1** likely to, tending to, suffer from: *prone to bronchitis* **2** lying face downwards

prong /prɒŋ/ *noun* one of the spikes on the head of a fork — *adjective* **pronged**

pronoun /'prəʊnaʊn/ *noun* (*grammar*) a word used to refer to a noun or a noun phrase

pronounce /prə'naʊns/ *verb* **1** to say in the usual way: *She can't pronounce 'th' properly.* **2** to state officially or formally

pronounced /prə'naʊnsd/ *adjective* noticeable

pronouncement /prə'naʊnsmənt/ *noun* a formal statement

pronunciation /prənʌnsɪ'eɪʃən/ *noun* **1** the way a word is usually said **2** the way a certain person says words

proof /pru:f/ *noun* evidence that shows that something is true or a fact, or exists ♦ *adjective* that cannot be damaged by a particular thing: *waterproof* □ *fireproof*

prop[1] /prɒp/ *noun* **1** a support **2** a person or thing that you depend on for support ♦ *verb* to lean: *She propped her bike against the wall.*

> **prop up** to support or keep upright by leaning against something: *Use planks of wood to prop the roof up.*

prop[2] /prɒp/ **props** the objects used in a film or play

propaganda /prɒpə'gændə/ *noun* (*uncount*) false or exaggerated information, presented to try to influence public feeling

propagandist /prɒpə'gændɪst/ *noun* someone who spreads propaganda

propagate /'prɒpəgeɪt/ *verb* **1** to cause (plants) to grow from seed or cuttings **2** to try to spread and popularize (ideas) — *noun* (*uncount*) **propagation**

propel /prə'pɛl/ *verb* to drive or push forwards

propeller /prə'pɛlə(r)/ *noun* a device with blades that turn to propel a ship or an aircraft

propensity /prə'pɛnsɪti/ *noun* a tendency: *a propensity to act without thinking*

proper /'prɒpə(r)/ *adjective* **1** real or genuine: *We haven't had a proper holiday for years.* **2** correct or suitable: *at the proper time* **3** thorough: *a proper search*

properly /'prɒpəli/ *adverb* **1** correctly **2** politely

proper noun /prɒpə(r) 'naʊn/ or **proper name** /prɒpə(r) 'neɪm/ *noun* (*grammar*) the name of a particular person, place or thing

property /'prɒpəti/ *noun* **1** all the things someone owns **2** land and buildings

prophecy /'prɒfəsi/ *noun* a statement saying what will happen in the future [*same as* **prediction**]

prophesy /'prɒfɪsaɪ/ *verb* to say what will happen in the future [*same as* **foretell**, **predict**]

prophet /'prɒfɪt/ *noun* **1** someone who claims to foretell events **2** someone who tells what they believe to be the will of God

propitiate /prə'pɪʃɪeɪt/ *verb* to try to make less angry

propitious /prə'pɪʃəs/ *adjective* (*formal*) favourable: *propitious circumstances*

proponent /prə'pəʊnənt/ *noun* someone who supports something

proportion /prə'pɔ:ʃən/ *noun* **1** a part of a total amount: *a large proportion of income is taxed* **2** the size of a group in relation to the whole: *Only a small proportion of directors are women.* **3** **proportions** measurements ▸ *phrases* **1 out of proportion** made to seem more important than is necessary **2 in proportion** having a correct relationship between individual parts

proportional /prə'pɔ:ʃənəl/ *adjective* growing at the same rate, corresponding — *adverb* **proportionally**

proportionate /prə'pɔ:ʃənət/ *adjective* proportional — *adverb* **proportionately**

proposal /prə'pəʊzəl/ *noun* **1** a plan or suggestion **2** an offer of marriage

propose /prə'pəʊz/ *verb* **1** to put forward for consideration, suggest **2** to intend **3** to make an offer of marriage — *adjective* **proposed**

proposition /propə'zɪʃən/ *noun* **1** a proposal, a suggestion **2** a statement expressing an opinion or judgement ♦ *verb* (*informal*) to ask someone to have sex

proprietor /prə'praɪətə(r)/ *noun* the owner of a shop, hotel or business

propriety /prə'praɪətɪ/ *noun* (*uncount*; *formal*) morally or socially acceptable behaviour

prosaic /proʊ'zeɪk/ *adjective* dull, uninteresting

pros and cons see **pro**¹

prose /proʊz/ *noun* (*uncount*) ordinary written or spoken language in contrast to verse or poetry

prosecute /'prɒsɪkjuːt/ *verb* to charge with a crime and try in a court of law

prosecution /prɒsɪ'kjuːʃən/ *noun* **1** the process of charging someone with a crime **2** the lawyers who try to prove someone is guilty

prospect *noun* /'prɒspɛkt/ **1** a likelihood, probability **2** something you expect will happen **3** **prospects** chances of success: *Her prospects are excellent.* ♦ *verb* /prə'spɛkt/ to search land or under water *eg* for gold

prospective /prə'spɛktɪv/ *adjective* soon to be, likely to be: *a prospective buyer for the house*

prospectus /prə'spɛktəs/ *noun*: **prospectuses** a booklet giving information about school or university, or a business proposal

prosper /'prɒspə(r)/ *verb* to succeed financially

prosperity /prɒ'spɛrɪtɪ/ *noun* (*uncount*) financial success

prosperous /'prɒspərəs/ *adjective* successful, wealthy

prostitute /'prɒstɪtjuːt/ *noun* someone who offers sex for payment ♦ *verb* **prostitute yourself** to use your talents for things that are not honourable

prostitution /prɒstɪ'tjuːʃən/ *noun* (*uncount*) the work of prostitutes

prostrate *adjective* /'prɒstreɪt/ **1** lying flat face downwards **2** exhausted by illness or grief ♦ *verb* /prɒ'streɪt/ **prostrate yourself** to lie face downwards on the ground *eg* as a sign of respect: *prostrated themselves before the emperor*

protagonist /prə'tagənɪst/ *noun* (*formal*) **1** the main character in *eg* a play **2** a supporter of an idea or movement

protect /prə'tɛkt/ *verb* to keep from danger, guard

protection /prə'tɛkʃən/ *noun* (*uncount*) **1** the act of protecting **2** safety from harm

protective /prə'tɛktɪv/ *adjective* **1** giving protection **2** wanting to keep from harm

protégé /'prɒtɪʒeɪ/ *noun* a man or boy who is taught or helped in his career by a more experienced person

protégée /'prɒtɪʒeɪ/ *noun* a girl or woman who is taught or helped in her career by a more experienced person

protein /'proʊtiːn/ *noun* (*count or uncount*) a substance present in *eg* milk, eggs and meat, which is a necessary part of a human or animal diet

protest *verb* /prə'tɛst/ **1** to object strongly **2** to declare, especially in reply to an accusation: *protesting his innocence* ♦ *noun* /'proʊtɛst/ a strong objection — *noun* **protester**

Protestant /'prɒtɪstənt/ *noun* a member of any of the Christian churches that separated from the Roman Catholic Church in the 16th century

protestation /prɒtə'steɪʃən/ *noun* (*formal*) a formal, solemn or strong declaration or statement

protocol /'proʊtəkɒl/ *noun* (*uncount*) correct procedure

proton /'proʊtɒn/ *noun* (*physics*) an atomic particle with a positive electrical charge [compare **electron**]

prototype /'proʊtətaɪp/ *noun* an original model from which something is copied

protracted /prə'traktɪd/ *adjective* lasting longer than usual, or longer than expected

protractor /prə'traktə(r)/ *noun* an instrument for drawing and measuring angles

protrude /prə'truːd/ *verb* (*formal*) to stick out, project

proud /praʊd/ *adjective* **1** feeling pleased at an achievement **2** thinking too highly of yourself [*same as* **arrogant, conceited**; *opposite* **humble**]

prove /pruːv/ *verb* **1** to show to be true or correct **2** to show yourself to be: *She has proved to be an excellent singer.* — *adjective* **proven**

proverb /'prɒvɜːb/ *noun* a short statement that gives advice or expresses something people suppose is true

proverbial /prə'vɜːbɪəl/ *adjective* well-known, referred to in a proverb

provide /prə'vaɪd/ *verb* to give or supply: *They provided him with the money.*

provide for to supply money and other things needed to live: *provide for his family*

provided /prəˈvaɪdɪd/ or **providing** *conjunction* on the condition: *It is legal, provided that you obtain an import licence first.* ▫ *Providing I had no objection, she wanted me to work on until my holiday.*

Providence /ˈprɒvɪdəns/ *noun* (*uncount; literary*) God, or a mysterious power or force that operates to keep you from harm

provident /ˈprɒvɪdənt/ *adjective* thinking of the future; careful

providential /prɒvɪˈdɛnʃəl/ *adjective* (*formal*) lucky, happening just when needed

providing /prəˈvaɪdɪŋ/ see **provided**

province /ˈprɒvɪns/ *noun* **1** a division of a country **2** the extent of someone's duties or knowledge **3 provinces** the parts of a country outside the capital

provincial /prəˈvɪnʃəl/ *adjective* **1** relating to a province or provinces **2** narrow-minded

provision /prəˈvɪʒən/ *noun* **1** (*uncount*) the act of making goods and services available **2** preparation for the future: *make proper provision for the birth of the baby* **3 provisions** food and other necessary items **4** a condition stated in a legal document

provisional /prəˈvɪʒənəl/ *adjective* subject to certain conditions: *a provisional offer of a job* — *adverb* **provisionally**

proviso /prəˈvaɪzoʊ/ *noun* a condition in an agreement

provocation /prɒvəˈkeɪʃən/ *noun* something done to deliberately annoy someone else

provocative /prəˈvɒkətɪv/ *adjective* **1** deliberately designed to make people angry **2** designed to be sexually exciting — *adverb* **provocatively**

provoke /prəˈvoʊk/ *verb* **1** to deliberately annoy **2** to cause

provoking /prəˈvoʊkɪŋ/ *adjective* annoying

prow /praʊ/ *noun* the front part of a ship

prowess /ˈpraʊɪs/ *noun* (*uncount; formal*) skill, ability

prowl /praʊl/ *verb* to move about quietly

proximity /prɒkˈsɪmɪti/ *noun* (*uncount*) nearness

proxy /ˈprɒksi/ *noun* the person you legally allow to act or vote for you

prude /pruːd/ *noun* a person who is easily shocked by the naked human body and sex — *adjective* **prudish**

prudent /ˈpruːdənt/ *adjective* sensible, wise or careful — *noun* (*uncount; formal*) **prudence** — *adverb* **prudently**

prune[1] /pruːn/ *verb* to cut off branches (of a tree or bush)

prune[2] /pruːn/ *noun* a dried plum

pry /praɪ/ *verb* to find out about the personal affairs of others [*same as* **snoop**]

psalm /sɑːm/ *noun* a holy song

pseudo- /sjuːdoʊ/ or /suːdoʊ/ *prefix* used to form adjectives and nouns that describe something false

pseudonym /ˈsjuːdənɪm/ or /ˈsuːdənɪm/ *noun* a false name used by an author

psych /saɪk/

psych up (*informal*) to prepare mentally for: *She psyched herself up for the exam.*

psyche /ˈsaɪki/ *noun* the mind, especially with regard to deep feelings and attitudes

psychedelic /saɪkəˈdɛlɪk/ *adjective* **1** bright and multi-coloured **2** related to hallucinogenic drugs

psychiatric /saɪkɪˈatrɪk/ *adjective* **1** relating to psychiatry **2** relating to mental illness

psychiatrist /saɪˈkaɪətrɪst/ *noun* a doctor who treats mental illness

psychiatry /saɪˈkaɪətri/ *noun* (*uncount*) the study and treatment of mental illness

psychic /ˈsaɪkɪk/ *adjective* having unusual mental powers that cannot be explained

psychoanalyse (*AmE* **psychoanalyze**) /saɪkoʊˈænəlaɪz/ *verb* to treat by psychoanalysis

psychoanalysis /saɪkoʊəˈnælɪsɪs/ *noun* (*uncount*) a method of treating mental illness by discussing with the patient its possible causes in their past

psychoanalyst /saɪkoʊˈænəlɪst/ *noun* a person who treats patients using psychoanalysis

psychological /saɪkəˈlɒdʒɪkəl/ *adjective* relating to psychology or the mind — *adverb* **psychologically**

psychologist /saɪˈkɒlədʒɪst/ *noun* a person who has studied and is specialized in psychology

psychology /saɪˈkɒlədʒi/ *noun* (*uncount*) the study of the human mind and the reasons for human behaviour

psychopath /ˈsaɪkoʊpæθ/ *noun* a person who is suffering from a mental illness that makes them dangerous and violent

psychosis /saɪˈkoʊsɪs/ *noun*: **psychoses** /saɪˈkoʊsiːz/ a mental illness

psychosomatic /saɪkoʊsə'matɪk/ *adjective* of an illness: having a psychological cause

psychotherapist /saɪkoʊ'θɛrəpɪst/ *noun* a doctor who treats patients using psychotherapy

psychotherapy /saɪkoʊ'θɛrəpɪ/ *noun* (*uncount*) the treatment of mental illness by eg psychoanalysis

psychotic /saɪ'kɒtɪk/ *adjective* affected by severe mental illness

pub /pʌb/ *noun* a place where alcoholic drinks may be bought and drunk

puberty /'pjuːbətɪ/ *noun* (*uncount*) the stage in life during which a child's body begins to develop into that of an adult

public /'pʌblɪk/ *adjective* 1 relating to or shared by the people of a community or nation: *public opinion* □ *public library* 2 generally or widely known: *public knowledge* ♦ *noun* all the people in a country or community — *adverb* **publicly** ▸ *phrase* **in public** in the presence of other people

publican /'pʌblɪkən/ *noun* a person who owns or manages a pub

publication /pʌblɪ'keɪʃən/ *noun* 1 (*uncount*) the act of publishing eg a book 2 a published book, magazine or other printed work 3 (*uncount*) the act of making something known to the public

public house /pʌblɪk 'haʊs/ *noun* (*formal*) a pub

publicity /pʌ'blɪsɪtɪ/ *noun* (*uncount*) advertising; bringing to public notice

publicize or **publicise** /'pʌblɪsaɪz/ *verb* to give people information about, advertise

public relations /pʌblɪk rɪ'leɪʃənz/ *noun* (*uncount*) the job of producing a good relationship between a company or business and the public

public school /pʌblɪk 'skuːl/ *noun* in Britain, a secondary school that parents pay for [*same as* **private school**]

publish /'pʌblɪʃ/ *verb* 1 to print and sell to the public 2 to make generally known

publisher /'pʌblɪʃə(r)/ *noun* a person or company that publishes books

puce /pjuːs/ *noun* a deep pinkish purple colour

pucker /'pʌkə(r)/ *verb* to wrinkle

pudding /'pʊdɪŋ/ *noun* 1 (*uncount*; *BrE*) the sweet food served at the end of a meal 2 a food made with eggs and flour

puddle /'pʌdəl/ *noun* a small pool of liquid, especially of rainwater

puerile /'pjʊəraɪl/ *adjective* (*formal*) childish, silly [*same as* **immature**]

puff /pʌf/ *noun* 1 a small rush of air or wind 2 a breath of smoke taken from a cigarette ♦ *verb* 1 to breathe smoke in and out from eg a pipe 2 to breathe heavily, eg after running 3 to blow out in small blasts 4 of a train: to move slowly, giving off short bursts of steam

> **puff up** or **puff out** to cause to become larger

puffin /'pʌfɪn/ *noun* a black and white sea bird with a large brightly coloured beak

puff pastry /pʌf 'peɪstrɪ/ *noun* (*uncount*) a light, flaky kind of pastry

puffy /'pʌfɪ/ *adjective* soft and swollen, often as a result of injury

puke /pjuːk/ *verb* to vomit ♦ *noun* (*uncount*) vomit

pull /pʊl/ *verb* 1 to take hold of and draw or force towards a point 2 to move towards you: *pull the trigger* 3 to remove by force: *pull a tooth out* 4 to close (curtains) 5 to tug and let go of: *Little Danny pulled at Ruth's skirt.* 6 to damage (a muscle) by stretching or straining 7 to attract: *pull a crowd* 8 to tear: *pull to pieces* ♦ *noun* 1 the act of pulling 2 a handle for pulling 3 (*uncount*) the power to influence people 4 (*uncount*) the power to attract

> **pull away** 1 of a vehicle: to move after being stationary 2 to move back suddenly in alarm or surprise
> **pull down** to demolish
> **pull in** of a vehicle: to stop at the side of the road
> **pull off** to manage to achieve
> **pull out** 1 of a vehicle: to move out from the side of the road 2 to withdraw: *pull out of the agreement*
> **pull over** of a vehicle: to move closer to the side of the road, eg to let others overtake
> **pull through** to recover from illness or injury
> **pull up** 1 to reprimand: *pulled up for being late* 2 to remove eg a plant from the ground by the roots 3 of a vehicle: to stop

pulley /'pʊlɪ/ *noun* a device for lifting and lowering weights or loads

pullover /'pʊloʊvə(r)/ *noun* a knitted garment for the upper part of the body [*same as* **jumper**, **sweater**]

pulp /pʌlp/ *noun* 1 (*uncount*) the soft fleshy part of a fruit 2 food softened to a thick semi-liquid state

pulpit /'pʊlpɪt/ *noun* an enclosed platform in a church where the minister or priest stands

pulsate /pʌl'seɪt/ *verb* to move or vibrate with a strong, regular rhythm

pulse[1] /pʌls/ *noun* the regular movement of your heart and arteries, felt as a beat ♦ *verb* to pulsate

pulse[2] /pʌls/ *noun* **pulses** edible seeds such as beans, peas and lentils

pulverize or **pulverise** /'pʌlvəraɪz/ *verb* to make or crush into powder

puma /'pju:mə/ *noun* a wild animal of the cat family, that lives in America

pummel /'pʌməl/ *verb* to beat with the fists

pump /pʌmp/ *noun* **1** a device used for forcing water out of something **2** a device for forcing air into a tyre: *a bicycle pump* ♦ *verb* **1** to raise or force with a pump **2** to fill *eg* a tyre with air **3** (*informal*) to try to get information from

pumpkin /'pʌmpkɪn/ *noun* a large roundish, thick-skinned, fruit, with orange-coloured flesh

pumps /pʌmps/ *noun* (*plural*) canvas sports shoes with rubber soles [*same as* **plimsolls**]

pun /pʌn/ *noun* a type of joke using words which sound similar but have different meanings, *eg* 'two *pears* make a *pair*' [*same as* **play on words**]

punch[1] /pʌntʃ/ *verb* to hit with the fist ♦ *noun* **1** a blow with the fist **2** (*uncount*) impact, effectiveness

punch[2] /pʌntʃ/ *noun* a tool for making holes in paper ♦ *verb* to make a hole with a punch: *He punched our tickets.*

punch[3] /pʌntʃ/ *noun* (*uncount*) a drink made of spirits or wine, water, sugar and fruit juice

punchline /'pʌntʃlaɪn/ *noun* the last part of a joke that makes you laugh

punch-up /'pʌntʃʌp/ *noun* (*informal*) a fight

punctilious /pʌŋk'tɪlɪəs/ *adjective* (*formal*) very careful about carrying out duties correctly

punctual /'pʌŋktʃʊəl/ *adjective* always arriving in time for appointments — *noun* (*uncount*) **punctuality**

punctuate /'pʌŋktʃʊeɪt/ *verb* **1** to put punctuation marks in **2** to interrupt at intervals: *The silence was punctuated by occasional coughing.*

punctuation /ˌpʌŋktʃʊ'eɪʃən/ *noun* (*uncount*) the system of marks, such as *eg* full stops and commas, used in writing to make its meaning clear for the reader

punctuation mark /ˌpʌŋktʃʊ'eɪʃən mɑːk/ *noun* one of the symbols used in punctuating sentences, *eg* full stop or comma

puncture /'pʌŋktʃə(r)/ *noun* a small hole made with a sharp point ♦ *verb* to make a small hole in

pundit /'pʌndɪt/ *noun* an expert

pungent /'pʌndʒənt/ *adjective* **1** having a strong, often unpleasant, smell or taste **2** (*formal*) of a remark: sharply critical [*same as* **caustic**] — *noun* (*uncount*) **pungency**

punish /'pʌnɪʃ/ *verb* to force to suffer for a fault or crime

punishable /'pʌnɪʃəbəl/ *adjective* that people are punished for: *a punishable offence*

punishing /'pʌnɪʃɪŋ/ *adjective* of an activity: that makes you weak and exhausted

punishment /'pʌnɪʃmənt/ *noun* **1** (*uncount*) the act of punishing someone **2** any method, or instance, of punishing someone **3** rough physical treatment

punitive /'pju:nɪtɪv/ *adjective* inflicting punishment or suffering

punk /pʌŋk/ *noun* **1** (*uncount*) a type of loud, aggressive music, associated with the rebellious movement of the late 1970s **2** someone who follows this movement

punt /pʌnt/ *noun* a long flat-bottomed boat moved by pushing a pole against the bottom of a river

punter /'pʌntə(r)/ *noun* (*informal*) a customer, a client, an ordinary member of the public

puny /'pju:nɪ/ *adjective* small and weak

pup /pʌp/ *noun* **1** a young dog [*same as* **puppy**] **2** the young of *eg* a seal

pupil[1] /'pju:pɪl/ *noun* someone, especially a child, being taught

pupil[2] /'pju:pɪl/ *noun* the small round black opening in the middle of the eye

puppet /'pʌpət/ *noun* **1** a doll that is moved by strings **2** a doll that fits over the hand and is moved by the fingers **3** someone who acts in obedience to a more powerful person or authority

puppy /'pʌpɪ/ *noun* a young dog [*same as* **pup**]

purchase /'pɜːtʃəs/ (*formal*) *verb* to buy ♦ *noun* **1** something bought **2** (*uncount*) the act of buying — *noun* **purchaser**

pure /pjʊə(r)/ *adjective* **1** not mixed with anything else: *pure cotton* **2** clean, not containing anything harmful **3** utter, absolute, complete: *pure nonsense* **4** (*literary*) innocent, free from sin [*same as* **virtuous**] — *noun* (*uncount*) **purity**

purée /ˈpjʊəreɪ/ *noun* fruit or vegetables made into a smooth, thick liquid by mashing or blending ♦ *verb* to mash or blend into a purée

purely /ˈpjʊəli/ *adverb* wholly, entirely: *purely on merit*

purgatory /ˈpɜːɡətəri/ *noun* (*uncount*) **1** in the Roman Catholic Church, a place where souls are believed to be made pure before entering heaven **2** (*informal*) an experience that causes suffering or discomfort

purge /pɜːdʒ/ *verb* **1** to make clean, purify **2** to clear of anything unwanted: *purge the party of those who disagree* ♦ *noun*: *a total purge of communists*

purify /ˈpjʊərɪfaɪ/ *verb* to make pure by removing dirt and harmful substances — *noun* (*uncount*) **purification**

purist /ˈpjʊərɪst/ *noun* someone who insists on correctness in their particular field

puritan /ˈpjʊərɪtən/ *noun* someone who lives according to strict moral and religious principles and who thinks pleasure and luxury are wrong — *adjective* **puritanical**

purity /ˈpjʊərəti/ *noun* see **pure**

purl /pɜːl/ *noun* (*uncount*) one of the two basic stitches used in knitting

purple /ˈpɜːpəl/ *noun* a mixture of red and blue ♦ *adjective*: *a large purple bruise*

purport (*formal*) *verb* /pəˈpɔːt/ to claim ♦ *noun* /ˈpɜːpɔːt/ the general meaning or point of something [*same as* **significance**]

purpose /ˈpɜːpəs/ *noun* **1** aim, intention **2** use, function: *used for business purposes* ▶ *phrase* **on purpose** deliberately

purposeful /ˈpɜːpəsfʊl/ *adjective* full of determination — *adverb* **purposefully**

purposely /ˈpɜːpəsli/ *adverb* intentionally

purr /pɜː(r)/ *verb* of a cat: to make its typical low, murmuring sound ♦ *noun* the sound made by a contented cat

purse /pɜːs/ *noun* **1** a small bag for carrying money **2** (*AmE*) a handbag ♦ *verb* to close (the lips) tightly eg with disapproval

purser /ˈpɜːsə(r)/ *noun* the officer who looks after a ship's money

pursue /pəˈsjuː/ *verb* (*formal*) **1** to follow in order to catch **2** to act according to: *pursue a policy* **3** to work hard to achieve: *pursue a goal* **4** to take part in: *pursue an activity*

pursuit /pəˈsjuːt/ *noun* **1** the activity of chasing **2** an interest or leisure activity [*same as* **hobby**]

pus /pʌs/ *noun* (*uncount*) the thick, yellowish liquid that forms in infected wounds

push /pʊʃ/ *verb* **1** to apply pressure to, in order to move forward **2** to move someone away roughly: *Adam pushed past him, out of the kitchen door.* **3** to force **4** to forcefully encourage **5** to sell drugs illegally ♦ *noun* an act of pushing ▶ *phrases* **at a push** if absolutely necessary **get the push** (*informal*) to be dismissed from a job

push in (*informal*) to take someone else's place in a queue without permission
push off (*informal*) used to tell someone rudely to go away
push on to continue in a certain direction

pushchair /ˈpʊʃtʃeə(r)/ *noun* a small folding chair on wheels used for pushing a young child around

pushy /ˈpʊʃi/ *adjective* aggressively assertive

pushover /ˈpʊʃəʊvə(r)/ *noun* (*informal*) **1** a task that is easily accomplished or done **2** a person who can be easily persuaded or influenced

pussy /ˈpʊsi/ *noun* (*informal*) a cat

put /pʊt/ *verb* **puts**, **putting**, **put 1** to place, lay, set: *put the book on the table* **2** to apply or fix: *Put less paint on the brush.* **3** to bring to a certain position or state: *Put the light on.* ▫ *Put them in the right order.* **4** to express: *put feelings into words* ▶ *phrase* **put it to** to suggest to

put across to express
put away 1 to put in the usual place **2** to put in prison
put by to save for future use
put down 1 to place on the floor or on a table **2** to criticize and cause to feel stupid **3** to kill (an animal) because of illness
put in to apply: *put in for early retirement*
put off 1 to delay **2** to postpone **3** to cause to stop concentrating **4** to cause to dislike or not want: *You've put me off my dinner.*
put on 1 to dress yourself in **2** to gain eg weight **3** to deliberately behave unnaturally: *put on a foreign accent* **4** to start a record, CD or tape playing **5** to provide: *They're putting on extra trains.* **6** to switch on
put out 1 to put in a place ready for use **2** of a light: to switch off **3** of eg a fire: to stop it burning **4** to annoy: *He was particularly put out by the absence of a telephone.* **5 put yourself out** to do something for someone even though it causes you extra work
put through 1 to connect by telephone **2** to cause to suffer (an unpleasant experience)

put up 1 to build **2** to unfold and raise *eg* an umbrella **3** to attach to a wall or noticeboard **4** to give accommodation to in your house
put up with to accept or tolerate

put-down /'pʊtdaʊn/ *noun* (*informal*) a criticism that makes someone feel stupid

putrefy /'pju:trɪfaɪ/ *verb* to rot, decay

putrid /'pju:trɪd/ *adjective* rotten, having an offensive smell

putt /pʌt/ *verb* (*golf*) to hit the ball gently

putty /'pʌti/ *noun* (*uncount*) a paste used *eg* for fixing glass in window frames

puzzle /'pʌzəl/ *verb* **1** to present with a difficult problem or situation **2** to be difficult to understand **3** to try hard to understand: *He spent hours puzzling over a maths problem.* ♦ *noun* **1** a game or toy which gives you a problem to solve **2** a problem or situation that is hard to understand

puzzle out to understand or find an answer after thinking hard

pyjamas (*AmE* **pajamas**) /pə'dʒɑ:məz/ *noun* (*plural*) a loose jacket or top and loose trousers worn for sleeping in

pylon /'paɪlən/ *noun* a tall metal tower that supports electric power cables

pyramid /'pɪrəmɪd/ *noun* **1** a solid shape with flat sides which come to a point at the top **2** a building of this shape used as a tomb in ancient Egypt

python /'paɪθən/ *noun* a large non-poisonous snake that kills its prey by crushing it

Qq

Q or **q** /kju:/ *noun* the seventeenth letter of the English alphabet

quack[1] /kwak/ *verb* of a duck: to make its typical cry

quack[2] /kwak/ *noun* (*informal*) a name for *eg* a doctor who does not seem to have much knowledge or skill

quad /kwɒd/ *noun* (*informal*) a quadruplet

quadrangle /'kwɒdraŋgəl/ *noun* a yard surrounded by buildings, especially in a school or college

quadruped /'kwɒdrʊped/ *noun* (*formal*) any animal with four legs

quadruple /kwɒd'ru:pəl/ *verb* to be multiplied by four or become four times larger: *Profits are expected to quadruple.*

quadruplet /'kwɒdrʊplət/ *noun* one of four children born to the same mother at the same time

quail /kweɪl/ *verb* (*formal*) to move back in fear ♦ *noun* a small bird often shot for sport, and eaten as food

quaint /kweɪnt/ *adjective* pleasantly or amusingly odd and old-fashioned

quake /kweɪk/ *verb* to shake or tremble with fear ♦ *noun* (*informal*) an earthquake

qualification /kwɒlɪfɪ'keɪʃən/ *noun* **1** a recognized skill that makes someone suitable for a job **2** a comment that limits what has just been said

qualify /'kwɒlɪfaɪ/ *verb* **1** to pass a test **2** to be suitable for a job or task **3** to have a right to receive: *qualify for a travelling allowance*

quality /'kwɒlɪti/ *noun* **1** (*uncount*) how good something is **2** (*uncount*) high standard **3** a characteristic

qualm /kwɑ:m/ *noun* a doubt about whether something is morally right

quandary /'kwɒndəri/ *noun* a state of uncertainty about whether or not to do something: *in a quandary*

quantity /'kwɒntɪti/ *noun* an amount: *a large quantity of paper* ▶ *phrases* **an unknown quantity** someone or something whom you know very little about **in quantity** in large amounts

quarantine /'kwɒrənti:n/ *noun* (*uncount*) the isolation of people or animals who might be carrying an infectious disease ♦ *verb* to put in quarantine

quarrel /'kwɒrəl/ *noun* an angry disagreement or argument ♦ *verb* **1** to disagree or argue angrily **2** to find fault: *I would quarrel with the conclusions you have drawn.*

quarrelsome /'kwɒrəlsəm/ *adjective* inclined to quarrel

quarry /'kwɒri/ *noun* an area of land where stone or a mineral is dug up out of the ground

quart /kwɔːt/ *noun* a liquid measurement equal to two pints (1.1 litres)

quarter (often written ¼) /'kwɔːtə(r)/ *noun* **1** one of four equal parts of something **2** fifteen minutes before or after the hour **3** a period of three months **4** a district **5** **quarters** accommodation: *The army moved me temporarily to married quarters.* ▸ *phrase* **at close quarters** from a very close position

quarterly /'kwɔːtəlɪ/ *adjective or adverb* done, produced or happening once every three months

quartet /kwɔː'tɛt/ *noun* a group of four musicians, or a piece of music written for four musicians

quartz /kwɔːts/ *noun* (*uncount*) a crystal, found in rocks, widely used in electronic equipment

quash /kwɒʃ/ *verb* to state officially that a decision is no longer valid

quasi- /'kweɪzaɪ/ *prefix* 'nearly, but not quite': *quasi-experts*

quaver /'kweɪvə(r)/ *verb* of the voice: to shake or tremble with fear or sadness

quay /kiː/ *noun* a solid landing place for loading and unloading boats

queasy /'kwiːzɪ/ *adjective* nauseous, feeling sick

queen /kwiːn/ *noun* **1** a woman who is the official ruler of a country **2** the wife of a king **3** an egg-laying female bee, ant or wasp **4** the most powerful piece in chess **5** a high-value chess piece or playing-card

queer /kwɪə(r)/ *adjective* **1** odd, strange **2** slightly ill, faint or sick **3** (*offensive slang*) homosexual

quell /kwɛl/ *verb* **1** to put an end to, *eg* others' violent behaviour **2** to try hard not to express or feel

quench /kwɛntʃ/ *verb* to satisfy through eating or drinking

query /'kwɪərɪ/ *noun* a question or request for information ♦ *verb* to ask a question that expresses doubt

quest /kwɛst/ *noun* (*formal*) a long and difficult search

question /'kwɛstʃən/ *noun* **1** a request for information **2** doubt or uncertainty: *some question as to whether she is eligible* **3** a matter that needs to be discussed: *the question of safety* ♦ *verb* **1** to ask questions of **2** to express doubt about — *adjective* **questioning** ▸ *phrases* **beyond question** absolutely certain **no question of** no possibility of **out of the question** impossible

questionable /'kwɛstʃənəbəl/ *adjective* that may not be good, correct, proper or worthwhile

question mark /'kwɛstʃən mɑːk/ *noun* the symbol (?) placed after a question in writing

questionnaire /kwɛstʃə'nɛə(r)/ *noun* a written list of questions to be answered by several people

queue /kjuː/ *noun* a line of people or vehicles waiting for something ♦ *verb* to stand in, or form, a queue

quibble /'kwɪbəl/ *verb* to argue about or object to something unimportant

quiche /kiːʃ/ *noun* a savoury open pie, with a filling made from eggs and other chopped foods

quick /kwɪk/ *adjective* **1** performed with speed **2** taking only a short time **3** immediate — *adverb* **quickly**

quicken /'kwɪkən/ *verb* to move or happen more quickly than before

quicksand /'kwɪksand/ *noun* (*uncount*) loose, wet sand that sucks you down if you walk on it

quid /kwɪd/ *noun* (*BrE*; *informal*) a pound in money

quiet /'kwaɪət/ *adjective* **1** making little or no noise **2** calm: *a quiet life* ♦ *noun* (*uncount*) silence, or an absence of excitement and activity — *adverb* **quietly** ▸ *phrase* **on the quiet** in secret

quieten /'kwaɪətən/ *verb* to become calmer or less noisy

quilt /kwɪlt/ *noun* a bedcover filled with feathers or a similar material

quip /kwɪp/ *noun* a clever or amusing remark ♦ *verb*: to make a clever or amusing remark

quirk /kwɜːk/ *noun* an odd feature of someone's behaviour ▸ *phrase* **a quirk of fate** an unexpected coincidence

quit /kwɪt/ *verb*: **quits**, **quitting**, **quit 1** to leave: *She had quit the movie business for ever.* **2** to give up, stop: *I'm going to quit smoking*

quite /kwaɪt/ *adverb* **1** fairly, moderately: *quite good* **2** completely, entirely: *quite empty* [*same as* **absolutely**]

quits /kwɪts/ *adjective* (*informal*) a situation where neither of two people owes the other anything: *If you pay for the damage to my car, we'll call it quits.*

quiver /'kwɪvə(r)/ *verb* to tremble or shake

quiz /kwɪz/ *noun* a competition in which people are asked questions ♦ *verb* to ask questions, especially in a forceful way [*same as* **interrogate**]

quizzical /'kwɪzɪkəl/ *adjective* of a look: indicating that you don't understand

quorum /'kwɔːrəm/ *noun* the smallest number of people who must be present at a meeting before any official decisions can be taken

quota /'kwoʊtə/ *noun* a part or share to be given or received by each member of a group

quotation /kwoʊ'teɪʃən/ *noun* 1 something someone has written or said 2 a price stated before a service has been carried out

quotation marks /kwoʊ'teɪʃən mɑːks/ *noun* (*plural*) the punctuation marks (" " or ' '), used to show the beginning and end of speech

quote /kwoʊt/ *verb* 1 to repeat someone's exact words 2 to state a price for services before carrying them out ♦ *noun* 1 a quotation 2 **quotes** quotation marks

Rr

R or **r** /ɑː(r)/ *noun* the eighteenth letter of the English alphabet

rabbi /'rabaɪ/ *noun* a Jewish religious minister

rabbit /'rabɪt/ *noun* a small, long-eared, furry animal that lives in holes in the ground

rabble /'rabəl/ *noun* a disorderly, noisy crowd

rabies /'reɪbiːz/ *noun* (*uncount*) a disease transmitted by the bite of an infected animal, causing fear of water and madness

race[1] /reɪs/ *noun* a competition to find the fastest *eg* person, animal or vehicle ♦ *verb* 1 to take part in a race 2 to move fast

race[2] /reɪs/ *noun* a division of people according to physical features such as skin colour

racecourse /'reɪskɔːs/ *noun* a track that horses race on

racial /'reɪʃəl/ *adjective* relating to a person's race, or to different races of people — *adverb* **racially**

racialism /'reɪʃəlɪzm/ *noun* (*uncount*) racism

racism /'reɪsɪzm/ *noun* (*uncount*) dislike of people who are of a different race, or cruel or unfair treatment of them — *noun and adjective* **racist**: *racist abuse*

rack /rak/ *noun* a framework for holding or storing things ♦ *verb* (*literary*) to cause pain or suffering: *racked by guilt* ▶ *phrase* (*informal*) **rack your brains** to think hard about something

racket[1] or **racquet** /'rakɪt/ *noun* an oval frame with strings stretched across it, used for hitting the ball in *eg* tennis or squash

racket[2] /'rakɪt/ *noun* (*informal*) 1 a loud, confused noise or disturbance [*same as* **din**] 2 an illegal scheme for making money

racquet see **racket**[1]

racy /'reɪsɪ/ *adjective* lively, exciting, amusing and slightly shocking

radar /'reɪdɑː(r)/ *noun* (*uncount*) a system that uses radio waves to find the position of aircraft and ships

radiant /'reɪdɪənt/ *adjective* showing joy and happiness: *a radiant smile* — *noun* (*uncount*) **radiance**

radiate /'reɪdɪeɪt/ *verb* 1 to produce and send out rays of *eg* light and heat 2 to spread or send out from a centre 3 to show *eg* happiness

radiation /reɪdɪ'eɪʃən/ *noun* (*uncount*) radioactive energy, that can harm or kill people if they are exposed to it

radiator /'reɪdɪeɪtə(r)/ *noun* 1 a flat panel that releases heat into a room as part of a central heating system 2 the part of a car which cools the engine

radical /'radɪkəl/ *adjective* 1 relating to the basic nature or form of something [*same as* **fundamental**] 2 of a person: wanting to make big changes: *the radical wing of the party* [*same as* **extremist**] — *adverb* **radically** ♦ *noun*: *Most of my fellow students were ardent radicals.*

radio /'reɪdɪoʊ/ *noun*: **radios** 1 (*uncount*) a system of broadcasting sound by converting it into electrical signals that are sent through the air 2 an electrical device which receives, transmits or broadcasts radio signals ♦ *verb* to communicate by radio

radioactive /reɪdɪoʊˈɑktɪv/ *adjective* giving off a very powerful form of energy (**radioactivity**), that can be extremely harmful

radish /ˈradɪʃ/ *noun* a small rounded vegetable eaten raw in salads

radius /ˈreɪdɪəs/ *noun* **1** the distance from the centre to the outside edge of a circle **2** an area within a certain distance from a central point

raffle /ˈrafəl/ *noun* a competition in which numbered tickets are bought, one or more of which wins a prize [*same as* **lottery**] ♦ *verb* to offer as a prize in a raffle

raft /rɑːft/ *noun* a simple boat made by tying pieces of wood together

rafter /ˈrɑːftə(r)/ *noun* one of the sloping beams supporting a roof

rag /raɡ/ *noun* **1** an old piece of cloth used for cleaning **2 rags** dirty, old, torn clothes ▶ *phrase* (*informal*) **lose your rag** to lose your temper

rage /reɪdʒ/ *noun* **1** violent anger [*same as* **fury**] ♦ *verb*: *'Get out of here!', she raged.* ▶ *phrase* (*informal*) **all the rage** very fashionable or popular

ragged /ˈraɡɪd/ *adjective* **1** of clothes: old, worn and torn **2** rough and irregular

raid /reɪd/ *noun* **1** a sudden unexpected attack **2** a sudden unexpected visit by the police ♦ *verb*: *Uniformed officers raided the warehouse.* — *noun* **raider**

rail /reɪl/ *noun* **1** a horizontal bar for hanging things on **2 rails** the long steel bars forming the track that trains travel on **3** the railway: *I came here by rail.*

railings /ˈreɪlɪŋz/ *noun* a row of vertical metal bars that make up a fence

railway /ˈreɪlweɪ/ *noun* **1** a track for trains to travel on **2** a system of such tracks

rain /reɪn/ *noun* (*uncount*) water falling from the clouds in drops ♦ *verb* of rain: to pour or fall in drops: *I hope it doesn't rain tomorrow.*

raincoat /ˈreɪnkoʊt/ *noun* a light waterproof coat worn to keep out the rain

rainbow /ˈreɪnboʊ/ *noun* the coloured arch that appears in the sky when the sun is shining on rain

rainfall /ˈreɪnfɔːl/ *noun* (*uncount*) the amount of rain that falls in a certain time

rainforest /ˈreɪnfɒrɪst/ *noun* a dense tropical forest with lots of tall trees

rainy /ˈreɪnɪ/ *adjective* showery, wet: *a rainy day*

raise /reɪz/ *verb* **1** to lift up: *raise your hand* **2** to increase: *raise the price* **3** to mention (a subject) **4** to obtain (money) **5** to bring up (children) ♦ *noun* (*AmE*) an increase in wages or salary [*same as* **rise**]

raisin /ˈreɪzən/ *noun* a dried grape

rake /reɪk/ *noun* a garden tool consisting of a comb-like head attached to a long handle ♦ *verb*: *rake up leaves*

rake in (*informal*) to earn a lot of (money) **rake up** (*informal*) to talk about unpleasant things that people would prefer to forget: *rake up the past*

rally /ˈralɪ/ *noun* **1** a political mass meeting **2** a competition to test driving skills over an unknown route **3** in *eg* tennis, a long series of shots played before a point is won or lost ♦ *verb* to come together, *eg* to show support for something: *The club's supporters rallied to save it.* **3** to recover from an illness

RAM /ram/ *noun* (*computing*) random access memory

ram /ram/ *noun* a male sheep ♦ *verb* **1** to press or push hard **2** to crash into, especially deliberately

ramble /ˈrambəl/ *verb* to speak or write in an aimless or confused way — *adjective* **rambling** ♦ *noun* a long walk in the countryside, for pleasure — *noun* **rambler**

ramp /ramp/ *noun* a sloping surface between two different levels

rampage /ramˈpeɪdʒ/ *verb* to rush about wildly ▶ *phrase* **on the rampage** rushing about wildly

rampant /ˈrampənt/ *adjective* widespread and out of control

ramshackle /ˈramʃakəl/ *adjective* in very bad condition, with pieces falling off [*same as* **dilapidated**]

ran /ran/ *verb* the past tense of **run**

ranch /rɑːntʃ/ *noun* a large farm in North America for rearing cattle or horses

rancid /ˈransɪd/ *adjective* of butter: smelling or tasting sour

random /ˈrandəm/ *adjective* done without any aim or plan; chance: *a random sample* — *adverb* **randomly**

rang /raŋ/ *verb* the past tense of **ring**

range /reɪndʒ/ *noun* **1** a number of items or products forming a series or type **2** the maximum distance that something can reach **3** an area where you can practise shooting guns **4** a row of mountains ♦ *verb* to vary or change between stated limits: *We have jackets ranging from £35 to over £500.*

ranger /ˈreɪndʒə(r)/ *noun* someone whose job is looking after a forest or large park

rank[1] /raŋk/ *noun* **1** someone's position, grade or level **2 ranks** the lowest grades within an organization ♦ *verb* **1** to place in order **2** to have a place in an order: *Apes rank above dogs in intelligence.*

rank[2] /raŋk/ *adjective* **1** having a strong unpleasant smell **2** of something bad: extreme: *a case of rank disobedience*

rankle /'raŋkəl/ *verb* to cause lasting annoyance or bitterness

ransack /'ransak/ *verb* to search violently, damaging things

ransom /'ransəm/ *noun* money paid for the release of a kidnapped person ▸ *phrase* **hold someone to ransom 1** to keep as a prisoner until a ransom is paid **2** to force to do something, using threats

rant /rant/ *verb* to speak in a loud, angry way

rap /rap/ *noun* **1** a quick, sharp tap or blow **2** (*uncount*) a style of music accompanied by a rhythmic monologue ▸ *phrase* (*informal*) **take the rap** to take the blame and punishment for something

rape[1] /reɪp/ *noun* the crime of forcing someone to have sex against their will ♦ *verb*: *The victim had been badly beaten and raped.*

rape[2] /reɪp/ *noun* (*uncount*) a type of plant like a turnip with seeds that are used for oil

rapid /'rapɪd/ *adjective* very quick [*same as* **swift**; *opposite* **slow**] — *adverb* **rapidly** ♦ *noun* **rapids** part of a river where the water flows very quickly

rapist /'reɪpɪst/ *noun* someone who has commited rape

rapport /ra'pɔː(r)/ *noun* a good relationship, understanding

rapture /'raptʃərəs/ *adjective* (*literary*) great enthusiasm

rapturous /'raptʃərəs/ *adjective* (*literary*) experiencing or demonstrating rapture

rare[1] /reə(r)/ *adjective* not often done or found; interesting or valuable — *adverb* **rarely** (*used like a negative*)

rare[2] /reə(r)/ *adjective* of meat: cooked on the outside but still raw on the inside

raring /'reərɪŋ/ *adjective* **raring to go** full of energy or enthusiasm for some planned activity

rarity /'reərɪti/ *noun* **1** (*uncount*) the state of being rare **2** something uncommon

rascal /'rɑːskəl/ *noun* a badly behaved or cheeky child

rash[1] /raʃ/ *adjective* acting, or done, without careful consideration [*same as* **impulsive**] — *adverb* **rashly**

rash[2] /raʃ/ *noun* an area of redness or red spots on the skin

rasher /'raʃə(r)/ *noun* a thin slice of bacon

raspberry /'rɑːzbəri/ *noun* a type of red berry often used to make jam

rasping /'rɑːspɪŋ/ *adjective* harsh and high-pitched

rat /rat/ *noun* **1** a small furry animal like a large, long-tailed mouse **2** a person who has behaved dishonestly or disloyally

rate /reɪt/ *noun* **1** the frequency or speed with which something happens or is done: *a high rate of road accidents* **2** an amount of money paid, expressed as a percentage: *a high interest rate* **3** class: *a first-rate show* ♦ *verb* to consider to be of a certain value: *I don't rate his work very highly.* ▸ *phrase* **at any rate** in any case, anyway

rather /'rɑːðə(r)/ *adverb* **1** somewhat, fairly: *It's rather cold today.* **2** considerable; significant: *I've got rather a lot to do this evening.* **3** used to make a correction: *my parents, or rather my mother and stepfather* **4** more willingly: *I'd rather talk about it now than later* ▸ *phrases* **rather than** in contrast to, not **would rather** would prefer: *'Do you mind if I smoke?' 'Well I'd rather you didn't.'*

ratify /'ratɪfaɪ/ *verb* (*formal*) to give official agreement to, usually by signing — *noun* (*uncount*) **ratification**

ratio /'reɪʃioʊ/ *noun* the proportion of one thing to another: *a ratio of two parts flour to one of sugar*

ration /'raʃən/ *noun* **1** a limited amount of something you are allowed to have [*same as* **quota**] **2** the food a soldier is given for one day ♦ *verb* to allow only a certain amount to each

rational /'raʃənəl/ *adjective* **1** able to reason **2** sensible; based on reason: *rational arguments* [*same as* **balanced**, **reasonable**; *opposite* **irrational**] — *adverb* **rationally**

rationalize or **rationalise** /'raʃənəlaɪz/ *verb* **1** to find reasons that explain or justify **2** to make (an organization) more efficient by reorganizing, *eg* by sacking workers

rat race /'rat reɪs/ *noun* (*informal*) the fierce way in which people compete with each other for success and wealth

rattle /'ratəl/ *verb* **1** to make the sound of *eg* a loose door when the wind is blowing against it: *the coins rattled in the tin* **2** to cause to be anxious or nervous ♦ *noun* a baby's toy that makes a rattling noise

---

rattle off (*informal*) to do or say very quickly

ratty /'ratɪ/ *adjective* (*informal*) in a bad temper

raucous /'rɔːkəs/ *adjective* rough and harsh: *raucous laughter*

raunchy /'rɔːntʃɪ/ *adjective* (*informal*) having a strong sexual content

ravage /'ravɪdʒ/ *verb* to cause destruction or damage to ♦ *noun* (*literary*) **ravages** damage or destructive effects

rave /reɪv/ *verb* **1** (*informal*) to talk about with great enthusiasm **2** to talk wildly, as if mad [*same as* **rant**] ♦ *noun* (*informal*) a type of organized party held in a large building, where loud, repetitive music is played and recreational drugs taken

raven /'reɪvən/ *noun* a large black bird that belongs to the crow family

ravenous /'ravənəs/ *adjective* very hungry [*same as* **starving**]

ravine /rə'viːn/ *noun* a deep, narrow valley between hills

ravishing /'ravɪʃɪŋ/ *adjective* very beautiful or attractive

raw /rɔː/ *adjective* **1** not cooked **2** not prepared or refined, in its natural state: *raw cotton* **3** of weather: cold **4** sore ▶ *phrase* **a raw deal** unfair treatment

ray /reɪ/ *noun* **1** a beam of light **2** a small amount of *eg* hope

raze /reɪz/ *verb* (*literary*) to destroy, knock flat: *villages razed to the ground*

razor /'reɪzə(r)/ *noun* a sharp-edged instrument for shaving

re /riː/ *preposition* (*formal*) used especially in written communications to mean 'about' or 'concerning'

reach /riːtʃ/ *verb* **1** to arrive at: *We hoped to reach the island before nightfall.* **2** to be able to touch, get hold of: *I couldn't reach the top shelf.* **3** to extend: *The hem of the skirt reached just below the knee.* **4** to manage to contact by telephone ♦ *noun* **1** a distance that can be travelled easily: *within reach of home* **2** the distance someone can stretch their arm: *just out of my reach*

react /rɪ'akt/ *verb* **1** to act or behave in response to something done or said **2** to undergo a chemical change — *noun* **reaction**

reactionary /rɪ'akʃənrɪ/ *adjective* favouring a return to traditional methods [*same as* **conservative**] ♦ *noun*: *right-wing reactionaries*

read /riːd/ *verb* **reads**, **reading**, **read** /red/ **1** to look at (written words) and understand **2** to say aloud what is written or printed **3** to study (an academic subject) at university: *She read maths at Oxford.* ♦ *noun* ▶ *phrase* **a good read** an enjoyable book or story

---
read into to see extra meaning in
read up on to find out a lot about by reading

---

readable /'riːdəbəl/ *adjective* enjoyable or interesting to read

reader /'riːdə(r)/ *noun* a person who reads

readily /'redɪlɪ/ *adverb* **1** willingly and with little effort **2** quickly

readiness /'redɪnəs/ *noun* (*uncount*) **1** the state of being ready and prepared **2** willingness: *the readiness of the troops to fight*

ready /'redɪ/ *adjective* **1** prepared: *packed and ready to go* **2** willing: *always ready to help* **3** about to: *It's ready to flower.* ♦ *adverb* prepared or made in advance: *ready-cooked meals*

real /rɪəl/ *adjective* **1** actually existing, not imagined: *War is becoming a very real possibility.* **2** not imitation, genuine: *real leather* **3** true: *my real reason for leaving* ♦ *adverb* (*AmE*) 'really' or 'very': *We're real proud of you.* ▶ *phrase* (*informal*) **for real** actually happening, intentional, serious or genuine

realise see **realize**

realism /'rɪəlɪzm/ *noun* (*uncount*) the showing of things as they really are

realist /'rɪəlɪst/ *noun* someone who does not try to pretend that a situation is different from the way it really is

realistic /rɪə'lɪstɪk/ *adjective* **1** very similar to real life **2** dealing practically with a situation as it really is [*opposite* **idealistic**]

reality /rɪ'alɪtɪ/ *noun* real or true situations, especially those that are more unpleasant than people pretend: *We must face up to reality.*

realize or **realise** /'rɪəlaɪz/ *verb* **1** to come to understand, know: *I never realized you could sing.* **2** to make real, accomplish: *realize an ambition* [*same as* **fulfil**] — *noun* **realization**

really /'rɪəlɪ/ *adverb* **1** in fact: *That's not really what I meant.* **2** very: *a really enjoyable holiday* **3** much: *'Don't you think it's lovely?' 'Not really, no.'*

realm /relm/ *noun* **1** an area of activity or interest **2** (*literary*) a country or land

reappear /riːə'pɪə(r)/ *verb* to come back after being away

rear[1] /rɪə(r)/ *noun* **1** the back part **2** the buttocks, the part of your body that you sit on [*same as* **backside**]

rear² /rɪə(r)/ *verb* **1** to look after (children) until they are grown up **2** to breed (animals) **3** of an animal: to stand on its back legs ▶ *phrase* **bring up the rear** to come or be last in a series

rearrange /riːəˈreɪndʒ/ *verb* to change the position or order of

reason /ˈriːzən/ *noun* **1** cause, purpose or explanation: *What was his real reason for leaving?* **2** (*uncount*) the ability to think clearly, and form opinions and judgements ♦ *verb* to think carefully in the process of forming an opinion ▶ *phrases* **it stands to reason** it is to be expected **within reason** within sensible limits

> **reason with** to try to persuade by arguing

reasonable /ˈriːzənəbəl/ *adjective* **1** sensible, fair **2** of an amount: quite a lot: *a reasonable number of our customers* — *adverb* **reasonably**

reassurance /riːəˈʃʊərəns/ *noun* the act of saying reassuring things

reassure /riːəˈʃʊə(r)/ *verb* to say things to stop someone feeling worried or anxious

rebate /ˈriːbeɪt/ *noun* a part of a payment or tax which is given back to the payer

rebel *noun* /ˈrɛbəl/ **1** someone who opposes or fights against those in power **2** someone who refuses to accept normal rules and conventions ♦ *verb* /rɪˈbɛl/: *She's reached the age at which children begin to rebel.*

rebellion /rɪˈbɛljən/ *noun* an act of rebelling

rebellious /rɪˈbɛljəs/ *adjective* rebelling or tending to rebel

rebuke /rɪˈbjuːk/ *verb* to speak severely to someone who has done something wrong ♦ *noun*: *a fierce rebuke*

recall /rɪˈkɔːl/ *verb* **1** to ask to send back: *They've recalled all the bottles sent out yesterday.* **2** to remember: *I'm sorry, I don't recall your name.* ♦ *noun* the act of recalling or remembering

recap /riːˈkap/ *verb* to mention or state something again, to remind people of it [*same as* **review**]

recede /rɪˈsiːd/ *verb* **1** to move back **2** of a man's hair: to fall out gradually: *a receding hairline*

receipt /rɪˈsiːt/ *noun* **1** a piece of paper stating that money or goods have been received **2** the fact that you have received something

receive /rɪˈsiːv/ *verb* **1** to take or get something that is given or sent to you: *receive a gift* □ *receive a letter* **2** to react to what is done or said to you: *How did she receive the news?* **3** (*formal*) to meet and welcome: *receiving visitors*

receiver /rɪˈsiːvə(r)/ *noun* on a telephone, the part that you hold

recent /ˈriːsənt/ *adjective* that happened or was done a short time ago — *adverb* **recently**

receptacle /rɪˈsɛptɪkəl/ *noun* (*formal*) a container

reception /rɪˈsɛpʃən/ *noun* **1** (*uncount*) in eg a hotel, the place where guests are welcomed **2** a welcome: *a warm reception* **3** a formal party to welcome guests **4** (*uncount*) the quality of radio or television signals

receptionist /rɪˈsɛpʃənɪst/ *noun* someone employed in an office or hotel to answer the telephone and receive visitors

receptive /rɪˈsɛptɪv/ *adjective* willing to listen to and accept new ideas

recess *noun* **1** /ˈriːsɛs/ part of a room set back from the rest, an alcove **2 recesses** /ˈriːsɛsɪz/ inner, secret parts: *the dark recesses of her mind* **3** /rɪˈsɛs/ the time during which parliament or the law courts do not work

recession /rɪˈsɛʃən/ *noun* a temporary fall in a country's or world business activities

recipe /ˈrɛsɪpɪ/ *noun* a set of instructions on how to prepare and cook a particular kind of meal

recipient /rɪˈsɪpɪənt/ *noun* (*formal*) the person who receives something

reciprocal /rɪˈsɪprəkəl/ *adjective* both given and received: *reciprocal affection*

reciprocate /rɪˈsɪprəkeɪt/ *verb* (*formal*) to behave towards someone in the same way that they have behaved towards you

recital /rɪˈsaɪtəl/ *noun* a public performance of music, songs or poetry

recite /rɪˈsaɪt/ *verb* to say aloud from memory

reckless /ˈrɛkləs/ *adjective* not caring, about how dangerous your behaviour might be — *adverb* **recklessly** — *noun* **recklessness**

reckon /ˈrɛkən/ *verb* **1** to consider, believe **2** to calculate

> **reckon on** to expect
> **reckon up** to calculate a total
> **reckon with** to realize that something exists, take into consideration

reckoning /ˈrɛkənɪŋ/ *noun* a calculation

reclaim 303 red

reclaim /rɪ'kleɪm/ *verb* **1** (*formal*) to collect or take back **2** to make (land) suitable for use

recline /rɪ'klaɪn/ *verb* (*formal*) to sit or lie with your back at an angle

recluse /rɪ'kluːs/ *noun* someone who lives alone and avoids other people

recognition /ˌrekəg'nɪʃən/ *noun* (*uncount*) the act of recognizing

recognize or **recognise** /'rekəgnaɪz/ *verb* **1** to identify from a previous meeting or what you have been told **2** to admit, accept the truth of **3** to show appreciation of: *His courage has never been recognized.* [*same as* **acknowledge**]

recoil /rɪ'kɔɪl/ *verb* to move back in horror or fear

recollect /ˌrekə'lekt/ *verb* (*formal*) to remember [*same as* **recall**] — *noun* **recollection**

recommend /ˌrekə'mend/ *verb* **1** to urge, advise: *I recommend that you take a long holiday.* **2** to suggest — *noun* **recommendation**

reconcile /'rekənsaɪl/ *verb* **1 reconcile yourself to** to accept that you will have to deal with **2** to find a way of accepting opposing views **3 be reconciled with** to be friendly with someone again, after an argument

reconciliation /ˌrekənsɪlɪ'eɪʃən/ *noun* (*uncount*) the fact of being friendly with someone again, after an argument

reconstitute /riː'kɒnstɪtjuːt/ *verb* to put back into an original form

record *noun* /'rekɔːd/ **1** a permanent account of facts **2** a round flat piece of plastic that music and other sound is stored on **3** the best known performance: *John holds the school record for the mile.* **4** a description or list of a person's achievements ♦ *verb* /rɪ'kɔːd/ **1** to copy eg music onto a record or a tape **2** to write down for future reference ♦ *adjective* /'rekɔːd/ better or worse than ever before: *Inflation is at a record low.* ▶ *phrase* **for the record** officially, for public knowledge

recorder /rɪ'kɔːdə(r)/ *noun* **1** a simple musical wind instrument **2** a machine that records sound or pictures

recording /rɪ'kɔːdɪŋ/ *noun* a record, tape or video of recorded sounds or pictures

record-player /'rekɔːd pleɪə(r)/ *noun* an apparatus for playing records

recount /rɪ'kaʊnt/ *verb* (*formal*) to tell (a story)

re-count *verb* /riː'kaʊnt/ to count again eg votes in an election ♦ *noun* /'riːkaʊnt/: *There will have to be a re-count.*

recoup /rɪ'kuːp/ *verb* to get back money invested

recourse /rɪ'kɔːs/ *noun* (*formal*) ▶ *phrase* **have recourse to** to use, especially in an emergency

recover /rɪ'kʌvə(r)/ *verb* **1** to become well again after an illness **2** to gain possession of again — *adjective* **recoverable**: *This money is recoverable by law.* — *noun* **recovery**: *We expect most of the patients to make a full recovery.*

recreate /riːkrɪ'eɪt/ *verb* to describe or create again, so that others can experience it: *recreate the atmosphere of wartime London*

recreation /ˌrekrɪ'eɪʃən/ *noun* (*uncount*) enjoyable things you do in your spare time — *adjective* **recreational**

recrimination /rɪˌkrɪmɪ'neɪʃən/ *noun* (*uncount or count*) accusations that people make about each other: *The negotiations quickly descended into exchanges of recriminations.*

recruit /rɪ'kruːt/ *verb* **1** to persuade to help **2** to take on new employees ♦ *noun* someone who has recently joined an organization

recruitment /rɪ'kruːtmənt/ *noun* (*uncount*) the activity of attracting people to become members of organizations

rectangle /'rektæŋgəl/ *noun* a four-sided shape with opposite sides of equal length and four right angles — *adjective* **rectangular**

rectify /'rektɪfaɪ/ *verb* to put right [*same as* **amend**]

rector /'rektə(r)/ *noun* a priest in the Church of England

rectory /'rektərɪ/ *noun* the house that a priest lives in

recuperate /rɪ'kuːpəreɪt/ *verb* (*formal*) to become well again after being ill — *noun* (*uncount*) **recuperation**

recur /rɪ'kɜː(r)/ *verb* to happen again

recurrence /rɪ'kʌrəns/ *noun* (*formal*) the process of recurring

recurrent /rɪ'kʌrənt/ *adjective* (*formal*) happening or appearing many times

recycle /riː'saɪkəl/ *verb* to process and make into something that can be used again

red /red/ *noun* the colour of blood, or any shade of this colour ♦ *adjective* **1** of the colour of blood **2** of hair: an orange-brown colour ▶ *phrase* **in the red** owing the bank money

redden /ˈrɛdən/ *verb* to make or become red

redeem /rɪˈdiːm/ *verb* **1** to buy back **2** to make (something unpleasant) less bad — *adjective* **redeeming**: *redeeming features*

red-handed /rɛdˈhandɪd/ *adjective* in the act of doing wrong: *caught red-handed*

red herring /rɛd ˈhɛrɪŋ/ *noun* something that is intended to give people the wrong impression

redress /rɪˈdrɛs/ *noun* (*uncount; formal*) something done or given to make up for a loss; compensation ♦ *verb* (*formal*) to set right, make fair or equal

red tape /rɛd ˈteɪp/ *noun* (*uncount*) unnecessary and troublesome rules about how things are to be done

reduce /rɪˈdjuːs/ *verb* **1** to make smaller **2** to bring to, by force of circumstance: *reduced to begging in the streets*

reduction /rɪˈdʌkʃən/ *noun* an act of reducing; the state of being reduced

redundancy /rɪˈdʌndənsɪ/ *noun* **1** the state of no longer having a job **2** a dismissal on economic grounds

redundant /rɪˈdʌndənt/ *adjective* **1** of a worker: no longer needed **2** no longer useful or needed

reed /riːd/ *noun* **1** a tall stiff grass that grows near water **2** part of the mouthpiece of certain wind instruments

reef /riːf/ *noun* a line of rocks lying at or near the surface of the sea

reek /riːk/ *verb* to have a strong, unpleasant smell [*same as* **stink**] ♦ *noun* a strong, unpleasant smell [*same as* **stench**]

reel /rɪəl/ *noun* **1** a cylinder that a long strip of *eg* fishing line or cinema film, is wrapped around **2** a fast folk dance ♦ *verb* **1** to turn round and round: *My mind was reeling.* **2** to walk unsteadily

reel off to say quickly without having to think

refectory /rɪˈfɛktərɪ/ *noun* a large dining hall, especially one in a college or university

refer /rɪˈfɜː(r)/ *verb* **refer to 1** to mention **2** to call by a particular name **3** to turn to for information: *I need to refer to my notes.* **4** to direct to for information: *He referred me to a specialist.*

referee /rɛfəˈriː/ *noun* **1** a judge in a sports match **2** a person who provides a report on someone's character and work record

reference /ˈrɛfərəns/ *noun* **1** (*uncount*) the act of referring **2** (*uncount*) a mention **3** a written report on a person's character, talents and abilities ▶ *phrases* **in reference to** or **with reference to** used when referring to something in a formal letter

referendum /rɛfəˈrɛndəm/ *noun*: **referendums** or **referenda** /rɛfəˈrɛndə/ a vote given by the people of a country about what the government is proposing to do

refined /rɪˈfaɪnd/ *adjective* **1** in a pure state **2** polite in a rather formal way

refinement /rɪˈfaɪnmənt/ *noun* a slight change that you make in order to improve something

refinery /rɪˈfaɪnərɪ/ *noun* a place where materials such as sugar and oil are refined

reflect /rɪˈflɛkt/ *verb* **1** to throw back light or heat: *reflecting the sun's heat* **2** to give an image of: *reflected in the mirror* **3** to express or demonstrate: *Rising prices reflect the increase in demand for these goods.* **4** to think about carefully — *noun* (*count or uncount*) **reflection**

reflective /rɪˈflɛktɪv/ *adjective* (*formal*) thinking deeply [*same as* **pensive**]

reflector /rɪˈflɛktə(r)/ *noun* something that throws back light

reflex /ˈriːflɛks/ *noun* **1** an automatic response to something **2 reflexes** your ability to react immediately to something sudden and unexpected

reflexive pronoun /rɪflɛksɪv ˈprəʊnaʊn/ *noun* (*grammar*) a pronoun used as the object of a verb when the subject of the sentence is the same person or thing

reform /rɪˈfɔːm/ *verb* **1** to make major changes to improve **2** to give up bad habits or crime ♦ *noun*: *important legal reforms*

refrain¹ /rɪˈfreɪn/ *verb* (*formal*) to keep yourself from doing: *Please refrain from smoking.*

refrain² /rɪˈfreɪn/ *noun* (*usually in the singular*) the chorus of a song

refresh /rɪˈfrɛʃ/ *verb* to give new energy or strength to ▶ *phrase* **refresh your memory** to remind yourself of something by going over the facts again

refreshing /rɪˈfrɛʃɪŋ/ *adjective* **1** bringing back energy and strength **2** pleasantly different

refreshments /rɪˈfrɛʃmənts/ *noun* (*plural*) drinks and snacks

refrigerator /rɪˈfrɪdʒəreɪtə(r)/ *noun* an electrical kitchen device that you put food in to keep it cool and fresh [*same as* **fridge**]

refuge /ˈrɛfjuːdʒ/ *noun* a place of safety ▶ *phrase* **take refuge** to protect yourself from something harmful or unpleasant

refugee /rɛfjʊˈdʒiː/ *noun* a person who comes to a foreign country for protection

refund *noun* /ˈriːfʌnd/ a payment of money returned ♦ *verb* /riːˈfʌnd/ to pay back

refusal see **refuse**[1]

refuse[1] /rɪˈfjuːz/ *verb* **1** to say that you will not do something asked of you **2** to not accept an invitation **3** to withhold permission — *noun* (*count or uncount*) **refusal**

refuse[2] /ˈrɛfjuːs/ *noun* (*uncount*) waste or rubbish, things people throw away

regard /rɪˈɡɑːd/ *verb* **1** to look on, consider: *My mother still regards me as a child.* **2** to respect: *She used to be quite highly regarded as a writer.* ♦ *noun* **1** respect **2 regards** good wishes ▶ *phrases* **with regard to** or **in regard to** concerning

regarding /rɪˈɡɑːdɪŋ/ *preposition* concerning, to do with

regardless /rɪˈɡɑːdləs/ *adjective or adverb* not thinking or caring about costs, problems or dangers; in spite of everything: *carry on regardless*

regime or **régime** /reɪˈʒiːm/ *noun* **1** a system of government **2** a routine [*same as* **routine**]

regimented /ˈrɛdʒɪmɛntɪd/ *adjective* organized very, or too, strictly

region /ˈriːdʒən/ *noun* an area, a district ▶ *phrase* **in the region of** approximately, about: *in the region of £10*

regional /ˈriːdʒənəl/ *adjective* relating to a region

register /ˈrɛdʒɪstə(r)/ *noun* a written list or record of *eg* people's names ♦ *verb* **1** to record a name in a register **2** to show, record: *the lowest registered temperature*

registration /rɛdʒɪˈstreɪʃən/ *noun* (*uncount*) the act or process of recording something on an official list

registry /ˈrɛdʒɪstri/ *noun* a place where official records are kept

registry office /ˈrɛdʒɪstri ɒfɪs/ *noun* a place where official records in a town or district are kept, and where people can get married

regret /rɪˈɡrɛt/ *verb* **1** to wish you had not done something: *Do you regret leaving school so young?* **2** used as a formal way of saying sorry: *I regret that I will be unable to attend your wedding.* ♦ *noun*: *Do you have any regrets?* □ *Peter was not able to come, and sends his regrets.* — *adjective* **regretful**

regrettable /rɪˈɡrɛtəbəl/ *adjective* that you wish had not happened [*same as* **unfortunate**] — *adverb* **regrettably**

regular /ˈrɛɡjʊlə(r)/ *adjective* **1** often done, or always happening at the same time **2** (*especially AmE*) usual or normal: *My regular dentist was away on holiday.* **3** of ordinary size **4** arranged according to a fixed pattern; even: *regular teeth* ♦ *noun* someone who regularly goes to the same *eg* pub or shop — *noun* **regularity** — *adverb* **regularly**

regulate /ˈrɛɡjʊleɪt/ *verb* **1** to adjust the way *eg* a machine works **2** to control by rules

regulation /rɛɡjʊˈleɪʃən/ *noun* a rule or law

rehabilitation /riːhəbɪlɪˈteɪʃən/ *noun* (*uncount*) the process of training someone to live a normal life

rehearsal /rɪˈhɜːsəl/ *noun* a practice of something that is to be performed in public, such as a play

rehearse /rɪˈhɜːs/ *verb* **1** to practise before performing **2** to prepare yourself by repeating words in the mind

reign /reɪn/ *verb* **1** to rule **2** to prevail: *Silence reigned at last.* ♦ *noun*: *the reign of James I*

reimburse /riːɪmˈbɜːs/ *verb* to pay back an amount of money

rein /reɪn/ *noun* one of two straps attached to a horse's head for guiding it ▶ *phrases* **give a free rein to** to give total freedom to **keep a tight rein on** to control strictly

reincarnation /riːɪŋkɑːˈneɪʃən/ *noun* (*uncount*) the idea that the soul of a dead person is born again

reindeer /ˈreɪndɪə(r)/ *noun*: **reindeer** or **reindeers** a large deer that lives in northern countries

reinforce /riːɪnˈfɔːs/ *verb* to strengthen — *noun* **reinforcement**

reinstate /riːɪnˈsteɪt/ *verb* to put back in a former position

reiterate /riːˈɪtəreɪt/ *verb* to repeat several times

reject *verb* /rɪˈdʒɛkt/ **1** to refuse to accept **2** to throw away — *noun* (*count or uncount*) **rejection** ♦ *noun* /ˈriːdʒɛkt/ a product that has been thrown away or refused

rejoice /rɪˈdʒɔɪs/ *verb* (*literary*) to feel or show great happiness

relapse *noun* /ˈriːlaps/ or /rɪˈlaps/ a case of becoming ill again after an apparent recovery ♦ *verb* /rɪ'laps/ to return to a previous undesirable state

relate /rɪ'leɪt/ *verb* 1 to be connected: *Your question relates back to what we were discussing last week.* 2 **relate to** to understand the feelings of 3 to tell a story

related /rɪ'leɪtɪd/ *adjective* 1 of the same family: *Are you two related?* 2 connected

relation /rɪ'leɪʃən/ *noun* 1 a connection 2 someone who belongs to your family 3 **relations** relationship

relationship /rɪ'leɪʃənʃɪp/ *noun* 1 a connection between things or people 2 the way in which people work together 3 an emotional or sexual partnership or affair

relative /'rɛlətɪv/ *noun* someone who belongs to your family ♦ *adjective* 1 used in comparisons: *the relative speeds of a car and a train* 2 (*grammar*) of a pronoun: introducing a clause that gives more information

relatively /'rɛlətɪvlɪ/ *adverb* 'fairly', 'quite' or 'to some extent': *relatively happy*

relax /rɪ'laks/ *verb* 1 to become less nervous, worried or tense 2 to have a rest 3 to make *eg* rules less severe

relaxation /ri:lak'seɪʃən/ *noun* (*uncount*) rest from work or things that worry or trouble you

relay *noun* /'ri:leɪ/ **relay race** a race between teams of people ♦ *verb* /rɪ'leɪ/ (*formal*) of information that you have been told: to tell to someone else

release /rɪ'li:s/ *verb* 1 to set free; let go 2 to make available to the public ♦ *noun*: *Death came as a welcome release from years of pain.*

relegate /'rɛlɪgeɪt/ *verb* to move down to a lower grade or status

relent /rɪ'lɛnt/ *verb* to treat less severely; give in

relentless /rɪ'lɛntləs/ *adjective* continuing without stopping, or without becoming weaker

relevant /'rɛləvənt/ *adjective* directly connected with what is being discussed [*opposite* **irrelevant**] — *noun* (*uncount*) **relevance**

reliable /rɪ'laɪəbəl/ *adjective* able to be trusted or counted on

reliant /rɪ'laɪənt/ *adjective* needing or depending on [*same as* **dependent**] — *noun* (*uncount*) **reliance**

relic /'rɛlɪk/ *noun* an object from a past period in history

relief /rɪ'li:f/ *noun* 1 a lessening of pain or anxiety 2 release from a post or duty 3 help given to those in need: *famine relief*

relieve /rɪ'li:v/ *verb* 1 to lessen (pain or anxiety) 2 (*formal*) to take over, help: *I offered to relieve her of the heavy bag.*

religion /rɪ'lɪdʒən/ *noun* belief in, or the worship of, a god or gods

religious /rɪ'lɪdʒəs/ *adjective* 1 relating to religion: *religious beliefs* 2 following a particular religion very strictly

relinquish /rɪ'lɪŋkwɪʃ/ *verb* (*formal*) to give up: *relinquish control* [*same as* **renounce**]

relish /'rɛlɪʃ/ *verb* 1 to enjoy 2 to like the thought of: *I didn't relish the idea of travelling all that distance by bus.* ♦ *noun* (*uncount*) a sharp-tasting sauce that you eat with cold foods

reluctant /rɪ'lʌktənt/ *adjective* unwilling [*opposite* **willing**] — *noun* (*uncount*) **reluctance** — *adverb* **reluctantly**

rely /rɪ'laɪ/ *verb* to have full trust in, depend on: *The church relies heavily on money donated by it members.* [*same as* **depend**]

remain /rɪ'meɪn/ *verb* 1 to stay, not leave 2 to be left: *Only two tins of soup remained.* 3 to still be: *The problem remains unsolved.*

remainder /rɪ'meɪndə(r)/ *noun* the part or the amount left after the rest has been removed

remains /rɪ'meɪnz/ *noun* (*plural*) 1 parts left after other parts have been taken away 2 a dead body

remake /'ri:meɪk/ *noun* a new version of an old film

remand /rɪ'ma:nd/ *verb* to send back to prison from a court, to be tried later ▶ *phrase* **on remand** having been remanded

remark /rɪ'ma:k/ *noun* something you say ♦ *verb* to comment

remarkable /rɪ'ma:kəbəl/ *adjective* extreme, exceptional or impressive — *adverb* **remarkably**

remedy /'rɛmədɪ/ *noun* 1 a drug or other treatment that cures 2 something that solves a problem ♦ *verb* to correct or put right

remember /rɪ'mɛmbə(r)/ *verb* 1 to keep in the mind 2 to recall after having forgotten [*opposite* **forget**] 3 to send your best wishes: *Remember me to your mother.*

remembrance /rɪ'mɛmbrəns/ *noun* (*uncount*) ▶ *phrase* **in remembrance** as a way of showing that people still think about (a dead person)

remind /rɪ'maɪnd/ verb **1** to do or say something that makes someone remember something: *Remind me to post that letter.* **2** to cause to think about because of some similarity: *She reminds me of her sister.*

reminder /rɪ'maɪndə(r)/ noun a note reminding someone to do something

reminisce /rɛmɪ'nɪs/ verb to think and talk about things you remember from the past

reminiscence /rɛmɪ'nɪsəns/ noun **reminiscences** experiences that you think, talk or write about

reminiscent /rɛmɪ'nɪsənt/ adjective similar to, reminding of

remnant /'rɛmnənt/ noun a small piece or amount left over

remorse /rɪ'mɔːs/ noun (uncount) regret about something done in the past

remote /rɪ'məʊt/ adjective **1** far away in time or place **2** slight: *a remote chance* **3** unfriendly — noun (uncount) **remoteness**

remotely /rɪ'məʊtlɪ/ adverb used with a negative for emphasis: *He wasn't remotely interested.*

removal /rɪ'muːvəl/ noun **1** the act of removing **2** the act of moving furniture to a new home

remove /rɪ'muːv/ verb **1** to take away or off **2** to get rid of

renaissance /rɪ'neɪsəns/ or /rɪ'neɪsɒns/ noun (formal) a period of cultural revival and growth

render /'rɛndə(r)/ verb (formal) to cause to be: *He was rendered unconscious by a blow on the back of the neck.* [same as **make**]

rendering /'rɛndərɪŋ/ noun (formal) a performance

rendezvous /'rɒndeɪvuː/ or /'rɒndɪvuː/ noun: **rendezvous** /'rɒndeɪvuːz/ **1** a private or secret meeting **2** the place where such a meeting takes place

renew /rɪ'njuː/ verb **1** to make *eg* a licence valid for a further period of time **2** to begin again — noun (uncount) **renewal**

renounce /rɪ'naʊns/ verb (formal) to give up publicly or formally

renovate /'rɛnəveɪt/ verb to repair, restore to good condition — noun (uncount) **renovation**

renowned /rɪ'naʊnd/ adjective famous

rent /rɛnt/ noun (uncount) money you pay for the use of property or land ♦ verb to pay rent

rent out to allow others to use in return for payment

rental /'rɛntəl/ noun the act or practice of renting things out **2** the amount of rent paid

renunciation /rɪnʌnsɪ'eɪʃən/ noun (uncount; formal) the act of renouncing: *renunciation of trade links with Japan*

reorganize /rɪ'ɔːgənaɪz/ verb to organize in a new and better way — noun **reorganization**

repair /rɪ'pɛə(r)/ verb **1** to put back into good working condition **2** to do something to make better a wrong that has been done ♦ noun **repairs** the act or result of repairing ▶ phrases **in bad repair** in poor condition **in good repair** in good condition

repartee /rɛpɑː'tiː/ noun (uncount) conversation in which people rapidly exchange clever or humorous comments

repay /rɪ'peɪ/ verb: **repays, repaying, repaid 1** to pay back **2** to give or do something in return: *How can we ever repay his kindness?*

repayment /rɪ'peɪmənt/ noun an amount of money paid back at fixed intervals

repeat /rɪ'piːt/ verb **1** to say or do again **2** to say what someone has told you: *Don't repeat that story in front of the children.* ♦ noun something repeated, especially a television or radio programme

repeated /rɪ'piːtɪd/ adjective done or said again or several times — adverb **repeatedly**

repel /rɪ'pɛl/ verb to disgust

repellent /rɪ'pɛlənt/ noun (uncount) a substance used to keep something away ♦ adjective (formal) disgusting

repercussion /riːpə'kʌʃən/ noun an effect of something that has happened

repertoire /'rɛpətwɑː(r)/ noun the range of works a performer knows and can perform

repetition /rɛpə'tɪʃən/ noun (uncount) the act of repeating or being repeated

repetitive /rɪ'pɛtɪtɪv/ adjective boring, predictable [same as **monotonous**]

replace /rɪ'pleɪs/ verb **1** to put back in a previous position **2** to put in or take the place of another

replacement /rɪ'pleɪsmənt/ noun **1** a person or thing that replaces another **2** replacing one person or thing with another

replenish /rɪ'plɛnɪʃ/ verb (formal) of a supply: to refill

replica /'rɛplɪkə/ noun a model or copy of something

reply /rɪ'plaɪ/ verb to answer ♦ noun an answer: *In your reply to my last letter, you mentioned a possible meeting.*

report /rɪˈpɔːt/ *noun* a written account of something, for example a pupil's progress at school, or a firm's business dealings in a particular year ♦ *verb* **1** to pass on news **2** to make an official complaint to a person in authority **3** to go to a place that you have been told to go to

reporter /rɪˈpɔːtə(r)/ *noun* a news journalist

repose /rɪˈpoʊz/ *noun* (*uncount; literary*) sleep, rest

repossess /riːpəˈzɛs/ *verb* to take back eg goods or property, especially because of non-payment

reprehensible /rɛprɪˈhɛnsəbəl/ *adjective* (*formal*) deserving disapproval, morally wrong

represent /rɛprɪˈzɛnt/ *verb* **1** to stand for, be a symbol of: *Each letter represents a sound.* **2** to speak or act on behalf of **3** to consist of, or be a result of: *This book represents years of research on the subject.*

representation /rɛprɪzɛnˈteɪʃən/ *noun* (*formal*) an image, a picture

representative /rɛprɪˈzɛntətɪv/ *adjective* typical, characteristic ♦ *noun* someone who acts or speaks on behalf of others

repressed /rɪˈprɛst/ *adjective* hiding or denying natural feelings: *sexually repressed*

repression /rɪˈprɛʃən/ *noun* (*uncount*) **1** the strict control of people **2** the way that some people hide or deny their natural feelings

repressive /rɪˈprɛsɪv/ *adjective* of eg a government: severe; harsh [*same as* **dictatorial**]

reprieve /rɪˈpriːv/ *verb* to delay or cancel punishment ♦ *noun*: *It earned us a reprieve of a few weeks.*

reprimand /ˈrɛprɪmɑːnd/ *verb* to tell someone, especially formally, that they should not have done something ♦ *noun*: *given a severe reprimand from the manager*

reproach /rɪˈproʊtʃ/ *verb* to tell someone that you disapprove of their actions [*same as* **criticize**] ♦ *noun* (*uncount; formal*) a look of reproach — *adjective* **reproachful**

reproduce /riːprəˈdjuːs/ *verb* **1** to make or produce again, or to copy **2** to produce babies

reproduction /riːprəˈdʌkʃən/ *noun* **1** a copy of something, especially a work of art **2** the process in which people, animals and plants produce others like themselves

reptile /ˈrɛptaɪl/ *noun* an animal such as a snake or a lizard

republic /rɪˈpʌblɪk/ *noun* a country with no king or queen, ruled by an elected government

repugnant /rɪˈpʌɡnənt/ *adjective* disgusting or extremely unpleasant [*same as* **abhorrent**]

repulsive /rɪˈpʌlsɪv/ *adjective* disgusting

reputable /ˈrɛpjʊtəbəl/ *adjective* having a good reputation

reputation /rɛpjʊˈteɪʃən/ *noun* the opinion that people generally have of something

reputed /rɪˈpjuːtɪd/ *adjective* generally considered, thought: *reputed to be earning over £500 000 a year* — *adverb* **reputedly**

request /rɪˈkwɛst/ *verb* to ask for ♦ *noun*: *We've received an urgent request for more money.* ▶ *phrase* **on request** when people ask for it

require /rɪˈkwaɪə(r)/ *verb* (*formal*) **1** to need **2** to demand, order: *We require you to be in the office by 8 o'clock*

requirement /rɪˈkwaɪəmənt/ *noun* something needed or asked for: *Let me know your requirements and I'll be happy to oblige.*

rescue /ˈrɛskjuː/ *verb* to save from danger ♦ *noun*: *a mountain rescue* — *noun* **rescuer**

research *noun* /rɪˈsɜːtʃ/ or /ˈriːsɜːtʃ/ (*uncount*) careful scientific study carried out to try to find out new facts: *cancer research* ♦ *verb* /rɪˈsɜːtʃ/: *The subject was not properly researched.*

resemblance /rɪˈzɛmbləns/ *noun* a similarity

resemble /rɪˈzɛmbəl/ *verb* to be similar to

resent /rɪˈzɛnt/ *verb* to feel angry or bitter about — *adjective* **resentful** — *noun* (*uncount*) **resentment**

reservation /rɛzəˈveɪʃən/ *noun* **1** the act of reserving, booking **2** a doubt: *I had reservations about his appointment*

reserve /rɪˈzɜːv/ *verb* to arrange for something to be set aside for future use: *I'd like to reserve a table for four, please.* ♦ *noun* **1** a supply of something set aside for future use **2** an area of land set aside for a particular purpose **3** shyness

reserved /rɪˈzɜːvd/ *adjective* shy, reluctant to speak openly

reservoir /ˈrɛzəvwɑː(r)/ *noun* an artificial lake where water is collected and stored

reside /rɪˈzaɪd/ *verb* (*formal*) **1** to live in: *Do you reside at 34 Ripon Court?* **2** of authority or power: to be placed: *The real political weight resides in the President.*

residence /ˈrɛzɪdəns/ *noun* (*formal*) the building where someone lives: *the Queen's official residence*

resident /ˈrɛzɪdənt/ *noun* someone who lives in a particular place: *a resident of Dublin* ♦ *adjective* **1** living in a place **2** living in a place of work: *a resident caretaker*

residential /rɛzɪˈdɛnʃəl/ *adjective* **1** of an area: containing houses rather than shops and offices **2** providing accommodation: *a residential course*

residue /ˈrɛzɪdjuː/ *noun* (*formal*) an amount left after the rest has gone or been used up

resign /rɪˈzaɪn/ *verb* to give up eg a job, position ▸ *phrase* **resign yourself to** to accept patiently and calmly — *adjective* **resigned**

resignation /rɛzɪgˈneɪʃən/ *noun* **1** the act of resigning from your job **2** the fact of accepting that you will have to deal with something unpleasant

resilient /rɪˈzɪliənt/ *adjective* able to survive harsh or damaging treatment

resin /ˈrɛzɪn/ *noun* (*uncount*) a sticky substance produced by certain plants

resist /rɪˈzɪst/ *verb* **1** to oppose and try to stop **2** to manage to stop yourself from doing something: *He just can't resist chocolate.* — *noun* (*uncount*) **resistance** — *adjective* **resistant**

resolute /ˈrɛzəluːt/ *adjective* (*formal*) determined

resolution /rɛzəˈluːʃən/ *noun* **1** a firm decision **2** a formal or official decision **3** (*uncount*; *formal*) the act of solving a problem **4** (*uncount*) the quality of being resolute

resolve /rɪˈzɒlv/ *verb* **1** to decide firmly **2** (*formal*) to solve ♦ *noun* (*uncount*; *formal*) great determination

resort /rɪˈzɔːt/ *verb* to do only because other methods or approaches have failed: *resort to violence* ♦ *noun* a place where many people go for their holidays ▸ *phrase* **as a last resort** because all other methods have failed

resounding /rɪˈzaʊndɪŋ/ *adjective* of a success: complete or thorough

resource /rɪˈzɔːs/ or /ˈriːsɔːs/ *noun* **resources** substances or qualities that you are able to use

resourceful /rɪˈzɔːsfəl/ or /rɪˈsɔːsfəl/ *adjective* good at finding ways of solving things

respect /rɪˈspɛkt/ *noun* **1** recognition that someone deserves to be admired or obeyed **2** a detail, a way: *alike in some respects* ♦ *verb*: **1** to feel a high regard for **2** to treat with consideration: *respect his wishes* ▸ *phrase* **with respect to** with reference to

respectable /rɪˈspɛktəbəl/ *adjective* **1** decent, honest **2** that most people approve of **3** considerable, fairly good: *a respectable score*

respectful /rɪˈspɛktfəl/ *adjective* showing respect

respective /rɪˈspɛktɪv/ *adjective* belonging to or relating to each person or thing mentioned: *My brother and his friends went to their respective homes.* — *adverb* **respectively**

respiration /rɛspəˈreɪʃən/ *noun* (*uncount*; *technical*) breathing

respite /ˈrɛspaɪt/ or /ˈrɛspɪt/ *noun* (*uncount*; *formal*) rest or relief

resplendent /rɪˈsplɛndənt/ *adjective* (*literary*) looking very smart and well-dressed

respond /rɪˈspɒnd/ *verb* to say or do something as an answer

response /rɪˈspɒns/ *noun* (*count or uncount*) something you say or do as an answer

responsibility /rɪspɒnsɪˈbɪlɪtɪ/ *noun* **1** the state of having important duties **2** a duty **3** fault or blame: *accept responsibility*

responsible /rɪˈspɒnsəbəl/ *adjective* **1** expected to deal with or take care of: *responsible for distributing the mail* **2** to blame: *If it fails, they'll hold you personally responsible.* **3** involving making important decisions: *a responsible post* **4** trustworthy — *adverb* **responsibly**

responsive /rɪˈspɒnsɪv/ *adjective* reacting quickly and with great energy, emotion or effect

rest¹ /rɛst/ *noun* **1** time spent doing nothing active **2** a support: *an adjustable headrest* ♦ *verb* **1** to spend time doing nothing active **2** to lie on or against **3** to depend

rest² /rɛst/ *noun* the remaining part or members: *I'd rather not spend the rest of my working life in an office.*

restaurant /ˈrɛstərɒnt/ *noun* a place where you can buy and eat a meal

restful /ˈrɛstfəl/ *adjective* making you feel calm or relaxed

restless /ˈrɛstləs/ *adjective* unable to stay still or quiet [*same as* **agitated**; *opposite* **calm**] — *noun* (*uncount*) **restlessness**

restore /rɪˈstɔː(r)/ *verb* **1** to repair eg an old building [*same as* **renovate**] **2** to put or give back — *noun* (*uncount*) **restoration**

restrain /rɪ'streɪn/ *verb* **1** to prevent from doing something **2** to keep under control

restraint /rɪ'streɪnt/ *noun* **1** a control or limitation **2** (*uncount*) self-control

restrict /rɪ'strɪkt/ *verb* to limit or control: *restrict the number of applications*

restriction /rɪ'strɪkʃən/ *noun* **1** a rule which controls or limits **2** an act or instance of restricting

result /rɪ'zʌlt/ *noun* **1** what happens because of something **2** a statement of the points scored in a sports match **3** the marks achieved in an exam ♦ *verb* **1 result from** to happen because of **2. result in** to lead to, have as a result

resultant /rɪ'zʌltənt/ *adjective* (*formal*) happening as a result

resume /rɪ'zju:m/ *verb* **1** to begin again: *resume a discussion* **2** (*formal*) to return to: *He resumed his seat.*

résumé /'rɛzəmeɪ/ *noun* (*AmE*) a CV

resumption /rɪ'zʌmpʃən/ *noun* the act of resuming

resurgence /rɪ'sɜ:dʒəns/ *noun* the act of beginning to happen again

resurrect /ˌrɛzə'rɛkt/ *verb* to bring back to life or into use [*same as* **revive**] — *noun* (*uncount*) **resurrection**

resuscitate /rɪ'sʌsɪteɪt/ *verb* to bring back to consciousness, revive

retail /'ri:teɪl/ *adjective or adverb* of goods that are sold in shops to the users, rather than to other businesses

retain /rɪ'teɪn/ *verb* (*formal*) to keep

retaliate /rɪ'tælieɪt/ *verb* to react to an attack by attacking in a similar way — *noun* (*uncount*) **retaliation**

retarded /rɪ'tɑ:dɪd/ *adjective* (*rather old*) slow in mental or physical growth

retch /rɛtʃ/ *verb* to make the movement and sound of vomiting, without actually vomiting

retention /rɪ'tɛnʃən/ *noun* (*uncount*; *formal*) the act of holding on or keeping

reticent /'rɛtɪsənt/ *adjective* not saying much about what you know or think

retire /rɪ'taɪə(r)/ *verb* **1** to give up work permanently, usually because of age **2** (*formal*) to go to bed

retirement /rɪ'taɪəmənt/ *noun* (*uncount*) the point when you permanently stop working, or the period of your life after this point

retiring /rɪ'taɪərɪŋ/ *adjective* (*formal*) shy

retort /rɪ'tɔ:t/ *verb* to reply sharply or angrily ♦ *noun*: *the ferocity of her retort*

retract /rɪ'trakt/ *verb* **1** to take back (something said): *Will the minister retract his unjustified criticism of the party chairman?* **2** to draw back: *the cat retracted its claws* — *adjective* **retractable**

retreat /rɪ'tri:t/ *verb* **1** to move back or away **2** to decide not to do what was promised ♦ *noun* **1** an act of retreating **2** a quiet, private place

retribution /ˌrɛtrɪ'bju:ʃən/ *noun* (*uncount*; *formal*) punishment

retrieve /rɪ'tri:v/ *verb* (*formal*) **1** to get back, recover: *They managed to retrieve her handbag from the dog's mouth.* **2** to make better or bring back to normal

retrograde /'rɛtrəgreɪd/ *adjective* making a situation worse, not better

retrospective /ˌrɛtrə'spɛktɪv/ *adjective* (*technical*) of a law: applying to the past as well as the present and the future

return /rɪ'tɜ:n/ *verb* **1** to go or come back **2** to give, send or put back **3** to do the same for someone as they have done for you ♦ *noun* **1** an act of returning **2** a return ticket **3** profit: *return on your investment* ▸ *phrases* **by return** sent by the first post back '**Many happy returns**' used to wish someone a happy birthday

return ticket /rɪˌtɜ:n 'tɪkɪt/ *noun* a ticket which covers a journey both to and from a place

reunion /rɪ'ju:njən/ *noun* a meeting of people who have not seen each other for a long time

reunite /ˌri:ju'naɪt/ *verb* **reunited** brought together after having been apart for a long time

rev /rɛv/ *verb* (*informal*) to press a car's accelerator to make the engine work faster, especially when the car is not moving

reveal /rɪ'vi:l/ *verb* **1** to make known **2** to show

revel /'rɛvəl/ *verb*: **revels, revelling** (*AmE* **reveling**), **revelled** (*AmE* **reveled**)

> **revel in** to delight in or enjoy very much

revelation /ˌrɛvə'leɪʃən/ *noun* **1** something surprising or particularly interesting that you find out **2** an experience that reveals something

revelry /'rɛvəlri/ *noun* (*literary*, *old*) noisy, lively enjoyment

revenge /rɪ'vɛndʒ/ *noun* (*uncount*) harm done to someone in return for harm they have done ♦ *verb* **revenge yourself** *She promised to revenge herself on her father's killers.*

revenue /'rɛvənju:/ *noun* (*uncount*; *technical*) **1** money received for work done **2** a country's or company's total income

reverberate /rɪ'vɜːbəreɪt/ *verb* to produce several loud echoes

revere /rɪ'vɪə(r)/ *verb* (*formal*) to respect and admire

Reverend /'rɛvərənd/ *adjective* a title used before the name of a priest: *the Reverend John McCallum*

reversal see **reverse**

reverse /rɪ'vɜːs/ *verb* **1** to change from one position to the opposite one **2** to move backwards — *noun* (*uncount or count*) **reversal**: *reversal of government policy* ♦ *noun* the opposite or contrary ♦ *adjective*: *The cards were in reverse order.* ▶ *phrase* **in reverse** in an order opposite to the usual or expected order

reversible /rɪ'vɜːsɪbəl/ *adjective* that can be returned to a previous state

revert /rɪ'vɜːt/ *verb* (*formal*) to go back to a former condition or state

review /rɪ'vjuː/ *noun* **1** an examination or inspection **2** a critical opinion of *eg* a book ♦ *verb*: *I was given the job of reviewing all the films that appeared during the festival.*

revise /rɪ'vaɪz/ *verb* **1** to check for faults and make changes to correct or improve **2** to prepare for an exam by re-reading notes and texts

revision /rɪ'vɪʒən/ *noun* **1** the act of revising **2** (*uncount*) preparation for an exam by re-reading notes and texts

revival /rɪ'vaɪvəl/ *noun* a return to use or popularity: *a revival of interest in herbal medicine*

revive /rɪ'vaɪv/ *verb* **1** to make active, interesting or popular again **2** to bring back to consciousness

revoke /rɪ'vəʊk/ *verb* to cancel or make no longer valid

revolt /rɪ'vəʊlt/ *noun* an attempt by people to take political power using force

revolting /rɪ'vəʊltɪŋ/ *adjective* nasty or offensive, disgusting

revolution /rɛvə'luːʃən/ *noun* **1** an act of using force and violence to change a political system **2** a complete change in anything: *a technological revolution*

revolutionary /rɛvə'luːʃənrɪ/ *adjective* **1** entirely new and different: *revolutionary methods* **2** designed to bring about a political revolution ♦ *noun* someone who is involved in, or is in favour of, revolution

revolutionize or **revolutionise** /rɛvə'luːʃənaɪz/ *verb* to bring about a complete change in

revolve /rɪ'vɒlv/ *verb* to move or turn round a central point

revolver /rɪ'vɒlvə(r)/ *noun* a hand-held gun

revulsion /rɪ'vʌlʃən/ *noun* (*uncount*; *formal*) disgust

reward /rɪ'wɔːd/ *noun* something given in return for something good or useful done ♦ *verb* to give a reward to: *rewarded with a pay rise*

rewarding /rɪ'wɔːdɪŋ/ *adjective* giving pleasure or satisfaction

rewind /riː'waɪnd/ *verb* to wind back *eg* a cassette to the beginning

rhetoric /'rɛtərɪk/ *noun* (*uncount*) language which consists of unnecessarily formal or literary words

rhetorical /rɪ'tɒrɪkəl/ *adjective* of a question: that the speaker does not need or expect an anwer to

rheumatism /'ruːmətɪzm/ *noun* (*uncount*) a disease that causes swelling and soreness in the joints

rhino /'raɪnəʊ/ *noun*: **rhinos** (*informal*) a rhinoceros

rhinoceros /raɪ'nɒsərəs/ *noun*: **rhinoceroses** a large, thick-skinned animal, with one or two horns on its nose

rhombus /'rɒmbəs/ *noun*: **rhombuses** or **rhombi** /'rɒmbaɪ/ a flat shape with four straight sides and four angles that are not right angles

rhubarb /'ruːbɑːb/ *noun* (*uncount*) a plant with long red-skinned stalks, edible when cooked

rhyme /raɪm/ *verb* of words: to sound like each other: *'Ghost' rhymes with 'toast'.* ♦ *noun* **1** a similarity in sounds between words or their endings **2** a word that sounds like another **3** a short poem

rhythm /'rɪðəm/ *noun* a regular, repeated pattern of sounds or movements

rhythmic /'rɪðmɪk/ *adjective* repeated to form a regular pattern

rib /rɪb/ *noun* one of the curved bones that form your chest

ribbon /'rɪbən/ *noun* a long narrow strip of fabric used for decorating clothes, or tying up hair

rice /raɪs/ *noun* (*uncount*) a kind of food in the form of small brown or white grains that swell when you cook them

rich /rɪtʃ/ *adjective* **1** having a lot of money or valuables, wealthy [*same as* **wealthy**;

opposite **poor**] **2** of food: containing a lot of fat or sugar **3** having a lot of: *rich in natural resources* **4** of a colour: deep in tone — *noun* (*uncount*) **richness**

riches /'rɪtʃɪz/ *noun* (*plural*; *literary*) large amounts of money or very valuable things

richly /'rɪtʃlɪ/ *adverb* in a rich or elaborate way: *richly decorated*

rickety /'rɪkətɪ/ *adjective* old or badly made; likely to collapse

rid /rɪd/ *verb* **rids, ridding, rid** to free from, clear of: *rid the world of this dreadful virus* ♦ *adjective* freed from: *I'm glad to be rid of the responsibility.* ▶ *phrase* **get rid of** to free yourself of; throw away

riddance /'rɪdəns/ *noun* (*uncount*; *informal*) ▶ *phrase* **good riddance** used to indicate pleasure at having got rid of something

riddle /'rɪdəl/ *noun* **1** a puzzle in the form of a question which describes something in a misleading way **2** someone or something difficult to understand

ride /raɪd/ *verb*: **rides, riding, rode, ridden 1** to sit on (a horse or bicycle) and control or guide it **2** to travel on or in a vehicle ♦ *noun* **1** a journey on horseback, bicycle or car **2** a fairground entertainment ▶ *phrase* (*informal*) **take for a ride** to cheat or deceive — *noun* **rider**

ride up of clothes: to be pulled out of position by movements of the body

ridge /rɪdʒ/ *noun* **1** a narrow strip of land higher than the ground on either side of it: *a mountain ridge* **2** the top edge of something

ridicule /'rɪdɪkjuːl/ *verb* to criticize as being silly or foolish ♦ *noun* (*uncount*) scornful criticism

ridiculous /rɪ'dɪkjʊləs/ *adjective* deserving to be laughed at, stupid

rife /raɪf/ *adjective* very common: *Such racist attitudes are rife.*

rifle¹ /'raɪfəl/ *noun* a gun fired from the shoulder

rifle² /'raɪfəl/ *verb* **1** to search through and steal things **2** to search through quickly

rift /rɪft/ *noun* **1** a disagreement between friends **2** a crack

rig /rɪg/ *verb* (*informal*) to dishonestly control the way something happens ♦ *noun* a large structure that holds equipment for taking oil or gas from under the ground

rig up (*informal*) to make or build hastily

right¹ /raɪt/ *adjective* **1** correct, accurate **2** the best, most suitable, or most appropriate **3** morally justified **4** of an angle: 90° ♦ *adverb* **1** used to emphasize exactness: *She was standing right on the edge.* **2** immediately **3** all the way: *The ring road takes you right round the town.* **4** correctly: *Have I spelt your name right?* ♦ *noun* **1** something you are entitled to: *the struggle for equal rights* **2** what is just or morally good [*opposite* **wrong**] ♦ *verb* **1** to place upright **2** to do something to reverse an unfair situation: *right a wrong* ♦ *interjection* **1** used to agree to a request **2** used to acknowledge information **3** used to get people's attention, *eg* at a meeting **4** used to obtain agreement or confirmation ▶ *phrases* **by rights** used to suggest what should be the case **in your own right** not because of anyone else, independently **right away** immediately **serves them right** they deserve it

right² /raɪt/ *noun* **1** the direction opposite to left **2** people who support capitalism rather than socialism ♦ *adjective* on the right: *One of the fingers on his right hand was missing.* ♦ *adverb*: *We turned right just past the hotel.*

rightful /'raɪtfʊl/ *adjective* (*formal*) by rights, proper: *the rightful owner*

right-hand /'raɪthand/ *adjective* on the right side: *the painting on the right-hand side of the window*

right-handed /raɪt 'handɪd/ *adjective* using the right hand more easily than the left

rightly /'raɪtlɪ/ *adverb* according to what is legally or morally proper

right wing /raɪt 'wɪŋ/ *noun* in politics, the group of people who have the most conservative views

rigid /'rɪdʒɪd/ *adjective* **1** not easily bent, stiff **2** of rules: strict [*opposite* **flexible**] — *noun* (*uncount*) **rigidity** — *adverb* **rigidly**

rigmarole /'rɪgmərool/ *noun* a long, complicated series of procedures

rigorous /'rɪgərəs/ *adjective* careful, thorough or strict

rigours (*AmE* **rigors**) /'rɪgəz/ *noun* (*plural*; *literary*) harsh or severe conditions

rim /rɪm/ *noun* **1** the top edge of something *eg* a cup **2** the outside edge of something *eg* a wheel

rind /raɪnd/ *noun* **1** the hard outer covering on cheese or bacon **2** the skin or peel of *eg* an orange

ring¹ /rɪŋ/ *noun* **1** a small circle of *eg* gold or silver worn on the finger **2** anything in the shape of a circle **3** an enclosed space for boxing **4** a circular hot plate on a cooker **5** a group of *eg* criminals working together: *a* *drugs ring* ♦ *verb* to draw a circle round ▶ *phrase* (*informal*) **run rings round** to defeat with very little effort

ring² /rɪŋ/ *verb*: **rings, ringing, rang, rung** **1** to make a sound like a bell **2** to call by telephone ♦ *noun*: *the familiar, clear ring of the church bell* □ *You could write them a letter, or give them a ring.*

ringleader /'rɪŋliːdə(r)/ *noun* the leader of a gang of criminals

ring road /'rɪŋ rəʊd/ *noun* a road that goes round a town or city

rink /rɪŋk/ *noun* a large smooth surface for skating on

rinse /rɪns/ *verb* **1** to remove the soap from by washing with clean water **2** to wash using only water and no soap

riot /'raɪət/ *noun* a noisy disturbance by a crowd ♦ *verb*: *They rioted long into the night.* ▶ *phrase* **run riot** to behave in a wild and uncontrolled way — *adjective* **riotous**

rip /rɪp/ *verb* **1** to tear roughly or violently **2** to take away from roughly or violently: *She ripped the notebook from my hand.* ♦ *noun*: *I heard a loud rip.*

rip off (*informal*) to cheat *eg* by charging too much money: *Forty pounds? They've ripped you off.*

ripe /raɪp/ *adjective* **1** fully matured and ready to be eaten **2** ready, suitable: *ripe for promotion*

ripen /'raɪpən/ *verb* to make or become ripe

rip-off /'rɪpɒf/ *noun* (*informal*) something that is unreasonably expensive

ripple /'rɪpəl/ *noun* **1** a little wave produced when the surface of water is disturbed **2** a gentle sound that rises and falls: *a ripple of laughter* ♦ *verb*: *The surface of the pond rippled as the breeze passed over it.*

rise /raɪz/ *verb*: **rises, rising, rose, risen 1** to move upwards **2** to slope upwards: *Ahead, the ground rose rapidly.* **3** of the sun: to appear above the horizon **4** to increase **5** to stand up **6** to rebel ♦ *noun* **1** progress to a position of influence: *rise to fame* **2** an increase ▶ *phrase* **give rise to** to cause

rise above to remain unaffected by unpleasant circumstances

risk /rɪsk/ *noun* a chance of loss or injury; a danger ♦ *verb*: **1** to take the chance of: *risk leaving the decision to the last minute* **2** to take the chance of losing: *risk your life* ▶ *phrase* **at risk** in a situation where you might be harmed

risky /'rɪskɪ/ *adjective* possibly resulting in loss or injury

rite /raɪt/ *noun* a ceremony, especially a religious one

ritual /'rɪtʃʊəl/ *noun* a set of actions performed on certain special occasions ♦ *adjective* done as part of a ritual

rival /'raɪvəl/ *noun* a person or organization that competes with another in some way [*same as* **competitor**] ♦ *verb*: **rivals, rivalling** (*AmE* **rivaling**), **rivalled** (*AmE* **rivaled**) to be as good as, or nearly so

rivalry /'raɪvəlrɪ/ *noun* the state of being rivals

river /'rɪvə(r)/ *noun* a large natural stream of water

rivet /'rɪvɪt/ *noun* a metal fastener for fixing plates of metal together ♦ *verb* to hold all the attention and interest of: *The stories kept the younger children riveted.* — *adjective* **riveting**

road /rəʊd/ *noun* **1** a hard, level surface for vehicles to travel on **2** a way of getting somewhere, a route ▶ *phrase* **on the road** travelling

roadworks /'rəʊdwɜːks/ *noun* (*plural*) repairs being carried out on roads

roam /rəʊm/ *verb* to wander about

roar /rɔː(r)/ *verb* **1** to give a loud, deep rough cry **2** to make a loud noise: *Traffic roared past in the street below.* **3** to shout ♦ *noun*: *the roar of a lion in the distance*

roast /rəʊst/ *verb* to cook or be cooked in an oven or over a fire ♦ *adjective* roasted: *roast beef* ♦ *noun* a piece of roasted meat

roasting /'rəʊstɪŋ/ *adjective or adverb* (*informal*) very hot

rob /rɒb/ *verb* **1** to steal from **2** to prevent from having — *noun* **robber** — *noun* **robbery**

robe /rəʊb/ *noun* **1** a dressing gown or bathrobe **2 robes** the official dress of an office-bearer

robin /'rɒbɪn/ *noun* a small brown bird with a red breast

robot /'rəʊbɒt/ *noun* **1** a machine that looks and functions like a person **2** a machine that can be programmed to perform certain tasks

robust /rəʊ'bʌst/ *noun* **1** strong and healthy **2** strongly built [*same as* **sturdy**]

rock¹ /rɒk/ *noun* **1** the hard mineral that the earth is made of **2** a hard sweet made in sticks ▶ *phrase* (*informal*) **on the rocks 1** of a relationship: likely to fail, not solid **2** of a drink: with ice cubes

rock² /rɒk/ *verb* to move or swing gently backwards and forwards or from side to side ♦ *adjective* of music: having a strong beat, usually played on electric instruments ♦ *noun* (*uncount*) rock music: *Do you prefer rock or jazz?*

rockery /'rɒkərɪ/ *noun* a garden in which small plants are grown among rocks

rocket /'rɒkɪt/ *noun* **1** a spacecraft **2** a kind of large missile **3** a cylindrical firework ♦ *verb* (*informal*) to increase suddenly and very rapidly

rod /rɒd/ *noun* a long thin stick: *a fishing rod*

rode /rəʊd/ *verb* the past tense of **ride**

rodent /'rəʊdənt/ *noun* a small, furry animal with sharp teeth, such as the rat

rogue /rəʊg/ *noun* (*old*) a person who behaves in a cheating, dishonest way — *adjective* **roguish**

role or **rôle** /rəʊl/ *noun* **1** a position or function **2** a part played by an actor

roll /rəʊl/ *verb* **1** to move along by turning over again and again: *The ball rolled down the slope.* **2** to form into a cylinder shape ♦ *noun* **1** a small loaf of bread eaten as a snack **2** a length of *eg* paper rolled into a cylinder

> **roll in** (*informal*) to arrive in large quantities
> **roll up** (*informal*) to arrive

roller /'rəʊlə(r)/ *noun* a cylindrical tool for flattening or rolling

rollerblades /'rəʊləbleɪdz/ *noun* roller skates with the wheels in a single line

rollercoaster /'rəʊləkəʊstə(r)/ *noun* a fairground ride in which you sit in cars that ride very fast on a railway that sharply rises and falls

roller skates /'rəʊlə skeɪts/ *noun* boots with a set of wheels attached to the bottom, for skating

rolling pin /'rəʊlɪŋ pɪn/ *noun* a cylindrical kitchen tool for flattening dough

ROM /rɒm/ *noun* (*computing*) read-only memory

romance /rəʊ'mans/ or /rə'mans/ *noun* **1** a love affair **2** (*uncount*) an intense kind of love: *a marriage that has lost all its romance* **3** (*uncount*) the quality of causing strong or intense feelings: *There is none of the romance of the book in the film.* **4** a story about love

Roman numeral /'rəʊmən 'nju:mərəl/ *noun* a letter used to represent a number in the system developed by the ancient Romans, where *eg* I = 1 and V = 5

romantic /rəʊ'mantɪk/ or /rə'mantɪk/ *adjective* **1** relating to love **2** having an innocent, ideal view of life or romance ♦ *noun*: *an incurable romantic* — *adverb* **romantically**

romp /rɒmp/ *verb* to play in a lively, energetic way ♦ *noun*: a light-hearted outing: *Fancy a romp round the park?*

roof /ru:f/ *noun*: **roofs 1** the part that covers the top of *eg* a building **2** the top inner surface of the mouth ▶ *phrases* (*informal*) **go through the roof** to increase suddenly to a very high level (*informal*) **hit the roof** to lose your temper

rook /rʊk/ *noun* a large black bird

room /ru:m/ *noun* **1** one of the areas that the inside of a building is divided into **2** space: *There's room for everybody.* — *adjective* **-roomed**: *a three-roomed flat*

roomy /'ru:mɪ/ *adjective* having a lot of space inside

roost /ru:st/ *noun* a perch on which a bird rests at night ♦ *verb* of a bird: to sit or sleep on a roost ▶ *phrase* (*informal*) **rule the roost** to dominate or control all others

root /ru:t/ *noun* **1** the underground part of a plant **2** the part of *eg* a tooth that is below the skin **3 roots** family origins **4 roots** feelings of belonging to a particular place **5** an origin ♦ *verb* to search for roughly ▶ *phrases* **rooted to the spot** unable to move **take root** to become established and begin to grow

rope /rəʊp/ *noun* a thick cord, made by twisting strands together ▶ *phrase* **know the ropes** to have a thorough knowledge of *eg* a particular job

> **rope in** (*informal*) to persuade to take part in: *I got roped into helping with the barbecue.*
> **rope off** to surround with ropes, *eg* to keep people out

ropy or **ropey** /'rəʊpɪ/ *adjective* (*informal*) not very good, of poor quality

rosary /'rəʊzərɪ/ *noun* a string of beads that people of certain religions count prayers on as they say them

rose¹ /rəʊz/ *noun* a popular garden plant with prickly stems and large, sweet-smelling flowers ♦ *adjective* pale pink in colour

rose² /rəʊz/ *verb* the past tense of **rise**

rosette /rəʊ'zet/ *noun* a rose-shaped badge or decoration made of coloured ribbon

roster /'rɒstə(r)/ *noun* a rota

rostrum /'rɒstrəm/ *noun* a platform for public speaking

rosy /ˈrəʊzɪ/ *adjective* **1** reddish pink **2** of the future: bright, hopeful

rot /rɒt/ *verb* to go bad, decay ♦ *noun* (*uncount*) **1** disease that leads to decay **2** (*informal*) nonsense

rota /ˈrəʊtə/ *noun* a list of duties to be done and names of people who are to take turns in doing them [*same as* **roster**]

rotary /ˈrəʊtərɪ/ *adjective* turning round like a wheel

rotate /rəʊˈteɪt/ *verb* **1** to turn like a wheel **2** to go through a repeated series of changes — *noun* (*uncount*) **rotation**

rotor /ˈrəʊtə(r)/ *noun* a rotating part of a machine

rotten /ˈrɒtən/ *adjective* **1** diseased or decayed **2** (*informal*) of very poor quality **3** (*informal*) unpleasant, unfair or unkind

rough /rʌf/ *adjective* **1** not smooth, even or regular **2** using too much force **3** (*informal*) involving difficulties: *She's had a rough time.* **4** approximate: *a rough guess* **5** of weather: stormy **6** (*informal*) ill **7** of an area: dangerous, with a lot of crime — *adverb* **roughly** ▶ *phrase* **sleep rough** to sleep outdoors through necessity

rough-and-ready /ˌrʌf ən ˈrɛdɪ/ *adjective* prepared hurriedly or without the proper materials

roulette /ruːˈlɛt/ *noun* (*uncount*) a gambling game, played with a ball which is placed on a wheel

round /raʊnd/ *adjective* **1** in the shape of a circle **2** in the shape of a ball **3** curved even, exact: *a round dozen* ♦ *preposition* (also **around**) **1** enclosing or surrounding **2** travelling in a circular motion: *the earth moves round the sun* **3** in various parts of: *all round the world* **4** near, in the locality: *Are there facilities for children round here?* ♦ *preposition or adverb* (also **around**) **1** here and there; in your surroundings: *Have a look round.* **2** surrounding you: *People gathered round when they realized what had happened.* **3** from one person to another: *They passed the plate round.* ♦ *adverb* (also **around**) **1** in a circular direction **2** in the opposite direction **3** visiting someone else's house: *Why don't you come round this evening?* ♦ *noun* **1** a stage of a contest **2** a set or series: *a round of discussions* **3** the regular route taken by eg a postman **4** a number of drinks bought for everyone in the group you are with **5** a burst of clapping: *a round of applause* **6** the amount of ammunition fired from a gun at one shot **7** a song in which the singers take up the tune in turn ♦ *verb* to go round (a corner)

▶ *phrase* **do the rounds** to visit all the usual places

> **round up** to collect together in the same place: *Eleven suspects were rounded up for questioning.*

roundabout /ˈraʊndəbaʊt/ *noun* **1** a revolving platform for children to ride on eg in a park **2** a circular road junction where several roads meet ♦ *adjective* not direct or straightforward: *a roundabout route*

rounded /ˈraʊndɪd/ *adjective* curved, with no sharp edges or points

rounders /ˈraʊndəz/ *noun* (*uncount*) a team game similar to baseball

roundly /ˈraʊndlɪ/ *adverb* (*formal*) plainly, thoroughly, or rudely: *roundly criticized by the committee*

round trip /ˌraʊnd ˈtrɪp/ *noun* a journey to a place and back again

rouse /raʊz/ *verb* **1** to awaken **2** to cause strong feelings or emotions — *adjective* **rousing**

route /ruːt/ *noun* **1** the course that eg a bus travels on a regular journey **2** the particular line of roads you travel along to get to a place ♦ *verb* to fix the route of eg traffic

routine /ruːˈtiːn/ *noun* **1** a regular or fixed way of doing things **2** a series of movements that you learn eg as a dance

row[1] /rəʊ/ *noun* a number of people or things arranged in a line ▶ *phrase* **in a row** one after the other

row[2] /rəʊ/ *verb* to move a boat by pulling the oars through the water

row[3] /raʊ/ *noun* **1** a noisy quarrel [*same as* **argument**] **2** a noisy disturbance ♦ *verb* to quarrel noisily

rowdy /ˈraʊdɪ/ *adjective* noisy, disorderly

rowing boat /ˈrəʊɪŋ bəʊt/ *noun* a small, simple boat that you move by rowing

royal /ˈrɔɪəl/ *adjective* relating to a king or queen, or their family ♦ *noun* (*informal*) a member of the royal family

royalty /ˈrɔɪəltɪ/ *noun* **1** (*uncount*) royal people: *in the company of royalty* **2 royalties** sums of money paid to the author of eg a book for each copy sold

rub /rʌb/ *verb* to move one thing against the surface of another, while pressing down ♦ *noun*: *Give it a rub with a damp cloth.* ▶ *phrase* (*informal*) **rub it in** to continue to talk about something that someone else finds embarrassing

> **rub off on** of eg habits: to be passed to someone by close association
> **rub out** to remove with a rubber

rubber /ˈrʌbə(r)/ *noun* 1 (*uncount*) a strong elastic substance made from plant juices 2 a piece of rubber used for removing pencil marks from paper — *adjective* **rubbery**

rubbish /ˈrʌbɪʃ/ *noun* (*uncount*) 1 waste, things that have been thrown away 2 nonsense 3 things of poor quality: *They sell a lot of cheap rubbish.*

rubble /ˈrʌbəl/ *noun* (*uncount*) broken stones, bricks, and pieces of wood and plaster left when a building is destroyed

ruby /ˈruːbɪ/ *noun* a dark-red stone used as a jewel

rucksack /ˈrʌksak/ *noun* a bag that you carry on your back, *eg* when you are walking in the country

rudder /ˈrʌdə(r)/ *noun* a device fixed to the back of a boat, or tail of an aeroplane, for steering

ruddy /ˈrʌdɪ/ *adjective* a deep pink colour

rude /ruːd/ *adjective* 1 showing a lack of politeness 2 embarrassing or slightly offensive: *telling rude jokes* 3 unpleasant, happening suddenly: *a rude awakening* — *adverb* **rudely**

rudiments /ˈruːdɪmənts/ *noun* (*plural*) the first basic facts or techniques of anything

rueful /ˈruːfəl/ *adjective* showing regret or sorrow

ruffian /ˈrʌfɪən/ *noun* (*old*) a rough, violent person

ruffled /ˈrʌfəld/ *adjective* 1 to make untidy, crumple 2 nervous, confused or irritated

rug /rʌɡ/ *noun* 1 a floor mat 2 a blanket

rugby /ˈrʌɡbɪ/ *noun* (*uncount*) an outdoor game played with an oval ball which the players can hold in their hands

rugged /ˈrʌɡɪd/ *adjective* 1 rough, uneven 2 of a man's face: having an attractively rough quality

ruin /ˈruːɪn/ *noun* 1 **ruins** broken-down remains of buildings 2 (*uncount*; *formal*) the state of having lost all money or wealth ♦ *verb* to spoil, damage or destroy

rule /ruːl/ *noun* 1 a regulation: *school rules* 2 (*uncount*) government or control: *under military rule* 3 a general principle or custom ♦ *verb* 1 to govern, control 2 to be common or widespread: *During the first weeks of war, chaos ruled.* ▶ *phrase* **bend the rules** to do something that the rules don't strictly allow

rule out to leave out, not consider

ruler /ˈruːlə(r)/ *noun* 1 someone who rules 2 a marked strip of *eg* wood for measuring length and drawing straight lines

ruling /ˈruːlɪŋ/ *noun* an official decision, for example by a court ♦ *adjective* that controls: *the ruling committee*

rum /rʌm/ *noun* (*uncount*) an alcoholic spirit made from sugar cane

rumble /ˈrʌmbəl/ *verb* to make a low rolling noise like that of thunder ♦ *noun*: *the rumble of cartwheels on the cobblestones*

ruminate /ˈruːmɪneɪt/ *verb* (*formal*) to think carefully and seriously about something

rummage /ˈrʌmɪdʒ/ *verb* to search in a rough, untidy way

rummy /ˈrʌmɪ/ *noun* (*uncount*) a card game in which each player tries to collect sets or sequences of cards

rumour (*AmE* **rumor**) /ˈruːmə(r)/ *noun* information passed from person to person, which may or may not be true

rump /rʌmp/ *noun* 1 the area around an animal's tail or above its back legs 2 the buttocks [*same as* **backside**]

rumpled /ˈrʌmpəld/ *adjective* not smooth and flat; untidy [*same as* **crumpled**, **creased**]

rumpus /ˈrʌmpəs/ *noun* a lot of people arguing noisily

run /rʌn/ *verb*: **runs**, **running**, **ran**, **run** 1 to move quickly: *We had to run for the bus.* 2 to race 3 to provide a transport service on a certain route: *The train runs every day.* 4 to own and drive (a car) 5 of a machine: to work 6 to organize or manage *eg* a business 7 of liquid: to flow or cause to flow 8 to move smoothly and lightly: *He ran his fingers through his hair.* 8 of colour: to flow out when washed: *Don't put this in the machine; the colours run.* 9 to continue, extend 10 to compete with other candidates in an election ♦ *noun* 1 an act of running 2 a race 3 a period of running for exercise 4 a journey in a vehicle 5 a regular route travelled by a bus or train 6 a point scored in cricket 7 a vertical line of stitches that have come undone in *eg* a stocking 8 free use of: *the run of the house* 9 a continuous period: *a run of good luck* ▶ *phrases* **in the long run** in the long term **in the short run** in the short term **up and running** operating

run across to meet unexpectedly
run away to escape
run down to criticize unfairly
run into 1 to meet unexpectedly 2 to bump into or collide with 3 to be unexpectedly faced with (difficulties) 4 to join together so as to be no longer distinguishable
run on to continue for longer than expected

run out to have none left: *We've run out of milk.*
run over 1 of a vehicle: to knock down and kill or injure **2** to check again
run through 1 to practise or rehearse **2** to mention all *eg* items on a list in order
run up to accumulate *eg* debts
run up against to be faced with, and have to deal with (difficulties)

runaway /'rʌnəweɪ/ *noun* someone who has run away ♦ *adjective* of a vehicle: moving out of control without a driver

run-down /rʌn'daʊn/ *adjective* **1** very tired and weak, and perhaps unhealthy **2** of a building: in very bad condition

rung[1] /rʌŋ/ *noun* a horizontal step on a ladder

rung[2] /rʌŋ/ *verb* the past participle of **ring**

run-in /'rʌn ɪn/ *noun* (*informal*) a quarrel or argument

runner bean /rʌnə 'bi:n/ *noun* a long green pod that grows on a climbing plant, eaten as a vegetable

runner-up /rʌnər'ʌp/ *noun* the person who finishes in second place in a race or competition

running /'rʌnɪŋ/ *noun* (*uncount*) **1** the activity or sport of running **2** the act of managing or organizing ♦ *adjective* continuing without a break or change: *a running commentary* ▶ *phrase* **in the running** having a chance of success

runny /'rʌni/ *adjective* in the form of a thin, watery liquid

run-of-the-mill /rʌnəvðə'mɪl/ *adjective* ordinary or average

runway /'rʌnweɪ/ *noun* a road-like surface that aircraft take off from and land on

rupture /'rʌptʃə(r)/ *noun* **1** an injury in which part of a muscle or joint is torn apart **2** a break in something, *eg* a friendship ♦ *verb*: to break or burst

rural /'rʊərəl/ *adjective* relating to the countryside

ruse /ru:z/ *noun* (*formal*) a clever trick or plan [*same as* **ploy**]

rush /rʌʃ/ *verb* **1** to move quickly, hurry **2** to do too quickly **3** to attack suddenly ♦ *noun* a quick, forward movement, especially of a crowd ▶ *phrase* **in a rush** in a hurry

rushes /'rʌʃɪz/ *noun* (*plural*) tall grass-like plants that grow in or near water

Russian /'rʌʃən/ *adjective* concerned with or belonging to Russia, its people, or their language ♦ *noun* **1** a person who is born in, or is a citizen of, Russia **2** the language of Russia and some neighbouring countries

rust /rʌst/ *noun* (*uncount*) a reddish-brown substance that forms on metal that has been exposed to water and air ♦ *verb*: *The bolts had rusted up and were impossible to move.*

rustic /'rʌstɪk/ *adjective* simple or rough, in a way typical of people who live in the countryside

rustle /'rʌsəl/ *verb* to make a soft sound like dry leaves rubbing together ♦ *noun*: *the rustle of dry leaves in autumn*

rustle up to prepare quickly

rusty /'rʌsti/ *adjective* **1** covered with rust **2** of a skill or of knowledge: not as good as it used to be: *My French is a bit rusty.*

rut /rʌt/ *noun* (*singular*) ▶ *phrase* **in a rut** fixed in a boring routine

ruthless /'ru:θləs/ *adjective* harsh or cruel [*same as* **remorseless, heartless**] — *noun* (*uncount*) **ruthlessness**

rye /raɪ/ *noun* (*uncount*) a kind of grain, used for making bread and whisky

Ss

S or **s** /ɛs/ *noun* the nineteenth letter of the English alphabet

's[1] /z/ or /s/ or /ɪz/ *suffix* **1** added to singular nouns, and to plural nouns that do not end in 's', to form the possessive **2** added to some numbers, letters, symbols and abbreviations to form plurals: *a row of x's*

's[2] /z/ or /s/ *verb* a short form of 'is' or 'has' used in informal speech and writing

Sabbath /'sabəθ/ *noun* the day of the week set aside for rest and worship in certain religions

sabotage /'sabətɑ:ʒ/ *noun* **1** the deliberate damage or destruction of buildings, machinery or equipment **2** secret action that is intended to disrupt a plan ♦ *verb* to disrupt or prevent from being carried out

saccharin /'sakərın/ *noun* (*uncount*) a very sweet substance used as a sugar substitute — *adjective* **saccharine** /'sakəraın/: *a saccharine smile*

sachet /'saʃeı/ *noun* a small sealed packet containing powder or liquid

sack /sak/ *noun* a large bag of *eg* coarse cloth for storing things in ♦ *verb* (*informal*) to dismiss from a job [*same as* **fire**] ▸ *phrases* (*informal*) **get the sack** to be dismissed from your job **give someone the sack** to dismiss someone from their job

sacking /'sakıŋ/ *noun* (*uncount*) a type of coarse cloth used to make sacks

sacrament /'sakrəmənt/ *noun* a religious ceremony, *eg* marriage, baptism or communion

sacred /'seıkrıd/ *adjective* **1** of a place or a thing: devoted to God, regarded with deep and solemn respect **2** too important to be challenged or changed

sacrifice /'sakrıfaıs/ *noun* **1** the process of making an offering to God **2** something offered to God or a god, especially a person or animal that is ceremonially killed **3** the giving up of something for the benefit of another person, or of something better ♦ *verb* **1** to offer to God as a sacrifice **2** to give up for someone or something else

sacrificial /sakrı'fıʃəl/ *adjective* (*formal*) of or connected with sacrifice

sacrilege /'sakrılıdʒ/ *noun* the act of treating something holy with disrespect — *adjective* **sacrilegious**

sacrosanct /'sakrousaŋkt/ *adjective* regarded as being holy enough to deserve great respect

sad /sad/ *adjective* **1** unhappy **2** causing unhappiness: *a sad story* **3** expressing unhappiness: *sad music* **4** unfortunate or very bad — *adverb* **sadly** — *noun* **sadness**

sadden /'sadən/ *verb* to cause to feel sad

saddle /'sadəl/ *noun* a seat for a rider on the back of a horse or bicycle ♦ *verb* to put a saddle on

> **saddle with** to give an unpleasant job or responsibility to: *We don't want to be saddled with two young children on the journey.*

sadism /'seıdızəm/ *noun* the practice of taking pleasure in cruelty to others

sadist /'seıdıst/ *noun* someone who gets pleasure from inflicting pain and suffering on others

sadistic /sə'dıstık/ *adjective* getting pleasure from inflicting pain and suffering on others

s.a.e. /ɛseı'iː/ *noun* a stamped addressed envelope

safari /sə'fɑːrı/ *noun* an expedition for observing or hunting wild animals

safe /seıf/ *adjective* **1** not involving danger or risk **2** unharmed **3** giving protection from harm ♦ *noun* a strongly built metal box in which valuables can be locked away ▸ *phrases* **to be on the safe side** in order to be doubly cautious **safe and sound** unharmed — *adverb* **safely**

safeguard /'seıfgɑːd/ *noun* a means of providing protection [*same as* **precaution**] ♦ *verb* to protect

safety /'seıftı/ *noun* (*uncount*) the quality or circumstance of being safe: *The children can play here in perfect safety.*

safety belt /'seıftı bɛlt/ *noun* a seat belt in a car or plane

safety pin /'seıftı pın/ *noun* a curved pin with a guard covering its point, used for fastening things

sag /sag/ *verb* to sink under the weight of something or through loss of elasticity

saga /'sɑːgə/ *noun* a long story, especially a work of fiction about several generations of the same family

sage /seıdʒ/ *noun* **1** a type of herb with grey-green leaves **2** (*literary*) a wise person ♦ *adjective* (*literary*) wise — *adverb* **sagely**

said /sɛd/ *verb* the past tense and past participle of **say**

sail /seıl/ *noun* **1** a sheet of canvas spread out to catch the wind and drive forward a ship or boat **2** a trip in a ship or boat **3** an arm of a windmill ♦ *verb* **1** to travel by ship or boat **2** to steer a ship or boat **3** of a boat: to leave a port **4** to go somewhere in a dramatic or stately manner ▸ *phrase* **set sail** to begin a journey by boat

> **sail through** to pass (a test) easily

sailing /'seılıŋ/ *noun* **1** (*uncount*) the sport or activity of sailing small boats **2** a voyage made by a boat ▸ *phrase* **plain sailing** easy

sailor /'seılə(r)/ *noun* a member of a ship's crew

saint /seınt/ *noun* **1** a title conferred after death on a holy person by the Christian church **2** an exceptionally good and kind person

saintly /'seıntlı/ *adjective* of a person: very good or very holy

sake /seɪk/ *noun* **1** purpose: *for the sake of peace* **2** benefit, advantage: *They stayed together for the sake of the children.* ▶ *phrase* **for its own sake** for enjoyment, not for any other purpose **for goodness sake** used to express impatience or anger

salad /'saləd/ *noun* a mixture of raw vegetables and sometimes cheese or cold meat

salami /sə'lɑːmɪ/ *noun* a type of spicy sausage

salary /'salərɪ/ *noun* a fixed payment paid regularly for work done

sale /seɪl/ *noun* **1** (*uncount*) the act of selling things for money **2** something sold **3** the number of items sold: *Sales were up in the first quarter.* **4** an offer of goods at reduced prices **5** any event at which goods can be bought ▶ *phrases* **for sale** offered to be sold **on sale** available for buying, especially in a shop

salesman /'seɪlzmən/ *noun* a man who sells, or tries to sell, goods to customers

salesperson /'seɪlzpɜːsən/ *noun* a shop assistant or a sales representative

salient /'seɪlɪənt/ *adjective* (*formal*) most important or noticeable

saliva /sə'laɪvə/ *noun* (*uncount*) the watery liquid produced in your mouth that helps digestion

sallow /'saləʊ/ *adjective* of the skin: pale, yellowish-brown, unhealthy-looking: *a sallow complexion*

salmon /'samən/ *noun* a large sea fish with a silvery skin that swims up rivers to lay its eggs

salmonella /salmə'nɛlə/ *noun* (*uncount*) a type of bacteria that can cause food poisoning

salon /'salɒn/ *noun* a shop where services such as hairdressing are provided

saloon /sə'luːn/ *noun* **1** a passengers' dining-room in a ship **2** a lounge bar **3** a covered car for four or five people, without a large door at the back

salt /sɒlt/ *noun* **1** (*uncount*) a white substance used for seasoning, found in the earth and in sea water **2** a substance resembling salt, used as a tonic or medicine ♦ *verb* to add salt to ♦ *adjective* **1** containing salt: *salt water* **2** preserved with salt ▶ *phrases* **the salt of the earth** worthy of respect **take with a pinch of salt** to treat with suspicion, not take too seriously

salt cellar /'sɒlt sɛlə(r)/ *noun* a small container for salt

salty /'sɒltɪ/ *adjective* containing salt or tasting, especially too strongly, of salt

salubrious /sə'luːbrɪəs/ *adjective* (*formal*) pleasant and respectable

salutary /'saljʊtərɪ/ *adjective* (*formal*) having a good effect on future behaviour: *a salutary lesson*

salute /sə'luːt/ *verb* **1** to raise the hand to the forehead as a way of showing respect **2** to honour **3** to greet ♦ *noun* a gesture of respect used especially by the military

salvage /'salvɪdʒ/ *verb* **1** to recover (a sunken ship) from the sea **2** to recover items from a fire or flood **3** to preserve, eg pride ♦ *noun* (*uncount*) **1** the activity of recovering eg sunken ships or goods from fires **2** payment made for this activity

salvation /sal'veɪʃən/ *noun* **1** an act of saving: *The arrival of the police was his salvation.* **2** a person or thing that saves you from harm **3** (*uncount*) the freeing of the human soul from the influence of sin

salve /salv/ *noun* ointment used to soothe or heal dry or damaged skin: *lip salve* ♦ *verb* to do something that helps you feel more at ease: *salve your conscience*

same /seɪm/ *adjective or pronoun* **1** exactly alike, or very similar: *We both had the same feeling.* **2** not different, unchanged: *He still looks the same.* **3** mentioned before: *I'm sure I'd make the same mistakes again.* ♦ *pronoun*: *'I'll have the fish, I think.' 'Yes, I'll have the same.'* ♦ *adverb* (*informal*): *Everyone's treated the same here.* ▶ *phrases* **all the same** nevertheless **it's all the same to me** it makes no difference to me

sameness /'seɪmnɪs/ *noun* (*uncount*) the state of being the same

sample /'sɑːmpəl/ *noun* **1** a small part used to represent the whole **2** a small quantity of blood, urine or body tissue ♦ *verb* to try a small part: *sample wines from several countries*

sanctify /'saŋktɪfaɪ/ *verb* to make holy or sacred

sanctimonious /saŋktɪ'məʊnɪəs/ *adjective* (*derogatory*) of a person: always pointing out how much better they are than other people

sanction /'saŋkʃən/ *noun* **1** (*uncount*) permission, approval **2 sanctions** measures applied to force another country to stop a course of action **3** a penalty for breaking a law or rule ♦ *verb* to formally authorize

sanctity /'saŋktɪtɪ/ *noun* (*uncount*) the quality or condition of being holy or sacred

sanctuary /'saŋktjʊərɪ/ *noun* **1** a sacred place **2** the most sacred part of a temple or church **3** a place of safety from arrest or violence **4** a protected reserve for birds or animals

sand /sand/ *noun* **1** (*uncount*) a mass of tiny particles of crushed rock, found on beaches **2 sands** a large area covered with sand on the seashore ♦ *verb* to smooth with sandpaper

sandal /'sandəl/ *noun* a light, open shoe with straps, worn in warm weather

sand-dune /'sandjuːn/ *noun* a bank of sand blown up by the wind

sandpaper /'sandpeɪpə(r)/ *noun* (*uncount*) paper with a layer of sand glued to it for smoothing and polishing

sandstone /'sandstoʊn/ *noun* (*uncount*) a soft rock made of layers of sand pressed together

sandwich /'sanwɪdʒ/ or /'sanwɪtʃ/ *noun* two slices of bread filled with *eg* cheese or meat ♦ *verb* to press into a narrow space between two things

sandy /'sandɪ/ *adjective* **1** covered with sand **2** of hair: light reddish-brown in colour

sane /seɪn/ *adjective* **1** not mentally ill **2** sensible

sang /saŋ/ *verb* the past tense of **sing**

sanguine /'saŋgwɪn/ *adjective* (*formal*) hopeful, cheerful

sanitary /'sanɪtərɪ/ or /'sanɪtrɪ/ *adjective* **1** free from dirt and infection **2** designed to protect health

sanitary towel /'sanɪtrɪ taʊəl/ *noun* an absorbent pad worn by a woman to soak up menstrual blood

sanitation /sanɪ'teɪʃən/ *noun* (*uncount*) arrangements for protecting health, especially drainage and sewage disposal

sanity /'sanɪtɪ/ *noun* (*uncount*) **1** the state or quality of being sane **2** good sense

sank /saŋk/ *verb* the past tense of **sink**

sap /sap/ *noun* (*uncount*) the juice in plants and trees ♦ *verb* to weaken, exhaust: *The long climb sapped their strength.*

sapling /'saplɪŋ/ *noun* a young tree

sapphire /'safaɪə(r)/ *noun* a dark blue precious stone

sarcasm /'sɑːkazm/ *noun* (*uncount*) scornful humour that uses a mocking tone and says the opposite of the intended meaning

sarcastic /sɑː'kastɪk/ *adjective* **1** of a remark: showing sarcasm **2** using sarcasm, scornful — *adverb* **sarcastically**

sardine /sɑː'diːn/ *noun* a type of small sea fish, eaten fresh or packed tightly in small tins

sardonic /sɑː'dɒnɪk/ *adjective* mocking, scornful — *adverb* **sardonically**

sari /'sɑːrɪ/ *noun* a traditional piece of clothing worn by Hindu women, consisting of a long cloth wrapped round the waist and brought over the shoulder

sartorial /sɑː'tɔːrɪəl/ *adjective* (*formal*) relating to clothes and the way they are made and worn: *sartorial elegance*

sash /saʃ/ *noun* **1** a broad band of cloth worn round the waist or over the shoulder **2** a sliding frame for window panes

sat /sat/ *verb* the past tense and past participle of **sit**

Satan /'seɪtən/ *noun* the Devil

satanic /sə'tanɪk/ *adjective* **1** relating to Satan: *satanic rites* (*literary*) **2** extremely cruel or evil

satchel /'satʃəl/ *noun* a bag for carrying *eg* schoolbooks

satellite /'satəlaɪt/ *noun* **1** a moon orbiting a larger planet **2** an object fired into space, *eg* to take pictures of the Earth's surface **3** a state controlled by a more powerful neighbour

satellite television /satəlaɪt 'tɛlɪvɪʒən/ or **satellite TV** *noun* (*uncount*) a television system in which programmes are broadcast via satellites

satin /'satɪn/ *noun* (*uncount*) a type of smooth shiny silk

satire /'sataɪə(r)/ *noun* **1** (*uncount*) ridicule **2** a piece of *eg* writing which makes fun of particular people or events

satirical /sə'tɪrɪkəl/ *adjective* containing or using satire

satirist /'satɪrɪst/ *noun* a writer of satire

satisfaction /satɪs'fakʃən/ *noun* **1** a feeling of pleasure gained from having achieved something **2** something that satisfies **3** the act of satisfying or being satisfied **4** compensation or an apology

satisfactory /satɪs'faktərɪ/ *adjective* **1** good enough but not outstanding **2** fulfilling the necessary requirements — *adverb* **satisfactorily**

satisfy /'satɪsfaɪ/ *verb* **1** to give enough **2** to give you what you need **3** to convince: *They're satisfied that he's innocent.*

satisfying /'satɪsfaɪɪŋ/ *adjective* giving a feeling of pleasure and satisfaction

satsuma /sat'suːmə/ *noun* a small seedless fruit similar to an orange

saturate /'satʃəreɪt/ *verb* **1** to soak or immerse in water **2** to cover or fill completely: *saturated with information* — *noun* (*uncount*) **saturation**

Saturday /ˈsatədɪ/ *noun* the sixth day of the week

sauce /sɔːs/ *noun* a liquid seasoning that food is cooked in or served with

saucepan /ˈsɔːspən/ *noun* a deep-sided cooking pot with a long handle

saucer /ˈsɔːsə(r)/ *noun* a small, round dish for placing under a cup

saucy /ˈsɔːsɪ/ *adjective* (*informal*) cheeky or disrespectful

sauna /ˈsɔːnə/ *noun* a steam bath

saunter /ˈsɔːntə(r)/ *verb* to walk slowly and casually: *The men sauntered along behind, smoking.*

sausage /ˈsɒsɪdʒ/ *noun* minced meat, forced into a thin tube-shaped casing

sauté /ˈsoʊteɪ/ *verb* to fry quickly and lightly in hot butter or oil ♦ *adjective*: *sauté potatoes*

savage /ˈsavɪdʒ/ *adjective* fierce and cruel ♦ *noun* (*old*; *offensive*) **1** someone who belongs to a tribe or group considered to be primitive **2** (*derogatory or humorous*) someone whose behaviour is uncivilized ♦ *verb* **1** to attack **2** to criticize harshly — *adverb* **savagely**

savagery /ˈsavɪdʒrɪ/ *noun* (*uncount*) extreme cruelty or fierceness

save /seɪv/ *verb* **1** to rescue from danger **2** to keep, instead of throwing away **3** to put aside money for the future **4** to use economically: *Save electricity by switching off all lights.* ♦ *noun* in sports: the action of preventing the ball from entering the goal ♦ *preposition* (*formal or old*) except

save up to put money aside regularly

savings /ˈseɪvɪŋz/ *noun* (*plural*) money put aside for the future

saviour (*AmE* **savior**) /ˈseɪvjə(r)/ *noun* **1** someone who saves others from harm or evil **2 Saviour** Jesus Christ

savour (*AmE* **savor**) /ˈseɪvə(r)/ *verb* **1** to eat or drink slowly in order to appreciate [*same as* **relish**] **2** to take time to enjoy

savoury (*AmE* **savory**) /ˈseɪvərɪ/ *adjective* having a salty taste or smell; not sweet ♦ *noun* a snack, served with *eg* drinks

saw[1] /sɔː/ *verb* the past tense of **see**

saw[2] /sɔː/ *noun* a tool with a toothed edge, used for cutting wood ♦ *verb*: **saws**, **sawing**, **sawed**, **sawn** to cut with a saw

sawdust /ˈsɔːdʌst/ *noun* (*uncount*) a dust of fine fragments of wood, made in sawing

sawmill /ˈsɔːmɪl/ *noun* a place where wood is cut up

sax /saks/ *noun* (*informal*) a saxophone

saxophone /ˈsaksəfoʊn/ *noun* a musical instrument with a long curved metal body and keys

saxophonist /sakˈsɒfənɪst/ *noun* a person who plays the saxophone

say /seɪ/ *verb*: **says**, **saying**, **said 1** to speak, utter words aloud **2** to state: *They said they knew him.* □ *It says 'No smoking.'* ♦ *noun* the right or chance to speak: *We have no say in how the money's spent.* ▸ *phrases* **go without saying** to be obvious **have a lot to be said for it** to have advantages **I wouldn't say no** used to accept an offer **not to say** used to introduce a more extreme term **that is to say** used to repeat what you have said in a clearer form

saying /ˈseɪɪŋ/ *noun* a moralizing phrase that people often use; a proverb

scab /skab/ *noun* **1** a crust formed over a healing wound **2** (*derogatory*) someone who continues to work while their colleagues are on strike

scaffolding /ˈskafəldɪŋ/ *noun* (*uncount*) a framework of poles and platforms used by people doing repairs on a building

scald /skɔːld/ *verb* **1** to burn with hot liquid or steam **2** to heat *eg* milk to just below boiling point ♦ *noun* a burn caused by very hot liquid or steam

scale /skeɪl/ *noun* **1** a series of markings or divisions at regular intervals, for use in measuring **2** a measuring instrument with these markings **3** the size of a model or map relative to the actual size of the thing it represents **4** a series or system of increasing values: *salary scale* **5** the extent of something **6** in music, a group of notes played in order, according to a particular key **7 scales** small thin plates that cover the skin of fish

scale down to decrease

scales /skeɪlz/ *noun* (*plural*) an instrument for weighing: *kitchen scales*

scallop /ˈskɒləp/ or /ˈskaləp/ *noun* **1** a shellfish with a pair of hinged fan-shaped shells **2** a series of curves that together form a wavy edge ♦ *verb* to shape in a series of small curves

scalp /skalp/ *noun* the skin covering the top of the head ♦ *verb* to cut the scalp from

scalpel /ˈskalpəl/ *noun* a small, thin-bladed knife, used in surgery

scaly /ˈskeɪlɪ/ *adjective* covered with small, thin, dry pieces of skin

scamper /ˈskampə(r)/ *verb* **1** to run about playfully **2** to run off in haste

scampi /'skæmpi/ *noun* (plural; *BrE*) large prawns that are cooked and eaten as food

scan /skæn/ *verb* 1 to read through quickly 2 to examine carefully, looking for something 3 to pass an X-ray over, in order to get an image of the internal organs 4 of a poem: to conform to a rhythm ♦ *noun* 1 an act of scanning 2 an image of the body or part of the body

scandal /'skændəl/ *noun* 1 a situation considered to be shocking or immoral 2 widespread public discussion and disapproval of behaviour

scandalize or **scandalise** /'skændəlaɪz/ *verb* to shock or offend: *They were scandalized when they heard the news.*

scandalous /'skændələs/ *adjective* disgraceful or outrageous — *adverb* **scandalously**

scanner /'skænə(r)/ *noun* a machine that scans, used in medical diagnosis and examination

scant /skænt/ *adjective* very little or insufficient: *scant knowledge of Latin*

scanty /'skænti/ *adjective* little or not enough in amount: *a scanty meal* — *adverb* **scantily**: *scantily-dressed*

scapegoat /'skeɪpgəʊt/ *noun* someone who carries the blame for others' mistakes

scar /skɑː(r)/ *noun* 1 the mark left by a wound 2 a permanent damaging effect on the mind ♦ *verb* to mark with a scar

scarce /skeəs/ *adjective* rare, not easily found ▶ *phrase* **make yourself scarce** to leave quickly eg in order to avoid someone

scarcely /'skeəsli/ *adverb* 1 only just, barely: *I can scarcely hear you.* 2 surely not: *You can scarcely expect me to eat that.*

scarcity /'skeəsɪti/ *noun* lack of sufficient supplies, a shortage

scare /skeə(r)/ *verb* to cause to feel fear ♦ *noun* a sudden fright or alarm

scarecrow /'skeəkrəʊ/ *noun* a figure set up to scare birds away from crops

scared /skeəd/ *adjective* frightened [same as **afraid**]

scarf /skɑːf/ *noun*: **scarfs** or **scarves** a strip of material worn round the neck, for warmth

scarlet /'skɑːlət/ *noun* (*uncount*) a bright red colour ♦ *adjective*: bright red

scary /'skeəri/ *adjective* frightening [same as **frightening**]

scathing /'skeɪðɪŋ/ *adjective* of a comment: cruel, hurtful: *a scathing remark* — *adverb* **scathingly**

scatter /'skætə(r)/ *verb* 1 to throw loosely about; sprinkle 2 to spread widely 3 to rush off in different directions — *adjective* **scattered**

scatterbrain /'skætəbreɪn/ *noun* (*informal*) a forgetful, disorganized person

scattering /'skætərɪŋ/ *noun* a small amount thinly spread over a wide area

scavenge /'skævɪndʒ/ *verb* to search amongst waste or rubbish for things that can be used or eaten — *noun* **scavenger**

scenario /sɪ'nɑːrɪəʊ/ *noun* 1 a written description of what happens in a play or film 2 a description of the way that events or a situation may develop

scene /siːn/ *noun* 1 the setting in which something takes place: *the scene of the accident* 2 a division of a play 3 a view, a landscape 4 a show of bad temper in public: *Please don't make a scene.* 5 an area of activity: *the music scene*

scenery /'siːnəri/ *noun* (*uncount*) 1 the general appearance of a stretch of country 2 the painted background on a theatre stage

scenic /'siːnɪk/ *adjective* having beautiful or impressive scenery

scent /sent/ *noun* 1 the distinctive smell that someone or something has 2 a trail of this left behind 3 (*uncount*; *rather old*) perfume ♦ *verb* 1 to discover by smell 2 to have a suspicion of, sense: *scent danger* 3 to give a pleasant smell to: *a warm summer evening scented with lavender* — *adjective* **scented**

sceptic (*AmE* **skeptic**) /'skeptɪk/ *noun* someone who doubts what others believe to be true

sceptical (*AmE* **skeptical**) /'skeptɪkəl/ *adjective* unwilling to believe, doubtful

scepticism (*AmE* **skepticism**) /'skeptɪsɪzm/ *noun* (*uncount*) a doubting state or attitude

schedule /'ʃedjuːl/ or /'skedjuːl/ *noun* 1 a plan or timetable 2 a written list of things ♦ *verb* 1 to plan, arrange: *When is the plane scheduled to arrive?* 2 to put on a schedule ▶ *phrase* **on schedule** at the time planned

scheme /skiːm/ *noun* 1 a plan of action 2 a system or programme 3 a secret plan ♦ *verb* to plan or act secretly

schizophrenia /ˌskɪtsə'friːnɪə/ *noun* (*uncount*) a mental illness involving a distorted perception of reality

schizophrenic /ˌskɪtsə'frenɪk/ *noun* someone who is suffering from schizophrenia ♦ *adjective*: *schizophrenic behaviour*

scholar /'skɒlə(r)/ *noun* an academic person 2 a person who has won a scholarship 3 a pupil, a student

scholarly /'skɒləlɪ/ *adjective* showing or having academic knowledge

scholarship /'skɒləʃɪp/ *noun* 1 a sum of money given to help a student 2 (*uncount*) serious study

scholastic /skɒ'læstɪk/ *adjective* (*formal*) of schools and education

school /skuːl/ *noun* 1 a place for teaching, especially children 2 all the people who attend a particular school 3 a group *eg* of artists who share the same ideas 3 a group of fish

schoolboy /'skuːlbɔɪ/ *noun* a boy who goes to school

schoolgirl /'skuːlɡɜːl/ *noun* a girl who goes to school

schooling /'skuːlɪŋ/ *noun* (*uncount*) the education you receive at school

schoolteacher /'skuːlˌtiːtʃə(r)/ *noun* a teacher in a school

science /'saɪəns/ *noun* 1 (*uncount*) knowledge of the natural world obtained by observation and experiment 2 a branch of this knowledge, *eg* chemistry, physics or biology 3 any area of knowledge arranged according to formal principles

science fiction /ˌsaɪəns 'fɪkʃən/ *noun* (*uncount*) stories dealing with the future, life on other planets and space travel

scientific /ˌsaɪən'tɪfɪk/ *adjective* 1 concerned with or used in science 2 based on a system of formal principles — *adverb* **scientifically**

scientist /'saɪəntɪst/ *noun* a person who studies or works in one or more of the sciences

scintillating /'sɪntɪleɪtɪŋ/ *adjective* witty and clever

scissors /'sɪzəz/ *noun* (*plural*) a cutting tool consisting of two blades joined in the middle: *a pair of scissors*

scoff /skɒf/ *verb* 1 to express scorn 2 to eat quickly and greedily [*same as* **gobble**]

scold /skəʊld/ *verb* to tell off; blame angrily

scone /skɒn/ or /skəʊn/ *noun* a small plain cake made with flour and fat

scoop /skuːp/ *verb* to lift with a circular movement ♦ *noun* 1 a spoon-like implement for serving food such as ice cream 2 an exclusive news story

| **scoop out** to remove by scooping |

scooter /'skuːtə(r)/ *noun* 1 a two-wheeled toy vehicle pushed along with one foot 2 a low-powered motorcycle

scope /skəʊp/ *noun* 1 extent, range: *Such questions are outside the scope of this paper.* 2 opportunity or room to do something: *scope for improvement*

scorch /skɔːtʃ/ *verb* 1 to burn the surface of 2 to dry up with heat — *adjective* **scorching**: *It's been a scorching day.*

score /skɔː(r)/ *verb* 1 to gain points in a game 2 to keep a note of points gained in a game 3 to make shallow cuts or scratches in a surface ♦ *noun* 1 a number of points gained in a game 2 a shallow cut or scratch in a surface 3 a written copy of music 4 a set of twenty 5 **scores** a lot 6 the current state of affairs: *What's the score here?* ▶ *phrase* **on this** or **that score** as far as this, or that, is concerned

| **score out** to draw a line through (a piece of writing) |

scorn /skɔːn/ *noun* (*uncount*) contempt ♦ *verb* to reject with contempt

scornful /'skɔːnfəl/ *adjective* feeling or showing scorn [*same as* **sneering**, **contemptuous**] — *adverb* **scornfully**

Scot /skɒt/ *noun* a person who comes from Scotland

Scotch /skɒtʃ/ *noun* (*uncount*) whisky made in Scotland

scot-free /ˌskɒt'friː/ *adjective* unpunished or unharmed

Scottish /'skɒtɪʃ/ *adjective* concerned with Scotland

scoundrel /'skaʊndrəl/ *noun* (*old*) someone, especially a man, who cheats or deceives people

scour /skaʊə(r)/ *verb* 1 to clean by hard rubbing; scrub 2 to search thoroughly

scourge /skɜːdʒ/ *noun* a cause of great suffering or harm

scout /skaʊt/ *noun* 1 a guide or spy sent ahead to bring back information 2 **Scout** a member of the Scout Association ♦ *verb* to search: *scout around for a bargain*

scowl /skaʊl/ *verb* to wrinkle the brows in anger ♦ *noun*: *'This soup is cold,'* he said with a scowl.

scrabble /'skræbəl/

| **scrabble about** or **scrabble around** to try to get hold of something with scratching, groping movements |

scramble /'skræmbəl/ *verb* 1 to climb or crawl using the hands and feet 2 to push and struggle to reach something 3 to beat together and cook (eggs): *scrambled egg* 4 to distort (a message) for security reasons ♦ *noun* 1 a violent struggle to beat others in reaching something 2 a difficult climb or walk

scrap /skræp/ *noun* **1** a small piece, a fragment **2** (*uncount*) waste material: *scrap metal* **3 scraps** leftover pieces of something **4** (*informal*) a fight ♦ *verb* **1** to abandon as useless **2** (*informal*) to fight

scrapbook /'skræpbʊk/ *noun* a blank book used for displaying pictures

scrape /skreɪp/ *verb* **1** to mark with something sharp **2** to drag across a surface with a harsh grating sound **3** to remove with a scratching action ♦ *noun* **1** the action of scratching along a hard surface **2** a damaged area caused by scraping **3** a difficult or embarrassing situation

> **scrape through** or **scrape by** to only just manage to succeed
> **scrape together** or **scrape up** to only just manage to collect enough (money) for something

scrap heap /'skræp hi:p/ *noun* a place where unwanted objects, *eg* old furniture and cars, are piled up ▶ *phrase* **on the scrap heap** no longer needed

scratch /skrætʃ/ *verb* **1** to rub or drag a sharp or pointed object along a surface, making marks **2** to scrape the skin with the fingernails, to relieve itching **3** to make a scraping sound: *The cat was scratching at the door.* ♦ *noun* an act of scratching, or a mark or sound made by scratching ▶ *phrases* **start from scratch** to start from the very beginning **up to scratch** meeting the required standard

scrawl /skrɔːl/ *verb* to write or draw untidily or hastily ♦ *noun* untidy or illegible handwriting

scrawny /'skrɔːnɪ/ *adjective* very thin and bony

scream /skriːm/ *verb* to utter a loud high-pitched cry of pain or fear ♦ *noun* a loud high-pitched cry or other sound: *screams for help*

scree /skriː/ *noun* a mass of loose stones covering a hill or mountain slope

screech /skriːtʃ/ *noun* a loud harsh high-pitched cry or sound ♦ *verb* to make this sound

screed /skriːd/ *noun* (*informal*) a very long piece of writing

screen /skriːn/ *noun* **1** a flat, covered framework used to divide a part of a room off **2** something that shelters from *eg* wind or danger **3** the surface on which cinema films are shown **4** the surface on which a television picture, or computer data, is displayed ♦ *verb* **1** to hide from view or to shelter **2** to show on television **3** to do tests to find out if someone is likely to be reliable or not **4** to examine someone to test for disease

> **screen off** to separate (part of a room) with a screen

screw /skruː/ *noun* **1** a nail with a slotted head and a winding groove or ridge **2** a kind of propeller ♦ *verb* **1** to fasten or tighten with a screw **2** to fasten using a twisting movement **3** (*informal*) to cheat ▶ *phrase* **have a screw loose** to be slightly mad

> **screw up 1** to press or twist out of shape **2** (*informal*) to make a mistake or to fail **3** to damage emotionally

screwdriver /'skruːdraɪvə(r)/ *noun* a tool for twisting screws into position

scribble /'skrɪbəl/ *verb* **1** to write quickly or untidily **2** to draw meaningless lines or shapes ♦ *noun* **1** untidy writing **2 scribbles** meaningless written marks

scrimp /skrɪmp/ *verb* ▶ *phrase* **scrimp and save** to spend as little money as possible

script /skrɪpt/ *noun* **1** the text of *eg* a play or talk **2** a system of characters used for writing: *Chinese script*

scripture /'skrɪptʃə(r)/ *noun* **1** sacred writings **2 Scripture** or **the Scriptures** the Bible

scroll /skroʊl/ *noun* a piece of paper rolled up, used for ceremonial purposes ♦ *verb* to move the data on a computer screen up or down

scrounge /skraʊndʒ/ *verb* (*informal*) to get the things you want or need by begging

scrounger /'skraʊndʒə(r)/ *noun* a person who gets the things they want or need by begging

scrub /skrʌb/ *verb* to rub hard in order to clean ♦ *noun* **1** an act of scrubbing **2** (*uncount*) countryside covered with low bushes

scruff /skrʌf/ *noun* ▶ *phrase* **the scruff of the neck** the back of the neck

scruffy /'skrʌfɪ/ *adjective* dirty and untidy

scrum /skrʌm/ *noun* in rugby, a struggle for the ball by the forwards of opposing sides grouped together

scrumptious /'skrʌmpʃəs/ *adjective* (*informal*) delicious

scruples /'skruːpəlz/ *noun* (*plural*) moral principles that keep someone from doing something

scrupulous /'skruːpjələs/ *adjective* **1** careful about the smallest details [*same as* **meticulous**] **2** taking care not to act immorally — *adverb* **scrupulously**

scrutinize or **scrutinise** /'skru:tɪnaɪz/ *verb* to examine very closely

scrutiny /'skru:tɪnɪ/ *noun* (*uncount*) close and thorough examination

scuba-diving /'sku:bədaɪvɪŋ/ *noun* (*uncount*) the sport or activity of swimming underwater using special equipment

scuff /skʌf/ *verb* to scrape off some of the polished surface of *eg* shoes

scuffle /'skʌfəl/ *noun* a confused fight

scullery /'skʌlərɪ/ *noun* a room for kitchen work

sculptor /'skʌlptə(r)/ *noun* an artist who makes sculptures

sculpture /'skʌlptʃə(r)/ *noun* **1** (*uncount*) the art of carving or modelling solid objects **2** a work of art made in this way

scum /skʌm/ *noun* (*uncount*) **1** dirt that rises to the surface of liquids **2** (*informal*; *derogatory*) a very bad, disgusting or worthless person or thing

scupper /'skʌpə(r)/ *noun* on a ship, a hole through which water drains from the deck ♦ *verb* **1** to sink deliberately **2** (*informal*) to ruin (a plan)

scurrilous /'skʌrɪləs/ *adjective* insulting and unfair: *a scurrilous attack*

scurry /'skʌrɪ/ *verb* to move hurriedly, especially with short quick steps [*same as* **scuttle**]

scuttle /'skʌtəl/ *verb* **1** to move with rapid short steps like a small creature **2** to make a hole in a ship in order to sink it

scythe /saɪð/ *noun* a tool with a handle and a long curved blade, used for cutting grass ♦ *verb* to cut with a scythe

sea /si:/ *noun* **1** the mass of salt water covering most of the earth's surface **2** any named part of this: *the Baltic Sea* **3** an expanse or crowd: *a sea of faces* ▶ *phrase* **at sea 1** on the sea **2** completely confused

seabed /'si:bed/ *noun* (*singular*) the bottom or floor of the sea

seafaring /'si:feərɪŋ/ *adjective* using ships to travel, trade and earn a living

seafood /'si:fu:d/ *noun* (*uncount*) shellfish and other fish from the sea that are eaten as food

seafront /'si:frʌnt/ *noun* a promenade with its buildings facing the sea

seagoing /'si:gəʊɪŋ/ *adjective* of a ship: designed for travelling on the sea

seagull /'si:gʌl/ same as **gull**

seal[1] /si:l/ *noun* **1** a device that must be broken before a container can be opened **2** a piece of *eg* rubber that makes a joint airtight or watertight **3** an official mark stamped on a piece of wax ♦ *verb* **1** to make airtight or watertight with a seal **2** to close (an envelope) by sticking the open edges together **3** to decide or settle: *seal a bargain* ▶ *phrase* **give your seal of approval** to show that you are in favour of what is being proposed

seal off to put a barrier round

seal[2] /si:l/ *noun* an animal with a shiny coat and short limbs, living in the sea and on land

sea level /'si: lɛvəl/ *noun* the level of the surface of the sea

sea lion /'si: laɪən/ *noun* a type of large seal found in the Pacific Ocean

seam /si:m/ *noun* **1** the line formed by the sewing together of two pieces of cloth **2** a band or layer of *eg* metal or coal in the earth

seaman /'si:mən/ *noun*: **seamen** a sailor below the rank of officer

seamanship /'si:mənʃɪp/ *noun* (*uncount*) the skill of sailing and navigating ships at sea

séance or **seance** /'seɪɒns/ *noun* a meeting at which people try to receive messages from the spirits of dead people

search /sɜ:tʃ/ *verb* **1** to look carefully in order to find something **2** to look in someone's clothing to check whether they are concealing something ♦ *noun* an act of searching

searching /'sɜ:tʃɪŋ/ *adjective* examining closely and carefully: *a searching inquiry*

searing /'sɪərɪŋ/ *adjective* **1** of pain: very severe **2** of heat: extremely hot

seashore /'si:ʃɔ:(r)/ *noun* (*uncount*) the land next to the sea

seasick /'si:sɪk/ *adjective* unwell because of the movement of a boat or ship

seaside /'si:saɪd/ *noun* (*uncount*) a place beside the sea, especially where people go on holiday

season /'si:zən/ *noun* **1** one of the four divisions of the year; spring, summer, autumn or winter **2** a time associated with a particular activity: *the football season* **3** the proper time for anything: *the rainy season* ♦ *verb* to add *eg* salt to improve the flavour of ▶ *phrase* **in season** of *eg* fruit: ripe, ready to be eaten

seasonal /'si:zənəl/ *adjective* **1** of *eg* work: only available at certain times of the year **2** typical of a particular season

seasoned /'si:zənd/ *adjective* having a lot of experience in a particular field or activity

seasoning /ˈsiːzənɪŋ/ *noun* a substance such as salt or pepper, added to food to give it more taste

season ticket /ˈsiːzən tɪkɪt/ *noun* a ticket that can be used repeatedly for a certain period of time

seat /siːt/ *noun* **1** a piece of furniture for sitting on **2** the part of a chair on which you sit **3** the part of the body on which you sit; the buttocks **4** a position in parliament **5** a large house belonging to a noble family ♦ *verb* **1** to assign a place to, *eg* at a dinner table **2** to have seats for; accommodate: *The room seats forty.*

seat belt /ˈsiːt bɛlt/ *noun* a belt fixed to a seat in a car to prevent a passenger from being thrown out of the seat

seaweed /ˈsiːwiːd/ *noun* (*uncount*) any of several kinds of plants growing in the sea

seaworthy /ˈsiːwɜːði/ *adjective* in a good enough condition to go to sea

sec /sɛk/ *noun* (*BrE; informal*) ▸ *phrases* **hang on a sec** or **wait a sec** wait for a brief moment

secluded /sɪˈkluːdɪd/ *adjective* quiet, private and hidden from view — *noun* (*uncount*) **seclusion**

second¹ /ˈsɛkənd/ (often written **2nd**) *determiner* **1** next after the first in time or place **2** the one numbered two in a series **3** other, alternate: *every second week* **4** another of the same kind: *They thought him a second Mozart.* ♦ *pronoun*: *This programme is the second in a series of three.* ♦ *adjective*: *She came second in the reading competition.* ♦ *noun* **1** second gear *eg* in a car **2** a person who acts as attendant to a boxer **3 seconds** damaged goods **4 seconds** (*informal*) another helping of food ♦ *verb* to support, back up

second² /ˈsɛkənd/ *noun* **1** a period of time equal to a sixtieth of a minute **2** a brief moment

second³ /sɪˈkɒnd/ *verb* **seconded** sent to temporarily work in a different place

secondary /ˈsɛkəndərɪ/ *adjective* **1** second in position or importance **2** of education: for children between the ages of 11 or 12 and 18

secondary school /ˈsɛkəndərɪ skuːl/ *noun* (*BrE*) a school for children between the ages of 11 or 12 and 18

second hand /ˈsɛkənd hand/ *noun* the pointer on a watch or clock that measures the time in seconds

second-hand /sɛkəndˈhand/ *adjective* having been previously owned or used by someone else: *second-hand clothes* ♦ *adverb* not received directly: *I heard the news second-hand.*

secondly /ˈsɛkəndlɪ/ *adverb* used to introduce the second in a list of things

second nature /sɛkənd ˈneɪtʃə(r)/ *noun* (*uncount*) a firmly fixed habit: *Organizing people is second nature to her.*

second-rate /sɛkəndˈreɪt/ *adjective* not of the best quality, inferior

secrecy /ˈsiːkrəsɪ/ *noun* (*uncount*) the state of being secret, mystery

secret /ˈsiːkrət/ *adjective* **1** hidden from, or not known by, others **2** secretive: *a secret smile* — *adverb* **secretly** ♦ *noun* a piece of information that is not, or must not be, revealed

secretarial /sɛkrəˈtɛərɪəl/ *adjective* of a secretary or a secretary's work

secretary /ˈsɛkrətərɪ/ *noun* **1** someone employed to do administrative work in an office **2** someone elected to deal with the written business of *eg* a club **3** a Secretary of State: *the Defence Secretary* **4** a government minister in charge of an administrative department

secrete /sɪˈkriːt/ *verb* **1** of a part of the body: to produce and release a substance **2** (*formal*) to hide, conceal in a secret place — *noun* **secretion**

secretive /ˈsiːkrətɪv/ *adjective* tending to keep things secret from other people

sect /sɛkt/ *noun* a group of people whose religious or other views are regarded as extreme by others

sectarian /sɛkˈtɛərɪən/ *adjective* **1** relating to a sect **2** showing hostility to those outside your own group — *noun* (*uncount*) **sectarianism**

section /ˈsɛkʃən/ *noun* **1** a part, a division: *a section of the community* **2** the view of the inside of anything when it is cut right through or across: *a section of a plant*

sector /ˈsɛktə(r)/ *noun* **1** a separate part into which any field of activity can be divided: *the public sector* **2** (*maths*) a part of a circle

secular /ˈsɛkjʊlə(r)/ *adjective* used to describe things that are not religious or connected with the church

secure /sɪˈkjʊə(r)/ *adjective* **1** safe, free from danger or fear **2** well protected **3** firmly fixed or attached: *The lock is secure.* ♦ *verb* **1** to fasten or attach firmly **2** (*formal*) to get: *secure a loan* **3** to make safe — *adverb* **securely**

security /sɪˈkjʊərɪtɪ/ *noun* **1** (*uncount*) the condition of being protected **2** something given as a guarantee **3** certificates which show ownership of stocks and shares

sedan /sɪ'dæn/ *noun* (*AmE*) a saloon car

sedate /sɪ'deɪt/ *adjective* quiet, calm and dignified — *adverb* **sedately** ♦ *verb* to make less agitated with drugs

sedation /sɪ'deɪʃn/ *noun* (*uncount*) the use of sedatives to calm a patient

sedative /'sɛdətɪv/ *noun* a drug that has a calming or soothing effect

sedentary /'sɛdəntəri/ *adjective* of eg a job: one where you sit down most of the time

sediment /'sɛdɪmənt/ *noun* the solid particles that settle at the bottom of a liquid

seduce /sɪ'dju:s/ *verb* **1** to persuade someone to have sex **2** to tempt away from sensible or moral behaviour [*same as* **lure**] — *noun* **seduction**

seductive /sɪ'dʌktɪv/ *adjective* tempting, charming or attractive — *adverb* **seductively**

see /si:/ *verb*: **sees, seeing, saw, seen 1** to notice or observe **2** to have the power of sight **3** to meet or spend time in the company of: *I'm seeing my mother this weekend.* **4** to have a romantic relationship with: *I think she's seeing another man.* **5** to accompany: *I'll see you out.* **6** to realize or understand. **7** to find out: *I'd better see what she wants.* **8** to make sure: *Can you see that all the lights are out before you leave?* **9** to imagine: *I can't see them being on time, to be honest.* **10** to regard: *My mother still sees me as a kid.* ▸ *phrases* **as far as I can see** in my view **see you** goodbye

see about to attend to
see off to go with to *eg* the airport, in order to say goodbye
see through 1 to see what is on the other side of **2** to detect the truth underlying a lie
see to to deal with

seed /si:d/ *noun* **1** the part of a tree or plant from which a new plant grows **2 seeds** the origins of something: *the seeds of rebellion* **3** in sport, a seeded player ♦ *verb* **1** of a plant: to produce seeds **2** to remove the seeds from: *seeded grapes* **3** in sport, to give a ranking according to a player's likelihood of winning ▸ *phrases* **go to seed** or **run to seed 1** of a plant: to develop seeds **2** of *eg* a person: to become untidy, fat or unhealthy

seedy /'si:dɪ/ *adjective* (*informal*) of a place: dirty, in bad condition

seeing /'si:ɪŋ/ *conjunction* (*informal*) (or **seeing as** or **seeing that**) 'since' or 'because': *We thought we'd pay you a visit, seeing as we were in the area.*

seek /si:k/ *verb* (*formal*): **seeks, seeking, sought 1** to search for **2** to try to get or achieve: *seek to establish proof* **3** to ask for *eg* advice

seek out to search for and find

seem /si:m/ *verb* **1** to appear to be: *He seems kind.* **2** to appear: *She seems to like it.*

seeming /'si:mɪŋ/ *adjective* (*formal*) apparent: *a seeming success* — *adverb* **seemingly**

seen /si:n/ *verb* the past participle of **see**

seep /si:p/ *verb* to flow slowly through a small opening

seesaw /'si:sɔ:/ *noun* a horizontal board balanced in the middle, that children play on, making one end go up when the other goes down

seethe /si:ð/ *verb* **1** to be very angry **2** to be full of people [*same as* **teem**]

see-through /'si:θru:/ *adjective* transparent; that you can see through

segment /'sɛgmənt/ *noun* a part, section or division of something

segregate /'sɛgrɪgeɪt/ *verb* to separate or keep apart from — *noun* (*uncount*) **segregation**

seize /si:z/ *verb* **1** to grab or take hold of suddenly **2** to affect suddenly: *seized by panic*

seize on to accept *eg* an idea with enthusiasm
seize up to stop working or moving easily through lack of lubrication

seizure /'si:ʒə(r)/ *noun* the act of taking, or taking control of, by force

seldom /'sɛldəm/ *adverb* not often, rarely: *He seldom writes letters these days.*

select /sə'lɛkt/ *verb* to choose from amongst several available ♦ *adjective* **1** carefully chosen, of the highest quality **2** exclusive, allowing only certain people in

selection /sɪ'lɛkʃən/ *noun* **1** the act of choosing **2** a set of things that have been chosen **3** a range from which to choose

selective /sɪ'lɛktɪv/ *adjective* **1** careful in choosing things **2** having an effect only on certain things

self /sɛlf/ *noun*: **selves** the person that you are, with all your qualities and attitudes: *She soon revealed her true self.*

self-assured /sɛlfə'ʃʊəd/ *adjective* confident in your own talents and abilities [*same as* **self-confident**] — *noun* (*uncount*) **self-assurance**

self-centred (AmE **self-centered**) /ˌsɛlfˈsɛntəd/ *adjective* concerned with your own affairs, selfish

self-confident /ˌsɛlfˈkɒnfɪdənt/ *adjective* sure of your own value and ability to succeed [*same as* **self-assured**] — *noun* (*uncount*) **self-confidence**

self-conscious /ˌsɛlfˈkɒnʃəs/ *adjective* nervous and uncomfortable in social situations — *adverb* **self-consciously**

self-contained /ˌsɛlfkənˈteɪnd/ *adjective* **1** of a flat: complete in itself, not sharing any part with other flats **2** of a person: independent

self-control /ˌsɛlfkənˈtrəʊl/ *noun* (*uncount*) the ability you have to control your feelings

self-defence (AmE **self-defense**) /ˌsɛlfdɪˈfɛns/ *noun* (*uncount*) the act of defending yourself

self-employed /ˌsɛlfɪmˈplɔɪd/ *adjective* working for yourself rather than for an employer

self-esteem /ˌsɛlfɪˈstiːm/ *noun* (*uncount*) respect for yourself

self-evident /ˌsɛlfˈɛvɪdənt/ *adjective* (*formal*) clear enough to need no proof

self-explanatory /ˌsɛlfɪkˈsplænətərɪ/ *adjective* easily understood

self-important /ˌsɛlfɪmˈpɔːtənt/ *adjective* having too high an opinion of your own importance

self-indulgent /ˌsɛlfɪnˈdʌldʒənt/ *adjective* too ready to satisfy your own inclinations and desires

self-interest /ˌsɛlfˈɪntrɛst/ *noun* (*uncount*) the attitude of being concerned only about the things that affect you

selfish /ˈsɛlfɪʃ/ *adjective* thinking only about your own pleasure or advantage [*opposite* **generous**, **unselfish**] — *adverb* **selfishly** — *noun* (*uncount*) **selfishness**

selfless /ˈsɛlfləs/ *adjective* thinking of others before yourself, unselfish

self-made /ˌsɛlfˈmeɪd/ *adjective* having become successful or wealthy through your own efforts

self-pity /ˌsɛlfˈpɪtɪ/ *noun* (*uncount*) the tendency to feel sorry for yourself when things go wrong

self-portrait /ˌsɛlfˈpɔːtrɪt/ or /ˌsɛlfˈpɔːtreɪt/ *noun* an artist's portrait of themselves

self-possessed /ˌsɛlfpəˈzɛst/ *adjective* calm and able to act in a confident way

self-raising flour /ˌsɛlfreɪzɪŋ ˈflaʊə(r)/ *noun* (*uncount*) flour containing an ingredient to make it rise

self-reliant /ˌsɛlfrɪˈlaɪənt/ *adjective* independent, not needing help or support from others

self-respect /ˌsɛlfrɪˈspɛkt/ *noun* (*uncount*) respect for yourself and concern for your dignity — *adjective* **self-respecting**

self-righteous /ˌsɛlfˈraɪtʃəs/ *adjective* having too high an opinion of your own goodness

self-sacrifice /ˌsɛlfˈsakrɪfaɪs/ *noun* (*uncount*) the act of giving up what you have or what you want to do, in order to help others

self-satisfied /ˌsɛlfˈsatɪsfaɪd/ *adjective* pleased, smug, satisfied with yourself

self-service /ˌsɛlfˈsɜːvɪs/ *noun* (*uncount*) of a restaurant: where customers serve themselves

self-sufficient /ˌsɛlfsəˈfɪʃənt/ *adjective* needing no help or support from anyone else

sell /sɛl/ *verb*: **sells**, **selling**, **sold 1** to give in exchange for money **2** to make available for buying: *Do you sell stamps?* **3** to be sold for, cost: *This book sells for £20.*

> **sell off** to offer for sale at a cheaper price than usual
> **sell out** of goods offered for sale: to be all bought
> **sell up** to sell your house or business

seller /ˈsɛlə(r)/ *noun* someone who sells

Sellotape /ˈsɛləteɪp/ *noun* (*trademark*; *uncount*) a type of transparent sticky tape

semblance /ˈsɛmbləns/ *noun* (*formal*) an outward appearance: *a semblance of order*

semen /ˈsiːmən/ *noun* (*uncount*) the whitish liquid that carries sperm

semi- /ˈsɛmɪ/ *prefix* used before nouns and adjectives to mean 'half' or 'partly': *quavers and semiquavers*

semicircle /ˈsɛmɪsɜːkəl/ *noun* half of a circle

semicolon /ˌsɛmɪˈkəʊlɒn/ *noun* the punctuation mark (;)

semi-detached /ˌsɛmɪdɪˈtatʃt/ *adjective* of a house: joined to another house on one side

semifinal /ˌsɛmɪˈfaɪnəl/ *noun* the stage or match of a contest immediately before the final

seminar /ˈsɛmɪnɑː(r)/ *noun* a small number of students discussing or studying a particular topic

senate /ˈsɛnət/ *noun* **1** the higher-ranking government body in the USA and Australia **2** the governing council of some universities

senator (when used with a name **Senator**) /ˈsɛnətə(r)/ *noun* a member of a senate

send /sɛnd/ *verb*: **sends, sending, sent 1** to post or have delivered **2** to tell to go: *They sent me on various training courses.*

> **send for** to ask to come to you: *Send for an ambulance immediately.*
> **send off** to order a player in a sports match to leave the field
> **send off for** to send an order to a supplier by post
> **send on** to re-address and re-post *eg* a parcel
> **send up** (*informal*) to imitate and cause to look ridiculous

sender /ˈsɛndə(r)/ *noun* a person who sends something, especially by post

senile /ˈsiːnaɪl/ *adjective* unable to remember things or behave normally through old age — *noun* (*uncount*) **senility**

senior /ˈsiːnɪə(r)/ *adjective* older in age or higher in rank ♦ *noun* **1** someone in a senior position **2** a pupil in a senior school

seniority /siːnɪˈɒrɪtɪ/ *noun* (*uncount*) **1** the state or condition of being older or higher in rank **2** advantages gained from having long service in an organization or group

sensation /sɛnˈseɪʃən/ *noun* **1** (*uncount*) the ability to feel or be aware through any of the five senses **2** a physical feeling: *a floating sensation* **3** a state of excitement: *causing a sensation*

sensational /sɛnˈseɪʃənəl/ *adjective* **1** intended to cause widespread excitement **2** (*informal*) wonderful or marvellous

sense /sɛns/ *noun* **1** one of the five powers of sight, touch, taste, hearing and smell **2** an awareness: *a good sense of direction* **3** a feeling: *a sense of loss* **4** (*uncount*) the ability to make wise and practical judgements **5** meaning: *the general sense of the text* ♦ *verb* to feel, realize: *She sensed my disapproval.* ▶ *phrases* **come to your senses** to start behaving sensibly after a period of foolishness **take leave of your senses** to do something crazy **make sense** to be clear, easy to understand

senseless /ˈsɛnsləs/ *adjective* **1** unconscious or stunned **2** foolish, without purpose

sensibility /sɛnsɪˈbɪlɪtɪ/ *noun* (*uncount*) **1** the ability to feel **2 sensibilities** feelings

sensible /ˈsɛnsɪbəl/ *adjective* wise and practical — *adverb* **sensibly**

sensitive /ˈsɛnsɪtɪv/ *adjective* **1** responding quickly, strongly or painfully **2** easily hurt **3** of an issue: causing strong feelings — *adverb* **sensitively**

sensitivity /sɛnsɪˈtɪvɪtɪ/ *noun* (*uncount*) the quality or condition of being sensitive

sensory /ˈsɛnsərɪ/ *adjective* relating to the senses

sensual /ˈsɛnʃʊəl/ *adjective* **1** driven by, or affecting, the senses rather than the mind: *the sensual pleasures of aromatherapy.* **2** suggesting, enjoying or providing physical, especially sexual, pleasure — *noun* **sensuality**

sensuous /ˈsɛnʃʊəs/ *adjective* appealing to, stimulating or giving pleasure to the senses: *They exploited all the sensuous charm of the second movement.*

sent /sɛnt/ *verb* the past tense and past participle of **send**

sentence /ˈsɛntəns/ *noun* **1** (*grammar*) a sequence of words which expresses a complete statement **2** a punishment announced by a judge ♦ *verb* of a judge: to give a particular punishment to

sentiment /ˈsɛntɪmənt/ *noun* **1** (*uncount*) tender feelings in general **2** a view on a subject, especially one influenced by emotion

sentimental /sɛntɪˈmɛntəl/ *adjective* **1** easily feeling and expressing tender emotions **2** provoking such emotions

sentry /ˈsɛntrɪ/ *noun* a soldier whose job is to guard a building

separate *verb* /ˈsɛpəreɪt/ **1** to set or keep apart **2** to become detached **3** of a married couple: to stop living together ♦ *adjective* /ˈsɛpərət/ **1** distinctly different or individual, not connected **2** not attached

separation /sɛpəˈreɪʃən/ *noun* **1** (*uncount*) the act of separating **2** a place or line marking a division

September /sɛpˈtɛmbə(r)/ *noun* (*uncount*) the ninth month of the year

septet /sɛpˈtɛt/ *noun* a group of seven musicians

septic /ˈsɛptɪk/ *adjective* of a wound: infected with poisonous bacteria

sequel /ˈsiːkwəl/ *noun* **1** a story that is a continuation of an earlier story **2** a result, a consequence

sequence /ˈsiːkwəns/ *noun* **1** a series of things following each other in a particular order **2** the order in which things follow each other

sequin /'siːkwɪn/ *noun* a small round sparkling disc sewn on to clothes

serenade /sɛrə'neɪd/ *noun* a piece of gentle, romantic music

serene /sə'riːn/ *adjective* calm and peaceful — *adverb* **serenely** — *noun* (*uncount*) **serenity**

sergeant /'sɑːdʒənt/ *noun* **1** an officer of the rank above a corporal **2** a police officer in the rank above a constable

sergeant-major /sɑːdʒənt'meɪdʒə(r)/ *noun* an officer of the highest rank in the armed forces

serial /'sɪərɪəl/ *noun* a story that is published in several parts

series /'sɪərɪz/ *noun* **1** a number of things following each other in order **2** a set of *eg* books on the same subject: *a series of books on art*

serious /'sɪərɪəs/ *adjective* **1** solemn, not light-hearted or flippant: *a serious expression on her face* **2** dealing with important issues **3** of an illness: severe **4** of an accident: resulting in severe injury or death **5** not joking, in earnest — *noun* (*uncount*) **seriousness** — *adverb* **seriously**

sermon /'sɜːmən/ *noun* a religious or moral talk, especially one given in church

serpent /'sɜːpənt/ *noun* (*old or literary*) a snake

serrated /sə'reɪtɪd/ *adjective* having V-shaped notches or teeth

servant /'sɜːvənt/ *noun* a person employed to do someone else's household work

serve /sɜːv/ *verb* **1** to work for: *serving the community* **2** to give (food or drink) to people *eg* at a mealtime **3** to be able to be used: *The piece of waste ground served as a play area for the children.* **4** to provide with a service **5** in tennis: to start play by hitting the ball over the net ♦ *noun* in tennis: the action of hitting the ball over the net to your opponent to start play

service /'sɜːvɪs/ *noun* **1** (*uncount*) the activity of working for other people **2** a department of the government: *the health service* **3** a regular supply: *bus service* **4 services** on a motorway, any of the places where you can stop and rest **5** a periodic check given to a motor vehicle or other kind of machine **6** a church ceremony **7** a tennis player's action in serving a ball ♦ *verb* to give a car or other machine a periodic check

serviceable /'sɜːvɪsəbəl/ *adjective* useful, usually for a particular purpose

serviette /sɜːvɪ'ɛt/ *noun* a table napkin

servile /'sɜːvaɪl/ *adjective* excessively obedient and respectful

session /'sɛʃən/ *noun* **1** a meeting of a court or council **2** a period of time spent engaged in a particular activity **3** an academic term or year ► *phrase* **in session** of *eg* Parliament: in the process of meeting

set /sɛt/ *verb*: **sets**, **setting**, **set 1** to place or put **2** to fix in the proper place **3** to arrange (a table) for a meal **4** of the sun: to sink below the horizon **5** to adjust to a certain level, make ready to work **6** to arrange or settle: *Shall we fix a date now?* **7** to give *eg* a task to **8** to fix hair in waves or curls ♦ *noun* **1** a group or collection of things that belong together **2** a group of people who are connected in some way: *the academic set* **3** an apparatus such as a television or radio **4** a series of at least six tennis games ♦ *adjective* **1** fixed **2** ready: *Are you set?* **3** determined: *He seems set on resigning.* ► *phrase* **set in your ways** unwilling to alter your way of life or attitudes

---

set about to start
set apart 1 to situate at some distance away **2** to make noticeably different from others
set aside 1 to disregard or reject **2** to put away for later use
set back to delay or force to repeat
set in to become firmly established
set off 1 to start a journey **2** to start or cause: *Her remarks set off a fierce row.*
set out 1 to arrange **2** to begin a journey **3** to intend from the start
set up to arrange **2** to establish *eg* a business **3** (*informal*) to trick

---

setback /'sɛtbak/ *noun* a reversal of progress made; a delay

settee /sɛ'tiː/ *noun* a sofa [*same as* **sofa**, **couch**]

setting /'sɛtɪŋ/ *noun* **1** the position in which an instrument's controls are set **2** a background: *against a setting of hills and lochs*

settle /'sɛtəl/ *verb* **1** to make your home in a place **2** to come to an agreement **3** to come to rest: place in a position or at rest: *A thin film of coal dust had settled on everything.*

---

settle down 1 to begin to live a quieter life **2** to become quieter and more attentive
settle for to accept as a compromise
settle in to get used to something new
settle on to choose from the various choices available
settle up to pay a bill or sum of money

settlement /'sɛtlmənt/ *noun* **1** the act of settling **2** a community of people who have settled in a place **3** an agreement

settler /'sɛtlə(r)/ *noun* someone who goes to live in a new country

seven /'sɛvən/ *noun* **1** the number 7 **2** the age of 7 **3** the time of 7 o'clock ♦ *adjective* seven years old ♦ *determiner*: *The fare is seven dollars.* ♦ *pronoun*: *Of the thirty children in the class only seven were girls.*

seventeen /sɛvən'ti:n/ *noun* **1** the number 17 **2** the age of 17 ♦ *adjective* seventeen years old ♦ *determiner*: *He was off work for seventeen months.* ♦ *pronoun*: *There are only seventeen here.*

seventeenth /sɛvən'ti:nθ/ *adjective* (often written **17th**) the one numbered seventeen in a series ♦ *noun* (often written 1/17) one of seventeen equal parts

seventh /'sɛvənθ/ *determiner* the one numbered seven in a series ♦ *pronoun*: *His birthday is on the seventh of July.* ♦ *adjective*: *He came in seventh.* ♦ *noun* (often written 1/7) one of seven equal parts

seventieth /'sɛvəntɪɪθ/ *adjective* the one numbered seventy in a series ♦ *noun* one of seventy equal parts

seventy /'sɛvəntɪ/ *noun* **1** the number 70 **2** the age of 70 ♦ *adjective* seventy years old ♦ *pronoun*: *Seventy were either killed or wounded.*

sever /'sɛvə(r)/ *verb* **1** cut right through **2** to put an end to, *eg* a relationship

several /'sɛvərəl/ or /'sɛvrəl/ *determiner* more than two, but not many ♦ *pronoun*: *I've read several of her books.*

severe /sə'vɪə(r)/ *adjective* **1** extreme and difficult to endure: *a severe illness* **2** strict **3** unattractively plain [*same as* **grave**] — *adverb* **severely** — *noun* (*uncount*) **severity**

sew /soʊ/ *verb*: **sews, sewing, sewed, sewn 1** to join together with a needle and thread **2** to make or repair in this way

sewage /'su:ɪdʒ/ *noun* (*uncount*) waste matter that is carried away from homes and other buildings

sewer /'suə(r)/ *noun* a large pipe or channel for carrying away sewage

sex /sɛks/ *noun* **1** either of the two classes, male or female, into which animals are divided according to the part they play in producing children or young **2** sexual intercourse

sexism /'sɛksɪzm/ *noun* (*uncount*) unfair treatment of one sex by the other

sexist /'sɛksɪst/ *noun* someone who treats the opposite sex unfairly ♦ *adjective* relating to or characteristic of sexism: *a sexist attitude*

sextet /sɛks'tɛt/ *noun* a group of six musicians

sexual /'sɛkʃʊəl/ *adjective* concerned with or suggestive of sex

sexual intercourse /sɛkʃʊəl 'ɪntəkɔːs/ *noun* (*uncount*) the insertion of a man's penis into a woman's vagina, usually with the release of semen [*same as* **sex**]

sexuality /sɛkʃʊ'alɪtɪ/ *noun* (*uncount*) the way in which someone expresses sexual feelings

sexy /'sɛksɪ/ *adjective* (*informal*) sexually attractive or sexually exciting

shabby /'ʃabɪ/ *adjective* **1** old and worn **2** badly dressed **3** of behaviour: mean, unfair [*same as* **rotten**]

shack /ʃak/ *noun* a roughly-built hut

shackle /'ʃakəl/ *noun* **shackles** metal bands locked round a prisoner's wrists ♦ *verb* **1** to fasten with a chain **2** to hold back, restrict the freedom of

shade /ʃeɪd/ *noun* **1** (*uncount*) slight darkness caused by cutting off some light **2** (*uncount*) an area from which sunlight has been blocked **3** (*uncount*) a small amount **4** the depth or a variation of a colour ♦ *verb* **1** to block the sunlight from **2** to draw or paint parts of a picture so as to give the impression of shade

shadow /'ʃadoʊ/ *noun* **1** a dark shape caused by an object coming in the way of a light **2** (*uncount*) an area darkened by the blocking out of light **3** a feeling of gloom ♦ *verb* to follow closely and secretly ♦ *adjective* (*BrE*) of a member of the main opposition party

shady /'ʃeɪdɪ/ *adjective* **1** sheltered from light or heat **2** (*informal*) likely to be dishonest or illegal: *a shady character*

shaft /ʃɑːft/ *noun* **1** a vertical passage large enough for people or things to move up and down **2** the long straight part or handle of some tools **3** a long bar or rod in a machine **4** a beam of light

shaggy /'ʃagɪ/ *adjective* of hair or fur: thick, rough and long

shake /ʃeɪk/ *verb*: **shakes, shaking, shook, shaken 1** to move from side to side or up and down with quick movements **2** to make or be made unsteady **3** to tremble as a result of a shock **4** to shock: *The news really shook him.* ♦ *noun* **1** the act of shaking or trembling **2** a drink made with milk and flavouring: *milk shake* **3 the shakes** a fit of uncontrolled trembling

shake off to get rid of

shake up 1 (*informal*) of a system or organization: to reorganize thoroughly **2** to make you more alert or active

shake-up /'ʃeɪkʌp/ *noun* a complete reorganization of a system

shaky /'ʃeɪkɪ/ *adjective* unsteady; trembling — *adverb* **shakily**

shall /ʃəl/ *modal verb* **1** used with the infinitives of other verbs to express future action: *I shall be there from 10 o'clock onwards.* **2** used in question forms when asking for advice: *What shall I wear tonight?* **3** used in making offers: *Shall I help you with those bags?* **4** used in suggesting doing something with someone else: *Shall we go for a walk?* **5** (*formal*) used to stress that something is definitely going to happen: *You shall have what you want.*

shallow /'ʃaləʊ/ *adjective* **1** not deep **2** not capable of thinking or feeling deeply ♦ *noun* **the shallows** a place where the water is not deep

sham /ʃam/ *noun* something that is not what it appears to be ♦ *adjective* false, imitation

shamble /'ʃambəl/ *verb* to walk slowly or awkwardly

shambles /'ʃambəlz/ *noun* (*informal*) completely disorganized or in a mess: *a complete shambles.*

shame /ʃeɪm/ *noun* **1** an uncomfortable feeling of guilt or failure **2** disgrace, dishonour **3** bad luck, a pity: *It's a shame that you can't go.* ♦ *verb* **1** to cause to feel embarrassed **2 shame into** to cause to act through shame: *He was shamed into telling the truth.*

shamefaced /ʃeɪm'feɪst/ *adjective* looking ashamed or embarrassed

shameful /'ʃeɪmfəl/ *adjective* disgraceful — *adverb* **shamefully**

shameless /'ʃeɪmləs/ *adjective* feeling or showing no shame — *adverb* **shamelessly**

shampoo /ʃam'puː/ *noun* **1** soapy liquid for washing the hair and scalp **2** a similar liquid used for cleaning *eg* carpets **3** an act of washing with this liquid ♦ *verb* to wash or clean using shampoo

shandy /'ʃandɪ/ *noun* a drink consisting of a mixture of beer and lemonade

shan't /ʃɑːnt/ *verb* the spoken, and informal written, form of **shall not**

shanty town /'ʃantɪ taʊn/ *noun* an area outside a city where poor people live in rough huts

shape /ʃeɪp/ *noun* **1** the form or outline of something **2** a figure such as a square, triangle or circle **3** your figure **4** a figure or person that you can't see properly: *a shape in the distance* ♦ *verb* **1** to give a particular form to **2** to influence **3** to develop for a particular purpose ▸ *phrases* **in shape** physically fit **out of shape** not very fit or healthy

shape up (*informal*) to begin to develop in a particular way

shapeless /'ʃeɪpləs/ *adjective* having no definite shape

shapely /'ʃeɪplɪ/ *adjective* having an attractive shape

share /ʃeə(r)/ *verb* **1** to divide between a number of people **2** to allow others to use or have **3** to have or use in common with someone else: *We shared many of the same interests.* ♦ *noun* **1** an amount or proportion of the total that is given to you **2** any of the units into which the total wealth of a business company is divided

share out to divide so that everyone gets a fair portion

shareholder /'ʃeəhəʊldə(r)/ *noun* someone who owns shares in a company

shark /ʃɑːk/ *noun* a large, very fierce, flesh-eating fish

sharp /ʃɑːp/ *adjective* **1** having a thin edge that can cut or a point that can pierce: *a sharp knife* **2** having a strong, bitter taste **3** of a pain: that feels as though you are being cut or stung **4** of a fall or increase: sudden **5** quick to understand or react **6** abrupt or harsh **7** in music, of a note: higher in pitch than the normal note ♦ *noun* a sharp musical note, indicated by the sign (#) ♦ *adverb* **1** punctually: *Come at ten o'clock sharp.* **2** of music: out of tune, too high: *sing sharp* — *adverb* **sharply** ▸ *phrase* (*informal*) **look sharp** hurry up

sharpen /'ʃɑːpən/ *verb* to make sharp: *sharpen a pencil*

sharpener /'ʃɑːpənə(r)/ *noun* a device for sharpening: *a pencil sharpener*

shatter /'ʃatə(r)/ *verb* **1** to break into pieces **2** to destroy *eg* hopes

shattered /'ʃatəd/ *adjective* **1** deeply shocked **2** very tired

shave /ʃeɪv/ *verb* **1** to cut away hair with a razor **2** to cut thin slices off *eg* wood ♦ *noun* the act or process of cutting hair away from the skin: *You need a shave.* ▸ *phrase* **a close shave** a lucky escape from a likely accident

shaven /'ʃeɪvən/ *adjective* that has been shaved

shaver /'ʃeɪvə(r)/ *noun* an electrical device for shaving hair

shaving /'ʃeɪvɪŋ/ *noun* a very thin slice of *eg* wood ♦ *adjective* of items used by people when they shave

shawl /ʃɔːl/ *noun* a covering for the shoulders

she /ʃiː/ *pronoun* used as the subject of a sentence to refer to a woman, girl or female animal that has already been mentioned: *'Have you heard from Liz lately?' 'Yes, she rang yesterday.'*

sheaf /ʃiːf/ *noun*: **sheaves** a bundle *eg* of corn or papers, tied together

shear /ʃɪə(r)/ *verb*: **shears, shearing, sheared, shorn** 1 to trim or cut *eg* a hedge using clippers 2 to cut off a sheep's wool using shears

shear off to break under pressure

shears /ʃɪəz/ *noun* (*plural*) large scissors

sheath /ʃiːθ/ *noun* 1 a case for a sword or knife 2 a long close-fitting covering 3 (*old*) a condom

shed¹ /ʃed/ *noun* a building for storage or shelter: *a garden shed*

shed² /ʃed/ *verb*: **sheds, shedding, shed** 1 to let (tears) pour from the eyes 2 to throw or cast off *eg* leaves, a skin or clothing

sheen /ʃiːn/ *noun* brightness, glossiness

sheep /ʃiːp/ *noun* 1 an animal with a thick coat of wool 2 someone who follows others without thinking for themselves

sheepdog /'ʃiːpdɒg/ *noun* a dog trained to look after sheep

sheepish /'ʃiːpɪʃ/ *adjective* feeling or looking embarrassed — *adverb* **sheepishly**

sheer¹ /ʃɪə(r)/ *adjective* 1 very steep or vertical: *a sheer drop* 2 used for emphasis: *sheer delight* □ *sheer nonsense* 3 of cloth: very fine, almost transparent ♦ *adverb*

sheer² /ʃɪə(r)/ *verb*

sheer off to change course suddenly

sheet /ʃiːt/ *noun* 1 a large piece of fabric for covering a bed 2 a single piece of paper 3 a broad piece of *eg* metal or ice

sheikh or **sheik** /ʃeɪk/ *noun* an Arab ruler

shelf /ʃelf/ *noun*: **shelves** 1 a horizontal board for laying things on 2 any natural feature resembling this

shell /ʃel/ *noun* 1 the hard outer covering of *eg* an egg, a nut or a sea creature 2 a framework, *eg* of a building not yet completed or burnt out: *Only the shell of the ware-house was left.* 3 a metal case filled with explosive fired from a gun ♦ *verb* 1 to take from a shell 2 to fire explosive shells at

shell out (*informal*) to spend money, especially reluctantly

shellfish /'ʃelfɪʃ/ *noun* any of various sea creatures that have a hard outer shell

shelter /'ʃeltə(r)/ *noun* 1 (*uncount*) protection against weather or danger 2 a place or structure which provides this protection ♦ *verb* 1 to give protection to 2 to take cover

shelve /ʃelv/ *verb* 1 to fit with shelves 2 to slope downwards 3 to put (a plan) aside for later consideration [*same as* **suspend**]

shepherd /'ʃepəd/ *noun* a person who looks after sheep ♦ *verb* to keep (people) in a group and direct to a place

shepherd's pie /ʃepədz 'paɪ/ *noun* a dish of minced meat covered with mashed potatoes

sherbet /'ʃɜːbət/ *noun* a sharp-tasting fruit-flavoured powder

sheriff /'ʃerɪf/ *noun* in the USA, the chief law-enforcement officer of a county

sherry /'ʃerɪ/ *noun* a strong kind of wine, often drunk before a meal

shield /ʃiːld/ *noun* 1 a piece of armour carried to block an attack with a weapon 2 a representation of this, used as an emblem 3 a medal or trophy 4 any protective plate or screen ♦ *verb* to protect from harm or danger

shift /ʃɪft/ *verb* 1 to change position or direction 2 to transfer or redirect: *Don't try to shift the blame on to someone else.* 3 to remove or dislodge with difficulty ♦ *noun* 1 a specified period of work or duty 2 a group of workers on duty at the same time 3 a change of position or direction

shifty /'ʃɪftɪ/ *adjective* not to be trusted, dishonest-looking

shilling /'ʃɪlɪŋ/ *noun* an old British coin, now the five-pence piece

shimmer /'ʃɪmə(r)/ *verb* to shine with a quivering or unsteady light ♦ *noun* a quivering light

shin /ʃɪn/ *noun* the bony front parts of the leg below the knee

shin up to climb up using the hands and feet

shine /ʃaɪn/ *verb*: **shines, shining, shone, shined** (for sense 3 only) 1 to give out or reflect light 2 to direct light at 3 to make bright by polishing 4 to be very good at: *He* *shines at arithmetic.* ♦ *noun* the shining quality or polish on something

shingle /'ʃɪŋgəl/ *noun* (*uncount*) small pebbles on a seashore or river bank

shingles /'ʃɪŋgəlz/ *noun* (*uncount*) an infectious disease causing painful spots on the skin

shiny /'ʃaɪnɪ/ *adjective* glossy, polished

ship /ʃɪp/ *noun* any large boat designed to carry passengers or cargo on the sea ♦ *verb* to send by ship

shipment /'ʃɪpmənt/ *noun* a cargo or consignment, especially one sent by ship

shipping /'ʃɪpɪŋ/ *noun* (*uncount*) **1** ships as traffic: *a gale warning to shipping* **2** the business of transporting goods and cargo by ship

shipwreck /'ʃɪprɛk/ *noun* **1** (*uncount*) the sinking or destruction of a ship **2** the remains of a sunken ship

shipwrecked /'ʃɪprɛkt/ *adjective* surviving a shipwreck

shipyard /'ʃɪpjɑ:d/ *noun* a place where ships are built and repaired

shirk /ʃɜ:k/ *verb* to avoid or evade

shirt /ʃɜ:t/ *noun* a piece of clothing for the upper body, usually with a collar and buttons at the front

shit /ʃɪt/ *noun* (*vulgar, swearword*) **1** (*uncount*) faeces **2** an act of defecating: *have a shit* **3** rubbish or nonsense: *Don't talk shit!* **4** (*derogatory*) a despicable person ♦ *interjection* an expression of annoyance or disappointment

shiver /'ʃɪvə(r)/ *verb* to tremble with cold or fear ♦ *noun* an act of shivering or a shivering sensation

shoal /ʃəʊl/ *noun* a large number of fish swimming and feeding together

shock /ʃɒk/ *noun* **1** a strong emotional reaction **2** (*uncount*) the medical term for a temporary breakdown of physical functions, *eg* as a result of extreme pain **3** the effect on the body of an electric current passing through it **4** a violent blow or shaking effect **5** a bushy mass of hair ♦ *verb* to cause an unpleasant feeling of surprise, anger or disgust

shocking /'ʃɒkɪŋ/ *adjective* causing surprise, outrage or disgust

shoddy /'ʃɒdɪ/ *adjective* **1** of poor material or quality: *shoddy goods* **2** of treatment: bad: *a shoddy trick* — *adverb* **shoddily**: *shoddily-made furniture*

shoe /ʃu:/ *noun* a shaped outer covering for the foot, reaching just below the ankle ♦ *verb*: **shoes, shoeing, shod** or **shoed** to fit metal horseshoes on a horse's hooves

shoelace /'ʃu:leɪs/ *noun* a cord used for fastening a shoe

shoestring /'ʃu:strɪŋ/ *noun* (*AmE*) a shoelace ♦ *adjective* with very little money: *a shoestring budget* ▶ *phrase* (*informal*) **on a shoestring** with very little money: *The film was made on a shoestring.*

shone /ʃɒn/ *verb* the past tense and past participle of **shine**

shoo /ʃu:/ *interjection* used to scare away birds and animals ♦ *verb* to chase off by shouting 'Shoo!'

shook /ʃʊk/ *verb* the past tense of **shake**

shoot /ʃu:t/ *verb*: **shoots, shooting, shot** **1** to fire a gun or other weapon **2** to hunt and kill animals or birds with a gun for sport **3** to hit and wound or kill with a bullet fired from a gun **4** to move very quickly **5** in sport, to hit the ball towards the goal **6** of a pain: to move through the body with a stabbing sensation **7** to film ♦ *noun* **1** a new plant growth **2** an outing to hunt birds or animals

> **shoot down** to cause to crash by gunfire
> **shoot up 1** to grow very rapidly **2** to inject illegal drugs

shop /ʃɒp/ *noun* **1** a place where goods are sold **2** a workshop ♦ *verb* **1** to visit shops in order to buy goods [*same as* **go shopping**] **2** (*informal*) to betray to the police ▶ *phrase* **talk shop** to talk about work when off duty

> **shop around** to compare the price and quality of goods in various shops before deciding to buy

shop assistant /'ʃɒp əsɪstənt/ *noun* a person whose job it is to serve or attend to customers in a shop

shopkeeper /'ʃɒpki:pə(r)/ *noun* someone who owns and manages a shop

shoplifting /'ʃɒplɪftɪŋ/ *noun* (*uncount*) the crime of taking goods from shops without paying for them

shopper /'ʃɒpə(r)/ *noun* someone who is shopping

shop steward /ʃɒp 'stjʊəd/ *noun* a worker in a factory elected by the other workers as their representative

shore[1] /ʃɔ:(r)/ *noun* the land bordering on a sea or lake

shore[2] /ʃɔ:(r)/ *verb*

> **shore up** to support (a building) with props

shoreline /'ʃɔ:laɪn/ *noun* the line formed where land meets water

shorn /ʃɔːn/ *verb* the past participle of **shear** ♦ *adjective* of hair: cut very short

short /ʃɔːt/ *adjective* **1** not long: *a short skirt* **2** not tall **3** not lasting long: *a short talk* **4** not having enough: *He always seems to be short of money.* **5** rude, abrupt ♦ *noun* (*informal*) a small measure of a strong alcoholic drink ♦ *verb* of an electrical system: to short-circuit ▶ *phrases* **cut short** to interrupt **fall short** to not reach **go short** to not get enough **in short** used when summing up

shortage /'ʃɔːtɪdʒ/ *noun* a lack or deficiency

shortbread /'ʃɔːtbrɛd/ *noun* (*uncount*) a thick biscuit made of butter, flour and sugar

short circuit /ʃɔːt 'sɜːkɪt/ *noun* an accidental connection made between two incompatible points in an electrical circuit

short-circuit /ʃɔːt'sɜːkɪt/ *verb* of an electrical appliance: to break down because the electrical current is not travelling along its proper path

shortcoming /'ʃɔːtkʌmɪŋ/ *noun* a fault, a defect

short cut /'ʃɔːt kʌt/ *noun* **1** a quicker route between two places **2** a method that saves time or effort

shorten /'ʃɔːtən/ *verb* to make or become shorter

shortfall /'ʃɔːtfɔːl/ *noun* a failure to reach a desired or expected level or amount

shorthand /'ʃɔːthand/ *noun* (*uncount*) a system of symbols used as a fast way of recording speech in writing

short-handed /ʃɔːt'handɪd/ *adjective* having fewer workers than usual

shortlist /'ʃɔːtlɪst/ *noun* a list of the best candidates for a job or post ♦ *verb* to place on a shortlist

shortlived /ʃɔːt'lɪvd/ *adjective* living or lasting only a short time: *a short-lived romance* [*same as* **fleeting**]

shortly /'ʃɔːtlɪ/ *adverb* **1** soon **2** not long in time **3** abruptly

shorts /ʃɔːts/ *noun* (*plural*) trousers with short legs

short-sighted /ʃɔːt'saɪtɪd/ *adjective* **1** only able to see clearly things which are near **2** taking no account of what may happen in the future — *noun* (*uncount*) **short-sightedness**

short-tempered /ʃɔːt'tɛmpəd/ *adjective* easily made angry

short-term /ʃɔːt'tɜːm/ *adjective* **1** concerned only with the near future **2** for a short time: *He's only here short-term.*

shot /ʃɒt/ *verb* the past tense and past participle of **shoot** ♦ *noun* **1** an act of firing a gun **2** (*uncount*) small metal pellets fired from a shotgun **3** a marksman: *a good shot* **4** in sport, a stroke played **5** a photograph **6** a single piece of filmed action **7** the heavy metal ball thrown in athletics events **8** an attempt to do something **9** an injection ▶ *phrases* **like a shot** extremely quickly **a shot in the dark** a guess

shotgun /'ʃɒtɡʌn/ *noun* a long gun which fires clusters of pellets

should see special entry on page 336

shoulder /'ʃəʊldə(r)/ *noun* **1** the part of the body between the neck and upper arm **2** the upper part of an animal's foreleg used as meat ♦ *verb* **1** to accept or bear a duty **2** to push with the shoulder ▶ *phrases* (*informal*) **straight from the shoulder** frankly and forcefully **a shoulder to cry on** sympathy, or a sympathetic person

shoulder blade /'ʃəʊldə bleɪd/ *noun* the broad flat bone behind the shoulder

shout /ʃaʊt/ *noun* a loud cry or call ♦ *verb* to say words in a loud voice

> **shout down** to shout continuously so that it is impossible for someone else to be heard
> **shout out** to say loudly

shove /ʃʌv/ *verb* to push roughly or forcefully ♦ *noun* a forceful push

> **shove off** (*informal*) a rude way of telling someone to go away

shovel /'ʃʌvəl/ *noun* a spade-like tool used for lifting *eg* coal or gravel ♦ *verb* to lift or carry with a shovel

show /ʃəʊ/ *verb*: **shows, showing, showed, shown 1** to allow, or cause, to be seen: *Show me your new dress.* **2** to be able to be seen: *Your underskirt is showing.* **3** to make clear, demonstrate: *This shows just how careful you have to be.* **3** to direct, guide: *The porter will show you to your room.* **4** to project (a film) in a cinema for people to see **5** to be apparent to other people: *He felt horribly nervous and hoped it didn't show.* ♦ *noun* **1** a performance **2** a display, an exhibition **3** a sign or indication **4** (*uncount*) behaviour intended to impress people ▶ *phrases* **for show** in order to impress people **on show** on public display

> **show off 1** to try to impress people **2** to show or display
> **show up 1** to be clearly visible or obvious **2** to make people ashamed to be associated with you: *Please don't show us up again.* **3** to do something much better than

should /ʃʊd/ modal verb

Should is a modal verb, used with the infinitives of other verbs to express such ideas as possibility, probability and necessity. They always keep the same form, rather than inflecting.

Should has three main divisions of meaning. It can express advice and moral obligation, it can express expectation and probability, and it can be used in a similar way to '**would**'.

The negative contracted form is **shouldn't** (/ʃʊdənt/).

✪ advice and moral obligation

- **giving advice**: *You should prepare yourself for the worst.* ◻ *What should I do?* ◻ *You shouldn't wear jeans to work on your first day.*
- **making recommendations**: *You should try that new Chinese restaurant on the corner.*
- **making moral statements**: *Should I telephone the police?* ◻ *You should be a bit more friendly to Gerry.*

the past
The past form of **should** is **should have**.

With a past participle, this structure is used to express regret about past actions: *I should have tried harder.* ◻ *We should have told the truth.*

✪ expectation and probability

- You use **should** to say that you expect something to happen: *We should arrive in London at about 2pm.* ◻ *It should get easier after a while.* ◻ *I'll phone them. They should be there by now.*
- You use **should have** with a past participle to say that something you expected to happen did not happen: *We should have been here earlier, but the train was late.* ◻ *She should have phoned by now. I'm rather worried.*

✪ used in a similar way to 'would'

You can use **should** after 'I' and 'we' instead of **would**:
1 in the main clause of a conditional sentence: *I should never be able to forgive myself if I failed again.*
2 to express wishes and preferences, and to accept invitations: *First of all, I should like to thank the organizers.* ◻ *'Would you care to join us?' 'Thank you. I should love to.*
In this context, **should** is more formal that **would**.

---

someone else: *You really show me up with your fantastic cooking.* **4** to arrive somewhere as arranged

show business /'ʃəʊ bɪznɪs/ *noun* (*uncount*) the entertainment industry

shower /'ʃaʊə(r)/ *noun* **1** a sudden brief fall of rain **2** a device that produces a stream of water for washing under **3** an act of washing under this device: *have a shower* ♦ *verb* **1** to give many things: *He showered her with gifts.* **2** to bathe under a shower

showery /'ʃaʊəri/ *adjective* raining from time to time

shown /ʃəʊn/ *verb* the past participle of **show**

showroom /'ʃəʊrʊm/ *noun* a room or building where goods for sale are displayed

showy /'ʃəʊi/ *adjective* bright or colourful, but not necessarily tasteful

shrank /ʃræŋk/ *verb* the past tense of **shrink**

shrapnel /'ʃræpnəl/ *noun* (*uncount*) fragments of metal from the casing of an exploding bomb or shell

shred /ʃrɛd/ *noun* **1** a thin strip cut or ripped off the main part **2** a small piece or amount: *not a shred of evidence* ♦ *verb* to rip or cut into shreds

shrew /ʃruː/ *noun* a small mouse-like animal with a long pointed nose

shrewd /ʃruːd/ *adjective* showing good practical judgement — *adverb* **shrewdly** — *noun* (*uncount*) **shrewdness**

shriek /ʃriːk/ *verb* to utter a piercing scream or speak in a loud shrill voice ♦ *noun* such a scream

shrift /ʃrɪft/ *noun* ▸ *phrase* **give someone short shrift** to dismiss someone quickly

shrill /ʃrɪl/ *adjective* of a sound or voice: high-pitched and piercing — *adverb* **shrilly** — *noun* (*uncount*) **shrillness**

shrimp /ʃrɪmp/ *noun* **1** a small, long-tailed edible shellfish **2** (*informal*) a small and slightly-built person

shrine /ʃraɪn/ *noun* a holy or sacred place

shrink /ʃrɪŋk/ *verb*: **shrinks, shrinking, shrank, shrunk 1** to make or become smaller **2** to draw back in fear or disgust ♦ *noun* (*informal*) a psychiatrist

shrinkage /'ʃrɪŋkɪdʒ/ *noun* (*uncount*) the amount by which something shrinks

shrivel /'ʃrɪvəl/ *verb* to dry up, wrinkle

shroud /ʃraʊd/ *noun* **1** a cloth in which a dead body is wrapped **2** something that covers: *a shroud of mist* ♦ *verb* to wrap up, cover

shrub /ʃrʌb/ *noun* a small bush or plant

shrubbery /'ʃrʌbərɪ/ *noun* a place where shrubs are grown

shrug /ʃrʌg/ *verb* to raise the shoulders briefly as a sign of doubt or indifference ♦ *noun* an act of shrugging

shrug off to dismiss with calm confidence

shrunk /ʃrʌŋk/ *verb* the past participle of **shrink**

shrunken /'ʃrʌŋkən/ *adjective* having been shrunk

shudder /'ʃʌdə(r)/ *verb* to tremble for a brief moment from fear, cold, disgust ♦ *noun* **1** a momentary shaking movement or feeling **2** a heavy vibration

shuffle /'ʃʌfəl/ *verb* **1** to move by sliding the feet along the ground without lifting them **2** to mix up or rearrange *eg* playing cards ♦ *noun* **1** an act or a sound of shuffling **2** a short quick sliding movement of the feet in dancing

shun /ʃʌn/ *verb* to avoid, keep away from

shunt /ʃʌnt/ *verb* to move *eg* a train from one track to another

shut /ʃʌt/ *verb*: **shuts, shutting, shut 1** to move *eg* a door into a position where it covers an opening **2** of *eg* a shop: to stop being open to the public ♦ *adjective*: *Most of the pubs will be shut today.*

shut down to close *eg* a factory
shut up 1 to confine: *I spent eight weeks shut up in my room finishing my thesis.* **2** (*informal*) to stop speaking or making a noise

shutter /'ʃʌtə(r)/ *noun* **1** a hinged panel that covers a window **2** a device which opens and closes over a camera lens ♦ *verb* to cover with a shutter or shutters

shuttle /'ʃʌtəl/ *noun* **1** the part of a weaving loom which carries the cross thread from side to side **2** an aircraft, train or bus running a frequent service between two places

shuttlecock /'ʃʌtəlkɒk/ *noun* a rounded cork stuck with feathers, used in the game of badminton

shy[1] /ʃaɪ/ *adjective* **1** easily embarrassed and nervous in the company of others **2** easily frightened or timid — *adverb* **shyly**

shy[2] /ʃaɪ/ *verb* of *eg* a horse: to jump or turn suddenly aside in fear

shy away from 1 to move away from suddenly **2** to be very reluctant to do

sibling /'sɪblɪŋ/ *noun* (*formal*) a brother or sister

sick /sɪk/ *adjective* **1** (*especially old or literary* or *AmE*) ill or unwell **2** wanting to vomit: *He complained of feeling sick.* **3** vomiting: *I think I'm going to be sick* **3** no longer able to tolerate: *I'm sick of hearing about her kids.* **4** cruel: *a sick joke* ♦ *noun* **1 the sick** ill people **2** (*uncount*) vomit ▶ *phrase* **worried sick** very worried

sicken /'sɪkən/ *verb* **1** to become ill **2** to cause to feel sick with disgust

sickening /'sɪkənɪŋ/ *adjective* causing you to feel angry, disgusted or envious

sickle /'sɪkəl/ *noun* a tool with a short handle and a curved blade used for cutting *eg* grass

sick leave /'sɪk liːv/ *noun* (*uncount*) time taken off work for illness

sickly /'sɪklɪ/ *adjective* **1** ill or susceptible to illness **2** of food: too sweet or too rich

sickness /'sɪknɪs/ *noun* **1** an illness **2** vomiting or nausea: *Have you been having any sickness or diarrhoea?*

side /saɪd/ *noun* **1** the position to the left or the right of something **2** an edge: *He pulled in to the side of the road.* **3** a division or part **4** either surface of something flat **5** one of the areas that a line separates **6** an aspect or point of view: *We need to look at all sides of the problem.* **7** a team or opposing group ♦ *adjective* **1** on or towards the side: *a side door* **2** less important or secondary: *a side issue* ▶ *phrases* **from side to side** from left to right **let the side down** to fall below the standards set by others **on your side** supporting you **side by side** next to each other **take sides** to support one group against another in a conflict

side with to support (someone) against another in a conflict

sideboard /'saɪdbɔːd/ *noun* a piece of furniture for holding *eg* dishes and cutlery

sideburns /'saɪdbɜːnz/ *noun* the lines of short hair growing down in front of a man's ears

side-effect /'saɪdɪfɛkt/ *noun* an additional, usually undesirable, effect of a drug

sideline /'saɪdlaɪn/ *noun* work carried out in addition to your regular job

sidelong /ˈsaɪdlɒŋ/ *adjective* from or to the side: *a sidelong glance* ♦ *adverb*: *She looked sidelong at him.*

sideshow /ˈsaɪdʃoʊ/ *noun* a stall with some form of amusement at a fair

side-step /ˈsaɪdstɛp/ *verb* to avoid by stepping to one side

sidetrack /ˈsaɪdtrak/ *verb* to distract

sidewalk /ˈsaɪdwɔːk/ *noun* (*AmE*) a pavement

sideways /ˈsaɪdweɪz/ *adverb* **1** from, to, or towards one side **2** with the side facing the front or top ♦ *adjective*: *a sideways look*

siding /ˈsaɪdɪŋ/ *noun* a short railway line on to which trains can be moved

sidle /ˈsaɪdəl/ *verb* to go or move somewhere slowly and cautiously

siege /siːdʒ/ *noun* **1** an attempt to capture *eg* a town by keeping it surrounded by an armed force **2** a police operation using similar tactics to force a criminal out of a building

siesta /sɪˈɛstə/ *noun* a short sleep or rest taken in the afternoon

sieve /sɪv/ *noun* a utensil used to separate liquids from solids ♦ *verb* to strain or separate with a sieve

sift /sɪft/ *verb* **1** to separate by passing through a sieve **2** to consider and examine closely: *sifting through hundreds of pieces of information*

sigh /saɪ/ *verb* a long, deep breath, showing *eg* tiredness or sadness ♦ *noun* an act or the sound of sighing

sight /saɪt/ *noun* **1** (*uncount*) the power of seeing or the ability to see **2** something that can be seen: *What a magnificent sight!* **3** something particularly interesting to look at **4** someone or something with an untidy or peculiar appearance ♦ *verb* to get a look at ▸ *phrases* **catch sight of** to get a brief view of **set your sights on** to decide to achieve

sighting /ˈsaɪtɪŋ/ *noun* an occasion when something is seen

sight-read /ˈsaɪtriːd/ *verb* to play music from a printed sheet that you have never seen or played before

sightseeing /ˈsaɪtsiːɪŋ/ *noun* (*uncount*) visiting places of interest

sign /saɪn/ *noun* **1** a mark or symbol with a special meaning **2** a board with information on it: *a road sign* **3** a gesture used to communicate meaning **4** an indication: *a sign of good weather* ♦ *verb* **1** to write your signature, *eg* on a document **2** to communicate using sign language for the deaf

sign in to officially record your arrival by signing your name

sign off (*informal*) to end a letter

sign on to officially state that you are unemployed, in order to receive money from the government

sign up to officially accept a job or place on a course

signal /ˈsɪɡnəl/ *noun* **1** a gesture, light or sound giving a command or warning: *a distress signal* **2** the apparatus used to send messages: *railway signals* **3** an event marking the moment for action to be taken **4** the wave of sound received or sent out by a radio set ♦ *verb* **1** to transmit a message or convey a meaning using signals **2** to indicate ♦ *adjective* (*formal*) remarkable: *a signal triumph*

signatory /ˈsɪɡnətəri/ *noun* (*formal*) someone who has signed an agreement

signature /ˈsɪɡnətʃə/ *noun* **1** your name, written in your own handwriting and usually always in the same way **2** an indication of key (**key signature**) or time (**time signature**) at the beginning of a line of music

significance /sɪɡˈnɪfɪkəns/ *noun* (*uncount*) meaning or importance

significant /sɪɡˈnɪfɪkənt/ *adjective* important or worth noting: *no significant change* — *adverb* **significantly**

signify /ˈsɪɡnɪfaɪ/ *verb* to have a particular meaning [*same as* **indicate, denote**]

signpost /ˈsaɪnpoʊst/ *noun* a sign giving information to motorists

silage /ˈsaɪlɪdʒ/ *noun* (*uncount*) a store of green plants fed to farm animals

silence /ˈsaɪləns/ *noun* **1** absence of sound **2** failure or unwillingness to disclose information ♦ *verb* to cause to be silent ♦ *interjection* said to people as an order to be quiet

silencer /ˈsaɪlənsə(r)/ *noun* a device *eg* on a car engine for reducing noise

silent /ˈsaɪlənt/ *adjective* **1** very quiet **2** not speaking — *adverb* **silently**

silhouette /sɪluːˈɛt/ *noun* **1** a dark shape seen against a light background **2** an outline drawing of someone filled in with black ♦ *verb* to appear as a dark shape against a light background

silicon /ˈsɪlɪkən/ *noun* (*uncount*) a non-metallic chemical element much used in electronics

silicon chip /ˌsɪlɪkən ˈtʃɪp/ *noun* a tiny piece of silicon on which very small electronic circuits are formed

silk /sɪlk/ *noun* (*uncount*) **1** the very fine, soft fibre spun by silkworms **2** thread or cloth made from this

silken /ˈsɪlkən/ *adjective* (*literary*) made of, or as soft or smooth as, silk

silkworm /ˈsɪlkwɜːm/ *noun* the caterpillar of a certain kind of moth, which spins silk

silky /ˈsɪlkɪ/ *adjective* smooth, soft and shiny

sill /sɪl/ *noun* a ledge of wood below a window or a door

silly /ˈsɪlɪ/ *adjective* **1** foolish, not sensible **2** ridiculous

silo /ˈsaɪloʊ/ *noun* a tower for storing grain

silt /sɪlt/ *noun* (*uncount*) sand or mud left behind by flowing water

> **silt up** to become blocked by silt

silver /ˈsɪlvə(r)/ *noun* **1** (*uncount*) a shiny grey precious metal **2** (*uncount*) objects made of silver **3** (*uncount*) coins made of or containing some silver **4** the whitish-grey or shining colour of the metal ♦ *adjective* **1** made of silver **2** of the colour of silver

silver birch /ˌsɪlvə ˈbɜːtʃ/ *noun* a type of tree with greyish-white bark

silversmith /ˈsɪlvəsmɪθ/ *noun* someone who makes articles in silver

silvery /ˈsɪlvərɪ/ *adjective* **1** like silver **2** of sound: ringing and musical

similar /ˈsɪmɪlə(r)/ *adjective* alike, almost the same

similarity /ˌsɪmɪˈlærɪtɪ/ *noun* the state of being similar

similarly /ˈsɪmɪləlɪ/ *adverb* **1** in the same, or a similar, way **2** likewise, also

simile /ˈsɪmɪlɪ/ *noun* a phrase in which one thing is described by being compared with another

simmer /ˈsɪmə(r)/ *verb* to cook gently just below or at boiling-point ♦ *noun*: *Bring to a simmer, cover and cook for 2-3 minutes.*

> **simmer down** to calm down

simper /ˈsɪmpə(r)/ *verb* to smile in a silly unnatural way or smile in this way while speaking ♦ *noun* a silly smile

simple /ˈsɪmpəl/ *adjective* **1** easy, not difficult or complicated **2** basic, not elaborate: *a simple black dress* **3** only or most basic: *The simple fact is, you're wrong.* **4** foolish, lacking in intelligence

simple-minded /ˌsɪmpəlˈmaɪndɪd/ *adjective* lacking in intelligence

simplicity /sɪmˈplɪsɪtɪ/ *noun* (*uncount*) the state of being simple

simplification /ˌsɪmplɪfɪˈkeɪʃən/ *noun* **1** the process of making something less complicated **2** a simple form of anything

simplify /ˈsɪmplɪfaɪ/ *verb* to make less complicated

simply /ˈsɪmplɪ/ *adverb* **1** in a straightforward, uncomplicated way **2** just: *It simply isn't true.* **3** used for emphasis with adjectives **4** merely or only

simulate /ˈsɪmjʊleɪt/ *verb* **1** to give the appearance or effect of: *simulate tropical conditions* **2** to pretend to have or feel: *simulate illness*

simulated /ˈsɪmjʊleɪtɪd/ *adjective* artificial: *simulated leather*

simulation /ˌsɪmjʊˈleɪʃən/ *noun* **1** the act of simulating something **2** a re-enactment of an event

simultaneous /ˌsɪməlˈteɪnɪəs/ *adjective* happening, or done, at the same time — *adverb* **simultaneously**

sin /sɪn/ *noun* **1** behaviour that is considered to be very bad or immoral **2** (*uncount*) the condition of being set apart from God through having broken religious law ♦ *verb* to do something bad or immoral ▶ *phrase* **live in sin** (*informal, old*) of a couple: to live together as if married

since /sɪns/ *preposition, conjunction or adverb* **1** (often **ever since**) from that time until the present: *I have avoided him ever since.* **2** at some time between then and now: *We had lunch together on her birthday and I've seen her only once since.* ♦ *preposition or conjunction* from the time of, after the time when: *It must be four years since the accident.* ♦ *adverb* ago: *I've long since given up trying to influence him.* ♦ *conjunction* because: *I'd decided to stay in town, since it was Thursday.*

sincere /sɪnˈsɪə(r)/ *adjective* **1** honest and genuine **2** truly felt: *a sincere apology*

sincerely /sɪnˈsɪəlɪ/ *adverb* truly or genuinely ▶ *phrase* **yours sincerely** written before the signature at the end of a formal letter

sincerity /sɪnˈserɪtɪ/ *noun* (*uncount*) the quality of being truthful and genuine

sinew /ˈsɪnjuː/ *noun* strong tissue that joins the muscles to the bones in your body

sinewy /ˈsɪnjuːɪ/ *adjective* having a slim and strong body with well-defined muscles

sinful /ˈsɪnfʊl/ *adjective* wicked according to religious or moral codes

sing /sɪŋ/ *verb*: **sings**, **singing**, **sang**, **sung** **1** to produce sounds with your voice in a musical way **2** of birds: to make musical sounds

singe /sɪndʒ/ *verb* to burn slightly on the surface

singer /'sɪŋə(r)/ *noun* someone who sings

single /'sɪŋgəl/ *adjective* **1** one only **2** used for emphasis: *This applies to every single pupil in the school.* **3** not married **4** for one person only: *a single bed* **5** for one direction of a journey: *a single ticket* ♦ *noun* a ticket for an outward journey only

> **single out** to choose for some kind of special treatment or attention

single-handed /sɪŋgəl'handɪd/ *adjective or adverb* working without help from others

single-minded /sɪŋgəl'maɪndɪd/ *adjective* having one aim only

singly /'sɪŋglɪ/ *adverb* one at a time or individually

singsong /'sɪŋsɒŋ/ *noun* an informal occasion when people sing songs together for pleasure ♦ *adjective* of a voice: going up and down in tone

singular /'sɪŋgjʊlə(r)/ *adjective* **1** (*grammar*) referring to one person, thing or group, as opposed to two or more **2** exceptional: *singular success* ♦ *noun* (*grammar*) a word or form expressing the idea of one person or one thing

singularly /'sɪŋgjʊləlɪ/ *adverb* remarkably, or to an extraordinary degree: *singularly ugly*

sinister /'sɪnɪstə(r)/ *adjective* suggesting evil or dangerous intentions

sink /sɪŋk/ *verb*: **sinks, sinking, sank, sunk 1** to drop below the surface of a liquid **2** to move down into: *Our feet sank into the deep snow.* **3** of the teeth: to push into with a biting action: *The dog sank its teeth into his arm.* **4** to invest: *They'd sunk all they had into that hotel chain.* **5** to go down with a collapsing movement: *I sank gratefully into an armchair.* ♦ *noun* a basin in a kitchen or bathroom

> **sink in 1** to become absorbed **2** to be fully realized or understood

sinner /'sɪnə(r)/ *noun* a person who has committed a sin or sins

sinuous /'sɪnjʊəs/ *adjective* (*formal or literary*) having many curves or bends

sinus /'saɪnəs/ *noun* an air-filled hollow in the head connected with the nose

sip /sɪp/ *verb* to drink in very small mouthfuls ♦ *noun*: *He managed to take a few sips of water.*

siphon or **syphon** /'saɪfən/ *noun* **1** a bent tube for drawing off liquids from one container into another **2** a glass bottle for producing soda water ♦ *verb* to draw (liquid) through a siphon

> **siphon off** to take away gradually, and dishonestly: *He siphoned off some of the club's funds.*

sir /sɜː(r)/ *noun* **1** a polite form of address used to a man **2 Sir** the title of a knight or baronet

siren /'saɪrən/ *noun* a warning device that gives out a loud wailing sound

sister /'sɪstə(r)/ *noun* **1** a girl or woman who has the same parents as you **2** a senior nurse ♦ *adjective* used to describe things that have the same origin or design

sister-in-law /'sɪstərɪnlɔː/ *noun* your husband's or wife's sister or your brother's wife

sisterly /'sɪstəlɪ/ *adjective* like a sister

sit /sɪt/ *verb*: **sits, sitting, sat 1** to support your weight on your bottom **2** to lower yourself so that you rest your bottom on a surface **3** to be positioned in a particular place: *The village sits in a sheltered hollow of the Pennines.* **4** to be an official member: *sit on a committee* **5** of a court: to meet officially **6** to take an examination **7** to pose for a photographer or painter

> **sit about** or **sit around** to do nothing
> **sit back** to relax and not take part
> **sit down** to lower your weight on to your bottom
> **sit in on** to attend without taking part
> **sit on** (*informal*) to fail to deal with
> **sit out 1** to endure patiently **2** to not take part in
> **sit up 1** to raise yourself into an upright sitting position **2** to suddenly notice what is happening

sitcom /'sɪtkɒm/ *noun* (*informal*) a television comedy series

site /saɪt/ *noun* a place where something was, is, or is to be situated

sit-in /'sɪtɪn/ *noun* an occupation of eg a factory by protestors

sitter /'sɪtə(r)/ *noun* **1** someone who poses as a model for an artist or photographer **2** a babysitter

sitting /'sɪtɪŋ/ *noun* **1** a serving of a meal for one group at a particular time **2** the meeting of an official body **3** a period during which a model poses for an artist

sitting room /'sɪtɪŋ ruːm/ *noun* a room for sitting and relaxing in

situate /'sɪtʃʊeɪt/ *verb* to position in a certain place

situation /sɪtʃʊˈeɪʃən/ *noun* **1** a state of affairs or set of circumstances: *in an awkward situation* **2** a position or location **3** a job

six /sɪks/ *noun* **1** the number 6 **2** the age of 6 **3** the time of 6 o'clock ◆ *adjective* six years old ◆ *determiner*: *For this recipe you will need the whites of six large eggs.* ◆ *pronoun*: *Six of the passengers on the coach were badly injured.* ▶ *phrase* **at sixes and sevens** in confusion

sixpence /ˈsɪkspəns/ *noun* an old British coin that was worth 2 new pence

sixteen /sɪkˈstiːn/ *noun* **1** the number 16 **2** the age of 16 ◆ *adjective* sixteen years old ◆ *determiner*: *He has two dogs and sixteen cats.* ◆ *pronoun*: *The firm sacked twenty people, leaving only sixteen to run the office.*

sixteenth /sɪkˈstiːnθ/ *adjective* (often written **16th**) the one numbered sixteen in a series ◆ *noun* (often written $\frac{1}{16}$) one of sixteen equal parts

sixth /sɪksθ/ *determiner* (often written **6th**) the one numbered six in a series: *He is in the sixth year of his medical training.* ◆ *pronoun*: *Their wedding anniversary is on the 6th of October.* ◆ *adjective*: *He was sixth.* ◆ *noun* (often written $\frac{1}{6}$) one of six equal parts

sixtieth /ˈsɪkstɪəθ/ *adjective* the one numbered sixty in a series ◆ *noun* one of sixty equal parts

sixty /ˈsɪkstɪ/ *noun* **1** the number or figure 60 **2** the age of 60 ◆ *adjective* sixty years old ◆ *determiner*: *Fitness classes for sixty-year olds and upwards.* ◆ *pronoun*: *Bills that should have been paid in thirty days were often unpaid after sixty.*

size /saɪz/ *noun* **1** length, breadth, height, volume or extent **2** space taken up by anything **3** largeness

size up to study carefully and form an opinion of

sizeable or **sizable** /ˈsaɪzəbəl/ *adjective* fairly large

sizzle /ˈsɪzəl/ *verb* to make a hissing sound of food frying in hot oil

skate /skeɪt/ *noun* **1** a boot with a steel blade attached, for use on ice **2** a rollerskate **3** a type of large flat fish ◆ *verb* to move around on skates ▶ *phrase* **get your skates on** to hurry up

skate over or **skate round** to avoid dealing with

skateboard /ˈskeɪtbɔːd/ *noun* a narrow board on four small wheels, for riding on

skater /ˈskeɪtə(r)/ *noun* a person who skates using ice-skates or roller-skates

skein /skeɪn/ *noun* a loose coil of wool or thread

skeletal /ˈskɛlɪtəl/ *adjective* **1** of or like a skeleton **2** very thin

skeleton /ˈskɛlɪtən/ *noun* **1** the framework of bones that support a human's or an animal's body **2** any framework or structure **3** an extremely thin person

sketch /skɛtʃ/ *noun* **1** a drawing that is done quickly **2** a brief outline or short description **3** a short piece of acting ◆ *verb* to draw or plan something without including all the details

sketchy /ˈskɛtʃɪ/ *adjective* incomplete, lacking details

skewer /ˈskjuːə(r)/ *noun* a long piece of wood or metal with a sharp point that is pushed through chunks of meat to be cooked ◆ *verb* to fix with a skewer

ski /skiː/ *noun* one of a pair of long narrow strips that are attached to boots for gliding over snow ◆ *verb* to move over snow on skis ◆ *adjective* for or connected with skiing

skid /skɪd/ *verb* of a vehicle: to slide sideways or forwards out of control ◆ *noun*: *He braked hard and the car went into a skid.*

skier /ˈskiːə(r)/ *noun* a person who skis

skilful (*AmE* **skillful**) /ˈskɪlfəl/ *adjective* having or showing skill — *adverb* **skilfull**

skill /skɪl/ *noun* **1** cleverness or expertness at doing something **2** a job or activity which requires training or practice

skilled /skɪld/ *adjective* **1** having skill, especially through training **2** of a job: requiring skill

skim /skɪm/ *verb* **1** to move or glide just above a surface **2** to remove *eg* cream from a surface **3** to read superficially

skimp /skɪmp/ *verb* to provide or use only just enough or too little: *It isn't worth skimping on the ingredients if you want a good result.*

skimpy /ˈskɪmpɪ/ *adjective* **1** too small **2** of clothes: barely covering the body

skin /skɪn/ *noun* **1** the outer covering on the bodies of humans and animals **2** the outer covering of some types of fruit **3** a thin film that forms on a liquid exposed to the air ◆ *verb* to strip the skin from ▶ *phrases* **by the skin of your teeth** only just **jump out of your skin** to be startled

skin-deep /skɪnˈdiːp/ *adjective* superficial

skinflint /ˈskɪnflɪnt/ *noun* (*informal, rather old*) a very mean person

skinny /ˈskɪnɪ/ *adjective* very thin

skint /skɪnt/ *adjective* (*slang*) without much money

skip /skɪp/ *verb* **1** to move forward with light springing or hopping steps **2** to jump over a turning rope **3** to leave out or pass over to the next thing: *I skipped the introduction and went on to chapter 1.* ♦ *noun* **1** a skipping movement **2** a large metal container for transporting refuse

skipper /'skɪpə(r)/ *noun* the captain of a ship, aeroplane or team ♦ *verb* to be in command of a ship or aeroplane

skipping-rope /'skɪpɪŋroʊp/ *noun* a rope with handles, used for skipping

skirmish /'skɜːmɪʃ/ *noun* **1** a brief battle during a war **2** any minor fight or dispute ♦ *verb* to fight briefly

skirt /skɜːt/ *noun* **1** a garment, worn by women, that hangs from the waist **2** the lower part of a dress ♦ *verb* to pass along, or lie along, the edge of

skittish /'skɪtɪʃ/ *adjective* lively or playful

skittle /'skɪtəl/ *noun* **1** a bottle-shaped object used as a target in bowling **2 skittles** a game in which these objects are knocked over by a ball

skive /skaɪv/ *verb* (*informal*) to avoid work or a duty

skulk /skʌlk/ *verb* to wait about, staying hidden

skulk off to move away without being noticed

skull /skʌl/ *noun* the framework of bones in your head that surrounds and encloses your brain

skunk /skʌŋk/ *noun* **1** a small animal which defends itself by giving off a bad smell **2** an extremely unpleasant person

sky /skaɪ/ *noun* the vast area of space that you can see above the earth

skylight /'skaɪlaɪt/ *noun* a window in a roof or ceiling

skyline /'skaɪlaɪn/ *noun* the outline of buildings, hills and trees seen against the sky

skyscraper /'skaɪskreɪpə(r)/ *noun* a very tall building

slab /slab/ *noun* a thick flat slice or piece of anything

slack /slak/ *adjective* **1** not stretched tight **2** lazy and careless **3** not busy: *a slack period* **4** not strict ♦ *noun* (*uncount*) the part of a length of rope or wire that is not pulled tight

slacken /'slakən/ *verb* **1** to slow down or become less intense **2** to make or become looser

slacks /slaks/ *noun* (*plural*; *old*) loose casual trousers

slag /slag/ *verb* (*slang*) to criticize, or say unpleasant things about

slain /sleɪn/ *verb* the past participle of **slay**

slam /slam/ *verb* **1** to shut *eg* a door with a loud noise **2** to hit or crash against with a loud noise **3** to criticize cruelly or severely ♦ *noun* an act or the sound of slamming

slander /'slɑːndə(r)/ *noun* (*uncount*) the act of making an untrue statement about someone, intended to damage their reputation ♦ *verb* to talk about someone in this way

slanderous /'slɑːndərəs/ *adjective* of a statement: untrue, unfairly damaging someone's reputation

slang /slaŋ/ *noun* (*uncount*) words and phrases used only very informally, and often only by members of a particular social group

slant /slɑːnt/ *verb* **1** to lie at an angle **2** to give or present in a biased way ♦ *noun* **1** a slope **2** a point of view — *adjective* **slanting**

slap /slap/ *noun* a blow with the palm of the hand or anything flat ♦ *verb* to hit with the hand held flat ▸ *phrases* (*informal*) **a slap in the face** a rude or insulting rejection or refusal **a slap on the back** congratulations **a slap on the wrist** a gentle punishment or mild warning

slap on to apply thickly and carefully

slapdash /'slapdaʃ/ *adjective* hurried, careless

slapstick /'slapstɪk/ *noun* (*uncount*) a type of comedy based on simple jokes

slash /slaʃ/ *verb* **1** to cut with violent sweeping strokes **2** (*informal*) to reduce (prices) drastically ♦ *noun* **1** a long cut **2** an oblique line in writing or printing

slat /slat/ *noun* a thin strip, especially of wood or metal

slate /sleɪt/ *noun* (*uncount*) **1** a type of rock which splits easily into thin layers **2** a roofing tile made of this ♦ *verb* to cover (a roof) with slates

slatted /'slatɪd/ *adjective* made using slats

slaughter /'slɔːtə(r)/ *noun* (*uncount*) **1** the killing of animals, especially for food **2** the killing of many people or animals, especially cruelly or violently ♦ *verb* **1** to kill an animal for food **2** to kill cruelly and violently [*same as* **massacre**]

slaughterhouse /'slɔːtəhaʊs/ *noun* a place where animals are killed in order to be sold for food [*same as* **abattoir**]

slave /sleɪv/ *noun* **1** someone forced to work as a servant for another person **2** someone who works very hard but is badly treated **3** someone who devotes a large part of their life to something: *a slave to fashion* ♦ *verb* to work very hard and continuously: *slaving away in the kitchen*

slaver /'slavə(r)/ *verb* to let saliva run out of the mouth

slavery /'sleɪvəri/ *noun* (uncount) **1** the state of being a slave **2** the practice of owning slaves

slavish /'sleɪvɪʃ/ *adjective* **1** (derogatory) thinking or acting exactly according to rules or traditions **2** behaving like a slave — *adverb* **slavishly**

slay /sleɪ/ *verb* (old or literary): **slays, slaying, slew, slain** to kill

sleazy /'sliːzɪ/ *adjective* (informal) dirty and neglected-looking

sled /slɛd/ *noun* a sledge

sledge /slɛdʒ/ *noun* **1** a vehicle pulled by horses or dogs, with runners for travelling over snow **2** a small vehicle on which people sit or lie to slide on snow

sledgehammer /'slɛdʒhamə(r)/ *noun* a large, heavy hammer

sleek /sliːk/ *adjective* **1** smooth and glossy **2** well-groomed and stylish

sleep /sliːp/ *noun* **1** the condition of rest you are in when your eyes are closed and you are in a natural state of unconsciousness **2** a period of this kind of rest ♦ *verb*: **sleeps, sleeping, slept** **1** to rest with your eyes closed in a state of natural unconsciousness **2** to have beds for: *The cottage sleeps six.* ▶ *phrases* **go to sleep** to pass into a sleeping state **get to sleep** to manage to pass into this state **not lose any sleep** to not worry

> **sleep around** to be in the habit of having sex casually with different people
> **sleep in** to fail to wake up at a particular time [*same as* **oversleep**]
> **sleep together** to have sex
> **sleep with** to have sex with

sleeper /'sliːpə(r)/ *noun* **1** someone sleeping **2** a train with carriages that provide sleeping accommodation **3** the heavy metal or wooden beams on which a railway track is laid

sleepless /'sliːpləs/ *adjective* unable to sleep

sleepwalk /'sliːpwɔːk/ *verb* to walk about while still asleep

sleepy /'sliːpɪ/ *adjective* **1** tired, wanting to sleep **2** quiet — *adverb* **sleepily**

sleet /sliːt/ *noun* (uncount) rain mixed with snow or hail ♦ *verb*: *The temperature dropped sharply and it began to sleet.*

sleeve /sliːv/ *noun* **1** the part of a garment that covers the arms **2** a cover for a record

sleeveless /'sliːvləs/ *adjective* without sleeves

sleight-of-hand /slaɪtəv'hand/ *noun* (uncount) the skill of moving your hands quickly so that people cannot see what you are doing

slender /'slɛndə(r)/ *adjective* **1** slim **2** small in size or amount: *by a slender margin*

slept /slɛpt/ *verb* the past tense and past participle of **sleep**

sleuth /sluːθ/ *noun* (old or humorous) a detective

slew /sluː/ *verb* the past tense of **slay**

slice /slaɪs/ *noun* **1** a thin broad piece cut off something larger: *a slice of toast* **2** a share or part of something ♦ *verb* **1** to cut into broad thin pieces **2** to cut off with a knife **3** to cut through

slick /slɪk/ *adjective* **1** clever at persuading people to do things **2** done without much apparent effort ♦ *noun* a wide layer of spilled oil floating on the surface of water

slide /slaɪd/ *verb*: **slides, sliding, slid** **1** to move smoothly over a surface **2** to slip on a smooth, wet or icy surface **3** to gradually move downwards or get worse ♦ *noun* **1** any part that glides smoothly **2** a structure for children to play on with a narrow sloping part to slide down **3** a small glass plate on which a specimen is placed to be viewed through a microscope **4** a photograph for showing on a screen **5** a fastening for the hair

slight /slaɪt/ *adjective* **1** small in amount or degree: *a slight breeze* **2** slim and not very tall — *adverb* **slightly** ♦ *verb* (formal) to insult by treating as unimportant ♦ *noun* an insult

slim /slɪm/ *adjective* **1** attractively thin **2** not thick or wide — *noun* (uncount) **slimness** ♦ *verb* to try to make yourself slim or slimmer

> **slim down** to reduce in size: *plans to slim down the workforce*

slime /slaɪm/ *noun* (uncount) a thick unpleasantly slippery or sticky substance

slimy /'slaɪmɪ/ *adjective* **1** like slime, or covered with slime **2** (informal, derogatory) too friendly or too humble to be sincere

sling /slɪŋ/ *noun* **1** a loop of cloth used to support an injured arm, worn around the neck **2** a strap or loop for hoisting, lowering or carrying a weight ♦ *verb*: **slings,**

slinging, slung 1 (*informal*) to throw carelessly **2** to hang loosely: *a rifle slung over his shoulder*

slink /slɪŋk/ *verb*: **slinks, slinking, slunk** to move slowly and quietly, trying to avoid being noticed

slip /slɪp/ *verb* **1** to slide accidentally and lose your balance **2** to fall out of position, or out of control: *The plate slipped from my grasp.* **3** to escape from: *slip your mind* **4** to fall or get lower **5** to move quickly and quietly **6** to put or pass with a smooth sliding action: *She slipped the envelope into her pocket.* ♦ *noun* **1** an act of sliding accidentally or making a wrong move **2** any slight mistake **3** a small piece of paper **4** a thin undergarment worn under a dress ▶ *phrases* **give someone the slip** to succeed in escaping from someone **let something slip** to accidentally reveal a secret piece of information

> **slip up** to make a mistake

slip-on /ˈslɪpɒn/ *adjective or noun* of shoes: easily put on, without laces

slipper /ˈslɪpə(r)/ *noun* a comfortable indoor shoe

slippery /ˈslɪpəri/ *adjective* **1** causing slipping **2** not trustworthy

slipshod /ˈslɪpʃɒd/ *adjective* untidy or careless

slip-up /ˈslɪpʌp/ *noun* (*informal*) a mistake

slit /slɪt/ *noun* a long narrow cut or opening ♦ *verb*: **slits, slitting, slit** to make a long narrow cut in

slither /ˈslɪðə(r)/ *verb* **1** to slide or slip about **2** of eg a snake: to move with a gliding motion

sliver /ˈslɪvə(r)/ *noun* a thin strip or slice

slob /slɒb/ *noun* (*informal, derogatory*) a lazy, untidy or ill-mannered person

slobber /ˈslɒbə(r)/ *verb* to let saliva run from the mouth

> **slobber over** to show admiration and affection too openly in public

slog /slɒg/ *verb* (*informal*) to work hard and long at something ♦ *noun* a long and tiring task

slogan /ˈsloʊgən/ *noun* an easily remembered phrase used eg in advertising

slop /slɒp/ *verb* **1** of liquid: to splash or spill **2** to cause to spill ♦ *noun* **1 slops** waste food and liquid fed to pigs **2 slops** waste water and faeces contained in a bucket in eg a prison cell

slope /sloʊp/ *noun* **1** a line or surface that is at an angle, being neither horizontal or vertical **2** a hillside ♦ *verb* to lie at an angle, with one end higher than the other

> **slope off** (*informal*) to leave, trying to avoid being noticed

sloppy /ˈslɒpi/ *adjective* careless and untidy — *adverb* **sloppily**

slosh /slɒʃ/ *verb* (*informal*) to splash or spill noisily or carelessly

sloshed /slɒʃt/ *adjective* (*informal*) drunk

slot /slɒt/ *noun* **1** a small narrow rectangular opening **2** a position within a schedule ♦ *verb* to fit into a space, or in a schedule

sloth /sloʊθ/ *noun* (*uncount; formal*) laziness or idleness

slouch /slaʊtʃ/ *verb* to lean or droop in a lazy or relaxed position

slovenly /ˈslʌvənli/ *adjective* careless, untidy or dirty in appearance

slow /sloʊ/ *adjective* **1** not fast **2** not very clever **3** lacking interest and excitement — *adverb* **slowly** — *noun* (*uncount*) **slowness** ♦ *adverb*: *Do walk a little slower.* ♦ *verb* to reduce speed

> **slow down** to make or become slower

slow motion /sloʊ ˈmoʊʃən/ *noun* (*uncount*) of a film: a speed of movement that is slower than in real life

sludge /slʌdʒ/ *noun* (*uncount*) thick soft mud

slug /slʌg/ *noun* **1** a snail-like animal without a shell **2** a bullet **3** a large mouthful of alcoholic spirit **4** a heavy blow ♦ *verb* (*informal*) to strike with a heavy blow

sluggish /ˈslʌgɪʃ/ *adjective* slow-moving or less lively than usual

sluice /slu:s/ *noun* **1** an artificial channel or drain for water **2** a valve or sliding gate for controlling the flow of water in a canal ♦ *verb* **1** of water: to drain through such a channel **2** to clean out with a strong flow of water

slum /slʌm/ *noun* **1** a dirty, often overcrowded, building in a bad state of repair **2 slums** an area in a city where this kind of bad housing is found

slumber /ˈslʌmbə(r)/ *noun* (*uncount; literary*) sleep ♦ *verb* (*literary*) to sleep

slump /slʌmp/ *verb* **1** to fall or sink heavily **2** to lose value suddenly ♦ *noun* **1** a period of economic decline **2** of prices: a sharp fall

slung /slʌŋ/ *verb* the past tense and past participle of **sling**

slunk /slʌŋk/ *verb* the past tense and past participle of **slink**

slur /slɜː(r)/ *verb* **1** to pronounce unclearly, eg because of the influence of alcohol **2** to damage (a reputation) ♦ *noun* **1** a statement intended to harm someone's reputation **2** two or more musical notes played or sung so that they flow together

slurp /slɜːp/ *verb* to drink making a loud sucking noise with your lips

slush /slʌʃ/ *noun* (*uncount*) **1** partly melted snow **2** something very sentimental

slut /slʌt/ *noun* (*derogatory*) **1** an insult for a promiscuous woman or a prostitute **2** an insult for a dirty, untidy woman

sly /slaɪ/ *adjective* cunning and good at deceiving others

smack /smak/ *verb* **1** to hit with an open hand **2** (*informal*) to hit heavily making a loud sound ♦ *noun* **1** a blow, or the sound of a blow, made with the open hand **2** a loud enthusiastic kiss ♦ *adverb* (*informal*) used to emphasize force

small /smɔːl/ *adjective* **1** little, not big in size **2** not tall **3** young **4** not very important or serious: *a small matter* ♦ *noun* the narrow part of the back near the waist

small ad /ˈsmɔːl ad/ *noun* (*informal*) a short notice in a newspaper advertising, eg items for sale

small change /smɔːl ˈtʃeɪndʒ/ *noun* (*uncount*) coins of low value

small-minded /smɔːlˈmaɪndɪd/ *adjective* lacking tolerance and imagination

smallpox /ˈsmɔːlpɒks/ *noun* (*uncount*) a serious infectious illness, causing a rash of large blisters

small talk /ˈsmɔːl tɔːk/ *noun* (*uncount*) polite conversation about eg the weather

smarmy /ˈsmɑːmi/ *adjective* (*informal*) trying to charm with excessive flattery

smart /smɑːt/ *adjective* **1** well-dressed **2** clever and quick in thought or action **3** quick and forceful **4** sophisticated ♦ *verb* **1** to cause a sharp, stinging pain **2** to feel acute irritation or distress — *adverb* **smartly** (*uncount*) **smartness**

smarten /ˈsmɑːtən/ *verb*

smarten up to make or become neater or tidier

smash /smaʃ/ *verb* **1** to break violently into pieces **2** to hit with force: *The lorry smashed into a wall.* ♦ *noun* **1** an act, or the sound, of smashing **2** in sport, a powerful overhead stroke **3** (*informal*) a road traffic accident

smashed /ˈsmaʃt/ *adjective* (*informal*) drunk

smattering /ˈsmatərɪŋ/ *noun* **1** a small amount scattered around: *a light smattering of snow* **2** a very slight knowledge of a subject

smear /smɪə(r)/ *verb* **1** to spread thickly over a surface **2** to become blurred or smudged **3** to insult in public ♦ *noun* **1** a greasy mark or patch **2** a damaging criticism or accusation **3** a small amount of a substance taken from a woman's cervix in order to test for cancer

smell /smɛl/ *noun* **1** (*uncount*) the sense by which you receive impressions through your nose **2** something sensed through the nose **3** an act of using this sense ♦ *verb*: **smells, smelling, smelt or smelled 1** to have an unpleasant smell **2** to give off a smell: *This smells like whisky.* **3** to deliberately sniff: *Smell this meat. Is it OK?*

smelly /ˈsmɛli/ *adjective* (*informal*) having an unpleasant smell: *smelly socks*

smelt[1] /smɛlt/ *verb* the past tense and past participle of **smell**

smelt[2] /smɛlt/ *verb* to heat (a mineral) so that the metal is separated out

smile /smaɪl/ *verb* to show pleasure by turning up the corners of the mouth ♦ *noun* an act or way of smiling

smile on (*formal*) of good luck or fortune: to be favourable to: *Fortune was smiling on them this time.*

smirk /smɜːk/ *verb* to smile in a self-satisfied or silly way ♦ *noun* a self-satisfied or silly smile

smithereens /smɪðəˈriːnz/ *noun* (*plural*; *informal*) fragments

smock /smɒk/ *noun* a loose shirt-like garment, sometimes worn over other clothes for protection

smog /smɒg/ *noun* (*uncount*) a mixture of fog and smoke

smoke /smoʊk/ *noun* **1** (*uncount*) the gases and fine particles that are given off when something is burning **2** an act of smoking tobacco ♦ *verb* **1** to give off smoke **2** to draw tobacco smoke into the lungs **3** to cure or preserve with smoke

smokeless /ˈsmoʊkləs/ *adjective* **1** burning without smoke **2** where the use of smoke-producing fuel is prohibited: *a smokeless zone*

smoker /ˈsmoʊkə(r)/ *noun* someone who is in the habit of smoking [opposite **non-smoker**]

smokescreen /ˈsmoʊkskriːn/ *noun* something meant to confuse or mislead

smoky /'sməʊkɪ/ *adjective* **1** giving off too much smoke **2** having a smoked flavour

smooth /smu:ð/ *adjective* **1** not rough or bumpy **2** without lumps: *a smooth sauce* **3** free from problems or difficulties **4** of eg wine: pleasant-tasting **5** too polite or charming to be sincere — *adverb* **smoothly** ♦ *verb* **1** to make smooth **2** to free from difficulty

smother /'smʌðə(r)/ *verb* **1** to kill by covering the nose and mouth **2** to stop flames by covering them with eg a blanket **3** to completely cover with a thick layer of something **4** to give too much affection to **5** to suppress eg a yawn

smoulder (AmE **smolder**) /'sməʊldə(r)/ *verb* **1** to burn slowly without flames **2** of anger: to go on for a long time without being expressed **3** of the eyes: to burn with eg passion

smudge /smʌdʒ/ *noun* a mark spread by rubbing ♦ *verb* **1** to make a smudge on or of **2** to become a smudge

smug /smʌg/ *adjective* (*derogatory*) well-satisfied, too obviously pleased with yourself — *adverb* **smugly** — *noun* (*uncount*) **smugness**

smuggle /'smʌgəl/ *verb* to take goods into, or out of, a country, without paying the required taxes

smuggler /'smʌglə(r)/ *noun* someone who smuggles goods

smut /smʌt/ *noun* **1** (*uncount*) dirt or soot **2** mildly obscene language, pictures or images

smutty /'smʌtɪ/ *adjective* mildly obscene

snack /snak/ *noun* a light meal eaten quickly

snag /snag/ *noun* a small problem or drawback ♦ *verb* to catch or tear on a sharp object

snail /sneɪl/ *noun* a small slow-moving creature with a soft body partly enclosed in a shell

snake /sneɪk/ *noun* **1** a legless reptile with a long narrow body and a forked tongue **2** (*informal*) a deceitful person ♦ *verb* to move in a twisting way like a snake

snap /snap/ *verb* **1** to break or shut suddenly with a sharp noise **2** of an animal: to try to bite **3** to speak in an impatient way **4** to take a photograph of **5** to suddenly lose self-control ♦ *noun* **1** the act or sound of snapping **2** a photograph **3** a sudden spell of cold weather **3** (*uncount*) a simple card game ♦ *adjective* of a decision: made spontaneously ▶ *phrase* **snap out of it** to bring yourself out of a depressed state

snap up to buy without hesitation

snappy /'snapɪ/ *adjective* irritable, inclined to speak sharply

snapshot /'snapʃɒt/ *noun* a quickly taken photograph

snare /snɛə(r)/ *noun* a device used to trap small animals ♦ *verb* to trap using a snare

snarl /snɑ:l/ *verb* **1** to growl, showing the teeth **2** to speak in an aggressive tone ♦ *noun* **1** an act of snarling **2** a snarling voice

snatch /snatʃ/ *verb* **1** to grab suddenly **2** to take quickly when the opportunity arises: *snatch an hour's sleep* ♦ *noun* **1** an act of snatching **2** a small piece or quantity: *I could only hear snatches of their conversation.*

sneak /sni:k/ *verb* **1** to go quietly, trying to avoid being noticed **2** to bring in or take out secretly: *They would sneak boys into their rooms after midnight.* ♦ *noun* **1** someone who informs on people who trust them **2** a deceitful person

sneak up on to creep quietly up behind someone

sneaky /'sni:kɪ/ *adjective* secret and deceitful — *adverb* **sneakily**

sneer /snɪə(r)/ *verb* to show contempt eg by a scornful expression ♦ *noun* a scornful expression or remark

sneeze /sni:z/ *verb* to suddenly and uncontrollably blow air out through your nose making a loud noise as you do so, eg because you have a cold ♦ *noun* an act or the sound of sneezing

snide /snaɪd/ *adjective* malicious, intended to offend: *a snide remark*

sniff /snɪf/ *verb* **1** to draw in air through the nose with a slight noise **2** to smell by drawing air through your nose in this way ♦ *noun* an act or the sound of sniffing ▶ *phrase* **not to be sniffed at** not to be regarded as being of little value

sniff out to find or detect by the sense of smell

sniffle /'snɪfəl/ *verb* to sniff repeatedly ♦ *noun* **1** an act or sound of sniffling **2** a slight cold: *I've got a bit of a sniffle.*

snigger /'snɪgə(r)/ *verb* to laugh softly in a foolish or mocking way ♦ *noun* this kind of laugh

snip /snɪp/ *verb* to cut, especially with a single quick action **1** a short quick cut with scissors **2** a bargain

snipe /snaɪp/ *verb* **1** to shoot from a hidden position **2** to attack verbally

sniper /'snaɪpə(r)/ *noun* a soldier who shoots from a hidden position

snippet /ˈsnɪpɪt/ *noun* a small piece of *eg* information or news

snivel /ˈsnɪvəl/ *verb* **1** to have a running nose, *eg* because of a cold **2** to whine or complain tearfully

snob /snɒb/ *noun* a person who places too high a value on social status

snobbery /ˈsnɒbərɪ/ *noun* (*uncount*) behaviour typical of a snob

snobbish /ˈsnɒbɪʃ/ *adjective* admiring things associated with the higher social classes

snog /snɒg/ *verb* (*informal*) to kiss and cuddle

snooker /ˈsnuːkə(r)/ *noun* (*uncount*) a game played on a large table with long sticks and twenty-two coloured balls

snoop /snuːp/ *verb* (*informal*) to go about looking into other people's affairs

snooty /ˈsnuːtɪ/ *adjective* (*informal*) considering yourself to be better than other people

snooze /snuːz/ *verb* (*informal*) to doze or sleep lightly ♦ *noun* (*informal*) a period of light sleeping

snore /snɔː(r)/ *verb* to breathe heavily making snorting sounds while you are sleeping ♦ *noun* an act or the sound of snoring

snorkel /ˈsnɔːkəl/ *noun* **1** a tube with one end above the water, to enable an underwater swimmer to breathe ♦ *verb* to swim with a snorkel

snort /snɔːt/ *verb* **1** to force air noisily through the nostrils **2** to make such a noise as an expression of disapproval, anger or laughter ♦ *noun* an act or the sound of snorting

snot /snɒt/ *noun* (*uncount*; *informal*) mucus produced inside the nose

snotty /ˈsnɒtɪ/ *adjective* (*informal*) **1** of the nose: running **2** self-important and rude

snout /snaʊt/ *noun* the projecting nose and mouth of *eg* a pig

snow /snəʊ/ *noun* (*uncount*) frozen drops of water that fall from the sky as soft white flakes ♦ *verb* to fall down in, or like, flakes of snow ▸ *phrases* **snowed in** unable to leave a place because of heavy snow **snowed under** overwhelmed with work

snowball /ˈsnəʊbɔːl/ *noun* a small mass of snow pressed together in the shape of a ball ♦ *verb* to develop or increase rapidly and uncontrollably

snowdrift /ˈsnəʊdrɪft/ *noun* a bank of snow blown together by the wind

snowdrop /ˈsnəʊdrɒp/ *noun* a small white flower that appears in early spring

snowflake /ˈsnəʊfleɪk/ *noun* a single piece of snow

snowline /ˈsnəʊlaɪn/ *noun* the level on a mountain above which there is always snow

snowman /ˈsnəʊmən/ *noun* a figure made of packed snow that vaguely resembles a person

snowplough (*AmE* **snowplow**) /ˈsnəʊplaʊ/ *noun* a large vehicle used for clearing snow from roads

snowy /ˈsnəʊɪ/ *adjective* covered with snow

snub /snʌb/ *verb* to insult by ignoring ♦ *noun* an act of snubbing ♦ *adjective* of a nose: short and flat

snuff ♦ *noun* (*uncount*) powdered tobacco taken through the nose

> **snuff out** to extinguish (a candle) by placing something over the flame

snuffle /ˈsnʌfəl/ *verb* **1** to breathe in through a partially blocked nose **2** of an animal: to sniff with the nose close to the ground

snug /snʌg/ *adjective* **1** sheltered, warm and comfortable **2** closely fitting — *adverb* **snugly**

snuggle /ˈsnʌgəl/ *verb* to settle into a position that is warm and comfortable

so /səʊ/ *adverb* **1** to such an extent, to a great extent: *It's so heavy!* □ *You look so happy.* **2** in such a way **3** to this or that extent: *Do you have to work so hard?* **4** used instead of 'as' in negative comparisons **5** used as a substitute for a clause: *I expect so.* **6** true or correct: *'She's nearly fifty.' 'Goodness, is that so?'* ♦ *conjunction* **1** in order that: *I'll put it in my diary straight away so I won't forget.* **2** therefore: *You don't need it, so don't buy it.* ▸ *phrases* **and so on** used to indicate that there are more things that could be mentioned **so that** with the purpose or result that **so as to** in order to

soak /səʊk/ *verb* **1** to leave to stand in liquid for a time **2** to make or become wet through

> **soak in** of liquid; to penetrate
> **soak up** to draw liquid through the surface

soaking /ˈsəʊkɪŋ/ *adjective or adverb* wet through: *You're soaking wet!*

so-and-so /ˈsəʊənsəʊ/ *noun* (*informal*) **1** used to refer to a person whose name you do not know **2** used instead of a stronger insult: *She's a real so-and-so, saying that to you!*

soap /soʊp/ *noun* **1** a mixture of oils or fats, usually in the shape of a block, used for washing **2** (*informal*) a soap opera ♦ *verb* to apply soap to

soapbox /'soʊpbɒks/ *noun* an improvized platform for public speech-making

soap opera /'soʊp ɒpərə/ *noun* a television series about a group of characters and their daily lives

soapy /'soʊpi/ *adjective* of water: having soap added to it

soar /sɔː(r)/ *verb* **1** to fly high into the air **2** of prices: to rise sharply

sob /sɒb/ *verb* to cry making short bursts of sound, or to try and speak while crying ♦ *noun* a gulp for breath made while crying

sober /'soʊbə(r)/ *adjective* **1** not drunk **2** serious or solemn **3** plain, unelaborate

> **sober up** to recover from the effects of alcohol

sobriety /sə'braɪətɪ/ *noun* (*uncount*) the state of being sober

so-called /'soʊkɔːld/ *adjective* called by such a name, often mistakenly: *a so-called expert*

soccer /'sɒkə(r)/ *noun* (*uncount*) football

sociable /'soʊʃəbəl/ *adjective* enjoying the company of others, friendly [*opposite* **unsociable**]

social /'soʊʃəl/ *adjective* **1** relating to society, or to a community: *social history* **2** living with others in a group: *social insects* **3** relating to friendly gatherings: *a social event* **4** relating to level in society: *social class* ♦ *noun* a social gathering — *adverb* **socially**

socialism /'soʊʃəlɪzm/ *noun* (*uncount*) a political theory according to which a nation's wealth should belong to the people

socialist /'soʊʃəlɪst/ *adjective* advocating or involving socialism ♦ *noun* someone who believes in socialism

social security /soʊʃəl sɪ'kjʊərɪtɪ/ *noun* (*uncount*) the system, paid for by taxes, of providing insurance against *eg* illness or unemployment

social work /'soʊʃəl wɜːk/ *noun* (*uncount*) work which deals with the care of the people in a community

social worker /'soʊʃəl wɜːkə(r)/ *noun* (*informal*) **pull your socks up** to make an effort to do better

socket /'sɒkɪt/ *noun* a specially-shaped hole into which something is fitted: *an electric socket*

soda /'soʊdə/ *noun* **1** (*uncount*) fizzy water used for mixing with alcoholic drinks **2** a fizzy soft drink of any kind **3** (*uncount*) any of various compounds of sodium

soda water see **soda**

sodden /'sɒdən/ *adjective* soaked with water or other liquid

sodium /'soʊdɪəm/ *noun* (*uncount*) a metallic element from which *eg* salt is formed

sofa /'soʊfə/ *noun* a comfortable piece of furniture for two or more people to sit on

soft /sɒft/ *adjective* **1** easily changing shape when pressed [*opposite* **hard, firm**] **2** pleasant to feel or touch **3** gentle **4** quiet: *a soft voice* **5** of a colour: not bright, restful **6** not strict enough **7** of water: containing little calcium **8** of drugs: only mildly addictive **9** of a drink: not alcoholic — *adverb* **softly**

soften /'sɒfən/ *verb* **1** to make or grow soft **2** to adopt a less severe attitude

soft-hearted /sɒft'hɑːtɪd/ *adjective* kind and sympathetic

software /'sɒftweə(r)/ *noun* (*uncount*) programs that are used to operate a computer

soggy /'sɒgɪ/ *adjective* thoroughly wet or unpleasantly damp

soil /sɔɪl/ *noun* the upper layer of the earth in which plants grow ♦ *verb*: to make dirty

solace /'sɒləs/ *noun* a source of comfort in time of grief, anxiety or disappointment

solar /'soʊlə(r)/ *adjective* **1** concerning the sun **2** using energy from the sun's rays

sold /soʊld/ *verb* the past tense and past participle of **sell**

solder /'soʊldə(r)/ *noun* an alloy melted over the join between two metals ♦ *verb* to melt solder over to form a seal

soldier /'soʊldʒə(r)/ *noun* someone in military service, especially below the rank of officer

sole[1] /soʊl/ *noun* **1** the underside of the foot **2** the underside of a shoe

sole[2] /soʊl/ *noun* a small flat-bodied sea fish eaten as food

sole[3] /soʊl/ *adjective* **1** only: *the sole survivor* **2** belonging to one person or group only: *the sole right*

solely /'soʊllɪ/ *adverb* only, alone

solemn /'sɒləm/ *adjective* **1** serious, earnest **2** of an occasion: very serious and formal — *adverb* **solemnly**

solicit /sə'lɪsɪt/ *verb* (*formal*) **1** to ask for: *solicit advice* **2** of a prostitute: to offer someone sex in return for money

solicitor /sə'lɪsɪtə(r)/ *noun* a lawyer who advises people about legal matters

solicitous /sə'lɪsɪtəs/ *adjective* (*formal*) 1 anxious 2 considerate, careful

solicitude /sə'lɪsɪtjuːd/ *noun* (*uncount*; *formal*) anxious interest in and kind concern for another person

solid /'sɒlɪd/ *adjective* 1 fixed in shape, not in the form of gas or liquid 2 not hollow 3 in three dimensions, with length, breadth and height 4 having no gaps or hollows 5 firm, strongly made 6 made or formed completely of one substance: *solid gold* 7 sensible and reliable 8 without a break: *three solid hours' work* — *noun* (*uncount*) **solidity** — *adverb* **solidly** ♦ *noun* 1 a substance that is solid 2 a figure that has three dimensions

solidarity /ˌsɒlɪ'dærɪtɪ/ *noun* (*uncount*) loyal mutual support

solidify /sə'lɪdɪfaɪ/ *verb* to make or become solid

solitary /'sɒlɪtərɪ/ *adjective* 1 lone, alone 2 spending a lot of time alone 3 single: *not one solitary piece of evidence*

solitude /'sɒlɪtjuːd/ *noun* (*uncount*) the state of being alone or remote

solo /'səʊləʊ/ *noun* a piece of music for one singer or player ♦ *adjective* done or performed alone: *a solo flight*

soloist /'səʊləʊɪst/ *noun* a singer or musician who performs a solo

soluble /'sɒljʊbəl/ *adjective* 1 capable of being dissolved in liquid 2 of a problem: that can be solved

solution /sə'luːʃən/ *noun* 1 an answer to a problem 2 a liquid with something dissolved in it 3 the act of solving a problem

solve /sɒlv/ *verb* to find an answer or a way out

solvent /'sɒlvənt/ *adjective* able to pay all debts ♦ *noun* a substance that can turn a solid substance into liquid

sombre /'sɒmbə(r)/ *adjective* sad, serious or pessimistic

some /sʌm/ *determiner* 1 several 2 a few 3 a large or considerable amount 3 a little 4 certain: *Some children learn more quickly than others.* ♦ *pronoun*: *If you want a biscuit there are some in that tin.*

somebody /'sʌmbədɪ/ or **someone** /'sʌmwʌn/ *pronoun* 1 an unknown or unnamed person: *somebody I'd never seen before* 2 an important person: *He thinks he's someone now that he's been promoted.*

somehow /'sʌmhaʊ/ *adverb* in some way
someone see **somebody**

somersault /'sʌməsɔːlt/ *noun* a forward or backward roll in which the body turns a complete circle ♦ *verb* to perform a somersault

something /'sʌmθɪŋ/ *pronoun* 1 any indefinite or unidentified thing 2 a useful thing: *'The electricity seems to be on again.' 'Well, that's something.'*

sometime /'sʌmtaɪm/ *adverb* at an unknown or unspecified time in the future or the past

sometimes /'sʌmtaɪmz/ *adverb* occasionally [*same as* **from time to time**, **now and then**]

somewhat /'sʌmwɒt/ *adverb* rather: *somewhat boring*

somewhere /'sʌmweə(r)/ *adverb* an indefinite or unspecified place ▸ *phrase* **getting somewhere** making progress

son /sʌn/ *noun* 1 a male child 2 a familiar way of addressing a boy

sonata /sə'nɑːtə/ *noun* a piece of classical music for a particular instrument

song /sɒŋ/ *noun* 1 a set of words to be sung 2 (*uncount*) the act or art of singing ▸ *phrase* (*informal*) **for a song** sold at a bargain price

songbird /'sɒŋbɜːd/ *noun* a bird with a musical call

sonic /'sɒnɪk/ *adjective* 1 relating to or using sound 2 travelling at or around the speed of sound

son-in-law /'sʌnɪnlɔː/ *noun* the husband of someone's daughter

sonnet /'sɒnɪt/ *noun* a poem with fourteen lines

soon /suːn/ *adverb* 1 a short time after the present time, or the time mentioned: *I'll be seeing you very soon.* 2 quickly: *You'll soon get used to the new system.* 3 early: *It's too soon to tell* ▸ *phrases* **as soon as** quickly after, or at the same time: *I'll give you the money back as soon as I get my pay cheque.* **sooner or later** eventually **would sooner** would prefer

soot /sʊt/ *noun* (*uncount*) the black powder produced when coal or wood is burned

soothe /suːð/ *verb* 1 to bring relief eg from pain 2 to calm or comfort — *adjective* **soothing**

sooty /'sʊtɪ/ *adjective* covered with soot

sophisticated /sə'fɪstɪkeɪtɪd/ *adjective* 1 of a person: displaying a wide knowledge and experience of the world 2 advanced, complex or subtle — *noun* **sophistication**

sopping /'sɒpɪŋ/ *adjective or adverb* completely wet

soppy /'sɒpɪ/ *adjective* (*informal*) silly or weakly sentimental

soprano /sə'prɑːnoʊ/ *noun*: **sopranos 1** a singer with the highest kind of singing voice **2** (*uncount*) a high singing voice

sorcery /'sɔːsərɪ/ *noun* (*uncount*) the performing of magic, especially black magic

sordid /'sɔːdɪd/ *adjective* involving dishonesty or immorality

sore /sɔː(r)/ *adjective* painful ♦ *noun* a painful, inflamed spot on the skin

sorely /'sɔːlɪ/ *adverb* very much or acutely: *sorely tempted*

sorrow /'sɒroʊ/ *noun* grief or deep sadness

sorrowful /'sɒroʊfəl/ *adjective* full of sadness — *adverb* **sorrowfully**

sorry /'sɒrɪ/ *interjection or adjective* **1** used to express regret; an apology: *I'm sorry.* □ *Sorry I'm late.* **2** used to show sympathy: *'She died last night.' 'Oh, I'm so sorry.'* **3** used to ask someone to repeat: *Sorry? What did you say?* ♦ *adjective* **1** feeling pity or sympathy **2** regretful **3** miserable, sad

sort /sɔːt/ *noun* **1** a type or class: *What sort of hotel are you looking for?* **2** used to make a description sound vaguer ♦ *verb* to arrange in order, or in groups: *I began sorting through the mail.* ▸ *phrase* **out of sorts** ill or depressed

sort out 1 to separate into groups or tidy **2** to solve (a problem)

SOS /ɛsoʊ'ɛs/ *noun* a call for help, especially in signal form from a ship or aircraft

so-so /'soʊsoʊ/ *adjective or adverb* (*informal*) neither very good nor very bad

soufflé /'suːfleɪ/ *noun* a light, cooked dish, made of whisked egg-whites

sought /sɔːt/ *verb* the past tense and past participle of **seek**

soul /soʊl/ *noun* **1** the spirit, the non-physical part of someone **2** a person that you think of in a particular way: *a dear old soul* **3** (*uncount*) soul music

soulful /'soʊlfəl/ *adjective* having or expressing deep feelings

soulless /'soʊləs/ *adjective* **1** not having the finer or deeper human emotions **2** dull, very boring

soul music /'soʊl mjuːzɪk/ *noun* (*uncount*) a type of popular Black American music

sound[1] /saʊnd/ *noun* **1** (*uncount*) anything that can be heard, a noise **2** a particular noise **3** an impression made on hearing something: *'She wants to see you in her office.' 'Oh dear, I don't like the sound of that.'* ♦ *verb* **1** to strike you as being: *That sounds awful.* **2** to make a sound with: *sound a horn*

sound off (*informal*) to express an opinion angrily
sound out to try to find out someone's opinion: *I'll sound him out tomorrow.*

sound[2] /saʊnd/ *adjective* **1** healthy or in good condition **2** reliable: *a sound investment* □ *sound advice* **3** thorough: *a sound beating* **4** of sleep: deep and undisturbed ▸ *phrase* **sound asleep** deeply asleep — *adverb* **soundly**

sound[3] /saʊnd/ *noun* a narrow passage of water connecting *eg* two seas

soundtrack /'saʊndtrak/ *noun* the recorded music that accompanies a film

soup /suːp/ *noun* a liquid food made by boiling meat and vegetables

sour /saʊə(r)/ *adjective* **1** having an acid taste, often as a stage in going bad: *sour milk* **2** bad-tempered ♦ *verb* to make less friendly or harmonious — *adverb* **sourly**

source /sɔːs/ *noun* **1** the place where something has its beginning or is found **2** the point where a river begins **3** someone or something that provides you with information

south /saʊθ/ *noun* the direction to your right when you face the sunrise ♦ *adverb* to the south ♦ *adjective* **1** referring to a part towards the south **2** of a wind: blowing from the south

southeast /saʊθ'iːst/ *noun* the direction between south and east ♦ *adverb* to the southeast ♦ *adjective* **1** referring to a part towards the southeast **2** of a wind: blowing from the southeast

southerly /'sʌðəlɪ/ *adjective* **1** lying to the south **2** of a wind: blowing from the south

southern /'sʌðən/ *adjective* in or belonging to the south of a country or other area

southerner /'sʌðənə(r)/ *noun* a person who was born in or who lives in a southern region or country

southward /'saʊθwəd/ or **southwards** /'saʊθwədz/ *adverb* towards the south ♦ *adjective*: *the southward journey*

southwest /saʊθ'wɛst/ or /saʊ'wɛst/ *noun* **1** the direction between south and west **2** the part of a country or other area that lies towards the southwest ♦ *adverb* to the southwest ♦ *adjective* **1** referring to a part towards the southeast: *the southwest corner of the garden* **2** of a wind: blowing from the southwest

souvenir /suːvəˈnɪə/ *noun* something that you keep to remind you of a place or occasion

sovereign /ˈsɒvrɪn/ *noun* **1** a king or queen **2** an old British gold coin worth £1 ♦ *adjective* **1** having supreme power or authority: *sovereign lord* **2** politically independent: *sovereign state*

sovereignty /ˈsɒvrəntɪ/ *noun* (*uncount*) complete and independent political power

sow¹ /soʊ/ *verb*: **sows, sowing, sowed, sown** **1** to scatter (seeds) **2** to cover an area with seeds

sow² /saʊ/ *noun* a female pig

soya bean /ˈsɔɪə biːn/ or **soy bean** /ˈsɔɪ biːn/ *noun* a kind of bean, eaten as a vegetable and used to make oil, flour and soy sauce

soya sauce /ˈsɔɪə ˈsɔːs/ *noun* (*uncount*) a salty brown sauce made from soya beans used in *eg* Chinese cooking

spa /spɑː/ *noun* a place where people go to drink or bathe in the water from a natural spring

space /speɪs/ *noun* **1** (*uncount*) the three-dimensional medium in which all physical things exist **2** (*uncount*) the region beyond the earth's atmosphere, containing the other planets and the stars **3** (*uncount*) a gap, an empty area **4** a period of time: *in the space of a day* ♦ *verb* to arrange things with gaps between them

space out to arrange things with gaps between them

spacecraft /ˈspeɪskrɑːft/ *noun* a vehicle that can travel in space

spaceship /ˈspeɪsʃɪp/ *noun* a vehicle that can carry passengers and cargo through space

spacious /ˈspeɪʃəs/ *adjective* having plenty of space

spade /speɪd/ *noun* **1** a long-handled digging tool with a broad metal blade **2 spades** one of the four suits of playing-cards ▶ *phrase* **call a spade a spade** to speak plainly

spaghetti /spəˈɡɛtɪ/ *noun* (*uncount*) a type of pasta made into long thin strands

span /spæn/ *noun* **1** the length between the supports of a bridge or arch **2** a particular length from end to end in distance or time **3** the distance between the tips of the little finger and the thumb when the hand is spread out ♦ *verb* to extend across or over

spaniel /ˈspænjəl/ *noun* a breed of dog with long drooping ears and a silky coat

Spanish /ˈspænɪʃ/ *adjective* concerned with or belonging to Spain, its people or their language ♦ *noun* **1** the language spoken in *eg* Spain **2** the people of Spain

spank /spæŋk/ *verb* to strike with the flat of the hand, especially on the buttocks

spanking /ˈspæŋkɪŋ/ *noun* a series of slaps on the buttocks with the flat of the hand ▶ *phrase* (*informal*) **spanking new** completely new

spanner /ˈspænə(r)/ *noun* a tool used to tighten or loosen nuts

spar /spɑː(r)/ *noun* a long piece of wood or metal used as a ship's mast ♦ *verb* **1** of a boxer: to practise punches **2** to engage in friendly argument

spare /spɛə(r)/ *adjective* **1** not being used, but ready for use if necessary **2** of time: free: *What do you do in your spare time?* ♦ *noun* something kept for emergencies: *a spare tyre* ♦ *verb* **1** to do without: *I can't spare you today.* **2** to be able to afford to part with: *Could you spare a moment?* **3** to resist causing suffering: *They were spared this humiliation.*

sparing /ˈspɛərɪŋ/ *adjective* careful, economical, using in only small amounts — *adverb* **sparingly**

spark /spɑːk/ *noun* **1** a small red-hot particle thrown off from something burning **2** an electrical charge flashing across a gap **3** a trace: *a spark of humanity* **4** a lively person ♦ *verb* to throw off sparks

spark off to cause to begin: *The comments sparked off student riots around the country.*

sparkle /ˈspɑːkəl/ *verb* **1** to give off small flashes of bright light **2** of a drink: to give off small bubbles of carbon dioxide ♦ *noun* **1** an act of sparkling or a sparkling appearance **2** liveliness or wit — *adjective* **sparkling**

spark plug /ˈspɑːk plʌɡ/ or **sparking plug** *noun* a small electrical device in a motor vehicle engine that makes a spark

sparrow /ˈspæroʊ/ *noun* a type of small brown bird

sparse /spɑːs/ *adjective* **1** thinly scattered **2** not existing in large quantities — *adverb* **sparsely**

spartan /ˈspɑːtən/ *adjective* harshly basic with no luxuries

spasm /ˈspazm/ *noun* **1** a sudden uncontrollable jerk of the body **2** a strong, short burst of *eg* anger or work

spasmodic /spazˈmɒdɪk/ *adjective* happening or occurring for short periods and at irregular intervals — *adverb* **spasmodically**

spastic /ˈspastɪk/ *adjective* suffering from brain damage which has resulted in extreme muscle spasm and paralysis ♦ *noun* a person suffering from spastic paralysis

spat /spat/ *verb* the past tense and past participle of **spit**

spate /speɪt/ *noun* a sudden rush or increased volume of something

spatial /ˈspeɪʃəl/ *adjective* of or relating to space

spatter /ˈspatə(r)/ *verb* to splash in scattered drops

spatula /ˈspatjʊlə/ *noun* a tool with a broad, blunt blade

spawn /spɔːn/ *noun* (*uncount*) the eggs of frogs, fish and molluscs in the form of a soft jelly-like mass ♦ *verb* **1** of *eg* fish: to lay eggs **2** to cause, produce

speak /spiːk/ *verb*: **speaks, speaking, spoke, spoken 1** to use your voice to produce words **2** to say things **3** to be able to communicate in a particular language: *Do you speak English?* **3** to make a speech ► *phrase* **so to speak** used to indicate the use of a metaphorical expression

> **speak for** to express an opinion for
> **speak out** to openly express your opinion
> **speak up 1** to express your opinion openly **2** to speak more loudly: *Can you speak up please?*

spear /spɪə(r)/ *noun* a long weapon that is thrown from the shoulder ♦ *verb* to pierce with a spear

spearhead /ˈspɪəhɛd/ *verb* to lead ♦ *noun* the leading part of an attacking force

special /ˈspɛʃəl/ *adjective* **1** different from, better than, or more important than other things: *special occasion* ▫ *special friend* **2** definite or specific **3** put on for a particular purpose: *a special train* **4** exceptional or unusual: *special skills* **5** greater than usual ♦ *noun* something produced or organized for a special purpose

specialist /ˈspɛʃəlɪst/ *noun* someone who has made a special study

speciality /spɛʃɪˈalɪtɪ/ or (*especially in AmE*) **specialty** /ˈspɛʃəltɪ/ *noun* **1** a field of study or work that is specialized in **2** something that someone does particularly well

specialize or **specialise** /ˈspɛʃəlaɪz/ *verb* to devote yourself to a particular activity or subject — *noun* (*uncount*) **specialization**

specialized or **specialised** /ˈspɛʃəlaɪzd/ *adjective* dealing with a particular subject or activity

specially /ˈspɛʃəlɪ/ *adverb* **1** in a special way or for a special purpose **2** a less formal use of 'especially'

species /ˈspiːʃiːz/ *noun*: **species** a group of closely related animals or plants

specific /spɪˈsɪfɪk/ *adjective* **1** of a particular nature or precisely identified **2** clear or precise in meaning

specifically /spɪˈsɪfɪklɪ/ *adverb* **1** particularly or for the purpose stated: *designed specifically for the elderly* **2** exactly and clearly: *I specifically told you not to leave the gate open.*

specification /spɛsɪfɪˈkeɪʃən/ *noun* **1** (*uncount*) the act of specifying **2** a full description of details, *eg* in a plan or contract

specify /ˈspɛsɪfaɪ/ *verb* to refer to or identify precisely

specimen /ˈspɛsɪmɪn/ *noun* **1** a sample or example of something **2** a sample of blood, urine or tissue

specious /ˈspiːʃəs/ *adjective* (*formal, derogatory*) seeming good or true, but really false or flawed

speck /spɛk/ *noun* a small spot, stain or tiny particle of something

speckled /ˈspɛkəld/ *adjective* covered with many small marks or spots

specs /spɛks/ *noun* (*plural; informal*) spectacles, glasses

spectacle /ˈspɛktəkəl/ *noun* **1** an unusual thing that may be seen **2** a grand or impressive public display **3 spectacles** glasses worn to improve eyesight

spectacular /spɛkˈtakjʊlə(r)/ *adjective* **1** very impressive to see or watch: *spectacular scenery* **2** remarkable or dramatic: *a spectacular success* ♦ *noun* a spectacular show — *adverb* **spectacularly**

spectator /spɛkˈteɪtə(r)/ *noun* a person who watches an event or incident

spectre (*AmE* **specter**) /ˈspɛktə(r)/ *noun* a ghost

spectrum /ˈspɛktrəm/ *noun*: **spectra** or **spectrums 1** the band of colours as seen in a rainbow **2** the range or extent of anything

speculate /ˈspɛkjʊleɪt/ *verb* **1** to wonder about and guess **2** to buy *eg* goods or shares in order to sell them again at a profit

speculation /spɛkjʊˈleɪʃən/ *noun* (*uncount*) the act or process of speculating

speculative /ˈspɛkjʊlətɪv/ *adjective* based on speculation

speculator /ˈspɛkjʊleɪtə(r)/ *noun* a person who buys things in the hope of making a profit

sped /spɛd/ *verb* the past tense and past participle of **speed**

speech /spiːtʃ/ *noun* 1 (*uncount*) the ability to speak 2 (*uncount*) a way of speaking: *His speech is always clear.* 3 a formal talk given to an audience

speechless /ˈspiːtʃləs/ *adjective* temporarily unable to speak because of surprise or shock

speed /spiːd/ *noun* 1 the rate at which something travels 2 (*uncount*) a fast rate of movement or activity ♦ *verb*: **speeds, speeding, sped** 1 to move quickly, hurry 2 to drive faster than the legal limit — *noun* (*uncount*) **speeding**: *He was fined for speeding.*

speed up (past tense **speeded up**) to travel or progress faster [*same as* **accelerate**]

speedometer /spiːˈdɒmɪtə(r)/ *noun* an instrument in a vehicle that shows how fast the vehicle is travelling

speedy /ˈspiːdɪ/ *adjective* fast, prompt or without delay

spell /spɛl/ *verb*: **spells, spelling, spelt, spelled** 1 to write or say the letters that make up a word 2 to indicate: *This defeat spells disaster for us all.* ♦ *noun* 1 a period of time 2 a set of words which when spoken are supposed to have magic power

spell out 1 to explain clearly and in detail 2 to write or speak the letters that form a word

spelling /ˈspɛlɪŋ/ *noun* 1 (*uncount*) the ability to spell words 2 the way a word is spelt

spelt /spɛlt/ *verb* the past tense and past participle of **spell**

spend /spɛnd/ *verb*: **spends, spending, spent** 1 to use (money) for buying 2 to pass (time): *I spent a week there.*

spent /spɛnt/ *verb* the past tense and past participle of **spend** ♦ *adjective* completely exhausted or used up

sperm /spɜːm/ *noun* the male sex cell that fertilizes the female egg

spew /spjuː/ *verb* 1 to pour out in a continuous rush or flood 2 (*vulgar*) to vomit

sphere /sfɪə(r)/ *noun* 1 a ball or similar round object 2 a particular field of activity 3 a class within society: *He moves in the highest spheres.*

spherical /ˈsfɛrɪkəl/ *adjective* having the shape of a sphere

spice /spaɪs/ *noun* 1 a substance such as pepper used for flavouring 2 something that adds interest or enjoyment to life ♦ *verb* to add spice to

spick and span /spɪk ən ˈspan/ *adjective* neat, clean and tidy

spicy /ˈspaɪsɪ/ *adjective* 1 flavoured with spices 2 exciting and sometimes slightly shocking: *a spicy bit of gossip*

spider /ˈspaɪdə(r)/ *noun* a small creature with eight legs

spidery /ˈspaɪdərɪ/ *adjective* of handwriting: formed using long fine lines

spike /spaɪk/ *noun* 1 a long thin object with a sharp point 2 **spikes** running-shoes with pointed pieces of metal on the soles

spiky /ˈspaɪkɪ/ *adjective* having spikes or sharp points

spill /spɪl/ *verb*: **spills, spilling, spilt, spilled** to allow liquid to run out or overflow ▶ *phrase* (*informal*) **spill the beans** to give away information which was supposed to remain secret

spillage /ˈspɪlɪdʒ/ *noun* the act of spilling or an amount spilt

spilt /spɪlt/ *verb* the past tense and past participle of **spill**

spin /spɪn/ *verb*: **spins, spinning, spun** 1 to turn around a central point 2 to turn quickly to face in the opposite direction 3 to draw out and twist fibres into thread 4 of a spider: to make a web 5 to force water out of wet fabric in a machine ♦ *noun* 1 a spinning motion 2 a short trip in *eg* a car

spin out to make last longer than normal

spinach /ˈspɪnɪtʃ/ *noun* (*uncount*) a plant with large dark green leaves that are eaten as a vegetable

spinal /ˈspaɪnəl/ *adjective* of or relating to the spine

spinal cord /spaɪnəl ˈkɔːd/ *noun* a cord of nerve cells in the spine

spindle /ˈspɪndəl/ *noun* 1 a rod with a notched or tapered end, for twisting the thread in spinning 2 a pin on which anything turns

spindly /ˈspɪndlɪ/ *adjective* (*informal*) long and thin

spin drier or **spin dryer** /spɪn ˈdraɪə(r)/ *noun* a machine that forces the water out of wet laundry by spinning it at high speed

spine /spaɪn/ *noun* 1 the line of linked bones running down the back 2 of a book: the narrow middle section of its cover, where the edges of the pages are fastened in **3** a spike on the body of some animals

spineless /'spaɪnləs/ *adjective* lacking courage or strength of character

spinster /'spɪnstə(r)/ *noun* (*old, rather derogatory*) an older woman who has never been married

spiral /'spaɪərəl/ *noun* **1** a long curve that winds outwards from a central point **2** a long curve that winds upwards round and round a central line **3** an increase which gets more and more rapid ♦ *adjective*: *a spiral staircase* ♦ *verb* to follow a spiral course or pattern

spire /spaɪə(r)/ *noun* a tall thin structure tapering upwards to a point

spirit /'spɪrɪt/ *noun* **1** the mind, feelings and will as distinct from the physical body **2** a ghost: *an evil spirit* **3** a general atmosphere or feeling **4 spirits** emotional state or mood: *She found him in low spirits.* **5** the intended meaning: *the spirit of the law* **6 spirits** a strong alcoholic drink

> **spirit away** or **spirit off** to take away secretly and suddenly

spirited /'spɪrɪtɪd/ *adjective* lively

spiritual /'spɪrɪtʃʊəl/ *adjective* **1** relating to religion and the soul **2** relating to ghosts — *adverb* **spiritually**

spiritualism /'spɪrɪtʃʊəlɪzm/ *noun* (*uncount*) belief in, or the practice of, communication with the spirits of dead people — *noun* (*uncount or count*) **spiritualist**

spit /spɪt/ *verb*: **spits, spitting, spat** or *AmE* **spit 1** to eject saliva or food from the mouth **2** of hot oil: to fly into the air in explosive bursts **3** to rain lightly ♦ *noun* (*uncount*) **1** saliva ejected from the mouth **2** a long thin metal rod on which meat is roasted over a fire **3** a long strip of land jutting out into the sea

spite /spaɪt/ *noun* (*uncount*) the mean or malicious desire to hurt ♦ *verb* to hurt or annoy someone intentionally ▶ *phrases* **in spite of** despite

spiteful /'spaɪtfəl/ *adjective* malicious — *adverb* **spitefully**

spitting image /spɪtɪŋ 'ɪmɪdʒ/ *noun* (*singular; informal*) an exact likeness

spittle /'spɪtəl/ *noun* (*uncount*) spit

splash /splaʃ/ *verb* of liquid: to be thrown about in large drops **2** to throw liquid over ♦ *noun* **1** the sound of splashing **2** a large irregular spot or stain, *eg* of colour **3** the display made when a story is printed boldly in a newspaper

> **splash out** (*informal*) to spend money on something you would not normally spend money on

splatter /'splatə(r)/ *verb* to splash in small scattered drops

splay /spleɪ/ *verb* to spread outwards

splendid /'splɛndɪd/ *adjective* magnificent, brilliant — *adverb* **splendidly**

splendour (*AmE* **splendor**) /'splɛndə(r)/ *noun* (*uncount*) the state of being very grand and beautiful

splice /splaɪs/ *verb* to join *eg* two ends of a rope by weaving the threads together

splint /splɪnt/ *noun* a length of wood or other material that is strapped to a broken limb

splinter /'splɪntə(r)/ *noun* a sharp, thin, broken piece of wood or glass ♦ *verb* to break into small thin sharp pieces

split /splɪt/ *verb*: **splits, splitting, split 1** to break into pieces lengthways **2** to divide into pieces or groups **3** to burst or break along a line ♦ *noun* **1** a lengthways break **2** a separation through disagreement **3 the splits** the act of holding your body at right angles to your legs when they are stretched out on the floor ▶ *phrases* **split hairs** to argue about fine and trivial distinctions **split your sides** to laugh uncontrollably

> **split off** to break away from a larger group
> **split up** of a couple: to separate [*same as* **break up, part, separate**]

splitting /'splɪtɪŋ/ *adjective* of a headache: severe, intense

splutter /'splʌtə(r)/ *verb* **1** to make a series of spitting sounds **2** to speak quickly and unclearly, *eg* with anger or embarrassment ♦ *noun* a sound of spluttering

spoil /spɔɪl/ *verb*: **spoils, spoiling, spoiled** or **spoilt 1** to make useless; damage **2** to cause a child to become selfish by indulging all their demands **3** of food: to become unfit to eat ♦ *noun* **spoils** things that have been taken by a victorious army ▶ *phrases* **spoiling for a fight** eager for a fight

spoilsport /'spɔɪlspɔːt/ *noun* (*informal*) someone who refuses to join in other people's fun

spoke /spəʊk/ *verb* the past tense of **speak** *noun* one of the ribs or bars that connect the rim of a wheel to its centre

spoken /'spəʊkən/ *verb* the past participle of **speak** ▶ *phrase* **spoken for 1** reserved for someone **2** already married, engaged or in a steady relationship

spokesman /ˈspoʊksmən/ *noun*: **spokesmen** a man chosen to speak on behalf of other people

spokesperson /ˈspoʊkspɜːsən/ *noun* a man or a woman chosen to speak on behalf of others

spokeswoman /ˈspoʊkswʊmən/ *noun*: **spokeswomen** a woman chosen to speak on behalf of others

sponge /spʌndʒ/ *noun* **1** a piece of very light absorbent material that you use for washing **2** a sea animal from which the natural form of this absorbent material is derived **3** its soft, elastic skeleton which can soak up water and is used for washing **4** a light cake or pudding ♦ *verb* to wash or clean with a sponge

> **sponge off** to get money from without doing anything in return

sponge bag /ˈspʌndʒ bag/ *noun* a small waterproof bag for carrying toiletries in when travelling

sponger /ˈspʌndʒə(r)/ *noun* someone who lives at others' expense

spongy /ˈspʌndʒɪ/ *adjective* soft like a sponge

sponsor /ˈspɒnsə(r)/ *noun* **1** an organization that finances an event in return for advertising **2** a person who promises a sum of money to a participant in a fundraising event ♦ *verb* to act as a sponsor

sponsorship /ˈspɒnsəʃɪp/ *noun* (*uncount*) the act of helping someone by giving them money

spontaneity /ˌspɒntəˈneɪtɪ/ *noun* (*uncount*) the quality of being spontaneous

spontaneous /spɒnˈteɪnɪəs/ *adjective* **1** not planned beforehand **2** natural, not forced

spoof /spuːf/ *noun* (*informal*) an imitation that ridicules in a light-hearted way [*same as* **parody**]

spooky /ˈspuːkɪ/ *adjective* frightening, sinister [*same as* **eerie**]

spool /spuːl/ *noun* a reel for winding *eg* thread or film onto

spoon /spuːn/ *noun* a tool with a handle and a round shallow bowl-like part, used for eating ♦ *verb* to lift with a spoon

spoonful /ˈspuːnfʊl/ *noun* the amount that a spoon will hold

sporadic /spəˈrædɪk/ *adjective* occurring from time to time, at irregular intervals — *adverb* **sporadically**

spore /spɔː(r)/ *noun* a tiny cell produced by many plants, *eg* mushrooms

sport /spɔːt/ *noun* **1** any activity or competition designed to test physical skills **2** (*uncount*) such activities considered collectively **3** a good-natured, obliging person ♦ *verb* to wear or display

sporting /ˈspɔːtɪŋ/ *adjective* **1** taking part in, or for sports: *sporting achievements* **2** believing in fair play

sports car /ˈspɔːts kɑː(r)/ *noun* a low fast car, with only two seats

sportsman /ˈspɔːtsmən/ *noun* **1** a man who plays sports **2** someone who plays fairly and accepts defeat cheerfully

sportsmanlike /ˈspɔːtsmənlaɪk/ *adjective* honest and fair

sportswoman /ˈspɔːtswʊmən/ *noun* a woman who takes part in sport

sporty /ˈspɔːtɪ/ *adjective* often taking part in sport

spot /spɒt/ *noun* **1** a small, usually round, mark or stain **2** a drop of liquid **3** a small red mark or blister that appears on the skin **4** a particular place or area **5** a round mark that forms part of a design ♦ *verb* **1** to mark with spots **2** to catch sight of ▶ *phrases* **in a tight spot** in a difficult situation **on the spot 1** immediately **2** at the scene **3** forced to respond to difficult questions

spotless /ˈspɒtləs/ *adjective* very clean [*same as* **immaculate**] — *adverb* **spotlessly**

spotlight /ˈspɒtlaɪt/ *noun* a movable lamp with a narrow beam ♦ *verb* **1** to light up with a spotlight **2** to draw attention to

spot-on /ˌspɒtˈɒn/ *adjective* (*informal*) exactly right

spotted /ˈspɒtɪd/ *adjective* covered with spots

spotty /ˈspɒtɪ/ *adjective* having pimples or spots

spouse /spaʊs/ *noun* (*formal or legal*) a husband or wife

spout /spaʊt/ *noun* **1** a projecting tube or pipe through which liquid is poured **2** a strong jet of liquid ♦ *verb* to pour or spurt out

sprain /spreɪn/ *verb* to twist *eg* an ankle painfully ♦ *noun* an injury causing pain and swelling

sprang /spræŋ/ *verb* the past tense of **spring**

sprawl /sprɔːl/ *verb* **1** to sit, lie or fall with your arms and legs spread out wide **2** of *eg* a town: to spread out in an untidy, irregular way ♦ *noun* (*uncount*) an area where a city has spread out

spray /spreɪ/ *noun* **1** a fine mist of small drops of liquid propelled by force **2** a liquid designed to be applied as a fine mist: *hairspray* **3** a device for sending out a liquid in a fine mist **4** a branch spreading out in flowers ♦ *verb* to cover with a liquid in the form of a fine mist

spread /sprɛd/ *verb*: **spreads, spreading, spread 1** to apply in a smooth coating over a surface **2** to unfold **3** to affect a wider area or a larger number of people **4** to cover a wide area ♦ *noun* **1** the degree to which something spreads **2** a food in paste form **3** a pair of pages facing each other in *eg* a newspaper **4** (*informal*) a large meal

spreadsheet /'sprɛdʃi:t/ *noun* a computer program with which data can be viewed in a table on screen and manipulated

spree /spri:/ *noun* a spell of extravagant activity: *a spending spree*

sprig /sprɪg/ *noun* a small twig or shoot that has been picked

sprightly /'spraɪtlɪ/ *adjective* lively and full of energy

spring /sprɪŋ/ *noun* **1** the season of the year coming between winter and summer **2** a coil of wire used in *eg* a mattress **3** a sudden leap **4** (*uncount*) the ability to stretch and spring back **5** a place in the ground from which water flows naturally ♦ *verb*: **springs, springing, sprang, sprung 1** to jump, leap **2** to move quickly in a particular direction **3** to come from: *The protest movement sprang from widespread public disquiet about nuclear arms.* ▶ *phrase* **spring a leak** to begin to leak

> **spring back** to return with a sudden rapid movement to its original shape
> **spring on** to suddenly do or say something that someone was not expecting, surprising them unpleasantly: *spring a nasty surprise on someone*
> **spring up** to appear suddenly

springboard /'sprɪŋbɔːd/ *noun* **1** a flexible board for diving from **2** anything that helps you to progress

spring-clean /sprɪŋ'kli:n/ *verb* to thoroughly clean your house, especially in the spring

spring cleaning /sprɪŋ'kli:nɪŋ/ *noun* (*uncount*) the thorough cleaning of a house, traditionally carried out in spring

springy /'sprɪŋɪ/ *adjective* able to return to a former shape easily

sprinkle /'sprɪŋkəl/ *verb* to scatter or cover in small drops or particles

sprinkler /'sprɪŋklə(r)/ *noun* a device that sprinkles water

sprinkling /'sprɪŋklɪŋ/ *noun* a small amount thinly scattered over a wide area: *a sprinkling of snow*

sprint /sprɪnt/ *noun* a race at high speed ♦ *verb* to run at full speed

sprinter /'sprɪntə(r)/ *noun* someone who is good at running fast over short distances

sprite /spraɪt/ *noun* a playful fairy

sprout /spraʊt/ *verb* **1** of a seed: to develop roots and shoots **2** to begin to grow **3** to appear suddenly ♦ *noun* **1** a new shoot or leaf on a plant **2** (or **brussels sprout**) a green vegetable that looks like a small cabbage

spruce /spru:s/ *noun* a type of evergreen tree with needles ♦ *adjective* smartly dressed and well-groomed

sprung /sprʌŋ/ *verb* the past participle of **spring**

spry /spraɪ/ *adjective* lively and active

spud /spʌd/ *noun* (*informal*) a potato

spun /spʌn/ *verb* the past tense and past participle of **spin**

spur /spɜː(r)/ *noun* **1** a sharp point worn on the heel of a horse-rider's boot, used to make the horse go faster **2** anything that encourages greater effort **3** a pointed part on *eg* a bird's leg **4** a small line of mountains projecting from a larger range ♦ *verb* to encourage to make a greater effort ▶ *phrase* **on the spur of the moment** without thinking beforehand

spurious /'spjʊərɪəs/ *adjective* (*formal*) not genuine, false

spurn /spɜːn/ *verb* to reject scornfully

spurt /spɜːt/ *verb* of liquid: to be forced out in a sudden jet ♦ *noun* **1** a jet of liquid suddenly flowing out **2** a sudden increase in effort

sputter /'spʌtə(r)/ *verb* to make spitting or popping noises

spy /spaɪ/ *noun* someone who secretly collects and reports information about another person or organization ♦ *verb* **1** to secretly gather information about enemies **2** to watch secretly **3** to catch sight of

squabble /'skwɒbəl/ *verb* to quarrel noisily ♦ *noun* a noisy quarrel

squad /skwɒd/ *noun* **1** a group of *eg* soldiers or police officers working together **2** any group of people working together

squadron /'skwɒdrən/ *noun* **1** a division of a regiment **2** a section of a fleet **3** a group of aeroplanes

squalid /'skwɒlɪd/ *adjective* **1** very dirty and neglected **2** having low moral standards [*same as* **sordid**]

squall /skwɔ:l/ *noun* a sudden violent wind or storm ♦ *verb* to cry, or cry out noisily

squally /'skwɔ:lɪ/ *adjective* stormy

squalor /'skwɒlə(r)/ *noun* (*uncount*) the state of being squalid

squander /'skwɒndə(r)/ *verb* to use wastefully

square /skweə(r)/ *noun* 1 a figure with four sides of equal length and four right angles 2 any thing shaped like this 3 an open space enclosed by buildings in a town 4 the result produced when a number is multiplied by itself ♦ *adjective* 1 square-shaped 2 of a measurement: obtained by multiplying the length of something by its breadth: *three square miles* 3 not rounded, angular 4 of two or more people: not owing one another anything 5 old-fashioned, boring ♦ *verb* 1 to make like a square 2 to multiply (a number) by itself 3 to straighten (the shoulders) 4 to make equal ♦ *adverb* 1 directly 2 fairly and honestly ► *phrase* **back to square one** back to the place or position that you started from

square up to to face with determination

square meal /skweə(r) 'mi:l/ *noun* a good, nourishing, satisfying meal

square root /skweə(r) 'ru:t/ *noun* the number which, when multiplied by itself, gives the number in question: *The square root of nine is three.*

squash /skwɒʃ/ *verb* 1 to crush flat or to a pulp 2 to suppress or put down ♦ *noun* 1 (*uncount*) a drink made from fruit syrup 2 a mass of people crowded together 3 (*uncount*) a game played with rackets and a rubber ball in a walled court

squat /skwɒt/ *verb* 1 to crouch down in a low position 2 to occupy land or a building without the legal right to do so ♦ *noun* 1 a squatting position 2 a building that has been unlawfully occupied by squatters ♦ *adjective* short and fat

squatter /'skwɒtə(r)/ *noun* a person who illegally occupies land or an empty building

squawk /skwɔ:k/ *verb* to give a loud harsh cry ♦ *noun* a harsh cry

squeak /skwi:k/ *noun* a short high-pitched noise ♦ *verb* to give a short, high-pitched sound

squeak through to succeed by the very narrowest of margins

squeaky /'skwi:kɪ/ *adjective* 1 high-pitched: *a squeaky voice* 2 tending to squeak: *a squeaky floorboard*

squeal /skwɪəl/ *noun* a long high-pitched cry ♦ *verb* 1 to give a long high-pitched cry 2 to give information to the police concerning your friends

squeamish /'skwi:mɪʃ/ *adjective* easily disgusted, shocked or offended

squeeze /skwi:z/ *verb* 1 to grasp or embrace tightly 2 to press forcefully 3 to force out by pressing 4 to just fit yourself into: *Is there enough space for me to squeeze in beside you?* ♦ *noun* 1 an act of squeezing 2 a crowded or crushed state 3 an amount of liquid obtained

squelch /skwɛltʃ/ *noun* a sound made eg by walking on wet, muddy ground ♦ *verb* to make this sound

squid /skwɪd/ *noun* a sea animal with tentacles

squiggle /'skwɪgəl/ *noun* a short irregular wavy or twisting line

squint /skwɪnt/ *noun* 1 an eye disorder in which one eye looks to the side as the other looks forward 2 (*informal*) a quick, close glance ♦ *verb* 1 to be affected by a squint 2 to look or look at through half-closed eyes ♦ *adjective* not properly straight or centred

squire /skwaɪə(r)/ *noun* a country landowner

squirm /skwɜ:m/ *verb* to wriggle or twist the body, especially in pain or embarrassment

squirrel /'skwɪrəl/ *noun* a small animal with a long bushy tail and grey or reddish-brown fur

squirt /skwɜ:t/ *verb* to shoot out a narrow jet of liquid

stab /stab/ *verb* 1 to wound or pierce with a pointed weapon 2 to poke 3 of pain: to produce a sharp piercing sensation ♦ *noun* 1 an act of stabbing or a stabbing sensation 2 (*informal*) an attempt: *Have a stab at it.*

stability /stə'bɪlɪtɪ/ *noun* (*uncount*) the state or quality of being stable

stabilize or **stabilise** /'steɪbəlaɪz/ *verb* to make or become stable — *noun* (*uncount*) **stabilization** /steɪbəlaɪ'zeɪʃən/

stable /'steɪbəl/ *adjective* 1 firmly balanced or fixed 2 firmly established 3 regular or constant ♦ *noun* 1 a building in which horses are kept 2 a place where horses are bred or trained

stack /stak/ *noun* 1 a large neat pile 2 **stacks** (*informal*) a large amount 3 a large chimney ♦ *verb* to pile in a stack

stadium /'steɪdɪəm/ *noun*: **stadiums** or **stadia** a large sports ground with rows of seats for spectators all round it

staff /stɑːf/ *noun* **1** the people who work in an establishment **2** the officers who assist a senior commander in the army **3** a stick or rod carried in the hand **4** the set of lines and spaces on which music is written ♦ *verb* to provide with staff

stag /stag/ *noun* a male deer

stage /steɪdʒ/ *noun* **1** a raised platform on which a performance takes place **2** a distinct part in a process **3** a part of a journey ♦ *verb* **1** to present on stage **2** to arrange, organize

stagecoach /ˈsteɪdʒkəʊtʃ/ *noun* in former times, a horse-drawn coach with a regular fixed route

stagger /ˈstagə(r)/ *verb* **1** to walk unsteadily **2** to cause to feel extreme shock **3** to arrange *eg* people's hours of work, so that they do not begin or end together

staggered /ˈstagəd/ *adjective* of two or more things: arranged to begin and end at different times

staggering /ˈstagərɪŋ/ *adjective* almost unbelievable; causing you great surprise or shock

stagnant /ˈstagnənt/ *adjective* of water: not flowing

stagnate /stagˈneɪt/ *verb* to be or become stagnant

stag party /ˈstag pɑːtɪ/ or **stag night** /ˈstag naɪt/ *noun* a party for men only, especially one in honour of a man about to be married

staid /steɪd/ *adjective* serious and dull in nature

stain /steɪn/ *verb* **1** to mark or discolour **2** to change or darken the colour of ♦ *noun* **1** a mark or discoloration, especially one which is not easily removed **2** a liquid which changes the colour of *eg* wood

stained glass /steɪnd ˈglɑːs/ *noun* (*uncount*) glass that has been coloured by a special process

stainless steel /ˌsteɪnləs ˈstiːl/ *noun* (*uncount*) a mixture of steel and chromium which does not rust

stair /stɛə(r)/ *noun* **1** any of a set of indoor steps connecting the floors of a building **2 stairs** a series of steps

staircase /ˈstɛəkeɪs/ *noun* a set of stairs with rails on one or both sides

stairway /ˈstɛəweɪ/ *noun* a set of stairs inside or outside a building

stairwell /ˈstɛəwɛl/ *noun* the vertical opening from the ground floor running upwards through a building, that contains a staircase

stake /steɪk/ *noun* **1** a strong stick, pointed at one end **2** in former times, a post to which a person was tied before being burned to death **3** a sum of money risked in betting ♦ *verb* **1** to support with a stake **2** to bet money **3** to risk *eg* your reputation ► *phrases* **at stake** at risk **stake a claim** to establish your right to have or own something

stake out 1 to mark a boundary with stakes **2** of the police: to watch *eg* a building continuously

stale /steɪl/ *adjective* **1** of food: no longer fresh **2** overused and no longer interesting **3** no longer having any new ideas

stalemate /ˈsteɪlmeɪt/ *noun* (*uncount*) **1** a position in chess in which a player cannot move without putting their king in danger, so that neither player can win **2** a position in an argument in which no progress can be made

stalk /stɔːk/ *noun* the main stem of a plant ♦ *verb* **1** to hunt by following closely and quietly **2** to move stiffly and proudly

stall /stɔːl/ *noun* **1** a compartment for housing a single animal in *eg* a cowshed **2** a table on which things are laid out for sale **3** a seat in the choir area of a church **4 stalls** theatre seats on the ground floor ♦ *verb* **1** of a car engine: to stop running through lack of power **2** to delay or avoid taking action

stallion /ˈstaljən/ *noun* a male horse, especially one kept for breeding

stalwart /ˈstɔːlwət/ *adjective* **1** strong and sturdy **2** determined and reliable ♦ *noun* a meeting of the party stalwarts

stamina /ˈstamɪnə/ *noun* (*uncount*) strength to keep going and withstand tiredness

stammer /ˈstamə(r)/ *noun* to have difficulty in saying the first letter of words in speaking ♦ *verb* to speak or say with a stammer: 'Wh.. Wh.. What do you mean?' he stammered.

stamp /stamp/ *verb* **1** to bring your foot down firmly on the ground **2** to mark by pressing with a stamp **3** to stick a postage stamp on **4** to make an impression on: *stamped on his memory for ever* ♦ *noun* **1** (also **postage stamp**) a small piece of gummed paper showing the official mark of a country's postal system, used to show that postage has been paid **2** a cut or moulded design for stamping **3** a design made by stamping

stamp out to end or destroy, usually using force

stampede /stam'piːd/ *noun* **1** a wild rush of frightened animals **2** a sudden, wild rush of people ♦ *verb* to rush suddenly and wildly in a crowd

stance /staːns/ or /stans/ *noun* **1** the way in which you stand **2** your point of view on a particular issue

stand /stand/ *verb*: **stands, standing, stood 1** to be in an upright position supported on your feet **2** to rise to an upright position **3** of an object: to be in a particular place: *It stood by the door.* **4** to put in a particular place: *Stand it in the corner for now.* **5** to remain: *This law still stands.* **6** to bear: *I can't stand that noise.* **7** to be a candidate: *He stood for parliament.* **8** to be short for: *PTO stands for 'please turn over'* ♦ *noun* **1** something on which anything is placed **2** an object made to hold, or for hanging, things: *a hat-stand* **3** a structure for accommodating spectators at a sports ground **4** an effort made to state your position: *You must take a firm stand on working hours.*

---

stand by 1 to keep yourself in a state of readiness to act if necessary **2** to stay close to and support **3** to watch and do nothing while something bad is happening
stand down to resign
stand for to represent or be short for: *What does RSVP stand for?*
stand in to take the place of someone else: *Couldn't you stand in for me at the meeting?*
stand out 1 to be noticeable or conspicuous **2** to strike you as important
stand up 1 to rise to an upright position **2** to deliberately fail to meet, as arranged
stand up for to defend or support

---

standard /'standəd/ *noun* **1** a level or degree of quality or value that is established as proper or acceptable **2** a level of excellence aimed at: *artistic standards* **3** a flag or other emblem ♦ *adjective* **1** normal, typical: *standard charge* **2** generally accepted as being correct: *Standard English*

standardize or **standardise** /'standədaɪz/ *verb* to make all of one kind or size — *noun* (*uncount*) **standardization**

standard lamp /standəd 'lamp/ *noun* an electric lamp on a tall support

standby /'standbaɪ/ *noun* **1** something that is kept ready for use, especially in an emergency **2** (*usually* **standby ticket**) a last-minute ticket for a journey by air that is offered at a reduced price

stand-in /'standɪn/ *noun* someone who does someone else's job for a time

standing /'standɪŋ/ *noun* (*uncount*) social position or reputation ♦ *adjective* **1** done in or from a standing position **2** permanent, regularly used, or continuing in use

stand-offish /stand'ɒfɪʃ/ *adjective* not getting too closely involved with other people

standpoint /'standpɔɪnt/ *noun* your point of view

standstill /'standstɪl/ *noun* a complete stop

stank /staŋk/ *verb* the past tense of **stink**

staple /'steɪpəl/ *noun* **1** a thin piece of wire forced through sheets of paper to fasten them together **2** a U-shaped piece of strong wire **3** a food that forms a basic and important part of your diet ♦ *verb* to fasten with a staple ♦ *adjective* of foods: those that you eat regularly

star /staː(r)/ *noun* **1** a very large mass of burning gas in space appearing as a point of light in the night sky **2** a shape with five or more radiating points **3 stars** the planets seen as having an influence on people's lives **4** a celebrity **5** a principle performer ♦ *verb* to appear in *eg* a play as the principal performer

starboard /'staːbəd/ *noun* (*uncount*) *noun* the side of a ship or aircraft that is on your right when you are facing the front [*opposite* **port**]

starch /staːtʃ/ *noun* (*uncount*) **1** a white tasteless food substance found in *eg* potatoes **2** a powder prepared from this used for stiffening clothes

starchy /'staːtʃɪ/ *adjective* of food: containing starch

stardom /'staːdəm/ *noun* (*uncount*) the state of being very famous in the entertainment industry

stare /steə(r)/ *verb* to look for a long time without looking away ♦ *noun* a fixed gaze

starfish /'staːfɪʃ/ *noun* a type of small sea creature with five points or arms

stark /staːk/ *adjective* **1** very bare or plain in a harsh or severe way **2** complete, utter: *stark idiocy* ♦ *adverb* completely: *stark naked*

starling /'staːlɪŋ/ *noun* a common bird with dark, glossy feathers

starry /'staːrɪ/ *adjective* full of stars, or lit with stars

start /staːt/ *verb* **1** to do something that you were not doing before [*same as* **begin**; *opposite* **stop, finish**] **2** to put a proceeding in motion **3** to happen from a certain time onwards **4** to establish or create **5** to jump with surprise ♦ *noun* **1** the act or point of starting [*same as* **beginning**; *opposite* **end**, **finish**] **2** an advantage in a race: *The youngest runners were given a start.* **3** a sudden movement of the body cause by a surprise ▶ *phrase* **to start with** used to introduce the first of several things you could mention

> **start off 1** to leave or set off on a journey **2** to be at the beginning **3** to do as the first thing: *Let's start off by introducing ourselves.*
>
> **start on 1** to start dealing with **2** to start criticizing
>
> **start out 1** to leave on a journey **2** to be at the beginning: *She started out as a waitress.*
>
> **start up 1** to set up or establish **2** to make operate or set going

starter /'stɑːtə(r)/ *noun* (*informal*) a dish that is eaten as the first course of a meal

startle /'stɑːtəl/ *verb* to give a shock or fright to

startling /'stɑːtlɪŋ/ *adjective* surprising or shocking

starvation /stɑːˈveɪʃən/ *noun* (*uncount*) a potentially fatal form of malnutrition

starve /stɑːv/ *verb* **1** to be weak and ill and eventually die through lack of food **2** to deprive of food **3** to be very hungry: *I'm starving!* **4** to deprive of something needed: *starved of company*

stash /staʃ/ *verb* to put in a secret hiding-place

state /steɪt/ *noun* **1** the way someone or something is at any particular time: *the bad state of the roads* **2** a country regarded as a political unit **3** one of the regions into which a country is divided **4 the State** the government, or the country as a political organization **5** involving the head or ruler of a country ♦ *verb* to formally announce ▶ *phrase* **in a state** nervous, anxious or upset

stately /'steɪtlɪ/ *adjective* noble, dignified and impressive in appearance [*same as* **majestic**]

statement /'steɪtmənt/ *noun* **1** something stated, especially a formal written or spoken declaration **2** a detailed list of financial transactions

state-of-the-art /steɪtəvðiːˈɑːt/ *adjective* the most modern and up-to-date

stateroom /'steɪtruːm/ *noun* a large private cabin in a ship

statesman /'steɪtsmən/ *noun* someone skilled in government

static /'statɪk/ *adjective* not moving, changing or developing ♦ *noun* (*uncount*) **1** electricity produced by friction **2** disturbance to radio and television signals

station /'steɪʃən/ *noun* **1** a place where passenger trains and buses stop and where passengers can get on or off **2** the local headquarters of a police force **3** a building equipped for a particular purpose **4** a radio or television channel ♦ *verb* **1** to assign to a position or place **2 station yourself** to take up a position: *He stationed himself by the door.*

stationary /'steɪʃənərɪ/ *adjective* standing still, not moving

stationer /'steɪʃənə(r)/ *noun* a person who runs a shop that sells stationery

stationery /'steɪʃənərɪ/ *noun* (*uncount*) a collective term for writing materials

statistical /stəˈtɪstɪkəl/ *adjective* of or shown by statistics: *statistical information* — *adverb* **statistically**: *Statistically, a man is unlikely to live as long as a woman.*

statistician /statɪˈstɪʃən/ *noun* a person who gathers and analyses statistics

statistics /stəˈtɪstɪks/ *noun* **1** (*plural*) items of information collected and presented in numerical form: *statistics of road accidents for last year* **2** (*singular*) the study of collecting and analysing such information

statue /'statʃuː/ *noun* a figure of a person or an animal carved in *eg* stone or metal

statuesque /statʃʊˈɛsk/ *adjective* tall and graceful

statuette /statʃʊˈɛt/ *noun* a small statue

stature /'statʃə(r)/ *noun* (*uncount*; *formal*) **1** height **2** importance, reputation

status /'steɪtəs/ *noun* **1** position, in relation to others in a society **2** the state or condition something is in at a particular time

status quo /steɪtəs ˈkwoʊ/ *noun* the situation as it is now

statute /'statjuːt/ *noun* a law or rule, passed by a parliament

statutory /'statʃʊtərɪ/ *adjective* required or fixed by law or a formal rule

staunch /stɔːntʃ/ *adjective* loyal and trustworthy ♦ *verb* to stop the flow of

stave /steɪv/

> **stave off** to delay or cause to stop happening

stay /steɪ/ *verb* **1** to continue to be: *Stay calm.* ◻ *Stay here while I go for help.* **2** to live for a time: *We'll be staying in a hotel.* ♦ *noun*

stead / step

a period of time spent in a place: *Did you enjoy your stay?* ▶ *phrase* (*informal*) **stay put** to remain in the same place

> **stay away** to not go
> **stay in** to not go out
> **stay off** to avoid
> **stay on** to remain somewhere after others have left
> **stay out** to remain away from home, especially at night
> **stay up** to go to bed later than usual

stead /stɛd/ *noun* ▶ *phrase* **stand you in good stead** to be useful in the future

steadfast /'stɛdfɑːst/ *adjective* 1 determinedly loyal and firm in support 2 of a gaze: steady — *adverb* **steadfastly**

steady /'stɛdɪ/ *adjective* 1 firmly fixed or balanced 2 without interruption or sudden change 3 that can be relied on ♦ *verb* to make or become steady — *adverb* **steadily** — *noun* (*uncount*) **steadiness**

steak /steɪk/ *noun* 1 (*uncount*) high quality beef used for frying or grilling 2 a slice of this

steal /stiːl/ *verb*: **steals, stealing, stole, stolen** 1 to take someone else's property without permission and without intending to return it 2 to take quickly or secretly: *steal a look* 3 to move quietly — *noun* (*uncount*) **stealing**: *accused of stealing*

stealth /stɛlθ/ *noun* (*uncount*) secrecy

stealthy /'stɛlθɪ/ *adjective* of movement: slow, quiet and secretive — *adverb* **stealthily**

steam /stiːm/ *noun* (*uncount*) 1 the vapour formed when water boils 2 the power produced by steam ♦ *verb* 1 to give off steam 2 to cook over steam 3 to move under the power of steam ♦ *adjective* powered by steam ▶ *phrases* **let off steam** to do something that releases energy that has built up inside you **run out of steam** to lose energy **under your own steam** by your own efforts

> **steam up** of glass: to become covered with tiny droplets of condensed steam

steamer /'stiːmə(r)/ *noun* a ship whose engines are powered by steam

steamroller /'stiːmrəʊlə(r)/ *noun* a large, heavy-wheeled vehicle, used for flattening the surfaces of roads

steamy /'stiːmɪ/ *adjective* 1 full of steam 2 (*informal*) passionate, erotic

steel /stiːl/ *noun* (*uncount*) a very hard metal made from a mixture of iron and carbon ♦ *verb* **steel yourself** to find the courage to deal with something unpleasant

steely /'stiːlɪ/ *adjective* hard and cold, like steel

steep /stiːp/ *adjective* 1 of a slope: rising sharply or at a sharp angle 2 (*informal*) of a price: unreasonably high ♦ *verb* 1 to leave standing in liquid 2 to fill with: *a ceremony steeped in tradition*

steeple /'stiːpəl/ *noun* a tall tower with a spire that rises above the roof of a church

steeplechase /'stiːpəltʃeɪs/ *noun* 1 a horse race round a course with various hedges and ditches 2 a middle-distance track race over a course on which obstacles have been placed

steer /stɪə(r)/ *verb* 1 to guide or control the course of *eg* a car 2 to follow a particular course ▶ *phrase* **steer clear of** to avoid

steering-wheel /'stɪərɪŋwiːl/ *noun* a wheel that controls the steering in a vehicle or ship

stem /stɛm/ *noun* 1 the slender central part that grows upward from the root of a plant 2 the thin support of a wine glass ♦ *verb* to stop: *stem the flow*

> **stem from** to have as its origin or cause

stench /stɛntʃ/ *noun* a very strong bad smell

stencil /'stɛnsɪl/ *noun* 1 a design or lettering cut out of a piece of *eg* card, used for drawing patterns 2 the lettering or design produced in this way ♦ *verb* to print or produce using a stencil

step /stɛp/ *noun* 1 a movement of the leg in walking 2 the distance covered by this 3 the sound made by the foot in walking 4 a movement of the foot in dancing 5 a raised flat narrow surface used to walk up or down from one level to another 6 one of a series of measures taken in a plan: *It's a major step forward.* 7 **steps** a step ladder ♦ *verb* 1 to take a step 2 to bring your foot down: *I think you've stepped on some dog's dirt.* 3 to become involved in easily: *He stepped into a highly paid job in the city.* 4 to come or go: *Would you care to step this way, madam?* ▶ *phrases* **in step** 1 of two or more people walking: putting their feet down at exactly the same time 2 in agreement **out of step** not in harmony **take steps** to take necessary measures to ensure that something is done

> **step aside** to give up a post or position so that another person can take it
> **step down** to resign
> **step in** 1 to take up a role as a substitute for someone else 2 to intervene in an argument

step- /'stɛp/ *prefix* used before nouns to indicate a person who is related to you through marriage rather than blood: *stepmother* □ *stepbrother*

stepladder /'stɛpladə(r)/ *noun* a ladder with a support on which it rests

stepping stone /'stɛpɪŋ stoʊn/ *noun* **1** a stone rising above water, used to cross a river **2** anything that helps you to progress

stereo /'stɛrioʊ/ *noun* **1** (*uncount*) sound reproduction directed through two different speakers simultaneously **2** (*informal*) a record or cassette player with two speakers

stereotype /'stɛriətaɪp/ ♦ *noun* a fixed general impression or set of ideas about a particular type of person or thing

sterile /'stɛraɪl/ *adjective* **1** incapable of reproducing **2** clean and free from harmful bacteria **3** producing no ideas: *a sterile argument*

sterility /stə'rɪlɪti/ *noun* (*uncount*) the state of being sterile

sterilize or **sterilise** /'stɛrɪlaɪz/ *verb* **1** to cause to be unable to reproduce **2** to free from germs *eg* by boiling — *noun* (*uncount*) **sterilization**

sterling /'stɜːlɪŋ/ *noun* (*uncount*) the system of money used in Britain, based on the pound: *one pound sterling*

stern /stɜːn/ *adjective* **1** extremely strict and severe **2** of a punishment: harsh ♦ *noun* the back end of a boat

stethoscope /'stɛθəskoʊp/ *noun* an instrument used by doctors for listening to the sounds made inside the body

stew /stjuː/ *verb* to cook slowly and gently in liquid ♦ *noun* a mixture of meat and vegetables, cooked slowly in liquid ▶ *phrase* (*informal*) **in a stew** in a state of worry

steward /'stjuːəd/ *noun* **1** a flight attendant on an aircraft **2** someone who shows people to their seats at *eg* a meeting **3** an official at a race meeting

stewardess /'stjuːə'dɛs/ *noun* a female flight attendant [*same as* **air hostess**]

stick /stɪk/ *noun* **1** a thin branch from a tree, or a thin piece of dead wood **2** a piece of wood shaped for a special purpose: *a hockey-stick* □ *a drumstick* □ *a walking stick* **3** a narrow piece of something: *a stick of celery* ♦ *verb*: **sticks, sticking, stuck 1** to push or poke: *I stuck the pins back into the notice board.* **2** (*informal*) to put: *Stick your case on top of the wardrobe when you've unpacked.* **3** to fix with glue: *I'll stick the pieces back together* **4** (*informal*) to manage to bear: *I don't know how you've stuck it so long.* ▶ *phrase* **get the wrong end of the stick** to misunderstand

> **stick around** to stay where you are
> **stick at** (*informal*) to persevere with
> **stick by** to support
> **stick out 1** to extend outwards, project **2** to be noticeably different
> **stick to 1** to stay close to **2** to hold on to *eg* an idea
> **stick up 1** to extend or project upwards **2** to raise **3** to attach to a wall
> **stick up for** (*informal*) to defend
> **stick with** to stay with

sticking-plaster /'stɪkɪŋplɑːstə(r)/ *noun* sticky tape used to cover a wound

stick-in-the-mud /'stɪkɪnðəmʌd/ *noun* (*informal, derogatory*) someone who opposes new ideas

stickler /'stɪklə(r)/ *noun* someone who attaches great importance to a particular, often small, matter: *a stickler for punctuality*

sticky /'stɪki/ *adjective* **1** able or likely to stick to other surfaces **2** of the weather: uncomfortably warm and humid **3** awkward or unpleasant [*same as* **embarrassing**]

stiff /stɪf/ *adjective* **1** not easily bent or folded **2** of the muscles: not bending or moving easily **3** not relaxed, rather formal **4** difficult: *a stiff examination* **5** severe: *a stiff punishment* **6** strong: *a stiff drink* — *adverb* **stiffly** — *noun* (*uncount*) **stiffness**

stiffen /'stɪfən/ *verb* to make or become stiff

stifle /'staɪfəl/ *verb* **1** to suffocate **2** to suppress *eg* tears

stifling /'staɪflɪŋ/ *adjective* unpleasantly hot or airless

stigma /'stɪgmə/ *noun* shame, disgrace

stile /staɪl/ *noun* a set of steps for climbing over a wall or fence

still[1] /stɪl/ *adverb* **1** continuing to do something: *He asked if I was still teaching.* **2** not having progressed beyond a certain stage: *Go back to bed; it's still dark.* **3** up to the present time or the time spoken of: *I still haven't got the letter.* **4** remaining: *We've still got a few copies left.* **5** even so, nevertheless: *It's difficult but we must still try.* **6** even: *Still more people arrived.*

still[2] /stɪl/ *adjective or adverb* in the same position without moving ♦ *adjective* **1** of *eg* water or the weather: calm **2** of a drink: not fizzy — *noun* (*uncount*) **stillness** ♦ *noun* a photograph of a scene from a film

stillborn /'stɪlbɔːn/ *adjective* of a baby: dead at birth

still life /stɪl 'laɪf/ *noun* a picture of objects such as fruit or cut flowers

stilts /stɪlts/ *noun* 1 long poles with footrests on which you can walk above the ground 2 tall poles that support eg a house built above water

stilted /'stɪltɪd/ *adjective* stiff, formal and unnatural

stimulant /'stɪmjʊlənt/ *noun* a substance that has the effect of making the body or mind more alert

stimulate /'stɪmjʊleɪt/ *verb* 1 to make more active 2 to fill with interest and enthusiasm 3 to excite — *adjective* **stimulating** — *noun* (*uncount*) **stimulation**

stimulus /'stɪmjʊləs/ *noun*: **stimuli** something that causes a reaction, activity or development, or encourages greater effort

sting /stɪŋ/ *noun* 1 the part of some animals and plants which can prick the skin and cause pain or irritation 2 any sharp tingling pain 3 the swelling caused by a sting ♦ *verb*: **stings, stinging, stung** 1 to pierce with a sting or cause pain like that of a sting 2 to be painful: *The onions made his eyes sting.* 3 to hurt the feelings of: *He was stung by the criticism.* ▶ *phrase* **sting in the tail** an unexpectedly harmful consequence

stingy /'stɪndʒɪ/ *adjective* (*informal*) mean, not generous

stink /stɪŋk/ *verb*: **stinks, stinking, stank, stunk** 1 to give off a bad smell 2 to be contemptibly bad or immoral: *The whole set-up stinks.* ♦ *noun* a strong and very unpleasant smell ▶ *phrase* (*informal*) **kick up a stink** to make a fuss by complaining loudly

stint /stɪnt/ *noun* a fixed period or amount of work

stipulate /'stɪpjʊleɪt/ *verb* (*formal*) to state as a condition [*same as* **specify**] — *noun* **stipulation**

stir /stɜː(r)/ *verb* 1 to mix or move around by making repeated circular movements eg with a spoon 2 to arouse strong feelings in 3 to move slightly: *He stirred in his sleep.* ♦ *noun* 1 a circular movement made with eg a spoon 2 an excited reaction

stir up to cause eg trouble

stirring /'stɜːrɪŋ/ *adjective* exciting, rousing

stirrup /'stɪrəp/ *noun* a metal loop hanging from a horse's saddle as a support for the rider's foot

stitch /stɪtʃ/ *noun* 1 a single fixed length of thread on the surface of fabric or joining two pieces of fabric together 2 a sharp ache in the side of your body ♦ *verb* to join two pieces together, or decorate, with stitches ▶ *phrase* (*informal*) **in stitches** helpless with laughter

stoat /stəʊt/ *noun* a small brown flesh-eating animal similar to a weasel

stock /stɒk/ *noun* 1 (*uncount*) the total amount of goods for sale in a shop 2 equipment or raw material in use 3 (*uncount*) liquid in which meat or vegetables have been cooked 4 the handle of a gun 5 (*uncount*) farm animals collectively [*same as* **livestock**] 6 a family line of a certain type: *of good stock* 7 **stocks** the capital of a business company divided into shares ♦ *adjective* of a standard type or size ♦ *verb* to keep a supply of for sale ▶ *phrase* **take stock of** to think carefully about every aspect of

stock up to buy a large amount of, so that you have a good supply for future use

stockbroker /'stɒkbrəʊkə(r)/ *noun* a person who buys and sells stocks and shares for customers in return for a fee

stock exchange /stɒk ɪkstʃeɪndʒ/ *noun* a place where stocks and shares are bought and sold

stocking /'stɒkɪŋ/ *noun* either of a pair of close-fitting coverings for women's legs, made of fine, often transparent, fabric

stockist /'stɒkɪst/ *noun* a person or shop that stocks a particular item

stock market /stɒk mɑːkɪt/ *noun* a stock exchange, or the trading carried on there

stockpile /'stɒkpaɪl/ *noun* a store, a reserve supply ♦ *verb* to build up a store

stockroom /'stɒkruːm/ *noun* a room where goods are stored

stock-still /stɒk'stɪl/ *adjective or adverb* absolutely still

stocktaking /'stɒkteɪkɪŋ/ *noun* (*uncount*) a regular check of the goods in a shop or warehouse

stocky /'stɒkɪ/ *adjective* broad and strong-looking

stodgy /'stɒdʒɪ/ *adjective* 1 of food: heavy and very filling 2 of a person or book: dull and serious

stoic /'stəʊɪk/ or **stoical** /'stəʊɪkəl/ *adjective* enduring pain, misfortune or difficulties without complaint — *adverb* **stoically**

stoicism /'stəʊɪsɪzm/ *noun* (*uncount*) the quality of enduring, or the tendency to endure, pain and misfortune

stoke /stəʊk/ *verb* to add more fuel to eg a fire

stoke up to have the effect of intensifying or making greater

stole /stoʊl/ *verb* the past tense of **steal**

stolen /'stoʊlən/ *verb* the past participle of **steal** ♦ *adjective*: stolen goods

stolid /'stɒlɪd/ *adjective* showing little or no interest or emotion — *adverb* **stolidly**

stomach /'stʌmək/ *noun* **1** the bag-like part of the body into which food passes when swallowed **2** the area around the abdomen: *I used to have a nice flat stomach.* **3** courage or determination ♦ *verb* to put up with, bear: *I can't stomach her rudeness.*

stomp /stɒmp/ *verb* to stamp the feet, or tread heavily

stone /stoʊn/ *noun* **1** (*uncount*) the material of which rocks are composed **2** a piece of this **3** a piece of this shaped for a certain purpose: *a millstone* **4** the hard seed in the centre of certain fruits **5** a piece of hard material that forms in the kidney **6** a precious stone *eg* a diamond **7** a standard unit of weight equal to 14 pounds or 6.35 kilograms ♦ *verb* **1** to throw stones at **2** to take the large seeds out of fruit ▶ *phrase* **a stone's throw away** a very short distance away

stone-cold /stoʊn'koʊld/ *adjective* completely cold

stoned /stoʊnd/ *adjective* (*slang*) under the influence of cannabis

stone-dead /stoʊn'dɛd/ *adjective* completely dead

stone-deaf /stoʊn'dɛf/ *adjective* completely deaf

stony /'stoʊni/ *adjective* **1** covered with stones **2** unfriendly or unfeeling: *a stony look* [*same as* **hostile**, **cold**]

stood /stʊd/ *verb* the past tense and past participle of **stand**

stooge /stuːdʒ/ *noun* **1** a performer whose role is to provide a comedian with opportunities for making jokes **2** someone who is given unpleasant tasks to do

stool /stuːl/ *noun* a seat without a back

stoop /stuːp/ *verb* **1** to carry the upper part of your body bent forwards and downwards **2** to lower yourself to do something immoral: *I wouldn't stoop to stealing* ♦ *noun*: *walked with a pronounced stoop*

stop /stɒp/ *verb* **1** to prevent from continuing, or not allow to happen **2** to no longer do **3** to come to an end **4** to cancel (a plan) **5** to block *eg* a hole ♦ *noun* **1** the state of being stopped **2** a place where *eg* a bus stops **3** a full stop **4** a device that holds a door open

stop off to spend some time in a place during a journey
stop over to stay the night in a place during a journey [see also **stopover**]
stop up to block *eg* a hole

stopgap /'stɒpgap/ *noun* something which is used temporarily until something better is found

stopover /'stɒpoʊvə(r)/ *noun* a short stay somewhere between two parts of a journey

stoppage /'stɒpɪdʒ/ *noun* **1** an act of blocking or a blockage **2** a stopping of work, as in a strike

stopper /'stɒpə(r)/ *noun* something that is used to close an opening *eg* in a bottle

stopwatch /'stɒpwɒtʃ/ *noun* a watch that can be stopped and started, used in timing races

storage /'stɔːrɪdʒ/ *noun* (*uncount*) **1** the act of storing or the state of being stored: *The furniture is in storage.* **2** space used for storing things

store /stɔː(r)/ *noun* **1** a supply kept for future use **2** a shop: *a department store* **3** a place where stocks or supplies are kept **4** a computer's memory ♦ *verb* to put aside for future use ▶ *phrase* **in store** about, or destined, to happen

store up to build up a supply of for future use

storey /'stɔːri/ (*AmE* **story**) *noun*: **storeys** (*AmE* **stories**) a level or floor in a building

stork /stɔːk/ *noun* a wading bird with a long beak, neck and legs

storm /stɔːm/ *noun* **1** an outbreak of violent weather **2** a violent outbreak *eg* of anger ♦ *verb* **1** to go or leave in a violently angry manner **2** to shout angrily **3** to make a sudden violent attack on ▶ *phrase* **a storm in a teacup** a lot of fuss about something unimportant

stormy /'stɔːmi/ *adjective* **1** of the weather: violent, wild **2** of a relationship: characterized by frequent arguments

story[1] /'stɔːri/ *noun* an account of an event or events, real or imaginary

stout /staʊt/ *adjective* **1** rather fat **2** strong, solid: *stout walking boots* **3** courageous

stove /stoʊv/ *noun* a cooker

stow /stoʊ/ *verb* to pack or put away

stow away to hide somewhere in the hope of travelling free

stowaway /ˈstoʊəweɪ/ noun someone who hides in a ship in order to travel without paying a fare

straddle /ˈstradəl/ verb 1 to stand or sit with your legs on either side of something 2 of a bridge: to cross eg a river from one side to the other

straggle /ˈstragəl/ verb 1 to grow, move or spread untidily over an area 2 to move away from a main group

straggler /ˈstraglə(r)/ noun someone who has become detached from a main group

straggly /ˈstraglɪ/ adjective spreading out in an untidy way

straight /streɪt/ adjective or adverb 1 not bent or curved: a straight line 2 absolutely level or upright 3 direct, frank, honest: a straight answer 4 of two people: not owing each other anything 5 heterosexual 6 of an alcoholic drink: without anything added: a straight vodka ♦ adverb 1 directly: straight across the desert 2 at once, without delay: I came here straight after work. ♦ noun the straight part of eg a race track ▶ phrases **get something straight** to make sure you know the facts of a situation **straight away** immediately

straighten /ˈstreɪtən/ verb to make straight

straighten out to resolve (problems)
straighten up 1 to return to an upright position 2 to make neat and tidy

straightforward /streɪtˈfɔːwəd/ adjective 1 without any difficulties 2 honest and frank

strain /streɪn/ verb 1 to injure or weaken part of the body because of a sudden awkward movement 2 to make a great effort 3 to make heavy demands on 4 to separate a solid from a liquid by pouring them through eg a sieve ♦ noun 1 an injury to a muscle caused by an awkward movement 2 tension or anxiety 3 (uncount) distrust and bad feeling 4 (uncount) the condition of being tightly stretched 5 a breed or race of animals or plants

strain at to stretch or pull tightly

strained /streɪnd/ adjective 1 not relaxed and natural: a strained conversation 2 unfriendly: strained relations [same as **tense**]

strait /streɪt/ noun 1 a narrow strip of sea between two land masses 2 **straits** difficulties or hardship: dire straits

straitjacket /ˈstreɪtdʒakɪt/ noun a jacket with long sleeves tied behind to prevent a violent person from using their arms

strait-laced /streɪtˈleɪst/ adjective strict and old-fashioned in attitude

strand /strand/ noun 1 a single thread, hair, wire or fibre 2 a single or separate element

stranded /ˈstrandɪd/ adjective in a place you cannot get away from; without money or transport

strange /streɪndʒ/ adjective 1 not known, seen, or heard before, unfamiliar 2 unusual, difficult to explain: A strange light appeared in the sky. [same as **curious**] 3 feeling vaguely ill — adverb **strangely** — noun (uncount) **strangeness**

stranger /ˈstreɪndʒə(r)/ noun 1 a person whom you do not know 2 a visitor 3 unfamiliar with: He's a stranger to hard work.

strangle /ˈstraŋgəl/ verb 1 to kill by squeezing the neck tightly 2 to keep in, suppress eg a scream 3 to stop the growth of

stranglehold /ˈstraŋgəlhoʊld/ noun total control over something, preventing it from moving freely or developing

strap /strap/ noun a narrow strip of eg leather, by which something is carried or fastened

strap in to attach a seat belt round in eg a car
strap up to wrap (an injured limb) in firm bandages

strapping /ˈstrapɪŋ/ adjective tall and strong: a strapping young man

stratagem /ˈstratədʒəm/ noun a plan or clever trick

strategic /strəˈtiːdʒɪk/ adjective 1 relating to strategy 2 of weapons: designed to be fired over long distances — adverb **strategically**

strategist /ˈstratədʒɪst/ noun someone who plans large complex operations

strategy /ˈstratədʒɪ/ noun 1 (uncount) the art of planning and carrying out a plan 2 a long-term plan for future success

stratum /ˈstrɑːtəm/ noun: **strata** (technical) 1 a horizontal layer of rock or soil 2 a level of society

straw /strɔː/ noun 1 (uncount) the dried cut stalks of corn and similar crops 2 a paper or plastic tube for sucking up a drink ▶ phrases **clutch at straws** to try, in desperation, to get out of a difficult situation **the last straw** the last in a whole series of disagreeable events, that makes you feel that you cannot tolerate any more

strawberry /ˈstrɔːbərɪ/ noun a small juicy pinkish-red fruit with many small brownish-yellow seeds

stray /streɪ/ *verb* **1** to wander away from a place **2** to move away from the main point in a discussion ♦ *noun* a lost or homeless pet or child ♦ *adjective* not happening as part of a regular sequence: *killed by a stray bullet*

streak /striːk/ *noun* **1** a stripe or mark different in colour from the surrounding area **2** a tendency evident in someone's character: *a streak of selfishness* **3** a flash *eg* of lightning ♦ *verb* **1** to mark with streaks **2** to move very fast

streaky /ˈstriːkɪ/ *adjective* **1** marked with streaks **2** of bacon: with alternate layers of fat and meat

stream /striːm/ *noun* **1** a small narrow river **2** a continuous flow of people or things **3** a category for pupils of similar ability ♦ *verb* **1** to move in a continuous flow **2** to divide into classes according to age or ability

streamer /ˈstriːmə(r)/ *noun* a long paper ribbon used to decorate a room

streamline /ˈstriːmlaɪn/ *verb* **1** to shape *eg* a car so that it will slip smoothly through the air **2** to make more efficient — *adjective* **streamlined**

street /striːt/ *noun* a road lined with buildings ▶ *phrases* **on the streets** homeless **streets ahead** much more advanced or better **up your street** relating to your interests or abilities

strength /strɛŋθ/ *noun* (uncount) **1** the power you have in your muscles **2** health and physical energy **3** moral courage or willpower **4** power or influence **5** the ability to withstand pressure, force or rough treatment **6** intensity, or the degree to which something exists **7** the firmness or closeness of something **8** (*count*) a strong point in someone's character or ability ▶ *phrase* **on the strength of** encouraged by or counting on

strengthen /ˈstrɛŋθən/ *verb* to make or become stronger

strenuous /ˈstrɛnjʊəs/ *adjective* requiring great effort or energy — *adverb* **strenuously**

stress /strɛs/ *noun* **1** the state of anxiety or mental strain caused by life's problems **2** strong physical pressure that is applied to an object **3** (*uncount*) emphasis, importance: *He put great stress on the importance of punctuality.* **4** (*uncount*) emphasis placed on a part of a word so that its sound seems stronger than other parts ♦ *verb* to emphasize or attach particular importance to

stressed /strɛst/ *adjective* suffering from mental strain or anxiety

stressful /ˈstrɛsfəl/ *adjective* causing you to feel mental stress

stretch /strɛtʃ/ *verb* **1** of elastic: to be pulled until it becomes tight **2** to get longer and wider *eg* during washing **3** to extend the body and limbs to their full length **4** to extend over a particular distance **5** to make you use all your abilities ♦ *noun* **1** the act of stretching **2** the degree of elasticity something has **3** an area of water or land: *one of the finest stretches of coastline in Britain* **4** a period of time ▶ *phrase* **at a stretch** continuously: *working three hours at a stretch*

> **stretch out 1** to lie with your legs fully extended **2** to extend *eg* a hand
> **stretch to** to afford

stretcher /ˈstrɛtʃə(r)/ *noun* a light folding bed with handles for carrying a sick or injured person

strew /struː/ *verb*: **strews, strewing, strewed, strewn** to scatter or cover with: *The floor was strewn with books and papers.*

stricken /ˈstrɪkən/ *adjective* deeply affected by, or disabled by *eg* trouble, grief or illness: *grief-stricken* • *panic-stricken*

strict /strɪkt/ *adjective* **1** severe; demanding that others obey rules **2** of rules: severe **3** never doing anything against your beliefs: *a strict vegetarian* **4** exact: *the strict meaning of a word* **5** complete: *the strictest confidence*

stride /straɪd/ *noun* a single long step ♦ *verb*: **strides, striding, strode, stridden** to walk with long steps ▶ *phrase* **get into your stride** to begin to work effectively

strident /ˈstraɪdənt/ *adjective* **1** of a sound: harsh **2** forceful; assertive: *strident demands*

strife /straɪf/ *noun* (uncount; rather formal) a state of bitter conflict

strike /straɪk/ *verb*: **strikes, striking, struck 1** (formal) to hit **2** to collide with **3** to happen suddenly: *Disaster struck.* **3** of lightning: to come into contact with **4** to stop working as a protest **5** to enter your mind: *A horrible thought struck me.* **6** to give you the impression of being: *He didn't strike me as being that type.* **7** of a clock: to chime **8** to light (a match) **9** to hit or discover suddenly: *strike oil* **10** to impress: *struck by her beauty* ♦ *noun* **1** the refusal to work by a number of workers, as a protest against an employer **2** an attack ▶ *phrase* **on strike** refusing to work because of a disagreement with an employer

> **strike off** to remove *eg* a doctor from an official register
> **strike out** to draw a line through a piece of

writing
strike up 1 of a band: to begin to play **2** to begin eg a conversation or friendship

striking /ˈstraɪkɪŋ/ *adjective* **1** noticeable: *a striking resemblance* **2** impressive — *adverb* **strikingly**

string /strɪŋ/ *noun* **1** (*uncount*) thin cord used eg for tying parcels **2** a piece of wire or gut producing a note on a musical instrument **3 strings** the stringed instruments in an orchestra **4** a number of a certain type of thing threaded together: *a string of pearls* **5** a series or succession ♦ *verb*: **strings, stringing, strung 1** to fit strings to eg a guitar **2** to put on a string ▶ *phrases* **pull strings** to use your influence to get something done **no strings attached** having no undesirable conditions

string along to give false expectations to; deceive

stringent /ˈstrɪndʒənt/ *adjective* strictly enforced: *stringent rules* — *adverb* **stringently**

stringy /ˈstrɪŋɪ/ *adjective* **1** thin and rough, like string **2** of meat: tough and fibrous

strip /strɪp/ *noun* **1** a long narrow piece **2** a lightweight uniform worn by members of a sports team ♦ *verb* **1** to pull off in strips **2** to remove eg leaves or fruit from **3** to remove the clothes from **4** to take your clothes off

strip off (*informal*) to take your clothes off
strip down to take eg a piece of machinery to pieces

stripe /straɪp/ *noun* **1** a band of colour on a different coloured background **2** a coloured band worn on the sleeve, indicating rank

striped /straɪpt/ *adjective* having a pattern of stripes

stripper /ˈstrɪpə(r)/ *noun* **1** someone who performs a striptease **2** (*uncount*) a substance for removing paint and varnish

striptease /ˈstrɪptiːz/ *noun* a form of entertainment in which a performer undresses to music in a sexually exciting way

strive /straɪv/ *verb* (*formal*): **strives, striving, strove, striven** to try very hard; to struggle

strode /strəʊd/ *verb* the past tense of **stride**

stroke /strəʊk/ *noun* **1** an act of striking **2** a single movement in one direction made with eg a pen **3** a single pull of the oar in rowing **4** a particular style in swimming: *backstroke* □ *breaststroke* **5** a stroking movement made with the hand **6** a sudden loss of consciousness often resulting in paralysis **7** one chime of a clock ♦ *verb* to rub gently, especially as a sign of affection ▶ *phrases* **a stroke of luck** a sudden piece of good luck **at a stroke** in a single action

stroll /strəʊl/ *verb* to walk in a slow, relaxed way ♦ *noun*: *They went for a stroll round the garden.*

strong /strɒŋ/ *adjective* **1** muscular and physically powerful **2** healthy **3** dominant, influential **3** forceful, not easily resisted: *a strong wind* **4** able to stand a lot of strain and rough treatment without wearing out **5** firm, persuasive **6** of a relationship: well-established **7** of eg a smell or colour: striking, very noticeable **8** of eg a drug: containing a lot of the substance that gives the intended effect **9** of language: rude, offensive **10** of a feeling: intense: *a strong dislike* **11** in number: *a workforce 500 strong* — *adverb* **strongly**

stronghold /ˈstrɒŋhəʊld/ *noun* a place that is strongly defended against attack

stroppy /ˈstrɒpɪ/ *adjective* quarrelsome, bad-tempered and awkward to deal with [*opposite* **co-operative**]

struck /strʌk/ *verb* the past tense and past participle of **strike**

structural /ˈstrʌktʃərəl/ *adjective* of or relating to structure — *adverb* **structurally**

structure /ˈstrʌktʃə(r)/ *noun* **1** (*uncount*) the way the parts of something are arranged: *the structure of society* **2** a building; a framework ♦ *verb* to organize or arrange

struggle /ˈstrʌgəl/ *verb* **1** to try hard to do something **2** to twist and fight to escape **3** to fight, especially in order to escape from something **4** to move with difficulty: *struggling through the mud* ♦ *noun* **1** an act of struggling **2** a great effort **3** a fight

struggle on to manage to survive or progress with great difficulty

strum /strʌm/ *verb* to play eg a guitar by making quick movements with your hand across the strings

strung /strʌŋ/ *verb* the past tense and past participle of **string**

strut /strʌt/ *verb* to walk in a proud way ♦ *noun* a piece of eg wood that bears weight along its length

stub /stʌb/ *noun* a short piece, eg of a cigarette, left after the rest has been used up ♦ *verb* to hurt (a toe) by accidentally kicking something hard

stub out to stop eg a cigarette burning by pressing it against something hard

stubble /'stʌbəl/ *noun* (*uncount*) **1** the short ends of stalks of corn left after it has been cut **2** a short growth of beard

stubborn /'stʌbən/ *adjective* **1** refusing to change your mind, even when you know you are being unreasonable [*same as* **obstinate**] **2** very determined **3** difficult to treat or remove: *a stubborn stain* — *adverb* **stubbornly** — *noun* (*uncount*) **stubbornness**

stubby /'stʌbɪ/ *adjective* short and thick

stuck /stʌk/ *verb* the past tense and past participle of **stick** ♦ *adjective* **1** unable to continue; not knowing what to do next **2** unable to move **3** unable to leave

stud /stʌd/ *noun* **1** a nail with a large head, used to decorate **2** a small rounded projection on the sole of a football boot **3** a button with two heads for fastening a collar **4** a male animal, especially a horse, kept for breeding

student /'stju:dənt/ *noun* someone who studies, especially at college or university

studied /'stʌdɪd/ *adjective* carefully practised or considered beforehand; not sincere

studio /'stju:dɪoʊ/ *noun* **1** the workshop of an artist or photographer **2** a place in which cinema films are made **3** a room from which television or radio programmes are broadcast

studious /'stju:dɪəs/ *adjective* **1** serious, hard-working **2** careful: *a studious inspection* — *adverb* **studiously**

study /'stʌdɪ/ *verb* **1** to spend time gaining knowledge **2** to examine carefully ♦ *noun* **1** (*uncount*) the gaining of knowledge of a subject: *the study of history* **2 studies** work done in the process of gaining knowledge **3** a piece of research **4** a work of art done for the sake of practice **5** a piece of music which is meant to develop technique **6** a private room where quiet work or study is carried out

stuff /stʌf/ *noun* (*uncount*) **1** (*informal*) any undefined material or substance **2** (*informal*) someone's belongings, or a number of unnamed things **3** (*literary*) the essence or subject matter: *Human frailty is the stuff of many a successful novel.* ♦ *verb* **1** to thrust or push somwhere roughly: *He stuffed a few things into a bag.* **2** to to fill *eg* a chicken with stuffing before cooking **3** (*informal*) to eat a lot of food at one time: *He's always stuffing chocolate.* **4** fill the skin of a dead animal so that it can be displayed ► *phrases* (*offensive slang*) **get stuffed!** used to rudely dismiss someone **know your stuff** to have a thorough knowledge of your subject

stuffing /'stʌfɪŋ/ *noun* (*uncount*) **1** padding used to stuff *eg* cushions **2** a mixture of chopped foods packed inside *eg* a chicken, before cooking

stuffy /'stʌfɪ/ *adjective* **1** of *eg* a room: lacking fresh, cool air **2** (*informal*) of a person: formal and boringly conventional

stultify /'stʌltɪfaɪ/ *verb* to make someone's mind empty and dull: *Too much television can stultify children's creative development.* — *adjective* **stultifying**

stumble /'stʌmbəl/ *verb* **1** to lose your balance and nearly fall **2** to move or walk unsteadily **3** to hesitate in speaking

stumble across or **stumble on** to find or come across by chance

stumbling-block /'stʌmblɪŋ blɒk/ *noun* a problem or difficulty

stump /stʌmp/ *noun* **1** the short part of *eg* a tree that remains after the main part has been cut away **2** in cricket, one of the three wooden posts which make up a wicket ♦ *verb* to puzzle completely

stump up (*informal*) to pay for, usually reluctantly [*same as* **fork out**]

stumpy /'stʌmpɪ/ *adjective* short and thick, like the stump of a tree

stun /stʌn/ *verb* **1** of a blow to the head: to cause to become unconscious **2** to shock or astonish: *stunned into silence*

stung /stʌŋ/ *verb* the past tense and past participle of **sting**

stunk /stʌŋk/ *verb* the past participle of **stink**

stunning /'stʌnɪŋ/ *adjective* **1** extremely beautiful **2** very impressive — *adverb* **stunningly**

stunt /stʌnt/ *verb* to prevent from growing or developing ♦ *noun* **1** a daring trick **2** something done to attract attention: *a publicity stunt*

stunted /'stʌntɪd/ *adjective* not grown or developed fully

stuntman /'stʌntmən/ or **stuntwoman** /'stʌntwʊmən/ *noun*: **stuntmen** or **stuntwomen** a person employed to take the place of an actor when stunts are being filmed

stupefy /'stju:pɪfaɪ/ *verb* **1** to make stupid, dull the feelings of **2** to amaze — *noun* **stupefaction**

stupendous /stjʊ'pɛndəs/ *adjective* amazingly large or impressive — *adverb* **stupendously**

stupid /ˈstjuːpɪd/ *adjective* **1** not intelligent or sensible: *a stupid thing to do* **2** stupefied or senseless — *adverb* **stupidly**

stupidity /stjuːˈpɪdɪti/ *noun* (*uncount*) the quality or condition of being stupid

stupor /ˈstjuːpə(r)/ *noun* a semi-conscious condition

sturdy /ˈstɜːdi/ *adjective* strong, well built; healthy — *adverb* **sturdily** — *noun* **sturdiness**

stutter /ˈstʌtə(r)/ *noun* a condition in which someone is unable to speak without hesitating and repeating certain sounds ♦ *verb* to say something with a stutter

sty¹ /staɪ/ *noun* a pigsty

sty² or **stye** /staɪ/ *noun*: **sties** or **styes** a painful swelling on the eyelid

style /staɪl/ *noun* **1** the way or manner in which something is done **2** fashion: *in the style of the late 19th century* **3** (*uncount*) elegance ♦ *verb* to shape in a particular way ▶ *phrase* **in style** in the most expensive or elegant way

stylish /ˈstaɪlɪʃ/ *adjective* elegant and fashionable

stylistic /staɪˈlɪstɪk/ *adjective* relating to style — *adverb* **stylistically**

suave /swɑːv/ *adjective* extremely polite and charming

sub /sʌb/ *noun* (*informal*) **1** a submarine **2** a substitute player **3** a subscription

subconscious /sʌbˈkɒnʃəs/ *noun* the part of your mind that has thoughts and feelings that you are not fully aware of ♦ *adjective* existing or happening in the subconscious

subcontract *noun* /sʌbˈkɒntrakt/ a secondary contract ♦ *verb* /sʌbkənˈtrakt/ to employ another company to do the work that you were contracted to do

subcontractor /sʌbkənˈtraktə(r)/ *noun* a company employed under the terms of a subcontract

subculture /ˈsʌbkʌltʃə(r)/ *noun* an identifiable group within a larger culture or group

subdivide /sʌbdɪˈvaɪd/ *verb* to divide into smaller parts

subdivision /ˈsʌbdɪvɪʒən/ *noun* **1** the act of subdividing **2** a part made by subdividing

subdue /səbˈdjuː/ *verb* **1** to suppress and bring under control **2** to defeat *eg* a rebellious group

subdued /səbˈdjuːd/ *adjective* **1** of lighting or colours: not bright **2** of a person: quieter than usual

subject *noun* /ˈsʌbdʒɛkt/ **1** the thing, idea or person that is being talked about or written about **2** a citizen of a country **3** (*grammar*) the person or thing that performs the action of an active verb (*eg* 'he' in *He dropped it*) **4** a member of a nation with a monarchy: *a British subject* **2** occasionally affected by: *He's subject to bouts of malaria*. **3** obliged to obey: *subject to immigration laws* ♦ *verb* /səbˈdʒɛkt/ to force to experience or suffer ▶ *phrase* **subject to** only if certain conditions are met

subjective /səbˈdʒɛktɪv/ *adjective* based on personal thoughts and feelings [*opposite* **objective**] — *noun* **subjectivity**

subjugate /ˈsʌbdʒəɡeɪt/ *verb* to bring under your control — *noun* **subjugation**

subjunctive /səbˈdʒʌŋktɪv/ *noun* (*grammar*) a verb form or mood used in certain languages to express doubt, wishes or uncertainty

sublet /sʌbˈlɛt/ *verb* to allow another person to use rented property in return for rent

sublime /səˈblaɪm/ *adjective* **1** of the highest, most admirable kind **2** of ignorance: complete and carefree

subliminal /sʌbˈlɪmɪnəl/ *adjective* (*formal or technical*) working below the level of consciousness: *subliminal messages*

submachine-gun /sʌbməˈʃiːnɡʌn/ *noun* a light machine-gun fired from the hip or shoulder

submarine /sʌbməˈriːn/ *noun* a type of boat that can travel under the sea as well as on the surface

submerge /səbˈmɜːdʒ/ *verb* **1** to cover with water **2** to sink

submission /səbˈmɪʃən/ *noun* **1** (*uncount*) the act of submitting **2** the act of sending something to someone for their consideration **3** a proposal offered for consideration

submissive /səbˈmɪsɪv/ *adjective* willing to submit to other people's demands

submit /səbˈmɪt/ *verb* **1** to give in, yield **2** to offer or present for consideration

subnormal /sʌbˈnɔːməl/ *adjective* having a very low level of intelligence or ability

subordinate *adjective* /səˈbɔːdɪnət/ lower in rank or importance ♦ *noun* /səˈbɔːdɪnət/ a subordinate person or thing ♦ *verb* (*formal*) /səˈbɔːdɪneɪt/ to treat as being less important

subordinate clause /səbɔːdɪnət ˈklɔːz/ *noun* (*grammar*) a clause that adds more information to the main part of a sentence

subpoena /səˈpiːnə/ (*legal*) *noun* an order for someone to appear in court ♦ *verb*:

subpoenas, subpoenaing, subpoenaed or **subpoena'd** to order to order to appear in court

subscribe /səbˈskraɪb/ *verb* **1** to pay a sum of money so that you will receive regular issues of a publication **2** to agree with

subscription /səbˈskrɪpʃən/ *noun* a payment for a club membership or a number of issues of a publication

subsequent /ˈsʌbsɪkwənt/ *adjective* happening after or following something else — *adverb* **subsequently**

subservient /səbˈsɜːvɪənt/ *adjective* (*derogatory*) too ready or eager to do what others want

subside /səbˈsaɪd/ *verb* **1** to sink to a lower level **2** to lessen, calm down

subsidence /ˈsʌbsɪdəns/ or /səbˈsaɪdəns/ *noun* (*uncount*) a sinking down, especially into the ground

subsidiary /səbˈsɪdɪərɪ/ *adjective* of less importance ♦ *noun* a company that is owned or controlled by another

subsidize or **subsidise** /ˈsʌbsɪdaɪz/ *verb* to pay for part of something with a subsidy [*same as* **finance, support, sponsor**]

subsidy /ˈsʌbsɪdɪ/ *noun* a sum of money given, *eg* by a government to help an industry or the arts

subsist /səbˈsɪst/ *verb* to survive: *They subsisted on roots and berries.*

subsistence /səbˈsɪstəns/ *noun* (*uncount; formal*) **1** existence **2** means or necessities for survival

substance /ˈsʌbstəns/ *noun* **1** a particular type of matter: *a sticky substance* **2** (*uncount*) general meaning **3** (*uncount*) concreteness, tangibility **4** (*uncount*) the quality of being important: *a woman of substance* **5** (*uncount; formal*) truth

substantial /səbˈstanʃəl/ *adjective* **1** large: *a substantial amount* **2** solid, strong **3** that can be seen and felt **4** relating to a thing's basic nature: *a substantial agreement*

substantiate /səbˈstanʃɪeɪt/ *verb* to give proof of, or evidence for

substitute /ˈsʌbstɪtjuːt/ *noun* a person or thing that takes the place of another ♦ *verb* to use instead of another: *You can substitute a low-fat margarine for the butter.* ♦ *adjective*: *a substitute goalkeeper* — *noun* **substitution**

subterfuge /ˈsʌbtəfjuːdʒ/ *noun* the use of a trick or deception for avoiding a difficulty

subterranean /ˌsʌbtəˈreɪnɪən/ *adjective* situated or operating underground

subtitle /ˈsʌbtaɪtəl/ *noun* **1** a second additional title **2** a translation of a foreign-language film, appearing at the bottom of the screen

subtle /ˈsʌtəl/ *adjective* **1** not immediately obvious: *a subtle difference* **2** delicate: *a subtle flavour* **3** cunningly discreet

subtlety /ˈsʌtəltɪ/ *noun* **1** the quality of being subtle **2** a subtle distinction

subtract /səbˈtrakt/ *verb* to take away or deduct one number from another

subtraction /səbˈtrakʃən/ *noun* the process of subtracting

suburb /ˈsʌbɜːb/ *noun* a residential district on the edge of a town or city

suburban /səˈbɜːbən/ *adjective* of, for, or in the suburbs

suburbia /səˈbɜːbɪə/ *noun* (*uncount; often derogatory*) the suburbs collectively

subversive /səbˈvɜːsɪv/ *adjective* intended to undermine a political system

subvert /səbˈvɜːt/ *verb* to destroy or corrupt

subway /ˈsʌbweɪ/ *noun* **1** a passage under a busy road **2** an underground railway

succeed /səkˈsiːd/ *verb* **1** to manage to do **2** to have the intended result **3** to rise to a high position in your career **4** to take the place of, follow **5** to follow in time — *adjective* **succeeding**

success /səkˈsɛs/ *noun* **1** the circumstance of succeeding or the condition of having succeeded **2** something that has turned out well

successful /səkˈsɛsfəl/ *adjective* having achieved an aim — *adverb* **successfully**

succession /səkˈsɛʃən/ *noun* **1** a series of things coming one after the other: *a succession of failures* **2** (*uncount*) the order or right by which one person follows another ▸ *phrase* **in succession** one after another

successive /səkˈsɛsɪv/ *adjective* following one after the other

successor /səkˈsɛsə(r)/ *noun* the person or people that follow you or take your place

succinct /səkˈsɪŋkt/ *adjective* expressing meaning clearly using very few words — *adverb* **succinctly**

succour (*AmE* **succor**) /ˈsʌkə(r)/ *noun* (*uncount; formal or literary*) help in time of distress

succulent /ˈsʌkjʊlənt/ *adjective* of food: juicy and delicious

succumb /səˈkʌm/ *verb* to give in: *succumb to temptation*

such /sʌtʃ/ *determiner* **1** of a kind just mentioned: *Such things are difficult to find.* **2** so great: *It's such a disappointment!* **3** used

suck

for emphasis: *We've been having such terrible sales figures recently.* **4** of this kind: *doctors, nurses and such people* ♦ *pronoun*: *The incident is not such as to warrant a full enquiry.* ▶ *phrases* **as such** by itself, in its true sense **such as** used to introduce an example: *a profession such as architecture or engineering*

suck /sʌk/ *verb* **1** to draw into the mouth **2** to hold in the mouth and pull in with the cheek muscles and tongue: *sucking a piece of orange* **3** of a baby or animal: to draw milk from its mother's breast

suck up to (*informal*) to try to please (someone) by flattering them

sucker /'sʌkə(r)/ *noun* **1** a cup-shaped organ that an animal uses to attach itself to a surface by suction **2** (*informal*) someone who is easily deceived or taken advantage of

suckle /'sʌkəl/ *verb* of a mother: to feed with milk from the breast

suction /'sʌkʃən/ *noun* (*uncount*) the process of drawing away air or liquid to create a vacuum

sudden /'sʌdən/ *adjective* happening quickly: *a sudden attack* — *adverb* **suddenly** — *noun* (*uncount*) **suddenness**

suds /sʌdz/ *noun* (*plural*) a mass of bubbles produced on soapy water

sue /su:/ *verb* to take legal proceedings against

suede or **suède** /sweɪd/ *noun* (*uncount*) soft leather with a raised velvet-like surface

suet /'su:ɪt/ *noun* (*uncount*) hard animal fat

suffer /'sʌfə(r)/ *verb* **1** to feel pain or sorrow **2** to deteriorate: *His schoolwork suffered badly.* **3** to tolerate

sufferance /'sʌfərəns/ *noun* (*uncount*) ▶ *phrase* **on sufferance** tolerated, but not welcomed or encouraged

sufferer /'sʌfərə(r)/ *noun* someone who suffers from a particular disease: *He's an asthma sufferer.*

suffering /'sʌfərɪŋ/ *noun* the fact or condition of feeling pain or sorrow

suffice /sə'faɪs/ *verb* (*formal*) to be good enough for a particular purpose

sufficient /sə'fɪʃənt/ *adjective* enough or adequate [*opposite* **insufficient**] — *adverb* **sufficiently**

suffix /'sʌfɪks/ *noun* a group of letters added to the end of a word or word stem to make another word, *eg* the *-s* in *monkeys* and the *-tude* in *certitude*

suite

suffocate /'sʌfəkeɪt/ *verb* **1** to die from lack of air **2** to kill by preventing breathing — *noun* **suffocation**

suffrage /'sʌfrɪdʒ/ *noun* (*uncount*) the right to vote

suffuse /sə'fju:z/ *verb* to spread throughout

sugar *noun* (*uncount*) a sweet-tasting substance in the form of white or brown crystals: *Do you take sugar in your tea?* ♦ *verb* to sweeten or coat with sugar

sugar-beet /'ʃʊgəbi:t/ *noun* (*uncount*) a vegetable grown for its white roots from which sugar is obtained

sugar cane /'ʃʊgə keɪn/ *noun* (*uncount*) a tall grass from which sugar is obtained

sugary /'ʃʊgərɪ/ *adjective* **1** tasting of sugar **2** insincerely pleasant or affectionate

suggest /sə'dʒest/ *verb* **1** to offer as an idea or possibility **2** to imply, hint

suggestible /sə'dʒestɪbəl/ *adjective* easily influenced by suggestions

suggestion /sə'dʒestʃən/ *noun* **1** a proposal or recommendation **2** a hint or trace: *a suggestion of anger in her voice* **3** the process by which a hypnotist creates a belief in the mind

suggestive /sə'dʒestɪv/ *adjective* **1** leading you to think of a certain thing: *suggestive remarks* **2** intended to make you think about sex

suicidal /su:ɪ'saɪdəl/ *adjective* **1** of or considering suicide **2** likely to cause death or ruin: *driving at a suicidal speed*

suicide /'su:ɪsaɪd/ *noun* **1** the act of deliberately killing oneself **2** someone who deliberately kills themselves

suit /su:t/ *noun* **1** a set of clothes designed to be worn together **2** any of the four groups into which a pack of playing-cards is divided ♦ *verb* **1** to be convenient or suitable for: *The climate suits me.* **2** to look attractive on: *That dress suits you.* **3** **suit yourself** to do what you want, not what others want you to do ▶ *phrase* **follow suit** to do the same thing as someone else has done

suitable /'su:təbəl/ *adjective* of the right type or quality for a particular purpose — *adverb* **suitably** — *noun* (*uncount*) **suitability**

suitcase /'su:tkeɪs/ *noun* a large case for carrying clothes when travelling

suite /swi:t/ *noun* **1** a set of rooms, *eg* in a hotel, that are used for a particular purpose **2** a matching set of furniture **3** a set of musical pieces

suitor /'sju:tə(r)/ *noun* (*old*) a man who wants to marry a particular woman

sulk /sʌlk/ *verb* to show anger and resentment by being silent and bad-tempered ♦ *noun* **the sulks** a fit of sulking

sulky /'sʌlkɪ/ *adjective* sulking; inclined to sulk

sullen /'sʌlən/ *adjective* silently and stubbornly bad-tempered

sulphur (*AmE* **sulfur**) /'sʌlfə(r)/ *noun* (*uncount*) a yellow mineral found in the earth that burns with a blue flame

sultan /'sʌltən/ *noun* the ruler of certain Muslim countries: *the Sultan of Oman*

sultana /sʌl'tɑ:nə/ *noun* **1** a sultan's wife **2** a dried seedless grape

sultry /'sʌltrɪ/ *adjective* **1** hot and humid **2** sexually passionate

sum /sʌm/ *noun* **1** the figure which results when two or more numbers are added together **2** an amount of money **3** a simple arithmetical calculation

> **sum up 1** to summarize the main points of something **2** to make an accurate assessment of

summarize or **summarise** /'sʌməraɪz/ *verb* to make or present a summary of

summary /'sʌmərɪ/ *noun* a short account which gives the main points of something ♦ *adjective* performed quickly — *adverb* **summarily** (*formal*)

summer /'sʌmə(r)/ *noun* the warmest season of the year

summing-up /sʌmɪŋ'ʌp/ *noun* in a court of law, the statement a judge makes before the jury retires

summit /'sʌmɪt/ *noun* **1** the highest point of a mountain or hill **2** the highest possible level of achievement in *eg* your career **3** a conference between heads of government

summon /'sʌmən/ *verb* to order to come to you, appear in a court of law

> **summon up** to make a great effort to find enough *eg* courage to do something

summons /'sʌmənz/ *noun*: **summonses** a written order legally obliging a person to attend *eg* a court of law ♦ *verb*: **summonses, summonsing, summonsed** to serve with a court summons

sumptuous /'sʌmptʃʊəs/ *adjective* superbly rich and luxurious in appearance — *adverb* **sumptuously**

sum total /sʌm 'təʊtəl/ *noun* the complete or final total

sun /sʌn/ *noun* **1** the star that is the source of light, heat and gravity for the Earth **2** the heat or light from this star ♦ *verb* **sun yourself** to expose yourself to the sun's rays

sunbathe /'sʌnbeɪð/ *verb* to lie or sit in the sun in order to get a suntan

sunbeam /'sʌnbi:m/ *noun* a ray of light from the sun

sunburn /'sʌnbɜ:n/ *noun* (*uncount*) a burning or redness caused by over-exposure to the sun

sunburnt /'sʌnbɜ:nt/ *adjective* suffering from sunburn

sundae /'sʌndeɪ/ *noun* a sweet dish of ice cream, topped with *eg* fruit, nuts and syrup

Sunday /'sʌndɪ/ *noun* the seventh day of the week, coming after Saturday and before Monday

sundial /'sʌndaɪəl/ *noun* an instrument that uses sunlight to tell the time

sundry /'sʌndrɪ/ *adjective* assorted, various: *sundry items*

sunflower /'sʌnflaʊə(r)/ *noun* a tall plant with large yellow flowers

sung /sʌŋ/ *verb* the past participle of **sing**

sunglasses /'sʌnglɑ:sɪz/ *noun* (*plural*) glasses with dark-coloured lenses, for protecting the eyes from bright sunlight

sunk /sʌŋk/ *verb* the past participle of **sink**

sunken /'sʌŋkən/ *adjective* **1** on a lower level than the surrounding ground **2** of the eyes or cheeks: having formed deep hollows

sunlight /'sʌnlaɪt/ *noun* (*uncount*) the light from the sun

sunlit /'sʌnlɪt/ *adjective* filled with sunlight or brightly lit by the sun

sunny /'sʌnɪ/ *adjective* **1** full of sunshine: *a sunny room* □ *a sunny day* **2** cheerful

sunrise /'sʌnraɪz/ *noun* (*uncount*) the rising of the sun in the morning

sunroof /'sʌnru:f/ *noun* a panel in a car roof, that lets in sunlight and opens for ventilation

sunset /'sʌnsɛt/ *noun* (*uncount*) the time that the sun goes down in the evening

sunshine /'sʌnʃaɪn/ *noun* (*uncount*) the light or heat of the sun

sunstroke /'sʌnstrəʊk/ *noun* (*uncount*) an illness caused by being in the hot sun for too long

suntan /'sʌntan/ *noun* a browning of the skin caused by exposure to the sun

sun-tanned /'sʌntand/ *adjective* having a suntan

super /'su:pə(r)/ *adjective* extremely good

super- /ˈsuːpə(r)/ *prefix* **1** great or extreme in size or degree: *a supertanker* **2** above or beyond: *the supernatural* **3** outstanding: *a supermodel*

superb /sʊˈpɜːb/ *adjective* outstandingly excellent: *a superb view* *adverb* **superbly**: *She plays superbly.*

supercilious /ˌsuːpəˈsɪliəs/ *adjective* treating others as if they are of little importance

superficial /ˌsuːpəˈfɪʃəl/ *adjective* **1** on or near the surface: *superficial burns* **2** not thorough or detailed: *superficial knowledge* **3** apparent at first glance, not genuine: *superficial similarities* **4** of a person: not capable of serious thoughts or sincere emotions — *adverb* **superficially**

superfluous /sʊˈpɜːfluəs/ *adjective* beyond what is enough or necessary

superhuman /ˌsuːpəˈhjuːmən/ *adjective* much greater than would be expected of an ordinary person: *a superhuman effort*

superimpose /ˌsuːpərɪmˈpəʊz/ *verb* to put one thing on another

superintendent /ˌsuːpərɪnˈtendənt/ *noun* **1** a senior police officer above the rank of chief inspector **2** someone who is in charge of an institution or building

superior /sʊˈpɪəriə(r)/ *adjective* **1** higher in rank or position **2** better or greater than others: *superior forces* □ *superior goods* **3** appearing to consider yourself to be better than others ♦ *noun* someone higher in rank than you — *noun* (*uncount*) **superiority**

superlative /sʊˈpɜːlətɪv/ *adjective* **1** better than, or going beyond, all others: *superlative skill* **2** (*grammar*) used to describe an adjective or adverb expressing the highest degree of the quality in question: *'Richest', 'best' and 'most comfortable' are all superlative forms.* ♦ *noun* (*grammar*) a superlative form of an adjective or adverb

supermarket /ˈsuːpəˌmɑːkɪt/ *noun* a large self-service shop selling mainly food

supernatural /ˌsuːpəˈnætʃərəl/ *adjective* impossible to explain by the laws of nature or science ♦ *noun* **the supernatural** the powers believed to come from unknown forces

superpower /ˈsuːpəˌpaʊə(r)/ *noun* a nation with great political, economic or military power

supersede /ˌsuːpəˈsiːd/ *verb* to take the place of

supersonic /ˌsuːpəˈsɒnɪk/ *adjective* faster than the speed of sound: *supersonic flight*

superstition /ˌsuːpəˈstɪʃən/ *noun* **1** (*uncount*) belief that certain objects or actions have the power to influence events **2** a belief in something that is not real or possible

superstitious /ˌsuːpəˈstɪʃəs/ *adjective* believing that certain objects or actions have the power to influence your life

supervise /ˈsuːpəvaɪz/ *verb* to watch over, make sure that someone is doing something correctly — *noun* (*uncount*) **supervision**

supervisor /ˈsuːpəvaɪzə(r)/ *noun* a person who is responsible for making sure that other people's work is done correctly

supper /ˈsʌpə(r)/ *noun* a light evening meal or snack eaten after your main evening meal

supplant /səˈplɑːnt/ *verb* (*formal*) to take the place of

supple /ˈsʌpəl/ *adjective* **1** bending easily, flexible **2** having joints that bend easily and are not stiff

supplement /ˈsʌpləmənt/ *noun* **1** something added to make up a deficiency **2** an extra section added to a newspaper ♦ *verb* to add to, in order to make up for a deficiency: *supplement an income*

supplementary /ˌsʌplɪˈmentəri/ *adjective* added to make up for a deficiency; additional

supplier /səˈplaɪə(r)/ *noun* a company or individual who supplies other businesses with goods or equipment

supply /səˈplaɪ/ *verb* **1** to provide: *The North Sea supplies a large proportion of our energy needs.* **2** to provide someone with something: *They supply you with a uniform.* ♦ *noun* **1** an amount supplied **2** an amount than can be used **3 supplies** food and other necessary equipment **4** the degree of availability of something being produced

support /səˈpɔːt/ *verb* **1** to hold up, take part of the weight of **2** to help, encourage **3** to provide with a means of living: *support a family* **4** to follow loyally *eg* a football team ♦ *noun* **1** (*uncount*) money given to help someone **2** something that supports an object or structure

supporter /səˈpɔːtə(r)/ *noun* a person who supports a particular sporting team

supportive /səˈpɔːtɪv/ *adjective* someone who gives help and support to someone else

suppose /səˈpəʊz/ *verb* **1** to believe, think probable: *I don't suppose they've encountered the problem before.* **2** used to indicate lack of certainty or enthusiasm: *'Was it a useful conference?' 'I suppose so.'* **3** used to make polite requests: *I don't suppose you could give me a lift, could you?*

♦ *conjunction* (or **supposing**) **1** used when wondering what effect something would have: *Suppose you fall and hurt yourself when you're out alone in the mountains?* **2** used to make suggestions or give advice: *Suppose we just forget the whole thing?*

supposed /səˈpoʊzd/ *adjective* **1** intended: *You're not supposed to take it seriously.* **2** allowed: *You're not supposed to talk in the library.* **3** believed or reported to be: *Exercise is supposed to cure everything.* **4** used to express doubt: *the supposed advantages of private pensions*

supposedly /səˈpoʊzɪdlɪ/ *adverb* used to show that you have some doubts about the truth of what you are discussing: *He's supposedly one of the greatest experts in the field.*

supposition /ˌsʌpəˈzɪʃən/ *noun* **1** the act of supposing **2** something assumed to be true

suppress /səˈprɛs/ *verb* **1** to hold in, not express **2** to stop or crush, eg a rebellion [*same as* **withhold**] — *noun* (*uncount*) **suppression**

supremacy /suˈprɛməsɪ/ *noun* (*uncount*) **1** the state of being supreme **2** absolute power or authority

supreme /suˈpriːm/ *adjective* **1** highest, most powerful: *a supreme ruler* **2** greatest: *supreme courage* — *adverb* **supremely**

sure /ʃʊə(r)/ *adjective* **1** having no doubts: *I'm sure that I can come.* **2** certain eg to do or happen: *He's sure to be there.* **3** reliable, dependable: *a sure way of keeping away the mosquitoes* ♦ *adverb* (*informal*) 'certainly' or 'of course' ▶ *phrase* **make sure** to take action, so that there is no risk of things going wrong

sure-footed /ʃʊəˈfʊtɪd/ *adjective* unlikely to slip or stumble

surely /ˈʃʊəlɪ/ *adverb* used to express disbelief, or to appeal to people to agree with you: *Surely it's not four o'clock already!* □ *I don't need to repeat all that, surely?*

surf /sɜːf/ *noun* (*uncount*) the white foam produced when waves break on the shore ♦ *verb* to ride on waves, using a surfboard

surface /ˈsɜːfɪs/ *noun* **1** the upper or outer side of anything **2** what appears to be the case: *On the surface he has always seemed like a nice chap.* ♦ *adjective* at, on or relating to a surface: *surface mail* ♦ *verb* **1** to come up to the surface of water **2** to put a smooth surface on: *surface a road* **3** to become apparent

surfboard /ˈsɜːfbɔːd/ *noun* a long, narrow board that you stand or lie on while surfing

surfeit /ˈsɜːfɪt/ *noun* (*formal*) too much of something

surfer /ˈsɜːfə(r)/ *noun* someone who surfs

surfing /ˈsɜːfɪŋ/ *noun* (*uncount*) the sport of riding on waves on a surfboard

surge /sɜːdʒ/ *noun* a sudden powerful rush ♦ *verb* **1** to go forward with a powerful rushing movement **2** to increase in power suddenly **3** to appear in a sudden powerful rush

surgeon /ˈsɜːdʒən/ *noun* a doctor who specializes in performing surgery

surgery /ˈsɜːdʒərɪ/ *noun* **1** (*uncount*) the treatment of disease or injury by cutting into the patient's body **2** a doctor's or dentist's consulting room

surgical /ˈsɜːdʒɪkəl/ *adjective* of, for use in, or by means of surgery: *a surgical operation* — *adverb* **surgically**

surly /ˈsɜːlɪ/ *adjective* bad-tempered and rude

surmise /səˈmaɪz/ *verb* (*formal*) to guess or suppose

surmount /səˈmaʊnt/ *verb* **1** to overcome eg a difficulty **2** to be on top of: *walls surmounted by barbed wire*

surmountable /səˈmaʊntɪbəl/ *adjective* that can be overcome or dealt with successfully [*opposite* **insurmountable**]

surname /ˈsɜːneɪm/ *noun* your family name

surpass /səˈpɑːs/ *verb* to go beyond, be better than: *The profits surpassed all our expectations.*

surplus /ˈsɜːpləs/ *noun* **1** an amount that exceeds the amount required or used **2** the amount by which income is greater than expenditure ♦ *adjective* left over or extra

surprise /səˈpraɪz/ *noun* **1** the feeling caused by an unexpected happening **2** an unexpected happening ♦ *verb* **1** to cause to feel surprise **2** to catch someone doing something they shouldn't ▶ *phrase* **take by surprise** to catch unawares or surprise

surprised /səˈpraɪzd/ *adjective* experiencing a feeling of surprise [*same as* **astonished**]

surprising /səˈpraɪzɪŋ/ *adjective* unusual or unexpected

surreal /səˈrɪəl/ or **surrealistic** /səˌrɪəˈlɪstɪk/ *adjective* having a strange unreal quality; dreamlike

surrealism /səˈrɪəlɪzm/ *noun* (*uncount*) the use of surreal images in art — *noun* **surrealist**: *Salvador Dali and other surrealists*

surrender /sə'rɛndə(r)/ ◆ *verb* 1 to stop fighting or resisting; admit defeat: *surrender to the enemy* 2 to allow yourself to be overcome by: *She surrendered herself to utter despair.* 3 to hand over ◆ *noun* an act of surrender

surreptitious /sʌrəp'tɪʃəs/ *adjective* done secretly — *adverb* **surreptitiously**

surrogate /'sʌrəgət/ *adjective* used or acting as a substitute for another person or thing: *a surrogate mother* ◆ *noun* a substitute

surround /sə'raʊnd/ *verb* 1 to be all round: *The town was surrounded by desert.* 2 to enclose

surroundings /sə'raʊndɪŋz/ *noun* (*plural*) the places and things around you

surveillance /sə'veɪləns/ *noun* (*uncount*) a close watch kept on a person

survey *verb* /sə'veɪ/ 1 to look at or examine in detail 2 of a building: to examine in order to assess condition and value 3 to make careful measurements of *eg* a piece of land ◆ *noun* /'sɜːveɪ/ 1 an assessment of public opinion made by asking people questions 2 an inspection of a building made to assess its condition or value

surveyor /sə'veɪə(r)/ *noun* a person whose job is to survey land and buildings

survival /sə'vaɪvəl/ *noun* (*uncount*) the fact of continuing to live in difficult circumstances

survive /sə'vaɪv/ *verb* 1 to remain alive after having come close to death 2 to live longer than: *He is survived by his wife, Mary.* [*same as* **outlive**]

survivor /sə'vaɪvə(r)/ *noun* someone who has survived *eg* a shipwreck or aircraft

susceptibility /səsɛptə'bɪlɪtɪ/ *noun* (*uncount or count*) 1 the state or degree of being susceptible 2 **susceptibilities** strong feelings or sensibilities

susceptible /sə'sɛptɪbəl/ *adjective* 1 likely to suffer from: *susceptible to colds* 2 easily affected or moved

suspect *verb* /sə'spɛkt/ 1 to consider likely 2 to consider to be possibly guilty of a crime: *Surely you don't suspect me?* 3 to distrust ◆ *noun* /'sʌspɛkt/ a person thought to be guilty of committing a crime

suspend /sə'spɛnd/ *verb* 1 to hang 2 to stop for a time: *suspend business* 3 to remove from work or school for a time, as a punishment: *suspended from school for a week*

suspenders /sə'spɛndəz/ *noun* (*plural*) 1 a set of elastic straps attached to a belt, used for holding up stockings 2 (*AmE*) braces for holding up trousers

suspense /sə'spɛns/ *noun* (*uncount*) a state of nervous or excited uncertainty [*same as* **anticipation**]

suspension /sə'spɛnʃən/ *noun* 1 (*uncount*) the act of suspending or the state of being suspended 2 the system of springs that supports the body of *eg* a car 3 a mixture of solid particles suspended in a liquid or gas

suspicion /sə'spɪʃən/ *noun* 1 a feeling of doubt or mistrust 2 an instance of this feeling

suspicious /sə'spɪʃəs/ *adjective* 1 inclined to suspect or distrust 2 arousing suspicion — *adverb* **suspiciously**

sustain /sə'steɪn/ *verb* 1 to continue to do; to maintain 2 to give you strength and energy 3 to receive or suffer *eg* an injury

sustenance /'sʌstənəns/ *noun* (*uncount*; *formal*) something that provides nourishment for your body or spirits

swab /swɒb/ *noun* a piece of cotton wool used *eg* for cleaning or absorbing fluid from the body

swagger /'swagə(r)/ *verb* to walk swinging the body from side to side in a self-important way ◆ *noun*: *walk with a swagger*

swallow /'swɒloʊ/ *verb* 1 to move the muscles in your throat so that food passes down the tube to your stomach 2 to make this movement with your throat 3 to repress, keep back: *swallow your pride* 4 to accept without objection ◆ *noun* 1 an act of swallowing 2 a small bird with long wings and a divided tail

swam /swam/ *verb* the past tense of **swim**

swamp /swɒmp/ *noun* very wet ground ◆ *verb* 1 to overwhelm: *swamped with work* 2 to fill or flood with water [*same as* **inundate**]

swan /swɒn/ *noun* a large white bird with a long neck that lives on rivers and lakes

swap or **swop** /swɒp/ *verb* to exchange: *swap addresses* ◆ *noun* 1 an exchange: *do a swap* 2 a thing that is offered in exchange for something else

swarm /swɔːm/ *noun* 1 a large number of insects, especially bees, flying together 2 a large group of people moving along together ◆ *verb* 1 of insects: to move together in great numbers 2 to be crowded: *swarming with tourists*

swarthy /'swɔːðɪ/ *adjective* dark-skinned

swat /swɒt/ *verb* to crush *eg* a fly by hitting suddenly

swathe /sweɪð/ *verb* to wrap round with clothes or bandages ♦ *noun* a length of fabric used as a wrapping

sway /sweɪ/ *verb* **1** to move from side to side **2** to influence or persuade: *refuse to be swayed* ♦ *noun* (*uncount*) **1** a swaying motion **2** control or influence ▶ *phrase* **hold sway** to have great power

swear /sweə(r)/ *verb*: **swears, swearing, swore, sworn 1** to use language that is rude, obscene or offensive **2** to make a solemn promise

> **swear by 1** to ask, *eg* God, to guarantee a solemn promise: *swear by Almighty God* (*informal*) **2** to have complete faith in
> **swear in** to cause to take a solemn oath

swearword /sweəwɜːd/ *noun* a word that is considered to be rude or offensive

sweat /swɛt/ *noun* the salty moisture that comes out of the skin, *eg* when you are hot ♦ *verb* **1** to produce sweat **2** to be nervous or anxious

sweater /swɛtə(r)/ *noun* a pullover [*same as* **jumper, pullover**]

sweaty /swɛtɪ/ *adjective* wet, or stained, with sweat: *sweaty palms*

swede /swiːd/ *noun* a kind of large yellow turnip

sweep /swiːp/ *verb* **1** to clean *eg* a floor with a brush **2** to lift with a sudden scooping or brushing movement: *swept overboard by a huge wave* **3** to move smoothly and quickly **4** to stretch in a long curve across the land ♦ *noun* **1** an act of cleaning with a brush **2** a long swinging movement **3** the long curved line that *eg* a road makes on the land **4** a chimney sweep ▶ *phrase* **make a clean sweep** to win all of a series of contests

> **sweep up** to gather things together using a brush, and remove them

sweeping /swiːpɪŋ/ *adjective* **1** thorough, having a wide-ranging effect **2** of a statement: too general **3** of a victory: complete and decisive

sweet /swiːt/ *adjective* **1** tasting like sugar **2** pleasant to hear or smell **3** charming, likeable **4** (*informal*) lovable [*same as* **cute**] ♦ *noun* **1** a small piece of sugar-based substance, *eg* chocolate **2** a dessert — *adverb* **sweetly** — *noun* (*uncount*) **sweetness**

sweetcorn /swiːtkɔːn/ *noun* (*uncount*) the small yellow grains that grow in tightly-packed rows on the stalks of a type of maize

sweeten /swiːtən/ *verb* to make or become sweet

> **sweeten up** to be especially nice to in order to persuade

sweetener /swiːtənə(r)/ *noun* an artificial substance used to sweeten food or drinks

sweetheart /swiːthɑːt/ *noun* **1** (*old*) a lover **2** an affectionate name used to address people you are very fond of

sweet tooth /swiːt ˈtuːθ/ *noun* (*singular*) a liking for sweet-tasting foods

swell /swɛl/ *verb*: **swells, swelling, swelled, swollen 1** to gradually increase in size **2** to gradually increase in number **3** of a sound: to become gradually louder ♦ *noun* **1** a rolling or heaving movement of the sea **2** a gradual increase in sound

swelling /swɛlɪŋ/ *noun* **1** an area on the surface of your body which has become raised **2** (*uncount*) the state or condition of being swollen

sweltering /swɛltərɪŋ/ *adjective* uncomfortably hot

swept /swɛpt/ *verb* the past tense and past participle of **sweep**

swerve /swɜːv/ *verb* to move aside sharply *eg* to avoid a collision

swift /swɪft/ *adjective* **1** fast-moving or able to move fast **2** quick or prompt — *adverb* **swiftly** — *noun* **swiftness** ♦ *noun* a small insect-eating bird similar to the swallow

swig /swɪɡ/ *verb* (*informal*) to drink in large gulps, especially from a bottle ♦ *noun* (*informal*): *He took a swig from the whisky bottle.*

swill /swɪl/ *verb* to move or be caused to move back and forth inside something: *filthy water swilling around in the bottom of the boat*

swim /swɪm/ *verb*: **swims, swimming, swam, swum 1** to push your body through water by moving your arms and legs **2** to cross by swimming: *swim the Channel* **3** to be covered with: *meat swimming in grease* **4** to be dizzy: *My head's swimming.* ♦ *noun* a period of time spent swimming: *go for a swim*

swimmer /swɪmə(r)/ *noun* someone or something that swims: *He's not a very strong swimmer.*

swimming bath /swɪmɪŋ bɑːθ/ *noun* a public, usually indoor, swimming pool

swimming costume /swɪmɪŋ kɒstjuːm/ *noun* a piece of clothing worn by women for swimming

swimming trunks /swɪmɪŋ trʌŋks/ *noun* (*plural*) short pants worn by men for swimming

swindle /swɪndəl/ *verb* **1** to cheat or trick **2** to get from by cheating: *The old lady was* swindled out of her life savings. [same as **con**] ♦ *noun* an act or instance of cheating

swindler /'swɪndlə(r)/ *noun* a person who swindles

swine /swaɪn/ *noun* **1** (plural; old) a pig **2** a cruel person

swing /swɪŋ/ *verb*: **swings, swinging, swung 1** to move backwards or forwards or from side to side **2** to move with a long curving movement **3** to turn round suddenly **4** to try to hit: *He swung at me with a baseball bat*. **1** a seat for swinging on, hung on ropes from a support **2** a swinging movement **3** a sudden change **4** (*uncount*) jazz or jazzy dance music ▶ *phrase* **in full swing** of eg a party: at its liveliest stage

swingeing /'swɪndʒɪŋ/ *adjective* (*formal*) very severe: *swingeing cuts in public expenditure* [same as **harsh**]

swipe /swaɪp/ *verb* **1** to try to hit hard with a swinging movement of the arm **2** (*informal*) to steal ♦ *noun*: *He took a swipe at the ball, but missed.*

swirl /swɜːl/ *verb* to move round and round quickly: *snow swirling around them* ♦ *noun*: *great swirls of dust*

swish /swɪʃ/ *verb* to move or be caused to move through the air with a soft rustling or brushing sound ♦ *noun*: *a swish of wings*

Swiss /swɪs/ *adjective* concerned with or belonging to Switzerland, its people, or the dialects of German and French spoken by them ♦ *noun* **1** a native or citizen of Switzerland **2** (*uncount*) either of the dialects of German and French spoken in Switzerland

switch /swɪtʃ/ *noun* **1** a device that makes or breaks an electrical circuit **2** a complete change or change-over ♦ *verb* **1** to exchange one thing for another: *a switch of loyalty* **2** to transfer to another system

switch off 1 to cut off a supply of electricity **2** to stop thinking about, or concentrating on, something
switch on to operate a switch so that an appliance starts working

switchboard /'swɪtʃbɔːd/ *noun* a place in a large building where telephone calls are connected

swivel /'swɪvəl/ *verb* to turn, or be caused to turn, around a fixed central point: *She swivelled round to face him.*

swollen /'swəʊlən/ *verb* the past participle of **swell** ♦ *adjective* fatter or bigger than usual

swoon /swuːn/ *verb* (*old* or *literary*) to faint, especially as a result of strong emotions

swoop /swuːp/ *verb* **1** to fly downwards with a smooth fast sweeping movement **2** to move together quickly and suddenly ♦ *noun* a sudden downward rush ▶ *phrase* **at one fell swoop** all at one time

swop see **swap**

sword /sɔːd/ *noun* a weapon with a long blade sharpened on one or both edges

swore /swɔː(r)/ *verb* the past tense of **swear** ♦ *adjective* holding steadily to an attitude: *sworn enemies*

swot /swɒt/ *verb* (*informal*) to study hard ♦ *noun* (*derogatory*) someone who studies hard

swot up to read a lot and try to learn as much as possible about something

swum /swʌm/ *verb* the past participle of **swim**

swung /swʌŋ/ *verb* the past tense and past participle of **swing**

sycamore /'sɪkəmɔː(r)/ *noun* a tree that has large five-pointed leaves which fall off in the autumn

syllabic /sɪ'læbɪk/ *adjective* of or relating to syllables

syllable /'sɪləbəl/ *noun* any of the parts that a spoken word can be divided into: *The word 'telephone' has three syllables.*

syllabus /'sɪləbəs/ *noun*: **syllabuses** or **syllabi** /'sɪləbaɪ/ a list or programme of subjects that are included in a course of study

symbol /'sɪmbəl/ *noun* **1** something that represents another thing **2** a letter, number or shape used to represent something

symbolic /sɪm'bɒlɪk/ *adjective* **1** used or regarded as a symbol **2** representing something — *adverb* **symbolically**

symbolism /'sɪmbəlɪzəm/ *noun* (*uncount*) the use of symbols to express ideas especially in art and literature

symbolize or **symbolise** /'sɪmbəlaɪz/ *verb* to represent something

symmetrical /sɪ'mɛtrɪk/ or **symmetrical** /sɪ'mɛtrɪkəl/ *adjective* having two halves that are exact copies of each other — *adverb* **symmetrically**

symmetry /'sɪmətrɪ/ *noun* (*uncount*) equality in size, shape and position of two halves on either side of a dividing line

sympathetic /sɪmpə'θɛtɪk/ *adjective* **1** feeling or showing sympathy [same as **understanding**] **2** able to understand how others feel **3** agreeing with and supporting — *adverb* **sympathetically**

sympathize or **sympathise** /'sɪmpəθaɪz/ *verb*: **sympathize with** to feel or show sympathy for

sympathy /'sɪmpəθɪ/ *noun* **1** (*uncount*) understanding of and sensitivity to the sadness or suffering of others **2** support or approval

symphony /'sɪmfənɪ/ *noun* a long musical work to be played by a large orchestra

symptom /'sɪmptəm/ *noun* an outward sign indicating the presence of *eg* an illness: *all the symptoms of flu*

symptomatic /sɪmptə'matɪk/ *adjective* indicative that a state or condition exists

synagogue /'sɪnəgɒg/ *noun* a Jewish place of worship

synchronize or **synchronise** /'sɪŋkrənaɪz/ *verb* **1** to cause to happen at the same time **2** to set to the same time: *synchronize watches*

syndicate /'sɪndɪkət/ *noun* a group of business people or organizations that work together

syndrome /'sɪndrəʊm/ *noun* a set of symptoms that are typical of a particular illness or problem

synonym /'sɪnənɪm/ *noun* a word which has the same, or nearly the same, meaning as another — *adjective* **synonymous**

synopsis /sɪ'nɒpsɪs/ *noun*: **synopses** a short summary *eg* of a book, play or film

syntax /'sɪntaks/ *noun* (*uncount*; *grammar*) grammatical rules used to position and connect words in a language

synthesis /'sɪnθəsɪs/ *noun*: **syntheses** /'sɪnθəsiːz/ **1** (*uncount*) the act of making a whole by putting together its separate parts **2** something produced by combining separate parts

synthesize or **synthesise** /'sɪnθəsaɪz/ *verb* to produce by combining simpler parts to make a complex whole

synthesizer /'sɪnθəsaɪzə(r)/ *noun* a computerized keyboard which creates musical sounds

synthetic /sɪn'θɛtɪk/ *adjective* **1** created artificially by combining various chemicals: *synthetic leather* **2** not sincere or genuine: *synthetic charm*

syphilis /'sɪfɪlɪs/ *noun* (*uncount*) an infectious disease, transmitted sexually

syphon see **siphon**

syringe /sɪ'rɪndʒ/ *noun* a medical instrument with a needle, used *eg* to extract blood and inject drugs

syrup /'sɪrəp/ *noun* **1** a thick sticky liquid made by boiling water or fruit juice with sugar **2** medicine in the form of a thick liquid: *cough syrup*

system /'sɪstəm/ *noun* **1** an arrangement of several parts which work together: *the digestive system* **2** an organized method of working: *a new system of invoicing* **3 the system** the institutions that administer and control people's lives

systematic /sɪstə'matɪk/ *adjective* following a system; methodical — *adverb* **systematically**

Tt

T or **t** /tiː/ *noun* the twentieth letter of the English alphabet

ta /tɑː/ (*BrE*) *interjection* an informal or child's word for 'thank you'

tab /tab/ *noun* **1** a small tag or flap attached to something **2** (*AmE*) a bill **3** a key on *eg* a computer keyboard that sets the positions of the margins

table /'teɪbəl/ *noun* **1** a piece of furniture with a flat surface supported by legs **2** a group of *eg* numbers arranged in columns and rows ♦ *verb* to put forward (a subject) for discussion by *eg* a committee ▶ *phrase* **under the table** secretly, dishonestly

tableau /'tabləʊ/ *noun*: **tableaux** /'tabləʊ/ or **tableaus** /'tabləʊz/ a scene created by costumed people on stage

tablecloth /'teɪbəlklɒθ/ *noun* a cloth for covering a table

tablespoon /'teɪbəlspuːn/ *noun* a large spoon, or the amount held in such a spoon

tablet /'tablət/ *noun* **1** a pill **2** a flat solid piece of *eg* soap **3** a flat piece of stone or wood, with words carved in its surface

table tennis /'teɪbəl tɛnɪs/ *noun* (*uncount*) a form of tennis played across a table with small bats and a light ball

tabloid /ˈtablɔɪd/ *noun* a newspaper with relatively small pages and usually written in an informal style

taboo /təˈbuː/ *noun* anything which people are not allowed to do or talk about ♦ *adjective*: *a taboo subject*

tabulate /ˈtabjʊleɪt/ *verb* to arrange in columns or in the form of a table

tacit /ˈtasɪt/ *adjective* (*formal*) understood but not actually stated clearly: *tacit agreement* — *adverb* **tacitly**

taciturn /ˈtasɪtɜːn/ *adjective* not inclined to talk

tack /tak/ *noun* **1** a short sharp nail with a broad head **2** a direction taken by someone sailing a ship **3** a course or direction in thought or action ♦ *verb* to fasten or attach with tacks

tack on to attach or add as an extra part

tackle /ˈtakəl/ *verb* **1** to try to deal with **2** to speak to directly **3** in sport, to try to get the ball from ♦ *noun* **1** an act of tackling **2** (*uncount*) **2** the equipment needed for a particular sport or activity

tacky /ˈtakɪ/ *adjective* **1** slightly sticky **2** (*informal*) cheap, badly made and in poor taste

tact /takt/ *noun* (*uncount*) skill in avoiding upsetting or offending

tactful /ˈtaktfəl/ *adjective* careful not to say or do anything that might upset or offend people — *adverb* **tactfully**

tactical /ˈtaktɪkəl/ *adjective* **1** well planned or cleverly worked out **2** related to military tactics — *adverb* **tactically**

tactics /ˈtaktɪks/ *noun* (*plural*) **1** the way troops and equipment are used on a battlefield **2** the way you act so as to achieve a particular end

tactless /ˈtaktləs/ *adjective* giving offence through lack of consideration — *adverb* **tactlessly**

tadpole /ˈtadpəʊl/ *noun* a young frog or toad in its first stage of life

tag¹ /tag/ *noun* a label: *a price tag*

tag along to follow or accompany, especially without being invited

tag² /tag/ *noun* (*uncount*) a children's chasing game

tagliatelle /ˌtaljəˈtɛlɪ/ *noun* (*uncount*) pasta made in the form of long narrow ribbons

tail /teɪl/ *noun* **1** the part, often long and thin, at the back or end of an animal's body **2** any part of an object that projects from the back of something **3 tails** the side of a coin that does not have a head on it **4 tails** a formal jacket with two long parts hanging down at the back ♦ *verb* (*informal*) to follow closely

tail off to become gradually less, smaller or weaker

tail end /teɪl ˈɛnd/ *noun* the very end or last part of something

tailor /ˈteɪlə(r)/ *noun* a person whose job is to make clothes ♦ *verb* **1** to make and fit clothes **2** to design especially for: *tailored to your needs*

tailor-made /ˌteɪləˈmeɪd/ *adjective* **1** made by a tailor **2** designed specially for someone

taint /teɪnt/ *verb* **1** to spoil by adding something undesirable ♦ *noun*: *a career spoilt by the taint of corruption and bribery* — *adjective* **tainted**

take /teɪk/ *verb*: **takes, taking, taken, took 1** to have with you when you go **2** to remove **3** to subtract **4** to reach and get; help yourself to **5** to swallow eg medicine **6** to assume, eg responsibility **7** to travel by: *take the bus* **8** to do, sit (an exam) **9** to accept or agree to have **9** to have the space for **10** to photograph: *take a photo* **11** to require: *It'll take too much time.* **12** to develop as expected: *Did the skin graft take?* **13** used with some action verbs: *take a look* or *take a walk* ♦ *noun* a single attempt at filming any of the individual shots that a film is made up of ▶ *phrase* **be taken with** to find that you like (something)

take after to resemble *eg* a parent
take apart 1 to separate into pieces **2** to criticize
take away 1 to remove **2** to subtract
take back 1 to remind **2** to return something to the place you got it from: *I've got some books to take back to the library.* **3** to admit that you should not have said: *I take back all those things I said about him.*
take down to write what someone tells you
take in 1 to include **2** to understand **3** to cheat or deceive **4** to make (clothes) smaller
take off 1 to remove (clothes) **2** of an aircraft: to leave the ground **3** to become very popular
take on 1 to assume *eg* a responsibility **2** to give a job to **3** to compete against **4** to begin to have
take out 1 to take from a place **2** to invite someone to go somewhere, and pay for them
take over 1 to gain control of **2** to start

doing in someone else's place
take to to begin to like
take up 1 to need or use **2** to begin to involve yourself in **3** to accept (an offer)

takeaway /'teɪkəweɪ/ *noun* **1** a cooked meal that you buy in a restaurant but take home to eat **2** a restaurant that provides such meals

taken /'teɪkən/ *verb* the past participle of **take**

take-off /'teɪkɒf/ *noun* of an aircraft: the act of leaving the ground

takeover /'teɪkoʊvə(r)/ *noun* the act of buying enough shares in a company to take control of it

takings /'teɪkɪŋz/ *noun* (*plural*) the amount of money taken *eg* at a concert or in a shop

talc /talk/ *noun* (*uncount*) talcum powder

talcum powder /'talkəm paʊdə(r)/ *noun* (*uncount*) a fine powder used for putting on the body after washing

tale /teɪl/ *noun* a story

talent /'talənt/ *noun* a special ability or skill: *a talent for music* — *adjective* **talented**

talk /tɔːk/ *verb* **1** of people: to say things to each other **2** to discuss with **3** to gossip **4** to give away information ♦ *noun* **1** a conversation **2** a lecture or informal speech **3 talks** negotiations **4** (*uncount*) careless or casual discussion ▶ *phrase* **'you can talk'** 'you cannot criticize, because you have the same fault yourself'

talk down to to speak to someone as though they are not very intelligent
talk into to persuade to
talk out of to persuade not to
talk over to discuss

talkative /'tɔːkətɪv/ *adjective* inclined to talk a lot

tall /tɔːl/ *adjective* **1** above average in height **2** used to state someone's height: *He's already six foot tall.* **3** unreasonable: *a tall story*

tally /'talɪ/ *verb* to be the same, or give the same results ♦ *noun* a note or record kept, *eg* of points scored

talon /'talən/ *noun* a hooked claw

tambourine /tambə'riːn/ *noun* a small round drum with skin stretched tight on one side only, and with small round pieces of metal round the edge

tame /teɪm/ *adjective* **1** of animals: not wild, used to living with people **2** feeble, lacking spirit ♦ *verb* to train (an animal) to be obedient

tamper /'tampə(r)/

tamper with to interfere with so as to cause damage

tampon /'tampɒn/ *noun* a cylinder-shaped piece of compressed cottonwool inserted into the vagina during menstruation

tan /tan/ *noun* **1** a suntan **2** (*uncount*) a yellowish-brown colour ♦ *adjective*: *a tan waistcoat* ♦ *verb* to go brown in the sun

tandem /'tandəm/ *noun* a long bicycle for two people ▶ *phrase* **in tandem** in co-operation

tandoori /tan'dʊərɪ/ *adjective* cooked in an Indian style in a clay oven

tang /taŋ/ *noun* a strong or sharp taste, flavour or smell

tangent /'tandʒənt/ *noun* a straight line that touches a curve but does not cut through it ▶ *phrase* **go off at a tangent** to start talking about something completely different

tangerine /tandʒə'riːn/ *noun* a type of small orange with a loose, reddish-orange skin

tangible /'tandʒɪbəl/ *adjective* real or definite enough to be observed or felt — *adverb* **tangibly**

tangle /'taŋɡəl/ *noun* **1** an untidy twisted mass of knots **2** a confused or complicated state or situation ♦ *verb* **1** to get twisted or knotted **2 get yourself tangled up in** to get involved in something undesirable — *adjective* **tangled**

tangle with (*informal*) to become involved in a fight or argument with

tank /taŋk/ *noun* **1** a large container for *eg* water or petrol **2** a heavy steel-covered military vehicle armed with guns

tankard /'taŋkəd/ *noun* a large metal mug

tanker /'taŋkə(r)/ *noun* a ship or large lorry which transports large amounts of liquid

tanned /tand/ *adjective* of the skin: made darker by the sun

tannery /'tanərɪ/ *noun* a place where animal skins are made into leather

tantalizing or **tantalising** /'tantəlaɪzɪŋ/ *adjective* attractive, exciting or tempting — *adverb* **tantalizingly**

tantamount /'tantəmaʊnt/ *adjective* ▶ *phrase* **tantamount to** having the same effect, value or result as

tantrum /'tantrəm/ *noun* a fit of bad temper

tap[1] /tap/ *verb* to knock or strike lightly ♦ *noun* an act of tapping: *a light tap on the shoulder*

tap[2] /tap/ *noun* a device with a valve for controlling the flow of liquid or gas ♦ *verb* **1** to start using **2** to attach a listening device secretly to *eg* a telephone

tape /teɪp/ *noun* **1** a length of magnetic ribbon for recording sound or pictures **2** fabric in the form of a narrow strip **3** (*uncount*) plastic ribbon with a sticky surface used for sticking things together ♦ *verb* **1** to record on to tape **2** to fasten with tape

tape measure /'teɪp meʒə(r)/ *noun* a narrow strip of *eg* plastic used for measuring

taper /'teɪpə(r)/ *noun* a long, thin candle ♦ *verb* to become gradually narrower towards one end — *adjective* **tapered** — *adjective* **tapering**

> **taper off** to decrease

tape recorder /'teɪp rɪkɔːdə(r)/ *noun* a machine which records sounds on magnetic tape and reproduces them

tapestry /'tapɪstrɪ/ *noun* a piece of cloth with a design sewn on it in thick thread

tar /tɑː(r)/ *noun* (*uncount*) **1** a thick dark sticky liquid used in making roads **2** a substance produced when tobacco burns

target /'tɑːgɪt/ *noun* **1** a place, person or thing that an attack is aimed at **2** a result that is aimed at: *a target of £3000* ♦ *adjective* intended for or aimed at ♦ *verb* to aim at ▶ *phrase* **on target** working at the correct rate

tariff /'tarɪf/ *noun* **1** a tax paid on a particular type of goods brought in to the country **2** a list of prices or charges

tarmac /'tɑːmak/ *noun* (*uncount*) a mixture of small stones mixed with tar, used *eg* to make road surfaces

tarnish /'tɑːnɪʃ/ *verb* **1** of metal: to become dull and stained **2** to spoil *eg* someone's reputation — *adjective* **tarnished**

tarpaulin /tɑː'pɔːlɪn/ *noun* a sheet of heavy waterproof canvas

tart[1] /tɑːt/ *noun* **1** a fruit or vegetable pie without a pastry cover **2** (*derogatory, informal*) a prostitute

tart[2] /tɑːt/ *adjective* **1** bitter **2** of a remark: sarcastic and cruel

tartan /'tɑːtən/ *noun* **1** (*uncount*) woollen cloth, with a check pattern, of a type associated with Scotland **2** one of these patterns: *Macdonald tartan*

task /tɑːsk/ *noun* a piece of work that you have to do

tassel /'tasəl/ *noun* a bunch of threads tied firmly at one end, used to decorate *eg* a lampshade

taste /teɪst/ *noun* **1** (*uncount*) one of the five physical senses, by which you recognize what you are eating or drinking **2** a flavour **3** a small quantity of something **4** a liking: *a taste for literature* **5** the type of choice you make when buying or selecting things: *furnished in good taste* ♦ *verb* **1** to have as its flavour **2** to become aware of a flavour **3** to try by eating or drinking

tasteful /'teɪstfəl/ *adjective* showing good taste and judgement [*same as* **elegant**; *opposite* **tasteless**] — *adverb* **tastefully**

tasteless /'teɪstləs/ *adjective* **1** without flavour **2** unattractive, lacking quality [*opposite* **elegant**, **tasteful**]

tasty /'teɪstɪ/ *adjective* having a good flavour

tatters /'tatəz/ *noun* (*plural*) ▶ *phrase* **in tatters** of clothes: badly torn

tattoo[1] /tə'tuː/ *verb* to mark a picture or pattern on the skin, by pricking with needles ♦ *noun* a picture or pattern marked on a person's skin

tattoo[2] /tə'tuː/ *noun* a public outdoor display of military exercises

tatty /'tatɪ/ *adjective* (*informal, derogatory*) untidy, old and worn

taught /tɔːt/ *verb* the past tense and past participle of **teach**

taunt /tɔːnt/ *verb* to say unpleasant, cruel or hurtful things to ♦ *noun* a cruel, unpleasant and often hurtful remark

taut /tɔːt/ *adjective* pulled or stretched tight [*opposite* **slack**]

tavern /'tavən/ *noun* (*old*) a public house

tawny /'tɔːnɪ/ *adjective* yellowish-brown in colour

tax /taks/ *noun* an amount of money that people and businesses must pay towards a country's expenses ♦ *verb* **1** to oblige to pay a tax **2** to add a sum of money to a price: *tax cigarettes*

taxation /tak'seɪʃən/ *noun* (*uncount*) **1** the act or system of taxing **2** taxes

taxi /'taksɪ/ *noun* a car with a driver that you can hire to take you from one place to another ♦ *verb* of an aeroplane: to move slowly along the runway before take-off

taxing /'taksɪŋ/ *adjective* needing or taking a lot of mental or physical effort

taxi rank /'taksɪ raŋk/ *noun* a place where taxis park to wait for hire

taxpayer /'takspeɪə(r)/ *noun* someone who pays tax

tea /tiː/ *noun* **1** (*uncount*) the dried and prepared leaves of a plant grown in Asia **2** a drink made by pouring boiling water on these leaves **3** (*uncount*) any similar drink made using boiling water: *camomile tea* **4** an afternoon or early evening meal **5** (*BrE*) the main meal, served in the early evening ▶ *phrase* (*informal*) **not your cup of tea** not something you like

teabag /'tiːbag/ *noun* a small bag of thin paper containing tea leaves

teach /tiːtʃ/ *verb*: **teaches, teaching, taught 1** to pass on knowledge to **2** to give lessons to

teacher /'tiːtʃə(r)/ *noun* a person whose job is to teach, especially in a school

teaching /'tiːtʃɪŋ/ *noun* **1** (*uncount*) the work of a teacher **2 teachings** principles and beliefs taught

teacup /'tiːkʌp/ *noun* a medium-sized cup used especially for drinking tea

teak /tiːk/ *noun* (*uncount*) a hard yellow-brown wood

team /tiːm/ *noun* **1** a group of people working together **2** a side in a game: *a football team*

> **team up** to join with in order to do something together

teamwork /'tiːmwɜːk/ *noun* (*uncount*) co-operation

teapot /'tiːpɒt/ *noun* a pot with a spout, for making and pouring tea

tear[1] /tɪə(r)/ *noun* one of the drops of liquid that come out of your eyes when you cry ▶ *phrase* **in tears** crying

tear[2] /tɛə(r)/ *verb*: **tears, tearing, tore, torn 1** to pull and cause to separate into pieces **2** to remove by pulling **3 be torn** to be unable to decide between two options **4** (*informal*) to rush: *She tore down the road.* ♦ *noun* a hole or split made by tearing

> **tear apart 1** to pull to pieces **2** to deeply upset
> **tear down 1** to pull violently off a wall **2** to destroy (a building)
> **tear up** to tear into small pieces

tearaway /'tɛərəweɪ/ (*BrE*) *noun* (*informal*) a young person who acts in a careless, selfish way

tearful /'tɪəfəl/ *adjective* in tears, crying — *adverb* **tearfully**

tear gas /'tɪə gas/ *noun* (*uncount*) a gas which makes your eyes sting and fill with tears

tease /tiːz/ *verb* **1** to make fun of **2** to annoy deliberately ♦ *noun* a person who makes fun of people

teaspoon /'tiːspuːn/ *noun* a small spoon

teat /tiːt/ *noun* **1** a piece of shaped rubber with a small hole, attached to a bottle for a baby to drink from **2** the part of an animal that young animals suck to obtain milk

tea-towel /'tiː taʊəl/ *noun* a cloth for drying dishes

technical /'tɛknɪkəl/ *adjective* relating to practical skills or applied sciences

technicality /tɛknɪ'kalɪtɪ/ *noun* **1** a technical detail **2** a minor or unimportant detail

technically /'tɛknɪklɪ/ *adverb* **1** according to the rules, strictly speaking **2** relating to practical skills

technician /tɛk'nɪʃən/ *noun* someone trained in the practical side of an art or science

technique /tɛk'niːk/ *noun* (*uncount*) ability or skill in the practical aspects of a subject

technology /tɛk'nɒlədʒɪ/ *noun* the study, or the use, of science for practical purposes — *adjective* **technological** — *noun* **technologist**

teddy /'tɛdɪ/ or **teddy bear** /'tɛdɪ bɛə(r)/ *noun* a child's stuffed toy bear

tedious /'tiːdɪəs/ *adjective* long and boring [*same as* **monotonous**; *opposite* **exciting**]

tedium /'tiːdɪəm/ *noun* (*uncount*) the state of being bored

teem /tiːm/ *verb* to be full: *teeming with people*

teenage /'tiːneɪdʒ/ *adjective* **1** aged between thirteen and nineteen **2** suitable for people aged between thirteen and nineteen

teenager /'tiːneɪdʒə(r)/ *noun* a person aged between thirteen and nineteen

teens /tiːnz/ *noun* (*plural*) the years of age from thirteen to nineteen

teeter /'tiːtə(r)/ *verb* to stand or move unsteadily

teeth /tiːθ/ *noun* the plural of **tooth**

teethe /tiːð/ *verb* of a baby: to grow its first teeth

teething troubles /'tiːθɪŋ trʌbəlz/ *noun* (*plural*) the problems that occur at the beginning of a project

teetotal /tiː'toʊtəl/ *adjective* never drinking alcohol

teetotaller /tiː'toʊtələ(r)/ *noun* a person who never drinks alcohol

TEFL /ˈtɛfəl/ *noun* (*uncount*) the teaching of English as a foreign language

telecommunications /ˌtɛlɪkəmjuːnɪˈkeɪʃənz/ *noun* (*uncount*) the sending of information by eg telephone, radio or television

telegram /ˈtɛlɪgram/ *noun* a message sent by telegraph

telegraph /ˈtɛlɪgrɑːf/ *noun* a system of sending messages or information over a long distance using signals ♦ *verb* (*old*) to send a message using the telegraph system

telepathy /tɪˈlɛpəθɪ/ *noun* (*uncount*) communication between people without using words or signs — *adjective* **telepathic** — *adverb* **telepathically**

telephone /ˈtɛlɪfoʊn/ *noun* an instrument which allows you to speak to someone at a distance ♦ *verb* to speak to someone by telephone

telephone box /ˈtɛlɪfoʊn bɒks/ or **phone box** *noun* a small covered area in a public place containing a telephone

telephonist /tɪˈlɛfənɪst/ *noun* someone who operates a telephone system in a large building

telephoto /tɛlɪˈfoʊtoʊ/ *adjective* of a lens: used to produce large images of distant or small objects

telescope /ˈtɛlɪskoʊp/ *noun* a tubular instrument fitted with lenses which magnify distant objects

teletext /ˈtɛlɪtɛkst/ *noun* (*uncount*) a service which provides news and information on a television screen

televise /ˈtɛlɪvaɪz/ *verb* to film and show on television

television /ˈtɛlɪvɪʒən/ *noun* **1** an apparatus able to receive radio waves and reproduce them in the form of images and sounds **2** (*uncount*) the sending of images and sound in the form of radio waves

telex /ˈtɛlɛks/ *noun* **1** a machine that sends written messages that are typed on it **2** (*uncount*) the sending of messages by means of a telex machine ♦ *verb* to send a message in this way

tell /tɛl/ *verb*: **tells, telling, told 1** to give information to **2** to give the facts of eg a story **3** to judge accurately: *You can't tell that she's pregnant.* **4** to distinguish **5** to order, instruct **6** to indicate ▸ *phrase* (*informal*) **'you're telling me'** used to express emphatic agreement

tell apart to distinguish between
tell off to scold
tell on 1 to have a noticeable effect **2** (*informal*) to inform on

telling /ˈtɛlɪŋ/ *adjective* effective or significant: *a telling remark*

telltale /ˈtɛlteɪl/ *adjective* suggesting something that is secret or hidden

telly /ˈtɛlɪ/ *noun* (*informal*) a television

temp /tɛmp/ *noun* (*informal*) a temporarily employed worker

temper /ˈtɛmpə(r)/ *noun* (*informal*) **1** the degree of control you have over your emotions **2** the way you are feeling at a particular moment ♦ *verb* to reduce the impact of ▸ *phrases* **in a temper** angry **lose your temper** to suddenly get angry

temperament /ˈtɛmpərəmənt/ *noun* the natural character which governs the way you behave and think

temperamental /ˌtɛmpərəˈmɛntəl/ *adjective* unpredictable, inconsistent, often getting angry

temperate /ˈtɛmpərət/ *adjective* of a climate: mild

temperature /ˈtɛmpərətʃə(r)/ *noun* **1** the heat of your body **2** how hot or cold something is ▸ *phrases* **have a temperature** to have a fever **take someone's temperature** to measure someone's body temperature

tempest /ˈtɛmpɪst/ *noun* (*literary*) a violent storm with very strong winds

tempestuous /tɛmˈpɛstʃʊəs/ *adjective* violently or intensely emotional — *adverb* **tempestuously**

temple¹ /ˈtɛmpəl/ *noun* a building in which the members of some religions worship

temple² /ˈtɛmpəl/ *noun* one of the two small flat areas on each side of the forehead

tempo /ˈtɛmpoʊ/ *noun*: **tempos** or **tempi** the speed at which a piece of music is, or should be, played

temporary /ˈtɛmpərərɪ/ or /ˈtɛmpərɪ/ *adjective* lasting for a short or limited period of time — *adverb* **temporarily**

tempt /tɛmpt/ *verb* to try to persuade to do something, especially something wrong

temptation /tɛmpˈteɪʃən/ *noun* the feeling of being tempted to do something that you know might be wrong

tempting /ˈtɛmptɪŋ/ *adjective* attractive

ten /tɛn/ *noun* **1** the number or figure 10 **2** the age of 10 **3** the time of 10 o'clock ♦ *adjective* ten years old ♦ *determiner*: *The train journey cost ten pounds.* ♦ *pronoun*: *Ten of the children were chosen.*

tenacious /tɪˈneɪʃəs/ *adjective* determined not to give up or stop doing something

tenancy — *adverb* **tenaciously** *noun* (uncount) **tenacity**

tenancy /'tɛnənsɪ/ *noun* **1** (uncount) the temporary renting of property **2** the period during which property is rented

tenant /'tɛnənt/ *noun* a person who pays rent to another person in return for the use of their property

tend[1] /tɛnd/ *verb* to be likely or inclined to do something

tend[2] /tɛnd/ *verb* (formal) to care for, look after

tendency /'tɛndənsɪ/ *noun* a leaning or inclination: *a tendency to daydream*

tender[1] /'tɛndə(r)/ *adjective* **1** loving and gentle **2** easily hurt when touched **3** of meat: easily chewed or cut — *adverb* **tenderly** — *noun* **tenderness**

tender[2] /'tɛndə(r)/ *verb* (formal) to offer or present ♦ *noun* a formal offer

tenderize or **tenderise** /'tɛndəraɪz/ *verb* to soften

tendon /'tɛndən/ *noun* a length of strong tissue that joins a muscle to a bone

tendril /'tɛndrɪl/ *noun* a thin curling stem of a climbing plant

tenner /'tɛnə(r)/ (BrE) *noun* (informal) a ten-pound note or ten pounds

tennis /'tɛnɪs/ *noun* (uncount) a game for two or four players using rackets to hit a ball to each other over a net

tenor /'tɛnə(r)/ *noun* **1** a male singer whose voice has the highest normal range for a man **2** the general character: *the even tenor of country life* ♦ *adjective* having a relatively low range of notes

tense[1] /tɛns/ *noun* (grammar) the form of a verb that shows time of action

tense[2] /tɛns/ *adjective* **1** nervous, unable to relax **2** tightly stretched

tension /'tɛnʃən/ *noun* **1** worry or nervousness **2** tightness

tent /tɛnt/ *noun* a shelter made of canvas or other material supported by poles, used for camping

tentacle /'tɛntɪkəl/ *noun* one of the long thin flexible parts of an animal such as the octopus

tentative /'tɛntətɪv/ *adjective* **1** uncertain, hesitating: *a tentative smile* **2** not finally decided: *a tentative offer* — *adverb* **tentatively**

tenterhooks /'tɛntəhʊks/ *noun* (plural) ▶ *phrase* **on tenterhooks** nervous and excited about something

tenth (often written **10th**) /tɛnθ/ *determiner* the one numbered ten in a series ♦ *pronoun*: *This is the tenth of her books on the history of Scotland.* ♦ *adjective*: *She came tenth in the marathon.* ♦ *noun* (often written 1⁄10) one of ten equal parts

tenuous /'tɛnjʊəs/ *adjective* slight, weak: *a tenuous link*

tenure /'tɛnjə(r)/ or /'tɛnjʊə(r)/ *noun* (uncount; formal) **1** the holding of property or a position of employment **2** the period, terms or conditions of this

tepid /'tɛpɪd/ *adjective* **1** slightly or only just warm **2** of a reaction: not very enthusiastic

term /tɜːm/ *noun* **1** a word, an expression: *a dictionary of computing terms* **2** **terms** the individual points of a contract **3** a division of the academic year **4** a length of time: *term of imprisonment* **5** a period of time during which a certain party or official is entitled to be in power ♦ *verb* to describe as ▶ *phrases* **come to terms with** to learn to accept **in terms of** from the point of view of

terminal /'tɜːmɪnəl/ *noun* **1** a building from which passengers leave and where they arrive, eg at an airport **2** a computer monitor connected to a network ♦ *adjective* of an illness: incurable — *adverb* **terminally**: *terminally ill*

terminate /'tɜːmɪneɪt/ *verb* (formal) to bring or come to an end — *noun* (uncount) **termination**

terminology /tɜːmɪˈnɒlədʒɪ/ *noun* the words and phrases used in a subject area

terminus /'tɜːmɪnəs/ *noun*: **termini** or **terminuses** a large building at the end of a railway line or bus route

termite /'tɜːmaɪt/ *noun* a pale-coloured wood-eating insect

terrace /'tɛrɪs/ *noun* **1** (BrE) a connected row of houses **2** a raised flat paved area **3** the area where spectators stand at a football match

terrain /tə'reɪn/ *noun* (uncount) an area of land considered in terms of its physical features: *rocky terrain*

terrapin /'tɛrəpɪn/ *noun* a small turtle that lives in fresh water

terrible /'tɛrɪbəl/ *adjective* **1** very bad: *a terrible sight* **2** causing suffering or hardship: *a terrible disaster* **3** guilty: *I feel terrible about that.*

terribly /'tɛrɪblɪ/ *adverb* (informal) used for emphasis: *terribly difficult*

terrier /'tɛrɪə(r)/ *noun* a breed of small dog

terrific /tə'rɪfɪk/ *adjective* **1** very pleasant, enjoyable: *a terrific party* **2** great or powerful

terrifically /tə'rɪfɪklɪ/ *adverb* (informal) used for emphasis

terrify /'tɛrɪfaɪ/ *verb* to frighten greatly — *adjective* **terrified** — *adjective* **terrifying**

territorial /tɛrɪ'tɔːrɪəl/ *adjective* relating to the land a country controls or owns

territory /'tɛrɪtəri/ *noun* **1** the land a country owns **2** (*uncount*) an area of land **3** a field of activity or interest

terror /'tɛrə(r)/ *noun* **1** (*uncount*) very great fear **2** something which causes great fear

terrorism /'tɛrərɪzm/ *noun* (*uncount*) the organized use of violence for political or other ends — *noun* **terrorist**

terrorize or **terrorise** /'tɛrəraɪz/ *verb* to frighten and threaten violence against

terse /tɜːs/ *adjective* brief and to the point, and sometimes rather rude [*same as* **succinct**]

test /tɛst/ *noun* **1** a short, informal examination **2** a trial or experiment: *They ran tests on the new model* **3** a means of finding the presence of something: *tests for radioactivity* ♦ *verb* **1** to examine and assess knowledge **2** to check how well something works

testament /'tɛstəmənt/ *noun* (*formal*) a written statement proving that something is true

testicle /'tɛstɪkəl/ *noun* one of two male glands which produce sperm

testify /'tɛstɪfaɪ/ *verb* (*formal*) **1** to give evidence in a law court **2** to prove that something is true or exists

testimony /'tɛstɪməni/ *noun* **1** a formal statement made under oath **2** evidence, proof

test tube /'tɛst tjuːb/ *noun* a glass tube closed at one end, used in chemical tests

tetanus /'tɛtə'nəs/ *noun* (*uncount*) a serious infectious disease that causes the jaw to stiffen

tether /'tɛðə(r)/ *verb* to tie (an animal) to *eg* a post ▸ *phrase* **at the end of your tether** to no longer have the strength or patience to deal with problems

text /tɛkst/ *noun* **1** the written or printed part of *eg* a book **2** the actual words used by an author or speaker **3** (*uncount*) any printed or written words **4** any book that is used for a course of study

textbook /'tɛkstbʊk/ *noun* a book used for teaching and learning

textile /'tɛkstaɪl/ *noun* any cloth or fabric made by weaving or knitting

texture /'tɛkstʃə(r)/ *noun* the way something feels when you touch it

than /ðən/ or /ðan/ *conjunction* or *preposition* used in comparisons: *She married a man considerably older than herself.*

thank /θaŋk/ *verb* to express gratitude to, for *eg* a favour or a gift ♦ *noun* **thanks** gratitude ▸ *phrases* **thank you** or **thanks** used when you express your gratitude **thanks to** as a result of, with the help of

thankful /'θaŋkfəl/ *adjective* very happy, relieved or grateful — *adverb* **thankfully**: *Thankfully, no-one was badly injured in the crash.*

thankless /'θaŋkləs/ *adjective* neither worthwhile nor appreciated: *a thankless task*

Thanksgiving /'θaŋksgɪvɪŋ/ *noun* (*uncount*) a public holiday in the United States, at which people give thanks to God for the harvest

that /ðat/ or /ðət/ *determiner* **1** the one you are indicating: *that woman over there* **2** the one already mentioned ♦ *pronoun* (*demonstrative*) a thing or place you are indicating, identifying, or referring to: *That's a very pretty dress you're wearing.* ♦ *pronoun* (*relative*) used to introduce a clause: *Here's the application that arrived yesterday.* ♦ *conjunction* **1** used in reporting speech: *She said that he was there.* **2** used to connect clauses: *I heard that you were ill.* **3** used to express result: *She spoke so fast that I couldn't understand her.* ♦ *adverb* to such an extent or degree: *I don't think the rope will reach that far.* ▸ *phrase* **that is** used to explain something more clearly

thatched /θatʃt/ *adjective* of a roof: made of straw or reeds

thaw /θɔː/ *verb* **1** to melt **2** of frozen food: to defrost, become unfrozen **3** to become friendly ♦ *noun* **1** a period of warm weather after snow or frost **2** a move towards friendliness in a relationship

the /ðə/, /ðɪ/ or /ðiː/ *determiner* **1** used in referring to a particular person or thing: *You see the tall girl over there in the green jacket?* ▫ *Only half the cake was eaten.* **2** referring to all or any of a general group: *The computer has revolutionized the way we live.*

theatre (*AmE* **theater**) /'θɪətə(r)/ *noun* **1** a place for the public performance of plays and operas **2** the writing and production of plays in general **3** an operating theatre

theatrical /θɪ'atrɪkəl/ *adjective* **1** of theatres or acting **2** of behaviour: artificial and exaggerated

theft /θɛft/ *noun* (*uncount*) the crime of stealing

their /ðɛə(r)/ *determiner* (*possessive*) **1** belonging to the people or things just mentioned **2** used in referring to singular words such as *anyone*, *no-one*, *someone* and *person*, where the sex is no specified

theirs /ðeəz/ *pronoun* (*possessive*) **1** belonging to the people you have mentioned: *Our interests and theirs usually coincide.* **2** used in reference to singular words such as *someone*, *anyone*, *no-one*, *person*, where the sex is not specified

them /ðem/ or /ðəm/ *pronoun* **1** used to refer to people or things already spoken about or known about (as the object of a verb): *We've seen them.* **2** used to refer to singular words such as *anyone*, *someone*, *no-one* and *person*, where the sex is not specified

theme /θi:m/ *noun* **1** the subject of a discussion or essay **2** a repeated or recurring image, idea or piece of music

themselves /ðem'selvz/ or /ðəm'selvz/ *pronoun* (*reflexive*) **1** used as the object of a verb or preposition to refer to people or things where the action of the verb is performed by the same people or things: *Various problems immediately present themselves.* **2** used for emphasis **3** without help from others: *They'll have to do it by themselves.*

then /ðen/ *adverb* **1** at that time: *I didn't know you then.* **2** after that: *Where did you go then?* **3** in that case, therefore: *If you're busy, then don't come.* **4** used to get people's attention: *Now then, who'd like an ice cream?*

thence /ðens/ *adverb* (*old*, *formal*) from that place or time

theologian /θɪə'loʊdʒən/ *noun* a person who studies religion and religious belief

theology /θɪ'ɒlədʒɪ/ *noun* (*uncount*) the study of religion — *adjective* **theological**

theorem /'θɪərəm/ *noun* (*mathematics*) a statement that can be proved to be true

theoretical /θɪə'retɪkəl/ *adjective* based on theory — *adverb* **theoretically**

theorize or **theorise** /'θɪəraɪz/ *verb* to develop theories

theory /'θɪərɪ/ *noun* **1** a series of general principles which explain something **2** an explanation that has not been proved or tested

therapeutic /θerə'pju:tɪk/ *adjective* making you feel well or better and more relaxed

therapist /'θerəpɪst/ *noun* a person who is trained in a particular type of therapy: *a speech therapist*

therapy /'θerəpɪ/ *noun* the treatment of disease or disorders

there /ðeə(r)/ *adverb* at, in or to that place: *What did you do there?* ♦ *pronoun* used with 'be' as the subject of a verb, to talk about things that arrive, appear, happen or exist: *There's someone at the door.* ▸ *phrases* **not all there** not quite normal mentally **so there** 'that is the situation, whether you like it or not' **there there** used for comforting or reassuring

thereabouts /ðeərə'baʊts/ *adverb* ▸ *phrase* **or thereabouts** approximately

thereafter /ðeər'ɑ:ftə(r)/ *adverb* (*formal*) after that

thereby /ðeə'baɪ/ *adverb* (*formal*) as a result or in consequence

therefore /'ðeəfɔ:(r)/ *adverb* for this or that reason

thereupon /ðeərə'pɒn/ *adverb* (*formal*) **1** because of this or that **2** immediately

thermal /'θɜ:məl/ *adjective* of, caused by or producing heat ♦ *noun* a rising current of warm air

thermometer /θə'mɒmɪtə(r)/ *noun* an instrument for measuring temperature

Thermos /'θɜ:məs/ *noun* (*trademark*) a container which keeps hot liquid hot and cold liquid cold

thermostat /'θɜ:məstæt/ *noun* a device for automatically controlling temperature in a room

thesaurus /θɪ'sɔ:rəs/ *noun*: **thesauruses** a book which lists words and their synonyms

these /ði:z/ *determiner* the ones being indicated, usually close to you ♦ *pronoun*: *All these are approximate figures.*

thesis /'θi:sɪs/ *noun*: **theses 1** a long piece of written work often presented for an advanced university degree **2** a statement of a point of view

they /ðeɪ/ *pronoun* **1** used to refer to people, animals or things already mentioned or known about (as the subject of the verb): *I asked my parents, but they refused to tell me.* **2** used in referring to singular words such as *anyone*, *someone*, *no-one* or *person*, where the sex is not specified

thick /θɪk/ *adjective* **1** having a relatively large distance between opposite sides: *a thick slice of bread* **2** used when referring to the width or depth of something **3** dense, containing a lot of solid matter **4** (*informal*; *derogatory*) stupid, slow at understanding — *adverb* **thickly** ▸ *phrases* **thick and fast** quickly and in great numbers **through thick and thin** in spite of any difficulties

thicken /ˈθɪkən/ *verb* **1** to make thicker and more solid **2** to become harder to see through

thicket /ˈθɪkɪt/ *noun* a mass of bushes and trees growing very close together

thickness /ˈθɪknəs/ *noun* **1** (*uncount*) the diameter, width or depth of something **2** a layer

thickset /θɪkˈsɛt/ *adjective* having a broad, heavy, short body

thick-skinned /θɪkˈskɪnd/ *adjective* not sensitive or easily hurt

thief /θiːf/ *noun*: **thieves** someone who steals

thigh /θaɪ/ *noun* one of the fleshy parts at the top of your legs

thimble /ˈθɪmbəl/ *noun* a small cap worn over a fingertip, used to push a needle while sewing

thin /θɪn/ *adjective* **1** having a relatively short distance between opposite sides: *a thin slice of bread* **2** slim, not fat **3** not dense or crowded: *thin watery soup* — *adverb* **thinly** ◆ *verb* to make or become thin or thinner

> **thin down** to add more water to
> **thin out** to make or become more scattered

thing /θɪŋ/ *noun* **1** any physical object: *I hate throwing things away.* ▫ *all living things* **2 things** possessions: *I needed somewhere to keep my things.* **3** any matter, fact, concept, action, task, arrangement, event or circumstance **4** (*informal*) a person of a particular kind: *They've still got a week's holiday, lucky things.* ▶ *phrases* **do your own thing** to do what pleases you **a good thing** something beneficial

think /θɪŋk/ *verb*: **thinks**, **thinking**, **thought** **1** to use your intelligence to make decisions and form opinions **2** to have an opinion **3** used to introduce your opinion **4** to believe, judge or consider **5** to have a particular impression **6** used when making a spontaneous decision: *I think I'll take the dog for a walk.* **7** to show consideration for: *Think of others before yourself.* **8** to intend: *I'm thinking of going back to university.* ◆ *noun* (*informal*) a period of thinking: *Have a think about it and let me know.* ▶ *phrases* **think better of** to decide not to **think nothing of** to consider to be quite normal

> **think back** to remember things that happened to you in the past
> **think out** to plan in detail
> **think over** to consider carefully
> **think through** to consider each point or aspect in turn
> **think up** to invent

third (often written **3rd**) /θɜːd/ *determiner* the one numbered three in a series ◆ *pronoun*: *He will give the third of his talks tonight.* ◆ *adjective*: *She came third in the music exam.* ◆ *noun* (often written ⅓) one of three equal parts

thirst /θɜːst/ *noun* **1** the feeling of dryness in the mouth caused by needing to drink **2** a strong desire or longing: *a thirst for success*

thirsty /ˈθɜːstɪ/ *adjective* **1** needing or wanting to drink **2** of work: strenuous or energetic — *adverb* **thirstily**

thirteen /θɜːˈtiːn/ *noun* **1** the number or figure 13 **2** (*uncount*) the age of 13 ◆ *adjective* thirteen years old ◆ *determiner*: *I lived in Paris for thirteen months.* ◆ *pronoun*: *Now there are only thirteen.*

thirteenth /θɜːˈtiːnθ/ *adjective* (often written **13th**) the one numbered thirteen in a series ◆ *noun* (often written 1/13) one of thirteen equal parts

thirtieth /ˈθɜːtɪəθ/ *adjective* (often written **30th**) the one numbered thirty in a series ◆ *noun* (often written 1/30) one of thirty equal parts

thirty /ˈθɜːtɪ/ *noun* **1** the number or figure 30 **2** (*uncount*) the age of 30 ◆ *adjective* thirty years old ◆ *determiner*: *a magazine for thirty-year-olds* ◆ *pronoun*: *Another thirty arrived this morning.*

this /ðɪs/ *determiner* **1** the one being indicated, usually close to you **2** the one just mentioned or about to be specified ◆ *pronoun* **1** used to refer to something you are indicating or identifying, usually close to you: *This is the blouse I bought last week.* **2** used to identify yourself on the telephone: *Hello, this is Anne.* **3** used to refer to the present situation: *This is terrible; I just can't get them to understand.* ◆ *adverb* used to refer to the degree to which something is so: *I didn't think the job would be this easy.*

thistle /ˈθɪsəl/ *noun* a plant with prickly leaves and purple flowers

thorn /θɔːn/ *noun* **1** a hard, sharp point sticking out from the stem of a plant **2** a bush with thorns

thorny /ˈθɔːnɪ/ *adjective* **1** covered with thorns **2** of a subject: difficult to discuss or deal with: *a thorny question*

thorough /ˈθʌrə/ *adjective* **1** very careful, attending to every detail **2** complete or absolute: *a thorough waste of time* — *adverb* **thoroughly** *noun* **thoroughness**

thoroughbred /ˈθʌrəbrɛd/ *noun* an animal of pure breed

thoroughfare /ˈθʌrəfɛə(r)/ *noun* (*formal*) a public road or street

those /ðəʊz/ *determiner* **1** the ones being indicated, usually at some distance from you **2** used to identify a group: *Will those students who have not yet registered please do so immediately?* ♦ *pronoun*: *I want some shoes like those.*

though /ðəʊ/ *conjunction* used, often with *even*, to mean 'in spite of the fact that': *Though he disliked it, he ate it all.* ♦ *adverb* but, however: *'They're nice children.' 'Yes, noisy, though.'*

thought /θɔːt/ *verb* the past tense and past participle of **think** ♦ *noun* **1** an idea or opinion **2** (*uncount*) the act of thinking **3** (*uncount*) serious and careful consideration

thoughtful /ˈθɔːtfəl/ *adjective* **1** quiet and serious **2** considering the needs and wants of others — *adverb* **thoughtfully**

thoughtless /ˈθɔːtləs/ *adjective* not considering the needs and wants of others — *adverb* **thoughtlessly**

thousand /ˈθaʊzənd/ *noun* the number or figure 1000 ♦ *determiner*: *We'd driven over two thousand kilometres.* ♦ *pronoun*: *Thousands have been made homeless.*

thousandth /ˈθaʊzənθ/ *adjective* (often written **1000th**) the one numbered a thousand in a series ♦ *noun* (often written $\frac{1}{1000}$) one of a thousand equal parts

thrash /θræʃ/ *verb* **1** to hit repeatedly or several times **2** to defeat thoroughly — *noun* **thrashing**: *He got a thrashing from his father.*

> **thrash about** to move around violently or wildly
> **thrash out** to discuss thoroughly so as to solve

thread /θrɛd/ *noun* **1** a very thin length of cotton, wool or silk, twisted together for sewing with **2** the raised spiral ridge round a screw **3** the theme that connects the parts of an argument or story ♦ *verb* **1** to put a thread through a needle **2** to pass carefully through, *eg* a crowd

threadbare /ˈθrɛdbɛə(r)/ *adjective* of clothes: worn thin

threat /θrɛt/ *noun* **1** a warning that someone might hurt you **2** someone or something likely to hurt you **3** a sign of something bad that may be about to happen: *a threat of war*

threaten /ˈθrɛtən/ *verb* **1** to make a threat: *She threatened to leave him.* **2** of an unpleasant event: to seem likely to happen **3** to be a danger to

threatening /ˈθrɛtənɪŋ/ *adjective* of behaviour: likely to cause harm

three /θriː/ *noun* **1** the number or figure 3 **2** the age of 3 ♦ *adjective* three years old ♦ *determiner*: *She got the job finished in three hours.* ♦ *pronoun*: *Three of the children were chosen.*

three-dimensional /ˌθriːdaɪˈmɛnʃənəl/ *adjective* having height, width and depth

thresh /θrɛʃ/ *verb* to beat corn in order to remove the grain

threshold /ˈθrɛʃhəʊld/ *noun* (*formal*) **1** the doorway or entrance to a room or building **2** the point, level or limit at which something starts to happen

threw /θruː/ *verb* the past tense of **throw**

thrift /θrɪft/ *noun* (*uncount*) the careful spending or use of money

thrifty /ˈθrɪfti/ *adjective* careful about spending

thrill /θrɪl/ *verb* to cause to feel suddenly excited or pleased ♦ *noun* a sudden glowing feeling of excitement or pleasure

thrilled /θrɪld/ *adjective* pleased and excited

thriller /ˈθrɪlə(r)/ *noun* an exciting story, often about crime

thrilling /ˈθrɪlɪŋ/ *adjective* exciting

thrive /θraɪv/ *verb* **1** to grow strong and healthy **2** to get on well, be successful — *adjective* **thriving**

throat /θrəʊt/ *noun* **1** the top part of the passage which leads from the mouth to the stomach **2** the front part of the neck

throb /θrɒb/ *verb* **1** of a pulse: to beat, especially harder than usual **2** to beat with a strong, regular rhythm

throes /θrəʊz/ *noun* (*plural*) ▶ *phrase* (*formal*) **in the throes of** involved in a difficult or painful struggle with

thrombosis /θrɒmˈbəʊsɪs/ *noun*: **thromboses** a clot that forms in a blood vessel

throne /θrəʊn/ *noun* **1** the highly decorated seat of a monarch or bishop **2** the office of a king or queen

throng /θrɒŋ/ *noun* a crowd of people or things ♦ *verb* to gather or move in a crowd

throttle /ˈθrɒtəl/ *noun* a pedal or lever which controls the amount of fuel supplied to a vehicle's engine ♦ *verb* to injure or kill by holding tightly by the throat

through (*AmE* **thru**) /θruː/ *preposition* **1** entering at one side and coming out at the other: *through the tunnel* **2** from

throughout the beginning to the end of: *He slept right through the performance.* **3** by way of: *the acts of violence through which the state had come into being* **4** as a result of: *through no fault of our own* **5** (*AmE*) from one date until another inclusive: *in force Monday through Friday* ♦ *adverb* **1** from one side or end to the other: *He opened the door and went through into the kitchen.* **2** connected: *Could you put me through to sales?* ♦ *adjective* **1** without break or change: *a through train* **2** finished: *I decided I was through with teaching.* ▶ *phrase* **through and through** completely or thoroughly

throughout /θru:'aʊt/ *preposition or adverb* **1** happening frequently during, or existing during the whole of **2** in all parts of

throw /θroʊ/ *verb*: **throws, throwing, threw, thrown 1** to send through the air with force **2** to put or force somewhere violently, suddenly or carelessly **3** to confuse: *You threw me for a minute.* **4** of a horse: to cause its rider to fall to the ground ♦ *noun* an act of throwing

> **throw away** to get rid of
> **throw out** to get rid of
> **throw together** to make in a hurry
> **throw up 1** to vomit **2** to bring to your notice

throwback /'θroʊbak/ *noun* something characteristic of an earlier period in time

thrown /θroʊn/ *verb* the past participle of **throw**

thru see **through**

thrush /θrʌʃ/ *noun* a type of singing bird with a speckled breast

thrust /θrʌst/ *verb*: **thrusts, thrusting, thrust** to push with force ♦ *noun* **1** a sudden or violent movement forward **2** the most important point of an argument

> **thrust on** or **thrust upon** to force to have

thud /θʌd/ *noun* a dull sound like that of something heavy falling to the ground

thug /θʌg/ *noun* a violent and brutal man or criminal

thumb /θʌm/ *noun* the short, thick finger of the hand ♦ *verb* **1** to turn over the pages of a book and glance at the words on them **2** to hitchhike: *thumb a lift* ▶ *phrase* **give someone the thumbs up** to express approval of something **under someone's thumb** under someone's control

thump /θʌmp/ *verb* **1** to hit with heavy blows **2** to move or fall with a dull, heavy noise **3** of the heart: to beat strongly ♦ *noun* **1** a heavy blow, *eg* with the hand **2** a dull sound

thunder /'θʌndə(r)/ *noun* (*uncount*) **1** the deep rumbling sound heard after a flash of lightning **2** any loud, rumbling noise ♦ *verb* **1** to produce the sound of, or a sound like, thunder **2** to shout out angrily

thunderbolt /'θʌndəboʊlt/ *noun* a flash of lightning immediately followed by thunder

thunderous /'θʌndərəs/ *adjective* loud and rumbling

thunderstorm /'θʌndəstɔ:m/ *noun* a storm with thunder and lightning and usually heavy rain

Thursday /'θɜ:zdɪ/ *noun* the fourth day of the week

thus /ðʌs/ *adverb* (*rather formal*) **1** as a result of that **2** in that manner: *Thus ended Mary's wedding day.*

thwart /θwɔ:t/ *verb* to prevent from *eg* carrying out a plan [*same as* **hinder**]

thyme /taɪm/ *noun* (*uncount*) a sweet-smelling herb used for seasoning food

thyroid /'θaɪrɔɪd/ *noun* a large gland in your neck that produces hormones and helps regulate the body's energy levels

tiara /tɪ'ɑ:rə/ *noun* a jewelled crown-like ornament for the head

tick /tɪk/ *noun* **1** a small mark (✓) used *eg* to show that something is correct or to mark off items in a list **2** a soft tapping sound, made regularly by a clock or watch **3** (*BrE*; *informal*) a moment: *I'll just be a tick.* ♦ *verb* **1** to mark with a tick **2** of a clock: to make a regular tapping sound

> **tick away** of time: to pass
> **tick off 1** to mark with a tick **2** (*informal*) to speak angrily to

ticket /'tɪkɪt/ *noun* **1** a printed piece of paper which shows that you have paid for *eg* a fare or a theatre seat: *a return ticket to London* **2** a label

tickle /'tɪkəl/ *verb* **1** to touch part of someone's body lightly, sometimes making them laugh **2** (*informal*) to please or amuse ♦ *noun*: *He gave my feet a tickle.*

ticklish /'tɪklɪʃ/ *adjective* **1** sensitive to being tickled **2** difficult to deal with: *a ticklish problem*

tidal /'taɪdəl/ *adjective* affected by or depending on the tides

tidal wave /'taɪdəl weɪv/ *noun* an enormous wave, caused by a movement of the sea bed

tide /taɪd/ *noun* **1** the regular rise and fall in the level of the sea **2** the change in people's general view of something **3** a large amount

> **tide over** (*informal*) to help to get through

a difficult time

tidings /'taɪdɪŋz/ *noun* (*plural*; *old*) news

tidy /'taɪdɪ/ *adjective* **1** in good order, neat **2** of a person: tending to keep things in order **3** (*informal*) fairly big: *a tidy sum of money* — *adverb* **tidily** ♦ *verb* to make things neat

> **tidy away** to put away neatly
> **tidy up** to make a place neat, *eg* by putting things away

tie /taɪ/ *verb* **1** to fasten with a string or rope **2** to knot or put a bow in *eg* string or shoelaces **3** to bind or commit **4** to finish with an equal score or result ♦ *noun* **1** a narrow strip of material that is worn, especially by men, round the neck, tied with a knot **2** a relationship that unites people: *ties of friendship* **3** something that restricts or limits **4** an equal score in a competition

> **tie down** to restrict the freedom of
> **tie in with** to connect with or fit in with
> **tie up 1** to tie string or rope round **2** to fasten with a rope to a fixed object

tier /tɪə(r)/ *noun* a series of layers or rows placed one above the other

tiger /'taɪgə(r)/ *noun* a large animal of the cat family with a dark yellow coat striped with black

tight /taɪt/ *adjective* **1** fitting closely, or too closely **2** firmly stretched, not loose **3** firmly controlled **4** difficult — *adverb* **tightly** — *noun* **tightness** ♦ *adverb* firmly

tighten /'taɪtən/ *verb* to make or become tight or tighter, or more closely controlled

tight-fisted /taɪt'fɪstɪd/ *adjective* not prepared to spend or share money

tight-lipped /taɪt'lɪpt/ *adjective* determined to say nothing

tightrope /'taɪtrəʊp/ *noun* a tightly stretched rope on which acrobats perform

tights /taɪts/ *noun* (*plural*) a close-fitting garment covering the feet, legs and body up to the waist

tigress /'taɪgrɪs/ *noun* a female tiger

tile /taɪl/ *noun* a thin, flat, usually square piece of *eg* clay or cork used in covering floors or roofs

till[1] /tɪl/ *preposition or conjunction* in time, up to: *till the end of June*

till[2] /tɪl/ *noun* a container or drawer for money in a shop

tilt /tɪlt/ *verb* to position so that one side or end is higher than the other

timber /'tɪmbə(r)/ *noun* **1** (*uncount*) wood for building **2** a wooden beam in a house or ship

time /taɪm/ *noun* **1** (*uncount*) the continuous passing of minutes, days and years **2** a particular point in time that can be expressed in hours and minutes **2** a period of time spent doing something **3 times** a particular period: *old times* ▫ *medieval times* **4** an occasion: *no time to listen* **5** a suitable or right moment: *It's time we went home.* **6 times** number of occasions: *He won four times.* **7 times** multiplied by: *Two times four is eight.* ♦ *verb* **1** to measure the amount of time something takes **2** to arrange to happen at a particular moment **2** to choose the time for: *You've timed your request well.* ▶ *phrases* **it's about time** it's the right, or past the right, time **at times** occasionally **in time** early enough **on time** punctual **for the time being** for the moment

time-honoured /'taɪmɒnəd/ *adjective* of a tradition: respected because it has lasted a long time

timeless /'taɪmləs/ *adjective* not affected or lessened by the passage of time

timely /'taɪmlɪ/ *adjective* coming at the right moment: *a timely reminder*

timer /'taɪmə(r)/ *noun* an instrument that switches a machine on or off at set times

timetable /'taɪmteɪbəl/ *noun* a list showing *eg* times of classes or arrivals and departures of trains

timid /'tɪmɪd/ *adjective* shy and easily frightened or alarmed — *adverb* **timidly**

timing /'taɪmɪŋ/ *noun* (*uncount*) ability to know when to do or say something

tin /tɪn/ *noun* **1** (*uncount*) a silvery-white kind of metal **2** a metal container with a lid for storing food

tincture /'tɪŋktʃə(r)/ *noun* a slight flavour or trace of something

tinder /'tɪndə(r)/ *noun* (*uncount*) dry material, especially wood, which is used to light fires

tinge /tɪndʒ/ *noun* a slight amount of a colour, feeling or quality [*same as* **hint**] — *adjective* **tinged**

tingle /'tɪŋgəl/ *verb* **1** to feel a prickling sensation **2** to feel a thrill of excitement

tinker /'tɪŋkə(r)/ *verb* (*informal*) to make a lot of small and unimportant changes to something: *tinkering with engines*

tinkle /'tɪŋkəl/ *verb* to make a sound like small bells ringing ♦ *noun* a ringing sound

tinned /tɪnd/ *adjective* preserved in tins: *tinned soup*

tinny /'tɪnɪ/ *adjective* **1** made of thin or poor quality metal **2** of sound: high-pitched and unpleasant

tin-opener /ˈtɪnoʊpənə(r)/ *noun* a small tool for opening tins of food

tinsel /ˈtɪnsəl/ *noun* (*uncount*) a glittering material used for decoration

tint /tɪnt/ *noun* a shade of a colour ♦ *verb* to give slight colour to

tiny /ˈtaɪnɪ/ *adjective* very small

tip¹ /tɪp/ *noun* the top or point of something narrow

tip² /tɪp/ *verb* **1** to put in a slanting position **2** to cause to slide from a container and fall ♦ *noun* a place where rubbish is dumped

tip out to cause to fall out
tip over to cause to fall over

tip³ /tɪp/ *noun* **1** a small sum of money given to *eg* a waiter for service **2** a useful piece of advice ♦ *verb* to give a tip to for service

tip off (*informal*) to inform secretly about what is going to happen

tip-off /ˈtɪpɒf/ *noun* (*informal*) an act of informing secretly about something that is going to happen

tipple /ˈtɪpəl/ *noun* (*informal*) someone's favourite alcoholic drink

tipsy /ˈtɪpsɪ/ *adjective* (*informal*) slightly drunk

tiptoe /ˈtɪptoʊ/ *verb* to walk on your toes in order to go very quietly ▶ *phrase* **on tiptoe** standing or walking on your toes

tirade /taɪˈreɪd/ *noun* (*formal*) a long angry speech that criticizes a person or thing

tire¹ /ˈtaɪə(r)/ *verb* **1** to make or become tired **2 tire of** to lose patience with or interest in

tire² see **tyre**

tired /ˈtaɪəd/ *adjective* **1** needing to rest or sleep **2 tired of** bored, no longer interested in — *adverb* **tiredly** — *noun* **tiredness**

tireless /ˈtaɪələs/ *adjective* never seeming to get tired

tiresome /ˈtaɪəsəm/ *adjective* making you feel annoyed or bored

tiring /ˈtaɪərɪŋ/ *adjective* making you feel tired

tissue /ˈtɪʃuː/ or /ˈtɪsjuː/ *noun* **1** (*uncount*) the substance of which body organs are made: *muscle tissue* **2** a paper handkerchief **3** (*uncount*) fine, thin, soft paper ▶ *phrase* **a tissue of lies** an elaborate but false, story

titbit /ˈtɪtbɪt/ *noun* **1** a small tasty piece of food **2** a small but interesting piece of gossip

titillate /ˈtɪtɪleɪt/ *verb* to excite, especially in a sexual way

title /ˈtaɪtəl/ *noun* **1** the name of *eg* a book or poem **2** a word used before someone's name, such as 'Sir', 'Dr', 'Ms' or 'Mr'

titled /ˈtaɪtəld/ *adjective* having a title which shows noble rank

title role /ˈtaɪtəl roʊl/ *noun* the character that gives a play or film its name, *eg* 'Hamlet'

titter /ˈtɪtə(r)/ *verb* to laugh in a silly, nervous or embarrassed way

titular /ˈtɪtʃʊlə(r)/ *adjective* having the title of an office without its authority or duties

to /tuː/ or /tə/ *preposition* **1** expresses movement in the direction of something, or the position of something from where you are: *Which is the quickest way to Dundee from here?* □ *To the east the sky was already getting lighter.* **2** expresses result, or change into another state: *The water turned to ice.* **3** used in telling the time: *He's coming at quarter to eight.* **4** used in expressing ratio: *five glasses of wine to the bottle* **5** used in expressions of giving and informing: *Could you give this envelope to Jack?* **6** used before the infinitive form of a verb: *I'm sorry to cause extra work.* ♦ *adverb* **1 pull a door to** to close it, but not shut it completely **2 come to** to regain consciousness

toad /toʊd/ *noun* a frog-like creature with a dry skin

toadstool /ˈtoʊdstuːl/ *noun* one of several kinds of poisonous fungi that look like mushrooms

toast /toʊst/ *verb* **1** to brown (bread) by exposing it to direct heat **2** to wish someone success, taking a sip of a drink ♦ *noun* **1** (*uncount*) bread that has been toasted **2** a wish for someone's success made while drinking

toaster /ˈtoʊstə(r)/ *noun* an electric machine for toasting bread

tobacco /təˈbækoʊ/ *noun* (*uncount*) a type of plant, the dried leaves of which are used for smoking

tobacconist /təˈbækənɪst/ *noun* a shop that sells tobacco, cigarettes, cigars and pipes

toboggan /təˈbɒɡən/ *noun* a long, light sledge — *noun* **tobogganing**: *go tobogganing*

today /təˈdeɪ/ *noun* (*uncount*) *or adverb* **1** the present day: *I'll do it today.* **2** the present time: *the young people of today*

toddle /ˈtɒdəl/ *verb* of a small child: to walk with unsteady steps

toddler /ˈtɒdlə(r)/ *noun* a very young child who is just beginning to walk

to-do /təˈduː/ *noun* (*informal*) a fuss

toe /toʊ/ *noun* **1** one of the five jointed parts at the end of each foot **2** the front part of a shoe or sock

toenail /'toʊneɪl/ *noun* one of the nails at the ends of your toes

toffee /'tɒfi/ *noun* a kind of sweet made of sugar and butter

together /tə'gɛðə(r)/ *adverb* **1** with each other, in place or time: *At last we were together.* □ *Then we'll all eat together!* **2** joined, in union: *Stick the pieces together.* **3** by joint action: *We must work together more effectively.* ▶ *phrase* **together with** in addition to

togetherness /tə'gɛðənəs/ *noun* (*uncount*) a feeling of closeness, sympathy and understanding between people

toggle /'tɒgəl/ *noun* a small fastening in the form of a bar, for a coat

toil /tɔɪl/ *verb* (*formal*) to work long and hard ♦ *noun* (*uncount; formal*) hard, difficult or unpleasant work

toilet /'tɔɪlət/ *noun* **1** a bowl-like container with a seat that you use when you want to get rid of waste matter from your body **2** a room containing a toilet

toilet paper /'tɔɪlət peɪpə(r)/ *noun* (*uncount*) paper used for cleaning the body after getting rid of urine or faeces

toiletries /'tɔɪlətrɪz/ *noun* (*plural*) the things you use when you wash yourself

toilet roll /'tɔɪlət roʊl/ *noun* a roll of toilet paper

token /'toʊkən/ *noun* **1** a piece of paper that is worth a stated amount of money: *a book token* **2** something given as sign of *eg* affection: *a token of my friendship* **3** a small round piece of metal or plastic that can be used instead of money ♦ *adjective* having no real value or effect

told /toʊld/ *verb* the past tense and past participle of **tell**

tolerable /'tɒlərəbəl/ *adjective* unpleasant but bearable

tolerant /'tɒlərənt/ *adjective* accepting others' right to have different beliefs — *noun* **tolerance**

tolerate /'tɒləreɪt/ *verb* **1** to treat with respect those who think differently from you **2** to bear and accept — *noun* **toleration**

toll[1] /toʊl/ *noun* **1** the number of people killed in a disaster: *the death toll* **2** a tax you pay for using some bridges and roads ▶ *phrase* **take its toll** to begin to have an unpleasant effect

toll[2] /toʊl/ *verb* of a large bell: to ring with slow, regular strokes

tomato /tə'mɑːtoʊ/ (*AmE* /tə'meɪtoʊ/) *noun*: **tomatoes** a juicy red fruit, eaten as a vegetable in *eg* salads

tomb /tuːm/ *noun* a room-like structure where a dead body is buried

tomboy /'tɒmbɔɪ/ *noun* a girl who likes rough and adventurous games and activities

tombstone /'tuːmstoʊn/ *noun* a stone placed over a grave in memory of a dead person

tome /toʊm/ *noun* (*literary*) a large, heavy book

tomorrow /tə'mɒroʊ/ *noun* (*uncount*) or *adverb* **1** the day after today **2** the future: *the children of tomorrow*

ton /tʌn/ *noun* **1** in Britain, a unit of weight equal to approximately 1016.05 kg **2** in America, a unit of weight equal to 2000 lbs or approximately 907.2 kg **3 metric ton** a tonne; 1000 kilogrammes

tone /toʊn/ *noun* **1** the quality of a sound: *a harsh tone* **2** one of several sounds that you hear on the telephone **3** the general character or style of something **4** a shade of colour

> **tone down** to make or become softer
> **tone up** to make *eg* muscles stronger and healthier

tongs /tɒŋz/ *noun* (*plural*) a tool for holding and lifting things

tongue /tʌŋ/ *noun* **1** the fleshy organ attached to the floor of your mouth, used *eg* for tasting **2** a particular language: *a foreign tongue* **3** a flap in a shoe **4** (*uncount*) the tongue of an animal served as food

tongue-tied /'tʌŋtaɪd/ *adjective* too shy, embarrassed or nervous to speak

tongue twister /'tʌŋ twɪstə(r)/ *noun* a phrase or sentence that is difficult to say

tonic /'tɒnɪk/ *noun* **1** (*uncount*) or **tonic water** a clear, bitter-tasting fizzy drink: *gin and tonic* **2** a medicine which gives strength and energy

tonight /tə'naɪt/ *noun* (*uncount*) or *adverb* the night or evening of the present day

tonnage /'tʌnɪdʒ/ *noun* the amount of space a ship has for carrying cargo

tonne /tʌn/ *noun* a metric unit of weight equal to 1000 kg

tonsil /'tɒnsəl/ *noun* one of a pair of soft, fleshy lumps at the back of the throat

tonsillitis /ˌtɒnsɪ'laɪtɪs/ *noun* (*uncount*) a painful swelling of the tonsils

too /tuː/ *adverb* **1** also, as well: *I'm feeling quite cold, too.* **2** more than necessary or desirable: *It's too hot to go outside.* **3** used with a negative to mean 'very': *I didn't feel too good myself.*

took /tʊk/ *verb* the past tense of **take**

tool /tuːl/ *noun* any piece of equipment that you hold in your hand *eg* a spade or a hammer

toot /tuːt/ *verb* to produce a quick, short sound with *eg* a car horn ♦ *noun*: *He gave a toot on his horn.*

tooth /tuːθ/ *noun*: **teeth 1** the hard, bone-like objects set in your jaws, that you use for biting and chewing **2** any of the points on *eg* a saw or a comb ▶ *phrases* **fight tooth and nail** to fight fiercely

toothache /'tuːθeɪk/ *noun* (*uncount*) pain in a tooth

toothbrush /'tuːθbrʌʃ/ *noun* a small brush that you use for cleaning your teeth

toothpaste /'tuːθpəs/ *adjective* (*uncount*) paste for cleaning the teeth

toothpick /'tuːθpɪk/ *noun* a small sharp instrument for picking out food from between the teeth

top[1] /tɒp/ *noun* **1** the highest part of something **2** the upper surface of something **3** the end of *eg* a road **4** a lid **5** a piece of clothing such as a T-shirt **6** the most important level in an organization ♦ *adjective*: *the top right-hand corner of the page* ♦ *verb* **1** to cover the top of **2** to come first in a list **3** to be greater than **4** to be even more extraordinary than ▶ *phrases* **blow your top** to become very angry **on top of** over, covering **over the top** too extreme

top up to add more to

top[2] /tɒp/ *noun* a toy which spins round on a pointed base

top hat /tɒp 'hat/ *noun* a tall hat for a man, worn on formal occasions

top-heavy /tɒp'hɛvɪ/ *adjective* with the top part too heavy for the bottom part

topic /'tɒpɪk/ *noun* a subject or theme

topical /'tɒpɪkəl/ *adjective* relating to things that are happening at the present time

topmost /'tɒpmoʊst/ *adjective* right at the top

topple /'tɒpəl/ *verb* to become unsteady and fall

top-secret /tɒp'siːkrət/ *adjective* very secret

torch /tɔːtʃ/ *noun* a small electric light that you can carry

tore /tɔː(r)/ *verb* the past tense of **tear**[2]

torment *noun* /'tɔːmɛnt/ **1** (*uncount*) very great pain, suffering or worry **2** something that causes pain or suffering ♦ *verb* /tɔː'mɛnt/ **1** to cause to feel great pain and suffering **2** to annoy in a deliberately cruel way

torn /tɔːn/ *verb* the past participle of **tear**[2]

tornado /tɔː'neɪdoʊ/ *noun* a violent storm that causes a lot of damage

torpedo /tɔː'piːdoʊ/ *noun*: **torpedos** or **torpedoes** a long bomb which moves quickly underwater ♦ *verb* to strike *eg* a ship with a torpedo

torrent /'tɒrənt/ *noun* **1** a lot of water rushing or falling down quickly **2** a violent outburst of *eg* abuse

torrential /tə'rɛnʃəl/ *adjective* of rain: falling very heavily

torso /'tɔːsoʊ/ *noun*: **torsos** the main part of the body excluding the limbs

tortoise /'tɔːtəs/ *noun* a slow-moving animal with a hard shell covering its body

tortoiseshell /'tɔːtəsʃɛl/ *noun* (*uncount*) the brown and yellow shell of a sea turtle, used to make *eg* combs

tortuous /'tɔːtjʊəs/ *adjective* **1** full of twists and turns **2** complicated — *adverb* **tortuously**

torture /'tɔːtʃə(r)/ *noun* **1** (*uncount*) the act of deliberately causing someone severe pain or mental suffering **2** something that causes great pain or mental suffering ♦ *verb* to cause to suffer great pain or mental suffering

Tory /'tɔːrɪ/ *noun* a member or supporter of the British Conservative Party

toss /tɒs/ *verb* **1** to throw lightly and carelessly **2** to throw (a coin) into the air to see which side falls facing up **3** to turn restlessly from side to side: *She tossed and turned in her bed all night.* **4** to mix (food) gently: *toss the salad*

toss up to throw a coin into the air and guess which side will land facing upwards

toss-up /'tɒsʌp/ *noun* an equal chance between two possible outcomes of a decision

tot[1] /tɒt/ *noun* **1** a small child **2** a small amount of an alcoholic drink

tot[2] /tɒt/

tot up (*informal*) to add together

total /'toʊtəl/ *noun* a number or amount that you get when you add everything together: *a total of six hundred books* ♦ *adjective* complete or absolute: *a total wreck* — *adverb* **totally** ♦ *verb* **1** to add up **2** to amount to

totalitarian /toʊtælɪˈtɛərɪən/ *adjective* governed by a single party that allows no rivals

totality /toʊˈtælɪtɪ/ *noun* (*uncount*; *formal*) the complete amount or whole of something

totter /ˈtɒtə(r)/ *verb* **1** to move in a weak, unsteady way **2** to stagger

touch /tʌtʃ/ *verb* **1** to put the fingers or hand on *eg* in order to feel **2** to come or be in contact: *They stood together, heads almost touching.* **3** to have anything to do with: *Graham rarely touched alcohol.* **4** to move, affect the feelings of: *His honesty touched her.* **5** to reach the standard of: *I can't touch him at chess.* ♦ *noun* **1** an act of touching **2** the physical sense of touch **3** a small detail added to improve something **4** a small quantity of something **6** skill or style ▶ *phrase* **in touch** in contact

> **touch down** of an aircraft: to land
> **touch on** or **touch upon** to mention briefly
> **touch up** to improve the appearance of by making slight alterations

touchdown /ˈtʌtʃdaʊn/ *noun* the landing of an aircraft

touching /ˈtʌtʃɪŋ/ *adjective* making you feel pity or sympathy

touchy /ˈtʌtʃɪ/ *adjective* (*informal*) **1** easily offended **2** needing to be handled with care and tact: *a touchy subject*

tough /tʌf/ *adjective* **1** strong, not easily broken **2** of meat: difficult to chew **3** of a problem: difficult to deal with **4** of laws: strict ▶ *phrase* (*informal*) **tough!** used to show lack of sympathy

toughen /ˈtʌfən/ *verb* to become, or cause to become, tough — *adjective* **toughened**: *toughened glass*

toupee /ˈtuːpeɪ/ *noun* a small wig worn to cover a bald patch

tour /tʊə(r)/ *noun* **1** a long journey round a place, stopping at various places along the way **2** a short visit round a particular place ♦ *verb* to travel round a place

tourism /ˈtʊərɪzm/ *noun* (*uncount*) travelling to, and visiting places for pleasure and relaxation

tourist /ˈtʊərɪst/ *noun* a person who travels for pleasure and relaxation

tournament /ˈtʊənəmənt/ *noun* a competition in which only players who win matches can progress to the next round of the competition

tousled /ˈtaʊzəld/ *adjective* untidy and tangled

tout /taʊt/ *verb* to try to persuade people to buy things or support a particular idea

tow /toʊ/ *verb* of a vehicle: to pull another vehicle along behind it ♦ *noun* an act of towing ▶ *phrase* **in tow** accompanying, under protection

towards /təˈwɔːdz/ or **toward** /təˈwɔːd/ *preposition* **1** moving or facing in the direction of: *A man was coming along the path towards him.* □ *a move towards more friendly relations* **2** in order to achieve: *Nothing had been done towards making the meal.* **3** as a help or contribution to: *Their donations will be put towards the cost of the project.* **4** of an attitude: with regard to: *his attitude towards his son* **5** just before *eg* a particular time: *towards four o'clock*

towel /ˈtaʊəl/ *noun* a piece of thick, soft cotton cloth that you use for drying yourself after washing

towelling (*AmE* **toweling**) /ˈtaʊəlɪŋ/ *noun* (*uncount*) thick, soft cotton cloth that can absorb water

tower /ˈtaʊə(r)/ *noun* a tall, narrow building, or a tall, narrow part of a building ♦ *verb* to reach up or rise high above

towering /ˈtaʊərɪŋ/ *adjective* very high

town /taʊn/ *noun* a place where people live and work, with streets and buildings and a name

town hall /taʊn ˈhɔːl/ *noun* a building where the official business of a town is carried out

towpath /ˈtoʊpɑːθ/ *noun* a path beside a canal

toxic /ˈtɒksɪk/ *adjective* poisonous

toxin /ˈtɒksɪn/ *noun* a poison

toy /tɔɪ/ *noun* an object such as a doll made for a child to play with ♦ *adjective* made for a child to play with

> **toy with** to think about (an idea) in a casual way

trace /treɪs/ *noun* **1** a mark or sign left behind **2** a small amount ♦ *verb* **1** to follow signs or clues in order to find **2** to copy a picture by covering it with a sheet of transparent paper and drawing over the lines

tracing /ˈtreɪsɪŋ/ *noun* a copy of a drawing made on very thin paper

track /træk/ *noun* **1** a mark left behind, especially a footprint **2** a rough path **3** an area of ground used for racing **4** a railway line **5** one of several songs on *eg* a CD ♦ *verb* to follow the footprints of *eg* an animal ▶ *phrases* **keep track of** to make sure you know about the activities of **lose**

track of to fail to keep aware of the activities of

track down to find after a thorough search

tracksuit /'træksuːt/ *noun* a warm suit worn while jogging or before and after exercising

tract /trækt/ *noun* **1** an area of land **2** a short book, especially on a religious subject

tractable /'træktəbəl/ *adjective* (*informal*) easily managed, controlled or persuaded

tractor /'træktə(r)/ *noun* a motor vehicle for pulling farm machinery

trade /treɪd/ *noun* **1** the buying and selling of goods or services **2** someone's job, especially one that requires manual skill: *a carpenter by trade* ♦ *verb* to buy and sell goods and services

trade in to exchange in part

trademark /'treɪdmɑːk/ *noun* a name, word or symbol that is used to represent a company

trader /'treɪdə(r)/ *noun* someone who buys and sells goods, often in markets

tradesman /'treɪdzmən/ *noun* **1** a shopkeeper **2** a workman in a skilled trade

trade union /treɪd 'juːnjən/ *noun* an organization of workers formed to improve working conditions and pay

tradition /trə'dɪʃən/ *noun* **1** a custom that has been passed on from one generation to the next **2** (*uncount*) the passing of beliefs and customs from one generation to the next

traditional /trə'dɪʃənəl/ *adjective* of customs: having existed for a long time without changing: *the traditional English breakfast* — *adverb* **traditionally**

traffic /'træfɪk/ *noun* (*uncount*) **1** all the vehicles moving along a road **2** illegal trade ♦ *verb*: **traffics, trafficking, trafficked** to buy and sell illegally — *noun* **trafficker**

traffic light /'træfɪk laɪt/ *noun* a system of red, amber and green lights that control traffic at road junctions

tragedy /'trædʒədɪ/ *noun* **1** a very sad event **2** a play with a sad ending

tragic /'trædʒɪk/ *adjective* **1** sad and upsetting **2** of a play: having a sad ending — *adverb* **tragically** *tragically killed in an accident*

trail /treɪl/ *verb* **1** to drag loosely along: *Her dress trailed on the floor.* **2** to walk or move slowly through tiredness **3** to have a lower score than other competitors **4** to follow or hunt **5** to hang down ♦ *noun* **1** a series of marks left by a person or animal **2** a path through rough country

trail away or **trail off** to become fainter

trailer /'treɪlə(r)/ *noun* **1** a vehicle pulled behind a car **2** a series of short pieces from a film, used to advertise it **3** (*AmE*) a caravan

train /treɪn/ *noun* **1** a string of railway carriages pulled by an engine **2** the back part of a long dress that drags on the floor ♦ *verb* **1** to teach: *train them to use computers* **2** to learn: *She's training to be a nurse.* **3** to exercise in preparation for *eg* a race **4** of *eg* a gun: to point in a particular direction — *adjective* **trained**

trainee /treɪ'niː/ *noun* someone who is being trained

trainer /'treɪnə(r)/ *noun* a person who trains animals or sportspeople **2** (*BrE*) **trainers** soft shoes worn for running

training /'treɪnɪŋ/ *noun* (*uncount*) **1** instruction in how to do a particular job **2** preparation for a sport

traipse /treɪps/ *verb* to walk tiredly

trait /treɪt/ *noun* a particular characteristic or quality someone or something has

traitor /'treɪtə(r)/ *noun* a person who is not loyal to their country or friends and betrays them to their enemies

trajectory /trə'dʒektərɪ/ *noun* the course that a bullet follows through the air

tram /træm/ *noun* an electric passenger vehicle which runs on rails in the streets

tramp /træmp/ *noun* a person with no fixed home and no job, who lives by begging ♦ *verb* to walk with slow, firm, heavy footsteps

trample /'træmpəl/ *verb* **1** to tread heavily or roughly on **2** to treat roughly or carelessly

trampoline /'træmpəliːn/ *noun* a piece of tough canvas stretched across a frame, for bouncing on

trance /trɑːns/ *noun* a sleep-like or half-conscious state

tranquil /'træŋkwɪl/ *adjective* quiet, calm and peaceful [*same as* **serene**; *opposite* **agitated**, **noisy**]

tranquillity (*AmE* **tranquility**) /træŋ'kwɪlɪtɪ/ *noun* (*uncount*) the state of being quiet, calm and peaceful

tranquillize or **tranquillise** (*AmE* **tranquilize**) /'træŋkwɪlaɪz/ *verb* to make calm

tranquillizer or **tranquilliser** (*AmE* **tranquilizer**) /'træŋkwɪlaɪzə(r)/ *noun* a drug that calms the nerves or causes sleep

transact /træn'zækt/ *verb* to do business

transaction /træn'zækʃən/ *noun* a business deal

transatlantic /trænzət'læntɪk/ *adjective* **1** crossing the Atlantic Ocean: *a transatlantic yacht race* **2** from, or happening on, the other side of the Atlantic

transcend /træn'sɛnd/ *verb* to be better, greater or more important than

transcribe /træn'skraɪb/ *verb* **1** to write out in full from notes **2** to make a written copy of spoken words or music

transcript /'trænskrɪpt/ *noun* a written copy of something spoken

transfer /trænsˈfɜː(r)/ *verb* **1** to move from one place or person to another **2** to change eg to a different job or place ♦ *noun* **1** an act of transferring **2** a design or picture which can be rubbed on to another surface

transferable /trænsˈfɜːrəbəl/ *adjective* that can be transferred

transference /'trænsfərəns/ *noun* (*uncount*; *formal*) the act of transferring something from one place to another

transfixed /træns'fɪkst/ *adjective* unable to move through fear, shock or surprise

transform /træns'fɔːm/ *verb* to completely change in shape or appearance — *noun* **transformation**

transfusion /træns'fjuːʒən/ *noun* the process of giving a patient blood that has been taken from someone else

transgress /'trænzɪənt/ *adjective* lasting or staying for a short time only

transistor /træn'zɪstə(r)/ *noun* **1** a small piece of electronic equipment used in eg radios **2** a small radio that can be carried easily

transit /'trænzɪt/ *noun* (*uncount*) ► *phrase* **in transit** being taken, or travelling, from one place to another

transition /træn'zɪʃən/ *noun* (*count* or *uncount*) a change from one place, state or form to another

transitional /træn'zɪʃənəl/ *adjective* involving transition; temporary

transitive /'trænzɪtɪv/ *adjective* (*grammar*) of a verb: having a direct object

transitory /'trænzɪtərɪ/ *adjective* lasting only for a short time

translate /træns'leɪt/ *verb* **1** to put into another language **2** (*formal*) to transform: *translate ideas into practice*

translation /træns'leɪʃən/ *noun* **1** (*uncount*) the process of putting writing or speech into another language **2** something translated

translator /træns'leɪtə(r)/ *noun* someone who translates

translucent /trænz'luːsənt/ *adjective* (*formal*) allowing light to pass through, but not transparent

transmission /trænz'mɪʃən/ *noun* **1** a radio or television broadcast **2** (*uncount*) the act of transmitting

transmit /trænz'mɪt/ *verb* **1** to send out using radio waves **2** to pass from one place or person to another

transmitter /trænz'mɪtə(r)/ *noun* a piece of equipment for transmitting eg radio signals

transparency /træn'spærənsɪ/ *noun* **1** a photograph printed on transparent material, viewed by shining light through it [*same as* **slide**] **2** (*uncount*) the quality something has when you can see through it

transparent /træn'spærənt/ *adjective* **1** that you can see through **2** easily understood or recognized — *adverb* **transparently**

transpire /træn'spaɪə(r)/ *verb* (*formal*) **1** of a secret: to become known **2** to happen

transplant /'trænsplɑːnt/ *noun* a surgical operation in which a damaged organ is replaced by an organ from another person's body ♦ *verb* /træns'plɑːnt/ **1** to take (a bodily organ) from a donor and put into the body of a patient **2** to move from one place to another

transport *noun* /'trænspɔːt/ (*uncount*) **1** any means of carrying people or goods: *public transport* **2** the act of transporting ♦ *verb* /træn'spɔːt/ to move from one place to another

transportation /trænspɔː'teɪʃən/ (*AmE*) *noun* (*uncount*) transport

transpose /træn'spəʊz/ *verb* to cause (two things) to change places

transvestite /trænz'vɛstaɪt/ *noun* someone who likes to wear clothes intended for the opposite sex

trap /træp/ *noun* **1** a device for catching animals **2** a device for tricking someone **3** an unpleasant or dangerous situation that you cannot escape easily ♦ *verb* **1** to catch in a trap **2** unable to escape from a dangerous situation

trapdoor /'træpdɔː(r)/ *noun* a small door or opening in a floor or ceiling

trapeze /trə'piːz/ *noun* a swing, high above the ground, that acrobats perform tricks on

trappings /'træpɪŋz/ *noun* (*plural*) the items, eg clothes, money or power, that go with a particular ceremony

trash /træʃ/ *noun* (*uncount*) **1** rubbish **2** anything that is of poor quality

trashy /'træʃɪ/ *adjective* (*informal*, *derogatory*) of very poor quality

trauma /'trɔːmə/ *noun* **1** a state of shock caused by injury or an upsetting experience **2** a very upsetting, unpleasant or frightening experience

traumatic /trɔː'mætɪk/ *adjective* very upsetting, unpleasant or frightening

travel /'trævəl/ *verb* to go on a journey, especially to a place far from home ♦ *noun* (*uncount*) **1** the act of travelling **2 travels** the journeys you make, especially abroad

travel agent /'trævəl eɪdʒənt/ *noun* a person or company that can make arrangements and buy tickets for holidays and journeys

traveller (*AmE* **traveler**) /'trævələ(r)/ *noun* a person who travels a lot or who is making a journey

traveller's cheque (*AmE* **traveler's check**) /'trævələz tʃɛk/ *noun* a cheque bought at a bank, that can be exchanged for the local currency when you are abroad

traverse /trə'vɜːs/ *verb* (*formal*) to go across, over or through

travesty /'trævəstɪ/ *noun* a poor or ridiculous imitation

trawler /'trɔːlə(r)/ *noun* a fishing boat which catches fish in the large net it drags behind it

tray /treɪ/ *noun* a flat piece of eg wood or metal with a low edge, for carrying dishes

treacherous /'trɛtʃərəs/ *adjective* **1** likely to betray **2** dangerous: *treacherous driving conditions*

treachery /'trɛtʃərɪ/ *noun* (*uncount*) the act of betraying those who have trusted you

treacle /'triːkəl/ *noun* (*uncount*) a sweet, thick, dark, sticky liquid made from sugar and used eg in cakes

tread /trɛd/ *verb*: **treads, trod, trodden** or **trod 1** to walk or step: *Don't tread on the flowers.* **2** to walk in a particular way: *tread carefully* **3** to crush, trample under foot: *tread the soil down firmly* ♦ *noun* **1** the sound you make while walking **2** on a tyre, the raised pattern on the surface

treason /'triːzən/ *noun* (*uncount*) disloyalty to your own country or its government

treasure /'trɛʒə(r)/ *noun* **1** (*uncount*) wealth and riches, especially in the form of gold, silver and jewels **2** anything of great value ♦ *verb* to value greatly

treasurer /'trɛʒərə(r)/ *noun* someone who is responsible for the money of a club

treasury /'trɛʒərɪ/ *noun* the government department responsible for a country's finances

treat /triːt/ *verb* **1** to deal with, handle, act towards: *I was treated very well in prison.* **2** to give medical care to **3** to apply a protective substance to eg wood **4** to pay for something special for: *I'll treat you to lunch.* ♦ *noun* something such as an outing, meal or present given as a gift

treatise /'triːtɪs/ *noun* a formal piece of writing that discusses a subject in detail

treatment /'triːtmənt/ *noun* **1** the medical or surgical care given to a patient **2** (*uncount*) the way you deal with someone or something

treaty /'triːtɪ/ *noun* a formal agreement between countries or governments

treble[1] /'trɛbəl/ *determiner* three times as large: *Prices are treble what they were ten years ago.* ♦ *adjective* used before a number that occurs three times in a row: *Her phone number is nine, five, six, treble eight, two.* ♦ *verb* to become three times as large

treble[2] /'trɛbəl/ *noun* **1** (*uncount*) the upper range of notes in a piece of music **2** a young boy with a high singing voice

tree /triː/ *noun* a tall plant with a hard trunk and branches ► *phrase* (*informal*) **barking up the wrong tree** having completely the wrong idea about something

trek /trɛk/ *verb*: **treks, trekking, trekked** to go on a long, difficult journey ♦ *noun* a long, hard journey, usually on foot

trellis /'trɛlɪs/ *noun* a network of strips for holding up climbing plants

tremble /'trɛmbəl/ *verb* **1** to shake with cold, fear, weakness **2** of the voice: to sound unsteady

tremendous /trɪ'mɛndəs/ *adjective* **1** great in size or amount **2** (*informal*) very good — *adverb* **tremendously**

tremor /'trɛmə(r)/ *noun* **1** a shaking or trembling movement **2** a small earthquake

tremulous /'trɛmjʊləs/ *adjective* (*formal*) shaking, eg with fear, nervousness or excitement

trench /trɛntʃ/ *noun* a long narrow hole dug in the ground, eg for soldiers to hide in

trend /trɛnd/ *noun* a general movement or direction: *the trend towards healthier eating*

trendy /'trɛndɪ/ (*BrE*) *adjective* (*informal*) fashionable

trepidation /trɛpɪ'deɪʃən/ *noun* (*uncount*; *formal*) fear or nervousness

trespass /ˈtrɛspəs/ *verb* to enter someone else's land without permission — *noun* **trespasser**

trial /ˈtraɪəl/ *noun* 1 the judging of an accused person in a court of law 2 a test 3 **trials** the worry, trouble and problems that something causes you ▶ *phrases* **on trial** 1 being tried in a court of law 2 for the purpose of trying out **trial and error** the trying of various methods or choices until the right one is found

triangle /ˈtraɪæŋɡəl/ *noun* 1 a flat shape with three sides and three angles 2 a musical instrument consisting of a metal bar shaped into a triangle that you hit with a metal stick

triangular /traɪˈæŋɡjʊlə(r)/ *adjective* having the shape of a triangle

tribal /ˈtraɪbəl/ *adjective* belonging to or done by a tribe or tribes: *tribal warfare*

tribe /ˈtraɪb/ *adjective* a group of families or communities who are linked by social, economic and political ties

tribesman /ˈtraɪbzmən/ or **tribeswoman** /ˈtraɪbzwʊmən/ *noun* a man or woman who belongs to a particular tribe

tribulation /trɪbjʊˈleɪʃən/ *noun* (*formal*) suffering, great sorrow or trouble

tribunal /traɪˈbjuːnəl/ *noun* a group of people appointed to investigate particular problems

tributary /ˈtrɪbjʊtəri/ *noun* a stream or river that flows into a larger river or lake

tribute /ˈtrɪbjuːt/ *noun* 1 something that you give or say to express praise, thanks or admiration 2 a sign of how good something is

trick /trɪk/ *noun* 1 something done to deceive or fool someone 2 a clever or skilful act which surprises, puzzles or amuses 3 a special, usually clever, way of doing something ♦ *adjective* meant to deceive or mislead: *trick photography* ♦ *verb* to deceive or cheat

trickery /ˈtrɪkəri/ *noun* (*uncount*) the use of tricks to deceive or cheat

trickle /ˈtrɪkəl/ *verb* 1 to flow in a thin or slow stream 2 to move slowly and gradually ♦ *noun* 1 a thin slow stream of liquid 2 a slow or gradual movement

tricky /ˈtrɪki/ *adjective* that must be handled with skill or care

tricycle /ˈtraɪsɪkəl/ *noun* a vehicle like a bicycle, but with two wheels at the back and one at the front

tried /traɪd/ *verb* the past participle and past tense of **try**

trifle /ˈtraɪfəl/ *noun* 1 something that is not very important or valuable 2 a dessert made from cake, jelly, fruit and cream ▶ *phrase* **a trifle** a little: *She was a trifle breathless after the run.*

trifle with to treat without respect

trifling /ˈtraɪflɪŋ/ *adjective* not important

trigger /ˈtrɪɡə(r)/ *noun* the small lever on *eg* a gun that you squeeze to make it fire

trigger off to cause to start or happen

trillion /ˈtrɪljən/ *noun* 1 a million million millions 2 in the US and Canada, a million millions

trilogy /ˈtrɪlədʒɪ/ *noun* a group of three plays, novels, poems or operas

trim /trɪm/ *verb* 1 to cut the edges or ends of: *My hair needs trimming.* 2 to decorate: *a fur-trimmed coat* ♦ *noun* the act of trimming ♦ *adjective* neat and tidy

trimming /ˈtrɪmɪŋ/ *noun* 1 (*uncount*) decoration added *eg* to a garment 2 **trimmings** the vegetables and sauces usually served with a particular dish

trinket /ˈtrɪŋkɪt/ *noun* a small cheap ornament or piece of jewellery

trio /ˈtriːoʊ/ *noun* a group of three people or things, especially three musicians

trip /trɪp/ *verb* to catch your foot on something and fall ♦ *noun* 1 a short journey 2 an act of catching your foot in something and falling 3 (*slang*) a dream-like experience caused by taking a drug

trip up 1 to catch your foot on something and fall 2 to cause to fall by putting your foot in someone's way

tripartite /traɪˈpɑːtaɪt/ *adjective* divided into, or made up of, three parts

tripe /traɪp/ *noun* (*uncount*) parts of the stomach of a cow or sheep, used as food

triple /ˈtrɪpəl/ *adjective* made up of three parts or things ♦ *determiner* three times as large ♦ *verb* to make or become three times as large

triplet /ˈtrɪplət/ *noun* one of three children born to the same mother at the same time

triplicate /ˈtrɪplɪkət/ *noun* ▶ *phrase* **in triplicate** in three copies

tripod /ˈtraɪpɒd/ *noun* a stand with three legs for supporting *eg* a camera

trite /traɪt/ *adjective* of a remark: used so often that it has little force or meaning

triumph /ˈtraɪəmf/ *noun* 1 a great victory, success or achievement 2 (*uncount*) the feeling of joy or happiness that you have when you are successful ♦ *verb* (*formal*) to win a victory

triumphant /traɪˈʌmfənt/ *adjective* very happy because of victory

trivia /ˈtrɪvɪə/ *noun* (*plural*) unimportant or minor matters or details

trivial /ˈtrɪvɪəl/ *adjective* not very important [*same as* **insignificant**]

triviality /trɪvɪˈalɪtɪ/ *noun* **1** something unimportant **2** (*uncount*) the fact of being unimportant

trod /trɒd/ *verb* the past tense of **tread**

trodden /ˈtrɒdən/ *verb* the past participle of **tread**

trolley /ˈtrɒlɪ/ *noun* **1** a basket on wheels used for carrying *eg* shopping **2** a small table on wheels, used for carrying *eg* food and plates

trombone /trɒmˈboʊn/ *noun* a brass musical wind instrument, which has a sliding tube for changing the pitch of notes

troop /truːp/ *noun* **1 troops** soldiers **2** a group of people or animals ♦ *verb* to go in a group: *They all trooped out.*

trophy /ˈtroʊfɪ/ *noun* something such as a cup, medal or plate given as a prize

tropical /ˈtrɒpɪkəl/ *adjective* relating to, in or from the tropics

tropics /ˈtrɒpɪks/ *noun* (*plural*) the hot, dry parts of the earth near the equator

trot /trɒt/ *verb* **1** of a horse: to run at a moderate pace with short steps **2** of a person: to move quite quickly, taking small steps ♦ *noun*: *moving at a trot* ▶ *phrase* **on the trot** one after the other

trouble /ˈtrʌbəl/ *noun* **1** (*uncount*) difficulty: *Did you have trouble finding us?* **2** something which causes problems: *The trouble with this plan is that it's too expensive.* **3** (*uncount*) disease: *kidney trouble* **4** fighting or arguing: *I knew there was going to be trouble.* ♦ *verb* to cause to worry: *What's troubling you?* — *adjective* **troubling** ▶ *phrases* **asking for trouble** acting in a way that is likely to bring problems **in trouble** having serious problems **no trouble** not requiring much effort

troubled /ˈtrʌbəld/ *adjective* having a lot of worries and problems

troublemaker /ˈtrʌbəlmeɪkə(r)/ *noun* a person who deliberately causes trouble

troublesome /ˈtrʌbəlsəm/ *adjective* causing worry or problems

trough /trɒf/ *noun* **1** a long, low, narrow open container that holds water or feed for animals **2** a low point

troupe /truːp/ *noun* a group of *eg* dancers, actors or singers

trousers /ˈtraʊzəz/ *noun* (*plural*) a piece of clothing for the lower part of the body, which covers each leg separately

trout /traʊt/ *noun* a kind of fish that lives in rivers and lakes

trowel /ˈtraʊəl/ *noun* **1** a small spade used in gardening **2** a similar tool with a flat blade, used for spreading *eg* plaster

truancy /ˈtruːənsɪ/ *noun* (*uncount*) the practice of being absent from school without permission

truant /ˈtruːənt/ *noun* a pupil who is absent from school without permission ▶ *phrase* **play truant** to be absent from school without permission

truce /truːs/ *noun* an agreement to stop fighting usually for a short period of time

truck /trʌk/ *noun* **1** (*AmE*) a lorry **2** (*BrE*) a large vehicle that is open at the back **3** (*BrE*) an open railway wagon for carrying goods

trudge /trʌdʒ/ *verb* to walk with slow, heavy, tired steps ♦ *noun*: *a long trudge up the hill*

true /truː/ *adjective* **1** of a story: based on facts or real happenings **2** correct, not invented or wrong: *Is it true that you're going away for a year?* **3** real, properly so called: *We hide our true selves from others.* ♦ *adverb* used to admit that something is the case: *'But she's usually a bit late.' 'True.'* ▶ *phrase* **true to** faithful or loyal to

truffle /ˈtrʌfəl/ *noun* **1** a sweet made with cream, butter, chocolate and rum **2** a round fungus which is found underground and is good to eat

truly /ˈtruːlɪ/ *adverb* **1** really: *Is that truly what he said?* **2** genuinely; honestly: *I'm truly sorry* **3** completely, utterly: *a truly classless society*

trump /trʌmp/ *noun* **trumps** in some card games, a suit having a higher value than playing-cards of other suits ▶ *phrase* **trump card** a secret advantage that you have

trumpet /ˈtrʌmpɪt/ *noun* a brass musical instrument with a powerful, high, clear tone ♦ *verb* of an elephant: to make its typical loud cry

truncated /trʌŋˈkeɪtɪd/ *adjective* shortened

truncheon /ˈtrʌnʃən/ *noun* a short, thick heavy stick, carried by police officers

trundle /ˈtrʌndəl/ *verb* to wheel or roll along slowly and noisily

trunk /trʌŋk/ *noun* **1** the main stem of a tree **2** the main part of the body **3** a large box or chest for storing eg clothes in **4** (*AmE*) the boot of a car **5** the long nose of an elephant

trunks /trʌŋks/ *noun* (*plural*) close-fitting shorts or pants that men and boys wear while swimming

trust /trʌst/ *verb* **1** to believe to be honest and loyal **2** to have confidence in **3** to give someone responsibility in the belief that they will use it well: *Obviously Miles didn't trust her with his camera.* **4** (*old or formal*) to hope or expect: *I trust you will correct me if I'm wrong.* ♦ *noun* (*uncount*) **1** belief in someone's honesty and loyalty **2** charge, keeping: *The children were placed in my trust.* **3** an arrangement by which money is managed for someone

trustee /trʌ'stiː/ *noun* a person who manages money or property for someone else

trusting /'trʌstɪŋ/ *adjective* believing in other people's honesty

trustworthy /'trʌstwɜːðɪ/ *adjective* able to be trusted or depended on

trusty /'trʌstɪ/ *adjective* that you can trust or rely on

truth /truːθ/ *noun*: **truths** /truːðz/ **1** (*uncount*) the state of being true **2 the truth** the facts about something **3** a generally accepted fact

truthful /'truːθfəl/ *adjective* **1** telling the truth, not lying [*same as* **honest**] **2** of a statement: true [*same as* **accurate**] — *adverb* **truthfully**

try /traɪ/ *verb* **1** to make an effort **2** to test by using: *Try the following exercise.* **3** to attempt to use, or open: *I tried the door but it was locked.* **4** to judge in a court of law ♦ *noun* **1** an attempt **2** in rugby, a score of five points gained by placing the ball over the opponent's goal line

try on of clothes: to put on in order to see if they fit or suit you

try out to use or do something in order to see if you like it, or if it works

trying /'traɪɪŋ/ *adjective* causing a lot of worry or problems

T-shirt or **tee-shirt** /'tiːʃɜːt/ *noun* a light, casual shirt with short sleeves and no collar

tub /tʌb/ *noun* **1** a round container of any size **2** (*informal*) a bath

tuba /'tjuːbə/ *noun* a large brass musical instrument with a low pitch

tubby /'tʌbɪ/ *adjective* (*informal*) rather fat

tube /tjuːb/ *noun* **1** a long, round hollow pipe used for eg conveying liquids **2** a long, hollow container with a cap at one end: *a tube of toothpaste* **3** a long, hollow structure in the body **4** (*BrE*) an underground railway system

tuberculosis /tjuːˌbɜːkjʊ'ləʊsɪs/ *noun* (*uncount*) an infectious disease affecting the lungs

tubing /'tjuːbɪŋ/ *noun* (*uncount*) a length of tube or series of tubes

tuck /tʌk/ *verb* **1** to push loose ends inside, in order to make firm or tidy **2** to put into a folded position **3** to put into a small hidden place

tuck in or **tuck into** (*informal*) to willingly or happily eat a lot of food

Tuesday /'tjuːzdɪ/ *noun* the second day of the week

tuft /tʌft/ *noun* a bunch of something growing together

tug /tʌg/ *verb* to pull hard ♦ *noun* **1** a sharp or strong pull **2** a small boat with a very powerful engine

tuition /tjuː'ɪʃən/ *noun* (*uncount*) teaching or instruction

tulip /'tjuːlɪp/ *noun* a brightly-coloured cup-shaped flower that appears in the spring

tumble /'tʌmbəl/ *verb* **1** to fall suddenly or uncontrollably **2** to move in a disorganized, disorderly way ♦ *noun* an act of falling

tumbler /'tʌmblə(r)/ *noun* a large drinking glass without a handle or stem

tummy /'tʌmɪ/ *noun* (*informal*) the stomach

tumour (*AmE* **tumor**) /'tjuːmə(r)/ *noun* a mass of diseased tissue or cells in the body

tumult /'tjuːmʌlt/ *noun* (*formal*) a loud or confused noise, especially one made by a crowd

tumultuous /tjuː'mʌltʃʊəs/ *adjective* (*formal*) with great noise or confusion: *a tumultuous welcome*

tuna /'tjuːnə/ *noun* a large sea fish used as food

tune /tjuːn/ *noun* a series of musical notes making an arrangement that is pleasing to listen to ♦ *verb* **1** to adjust (a musical instrument) in order to make sure it is producing the right notes **2** to adjust a radio set to a particular station **3** to improve the working of an engine ▶ *phrases* **change your tune** to change your opinion or attitude **in tune** producing the right notes **out of tune** producing the wrong notes

tuneful /'tjuːnfəl/ *adjective* having a clear, pleasant tune

tunic /ˈtjuːnɪk/ *noun* **1** a soldier's or police officer's jacket **2** a loose garment with no sleeves, that reaches to the hips or knees

tunnel /ˈtʌnəl/ *noun* an underground passage ♦ *verb* to make a tunnel

turban /ˈtɜːbən/ *noun* a long piece of cloth wound round the head, worn by Muslims and Sikhs

turbine /ˈtɜːbaɪn/ *noun* an engine with blades, turned by a flow of water, steam or gas to produce electricity

turbulent /ˈtɜːbjʊlənt/ *adjective* **1** disturbed, confused **2** of *eg* air currents: changing direction violently, making aircraft shake — *noun* **turbulence**

turf /tɜːf/ *noun* (*uncount*) grass and the soil below it ♦ *verb* to cover with turf

turf out (*BrE*; *informal*) to throw out

turgid /ˈtɜːdʒɪd/ *adjective* of language: sounding grand but having little meaning

turkey /ˈtɜːkɪ/ *noun* a large farmyard bird, used as food

turmoil /ˈtɜːmɔɪl/ *noun* (*uncount*) a state of confusion, worry or disorder

turn /tɜːn/ *verb* **1** to move to face in another direction: *He turned and walked away.* **2** to change direction: *turn left* **3** to change the position of so that a different part is facing forward or up **4** to spin or rotate **4** to direct *eg* your attention **5** to transform: *turn your dream into reality* **6** to become: *He can turn a bit nasty sometimes.* ♦ *noun* **1** an act of turning **2** a curve, bend or change of direction: *A right turn took him off the coastal road.* **3** a development in a situation **4** the end of one *eg* century and the beginning of the next **5** a duty, right or chance: *It was my turn to fetch water.* **6** an act or short performance ▸ *phrases* **by turns** or **in turn** one after another in a regular order **do a good turn** to do something that benefits someone **take turns** to do something one after the other

turn against to start disliking or distrusting
turn away 1 to move so as not to face something **2** to send away or reject
turn back 1 to return in the direction you have come from **2** to prevent from coming any further
turn down 1 to reject or refuse (an offer) **2** to reduce the volume of
turn in (*informal*) to go to bed
turn off 1 to take a road that leads away from the road you are on **2** to switch off **3** to cause to lose interest in
turn on 1 to switch on **2** to interest, attract or excite

turn out 1 to switch off *eg* a light **2** to happen in a particular way **3** to be discovered to be **4** to produce **5** to take the contents out of: *turn out your pockets* **6** to force to leave **7** to come and participate
turn over 1 to change the position of so that the downward-facing side faces upward **2** to give to **3** to roll over so that you are lying on your other side
turn round or **turn around** to move so as to face in the opposite direction
turn up 1 to arrive or appear **2** to be found **3** to increase the sound or heat an electrical appliance is producing

turning /ˈtɜːnɪŋ/ *noun* a place where one road leads away from another

turning point /ˈtɜːnɪŋ pɔɪnt/ *noun* a crucial point of change

turnip /ˈtɜːnɪp/ *noun* a round, white vegetable that grows under the ground

turnover /ˈtɜːnəʊvə(r)/ *noun* (*uncount*) **1** the total value of goods sold during a certain period of time **2** the rate at which workers leave and are replaced by new workers

turntable /ˈtɜːnteɪbəl/ *noun* the flat round part of a record player that you put the records on

turpentine /ˈtɜːpəntaɪn/ *noun* (*uncount*) an oily liquid used *eg* to make paint thinner

turquoise /ˈtɜːkwɔɪz/ ♦ *noun* **1** a light blue-green precious stone **2** (*uncount*) a light blue-green colour

turret /ˈtʌrɪt/ *noun* a small tower on a castle or other building

turtle /ˈtɜːtəl/ *noun* a large reptile with a hard shell and flippers

tusk /tʌsk/ *noun* the long, curved, pointed teeth that project from the mouth of some animals

tussle /ˈtʌsəl/ *noun* an energetic or sharp struggle or fight ♦ *verb*: to fight energetically

tut /tʌt/ or **tut-tut** /tʌtˈtʌt/ *interjection* (*often humorous*) used to express slight annoyance or disapproval

tutor /ˈtjuːtə(r)/ *noun* **1** a university or college teacher who teaches students individually or in small groups **2** a private teacher who teaches at the pupil's home ♦ *verb* to teach a subject to

tutorial /tjuːˈtɔːrɪəl/ *noun* a meeting for study or discussion between a tutor and students

TV /tiːˈviː/ *noun*: **TVs 1** (*uncount*) television **2** a television set

twaddle /ˈtwɒdəl/ *noun* (*uncount*; *informal*) nonsense

twang /twaŋ/ *noun* a sharp ringing sound like that produced by plucking a tightly-stretched string

tweed /twiːd/ *noun* (*uncount*) a thick, rough woollen cloth with coloured threads in it

tweezers /'twiːzəz/ *noun* (*plural*) a small tool used for *eg* pulling out hairs or holding small objects

twelfth /twelfθ/ (often written **12th**) *determiner* the one numbered twelve in a series ♦ *pronoun*: *This is the twelfth of his books on French history.* ♦ *adjective*: *She came twelfth in the test.* ♦ *noun* (often written $\frac{1}{12}$) one of twelve equal parts

twelve /twelv/ *noun* **1** the number or figure 12 **2** the age of 12 **3** the time of 12 o'clock ♦ *adjective* twelve years old ♦ *determiner*: *The train fare was twelve pounds.* ♦ *pronoun*: *Twelve of them were chosen to be in the choir.*

twentieth /'twentiəθ/ *adjective* (often written **20th**) the one numbered twenty in a series ♦ *noun* (often written $\frac{1}{20}$) one of twenty equal parts

twenty /'twenti/ *noun* **1** the number or figure 20 **2** the age of 20 ♦ *adjective* twenty years old ♦ *determiner*: *twenty-year-old students* ♦ *pronoun*: *Three people were killed and a further twenty were injured.*

twice /twaɪs/ *adverb* two times ♦ *adverb or determiner* double

twiddle /'twɪdəl/ *verb* to twist round and round ▶ *phrase* **twiddle your thumbs** to turn your thumbs around one another, usually as a sign that you have nothing to do

twig /twɪg/ *noun* a small branch of a tree

twilight /'twaɪlaɪt/ *noun* (*uncount*) the half-light between sunset and night, or before sunrise

twin /twɪn/ *noun* two people or animals born to the same mother at the same time ♦ *adjective* very similar, close together

twine /twaɪn/ *noun* (*uncount*) strong string or cord ♦ *verb* to twist

twinge /twɪndʒ/ *noun* **1** a sudden sharp pain **2** a sudden feeling of some emotion

twinkle /'twɪŋkəl/ *verb* **1** of a star: to shine with a bright, glittering light **2** of eyes: to shine with amusement ♦ *noun*: *There was a twinkle in his eye.*

twirl /twɜːl/ *verb* to turn or spin round quickly

twist /twɪst/ *verb* **1** to wind round or about something **3** to turn the top part of your body round **4** to injure by turning too sharply **5** to follow a winding course **6** to wind round each other **7** to change in an unpleasant or extreme way **8** to give a different meaning to ♦ *noun* **1** the act of twisting **2** a sharp turning movement which injures something **3** an unexpected event: *Events took a rather bizarre twist.* ▶ *phrase* **round the twist** mad or crazy

twisted /'twɪstɪd/ *adjective* unpleasantly abnormal

twit /twɪt/ *noun* (*informal*) a fool or idiot

twitch /twɪtʃ/ *verb* **1** to move with jerky movements **2** to pull sharply or jerkily ♦ *noun* a sharp or jerky movement

twitter /'twɪtə(r)/ *verb* **1** to make a series of light, high-pitched sounds **2** to speak excitedly with a high-pitched voice

two /tuː/ *noun* **1** the number or figure 2 **2** the age of 2 **3** the time of two o'clock ♦ *adjective* two years old ♦ *determiner*: *The fare only cost two pounds.* ♦ *pronoun*: *Two of us were chosen to represent the school.*

two-faced /tuːˈfeɪst/ *adjective* behaving in a dishonest way

tycoon /taɪˈkuːn/ *noun* a rich and powerful businessman or businesswoman

type /taɪp/ *noun* **1** a particular class or variety: *a conditioner to suit your hair type* **2** (*uncount*) the style and size of printing used *eg* in books ♦ *verb* **1** to use a typewriter or word-processor to write: *type a letter* □ *Can you type?* **2** to identify or classify as a particular type ▶ *phrase* (*informal*) **not your type** not the kind of person you find attractive or interesting

type in to enter commands into a computer by pressing the relevant keys
type up to produce a typed version of *eg* handwritten notes

typecast /'taɪpkɑːst/ *verb*: **typecast, typecasting, typecast** to always give an actor the same type of parts to play

typewriter /'taɪpraɪtə(r)/ *noun* a machine with a series of keys that are pressed to produce letters in print

typhoid /'taɪfɔɪd/ *noun* (*uncount*) an infectious disease that causes a fever, serious stomach problems, and sometimes death

typhoon /taɪˈfuːn/ *noun* a violent storm in the China Sea and western Pacific area

typical /'tɪpɪkəl/ *adjective* having or showing the usual characteristics; exactly what you expect: *typical Scottish weather* □ *What would your typical day be like?*

typically /'tɪpɪklɪ/ *adverb* **1** in most cases **2** having all the usual characteristics: *He had a typically British approach to the problem.*

typify /ˈtɪpɪfaɪ/ *verb* to have all the usual characteristics of the group or class in question: *This remark typifies his attitude towards life.*

typist /ˈtaɪpɪst/ *noun* a person whose job involves typing, usually in an office

tyrannical /tɪˈrænɪkəl/ *adjective* of a government or ruler: cruel, unjust and ruthless [*same as* **despotic**]

tyranny /ˈtɪrəni/ *noun* (*uncount*) cruel, unjust and ruthless use of authority or power

tyrant /ˈtaɪərənt/ *noun* a cruel, unjust and ruthless ruler with absolute power

tyre (*AmE* **tire**) /taɪə(r)/ *noun* a thick rubber ring usually filled with air, that is placed over a wheel: *a flat tyre*

Uu

U or **u** /juː/ *noun* the twenty-first letter of the English alphabet

ubiquitous /juːˈbɪkwɪtəs/ *adjective* (*formal*) seeming to be everywhere

udder /ˈʌdə(r)/ *noun* the bag-like part of *eg* a cow's body that produces milk

UFO /juːɛfˈoʊ/ *noun* (*informal*) an unidentified flying object

ugh /ɜː/ *interjection* the written form of a sound people make in their throats to express disgust

ugly /ˈʌgli/ *adjective* **1** unpleasant to look at **2** threatening, dangerous: *a few ugly incidents before the match*

ulcer /ˈʌlsə(r)/ *noun* a sore area on the skin, or a damaged area on the surface of an internal organ

ulterior /ʌlˈtɪərɪə(r)/ *adjective* ▶ *phrase* **ulterior motives** hidden or secret reasons for acting in a particular way

ultimate /ˈʌltɪmət/ *adjective* **1** last, final **2** supreme

ultimately /ˈʌltɪmətli/ *adverb* **1** most importantly: *Ultimately, everything will depend on how much money we have to spend.* **2** finally, in the end

ultimatum /ʌltɪˈmeɪtəm/ *noun*: **ultimatums** or **ultimata** /ʌltɪˈmeɪtə/ (*formal*) an official warning that you will act in a certain way if certain conditions are not met

ultra- /ˈʌltrə/ *prefix* 'extreme' or 'extremely': *an ultra-modern computing system*

ultrasound /ˈʌltrəsaʊnd/ *noun* (*uncount*) sound waves that human ears cannot hear

ultraviolet /ʌltrəˈvaɪələt/ *adjective* an invisible type of light that turns the skin darker

umbilical cord /ʌmˈbɪlɪkəl ˈkɔːd/ *noun* the tube that connects a baby to its mother inside her womb

umbrella /ʌmˈbrɛlə/ *noun* **1** an object that protects you from rain, consisting of a round piece of fabric on a light folding frame **2** a single central organization

umpire /ˈʌmpaɪə(r)/ *noun* in sport, the person who makes sure players follow the rules and play fairly ♦ *verb* to act as an umpire

umpteen /ˈʌmptiːn/ *determiner* (*informal*) a great many

umpteenth /ˈʌmptiːnθ/ *determiner* (*informal*) the latest or last of very many

un- /ʌn/ *prefix* **1** not: *unequal* **2** with verbs, used to show the reversal of an action: *unfasten*

unable /ʌnˈeɪbəl/ *adjective* lacking strength, power or skill

unacceptable /ʌnəkˈsɛptəbəl/ *adjective* that cannot be allowed to happen, continue or exist: *unacceptable behaviour* — *adverb* **unacceptably**

unaccountable /ʌnəˈkaʊntəbəl/ *adjective* that cannot be explained — *adverb* **unaccountably**

unaccustomed /ʌnəˈkʌstəmd/ *adjective* not used to: *I'm unaccustomed to speaking in public.*

unadulterated /ʌnəˈdʌltəreɪtɪd/ *adjective* pure, not mixed with anything else

unaided /ʌnˈeɪdɪd/ *adjective* without help

unanimous /juːˈnænɪməs/ *adjective* agreed to by all: *a unanimous decision* — *adverb* **unanimously**

unannounced /ʌnəˈnaʊnst/ *adjective* without telling you beforehand

unanswered /ʌnˈɑːnsəd/ *adjective* of questions: that have not yet been answered

unapproachable /ˌʌnəˈproʊtʃəbəl/ *adjective* unfriendly and formal in manner

unarmed /ʌnˈɑːmd/ *adjective* carrying no weapons

unassuming /ˌʌnəˈsjuːmɪŋ/ *adjective* modest

unattached /ˌʌnəˈtætʃt/ *adjective* not having a steady romantic or sexual relationship with another person

unattractive /ˌʌnəˈtræktɪv/ *adjective* not pleasant to look at

unavoidable /ˌʌnəˈvɔɪdəbəl/ *adjective* that cannot be avoided

unaware /ˌʌnəˈwɛə(r)/ *adjective* not knowing: *unaware of the danger*

unawares /ˌʌnəˈwɛərz/ *adverb* ▶ *phrase* **catch** or **take unawares** to surprise

unbalanced /ʌnˈbælənst/ *adjective* **1** mad, not behaving sensibly **2** emphasizing some things and ignoring others: *an unbalanced view*

unbearable /ʌnˈbɛərəbəl/ *adjective* too unpleasant, painful or difficult to cope with or bear — *adverb* **unbearably**

unbelievable /ˌʌnbɪˈliːvəbəl/ *adjective* **1** (*informal*) very good or surprising [*same as* **incredible**, **remarkable**, **astonishing**] **2** very unusual or unexpected; that you cannot believe [*same as* **incredible**, **unconvincing**, **implausible**] — *adverb* **unbelievably**

unbending /ʌnˈbɛndɪŋ/ *adjective* severe and unfriendly

unborn /ʌnˈbɔːn/ *adjective* of a child: still developing inside its mother's womb

unbutton /ʌnˈbʌtən/ *verb* to undo the buttons of

uncalled-for /ʌnˈkɔːldfə(r)/ *adjective* unnecessary and unjustifiable: *Your remarks were uncalled for.*

uncanny /ʌnˈkæni/ *adjective* strange or mysterious

unceasing /ʌnˈsiːsɪŋ/ *adjective* never stopping

unceremonious /ˌʌnsɛrɪˈmoʊniəs/ *adjective* making no attempt to be polite — *adverb* **unceremoniously**

uncertain /ʌnˈsɜːtən/ *adjective* **1** not certain, doubtful **2** not definitely known — *adverb* **uncertainly**

uncertainty /ʌnˈsɜːtənti/ *noun* (*uncount*) the state of not knowing what to do

uncharted /ʌnˈtʃɑːtɪd/ *adjective* completely new to you

unchecked /ʌnˈtʃɛkt/ *adjective* without being stopped or controlled

uncivilized or **uncivilised** /ʌnˈsɪvəlaɪzd/ *adjective* **1** rude **2** poor, primitive

uncle /ˈʌŋkəl/ *noun* the brother of your mother or father, or the husband of your aunt

unclean /ʌŋˈkliːn/ *adjective* dirty or impure

unclear /ʌŋˈklɪə(r)/ *adjective* that has not been well explained; not obvious

uncomfortable /ʌŋˈkʌmftəbəl/ *adjective* **1** not comfortable **2** embarrassed — *adverb* **uncomfortably**

uncommon /ʌŋˈkɒmən/ *adjective* rare or unusual — *adverb* **uncommonly**

uncommunicative /ˌʌŋkəˈmjuːnɪkətɪv/ *adjective* refusing to talk

uncompromising /ʌŋˈkɒmprəmaɪzɪŋ/ *adjective* refusing to change or alter beliefs

unconcerned /ˌʌŋkənˈsɜːnd/ *adjective* not worried

unconditional /ˌʌŋkənˈdɪʃənəl/ *adjective* not qualified or limited — *adverb* **unconditionally**

unconscious /ʌŋˈkɒnʃəs/ *adjective* **1** in a sleep-like state, eg as a result of severe illness, or a head injury **2** not aware ♦ *noun* the deepest part of your mind — *adverb* **unconsciously**

uncontrollable /ˌʌŋkənˈtroʊləbəl/ *adjective* that you cannot control — *adverb* **uncontrollably**

unconventional /ˌʌŋkənˈvɛnʃənəl/ *adjective* unusual or different from most other people

unconvincing /ˌʌŋkənˈvɪnsɪŋ/ *adjective* difficult to believe

uncork /ʌŋˈkɔːk/ *verb* to remove a cork from

uncount /ʌŋˈkaʊnt/ *adjective* of a noun, having only one form and no plural *eg* 'happiness' and 'courage'

uncouth /ʌŋˈkuːθ/ *adjective* behaving in a rude and unpleasant way

uncover /ʌŋˈkʌvə(r)/ *verb* **1** to remove a cover from **2** to discover and make known to other people

undaunted /ʌnˈdɔːntɪd/ *adjective* enthusiastic or hopeful in spite of problems

undecided /ˌʌndɪˈsaɪdɪd/ *adjective* not yet decided

undeniable /ˌʌndɪˈnaɪəbəl/ *adjective* clearly the case — *adverb* **undeniably**

under /ˈʌndə(r)/ *preposition* **1** lower than, or directly below **2** less than: *costing under £5* **3** within the authority or command of: *You'll be working under me.* **4** because of: *under difficult conditions* □ *under the laws of this state* **5** going through, suffering: *under construction* □ *under attack* **6** having, using:

under a false name ♦ *adverb* in or to a lower position or condition ♦ *adjective* of the lower, downward-facing part of something

under-age /ˌʌndərˈeɪdʒ/ *adjective* not old enough, according to a law, to do a certain thing

undercarriage /ˈʌndəkarɪdʒ/ *noun* the wheels of an aeroplane and their supports

underclothes /ˈʌndəkloʊðz/ *noun* (*plural*) the clothes you wear next to your skin, such as a bra, vest or pants [*same as* **underwear**]

undercover /ˌʌndəˈkʌvə(r)/ *adjective or adverb* done or carried out in secret

undercurrent /ˈʌndəkʌrənt/ *noun* **1** a flow or movement of water under the surface **2** a hidden tendency or characteristic

undercut /ˌʌndəˈkʌt/ *verb* to sell at a lower price than someone else

underdeveloped /ˈʌndədɪvɛləpt/ *adjective* of a country: not having modern industries, and with a low standard of living

underdog /ˈʌndədɒg/ *noun* the weaker side, or the weaker of two contestants

underdone /ˌʌndəˈdʌn/ *adjective* of food: not properly cooked

underestimate /ˌʌndərˈɛstɪmeɪt/ *verb* to estimate at less than the real worth or value

underfoot /ˌʌndəˈfʊt/ *adverb* beneath the feet

undergarment /ˈʌndəgɑːmənt/ *noun* (*formal*) a piece of underwear

undergo /ˌʌndəˈgoʊ/ *verb*: **undergoes, undergoing, underwent, undergone 1** to suffer or endure **2** to receive, *eg* as medical treatment

undergraduate /ˌʌndəˈgrædjuət/ *noun* a person studying for their first degree at college or university

underground *noun* /ˈʌndəgraʊnd/ **1** a system of electric trains running in tunnels below the ground: *the London Underground* **2** people organized into a group working secretly against the government ♦ *adjective* /ˈʌndəgraʊnd/ **1** below the surface of the ground **2** secret, against the government ♦ *adverb* /ˌʌndəˈgraʊnd/ **1** to a position below the surface of the ground **2** into hiding: *go underground*

undergrowth /ˈʌndəgroʊθ/ *noun* (*uncount*) thick growth of bushes and plants

underhand /ˌʌndəˈhænd/ *adjective or adverb* dishonest or deceitful

underline /ˌʌndəˈlaɪn/ *verb* **1** to draw a line under **2** to stress the importance of, emphasize

underlying /ˌʌndəˈlaɪɪŋ/ *adjective* **1** lying under or beneath **2** fundamental, basic: *the underlying causes*

undermine /ˌʌndəˈmaɪn/ *verb* to make less strong and secure

underneath /ˌʌndəˈniːθ/ *preposition* **1** under or beneath **2** directly below **3** covered by ♦ *adverb*: *He was wearing a jacket with a sweater underneath.* ♦ *noun* the downward-facing part or surface of something

underpants /ˈʌndəpants/ *noun* (*plural*) underwear for a man or boy, covering the body from the waist to the thighs

underpass /ˈʌndəpɑːs/ *noun* a tunnel used for walking under a road or railway

underprivileged /ˌʌndəˈprɪvɪlɪdʒd/ *adjective* having less money and fewer opportunities than most people

underrate /ˌʌndəˈreɪt/ *verb* to fail to recognize or appreciate the ability of — *adjective* **underrated**: *an underrated composer*

underside /ˈʌndəsaɪd/ *noun* the side or surface that faces downwards

undersized /ˌʌndəˈsaɪzd/ *adjective* smaller than normal

understand /ˌʌndəˈstænd/ *verb*: **understands, understanding, understood 1** to see the meaning of **2** to know what people are saying when they speak (a particular language) **3** to know the reasons for: *I don't understand your behaviour.* **4** to have been told: *I understood that you weren't coming.* ▶ *phrase* **make yourself understood** to get people to understand what you are telling them

understandable /ˌʌndəˈstændəbəl/ *adjective* **1** reasonable, natural or normal: *He reacted with understandable fury.* **2** that can be understood: *His speech was barely understandable.* [*same as* **comprehensible**] — *adverb* **understandably**

understanding /ˌʌndəˈstændɪŋ/ *noun* **1** the way you interpret the information you have about something **2** knowledge or familiarity with **3** an agreement: *come to an understanding* **4** (*uncount*) sympathy and trust ♦ *adjective* kind and sympathetic

understate /ˌʌndəˈsteɪt/ *verb* to represent as being less important than in reality

understatement /ˈʌndəsteɪtmənt/ *noun* a statement which does not accurately represent the extent to which something is true

understood /ˌʌndəˈstʊd/ *verb* the past tense and past participle of **understand** ♦ *adjective* implied but not actually expressed

understudy /ˈʌndəstʌdɪ/ *noun* an actor who learns the part of another actor and is able to take their place if necessary

undertake /ʌndəˈteɪk/ *verb*: **undertakes, undertaking, undertook, undertaken** (*formal*) **1** to accept responsibility for and start **2** to promise

undertaker /ˈʌndəteɪkə(r)/ *noun* someone whose job is to organize funerals and prepare dead bodies

undertaking /ˈʌndəteɪkɪŋ/ *noun* (*formal*) **1** a duty, responsibility or task that you agree or promise to do **2** a promise

undertook /ʌndəˈtʊk/ *verb* the past tense of **undertake**

undertone /ˈʌndətoʊn/ *noun* **1** a soft voice **2** a partly hidden quality or feeling

undervalue /ʌndəˈvæljuː/ *verb* to put too low a value on

underwater /ʌndəˈwɔːtə(r)/ *adjective or adverb* under the surface of water

underway /ʌndəˈweɪ/ *adjective* having started

underwear /ˈʌndəwɛə(r)/ *noun* (*uncount*) underclothes

underwent /ʌndəˈwɛnt/ *verb* the past tense of **undergo**

underworld /ˈʌndəwɜːld/ *noun* the world of organized crime and criminals

undesirable /ʌndɪˈzaɪərəbəl/ *adjective* unpleasant or harmful

undid /ʌnˈdɪd/ *verb* the past tense of **undo**

undies /ˈʌndɪz/ *noun* (*plural*; *informal*) underwear

undignified /ʌnˈdɪgnɪfaɪd/ *adjective* embarrassing; making you look foolish

undivided /ʌndɪˈvaɪdɪd/ *adjective* not split, complete, total: *undivided attention*

undisputed /ʌndɪˈspjuːtɪd/ *adjective* not questioned or doubted by anyone

undo /ʌnˈduː/ *verb*: **undoes, undoing, undid, undone 1** to unfasten: *She undid her shoelaces.* **2** to reverse the effect of: *One silly error undid weeks of hard work.*

undoing /ʌnˈduːɪŋ/ *noun* (*uncount; formal*) the reason why you fail

undone /ʌnˈdʌn/ *verb* the past participle of **undo** *adjective* not fastened: *One of your shoelaces has come undone.*

undoubted /ʌnˈdaʊtɪd/ *adjective* that definitely exists or is true — *adverb* **undoubtedly**

undreamed-of /ʌnˈdriːmdɒv/ or **undreamt-of** /ʌnˈdrɛmtɒv/ *adjective* much better or worse than you thought possible

undress /ʌnˈdrɛs/ *verb* to take your clothes off

undue /ʌnˈdjuː/ *adjective* (*formal*) too much, more than is necessary — *adverb* **unduly**

undulate /ˈʌndjʊleɪt/ *verb* to move up and down gently like waves

undying /ʌnˈdaɪɪŋ/ *adjective* (*literary*) lasting forever: *undying love*

unearth /ʌnˈɜːθ/ *verb* to uncover or excavate

unearthly /ʌnˈɜːθlɪ/ *adjective* **1** of a time: very early: *I had to get up at the unearthly hour of 4.30.* **2** strange, mysterious and usually frightening

uneasy /ʌnˈiːzɪ/ *adjective* worried, nervous or anxious [*same as* **ill at ease**] — *adverb* **uneasily** — *noun* (*uncount*) **uneasiness**

uneconomic /ʌniːkəˈnɒmɪk/ or **uneconomical** /ʌniːkəˈnɒmɪkəl/ *adjective* wasting money, or failing to make a profit

unemployed /ʌnɪmˈplɔɪd/ *adjective* without a job ◆ *noun* (*plural*) **the unemployed** people who do not have jobs

unemployment /ʌnɪmˈplɔɪmənt/ *noun* (*uncount*) **1** the state of being unemployed **2** the total number of unemployed people in a country

unemployment benefit /ʌnɪmˈplɔɪmənt bɛnɪfɪt/ *noun* (*uncount*) a sum of money paid regularly by the state to people who do not have jobs

unenviable /ʌnˈɛnvɪəbəl/ *adjective* unpleasant: *an unenviable task*

unequal /ʌnˈiːkwəl/ *adjective* **1** not equal; unfair: *unequal distribution* **2** lacking enough strength or skill: *unequal to the job*

unequivocal /ʌnɪˈkwɪvəkəl/ *adjective* (*formal*) clearly stated or expressed — *adverb* **unequivocally**

unerring /ʌnˈɜːrɪŋ/ *adjective* always accurate, never making a mistake: *unerring judgement*

unethical /ʌnˈɛθɪkəl/ *adjective* morally wrong

uneven /ʌnˈiːvən/ *adjective* **1** not smooth or level **2** not consistent: *This work is very uneven.*

uneventful /ʌnɪˈvɛntfʊl/ *adjective* without surprising, exciting or important events

unexpected /ʌnɪkˈspɛktɪd/ *adjective* not expected, sudden — *adverb* **unexpectedly**

unfailing /ʌnˈfeɪlɪŋ/ *adjective* always present; remaining strong and reliable

unfair /ʌnˈfɛə(r)/ *adjective* not right or just — *adverb* **unfairly**

unfaithful /ʌnˈfeɪθfʊl/ *adjective* of a husband, wife or lover: having a sexual relationship with someone else

unfamiliar /ʌnfəˈmɪlɪə(r)/ *adjective* that you do not know, or have never met before

unfasten /ʌnˈfɑːsən/ *verb* to undo the buttons, zip, fastening or catch that keeps *eg* a coat closed

unfavourable (*AmE* **unfavorable**) /ʌnˈfeɪvərəbəl/ *adjective* 1 likely to stop you being successful 2 of an opinion: one that expresses dislike — *adverb* **unfavourably**

unfeeling /ʌnˈfiːlɪŋ/ *adjective* not feeling sympathy for other people

unfit /ʌnˈfɪt/ *adjective* 1 not suitable 2 of a person: not having taken regular exercise

unflinching /ʌnˈflɪntʃɪŋ/ *adjective* confronting danger and unpleasantness instead of trying to avoid them

unfold /ʌnˈfəʊld/ *verb* 1 to spread out 2 of a situation: to develop or become clear

unforeseen /ʌnfɔːˈsiːn/ *adjective* of an event: that no-one expected or predicted would happen

unforgettable /ʌnfəˈɡetəbəl/ *adjective* unlikely to ever be forgotten; memorable

unfortunate /ʌnˈfɔːtʃənət/ *adjective* 1 un-lucky 2 regrettable: *an unfortunate comment*

unfortunately /ʌnˈfɔːtʃənətlɪ/ *adverb* used to show that you are sorry about something or that you regret it

unfounded /ʌnˈfaʊndɪd/ *adjective* not based on facts

unfriendly /ʌnˈfrɛndlɪ/ *adjective* not behaving in a pleasant or friendly way

unfurnished /ʌnˈfɜːnɪʃt/ *adjective* of a rented flat or house: without any furniture provided

ungainly /ʌnˈɡeɪnlɪ/ *adjective* awkward and clumsy

ungrateful /ʌnˈɡreɪtfʊl/ *adjective* not appreciating something that has been done for you

unguarded /ʌnˈɡɑːdɪd/ *adjective* not guarded or protected ▶ *phrase* **an unguarded moment** a moment of carelessness

unhappy /ʌnˈhapɪ/ *adjective* 1 sad and depressed 2 caused by, or bringing, problems: *an unhappy state of affairs* 3 not satisfied — *adverb* **unhappily** — *noun* (*uncount*) **unhappiness**

unhealthy /ʌnˈhɛlθɪ/ *adjective* 1 not having good health; often ill 2 harmful: *an unhealthy interest in violent crime*

unheard-of /ʌnˈhɜːdɒv/ *adjective* surprising or shocking; never having happened before

unheeded /ʌnˈhiːdɪd/ *adjective* ignored

unicorn /ˈjuːnɪkɔːn/ *noun* in fairy tales, an animal like a horse with a long straight horn on its forehead

unidentified /ʌnaɪˈdɛntɪfaɪd/ *adjective* not known or recognized by anyone

unification /juːnɪfɪˈkeɪʃən/ *noun* (*uncount*) the act of unifying or the state of being unified

uniform /ˈjuːnɪfɔːm/ *noun* a special set of clothing worn by members of a particular organization ♦ *adjective* all the same; not changing or varying

uniformed /ˈjuːnɪfɔːmd/ *adjective* wearing a uniform

uniformity /juːnɪˈfɔːmɪtɪ/ *noun* (*uncount*) the state in which every person or thing is exactly the same

unify /ˈjuːnɪfaɪ/ *verb* to bring together into a single group — *adjective* **unified**

unilateral /juːnɪˈlatərəl/ *adjective* of a decision: taken by only one of the people or groups involved — *adverb* **unilaterally**

unimaginable /ʌnɪˈmadʒɪnəbəl/ *adjective* impossible to imagine or understand

unimaginative /ʌnɪˈmadʒɪnətɪv/ *adjective* having no new or original ideas

uninhabitable /ʌnɪnˈhabɪtəbəl/ *adjective* that people cannot live in

uninhabited /ʌnɪnˈhabɪtɪd/ *adjective* of a place: where no-one lives

uninhibited /ʌnɪnˈhɪbɪtɪd/ *adjective* open and relaxed; not embarrassed

uninspiring /ʌnɪnˈspaɪərɪŋ/ *adjective* dull

unintelligible /ʌnɪnˈtɛlɪdʒəbəl/ *adjective* impossible to understand

unintentional /ʌnɪnˈtɛnʃənəl/ *adjective* not done on purpose [*same as* **accidental**; *opposite* **deliberate**] — *adverb* **unintentionally**

uninterested /ʌnˈɪntrɛstɪd/ *adjective* not interested

uninvited /ʌnɪnˈvaɪtɪd/ *adjective* not invited

union /ˈjuːnjən/ *noun* 1 an organization of people or groups that share a common purpose 2 (*uncount*) the act of joining together

unique /juːˈniːk/ *adjective* 1 without a like or equal: *a unique sense of timing* 2 belonging to, or concerning, one thing or person alone

unisex /ˈjuːnɪsɛks/ *adjective* suitable for both men and women

unison /ˈjuːnɪsən/ *noun* (*uncount*) ▶ *phrase* **in unison** in the same way at the same time

unit /ˈjuːnɪt/ *noun* **1** a single item or part that is the smallest item or part in a larger whole **2** a group of people who live or work together: *an army unit* ▫ *a storage unit* **3** a fixed or standard measurement of *eg* time or length

unite /juːˈnaɪt/ *verb* to join together and behave as a group

united /juːˈnaɪtɪd/ *adjective* **1** in agreement: *united in their opposition* **2** joined together: *a united Ireland*

United Kingdom /juːˌnaɪtɪd ˈkɪŋdəm/ *noun* the official name of the kingdom consisting of England, Scotland, Wales and Northern Ireland

unity /ˈjuːnɪtɪ/ *noun* (*uncount*) agreement to act together

universal /juːnɪˈvɜːsəl/ *adjective* **1** relating to or affecting the whole world or everyone **2** widespread or general — *adverb* **universally**

universe /ˈjuːnɪvɜːs/ *noun* **the universe** everything that exists everywhere, on earth and in space

university /juːnɪˈvɜːsɪtɪ/ *noun* a place of education where students go to study for a degree

unjust /ʌnˈdʒʌst/ *adjective* not treating people fairly

unjustified /ʌnˈdʒʌstɪfaɪd/ *adjective* done without good reason

unkempt /ʌŋˈkɛmpt/ *adjective* untidy

unkind /ʌŋˈkaɪnd/ *adjective* unpleasant, unsympathetic, and rather cruel — *noun* (*uncount*) **unkindness**

unknown /ʌnˈnoʊn/ *adjective* not known ♦ *noun* **the unknown** anything that people do not know about

unleaded /ʌnˈlɛdɪd/ *adjective* of petrol: containing little or no lead

unless /ʌnˈlɛs/ *conjunction* if not, except if: *Don't try this yourself unless you are expert with a computer.*

unlike /ʌnˈlaɪk/ *preposition* **1** different from: *Unlike her sister, she got married very young.* **2** not characteristic of: *It was unlike her not to phone.*

unlikely /ʌnˈlaɪklɪ/ *adjective* **1** not probable: *She's unlikely to have wandered very far.* **2** probably not true: *an unlikely tale* **3** surprising or unexpected

unlimited /ʌnˈlɪmɪtɪd/ *adjective* that you can have as much of as you want or can use

unload /ʌnˈloʊd/ *verb* **1** to take the load from **2** to remove the bullets from (a gun)

unlock /ʌnˈlɒk/ *verb* to undo the lock on

unlucky /ʌnˈlʌkɪ/ *adjective* bringing or causing bad luck [*opposite* **lucky**]

unmanageable /ʌnˈmanɪdʒəbəl/ *adjective* difficult to use or control

unmarried /ʌnˈmarɪd/ *adjective* not married: *an unmarried mother*

unmentionable /ʌnˈmɛnʃənəbəl/ *adjective* too embarrassing or indecent to be talked about

unmistakable or **unmistakeable** /ʌnmɪˈsteɪkəbəl/ *adjective* easily recognized; unlikely to be mistaken for anyone or anything else

unmitigated /ʌnˈmɪtɪgeɪtɪd/ *adjective* (*formal*) used for emphasis in referring to something bad: *an unmitigated disaster*

unmoved /ʌnˈmuːvd/ *adjective* not affected emotionally

unnatural /ʌnˈnatʃərəl/ *adjective* **1** different from the way things usually happen in nature **2** not appearing to be honest or sincere

unnecessary /ʌnˈnɛsəsərɪ/ *adjective* not necessary; avoidable — *adverb* **unnecessarily**: *worrying unnecessarily*

unnerve /ʌnˈnɜːv/ *verb* to cause to feel less confident and slightly worried or afraid — *adjective* **unnerving**

unnoticed /ʌnˈnoʊtɪst/ *adjective* not seen by anyone

unobtrusive /ʌnəbˈtruːsɪv/ *adjective* not noticeable — *adverb* **unobtrusively**

unoccupied /ʌnˈɒkjʊpaɪd/ *adjective* of *eg* a building: having no-one living or working in it

unofficial /ʌnəˈfɪʃəl/ *adjective* not yet having received official approval — *adverb* **unofficially**

unorthodox /ʌnˈɔːθədɒks/ *adjective* not generally accepted or used

unpack /ʌnˈpak/ *verb* to remove the contents of *eg* a suitcase

unpaid /ʌnˈpeɪd/ *adjective* not paid

unparalleled /ʌnˈparəlɛld/ *adjective* better than any other: *unparalleled success*

unpleasant /ʌnˈplɛzənt/ *adjective* not pleasant, nasty, rude [*same as* **disagreeable**] — *adverb* **unpleasantly**

unpopular /ʌnˈpɒpjʊlə(r)/ *adjective* generally disliked

unprecedented /ʌnˈprɛsɪdɛntɪd/ *adjective* never having happened before [*same as* **unheard-of**]

unpredictable /ʌnprɪˈdɪktəbəl/ *adjective* that cannot be predicted

unprofessional /ʌnprəˈfɛʃənəl/ *adjective* not following the rules that govern a particular profession

unprofitable /ʌnˈprɒfɪtəbəl/ *adjective* of business: not making any money

unprovoked /ʌnprəˈvoʊkt/ *adjective* of an attack: without reason

unqualified /ʌnˈkwɒlɪfaɪd/ *adjective* **1** without formal qualifications, or without the qualifications required for a particular job **2** absolute or complete

unquestionable /ʌnˈkwɛstʃənəbəl/ *adjective* clearly true or clearly existing — *adverb* **unquestionably**

unquestioning /ʌnˈkwɛstʃənɪŋ/ *adjective* not arguing or protesting

unravel /ʌnˈrævəl/ *verb* **1** to loosen and undo the stitches or knots in **2** to solve or explain *eg* a puzzle

unreal /ʌnˈrɪəl/ *adjective* so strange as to appear not to be happening [*opposite* **real**]

unrealistic /ʌnrɪəˈlɪstɪk/ *adjective* hoping or believing that things are possible when they are not

unrelenting /ʌnrɪˈlɛntɪŋ/ *adjective* going on and on without stopping

unreliable /ʌnrɪˈlaɪəbəl/ *adjective* that cannot be trusted or relied on

unremitting /ʌnrɪˈmɪtɪŋ/ *adjective* continuing without stopping

unrepentant /ʌnrɪˈpɛntənt/ *adjective* not ashamed

unrest /ʌnˈrɛst/ *noun* (*uncount*) a state of conflict or confusion

unrivalled (*AmE* **unrivaled**) /ʌnˈraɪvəld/ *adjective* far better than anything else

unruly /ʌnˈruːlɪ/ *adjective* difficult to control

unsafe /ʌnˈseɪf/ *adjective* dangerous

unsatisfactory /ʌnsatɪsˈfaktərɪ/ *adjective* not good enough

unsatisfied /ʌnˈsatɪsfaɪd/ *adjective* not happy

unsavoury (*AmE* **unsavory**) /ʌnˈseɪvərɪ/ *adjective* unpleasant or unacceptable; immoral

unscathed /ʌnˈskeɪðd/ *adjective* not harmed

unscrew /ʌnˈskruː/ *verb* to remove the lid of by twisting

unscrupulous /ʌnˈskruːpjʊləs/ *adjective* having no moral principles

unseemly /ʌnˈsiːmlɪ/ *adjective* (*formal*) not suitable, polite or decent

unseen /ʌnˈsiːn/ *adjective* that cannot be seen

unselfish /ʌnˈsɛlfɪʃ/ *adjective* considering the feelings and needs of other people

unsettle /ʌnˈsɛtəl/ *verb* to cause to feel less calm, and more nervous

unsettled /ʌnˈsɛtəld/ *adjective* **1** excited or worried **2** likely to change: *unsettled weather*

unsettling /ʌnˈsɛtəlɪŋ/ *adjective* making you anxious and upset

unsightly /ʌnˈsaɪtlɪ/ *adjective* not pleasant to look at

unskilled /ʌnˈskɪld/ *adjective* without special skills or training

unsociable /ʌnˈsoʊʃəbəl/ *adjective* disliking or avoiding the company of other people

unsolicited /ʌnsəˈlɪsɪtɪd/ *adjective* not requested: *unsolicited advice*

unsophisticated /ʌnsəˈfɪstɪkeɪtɪd/ *adjective* **1** simple, uncomplicated **2** inexperienced

unsound /ʌnˈsaʊnd/ *adjective* **1** incorrect, unreliable **2** likely to collapse

unspeakable /ʌnˈspiːkəbəl/ *adjective* too bad or unpleasant to be spoken about: *an unspeakable crime*

unstable /ʌnˈsteɪbəl/ *adjective* **1** likely to move, fall over or change suddenly **2** emotionally or mentally disturbed

unsteady /ʌnˈstɛdɪ/ *adjective* **1** unable to walk with firmness; likely to fall over **2** of the hands: shaking **3** likely to collapse — *adverb* **unsteadily**

unstuck /ʌnˈstʌk/ *adjective* ▶ *phrase* **come unstuck a** to become detached **b** to go wrong or fail to achieve the result aimed for

unsuitable /ʌnˈsuːtəbəl/ *adjective* not suitable

unsung /ʌnˈsʌŋ/ *adjective* not noticed or appreciated: *an unsung hero*

unsure /ʌnˈʃʊə(r)/ *adjective* **1** unable to decide **2** lacking confidence

unsuspecting /ʌnsəˈspɛktɪŋ/ *adjective* not aware of approaching danger

unsympathetic /ʌnsɪmpəˈθɛtɪk/ *adjective* unfriendly and not prepared to help

untenable /ʌnˈtɛnəbəl/ *adjective* unjustifiable

unthinkable /ʌnˈθɪŋkəbəl/ *adjective* too unpleasant to think about

unthinking /ʌnˈθɪŋkɪŋ/ *adjective* not thinking carefully enough before acting

untidy /ʌnˈtaɪdɪ/ *adjective* not neat or well-organized

untie /ʌnˈtaɪ/ *verb* to undo the knots or bows in

until /ʌnˈtɪl/ *preposition* up to the time of: *I was here until after ten last night.* ♦ *conjunction* up to the time that: *Follow this track until you see a wall ahead of you.*

untimely /ʌnˈtaɪmlɪ/ *adjective* **1** happening too soon: *his untimely arrival* **2** not suitable to the occasion: *an untimely remark*

unto /ˈʌntuː/ *preposition* (*old or literary*) to: *Unto us a child is born.*

untold /ʌnˈtoʊld/ *adjective* very severe: *The storm caused untold damage to the crops.*

untouched /ʌnˈtʌtʃt/ *adjective* that has not been touched, moved, changed or harmed in any way: *These manuscripts have lain untouched in the library for years.*

untoward /ʌntəˈwɔːd/ *adjective* not expected, happening at an inconvenient time

untrue /ʌnˈtruː/ *adjective* **1** not true, false **2** unfaithful

untruth /ʌnˈtruːθ/ *noun* (*formal*) a lie

untruthful /ʌnˈtruːθfʊl/ *adjective* lying or dishonest

unused /ʌnˈjuːzd/ *adjective* **1** not familiar with [*same as* **unaccustomed**] **2** never having been used

unusual /ʌnˈjuːʒʊəl/ *adjective* not common; rare

unusually /ʌnˈjuːʒʊəlɪ/ *adverb* to a greater or larger degree: *It was unusually cold for the time of year.*

unveil /ʌnˈveɪl/ *verb* **1** to formally remove a cover from *eg* a new painting **2** to tell people about *eg* your plans, for the first time

unwanted /ʌuˈwɒntəd/ *adjective* not wanted by anyone

unwarranted /ʌnˈwɒrəntəd/ *adjective* (*formal*) not justified, deserved or reasonable

unwelcome /ʌnˈwɛlkəm/ *adjective* not wanted

unwell /ʌnˈwɛl/ *adjective* ill

unwieldy /ʌnˈwiːldɪ/ *adjective* **1** not easily moved or handled **2** of a system: inefficient [*same as* **cumbersome**]

unwilling /ʌnˈwɪlɪŋ/ *adjective* not happy about doing something [*same as* **reluctant**; *opposite* **willing**] — *adverb* **unwillingly** — *noun* (*uncount*) **unwillingness**

unwind /ʌnˈwaɪnd/ *verb*: **unwinds**, **unwinding**, **unwound 1** (*informal*) to relax **2** of *eg* a ball of string: to become or cause to be straight — *adverb* **unwisely**

unwise /ʌnˈwaɪz/ *adjective* not sensible — *adverb* **unwisely**

unwitting /ʌnˈwɪtɪŋ/ *adjective* unintended or unaware — *adverb* **unwittingly**

unwonted /ʌnˈwɒntɪd/ *adjective* (*formal*) not usual or habitual

unworthy /ʌnˈwɜːðɪ/ *adjective* not deserving

unwritten /ʌnˈrɪtən/ *adjective* **1** that has not been recorded in writing **2** of a rule: not official, but traditionally accepted

up /ʌp/ *preposition* **1** towards or at a higher level or position: *The porter carried our luggage up the steps.* □ *The cat got stuck up a tree.* **2** along: *There's a hardware shop further up the street.* ♦ *adverb* **1** to a higher level or position: *The dog jumped up on to her lap.* **2** completely, so as to finish: *Someone's used up the last of the milk.* **3** to a larger size: *blow up a balloon* ♦ *adjective or adverb* **1** not in bed **2** increased **3** ahead in score **4** of a given length of time: ended: *Your time is up.* **5** wrong: *What's up?* ♦ *verb* (*informal*) to raise or increase ▶ *phrases* **on the up and up** improving all the time **up against it** facing a difficult challenge **up and about** out of bed and able to get on with your tasks **up to 1** as far as **2** until **3** able to do **up to something** or **up to no good** doing something secret or dishonest **up to you** that you must decide on for yourself

up-and-coming /ʌpəndˈkʌmɪŋ/ *adjective* beginning to become successful or well known

upbeat /ʌpˈbiːt/ *adjective* (*informal*) cheerful or hopeful

upbringing /ˈʌpbrɪŋɪŋ/ *noun* (*uncount*) the general instruction and education you received as a child

update /ʌpˈdeɪt/ *verb* to add new information to, in order to ensure accuracy

up-end /ʌpˈɛnd/ *verb* to turn upside down

upfront /ʌpˈfrʌnt/ *adjective* (*informal*) honest or open

upgrade /ʌpˈɡreɪd/ *verb* **1** to raise to a more important position **2** to improve the quality of

upheaval /ʌpˈhiːvəl/ *noun* a change that causes a lot of disturbance or trouble [*same as* **shake-up**]

upheld /ʌpˈhɛld/ *verb* the past tense and past participle of **uphold**

uphill /ʌpˈhɪl/ *adjective or adverb* upwards ▶ *phrase* **an uphill struggle** something requiring a lot of work or effort

uphold /ʌpˈhoʊld/ *verb*: **upholds, upholding, upheld** to support or maintain

upholstered /ʌpˈhoʊlstəd/ *adjective* of furniture: having springs and a cover that make it comfortable to sit on

upholstery /ʌpˈhoʊlstəri/ *noun* (*uncount*) the springs and covers for a chair or sofa

upkeep /ˈʌpkiːp/ *noun* (*uncount*) the task or cost of keeping something in good condition [*same as* **maintenance**]

upland /ˈʌplənd/ *noun* **uplands** the high or hilly areas of *eg* a country

uplifted /ʌpˈlɪftəd/ *adjective* (*formal*) pointing upwards

uplifting /ʌpˈlɪftɪŋ/ *adjective* of an experience: making you feel happier or more hopeful

upmarket /ʌpˈmɑːkɪt/ *adjective* expensive; sophisticated

upon /əˈpɒn/ *preposition* (*formal or literary*) **1** on: *All eyes were upon her.* **2** at or after the time of: *Please register at reception upon arrival.* **3** used to emphasize extent: *row upon row of microcomputers*

upper /ˈʌpə(r)/ *adjective* higher, further up: *the upper floors of the building* ♦ *noun* the top part of *eg* a shoe ▶ *phrase* **the upper hand** an advantage over others

upper class /ʌpə ˈklɑːs/ *noun* **the upper classes** the people who belong to the highest social class

uppermost /ˈʌpəmoʊst/ *adjective or adverb* **1** in the highest position **2** the most important

upright /ˈʌpraɪt/ *adjective* **1** standing up, vertical **2** honest and responsible ♦ *adverb*: *She sat upright.*

uprising /ˈʌpraɪzɪŋ/ *noun* a rebellion

uproar /ˈʌprɔː(r)/ *noun* a noisy disturbance

uproarious /ʌpˈrɔːrɪəs/ *adjective* very funny, making you laugh: *an uproarious film* — *adverb* **uproariously**

uproot /ʌpˈruːt/ *verb* **1** to pull out by the roots **2** to leave home with reluctance

upset *adjective* /ʌpˈsɛt/ **1** unhappy or distressed **2 an upset stomach** a feeling of sickness caused by an infection or something eaten ♦ *verb* /ʌpˈsɛt/ **1** to cause to feel unhappy or distressed **2** to ruin or spoil *eg* plans **3** of food: to cause to feel sick **4** to knock over — *adjective* **upsetting** ♦ *noun* /ˈʌpsɛt/ **a stomach upset** illness cause by an infection or something eaten

upshot /ˈʌpʃɒt/ *noun* the final outcome or result of *eg* a discussion

upside down /ʌpsaɪd ˈdaʊn/ *adjective or adverb* with the part that is usually at the top at the bottom

upstage /ʌpˈsteɪdʒ/ *verb* to attract more attention than

upstairs /ʌpˈstɛəz/ *adverb* on or to an upper floor: *She ran upstairs to her bedroom.* ♦ *adjective*: *an upstairs bathroom* ♦ *noun* (*singular*) an upper floor

upstanding /ʌpˈstændɪŋ/ *adjective* (*formal*) honest

upstart /ˈʌpstɑːt/ *noun* an arrogant young person who has quickly acquired power or wealth

upstream /ʌpˈstriːm/ *adverb* towards the source of a river or stream

upsurge /ˈʌpsɜːdʒ/ *noun* a sudden sharp rise or increased amount

uptake /ˈʌpteɪk/ *noun* ▶ *phrases* (*informal*) **1 quick on the uptake** quick to understand **2 slow on the uptake** slow to understand

uptight /ʌpˈtaɪt/ *adjective* (*informal*) nervous, tense or angry

up-to-date /ʌptəˈdeɪt/ *adjective* **1** brand-new **2** having all the latest information about something

upturn /ˈʌptɜːn/ *noun* an increase

upward /ˈʌpwəd/ *adverb* (also **upwards**) towards a higher position or level ♦ *adjective*: *a steady upward climb* ▶ *phrase* **upwards of** more than

uranium /jʊˈreɪnɪəm/ *noun* (*uncount*) a radioactive metal

urban /ˈɜːbən/ *adjective* relating to, or situated in, a town or city

urbanize or **urbanise** /ˈɜːbənaɪz/ *verb* to make more like a town or city

urchin /ˈɜːtʃɪn/ *noun* (*old*) a poor child who does not have a home or family

urge /ɜːdʒ/ *verb* **1** to try to persuade: *I urged him to stay on at school.* **2** to strongly advise or recommend ♦ *noun* a strong impulse or desire

urgent /ˈɜːdʒənt/ *adjective* **1** needing immediate attention: *an urgent message* **2** asking for immediate action: *urgent pleas for help* — *noun* (*uncount*) **urgency** — *adverb* **urgently**

urinal /jʊˈraɪnəl/ *noun* a receptacle, fitted to a wall, that men and boys can urinate into

urinate /ˈjʊərɪneɪt/ *verb* to pass urine from the body

urine /ˈjʊərɪn/ *noun* (*uncount*) the pale yellowish liquid discharged from the body via the bladder

urn /ɜːn/ *noun* **1** a vase used to hold a dead person's ashes **2** a metal drum with a tap, used for making large amounts of tea or coffee

us /ʌs/ *pronoun* used by a speaker or writer in referring to themselves together with other people: *The success of the day surprised us both.*

usage /ˈjuːsɪdʒ/ *noun* **1** (*uncount*) the act of using something or the way it is used **2** (*uncount*) the way words are used

use *verb* /juːz/ **1** to put to some purpose: *Could I use your phone?* **2** to say or write (a word or expression) **3** to occupy: *We don't use that room.* **4** to consume, reduce the quantity of **5** to selfishly get (someone) to do things for you ♦ *noun* /juːs/ **1** the act of using **2** value or suitability for a purpose: *no use to anybody* **3** the fact of being used: *It's in use at the moment.* ▶ *phrases* **no use** useless, pointless **in use** being used **of use** useful

use up to consume bit by bit, and leave none

used¹ /juːst/ *adjective* **used to** having always or often experienced or done, accustomed to: *He's used to getting up early.*

used² /juːst/ *modal verb* (*followed by to and an infinitive*) expressing what happened regularly, or what was the case, in the past: *Do you remember how he used to talk to himself all the time?*

used³ /juːzd/ *adjective* of *eg* a car: that has had at least one owner

useful /ˈjuːsfʊl/ *adjective* serving a purpose; helpful — *adverb* **usefully** — *noun* (*uncount*) **usefulness**

useless /ˈjuːsləs/ *adjective* **1** that cannot be used for anything **2** (*informal*) not talented: *He's absolutely useless at dancing.*

user /ˈjuːzə(r)/ *noun* a person who uses a particular product or machine

user-friendly /juːzəˈfrɛndlɪ/ *adjective* designed to be easy or pleasant to use

usher /ˈʌʃə(r)/ *noun* a person who shows people to their seats, *eg* in a cinema

usher in or **usher out** to politely show someone in or out of a place

usherette /ʌʃəˈrɛt/ *noun* a woman who shows people to their seats in *eg* a theatre

usual /ˈjuːʒʊəl/ *adjective* frequently happening or done: *the usual method* ♦ *noun or pronoun* **the usual** things that happen, or are done, most frequently ▶ *phrase* **as usual** happening in the normal way

usually /ˈjuːʒəlɪ/ *adverb* on most occasions [*same as* **generally, normally**]

usurp /jʊˈzɜːp/ *verb* (*formal*) to take by force without having any right

utensil /jʊˈtɛnsɪl/ *noun* any object used in the home, especially the kitchen

uterus /ˈjuːtərəs/ *noun* the womb

utilitarian /jʊtɪlɪˈtɛərɪən/ *adjective* intended to be useful rather than attractive

utility /jʊˈtɪlɪtɪ/ *noun* **1** (*uncount*) usefulness **2** a public service supplying *eg* water or gas

utilize or **utilise** /ˈjuːtɪlaɪz/ *verb* to use in some practical way — *noun* (*uncount*) **utilization**

utmost /ˈʌtmoʊst/ *adjective* the greatest possible: *It's of the utmost importance.* ▶ *phrase* **do your utmost** to make the greatest possible effort

utopian /jʊˈtoʊpɪən/ *adjective* unrealistically ideal

utter¹ /ˈʌtə(r)/ *verb* to say

utter² /ˈʌtə(r)/ *adjective* complete, total or absolute: *utter darkness* — *adverb* **utterly**

utterance /ˈʌtərəns/ *noun* (*formal*) something said

U-turn /ˈjuːtɜːn/ *noun* a complete change in *eg* direction or policy

Vv

V or **v** /viː/ *noun* the twenty-second letter of the English alphabet

v /viː/ *preposition* against

vacancy /ˈveɪkənsɪ/ *noun* **1** a job that is not being done by anyone **2** a room not already booked by eg a hotel

vacant /ˈveɪkənt/ *adjective* **1** empty, not occupied **2** of a facial expression: not noticing or not understanding what is happening — *adverb* **vacantly**

vacate /vəˈkeɪt/ *verb* to leave empty, cease to occupy

vacation /vəˈkeɪʃən/ *noun* **1** (*AmE*) a holiday **2** a holiday between terms at a university, college, or court of law

vaccinate /ˈvaksɪneɪt/ *verb* to give a vaccine to, eg by injection into the skin

vaccination /vaksɪˈneɪʃən/ *noun* (*count or uncount*) the act or process of injecting someone with a vaccine

vaccine /ˈvaksiːn/ *noun* a substance containing bacteria or viruses given to people, usually by injection, to prevent them catching a particular disease

vacillate /ˈvasɪleɪt/ *verb* (*formal*) to keep changing your opinion [*same as* **waver**]

vacuum /ˈvakjʊəm/ *noun* **1** (*informal*) a vacuum cleaner **2** a space that contains no air, gas or matter ♦ *verb* (*informal*) to clean with a vacuum cleaner

vacuum cleaner /ˈvakjʊəm kliːnə(r)/ *noun* a machine which cleans carpets by sucking up dust and dirt

vacuum flask /ˈvakjʊəm flɑːsk/ *noun* a container that keeps drinks hot or cold

vagina /vəˈdʒaɪnə/ *noun* the passage connecting a woman's external sex organs to her womb

vagrant /ˈveɪɡrənt/ *noun* a person who has no permanent home or job — *noun* (*uncount*) **vagrancy**

vague /veɪɡ/ *adjective* **1** not clearly expressed or explained: *He only left vague instructions*. **2** not practical or efficient; forgetful **3** that cannot be seen clearly

vain /veɪn/ *adjective* **1** too proud, self-important **2** useless: *a vain attempt* ▶ *phrase* **in vain** without success

vale /veɪl/ *noun* (*literary*) a valley

valentine /ˈvaləntaɪn/ *noun* **1** a greetings card sent on St Valentine's Day, 14 February **2** the person you send a valentine to

valet /ˈvaleɪ/ *noun* a male servant who looks after a man's clothes and helps him to dress

valiant /ˈvalɪənt/ *adjective* (*formal*) brave [*same as* **courageous, heroic**; *opposite* **cowardly**] — *adverb* **valiantly**

valid /ˈvalɪd/ *adjective* **1** based on the truth or on sound reasoning: *a valid complaint* **2** legally acceptable: *a valid passport* — *noun* (*uncount*) **validity**

validate /ˈvalɪdeɪt/ *verb* **1** to prove to be correct **2** to make legal

Valium /ˈvalɪəm/ (*trademark*) *noun* (*uncount*) a drug that people take to make them feel less tense and nervous

valley /ˈvalɪ/ *noun* an area of low land between hills or mountains

valour (*AmE* **valor**) /ˈvalə(r)/ *noun* (*uncount*) courage or bravery

valuable /ˈvaljʊəbəl/ *adjective* **1** worth a lot of money **2** very useful

valuables /ˈvaljʊəbəlz/ *noun* (*plural*) things that are valuable or important to you

valuation /valjʊˈeɪʃən/ *noun* a judgement or assessment of how much money something is worth

value /ˈvaljuː/ *noun* **1** the amount of money something is worth **2** the degree to which something is important or useful **3** a principle or belief that influences your behaviour **4** (*mathematics*) the quantity a symbol or letter represents ♦ *verb* **1** to decide how much something is worth **2** to consider important — *adjective* **valued** ▶ *phrase* **value for money** worth the amount of money asked or paid for something

value-added tax /valjuːadɪd ˈtaks/ *noun* (*uncount*) or **VAT** a tax added to the price of goods and services sold

valuer /ˈvaljʊə(r)/ *noun* a person whose job is to decide how much money things are worth

valve /valv/ *noun* a device that opens and closes to control the one-way flow of liquid or gas in a pipe or tube

vampire /ˈvampaɪə(r)/ *noun* in horror stories, a dead person who rises at night and sucks the blood of living people

van /van/ *noun* a light vehicle used for transporting goods or people

vandal /ˈvandəl/ *noun* someone who deliberately damages or destroys public property

vandalism /ˈvandəlɪzm/ *noun* (*uncount*) the deliberate damaging of things, especially public property

vandalize or **vandalise** /ˈvandəlaɪz/ *verb* to deliberately damage others' property

vanguard /ˈvaŋgɑːd/ or /ˈvaŋgəd/ *noun* (*singular*) ▶ *phrase* **in the vanguard of** playing an important or legal role in: *The scientists' work is in the vanguard of cancer research.*

vanilla /vəˈnɪlə/ *noun* (*uncount*) a flavouring that comes from a tropical plant, used in *eg* ice cream and chocolate

vanish /ˈvanɪʃ/ *verb* **1** to disappear suddenly **2** to cease to exist

vanity /ˈvanɪti/ *noun* (*uncount*) an excessive feeling of pride in your own appearance or abilities [*same as* **conceit**; *opposite* **modesty**]

vanquish /ˈvaŋkwɪʃ/ *verb* (*literary*) to defeat or overcome

vapour (*AmE* **vapor**) /ˈveɪpə(r)/ *noun* (*uncount*) a mass of tiny drops of moisture forming a cloud or mist: *water vapour*

variability /veərɪəˈbɪlɪti/ *noun* (*uncount*) the state or condition of being variable

variable /ˈveərɪəbəl/ *adjective* **1** likely to change at any time **2** that can be varied or changed ♦ *noun* something that can change in size or quantity at any time

variance /ˈveərɪəns/ *noun* (*uncount*) ▶ *phrase* **at variance** in disagreement or conflict

variant /ˈveərɪənt/ *noun* a different form or version ♦ *adjective*: *a variant spelling*

variation /veərɪˈeɪʃən/ *noun* **1** something presented in a different form **2** a change: *little variation in routine*

varicose veins /ˈvarɪkəs ˈveɪnz/ *noun* (*plural*) swollen or enlarged veins, usually on the legs

varied /ˈveərɪd/ *adjective* made up of a lot of different things

variegated /ˈveərɪgeɪtɪd/ *adjective* marked with patches of different colours

variety /vəˈraɪətɪ/ *noun* **1** (*uncount*) the quality of consisting of things that are different from one another **2** a number or range of things: *a variety of books* **3** a type or kind: *a variety of potato* **4** mixed theatrical entertainment including *eg* songs and comedy

various /ˈveərɪəs/ *adjective* **1** several: *I've worked for various companies.* **2** of different kinds: *Their interests are many and various.*

variously /ˈveərɪəslɪ/ *adverb* in different ways or at different times: *variously described as fascinating and dull*

varnish /ˈvɑːnɪʃ/ *noun* (*uncount*) a liquid which gives a glossy surface to *eg* wood ♦ *verb* to coat with varnish

vary /ˈveərɪ/ *verb* **1** to make, be, or become different **2** to make changes in *eg* a routine — *adjective* **varying**

vase /vɑːz/ (*AmE* /veɪs/) *noun* a jar of *eg* pottery or glass used for holding cut flowers

vasectomy /vəˈsɛktəmɪ/ *noun* a surgical operation performed on a man, in which the sperm-carrying tubes are cut

vast /vɑːst/ *adjective* extremely large in size, extent, or amount

vastly /ˈvɑːstlɪ/ *adverb* greatly or to a considerable extent: *vastly different*

VAT see **value-added tax**

vat /vat/ *noun* a large barrel or tank for storing or holding liquids

vault[1] /vɔːlt/ *noun* **1** a strong room in a bank where valuables are kept **2** an underground room in a church where people are buried **3** an arched roof

vault[2] /vɔːlt/ *verb* to leap over: *vault over the wall*

VDU /viːdiːˈjuː/ *noun* a screen on which information from a computer is displayed

veal /viːl/ *noun* (*uncount*) the flesh of a calf, used as food

veer /vɪə(r)/ *verb* to change direction or course

vegetable /ˈvɛdʒɪtəbəl/ *noun* a plant such as a potato, carrot or onion, used for food

vegetarian /vɛdʒɪˈtɛərɪən/ *noun* a person who does not eat meat or fish

vegetate /ˈvɛdʒɪteɪt/ *verb* to live a dull, boring life with little activity or excitement

vegetation /vɛdʒɪˈteɪʃən/ *noun* (*uncount*) **1** plants in general **2** the plants growing in a particular area

vehement /ˈviːəmənt/ *adjective* expressing an opinion forcefully [*same as* **eager, fervent, passionate**] — *adverb* **vehemently** — *noun* (*uncount*) **vehemence**

vehicle /ˈviːɪkəl/ *noun* **1** a means of transport, such as a bus, a lorry or a car: *a motor vehicle* **2** a person or thing that is used to communicate ideas

veil /veɪl/ *noun* **1** a piece of fabric worn to shade or hide the face **2** (*literary*) anything that hides or conceals something

vein /veɪn/ *noun* **1** one of the blood vessels which carry the blood back to the heart **2** a fine tube running through a leaf **3** a mood or personal characteristic: *a vein of cheerfulness*

velocity /vəˈlɒsɪtɪ/ *noun* (*technical*) the speed with which something moves in a particular direction

velvet /ˈvɛlvɪt/ *noun* a fabric with the threads cut short on one side, so as to give a smooth soft surface

velvety /ˈvɛlvɪtɪ/ *adjective* thick, soft, furry and smooth

vendetta /vɛnˈdɛtə/ *noun* a long-standing bitter quarrel between people or families

vendor /ˈvɛndə(r)/ *noun* a person selling goods from a stall in the street

veneer /vəˈnɪə(r)/ *noun* **1** an appearance or way of behaving that misleads people **2** a thin surface layer of fine wood

venerable /ˈvɛnərəbəl/ *adjective* (*formal*) deserving respect because of age or wisdom

venerate /ˈvɛnəreɪt/ *verb* to respect or value highly — *noun* (*uncount*) **veneration**

venereal disease /vəˈnɪərɪəl dɪziːz/ *noun* a disease passed on by sexual intercourse

Venetian blind /vənˈiːʃən ˈblaɪnd/ *noun* an adjustable window blind formed of thin movable strips of metal or plastic

vengeance /ˈvɛndʒəns/ *noun* (*uncount*) revenge; harm done in return for wrong or injury ▸ *phrase* **with a vengeance** with force or enthusiasm

vengeful /ˈvɛndʒfʊl/ *adjective* (*literary*) eager for revenge

venison /ˈvɛnɪsən/ *noun* (*uncount*) the flesh of a deer, used as food

venom /ˈvɛnəm/ *noun* (*uncount*) **1** poison **2** bitterness, anger or hatred

venomous /ˈvɛnəməs/ *adjective* **1** poisonous **2** spiteful

vent /vɛnt/ *noun* a hole or opening that allows air, gas, or liquid into or out of a confined space ♦ *verb* (*formal*) to express (feelings) openly

ventilate /ˈvɛntɪleɪt/ *verb* to allow fresh air to pass through *eg a room* — *adjective* **ventilated** — *noun* (*uncount*) **ventilation**

ventilator /ˈvɛntɪleɪtə(r)/ *noun* a device through which fresh air is brought into a room or building

ventriloquist /vɛnˈtrɪləkwɪst/ *noun* someone who can speak without appearing to move their lips and can project their voice onto *eg a puppet*

venture /ˈvɛntʃə(r)/ *noun* a business project, especially one that involves some risk: *a business venture* ♦ *verb* (*formal*) **1** to risk or dare **2** to go somewhere dangerous: *venture out in bad weather*

venue /ˈvɛnjuː/ *noun* a place where an event takes place

veranda or **verandah** /vəˈrændə/ *noun* an area at the side of a house or other building that has a roof but no walls

verb /vɜːb/ *noun* (*grammar*) the word used to describe such things as actions (*eg I opened the door*), happenings (*It started to rain*), thought (*I expect you know already*) and speech ('*No,*' *answered Megan*)

verbal /ˈvɜːbəl/ *adjective* **1** relating to words **2** spoken, not written: *a verbal agreement* **3** relating to verbs — *adverb* **verbally**

verbatim /vɜːˈbeɪtɪm/ *adjective or adverb* using exactly the same words: *a verbatim account*

verbose /vɜːˈbəʊs/ *adjective* using more words than necessary

verdict /ˈvɜːdɪkt/ *noun* **1** a decision taken by a jury in a court of law **2** a decision or opinion on a matter

verge /vɜːdʒ/ *noun* the strip of grass that runs along the side of a road ♦ *verb* to be close to: *His enthusiasm verges on obsession.* ▸ *phrase* **on the verge of** just about to start

verifiable /ˈvɛrɪfaɪəbəl/ *adjective* that can be verified

verify /ˈvɛrɪfaɪ/ *verb* to check that something is true or accurate — *noun* (*uncount*) **verification**

veritable /ˈvɛrɪtəbəl/ *adjective* real or genuine

vermilion /vəˈmɪlɪən/ *noun* (*uncount*) a bright red colour

vermin /ˈvɜːmɪn/ *noun* (*plural*) animals that spread disease, *eg rats and mice*

vernacular /vəˈnækjʊlə(r)/ *noun* the ordinary spoken language in a country or district

versatile /ˈvɜːsətaɪl/ *adjective* **1** good at adapting to different kinds of work **2** useful in many different situations — *noun* (*uncount*) **versatility**

verse /vɜːs/ *noun* **1** one of several divisions of a poem or song **2** (*uncount*) poetry **3** a short division of a chapter of the Bible

version /ˈvɜːʃən/ *noun* a form in which something exists: *the first and second versions of this report*

versus /'vɜːsəs/ *preposition* **1** against **2** in comparison to

vertebra /'vɜːtɪbrə/ *noun*: **vertebrae** /'vɜːtɪbriː/ one of the bones of the spine

vertebrate /'vɜːtəbrət/ or /'vɜːtəbreɪt/ *noun* an animal with a backbone

vertical /'vɜːtɪkəl/ *adjective* **1** in an upright position **2** running from top to bottom **3** very steep — *adverb* **vertically**

vertigo /'vɜːtɪgoʊ/ *noun* (*uncount*) a feeling of dizziness and sickness

very /'vɛrɪ/ *adverb* **1** to a great extent or degree: *Her children are still very young.* **2** exactly: *the very same* ♦ *adjective* **1** extreme: *at the very top of the mountain* **2** exact, identical: *I was going to ask you that very question myself.* **2** ideal, exactly what is wanted: *the very person we need for the work* **3** actual: *I've just arrived home this very minute.*

vessel /'vɛsəl/ *noun* **1** a ship or large boat **2** (*formal*) a container for liquid

vest /vɛst/ *noun* **1** a thin sleeveless undergarment for the top half of the body **2** (*AmE*) a waistcoat

vestige /'vɛstɪdʒ/ *noun* (*formal*) a trace, an indication of something's existence

vet /vɛt/ *noun* a veterinary surgeon ♦ *verb* to check carefully for suitability

veteran /'vɛtərən/ *noun* **1** someone who has been involved in a particular activity for a long time **2** someone who served in the armed forces, especially during a war

veterinarian /vɛtərɪ'nɛərɪən/ *noun* (*AmE*) a veterinary surgeon

veterinary /'vɛtərɪnərɪ/ *adjective* concerned with diseases of animals

veterinary surgeon /'vɛtərɪnərɪ sɜːdʒən/ *noun* a doctor who treats animals

veto /'viːtoʊ/ *noun*: **vetoes** the power to forbid or reject ♦ *verb* to formally reject or forbid

vex /vɛks/ *verb* (*old* or *formal*) to annoy; cause trouble to — *adjective* **vexing**

vexed /vɛkst/ *adjective* **1** of an issue: difficult to solve or answer **2** (*rather old*) annoyed

via /vɪə/ or /vaɪə/ *preposition* by way of: *travelling to Paris via London*

viable /'vaɪəbəl/ *adjective* having a reasonable chance of success: *a viable proposition* — *noun* (*uncount*) **viability**

viaduct /'vaɪədʌkt/ *noun* a long bridge that supports a road or railway across *eg* a valley

vibrant /'vaɪbrənt/ *adjective* **1** full of life and energy **2** of a colour: strong and bright

vibrate /vaɪ'breɪt/ *verb* to shake or tremble slightly — *noun* **vibration**

vicar /'vɪkə(r)/ *noun* the minister of a parish in the Church of England

vicarage /'vɪkərɪdʒ/ *noun* a house where a vicar lives

vicarious /vɪ'kɛərɪəs/ *adjective* not experienced personally but imagined through the experience of others: *a vicarious pleasure* — *adverb* **vicariously**

vice¹ /vaɪs/ *noun* **1** (*uncount*) a bad habit **2** criminal activities relating to pornography, prostitution, gambling and drugs

vice² (*AmE* **vise**) /vaɪs/ *noun* a tool that can be fixed to a table, and that firmly holds the object you are working on

vice- /vaɪs/ *prefix* second in rank to, acting as deputy for: *the vice-chairman*

vice versa /vaɪs 'vɜːsə/ or /vaɪsə 'vɜːsə/ *adjective* the other way round: *I needed his help and vice versa.*

vicinity /vɪ'sɪnɪtɪ/ *noun* (*formal*) proximity

vicious /'vɪʃəs/ *adjective* violent, cruel and dangerous; spiteful — *adverb* **viciously**

vicious circle /vɪʃəs 'sɜːkəl/ *noun* a bad situation, the results of which cause it to get worse

victim /'vɪktɪm/ *noun* a person or animal that is killed, or is made to suffer

victimize or **victimise** /'vɪktɪmaɪz/ *verb* to treat unfairly or with hostility — *noun* (*uncount*) **victimization**

victor /'vɪktə(r)/ *noun* (*formal*) a winner of a war or contest

Victorian /vɪk'tɔːrɪən/ *adjective* **1** from or belonging to the reign of Queen Victoria (1837–1901) **2** of behaviour: strict and proper

victorious /vɪk'tɔːrɪəs/ *adjective* successful in a battle or some other contest

victory /'vɪktərɪ/ *noun* success in a battle, struggle or contest

video /'vɪdɪoʊ/ *noun* **1** a recording on videotape **2** a video recorder **3** the recording of sound and images on magnetic tape ♦ *verb* to make a copy of eg a film on videotape

video camera /'vɪdɪoʊ kamərə/ *noun* a camera that is used to make a film of an event on magnetic tape

video game /'vɪdɪoʊ geɪm/ *noun* an electronic game that you play using a small computer attached to a television set

video recorder /'vɪdɪoʊ rɪkɔːdə(r)/ *noun* a machine that records and plays videos

videotape /'vɪdɪoʊteɪp/ *noun* (*uncount*) magnetic tape that images and sound can be recorded on to

vie /vaɪ/ *verb*: **vies, vying, vied** to compete: *Children vie with each other for their mother's attention.*

view /vju:/ *noun* **1** everything that can be seen from a particular place **2** a range or field of sight: *a good view* **3** an opinion or attitude ♦ *verb* **1** to look at **2** to inspect, *eg* a house, when deciding whether to buy it **3** to consider — *noun* (*uncount*) **viewing** ▶ *phrases* **in my view** used when giving your own opinion **in view of** taking into consideration **on view** on show; ready for inspecting **with a view to** with the purpose or intention of

viewer /'vju:ə(r)/ *noun* a person watching television

viewpoint /'vju:pɔɪnt/ *noun* **1** a personal opinion **2** a place that you get a good view from

vigil /'vɪdʒɪl/ *noun* a time of watching or of keeping awake at night, as part of a religious festival, or to make a protest

vigilant /'vɪdʒɪlənt/ *adjective* watching carefully, alert — *noun* (*uncount*) **vigilance**

vigilante /vɪdʒɪ'lænti/ *noun* people who join together to protect their community from crime

vigorous /'vɪɡərəs/ *adjective* strong and energetic, healthy; forceful: *vigorous defence* — *adverb* **vigorously**

vigour (*AmE* **vigor**) /'vɪɡə(r)/ *noun* (*uncount*) great physical or mental strength and energy

vile /vaɪl/ *adjective* (*informal*) extremely bad or unpleasant

villa /'vɪlə/ *noun* a large house, especially one in a country area

village /'vɪlɪdʒ/ *noun* a collection of houses, smaller than a town

villain /'vɪlən/ *noun* someone who deliberately breaks the law or harms other people

villainy /'vɪləni/ *noun* (*uncount*; *formal*) wicked, evil or criminal behaviour

vindicate /'vɪndɪkeɪt/ *verb* **1** to clear from blame **2** to justify

vindictive /vɪn'dɪktɪv/ *adjective* revengeful; spiteful — *adverb* **vindictively**

vine /vaɪn/ *noun* any of various climbing plants that produce grapes

vinegar /'vɪnɪɡə(r)/ *noun* (*uncount*) a sour-tasting liquid made from *eg* wine or beer, used for seasoning or pickling

vineyard /'vɪnjəd/ *noun* an area of land where vines are planted

vintage /'vɪntɪdʒ/ *adjective* **1** of wine: good quality **2** very characteristic of an author or style: *vintage Beatles*

vinyl /'vaɪnəl/ *noun* (*uncount*) a type of strong plastic, used *eg* for making furniture and floor coverings

viola /vɪ'oʊlə/ *noun* a musical instrument of the violin family that is larger than the violin

violate /'vaɪəleɪt/ *verb* **1** to break *eg* a law **2** to treat with disrespect **3** to disturb, interrupt — *noun* **violation**

violence /'vaɪələns/ *noun* (*uncount*) **1** behaviour intended to hurt, injure or kill **2** the quality of being violent

violent /'vaɪələnt/ *adjective* **1** using physical force: *violent crime* **2** caused or characterized by violence: *a violent death* □ *a violent film* **3** intense: *a violent temper* **4** involving a lot of force or energy — *adverb* **violently**

violet /'vaɪələt/ *noun* a small wild plant with purple or white flowers

violin /vaɪə'lɪn/ *noun* a musical instrument with four strings, held under the chin and played with a bow

violinist /vaɪə'lɪnɪst/ *noun* a person who plays the violin

VIP /vi:aɪ'pi:/ *noun* a 'very important person' who is given special treatment

viper /'vaɪpə(r)/ *noun* a poisonous snake found in Britain [*same as* **adder**]

virgin /'vɜːdʒɪn/ *noun* someone who has never had sexual intercourse ♦ *adjective* in an original fresh, clean state

virginity /və'dʒɪnɪti/ *noun* (*uncount*) the state of being a virgin

virile /'vɪraɪl/ *adjective* of a man: having qualities considered to be typically masculine — *noun* (*uncount*) **virility**

virtual /'vɜːtʃʊəl/ *adjective* so close as to be more or less the same

virtually /'vɜːtʃʊəli/ *adverb* almost, nearly: *The war is virtually over.*

virtual reality /vɜːtʃʊəl rɪ'ælɪti/ *noun* a computer-created environment that the person operating the computer is able to be a part of

virtue /'vɜːtʃuː/ or /'vɜːtjuː/ *noun* **1** a quality thought of as morally good **2** (*uncount*) goodness of character and behaviour **3** a good feature ▶ *phrase* **by virtue of** because of

virtuoso /vɜːtʃʊ'oʊsoʊ/ *noun*: **virtuosos** or **virtuosi** /vɜːtʃʊ'oʊsi/ a highly skilled artist, especially a musician

virtuous /ˈvɜːtʃʊəs/ or /ˈvɜːtjʊəs/ *adjective* behaving in a morally good or religious way

virulent /ˈvɪrʊlənt/ *adjective* **1** of a disease: dangerous **2** bitterly hostile — *noun* (*uncount*) **virulence** — *adverb* **virulently**

virus /ˈvaɪərəs/ *noun* **1** any of several types of germ that often cause disease **2** in computers, a piece of code put into a program that destroys data

visa /ˈviːzə/ *noun* an official permit stamped into your passport to allow you to stay for a time in a country

vis-à-vis /viːzəˈviː/ *preposition* in relation to, compared with

viscount /ˈvaɪkaʊnt/ *noun* a title of nobility next below an earl

viscountess /ˈvaɪkaʊntɪs/ *noun* a title of nobility next below a countess

visibility /vɪzɪˈbɪlɪtɪ/ *noun* (*uncount*) the range in which you can see clearly in particular weather or lighting conditions

visible /ˈvɪzɪbəl/ *adjective* **1** that can be seen **2** that can be recognized — *adverb* **visibly**

vision /ˈvɪʒən/ *noun* **1** (*uncount*) the ability to see **2** something seen in the imagination **3** (*uncount*) the ability to foresee likely future events

visionary /ˈvɪʒənərɪ/ *noun* **1** someone who has visions or spiritual experiences **2** someone who has the ability to see how things are going to develop in the future ♦ *adjective*: *an inspired and visionary leader*

visit /ˈvɪzɪt/ *verb* to go to see; call on ♦ *noun*: *a brief visit to the Paris office* □ *a visit to the dentist*

visitor /ˈvɪzɪtə(r)/ *noun* someone who visits a person or place

visor /ˈvaɪzə(r)/ *noun* the movable part of a helmet that can be pulled down to cover the face

vista /ˈvɪstə/ *noun* (*literary*) a view, especially one seen through a long, narrow opening

visual /ˈvɪʒʊəl/ *adjective* relating to, or received through, sight: *visual aids* — *adverb* **visually**

visual display unit /ˌvɪʒʊəl dɪsˈpleɪ juːnɪt/ *noun* a VDU

visualize or **visualise** /ˈvɪʒʊəlaɪz/ *verb* to form a clear picture of in the mind

vital /ˈvaɪtəl/ *adjective* **1** of the greatest importance: *vital information* **2** lively, energetic

vitality /vaɪˈtælɪtɪ/ *noun* (*uncount*) liveliness and energy

vitamin /ˈvɪtəmɪn/ *noun* one of a group of substances necessary for good health, occurring in different natural foods

vitriolic /vɪtrɪˈɒlɪk/ *adjective* (*formal*) extremely bitter or hateful

viva /ˈvaɪvə/ *noun* an oral examination, especially at a university

vivacious /vɪˈveɪʃəs/ *adjective* attractive and lively — *adverb* **vivaciously**

vivacity /vɪˈvæsɪtɪ/ *noun* (*uncount*) the quality of being lively and attractive

vivid /ˈvɪvɪd/ *adjective* **1** of a colour: strong and bright **2** creating a strong, clear image — *adverb* **vividly** — *noun* (*uncount*) **vividness**

vivisection /vɪvɪˈsɛkʃən/ *noun* (*uncount*) the practice of using live animals to do scientific experiments

vixen /ˈvɪksən/ *noun* a female fox

vocabulary /vəˈkæbjʊlərɪ/ *noun* **1** all the words you know in a particular language **2** the words of a particular language **3** the range of specialist terms used by a particular group: *legal vocabulary*

vocal /ˈvəʊkəl/ *adjective* **1** expressing opinions loudly and fully **2** relating to the voice ♦ *noun* **vocals** the words sung in a popular song

vocalist /ˈvəʊkəlɪst/ *noun* a singer, especially in a pop group

vocation /vəʊˈkeɪʃən/ *noun* a strong inclination or desire to follow a particular course of action or work

vocational /vəʊˈkeɪʃənəl/ *adjective* of training: giving the skills needed to do a particular job

vociferous /vəˈsɪfərəs/ *adjective* (*formal*) loud and forceful

vodka /ˈvɒdkə/ *noun* (*uncount*) a strong, colourless alcoholic drink

vogue /vəʊɡ/ *noun* what is fashionable and popular ▶ *phrase* **in vogue** fashionable and popular

voice /vɔɪs/ *noun* **1** the sound produced from the mouth in speech or song **2** an opinion **3** (*grammar*) the function of a verb in being either active or passive ♦ *verb* of an opinion: to express in speech

void /vɔɪd/ *noun* (*literary*) **1** a large, empty space **2** a feeling that someone or something is missing ♦ *adjective* (*formal*) not valid

volatile /ˈvɒlətaɪl/ *adjective* **1** of a situation: likely to become dangerous or violent **2** of a person: likely to become angry or violent

volcanic /vɒlˈkænɪk/ *adjective* relating to volcanoes

volcano /vɒl'keɪnoʊ/ *noun* a mountain with an opening at the top, out of which hot melted rock, ash and gases are sometimes forced

volition /və'lɪʃən/ *noun* (*uncount*; *formal*) ▸ *phrase* **of your own volition** willingly

volley /'vɒlɪ/ *noun* **1** a number of shots fired at the same time **2** in *eg* tennis, the shot that you play if you hit the ball back to your opponent before it hits the ground ♦ *verb* to return a ball before it hits the ground

volleyball /'vɒlɪbɔːl/ *noun* (*uncount*) a game in which two teams hit a large ball over a high net with their hands

volt /voʊlt/ *noun* a measure of the force of an electrical current

voltage /'voʊltɪdʒ/ *noun* a measure of electrical force expressed as a number of volts

voluble /'vɒljʊbəl/ *adjective* (*formal*) speaking a lot, with energy and enthusiasm — *adverb* **volubly**

volume /'vɒljuːm/ *noun* **1** (*uncount*) the amount of sound something produces **2** a book, often one of a series **3** the amount of space something occupies **4** amount: *volume of traffic*

voluminous /və'ljuːmɪnəs/ *adjective* **1** of clothes: large; hanging loosely **2** of writing: long and detailed

voluntary /'vɒləntərɪ/ *adjective* **1** done by choice, not under compulsion **2** of work: done without payment **3** of a worker: not receiving payment — *adverb* **voluntarily**

volunteer /vɒlən'tɪə(r)/ *verb* **1** to offer to do something without being persuaded or forced **2** (*informal*) of information: to give without being asked ♦ *noun* **1** someone who offers to do something of their own accord, often for no payment **2** a person who chooses to join the army, navy or air force

voluptuous /və'lʌptʃʊəs/ *adjective* of a woman: having a shapely, well-developed body that is sexually attractive

vomit /'vɒmɪt/ *verb* to expel the contents of the stomach through the mouth ♦ *noun* (*uncount*) food and drink that has come from a person's stomach and out through their mouth

voracious /və'reɪʃəs/ *adjective* **1** eating large quantities of food **2** doing something a lot — *adverb* **voraciously**

vortex /'vɔːtɛks/ *noun*: **vortexes** or **vortices** /'vɔːtɪsiːz/ (*formal*) **1** a whirlpool or whirlwind **2** a dangerous situation which people cannot stop themselves from being drawn into

vote /voʊt/ *noun* **1** a formal expression of choice or opinion *eg* when a president is elected **2 the vote** the right to express your opinion in this way ♦ *verb* to formally show that you are, or are not, in favour of a proposal or plan *eg* by making a mark on a piece of paper

> **vote in** to elect: *He was voted in with a very slim majority.*
> **vote out** to show in an election that you do not want a particular party in power any more

voter /'voʊtə(r)/ *noun* a person who has the right to vote in an election

vouch /vaʊtʃ/ *verb* to guarantee: *I can vouch for her honesty.*

voucher /'vaʊtʃə(r)/ *noun* a ticket or piece of paper that can be used, instead of money, to buy something

vow /vaʊ/ *noun* a solemn promise ♦ *verb* to solemnly promise

vowel /'vaʊəl/ *noun* **1** a sound made with an open mouth and no contact between the mouth, lips, teeth, or tongue **2** one of the letters *a, e, i, o, u,* and sometimes *y*

voyage /'vɔɪɪdʒ/ *noun* a long journey, especially one on a ship or in a spacecraft

vulgar /'vʌlgə(r)/ *adjective* **1** showy and tasteless in style or design **2** of language: offensive — *noun* (*uncount*) **vulgarity**

vulnerable /'vʌlnərəbəl/ *adjective* easily hurt physically or emotionally — *noun* (*uncount*) **vulnerability**

vulture /'vʌltʃə(r)/ *noun* a very large bird that feeds mainly on dead animals

Ww

W or **w** /'dʌbəlju:/ *noun* the twenty-third letter of the English alphabet

wad /wɒd/ *noun* **1** a flattened mass of *eg* paper or cotton wool **2** a thick bundle of banknotes

waddle /'wɒdəl/ *verb* to walk along swaying from side to side

wade /weɪd/ *verb* to walk through deep water

wade through to get through with difficulty

wafer /'weɪfə(r)/ *noun* a thin light biscuit, eaten especially with ice cream

waffle¹ /'wɒfəl/ *noun* a light thick kind of pancake, with a pattern of squares on its surface

waffle² /'wɒfəl/ *verb* to talk or write a lot without saying anything useful ♦ *noun* (*uncount*): *Don't bother to read his article; it's just waffle.*

waft /wɒft/ *verb* of *eg* a smell: to be carried through the air

wag /wag/ *verb* to move from side to side or up and down: *The dog wagged its tail.*

wage¹ /weɪdʒ/ *noun* **1** the amount of money someone is regularly paid for work done **2** the actual money someone receives for work done

wage² /weɪdʒ/ *verb* to begin *eg* a war and go on fighting it

wager /'weɪdʒə(r)/ *noun* (*old*) a bet

waggle /'wagəl/ *verb* to move from side to side

wagon or **waggon** /'wagən/ *noun* **1** a four-wheeled vehicle for carrying loads **2** a railway truck for carrying goods

waif /weɪf/ *noun* an uncared-for or homeless child

wail /weɪl/ *verb* to cry or complain loudly ♦ *noun*: *a wail of indignation*

waist /weɪst/ *noun* the narrow middle part of the body between the ribs and the hips

waistcoat /'weɪstkəʊt/ *noun* a short, sleeveless piece of clothing, often worn under a jacket

wait /weɪt/ *verb* **1** to remain in expectation or readiness **2** to act as a waiter or waitress — *noun* **waiting**: *The waiting was agony.* ♦ *noun*: *We've got a wait of 40 minutes till the train leaves.* ▸ *phrase* **can't wait** to be eager or impatient

wait on 1 to act as a waiter or waitress to **2** to do everything for

waiter /'weɪtə(r)/ *noun* a man who serves people with food and drink at a restaurant

waitress /'weɪtrəs/ *noun* a woman who serves people with food and drink at a restaurant

waive /weɪv/ *verb* to decide that a particular rule need not be obeyed

wake¹ /weɪk/ *verb*: **wakes**, **waking**, **woke** (*AmE* **waked**), **woken** (*AmE* **waked**) **1** to stop sleeping and become conscious **2** to cause to stop sleeping

wake up 1 to stop sleeping and become conscious **2** to cause to stop sleeping **3** to become aware of: *wake up to a fact*

wake² /weɪk/ *noun* the line of disturbed water or air left by a ship or aircraft ▸ *phrase* **in the wake of** immediately behind or after

waken /'weɪkən/ *verb* **1** to wake up **2** to cause to become aware of: *wakened to the terrible reality*

walk /wɔːk/ *verb* **1** to move along on foot **2** to accompany on foot: *He used to walk me home every day after school.* ♦ *noun* **1** a journey on foot: *a five-minute walk* **2** a manner of walking **3** a distance to be walked out: *a short walk from here* **4** a street or wide path **5** a place for walking: *a covered walk* **5** a route for walking, for pleasure or exercise: *There are some nice walks round this area.*

walk away with to win (a prize) easily
walk in on to disturb unintentionally
walk off to go away
walk off with 1 to win (a prize) easily **2** to take, without asking the owner's permission
walk out 1 of employees: to go on strike **2** to leave *eg* a film, before the end as a sign of disapproval

walkie-talkie /wɔːki 'tɔːki/ *noun* a portable radio for sending and receiving messages

walking stick /'wɔːkɪŋ stɪk/ *noun* a stick used for support when walking

walkman /'wɔːkmən/ *noun* a personal stereo

walkout /'wɔːkaʊt/ *noun* a strike

walkover /'wɔːkəʊvə(r)/ *noun* an easy victory

wall /wɔːl/ *noun* **1** a structure built of *eg* stone or brick used to separate or enclose **2** the side of a room or building **3** a mass or barrier of something ▶ *phrase* (*informal*) **drive someone up the wall** to cause someone to feel angry and frustrated

wall off to build a wall round
wall up to close up by building a wall

wallaby /'wɒləbɪ/ *noun* a small animal, similar to a kangaroo

wallet /'wɒlɪt/ *noun* a flat folding case made of *eg* leather, for holding banknotes and credit cards

wallop /'wɒləp/ *verb* (*informal*) to hit hard [*same as* **spank, beat, smack**]

wallow /'wɒləʊ/ *verb* **1** to roll about in for pleasure **2** to allow yourself to enjoy in an unreasonable, excessive or selfish way

wallpaper /'wɔːlpeɪpə(r)/ *noun* (*uncount*) paper used to decorate the interior walls of buildings ♦ *verb* to apply wallpaper to

walnut /'wɔːlnʌt/ *noun* an edible nut with a hard round wrinkled light-brown shell

walrus /'wɔːlrəs/ *noun* a large sea animal similar to a seal, with two long tusks

waltz /wɔːlts/ or /wɔːls/ *noun* a dance that you perform with a partner, with a rhythm of three beats to the bar ♦ *verb* **1** to dance a waltz **2** to go somewhere with easy confidence

wan /wɒn/ *adjective* pale and tired

wand /wɒnd/ *noun* a long thin rod that magicians or fairies wave in order to perform magic

wander /'wɒndə(r)/ *verb* **1** to walk or travel about with no definite purpose **2** of the mind: to be distracted **3** to be mentally confused *eg* because of illness

wane /weɪn/ *verb* **1** of the moon: to appear to get smaller [*opposite* **wax**] **2** to lose power or importance ▶ *phrase* **on the wane** to get smaller or weaker

wangle /'wæŋɡəl/ *verb* (*informal*) to manage to obtain by clever organization or persuasion

want /wɒnt/ *verb* **1** to feel a need or desire for: *Do you want anything to eat?* **2** (*informal*) to need: *Do these potatoes want peeling?* ♦ *noun* **1 wants** the things you need or require **2** a lack **3** (*uncount*) poverty or need

wanted /'wɒntɪd/ *adjective* looked for, especially by the police

wanting /'wɒntɪŋ/ *adjective* (*literary*) ▶ *phrase* **find something wanting** to discover that something is not as good as you expect it to be

wanton /'wɒntən/ *adjective* thoughtless, pointless, without motive: *wanton cruelty* [*same as* **gratuitous**] — *adverb* **wantonly**

war /wɔː(r)/ *noun* **1** a period of fighting between countries **2** a long struggle, campaign or contest ♦ *verb* to fight — *adjective* **warring**: *warring nations* ▶ *phrases* **at war** openly fighting **go to war** to start fighting with another country

warble /'wɔːbəl/ *verb* (*literary*) to sing sweetly

ward /wɔːd/ *noun* **1** a room in a hospital with beds for patients **2** one of the parts into which a town is divided for voting **3** (*legal*) someone who is in the care of a guardian

ward off to protect yourself from

warden /'wɔːdən/ *noun* **1** someone in charge of a hostel or college **2** a public official responsible for ensuring that the law is obeyed: *a traffic warden*

warder /'wɔːdə(r)/ or **wardress** /'wɔːdrəs/ *noun* a prison officer

wardrobe /'wɔːdrəʊb/ *noun* **1** a cupboard for hanging clothes in **2** someone's personal collection of clothes

warehouse /'weəhaʊs/ *noun* a large building in which goods or materials are stored

warfare /'wɔːfeə(r)/ *noun* (*uncount*) the activity of fighting wars

warhead /'wɔːhɛd/ *noun* the part of a missile containing explosive

warlike /'wɔːlaɪk/ *adjective* keen to start and fight wars

warm /wɔːm/ *adjective* **1** having a moderately high, pleasant temperature **2** of clothes: keeping the wearer warm **3** of a person: friendly, loving — *adverb* **warmly** ♦ *verb* to make or become warm

warm to to become more enthusiastic about, begin to like
warm up 1 to increase in temperature **2** to get livelier **3** to exercise the body gently in preparation for *eg* a race

warm-blooded /wɔːmˈblʌdɪd/ *adjective* having a blood temperature higher than that of the surrounding atmosphere

warmhearted /ˌwɔːmˈhɑːtɪd/ *adjective* kind, affectionate and generous

warmth /wɔːmθ/ *noun* (*uncount*) **1** pleasant or comfortable heat, or the condition or quality of being warm **2** affection, friendliness or enthusiasm

warm-up /'wɔːmʌp/ *noun* a series of exercises you do to prepare your body for *eg* a race

warn /wɔːn/ *verb* **1** to inform in advance about possible danger or difficulty: *I warned him about the icy roads.* **2** to strongly advise: *He warned us to book early.* **3** to threaten

warning /'wɔːnɪŋ/ *noun* **1** a statement issued to make people aware of a possible danger or difficulty **2** a threat of punishment ♦ *adjective*: *a warning sign*

warp /wɔːp/ *verb* **1** of *eg* wood: to become twisted out of shape **2** to damage; cause to become strange or abnormal — *adjective* **warped** ♦ *noun* **1** a break or an irregularity in time or space **2** in weaving, the threads stretched lengthwise on a loom

warrant /'wɒrənt/ *verb* to justify, make necessary or desirable ♦ *noun* a legal document giving permission for something: *a search warrant*

warren /'wɒrən/ *noun* an underground system of tunnels linking rabbit burrows and holes

warrior /'wɒrɪə(r)/ *noun* a skilled fighting man, especially of earlier times

warship /'wɔːʃɪp/ *noun* a ship equipped with guns, for fighting battles at sea

wart /wɔːt/ *noun* a small hard growth on the skin

wary /'wɛərɪ/ *adjective* cautious, on guard — *adverb* **warily**

was /wɒz/ *verb* the form of the past tense of **be** that is used with *I*, *he*, *she* and *it*

wash /wɒʃ/ *verb* **1** to clean with soap and water **2** to clean yourself with soap and water **3** to flow over or against ♦ *noun* **1** an act of washing **2** all the clothes washed together on any occasion **3** a thin coat of paint

wash out to get rid of *eg* a dirty mark by washing with soap and water
wash up to wash the dishes and cutlery that have been used for a meal

washbasin /'wɒʃbeɪsən/ *noun* a bowl attached to a wall, used for washing

washer /'wɒʃə(r)/ *noun* a flat ring of rubber or metal for keeping a joint tight

washing /'wɒʃɪŋ/ *noun* (*uncount*) clothes collected together, ready for washing

washing machine /'wɒʃɪŋ məʃiːn/ *noun* a machine for washing clothes

washing-up /wɒʃɪŋ'ʌp/ *noun* (*uncount*) the activity of washing dishes and cutlery that have been used for a meal: *do the washing-up*

wasp /wɒsp/ *noun* a stinging, winged insect, with a thin, yellow and black striped body

wastage /'weɪstɪdʒ/ *noun* (*uncount*) an amount wasted

waste /weɪst/ *verb* **1** to use or spend too much *eg* time or energy on unimportant or unnecessary things **2** to throw away, unused **3** to fail to take advantage of *eg* an opportunity ♦ *noun* **1** something that does not deserve to have *eg* time or money spent on it **2** a failure to make good use of *eg* a talent **3** (*uncount*) materials and substances that are thrown away after use **4** the substances excreted from the body **5** a large expanse of empty and infertile land ♦ *adjective* **1** rejected, not needed **2** of land: unused, uninhabited or uncultivated **3** excreted from the body: *waste products*

waste away to become thin and weak through illness

wasteful /'weɪstfəl/ *adjective* using more of a particular resource than necessary

wastepaper basket /weɪst'peɪpə bɑːskɪt/ *noun* a basket for waste paper

waste pipe /'weɪst paɪp/ *noun* a pipe carrying waste water from a sink, washbasin or bath

watch /wɒtʃ/ *verb* **1** to look at someone or something that is moving **2** to spend time looking at *eg* a television programme: *We usually watch 'Question Time' on a Thursday.* **3** to look after, guard **4** to pay proper attention to: *Careful! Watch you don't slip!* ♦ *noun* **1** a small clock that you wear usually on a strap round your wrist **2** a period of keeping guard

watch out to take care and pay attention to what you are doing
watch over to guard or look after

watchdog /'wɒtʃdɒg/ *noun* **1** a dog that guards a building **2** a group appointed to protect *eg* people's rights

watchful /'wɒtʃfəl/ *adjective* noticing everything that happens

watchman /'wɒtʃmən/ *noun* a man employed to guard property or premises at night

watchword /'wɒtʃwɔːd/ *noun* a short phrase that is easily remembered

water /'wɔːtə(r)/ *noun* **1** (*uncount*) the liquid that falls from the sky as rain, that has no colour, taste or smell **2** an area of this: *Don't go too near the water.* ♦ *verb* **1** to supply eg plants with water **2** of the eyes: to fill with tears **3** of the mouth: to fill with saliva ▶ *phrases* **in deep water** in trouble, danger or difficulty **pass water** to urinate

water down 1 to make thinner or weaker by adding water **2** to make less offensive

water closet see **WC**

watercolour (*AmE* **watercolor**) /ˈwɔːtəkʌlə(r)/ *noun* **1** a paint for painting pictures with, which is mixed with water rather than oil **2** a painting done with this paint

watercress /ˈwɔːtəkrɛs/ *noun* (*uncount*) a plant that grows in water, the hot-tasting leaves of which are used in salads

waterfall /ˈwɔːtəfɔːl/ *noun* a part of a river where the water drops suddenly

waterlogged /ˈwɔːtəlɒgd/ *adjective* **1** filled with water **2** soaked with water

watermelon /ˈwɔːtəmɛlən/ *noun* a large melon with dark green skin and red juicy flesh

waterproof /ˈwɔːtəpruːf/ *adjective* not allowing water to pass through ♦ *noun* a waterproof coat ♦ *verb* to make waterproof

watershed /ˈwɔːtəʃɛd/ *noun* **1** the high land separating two river valleys **2** an important point in time

water-skiing /ˈwɔːtəskiːɪŋ/ *noun* the sport of being towed very fast on skis behind a motorboat

watertight /ˈwɔːtətaɪt/ *adjective* well sealed so that water cannot leak through

waterway /ˈwɔːtəweɪ/ *noun* a channel along which ships can sail

waterworks /ˈwɔːtəwɜːks/ *noun* a building where water is purified and stored for distribution to the public

watery /ˈwɔːtərɪ/ *adjective* **1** containing too much water **2** weak

watt /wɒt/ *noun* a unit of electric power

wave /weɪv/ *verb* **1** to raise your hand and move it from side to side eg to say hello or goodbye **2** to move from side to side ♦ *noun* **1** the action of waving your hand **2** a moving ridge on the surface of water **3** a vibration travelling through the air carrying eg light or sound **4** a soft loose curl in the hair **5** a sudden increase in something

wave aside to decide that something is not important enough to consider
wave off to accompany to a place of departure

waveband /ˈweɪvband/ *noun* a range of wavelengths used for radio transmissions of a particular type

wavelength /ˈweɪvlɛŋθ/ *noun* the distance from one point on a wave or vibration to the next similar point ▶ *phrase* **on the same wavelength** of people: tending to have similar opinions about things

waver /ˈweɪvə(r)/ *verb* **1** to become less decisive or confident about something **2** to become unsteady; to move slightly

wavy /ˈweɪvɪ/ *adjective* **1** of hair: curling loosely **2** of a line: curving upwards and downwards in a series of regular curves

wax[1] /waks/ *noun* (*uncount*) **1** a solid shiny fatty substance, used to make eg candles **2** a fatty substance that forms in the ear ♦ *verb* **1** to polish with wax **2** to treat with wax in order to make waterproof **3** to remove the hair from with a layer of hot wax

wax[2] /waks/ *verb* **1** of the moon: to appear to get larger **2** to increase in strength or power ▶ *phrase* **wax lyrical** to get very enthusiastic about something you are describing

waxwork /ˈwakswɜːk/ *noun* a lifelike model, usually of somebody famous, made of wax

waxy /ˈwaksɪ/ *adjective* looking or feeling like wax

way /weɪ/ *noun* **1** a route or direction taken **2** the journey to a place: *They argued all the way back.* **3** an opening, a door: *the way out* **4** a distance: *a long way* **5** a means or method: *There must be a way to do this.* **6** a manner: *in a clumsy way* **7** extent: *We were amazed at the way Prague had changed in two years.* **8** someone's own wishes or choice: *He always gets his own way.* **9** condition: *in a bad way* ♦ *adverb* (*informal*) very far: *It's way past my bedtime.* ▶ *phrases* **by the way** used to introduce a point in a conversation **by way of** passing through **give way 1** to collapse **2** to agree to do as a result of persuasion **in the way** blocking progress **lose your way** to get lost **make your way** to go

waylay /weɪˈleɪ/ *verb*: **waylays, waylaying, waylaid** to wait for and delay

wayside /ˈweɪsaɪd/ *noun* the edge of a road ▶ *phrase* **fall by the wayside** to get neglected and forgotten about

wayward /ˈweɪwəd/ *adjective* rebellious, disobedient and difficult to control

WC /ˌdʌbəljuːˈsiː/ *noun* a toilet

we /wiː/ or /wɪ/ *pronoun* used by a speaker or writer in mentioning themselves together with other people (as the subject of a verb): *We were both very impressed.*

weak /wiːk/ *adjective* **1** lacking physical strength and energy **2** lacking power or influence **3** too easily influenced by others: *a weak character* **4** of eg tea or coffee: not having a strong enough flavour — *adverb* **weakly**

weaken /'wiːkən/ *verb* to make or become weak

weakling /'wiːklɪŋ/ *noun* a weak person or animal

weakness /'wiːknəs/ *noun* **1** (*uncount*) the condition of being weak **2** a fault or failing **3** an area in which someone or something does not perform well **4** a fondness: *a weakness for chocolate*

weal /wɪəl/ *noun* a raised red mark made on the skin by a blow from a whip

wealth /wɛlθ/ *noun* **1** (*uncount*) the possession of money and property **2** a country's resources **3** a large quantity: *a wealth of information*

wealthy /'wɛlθɪ/ *adjective* rich ♦ *noun* (*plural*) **the wealthy** people who are rich

wean /wiːn/ *verb* **1** to gradually stop feeding from the breast **2** to help someone to gradually give something up: *wean him off cigarettes*

weapon /'wɛpən/ *noun* **1** an instrument used to kill and injure **2** any means of attack

wear /wɛə(r)/ *verb*: **wears, wearing, wore, worn 1** to be dressed in, have on the body **2** to arrange in a particular way: *She wears her hair in a plait.* **3** to be damaged or weakened by use **4** to last: *This dress has worn well.* **5** to have on the face: *His face wore a defeated look.* — *noun* **wearer** ♦ *noun* (*uncount*) **1** clothes suitable for a certain purpose: *sportswear* **2** the amount or type of use that things get **3** damage caused through frequent use

> **wear away** to become thin or disappear completely
> **wear down** to get shorter or thinner
> **wear off** to become less strong or severe
> **wear on** of time: to pass
> **wear out 1** to get weakened through frequent use **2** to tire out

wearable /'wɛərəbəl/ *adjective* in good enough condition to be worn

wear and tear /wɛər ən 'tɛə(r)/ *noun* (*uncount*) damage caused in the course of normal use

wearing /'wɛərɪŋ/ *adjective* using up your energy, patience and concentration

wearisome /'wɪərɪsəm/ *adjective* causing tiredness, boredom or impatience

weary /'wɪərɪ/ *adjective* (*literary*) **1** tired or exhausted **2** to have lost the patience needed for something: *weary of trying to please him* — *adverb* **wearily** — *noun* (*uncount*) **weariness** ♦ *verb* (*literary*) **1** to make or become tired, bored or impatient **2** to lose interest in: *The children soon wearied of waiting.*

weather /'wɛðə(r)/ *noun* the condition of the atmosphere in any area at any time, with regard to eg sun, cloud, temperature, wind and rain ♦ *verb* **1** to alter through exposure to the air **2** to manage to survive (a difficult situation) ▶ *phrase* **under the weather** not as healthy as usual

weatherbeaten /'wɛðəbiːtən/ *adjective* showing signs of having been exposed to sun and wind

weather forecast /'wɛðə fɔːkɑːst/ *noun* a regular report on weather conditions

weathergirl /'wɛðəgɜːl/ *noun* a woman who presents the weather forecast eg on TV

weatherman /'wɛðəmæn/ *noun* a man who presents the weather forecast eg on TV

weathervane /'wɛðəveɪn/ *noun* an apparatus that is blown round to show the direction of the wind

weave /wiːv/ *verb*: **weaves, weaving, wove** or **weaved, woven 1** to make cloth by passing fine threads under and over a set of thicker fixed threads **2** to make eg a basket by passing strips of material in and out between fixed rods **3** to progress by passing left and right between things — *adjective* **woven** ♦ *noun* the pattern or texture the threads of a fabric make

weaver /'wiːvə(r)/ *noun* a person who weaves cloth

web /wɛb/ *noun* **1** the network made by a spider, a cobweb **2** a complicated series of eg lies, in which one develops from, or depends on, another **3** the piece of skin connecting the toes of a swimming bird or animal — *adjective* **webbed**

webbing /'wɛbɪŋ/ *noun* (*uncount*) strong fabric woven into strips for making into belts and straps

wed /wɛd/ *verb*: **weds, wedding, wed** or **wedded** (*old* or *literary*) **1** to marry **2** **wedded to** supporting strongly and consistently: *wedded to an idea*

we'd /wiːd/ the spoken, or informal written, form of *we would*, *we should* or *we had*: *We'd have accepted if they'd invited us.*

wedding /'wɛdɪŋ/ *noun* a marriage ceremony

wedge /wɛdʒ/ *noun* **1** a piece of eg wood, thick at one end with a thin edge at the other, that you use for eg holding a door open **2** a triangular section of something such as a cake ♦ *verb* **1** to fix with a wedge **2** to firmly push or fix

Wednesday /ˈwɛnzdeɪ/ *noun* the third day of the week

wee /wiː/ *adjective* (*informal; especially Scottish*) small, little

weed /wiːd/ *noun* **1** a wild plant growing among cultivated plants **2** (*informal, derogatory*) a weak or feeble person ♦ *verb* to pull the weeds out of

weed out to identify and get rid of

weedy /ˈwiːdɪ/ *adjective* **1** full of weeds **2** (*informal, derogatory*) of a man: thin and weak-looking

week /wiːk/ *noun* **1** a period of seven days, beginning on Sunday or Monday **2** the five days from Monday to Friday, as distinct from the weekend

weekday /ˈwiːkdeɪ/ *noun* any day of the week except Saturday and Sunday

weekend /wiːkˈɛnd/ or /ˈwiːkɛnd/ *noun* Saturday and Sunday

weekly /ˈwiːklɪ/ *adjective* happening, or done, once a week ♦ *adverb* once a week: *He was paid weekly.* ♦ *noun* a magazine or newspaper that is published once a week

weep /wiːp/ *verb*: **weeps, weeping, wept** to cry, as an expression of grief or other emotion ♦ *noun*: *She couldn't help having the occasional weep.*

weft /wɛft/ *noun* the threads that are passed over and under the fixed threads in a loom

weigh /weɪ/ *verb* **1** to measure how heavy something is **2** to have a certain heaviness: *weighing 10 kilogrammes* ▶ *phrases* **weigh anchor** of a ship: to raise its anchor before sailing **weigh your words** to choose your words carefully before you speak

weigh down to prevent from moving or progressing
weigh in of a boxer: to be officially weighed before a fight
weigh out to measure the quantity you need by weight
weigh up to consider possibilities in relation to each other
weigh on to occupy your mind and depress you

weight /weɪt/ *noun* **1** the amount that anything weighs **2** a piece of metal weighing a certain amount: *a 100 gramme weight* **3** any heavy load or object **4** (*uncount*) duty **5** a worry **6** (*uncount*) value or importance ♦ *verb* **1** to make heavy by adding a weight **2** to give an advantage to someone: *a tax system weighted in favour of the wealthy* ▶ *phrase* **pull your weight** to do your full share of work

weightless /ˈweɪtləs/ *adjective* **1** weighing almost nothing **2** not affected by gravity — *noun* (*uncount*) **weightlessness**

weightlifting /ˈweɪtlɪftɪŋ/ *noun* (*uncount*) the sport in which people compete to see who can lift the heaviest weight — *noun* **weightlifter**

weighty /ˈweɪtɪ/ *adjective* important, grave or serious

weir /wɪə(r)/ *noun* a shallow barrier across a stream

weird /wɪəd/ *adjective* strange — *adverb* **weirdly**

welcome /ˈwɛlkəm/ *verb* **1** to receive with warmth or pleasure **2** to accept gladly: *I welcome the challenge* — *adjective* **welcoming**: *a welcoming smile* ♦ *interjection* used to express pleasure at someone's arrival: *Welcome home!* □ *Welcome to Singapore!* ♦ *noun* the act of receiving and greeting someone ♦ *adjective* **1** received with pleasure **2** allowed: *You're welcome to borrow the car.* ▶ *phrase* **You're welcome!** used as a polite response to someone who has thanked you

weld /wɛld/ *verb* **1** to join pieces of metal together by pressing and heating **2** to join closely — *noun* **welder**: *They were both employed as welders at the shipyard.* ♦ *noun* a joint between two pieces of metal or plastic made by welding

welfare /ˈwɛlfɛə(r)/ *noun* (*uncount*) **1** health, comfort and contentment **2** (*AmE*) financial support given to those in need

well[1] /wɛl/ *adverb* **1** skilfully or efficiently **2** thoroughly, properly or fully **3** successfully: *do well* ♦ *adjective* healthy ♦ *interjection* used **1** to introduce a reply **2** to express surprise or annoyance **3** to introduce a correction **4** when hesitating ▶ *phrases* **as well as** in addition to **well off** rich **it's just as well** it's lucky or satisfactory

well[2] /wɛl/ *noun* a hole dug deep into the ground to give access to a supply of water, oil or gas

well up of tears: to start filling the eyes

we'll /wiːl/ the spoken, or informal written, form of *we will* or *we shall*

well-advised /wɛləd'vaɪzd/ *adjective* sensible: *You'd be well-advised to apply for that job.*

well-behaved /wɛlbɪ'heɪvd/ *adjective* polite and obedient

wellbeing /'wɛlbiːɪŋ/ *noun* (*uncount*) a state of health and happiness

well-bred /wɛl'brɛd/ *adjective* having good manners

well-dressed /wɛl'drɛst/ *adjective* wearing smart clothes

well-earned /wɛl'ɜːnd/ *adjective* deserved

well-informed /wɛlɪn'fɔːmd/ *adjective* having a thorough and reliable knowledge of something

wellington /'wɛlɪŋtən/ *noun* one of a pair of rubber boots covering the lower part of the leg

well-known /wɛl'nəʊn/ *adjective* famous, familiar to, or known by, a lot of people

well-meaning /wɛl'miːnɪŋ/ *adjective* having good intentions

well-meant /wɛl'mɛnt/ *adjective* intended to be helpful, but having unfortunate results

well-read /wɛl'rɛd/ *adjective* having read a lot of books and learnt a lot from them

well-spoken /wɛl'spəʊkən/ *adjective* having a polite, clear and correct way of speaking

well-timed /wɛl'taɪmd/ *adjective* made or performed at a good or suitable moment

well-to-do /wɛltə'duː/ *adjective* rich

wellwisher /'wɛlwɪʃə(r)/ *noun* someone who wishes someone success

welly /'wɛli/ *noun* (*informal*) a wellington

welt /wɛlt/ *noun* a waistband

welter /'wɛltə(r)/ *noun* a confused mass of things: *a welter of instructions*

wend /wɛnd/ *verb* (*literary*) ▸ *phrase* **wend your way** to go somewhere slowly

went /wɛnt/ *verb* the past tense of **go**

wept /wɛpt/ *verb* the past tense and past participle of **weep**

were /wɜː(r)/ *verb* the form of the past tense of **be** used with *we* and *they*, and with *you*

we're /wɪə(r)/ the spoken, and informal written, form of *we are*

weren't /wɜːnt/ the spoken, and informal written, form of *were not*

west /wɛst/ *noun* **1** the direction in which the sun sets **2** the part of an area that lies towards the west **3 the West a** the countries of Europe and North America, as distinct from those of Asia **b** the part of the United States to the west of the Mississippi ♦ *adverb* to the west ♦ *adjective* **1** of a part towards the west: *the famous west window* **2** of a wind: blowing from the west

westbound /'wɛstbaʊnd/ *adjective* travelling west

westerly /'wɛstəli/ *adjective* **1** lying towards the west **2** of a wind: blowing from the west

western /'wɛstən/ *adjective* in or belonging to the west of a country or other area ♦ *noun* a film or story about 19th-century cowboys in the west of the US

westernize or **westernise** /'wɛstənaɪz/ *verb* to introduce products, clothing, ideas and behaviour that are typical of Europe and North America

westward or **westwards** /'wɛstwəd/ *adverb* towards the west ♦ *adjective*: *the westward trail*

wet /wɛt/ *adjective* **1** soaked or covered with water or other liquid **2** of the weather: rainy: *a wet day* **3** having no strength of personality, enthusiasm or confidence ♦ *noun* (*uncount*) the rain ♦ *verb* **1** to get water or another liquid over **2** to urinate on: *wet the bed* ▸ *phrase* **wet through** soaked *eg* with rain

wet suit /'wɛt suːt/ *noun* a tight-fitting thick rubber suit worn by divers

we've /wiːv/ the spoken, and informal written, form of *we have*

whack /wak/ (*informal*) *verb* to hit hard — *noun* **whacking** ♦ *noun* **1** a hard blow, or the sound it makes **2** a share of something ▸ *phrase* **full whack** the maximum charge payable

whacked /wakt/ *adjective* (*informal*) very tired

whale /weɪl/ *noun* a very large mammal living in the sea

whaling /'weɪlɪŋ/ *noun* (*uncount*) the hunting and killing of whales

wharf /wɔːf/ *noun* a landing stage for loading and unloading ships

what /wɒt/ *pronoun* (*interrogative*) used in asking for something to be identified or specified ♦ *determiner* (*interrogative*): *What time is it?* ♦ *pronoun* (*relative*) **1** used to introduce a clause in describing or defining something **2** anything or everything that ♦ *determiner* (*relative*): *We'll share what food we have.* ♦ *determiner* used in exclamations and questions that express delight, admiration, disgust or annoyance: *What a lie!* ♦ *interjection* used to express surprise: *'I've finished.' 'What, already?'* ♦ *adverb* used to introduce a guess or rough estimate ▶ *phrase* **so what?** used to express annoyance at someone's observation

whatever /wɒt'evə(r)/ *pronoun* (relative) anything or everything that: *I'll do whatever I can to stop her worrying.* ♦ *determiner* (relative): *We'll help in whatever way you need.* ♦ *pronoun* used for emphasis in questions that express surprise or concern: *Whatever can he be doing all this time?* ♦ *determiner*: *for whatever reason*

whatsoever /wɒtsoʊ'evə(r)/ *adverb* used for emphasis after negative noun expressions to mean the same as 'at all': *I gave him no encouragement whatsoever.*

wheat /wiːt/ *noun* (uncount) a crop of the grass family, or its grain, which is used for making bread

wheedle /'wiːdəl/ *verb* to use a mixture of cunning and charm to persuade someone to do something for you

wheel /wɪəl/ *noun* 1 a circular frame or disc turning on an axle, used for transporting things 2 any circular turning device with a mechanical function — *adjective* **wheeled** ♦ *verb* 1 to push (a wheeled vehicle) somewhere 2 to move in a wide curve 3 to turn round suddenly: *He wheeled round in surprise.*

wheelbarrow /'wɪəlbaroʊ/ *noun* a small cart with one wheel in front, two handles, and legs behind

wheelchair /'wɪəltʃeə(r)/ *noun* a chair with wheels in which people who cannot walk can be pushed, or can push themselves

wheeze /wiːz/ *verb* to breathe noisily and with difficulty ♦ *noun* the sound of difficult breathing

when /wen/ *adverb* (interrogative) 1 at what time: *When does the plane arrive?* 2 during which period: *When did mini skirts first come into fashion?* ♦ *conjunction* 1 at the time, or during the period, that: *She always locks the door when she goes to bed.* 2 as soon as 3 whenever 4 though: *People have this fear of computers, when in fact their whole purpose is to make life easier.* ♦ *pronoun* (interrogative): *They stayed talking, until when I can't say.* ♦ *pronoun* (relative): *That was an era when life was harder.*

whence /wens/ *adverb* (formal or literary) 1 from what place: *They enquired whence I had come.* 2 the cause of, or the reason for ♦ *conjunction*: *Missed appointments will be charged for, whence the importance of arriving on time.*

whenever /wen'evə(r)/ *conjunction* any or every time that: *We visit her whenever possible.* ♦ *adverb* used to express uncertainty about the time or date of something

where /weə(r)/ *adverb* (interrogative) used to ask about the place something or someone is in or at, or is going to: *Where's my wallet?* ♦ *pronoun* (interrogative): *Where have you come from?* ♦ *conjunction or pronoun* (relative) 1 used in identifying, specifying, or giving information about a place 2 any place that 3 in identifying a case, situation or point, or an aspect of something: *That's where you're wrong.*

whereabouts *adverb* /weərə'baʊts/ where: *Whereabouts does this friend of yours live?* ♦ *noun* /'weərəbaʊts/ (plural) the place that a person or thing is in: *I don't know her whereabouts.*

whereas /weər'az/ *conjunction* 'but' or 'though actually': *Stanley was a big man, whereas his wife was small and thin.*

whereby /weə'baɪ/ *pronoun* (relative; formal) by which: *a plan whereby we could force them to pay.*

whereupon /weərə'pɒn/ *conjunction* 'immediately after which', or 'as a result of which': *Her manager asked her to work overtime without pay, whereupon she resigned.*

wherever /weər'evə(r)/ *conjunction* 1 in, at or to any or every place that: *He accompanied her wherever she went.* 2 In any situation or case in which 3 the place where ♦ *adverb* used to express uncertainty about the place where something is

wherewithal /'weəwɪðɔːl/ *noun* the means, resources, necessary equipment or cash to do something with

whet /wet/ *verb* to increase (the appetite): *The photographs had whetted their appetite for a Himalayan holiday.*

whether /'weðə(r)/ *conjunction* 1 if: *I don't know whether it's possible* 2 used to refer to either of two or more possible circumstances: *The rules, whether fair or unfair, are not our concern.*

which /wɪtʃ/ *determiner* (interrogative) used in asking for a particular person or thing to be selected or identified from a group of possible ones: *Which colour do you like best?* ♦ *pronoun* (interrogative): *Which of the twins is studying medicine?* ♦ *pronoun* (relative) 1 used in specifying or describing things: *the kind of thing which inevitably increases costs* 2 used to add a comment to something: *He said he could speak Russian, which was untrue.*

whichever /wɪtʃ'evə(r)/ *determiner* any, no matter which: *I'll take whichever one you* don't want. ♦ *pronoun*: *take whichever you want*

whiff /wɪf/ *noun* **1** a slight smell of, or a little rush of: *a whiff of perfume* **2** a slight sign or suggestion

while /waɪl/ *conjunction* **1** during the time that: *She drove the guests home while I did the washing-up.* **2** although: *While I sympathize, I can't really help.* ♦ *noun* a length of time ▶ *phrases* **once in a while** not very often **worth your while** worth doing

> **while away** to try to make (time) pass more quickly by occupying yourself

whilst /waɪlst/ *conjunction* used like **while**

whim /wɪm/ *noun* a sudden idea, fancy, or desire for something

whimper /'wɪmpə(r)/ *verb* to make little cries of pain or discontent ♦ *noun*: *the baby's tearful whimpers*

whimsical /'wɪmzɪkəl/ *adjective* playfully humorous, and usually slightly odd — *adverb* **whimsically**

whine /waɪn/ *verb* **1** to give long high thin cries of pain or distress **2** (*informal*) to speak in a complaining tone ♦ *noun*: *nothing but whines and complaints* □ *the whine of the lift*

whinge /wɪndʒ/ *verb* to complain, especially unnecessarily and annoyingly

whip /wɪp/ *noun* **1** a long narrow strip of eg leather, used for striking people or animals with **2** a member of parliament who sees that the members of their own party attend to give their vote when needed ♦ *verb* **1** to strike with a whip **2** to move something with a sharp, sudden action **3** to beat eg eggs or cream until they are thick, stiff or light — *noun* **whipping**

> **whip up** to encourage (enthusiasm)

whip-round /'wɪpraʊnd/ *noun* a collection of money where everyone contributes to buy *eg* a present

whir see **whirr**

whirl /wɜːl/ *verb* to go round and round rapidly ♦ *noun* **1** a circling movement or pattern **2** a period that is full of excited activity: *Life then was just a whirl of parties.*

whirlpool /'wɜːlpuːl/ *noun* a fast-circling current in the sea or a river

whirlwind /'wɜːlwɪnd/ *noun* a wind with a violent circling motion ♦ *adjective* developing unusually quickly: *a whirlwind romance*

whirr or **whir** /wɜː(r)/ *verb* to spin rapidly with a humming noise ♦ *noun*: *the whirr of helicopter blades*

whisk /wɪsk/ *verb* **1** to brush or sweep lightly away **2** to take to a place rapidly: *whisked her into hospital* **3** to stir (eggs or cream) rapidly until thick and light ♦ *noun* a kitchen tool for beating eggs or cream

whisker /'wɪskə(r)/ *noun* **1** one of the long coarse hairs growing about the mouth of *eg* a cat **2 whiskers** the hair on a man's face

whisky (*AmE, Irish* **whiskey**) /'wɪskɪ/ *noun*: **whiskies** or **whiskeys** (*uncount*) an alcoholic spirit made from grain

whisper /'wɪspə(r)/ *verb* to speak very softly, using the breath rather than the voice ♦ *noun* a very quiet, breathy voice

whistle /'wɪsəl/ *verb* **1** to make a high-pitched sound by forcing breath through the lips or teeth **2** to make such a sound ♦ *noun* **1** the sound made by whistling **2** any instrument that produces a whistling sound

white /waɪt/ *adjective* **1** of the colour of snow or milk **2** pale or light-coloured: *white wine* **3** belonging to one of the pale-skinned European races ♦ *noun* **1** (*uncount*) the colour of snow or milk **2** a white person, of European race **3** the clear liquid part of an egg surrounding the yolk

white-hot /waɪt'hɒt/ *adjective* extremely hot, hotter than red-hot

white lie /waɪt 'laɪ/ *noun* a forgivable lie

whiten /'waɪtən/ *verb* to become paler in colour, or go white

whitewash /'waɪtwɒʃ/ *noun* **1** (*uncount*) a mixture of lime and water, used for giving a white coating to walls **2** the activity of presenting facts in a way that hides their unpleasantness **3** a decisive defeat ♦ *verb* **1** to paint with whitewash **2** to conceal facts, in order to hide unpleasantness **3** to defeat completely

whiting /'waɪtɪŋ/ *noun* a small edible fish related to the cod

whittle /'wɪtəl/ *verb*

> **whittle away** to gradually use up until there is none left
> **whittle down** to reduce the size or length of

whizz or **whiz** /wɪz/ *verb* (*informal*) to move somewhere very fast ♦ *noun* (*informal*) an expert: *a computer whizz*

whizz kid /'wɪz kɪd/ *noun* (*informal*) someone who achieves rapid success while young

who /huː/ *pronoun* (*interrogative*) **1** used in asking the name or identity of a person or people, and in talking about knowing or finding out their name or identity (as the subject of a verb): *Who told you that?* **2** used as the object in a sentence (instead of **whom**): *Who did you choose?* ♦ *pronoun* (*relative*) referring to the person or people just named: *Where's the waitress who served us?* □ *The music is by Bellini, who was born 190 years ago today.*

whoever /huːˈɛvə(r)/ *pronoun* **1** any person or people that **2** used to say that something is so in the case of any or every possible person **3** used as an emphatic form of **who 4** used to express vagueness

whole /hoʊl/ *noun* **1** all of something **2** something that is complete in itself ♦ *adjective* **1** all of: *She ate a whole loaf of bread.* **2** not divided or broken into pieces **3** of food: not altered by processing **4** used for emphasis to mean 'entire' ▶ *phrase* **on the whole** used to sum up a situation

wholehearted /hoʊlˈhɑːtɪd/ *adjective* sincere and enthusiastic: *my wholehearted approval* — *adverb* **wholeheartedly**

wholemeal /ˈhoʊlmiəl/ *adjective* of flour: made from the entire wheat grain

wholesale /ˈhoʊlseɪl/ *adjective or adverb* **1** sold in large quantities at cheap rates **2** on a very large scale

wholesaler /ˈhoʊlseɪlə(r)/ *noun* a person who buys goods on a large scale and sells them in smaller quantities

wholesome /ˈhoʊlsəm/ *adjective* **1** attractively healthy **2** making you healthy **3** wise and sensible

who'll /huːl/ the spoken, and informal written, form of *who will* and *who shall*

wholly /ˈhoʊli/ *adverb* completely

whom /huːm/ *pronoun* **1** (*interrogative*; often replaced by **who** in informal English) used in asking the name or identity of a person or people, and in talking about knowing or finding out their name or identity (only as the object of a sentence): *Whom did you want to speak to?* **2** (*relative*; often replaced by **who** in informal English) used in referring to a person just named: *Bill was a man to whom we could all turn in a crisis.* □ *She lived with her sister, whom she secretly hated.*

whoop /wuːp/ *verb* to give a shout of triumph, excitement or delight ♦ *noun*: *whoops of joy*

whooping-cough /ˈhuːpɪŋkɒf/ *noun* (*uncount*) an infectious disease of children, with violent coughing followed by a noisy gasp for breath

whoops /wʊps/ *interjection* used when you have made a mistake

whore /hɔː(r)/ *noun* (*offensive*) a prostitute

whose /huːz/ *pronoun or determiner* **1** (*interrogative*) used in asking the identity of the person or people that something belongs to: *Whose boots are these?* **2** (*relative*) of whom or which: *a lady whose face looked familiar*

why /waɪ/ *adverb* (*interrogative*) used in asking the reason for something: *Why aren't you in bed?* ♦ *pronoun* (*relative*) used after *reason*: *Is there any good reason why I should get involved?* ♦ *interjection* used to challenge a comment or question

wick /wɪk/ *noun* the string in a candle that projects at the top

wicked /ˈwɪkɪd/ *adjective* **1** deliberately harmful **2** slightly unkind but enjoyable: *a wicked sense of humour* — *adverb* **wickedly** — *noun* (*uncount*) **wickedness**

wicker /ˈwɪkə(r)/ *adjective* made of wickerwork

wickerwork /ˈwɪkəwɜːk/ *noun* (*uncount*) material consisting of woven twigs or canes, made into furniture, baskets and fences

wicket /ˈwɪkɪt/ *noun* (*cricket*) **1** a row of three small wooden posts at which the bowler aims the ball **2** the ground between the bowler and the batsman

wide /waɪd/ *adjective* **1** extending a long way from one side to the other **2** used in referring to the measurement of something from one side to the other **3** general, big: *a wide variety* **4** of a shot: missing its target — *adverb* **widely** ♦ *adverb* **1** far apart, to the greatest extent **2** off the target: *The shots went wide.* ▶ *phrase* **wide awake** fully awake, alert

widen /ˈwaɪdən/ *verb* to make or become wide [*opposite* **narrow**]

wide-ranging /waɪdˈreɪndʒɪŋ/ *adjective* covering a large variety of subjects or topics

widespread /ˈwaɪdsprɛd/ *adjective* extending over a wide area, or involving large numbers of people

widow /ˈwɪdoʊ/ *noun* a woman whose husband is dead

widower /ˈwɪdoʊə(r)/ *noun* a man whose wife is dead

width /wɪdθ/ *noun* **1** the measurement of something from one side to the other **2** the quality of being wide

wield /wiːld/ *verb* **1** to lift (a tool or weapon) in preparation for use **2** to use *eg* power, authority or influence

wife /waɪf/ *noun*: **wives** a woman to whom a man is married

wig /wɪɡ/ *noun* a covering of false hair, worn *eg* by actors, or by people who are bald

wiggle /'wɪgəl/ *verb* (*informal*) to move from side to side with jerky or twisting movements ♦ *noun*: a jerky movement from side to side — *adjective* **wiggly**

wild /waɪld/ *adjective* **1** of an animal: not dependent on man **2** of a plant: not cultivated in a garden **3** of behaviour: excited or uncontrolled **4** angry **5** of weather: stormy **6** of ideas: rather unrealistic **7** very enthusiastic **8** of a guess: rough or approximate ♦ *noun* **1 the wild** a wild animal's or plant's natural environment **2 the wilds** areas remote from towns

wild card /waɪld kɑːd/ *noun* (*computers*) a character that can be substituted for any other character

wilderness /'wɪldənəs/ *noun* a wild, uncultivated or desolate region

wildfire /'waɪldfaɪə(r)/ *noun* (*uncount*) ▶ *phrase* **spread like wildfire** to spread very fast

wildlife /'waɪldlaɪf/ *noun* (*uncount*) wild animals, birds and plants in general

wiles /waɪlz/ *noun* (*plural*) cunning behaviour used to obtain something

wilful /'wɪlfʊl/ *adjective* **1** deliberate or intentional: *wilful damage* **2** determined — *adverb* **wilfully**

will[1] /wɪl/ *modal verb* (short form **'ll**, negative form **won't**) **1** used to form the future of other verbs: *I'll be here again tomorrow.* □ *Lunch will be ready in five minutes.* **2** used to show intention or determination: *We will never give in.* **3** used to express requests: *Will you give me a hand, please?* **4** used to state what you think is probable: *That'll be Ted at the door.*

will[2] /wɪl/ *noun* **1** the power to choose or decide **2** what you want to do: *against my will* **3** determination: *the will to win* **4** a document containing instructions for sharing out your property after your death ♦ *verb* to try to influence, using mental force or willpower: *She willed herself to keep on running.* ▶ *phrase* **at will** whenever, and however, you want

willing /'wɪlɪŋ/ *adjective* ready to do what is asked, eager [*opposite* **reluctant**] — *adverb* **willingly** — *noun* **willingness**

willow /'wɪloʊ/ *noun* a tree with hanging branches that grows beside rivers

willpower /'wɪlpaʊə(r)/ *noun* (*uncount*) determination, perseverence and self-discipline

willy-nilly /wɪlɪ'nɪlɪ/ *adverb* **1** whether you want it or not **2** in a careless way

wilt /wɪlt/ *verb* of a flower or plant: to droop from lack of water

wily /'waɪlɪ/ *adjective* clever at getting what you want

win /wɪn/ *verb*: **wins, winning, won 1** to defeat an opponent, or finish first **2** to obtain after competing or fighting: *win a prize* □ *win a contract* **3** to earn through your behaviour and achievements: *win approval* ♦ *noun* a victory

> **win over** or **win round** to manage to gain the support of
> **win through** to manage to survive a difficult situation

wince /wɪns/ *verb* to suddenly screw up your face, in *eg* pain ♦ *noun*: *She saw my involuntary wince as I looked at the price tag.*

winch /wɪntʃ/ *noun* a device for lifting ♦ *verb* to lift, lower or pull using a winch

wind[1] /wɪnd/ *noun* **1** a current of air **2** (*uncount*) breath **3** (*uncount*) air or gas in the stomach **4** (*uncount*) the wind instruments in an orchestra ♦ *verb* to suddenly squeeze the air out of the lungs ▶ *phrases* (*informal*) **get the wind up** to get anxious or alarmed **get wind of** to hear about

wind[2] /waɪnd/ *verb*: **winds, winding, wound 1** to wrap round several times **2** of a road: to have a lot of bends **3** to tighten the spring of (a clock or watch) by turning a knob or key

> **wind down 1** to lower by turning a handle **2** of a business: to gradually reduce activity
> **wind forward** or **wind back** to make (a cassette tape) move on or move back
> **wind up 1** to tighten the spring of (a clock or watch) so that it continues to work **2** to bring (an activity) to a conclusion and stop **3** (*informal*) to tease or annoy

windfall /'wɪndfɔːl/ *noun* a substantial sum of money that you receive unexpectedly

wind instrument /'wɪnd ɪnstrəmənt/ *noun* a musical instrument such as a clarinet, that you play by blowing

windmill /'wɪndmɪl/ *noun* a mill for grinding grain, driven by sails which are moved by the wind

window /'wɪndoʊ/ *noun* **1** a glass-covered opening in a wall **2** a rectangular section containing certain information on a computer screen

windowsill /'wɪndoʊsɪl/ *noun* the narrow shelf or ledge along the bottom of a window

windpipe /'wɪndpaɪp/ *noun* the tube that joins the back of your throat to your lungs

windscreen /'wɪndskriːn/ *noun* the front window of a motor vehicle

windscreen-wiper /'wɪndskriːnwaɪpə(r)/ *noun* one of the narrow metal arms with a rubber edge that clear a windscreen of rain

windsurfing /'wɪndsɜːfɪŋ/ *noun* (*uncount*) the sport of moving across water on a board with a sail

windsurfer /'wɪndsɜːfə(r)/ *noun* a board with a sail for moving across water

windswept /'wɪndswept/ *adjective* **1** exposed to strong winds **2** untidy from being blown about by the wind

windy /'wɪndɪ/ *adjective* of weather: with a strong wind blowing

wine /waɪn/ *noun* an alcoholic drink made from grapes

wing /wɪŋ/ *noun* **1** one of the arm-like limbs of a bird, bat or insect by means of which it flies **2** one of the two long flat projections on the sides of an aeroplane **3** one of the four corner sections of a vehicle's body **4** the side of a stage, where actors wait to enter **5** in *eg* football, a player positioned at the edge of the field **6** a section of a political party: *the left wing* **7 the wings** the areas at each side of a stage where actors wait to enter

wink /wɪŋk/ *verb* to shut one eye briefly as an informal signal ♦ *noun*: *He gave her a big wink.* ▶ *phrase* **not sleep a wink** not go to sleep at all

winner /'wɪnə(r)/ *noun* the person who wins a competition

winning /'wɪnɪŋ/ *adjective* **1** successful **2** charming, attractive: *a winning smile* ♦ *noun* **winnings** money won

winter /'wɪntə(r)/ *noun* (*uncount or count*) the coldest season of the year: *He doesn't go out much in winter.*

wintry /'wɪntrɪ/ *adjective* of weather: cold and frosty

wipe /waɪp/ *verb* **1** to clean or dry by rubbing with a cloth **2** to remove material from (a tape or disk)

> **wipe out** to destroy or get rid of completely
> **wipe up** to remove (liquid) from a surface with a cloth

wiper /'waɪpə(r)/ *noun* a windscreen-wiper

wire /waɪə(r)/ *noun* **1** a thread-like length of metal **2** (*AmE*) a telegram ♦ *verb* to send a telegram

> **wire up** to fit with electrical wires

wireless /'waɪələs/ *noun* (*old*) a radio

wire netting /waɪə 'netɪŋ/ *noun* (*uncount*) wire twisted into the form of network

wiring /'waɪərɪŋ/ *noun* (*uncount*) the wires that make up the electrical system in a building

wiry /'waɪərɪ/ *adjective* **1** slim but strong and athletic **2** of hair: coarse and wavy

wisdom /'wɪzdəm/ *noun* (*uncount*) the ability to make sensible judgements

wisdom tooth /'wɪzdəm tuːθ/ *noun* one of the last four double teeth to develop, at the back of the mouth

wise /waɪz/ *adjective* **1** able to make sensible decisions and judgements **2** (*informal*) knowledgeable — *adverb* **wisely**

> **wise up** (*informal*) to find out the facts about

wisecrack /'waɪzkræk/ *noun* a joke or smart remark

wish /wɪʃ/ *verb* **1** (*formal*) to want or intend **2** to long for, especially in vain: *He wished he were cleverer.* **3** to silently express a desire, which you are supposed to believe will be magically fulfilled **4** to express a hope that someone will be successful or have *eg* a good journey ♦ *noun* **1** a desire **2** what you want to be done **3** a hope for health and happiness **4** a desire, expressed silently in the hope that it may magically come true

wishful thinking /ˌwɪʃfʊl 'θɪŋkɪŋ/ *noun* (*uncount*) expectations based on false hopes rather than known facts

wisp /wɪsp/ *noun* a thin piece or strand: *a wisp of hair*

wispy /'wɪspɪ/ *adjective* in separate thin pieces or strands: *wispy white clouds*

wistful /'wɪstfʊl/ *adjective* thoughtful and rather sad: *a wistful glance* — *adverb* **wistfully**

wit /wɪt/ *noun* **1** the ability to express yourself amusingly **2** someone who has the ability to talk amusingly **3** common sense or intelligence **4 wits** the ability to think fast ▶ *phrases* **at your wits' end** unable to solve your difficulties, desperate **keep your wits about you** to keep alert

witch /wɪtʃ/ *noun* a person, especially a woman, who is supposed to have magic powers

witchcraft /'wɪtʃkrɑːft/ *noun* (*uncount*) the use of magic powers

with /wɪð/ or /wɪθ/ *preposition* **1** in the company of: *I walked with her as far as the corner.* **2** by means of: *cut it with a knife* **3** in the same direction as: *drifting with the current* **4** against: *fighting with his brother* **5**

on the same side as **6** having: *a man with a limp* **7** in the care of: *Leave him with the babysitter.* ▶ *phrase* **with it 1** paying attention, alert **2** (*old informal*) fashionable

withdraw /wɪðˈdrɔː/ *verb*: **withdraws**, **withdrawing**, **withdrew**, **withdrawn 1** (*formal*) to go somewhere quieter or more private **2** to take away, remove: *withdraw troops* **3** to take (money) out of a bank account: *withdraw cash* **3** to admit that you should not have said (something) **4** to become silent and unresponsive

withdrawal /wɪðˈdrɔːl/ *noun* **1** the act of withdrawing **2** the process of stopping using a drug after having become addicted to it

withdrawn /wɪðˈdrɔːn/ *verb* the past participle of **withdraw** ♦ *adjective* of a person: shy; finding it hard to communicate with others

withdrew /wɪðˈdruː/ *verb* the past tense of **withdraw**

wither /ˈwɪðə(r)/ *verb* **1** to fade, dry up or decay **2** to cause to fade, dry up or decay: *The drought had withered the new green shoots.*

withering /ˈwɪðərɪŋ/ *adjective* scornful

withhold /wɪðˈhoʊld/ *verb*: **withholds**, **withholding**, **withheld** to keep back, refuse to give

within /wɪˈðɪn/ *preposition* **1** inside the limits of: *keep within the law* **2** less than: *within 12 miles of the South Pole.* ♦ *adverb* (*old*): *They gazed at the wonders within.*

without /wɪˈðaʊt/ or /wɪˈθaʊt/ *preposition* **1** in the absence of: *Can't you go home without me?* **2** not having: *houses without running water*

withstand /wɪðˈstænd/ *verb*: **withstands**, **withstanding**, **withstood** to be strong enough to survive (something)

witness /ˈwɪtnəs/ *noun* **1** someone who sees or has direct knowledge of an event **2** someone who gives evidence in a law court **3** a person who signs their own name on a document that another person has just signed ♦ *verb* **1** to see, be present at **2** to sign your name to confirm someone else's signature ▶ *phrase* **bear witness** to be evidence of: *The number of mourners bore witness to the affection he had earned throughout his life.*

witness box /ˈwɪtnəs bɒks/ *noun* the stand from which a witness in a law court gives evidence

witticism /ˈwɪtɪsɪzm/ *noun* a witty remark

witty /ˈwɪtɪ/ *adjective* clever and amusing

wives /waɪvz/ the plural of **wife**

wizard /ˈwɪzəd/ *noun* a man, especially in fairy stories, who has magic powers

wizened /ˈwɪzənd/ *adjective* wrinkled with age: *a wizened old man*

wobble /ˈwɒbəl/ *verb* to shake unsteadily — *adjective* **wobbly**

woe /woʊ/ *noun* (*literary or humorous*) **1** misery or sorrow **2 woes** troubles and misfortunes

woebegone /ˈwoʊbɪɡɒn/ *adjective* (*literary*) miserable or unhappy

woeful /ˈwoʊfʊl/ *adjective* (*literary*) **1** sad **2** used to emphasize, and express *eg* concern: *their woeful ignorance of grammar* — *adverb* **woefully**

wok /wɒk/ *noun* a large, bowl-shaped pan used for cooking dishes in the Chinese style

woke /woʊk/ *verb* the past tense of **wake**

wolf /wʊlf/ *noun* a wild animal of the dog family that hunts and eats other animals ♦ *verb* (*informal*) to eat quickly or greedily: *wolfing down his food*

woman /ˈwʊmən/ *noun*: **women 1** an adult human female **2** women in general

womanhood /ˈwʊmənhʊd/ *noun* (*uncount*) the state of being a woman

womankind /ˈwʊmənkaɪnd/ *noun* (*uncount*) women as a group

womanly /ˈwʊmənlɪ/ *adjective* having qualities considered suitable for a woman

womb /wuːm/ *noun* the part of a female's body in which the young develop and stay until birth

women /ˈwɪmɪn/ the plural of **woman**

won /wʌn/ *verb* the past tense and past participle of **win**

wonder /ˈwʌndə(r)/ *verb* **1** to be uncertain or undecided; to think about: *I wonder what will happen.* □ *We wondered whether to go or not.* **2** used to introduce polite requests: *I wonder if you could help me?* **3** to feel surprise ♦ *noun* **1** (*uncount*) surprise or amazement **2** something strange or amazing ♦ *adjective* notable for achieving marvels: *a wonder drug* ▶ *phrase* **no wonder** it's not surprising

wonderful /ˈwʌndəfʊl/ *adjective* **1** enjoyable; making you very happy **2** excellent, impressive — *adverb* **wonderfully**

wonderment /ˈwʌndəmənt/ *noun* (*uncount*) surprise or astonishment

wondrous /ˈwʌndrəs/ *adjective* (*literary*) astonishing or impressive

wonky /ˈwɒŋkɪ/ *adjective* (*informal*) unsteady, badly made, or not straight

wont /woʊnt/ or /wɒnt/ *adjective* (*literary*) accustomed, inclined: *wont to criticize others*

won't /woʊnt/ the spoken, and informal written, form of **will not**

woo /wuː/ *verb* **1** (*old*) to try to gain the love of **2** to try to gain the support of

wood /wʊd/ *noun* **1** the material of which the trunks and branches of trees are formed **2** an area of growing trees

wooden /'wʊdən/ *adjective* **1** made of wood **2** of a performance: unnatural and without liveliness

woodland /'wʊdlənd/ *noun* land covered with trees

woodwind /'wʊdwɪnd/ *noun* the wind instruments of an orchestra

woodwork /'wʊdwɜːk/ *noun* (*uncount*) **1** the art or activity of making things out of wood **2** the wooden parts of a building or room

woodworm /'wʊdwɜːm/ *noun*: **woodworm** or **woodworms 1** the larva of a beetle that bores holes in wood and destroys it **2** (*uncount*) the damage caused to wood by woodworm

woody /'wʊdɪ/ *adjective* **1** thick and hard, like wood **2** wooded

woof /wʊf/ *noun* the sound of a dog's bark

wool /wʊl/ (*uncount*) **1** the soft hair of sheep and other animals **2** the material produced from animals' wool, used for making *eg* clothes

woollen /'wʊlən/ *adjective* made of wool ♦ *noun* **woollens** clothes made of wool

woolly /'wʊlɪ/ *adjective* **1** made of wool, or looking like wool **2** vague and muddled: *a woolly argument* ♦ *noun* (*informal*) a knitted woollen garment

word /wɜːd/ *noun* **1** a single unit of spoken or written language **2 words** talk, remarks: *kind words* **3** news: *give your word of his death* **4** a promise: *give your word* ♦ *verb* to choose words for: *He worded his refusal carefully.* ▶ *phrases* **give the word** to give a signal for action **have a word** to have a short conversation **have words with** to have a quarrel with **in a word** in short, to sum up **take someone at their word** to treat what someone says as true **take someone's word for it** to trust that what they say is true **word for word** in the exact words

wording /'wɜːdɪŋ/ *noun* (*uncount*) the words you choose to express your meaning

word processor /wɜːd 'prəʊsɛsə(r)/ *noun* an electronic machine with a screen and keyboard, which can store, edit and print out text — *noun* (*uncount*) **word-processing**

wordy /'wɜːdɪ/ *adjective* using too many words [*opposite* **concise**, **succinct**]

wore /wɔː(r)/ *verb* the past tense of **wear**

work /wɜːk/ *noun* **1** (*uncount*) employment or a job: *looking for work* **2** (*uncount*) a place of employment: *She usually leaves work at 4.30.* **3** (*uncount*) the tasks that are involved in a job **4** a painting, book, play, poem or musical composition **5** (*uncount*) parts of a building made in a certain material: *stonework* □ *paintwork* **6 works** operating parts *eg* of a watch **7 works** a factory ♦ *verb* **1** to be employed: *I worked as a waitress for several months.* **2** to do the tasks you are employed to do **3** to cause to work hard: *She worked us hard.* **4** to operate: *The light isn't working.* **5** of a plan: to be successful **6** to get into a position slowly and gradually: *the screw worked loose* ▶ *phrase* **at work 1** at your place of employment **2** working

> **work off** to get rid of *eg* anger by energetic activity
> **work on** to try to finish or improve
> **work out 1** to calculate or find the answer to **2** to come to a satisfactory conclusion **3** to perform a set of energetic physical exercises
> **work up** to arouse, excite: *working himself up into a fury* □ *work up an appetite*

workable /'wɜːkəbəl/ *adjective* that can be done, practical

workbook /'wɜːkbʊk/ *noun* a student's exercise book

worker /'wɜːkə(r)/ *noun* **1** an employee, as distinct from an employer or manager **2** someone who works

workforce /'wɜːkfɔːs/ *noun* all the people working in *eg* a company or country

working /'wɜːkɪŋ/ *noun* **workings** the processes by means of which something operates ♦ *adjective* **1** relating to work **2** operating properly

working class /wɜːkɪŋ 'klɑːs/ *noun* the section of the population who do mainly manual, as distinct from skilled, jobs

workload /'wɜːkləʊd/ *noun* the amount of work you are given to do

workman /'wɜːkmən/ *noun* a man employed to do manual work

workmanlike /'wɜːkmənlaɪk/ *adjective* done with skill

workmanship /'wɜːkmənʃɪp/ *noun* (*uncount*) the skill of a craftsman

workplace /'wɜːkpleɪs/ *noun* the building or room where you perform your job

workshop /ˈwɜːkʃɒp/ *noun* a room or building where manufacturing is carried out

workstation /ˈwɜːksteɪʃən/ *noun* a computer terminal with its screen and keyboard

world /wɜːld/ *noun* **1** the earth, or the planet we inhabit **2** human affairs throughout our planet **3** a particular area of life or activity: *the insect world* □ *the world of fashion* **5** a state of existence: *the next world* **6** life, with its problems and responsibilities: *Soon her children would go out into the world.* ▶ *phrases* **in the world** used for emphasis with negatives and question words: *What in the world did you say?* **on top of the world** very happy **think the world of** to love or admire **a world of difference** a big difference **do you a world of good** to make you feel much better **worlds apart** entirely different

worldly /ˈwɜːldlɪ/ *adjective* (*literary*) **1** belonging to our life on earth **2** concerned with *eg* money or property, rather than the soul or spirit **3** experienced, capable and confident

worldwide /wɜːldˈwaɪd/ *adjective or adverb* happening throughout the world

worm /wɜːm/ *noun* **1** a long narrow animal without a backbone or legs, especially one that lives in the soil **2 worms** worm-like parasites living in the intestines ♦ *verb* **1** to get somewhere gradually, *eg* by crawling **2** to get someone's favour by doing things to make them like you: *worm your way into his confidence*

> **worm out** to draw (information) out of a person by questioning them cleverly

worn /wɔːn/ *verb* the past participle of **wear** ♦ *adjective* **1** tired **2** damaged by use ▶ *phrase* **worn out 1** exhausted **2** old, faded or badly damaged by long use

worry /ˈwʌrɪ/ *verb* **1** to keep thinking about a problem, thinking that things might go wrong **2** to be upset or concerned **3** to cause to worry: *I don't want to worry her with my problems.* — *noun* **worrier** — *adjective* **worrying** ♦ *noun* **1** what you feel when you have a problem that you keep thinking about **2** a problem you keep thinking about ▶ *phrase* (*informal*) **not to worry** used to reassure when something has gone wrong [*same as* **never mind**]

worse /wɜːs/ *adjective* **1** the comparative of **bad 2** more seriously ill: *I'm afraid she's getting worse.* ♦ *adverb* the comparative of **badly**: *The shops on the west side fared much worse.* ▶ *phrases* **none the worse** not harmed **worse off** in a worse position, less wealthy

worsen /ˈwɜːsən/ *verb* to make or become worse

worship /ˈwɜːʃɪp/ *verb* **1** to honour with praise, prayer and hymns **2** to adore or admire deeply — *noun* **worshipper** ♦ *noun* **1** (*uncount*) the activity of worshipping **2** (*BrE*) **Your Worship** or **His Worship** a title used in addressing or referring to a mayor or magistrate

worst /wɜːst/ *adjective* the superlative of **bad**: *one of the worst plays I've ever seen* ♦ *adverb* the superlative of **badly**: *the worst-affected areas* ♦ *pronoun*: *the worst of these criminals* ♦ *noun* a possibility or a stage in a situation that is the most difficult or grave: *We're hoping the worst is over.* ▶ *phrases* **at worst** in the least favourable circumstances **if the worst comes to the worst** if things develop in the most unfavourable way

worth /wɜːθ/ *preposition* **1** to have a certain value: *The house must be worth at least £100 000.* **2** deserving of: *It's worth considering.* **3** a good thing: *I hated having to learn Latin, but it was worth it to get into university.* ♦ *noun* (*uncount*) **1** value; price: *three thousand pounds' worth of equipment* **2** importance or usefulness: *Don't underestimate your own worth.* ▶ *phrase* **worth your while** deserving your time

worthless /ˈwɜːθləs/ *adjective* having no use or value

worthwhile /wɜːθˈwaɪl/ *adjective* deserving time and effort

worthy /ˈwɜːðɪ/ *adjective* **1** (*literary*) deserving admiration **2** (*formal*) deserving: *a worthy cause*

would /wʊd/ *modal verb* (short form **'d**, negative form **wouldn't**) **1** the past form of the verb **will** used **a** in reported speech **b** in indicating willingness **c** in indicating habitual behaviour **2** used **a** in expressing wishes and longings **b** in conditional sentences **3** used politely to express requests, proposals and suggestions

would-be /ˈwʊdbiː/ *adjective* used to describe what people would like to become: *a would-be actor*

wound[1] /waʊnd/ *verb* the past tense and past participle of **wind**

wound[2] /wuːnd/ *noun* an injury to the body, in which the flesh is usually broken open ♦ *verb* **1** to injure someone by breaking open their flesh **2** to hurt to the feelings of

wove /woʊv/ *verb* the past tense of **weave**

woven /'woʊvən/ *verb* the past participle of **weave**

wow /waʊ/ *interjection* (*informal*) used to express astonishment or admiration

wrangle /'raŋgəl/ *verb* to quarrel or argue noisily ♦ *noun*: *constant wrangles over money*

wrap /rap/ *verb* to cover by folding material round: *chocolates wrapped in silver paper* ▶ *phrase* **wrapped up in** absorbed in *eg* work

wrap round to put round so as to cover
wrap up 1 to fold paper or cloth round **2** to put on warm clothes **3** to bring to a conclusion

wrapper /'rapə(r)/ *noun* a paper or transparent cover put round *eg* food for sale

wrapping /'rapɪŋ/ *noun* a covering of paper or other material put round something to protect it

wrath /rɒθ/ *noun* (*literary*; *uncount*) anger: *the wrath of God*

wreak /ri:k/ *verb* (*informal*) to cause *eg* damage on a large scale: *wreak havoc* ▶ *phrase* **wreak revenge** to deliberately do something terrible to someone, in return for the harm they have done you

wreath /ri:θ/ *noun* a ring-shaped arrangement of flowers and leaves

wreathed /ri:ðd/ *adjective* (*literary*) covered or surrounded

wreck /rɛk/ *verb* 1 to destroy 2 to upset or damage ♦ *noun* 1 destruction at sea 2 a crashed aircraft or ruined vehicle (*informal*) 3 someone whose health or nerves are in an exhausted state

wreckage /'rɛkɪdʒ/ *noun* (*uncount*) the remains of a badly damaged ship, aircraft or vehicle

wren /rɛn/ *noun* a very small type of bird

wrench /rɛntʃ/ *verb* 1 to pull or twist violently out of position 2 to force yourself to leave: *Once I've started, I can't wrench myself away from it.* 3 to hurt by twisting ♦ *noun* 1 a violent twist 2 a painful parting or separation 3 a spanner-like tool for gripping

wrestle /'rɛsəl/ *verb* 1 to fight with someone, trying to bring them to the ground 2 **wrestle with** to try to operate: *She wrestled helplessly with the gears.* — *noun* **wrestler** — *noun* (*uncount*) **wrestling**

wretch /rɛtʃ/ *noun* someone who is either very wicked or very miserable

wretched /'rɛtʃɪd/ *adjective* 1 very bad or miserable 2 (*informal*) used to describe things that are annoying you

wriggle /'rɪgəl/ *verb* 1 to twist your body about 2 to move by crawling or by twisting and turning

wriggle out of (*informal*) to cleverly manage to avoid

wring /rɪŋ/ *verb*: **wrings, wringing, wrung** 1 to squeeze liquid out of by twisting 2 to force out *eg* a promise or confession 3 to twist (the hands) about in anxiety

wrinkle /'rɪŋkəl/ *noun* 1 a small line or crease that forms on the skin 2 a slight crease in any surface ♦ *verb* to make or become creased — *adjective* **wrinkled**

wrist /rɪst/ *noun* the joint between your hand and your arm

wristwatch /'rɪstwɒtʃ/ *noun* a watch fitted to a strap, that you wear round your wrist

writ /rɪt/ *noun* a legal document giving an order

write /raɪt/ *verb*: **writes, writing, wrote, written** 1 to produce words, letters or numbers using a pen or pencil on paper 2 to compose or create *eg* a book, poem or piece of music: 3 to communicate by means of a letter: *Don't forget to write!*

write back to reply by letter
write down to record in writing
write in to send a letter to a television or radio station
write off 1 to send a letter to an organization to ask them for something **2** to accept that you are not going to get something back: *write off debts*
write out 1 to write on paper **2** of a cheque: to fill in
write up to write or rewrite in a full, neat form

write-off /'raɪtɒf/ *noun* of a vehicle: too badly damage to be worth repairing

writer /'raɪtə(r)/ *noun* a person who writes things such as books and articles

writhe /raɪð/ *verb* to twist yourself about violently

writing /'raɪtɪŋ/ *noun* (*uncount*) 1 written or printed words 2 handwriting 3 the art or activity of writing books or articles

written /'rɪtən/ *verb* the past participle of **write** ♦ *adjective* made official by being recorded in print or writing: *a written agreement*

wrong /rɒŋ/ *adjective* 1 unsatisfactory in some way: *You look worried*; *is anything wrong?* 2 incorrect or unsuitable 3 bad or immoral: *It's wrong to cheat.* — *adverb* **wrongly** ♦ *adverb*: *You've spelt his name wrong.* ♦ *noun* 1 (*uncount*) behaviour and actions that are bad, immoral or unjust: *They have done wrong and must be punished.* **2** an unjust act ♦ *verb* to treat unjustly ▶ *phrases* **go wrong 1** to fail to work properly **2** to make a mistake **in the wrong** having done something immoral, unjust or illegal

wrongdoer /ˈrɒŋduːə(r)/ *noun* a person guilty of an immoral or illegal act

wrongdoing /ˈrɒŋduːɪŋ/ *noun* (*uncount*) immoral or illegal behaviour or actions

wrongful /ˈrɒŋfʊl/ *adjective* unjust or illegal — *adverb* **wrongfully**: *wrongfully arrested*

wrote /rəʊt/ *verb* the past tense of **write**

wrought /rɔːt/ *verb* (*literary*) made or produced ♦ *adjective* of metal: hammered into a particular shape

wrung /rʌŋ/ *verb* the past tense and past participle of **wring**

wry /raɪ/ *adjective* **1** of humour: expressing a mixture of bitterness and amusement: *a wry remark* **2** twisted or turned to one side

Xx

X or **x** /ɛks/ *noun* **1** the twenty-fourth letter of the English alphabet **2** used when you don't know or don't want to use the name of a person or place: *interviews with Miss X* **3** used when a number or quantity is unknown: $x = a+b$. **4** used to represent a kiss, *eg* at the bottom of a letter

xenophobia /zɛnəˈfoʊbɪə/ *noun* (*uncount*) an unreasonable dislike or suspicion of foreigners and their ways

Xerox /ˈzɪərɒks/ (*trademark*) *noun* **1** a photocopy of a document **2** a photographic process used for copying documents ♦ *verb* to make a photocopy of [*same as* **photocopy**]

Xerox machine *noun* (*trademark*) a machine that is used to make photocopies of documents [*same as* **photocopier**]

xmas /ˈkrɪsməs/ or /ˈɛksməs/ *noun* (*uncount*) a written form of 'Christmas'

x-ray or **X-ray** /ˈɛksreɪ/ *noun* **1 x-rays** a form of radiation that can pass through certain substances through which light cannot pass **2** a photograph taken using x-rays, or the process of taking it ♦ *verb* to take a photograph using x-rays

xylophone /ˈzaɪləfoʊn/ *noun* a musical instrument consisting of a series of wooden or metal bars, played by being struck with wooden hammers

Yy

Y or **y** /waɪ/ *noun* **1** the twenty-fifth letter of the English alphabet **2** used to show an unknown number: $y = x^2$

yacht /jɒt/ *noun* a boat with sails, and often with an engine, used for racing or sailing

yam /jam/ *noun* a large potato-like root vegetable

Yank /jaŋk/ (*BrE*) *noun* (*informal, offensive*) someone from the United States

yank /jaŋk/ *verb* (*informal*) to pull suddenly and sharply ♦ *noun* (*informal*) a violent tug

yap /jap/ *verb* **1** to produce a series of high-pitched barks **2** to talk continuously in a high annoying voice

yard[1] /jɑːd/ *noun* a unit of length equal to 3 feet or 0.9144 metres

yard[2] /jɑːd/ *noun* **1** an area of ground belonging to a building, usually surrounded by a wall **2** (*AmE*) a garden **3** an enclosed space used for a particular purpose: *a shipbuilding yard*

yardstick *noun* a standard for measurement

yarn /jɑːn/ *noun* **1** (*uncount*) thread spun from *eg* wool or cotton **2** a story, usually told with a degree of exaggeration

yawn /jɔːn/ *verb* **1** to involuntarily take a deep breath with an open mouth, because of boredom or sleepiness **2** of a hole: to be wide open, gape ♦ *noun* **1** an act of yawning **2** (*informal*) a boring event — *adjective* **yawning**

yeah /jɛ/ or /jɛə/ *interjection* (*informal*) yes

year /jɪə(r)/ *noun* **1** the period of 365 days or twelve months from 1 January to 31 December, during which the earth goes once round the sun **2** any period of twelve months **3 years** a very long time ▸ *phrases* **year in, year out** happening regularly every year

yearly /ˈjɪəlɪ/ *adjective* happening once every year ♦ *adverb*: *Your bus pass must be renewed yearly.*

yearn /jɜːn/ *verb* to want very much: *yearning for the cool northern climate*

yearning /ˈjɜːnɪŋ/ *noun* (*uncount*) a strong desire

yeast /jiːst/ *noun* (*uncount*) a kind of fungus that is used in bread-making to make the dough rise

yell /jɛl/ **1** to shout loudly **2** of *eg* a baby: to cry loudly ♦ *noun* a loud cry

yellow /ˈjɛləʊ/ *noun* the colour of the sun, butter, egg yolk or lemons ♦ *adjective* **1** of this colour **2** (*informal, derogatory*) cowardly ♦ *verb* to become yellow, *eg* due to ageing

yelp /jɛlp/ *verb* to give a sharp, high-pitched bark or cry ♦ *noun*: *a yelp of pain*

yen[1] /jɛn/ *noun* (*informal*) a strong desire

yen[2] /jɛn/ *noun* the standard unit of Japanese currency

yep /jɛp/ *interjection* (*informal*) yes

yes /jɛs/ *interjection* used to express agreement or consent

yesterday /ˈjɛstədɪ/ *adverb* **1** the day before today ♦ *noun* (*uncount; literary*) **2** the recent past: *the fashions of yesterday*

yet /jɛt/ *adverb* **1** by now, by this time: *Have you seen that film yet?* **2** until now **3** still, before the matter is finished: *We could win yet.* **4** used to emphasize *again, another* and *more* ▸ *phrase* (with a negative) **as yet** up to the present: *No-one has complained as yet.*

yew /juː/ *noun* an evergreen tree with dark needle-like leaves and red berries

yield /jiːld/ *verb* **1** (*formal*) to give in, surrender **2** to give way to **3** to produce *eg* a crop or results ♦ *noun* an amount produced

yippee /jɪˈpiː/ *interjection* (*informal*) shouted to express pleasure or excitement

yob /jɒb/ or **yobbo** /ˈjɒbəʊ/ (*BrE*) *noun* (*informal*) a boy or young man who behaves rudely or roughly

yodel /ˈjəʊdəl/ *verb* to sing in a style that alternates rapidly between a normal voice level and a much higher level

yoga /ˈjəʊgə/ *noun* (*uncount*) a Hindu system of philosophy and meditation, often involving special physical exercises

yoghurt, **yoghourt** or **yogurt** /ˈjɒgət/ *noun* a semi-liquid food product made from fermented milk

yoke /jəʊk/ *noun* **1** a wooden frame joining oxen when pulling a plough or cart **2** a restriction of freedom

yolk /jəʊk/ *noun* the yellow part in the middle of an egg

yonder /ˈjɒndə(r)/ *adjective or adverb* (*old*) over there

you /juː/ *pronoun* **1** used to refer to the person, or the people addressed: *What did you say?* □ *Are you both free tomorrow?* **2** used like the more formal *one* to refer to people in general: *You see very few cases of the disease nowadays.*

you'd /juːd/ *verb* the spoken, and informal written, form of **you would** or **you had**

you'll /juːl/ the spoken, and informal written, form of **you will**

young /jʌŋ/ *adjective* not having lived very long, in the early stages of development or existence: *families with young children* ♦ *noun* (*plural*) **1** the babies of animals and birds **2** young people in general: *music and fashion for the young*

youngster /ˈjʌŋstə(r)/ *noun* (*informal*) a young person

your /jɔː(r)/ *determiner* (*possessive*) **1** belonging to you: *May I see your driving licence?* □ *How are your parents?* **2** belonging to people in general: *You're supposed to take your birth certificate.*

you're /jɔː(r)/ the spoken, and informal written, form of **you are**

yours /jɔːz/ *pronoun* (*possessive*) belonging to you: *Is this pen yours?* ▸ *phrase* **Yours**, **Yours faithfully**, **Yours sincerely** or **Yours truly** used before a signature at the end of a letter

yourself /jɔːˈsɛlf/ *pronoun* (*reflexive*): **yourselves** /jɔːˈsɛlvz/ **1** used as the object of the verb where the subject is 'you': *Have you hurt yourself?* **2** used for emphasis: *'Who told you?' 'You told me yourself.'* **3** without help from anyone else: *You'll be able to finish the rest yourselves.*

youth /juːθ/ *noun*: **youths** /juːðz/ **1** (*uncount*) the state of being young **2** (*uncount*) the early part of life **3** (*BrE; slightly derogatory*) a young boy or man **4** (*plural*) young people in general: *the youth of today*

youthful /ˈjuːθfʊl/ *adjective* **1** young **2** young-looking

youth hostel /ˈjuːθ hɒstəl/ *noun* a place that provides cheap and simple accommodation for people

you've /juːv/ the spoken, and informal written, form of **you have**

yo-yo /ˈjəʊjəʊ/ *noun* a toy consisting of a reel which spins up and down on a string

yuk /jʌk/ *interjection* used to show that you don't like something

yuppie or **yuppy** /ˈjʌpɪ/ *noun* (*informal, usually derogatory*) an ambitious young professional person who earns a lot of money

Zz

Z or **z** /zɛd/ *noun* the last letter of the English alphabet

zany /ˈzeɪnɪ/ *adjective* amusing in a crazy or mad way

zap /zap/ *verb* (*informal*) **1** to kill, usually by shooting **2** to change channels frequently using a remote-control device

zeal /ziːl/ *noun* (*uncount; formal*) great enthusiasm or keenness [*same as* **ardour, fervour**; *opposite* **apathy**]

zealot /ˈzɛlət/ *noun* (*often derogatory*) a fanatical supporter of a political or religious cause

zealous /ˈzɛləs/ *adjective* very keen and enthusiastic — *adverb* **zealously**

zebra /ˈzɛbrə/ or /ˈziːbrə/ *noun* a black-and-white-striped animal related to the horse

zebra crossing /zɛbrə ˈkrɒsɪŋ/ (*BrE*) *noun* a pedestrian street crossing, painted in black and white stripes

zenith /ˈzɛnɪθ/ *noun* the highest or most successful point of something

zero /ˈzɪərəʊ/ *noun*: **zeros** or **zeroes** **1** the number or figure 0 **2** 0° centigrade, or freezing point: *Temperatures overnight will drop to 5 degrees below zero.* ♦ *adjective or determiner*: *zero-tolerance*

zero in on 1 to move towards and aim at **2** to identify and concentrate your attention on

zest /zɛst/ *noun* **1** liveliness and enthusiasm **2** (*uncount; cookery*) lemon or orange skin

zigzag /ˈzɪɡzaɡ/ *noun* a line with a series of sharp bends in it ♦ *verb* to follow a zigzag course

zinc /zɪŋk/ *noun* (*uncount*) a bluish-white metal used *eg* to make brass

zip /zɪp/ *noun* **1** a fastening device for *eg* clothes or bags, consisting of two rows of metal or nylon teeth which interlock when a sliding tab is pulled between them ♦ *verb* to fasten with a zip

zip up to fasten with a zip

zipper /ˈzɪpə(r)/ *noun* a zip

zodiac /ˈzəʊdɪak/ *noun* a representation of the night sky, usually in the form of a circular diagram, showing the position of the planets and stars. It is divided into twelve sections which each have a name and special symbol ▸ *phrase* **signs of the zodiac** the divisions of the zodiac used in astrology

zombie /ˈzɒmbɪ/ *noun* (*informal, derogatory*) someone who acts in a slow, automatic-looking manner

zone /zəʊn/ *noun* **1** an area or region characterized by a particular feature: *fleeing from the war zone*

zoo /zuː/ *noun* a place where wild animals are kept for the public to see

zoology /zuːˈɒlədʒɪ/ *noun* (*uncount*) scientific study of animals — *adjective* **zoological** — *noun* **zoologist**

zoom /zuːm/ *verb* **1** to move somewhere quickly: *The car zoomed off up the road.* **2** of prices: to increase sharply

zoom in of a camera: to be operated so as to give a close-up image

zoom lens /ˈzuːm lɛnz/ *noun* a camera lens that can bring the subject into close-up view

zucchini /zʊˈkiːnɪ/ *noun* (*AmE*) a courgette